La pierre et le sabre

Du même auteur
aux Éditions J'ai lu

La parfaite lumière, *J'ai lu* 5392
Les Chroniques des Heiké, *J'ai lu* 2475

Eiji Yoshikawa

La pierre
et le sabre

Avant-propos d'Edwin O. Reischauer
Traduction française de Léo Dilé

Pour maman et papa

Ce roman a paru sous le titre original :

MUSASHI

© Fumiko Yoshikawa, 1971

English translation copyright :
© 1981, by Kodanska International Ltd.

Pour la traduction française :
© Éditions Balland, 1983

AVANT-PROPOS

par Edwin O. REISCHAUER [1]

On pourrait dire de *La Pierre et le Sabre* que c'est l'*Autant en emporte le vent* du Japon. Cet ouvrage d'Eiji Yoshikawa (1892-1962), l'un des écrivains populaires japonais les plus prolifiques et les plus aimés, est un long roman historique, paru pour la première fois en feuilleton, de 1935 à 1939, dans l'*Asachi Shimbun*, le plus grand et le plus prestigieux des journaux du Japon. Il n'a pas eu moins de quatorze éditions en volumes ; la plus récente constitue quatre tomes des œuvres complètes en cinquante-trois volumes publiées par Kodansha. *La Pierre et le Sabre* a été porté à l'écran quelque sept fois, a donné lieu à plusieurs versions scéniques et à maintes mini-séries de télévision sur au moins trois chaînes nationales.

Miyamoto Musashi était un personnage historique réel ; mais grâce au roman de Yoshikawa, lui et les autres personnages principaux du livre sont devenus partie intégrante du folklore japonais vivant. Ils sont si familiers au public qu'on leur compare souvent certains individus comme des types connus de tous. Voilà qui donne au roman un surcroît d'intérêt pour le lecteur étranger. L'œuvre non seulement présente une tranche romancée

---

1. Edwin O. Reischauer est né au Japon en 1910. Professeur à l'université Harvard depuis 1946, il est aujourd'hui professeur honoraire. Il a temporairement quitté l'Université pour être, de 1961 à 1966, ambassadeur des Etats-Unis au Japon, dont il est un des plus célèbres spécialistes. Parmi ses nombreux ouvrages, citons *Japan : The Story of a Nation* (Le Japon, histoire d'une nation) et *The Japanese* (Les Japonais).

d'histoire du Japon, mais montre comment les Japonais voient leur passé et se voient eux-mêmes. Toutefois, l'on goûtera surtout ce roman comme une brillante histoire de cape et d'épée, et une histoire d'amour feutrée, à la japonaise.

Les comparaisons avec le *Shōgun* de James Clavell semblent inévitables : pour la plupart des Américains d'aujourd'hui, *Shōgun*, sous forme de livre et de feuilleton de télévision, rivalise avec les films de samouraïs comme étant leur principale source de connaissance du passé japonais. Les deux romans traitent de la même période historique. *Shōgun*, qui débute en l'année 1600, s'achève au moment où le seigneur Toranaga, le Tokugawa Ieyasu historique, qui sera bientôt le Shōgun, ou dictateur militaire du Japon, part pour la décisive bataille de Sekigahara. L'histoire de Yoshikawa débute alors que le jeune Takezō, qui prendra plus tard le nouveau nom de Miyamoto Musashi, gît, blessé, sur ce champ de bataille, parmi les cadavres de l'armée vaincue.

Si l'on excepte Blackthorne, le Will Adams historique, *Shōgun* traite dans une large mesure des grands seigneurs et des grandes dames du Japon, reconnaissables sous les noms que leur a donnés Clavell. *La Pierre et le Sabre*, tout en citant sous leur vrai nom maints grands personnages historiques, parle d'un milieu plus large de Japonais, en particulier du groupe assez important qui vivait à la frontière mal définie entre l'aristocratie militaire héréditaire et les gens du peuple : paysans, marchands, artisans. Clavell déforme sans contrainte les faits historiques dans l'intérêt de sa fiction, et insère une histoire d'amour qui non seulement se moque de l'Histoire de façon flagrante, mais se révèle tout à fait inimaginable dans le Japon de cette époque. Yoshikawa reste fidèle à l'Histoire ou du moins à la tradition historique, et son histoire d'amour, qui court à l'arrière-plan du livre entier comme un thème en mineur, est très authentiquement japonaise.

Yoshikawa, bien sûr, a enrichi son compte rendu de nombreux détails imaginaires. Coïncidences et prouesses sont assez nombreuses pour réjouir le cœur de tous ceux qui aiment les romans d'aventures. Mais l'auteur s'en tient aux faits historiques connus. Non seulement Musashi lui-même, mais un grand nombre des autres protagonistes sont des personnages historiques réels. Ainsi Takuan, qui tient lieu de phare et de mentor au jeune Musashi, était-il un célèbre moine Zen, calligraphe, peintre, poète et « maître du thé » de l'époque ; en 1609, il deviendra le plus jeune abbé du Daitokuji à Tokyo, et fondera plus tard un monastère de première importance à Edo, bien qu'on se le rappelle surtout aujourd'hui pour avoir laissé son nom à une marinade populaire au Japon.

Le Miyamoto Musashi historique, né peut-être en 1584 et mort en 1645, était comme son père une fine lame, et dut sa célébrité au fait qu'il se servait de deux sabres. Il pratiquait avec ardeur l'autodiscipline en tant que clé des arts martiaux, et il est l'auteur d'un célèbre ouvrage sur l'escrime, le *Gorin no sho*. Adolescent, il a sans doute pris part à la bataille de Sekigahara, et ses heurts avec l'école d'escrime Yoshioka de Kyoto, les moines guerriers du Hōzōin à Nara, et le fameux escrimeur Sasaki Kojirō, qui tous figurent au premier plan du présent livre, ont véritablement eu lieu. Yoshikawa nous conte l'histoire de Musashi jusqu'en 1612, année où il était encore un jeune homme d'environ vingt-huit ans ; mais par la suite il se peut qu'il ait combattu dans le camp des vaincus au siège du château d'Osaka, en 1614, et pris part en 1637-1638 à l'anéantissement des paysans chrétiens de Shimabara dans l'île occidentale de Kyushu, événement qui extirpa du Japon cette religion pour les deux siècles à venir, et contribua à le couper du reste du monde.

Ironie du sort, en 1640 Musashi entra au service des seigneurs Hosokawas qui, lorsqu'ils avaient été les seigneurs de Kumamoto, avaient employé son principal rival, Sasaki Kojirō. Les Hosokawas nous ramènent à *Shōgun* : l'aîné des Hosokawas, Tadaoki, devient très injustement l'un des principaux traîtres de ce roman, et Gracia, l'exemplaire épouse chrétienne de Tadaoki, figure sans une ombre de vraisemblance le grand amour de Blackthorne, Mariko.

Musashi vivait à une époque de mutation profonde au Japon. Après un siècle de guerre incessante entre petits daimyōs, ou seigneurs féodaux, trois chefs successifs avaient fini par réunifier le pays grâce à la conquête. Oda Nobunaga avait commencé mais, avant de terminer, avait été tué par un vassal traître en 1582. Le plus capable de ses généraux, Hideyoshi, au départ simple soldat, acheva l'unification nationale, mais mourut en 1598 avant de pouvoir consolider sa domination au profit de son héritier en bas âge. C'est alors que le plus puissant vassal de Hideyoshi, Tokugawa Ieyasu, grand daimyō qui régnait sur une bonne partie de l'est du Japon de son château d'Edo, aujourd'hui Tokyo, s'acquit la suprématie en vainquant une coalition de daimyōs de l'Ouest à Sekigahara, en 1600. Trois ans plus tard, il prit le titre traditionnel de Shōgun, marquant sa dictature militaire sur tout le pays, théoriquement pour le compte de l'ancienne mais impuissante lignée impériale de Kyoto. En 1605, Ieyasu transmit le titre de Shōgun à son fils, Hidetada, mais conserva en réalité le pouvoir jusqu'à ce qu'il eût défait les partisans de l'héritier de Hideyoshi aux sièges du château d'Osaka, en 1614 et 1615.

Les trois premiers dirigeants Tokugawas établirent sur le Japon un pouvoir si ferme qu'il devait durer plus de deux siècles et demi jusqu'à son effondrement final en 1868, lors des tumultes qui suivirent la réouverture du Japon au contact avec l'Occident, quinze ans plus tôt. Les Tokugawas gouvernaient par l'entremise de daimyōs héréditaires, semi-autonomes, au nombre d'environ deux cent soixante-cinq à la fin de la période; à leur tour, les daimyōs dirigeaient leurs fiefs par l'entremise de leurs samouraïs héréditaires. Le passage d'une guerre incessante à une paix étroitement réglementée traça de nettes frontières de classes entre les samouraïs, qui jouissaient du privilège de porter deux sabres et un nom de famille, et les gens ordinaires qui, tout en comprenant des marchands et des propriétaires terriens aisés, se voyaient en théorie refuser toute arme ainsi que l'honneur d'avoir un nom de famille.

Mais durant les années dont traite Yoshikawa, ces distinctions de classes n'étaient pas encore définies de façon tranchée. Toutes les localités possédaient leurs résidus de combattants paysans, et le pays était infesté de rōnins, ou samouraïs sans maître, en grande partie vestiges des armées des daimyōs qui avaient perdu leurs domaines à la suite de la bataille de Sekigahara ou dans des guerres antérieures. Il fallut une ou deux générations pour que la société accédât tout à fait aux strictes divisions de classes du système Tokugawa ; entre-temps, l'effervescence et la mobilité sociales furent considérables.

Une autre grande mutation, dans le Japon du début du XVIIe siècle, affecta la nature du commandement. Avec le rétablissement de la paix et la fin des grandes guerres, la classe dominante des guerriers s'aperçut que la prouesse militaire était moins importante, pour gouverner avec succès, que les talents d'administrateur. La classe des samouraïs entreprit une lente transformation de l'état de guerrier au sabre et à l'arme à feu, à celui de bureaucrate muni d'un pinceau et de papier pour écrire. Dans une société en paix, la maîtrise de soi-même et l'éducation devenaient plus importantes que l'adresse au combat. Le lecteur occidental risque de s'étonner de voir quel degré d'instruction régnait déjà au début du XVIIe siècle, ainsi que des références constantes faites par les Japonais à l'histoire et à la littérature chinoises, tout comme les habitants du nord de l'Europe, à la même époque, se référaient sans cesse aux traditions de la Grèce et de la Rome antiques.

Dans le Japon du temps de Musashi, une troisième mutation majeure affectait l'armement. Durant la seconde moitié du XVIe siècle, les mousquets, introduits depuis peu par les Portugais, étaient devenus sur le champ de bataille les armes décisives ; mais, dans un pays en paix, les samouraïs purent tourner le dos aux armes à feu qui leur déplaisaient et renouer leur idylle traditionnelle avec le sabre. Les écoles d'escrime prospérèrent. Toutefois, à mesure que se réduisait la possibilité d'utiliser l'épée dans les combats véritables, les talents martiaux devinrent peu à peu les arts martiaux, lesquels soulignèrent de plus en plus l'importance de la maîtrise intérieure de soi-même et des qualités de l'escrime en vue de la formation du caractère, plutôt que de son efficacité militaire. Il se développa toute une mystique du sabre, plus apparentée à la philosophie qu'à la guerre.

La narration que nous fait Yoshikawa de la jeunesse de Musashi illustre tous les changements qui se produisaient au Japon. Lui-même rōnin typique, originaire d'un village montagnard, il ne se fixa que tard dans la vie comme samouraï au service d'un seigneur. Il fonda une école d'escrime. Le plus important, c'est qu'il passa progressivement de l'état de combattant instinctif à celui de l'homme qui s'efforce avec fanatisme d'atteindre les buts d'une autodiscipline de type Zen, la complète maîtrise intérieure de soi et un sentiment d'unité avec la nature environnante. Bien que dans sa jeunesse les combats mortels, évocateurs des tournois de l'Europe médiévale, fussent encore possibles, Yoshikawa nous peint Musashi en train de transformer consciemment ses talents martiaux du service militaire en un moyen de se former le caractère en temps de paix. Talents martiaux, autodiscipline spirituelle et sensibilité esthétique se fondent en un tout unique, homogène. Ce portrait de Musashi n'est peut-être pas éloigné de la vérité historique. On sait qu'il fut peintre de talent et sculpteur accompli, aussi bien qu'escrimeur.

Le Japon du début du XVIIe siècle, qu'incarne Musashi, survit intensément dans la conscience japonaise. Le long règne plutôt statique des Tokugawas a conservé une bonne part de ses formes et de son esprit, bien que de manière un peu sclérosée, jusqu'au milieu du XIXe siècle, il n'y a guère plus de cent ans. Yoshikawa lui-même était fils d'un ancien samouraï qui, pareil à la plupart des membres de sa classe, ne réussit pas la transition économique avec les temps nouveaux. Au sein du nouveau Japon, les samouraïs eux-mêmes eurent beau sombrer en grande partie dans l'obscurité, la plupart des nouveaux chefs furent originaires de cette classe féodale, dont le nouveau système d'éducation obligatoire popularisa l'image pour former l'arrière-plan spirituel et moral de toute la nation japonaise. Des romans tels que *La Pierre et le Sabre*, ainsi que les films et pièces de théâtre qui en furent tirés, ont favorisé ce processus.

L'époque de Musashi est aussi proche et réelle pour les Japonais modernes, que la guerre de Sécession pour les Américains. La comparaison avec *Autant en emporte le vent* n'a donc rien d'outré. L'époque des samouraïs demeure très vivante dans la mémoire japonaise. Contrairement à l'image qui les présente comme de simples « animaux économiques » grégaires, de nombreux Japonais préfèrent se considérer comme des Musashi modernes, farouchement individualistes, ayant des principes élevés, autodisciplinés, dotés d'un sens esthétique. Ces deux images présentent une certaine vérité, ce qui illustre bien la complexité de l'âme japonaise, sous une apparence uniforme de sociabilité et d'affabilité.

La Pierre et le Sabre diffère beaucoup des romans très psychologiques et souvent névrosés qui ont formé l'essentiel des traductions de littérature japonaise moderne. Il ne s'en trouve pas moins en plein dans le courant principal du roman japonais traditionnel et de la pensée populaire japonaise. Sa structure en épisodes n'est pas seulement due au fait qu'il ait paru d'abord en feuilleton ; il s'agit d'une technique privilégiée, qui remonte aux origines du roman japonais actuel. Sa vision romanesque du noble escrimeur est un stéréotype du passé féodal qui s'incarne dans des centaines d'autres histoires et films de samouraïs. L'accent qu'il met sur la recherche de la maîtrise de soi et de la force intérieure personnelle grâce à une austère autodiscipline de type Zen constitue un trait majeur du caractère japonais. Il en va de même pour la suprématie de l'amour de la nature, et du sentiment d'intimité avec elle. *La Pierre et le Sabre* est plus qu'un grand roman d'aventures. Il donne en outre un aperçu sur l'histoire japonaise, et sur l'image idéalisée que se font d'eux-mêmes les Japonais contemporains.

Edwin O. REISCHAUER
Janvier 1981

Livre I

LA TERRE

LA CLOCHETTE

Takezō gisait au milieu des cadavres. Il y en avait des milliers.

« Le monde entier est devenu fou, songeait-il vaguement. L'homme ressemble à une feuille morte, ballottée par la brise d'automne. »

Lui-même ressemblait à l'un des corps sans vie qui l'entouraient. Il essaya de lever la tête, mais ne parvint à la soulever que de quelques centimètres au-dessus du sol. Jamais il ne s'était senti aussi faible. « Je suis là depuis combien de temps ? » se demanda-t-il.

Des mouches vinrent bourdonner autour de sa tête. Il voulut les chasser, mais n'eut pas même la force de lever le bras qu'il avait raide, fragile, comme le reste de son corps. « Je dois être là depuis un bon moment », se dit-il en remuant un doigt après l'autre. Il ne se doutait pas qu'il était blessé : deux balles en plein dans la cuisse.

Des nuages bas, sombres, menaçants, traversaient le ciel. La nuit précédente, quelque part entre minuit et l'aube, une pluie diluvienne avait inondé la plaine de Sekigahara. Il était maintenant un peu plus de midi, le quinze du neuvième mois de l'an 1600. La tornade avait beau être passée, de temps à autre de nouveaux torrents de pluie s'abattaient sur les cadavres et sur le visage à la renverse de Takezō. Chaque fois que cela se produisait, il ouvrait et fermait la bouche comme un poisson pour essayer de boire les gouttes. « On dirait l'eau dont on humecte les lèvres d'un mourant », pensa-t-il en savourant la moindre gouttelette. Il avait la tête lourde ; ses pensées étaient les ombres fugitives du délire.

Son camp était vaincu. Du moins savait-il cela. Kobayakawa Hideaki, qui se donnait pour un allié, s'était ligué en secret avec l'armée de l'Est, et lorsqu'il se retourna contre les troupes d'Ishida Mitsunari, au crépuscule, le sort des armes se retourna, lui aussi. Il s'attaqua alors aux armées d'autres chefs – Ukita, Shimazu et Konishi –, et l'armée de l'Ouest s'effondra complètement. Il ne fallut pas plus d'une demi-journée de combat pour régler la question de savoir qui dorénavant serait à la tête du pays. Ce serait Tokugawa Ieyasu, le puissant daimyō d'Edo.

Des images de sa sœur et des vieux villageois lui flottèrent devant les yeux. « Je suis en train de mourir, songea-t-il sans une ombre de tristesse. Alors, c'est vraiment comme ça ? » Il se sentait attiré vers la paix de la mort, comme un enfant qu'une flamme hypnotise.

Soudain, l'un des corps voisins leva la tête :

– Takezō...

Les images s'effacèrent de son esprit. Comme réveillé d'entre les morts, il tourna la tête. La voix, il en avait la certitude, était celle de son meilleur camarade. Il rassembla toutes ses forces pour se soulever légèrement, et, dans un chuchotement à peine audible à travers le déluge de pluie :

– C'est toi, Matahachi ?

Puis il retomba, immobile, aux aguets.

– Takezō ! C'est donc vrai, tu es vivant ?

– Oui, vivant ! cria-t-il en une soudaine explosion de bravade. Et toi ? Tu ferais aussi bien de ne pas mourir non plus. Je te l'interdis !

Il avait maintenant les yeux grands ouverts, et ses lèvres esquissaient un faible sourire.

– Pas question ! Non, monsieur.

Haletant, rampant sur les coudes, traînant derrière lui ses jambes raides, Matahachi se rapprocha centimètre par centimètre de son ami. Il essaya de saisir la main de

Takezō mais n'attrapa que son petit doigt avec le sien. Amis d'enfance, ils recouraient souvent à ce geste pour sceller une promesse. Matahachi se rapprocha encore et lui empoigna la main entière.

– Je n'arrive pas à croire que tu t'en sois tiré, toi aussi ! Nous devons être les seuls survivants.

– Ne parle pas trop vite. Je n'ai pas encore essayé de me lever.

– Je vais t'aider. Partons d'ici !

Soudain, Takezō plaqua Matahachi au sol en marmonnant :

– Fais le mort ! Voilà encore des embêtements !

La terre se mit à gronder comme un chaudron. Risquant un œil, ils virent la trombe foncer droit sur eux. Des files de cavaliers d'un noir de jais.

– Les salauds ! Ils reviennent ! s'exclama Matahachi en levant le genou comme pour prendre ses jambes à son cou.

Takezō lui saisit la cheville, presque au point de la lui briser, et le plaqua de nouveau à terre.

En un instant, les chevaux les dépassèrent – des centaines de sabots boueux, mortels, galopant en formation de combat, foulant les samouraïs tombés. Des cris de guerre aux lèvres, leurs armes et leurs armures s'entrechoquant, les cavaliers se succédaient, innombrables.

À plat ventre, les yeux clos, Matahachi espérait contre toute vraisemblance qu'ils ne seraient pas piétinés, mais Takezō regardait sans ciller. Les chevaux passaient si près que l'on sentait leur sueur. Puis tout fut terminé.

Miracle ! Ils étaient indemnes, et on ne les avait pas découverts ; durant plusieurs minutes, tous deux gardèrent un silence incrédule.

– Encore une fois sauvés ! s'écria Takezō en tendant la main vers Matahachi.

Toujours à plat ventre, celui-ci tourna lentement la tête pour lui adresser un large sourire un peu tremblant.

– Quelqu'un nous protège, pour sûr, dit-il d'une voix étranglée.

À grand-peine, les deux amis s'aidèrent l'un l'autre à se relever. Lentement, ils se frayèrent un chemin à travers le champ de bataille, vers l'abri des collines boisées, en clopinant et se tenant par les épaules. Là, ils s'écroulèrent de fatigue ; puis, après avoir pris du repos, se mirent en quête de nourriture. Pendant deux jours, ils vécurent de châtaignes et de feuilles comestibles, dans les creux détrempés du mont Ibuki. Cela les empêcha de mourir de faim mais Takezō avait des maux d'estomac, et l'intestin de Matahachi le torturait. La nourriture ne lui tenait pas au corps, rien ne parvenait à le désaltérer ; pourtant, même lui sentait que ses forces lui revenaient peu à peu.

La tempête du quinze marqua la fin des typhons d'automne. Et voici que deux nuits plus tard seulement, une lune froide et blanche brilla d'un éclat dur dans un ciel sans nuages.

Tous deux savaient combien il était dangereux de cheminer au clair de lune, leurs ombres se détachant comme des cibles aux yeux des patrouilles qui pouvaient rechercher les fuyards. C'était Takezō qui avait pris la décision de courir ce risque. Matahachi souffrait tellement – à l'entendre, il aimait mieux être fait prisonnier que de continuer à marcher – qu'à la vérité l'on ne semblait guère avoir le choix. Il fallait avancer, mais il était non moins clair que l'on devait trouver un endroit pour se cacher et se reposer. Ils cheminaient lentement dans ce qu'ils croyaient être la direction de la petite ville de Tarui.

– Peux-tu y arriver ? ne cessait de demander Takezō. (Il avait passé le bras de son camarade autour de son épaule, pour l'aider à avancer.) Ça va ? (C'était sa difficulté à respirer qui l'inquiétait.) Veux-tu te reposer ?

– Non, ça va.

Matahachi tâchait de faire le brave, mais son visage était plus pâle que la lune au-dessus d'eux. Même en s'aidant de sa lance comme d'une canne, c'est à peine s'il pouvait mettre un pied devant l'autre.

À maintes reprises, il avait présenté des excuses misérables :

– Pardonne-moi, Takezō. Je sais bien que c'est moi qui nous ralentit. J'en suis vraiment désolé.

Les premières fois, Takezō s'était contenté de répondre : « Ne t'en fais pas. » A la fin, lorsqu'ils s'arrêtèrent pour se reposer, il se tourna vers son ami, et explosa.

– Écoute : c'est moi qui devrais te présenter des excuses. C'est moi qui t'ai entraîné dans cette aventure au départ, souviens-toi. Souviens-toi : je t'ai fait part de mon projet ; je t'ai dit comment j'allais enfin faire quelque chose qui en aurait imposé à mon père. Je n'ai jamais pu supporter le fait que jusqu'à son dernier jour, il ait eu la certitude que je ne vaudrais jamais rien. Il allait voir ce qu'il allait voir ! Ha !

Le père de Takezō, Munisai, avait servi autrefois sous le seigneur Shimmen, d'Iga. Dès que Takezō eut appris qu'Ishida Mitsunari levait une armée, il se persuada qu'il tenait enfin la chance de sa vie. Son propre père avait été samouraï. N'était-il pas tout naturel qu'il fût fait samouraï, lui aussi ? Il brûlait d'en découdre, de prouver son courage, de faire se propager la rumeur à travers le village, comme une traînée de poudre, qu'il avait décapité un général ennemi. Il avait désespérément voulu prouver qu'il était quelqu'un avec lequel il fallait compter, que l'on devait respecter – et non point le simple trublion du village.

Takezō rappelait à Matahachi tout cela, et Matahachi approuvait de la tête :

– Je sais bien. Je sais bien. Mais je ressentais la même chose. Tu n'étais pas le seul.

Takezō reprit :

– Si j'ai voulu que tu viennes avec moi, c'est que nous avons toujours tout fait ensemble. Mais quel tapage a fait ta mère, à crier à tout le monde que j'étais un fou et un vaurien ! Et ta fiancée, Otsū, et ma sœur et tous les autres qui déclaraient en pleurant que les garçons du village devaient rester au village. Oh ! peut-être avaient-ils leurs raisons. Nous sommes tous deux fils uniques, et si nous nous faisons tuer il n'y aura personne pour perpétuer le nom de notre famille. Mais qu'importe ! Ce n'est pas une existence !

Ils s'étaient glissés hors du village sans être vus, et avaient la conviction que rien ne les séparait plus des honneurs du combat. Pourtant, une fois parvenus au camp de Shimmen, ils se trouvèrent nez à nez avec les réalités de la guerre. On leur déclara d'emblée qu'ils ne seraient point faits samouraïs, ni tout de suite, ni même dans quelques semaines, quels qu'eussent été leurs pères. Pour Ishida et les autres généraux, Takezō et Matahachi n'étaient que deux lourdauds de la campagne, guère plus que des enfants qui jouaient avec des lances. Ce qu'ils pouvaient obtenir de mieux était qu'on leur permît de rester comme simples soldats. Leurs responsabilités, si l'on pouvait les nommer ainsi, consistaient à porter des armes, des gamelles de riz et autres ustensiles, à couper de l'herbe, à travailler dans les équipes des routes, et quelquefois à aller en reconnaissance.

– Des samouraïs, haha! dit Takezō. Quelle blague! La tête d'un général! Je n'ai pas même approché de samouraï ennemi; ne parlons pas de général. Du moins, tout ça, c'est fini. Et maintenant, qu'allons-nous faire? Je ne peux te laisser ici tout seul. Si je le faisais, je ne pourrais plus jamais regarder à nouveau ta mère ou Otsū en face.

– Takezō, je ne te rends pas responsable du gâchis où nous sommes. Ce n'est pas de ta faute si nous avons perdu. S'il y a quelqu'un à blâmer, c'est ce faux jeton de Kobayakawa. Ça me ferait vraiment plaisir de le tenir. Je le tuerais, ce salaud!

Deux heures plus tard, ils se tenaient au bord d'une petite plaine, à contempler un océan de miscanthus pareils à des roseaux malmenés et brisés par la tempête. Point de maisons. Point de lumières.

Ici aussi, il y avait des quantités de cadavres, qui gisaient dans la position même où ils étaient tombés. La tête de l'un d'eux reposait dans les hautes herbes. Un autre était à la renverse dans un ruisseau. Un autre encore formait un enchevêtrement grotesque avec un cheval mort. La pluie avait lavé le sang, et dans le clair de lune la chair morte avait l'aspect d'écailles de poisson. Tout autour d'eux, c'était la solitaire litanie automnale des grillons.

Un flot de larmes laissa des traînées blanches le long des joues sales de Matahachi. Il poussa le soupir d'un homme très malade.

– Takezō, si je meurs, prendras-tu soin d'Otsū?
– Qu'est-ce que tu me chantes là?
– Il me semble que je suis en train de mourir.

Takezō se rebiffa :

– Eh bien, si tu le crois, il est probable que tu mourras. (Il était exaspéré : il souhaitait que son ami eût plus de force, de manière à pouvoir se reposer sur lui de temps à autre, non point physiquement, mais pour qu'il l'encourageât.) Allons, Matahachi ! Arrête de pleurnicher.

– Ma mère a des gens pour s'occuper d'elle, mais Otsū est absolument seule au monde. Elle l'a toujours été. J'ai tant de chagrin pour elle, Takezō ! Promets-moi de prendre soin d'elle si je viens à disparaître.

– Ressaisis-toi ! La diarrhée n'a jamais tué personne. Tôt ou tard, nous allons trouver une maison ; alors, je te mettrai au lit et te trouverai un remède quelconque. Et maintenant, cesse de pleurnicher et de parler de mourir !

Un peu plus loin, ils arrivèrent à un endroit où l'entassement des cadavres donnait à supposer qu'une division entière avait été anéantie. Maintenant, ils étaient aguerris à la vue des entrailles. Ils contemplèrent la scène avec une froide indifférence, et s'arrêtèrent pour se reposer de nouveau.

Alors qu'ils reprenaient haleine, ils entendirent bouger parmi les corps. Tous deux reculèrent, effrayés ; d'instinct, ils se tapirent, les yeux écarquillés, les sens en alerte.

La silhouette fit un bond pareil à celui d'un lapin surpris. Leurs yeux s'accoutumant, ils virent qu'elle était accroupie. Croyant d'abord qu'il s'agissait d'un samouraï égaré, ils se préparèrent à un combat dangereux, mais à leur stupéfaction le farouche guerrier se révéla être une jeune fille. Elle paraissait environ treize ou quatorze ans, et portait un kimono aux manches arrondies. L'étroite obi qui lui entourait la taille, bien que raccommodée par endroits, était en brocart d'or ; là, au milieu des cadavres, elle offrait un bien curieux spectacle. Elle leva sur eux des yeux de chat soupçonneux et rusés.

Takezō et Matahachi se posaient tous deux la même question : que diable une jeune fille venait-elle faire en pleine nuit dans ce champ plein de cadavres et de fantômes ?

Durant un moment, tous deux se bornèrent à lui rendre son regard. Puis Takezō dit :

– Qui es-tu ? (Elle cilla à deux ou trois reprises, se leva et s'éloigna en courant.) Arrête ! cria Takezō. Je veux seulement te poser une question. Ne t'en va pas. (Mais elle était partie, pareille à un éclair dans la nuit. Le son d'une clochette s'éloigna mystérieusement dans les ténèbres.) Se peut-il qu'il se soit agi d'un fantôme ? rêva tout haut Takezō en contemplant d'un regard vide la brume légère.

Matahachi, frissonnant, se força à rire.

– S'il y en avait par ici, je crois que ce seraient des fantômes de soldats, tu ne crois pas ?

– Je regrette de l'avoir effrayée, dit Takezō. Il doit absolument y avoir un village quelque part dans les parages. Elle aurait pu nous indiquer le chemin.

Ils se remirent en route, et gravirent la plus proche des deux collines qui se dressaient devant eux. Dans le creux, de l'autre côté, il y avait le marais qui s'étendait au sud du mont Fuwa. Et une lumière, à moins d'un kilomètre.

En s'approchant de la ferme, ils eurent l'impression qu'il ne s'agissait pas d'un simple moulin. D'abord, elle était entourée d'un épais mur de terre. En outre, son portail était presque majestueux. Du moins les vestiges du portail, car il était vieux et avait grand besoin de réparations.

Takezō monta vers la porte, et frappa légèrement.

– Il y a quelqu'un ? (N'obtenant pas de réponse, il essaya de nouveau.) Je regrette de vous déranger à pareille heure, mais le camarade qui m'accompagne est malade. Nous ne voulons pas vous gêner le moins du monde... il a seulement besoin de se reposer un peu.

Ils entendirent chuchoter à l'intérieur, et bientôt quelqu'un venir à la porte.

– Vous êtes des traînards de Sekigahara, hein ?

La voix était celle d'une jeune fille.

– C'est bien ça, répondit Takezō. Nous combattions sous les ordres du seigneur Shimmen, d'Iga.

– Allez-vous-en ! Si l'on vous trouve par ici, nous aurons des ennuis.

– Écoutez-moi : nous regrettons beaucoup de vous importuner ainsi, mais nous avons beaucoup marché. Mon ami a besoin de repos, voilà tout, et...

– Je vous en prie, partez !

– Bon, si vous le voulez vraiment, mais ne pourriez-vous donner à mon camarade un médicament quelconque ? Il a l'estomac en si mauvais état qu'il nous est difficile de continuer.

– Mon Dieu, je ne sais pas...

Au bout d'une ou deux secondes, ils entendirent des pas et un léger tintement qui s'éloignait vers l'intérieur de la maison.

C'est à cet instant précis qu'ils remarquèrent le visage. À une fenêtre latérale, un visage de femme qui les avait observés depuis le début.

– Akemi, cria-t-elle, fais-les entrer ! Ce sont de simples soldats. Les patrouilles de Tokugawa ne vont pas aller perdre leur temps avec eux. Ils n'ont aucune importance.

Akemi ouvrit la porte, et la femme qui se présenta sous le nom d'Okō vint écouter l'histoire de Takezō.

Ils furent autorisés à dormir au bûcher. L'on administra à Matahachi, pour calmer ses douleurs intestinales, de la poudre de charbon de bois de magnolia et un léger gruau de riz contenant de la ciboule. Durant les quelques jours qui suivirent, il dormit presque sans interruption tandis que Takezō, tout en le veillant, soignait les blessures de balles de sa cuisse à l'alcool.

Environ une semaine après, Takezō et Matahachi, assis, bavardaient.

– Elles doivent bien exercer un métier quelconque, observa Takezō.

– Ce qu'elles font m'est complètement indifférent. Je suis seulement content qu'elles nous aient pris chez elles.

Mais la curiosité de Takezō était en éveil.

– La mère n'est pas si vieille que ça, reprit-il. Curieux que ces deux femmes vivent seules ici, dans les montagnes.

– Heu... tu ne trouves pas que la fille ressemble un peu à Otsū ?

– Quelque chose en elle me rappelle Otsu mais je ne crois pas qu'elles se ressemblent vraiment. Elles sont toutes les deux jolies, voilà la vérité. Que crois-tu qu'elle faisait la première fois que nous l'avons vue, à se faufiler en pleine nuit au milieu de tous ces cadavres ? Ça n'avait

23

pas l'air de la gêner le moins du monde. Haha! je revois encore la scène. Elle avait le visage tranquille et serein de ces poupées qu'ils fabriquent à Kyoto. Quel spectacle!

Matahachi lui fit signe de se taire.

– Chhh!... J'entends sa clochette.

Les coups légers frappés à la porte par Akemi évoquaient ceux d'un pivert.

– Matahachi, Takezō... appela-t-elle doucement.

– Oui?

– C'est moi.

Takezō se leva et ouvrit le loquet. Elle entra, chargée d'un plateau de nourriture et de remèdes, et leur demanda comment ils allaient.

– Beaucoup mieux, grâce à vous et à votre mère.

– Mère a dit que même si vous allez mieux, il ne faut ni parler trop fort, ni sortir.

Takezō prit la parole pour eux deux :

– Nous sommes vraiment navrés de vous causer tant de soucis.

– Oh! ça n'a pas d'importance, il faut seulement faire attention. Ishida Mitsunari et certains des autres généraux n'ont pas encore été pris. Ils surveillent étroitement la région, et les routes sont encombrées des troupes de Tokugawa.

– Vraiment?

– C'est pourquoi, même si vous n'êtes que de simples soldats, mère a dit que si l'on nous prend à vous cacher, on nous arrêtera.

– Nous serons sages comme des images, promit Takezō. Je couvrirai même la figure de Matahachi avec un torchon s'il ronfle trop fort.

Akemi sourit, se détourna pour sortir et dit :

– Bonne nuit. À demain matin.

– Un instant! cria Matahachi. Pourquoi ne restez-vous pas bavarder un peu avec nous?

– Impossible.

– Et pourquoi donc?

– Mère ne serait pas contente.

– À quoi bon vous inquiéter d'elle? Quel âge avez-vous?

– Seize ans.
– Petite pour votre âge, non ?
– Merci du renseignement.
– Où est votre père ?
– Je n'ai plus de père.
– Pardon. Alors, de quoi vivez-vous ?
– Nous fabriquons du moxa.
– Ce remède contre la douleur que l'on vous brûle sur la peau ?
– Oui, le moxa de par ici est célèbre. Au printemps, nous cueillons des herbes sur le mont Ibuki. L'été, nous les mettons à sécher ; en automne et en hiver, nous en faisons du moxa. Nous le vendons à Tarui. Les gens viennent de partout à seule fin d'en acheter.
– Je pense bien que vous n'avez pas besoin d'un homme à la maison pour faire ça.
– Eh bien, si c'est là tout ce que vous désiriez savoir, je ferais mieux de m'en aller.
– Encore une seconde, dit Takezō. J'ai une autre question à vous poser.
– Laquelle ?
– L'autre nuit, celle de notre arrivée ici, nous avons vu une fille, là-bas, sur le champ de bataille ; elle vous ressemblait trait pour trait. C'était vous, n'est-ce pas ? (Akemi fit rapidement demi-tour, et ouvrit la porte.) Que faisiez-vous, là-bas ?

Elle claqua la porte derrière elle, et tandis qu'elle courait vers la maison, la clochette tintait suivant un rythme étrange, irrégulier.

LE PEIGNE

À près d'un mètre soixante-quinze, Takezō était grand pour les gens de son époque. Son corps évoquait celui d'un beau coursier : fort et souple, avec de longs membres nerveux. Il avait des lèvres pleines, rouge vif, et ses épais sourcils noirs n'étaient pas broussailleux grâce à leur forme élégante. S'étendant bien au-delà des coins externes de ses yeux, ils accentuaient son aspect viril. Les villageois le surnommaient « l'enfant d'une année grasse », expression qui ne désignait que les enfants aux traits plus accentués que la moyenne. Loin d'être une insulte, ce surnom ne l'isolait pas moins des autres jeunes, ce qui le gêna beaucoup dans son enfance.

Bien qu'elle ne servît jamais pour désigner Matahachi, l'expression eût tout aussi bien pu s'appliquer à lui. Un peu plus court et trapu que Takezō, il avait le torse en tonneau et la face ronde, ce qui donnait une impression de jovialité sinon de franche bouffonnerie. Il avait tendance, en parlant, à rouler ses yeux globuleux, un peu saillants, et la plupart des plaisanteries faites à ses dépens le comparaient aux grenouilles qui ne cessent de coasser durant les nuits d'été.

À l'apogée de leur croissance, les deux adolescents étaient prompts à se remettre de la plupart des maux physiques. Quand Takezō fut tout à fait guéri de ses blessures, Matahachi ne put supporter plus longtemps son incarcération. Il se mit à arpenter le bûcher comme un fauve en cage, en se plaignant sans fin d'être emprisonné. Plus d'une fois, il commit l'erreur de déclarer qu'il avait l'impression d'être un grillon dans un trou humide et sombre, s'exposant de la sorte à la repartie de Takezō : grenouilles et grillons passent pour apprécier de pareilles conditions de logement. À un certain moment, Matahachi dut se mettre à épier la maison, car un jour il se pencha au-dessus de son compagnon de cellule, comme pour lui faire part d'une fracassante nouvelle :

– Tous les soirs, chuchota-t-il gravement, la veuve se met de la poudre sur la figure et se fait belle !

Le visage de Takezō devint celui d'un garçon de douze ans qui déteste les filles, et constate chez son meilleur ami une défection, un intérêt naissant pour « elles ». Matahachi s'était rendu coupable de trahison, et Takezō le considérait avec un dégoût caractérisé.

Matahachi commença d'aller à la maison s'asseoir au coin du feu avec Akemi et sa jeune mère. Au bout de trois ou quatre jours passés à bavarder et plaisanter avec elles, l'hôte aimable fit partie de la famille. Il cessa de retourner au bûcher, même la nuit, et, les rares fois qu'il le fit, son haleine sentait le saké, et il essayait d'attirer Takezō dans la maison en lui vantant la belle vie que l'on menait à quelques mètres.

– Tu es fou ! répliquait Takezō, exaspéré. Tu vas nous faire tuer, ou tout au moins ramasser. Nous sommes des vaincus, des fuyards – ne peux-tu donc te mettre ça dans la tête ? Nous devons prendre garde et nous faire tout petits jusqu'à ce que les choses se calment.

Mais il ne tarda pas à se lasser de raisonner son ami épris de plaisir, et, à la place, commença de lui répondre avec sécheresse : « Je n'aime pas le saké », ou d'autres fois : « Je me plais bien au bûcher. C'est confortable. »

Takezō, lui aussi, commençait à s'énerver. Il s'ennuyait à périr, et finit par montrer des signes de faiblesse :

– Est-ce que vraiment on ne risque rien ? demandait-il. Je veux dire : dans les parages ? Aucune trace de patrouilles ? Tu es bien sûr ?

Après avoir été enterré vingt jours dans le bûcher, il finit par en sortir pareil à un prisonnier de guerre à moitié mort de faim. Sa peau avait l'aspect translucide et cireux de la mort, d'autant plus visible par contraste avec son ami rougi par le soleil et le saké. Il leva des yeux clignotants vers la clarté du ciel bleu, et, s'étirant largement, bâilla comme un fauve. Lorsqu'il eut enfin refermé la bouche, on put voir qu'il n'avait cessé de froncer les sourcils. Il semblait soucieux.

– Matahachi, dit-il d'un ton sérieux, nous abusons de l'hospitalité de ces femmes. Elles prennent un gros risque en nous gardant chez elles. Je crois que nous devrions rentrer chez nous.

– Je pense que tu as raison, dit Matahachi. Mais on ne laisse personne traverser les lignes sans contrôle. Les routes d'Ise et de Kyoto sont l'une et l'autre impraticables, si l'on en croit la veuve. Elle dit que nous ne devrions pas bouger avant les premières neiges. La fille est du même avis. Elle dit que nous devrions rester cachés, et tu sais qu'elle est par monts et par vaux tous les jours.

– Tu appelles se cacher être assis à boire au coin du feu ?

– Bien sûr. Sais-tu ce que j'ai fait ? L'autre jour, des hommes de Tokugawa – ils continuent à rechercher le général Ukita – sont venus fureter par ici. Je me suis tout simplement débarrassé de ces salauds en sortant les saluer. (Ici, comme Takezō ouvrait des yeux incrédules, Matahachi éclata d'un gros rire. Une fois calmé, il poursuivit :) Tu es plus en sûreté dehors, en plein air, que tapi dans le bûcher à guetter les bruits de pas et à devenir fou. Voilà ce que j'ai essayé de te faire comprendre.

À nouveau, Matahachi fut repris de fou rire, et Takezō haussa les épaules.

– Sans doute as-tu raison. C'est peut-être le meilleur parti à prendre.

Il avait beau conserver ses doutes, après cette conversation il se transféra dans la maison. Okō, qui de toute évidence aimait la compagnie, surtout celle des hommes, les mit parfaitement à l'aise. Pourtant, de temps à autre, elle les faisait sursauter en suggérant que l'un d'eux épousât Akemi. Cela paraissait troubler Matahachi plus que Takezō qui se contentait d'ignorer la suggestion, ou l'écartait d'une plaisanterie.

C'était la saison des *matsutaké* charnus et parfumés qui poussent au pied des pins, et Takezō se risqua à aller cueillir ces gros champignons sur la montagne boisée, juste derrière la maison. Akemi, un panier à la main, les cherchait d'arbre en arbre. Chaque fois qu'elle discernait leur odeur, sa voix innocente résonnait à travers le bois :

– Takezō, par ici ! Il y en a des tas !

Tout en prospectant dans les parages, il répondait invariablement :

– Il y en a des quantités par ici aussi.

À travers les branches de pins, le soleil automnal descendait vers eux en fins rayons inclinés. Le tapis d'aiguilles de pins, sous le frais abri des arbres, était d'un rose tendre et poudreux. Quand ils étaient fatigués, Akemi le mettait au défi avec un petit rire :

– Voyons lequel en a le plus !

– C'est moi, répliquait-il avec suffisance, sur quoi elle entreprenait d'inspecter son panier.

Ce jour-là ne différait en rien des autres.

– Haha ! Je m'en doutais ! criait-elle. (Avec une joie

triomphante, propre aux seules filles aussi jeunes, sans une ombre de gêne ou de modestie affectée, elle se penchait sur le panier du garçon.) Vous avez des champignons vénéneux dans votre lot! (Alors, elle les rejeta l'un après l'autre, sans aller jusqu'à les compter à voix haute, mais avec des mouvements si lents et si délibérés qu'ils ne pouvaient guère échapper à Takezo, même s'il fermait les yeux. Elle lança chacun d'eux aussi loin qu'elle put. Sa tâche accomplie, elle leva les yeux, son jeune visage tout rayonnant de contentement de soi.) Et maintenant, voyez comme j'en ai plus que vous!

— Il se fait tard, marmonna Takezō. Rentrons.

— Vous êtes fâché parce que vous avez perdu, hein?

Elle se mit à dévaler le flanc de la montagne à la façon d'une faisane, mais soudain s'arrêta net; une expression alarmée lui assombrissait le visage. À mi-pente, un homme grand comme une montagne s'approchait en diagonale à travers bois; il marchait à longues enjambées traînantes, et ses yeux étincelants fixaient la frêle jeune fille qui se tenait devant lui. Il effrayait par son aspect primitif. Tout en lui exprimait la lutte pour la vie, et il avait un air nettement belliqueux: féroces sourcils en broussaille, épaisse lèvre supérieure retroussée, sabre pesant, cotte de mailles, peau de bête l'enveloppant.

— Akemi! rugit-il en s'approchant d'elle.

Il avait beau faire un large sourire qui découvrait une rangée de dents jaunes et gâtées, le visage d'Akemi n'exprimait toujours que de l'horreur.

— Est-ce que ta merveilleuse maman est chez elle? demanda-t-il avec une ironie pesante.

— Oui, répondit-elle d'une petite voix.

— Eh bien, en rentrant, je veux que tu lui fasses une commission. Veux-tu me rendre ce service?

Il parlait avec une politesse feinte.

— Oui.

Le ton de sa voix se fit rude:

— Dis-lui qu'elle n'essaie pas de toucher de l'argent derrière mon dos. Dis-lui que je passerai bientôt pour avoir ma part. Compris? (Akemi se taisait.) Elle croit sans doute que je n'y vois que du feu, mais l'homme à qui elle a vendu la marchandise est venu tout droit me trouver. Je parie que tu allais toi aussi à Sekigahara, hein, petite ?

– Non, bien sûr que non ! protesta-t-elle faiblement.

– Bon, ça va. Répète-lui seulement ce que je t'ai dit. Si elle fait encore des siennes, je la chasse de la région à coups de pied dans le derrière.

Il considéra un moment la fille avec des yeux furibonds, puis s'éloigna pesamment vers le marais.

Takezō détourna les yeux de l'inconnu qui s'éloignait, et regarda Akemi d'un air inquiet :

– Qui diable était ce bonhomme ?

Akemi, dont les lèvres tremblaient encore, répondit avec lassitude :

– Il s'appelle Tsujikazé. Il est du village de Fuwa.

Sa voix n'était guère plus qu'un chuchotement.

– C'est un pillard, hein ?

– Oui.

– Qu'est-ce qui le tracasse comme ça ? (Elle se tenait là sans répondre.) Je ne le répéterai à personne, lui assura-t-il. Vous est-il même impossible de me le dire ?

Akemi, visiblement très malheureuse, avait l'air de chercher ses mots. Soudain, elle se pencha contre la poitrine de Takezō en le suppliant :

– Promettez-moi de ne le dire à personne !

– À qui le dirais-je ? Aux samouraïs de Tokugawa ?

– Vous vous rappelez la nuit où vous m'avez vue pour la première fois ? À Sekigahara ?

– Bien sûr, que je me rappelle.

– Alors, vous n'avez pas encore compris ce que je faisais ?

– Non. Je n'y ai jamais songé, dit-il sans vergogne.

– Eh bien, j'étais en train de voler !

Elle le scrutait pour juger de sa réaction.

– De voler ?

– Après une bataille, je vais au champ de bataille prendre des affaires aux soldats morts, sabres, ornements de fourreaux, sacs d'encens – tout ce que l'on peut vendre. (À nouveau, elle le regarda en quête d'un signe de désapprobation, mais son visage n'en trahissait aucun.) Ça me fait peur, soupira-t-elle. (Puis, pratique :) Mais nous avons besoin de cet argent pour vivre, et si je dis que je ne veux pas y aller, mère se met en fureur.

Le soleil était encore assez haut dans le ciel. À la suggestion d'Akemi, Takezō s'assit dans l'herbe. À travers les pins, ils pouvaient apercevoir la maison, en bas, dans le marais.

Takezō se fit à lui-même un signe de tête affirmatif, comme s'il était en train de comprendre quelque chose. Un peu plus tard, il dit :

– Alors, cette histoire de cueillir des herbes dans les montagnes, d'en faire du moxa, tout ça n'était qu'un mensonge ?

– Oh ! non. Nous faisons ça aussi. Mais mère a de tels goûts de luxe ! Le moxa ne suffirait jamais à nous faire vivre. Quand mon père était de ce monde, nous habitions la plus grande maison du village... de tous les sept villages d'Ibuki, même. Nous avions des tas de domestiques, et mère portait toujours des affaires magnifiques.

– Votre père était marchand ?

– Oh ! non. Il était le chef des pillards de l'endroit. (Les yeux d'Akemi brillaient d'orgueil. Il était clair qu'ayant cessé de craindre la réaction de Takezō, elle donnait libre cours à ses véritables sentiments, sa mâchoire et ses petits poings serrés.) C'est ce Tsujikazé Temma – l'homme que nous venons de rencontrer – qui l'a tué. Du moins, à ce que tout le monde prétend.

– Vous voulez dire que votre père a été assassiné ?

En silence elle fit signe que oui, et se mit à pleurer malgré elle ; Takezō, tout au fond de lui, commença de s'attendrir. Au début, il n'avait pas éprouvé beaucoup de sympathie pour la jeune fille. Bien que plus petite que la plupart des autres filles de seize ans, elle s'exprimait la plupart du temps comme une adulte, et il lui arrivait de faire un mouvement rapide qui vous mettait sur vos gardes. Mais quand les larmes se mirent à couler de ses longs cils, la pitié fit soudain fondre Takezō. Il eut envie de la prendre dans ses bras, de la protéger.

Cette fille, pourtant, n'avait nullement bénéficié d'une bonne éducation. Qu'il n'y eût point de métier plus noble que celui de son père, jamais elle ne paraissait en douter.

Sa mère l'avait persuadée qu'il était parfaitement légitime de dépouiller des cadavres, non pour vivre tout court, mais pour vivre agréablement. Maints voleurs fieffés eussent reculé devant pareille tâche.

Au cours des longues années de luttes féodales, on en était arrivé au point où tous les bons à rien des campagnes vivaient de ce trafic. On en était plus ou moins venu à trouver cela naturel. Quand la guerre éclatait, les chefs militaires locaux recouraient même à eux, les récompensant généreusement pour incendier les provisions de l'ennemi, répandre de fausses rumeurs, voler des chevaux dans les camps adverses, et ainsi de suite. Le plus souvent, ces services étaient rétribués ; pourtant, même quand ce n'était pas le cas, la guerre offrait une foule d'occasions ; outre la fouille des cadavres – en quête d'objets de valeur –, ils pouvaient parfois même resquiller des récompenses pour avoir tué des samouraïs trouvés par hasard et dont ils s'étaient bornés à ramasser la tête. Une seule grande bataille permettait à ces chapardeurs sans scrupules de vivre confortablement durant six mois ou un an.

Aux époques les plus troublées, même le fermier et le bûcheron ordinaires avaient appris à profiter de la misère humaine et de l'effusion de sang. La bataille aux abords de leur village avait beau empêcher ces âmes simples de travailler, ils s'étaient ingénieusement adaptés à la situation, et avaient découvert le moyen de vivre, comme les vautours, des vestiges de la vie humaine. En partie à cause de ces intrus, les pillards professionnels maintenaient sur leurs territoires personnels une stricte surveillance. C'était une règle absolue que les braconniers – c'est-à-dire les brigands qui empiétaient sur le domaine des brigands plus puissants – ne pouvaient rester impunis. Ceux qui osaient enfreindre les prétendus droits de ces bandits étaient passibles de châtiments cruels.

Akemi frissonna et dit :

– Qu'allons-nous faire ? Les acolytes de Temma sont en route pour venir ici, j'en suis sûre.

– Ne vous inquiétez pas, lui dit Takezō. S'ils viennent vraiment, je les recevrai moi-même.

À leur descente de la montagne, le crépuscule était tombé sur le marais, et tout était calme. Une traînée de fumée provenant du feu du bain, à la maison, rampait au faîte d'une haute rangée de joncs comme un serpent ondulant, aérien. Okō, ayant fini de se maquiller pour le soir, se tenait debout, désœuvrée, à la porte de derrière. Lorsqu'elle vit sa fille s'approcher au côté de Takezō, elle cria :
– Akemi, que fais-tu dehors aussi tard ?

Il y avait de la sévérité dans son œil et dans sa voix. La jeune fille, qui marchait d'un air distrait, sursauta. Elle était plus sensible aux humeurs de sa mère qu'à n'importe quoi d'autre. Sa mère avait à la fois favorisé cette sensibilité et appris à l'exploiter, à manipuler sa fille ainsi qu'une marionnette, d'un simple regard ou d'un simple geste. Akemi s'écarta vivement de Takezō, et, rougissant de façon notable, courut se réfugier dans la maison.

Le lendemain, Akemi raconta à sa mère sa rencontre avec Tsujikazé Temma. Okō entra en fureur.
– Pourquoi ne me l'as-tu pas dit tout de suite ? cria-t-elle en s'agitant comme une folle, s'arrachant les cheveux, et sortant des objets des tiroirs et des armoires pour les empiler au milieu de la pièce. Matahachi ! Takezō ! Donnez-moi un coup de main ! Il faut tout cacher.

Matahachi déplaça une planche indiquée par Okō, et se hissa au-dessus du plafond. Il n'y avait guère de place entre le plafond et les chevrons. À peine pouvait-on s'y glisser, mais cela servait le dessein d'Okō, et selon toute vraisemblance celui de son défunt mari. Takezō, debout sur un tabouret entre la mère et la fille, se mit à tendre à Matahachi les objets, l'un après l'autre. Si Takezō n'avait pas entendu l'histoire d'Akemi, la veille, il aurait été stupéfait de la diversité des articles qu'il voyait maintenant.

Il savait que les deux femmes pratiquaient depuis longtemps ce négoce ; il ne s'en étonnait pas moins de tout ce qu'elles avaient accumulé. Il y avait là un poignard, un gland de javelot, le bras d'une armure, un casque sans couronne, un autel en miniature portatif, un rosaire bouddhiste, une hampe de drapeaux... Il y avait même une selle laquée, merveilleusement ciselée et abondamment décorée d'incrustations d'or, d'argent et de nacre.

À travers l'ouverture du plafond, Matahachi jeta un coup d'œil perplexe :
— C'est tout ?
— Non, il y a encore quelque chose, dit Okō en s'élançant hors de la pièce.

Un instant plus tard, elle était de retour avec un sabre en chêne noir, long de plus d'un mètre. Takezō se mit en devoir de l'élever vers les bras tendus de Matahachi, mais le poids, la courbure, l'équilibre parfait de cette arme lui firent une si profonde impression qu'il fut incapable de s'en dessaisir.

Il se tourna vers Okō, l'air gêné :
— Est-ce que je pourrais l'avoir ? demanda-t-il, et ses yeux trahissaient une vulnérabilité nouvelle.

Il baissa le regard, comme pour dire qu'il savait bien qu'il n'avait rien fait pour mériter le sabre.

— Vous le voulez vraiment ? demanda-t-elle avec douceur, d'un ton maternel.

— Oh ! oui... oui !

Bien qu'elle ne dît pas vraiment qu'il pouvait l'avoir, elle sourit, montrant une fossette, et Takezō sut que le sabre était à lui. Matahachi descendit d'un bond du plafond, plein d'envie. Il tripota le sabre avec convoitise, ce qui fit rire Okō.

— Voyez donc bouder ce petit bonhomme, parce qu'il n'a pas reçu de cadeau !

Elle essaya de l'apaiser en lui donnant une belle bourse de cuir, ornée de billes d'agate. Cela ne parut pas faire grand plaisir à Matahachi. Ses yeux retournaient sans cesse au sabre en chêne noir. Il était vexé, et la bourse ne parvint guère à atténuer la blessure de son amour-propre.

Du vivant de son époux, Okō avait pris l'habitude, à ce qu'il semblait, de prendre chaque soir, sans se presser, un bain très chaud, de se maquiller puis de boire un peu de saké. Bref, elle passait aussi longtemps à sa toilette que la plus payée des geishas. Ce n'était pas le genre de luxe que les gens du commun pouvaient se permettre, mais elle y tenait et avait même appris à Akemi à suivre une routine identique, bien que cela ennuyât la jeune fille, qui n'en comprenait pas la nécessité. Non seulement Okō aimait à bien vivre, mais elle était résolue à rester jeune éternellement.

Ce soir-là, tandis qu'ils étaient assis au coin du feu, Okō versa à Matahachi son saké, et tenta de convaincre Takezō d'en prendre aussi. Comme il refusait, elle lui mit la coupe dans la main, le saisit par le poignet, et le força à la porter à ses lèvres.

– Un homme doit être capable de boire, le gronda-t-elle. Si vous n'y arrivez pas seul, je vous aiderai.

De temps à autre, Matahachi la regardait avec gêne. Okō, consciente de son regard, se fit plus familière encore avec Takezō. Lui posant par jeu la main sur le genou, elle se mit à fredonner une chanson d'amour populaire.

Cette fois, c'en était trop pour Matahachi. Se tournant soudain vers Takezō, il explosa :

– Il va falloir nous en aller bientôt !

Cela produisit l'effet désiré :

– Mais... mais... où iriez-vous ? bégaya Okō.

– Nous rentrerions à Miyamoto. Ma mère est là-bas, ainsi que ma fiancée.

Momentanément prise de court, Okō fut prompte à recouvrer son sang-froid. Ses yeux se rétrécirent à la dimension de fentes, son sourire se figea, sa voix devint aigre.

– En ce cas, veuillez accepter mes excuses de vous retarder, de vous recevoir et de vous donner un foyer. Si une jeune fille vous attend, dépêchez-vous de rentrer. Loin de moi la pensée de vous retenir !

Ayant reçu le sabre en chêne noir, Takezō ne le quitta plus. Le simple fait de le tenir en main lui causait un plaisir indescriptible. Souvent, il en serrait fortement la poignée, ou bien en passait le bord externe le long de sa paume à seule fin de sentir la proportion parfaite de sa courbure. En dormant, il le serrait contre lui. Le frais contact de la surface ligneuse contre sa joue lui rappelait le plancher du dōjō où il avait pratiqué les techniques du sabre en hiver. Cet instrument presque parfait, à la fois artistique et mortel, réveillait en lui l'esprit combatif qu'il avait hérité de son père.

Takezō avait adoré sa mère, mais elle avait quitté son père et était allée vivre ailleurs alors qu'il était encore en bas âge, le laissant seul avec Munisai, un officier très à cheval sur les principes, qui n'aurait pas su gâter un enfant dans le cas improbable où il l'aurait voulu. En présence de son père, le petit garçon s'était toujours senti gêné, effrayé, jamais vraiment à l'aise. Quand il eut neuf ans, il brûlait à tel point d'entendre une parole bienveillante de sa mère qu'il s'enfuit de chez lui pour faire tout le chemin de la province de Harima, où elle vivait. Takezō ne sut jamais pourquoi sa mère et son père s'étaient séparés, et, à cet âge, peut-être qu'une explication n'aurait pas servi à grand-chose. La mère avait épousé un autre samouraï duquel elle avait un autre enfant.

Une fois arrivé à Harima, le petit fugueur ne fut pas long à retrouver sa mère. Elle l'emmena dans un endroit boisé, derrière le sanctuaire local, pour qu'on ne les vît pas, et, là, les yeux pleins de larmes, le serra dans ses bras en tâchant de lui expliquer pourquoi il devait retourner chez son père. Takezō n'oublia jamais la scène ; toute son existence, il devait se la rappeler dans les moindres détails.

Bien sûr, Munisai, en bon samouraï qu'il était, dès qu'il avait appris la disparition de son fils avait envoyé des émissaires pour le ramener. On pouvait facilement deviner où l'enfant s'était réfugié. On le ramena à Miyamoto comme un fagot, ficelé sur le dos d'un cheval non sellé. Munisai l'accueillit en le traitant de moutard insolent, et, dans un état de fureur confinant à l'hystérie, le battit comme plâtre. Plus nettement que tout le reste, Takezō se souvenait de quelle manière venimeuse son père avait lancé son ultimatum :

– Si tu retournes encore une fois chez ta mère, je te renie.

Peu de temps après cet incident, Takezō apprit que sa mère était tombée malade et était morte. Sa mort transforma cet enfant tranquille et mélancolique en brute. Munisai lui-même finit par le craindre. Quand il s'approchait du garçon avec un bâton, l'adolescent ripostait avec un gourdin. Le seul à lui tenir tête était Matahachi, lui aussi fils de samouraï ; les autres enfants pliaient tous devant Takezō. Dès sa douzième ou treizième année, il était presque aussi grand qu'un adulte.

Une année, un escrimeur errant, du nom d'Arima Kihei, hissa un drapeau blasonné d'or, et proposa de relever les défis des villageois. Takezō le tua sans effort ; les villageois firent l'éloge de sa prouesse. Mais la haute opinion qu'ils avaient de lui ne dura guère : avec les années, il devenait de plus en plus intraitable et brutal. Beaucoup le croyaient sadique, et bientôt, à sa vue, les gens prirent le large. Son attitude envers eux en vint à refléter leur froideur.

Quand son père, plus dur et inflexible que jamais, finit par mourir, le caractère cruel de Takezō s'amplifia encore. N'eût été sa sœur aînée, Ogin, il se fût sans doute mis dans quelque très mauvais cas, et eût été chassé du village par une foule irritée. Par chance, il aimait beaucoup sa sœur, et, sans recours devant ses larmes, faisait généralement tout ce qu'elle lui demandait.

Le départ pour la guerre avec Matahachi représenta un tournant pour Takezō. Il indiquait que d'une façon quelconque, le jeune homme voulait s'insérer dans la société. La défaite de Sekigahara avait brutalement brisé cette espérance, et Takezō se trouva replongé dans la ténébreuse réalité d'où il croyait s'être échappé. Cet adolescent ne jouissait pas moins de l'extrême inconscience qui ne fleurit qu'aux époques troublées. Quand il dormait, son visage devenait aussi paisible que celui d'un petit enfant ; la pensée du lendemain ne l'agitait pas le moins du monde. Il avait sa part de rêves, endormi ou éveillé, mais ne souffrait guère de véritables déceptions. Parti avec si peu, il n'avait pas grand-chose à perdre, et bien qu'en un sens il fût un déraciné, il était aussi libre d'entraves.

Respirant de façon profonde et régulière, cramponné à son sabre de bois, Takezō en cet instant rêvait peut-être, un léger sourire aux lèvres, tandis que des visions de sa charmante sœur et de sa paisible ville natale passaient devant ses yeux clos, aux cils épais. Okō, une lampe à la main, se glissa dans sa chambre.

– Quel visage tranquille ! s'émerveilla-t-elle à mi-voix.

Elle tendit la main, et lui effleura les lèvres, puis souffla la lampe et s'étendit à côté de lui. Se pelotonnant comme une chatte, elle se rapprocha de son corps, centimètre par centimètre; son visage blanchi et sa chemise de nuit aux couleurs vives étaient cachés par l'obscurité. L'on n'entendait que les gouttes de rosée qui tombaient sur le rebord de la fenêtre.

« Je me demande s'il est encore vierge », songea-t-elle en tendant la main pour ôter le sabre de bois.

À peine l'eut-elle touché que Takezō, debout, cria :

– Au voleur! Au voleur!

Okō se trouva projetée sur la lampe, qui la blessa à l'épaule et à la poitrine. Takezō lui tordait le bras sans pitié. Elle cria de douleur.

Stupéfait, il lâcha prise.

– Oh! c'est vous! Je vous prenais pour un voleur.

– Aïe! gémissait Okō. Vous m'avez fait mal!

– Je suis désolé. Je ne savais pas que c'était vous.

– Vous ne connaissez pas votre force. Vous avez failli m'arracher le bras!

– J'ai dit que je le regrettais. En tout cas, qu'est-ce que vous faites là?

Ignorant son innocente question, elle fut prompte à se remettre de sa blessure au bras, et tenta de lui passer ce même bras autour du cou, en roucoulant :

– Ne vous excusez pas, Takezō...

Elle lui passait doucement le dos de la main contre la joue.

– Hé là! Qu'est-ce que vous faites? Vous êtes folle? criat-il en reculant à son contact.

– Ne fais pas tant de bruit, espèce d'idiot. Tu connais mes sentiments pour toi.

Elle essayait encore de le cajoler; il se défendait comme un homme attaqué par un essaim d'abeilles.

– Oui, et je vous en suis très reconnaissant. Aucun de nous deux n'oubliera jamais combien vous avez été bonne, de nous recevoir chez vous et tout.

– Je ne parle pas de ça, Takezō. Je parle de mes sentiments de femme... du tendre et doux sentiment que j'ai pour toi.

– Un instant! s'écria-t-il avec un sursaut. Je vais allumer la lampe!

– Oh ! comment peux-tu être si cruel ? pleurnicha-t-elle en essayant de le reprendre dans ses bras.

– Ne me touchez pas ! cria-t-il avec indignation. Arrêtez... je parle sérieusement !

Quelque chose dans sa voix, quelque chose d'intense et de résolu, effraya Okō au point qu'elle suspendit ses assauts.

Takezō, les membres en coton, claquait des dents. Jamais il n'avait rencontré un aussi redoutable adversaire. Même alors qu'il regardait les chevaux galoper tout près de lui à Sekigahara, son cœur n'avait pas autant battu la chamade. Il se recroquevillait dans un angle de la pièce.

– Allez-vous-en, je vous en prie, supplia-t-il. Retournez dans votre chambre. Sinon, j'appelle Matahachi. Je réveille toute la maisonnée !

Okō ne bougeait pas. Elle était là, dans l'obscurité, haletante, à le regarder fixement de ses yeux rétrécis. Elle n'entendait pas essuyer une rebuffade.

– Takezō, roucoula-t-elle à nouveau, ne comprends-tu pas ce que je ressens ? (Il ne répondit pas.) Ne le comprends-tu pas ?

– Si, mais comprenez-vous ce que je ressens moi, à être surpris dans mon sommeil, épouvanté et déchiré dans l'obscurité par une tigresse ?

À son tour, elle se tut. Un chuchotement bas, presque un grondement, sortit des profondeurs de sa gorge. Elle détacha furieusement chaque syllabe :

– Comment peux-tu me plonger à ce point dans l'embarras ?

– Je vous plonge dans l'embarras, *moi* ?

– Oui. Je suis mortifiée.

Ils étaient l'un et l'autre si tendus qu'ils ne s'étaient pas aperçus que l'on frappait à la porte, depuis un moment déjà, semblait-il. Et voici que les coups s'accompagnèrent de cris :

– Que se passe-t-il, là-dedans ? Êtes-vous sourds ? Ouvrez !

Une lumière apparut dans la fente, entre les volets. Akemi était déjà réveillée. Puis les pas de Matahachi s'approchèrent, et sa voix cria :

– Qu'est-ce qui se passe ?

Du couloir, maintenant, Akemi criait, inquiète :

– Mère ! Es-tu là ? Réponds-moi, je t'en prie !

À tâtons, Okō regagna sa propre chambre, adjacente à celle de Takezō, et de là répondit. Les hommes, au-dehors, semblaient avoir forcé les volets et pris d'assaut la maison. En arrivant à la grande salle, Okō vit six ou sept paires de larges épaules se presser dans la cuisine contiguë, au sol en terre battue, plus basse d'une bonne marche : elle se trouvait à un niveau inférieur à celui des autres pièces.

L'un des hommes cria :

– C'est Tsujikazé Temma ! Donne-nous de la lumière !

Les hommes s'élancèrent avec brutalité dans la partie principale de la maison. Ils ne prirent même pas le temps d'ôter leurs sandales, signe certain de mauvaises manières. Ils se mirent à fouiller partout : dans les armoires, dans les tiroirs, sous l'épais tatami de paille qui couvrait le sol. Trônant comme un roi près du foyer, Temma regardait ses acolytes mettre à sac les pièces de manière systématique. Il jubilait de diriger les opérations, mais parut bientôt se lasser de sa propre inaction.

– Ça n'avance pas, gronda-t-il en frappant du poing le tatami. Tu dois en avoir ici. Où ça ?

– Je ne sais pas de quoi vous parlez, répondit Okō, en joignant d'un air patient les mains sur son ventre.

– À d'autres, femme ! brailla-t-il. Où est-ce ? Je sais que c'est ici !

– Je n'ai rien !

– Rien ?

– Rien.

– Eh bien alors, peut-être que tu dis vrai. Peut-être qu'on m'aura mal renseigné... (Il la considéra d'un air soupçonneux, en tirant sur sa barbe et en la grattant.) Suffit, les gars ! tonna-t-il.

Cependant, Okō s'était assise dans la pièce voisine, la porte coulissante large ouverte. Elle avait beau lui tourner le dos, même ainsi elle paraissait le défier, comme pour lui dire qu'il pouvait continuer de fouiller partout selon sa fantaisie.

– Okō! appela-t-il d'un ton bourru.
– Que voulez-vous? répondit-elle d'un ton glacial.
– Et si tu nous donnais un petit quelque chose à boire?
– Voulez-vous de l'eau?
– Ne me provoque pas… la mit-il en garde, menaçant.
– Le saké est là-bas. Buvez-le si vous le voulez.
– Oh! Okō… dit-il, radouci, l'admirant presque pour son sang-froid opiniâtre. Sois pas comme ça. Ça fait longtemps que je ne suis pas venu te voir. C'est-y une façon de traiter un vieil ami?
– Drôle de visite!
– Allons, calme-toi. C'est en partie de ta faute, tu sais. Trop de gens m'ont parlé de ce que fabriquait la « veuve de l'homme au moxa » pour croire que tout ça n'était que mensonges. On me dit que tu as envoyé ta jolie fille détrousser les cadavres.
– Prouvez-le! cria-t-elle d'une voix aiguë. Où sont vos preuves?
– Si j'avais eu l'intention de tirer ça au clair, je n'en aurais pas averti Akemi. Tu connais les règles du jeu. C'est mon territoire, et je dois fouiller ta maison. Sinon, tout le monde croirait pouvoir faire la même chose. Et alors, qu'est-ce que je deviendrais? Je dois me protéger, tu sais! (Elle le considérait en silence, dure, la tête à demi tournée vers lui, le menton et le nez fièrement dressés.) Allons, je vais fermer les yeux pour cette fois. Mais dis-toi bien que c'est une mesure de faveur.
– Une mesure de faveur? De qui? De vous? Vous voulez rire?
– Okō, dit-il d'un ton cajoleur, viens ici me verser à boire. (Comme elle ne bougeait pas, il explosa :) Espèce de folle! Tu ne vois donc pas que si tu étais gentille avec moi, tu n'aurais pas à vivre comme tu vis? (S'étant un peu calmé, il lui donna ce conseil :) Réfléchis.
– C'est trop de bonté pour moi, monsieur, répliqua-t-elle, venimeuse.
– Tu n'as donc pas d'amitié pour moi?
– Une simple question : qui a tué mon époux? Je suppose que vous souhaiteriez me faire accroire que vous l'ignorez?

– Si tu désires te venger de son assassin, quel qu'il soit, je serai heureux de t'y aider. Par tous les moyens en mon pouvoir.

– Ne faites pas l'innocent !

– Qu'est-ce que tu veux dire par là ?

– Il semble que l'on vous raconte tant de choses... Ne vous a-t-on pas dit que c'était vous-même qui l'aviez tué ? Ne vous a-t-on pas dit que le meurtrier, c'était Tsujikazé Temma ? Il n'y a que vous qui ne le sachiez pas. Je suis peut-être la veuve d'un pillard, mais je ne suis pas tombée assez bas pour batifoler avec l'assassin de mon mari.

– Fallait que ça sorte, hein ?... Pouvais pas t'en empêcher, eh ? (Avec un rire lugubre, il engloutit d'un trait la coupe de saké, et s'en versa une autre.) Tu sais, vraiment tu ne devrais pas dire des choses pareilles. Ça n'est pas bon pour ta santé... ni pour celle de ta jolie fille !

– J'élèverai Akemi comme il faut, et, une fois qu'elle sera mariée, je m'occuperai de vous. Parole d'honneur !

Temma éclata de rire au point que ses épaules et tout son corps en furent secoués comme de la gelée. Une fois qu'il eut avalé tout le saké qu'il put trouver, il fit signe à l'un de ses hommes, posté dans un angle de la cuisine, la lance à l'épaule.

– Toi, là-bas, tonna-t-il, écarte donc quelques-unes des planches du plafond avec la pointe de ta lance !

L'homme s'exécuta. Comme il faisait le tour de la pièce en sondant le plafond, le butin d'Okō se mit à choir en grêle.

– Exactement ce que je soupçonnais depuis le début, dit Temma en se levant avec lourdeur. Vous voyez, les gars. Des preuves ! Elle a enfreint la règle, ça ne fait aucun doute. Emmenez-la dehors, et administrez-lui son châtiment !

Les hommes se rapprochèrent de la grande salle, mais soudain s'arrêtèrent. Okō, debout sur le seuil ainsi qu'une statue, paraissait les mettre au défi de porter la main sur elle. Temma, descendu dans la cuisine, cria impatiemment :

– Qu'est-ce que vous attendez ? Amenez-la par ici !

Rien ne se produisit. Okō regardait toujours les hommes de haut en bas, et ils restaient comme paralysés.

Temma résolut de prendre la relève. Claquant la langue, il se dirigea vers Okō, mais lui aussi s'arrêta court en face du seuil. Debout derrière Okō, non visibles de la cuisine, se tenaient deux jeunes hommes d'aspect farouche. Takezō tenait bas le sabre de bois, en position pour briser les tibias du premier arrivant et de tout autre qui aurait la stupidité de le suivre. De l'autre côté se trouvait Matahachi brandissant un sabre, prêt à l'abattre sur la première nuque qui se risquerait à franchir le seuil. Akemi demeurait invisible.

– Alors, c'est donc ça, gémit Temma, en se rappelant soudain la scène à flanc de montagne. J'ai vu celui-là se promener l'autre jour avec Akemi... celui qui tient le bâton. Qui est l'autre ? (Ni Matahachi ni Takezō ne soufflèrent mot, indiquant nettement qu'ils entendaient répondre avec leurs armes. La tension monta.) Je ne sache pas qu'il y ait des hommes dans cette maison ! rugit Temma. Vous deux... Vous devez être de Sekigahara ! Vous avez intérêt à faire attention... je vous en avertis. (Aucun des deux ne bougea un muscle.) Tout le monde, dans la région, connaît le nom de Tsujikazé Temma ! Je vous montrerai ce que nous faisons aux traînards !

Silence. Temma, d'un geste, écarta ses hommes. L'un d'eux recula droit dans le foyer, au milieu de la salle. Il émit un cri aigu, et tomba dedans, envoyant une gerbe d'étincelles du petit bois enflammé jusqu'au plafond ; en quelques secondes, la salle se remplit de fumée.

– Ahhhh !

Comme Temma s'élançait dans la pièce, Matahachi abattit des deux mains son sabre, mais son aîné fut trop rapide pour lui, et le coup rebondit sur l'extrémité du fourreau de Temma. Okō s'était réfugiée dans l'angle le plus proche tandis que Takezō attendait, son sabre en chêne noir tenu horizontalement. Il visa Temma aux jambes, et balança l'arme de toutes ses forces. Le gourdin siffla dans les ténèbres, mais on n'entendit point de choc. La brute avait réussi à sauter juste à temps, et en retombant se jeta sur Takezō avec la force d'une catapulte.

Takezō eut l'impression de se trouver aux prises avec un ours. Jamais il ne s'était battu avec un homme aussi fort.

Temma le saisit à la gorge, et lui assena deux ou trois coups qui lui firent croire que son crâne allait éclater. Puis Takezō trouva son second souffle, et envoya Temma voler dans les airs. Il atterrit contre le mur, ébranlant la maison et tout ce qu'elle contenait. Alors que Takezō levait le sabre de bois pour l'abattre sur la tête de Temma, le pillard roula sur lui-même, bondit sur ses pieds et prit la fuite, Takezō sur ses talons.

Takezō était bien résolu à ne pas laisser Temma lui échapper. C'eût été dangereux. Sa décision était prise ; quand il le rattraperait, il ne le tuerait pas qu'à moitié. Il veillerait à ne lui laisser aucun souffle de vie.

Telle était la nature de Takezō : portée aux extrêmes. Dès sa plus tendre enfance, il y avait eu dans son sang quelque chose de primitif, quelque chose qui remontait aux féroces guerriers de l'ancien Japon, quelque chose d'aussi sauvage que pur. Cela ne connaissait ni les lumières de la civilisation ni les adoucissements de la connaissance. Cela ignorait aussi la modération. Il s'agissait là d'un trait naturel, celui qui avait toujours empêché son père de s'attacher à lui. Munisai avait tenté, à la façon typique des militaires, de fléchir la brutalité de son fils en le punissant fréquemment et sévèrement, mais une telle discipline avait eu pour effet d'accroître la sauvagerie du garçon ; ainsi la véritable férocité du sanglier se fait-elle jour lorsqu'il est privé de nourriture. Plus les villageois méprisaient le jeune voyou, plus il voulait leur en imposer.

En devenant un homme, cet enfant de la nature se lassa de fanfaronner à travers le village comme s'il en eût été le maître. Il était trop facile d'effaroucher les timides villageois. Il commença de rêver à de plus grandes choses. Sekigahara lui avait donné sa première leçon quant à la nature véritable du monde. Ses illusions de jeunesse étaient brisées – non qu'il en eût vraiment eu beaucoup au départ. Il ne lui serait jamais venu à l'esprit de ruminer sur l'échec de sa première « vraie » aventure, ou de rêver sur le caractère sombre de l'avenir. Il ignorait encore la signification de l'autodiscipline, et avait accepté sans peine toute cette sanglante catastrophe.

Or, voici que par hasard il était tombé sur un vraiment gros morceau : Tsujikazé Temma, le chef des pillards ! Il s'agissait là du genre d'adversaire qu'il avait brûlé de rencontrer à Sekigahara.

– Lâche ! cria-t-il. Accepte le combat !

Takezō courait comme un éclair à travers le champ noir comme la poix, sans cesser de lancer des injures. À dix pas devant lui, Temma fuyait comme s'il avait eu des ailes. Les cheveux de Takezō se dressaient littéralement sur sa tête, et le vent gémissait à ses oreilles. Il était heureux – il n'avait jamais été aussi heureux de sa vie. Plus il courait, plus il se rapprochait de la pure extase animale.

Il bondit sur le dos de Temma. Le sang jaillit à l'extrémité du sabre de bois, et un cri terrifiant perça le silence nocturne. La lourde carcasse du pillard tomba au sol comme une masse de plomb, et se retourna. Le crâne avait volé en éclats ; les yeux étaient exorbités. Après encore deux ou trois coups violents portés au corps, des côtes brisées transperçaient la peau.

Takezō leva le bras pour essuyer le flot de sueur qui lui coulait du front.

– Alors, te voilà content, capitaine ? demanda-t-il, triomphant.

Il reprit nonchalamment le chemin de la maison. Un observateur non prévenu aurait pu croire qu'il revenait de sa promenade du soir, sans le moindre souci en tête. Il se sentait libre, sans remords, sachant que si l'autre avait gagné, lui-même serait couché là-bas, mort et solitaire.

Des ténèbres jaillit la voix de Matahachi :

– C'est toi, Takezō ?

– Oui, répondit-il sourdement. Qu'est-ce qu'il y a ?

Matahachi courut à lui pour annoncer, hors d'haleine :

– J'en ai tué un ! Et toi ?

– J'en ai tué un, moi aussi.

Matahachi leva son sabre, trempé de sang jusqu'à la garde. Bombant le torse avec orgueil, il déclara :

– Les autres ont pris la fuite. Ces salauds de voleurs ne valent pas grand-chose au combat ! Pas de tripes ! Ne sont courageux que devant les cadavres, ha ! ha ! ha ! Vont très bien ensemble, que je dirais, ha ! ha ! ha !

Tous deux, tachés de sang, étaient aussi satisfaits qu'une paire de chatons bien nourris. Bavardant gaiement, ils se dirigèrent vers la lampe qui brillait au loin, Takezō avec son bâton ensanglanté, Matahachi avec son sabre sanglant.

Un cheval égaré passa la tête par la fenêtre, et inspecta la maison. Son ébrouement réveilla les deux dormeurs. En maudissant l'animal, Takezō lui donna une bonne claque sur les naseaux. Matahachi s'étira, bâilla et déclara qu'il avait fort bien dormi.

– Le soleil est déjà bien haut, dit Takezō.
– Tu crois que c'est l'après-midi ?
– Ça se pourrait bien !

Après un profond sommeil, les événements de la nuit précédente étaient presque oubliés. Pour ces deux-là, seuls existaient aujourd'hui et demain.

Takezō courut derrière la maison, et se mit torse nu. Accroupi au bord du clair et frais ruisseau de montagne, il s'aspergea d'eau le visage et les cheveux, se lava la poitrine et le dos. Levant la tête, il prit plusieurs inspirations profondes, comme pour essayer de boire la clarté solaire et tout l'air du ciel. Matahachi, encore ensommeillé, se rendit à la grande salle où il souhaita joyeusement le bonjour à Okō et Akemi.

– Comment ? Pourquoi les deux charmantes dames font-elles des têtes d'enterrement ?
– Nous faisons des têtes d'enterrement ?
– Oui-da. Vous avez toutes deux l'air de veiller un mort. Pourquoi être tristes ? Nous avons tué l'assassin de votre mari, et administré à ses acolytes une raclée qu'ils n'oublieront pas de si tôt.

La surprise de Matahachi s'expliquait. Il croyait que la veuve et sa fille jubileraient à la nouvelle de la mort de Temma. Certes, la nuit précédente, Akemi avait battu des mains de joie en l'apprenant. Mais Okō, dès le départ, avait paru mal à l'aise, et aujourd'hui, misérablement prostrée près du feu, c'était pis encore.

– Qu'est-ce qui vous arrive ? lui demanda-t-il, car il la trouvait la femme la plus difficile à satisfaire qui fût au monde.

« Quelle ingratitude ! » se dit-il en prenant le thé amer qu'Akemi lui avait versé, et en s'asseyant sur ses talons.

Okō eut un pâle sourire : elle enviait ces jeunes qui ne savent rien de la vie.

— Matahachi, dit-elle d'un ton las, vous n'avez pas l'air de comprendre. Temma avait des centaines de partisans.

— Bien entendu. C'est toujours le cas pour les fripouilles de son genre. Ceux qui suivent des gens comme lui ne nous font pas peur. Si nous avons été capables de le tuer, pourquoi aurions-nous peur de ses subalternes ? S'ils nous cherchent, Takezō et moi nous contenterons de...

— De ne rien faire ! interrompit Okō.

Matahachi bomba le torse en déclarant :

— Qui dit cela ? Amenez-en autant qu'il vous plaira ! Ce ne sont là qu'un tas de vermisseaux. Ou alors pensez-vous que nous sommes des lâches, Takezō et moi, des lâches tout juste capables de fuir en rampant ? Pour qui nous prenez-vous ?

— Vous n'êtes pas des lâches, mais des enfants ! Même à mon égard. Temma a un frère cadet nommé Tsujikaze Kōhei, et si *lui* se met à votre poursuite, vous deux fondus en un seul n'auriez pas la moindre chance !

Ce n'était pas le genre de propos que Matahachi tenait spécialement à entendre, mais comme elle poursuivait, il se prit à songer que peut-être elle avait raison. Tsujikaze Kōhei semblait avoir une bande nombreuse de partisans autour de Yasugawa, à Kiso ; plus : expert dans les arts martiaux, il excellait à prendre les gens par surprise. Jusqu'alors, aucun de ceux que Kōhei s'était publiquement proposé de trucider n'était mort de mort naturelle. Dans l'esprit de Matahachi, c'était une chose que d'être attaqué ouvertement ; c'en était une tout autre que d'être surpris en plein sommeil.

— Chez moi, c'est un point faible, reconnut-il. Je dors comme une souche.

Tandis qu'il restait assis là, le menton dans la main, à réfléchir, Okō en arriva à la conclusion qu'il n'y avait rien d'autre à faire que d'abandonner la maison et leur mode de vie actuel pour s'en aller quelque part, au loin. Elle demanda à Matahachi ce que lui et Takezō comptaient faire.

– Je vais en discuter avec lui, répondit Matahachi. Je me demande où il est passé.

Il sortit et regarda partout, mais Takezō n'était visible nulle part. Au bout d'un moment, il s'abrita les yeux, regarda au loin vers les basses collines, et distingua Takezō qui montait à cru le cheval égaré qui les avait réveillés par son hennissement.

« Il n'y a rien au monde qu'il craigne », se dit Matahachi, envieux et bourru. Les mains en porte-voix, il cria :

– Dis donc ! reviens ! Nous avons à parler !

Un peu plus tard, étendus ensemble dans l'herbe, mâchonnant des tiges, ils discutaient de ce qu'ils devaient faire ensuite.

Matahachi demandait :

– Alors, tu crois que nous devrions rentrer chez nous ?

– Oui, je le crois. Nous ne pouvons pas rester avec ces deux femmes éternellement.

– En effet.

– Les femmes me déplaisent.

De cela du moins, Takezō était sûr.

– Très bien. Alors, partons. (Matahachi se retourna et leva les yeux vers le ciel.) Maintenant que nous sommes décidés, j'ai envie de partir. Je viens brusquement de me rendre compte à quel point Otsū me manque, à quel point j'ai envie de la voir. Regarde, là-haut ! Il y a un nuage qui rappelle tout à fait son profil. Vois ! Cette partie-là ressemble tout à fait à ses cheveux après qu'elle les a lavés.

Matahachi donnait des coups de talon dans la terre en désignant le ciel.

Takezō suivait des yeux la forme du cheval auquel il venait de rendre sa liberté, et qui s'éloignait. Pareils à beaucoup de vagabonds qui vivent dans les champs, les chevaux perdus lui étaient sympathiques. Quand on n'a plus besoin d'eux, ils ne demandent rien ; ils se contentent de s'en aller tranquillement, tout seuls.

De la maison, Akemi les appela pour le dîner. Ils se levèrent.

– Au premier arrivé ! cria Takezō.

– Allons-y ! répliqua Matahachi.

Akemi battait des mains, ravie, tandis que les deux jeunes gens s'élançaient à vitesse égale à travers l'herbe haute, en soulevant derrière eux un nuage de poussière.

Après dîner, Akemi devint songeuse. Elle venait d'apprendre que les deux hommes avaient résolu de rentrer chez eux. Ç'avait été bien amusant de les avoir à la maison, et elle aurait voulu que cela durât toujours.

– Petite sotte ! la gronda sa mère. Pourquoi broyer du noir ainsi ?

Okō était en train de se maquiller plus méticuleusement que jamais ; tout en morigénant la jeune fille, dans son miroir elle buvait des yeux Takezō. Il surprit son regard, et se rappela soudain le parfum capiteux de sa chevelure, la nuit où elle avait pénétré dans sa chambre.

Matahachi, ayant pris sur une étagère la grosse jarre de saké, se laissa tomber à côté de Takezō, et se mit à en emplir un petit flacon, tout comme s'il avait été le maître de céans. Puisque cela devait être leur dernière soirée ensemble, ils se proposaient de boire à satiété. Okō semblait prendre un soin tout particulier de son visage.

– Buvons jusqu'à la dernière goutte ! dit-elle. À quoi bon laisser cela ici pour les rats ?

– Ou pour les vers ! renchérit Matahachi.

En un rien de temps, ils eurent vidé trois grosses jarres. Okō, appuyée contre Matahachi, se mit à le cajoler de telle sorte que Takezō, gêné, détourna la tête.

– Je... je... ne peux plus marcher, marmonna Okō, soûle.

Matahachi l'escorta jusqu'à sa couche, sa tête reposant lourdement sur son épaule. Une fois là, elle se tourna vers Takezō et lui dit avec rancune :

– Vous, Takezō, vous dormirez là-bas, tout seul. Vous aimez dormir seul, hein ?

Sans un murmure, il se coucha où il se trouvait. Il était ivre, et la nuit était fort avancée.

À son réveil, il faisait grand jour. Dès qu'il ouvrit les yeux, il le sentit. Quelque chose lui dit que la maison était vide. Les objets qu'Okō et Akemi avaient la veille entassés pour le voyage avaient disparu. Il n'y avait plus ni vêtements, ni sandales... ni Matahachi.

Il appela mais ne reçut pas de réponse, et il n'en espérait pas. Une maison vide a une aura particulière. Personne dans la cour, personne derrière la maison, personne au bûcher. Seule trace de ses compagnons : un peigne rouge vif à côté de la bouche ouverte de la conduite d'eau.

« Matahachi est un porc ! » se dit-il.

En flairant le peigne, il se rappela de nouveau comment Okō avait tenté de le séduire, ce soir-là, il n'y avait pas longtemps. « Voilà ce qui a vaincu Matahachi », pensa-t-il. Cette seule idée le faisait bouillir de colère.

– Fou ! cria-t-il à voix haute. Et que devient Otsū, dans tout ça ? Qu'as-tu l'intention de faire à son sujet ? Ne l'as-tu pas déjà assez trahie comme ça, espèce de cochon ?

Il piétina le peigne bon marché. Il en aurait pleuré de rage, non sur lui-même, mais par pitié pour Otsū qu'il imaginait si nettement en train d'attendre, là-bas, au village.

Il était assis, désolé, à la cuisine, quand le cheval égaré passa à travers le seuil sa tête impassible. Comme Takezō refusait de lui flatter les naseaux, il se rendit d'un pas nonchalant à l'évier, et se mit à lécher paresseusement des grains de riz qui s'y étaient collés.

LA FÊTE DES FLEURS

Au XVIIe siècle, la grand-route du Mimasaka était une voie de communication majeure. Partie de Tatsuno, dans la province de Harima, elle serpentait à travers une région que l'on décrivait proverbialement comme « une montagne après l'autre ». Pareille aux poteaux qui délimitaient Mimasaka et Harima, elle suivait une série de crêtes qui semblaient sans fin. Les voyageurs qui passaient le col de Nakayama voyaient à leurs pieds la vallée de la rivière Aida, où souvent à leur surprise, ils distinguaient un village de bonne taille.

En réalité, plutôt qu'un véritable village, Miyamoto n'était qu'un éparpillement de hameaux. Un groupe de maisons longeait les berges de la rivière ; un autre se pelotonnait plus haut dans les collines ; un troisième se dressait parmi des champs plats, pierreux et par conséquent difficiles à labourer. Tout compte fait, il s'agissait d'un nombre de maisons substantiel pour une agglomération rurale de l'époque.

Jusqu'à l'année précédente environ, le seigneur Shimmen, d'Iga, avait tenu un château à un kilomètre en amont de la rivière – un château qui pour être petit n'en recevait pas moins un afflux régulier d'artisans et de commerçants. Plus au nord, il y avait les mines d'argent de Shikozaka, alors un peu épuisées, mais qui avaient autrefois attiré des mineurs venus de loin.

Les voyageurs qui allaient de Tottori à Himeji, ou de Tajima par les montagnes à Bizen, empruntaient naturellement la grand-route. Tout aussi naturellement, ils faisaient étape à Miyamoto, lequel avait l'aspect exotique d'un village visité souvent par les natifs de plusieurs provinces – village qui s'enorgueillissait non seulement d'une auberge, mais d'un magasin d'habillement. Il abritait aussi un essaim de belles de nuit qui, la gorge poudrée de blanc comme c'était la mode alors, rôdaient devant leur lieu de travail comme des chauves-souris blanches. Telle était la ville que Takezō et Matahachi avaient quittée pour aller à la guerre.

En regardant les toits de Miyamoto, Otsū assise, rêvait. C'était un petit bout de femme au teint clair, aux cheveux noirs et lustrés. Fine d'attaches, les membres frêles, elle avait un air ascétique, presque éthéré. À la différence des robustes et rougeaudes filles de ferme qui travaillaient en bas dans les rizières, Otsū avait les gestes délicats. Elle marchait avec grâce, son cou de cygne bien droit, la tête haute. Maintenant, perchée au bord du portique du temple de Shippōji, elle avait la perfection d'une statuette de porcelaine.

Enfant trouvée, élevée dans ce temple de la montagne, elle y avait acquis une charmante réserve, rare chez une fille de seize ans. Son isolement par rapport aux autres filles de son âge et par rapport au monde ordinaire avait donné à son regard une expression grave et contemplative qui avait tendance à rebuter les hommes habitués aux femmes frivoles. Matahachi, son fiancé, n'avait qu'un an de plus qu'elle, et depuis qu'il avait quitté Miyamoto avec Takezō l'été précédent, elle était sans nouvelles. Jusqu'aux premier et second mois de la nouvelle année, elle avait ardemment attendu un mot de lui ; mais voici qu'arrivait le quatrième mois.

Elle leva paresseusement les yeux vers les nuages, et une pensée se fit jour avec lenteur : « Cela fera bientôt une année entière. La sœur de Takezō n'a pas non plus de nouvelles de lui. Il serait fou de ma part de croire que l'un ou l'autre soit encore en vie. » De temps à autre, elle disait cela à quelqu'un, l'espoir au cœur, en suppliant presque, de la voix et des yeux, l'autre personne de la contredire, de lui dire de ne pas renoncer. Mais nul ne faisait attention à ses soupirs. Pour ces villageois terre à terre, déjà habitués à l'occupation du modeste château de Shimmen par les troupes de Tokugawa, il n'y avait au monde aucune raison de croire qu'ils vivaient encore. Pas un seul membre de la famille du seigneur Shimmen n'était revenu de Sekigahara, mais c'était tout naturel. Il s'agissait de samouraïs ; ils avaient perdu. Ils n'auraient pas le front de se montrer à des gens qui les connaissaient. Mais de simples soldats ? N'avaient-ils pas le droit de rentrer chez eux ? Ne l'auraient-ils pas fait depuis longtemps s'ils avaient survécu ?

« Pourquoi se demandait Otsū comme elle se l'était déjà demandé à d'innombrables reprises, pourquoi les hommes courent-ils à la guerre ? » Elle en était arrivée à trouver un plaisir mélancolique à s'asseoir seule sur le portique du temple, à tâcher de comprendre ce phénomène incompréhensible. Perdue dans sa rêverie désenchantée, elle aurait pu s'attarder là des heures. Soudain, une voix masculine, qui appelait : « Otsū ! », viola son îlot de paix.

Levant les yeux, Otsū vit un homme assez jeune qui venait du puits vers elle. Il portait un simple pagne, et sa peau hâlée rayonnait comme l'or mat d'une vieille statue bouddhiste. Il s'agissait du moine Zen qui, trois ou quatre ans plus tôt, était arrivé de la province de Tajima. Depuis lors, il n'avait plus quitté le temple.

« Enfin le printemps, se disait-il avec satisfaction. Le printemps... une bénédiction, mais qui n'est pas sans mélange. Dès que le temps se réchauffe un peu, ces poux insidieux envahissent le pays. Ils essaient de le dominer, tout comme Fujiwara no Michinaga, ce rusé coquin de régent. »

Après une pause, il reprit son monologue : « Je viens de laver mes vêtements, mais où diable vais-je faire sécher cette vieille robe en lambeaux ? Je ne puis la suspendre au prunier. Cela serait un sacrilège, une insulte à la nature, que de couvrir ces fleurs. Moi, un homme si fin, je suis incapable de trouver un endroit où suspendre cette robe ! »

– Otsū ! Prête-moi une corde à linge.

Rougissant à la vue du moine si peu vêtu, elle s'écria :

– Takuan ! Tu ne peux te promener à moitié nu jusqu'à ce que tes vêtements soient secs !

– Alors, je vais me coucher. Ça te va ?

– Oh ! tu es impossible !

Levant un bras vers le ciel et abaissant l'autre vers le sol, il prit la pose des minuscules statues de Bouddha que les fidèles oignaient une fois l'an d'un thé spécial.

– En réalité, j'aurais mieux fait d'attendre à demain. Étant donné que nous sommes le huit, l'anniversaire de Bouddha, j'aurais pu me borner à me tenir comme ça et à laisser les gens s'incliner devant moi. Quand ils m'auraient versé dessus le thé sucré, j'aurais pu choquer tout le monde en me léchant les lèvres. (Avec un air de piété, il récita les premières paroles de Bouddha :) Au ciel et sur la terre, moi seul suis saint.

Devant son irrévérence, Otsū éclata de rire.

– Tu lui ressembles vraiment tout à fait, tu sais !

– Bien sûr. Je suis la vivante incarnation du prince Siddartha.

– Alors, tiens-toi parfaitement immobile. Ne bouge pas ! Je vais chercher du thé pour te le verser dessus.

À ce moment, une abeille s'attaqua à la tête du moine, dont la pose de réincarnation fut aussitôt remplacée par de grands moulinets des bras. L'abeille, avisant une fente dans le pagne mal attaché, s'y précipita ; Otsū riait aux éclats. Depuis l'arrivée de Takuan Sōhō – tel était le nom qu'il avait reçu en devenant prêtre –, même Otsū la réservée ne passait guère de jour sans s'amuser de quelque chose qu'il avait dit ou fait.

Soudain, pourtant, elle cessa de rire.

– Je ne dois pas perdre ainsi mon temps. J'ai des choses importantes à faire !

Tandis qu'elle glissait dans ses sandales ses petits pieds blancs, le moine demanda innocemment :

– Quelles choses ?

– Quelles choses ? As-tu oublié, toi aussi ? Ta petite pantomime vient de me les rappeler. Il faut tout préparer pour demain. Le vieux prêtre m'a demandé de cueillir des fleurs pour que nous puissions décorer le temple. Ensuite, je dois tout organiser pour la cérémonie de l'onction. Et ce soir, je dois faire le thé doux.

– Où vas-tu cueillir tes fleurs ?

– Au bord de la rivière, en bas du champ.

– Je vais avec toi.

– Tout nu ?

– Jamais tu ne pourras cueillir seule assez de fleurs. Il te faut de l'aide. Du reste, l'homme est né sans vêtements. La nudité constitue son état naturel.

– C'est bien possible, mais je ne trouve pas cela naturel. Vraiment, j'aimerais mieux y aller seule.

Dans l'espoir de lui échapper, Otsū se hâta de contourner la partie arrière du temple. Elle se fixa dans le dos une hotte, prit une faucille, et se faufila par la porte latérale ; mais quelques instants plus tard, en se retournant, elle le vit sur ses talons. Il s'enveloppait maintenant d'une large toile d'emballage, du genre que l'on utilisait pour transporter sa literie.

– Ceci est-il plus à ton goût ? cria-t-il avec un grand sourire.

– Bien sûr que non. Tu as l'air grotesque. On va te prendre pour un fou !

– Et pourquoi donc ?

– Laissons cela. Mais ne marche pas à côté de moi !

– C'est bien la première fois que tu ne veux pas qu'un homme marche à côté de toi.

– Takuan, tu es parfaitement ignoble !

Elle le dépassa en courant ; il suivait en faisant des foulées dignes du Bouddha à sa descente de l'Himalaya. Sa toile d'emballage claquait à la brise.

54

– Ne te fâche pas, Otsū ! Tu sais bien que je te taquine. En outre, tes amoureux cesseront de t'aimer si tu boudes trop.

En bas, à huit ou neuf cents mètres du temple, des fleurs printanières s'épanouissaient en abondance sur les deux berges de la rivière Aida. Otsū déposa sa hotte par terre, et, au milieu d'un océan de papillons voltigeant, commença de manier sa faucille en larges cercles, coupant les fleurs près de la racine.

Au bout d'un moment, Takuan se fit méditatif.

– Quel calme, ici ! soupira-t-il, d'un ton à la fois religieux et puéril. Alors que nous pourrions passer notre vie dans un paradis plein de fleurs, pourquoi préférons-nous tous pleurer, souffrir et nous perdre dans un tourbillon de fureur et de passion, nous torturer dans les flammes de l'enfer ? J'espère que toi, du moins, n'auras pas à passer par tout cela.

Otsū, qui remplissait régulièrement sa hotte de fleurs jaunes de colza, de chrysanthèmes de printemps, de marguerites, de coquelicots et de violettes, répliqua :

– Takuan, au lieu de prêcher un sermon, tu ferais mieux de prendre garde aux abeilles.

Il hocha la tête avec un soupir de désespoir.

– Je me moque des abeilles, Otsū. Je ne veux qu'une chose : te transmettre l'enseignement du Bouddha sur le sort des femmes.

– Le sort de la femme que je suis ne te regarde pas !

– Ah ! mais tu te trompes ! C'est mon devoir de prêtre de me mêler de la vie des gens. Je t'accorde qu'il s'agit d'un métier indiscret ; mais il n'est pas plus inutile que celui du marchand, du tailleur, du menuisier ou du samouraï. Il existe parce qu'il est nécessaire.

Otsū se radoucit.

– Je suppose que tu as raison.

– L'on ne saurait nier, bien sûr, que le clergé n'ait été en mauvais termes, depuis quelque trois mille ans, avec la gent féminine. Vois-tu, le bouddhisme enseigne que les femmes sont mauvaises. Des diablesses. Des messagères de l'enfer. J'ai passé des années à me plonger dans les Écritures ; aussi n'est-ce pas un hasard si nous nous disputons sans arrêt, toi et moi.

– Et, d'après tes Écritures, pourquoi les femmes sont-elles mauvaises ?

– Parce qu'elles trompent les hommes.

– Les hommes ne trompent-ils pas les femmes, eux aussi ?

– Si, mais... le Bouddha lui-même était un homme.

– Veux-tu dire par là que s'il avait été une femme, les choses auraient été l'inverse ?

– Bien sûr que non ! Comment un démon pourrait-il jamais devenir un Bouddha ?

– Takuan, ce que tu dis là est absurde.

– Si les enseignements religieux n'étaient que du bon sens, nous n'aurions pas besoin de prophètes pour nous les transmettre.

– Te voilà encore à tout déformer à ton propre avantage.

– Commentaire typiquement féminin. Pourquoi m'attaquer personnellement ?

Elle cessa de manier sa faucille, avec une expression de lassitude infinie.

– Takuan, restons-en là. Aujourd'hui, je ne suis pas d'humeur à ce petit jeu.

– Silence, femme !

– C'est toi qui n'as pas cessé de parler.

Takuan ferma les yeux comme pour s'armer de patience.

– Laisse-moi tâcher de t'expliquer. Lorsque le Bouddha, dans sa jeunesse, était assis sous l'arbre bo, des démons femelles le tentaient jour et nuit. Bien entendu, il ne se forma pas une haute opinion des femmes. Ce qui ne l'empêcha pas, étant le tout-miséricordieux, de prendre sur ses vieux jours des disciples femmes.

– Parce qu'il était devenu sage, ou sénile ?

– Ne blasphème pas ! dit-il avec sévérité. Et n'oublie pas le Bodhisattva Nagarjuna, qui détestait – je veux dire : craignait – les femmes autant que les craignait le Bouddha. Même lui est allé jusqu'à faire l'éloge de quatre types de femmes : les sœurs obéissantes, les compagnes aimantes, les bonnes mères et les servantes soumises. Il n'avait que leurs vertus à la bouche, et conseillait aux hommes de prendre de telles femmes pour épouses.

– Des sœurs obéissantes, des compagnes aimantes, de bonnes mères et des servantes soumises... Je vois que tout cela concourt à l'avantage des hommes.

– Eh bien, c'est assez naturel, non ? L'Inde ancienne honorait les hommes plus, et les femmes moins, que le Japon. Quoi qu'il en soit, j'aimerais te citer le conseil que Nagarjuna donnait aux femmes.

– Quel conseil ?

– Il disait : « Femme, n'épouse pas un homme... »

– C'est ridicule !

– Laisse-moi finir. Il disait : « Femme, épouse la vérité. »

Otsū le regarda sans comprendre.

– Ne vois-tu pas ? dit-il avec un geste du bras. « Épouse la vérité » signifie que tu ne devrais pas t'éprendre d'un simple mortel, mais rechercher l'éternel.

– Mais, Takuan, demanda Otsū agacée, qu'est-ce que « la vérité » ?

Takuan laissa tomber ses deux bras le long de ses flancs, les yeux à terre.

– À vrai dire, répondit-il, songeur, je ne le sais pas bien moi-même. (Otsū éclata de rire, mais Takuan n'en tint aucun compte.) Il y a quelque chose dont je suis sûr. Appliquée à ta vie, l'honnêteté conjugale signifie que tu ne devrais pas songer à partir pour la grand-ville et à mettre au monde des enfants faibles, poules mouillées. Au lieu de quoi, il te faut rester à la campagne, où est ta place, et élever une belle famille saine.

Otsū leva sa faucille avec impatience.

– Takuan, cria-t-elle, exaspérée, es-tu venu ici m'aider à cueillir des fleurs, oui ou non ?

– Bien sûr que oui. Je suis là pour ça.

– Dans ce cas, cesse de prêcher, et prends cette faucille.

– Très bien ; si tu ne veux vraiment pas de moi pour guide spirituel, je ne m'imposerai pas, dit-il en feignant d'être vexé.

– Pendant que tu es occupé, je cours jusque chez Ogin, voir si elle a terminé l'obi que je dois porter demain.

– Ogin ? La sœur de Takezō ? Je l'ai rencontrée, hein ? Ne t'a-t-elle pas accompagnée un jour au temple ? (Il lâcha la faucille.) Je vais avec toi.

– Dans cette tenue ?

Il fit semblant de ne pas entendre.

– Sans doute nous offrira-t-elle le thé. Je meurs de soif.

À court d'arguments, Otsū acquiesça faiblement de la tête ; ensemble, ils se mirent en route le long de la berge.

Ogin était une femme de vingt-cinq ans ; bien qu'on ne la considérât plus comme étant de la première jeunesse, elle était loin d'être laide. Même si la réputation de son frère avait de quoi rebuter les prétendants, il n'en manquait point pour la demander en mariage. Sa dignité, ses bonnes manières sautaient aux yeux. Elle avait refusé toutes les demandes, jusque-là, pour l'unique raison qu'elle voulait s'occuper un peu plus longtemps de son frère cadet.

La maison qu'elle habitait avait été bâtie par leur père, Munisai, alors qu'il dirigeait l'entraînement militaire pour le clan Shimmen. En récompense de ses excellents services, on l'avait honoré du privilège de prendre le nom de Shimmen. La maison dominait la rivière ; entourée d'un haut mur en terre, élevée sur des fondations de pierre, elle était beaucoup trop vaste pour les besoins d'un simple samouraï campagnard. Autrefois imposante, elle tombait en ruine. Des iris sauvages poussaient sur le toit, et le mur du dōjō où Munisai enseignait autrefois les arts martiaux était complètement maculé de déjections blanches d'hirondelles.

Tombé en disgrâce, ayant perdu son rang, Munisai était mort dans la pauvreté, ce qui se produit souvent aux époques troublées. Peu après sa mort, ses serviteurs étaient partis ; mais comme ils étaient tous originaires de Miyamoto, beaucoup d'entre eux revenaient faire de petites visites. En ce cas, ils apportaient des légumes, nettoyaient les pièces qui ne servaient pas, remplissaient d'eau les jarres, balayaient l'allée, et de mille autres manières entretenaient la vieille demeure. En outre, ils bavardaient agréablement avec la fille de Munisai.

Quand Ogin, qui cousait dans une chambre intérieure, entendit s'ouvrir la porte de derrière, elle crut tout naturellement que c'était l'un de ces anciens domestiques. Absorbée dans son ouvrage, elle sursauta lorsque Otsū la salua.

– Oh! dit-elle, c'est vous. Vous m'avez fait peur. Je suis justement en train de finir votre obi. Vous en avez besoin pour la cérémonie de demain, n'est-ce pas ?

– Oui. Ogin, je tiens à vous remercier de vous donner tant de peine. J'aurais dû coudre cela moi-même, mais il y avait tant à faire au temple que je n'en aurais jamais eu le temps.

– Je suis heureuse de vous être utile. Les journées sont longues. Si je ne suis pas occupée, je commence à broyer du noir.

Otsū, levant la tête, aperçut l'autel domestique. Dessus, dans un petit plat, vacillait une bougie. À sa faible clarté, elle vit deux inscriptions obscures, soigneusement tracées au pinceau. Elles étaient collées sur des planches avec devant elles une offrande d'eau et de fleurs :

L'âme défunte de Shimmen Takezō, âgé de dix-sept ans.
L'âme défunte de Hon'iden Matahachi, même âge.

– Ogin ! s'écria Otsū, alarmée. Avez-vous appris qu'ils ont été tués ?

– Mon Dieu, non... Mais que croire d'autre ? Je l'ai accepté. Je suis sûre qu'ils ont trouvé la mort à Sekigahara.

Otsū secoua la tête avec violence.

– Ne dites pas cela ! Cela nous portera malheur ! Ils ne sont pas morts, ils ne le sont pas ! Je sais qu'ils vont revenir un de ces jours.

Ogin baissa les yeux sur son ouvrage.

– Rêvez-vous de Matahachi ? demanda-t-elle avec douceur.

– Oui, tout le temps. Pourquoi ?

– Cela prouve qu'il est mort. Je ne rêve que de mon frère.

– Ogin, ne dites pas ça ! (Otsū s'élança vers l'autel, et arracha les inscriptions de leurs planches.) Enlevons-les. Elles ne servent qu'à attirer le malheur.

Des larmes ruisselaient sur ses joues tandis qu'elle éteignait la chandelle. Cela ne lui suffit pas : elle saisit les fleurs, le bol d'eau, et s'élança à travers la pièce voisine vers la véranda, où elle jeta les fleurs aussi loin qu'elle put, et versa l'eau par-dessus le rebord. L'eau tomba en plein sur la tête de Takuan, accroupi par terre en dessous.

– Aïe ! Que c'est froid ! cria-t-il en se relevant d'un bond, et en tâchant frénétiquement de se sécher la tête avec un pan de la toile d'emballage. Que fais-tu ? Je suis venu ici prendre une tasse de thé, pas un bain !

Otsū éclata de rire. Elle en pleurait des larmes de joie.

– Je suis désolée, Takuan. Vraiment. Je ne t'avais pas vu.

En manière d'excuse, elle lui apporta le thé qu'il attendait. À son retour, Ogin, les yeux tournés vers la véranda, lui demanda :

– Qui est-ce ?

– Le moine itinérant qui séjourne au temple. Vous savez bien, celui qui est sale. Vous l'avez rencontré un jour avec moi, vous vous rappelez ? Il était couché au soleil à plat ventre, la tête entre les mains, en train de regarder par terre. Quand nous lui avons demandé ce qu'il faisait, il a répondu que ses poux se livraient à un assaut de lutte. Il assurait qu'il les dressait à l'amuser.

– Oh ! ce bonhomme-là ?

– Oui, celui-là. Il s'appelle Takuan Sōhō.

– Un peu bizarre.

– C'est le moins que l'on puisse dire.

– Qu'est-ce qu'il porte sur le dos ? Ça n'a pas l'air d'une robe de prêtre.

– Ça n'en est pas une. C'est une toile d'emballage.

– Une toile d'emballage ? Quel original ! Quel âge a-t-il ?

– Il dit avoir trente et un ans mais j'ai parfois l'impression d'être sa sœur aînée, tant il est stupide. L'un des prêtres m'a dit qu'en dépit des apparences, il s'agit d'un excellent moine.

– Je crois la chose possible. Il ne faut pas juger les gens sur la mine. D'où vient-il ?

– Il est né dans la province de Tajima, et a entrepris ses études de prêtre à l'âge de dix ans. Puis, environ quatre ans plus tard, il est entré dans un temple de la secte Zen Rinzai. L'ayant quittée, il est devenu disciple d'un prêtre lettré du Daitokuji ; il s'est rendu avec lui à Kyoto et Nara. Par la suite, il a étudié sous la direction de Gudō, du Myōshinji, d'Ittō de Sennan, et de toute une série d'autres saints hommes célèbres. Il a passé de longues années à étudier !

— Voilà peut-être pourquoi il est différent des autres.

Otsū poursuivit son histoire :

— Il a été fait prêtre résidant au Nansōji, et nommé abbé du Daitokuji par édit impérial. Je n'ai jamais su pourquoi – et jamais il ne parle de son passé –, mais pour une raison quelconque il s'est enfui au bout de trois jours seulement.

Ogin hocha la tête.

Otsū reprit :

— L'on dit que des généraux fameux comme Hosokawa, et des nobles illustres comme Karasumaru, ont essayé à maintes reprises de le convaincre de se fixer. Ils ont même offert de lui construire un temple et de lui donner les moyens de l'entretenir, mais ça ne l'intéresse pas le moins du monde. Il dit qu'il aime mieux errer dans la campagne à la façon d'un mendiant, avec pour amis ses seuls poux. Je le crois un peu dérangé.

— Peut-être que de son point de vue, c'est nous qui sommes étranges.

— C'est exactement ce qu'il affirme.

— Combien de temps va-t-il rester ici ?

— Comment savoir ? Il arrive un jour, et disparaît le lendemain.

Debout près de la véranda, Takuan cria :

— J'entends tout ce que tu dis !

— Eh bien, nous ne disons rien de mal, répondit gaiement Otsū.

— Ça m'est égal que tu dises du mal de moi si cela t'amuse, mais tu pourrais au moins me donner des gâteaux pour accompagner mon thé.

— Vous voyez, commenta Otsū. Il est tout le temps comme ça.

— Qu'entends-tu par « comme ça » ? (L'œil de Takuan pétillait.) Et toi, donc ? Tu es assise là, avec l'air d'une personne qui ne ferait pas de mal à une mouche, et tu agis avec beaucoup plus de cruauté, de manque de cœur, que je ne le ferais jamais.

— Ah ! vraiment ? Et en quoi suis-je cruelle et sans cœur ?

61

– En me laissant ici, dehors, tout seul, sans autre chose que du thé, alors que tu fais salon en pleurnichant sur ton amoureux perdu... voilà en quoi !

Les cloches sonnaient au Daishōji et au Shippōji. Elles avaient commencé de façon régulière depuis l'aube, et continuaient de sonner par intermittence, bien que midi fût depuis longtemps passé. Dans la matinée, une procession continue affluait aux temples : jeunes filles en obi rouge, épouses de commerçants portant des tons plus discrets, et, çà et là, une vieille femme en kimono foncé, conduisant ses petits-enfants par la main. Au Shippōji, la petite salle principale était pleine de fidèles, mais les jeunes hommes qui se trouvaient parmi eux semblaient plus désireux d'apercevoir Otsū que de prendre part à la cérémonie religieuse.

– Elle est bien là, chuchota l'un d'eux.
– Plus jolie que jamais, ajouta un autre.

À l'intérieur de la salle se dressait un temple en miniature. Son toit était couvert de feuilles de tilleul, et ses colonnes entrelacées de fleurs des champs. À l'intérieur de ce « temple de fleurs », comme on l'appelait, se trouvait une statue noire, haute d'une soixantaine de centimètres, du Bouddha, désignant d'une main le ciel et de l'autre la terre. L'effigie reposait dans un bassin d'argile peu profond, et les fidèles, en passant, lui versaient du thé sucré sur la tête avec une cuillère de bambou. Takuan se tenait auprès avec une provision supplémentaire du baume sacré dont il emplissait des tubes de bambou que les fidèles emportaient chez eux en guise de porte-bonheur. Tout en versant, il sollicitait les offrandes :

– Ce temple est pauvre ; aussi, donnez le plus possible. Vous surtout, les riches... je sais qui vous êtes ; c'est vous qui portez ces belles soieries et ces obis brodées. Vous avez beaucoup d'argent. Vous devez avoir aussi beaucoup d'ennuis. Si vous nous versez un quintal d'argent pour votre thé, vos soucis pèseront un quintal de moins.

De l'autre côté du temple de fleurs, Otsū était assise à une table laquée de noir. Son visage rayonnait, rose pâle comme les fleurs qui l'entouraient. Portant son obi neuve, elle inscrivait des formules magiques sur des feuilles de papier de cinq couleurs ; elle maniait le pinceau avec adresse, et le trempait de temps à autre dans un encrier laqué d'or, à sa droite. Elle écrivait :

> Vif et zélé,
> En ce meilleur des jours,
> Le huitième du quatrième mois,
> Donne du jugement à ces
> Insectes qui dévorent les récoltes.

Depuis des temps immémoriaux, l'on croyait dans cette région que le fait d'accrocher au mur ce poème d'inspiration pratique était capable de vous protéger non seulement contre les insectes, mais encore contre la maladie et contre la malchance. Otsū recopia la même strophe des dizaines et des dizaines de fois... tant de fois, à la vérité, qu'elle en eut mal au poignet, et que sa calligraphie se mit à refléter sa fatigue.

S'étant arrêtée pour se reposer un moment, elle cria à Takuan :

– Cesse d'essayer de voler ces gens ! Tu leur prends trop cher.

– Je m'adresse à ceux qui ont déjà trop d'argent. Il leur est devenu un fardeau. C'est charité pure que de les en soulager, répliqua-t-il.

– Selon ce raisonnement, les vulgaires cambrioleurs sont des saints.

Takuan était trop occupé à recueillir les offrandes pour répondre.

– Là, là, disait-il à la foule qui se pressait. Ne poussez pas ; prenez votre temps ; chacun son tour. Votre chance d'alléger votre bourse viendra assez tôt.

– Dis donc, le prêtre ! cria un jeune homme auquel il avait reproché de jouer des coudes.

– C'est à moi que tu parles ? dit Takuan en désignant son propre nez.

– Oui. Tu nous répètes sans arrêt d'attendre notre tour, mais tu sers les femmes d'abord.

– Les femmes me plaisent autant qu'au voisin.

63

– Tu dois être un de ces moines paillards sur lesquels circulent tant d'histoires.

– Assez, espèce de têtard! Crois-tu que je ne sais pas pourquoi toi, tu es ici? Tu n'es pas venu pour honorer le Bouddha ni pour rapporter chez toi une formule magique. Tu es venu pour regarder Otsū tout à ton aise! Allons, allons, avoue... n'est-ce pas la vérité? Tu n'arriveras à rien avec les femmes, tu sais, si tu te conduis en avare.

Le visage d'Otsū devint écarlate.

– Takuan, arrête! Cesse immédiatement, ou je deviens folle!

Pour se reposer les yeux, Otsū les leva à nouveau de son ouvrage, et regarda au-dehors, par-dessus la foule. Soudain, elle aperçut un visage, et laissa tomber avec fracas son pinceau. Elle se leva d'un bond en manquant de renverser la table, mais le visage s'était déjà évanoui comme un poisson disparaît dans la mer. Oublieuse de tout ce qui l'entourait, elle s'élança vers la porte du temple en criant :

– Takezō! Takezō!

LE COURROUX DE LA DOUAIRIÈRE

La famille de Matahachi, les Hon'iden, étaient les fiers membres d'un groupe de nobles ruraux qui appartenaient à la classe des samouraïs mais travaillaient aussi la terre. Le véritable chef de la famille était sa mère, une femme d'un incorrigible entêtement nommée Osugi. Bien qu'elle approchât de la soixantaine, elle menait chaque jour aux champs sa famille et son personnel, et travaillait aussi dur que n'importe lequel d'entre eux. À l'époque des semailles, elle sarclait les champs, et, après la moisson, battait l'orge en la foulant aux pieds. Quand le crépuscule la forçait à cesser de travailler, elle trouvait toujours quelque chose à jeter sur son dos courbé, et à rapporter à la maison. Souvent, c'était une charge de feuilles de mûrier si grosse que son corps, presque plié en deux, était à peine visible dessous. Le soir, on la trouvait d'ordinaire occupée à soigner ses vers à soie.

L'après-midi de la fête des fleurs, Osugi leva les yeux de son ouvrage dans le plant de mûriers pour voir son petit-fils accourir pieds nus à travers champ.

– D'où viens-tu, Heita ? demanda-t-elle sans douceur. Du temple ?

– Ounh-ouhn.

– Otsū y était-elle ?

– Oui, répondit-il, tout excité, encore hors d'haleine. Et elle portait une très jolie obi. Elle aidait pour la fête.

– As-tu rapporté du thé doux et un charme pour éloigner les insectes ?

– Ounh-ounh.

Les yeux de la vieille femme, généralement cachés parmi les plis et les rides, s'ouvrirent tout grands d'irritation.

– Et pourquoi non ?

– Otsū m'a dit de ne pas m'en soucier. Elle a dit que je devais rentrer droit à la maison en courant pour te dire...

– Me dire quoi ?

– Takezō, de l'autre côté de la rivière... Elle a dit qu'elle l'avait vu. À la fête.

La voix d'Osugi baissa d'une octave.

– Vraiment ? Elle a vraiment dit ça, Heita ?

– Oui, grand-mère.

Son robuste corps parut tout d'un coup perdre son énergie, et ses yeux se voilèrent de larmes. Elle se retourna lentement, comme si elle se fût attendue à voir son fils debout derrière elle.

Ne voyant personne, elle revint à sa position première.

– Heita, dit-elle soudain, continue à cueillir ces feuilles de mûrier.

– Où vas-tu ?

– À la maison. Si Takezō est de retour, Matahachi doit l'être aussi.

– Je viens aussi.

– Non, tu ne viens pas. Ne sois pas assommant, Heita.

La vieille s'éloigna à grands pas, laissant le petit garçon aussi malheureux qu'un orphelin. La ferme, entourée de vieux chênes noueux, était vaste. Osugi la dépassa en courant, allant droit à la grange où travaillaient sa fille et des

65

ouvriers agricoles. Encore à bonne distance, elle se mit à leur crier de manière assez hystérique :

– Matahachi est rentré à la maison ? Il est déjà là ?

Saisis, ils la regardaient en ouvrant de grands yeux comme si elle avait perdu l'esprit. Enfin, l'un des hommes répondit « non », mais la vieille femme ne parut pas entendre. On eût dit que dans son état de surexcitation, elle refusait de considérer « non » comme une réponse. Comme ils continuaient à la regarder avec inquiétude, elle se mit à les traiter tous de crétins, et à leur expliquer ce qu'elle avait appris de Heita : si Takezō était rentré, alors Matahachi devait l'être aussi. Puis, reprenant son rôle de commandant en chef, elle les envoya dans toutes les directions le chercher. Elle-même resta à la maison où, chaque fois qu'elle entendait approcher quelqu'un, elle s'élançait au-dehors pour demander si l'on n'avait pas encore trouvé son fils.

Au coucher du soleil, pas encore découragée, elle plaça une chandelle devant les tablettes commémoratives des ancêtres de son mari. Elle s'assit, apparemment abîmée dans la prière, immobile comme une statue. Puisque tout le monde était encore au-dehors à chercher, il n'y eut point de repas du soir à la maison, et quand la nuit tomba sans apporter encore de nouvelles, Osugi finit par bouger. Comme en transe, elle sortit lentement de la maison jusqu'au portail du devant. Là, debout, elle attendit, cachée dans les ténèbres. Une lune de pluie brillait à travers les branches des chênes, et une brume blanche voilait les montagnes spectrales, devant et derrière la maison. Le parfum douceâtre des fleurs de poirier flottait dans l'air.

Le temps coulait sans que la vieille femme y prît garde. Puis elle distingua une silhouette qui s'approchait, longeant le verger aux poiriers. Reconnaissant Otsū, Osugi l'appela, et la jeune fille accourut vers elle ; ses sandales mouillées collaient à la terre.

– Otsū ! L'on m'a dit que tu avais vu Takezō. Est-ce vrai ?

– Oui, je suis sûre que c'était lui. Je l'ai reconnu dans la foule, devant le temple.

– Tu n'as pas vu Matahachi ?

– Non. Je me suis précipitée pour interroger Takezō à

son sujet, mais quand je l'ai appelé, Takezō a fait un bond de lièvre effrayé. J'ai rencontré son regard une seconde, et il a disparu. Il a toujours été bizarre, mais je ne comprends pas pourquoi il s'est enfui comme ça.

– Enfui ? répéta Osugi, perplexe.

Elle se mit à rêver là-dessus, et, tandis qu'elle réfléchissait, un terrible soupçon se forma dans son esprit. Il devenait clair à ses yeux que le fils Shimmen, ce vaurien de Takezō qu'elle haïssait tellement pour avoir entraîné son précieux Matahachi à la guerre, avait encore fait des siennes.

Elle finit par s'écrier d'un ton menaçant :

– Le misérable ! Il aura laissé notre pauvre Matahachi mourir quelque part ; après quoi, il sera furtivement rentré sain et sauf. Un lâche, voilà ce qu'il est ! (Osugi se mit à trembler de fureur, et sa voix s'éleva jusqu'au cri aigu :) Il ne m'échappera pas !

Otsū gardait son calme.

– Oh ! je ne crois pas qu'il ferait quoi que ce soit de pareil. Même s'il avait réellement dû laisser là-bas Matahachi, il nous rapporterait à coup sûr un message de lui, ou du moins un souvenir quelconque.

Otsū paraissait choquée par l'accusation hâtive de la vieille femme.

Mais Osugi était maintenant convaincue de la perfidie de Takezō. Elle secoua résolument la tête, et poursuivit :

– Oh ! que non ! Pas ce jeune démon ! Il n'a pas assez de cœur pour ça. Matahachi n'aurait jamais dû le fréquenter.

– Voyons, grand-mère... dit Otsū, apaisante.

– Quoi ? aboya Osugi, nullement apaisée.

– Je crois que si nous allions chez Ogin, nous aurions des chances d'y trouver Takezō.

La vieille se détendit un peu.

– Peut-être as-tu raison. Elle est sa sœur, et il n'y a vraiment personne d'autre, dans ce village, qui l'accepterait chez soi.

– Alors, allons voir, nous deux toutes seules.

Osugi regimba :

– Je ne vois pas pourquoi je ferais ça. Elle avait beau savoir que son frère avait entraîné mon fils à la guerre, pas une seule fois elle n'est venue me présenter ses excuses ou ses respects. Et maintenant qu'il se trouve de retour, elle n'est même pas venue me le dire. Je ne vois pas pourquoi je devrais l'aller voir. C'est dégradant. Je l'attendrai ici.

– Mais il ne s'agit pas d'une situation ordinaire, répliqua Otsū. D'autre part, l'essentiel, au point où nous en sommes, est de voir Takezō dès que possible. Il faut absolument savoir ce qui s'est passé. Oh! je vous en prie, grand-mère, venez. Vous n'aurez rien à faire. Si vous le souhaitez, je me chargerai de toutes les politesses.

À contrecœur, Osugi se laissa convaincre. Bien sûr, elle brûlait tout autant qu'Otsū d'apprendre ce qui se passait, mais elle eût préféré mourir que de demander quoi que ce fût à une Shimmen.

La maison était distante d'environ un kilomètre et demi. Pareils à la famille Hon'iden, les Shimmen étaient des gentilshommes campagnards, et les deux maisons descendaient, à maintes générations en arrière, du clan Akamatsu. Situées de part et d'autre de la rivière, elles avaient toujours tacitement reconnu le droit à l'existence l'une de l'autre, mais leur intimité se bornait là.

En arrivant au portail du devant, elles le trouvèrent clos, et les arbres étaient si épais que l'on ne pouvait distinguer aucune lumière. Otsū se disposait à faire le tour vers la porte de derrière, mais Osugi stoppa net avec un entêtement de mule.

– Je ne crois pas qu'il soit décent, pour le chef de famille Hon'iden, de pénétrer par la petite porte dans la résidence des Shimmen. C'est dégradant.

Voyant qu'elle n'en démordrait pas, Otsū se dirigea seule vers l'entrée de derrière. Bientôt, une lumière apparut derrière le portail, tout près. Ogin en personne était venue accueillir la femme plus âgée qui, soudain passée de l'état de commère labourant les champs à celui de grande dame, s'adressa d'un ton altier à son hôtesse :

– Pardonnez-moi de vous déranger à cette heure tardive, mais je viens pour une affaire qui ne souffrait absolument pas d'attendre. Que c'est aimable à vous de venir ainsi m'accueillir !

Passant majestueusement devant Ogin afin de pénétrer dans la demeure, elle alla droit à la place d'honneur, devant l'alcôve, comme une envoyée des dieux. Assise avec fierté, la silhouette encadrée par un rouleau pendu au mur et par un arrangement floral, elle daigna agréer les plus sincères paroles de bienvenue d'Ogin.

Ces civilités une fois terminées, Osugi alla droit au but. Son sourire factice disparut ; elle foudroya du regard la jeune femme qu'elle avait devant elle.

– On m'a dit que le jeune démon qui habite cette maison était rentré sournoisement. Veuillez aller me le chercher.

Osugi avait beau être célèbre pour sa langue acérée, cette méchanceté sans fard causa un certain choc à la douce Ogin.

– De quel « jeune démon » voulez-vous parler ? demanda Ogin en se contenant visiblement.

Pareille au caméléon, Osugi changea de tactique :

– Ma langue a fourché, je vous l'assure, dit-elle en riant. Les gens du village l'appellent ainsi ; je les aurai imités. Le « jeune démon », c'est Takezō. Il se cache ici, hein ?

– Mon Dieu, non, répondit Ogin avec un étonnement sincère.

Gênée d'entendre son frère traité de la sorte, elle se mordit la lèvre.

Otsū, la prenant en pitié, lui expliqua qu'elle avait reconnu Takezō à la fête. Puis, pour essayer de l'apaiser, elle ajouta :

– Curieux, n'est-ce pas, qu'il ne soit pas venu droit ici ?

– C'est pourtant le cas, dit Ogin. J'ignorais tout de cela. Mais s'il est de retour, comme vous le dites, je suis sûre qu'il va frapper à la porte d'un moment à l'autre.

Osugi, cérémonieusement assise à terre sur le coussin, les jambes bien repliées sous elle, croisa les mains dans son giron, et, avec une expression de belle-mère outragée, se lança dans une tirade :

– Qu'entends-je ? Espérez-vous me faire croire que vous n'avez pas encore de ses nouvelles ? Ne comprenez-vous pas que je suis la mère dont votre jeune vaurien a entraîné le fils à la guerre ? Ignorez-vous que Matahachi est l'héritier et le membre le plus important de la famille

Hon'iden ? C'est votre frère qui a persuadé mon fils d'aller se faire tuer. Si mon fils est mort, c'est votre frère qui l'a tué, et s'il croit pouvoir impunément rentrer seul en rasant les murs... (La vieille femme s'arrêta juste assez pour reprendre haleine, et ses yeux se remirent à étinceler de rage :) Et vous ? Puisqu'il saute aux yeux qu'il a eu l'indécence de rentrer seul, pourquoi vous, sa sœur aînée, ne me l'avez-vous pas envoyé aussitôt ? Vous me dégoûtez l'un et l'autre, à traiter une vieille femme avec un pareil irrespect. Pour qui me prenez-vous ? (Ayant de nouveau repris son souffle, elle continua de tempêter :) Si votre Takezō est de retour, alors, ramenez-moi mon Matahachi. Si vous en êtes incapable, le moins que vous puissiez faire est d'amener ce jeune démon ici même pour qu'il m'explique ce qui est arrivé à mon bien-aimé fils, et où il se trouve – en cet instant précis !

– Comment voulez-vous que je fasse ? Il n'est pas ici.

– Mensonge éhonté ! cria la vieille d'une voix suraiguë. Vous devez savoir où il est !

– Mais je vous dis que non ! protesta Ogin.

Sa voix tremblait, et ses yeux s'emplissaient de larmes. Elle se pencha en avant, souhaitant de toutes ses forces que son frère fût encore vivant.

Soudain, à la porte qui s'ouvrait sur la véranda, l'on entendit un craquement suivi d'un bruit de pas précipités.

Les yeux d'Osugi lancèrent des éclairs, et Otsū fit mine de se lever, mais on entendit ensuite un cri épouvantable – aussi proche d'un hurlement d'animal que la voix humaine est capable d'en pousser.

Un homme cria :

– Attrapez-le !

Puis on entendit d'autres bruits de pas, plusieurs autres, courir à travers la maison, accompagnés de craquements de branchages et de froissements de bambou.

– C'est Takezō ! cria Osugi. (Se relevant d'un bond, elle foudroya du regard Ogin agenouillée.) Je savais qu'il était ici, dit-elle férocement. C'était aussi clair à mes yeux que le nez au milieu du visage. J'ignore pourquoi vous avez tenté de me le cacher, mais dites-vous bien que jamais je ne l'oublierai.

Elle s'élança vers la porte, qu'elle ouvrit avec fracas. Ce qu'elle vit à l'extérieur fit blêmir encore davantage son pâle visage. Un jeune homme aux jambes cuirassées gisait sur le dos par terre, manifestement mort, bien que le sang lui coulât encore des yeux et des narines. À en juger par l'aspect de son crâne fracassé, on l'avait tué d'un seul coup de sabre de bois.

– Il y a là... il y a là un homme... un homme mort ! bégaya-t-elle.

Otsū apporta la lumière sur la véranda, et rejoignit Osugi qui, frappée de terreur, regardait fixement le cadavre. Ce n'était ni celui de Takezō ni celui de Matahachi mais celui d'un samouraï que ni l'une ni l'autre ne reconnaissait.

Osugi murmura :

– Qui a bien pu faire ça ? (Se tournant vivement vers Otsū, elle dit :) Rentrons avant de nous trouver mêlées à une sale affaire.

Otsū ne pouvait se résoudre à s'en aller. La vieille avait dit beaucoup de méchancetés. Il serait injuste envers Ogin de partir avant d'avoir mis du baume sur ses blessures. Si Ogin avait menti, Otsū estimait qu'elle devait sans nul doute avoir de bonnes raisons pour cela. Croyant devoir s'attarder un peu afin de réconforter Ogin, elle dit à Osugi qu'elle irait la retrouver plus tard.

– À ton aise, répondit sèchement Osugi en tournant les talons.

Ogin lui proposa aimablement une lanterne, mais Osugi refusa, intraitable et fière :

– Apprenez que le chef de la famille Hon'iden n'est pas encore assez gâteuse pour avoir besoin de lanterne.

Elle releva les pans de son kimono, quitta la demeure, et s'enfonça résolument dans la brume qui s'épaississait.

Non loin de la maison, un homme lui intima l'ordre de s'arrêter. Il avait le sabre au clair, les bras et les jambes protégés par une armure. C'était de toute évidence un samouraï professionnel, d'un type que l'on ne rencontrait pas d'ordinaire au village.

– Vous ne sortez pas de la maison Shimmen ? demanda-t-il.

– Si, mais...

– Est-ce que vous faites partie de la famille Shimmen ?

– Dieu m'en préserve ! aboya Osugi avec un geste de protestation. Je suis la maîtresse de la maison du samouraï, de l'autre côté de la rivière.

– Vous voulez dire que vous êtes la mère de Hon'iden Matahachi, qui est allé avec Shimmen Takezō à la bataille de Sekigahara ?

– Mon Dieu, oui, mais mon fils n'y est pas allé de son propre chef. Il y a été entraîné par ce jeune démon.

– Quel jeune démon ?

– Ce... Takezō !

– Si je comprends bien, ce Takezō n'a pas trop bonne réputation dans le village.

– Bonne réputation ? Laissez-moi rire. On n'a jamais vu un voyou pareil ! Vous n'imaginez pas les ennuis que nous avons eus chez moi depuis que mon fils s'est entiché de lui.

– Il semble que votre fils soit mort à Sekigahara. Je suis...

– Matahachi ! Mort ?

– Mon Dieu, à la vérité je n'en suis pas certain ; mais peut-être que cela soulagera un peu votre chagrin de savoir que je mettrai tout en œuvre pour vous aider à vous venger.

Osugi le considéra d'un œil sceptique.

– Qui êtes-vous, au juste ?

– Je fais partie de la garnison de Tokugawa. Après la bataille, nous sommes venus au château de Himeji. Sur l'ordre de mon seigneur, j'ai dressé une barrière à la frontière de la province de Harima pour passer au crible tous ceux qui la franchissent. Ce Takezō, de la maison là-bas – continua-t-il en la désignant –, a enfoncé la barrière et s'est enfui vers Miyamoto. Nous l'avons poursuivi jusqu'ici. C'est un vrai dur. Nous pensions qu'au bout de quelques jours de marche il s'affaiblirait, mais nous ne lui avons pas encore mis la main dessus. Pourtant, il ne peut pas continuer comme ça éternellement. Nous l'aurons.

Osugi approuvait du chef en écoutant : elle comprenait maintenant pourquoi Takezō avait disparu au Shippōji, et, fait plus important, qu'il n'était sans doute pas allé chez lui puisque c'était le premier endroit que les soldats fouilleraient. En même temps, comme il paraissait voyager seul, la fureur d'Osugi ne s'en trouvait pas diminuée le moins du monde. Mais quant à la mort de Matahachi, elle n'y pouvait croire non plus.

– Je sais bien, monsieur, que Takezō est aussi fort et aussi rusé qu'une bête fauve, dit-elle d'un air effarouché, mais je ne saurais croire que des samouraïs de votre envergure aient la moindre difficulté à le capturer.

– Eh bien, en toute franchise, c'est là ce que j'ai cru au premier abord. Mais nous sommes peu nombreux, et il vient de tuer l'un de mes hommes.

– Permettez à une vieille femme de vous donner un petit conseil.

Se penchant en avant, elle lui chuchota quelque chose à l'oreille. Ses paroles parurent lui faire un immense plaisir. Il approuva de la tête, et s'écria avec enthousiasme :

– Bonne idée ! Magnifique !

– Ne faites pas les choses à moitié, insista Osugi en prenant congé.

Peu de temps après, le samouraï regroupa sa troupe de quatorze ou quinze hommes derrière la maison d'Ogin. Sur son ordre ils franchirent le mur, entourèrent la maison et cernèrent toutes les issues. Puis plusieurs soldats envahirent la maison, laissant des traces de boue, et se rassemblèrent dans la pièce du centre où les deux jeunes femmes étaient assises, gémissant et se tamponnant les yeux.

À la vue des soldats, Otsū sursauta et pâlit. Mais Ogin, en fière fille de Munisai qu'elle était, garda son sang-froid. Les yeux calmes et durs, elle considéra les intrus avec indignation.

– Laquelle d'entre vous est la sœur de Takezō ? demanda l'un d'eux.

– Moi, répondit Ogin avec froideur, et j'exige de savoir pourquoi vous avez pénétré dans cette maison sans autorisation. Je ne tolérerai pas un tel comportement de brutes dans une maison occupée uniquement par des femmes.

Elle leur tenait tête.

L'homme qui avait bavardé avec Osugi quelques minutes plus tôt désigna Ogin.

– Arrêtez-la ! ordonna-t-il.

À peine eut-il prononcé ces mots que la maison se mit à trembler et que les lumières s'éteignirent. Poussant un cri de terreur, Otsū gagna en trébuchant le jardin tandis qu'au moins dix des soldats se jetaient sur Ogin pour la ligoter. Malgré son héroïque résistance, tout fut terminé en quelques secondes. Ensuite, ils la jetèrent au sol, et l'assommèrent de coups de pied.

Otsū ne se rappela jamais quel chemin elle avait pris, mais elle parvint à s'échapper. À peine consciente, elle courut pieds nus vers le Shippōji dans le brumeux clair de lune en se fiant totalement à son instinct. Elle qui avait grandi dans un milieu paisible avait maintenant l'impression que le monde s'effondrait.

Quand elle atteignit le pied de la colline où se dressait le temple, quelqu'un l'appela. Elle vit une silhouette assise sur un rocher parmi les arbres. C'était Takuan.

– Grâce au ciel, c'est toi, dit-il. Je commençais vraiment à m'inquiéter. Tu ne rentres jamais aussi tard. Quand je me suis rendu compte de l'heure qu'il était, je suis sorti à ta recherche. (Les yeux à terre, il demanda :) Pourquoi es-tu pieds nus ?

Il regardait encore les pieds nus et blancs d'Otsū lorsqu'elle se jeta dans ses bras et se mit à gémir :

– Oh ! Takuan ! C'était affreux ! Que faire ?

D'un ton calme, il essaya de l'apaiser :

– Là, là... Qu'est-ce qui était affreux ? Il n'y a pas beaucoup de choses en ce monde qui soient aussi mauvaises que cela. Calme-toi, et dis-moi ce qui s'est passé.

– Ils ont ligoté Ogin et ils l'ont emmenée ! Matahachi n'est pas revenu, et maintenant la pauvre Ogin, si douce et gentille... Ils lui donnaient tous des coups de pied. Oh ! Takuan, il faut faire quelque chose !

Tremblante et sanglotante, elle s'accrochait désespérément au jeune moine, la tête contre sa poitrine.

Il était midi par une journée immobile et humide de printemps ; une brume légère enveloppait le visage en sueur du jeune homme. Takezō marchait seul dans les montagnes, sans savoir où il allait. Il avait beau être fatigué presque à n'en plus pouvoir, le simple bruit d'oiseau qui se posait le mettait sur le qui-vive. Malgré l'épreuve qu'il avait traversée, son corps couvert de boue retrouvait sa violence contenue et le pur instinct de survie.

– Les salauds ! Les brutes ! grondait-il.

En l'absence de cible réelle pour sa fureur, il fit tournoyer et siffler dans l'air son sabre en chêne noir, et trancha la forte branche d'un grand arbre. La sève blanche qui jaillit de l'entaille lui évoqua le lait maternel. Debout, là, il regardait fixement. Sans mère vers qui se tourner, il n'y avait que solitude. Au lieu de le réconforter, même les eaux vives et les vagues de collines de son propre pays semblaient se moquer de lui.

« Pourquoi tous les villageois sont-ils contre moi ? se demandait-il. À peine me voient-ils qu'ils me dénoncent à la garde, dans la montagne. À la façon dont ils détalent en m'apercevant, on me prendrait pour un fou. »

Depuis quatre jours, il se cachait dans les monts Sanumo. Maintenant, à travers le voile de brume de la mi-journée, il pouvait distinguer la maison de son père, la maison où sa sœur vivait seule. Niché dans les vallonnements, juste au-dessous de lui, il y avait le Shippōji ; le toit du temple dépassait des arbres. Il savait qu'il ne pouvait approcher aucun de ces deux endroits. Lorsqu'il avait osé s'approcher du temple, le jour anniversaire du Bouddha, malgré la foule il avait risqué sa vie. En entendant crier son nom, il n'avait eu d'autre choix que de fuir. Outre le désir de sauver sa vie, il savait que si on le découvrait là, cela créerait des ennuis à Otsū.

La nuit où il s'était glissé vers la maison de sa sœur, le hasard avait voulu que la mère de Matahachi s'y trouvât. Durant un moment, il s'était contenté de se tenir au-dehors à tâcher d'imaginer comment expliquer l'absence de son compagnon ; mais tandis qu'il regardait sa sœur à travers une fente de la porte, les soldats l'avaient repéré. Il avait de nouveau fallu fuir sans avoir eu la possibilité de parler à quiconque. Depuis lors, il lui semblait, de son refuge dans les montagnes, que les samouraïs de Tokugawa le surveillaient de très près. Ils patrouillaient sur toutes les routes qu'il risquait de prendre, cependant que les villageois avaient formé des équipes de recherche qui battaient les montagnes.

Il se demandait ce qu'Otsū devait penser de lui, et se mit à la soupçonner de s'être elle-même tournée contre lui. Comme il semblait que tous les habitants de son propre village le considéraient comme un ennemi, il se trouvait dans une impasse.

Il pensa : « Il serait trop difficile de dire à Otsū la véritable raison pour laquelle son fiancé n'est pas revenu. Peut-être que je ferais mieux de la dire à la vieille... C'est ça ! Si je lui explique tout, elle pourra l'annoncer doucement à Otsū. Alors, je n'aurai plus aucune raison de traîner par ici. »

Sa décision prise, Takezō se remit en route, mais il savait qu'il ne fallait pas s'approcher du village avant la nuit. Avec une grosse pierre, il en cassa une autre en petits morceaux et visa un oiseau en vol. L'animal étant tombé, Takezō prit à peine le temps de le plumer avant de mordre dans la chair chaude et crue, tant il avait faim. Tout en dévorant sa proie, il se remit en marche ; mais soudain, il entendit un cri étouffé. L'inconnu qui l'avait aperçu détalait comme un fou à travers bois. Irrité de penser qu'on le haïssait et qu'on le craignait – qu'on le persécutait – sans raison, il cria : « Attendez ! », et se mit à courir comme une panthère après la silhouette du fugitif.

L'homme ne courait pas aussi vite que Takezō qui le rattrapa sans peine. Il se révéla être un des villageois qui venait dans les montagnes faire du charbon de bois, et Takezō le connaissait de vue. L'ayant saisi au collet, il le ramena dans une petite clairière.

– Pourquoi vous enfuyez-vous ? Ne me connaissez-vous pas ? Je suis l'un d'entre vous, Shimmen Takezō de Miyamoto. Je ne vais pas vous manger. Vous savez, c'est très mal élevé de fuir les gens sans même leur dire bonjour !

– Ou-ou-ou-ou-i, monsieur !

– Asseyez-vous !

Takezō relâcha son étreinte sur le bras de l'homme, mais le pitoyable personnage reprit la fuite, obligeant Takezō à lui botter le derrière et à faire comme s'il allait le frapper de son sabre de bois. L'homme se recroquevillait par terre en gémissant comme un chien, les mains sur la tête.

— Ne me tuez pas ! criait-il d'un ton pathétique.

— Alors, répondez à mes questions.

— Je vous dirai ce que vous voudrez... Mais ne me tuez pas ! J'ai une femme et une famille.

— Personne ne songe à vous tuer. Je suppose que les collines fourmillent de soldats, hein ?

— Oui.

— Est-ce qu'ils surveillent de près le Shippōji ?

— Oui.

— Est-ce que les hommes du village me recherchent encore, aujourd'hui ? (Pas de réponse.) Êtes-vous l'un d'entre eux ?

L'homme se leva d'un bond, secouant la tête à la façon d'un sourd-muet.

— Non, non, non !

— Assez ! cria Takezō. (Empoignant fermement le cou de l'homme, il demanda :) Et ma sœur ?

— Quelle sœur ?

— *Ma* sœur, Ogin, de la maison de Shimmen. Ne fais pas l'imbécile. Tu as promis de répondre à mes questions. Je ne blâme pas vraiment les villageois d'essayer de me capturer : les samouraïs les y forcent ; mais je suis certain qu'ils ne lui feraient jamais de mal, à elle. Je me trompe ?

L'homme répondit avec trop d'innocence :

— Je ne sais rien de tout ça. Absolument rien.

Takezō leva prestement son sabre au-dessus de la tête de l'homme, comme pour frapper.

— Attention ! Je doute beaucoup de ce que tu me chantes là. Il est arrivé quelque chose, hein ? Parle, ou je te défonce le crâne !

— Attendez ! Arrêtez ! Je vais parler ! Je vais tout vous dire !

En joignant des mains suppliantes, tout tremblant, le fabricant de charbon de bois raconta comment on avait emmené Ogin prisonnière, et comment il avait été signifié au village que quiconque nourrirait ou abriterait Takezō serait considéré automatiquement comme un complice. Chaque jour, rapportait-il, les soldats conduisaient des villageois dans les montagnes, et tous les deux jours, chaque famille devait fournir un jeune homme à cet effet.

Ces renseignements donnèrent la chair de poule à Takezō. Ce n'était pas de la peur, mais de la rage. Pour s'assurer qu'il avait bien entendu, il demanda :

– De quel crime accuse-t-on ma sœur ?

Ses yeux brillaient de larmes.

– Aucun de nous n'en sait rien. Nous avons peur du seigneur du district. Nous ne faisons que ce qu'on nous dit de faire, voilà tout.

– Où ont-ils emmené ma sœur ?

– Le bruit court qu'ils l'ont emmenée à la palanque de Hinagura, mais je ne sais pas si c'est vrai.

– Hinagura... répéta Takezō.

Ses yeux se tournèrent vers la chaîne de montagnes qui marquait la frontière de la province. L'ombre des nuages gris du soir tachetait déjà les crêtes.

Takezō relâcha l'homme. En le regardant détaler, heureux de sauver sa pauvre existence, Takezō s'écœura de la lâcheté humaine, lâcheté qui poussait des samouraïs à accuser une femme sans défense. Il fut content de se retrouver seul. Il avait à réfléchir.

Il ne fut pas long à se décider. « Je dois sauver Ogin, un point c'est tout. Ma pauvre sœur ! S'ils lui ont fait du mal, je les tuerai tous. » Ayant choisi son plan d'action, il descendit vers le village à longues enjambées d'homme.

Deux heures plus tard, Takezō s'approchait de nouveau furtivement du Shippōji. La cloche du soir venait de s'arrêter de sonner. Il faisait déjà sombre ; on apercevait les lumières du temple même, de la cuisine et des logements des prêtres, où l'on allait et venait.

« Si seulement Otsū pouvait sortir ! » pensa-t-il.

Il se tapit, immobile, sous le passage surélevé reliant les logements des prêtres au temple même. L'odeur de la nourriture que l'on préparait flottait dans l'air, évoquant des images de riz et de soupe fumante. Depuis quelques jours, Takezō n'avait eu dans l'estomac que de la chair crue d'oiseau et des pousses d'herbe, et maintenant son estomac se révoltait. La gorge lui brûlait tandis que lui revenaient d'aigres sucs gastriques ; sa détresse le fit suffoquer.

– Qu'est-ce que c'était ? dit une voix.

– Sans doute un simple chat, répondit Otsū qui sortait chargée d'un plateau pour le dîner, et traversait le passage, juste au-dessus de la tête de Takezō.

Il essaya de l'appeler, mais il avait encore trop mal au cœur pour émettre un son intelligible.

Il se révéla que c'était une chance, car en cet instant précis, une voix masculine, juste derrière Otsū, demanda :

– Les bains, c'est de quel côté ?

L'homme portait un kimono emprunté au temple, attaché par une étroite ceinture d'où pendait un petit gant de toilette. Takezō reconnut en lui l'un des samouraïs de Himeji. De toute évidence il était d'un rang élevé, assez élevé pour loger au temple et passer ses soirées à manger et boire son soûl tandis que ses subordonnés et les villageois devaient battre jour et nuit les flancs des montagnes à la recherche du fugitif.

– Les bains ? dit Otsū. Venez, je vais vous montrer.

Elle déposa son plateau, et se mit à le conduire le long du passage. Soudain, le samouraï s'élança en avant, et l'étreignit par-derrière.

– Et si tu me rejoignais au bain ? lui proposa-t-il d'un ton paillard.

– Arrêtez ! Lâchez-moi ! cria Otsū, mais l'homme, la retournant, lui prit le visage dans ses deux grosses mains et lui baisa la joue.

– Qu'est-ce qu'il y a ? demanda-t-il d'un ton cajoleur. Tu n'aimes donc pas les hommes ?

– Arrêtez ! Il ne faut pas ! protestait Otsū, désemparée.

Alors, le soldat lui appliqua la main sur la bouche.

Takezō, oublieux du péril, bondit comme un chat sur le passage, et lança par-derrière un coup de poing à la tête de l'homme. Il avait frappé fort. Momentanément sans défense, le samouraï tomba en arrière, toujours agrippé à Otsū. Essayant de lui échapper, elle poussa un cri aigu. L'homme tombé à terre se mit à vociférer :

– C'est lui ! C'est Takezō ! Il est ici ! Venez l'arrêter !

L'intérieur du temple retentit du tambourinement des pas et du rugissement des voix. La cloche du temple se mit à sonner le tocsin : on avait découvert Takezō ; une foule d'hommes venus des bois convergea vers le temple. Mais Takezō était déjà loin, et, peu de temps après, on envoya des équipes de recherche fouiller les collines de Sanumo. Lui-même ne savait guère comment il avait réussi à se glisser à travers les mailles d'un filet qui se resserrait rapidement ; mais tandis que la chasse à l'homme battait son plein, il se retrouva loin de là, debout sur le seuil de la vaste cuisine au sol en terre battue de la maison Hon'iden.

Regardant à l'intérieur faiblement éclairé, il appela :

– Grand-mère !

– Qui est là ? répondit-on d'une voix perçante.

Osugi émergea d'une arrière-salle. Éclairée par la lanterne de papier qu'elle tenait à la main, sa face ridée pâlit à la vue de son visiteur.

– Toi ! cria-t-elle.

– J'ai quelque chose d'important à vous dire, se hâta d'annoncer Takezō. Matahachi n'est pas mort ; il est bien vivant, et en bonne santé. Il vit avec une femme. Dans une autre province. Je ne puis vous en dire davantage, car je n'en sais pas davantage. Vous seriez bien aimable de tâcher d'annoncer la nouvelle à Otsū de ma part. J'en serais moi-même incapable.

Immensément soulagé d'avoir délivré ce message, il se disposait à repartir, mais la vieille le rappela.

– Où as-tu l'intention d'aller ensuite ?

– Je dois m'introduire dans la palanque de Hinagura pour délivrer Ogin, répondit-il avec tristesse. Après quoi, je m'en irai n'importe où. Je tenais seulement à vous dire, à vous et à votre famille ainsi qu'à Otsū, que je n'ai pas laissé Matahachi mourir. En dehors de cela, je n'ai aucune raison de rester ici.

– Je vois. (Osugi faisait passer sa lanterne d'une main à l'autre pour gagner du temps. Puis elle lui fit signe d'entrer.) J'imagine que tu as faim, non ?

– Voilà des jours que je n'ai pas eu de véritable repas.

– Pauvre garçon ! Attends ! Je suis justement en train de faire la cuisine, et je peux te donner un bon dîner chaud en un rien de temps. Ce sera mon cadeau de départ. Et n'aimerais-tu pas prendre un bain pendant que je te prépare ton dîner ? (Takezō en restait sans voix.) Ne prends pas cet air étonné. Takezō, ta famille et la nôtre sont liées depuis l'époque du clan d'Akamatsu. Je ne crois pas que tu devrais t'en aller du tout, mais je ne te laisserai sûrement pas partir sans te donner un bon et solide repas!

Takezō fut de nouveau incapable de répondre. Il leva le bras pour s'essuyer les yeux. Cela faisait longtemps, longtemps que nul n'avait été aussi bon pour lui. Il en était venu à considérer tout le monde avec suspicion et méfiance; or, il se rappelait soudain quel effet cela faisait de se voir traiter en être humain.

— Et maintenant, dépêche-toi d'aller te baigner, lui dit Osugi d'un ton de grand-mère. C'est trop dangereux de rester ici: quelqu'un pourrait te voir. Je te porterai un gant de toilette, et pendant que tu te laveras je te sortirai le kimono de Matahachi et des sous-vêtements. Va, prends ton temps et décrasse-toi bien.

Elle lui tendit la lanterne, et disparut à l'intérieur de la maison. Presque aussitôt, sa bru quitta la demeure, traversa le jardin en courant, et s'enfonça dans la nuit.

De la maison de bains, où se balançait la lanterne, venait un bruit d'eau.

— Ça va? cria d'un ton jovial Osugi. Assez chaud?

— Juste à point! Je me sens ressuscité! cria Takezō en réponse.

— Prends ton temps et réchauffe-toi bien. Le riz n'est pas encore prêt.

— Merci. Si j'avais su que ce serait comme ça, je serais venu plus tôt.

Il parla encore deux ou trois fois mais le bruit de l'eau couvrait sa voix, et Osugi ne répondit pas.

La bru ne fut pas longue à reparaître au portail, tout essoufflée. Elle était suivie d'une troupe de samouraïs et de patrouilleurs. Osugi sortit de la maison, et leur parla bas.

— Ah! vous lui avez fait prendre un bain. Très adroit, dit l'un des hommes avec admiration. Oui, c'est parfait! Cette fois, nous le tenons, c'est sûr!

S'étant scindés en deux groupes, les hommes rampèrent prudemment comme autant de crapauds vers le feu qui flambait sous le bain.

Quelque chose – quelque chose d'indéfinissable – mit la puce à l'oreille de Takezo ; il regarda par une fente de la porte. Ses cheveux se dressèrent sur sa tête.

– Je suis pris au piège ! s'écria-t-il.

Il se trouvait nu comme un ver, la maison de bains était minuscule, et il n'avait pas le temps de réfléchir. De l'autre côté de la porte il avait aperçu ce qui lui semblait être une foule d'hommes armés de gourdins, de lances et de matraques.

– Très bien, espèces de salauds, vous allez voir ce que vous allez voir, gronda-t-il.

Peu lui importait de savoir combien ils étaient. Ici comme ailleurs, la seule chose qu'il savait faire était d'attaquer plutôt que d'être attaqué. Tandis que ceux qui voulaient le capturer s'avançaient l'un derrière l'autre, au-dehors, il ouvrit brusquement la porte d'un coup de pied, et bondit en hurlant un terrifiant cri de guerre. Toujours nu, ses cheveux mouillés flottant en tous sens, il empoigna et arracha la première lance que l'on pointa vers lui, envoyant son propriétaire voler dans les buissons. Fermement agrippé à l'arme, il tourbillonna comme un derviche tourneur en frappant quiconque approchait. Il avait appris à Sekigahara que cette méthode était d'une étonnante efficacité face à un ennemi supérieur en nombre, et que la hampe d'une lance pouvait être souvent plus utile que son fer.

Les assaillants, s'apercevant trop tard de l'erreur qu'ils avaient commise en n'envoyant pas d'abord trois ou quatre hommes envahir la maison de bains, s'encourageaient l'un l'autre de la voix. Mais il était clair qu'ils avaient été déjoués.

Quand, pour la dixième fois environ, l'arme de Takezo entra en contact avec le sol, elle se brisa. Il saisit alors une grosse pierre et la lança aux hommes, qui donnaient déjà des signes de relâchement.

– Regardez, il a couru dans la maison ! cria l'un d'eux, tandis qu'Osugi et sa bru se précipitaient au jardin de derrière.

Takezo s'élançait en trombe à travers la maison dans un vacarme épouvantable en hurlant :

– Où sont mes vêtements ? Rendez-moi mes vêtements !

Il y avait çà et là des vêtements de travail, sans parler d'un coffre ouvragé contenant des kimonos, mais Takezo ne leur accorda aucune attention. Dans la pénombre, il se fatiguait les yeux à chercher ses propres affaires en lambeaux. Il finit par les découvrir dans un coin de la cuisine, les saisit d'une main, grimpa sur un large four en terre, et se faufila par une lucarne. Cependant qu'il gagnait le toit, ses poursuivants, maintenant en pleine confusion, lançaient des jurons et se rendaient mutuellement responsables de leur échec.

Debout au milieu du toit, Takezo revêtit son kimono sans se presser. Avec les dents, il déchira de la ceinture une bande de tissu, rassembla en arrière ses cheveux humides, et les attacha près des racines, si serré que cela lui tirait les sourcils et le coin des yeux.

Le ciel de printemps était rempli d'étoiles.

L'ART DE LA GUERRE

Les recherches quotidiennes dans les montagnes se poursuivirent, et les travaux des champs en pâtirent ; les villageois ne pouvaient ni s'adonner à la culture, ni s'occuper de leurs vers à soie. Devant la maison du chef du village et à tous les carrefours, de vastes écriteaux promettaient une forte récompense à quiconque capturerait ou tuerait Takezō, ainsi qu'une rétribution appropriée pour tout renseignement aboutissant à son arrestation. Ces inscriptions portaient l'impressionnante signature d'Ikeda Terumasa, seigneur du château de Himeji.

À la maison Hon'iden, c'était la panique. Osugi et sa famille, en proie à la frayeur mortelle que Takezō ne revînt se venger, verrouillèrent le portail principal et barricadèrent toutes les entrées. Les patrouilleurs, sous la direction des troupes de Himeji, tirèrent de nouveaux plans en vue de capturer le fugitif. Jusque-là, tous leurs efforts s'étaient révélés vains.

– Il en a tué un autre ! cria un villageois.
– Où ça ? C'était qui, cette fois ?

– Un samouraï quelconque. Personne n'a encore pu l'identifier.

Le cadavre avait été découvert à proximité d'un sentier, aux abords du village, la tête dans une touffe de hautes herbes, et les jambes dressées vers le ciel dans une posture étonnamment contorsionnée. Effrayés mais d'une incorrigible curiosité, les villageois s'attroupèrent et commentèrent l'événement. Le crâne avait été fracassé, de toute évidence avec une des pancartes en bois promettant les récompenses, laquelle gisait maintenant en travers du corps ensanglanté. Ceux qui contemplaient bouche bée ce spectacle ne pouvaient pas ne pas lire la liste des récompenses promises. Certains riaient jaune devant cette ironie flagrante.

Les traits tirés, le visage pâle, Otsū s'écarta de la foule. Elle aurait voulu n'avoir pas regardé. Elle se hâta vers le temple, en s'efforçant d'effacer l'image de la face du mort, gravée dans son esprit. Au pied de la colline, elle tomba sur le capitaine qui logeait au temple ; il était accompagné de cinq ou six de ses hommes. Ayant appris la macabre nouvelle, ils allaient enquêter. À la vue de la jeune fille, le capitaine fit un large sourire.

– D'où viens-tu, Otsū ? lui demanda-t-il avec une familiarité mielleuse.

– De faire des achats, répondit-elle sèchement.

Sans même lui accorder un regard, elle grimpa rapidement les marches de pierre du temple. Cet homme lui avait déplu dès le départ – il arborait une moustache hirsute qui lui était particulièrement désagréable –, mais depuis le soir où il l'avait agressée, sa vue lui faisait horreur.

Takuan, assis devant la grande salle, jouait avec un chien errant. Elle passait rapidement devant eux à une certaine distance, pour éviter le galeux animal, quand le moine leva les yeux et l'appela :

– Otsū, il y a une lettre pour toi.

– Pour moi ? dit-elle, incrédule.

– Oui, tu étais sortie quand le messager est passé, et il me l'a laissée. (Il sortit de sa manche de kimono le petit rouleau, et le lui tendit en disant :) Tu n'as pas l'air à ton aise. Quelque chose ne va pas ?

– J'ai mal au cœur. J'ai vu un mort couché dans l'herbe. Ses yeux étaient encore ouverts, et il y avait du sang...

– Tu ne devrais pas regarder des choses pareilles. Mais je suppose qu'au train où vont actuellement les événements, il te faudrait pour cela te promener les yeux fermés. Ces temps-ci, je bute sans arrêt sur des cadavres. Ha ! ha ! ha ! Et j'avais ouï dire que ce village était un petit paradis !

– Mais pourquoi donc Takezō tue-t-il tous ces gens ?

– Pour les empêcher de le tuer lui, bien sûr. Comme ils n'ont aucune raison réelle de le faire, pourquoi les laisserait-il agir ?

– Takuan, j'ai peur ! dit-elle d'un ton plaintif. Que ferions-nous s'il venait ici ?

De sombres cumulus recouvraient les montagnes. Elle prit la mystérieuse lettre et alla se cacher dans l'atelier de tissage. Sur le métier se trouvait une bande d'étoffe inachevée, destinée à un kimono d'homme, une partie du vêtement pour lequel, depuis l'année précédente, elle passait tous ses moments de loisir à filer la soie. C'était pour Matahachi, et elle se réjouissait à la perspective de coudre ensemble toutes les pièces en un kimono complet. Elle avait tissé le moindre fil avec soin comme si cette besogne eût rapproché d'elle son fiancé. Elle voulait ce vêtement inusable.

Assise devant le métier, elle regarda intensément la lettre.

– De qui donc peut-elle bien être ? se murmura-t-elle à elle-même, sûre qu'en réalité la lettre était destinée à quelqu'un d'autre.

Elle lut et relut l'adresse, en quête d'une erreur.

Il sautait aux yeux que la lettre avait fait pour lui parvenir un long voyage. L'enveloppe déchirée et froissée était toute maculée d'empreintes de doigts et de gouttes de pluie. Quand elle eut brisé le cachet, ce ne fut pas une, mais deux lettres qui tombèrent sur ses genoux. La première était d'une écriture de femme qu'elle ne connaissait pas, d'une femme plus âgée qu'elle, elle ne fut pas longue à le deviner.

Je vous écris à seule fin de confirmer ce qui est dit dans l'autre lettre ; je n'entrerai donc pas dans les détails.

J'épouse Matahachi, et l'adopte au sein de ma famille. Pourtant, il paraît toujours s'inquiéter de vous. Je crois qu'il serait une erreur de laisser les choses dans l'état où elles se trouvent. Il vous envoie donc une explication dont j'atteste ici la vérité.

Je vous prie d'oublier Matahachi.

Respectueusement.
Okō.

L'autre lettre, gribouillée par Matahachi, expliquait avec une prolixité fastidieuse les raisons qui lui rendaient impossible de rentrer chez lui. Le sens de l'épître était bien entendu qu'Otsū devait oublier ses fiançailles avec lui, et trouver un autre époux. Matahachi ajoutait qu'il lui était « difficile » d'écrire directement à sa mère à ce sujet, et qu'Otsū devrait donc l'aider. Si Otsū rencontrait la vieille femme, elle devait lui dire que son fils était vivant, en bonne santé, et résidait dans une autre province.

Otsū sentait son sang se glacer dans ses veines. Elle demeurait assise là, interdite, trop choquée pour pleurer ou même pour battre des paupières. Les ongles des doigts qui tenaient la lettre devinrent de la même couleur que la peau du mort qu'elle avait vu moins d'une heure auparavant.

Les heures s'écoulèrent. Tout le monde, à la cuisine, commença de se demander où elle était passée. Le capitaine qui dirigeait les recherches se contentait de laisser dormir dans les bois ses hommes épuisés, mais quand lui-même regagnait le temple au crépuscule, il exigeait les réconforts qui convenaient à son rang. Il fallait chauffer le bain à une température précise, préparer selon ses directives du poisson frais de la rivière, et quelqu'un devait aller chercher du saké de la meilleure qualité dans l'une des demeures du village. Le bien-être de cet homme nécessitait beaucoup de travail, dont une bonne part incombait naturellement à Otsū. Comme elle demeurait introuvable, le dîner du capitaine fut en retard.

Takuan sortit à sa recherche. Il ne se souciait pas le moins du monde du capitaine mais commençait à s'inquiéter au sujet d'Otsū elle-même. Cela ne lui ressemblait nullement de partir sans un mot. En l'appelant, le moine traversa le jardin du temple, et passa plusieurs fois à côté de l'atelier de tissage. Comme la porte était close, il ne se donna pas la peine de regarder à l'intérieur.

À plusieurs reprises, le prêtre du temple sortit sur le passage surélevé pour crier à Takuan :

– Tu ne l'as pas encore trouvée ? Elle est sûrement dans les parages ! (Comme le temps passait, hors de lui, il cria :) Dépêche-toi de la retrouver ! Notre hôte dit qu'il ne peut boire son saké sans qu'elle soit ici pour le lui verser.

On dépêcha le serviteur du temple au bas de la colline pour la rechercher, lanterne en main. Presque au moment où il partait, Takuan finit par ouvrir la porte de l'atelier de tissage.

Ce qu'il vit à l'intérieur le fit sursauter. Otsū était affaissée sur le métier, dans un état de désolation manifeste. Ne voulant pas être indiscret, Takuan garda le silence, les yeux fixés sur les deux lettres froissées et déchirées qui gisaient par terre. Elles avaient été piétinées comme deux effigies de paille.

Takuan les ramassa.

– Ce ne sont pas les lettres que le messager a apportées aujourd'hui ? demanda-t-il avec douceur. Pourquoi ne les ranges-tu pas ? (Otsū secoua faiblement la tête.) Tout le monde est à moitié fou d'inquiétude à ton sujet. J'ai regardé partout. Viens, Otsū, rentrons. Je sais que tu ne le veux pas, mais tu as réellement du travail à faire. D'abord, tu dois servir le capitaine. Le vieux prêtre en a presque perdu l'esprit.

– J'ai... j'ai mal à la tête, chuchota-t-elle. Takuan, ne pourrait-on me laisser libre ce soir... juste ce soir ?

Takuan soupira.

– Otsū, je crois personnellement que tu ne devrais pas avoir à servir le saké au capitaine, ni ce soir, ni aucun autre soir. Mais le prêtre est d'un avis différent. C'est un homme de ce monde. Il n'est pas du genre à pouvoir obtenir le respect ou le soutien du daimyō pour le temple par la seule élévation morale. Il croit devoir donner à boire et à manger au capitaine... veiller à son bien-être de chaque instant. (Il tapota l'épaule d'Otsū.) Et, après tout, c'est lui qui t'a recueillie et élevée ; aussi, tu lui dois bien quelque chose. Tu n'auras pas à rester longtemps.

Elle accepta à contrecœur. Tandis que Takuan l'aidait à se mettre debout, elle leva vers lui son visage barbouillé de larmes en disant :

– J'irai, mais seulement si tu promets de rester avec moi.

– Je n'y vois aucun inconvénient mais cette vieille barbe hirsute ne m'aime pas, et, chaque fois que je vois sa stupide moustache, j'ai une irrésistible envie de lui dire à quel point je la trouve ridicule. C'est puéril, je le sais bien, mais certaines gens me font cet effet-là.

– Je ne veux pas y aller seule !

– Le prêtre est là, non ?

– Oui, mais il s'en va toujours au moment où j'arrive.

– Hum... Mauvais, ça. Très bien, je t'accompagne. Maintenant, n'y pense plus, et va te laver la figure.

Lorsque enfin Otsū parut chez le prêtre, le capitaine, déjà dans les vapeurs de l'ivresse, se ragaillardit aussitôt. Redressant son couvre-chef, déjà nettement de travers, il devint tout à fait jovial et demanda rasade sur rasade. Bientôt, sa face s'empourpra, et les coins de ses yeux globuleux s'affaissèrent.

Pourtant, une présence particulièrement indésirable dans la pièce rendait sa joie incomplète. De l'autre côté de la lampe était assis Takuan, courbé comme un mendiant aveugle, absorbé dans la lecture du livre ouvert sur ses genoux.

Prenant à tort le moine pour un acolyte, le capitaine le désigna et brailla :

– Hé, toi, là-bas !

Takuan continua de lire jusqu'à ce qu'Otsū le poussât du coude. Il leva des yeux absents, regarda tout autour de lui, et dit :

– C'est à moi que vous parlez ?

D'un ton bourru le capitaine répondit :

– Oui, à toi ! Je n'ai que faire de toi. Va-t'en !

– Oh ! ça ne me gêne pas de rester, répondit Takuan avec innocence.

– Vraiment, ça ne te gêne pas ?
– Non, pas le moins du monde, dit Takuan en se replongeant dans son livre.
– Eh bien, moi, ça me gêne ! explosa le capitaine. Ça gâte le goût du bon saké d'avoir à côté de soi quelqu'un qui lit.
– Oh ! pardonnez-moi, répondit Takuan en feignant la sollicitude. Comme c'est grossier de ma part ! Je fermerai donc le livre.
– Sa seule vue m'agace.
– Soit. Je vais demander à Otsū d'aller le ranger.
– Pas le livre, espèce d'idiot ! C'est de toi que je parle ! Tu gâches le tableau.

L'expression de Takuan devint grave.

– Voilà qui pose problème, non ? Ce n'est pas comme si j'étais le saint Wou-k'oung, et pouvais me changer en bouffée de fumée, ou devenir un insecte et me percher sur votre plateau.

Le cou rouge du capitaine se gonfla, et les yeux lui sortirent de la tête. Il avait l'air d'un poisson-lune.

– Dehors, espèce de dingue ! Hors de ma vue !
– Très bien, dit Takuan avec douceur en s'inclinant. (Il prit Otsū par la main, et s'adressa à elle :) Notre hôte dit qu'il préfère être seul. L'amour de la solitude est la caractéristique du sage. Nous ne devons pas l'ennuyer plus longtemps. Viens.
– Comment... comment ? Tu... tu...
– Quelque chose ne va pas ?
– Qui t'a parlé d'emmener Otsū, sombre minable ?

Takuan croisa les bras.

– Je me suis rendu compte avec les années que peu de prêtres ou de moines étaient particulièrement beaux. Peu de samouraïs aussi, d'ailleurs. Vous, par exemple.

Les yeux du capitaine manquèrent jaillir de leurs orbites.

– Quoi ?
– Avez-vous examiné votre moustache ? Je veux dire : avez-vous jamais vraiment pris le temps de la regarder, de l'évaluer d'une manière objective ?
– Bâtard ! cria le capitaine en tendant la main vers son sabre appuyé contre le mur. Prends garde à toi !

Tandis qu'il se levait, Takuan, tout en le surveillant du coin de l'œil, lui demanda placidement :

– Hum... Comment faire pour prendre garde à moi ?

Le capitaine, son sabre dans son fourreau à la main, hurla :

– Je n'en supporterai pas davantage ! Tu vas recevoir ce que tu mérites !

Takuan éclata de rire.

– Cela veut-il dire que vous avez l'intention de me couper la tête ? Si oui, n'y songez plus. Ce serait assommant.

– Hein ?

– Assommant. Je ne connais rien de plus assommant que de couper la tête à un moine. Elle tomberait tout simplement par terre et resterait là, à vous regarder en riant. Pas une grande action d'éclat, et quel bien cela pourrait-il vous faire ?

– Mon Dieu, gronda le capitaine, disons seulement que j'aurai la satisfaction de fermer ta sale gueule. Tu en auras, du mal, à faire durer ton insolent bavardage !

Rempli du courage que les gens de son espèce puisent dans le fait d'avoir une arme à la main, il éclata d'un vilain rire caverneux et s'avança d'un air menaçant.

– Voyons, capitaine !

Les façons désinvoltes de Takuan l'avaient mis dans une telle fureur que la main avec laquelle il tenait son fourreau tremblait violemment. Pour essayer de protéger Takuan, Otsū se glissa entre les deux hommes.

– Que nous chantes-tu là, Takuan ? dit-elle dans l'espoir de détendre l'atmosphère et de gagner du temps. On ne parle pas ainsi à un guerrier. Allons, présente tes excuses, supplia-t-elle. Allons, demande pardon au capitaine.

Mais Takuan était loin d'en avoir terminé.

– Écarte-toi, Otsū. Tout va bien pour moi. Crois-tu vraiment que je me laisserai décapiter par un benêt comme celui-ci qui, bien qu'il commande à des dizaines et des dizaines d'hommes capables, armés, a gaspillé vingt jours à tenter de retrouver un seul fugitif épuisé, à moitié mort de faim ? S'il est trop bête pour trouver Takezō, il serait vraiment stupéfiant qu'il pût me duper, moi !

– Ne bouge pas ! commanda le capitaine. (Sa face

congestionnée devint pourpre tandis qu'il dégainait.) Écarte-toi, Otsū! Je vais couper en deux cet acolyte à grande gueule!

Otsū se jeta aux pieds du capitaine et le supplia :

– Vous avez toutes les raisons d'être en colère, mais je vous en prie, soyez patient. Il a le cerveau un peu dérangé. Il parle ainsi à tout le monde. En réalité, il n'en pense pas un mot!

Et elle éclata en sanglots.

– Que dis-tu là, Otsū? lui reprocha Takuan. Je suis parfaitement sain d'esprit, et je ne plaisante pas. Je dis seulement la vérité, que nul ne semble aimer à entendre. C'est un benêt, aussi l'ai-je traité de benêt. Veux-tu que je mente?

– Tu ferais mieux de ne pas répéter une chose pareille! tonna le samouraï.

– Je la répéterai aussi souvent qu'il me plaira. À propos, je suppose que cela vous est égal, à vous autres soldats, de perdre votre temps à rechercher Takezō, mais pour les cultivateurs cela constitue un terrible fardeau. Vous rendez-vous compte de ce que vous leur infligez? Ils n'auront bientôt plus rien à manger si vous continuez. Il ne vous est sans doute même pas venu à l'esprit qu'ils doivent négliger complètement les travaux des champs pour prendre part à vos chasses désorganisées au canard sauvage. Et je pourrais ajouter : gratis. C'est une honte!

– Tiens ta langue, traître! C'est de la diffamation caractérisée contre le gouvernement de Tokugawa!

– Ce n'est pas le gouvernement de Tokugawa que je critique; ce sont les fonctionnaires comme toi qui servent d'intermédiaires entre le daimyō et les gens du peuple, et qui ne méritent pas l'argent qu'ils gagnent. D'abord, pour quelle raison au juste te prélasses-tu ici ce soir? Qu'est-ce qui te donne le droit de te détendre dans ton beau kimono bien confortable, bien chaud et bien douillet, de t'attarder au bain et de te faire verser ton saké du soir par une jolie jeune fille? Tu appelles cela servir ton seigneur? (Le capitaine était sans voix.) N'est-ce pas le devoir d'un samouraï que de servir son seigneur avec une inlassable fidélité? N'est-ce pas ton métier que de pratiquer la bienveillance envers les gens qui s'échinent pour le compte du daimyō ? Regarde-toi ! Tu te bornes à fermer les yeux devant le fait que tu empêches les cultivateurs d'effectuer le travail d'où ils tirent leur subsistance. Tu n'as même aucune considération pour tes propres hommes. Tu es censé être en mission officielle, et que fais-tu ? À la moindre occasion tu te gaves des nourritures et des boissons chèrement gagnées par autrui, et exploites ta situation pour obtenir le logement le plus confortable possible. Je dirai que tu es un exemple classique de corruption, à te draper dans l'autorité de ton supérieur pour ne faire que dissiper les énergies du peuple à tes propres fins égoïstes. (Le capitaine était maintenant trop abasourdi pour fermer sa mâchoire pendante. Takuan ajouta très vite :) Et maintenant, essaie seulement de me couper la tête et de l'envoyer au seigneur Ikeda Terumasa ! Cela, permets-moi de te le dire, le surprendrait. Il s'écrierait sans doute : « Eh bien, Takuan ! Est-ce ta seule tête qui vient me voir aujourd'hui ? Où diable se trouve le restant de ta personne ? » Il t'intéressera sans doute d'apprendre que le seigneur Terumasa et moi avions coutume de prendre part ensemble à la cérémonie du thé au Myōshinji. Nous avons aussi plusieurs fois longuement et agréablement bavardé au Daitokuji de Kyoto.

La virulence de « Barbe hirsute » le quitta en un instant. Son ivresse, elle aussi, s'était un peu dissipée, bien qu'il parût encore incapable de juger par lui-même si Takuan disait ou non la vérité. Il semblait paralysé, ne sachant comment réagir.

– Et d'abord, tu ferais mieux de t'asseoir, reprit le moine. Si tu crois que je mens, je me ferai un plaisir de t'accompagner au château pour me présenter devant le seigneur en personne. En cadeau, je pourrais lui porter un peu de la délicieuse farine de blé noir que l'on fait ici. Il en est particulièrement friand. Toutefois, il n'y a rien de plus fastidieux, rien qui m'ennuie davantage que de faire une visite à un daimyō. En outre, si la question de tes activités à Miyamoto venait par hasard sur le tapis tandis que nous bavarderions en prenant le thé, il me serait difficile de mentir. Cela se terminerait sans doute pour toi par l'obligation de te suicider pour incompétence. Dès le début, je t'ai conseillé de cesser de me menacer, mais vous autres, guerriers, êtes bien tous les mêmes. Vous ne pensez jamais aux conséquences. Et c'est là votre plus grave défaut. Maintenant, pose ton sabre, et je te dirai autre chose. (Atterré, le capitaine obéit.) Bien entendu, tu n'ignores rien de *L'Art de la guerre*, du général Sun-tzu… tu sais, l'ouvrage classique chinois sur la stratégie militaire ? Je suppose que tout guerrier de ton rang connaît à fond un livre aussi important. Quoi qu'il en soit, la raison pour laquelle je le mentionne est que j'aimerais te donner une leçon illustrant l'un des principes essentiels du livre. Je voudrais te montrer comment capturer Takezō sans perdre aucun autre de tes propres hommes, ni causer aux villageois plus d'ennuis que tu ne l'as déjà fait. Or, cela a trait à ton travail officiel, aussi aurais-tu intérêt à m'écouter avec attention. (Il se tourna vers la jeune fille.) Otsū, verse au capitaine une autre tasse de saké, veux-tu ?

Le capitaine était un quadragénaire ; il avait une dizaine d'années de plus que Takuan ; et pourtant, leurs visages en cet instant indiquaient nettement que la force de caractère n'est pas une question d'âge. La langue acérée de Takuan avait rendu humble son aîné dont l'air bravache avait disparu.

Doux comme un mouton, il répondit :

– Non, je ne veux plus de saké. J'espère que vous me pardonnerez. Je ne me doutais pas que vous étiez un ami du seigneur Terumasa. J'ai bien peur d'avoir été très grossier.

Il était abject au point d'en être comique, mais Takuan se retint d'insister.

– Oublions cela. Ce dont je veux discuter, c'est du moyen de capturer Takezō. C'est là ce que vous devez faire pour exécuter vos ordres et conserver votre honneur de samouraï, n'est-ce pas ?

– Oui.

– Bien entendu, je sais aussi qu'il vous est égal de mettre du temps à attraper l'homme. Après tout, plus cela prend du temps, plus vous pouvez rester au temple à manger, boire et faire les yeux doux à Otsū.

– Je vous en prie, ne parlez plus de ça. Surtout devant Sa Seigneurie.

Le soldat ressemblait à un enfant prêt à fondre en larmes.

– Je suis disposé à tenir toute l'affaire secrète. Mais si ces courses de toute la journée dans les montagnes continuent, les cultivateurs connaîtront des ennuis sérieux. Non seulement les cultivateurs, mais aussi tous les autres. Tous les habitants de ce village sont trop bouleversés, trop effrayés pour se concentrer sur leur travail normal. Or, selon moi, vous n'avez pas utilisé la bonne stratégie. En fait, je ne crois pas que vous ayez utilisé de stratégie du tout. Si je comprends bien, vous ne connaissez pas *L'Art de la guerre* ?

– J'avoue à ma honte que non.

– Eh bien, vous avez raison d'avoir honte ! Et il ne faut pas vous étonner que je vous traite de benêt. Vous avez beau être un personnage officiel, vous êtes d'une inculture lamentable et d'une totale inefficacité. Mais à quoi bon vous répéter une évidence ? Je me bornerai à vous faire une proposition. J'offre personnellement de capturer pour vous Takezō avant trois jours.

– *Vous*, le capturer ?

– Vous croyez que je plaisante ?

– Non, mais…

– Mais quoi ?

– Mais en comptant les renforts venus de Himeji, tous les paysans et les simples soldats, voilà près de trois semaines que plus de deux cents hommes battent les montagnes !

– Je ne l'ignore pas.

– Et comme c'est le printemps, Takezō a l'avantage. À cette époque de l'année, la nourriture ne manque pas là-haut.

– Dans ce cas, attendrez-vous qu'il neige ? Encore environ huit mois ?

– Euh… non, je ne crois pas que nous puissions nous le permettre.

– Certes non. Voilà précisément pourquoi j'offre de le capturer pour vous. Je n'ai besoin d'aucune aide ; je peux le faire seul. Pourtant, à la réflexion, je devrais peut-être emmener Otsū avec moi. Oui, à nous deux nous suffirons.

– Vous ne parlez pas sérieusement, hein ?
– Je vous prie de vous taire ! Voudriez-vous insinuer que Takuan Sōhō passe tout son temps à plaisanter ?
– Pardon.
– Je le répète, vous ne connaissez pas *L'Art de la guerre*, ce qui est selon moi la raison de votre abominable échec. Moi, en revanche, j'ai beau n'être qu'un prêtre, je crois comprendre Sun-tzu. Il n'y a qu'une condition indispensable, et si vous n'êtes pas d'accord, je n'aurai plus qu'à me tourner les pouces en vous regardant vous agiter jusqu'à ce que la neige tombe, et peut-être aussi votre tête.
– Quelle est cette condition ? demanda le capitaine sur ses gardes.
– Si je ramène le fugitif, vous me laisserez décider de son sort.
– Qu'entendez-vous par là ?
Le capitaine tirait sur sa moustache ; les pensées tourbillonnaient dans sa tête. Comment pouvait-il être certain que ce moine étrange ne le trompait pas tout à fait ? Il avait beau s'exprimer avec éloquence, peut-être était-il complètement fou. Et s'il s'agissait d'un ami de Takezō, d'un complice ? Savait-il où se cachait l'homme ? Même dans le cas contraire, vraisemblable à ce stade, que risquait-on à l'encourager, à seule fin de voir s'il mettrait à exécution son projet insensé ? De toute manière, il y renoncerait sans doute à la dernière minute. Sur cette idée, le capitaine donna son accord d'un signe de tête.
– Très bien, alors. Si vous l'attrapez, vous pourrez décider de son sort. Mais qu'arrivera-t-il si vous ne le trouvez *pas* dans les trois jours ?
– Je me pendrai au grand cryptomeria du jardin.

Le lendemain, de bonne heure, le serviteur du temple, l'air extrêmement inquiet, entra en trombe dans la cuisine, hors d'haleine et criant presque :
– Takuan a-t-il perdu l'esprit ? J'apprends qu'il a promis de retrouver lui-même Takezō !
Les yeux s'écarquillèrent.
– Non ?
– Tu veux rire ?

– Comment a-t-il l'intention de s'y prendre ?

Il s'ensuivit des plaisanteries et des rires moqueurs, mais aussi des chuchotements inquiets.

Quand la nouvelle arriva jusqu'au prêtre du temple, il hocha une tête avisée en observant que la bouche humaine est la porte des catastrophes.

Mais la personne la plus sincèrement troublée fut Otsū. La veille, la lettre d'adieu de Matahachi l'avait blessée plus que la nouvelle de sa mort n'eût jamais pu le faire. Elle avait eu foi en son fiancé au point d'accepter, pour lui, d'être l'esclave de sa belle-mère, la redoutable Osugi. Vers qui se tourner maintenant ?

Pour Otsū, plongée dans les ténèbres du désespoir, Takuan était l'unique point lumineux de la vie, le dernier rayon d'espérance. La veille, tandis qu'elle pleurait seule dans l'atelier de tissage, elle avait saisi un couteau tranchant et lacéré la toile de kimono où elle avait mis son âme entière. Elle avait aussi envisagé de plonger la fine lame dans sa propre gorge. Malgré la tentation aiguë, l'arrivée de Takuan avait fini par lui chasser de l'esprit cette idée. Après l'avoir calmée et lui avoir fait accepter de servir au capitaine le saké, il lui avait tapoté l'épaule. Elle sentait encore la bonne chaleur de sa main robuste alors qu'il la faisait sortir de l'atelier.

Et voilà qu'il venait de conclure ce marché insensé.

Presque autant que de sa propre sécurité, Otsū s'inquiétait du risque de perdre le seul ami qu'elle eût au monde, à cause de son absurde proposition. Elle se sentait abandonnée, dans une détresse noire. Le simple bon sens lui disait qu'il était ridicule de croire qu'elle et Takuan pourraient retrouver Takezō dans un délai aussi court.

Takuan eut même l'audace d'échanger des serments avec « Barbe hirsute » devant l'autel de Hachiman, le dieu de la guerre. À son retour, Otsū lui reprocha sévèrement sa témérité mais il affirma qu'il n'y avait pas lieu de s'inquiéter. Il avait l'intention, disait-il, de soulager le village de son fardeau, de rendre les routes à nouveau sûres, et de faire cesser le gaspillage de vies humaines. Comparée au nombre de vies que la prompte arrestation de Takezō pourrait sauver, la sienne propre paraissait sans importance, Otsū devait le comprendre. Il lui dit aussi de se reposer autant qu'elle le pourrait avant la soirée du lendemain, où ils partiraient. Elle devait l'accompagner sans se plaindre, et se fier entièrement à son jugement. Otsū était trop bouleversée pour résister, et l'éventualité de rester au temple dans l'anxiété se révélait pire encore que la perspective d'accompagner Takuan.

Le lendemain, en fin d'après-midi, celui-ci faisait encore sa sieste avec le chat, à l'angle du bâtiment principal du temple. Otsū avait les traits tirés. Le prêtre, le serviteur, l'acolyte – tout le monde avait essayé de la convaincre de rester. « Va te cacher » : tel était leur conseil d'ordre pratique ; mais Otsū, pour des raisons qu'elle-même pouvait à peine sonder, n'en éprouvait pas la moindre envie.

Le soleil descendait vite, et les ombres épaisses du soir avaient commencé d'envelopper les crevasses de la chaîne de montagnes qui suivait le cours de la rivière Aida. Le chat sauta à bas du portique du temple, et bientôt Takuan lui-même passa sur la véranda. Comme le chat devant lui, il s'étira en bâillant à se décrocher la mâchoire.

– Otsū ! appela-t-il, nous ferions bien de partir.

– J'ai déjà tout empaqueté : sandales de corde, cannes, guêtres, papier à l'huile de paulownia.

– Tu as oublié quelque chose.

– Quoi donc ? Une arme ? Faut-il prendre un sabre, une lance ou quoi ?

– Sûrement pas ! Je veux emporter une provision de nourriture.

– Oh ! tu veux dire un pique-nique ?

– Non, quelque chose de bon. Je veux du riz, de la pâte de haricots salée et – mais oui ! – un peu de saké. Tout ce qui est savoureux fera l'affaire. J'ai aussi besoin d'un pot. Va à la cuisine faire un gros ballot. Et procure-toi une perche pour le porter.

Les montagnes proches étaient maintenant plus noires que la meilleure laque noire, les montagnes éloignées plus pâles que le mica. Comme on se trouvait à la fin du printemps, il soufflait une brise tiède et parfumée. Bambous zébrés et glycines retenaient la brume ; plus Takuan et Otsū s'éloignaient du village, plus les montagnes, où chaque feuille luisait faiblement dans la pénombre, semblaient avoir été baignées par une averse vespérale. Ils marchaient dans l'obscurité l'un derrière l'autre, chacun portant sur l'épaule une extrémité de la perche en bambou d'où se balançait leur ballot bien empaqueté.

– Belle soirée pour se promener, hein, Otsū ? dit Takuan en jetant un coup d'œil par-dessus son épaule.

– Je ne la trouve pas si merveilleuse que ça, marmonna-t-elle. En tout cas, où allons-nous ?

– Je ne sais pas encore très bien, répondit-il d'un ton légèrement songeur ; mais continuons encore un peu.

– Mon Dieu, ça m'est égal de marcher.

– Tu n'es pas fatiguée ?

– Non, répondit la jeune fille, mais la perche, visiblement, lui faisait mal, car de temps à autre elle la changeait d'épaule.

– Où sont-ils, tous ? Nous n'avons pas rencontré une âme.

– Le capitaine ne s'est pas montré de la journée au temple. Je parie qu'il a rappelé au village les patrouilles, pour nous laisser tout seuls pendant trois jours. Takuan, de quelle manière au juste te proposes-tu d'attraper Takezō ?

– Oh ! ne t'inquiète pas. Il reparaîtra tôt ou tard.

– Mon Dieu, il n'a reparu pour personne d'autre. Pourtant, même s'il vient, que ferons-nous ? Avec tous ces hommes à ses trousses depuis si longtemps, il doit être acculé au désespoir. Il se battra pour sauver sa peau, et il est très fort. J'ai les jambes qui tremblent, rien que d'y penser.

– Attention ! Prends garde de tomber ! s'exclama soudain Takuan.

– Oh ! cria Otsū épouvantée en s'arrêtant pile dans son élan. Que se passe-t-il ? Pourquoi m'as-tu fait peur comme ça ?

– Ne t'inquiète pas, ce n'est pas Takezō. Je veux seulement que tu regardes où tu marches. Il y a des pièges de glycines et de ronces tout au long de la route, par ici.

– Les patrouilleurs les ont-ils tendus là pour attraper Takezō ?

– Oui. Mais si nous ne faisons pas attention, nous y tomberons nous-mêmes.

– Takuan, si tu continues à dire des choses pareilles, je serai si nerveuse que je ne pourrai plus mettre un pied devant l'autre !

– Pourquoi te tracasses-tu ? Si vraiment nous tombons dans un piège, j'y tomberai le premier. Tu n'as pas besoin de me suivre. (Par-dessus son épaule, il lui fit un large sourire.) Je dois dire qu'ils se sont attiré des tas d'ennuis pour rien. (Après un instant de silence, il ajouta :) Otsū, est-ce que le ravin ne semble pas devenir plus étroit ?

– Je ne sais pas, mais nous avons dépassé depuis un moment le dos de Sanumo. Ce devrait être Tsujinohara.

– Si c'est le cas, nous risquons d'avoir à marcher toute la nuit.

– Mon Dieu, je ne sais même pas où nous allons. Pourquoi m'en parler ?

– Posons ça une minute.

Une fois qu'ils eurent déposé le ballot à terre, Takuan s'avança vers une falaise proche.

– Où vas-tu ?

– Me soulager.

Trente mètres au-dessous de lui, les eaux qui se joignaient pour former la rivière Aida cascadaient avec un bruit de tonnerre de rocher en rocher. Ce rugissement qui montait vers lui emplissait ses oreilles et pénétrait tout son être. En urinant, il regardait le ciel comme pour compter les étoiles. « Oh ! quel bien-être ! exulta-t-il. Suis-je un avec l'univers, ou l'univers est-il un avec moi ? »

– Takuan ! appela Otsū. N'as-tu pas encore fini ? Tu ne te presses vraiment pas !

Enfin reparu, il s'expliqua :

– Tout en urinant, j'ai consulté le *Livre des mutations*, et à présent je sais exactement quelle ligne de conduite nous devons adopter. Maintenant, c'est tout à fait clair à mes yeux.

– Le *Livre des mutations* ? Tu ne portes pas de livre.

– Pas de livre écrit, sotte, celui qui se trouve à l'intérieur de moi. Mon propre *Livre des mutations*. Il est dans mon cœur ou dans mon ventre ou ailleurs. Debout là-bas, je considérais la configuration du terrain, l'aspect de l'eau et l'état du ciel. Puis j'ai fermé les yeux, et quand je les ai rouverts une voix m'a dit : « Va à cette montagne, là-bas. »

Il désignait un pic proche.

– Tu veux parler du mont Takateru ?

– Je n'ai pas la moindre idée de son nom. C'est celui-là, avec à mi-hauteur la clairière en plateau.

– On l'appelle le pâturage Itadori.

– Ah ! vraiment, il porte un nom ?

Quand ils l'atteignirent, le pâturage se révéla être une petite plaine inclinée vers le sud-est et offrant une vue magnifique sur les environs. Les fermiers y lâchaient généralement chevaux et vaches pour paître, mais cette nuit-là on n'y voyait ni entendait le moindre animal. Le silence n'était rompu que par la chaude brise printanière qui caressait l'herbe.

– Nous allons camper ici, annonça Takuan. L'ennemi, Takezō, me tombera entre les mains tout comme le général Ts'ao Ts'ao de Wei est tombé aux mains de Tch'ou-ko K'oung-ming.

Comme ils déposaient leur fardeau, Otsū demanda :

– Qu'allons-nous faire ici ?

– Nous allons nous asseoir, répondit fermement Takuan.

– Comment pouvons-nous attraper Takezō en nous contentant de nous asseoir ici ?

– Si tu poses des filets, tu peux attraper des oiseaux en vol sans avoir à voler toi-même.

– Nous n'avons pas posé de filets. Es-tu certain de n'être pas possédé par un renard ou quelque chose de ce genre ?

– Faisons du feu, alors. Les renards ont peur du feu ; donc, si je suis possédé par un renard, je serai bientôt exorcisé.

Ils ramassèrent du bois sec, et Takuan fit du feu. Cela sembla remonter le moral d'Otsū.

– Un bon feu, ça vous ragaillardit, hein ?

– Ça vous réchauffe, en tout cas. Ça n'allait donc pas ?

– Oh ! Takuan, tu sais dans quel état j'étais ! Et je ne crois pas que personne aime vraiment passer comme ça la nuit dans les montagnes. Que ferions-nous s'il pleuvait, en cet instant précis ?

— En montant, j'ai vu une grotte près de la route. Nous pourrions nous y abriter jusqu'à la fin de l'averse.

— Ce doit être ce que fait Takezō la nuit et par mauvais temps, tu ne crois pas ? Il doit y avoir des endroits semblables dans toute la montagne. C'est sans doute aussi là qu'il se cache la plupart du temps.

— Sans doute. Il n'a vraiment pas beaucoup de sens commun, mais il doit en avoir assez pour se protéger de la pluie.

Elle devint pensive.

— Takuan, pourquoi les gens du village le haïssent-ils à ce point ?

— Les autorités les poussent à le haïr. Il s'agit de gens simples, Otsū. Ils ont peur du gouvernement, si peur que s'il le décrète, ils chasseront les autres villageois, et jusqu'à leur propre famille.

— Tu veux dire qu'ils ne se soucient pas de protéger leur vie ?

— Mon Dieu, ce n'est pas vraiment leur faute. Ils sont tout à fait sans pouvoir. Il faut leur pardonner de faire passer avant tout leur intérêt propre, car c'est une question d'autodéfense. Ils ne désirent en réalité qu'une chose : qu'on les laisse en paix.

— Mais les samouraïs ? Pourquoi font-ils toute cette histoire au sujet d'un être insignifiant comme Takezō ?

— Parce qu'il est le symbole du chaos, un hors-la-loi. Ils doivent maintenir la paix. Après Sekigahara, Takezō était obsédé par l'idée que l'ennemi le pourchassait. Il a commis sa première grave erreur en enfonçant la barrière, à la frontière. Il aurait dû recourir à une ruse quelconque, se faufiler de nuit ou passer sous un déguisement. N'importe quoi. Mais Takezō, pensez donc ! Il a fallu qu'il aille tuer un garde, puis d'autres gens par la suite. Après quoi, ça a fait boule de neige, voilà tout. Il croit devoir continuer de tuer pour protéger sa propre existence. Mais c'est lui qui a commencé. Toute cette malheureuse situation provient d'une seule chose : le total manque de bon sens de Takezō.

— Tu le hais, toi aussi ?

— Je l'ai en horreur ! J'abhorre sa stupidité ! Si j'étais le seigneur de la province, je lui ferais subir le pire châtiment que je pourrais inventer. En vérité, pour l'exemple, je le ferais écarteler. Après tout, il ne vaut pas mieux qu'une bête sauvage, hein ? Un seigneur de province ne saurait se permettre la générosité envers les pareils de Takezō, même s'il n'est aux yeux de certains qu'une jeune brute. Ce serait au détriment de l'ordre public, ce qui ne vaut rien, surtout en ces temps troublés.

– Je t'ai toujours cru bon, Takuan, mais au fond de toi-même tu es très dur, n'est-ce pas ? Je ne pensais pas que tu te souciais des lois du daimyō.

– Eh bien, si. J'estime qu'il faut récompenser le bien, punir le mal, et je suis venu ici précisément pour cela.

– Oh ! qu'est-ce que c'était ? cria Otsū en se relevant d'un bond de sa place auprès du feu. Tu n'as pas entendu ? C'était un froissement, comme des pas sous ces arbres, là-bas.

– Des pas ? (Takuan, lui aussi, se mit aux aguets ; mais après avoir écouté avec attention quelques instants, il éclata de rire :) Ha ! ha ! ha ! Ce ne sont que des singes. Regarde !

Ils pouvaient distinguer les silhouettes d'un grand singe et d'un petit, qui se balançaient dans les arbres.

Otsū, visiblement soulagée, se rassit.

– Ouf, j'ai failli mourir de peur !

Durant les deux heures qui suivirent, ils restèrent assis en silence, les yeux fixés sur le feu. Lorsqu'il baissait, Takuan cassait des branches sèches qu'il jetait dessus.

– À quoi penses-tu, Otsū ?

– Moi ?

– Oui, toi. J'ai beau ne faire que ça, en réalité j'ai horreur de me faire à moi-même la conversation.

La fumée plissait les yeux d'Otsū. Regardant le ciel étoilé, elle parla doucement :

– J'étais en train de me dire que le monde est bien étrange. Toutes ces étoiles, là-haut, dans l'obscurité vide... non, ce n'est pas ce que je veux dire. La nuit est pleine. Elle a l'air de tout embrasser. Si l'on regarde longtemps les étoiles, on peut les voir bouger. Bouger lentement, lentement... Je ne peux m'empêcher de penser que le monde entier bouge. Je le sens. Et je ne suis dans tout cela qu'un petit grain de poussière – un grain de poussière commandé par une puissance terrifiante que je suis même incapable de voir. Et dans le moment même où je suis assise ici à réfléchir, mon destin se modifie, fragment par fragment. Mes idées semblent tourner en cercle.

– Tu ne dis pas la vérité ! objecta sévèrement Takuan. Certes, ces idées te sont venues à l'esprit, mais en réalité tu pensais à quelque chose de bien particulier. (Otsū ne répondit pas.) Pardon si j'ai manqué de discrétion, Otsū, mais j'ai lu ces lettres que tu as reçues.

– Tu les as lues ? Mais le cachet n'était pas brisé !

– Je les ai lues après t'avoir trouvée dans l'atelier de tissage. Quand tu as dit que tu n'en voulais pas, je les ai fourrées dans ma manche. Je sais que c'était mal de ma part, mais plus tard, quand je me suis retrouvé seul, je les ai ressorties et je les ai lues, uniquement pour passer le temps.

– Tu es un être abominable ! Comment as-tu pu faire une chose pareille ? Et seulement pour passer le temps !

– Mon Dieu, peu importe la raison. En tout cas, je comprends maintenant ce qui a déclenché ce flot de larmes, et pourquoi je t'ai retrouvée à moitié morte. Mais écoute, Otsū, je crois que tu as eu de la chance. En fin de compte, il vaut mieux que les choses aient tourné comme elles l'ont fait. Tu me trouves abominable ? Regarde-le !

– Que veux-tu dire ?

– Matahachi était et demeure un irresponsable. Si tu l'avais épousé, et qu'alors, un jour, il t'ait réservé la surprise d'une lettre comme celle-là, qu'aurais-tu fait ? Ne dis rien, je te connais. Tu te serais jetée du haut d'une falaise dans la mer. Je suis content que tout soit terminé avant que tu n'en sois arrivée là.

– Les femmes pensent différemment.

– C'est vrai ? Comment pensent-elles ?

– Je suis si en colère que j'ai envie de crier ! (De fureur, elle tirait sur la manche de son kimono avec ses dents.) Un jour, je le retrouverai ! J'en fais le serment ! Je n'aurai point de repos tant que je ne lui aurai pas jeté à la face exactement ce que je pense de lui. Et cela vaut pour cette femme, cette Okō.

Elle éclata en sanglots de rage. Takuan, la regardant, murmura mystérieusement :
– Ça a commencé, n'est-ce pas ?
Elle le considéra d'un air ahuri.
– Quoi ?
Les yeux fixés à terre, il semblait réfléchir. Puis il commença ainsi :
– Otsū, j'avais réellement espéré qu'à toi, entre tous les êtres, seraient épargnés les maux et les mensonges de ce monde, que ta douce et innocente nature traverserait, intacte et indemne, toutes les étapes de la vie. Mais il semble que les vents violents du destin aient commencé à te secouer comme ils secouent tous les autres.
– Oh ! Takuan ! Que dois-je faire ? Je suis si... si... en colère !
Elle était courbée, les épaules secouées de sanglots.
À l'aube, comme elle se trouvait épuisée d'avoir pleuré, tous deux se retirèrent dans la grotte pour dormir. La nuit d'après, ils veillèrent auprès du feu, et passèrent de nouveau la journée suivante à dormir dans la grotte. Ils avaient de la nourriture en abondance, mais Otsū était perplexe. Elle ne cessait de dire qu'elle ne voyait pas comment ils captureraient jamais Takezō de cette manière. Takuan, en revanche, gardait un calme olympien. Otsū n'avait aucune idée de ce qu'il pouvait bien avoir en tête. Il ne faisait pas le moindre effort pour chercher, et le fait que Takezō ne parût point ne le déconcertait pas le moins du monde.

Au soir du troisième jour, comme les nuits précédentes, ils veillèrent auprès du feu.

Otsū finit par exploser :
– Takuan, c'est notre dernière nuit, tu sais ! Notre délai expire demain.
– Hum... C'est vrai, hein ?
– Eh bien, qu'as-tu l'intention de faire ?
– De faire à quel propos ?
– Oh ! ne sois pas si pénible ! Tu te rappelles bien, n'est-ce pas, la promesse que tu as faite au capitaine ?
– Mais oui, naturellement, pourquoi ?
– Eh bien, si nous ne ramenons pas Takezō...

Il l'interrompit :
– Je sais, je sais. Je devrai me pendre au vieux cryptomeria. Mais ne t'inquiète pas. Je ne suis pas prêt à mourir encore.
– Alors, pourquoi ne vas-tu pas à la recherche de Takezō ?
– Si j'y allais, crois-tu vraiment que je le trouverais ? Dans ces montagnes ?
– Oh ! je ne te comprends pas du tout ! Et pourtant, je ne sais comment, du simple fait d'être assise ici, j'ai l'impression de devenir plus brave, de trouver le courage de laisser les choses aller leur train. (Elle éclata de rire.) À moins que je ne devienne tout bonnement aussi folle que toi.
– Je ne suis pas fou. J'ai seulement de l'audace. C'est là ce qui importe.
– Dis-moi, Takuan, est-ce l'audace et rien d'autre qui t'a poussé à entreprendre ceci ?
– Oui.
– Rien que l'audace ? Voilà qui n'est pas très encourageant. Je croyais que tu avais dans ta manche un plan infaillible.

Otsū avait été sur le point de partager la confiance de son compagnon ; mais quand il révéla qu'il était mû par la seule audace, elle eut un moment d'abattement. Était-il complètement fou ? Il arrive que des gens un peu dérangés soient pris par autrui pour des génies. Takuan était peut-être un de ceux-là. Otsū commençait à envisager sérieusement cette éventualité.

Le moine, plus serein que jamais, regardait toujours le feu d'un air absent. Bientôt, il marmonna, comme s'il venait seulement de s'en apercevoir :
– Il est très tard, hein ?
– Certes ! Ce sera bientôt l'aube, lança Otsū avec une aigreur voulue.

Pourquoi diable avait-elle fait confiance à ce dément suicidaire ?

Sans tenir compte de la brusquerie de la réponse, il murmura :
– Drôle, hein ?
– Qu'est-ce que tu marmonnes *encore*, Takuan ?

– Je songe, tout à coup, que Takezō ne va pas tarder à se montrer.

– Oui, mais peut-être ignore-t-il que vous avez rendez-vous, tous les deux. (Voyant que le moine ne souriait pas, elle se radoucit :) Crois-tu vraiment qu'il viendra ?

– Bien sûr, que je le crois !

– Mais pourquoi tomberait-il en plein dans le piège ?

– Ce n'est pas tout à fait cela. Cela a trait à la nature humaine, voilà tout. Au fond, les gens ne sont pas forts, mais faibles. Et la solitude n'est pas leur état naturel, surtout quand s'y ajoute le fait d'être entouré d'ennemis et cerné de sabres. Peut-être trouves-tu cela naturel, mais cela me surprendrait fort que Takezō parvînt à résister à la tentation de nous rendre visite et de se chauffer à notre foyer.

– Ne prends-tu pas tout simplement tes désirs pour des réalités ? Il est peut-être bien loin d'ici.

Takuan secoua la tête et dit :

– Non, je ne prends pas tout simplement mes désirs pour des réalités. Il ne s'agit même pas de ma propre théorie, mais de celle d'un maître de la stratégie. (Il parlait d'un ton si confiant qu'Otsū en fut soulagée.) Je soupçonne Shimmen Takezō d'être tout proche ; mais il n'a pas encore décidé si nous étions amis ou ennemis. Le pauvre garçon doit être harcelé par une multitude de doutes au milieu desquels il se débat, incapable d'avancer ou de reculer. Je parierais qu'en cet instant même il se cache dans l'ombre et nous regarde à la dérobée, en se demandant désespérément que faire. Ah ! je sais. Passe-moi la flûte que tu portes dans ton obi !

– Ma flûte de bambou ?

– Oui, laisse-moi en jouer un peu.

– Impossible. Je ne laisse jamais personne y toucher.

– Pourquoi ? insista Takuan.

– Peu importe pourquoi ! s'écria-t-elle en secouant la tête.

– Quel mal y aurait-il à me laisser m'en servir ? Plus on joue d'une flûte, et plus elle s'améliore. Je ne l'abîmerai pas.

– Mais...

De la main droite, Otsū serrait fermement la flûte, dans son obi.

Toujours elle la portait contre elle, et Takuan savait combien elle chérissait l'instrument. Pourtant, jamais il n'eût imaginé qu'elle refuserait de lui laisser en jouer.

– Vraiment, Otsū, je ne te la casserai pas. J'ai manié des douzaines de flûtes. Allons, laisse-moi au moins la prendre dans ma main.

– Non.

– Quoi qu'il arrive ?

– Quoi qu'il arrive.

– Tu n'es qu'une entêtée !

– Soit, je ne suis qu'une entêtée.

Takuan renonça.

– Eh bien, cela me fera autant plaisir de t'écouter en jouer. Veux-tu ? rien qu'un petit morceau ?

– Je ne veux pas faire cela non plus.

– Pourquoi non ?

– Parce que je me mettrais à pleurer, et je ne puis jouer de la flûte en pleurant.

– Hum... rêva Takuan.

Tout en ayant pitié de cette opiniâtreté si caractéristique des orphelins, il avait conscience d'un vide au fond de leurs cœurs obstinés. Ils lui semblaient condamnés à aspirer désespérément à ce qu'ils ne pouvaient avoir : l'amour parental dont la douceur leur avait toujours manqué.

Otsū ne cessait d'invoquer les parents qu'elle n'avait jamais connus. La flûte était l'unique chose qu'ils lui eussent léguée, la seule image d'eux qu'elle eût jamais eue. Lorsque, à peine en âge de voir la lumière du jour, elle avait été laissée ainsi qu'un chaton abandonné au seuil du Shippōji, la flûte était glissée dans sa minuscule obi. Elle constituait le seul et unique lien qui pourrait lui permettre dans l'avenir de rechercher les siens. C'était non seulement l'image, mais la voix de la mère et du père qu'elle n'avait jamais vus.

« Ainsi donc, elle pleure lorsqu'elle en joue ! songeait Takuan. Peu surprenant qu'elle répugne autant à laisser n'importe qui la manier, voire à en jouer elle-même. » Il avait pitié d'elle.

En cette troisième nuit, pour la première fois une lune de perle brilla dans le ciel, se dissolvant de temps à autre derrière des nuées de brume. Les oies sauvages qui migrent au Japon en automne et repartent au printemps semblaient retourner vers le nord ; parfois, Takuan et Otsū percevaient les cris qu'elles poussaient parmi les nuages.

Takuan, s'éveillant de sa rêverie, dit :

– Le feu s'éteint, Otsū. Voudrais-tu remettre du bois dessus ?... Eh bien, que se passe-t-il ? Quelque chose ne va pas ? (Otsū ne répondit point.) Tu pleures ? (Toujours pas de réponse.) Je suis désolé de t'avoir rappelé le passé. Mon intention n'était pas de te bouleverser.

– Ce n'est rien, murmura-t-elle. Je n'aurais pas dû être aussi entêtée. Je t'en prie, prends la flûte et joues-en.

Elle tira l'instrument de son obi, et le lui tendit par-dessus le feu. Il était dans un étui de vieux brocart fané ; le tissu était usé, les cordons effilochés, mais l'ensemble gardait une certaine élégance désuète.

– Puis-je regarder ? demanda Takuan.

– Oui, je t'en prie. Ça n'a plus d'importance.

– Mais pourquoi n'en jouerais-tu pas à ma place ? Je crois qu'en réalité j'aimerais mieux écouter. Je vais juste m'asseoir ici comme ça.

Il se tourna de côté, les bras autour des genoux.

– Bon. Je ne joue pas très bien, dit-elle avec modestie, mais je vais essayer.

Elle s'agenouilla cérémonieusement sur l'herbe, redressa le col de son kimono, et salua la flûte posée devant elle. Takuan se taisait. Il ne semblait même plus être là ; il n'y avait que le vaste univers solitaire, qu'enveloppait la nuit. La forme sombre du moine aurait tout aussi bien pu être un rocher tombé du flanc de la colline.

Otsū, son pâle visage un peu incliné, porta à ses lèvres l'objet qu'elle chérissait. Tandis qu'elle humectait l'embouchure et se préparait intérieurement à jouer, l'on eût dit une Otsū toute différente, une Otsū incarnant la puissance et la dignité de l'art. Tournée vers Takuan, de nouveau et suivant l'usage, elle nia toute prétention au talent. Pour la forme, il approuva de la tête.

Le son limpide de la flûte se fit entendre. Tandis que les doigts fins de la jeune fille se mouvaient au-dessus des sept trous de l'instrument, ses phalanges ressemblaient à de minuscules gnomes absorbés dans une danse lente. C'était un son bas, pareil au murmure d'un ruisseau. Takuan avait l'impression d'être lui-même devenu eau vive, précipitée dans un ravin, jouant dans les creux. Quand résonnaient les notes aiguës, son esprit s'envolait au ciel pour s'ébattre avec les nuages. Les sons de la terre et les échos du ciel se mêlaient, transformés en soupirs nostalgiques de la brise soufflant à travers les pins, se lamentant sur le caractère transitoire de ce monde.

Tandis qu'il écoutait en extase, les yeux clos, Takuan ne pouvait s'empêcher d'évoquer la légende du prince Hiromasa qui, alors qu'il se promenait au clair de lune à la porte Suzaku de Kyoto en jouant de la flûte, entendit une autre flûte accompagner la sienne. Le prince chercha le flûtiste, qu'il trouva au deuxième étage de la porte. Ayant échangé leurs instruments, tous deux firent de la musique ensemble jusqu'à l'aube. Ce n'est que plus tard que le prince découvrit que son compagnon avait été un démon à forme humaine.

« Même un démon, se disait Takuan, est ému par la musique. Combien plus profondément un être humain, soumis aux cinq passions, doit-il être affecté par le son de la flûte aux mains de cette belle jeune fille ! » Il avait envie de pleurer mais ses yeux demeurèrent secs. Il enfonça davantage son visage entre ses genoux qu'inconsciemment il serrait plus fort dans ses bras.

Tandis que la lueur du feu pâlissait peu à peu, les joues d'Otsū devenaient plus vermeilles. Sa musique l'absorbait tant que l'on avait peine à la distinguer de l'instrument dont elle jouait.

Appelait-elle sa mère et son père ? Ces sons qui montaient vers le ciel demandaient-ils vraiment : « Où êtes-vous ? » Et ne se mêlait-il pas à cette prière l'amer ressentiment d'une jeune fille abandonnée et trahie par un homme sans foi ?

Elle avait l'air enivrée de musique, submergée par ses propres émotions. Son souffle se mit à donner des signes de fatigue ; de minuscules gouttes de sueur perlèrent à l'orée de sa chevelure. Des larmes ruisselèrent le long de ses joues. Des sanglots étouffés avaient beau rompre la mélodie, elle semblait se poursuivre à jamais.

Et puis soudain, il y eut un mouvement dans l'herbe.

Ce n'était pas à plus de quatre à six mètres du feu, et on entendit le bruit d'un animal qui rampe. Takuan redressa vivement la tête. Les yeux fixés sur l'objet noir, il leva tranquillement la main en signe de salut.

– Eh! toi, là-bas! Il doit faire frisquet dans la rosée. Viens donc ici te réchauffer près du feu. Viens bavarder avec nous, je t'en prie.

Otsū, saisie, cessa de jouer en disant :

– Takuan, est-ce que tu parles encore tout seul ?

– Tu n'as pas remarqué ? demanda-t-il, l'index tendu. Takezō est là-bas depuis quelque temps, à t'écouter jouer de la flûte.

Elle se tourna pour regarder puis, poussant un cri aigu, lança sa flûte à la forme noire. C'était bien Takezō. Il bondit comme un cerf effrayé, et prit la fuite.

Takuan, aussi étonné que Takezo par le cri d'Otsu, eut l'impression que le filet qu'il tirait avec tant de soin s'était rompu, et que le poisson s'était échappé. Se levant brusquement, il cria à pleins poumons :

– Takezo! Arrête!

Il y avait dans sa voix une force irrésistible, dominatrice, dont il était difficile de ne pas tenir compte. Le fugitif s'arrêta comme cloué au sol, et regarda par-dessus son épaule, un peu hébété. L'œil soupçonneux, il considéra Takuan.

Le moine se tut. Se croisant lentement les bras sur la poitrine, il rendit son regard fixe à Takezō. Tous deux semblaient même respirer à l'unisson.

Petit à petit apparurent au coin des yeux de Takuan les rides qui marquent le début d'un sourire amical. Il décroisa les bras, fit signe à Takezō, et dit :

– Allons, viens. (Au son de ces paroles, Takezō cligna des yeux; une étrange expression se peignit sur son visage sombre.) Viens donc ici, insista Takuan, pour que nous puissions tous les trois causer ensemble. (Suivit un silence perplexe.) Il y a de la nourriture en abondance, et nous avons même du saké. Nous ne sommes pas tes ennemis, tu sais. Viens près du feu. Causons. (Nouveau silence.) Takezō, n'es-tu pas en train de commettre une grave erreur ? Au-dehors, il existe un monde où il y a du feu, de la nourriture, des boissons et même de la sympathie humaine. Tu persistes à errer dans ton enfer personnel. Tu es en train d'acquérir une vision bien déformée du monde, tu sais... Mais je ne veux plus tenter de discuter avec toi. Dans l'état où tu es, tu ne saurais entendre raison. Viens seulement ici, près du feu. Otsū, réchauffe le ragoût de pommes de terre que tu nous as fait. J'ai faim, moi aussi.

Otsū mit le pot sur le feu, et Takuan plaça une jarre de saké près des flammes pour la chauffer. Cette scène paisible calma les craintes de Takezō qui se rapprocha centimètre par centimètre. Quand il fut presque au-dessus d'eux, il s'arrêta et resta immobile, retenu, semblait-il, par quelque gêne intérieure.

Takuan rapprocha du feu une pierre et tapota l'épaule de Takezō.

– Assieds-toi là, dit-il.

Brusquement, Takezō s'assit. Otsū, pour sa part, ne pouvait même pas regarder en face l'ami de son ancien fiancé. Elle avait l'impression de se trouver en présence d'un fauve en liberté. (Takuan, soulevant le couvercle de la marmite, déclara :) Cela semble prêt. (Il enfonça l'extrémité de ses baguettes dans une pomme de terre, la sortit de la marmite et se la fourra dans la bouche. Tout en mâchant avec entrain, il proclama :) Très bon ; très tendre. Tu n'en veux pas, Takezō ?

Takezō fit oui de la tête et pour la première fois sourit, montrant une rangée parfaite de dents blanches. Otsū remplit un bol, et le lui tendit ; sur quoi, il se mit tour à tour à souffler sur le ragoût brûlant et à l'engloutir à grosses bouchées. Ses mains tremblaient ; ses dents claquaient contre le bord du bol. Pitoyablement affamé comme il était, il ne pouvait maîtriser ce tremblement. Cela faisait peur.

– Bon, hein ? demanda le moine en posant ses baguettes. Que dirais-tu d'un peu de saké ?

– Je ne veux pas de saké.

– Tu n'aimes pas ça ?
– Je n'en veux pas pour le moment.

Après tout ce temps passé dans les montagnes, il craignait que cela ne le rendît malade.

Au bout d'un moment, il dit assez poliment :
– Merci pour la nourriture. Je suis réchauffé, maintenant.
– En as-tu eu assez ?
– Oui, merci. (Tout en rendant son bol à Otsū, il demanda :) Pourquoi es-tu montée ici ? J'ai vu ton feu la nuit dernière aussi.

La question prit de court Otsū ; elle n'avait point de réponse prête ; mais Takuan vint à son secours en déclarant tout de go :
– À vrai dire, nous sommes venus ici pour te capturer.

Takezō ne manifesta pas de surprise particulière, bien qu'il parût hésiter à prendre au sérieux la réponse de Takuan. Il inclina la tête en silence, puis son regard passa de l'un à l'autre.

Takuan vit que le moment était venu d'agir. Se tournant face à Takezō, il dit :
– Qu'en penses-tu ? Si tu dois être capturé de toute manière, ne vaudrait-il pas mieux être lié par la Loi du Bouddha ? Les ordres du daimyō sont une loi, et la Loi du Bouddha est une loi, mais des deux les liens du Bouddha sont les plus doux et les plus humains.
– Non, non ! dit Takezō en secouant la tête avec irritation.

Takuan poursuivit avec douceur :
– Écoute-moi seulement une minute. Je comprends que tu sois résolu à tenir bon jusqu'à la mort, mais en fin de compte, es-tu vraiment capable de gagner ?
– Que voulez-vous dire ?
– Je veux dire : peux-tu réussir à tenir bon contre les gens qui te haïssent, contre les lois de la province, et contre ton pire ennemi – toi-même ?
– Oh ! je sais bien que j'ai déjà perdu, gémit Takezō, la face convulsée de tristesse et les yeux pleins de larmes. Je finirai par être abattu mais avant cela je tuerai la vieille Hon'iden et les soldats de Himeji et tous les autres gens que je hais ! J'en tuerai autant que je pourrai !
– Que feras-tu pour ta sœur ?

– Hein ?
– Ogin. Que feras-tu à son sujet ? Elle est sous les verrous à la palanque de Hinagura, tu sais ! (Malgré sa résolution antérieure de la secourir, Takezō ne put répondre.) Ne crois-tu pas que tu devrais commencer à songer au sort de cette excellente femme ? Elle a tant fait pour toi ! Et ton devoir de perpétuer le nom de ton père, Shimmen Munisai ? As-tu oublié qu'il remonte, par la famille Hirata, au fameux clan Akamatsu de Harima ?

Takezō se couvrit le visage de ses mains noircies, devenues presque des serres ; ses épaules décharnées tremblaient. Il éclata en sanglots amers.

– Je... je... ne sais pas. Qu'est-ce... qu'est-ce que ça peut faire, maintenant ?

Sur quoi, Takuan serra le poing, et en envoya un bon coup dans la mâchoire de Takezō.

– Imbécile ! tonna le moine. (Pris par surprise, Takezō chancela sous le choc, et avant d'avoir pu se ressaisir attrapa un second coup de poing de l'autre côté.) Espèce de bon à rien irresponsable ! Ingrat stupide ! Puisque ton père et ta mère et tes ancêtres ne sont plus là pour te punir, je le ferai à leur place ! Prends ça ! (Le moine le frappa de nouveau ; cette fois, il l'étala au sol.) Est-ce que ça commence à faire mal ? demanda-t-il, agressif.

– Oui, ça fait mal, pleurnicha le fugitif.

– Bon. Si ça fait mal, il te reste peut-être encore un peu de sang humain dans les veines. Otsū, donne-moi cette corde, s'il te plaît... Eh bien, qu'est-ce que tu attends ? Apporte-moi la corde ! Takezō sait déjà que je vais le ligoter. Il est mûr pour cela. Il ne s'agit pas de la corde de l'autorité mais de celle de la compassion. Tu n'as aucune raison ni d'avoir peur de lui ni de le prendre en pitié. Vite, ma fille, la corde !

Takezō gisait immobile à plat ventre, sans essayer de bouger. Takuan se mit aisément à califourchon sur son dos. Si Takezō avait voulu résister, il lui aurait été facile d'envoyer Takuan valser comme un fétu de paille. Ils le savaient tous deux. Pourtant, Takezō gisait passif, bras et jambes étendus, comme s'il avait fini par se rendre à quelque invisible loi de la nature.

LE VIEUX CRYPTOMERIA

Ce n'était pas l'heure de la matinée où d'habitude on sonnait la cloche du temple ; et pourtant ses coups de gong pesants, réguliers, résonnaient à travers le village et se répercutaient au loin dans les montagnes. C'était le jour fatidique où le délai de Takuan expirait, et les villageois s'élancèrent en haut de la colline pour savoir s'il avait réalisé l'impossible. La nouvelle se répandit comme une traînée de poudre :

– Takezō a été capturé !
– Non ! Qui l'a attrapé ?
– Takuan !
– Je n'en crois pas mes oreilles ! Sans armes ?
– Ça n'est pas possible !

La foule afflua au Shippōji pour contempler bouche bée le hors-la-loi arrêté, attaché comme un animal à la rampe de l'escalier devant le sanctuaire. Certains avalaient leur salive, le souffle coupé devant cette vision comme s'il s'agissait du redoutable démon du mont Ōe. Comme pour minimiser leur réaction excessive, Takuan, assis un peu plus haut sur les marches, appuyé en arrière sur les coudes, leur adressait un sourire aimable.

– Bonnes gens de Miyamoto, cria-t-il, maintenant vous pouvez regagner en paix vos champs ! Les soldats seront bientôt partis !

Pour les villageois intimidés, Takuan était du jour au lendemain devenu un héros, leur sauveur et celui qui les protégeait du mal. Certains s'inclinaient profondément devant lui, la tête touchant presque le sol de la cour du temple : d'autres jouaient des coudes afin de toucher sa main ou sa robe. D'autres encore s'agenouillaient à ses pieds. Takuan, consterné par ces manifestations d'idolâtrie, s'écarta de la populace et leva la main pour demander le silence.

– Écoutez-moi, hommes et femmes de Miyamoto. J'ai quelque chose à vous dire, quelque chose d'important. (Le vacarme s'apaisa.) Ce n'est pas à moi que revient le mérite d'avoir capturé Takezō. Ce n'est pas moi qui ai accompli cela mais la loi de la nature. Ceux qui l'enfreignent finissent toujours par perdre. Telle est la loi que vous devriez respecter.

– Ne sois pas ridicule! C'est toi qui l'as attrapé, ce n'est pas la nature!

– Ne sois pas si modeste, moine!

– Nous reconnaissons le mérite là où il se trouve!

– Laisse tomber la loi. C'est toi que nous avons à remercier!

– Eh bien, en ce cas, remerciez-moi, poursuivit Takuan. Je n'y vois pas d'inconvénient. Mais vous devez rendre hommage à la loi. Quoi qu'il en soit, ce qui est fait est fait, et dès maintenant j'ai quelque chose de très important à vous demander. J'ai besoin de votre aide.

– À quel sujet? demanda la foule, curieuse.

– Uniquement ceci: qu'allons-nous faire de Takezō maintenant que nous l'avons pris? Mon marché avec le représentant de la maison d'Ikeda – vous le connaissez tous de vue, j'en suis sûr – était que si je ne ramenais pas le fugitif au bout de trois jours, je me pendrais à ce gros cryptomeria. Si en revanche je réussissais, l'on me promettait que je pourrais décider de son sort.

– Nous l'avons entendu dire, murmura-t-on.

Takuan prit un air impartial.

– Eh bien, alors, qu'allons-nous faire de lui? Comme vous le voyez, le monstre redouté est ici en chair et en os. Pas bien terrible en réalité, hein? De fait, il est venu sans résistance, le pauvre. Le tuerons-nous, ou le relâcherons-nous?

Les objections grondèrent à l'idée de remettre Takezō en liberté. Un homme cria:

– Il faut le tuer! C'est un bon à rien, un criminel! Si nous le laissons vivre, il sera le fléau du village.

Tandis que Takuan se taisait, l'air de peser le pour et le contre, des voix irritées, impatientes, s'élevèrent des derniers rangs:

– À mort! À mort!

À ce moment, une vieille femme se fraya un chemin vers le premier rang, en écartant avec de violents coups de coude des hommes qui avaient deux fois sa taille. C'était naturellement la vindicative Osugi. Quand elle atteignit les marches, elle foudroya quelques instants du regard Takezō puis se retourna face aux villageois. Brandissant une branche de mûrier, elle s'écria :

– Je ne me contenterai pas de sa simple mort ! Qu'il souffre d'abord ! Regardez-moi un peu cette face hideuse ! (Se retournant vers le prisonnier, elle leva sa badine en glapissant :) Espèce d'affreux dégénéré !

Et elle le flagella jusqu'à ce qu'elle fût hors d'haleine.

Takezō grimaçait de douleur tandis qu'Osugi se tournait vers Takuan, l'air menaçant.

– Que voulez-vous de moi ? demanda le moine.

– Cet assassin a ruiné la vie de mon fils. (Toute tremblante, elle cria :) Et sans Matahachi, il n'y a personne pour perpétuer le nom de notre famille !

– Mon Dieu, répliqua Takuan, permettez-moi de vous dire que de toute façon, Matahachi n'a jamais valu grand-chose. Ne feriez-vous pas mieux, en fin de compte, de prendre pour héritier votre gendre ? De lui donner l'honorable nom de Hon'iden ?

– Comment osez-vous dire une chose pareille ? (Soudain, la fière douairière éclata en sanglots.) Peu m'importe ce que vous pensez. Personne ne le comprenait. Il n'était pas vraiment mauvais ; c'était mon petit. (Sa fureur reparut, et elle désigna Takezō.) C'est lui qui l'a dévoyé, qui en a fait un bon à rien comme lui-même. J'ai le droit de me venger. (S'adressant à la foule, elle la supplia :) Laissez-moi décider. Reposez-vous sur moi. Je sais quoi faire de lui !

En cet instant, un cri de colère jailli des derniers rangs interrompit la vieille. La foule s'écarta comme une étoffe déchirée, et le nouveau venu s'avança rapidement vers le devant de la scène. C'était « Barbe hirsute » en personne, au comble de la fureur.

– Que se passe-t-il ? Ceci n'est pas une amusette ! Fichez-moi le camp, tous. Retournez travailler. Rentrez chez vous. Tout de suite. (Il y eut une hésitation, mais nul ne s'en alla.) Vous m'avez entendu ? Filez ! Qu'est-ce que vous attendez ?

Il s'avança vers eux d'un air menaçant, la main au sabre. Ceux du premier rang reculèrent, les yeux écarquillés.

— Non ! interrompit Takuan. Ces bonnes gens n'ont aucune raison de partir ! Je les ai fait venir pour discuter du sort de Takezō.

— Silence ! commanda le capitaine. Vous n'avez rien à dire en cette affaire. (Se dressant de toute sa taille et considérant d'un œil furibond d'abord Takuan, puis Osugi et enfin la foule, il tonna :) Ce Shimmen Takezō n'a pas seulement commis de graves crimes contre les lois de cette province ; il est aussi un fugitif de Sekigahara. Son châtiment ne saurait être décidé par le peuple. Il doit être déféré au gouvernement !

Takuan secoua la tête.

— Sottise ! (Voyant que « Barbe hirsute » se disposait à répliquer, il leva le doigt pour le faire taire.) Ce n'est pas là ce que vous avez accepté !

Le capitaine, dont la dignité se trouvait gravement en péril, commença d'ergoter :

— Ne doutez pas, Takuan, que vous recevrez la somme offerte en récompense par le gouvernement. Mais en qualité de représentant officiel du seigneur Terumasa, il est de mon devoir de me charger ici du prisonnier. Son sort ne vous concerne plus. Cessez de vous en inquiéter.

Takuan, sans faire le moindre effort pour répondre, éclata d'un rire inextinguible. Chaque fois que ce rire avait l'air de se calmer, il repartait de plus belle.

— Un peu de tenue, moine ! fit le capitaine, menaçant. (Il se mit à tempêter :) Qu'est-ce qu'il y a de si drôle ? Hein ? Vous croyez que tout ceci est une blague ?

— De la tenue ? répéta Takuan, repris par le fou rire. De la tenue ? Dites donc, « Barbe hirsute », songeriez-vous à rompre notre accord, à revenir sur votre serment ? Si oui, je vous en avertis, je libère sur-le-champ Takezō. (Avec un haut-le-corps général, les villageois se mirent à reculer tout doucement.) Prêt ? demanda Takuan en tendant la main vers la corde qui ligotait Takezō. (Le capitaine était sans voix.) Et c'est sur vous que je le lâcherai d'abord. Vous pourrez vider votre querelle entre vous. Alors, arrêtez-le si vous en êtes capable !

— Allons... attendez... un instant !

— J'ai tenu ma parole dans le contrat.

Takuan continuait de faire comme s'il allait dégager le prisonnier de ses liens.

– Arrêtez, je vous dis.

La sueur perlait au front du samouraï.

– Et pourquoi donc ?

– Eh bien, parce que... parce que... (Il en bégayait presque.) Maintenant qu'il est ligoté, à quoi bon le délivrer ? Il ne fera que provoquer d'autres dégâts... n'est-ce pas ? Je vais vous dire ce que vous allez faire ! Vous pouvez tuer vous-même Takezō. Tenez... voici mon sabre. Seulement, laissez-moi rapporter sa tête. C'est équitable, hein ?

– Vous donner sa tête ? Vous n'y songez pas ! C'est l'affaire du clergé que de célébrer les obsèques, mais de là à donner les cadavres ou des fragments de cadavres... Mon Dieu, voilà qui nous donnerait mauvaise réputation, à nous autres prêtres, non ? Personne ne voudrait nous confier ses morts, et de toute manière, si nous nous mettions à les distribuer, les temples seraient vite sans le sou. (Même quand la main du samouraï reposait sur la poignée de son sabre, Takuan ne pouvait s'empêcher de le taquiner. Le moine, se tournant vers la foule, redevint sérieux :) Je vous prie d'en discuter entre vous et de me donner une réponse. Qu'allons-nous faire ? La vieille femme assure qu'il ne suffit pas de le tuer carrément, mais que nous devrions le torturer d'abord. Que diriez-vous de l'attacher à une branche du cryptomeria pendant quelques jours ? Nous pourrions l'exposer jour et nuit, pieds et poings liés, aux rigueurs des éléments. Les corbeaux lui arracheront probablement les yeux. Que vous en semble ?

Ses auditeurs trouvèrent sa proposition d'une cruauté si inhumaine que d'abord, nul ne sut que répondre.

À l'exception d'Osugi, qui déclara :

– Takuan, ton idée prouve ta sagesse, mais j'estime que nous devrions l'attacher durant une semaine... non, davantage ! Qu'il reste là durant dix ou vingt jours. Après quoi, je viendrai moi-même lui porter le coup mortel.

Sans autre forme de procès, Takuan approuva de la tête.

– Très bien. Qu'il en soit ainsi !

Il empoigna la corde après l'avoir détachée de la rampe, et traîna Takezō, comme un chien en laisse, jusqu'à l'arbre. Le prisonnier s'avançait humblement, tête basse, sans émettre un son. Il avait l'air si repentant que certains des membres de la foule, ceux qui avaient le cœur le plus tendre, éprouvaient un peu de pitié pour lui. Pourtant, l'excitation d'avoir capturé la « bête sauvage » n'était guère tombée, et chacun prit part à la fête avec entrain. Ayant lié ensemble plusieurs longueurs de corde, ils le hissèrent à une branche, à une dizaine de mètres du sol, et l'attachèrent solidement. Ainsi ligoté, il avait moins l'air d'un homme vivant que d'une grande poupée de paille.

Une fois rentrée des montagnes au temple, Otsū commença d'éprouver une étrange et intense mélancolie chaque fois qu'elle se trouvait seule dans sa chambre. Elle s'en demandait la raison : la solitude n'avait rien de nouveau pour elle. Et il y avait toujours du monde au temple. Elle avait beau jouir de tous les conforts du foyer, elle se sentait maintenant plus seule qu'à aucun moment durant ces trois longs jours passés sur le flanc désolé de la colline avec pour compagnon l'unique Takuan. Assise à la table basse, près de sa fenêtre, le menton dans les mains, elle réfléchit sur ses sentiments une demi-journée avant de parvenir à une conclusion.

Elle avait l'impression que cette expérience lui avait ouvert les yeux sur son propre cœur. La solitude, songeait-elle, est pareille à la faim ; elle ne se trouve pas à l'extérieur, mais à l'intérieur de soi. En souffrir, se disait-elle, c'est éprouver qu'il vous manque quelque chose, quelque chose d'absolument nécessaire, mais quoi ? Elle ne le savait pas.

Ni les gens qui l'entouraient ni les agréments de la vie au temple ne pouvaient apaiser le sentiment d'isolement qu'elle éprouvait maintenant. Dans les montagnes, il n'y avait eu que le silence, les arbres et la brume, mais il y avait eu aussi Takuan. Elle ressentit comme une révélation qu'il n'était pas tout à fait en dehors d'elle-même. Ses paroles lui étaient allées droit au cœur, l'avaient réchauffée, éclairée comme aucun feu ni aucune lampe n'en étaient capables. Alors, elle se rendit compte innocemment qu'elle se sentait seule parce que Takuan ne se trouvait pas auprès d'elle.

Ayant fait cette découverte, elle se leva, mais son esprit continuait de se heurter au problème qui se posait à elle. Après avoir décidé le châtiment de Takezō, Takuan avait passé une bonne partie de son temps enfermé dans la salle des hôtes pour conférer avec les samouraïs de Himeji. Entre ses allées et venues au village pour faire telle ou telle course, il n'avait pas eu un moment pour s'asseoir et causer avec elle ainsi qu'il l'avait fait dans les montagnes. Otsū se rassit.

Si seulement elle avait un ami! Elle n'en avait pas besoin de beaucoup; un seul qui la connût bien, quelqu'un sur qui elle pût s'appuyer, quelqu'un de fort et de totalement digne de confiance. Voilà ce qu'elle désirait, si ardemment qu'elle ne savait plus à qui se vouer.

Bien sûr, il lui restait sa flûte; mais quand une jeune fille atteint l'âge de seize ans, il y a en elle des questions et des incertitudes auxquelles un morceau de bambou ne peut répondre. Elle avait besoin d'intimité; il lui fallait prendre part à la vraie vie, et non point seulement l'observer.

– Tout cela est si révoltant! dit-elle à voix haute, mais le fait d'exprimer ce qu'elle éprouvait ne diminuait en rien sa haine envers Matahachi.

Des larmes tombèrent sur la petite table laquée; le sang coléreux qui lui courait dans les veines bleuit ses tempes, qui battirent.

Derrière elle, la porte s'ouvrit en silence. Dans la cuisine du temple brillait le feu pour le repas du soir.

– Ha! ha! C'est donc ici que tu te cachais! Assise là, à laisser la journée entière te couler entre les doigts!

La silhouette d'Osugi parut sur le seuil. Arrachée à ses réflexions, Otsū eut un instant d'hésitation avant de souhaiter la bienvenue à la vieille femme et de placer à terre un coussin où elle pût s'asseoir. Sans demander la permission, Osugi s'installa.

– Ma chère bru... commença-t-elle avec emphase.

– Oui, madame, répondit Otsū, intimidée au point de s'incliner profondément devant la mégère.

– Maintenant que tu as reconnu cette parenté, il y a une petite chose dont je veux te parler. Mais d'abord, apporte-moi du thé. Je viens de m'entretenir avec Takuan et le samouraï de Himeji, et l'acolyte de ce temple ne nous a même pas servi de rafraîchissements. Je meurs de soif ! (Otsū, obéissante, lui apporta du thé.) Je veux parler de Matahachi, dit la vieille sans préambule. Bien sûr, il serait fou de ma part de croire à aucune des paroles de ce menteur de Takezō, mais il semble que Matahachi soit vivant et séjourne dans une autre province.

– Vraiment ? dit avec froideur Otsū.

– Je n'en ai pas la certitude, mais un fait subsiste : le prêtre de ce temple, ton tuteur, a donné son accord à ton mariage avec mon fils, et la famille Hon'iden t'a déjà acceptée comme étant sa fiancée. Quoi qu'il arrive dans l'avenir, j'espère que tu ne songes pas à revenir sur ta parole.

– Mon Dieu…

– Tu ne ferais jamais une chose pareille, n'est-ce pas ? (Otsū exhala un léger soupir.) Très bien, alors, j'en suis fort aise ! (On eût dit qu'elle ajournait un combat.) Tu sais comme les gens bavardent ; impossible de leur dire quand Matahachi reviendra ; aussi, je veux que tu quittes ce temple pour venir vivre avec moi. J'ai du travail par-dessus la tête, et ma bru a tant à faire avec sa propre famille que je ne puis la surcharger. Aussi ai-je besoin de ton aide.

– Mais je…

– Qui d'autre que la fiancée de Matahachi pourrait entrer à la maison Hon'iden ?

– Je l'ignore, mais…

– Voudrais-tu dire par là que tu ne souhaites pas venir ? La perspective d'habiter sous mon toit te déplaît-elle ? La plupart des jeunes filles bondiraient sur l'occasion !

– Non, ce n'est pas cela. C'est…

– Eh bien, alors, cesse de lambiner ! Prépare tes affaires !

– Tout de suite ? Ne vaudrait-il pas mieux attendre ?

– Attendre quoi ?

– Que… que Matahachi revienne.

– Absolument pas ! (Son ton était sans réplique.) Tu risquerais de te mettre des idées en tête au sujet d'autres hommes. Il est de mon devoir de veiller à ta bonne conduite. Je t'enseignerai aussi les travaux des champs, l'élevage des vers à soie, à coudre un ourlet droit et à te comporter comme une dame.

– Ah ! je… vois.

Otsū n'avait pas la force de protester. Ses tempes continuaient de battre, et tous ces propos concernant Matahachi lui serraient le cœur. Elle redoutait, si elle ajoutait un seul mot, d'éclater en sanglots.

– Autre chose, dit Osugi. (Insoucieuse de la détresse de la jeune fille, elle dressa la tête avec arrogance.) Je ne suis pas encore tout à fait sûre de ce que ce moine imprévisible se propose de faire de Takezō. Cela me tracasse. Je veux que tu les surveilles de près tous les deux jusqu'à ce que nous ayons la certitude que Takezō est bien mort. Jour et nuit. Si tu ne les surveilles pas tout particulièrement la nuit, impossible de deviner ce que Takuan risque de faire. Ils sont peut-être de mèche !

– Alors, vous acceptez que je reste ici ?

– Pour le moment, oui, puisque tu ne saurais être dans deux endroits à la fois, hein ? Tu viendras avec tes affaires à la maison Hon'iden le jour où la tête de Takezō sera séparée de son corps. Tu as compris ?

– Oui, j'ai compris.

– N'oublie pas ! aboya Osugi en s'élançant hors de la pièce.

Là-dessus, comme si elle avait guetté l'occasion, une ombre se profila sur le papier qui tendait la fenêtre, et une voix masculine appela doucement :

– Otsū ! Otsū !

Dans l'espoir qu'il s'agissait de Takuan, elle ne s'attarda guère à examiner la forme de l'ombre avant de se précipiter pour ouvrir la fenêtre. Elle recula d'abord, surprise : les yeux qui rencontrèrent les siens étaient ceux du capitaine. Il tendit le bras par la fenêtre, lui saisit la main et la serra fortement.

– Tu as été bonne pour moi, dit-il, mais je viens de recevoir l'ordre de retourner à Himeji.

– Quel dommage !

Elle essaya de retirer sa main de la sienne, mais il serrait trop fort.

– Il semble que l'on fasse une enquête sur l'incident qui s'est produit ici, expliqua-t-il. Si seulement j'avais la tête de Takezō, je pourrais dire que je me suis acquitté de mon devoir avec honneur. Je serais vengé. Ce fou, cette tête de mule de Takuan me la refuse. Il ne veut pas m'écouter. Mais je te crois dans mon camp ; voilà pourquoi je suis venu. Prends cette lettre, veux-tu, et lis-la plus tard, quand personne ne pourra te voir.

Il lui fourra le papier dans la main, et fila comme un dard. Elle l'entendit descendre en courant l'escalier jusqu'à la route.

C'était plus qu'une lettre, car une grosse pièce d'or s'y trouvait incluse. Mais le message lui-même était suffisamment direct : il demandait à Otsū de couper la tête de Takezō dans les tout prochains jours et de la porter à Himeji où le signataire de la missive ferait d'elle son épouse, et où elle passerait le restant de ses jours dans la richesse et les honneurs. La lettre était signée « Aoki Tanzaemon », nom qui, d'après le propre témoignage du scripteur, appartenait à l'un des plus célèbres guerriers de la région. Otsū eut envie d'éclater de rire, mais son indignation l'en empêcha.

Comme elle achevait sa lecture, Takuan l'appela :

– Otsū, n'as-tu pas encore dîné ?

Elle glissa ses pieds dans ses sandales, et sortit lui parler.

– Je n'ai pas faim. J'ai mal à la tête.
– Qu'as-tu dans la main ?
– Une lettre.
– Encore ?
– Oui.
– De qui ?
– Takuan, que tu es donc indiscret !
– Curieux, ma fille, inquisiteur. Pas indiscret !
– As-tu envie d'y jeter un coup d'œil ?
– Si cela ne t'ennuie pas.
– Uniquement pour passer le temps ?
– C'est une raison comme une autre.
– Tiens. Ça m'est complètement égal.

Otsū lui tendit la lettre. L'ayant lue, Takuan rit de bon cœur. Otsū ne put s'empêcher de sourire, elle aussi.

– Le pauvre homme ! Il est si désespéré qu'il essaie de te corrompre à la fois par l'amour et par l'argent. Cette lettre est vraiment désopilante ! Je dois dire : notre monde a bien de la chance d'avoir des samouraïs aussi éminents, aussi fiers ! Il est si brave qu'il demande à une simple jeune fille de couper des têtes à sa place. Et assez stupide pour l'écrire.

– Je me moque de la lettre, dit Otsū, mais que vais-je faire de l'argent ?

Elle tendit la pièce d'or à Takuan.

– Elle a beaucoup de valeur, dit-il en la soupesant.

– C'est là ce qui m'inquiète.

– Ne te tracasse pas. Je sais toujours quoi faire de l'argent. (Takuan alla devant le temple où il y avait un tronc. Dans l'intention d'y jeter la pièce, il s'en toucha le front par déférence envers le Bouddha. Puis il changea d'idée :) À la réflexion, garde-la. J'ose dire qu'elle ne sera pas de trop.

– Je n'en veux pas. Elle ne réussira qu'à me créer des ennuis. Plus tard, on risque de me poser des questions à son propos. J'aime mieux faire comme si je ne l'avais jamais vue.

– Cet or, Otsū, n'appartient plus à Aoki Tanzaemon. Il est devenu offrande du Bouddha, et le Bouddha t'en a fait don. Garde-le pour te porter chance.

Sans protester davantage, Otsū fourra la pièce dans son obi ; puis, levant les yeux vers le ciel, elle observa :

– Il fait du vent, n'est-ce pas ? Je me demande s'il pleuvra cette nuit. Il n'a pas plu depuis un temps infini.

– Le printemps est presque passé ; aussi, nous allons avoir une bonne averse. Nous en avons besoin pour emporter toutes les fleurs fanées, sans parler de soulager l'ennui des humains.

– Mais s'il pleut fort, qu'arrivera-t-il à Takezō ?

– Hum... Takezō... répéta le moine, rêveur.

À l'instant précis où tous deux se tournaient vers le cryptomeria, un appel se fit entendre dans ses branches supérieures :

– Takuan ! Takuan !

– Quoi ? C'est toi, Takezō ?

Tandis que Takuan essayait de regarder dans l'arbre, Takezō lâcha un flot d'imprécations :

— Espèce de cochon de moine ! Sale imposteur ! Viens donc là-dessous ! J'ai deux mots à te dire !

Le vent battait violemment les branches de l'arbre, et la voix n'arrivait qu'entrecoupée. Des feuilles tourbillonnaient, et pleuvaient sur la face levée de Takuan.

Le moine éclata de rire.

— Tu es encore plein de vie, à ce que je vois. Parfait ; j'en suis ravi. J'espère que ce n'est pas seulement la fausse vitalité qui vient de la connaissance du fait que tu vas bientôt mourir.

— Ta gueule ! cria Takezō qui n'était point tant plein de vie que plein de colère. Si j'avais peur de mourir, pourquoi me serais-je laissé faire quand tu me ligotais ?

— Parce que je suis fort et que tu es faible !

— Tu mens, et tu le sais bien !

— Dans ce cas, je m'exprimerai autrement. Je suis intelligent, et tu es d'une indicible stupidité !

— Peut-être as-tu raison. Il est certain que j'ai été stupide de te laisser m'attraper.

— Ne te tortille pas comme ça, espèce de singe dans l'arbre ! Ça ne t'avancera à rien, ça te fera saigner s'il te reste la moindre goutte de sang, et franchement c'est fort inconvenant.

— Écoute, Takuan !

— Je t'écoute.

— Si j'avais voulu te combattre sur la montagne, il m'aurait été facile de t'écraser sous mon pied comme un concombre.

— L'analogie n'est pas très flatteuse. En tout cas, tu ne l'as pas fait ; aussi aurais-tu intérêt à renoncer à cet argument. Oublie ce qui s'est passé. Trop tard pour avoir des regrets.

— Salaud, tu m'as fourré dedans avec tes grands mots de prêtre. Tu m'as mis en confiance, et tu m'as trahi. Je t'ai laissé me capturer, oui, mais seulement parce que je te croyais différent des autres. Si l'on m'avait dit que je serais humilié à ce point !...

— Au fait, Takezō, au fait ! dit Takuan avec impatience.

– Pourquoi me traites-tu comme ça ? cria d'une voix aiguë le ballot de paille. Pourquoi ne te contentes-tu pas de me couper la tête et d'en finir ? Je me disais que s'il fallait mourir, mieux valait te laisser choisir mon genre d'exécution que de l'abandonner à cette populace assoiffée de sang. Tu as beau être moine, tu prétends aussi comprendre la Voie du samouraï.

– Oh ! oui, je la comprends, mon pauvre garçon fourvoyé. Beaucoup mieux que toi !

– J'aurais mieux fait de me laisser rattraper par les villageois. Eux, du moins, sont humains.

– Est-ce là ta seule erreur, Takezō ? À peu près tout ce que tu as jamais fait n'a-t-il pas été une erreur quelconque ? Pendant que tu te reposes, là-haut, pourquoi n'essaies-tu pas de réfléchir un peu sur le passé ?

– Oh ! la ferme, espèce d'hypocrite ! Je n'ai pas honte ! La mère de Matahachi peut bien me traiter de tous les noms, Matahachi est mon ami, mon meilleur ami. J'ai cru de mon devoir de venir annoncer à la vieille taupe ce qui lui était arrivé, et qu'est-ce qu'elle fait ? Elle incite cette populace à me torturer ! Lui apporter des nouvelles de son précieux rejeton, voilà l'unique raison pour laquelle je suis venu ici en forçant la barrière. Est-ce là une violation du code du guerrier ?

– Ce n'est pas la question, imbécile ! L'ennui, avec toi, c'est que tu ne sais même pas penser. Tu parais croire à tort que si tu accomplis un seul acte de bravoure, cela suffit à faire de toi un samouraï. Eh bien, c'est faux ! Tu t'es laissé convaincre de ton bon droit par cet unique acte de loyalisme. Plus tu t'en persuadais, plus tu te causais du mal à toi-même, et plus tu en causais aux autres. Et maintenant, où en es-tu ? Pris à ton propre piège, voilà où tu en es ! (Il fit une pause.) À propos, comment est la vue de là-haut, Takezō ?

– Cochon ! Jamais je n'oublierai ça !

– Tu oublieras tout, et bientôt. Avant de te transformer en viande séchée, Takezō, regarde bien le vaste monde qui t'entoure. Regarde le monde des humains, et modifie ton mode de pensée égoïste. Et alors, quand tu arriveras dans l'autre monde et rejoindras tes ancêtres, rapporte-leur que juste avant ta mort un homme appelé Takuan Sōho t'a dit cela. Ils seront transportés de joie d'apprendre que tu avais un aussi excellent guide, même si tu as appris le sens de la vie trop tard pour apporter autre chose que de la honte au nom de ta famille.

Otsū, restée clouée au sol à quelque distance, accourut, et s'en prit violemment à Takuan :

– Tu exagères, Takuan! J'ai tout entendu. Comment peux-tu être aussi cruel envers un homme qui ne peut même pas se défendre? Tu es un religieux, ou tu passes pour l'être! Takezō ne ment pas en disant qu'il t'a fait confiance et t'a laissé le prendre sans t'opposer de résistance.

– Eh bien, que se passe-t-il? Ma sœur d'armes se retournerait-elle contre moi?

– Aie un peu de cœur, Takuan! Quand je t'entends parler comme ça, je te déteste, je t'assure. Si tu as l'intention de le tuer, alors fais-le, et qu'on en finisse! Takezō est résigné à la mort. Laisse-le mourir en paix!

Dans son indignation, elle secouait frénétiquement Takuan.

– Silence! fit-il avec une brutalité inhabituelle. Les femmes ne connaissent rien à ces questions. Tiens ta langue, ou je te pends là-haut avec lui.

– Non, je ne me tairai pas, je ne me tairai pas! criat-elle. J'ai le droit de parler, moi aussi. Ne t'ai-je pas accompagné dans les montagnes? N'y suis-je pas restée trois jours et trois nuits?

– Ça n'a rien à voir. Takuan Sōhō punira Takezō comme il le juge bon.

– Alors, punis-le! Tue-le! Maintenant. C'est mal de ta part de te moquer de sa détresse alors que là-haut, il est à moitié mort.

– Il se trouve que c'est ma seule faiblesse, que de me moquer des fous de son espèce.

– C'est inhumain!

– Et maintenant, va-t'en! Va-t'en, Otsū; fiche-moi la paix.

– Non!

– Ne sois pas aussi entêtée! cria Takuan en la repoussant d'un violent coup de coude.

Elle se retrouva effondrée contre l'arbre. Elle pressa son visage et sa poitrine contre le tronc, et se mit à gémir. Elle n'avait jamais imaginé que Takuan pût être aussi cruel. Les gens du village croyaient que même si le moine faisait ligoter durant quelque temps Takezō, il finirait par se radoucir et par alléger le châtiment. Or, Takuan venait de reconnaître qu'il avait la « faiblesse » d'aimer voir souffrir Takezō ! Otsū frissonna devant la sauvagerie humaine.

Si Takuan lui-même, en qui elle avait eu si profondément confiance, pouvait se montrer sans cœur, alors le monde entier ne pouvait manquer d'être mauvais au-delà de toute imagination. Et s'il n'y avait personne au monde à qui se fier...

Elle trouvait à cet arbre une étrange chaleur, comme si à travers son grand tronc ancien, si épais que dix hommes n'en auraient pu faire le tour avec leurs bras étendus, courait le sang de Takezō qui l'irriguait depuis sa précaire prison des hautes branches.

Qu'il était bien fils de samouraï ! Quel courage ! La première fois que Takuan l'avait ligoté, et de nouveau à l'instant même, elle avait vu le côté le plus faible de Takezō. Lui aussi était capable de pleurer. Jusqu'alors, elle avait partagé l'opinion de la foule, été influencée par elle, sans avoir sur l'homme lui-même aucune idée authentique. Qu'y avait-il donc en lui qui poussait les gens à le haïr ainsi qu'un démon et à le traquer comme un fauve ?

Les sanglots lui secouaient le dos et les épaules. Étroitement agrippée au tronc de l'arbre, elle frottait ses joues barbouillées de larmes contre l'écorce. Le vent sifflait avec violence à travers les branches supérieures, qui se balançaient largement. De grosses gouttes de pluie, tombant à l'encolure de son kimono, lui coulaient dans le dos, glaciales.

– Viens donc, Otsū ! cria Takuan en se couvrant la tête de ses mains. Nous allons nous faire tremper. (Elle ne répondit même pas.) Tout ça, c'est de ta faute, Otsū ! Tu es une pleurnicheuse ! Tu te mets à pleurer, et le ciel t'imite. (Puis il abandonna le ton de la taquinerie :) Le vent se renforce, et il semble que nous soyons bons pour un gros orage ; aussi, rentrons. Ne gaspille pas tes larmes pour un homme qui mourra de toute façon. Allons !

Takuan remonta le pan de son kimono sur sa tête, et courut vers l'abri du temple.

Quelques secondes plus tard, c'était le déluge ; les gouttes faisaient de petits points blancs en tambourinant par terre. L'eau avait beau lui ruisseler dans le dos, Otsū ne bougeait pas. Elle ne pouvait s'arracher du tronc, même lorsque son kimono trempé lui colla à la peau et qu'elle fut glacée jusqu'à la moelle. Quand sa pensée se tournait vers Takezō, la pluie n'avait plus d'importance. Il ne lui vint pas à l'idée de s'étonner de souffrir pour la simple raison qu'il souffrait, lui. Elle priait en silence pour que la vie de Takezō fût épargnée.

Elle errait en cercle autour de l'arbre, levant souvent les yeux vers Takezō mais incapable de le voir à cause de la tempête. Sans réfléchir, elle cria son nom mais il n'y eut pas de réponse. Le soupçon germa dans son esprit qu'il risquait de la considérer comme un membre de la famille Hon'iden, ou comme une simple villageoise hostile de plus.

« S'il reste dehors sous cette pluie, se dit-elle avec désespoir, il ne passera sûrement pas la nuit. Oh ! n'y a-t-il donc personne au monde qui puisse le sauver ? »

Elle se mit à courir de toutes ses forces, en partie poussée par le vent furieux. Derrière le temple, le bâtiment de la cuisine et le logement des prêtres étaient hermétiquement clos. L'eau qui débordait des gouttières creusait dans la terre de profondes rigoles en se précipitant vers le bas de la colline.

– Takuan ! cria-t-elle.

Arrivée à la porte de sa chambre, elle se mit à cogner dessus de toutes ses forces.

– Qui est là ? demanda-t-il de l'intérieur.

– C'est moi... Otsū !

– Qu'est-ce que tu fabriques, à rester encore dehors ? (Il ouvrit promptement la porte, et la considéra avec stupeur. Malgré les vastes auvents, une douche de pluie tomba sur lui.) Entre vite ! s'écria-t-il en voulant lui saisir le bras, mais elle recula.

– Non. Je suis venue pour te demander une faveur, et non pour me sécher. Je t'en supplie, Takuan, descends-le de cet arbre !

– Quoi ? Il n'en est pas question ! répondit-il, inflexible.

– Oh ! je t'en prie, Takuan, il le faut. Je t'en serai réellement reconnaissante. (Elle tomba à genoux dans la boue, et leva des mains suppliantes.) Ne t'inquiète pas de moi, mais tu dois l'aider, lui! Je t'en prie! Tu ne peux tout bonnement le laisser mourir... tu ne le peux pas!

Le bruit de la pluie torrentielle couvrait presque sa voix pleine de larmes. Avec ses mains qui restaient levées devant elle, elle ressemblait à un bouddhiste qui pratique des austérités en se tenant sous une chute d'eau glacée.

– Je m'incline devant toi, Takuan. Je te supplie. Je ferai tout ce que tu voudras, mais je t'en prie, sauve-le!

Takuan gardait le silence. Il avait les yeux étroitement clos comme les portes du sanctuaire où l'on garde un Bouddha secret. Poussant un profond soupir, il les rouvrit et lança feu et flammes :

– Va te coucher! Immédiatement! D'abord, tu es fragile, et rester dehors par ce temps est un suicide.

– Oh! je t'en prie, je t'en prie! supplia-t-elle, la main tendue vers la porte.

– Je me couche. Je te conseille de faire la même chose.

Sa voix était glaciale. La porte se referma en claquant.

Elle ne voulut toujours pas renoncer. Elle rampa sous la maison jusqu'à l'endroit qu'elle supposait se trouver au-dessous de celui où il dormait. Elle lui cria :

– Je t'en prie! Takuan, c'est pour moi la chose la plus importante qui soit au monde! Takuan, m'entends-tu? Réponds-moi, je t'en prie! Tu es un monstre! Un démon sans cœur et sans chaleur humaine!

Le moine l'écouta quelque temps patiemment sans répondre, mais elle l'empêchait de dormir. Enfin, dans un accès de colère il se releva d'un bond en criant :

– Au secours! Au voleur! Il y a un voleur sous le plancher. Attrapez-le!

Otsū battit en retraite et ressortit dans la tempête. Mais elle n'avait pas dit son dernier mot.

LA PIERRE ET L'ARBRE

Au petit matin, le vent et la pluie avaient balayé le printemps dont il ne restait plus trace. Le soleil brûlait et rares étaient les villageois qui allaient et venaient sans la protection d'un chapeau à large bord.

Osugi gravit la colline vers le temple, et parvint à la porte de Takuan assoiffée et hors d'haleine. La sueur perlait à son front et formait des filets qui coulaient le long de son nez. Elle n'en tenait aucun compte, car elle débordait de curiosité quant au sort de sa victime.

– Takuan ! cria-t-elle, Takezō a-t-il survécu à l'orage ?

Le moine parut sur sa véranda.

– Ah ! c'est vous. Quel déluge, hein ?

– Oui. (Elle eut un sourire tortueux.) C'était mortel.

– Toutefois, vous ne pouvez ignorer qu'il n'est pas très difficile de survivre à une ou deux nuits sous la pluie, même la plus diluvienne. Le corps humain est très résistant. En réalité, c'est le soleil qui est mortel.

– Vous ne voulez pas dire qu'il est encore vivant ? s'écria Osugi, sceptique, en tournant aussitôt sa face ridée vers le vieux cryptomeria. (Ses yeux perçants comme des aiguilles louchaient au grand soleil. Elle leva la main pour les protéger, et aussitôt se détendit un peu.) Il pend là-haut comme un chiffon mouillé, dit-elle en reprenant espoir. Il est impossible qu'il lui reste le moindre souffle de vie, impossible.

– Je ne vois pas encore de corbeaux lui picorer la face, fit Takuan en souriant. Je crois que cela veut dire qu'il respire encore.

– Merci du renseignement. Un puits de science comme vous en sait sûrement plus que moi sur ces matières. (Elle tendit le cou pour jeter un coup d'œil autour de lui, à l'intérieur du bâtiment.) Je ne vois ma bru nulle part. Voudriez-vous me l'appeler, je vous prie ?

– Votre bru ? Je ne crois pas l'avoir jamais rencontrée. En tout cas, j'ignore son nom. Comment pourrais-je l'appeler ?

– Appelez-la, vous dis-je ! répéta Osugi avec impatience.

– De qui diable parlez-vous ?

– Mais d'Otsū, naturellement !

– D'Otsū ! Et pourquoi dites-vous qu'elle est votre bru ? Elle ne fait point partie de la famille Hon'iden ?

– Non, pas encore, mais je me propose de l'y introduire très bientôt en qualité d'épouse de Matahachi.

– Difficile à concevoir. Comment peut-elle épouser un absent ?

L'indignation d'Osugi s'accrut.

– Dites donc, espèce de vagabond ! Ce ne sont pas vos affaires ! Contentez-vous de me dire où se trouve Otsū !

– Je suppose qu'elle est encore couchée.

– Ah ! oui, j'aurais dû m'en douter, marmonna la vieille, à moitié pour elle-même. Oui, je lui ai dit de surveiller Takezō la nuit, aussi doit-elle tomber de fatigue au petit jour. Soit dit en passant, reprit-elle d'un air accusateur, n'êtes-vous pas censé le surveiller durant la journée ?

Sans attendre de réponse, elle fit demi-tour et se rendit sous l'arbre. Là, elle regarda longtemps en l'air, comme en transe. Enfin, elle partit clopin-clopant vers le village, sa badine de mûrier à la main.

Takuan regagna sa chambre où il resta jusqu'au soir.

La chambre d'Otsū n'était pas loin de la sienne, dans le même bâtiment. La porte de la jeune fille resta aussi fermée tout le jour, sauf quand l'ouvrait l'acolyte qui lui apporta plusieurs fois des médicaments ou un pot en terre plein d'épais gruau de riz. Quand on l'avait trouvée à moitié morte, sous la pluie, la nuit précédente, il avait fallu la traîner à l'intérieur, criant et se débattant, et lui faire avaler de force un peu de thé. Le prêtre l'avait alors sévèrement grondée tandis qu'elle se tenait assise, muette, adossée au mur. Au matin, elle avait une forte fièvre et pouvait à peine lever la tête pour absorber le gruau.

La nuit tomba, et, en violent contraste avec le soir précédent, la lune brilla comme un trou nettement découpé dans le ciel. Quand les autres furent plongés dans un profond sommeil, Takuan posa le livre qu'il lisait, chaussa ses socques et sortit dans la cour.

– Takezō ! appela-t-il.

Là-haut, une branche remua, et d'étincelantes gouttes de rosée tombèrent. « Le pauvre garçon, je suppose qu'il n'a pas la force de répondre », se dit Takuan.

– Takezō ! Takezō !

– Qu'est-ce que tu veux, espèce de salaud de moine ? répondit l'autre avec férocité.

Takuan était rarement pris au dépourvu, mais il ne put cacher sa surprise :

– Il est certain que tu hurles bien fort, pour un homme à l'article de la mort. Es-tu sûr de n'être pas en réalité un poisson ou un genre quelconque de monstre marin ? À ce rythme, tu devrais durer encore cinq ou six jours. À propos, comment va ton estomac ? Assez vide pour ton goût ?

– Trêve de bavardages, Takuan. Contente-toi de me couper la tête et d'en finir.

– Oh ! que non ! Pas si vite ! Il ne faut pas faire à la légère ce genre de chose. Si je te coupais la tête en cet instant précis, elle descendrait sans doute en planant vers moi pour essayer de me mordre. (La voix de Takuan se perdit, et il contempla le ciel :) Quelle magnifique lune ! Tu as de la chance de pouvoir l'admirer d'un aussi excellent observatoire.

– Ça va, regarde-moi bien, espèce de sale bâtard de moine ! Je vais te montrer ce que je suis capable de faire si je le veux !

Takezō se raidit de toutes ses forces et se mit à s'agiter violemment, lançant son poids vers le haut puis vers le bas, presque au point de briser la branche à laquelle il était lié. Une pluie d'écorce et de feuilles tomba sur l'homme qui se tenait en bas ; il demeura imperturbable, mais sa nonchalance était peut-être un peu affectée.

Le moine se nettoya tranquillement les épaules ; cela fait, il leva de nouveau les yeux.

– C'est ça, Takezō ! C'est bon de se mettre aussi en colère que tu l'es en ce moment. Vas-y ! Prends pleinement conscience de ta force ; montre que tu es un homme véritable ; montre-nous de quoi tu es fait ! Aujourd'hui, les gens croient que c'est un signe de sagesse et de caractère que de pouvoir maîtriser sa colère, mais je dis que ce sont des idiots. Je déteste voir les jeunes aussi réservés, aussi bien élevés. Ils ont plus de vitalité que leurs aînés, et devraient le montrer. Ne te retiens pas, Takezō ! Plus tu deviens furieux, mieux ça vaut !

– Attends un peu, Takuan, attends un peu ! S'il me faut user cette corde avec mes seules dents, je le ferai, à seule fin de t'attraper pour t'arracher les membres !

– Est-ce une promesse ou une menace ? Si tu crois vraiment pouvoir le faire, je reste ici pour attendre. Es-tu certain de pouvoir tenir ce rythme sans te tuer avant que la corde ne se rompe ?

– La ferme ! cria Takezō d'une voix enrouée.

– Dis donc, Takezō, tu es vraiment fort ! L'arbre entier se balance. Mais j'ai le regret de t'annoncer que je n'observe aucun tremblement de terre. Tu sais, l'ennui avec toi c'est qu'en réalité tu es un faible. Ton genre de colère n'est rien de plus que de la méchanceté personnelle. La colère d'un homme véritable exprime une indignation morale. La colère pour des riens d'ordre émotionnel est l'affaire des femmes, et non des hommes.

– Je n'en ai plus pour longtemps, menaça Takezō. Je te saute à la gorge !

Il continuait de se débattre, mais la corde épaisse ne montrait aucun signe d'affaiblissement. Takuan observa quelque temps les opérations puis donna un conseil amical :

– Tu ferais mieux de renoncer, Takezō : cela ne te mène à rien. Tu ne réussiras qu'à t'éreinter, et pour quoi faire ? Tu aurais beau te tortiller tout ton soûl, tu ne saurais briser une seule branche de cet arbre, sans parler de creuser une brèche dans l'univers. (Takezō gémit à pleine voix. Sa crise était passée. Il comprenait que le moine avait raison.) Permets-moi de te dire que tu pourrais faire un meilleur usage de toute cette force en travaillant pour le bien du pays. Tu devrais véritablement tenter de faire quelque chose pour autrui, Takezō, bien qu'il soit maintenant un peu tard pour t'y mettre. Si tu avais ne fût-ce qu'essayé, tu aurais eu une chance d'émouvoir les dieux ou même l'univers, sans parler des simples gens de tous les jours. (Takuan prit un ton légèrement pontifiant :) C'est dommage, grand dommage ! Tu as beau être né humain, tu ressembles davantage à un animal ; tu ne vaux pas mieux qu'un sanglier ou qu'un loup. Quelle tristesse qu'un beau jeune homme comme toi doive trouver ici la mort, sans jamais être devenu vraiment humain ! Quel gâchis !

– Et tu te prétends humain ? lança Takezō.

– Écoute, espèce de barbare ! D'un bout à l'autre, tu as eu trop de confiance en ta propre force brutale ; tu as cru que tu n'avais pas ton pareil au monde. Mais regarde où tu en es aujourd'hui !

– Il n'y a rien dont je doive avoir honte. Le combat n'était pas loyal.

– En fin de compte, ça ne fait aucune différence, Takezō. Tu as été vaincu par la ruse et la parole au lieu de l'être par les coups. Quand on a perdu, on a perdu. Et que cela te plaise ou non, je suis assis sur cette pierre et tu gis là-haut sans recours. Ne vois-tu pas la différence entre toi et moi ?

– Oui. Tu envoies des coups bas. Tu es un menteur et un lâche !

– Il aurait été fou de ma part d'essayer de te prendre par la force. Tu es trop fort physiquement. Un être humain qui lutte contre un tigre n'a guère de chances. Par bonheur, il est rare qu'il y soit obligé car il est le plus intelligent des deux. Peu de gens discuteraient le fait que les tigres sont inférieurs aux humains. (Takezō ne manifestait par aucun signe qu'il écoutait encore.) Il en va de même pour ton prétendu courage. Ta conduite jusqu'à maintenant ne prouve pas que ce soit rien de plus que du courage animal, celui qui n'a aucun respect pour les valeurs et la vie humaines. Ce n'est pas ce genre de courage qui fait un samouraï. Le vrai courage connaît la peur. Il sait craindre ce qui doit être craint. Les gens honnêtes aiment passionnément la vie ; ils y tiennent comme à un joyau précieux. Et ils choisissent l'heure et le lieu qu'il faut pour y renoncer, pour mourir avec dignité. (Toujours pas de réponse.) Voilà ce que j'entendais en disant que tu me fais pitié. Tu es né avec de la force physique et du courage, mais il te manque à la fois la connaissance et la sagesse. Tu es parvenu à acquérir quelques-uns des caractères les moins heureux de la Voie du samouraï, mais tu n'as fait aucun effort pour accéder à la connaissance et à la vertu. Les gens parlent de combiner la Voie de la connaissance avec la Voie du samouraï, mais, combinées comme il faut, elles ne sont pas deux... elles sont une. Une seule Voie, Takezō.

L'arbre était aussi silencieux que la pierre sur laquelle Takuan se trouvait assis. L'obscurité se taisait, elle aussi. Au bout de quelques instants, Takuan se leva lentement, délibérément.

– Penses-y encore une nuit, Takezō. Cela fait, je te couperai la tête.

Il commença à s'éloigner à longues foulées pensives, la tête inclinée. Il n'avait pas fait plus de vingt pas que la voix de Takezō résonna, puissante.

– Attends !

Takuan, se retournant, cria :

– Que veux-tu encore ?

– Reviens.

– Hum... Ne me dis pas que tu veux en entendre davantage ! Se pourrait-il qu'enfin tu commences à penser ?

– Takuan ! Sauve-moi ! (L'appel au secours de Takezō était sonore et plaintif. La branche se mit à trembler comme si elle – comme si l'arbre entier – pleurait.) Je veux être un homme meilleur. Maintenant, je me rends compte à quel point c'est important d'être né humain. Je suis presque mort, mais je comprends ce que cela signifie d'être vivant. Et maintenant que je sais, ma vie entière consistera à être attaché à cet arbre ! Je ne puis défaire ce que j'ai fait.

– Enfin, tu reviens à la raison. Pour la première fois de ta vie, tu parles comme un être humain.

– Je ne veux pas mourir ! cria Takezō. Je veux vivre. Je veux essayer encore, tout faire comme il faut, cette fois. (Il était convulsé de sanglots.) Takuan... je t'en prie ! Aide-moi... aide-moi !

Le moine secoua la tête.

– Je regrette, Takezō. Cela ne dépend pas de moi. C'est la loi de la nature. On ne peut recommencer. C'est la vie. Tout ce qu'il y a dedans est pour de bon. Tout ! L'on ne peut remettre sa tête sur ses épaules, une fois que l'ennemi l'a coupée. C'est comme ça. Bien entendu, j'ai pitié de toi mais je ne puis défaire cette corde, parce que ce n'est pas moi qui l'ai attachée. C'est toi. Tout ce que je peux faire, c'est te donner un conseil. Affronte la mort avec bravoure et en silence. Dis une prière en espérant que quelqu'un se donne la peine d'écouter. Et pour l'honneur de tes ancêtres, Takezō, aie la décence de mourir avec une expression paisible sur le visage !

Le claquement des sandales de Takuan s'évanouit au loin. Il était parti, et Takezō cessa de crier. Selon le conseil du moine, il ferma ses yeux qui venaient de connaître un grand éveil, et oublia tout. Il oublia la vie et la mort, et sous les myriades d'étoiles minuscules se tint parfaitement immobile, tandis que la brise nocturne soupirait au travers de l'arbre. Il avait froid, très froid.

Au bout d'un moment, il sentit que quelqu'un se tenait au pied de l'arbre. L'inconnu s'agrippait au large tronc pour essayer frénétiquement, mais sans beaucoup d'adresse, de grimper jusqu'à la plus basse branche. Takezō entendait le grimpeur, presque après chaque progression vers le haut, glisser vers le bas. Il entendait aussi tomber au sol des fragments d'écorce, et avait la certitude que les mains étaient bien plus égratignées que l'arbre. Mais le grimpeur s'obstina jusqu'à ce qu'il arrivât enfin à portée de la première branche. Puis la forme s'éleva avec une aisance relative jusqu'à l'endroit où Takezō, à peine distinct de la branche sur laquelle il était étendu, gisait vidé de toute son énergie. Une voix haletante chuchota son nom.

À grand-peine il ouvrit les paupières, et se trouva face à face avec un véritable squelette ; les yeux seuls étaient vivants, ardents. Ce visage parla :

– C'est moi, dit-il avec une simplicité enfantine.

– Otsū ?

– Oui, moi. Oh ! Takezō, fuyons ! Je t'ai entendu crier que de tout ton cœur tu voulais vivre.

– Fuir ? Tu vas me détacher, me délivrer ?

– Oui. Moi non plus, je ne peux plus supporter ce village. Si je reste ici... oh ! je ne veux même pas y penser. J'ai mes raisons. Je ne veux qu'une chose : quitter cet endroit stupide et cruel. Je t'aiderai, Takezō ! Nous pouvons nous aider l'un et l'autre.

Otsū portait déjà des vêtements de voyage et toutes ses possessions terrestres se trouvaient dans un petit sac de toile qui pendait à son épaule.

– Vite, coupe la corde ! Qu'attends-tu ? Coupe-la donc !

– J'en ai pour moins d'une minute.

Elle dégaina un petit poignard, et en un rien de temps trancha les liens du captif. Plusieurs minutes s'écoulèrent avant qu'il pût fléchir ses muscles. Elle essaya de soutenir tout son poids; résultat : quand il glissa, elle tomba avec lui. Les deux corps accrochés l'un à l'autre rebondirent sur une branche, firent le saut périlleux et s'écrasèrent au sol.

Takezō se releva. Étourdi par sa chute de dix mètres et dans un état de faiblesse extrême, il n'en planta pas moins fermement ses pieds sur la terre. Otsū, à quatre pattes, se tordait de douleur.

– O-o-o-h ! gémissait-elle.

Il la prit dans ses bras pour l'aider à se relever.

– Tu n'as rien de cassé ?

– Je n'en sais absolument rien, mais je crois que je peux marcher.

– Toutes ces branches ont amorti la chute ; aussi, ce n'est sans doute pas trop grave.

– Et toi ? Ça va ?

– Oui... je suis... ça va. Je suis... (Il se tut une ou deux secondes, puis explosa :) Je suis vivant ! Je suis vraiment vivant !

– Bien sûr, que tu es vivant !

– Non, ce n'est pas « bien sûr ».

– Dépêchons-nous de sortir d'ici. Si quelqu'un nous trouve ici, nous aurons de sérieux embêtements.

Otsū commença de s'éloigner en boitillant, suivie de Takezō... lents, silencieux comme deux frêles insectes blessés sur la gelée blanche de l'automne.

Ils progressèrent de leur mieux, clopinant en silence, silence qui ne fut rompu que bien plus tard, lorsque Otsū s'écria :

– Regarde ! Cela s'éclaircit là-bas, vers Harima.

– Où sommes-nous ?

– Au sommet du col de Nakayama.

– Nous avons réellement fait tout ce chemin ?

– Oui, répondit Otsū avec un faible sourire. C'est étonnant, ce que l'on peut faire avec de la volonté. Mais, Takezō... (Otsū paraissait inquiète.) Tu dois mourir de faim. Voilà des jours et des jours que tu n'as rien mangé.

En entendant parler de nourriture, Takezō se rendit soudain compte qu'il souffrait de crampes d'estomac. Maintenant qu'il en avait conscience, c'était une torture, et Otsū lui parut mettre des heures à ouvrir son sac et à en tirer des provisions. Son don de vie prit la forme de gâteaux de riz généreusement fourrés de beurre de haricots sucré. Tandis que leur douceur lui fondait dans la gorge, Takezō fut la proie d'un étourdissement. Les doigts qui tenaient le gâteau se mirent à trembler. « Je suis vivant », se répétait-il en faisant vœu qu'à partir de cet instant il mènerait un genre de vie tout différent.

Les nuages rougeâtres du matin avaient maintenant les joues roses. Takezō commença de voir plus nettement le visage d'Otsū ; la faim céda la place à une paisible satiété ; cela faisait l'effet d'un rêve, d'être assis là sain et sauf avec elle.

– Quand il fera jour, il nous faudra être très prudents. Nous sommes presque à la frontière de la province, dit-elle.

Takezō ouvrit de grands yeux.

– La frontière... Mais oui, j'oubliais. Je dois aller à Hinagura.

– À Hinagura ? Pourquoi ?

– C'est là qu'ils ont emprisonné ma sœur. Il me faut la tirer de là. Je suppose que nous allons devoir nous quitter.

Otsū le considéra en silence, abasourdie.

– Si tu en as envie, va-t'en ! Mais si j'avais su que tu m'abandonnerais, je n'aurais pas quitté Miyamoto.

– Que puis-je faire d'autre ? La laisser là-bas, à la palanque ?

Avec un émouvant regard, elle lui prit la main. Son visage, son corps entier brûlaient de passion.

– Takezō, supplia-t-elle, je te dirai plus tard, le moment venu, quels sont mes sentiments là-dessus, mais je t'en prie, ne me laisse pas seule ici ! Emmène-moi avec toi, où que tu ailles !

– Mais je ne peux pas !

– Souviens-toi. (Elle lui serra fortement la main.) Que cela te plaise ou non, je reste avec toi. Si tu crois que je te gênerai quand tu essaieras de délivrer Ogin, alors j'irai t'attendre à Himeji.

– Très bien, fais-le, dit-il aussitôt.

– Tu viendras sûrement, n'est-ce pas ?

– Bien entendu.
– Je t'attendrai au pont de Hanada, tout près de Himeji. Je t'y attendrai, que cela prenne cent jours ou mille.

Takezō approuva d'un léger signe de tête et s'éloigna rapidement, sans autre commentaire, le long des crêtes qui joignent le col aux monts lointains. Otsū le regarda jusqu'à ce que sa silhouette se fondît dans le paysage.

Au village, le petit-fils d'Osugi courut vers le manoir Hon'iden en criant :
– Grand-mère ! Grand-mère ! (En s'essuyant le nez d'un revers de main, il regarda dans la cuisine et dit avec excitation :) Grand-mère, tu connais la nouvelle ? Il est arrivé quelque chose d'affreux !

Osugi, debout devant le fourneau à activer le feu avec un éventail de bambou, le regarda à peine.
– Pourquoi tout ce vacarme ?
– Tu ne sais donc pas ? Takezō s'est échappé !
– Échappé ! (Elle laissa tomber l'éventail dans les flammes.) Qu'est-ce que tu racontes ?
– Ce matin, il n'était plus dans l'arbre. On avait coupé la corde.
– Heita, tu sais que je t'ai dit de ne pas raconter d'histoires !
– C'est la vérité, grand-mère, la vérité vraie. Tout le monde en parle.
– Tu es absolument sûr ?
– Oui, grand-mère. Et là-haut, au temple, on cherche Otsū. Elle est partie, elle aussi. Tout le monde court de tous les côtés en criant.

L'effet visible de la nouvelle fut haut en couleur. La face d'Osugi pâlit peu à peu tandis que les flammes de son éventail en train de brûler passaient du rouge au bleu puis au violet. Bientôt, son visage parut s'être vidé de tout son sang, au point que Heita recula de frayeur.
– Heita !
– Oui ?
– Cours aussi vite que tu peux. Va immédiatement chercher ton père. Puis descends chercher oncle Gon au bord de la rivière ! Et vite !

La voix d'Osugi chevrotait.

Avant même que Heita n'atteignît le portail, une foule marmonnante de villageois arrivait. Parmi eux se trouvaient le gendre d'Osugi, l'oncle Gon, d'autres parents et un certain nombre d'ouvriers agricoles.

– Cette fille, Otsū, s'est enfuie elle aussi, non ?
– Et Takuan a disparu également !
– Drôlement louche, si tu veux mon avis !
– Ils étaient tous de mèche, pour sûr.
– Je me demande ce que va faire la vieille. L'honneur de sa famille est en jeu !

Le gendre et l'oncle Gon, portant des lances héritées de leurs ancêtres, écarquillaient les yeux, hébétés. Avant de pouvoir faire quoi que ce fût, il leur fallait des directives ; aussi restaient-ils plantés là, anxieux, à attendre qu'Osugi parût et leur donnât des ordres.

– Grand-mère, finit par crier quelqu'un, n'avez-vous pas appris la nouvelle ?
– J'arrive dans une minute, répondit-elle. Taisez-vous, tous, et attendez-moi.

Osugi fut vite à la hauteur des circonstances. Quand elle se fut rendu compte que l'affreuse nouvelle devait être vraie, son sang ne fit qu'un tour, mais elle parvint à se dominer assez pour s'agenouiller devant l'autel familial. Après avoir en silence formulé une prière de supplication, elle releva la tête, rouvrit les yeux et se retourna. Calmement, elle sortit d'un tiroir de l'armoire aux sabres une arme qu'elle chérissait. Ayant déjà revêtu une tenue qui convenait à une chasse à l'homme, elle glissa dans son obi le court sabre, et se rendit au vestibule où elle laça bien serré ses sandales autour de ses chevilles.

Le silence respectueux qui l'accueillit lorsqu'elle s'approcha du portail montrait clairement que l'on savait pourquoi elle était ainsi habillée. La vieille entêtée ne plaisantait pas ; elle était plus que disposée à venger l'insulte faite à sa maison.

– Tout ira bien, annonça-t-elle d'un ton sec. Je rattraperai moi-même cette effrontée, et veillerai à ce qu'elle reçoive le châtiment qu'elle mérite.

Déjà elle trottait sur la route, quand une voix s'éleva de la foule :

– Si la vieille y va, nous devrions y aller nous aussi.

Tous les parents, tous les ouvriers agricoles emboîtèrent le pas à la vaillante douairière. Ils s'armèrent en chemin de bâtons, se taillèrent en hâte des lances de bambou, et marchèrent droit vers le col de Nakayama sans même s'arrêter pour se reposer en route. Ils y parvinrent peu avant midi pour constater qu'ils arrivaient trop tard.

– Nous les avons laissés filer ! cria un homme.

La foule bouillait de colère. Pour ajouter à sa déception, un douanier vint lui signifier qu'un groupe aussi nombreux ne pouvait traverser la frontière.

L'oncle Gon s'avança pour s'efforcer de fléchir le préposé en décrivant Takezō comme un « criminel », Otsū comme une « mauvaise fille » et Takuan comme un « fou ».

– Si nous renonçons maintenant, expliqua-t-il, cela souillera le nom de nos ancêtres. Jamais plus nous ne pourrons marcher la tête haute. Nous serons la risée du village. La famille Hon'iden risque même de devoir abandonner sa terre.

Le préposé assura qu'il comprenait leurs ennuis mais ne pouvait rien faire pour eux. Le règlement est le règlement. Peut-être pouvait-il faire une demande à Himeji, et leur obtenir une autorisation spéciale de traverser la frontière, mais cela prendrait du temps.

Osugi, après avoir conféré avec ses parents et fermiers, demanda au préposé :

– Dans ce cas, une raison quelconque s'oppose-t-elle à ce que deux d'entre nous, moi-même et l'oncle Gon, passions la frontière ?

– On autorise jusqu'à cinq personnes.

Osugi acquiesça du chef. Puis, au lieu de leur faire des adieux émus, elle rassembla sa suite avec beaucoup de sens pratique. Ils s'alignèrent devant elle, les yeux fixés sur ses lèvres minces et ses grandes dents saillantes.

Quand tous eurent fait silence, elle dit :

– Vous n'avez aucune raison de vous inquiéter. Avant même notre départ, je prévoyais qu'il arriverait quelque chose de ce genre. En passant à ma ceinture ce petit sabre, l'un des plus précieux objets de la famille Hon'iden, je me suis agenouillée devant les tablettes commémoratives de nos ancêtres, et leur ai adressé un adieu solennel. J'ai aussi prononcé deux serments. L'un était que je rattraperais et punirais l'impudente qui a traîné dans la boue notre nom. L'autre était que je m'assurerais, dussé-je pour cela perdre la vie, que mon fils Matahachi est bien vivant. Si tel est le cas, je le ramènerai à la maison pour perpétuer le nom familial. Je l'ai juré, et je le ferai, même si pour cela je dois lui passer une corde au cou pour le traîner durant tout le chemin. Il a des obligations non seulement envers moi et envers les défunts mais aussi envers vous. Alors, il se trouvera une épouse cent fois supérieure à Otsū, et effacera à tout jamais cette honte, en sorte que les villageois considéreront à nouveau notre maison comme noble et respectable. (Parmi les applaudissements et les acclamations, un seul homme émit quelque chose qui ressemblait à un gémissement. Osugi regarda fixement son gendre. Elle reprit :) Or, l'oncle Gon et moi sommes l'un et l'autre assez vieux pour nous retirer. Nous sommes l'un et l'autre d'accord sur tout ce que j'ai juré d'accomplir ; il y est décidé lui aussi, même s'il faut pour cela passer deux ou trois ans à ne rien faire d'autre, même s'il faut pour cela sillonner tout le pays. En mon absence, mon gendre me remplacera comme chef de famille. Pendant ce temps-là, vous devez promettre de travailler aussi dur que jamais. Je ne veux pas apprendre qu'aucun d'entre vous néglige les vers à soie ou laisse les mauvaises herbes envahir les champs. Compris ?

L'oncle Gon approchait de la cinquantaine ; Osugi avait dix ans de plus. La foule parut hésiter à les laisser tenter seuls l'aventure : de toute évidence, ils n'étaient pas des adversaires pour Takezō dans le cas où ils mettraient jamais la main sur lui. Tous se le représentaient comme un fou capable d'attaquer et de tuer à la simple odeur du sang.

– Ne vaudrait-il pas mieux prendre avec vous trois jeunes gens ? suggéra quelqu'un. Cet homme dit que l'on peut passer à cinq.

La vieille secoua la tête avec véhémence.

— Je n'ai besoin d'aucune aide. Je n'en ai jamais eu besoin, et n'en aurai jamais besoin. Ah! Tout le monde croit que Takezō est fort, mais il ne m'effraie pas! Ce n'est qu'un moutard; il n'a guère plus de poil sur le corps que lorsque je l'ai connu au maillot. Je ne suis pas son égale en force physique, certes, mais je ne suis pas encore gâteuse. Je peux encore vaincre par la ruse un ennemi ou deux. L'oncle Gon, lui non plus, n'est pas encore sénile... Et maintenant, je vous ai dit ce que je vais faire, conclut-elle. Et je le ferai. Il ne vous reste plus qu'à rentrer à la maison; veillez bien à tout jusqu'à notre retour.

Leur ayant fait signe de filer, elle se rendit à la barrière. Nul ne tenta de l'arrêter de nouveau. Ils lui crièrent au revoir, et regardèrent le vieux couple entreprendre son voyage vers l'est en descendant le flanc de la montagne.

— La vieille a vraiment du cran, hein? commenta quelqu'un.

Un autre mit ses mains en porte-voix pour crier :
— Si vous tombez malade, prévenez le village!
Un troisième, avec sollicitude :
— Prenez bien soin de vous!

Quand elle eut cessé d'entendre leurs voix, Osugi se tourna vers l'oncle Gon.

— Nous n'avons absolument rien à craindre, lui assura-t-elle. De toute façon, nous mourrons avant ces jeunots.

— Tu as parfaitement raison, répondit-il avec conviction.

L'oncle Gon gagnait sa vie à chasser; mais, plus jeune, il avait été un samouraï qui, si on l'en croyait, avait pris part à maints combats sanglants. Il avait encore le teint vermeil et les cheveux aussi noirs que jamais. Son nom de famille était Fuchikawa. Gon, un diminutif de Gonroku, son prénom. En sa qualité d'oncle de Matahachi, il éprouvait naturellement beaucoup d'inquiétude au sujet des événements récents.

— Grand-mère... dit-il.
— Oui?
— Tu as eu la prévoyance de t'habiller pour la route, mais je ne porte que mes vêtements de tous les jours. Il va fal-

loir que je m'arrête quelque part pour me procurer des sandales et un chapeau.

– Il y a une maison de thé à peu près à mi-pente de cette colline.

– Vraiment? Ah! oui, je me souviens. On l'appelle bien la maison de thé Mikazuki, n'est-ce pas? Je suis sûr qu'ils auront ce qu'il me faut.

En arrivant à la maison de thé, ils eurent la surprise de constater que le soleil se couchait. Ils avaient cru avoir devant eux plus d'heures de jour étant donné que les journées augmentaient à l'approche de l'été – plus de temps à consacrer à leurs recherches en ce premier jour passé à la poursuite de leur honneur familial perdu.

Ils prirent le thé et se reposèrent un moment. Puis, en réglant l'addition, Osugi déclara :

– Takano est trop éloigné pour que nous y arrivions avant la nuit. Nous devrons nous contenter de dormir sur ces nattes malodorantes, à l'auberge de Shingū; pourtant, mieux vaudrait ne pas dormir du tout.

– Nous avons plus que jamais besoin de sommeil. Allons, dit Gonroku en se levant et en prenant le chapeau de paille qu'il venait d'acheter. Mais attends une minute.

– Pourquoi?

– Je veux remplir d'eau potable ce tube de bambou.

Ayant contourné la bâtisse, il plongea son tube dans un clair ruisseau d'eau vive, jusqu'à ce que les bulles cessent de monter à la surface. En regagnant la route qui passait devant, il jeta un coup d'œil, par une fenêtre latérale, à l'intérieur sombre de la maison de thé. Soudain, il s'arrêta, surpris d'apercevoir une silhouette couchée par terre, couverte d'une natte de paille. Une odeur de pharmacie imprégnait l'atmosphère. Gonroku ne pouvait distinguer le visage, mais de longs cheveux noirs, épars sur l'oreiller.

– Oncle Gon, dépêche-toi! criait Osugi avec impatience.
– J'arrive.
– Qu'est-ce que tu attends?
– On dirait qu'il y a quelqu'un de malade à l'intérieur, dit-il en la suivant d'un air de chien battu.
– Qu'est-ce que ça a de si extraordinaire? Un rien te détourne de ton chemin; on dirait un enfant.

- Pardon, pardon, fit-il en hâte.

Il était comme tout le monde intimidé par Osugi, mais savait mieux que la plupart comment la manier.

Ils se mirent à descendre la colline assez abrupte, vers la route de Harima. Comme des chevaux de somme, venus des mines d'argent, l'empruntaient quotidiennement, elle était criblée de trous.

- Attention de ne pas tomber, grand-mère, dit Gon.
- Comment oses-tu me parler sur un ton aussi protecteur ? Je suis capable de marcher les yeux fermés sur cette route. Fais attention toi-même, espèce de vieil imbécile.

À cet instant, une voix les héla dans leur dos :

- Vous êtes joliment rapides, tous les deux, hein ?

Se retournant, ils virent le propriétaire de la maison de thé, à cheval.

- Mais oui ; nous venons de nous reposer chez vous, merci. Et où donc allez-vous comme ça ?
- À Tatsuno.
- À pareille heure ?
- Il n'y a de médecin que là. Même à cheval, ça me prendra au moins jusqu'à minuit.
- C'est votre femme qui est malade ?
- Oh ! non, répondit-il en fronçant les sourcils. Si c'était ma femme ou l'un des enfants, ça me serait égal. Mais c'est se donner beaucoup de mal pour une inconnue, quelqu'un qui n'a fait qu'entrer pour se reposer.
- Oh ! dit l'oncle Gon, c'est la jeune fille qui se trouve dans votre arrière-salle ? J'ai jeté un coup d'œil par hasard, et je l'ai vue.

Ce fut au tour des sourcils d'Osugi de se froncer.

- Oui, répondit le commerçant. Pendant qu'elle se reposait, elle s'est mise à frissonner, aussi je lui ai proposé de s'étendre dans la salle du fond. Il fallait faire quelque chose. Eh bien, elle ne s'est pas remise. En réalité, elle a l'air en bien plus mauvais état. Elle grelotte de fièvre.

Osugi s'arrêta net.

- N'est-ce pas une fille d'environ seize ans, très mince ?
- Oui, environ seize ans, il me semble. Dit qu'elle vient de Miyamoto.

Osugi, en clignant de l'œil à Gonroku, se mit à farfouiller dans son obi. Elle prit un air désespéré pour s'exclamer :

– Oh ! je l'ai laissé à la maison de thé !
– Quoi donc ?
– Mon chapelet. Maintenant, cela me revient : je l'ai posé sur un tabouret.
– Oh ! quel ennui ! dit le commerçant en faisant faire demi-tour à son cheval. Je retourne le chercher.
– Mais non ! Il faut que vous alliez chercher le médecin. Cette jeune malade a plus d'importance que mon chapelet. Nous retournons le reprendre nous-mêmes.

L'oncle Gon était déjà en train de remonter à grands pas la colline. Sitôt qu'Osugi se fut débarrassée de l'obligeant propriétaire de la maison de thé, elle se dépêcha de le rattraper. Bientôt, tous deux suèrent et soufflèrent. Ni l'un ni l'autre ne parlait.

Ce ne pouvait être qu'Otsū !

Otsū ne s'était jamais vraiment débarrassée de la fièvre qui l'avait prise la nuit où on l'avait arrachée à la tempête pour la traîner dans la maison. Elle avait en quelque sorte oublié sa maladie au cours des quelques heures passées avec Takezō, mais, après qu'il l'eut quittée, elle fit seulement quelques pas avant de céder à la douleur et à la fatigue. Le temps d'arriver à la maison de thé, elle se trouvait dans un état lamentable.

Elle ignorait depuis combien de temps elle était couchée dans l'arrière-salle, à supplier sans arrêt, dans son délire, qu'on lui donnât de l'eau. Avant de partir, le commerçant était venu l'exhorter à la patience. Quelques instants plus tard, elle avait oublié qu'il lui eût jamais adressé la parole.

Sa bouche était desséchée, comme remplie d'épines.

– De l'eau, s'il vous plaît ! criait-elle faiblement.

N'entendant aucune réponse, elle se souleva sur les coudes et tendit le cou vers la bassine d'eau, juste devant la porte. Lentement, elle parvint à ramper jusque-là, mais comme elle posait la main sur la louche en bambou, au flanc de la bassine, elle entendit un volet tomber à terre, quelque part derrière elle. La maison de thé n'était guère plus, à l'origine, qu'un refuge de montagne, et n'importe qui pouvait soulever l'un ou l'ensemble des volets mal joints.

Osugi et l'oncle Gon pénétrèrent en trébuchant par l'ouverture.

– Il fait noir comme dans un four, gémit la vieille en ce qu'elle prenait pour un chuchotement.

– Attends une minute, répliqua Gon en se dirigeant vers la grand-salle où il tisonna les braises, sur lesquelles il jeta du bois pour faire un peu de lumière. Elle n'est pas ici, grand-mère !

– Elle y est certainement ! Elle ne peut s'être envolée ! (Presque aussitôt, Osugi s'aperçut que la porte de l'arrière-salle était entrebâillée.) Regarde, là-bas ! criat-elle.

Otsū, debout devant la porte, lança la pleine louche d'eau, par l'étroite ouverture, à la figure de la vieille, et dévala la colline ainsi qu'un oiseau dans le vent, ses manches et sa jupe flottant derrière elle.

Osugi sortit en courant et lança des imprécations.

– Gon, Gon ! Fais quelque chose, voyons, fais quelque chose !

– Elle s'est enfuie ?

– Bien sûr, qu'elle s'est enfuie ! Nous lui avons assez donné l'éveil en faisant tout ce bruit ! C'était malin de ta part, de laisser tomber ce volet ! (La vieille avait la face convulsée de rage.) N'es-tu vraiment bon à rien ?

L'oncle Gon dirigea son attention sur la silhouette pareille à celle d'une biche qui volait au loin. Il la désigna :

– C'est elle, hein ? Ne t'inquiète pas, elle n'a pas beaucoup d'avance. Elle est malade, et, de toute manière, elle n'a que des jambes de fille. Je vais la rattraper en un rien de temps.

Il prit une respiration, et s'élança, Osugi sur ses talons.

– Oncle Gon, criait-elle, tu peux te servir de ton sabre, mais ne lui tranche pas la tête avant que j'aie pu lui dire ses quatre vérités !

Soudain, l'oncle Gon laissa échapper un cri de consternation, et tomba à quatre pattes.

– Que se passe-t-il ? cria Osugi en le rattrapant.

– Regarde en bas.

Osugi obéit. Juste à leurs pieds se creusait un ravin couvert de bambou.

— Elle a plongé là-dedans ?

— Oui. Je ne crois pas que ce soit très profond mais il fait trop sombre pour en juger. Il va falloir que je retourne à la maison de thé chercher une torche.

Tandis qu'à genoux il scrutait le ravin, Osugi hurla :

— Qu'est-ce que tu attends, espèce de cruche ?

Et elle le secoua violemment. Il y eut un bruit de pieds qui tentaient de trouver une prise et s'agitaient désespérément avant de s'immobiliser au fond du ravin.

— Vieille sorcière ! cria l'oncle Gon, furieux. Et maintenant, donne-toi la peine de descendre ici toi-même ! Tu verras comme c'est agréable !

Takezō, assis les bras croisés au sommet d'un gros bloc de pierre, regardait fixement, à travers la vallée, la palanque de Hinagura. Sous l'un de ces toits, songeait-il, sa sœur était emprisonnée. Mais il était resté assis là de l'aube au crépuscule, la veille, et toute la présente journée, incapable d'imaginer un plan pour la délivrer. Il entendait ne pas bouger avant d'avoir trouvé.

Il avait mené sa réflexion au point où il se faisait fort de l'emporter en tactique sur les cinquante à cent soldats qui gardaient la palanque, mais il continuait de méditer sur la configuration du terrain. Non seulement il fallait entrer mais ressortir. Cela se présentait mal : derrière la palanque se creusait une gorge profonde, et devant, une double porte protégeait bien la route qui menait à l'intérieur de la palanque. Pis : tous deux seraient contraints de fuir à travers un plateau sans un seul arbre derrière lequel se cacher ; par une journée sans nuages comme celle-ci, l'on aurait eu peine à trouver meilleure cible.

Les circonstances nécessitaient donc une attaque nocturne, mais Takezō avait observé que l'on fermait et verrouillait les portes avant le coucher du soleil. Toute tentative de les crocheter ne manquerait pas de déclencher un signal d'alarme cacophonique de claquets de bois. Il ne semblait pas y avoir de moyen infaillible d'aborder la forteresse.

« Impossible, se disait tristement Takezō. Même si je risquais ma vie et la sienne, ça ne donnerait rien. » Il se sentait humilié, impuissant. « Comment, se demandait-il, en suis-je arrivé à être aussi lâche ? La semaine dernière, je n'aurais même pas songé aux chances de m'en tirer vivant. »

Durant une demi-journée encore, ses bras demeurèrent croisés sur sa poitrine, comme noués. Il redoutait quelque chose qu'il ne pouvait définir, et hésitait à se rapprocher tant soit peu de la palanque. Il ne cessait de s'adresser des reproches : « J'ai perdu mon audace. Jamais je n'ai été comme ça jusqu'ici. Peut-être que le fait de regarder la mort en face rend tout le monde lâche. »

Il secoua la tête. Non, ce n'était pas cela, pas de la lâcheté.

Il avait tout simplement appris sa leçon, celle que Takuan s'était donné tant de peine à lui enseigner, et pouvait maintenant voir les choses de façon plus nette. Il éprouva un calme nouveau, un sentiment de paix. Cela semblait couler dans sa poitrine à la façon d'une rivière tranquille. Être brave était tout différent d'être féroce ; il le constatait maintenant. Il ne se sentait pas un animal, mais un homme, un homme courageux qui a dépassé les agitations de l'adolescence. La vie qui lui avait été donnée était un trésor qu'il fallait chérir, polir et perfectionner.

Il regardait fixement le joli ciel clair, dont la seule couleur paraissait un miracle. Pourtant, il ne pouvait abandonner sa sœur, même si cela revenait à violer, une dernière fois, la précieuse connaissance de soi qu'il avait si récemment et si péniblement acquise.

Un plan commença de prendre forme dans son esprit : « Après la tombée de la nuit, je traverserai la vallée et grimperai sur la falaise, de l'autre côté. Il se peut que cette barrière naturelle soit une bénédiction déguisée ; il n'y a pas de porte à l'arrière, et la garde semble réduite. »

À peine en était-il arrivé à cette décision qu'une flèche siffla vers lui et se ficha dans la terre à quelques centimètres de ses orteils. De l'autre côté de la vallée, il vit une foule de gens s'agiter à l'intérieur de la palanque. De toute évidence ils l'avaient vu. Presque aussitôt, ils se dispersèrent. Il supposa qu'ils avaient voulu le mettre à l'épreuve, voir comment il réagirait, et demeura exprès immobile sur son perchoir.

Bientôt, le soleil du soir commença de se coucher derrière les sommets des montagnes de l'Ouest. Juste avant la tombée de la nuit, il se leva et ramassa une pierre. Il avait repéré son dîner qui planait au-dessus de sa tête. Il abattit l'oiseau du premier coup, le déchira en deux et mordit dans la chair tiède.

Tandis qu'il mangeait, une vingtaine de soldats l'encerclèrent bruyamment. Une fois en position, ils lancèrent un cri de guerre ; un homme vociféra :

– C'est Takezō ! Takezō de Miyamoto !
– Il est dangereux ! Attention ! cria un autre.

Levant les yeux de son festin de volaille crue, Takezō considéra farouchement ceux qui cherchaient à le capturer. C'était le regard que lancent les animaux dérangés au milieu d'un repas.

– Y-a-a-h-h ! hurla-t-il en saisissant une énorme pierre qu'il précipita contre cette muraille humaine.

Le sang rougit la pierre, et en un rien de temps Takezō l'enjamba, libre, et courut droit vers la porte de la palanque.

Les hommes en restaient bouche bée.

– Qu'est-ce qu'il fait ?
– Où va ce fou ?
– Il perd la tête !

Il volait comme une libellule folle, avec à ses trousses les soldats poussant des cris de guerre. Mais au moment où ils atteignirent le portail, il avait déjà bondi par-dessus.

Pourtant, il se trouvait maintenant entre les portes, dans une véritable cage. Takezō ne vit rien de tel. Il ne voyait ni les soldats qui le poursuivaient, ni la barrière, ni les gardes derrière la seconde entrée. Il n'eut même pas conscience d'étendre au sol, d'un seul coup de poing, la sentinelle qui tentait de lui sauter dessus. Avec une force presque surhumaine il tira sur un montant de la porte intérieure, qu'il secoua furieusement jusqu'à l'arracher de terre. Alors, il se retourna vers ses poursuivants. Il en ignorait le nombre ; tout ce qu'il savait, c'est que quelque chose de gros et de noir l'attaquait. Visant de son mieux, il frappa la masse indifférenciée avec le montant de la porte. Un bon nombre de lances et de sabres volèrent en éclats et retombèrent par terre, inutilisables.

– Ogin! cria Takezō en courant vers le fond de la palanque. Ogin, c'est moi... Takezō!

Ses yeux étincelants scrutaient les bâtiments; plusieurs fois, il appela sa sœur. « Tout ça n'était-il qu'une ruse? » se demandait-il, en proie à la panique. Il se mit à enfoncer les portes, une à une, avec le montant. Les poulets des gardes volaient en tous sens avec des cris épouvantés.

– Ogin!

Comme il n'arrivait pas à la repérer, ses cris rauques devinrent presque inintelligibles.

Dans l'ombre d'une des petites cellules crasseuses, il aperçut un homme qui tentait de se glisser au-dehors.

– Halte! cria-t-il en lançant le montant de porte sanglant aux pieds de cet être chafouin.

Quand Takezō lui sauta dessus, il se mit à hurler sans vergogne. Takezō le gifla violemment.

– Où est ma sœur? rugit-il. Qu'ont-ils fait d'elle? Dis-moi où elle est, sinon je te bats à mort!

– Elle... elle n'est pas ici. Avant-hier, ils l'ont emmenée. Ordre du château.

– Où ça, espèce de crétin, où ça?
– À Himeji.
– À Himeji?
– Ou-ou-oui.
– Si tu mens, je vais...

Takezō empoigna par les cheveux la masse gémissante.

– C'est vrai... vrai. Je le jure!

– Je l'espère pour toi, sinon je reviens uniquement pour te régler ton compte!

Les soldats revenaient à la charge; Takezō souleva l'homme, et le leur lança à la tête. Puis il disparut dans l'ombre des misérables cellules. Une demi-douzaine de flèches volèrent à ses oreilles; l'une transperça le pan de son kimono comme une aiguille à coudre géante. Takezō se mordit l'ongle du pouce en regardant passer les flèches, puis soudain s'élança vers la clôture, qu'il franchit à la vitesse de l'éclair.

Derrière lui, il y eut une explosion violente. L'écho du coup de feu gronda à travers la vallée.

À toute vitesse, Takezō descendit dans la gorge ; durant sa course, des fragments des enseignements de Takuan se bousculaient dans sa tête : « Apprends à redouter ce qui est redoutable... La force brutale n'est que jeu d'enfant, la force aveugle des bêtes... Aie la force du véritable guerrier... le vrai courage... La vie est précieuse. »

LA NAISSANCE DE MUSASHI

Takezō attendit aux abords de la ville-château de Himeji ; quand il ne se cachait pas dessous, il se tenait le plus souvent sur le pont de Hanada à observer discrètement les passants. Ou alors, il effectuait de petites incursions en ville, le chapeau enfoncé sur les yeux, la face dissimulée, comme celle d'un mendiant, derrière un morceau de natte de paille.

Il était déconcerté qu'Otsū n'eût pas encore paru ; une semaine seulement s'était écoulée depuis qu'elle avait juré de l'attendre là – non point cent jours, mais mille. Une fois que Takezō avait fait une promesse, il répugnait à la rompre. Mais chaque instant qui passait lui donnait davantage la tentation de bouger ; pourtant, la promesse faite à Otsū n'avait pas été l'unique raison de sa venue à Himeji. Il lui fallait aussi découvrir où l'on gardait Ogin prisonnière.

Il se trouvait à proximité du centre de la ville, un jour, lorsqu'il entendit une voix crier son nom. Il leva vivement les yeux, et vit Takuan s'approcher en l'appelant :

– Takezō ! Attends-moi !

Il tressaillit et, comme à l'ordinaire en présence de ce moine, se sentit légèrement humilié. Il avait cru que personne, pas même Takuan, ne le reconnaîtrait sous son déguisement.

Le moine le saisit par le poignet.

– Viens avec moi, ordonna-t-il. (Impossible de ne point remarquer le caractère pressant du ton.) Et ne fais pas d'histoires. J'ai passé beaucoup de temps à ta recherche.

Takezō le suivit docilement. Il n'avait pas la moindre idée de l'endroit où ils allaient, mais une fois de plus il se trouvait incapable de résister à cet homme-là. Il se demandait pourquoi. Maintenant, il était libre. Et il lui semblait qu'ils retournaient tout droit vers l'arbre terrible de Miyamoto. Ou peut-être allaient-ils vers un cachot de forteresse. Takezō les avait soupçonnés d'avoir emprisonné sa sœur quelque part dans l'enceinte du château, mais sans la moindre preuve à l'appui. Il espérait ne s'être pas trompé : si on l'y menait lui aussi, du moins pourraient-ils mourir ensemble. S'il devait mourir, il ne voyait personne d'autre qu'il aimât suffisamment pour partager ses derniers instants.

Le château de Himeji apparaissait devant ses yeux. Il comprenait maintenant pourquoi on le nommait le « château de la Grue blanche » : ce majestueux édifice se dressait sur d'énormes remparts de pierre, comme un grand oiseau fier, descendu des cieux. Takuan précéda Takezō sur le vaste pont qui enjambait le fossé externe. Devant le portail de fer, une haie de gardes se tenaient au port d'armes. Leurs lances qui étincelaient au soleil firent hésiter Takezō une fraction de seconde. Takuan, sans même se retourner, le sentit et, d'un geste légèrement impatient, lui enjoignit de poursuivre sa route. Ayant franchi la tourelle du portail, ils s'approchèrent de la deuxième porte, où les soldats semblaient encore davantage sur le qui-vive, prêts au combat d'une seconde à l'autre. C'était le château d'un daimyō. Il faudrait à ses habitants quelque temps pour se détendre, pour admettre le fait que le pays se trouvait heureusement unifié. Pareil à maints autres châteaux de l'époque, il était loin de s'être habitué à ce luxe : la paix.

Takuan convoqua le capitaine des gardes.

– Je vous l'amène, annonça-t-il. (En lui remettant Takezō, le moine recommanda à l'homme de prendre bien soin de lui conformément à ses instructions précédentes, mais ajouta :) Attention. Ce lionceau a des crocs. Il est loin d'être apprivoisé. Quand on le taquine, il mord.

Takuan passa la seconde porte en direction de l'enceinte centrale où résidait le daimyō. Il connaissait bien le chemin, semblait-il ; il n'avait besoin ni de guide, ni d'indications. Il marchait la tête haute, et chacun le laissait passer.

Le capitaine, respectueux des consignes de Takuan, ne toucha pas un cheveu de celui qu'on lui avait confié. Il pria seulement Takezō de le suivre. Celui-ci obéit en silence. Ils arrivèrent bientôt à une maison de bains, et le capitaine lui dit d'entrer se laver. Ici, Takezō eut un haut-le-corps : il ne se rappelait que trop son dernier bain, chez Osugi, et le piège qu'il avait évité de justesse. Il croisa les bras et tenta de réfléchir, cherchant à gagner du temps et inspectant ce qui l'entourait. Tout était si paisible !... Un îlot de calme où un daimyō pouvait, quand il ne combinait pas des stratégies, jouir des luxes de l'existence. Bientôt se présenta un serviteur qui apportait un kimono de coton noir et un *hakama* ; il s'inclina en disant poliment :

– Je les pose ici. Vous pouvez les mettre en sortant.

Takezō en avait presque les larmes aux yeux. L'équipement comportait non seulement un éventail pliant et du papier de soie, mais une paire de sabres de samouraï, un long et un court. Tout était simple et peu coûteux, mais rien ne manquait. On le traitait de nouveau comme un être humain ; il avait envie de frotter contre sa joue le coton propre, et d'en respirer la fraîcheur. Il se retourna et entra dans la maison de bains.

Ikeda Terumasa, le seigneur du château, accoudé à la véranda, regardait dans le jardin. C'était un homme courtaud à la tête rasée, au visage marqué de petite vérole. Bien qu'il ne portât point de vêtements de cérémonie, il avait un maintien sévère et digne.

– Est-ce lui ? demanda-t-il à Takuan en tendant son éventail.

– Oui, c'est lui, répondit le moine en s'inclinant avec déférence.

– Il a bon visage. Vous avez bien fait de le sauver.

– C'est à Votre Seigneurie qu'il doit la vie. Non pas à moi.

– C'est inexact, Takuan, et vous le savez bien. Si j'avais seulement une poignée d'hommes tels que vous sous mes ordres, nul doute que beaucoup de gens utiles seraient sauvés, et que le monde ne s'en porterait que mieux. (Le daimyō soupira.) Ce qui m'inquiète, c'est que tous mes hommes croient que leur unique devoir consiste à ligoter les gens ou à les décapiter.

Une heure plus tard, Takezō se trouvait assis dans le jardin, devant la véranda, la tête inclinée et les mains reposant à plat sur les genoux dans une attitude de respectueuse attention.

– Vous vous nommez Shimmen Takezō, n'est-ce pas ? demanda le seigneur Ikeda.

Takezō leva rapidement les yeux pour voir le visage du célèbre personnage, puis les abaissa de nouveau en signe de respect.

– Oui, monsieur, répondit-il en articulant bien.

– La maison de Shimmen est une branche de la famille Akamatsu, et Akamatsu Masonori, vous le savez fort bien, fut autrefois seigneur de ce château.

La gorge de Takezō se desaécha. Pour une fois, les mots lui manquaient. S'étant toujours considéré comme la brebis galeuse de la famille Shimmen, et n'éprouvant aucun sentiment particulier de respect envers le daimyō, il n'en était pas moins rempli de honte d'avoir à ce point déshonoré ses ancêtres et le nom de sa famille. Le visage lui cuisait.

– Ce que vous avait fait est inexcusable, continua Terumasa d'un ton plus sévère.

– Oui, monsieur.

– Et il va me falloir vous en punir.

Se tournant vers Takuan, il demanda :

– Est-il exact que mon serviteur, Aoki Tanzaemon, sans ma permission, vous ait promis que si vous capturiez cet homme, vous pourriez décider de son châtiment et le lui infliger ?

– Je crois que vous feriez mieux de vous renseigner en interrogeant Tanzaemon en personne.

– Je l'ai déjà interrogé.

– Vous croyiez donc que je pourrais vous mentir ?

– Bien sûr que non. Tanzaemon a avoué, mais je voulais votre confirmation. Comme il est mon vassal direct, le serment qu'il vous a fait en constitue un de moi. Par conséquent, bien que je sois le seigneur de ce fief, j'ai perdu mon droit de châtier Takezō comme je le juge bon. Naturellement, je ne permettrai pas qu'il demeure impuni mais il vous revient de déterminer la forme que prendra la punition.

– Bien. C'est exactement ce que j'avais en tête.

– Alors, je suppose que vous y avez réfléchi. Eh bien, qu'allons-nous faire de lui ?

– Je crois que le mieux serait de mettre le prisonnier en… comment dire ?… en *difficulté* pendant quelque temps.

– Mais encore ?

– Je crois que vous avez quelque part, dans ce château, une chambre condamnée, une chambre qui passe depuis longtemps pour être hantée ?

– Oui, c'est vrai. Les domestiques refusaient d'y pénétrer, et les gens de ma suite l'évitaient avec obstination ; aussi a-t-on cessé de l'utiliser. Aujourd'hui, je la laisse en l'état, car il n'y a aucune raison de la rouvrir.

– Mais ne croyez-vous pas qu'il est indigne de l'un des plus puissants guerriers du royaume de Tokugawa : vous-même, Ikeda Terumasa, d'avoir en votre château une chambre où jamais ne brille de lumière ?

– Je n'ai jamais envisagé la question sous cet angle.

– Mon Dieu, les gens ont de ces idées ! Il y va de votre autorité, de votre prestige. Je dis que nous devrions éclairer cette chambre.

– Hum…

– Si vous me laissez en faire usage, j'y garderai Takezō jusqu'à ce que je sois disposé à lui pardonner. Il a suffisamment vécu dans l'obscurité complète. Tu entends cela, n'est-ce pas, Takezō ?

Takezō ne souffla mot, mais Terumasa se mit à rire en disant :

– Parfait !

Leurs excellents rapports prouvaient que Takuan avait dit la vérité à Aoki Tanzaemon, le soir de leur conversation au temple. Takuan et Terumasa, tous deux adeptes du Zen, avaient bien l'air d'être en termes amicaux, presque fraternels.

– Une fois que vous l'aurez conduit à son nouveau logement, pourquoi ne viendriez-vous pas me rejoindre à la maison de thé ? demanda Terumasa au moine en se levant pour s'en aller.

– Oh! auriez-vous l'intention de faire, une fois de plus, la preuve de votre inaptitude à la cérémonie du thé ?

– Takuan, vous êtes fort injuste. Ces jours-ci, j'ai vraiment commencé à attraper la manière. Venez plus tard, et je vous prouverai que j'ai cessé d'être uniquement un soldat mal dégrossi. Je vous attendrai.

Là-dessus, Terumasa se retira vers le centre de la résidence. En dépit de sa courte stature – il mesurait à peine un mètre cinquante –, sa présence paraissait remplir les nombreux étages du château.

Il faisait toujours nuit noire au sommet du donjon, où se trouvait la chambre hantée. Là-haut, le calendrier n'avait pas cours : ni printemps, ni automne, ni sons de la vie quotidienne. Il n'y avait qu'une petite lampe éclairant un Takezō pâle, aux joues creuses.

Le chapitre sur la topographie de L'*Art de la guerre*, de Sun-tzu, était ouvert devant lui, sur la table basse.

Sun-tzu dit : « Parmi les caractères topographiques,
        Il y a ceux qui sont infranchissables.
        Il y a ceux qui arrêtent.
        Il y a ceux qui limitent.
        Il y a ceux qui sont abrupts.
        Il y a ceux qui sont lointains. »

Chaque fois qu'il en arrivait à un passage qui lui plaisait, comme celui-ci, il le lisait et le relisait à voix haute ainsi qu'une psalmodie.

Celui qui connaît l'art du guerrier n'est pas maladroit dans ses mouvements. Il agit et ne se limite pas.

C'est pourquoi Sun-tzu disait : « Celui qui se connaît et connaît son ennemi l'emporte sans risque. Celui qui connaît le ciel et la terre l'emporte sur tout. »

Quand la fatigue lui troublait les yeux, il les rinçait à l'eau fraîche d'un petit bol qu'il avait à côté de lui. Si l'huile baissait et si la mèche de la lampe grésillait, il se bornait à l'éteindre. Autour de la table s'élevait une montagne de livres, certains en japonais, d'autres en chinois. Des livres sur le Zen, des volumes sur l'histoire du Japon. Takezō se trouvait pour ainsi dire enfoui dans ces ouvrages d'érudition, tous empruntés à la collection du seigneur Ikeda.

En le condamnant à la réclusion, Takuan avait dit :
– Tu peux lire autant que tu veux. Un prêtre fameux de jadis a dit un jour : « Je me plonge dans les Écritures, et lis des milliers de volumes. Lorsque j'en sors, je constate que mon cœur y voit plus clair qu'avant. » Considère cette chambre comme le ventre de ta mère et prépare-toi à renaître. Si tu ne la regardes qu'avec tes yeux, tu ne verras rien de plus qu'une cellule close, non éclairée. Mais regarde encore, et de plus près. Regarde avec ton esprit, et réfléchis. Cette chambre peut être la source de l'illumination, la fontaine de connaissance qu'ont découverte et enrichie les sages d'autrefois. À toi de décider s'il doit s'agir d'une chambre de ténèbres ou d'une chambre de lumière.

Takezō avait depuis longtemps cessé de compter les jours. Quand il faisait froid, c'était l'hiver ; quand il faisait chaud, l'été. Il n'en savait guère davantage. L'atmosphère demeurait la même, humide et renfermée ; sur la vie de Takezō, les saisons restaient sans influence. Pourtant, il était presque certain que la prochaine fois que les hirondelles viendraient nicher dans les meurtrières du donjon, ce serait le printemps de sa troisième année dans ce ventre maternel.

« J'aurai vingt et un ans », se disait-il. Pris de remords, il gémissait : « Et qu'ai-je fait de ces vingt et un ans ? » Parfois, le souvenir de ses premières années, implacable, le plongeait dans le chagrin. Il geignait et quelquefois sanglotait comme un enfant. Ces tortures, qui duraient des journées entières, le laissaient épuisé, le cœur déchiré.

Enfin, un jour, il entendit les hirondelles de retour aux auvents du donjon. Une fois encore, le printemps avait franchi les mers.

Peu de temps après, une voix qui maintenant lui semblait étrange, presque pénible à entendre, demanda :

– Tu vas bien, Takezō ?

La tête familière de Takuan apparut au sommet des marches. Sursautant, bien trop profondément ému pour émettre un son, Takezō saisit le moine par la manche de son kimono et l'attira dans la chambre. Pas une seule fois, les serviteurs qui apportaient sa nourriture n'avaient prononcé la moindre parole. Il fut transporté de joie d'entendre une autre voix humaine, et surtout celle-ci.

– Je rentre de voyage, dit Takuan. C'est ta troisième année ici, et j'en conclus qu'après une aussi longue gestation tu dois être joliment bien formé.

– Je te suis reconnaissant de ta bonté, Takuan. Je comprends maintenant ce que tu as fait. Comment pourrai-je jamais te remercier ?

– Me remercier ? dit Takuan, incrédule. (Puis il éclata de rire.) Bien que tu n'aies eu personne d'autre que toi-même avec qui faire la conversation, tu as appris à t'exprimer comme un être humain ! Parfait ! Aujourd'hui, tu quittes cet endroit. Et ce faisant, serre bien contre ton cœur une illumination aussi chèrement acquise. Tu en auras besoin quand tu rejoindras tes frères humains dans le monde.

Takuan emmena Takezō tout comme il était voir le seigneur Ikeda. Bien qu'on l'eût relégué au jardin lors de l'audience précédente, cette fois on lui fit place sur la véranda. Après les salutations et menus propos d'usage, Terumasa ne perdit pas de temps pour demander à Takezō de le servir en qualité de vassal.

Celui-ci refusa. Il était fort honoré, expliqua-t-il, mais n'avait pas le sentiment que le moment fût encore venu d'entrer au service d'un daimyō.

– Et si je le faisais dans ce château, ajouta-t-il, des fantômes se mettraient sans doute à apparaître chaque nuit dans la chambre condamnée, ainsi que tout le monde le prétend.

– Pourquoi dites-vous cela ? Sont-ils venus vous tenir compagnie ?

– Si l'on prend une lampe et si l'on inspecte avec attention la chambre, on voit des points noirs qui parsèment portes et poutres. On dirait de la laque, mais cela n'en est pas. C'est du sang humain, et selon toute vraisemblance

du sang versé par les Akamatsu, mes ancêtres, lorsqu'ils ont été vaincus dans ce château.
– Hum... Vous pourriez fort bien être dans le vrai.
– La vue de ces taches m'a mis en fureur. Mon sang bouillait à la pensée que mes ancêtres, qui autrefois commandaient toute cette région, ont fini par être anéantis, leurs âmes poussées de-ci de-là comme de simples feuilles mortes aux vents d'automne. Ils sont morts de mort violente, mais il s'agissait d'un clan puissant, et l'on peut les réveiller... Ce même sang coule dans mes veines, continua-t-il avec une expression intense dans le regard. Si indigne que je sois, je suis membre du même clan, et si je reste en ce château les fantômes risquent de se réveiller pour tâcher de m'atteindre. Dans un sens, ils l'ont déjà fait en m'indiquant nettement, dans cette chambre, qui je suis au juste. Mais ils risqueraient de provoquer le chaos, peut-être de se rebeller, voire de faire couler un autre bain de sang. Nous ne sommes pas dans une ère de paix. Je dois aux populations de toute la région de ne pas susciter la vengeance de mes ancêtres.

Takuan approuva de la tête :
– Je vois ce que tu veux dire. Mieux vaut que tu quittes ce château, mais où iras-tu ? As-tu l'intention de retourner à Miyamoto ? D'y passer ta vie ?

Takezō sourit en silence.
– Je veux aller et venir seul un moment.
– Je vois, dit le seigneur en se tournant vers Takuan. Veillez à ce qu'on lui donne de l'argent et les vêtements qui conviennent, ordonna-t-il.

Takuan s'inclina.
– Je vous remercie de votre bonté envers ce garçon.

Ikeda se mit à rire.
– Takuan ! C'est la première fois de votre vie que vous me remerciez de quoi que ce soit !
– Ce doit être vrai, dit Takuan avec un large sourire. Je ne recommencerai plus.
– Il est bel et bon pour lui de battre la campagne pendant qu'il est encore jeune, dit Terumasa. Mais maintenant qu'il part tout seul – né de nouveau, selon ta formule –, il

lui faudrait un nouveau nom. Que ce soit Miyamoto, de sorte qu'il n'oublie jamais son lieu de naissance. Désormais, Takezō, tu t'appelleras Miyamoto.

Les mains de Takezō s'abaissèrent automatiquement. Paumes tournées vers le bas, il s'inclina profondément, longuement.

– Oui, messire, je le ferai.

– Il faut changer aussi de prénom, intervint Takuan. Pourquoi ne pas lire les caractères chinois de ton nom « Musashi » au lieu de « Takezō » ? Tu peux continuer d'écrire ton nom de la même façon qu'auparavant. Ce n'est que justice que tout commence à neuf en ce jour de ta renaissance.

Terumasa, d'excellente humeur, hocha la tête en signe d'approbation enthousiaste :

– Miyamoto Musashi ! Un beau nom, un très beau nom. Il faut que nous buvions à ce nom.

Ils passèrent dans une autre salle ; on servit le saké ; Takezō et Takuan tinrent compagnie à Sa Seigneurie fort avant dans la soirée. Ils furent rejoints par plusieurs membres de la suite de Terumasa ; enfin, Takuan se leva pour exécuter une danse ancienne. Il y excellait ; ses mouvements créaient un monde imaginaire de délices. Takezō, devenu Musashi, regardait avec admiration, respect et amusement, tandis que la soirée se prolongeait.

Le lendemain, tous deux quittèrent le château. Musashi faisait ses premiers pas dans sa vie nouvelle, une existence de discipline et d'entraînement aux arts martiaux. Durant ses trois années d'incarcération, il avait résolu de maîtriser l'art de la guerre.

Takuan avait ses propres projets. Il avait décidé de voyager à travers la campagne, et le moment, disait-il, était venu de se séparer de nouveau.

Lorsqu'ils atteignirent la ville, au-delà de l'enceinte du château, Musashi fit mine de prendre congé mais le moine le saisit par la manche en disant :

– N'y a-t-il pas quelqu'un que tu aimerais voir ?
– Qui ?
– Ogin.
– Est-elle encore vivante ? demanda-t-il, abasourdi.

Même en dormant, il n'avait jamais oublié la gentille sœur qui lui avait tenu si longtemps lieu de mère.

Takuan lui apprit que lorsqu'il avait attaqué la palanque de Hinagura, trois ans plus tôt, Ogin avait déjà été emmenée. Quoique aucune accusation n'eût été retenue contre elle, elle n'avait pas voulu rentrer à la maison ; aussi était-elle allée vivre chez une parente, dans un village du district de Sayō. Elle y menait maintenant une existence confortable.

– N'aimerais-tu pas la voir ? demanda Takuan. Elle en a très envie. Je lui ai dit, il y a trois ans, qu'elle devait te considérer comme mort, ce qui dans un sens était vrai. Mais je lui ai dit aussi qu'au bout de trois ans je lui amènerais un nouveau frère, différent de l'ancien Takezō.

Musashi pressa ses paumes l'une contre l'autre et les leva devant sa tête, comme il l'eût fait pour prier devant une statue du Bouddha.

– Non seulement tu as pris soin de moi, dit-il avec une émotion profonde, mais tu as veillé au bien-être d'Ogin. Takuan, tu es véritablement un homme compatissant. Je ne crois pas être jamais en mesure de te remercier pour ce que tu as fait.

– Une façon de me remercier serait de me laisser t'emmener voir ta sœur.

– Non... non, je ne crois pas que je doive y aller. Que tu me donnes de ses nouvelles m'a fait autant de bien que de la rencontrer.

– Tu veux sûrement la voir toi-même, ne serait-ce que quelques minutes ?

– Non, je ne crois pas. Je suis bien mort, Takuan, et je me sens vraiment né de nouveau. Je ne crois pas que ce soit le moment de me retourner vers le passé. Ce que je dois faire, c'est de m'avancer résolument vers l'avenir. Je n'ai guère trouvé ma route. Quand j'aurai progressé quelque peu vers la connaissance et le perfectionnement personnels que je recherche, peut-être prendrai-je le temps de me détendre et de regarder en arrière. Mais pas maintenant.

– Je vois.

– J'ai du mal à m'exprimer, mais j'espère que tu me comprendras.

– Je te comprends. Je suis content du sérieux avec lequel tu envisages ton but. Continue à suivre ton propre jugement.

– Maintenant, je vais te dire au revoir ; mais un jour, si je ne me fais pas tuer en chemin, nous nous rencontrerons de nouveau.

– C'est ça. Si nous avons l'occasion de nous rencontrer, n'hésitons pas. (Takuan se retourna, s'éloigna d'un pas, puis s'arrêta.) J'y songe : je suppose qu'il me faut t'avertir qu'Osugi et l'oncle Gon sont partis de Miyamoto à ta recherche et à celle d'Otsū, il y a trois ans. Ils étaient bien décidés à ne jamais rentrer avant de s'être vengés, et malgré leur âge ils essaient toujours de te trouver. Ils risquent de te causer quelques ennuis mais je ne crois pas que ce soit bien grave. Ne les prends pas trop au sérieux... Ah ! oui, et puis il y a Aoki Tanzaemon. Je ne pense pas que tu l'aies jamais connu par son nom mais il dirigeait les recherches contre toi. Peut-être que cela n'avait rien à voir avec quoi que ce soit que nous ayons dit ou fait, toi ou moi, mais ce superbe samouraï a réussi à se déshonorer ; résultat : il a été banni à jamais du service du seigneur Ikeda. Nul doute qu'il ne batte la campagne, lui aussi. (Takuan devint grave.) Musashi, ton chemin ne sera pas aisé. Prends garde.

– Je ferai de mon mieux, répondit en souriant Musashi.

– Eh bien, je suppose que c'est l'essentiel. Adieu.

Takuan se retourna et se dirigea vers l'ouest, sans regarder en arrière.

– Bonne chance ! lui cria Musashi.

Debout au carrefour, il regarda s'éloigner la silhouette du moine jusqu'à ce qu'elle eût disparu. Puis, seul une fois de plus, il entreprit sa marche vers l'est.

« Maintenant, il n'y a que ce sabre, se dit-il. L'unique chose au monde sur laquelle je puisse compter. » Il posa la main sur la poignée de l'arme, et fit un serment : « Je vivrai selon sa règle. Je le considérerai comme étant mon âme, et, en apprenant à le maîtriser, m'efforcerai de m'améliorer, de devenir un être humain meilleur et plus sage. Takuan suit la Voie du Zen ; je suivrai la Voie du sabre. Je dois faire de moi un homme plus accompli que lui. Après tout, je suis jeune encore. Il n'est pas trop tard. »

Ses foulées étaient régulières et puissantes, ses yeux pleins de jeunesse et d'espoir. De temps à autre, soulevant le bord de son chapeau d'osier, il contemplait la longue route qui menait vers l'avenir, la voie inconnue que tous les humains doivent fouler.

Il n'était pas allé bien loin – de fait, il se trouvait à peine aux abords de Himeji – lorsqu'une femme accourut vers lui, traversant le pont de Hanada. Il plissa les yeux dans le soleil.

– C'est toi ! cria Otsū en l'empoignant par la manche. (La surprise coupait le souffle de Musashi. Le ton d'Otsū était réprobateur :) Est-il possible que tu aies oublié, Takezō ? Ne te rappelles-tu pas le nom de ce pont ? T'est-il sorti de l'esprit que j'ai promis de t'attendre ici, aussi longtemps qu'il le faudrait ?

– Tu attends ici depuis trois ans ?

Il était abasourdi.

– Oui. Osugi et l'oncle Gon m'ont rattrapée aussitôt après que je t'ai quitté. J'étais malade et je devais me reposer. Ils ont failli me tuer. Mais je suis partie et je t'attends. (Désignant une échoppe de vannerie à l'extrémité du pont, petite baraque typique des grand-routes, qui vendait des souvenirs aux voyageurs, elle poursuivit :) J'ai raconté mon histoire à ces gens, là-bas, et ils ont eu la gentillesse de m'embaucher comme servante. Ce qui m'a permis de rester à t'attendre. Aujourd'hui, c'est le neuf cent soixante-dixième jour, et j'ai fidèlement tenu ma promesse. (Elle scrutait son visage, essayant de sonder ses pensées.) Tu vas m'emener avec toi, n'est-ce pas ?

La vérité, bien entendu, était que Musashi n'avait nulle intention de l'emmener avec lui, ni elle, ni personne d'autre. En ce moment précis, il se hâtait de partir pour éviter de penser à sa sœur, qu'il voulait tant voir et qu'il aimait tant.

Des questions traversaient son esprit agité : « Que faire ? Comment puis-je me lancer dans ma quête de la vérité et de la connaissance avec une femme, avec n'importe qui, qui me gênerait tout le temps ? Et cette jeune fille est, après tout, encore fiancée à Matahachi. » Musashi ne pouvait empêcher ses pensées de se refléter sur son visage.

– T'emmener avec moi ? T'emmener où ? demanda-t-il sans détour.

– Partout où tu iras.

– Je pars pour un long et dur voyage, non pour une promenade !

– Je ne te gênerai pas. Et je suis prête à subir quelques épreuves.

– Quelques ? Seulement quelques ?

– Autant qu'il le faudra.

– Là n'est pas la question. Otsu, comment un homme peut-il maîtriser la Voie du samouraï avec une femme à sa remorque ? Ce serait drôle, tu ne crois pas ? Les gens diraient : « Voyez donc Musashi, il a besoin d'une nourrice pour s'occuper de lui. » (Elle tira plus fort sur son kimono, où elle s'accrochait comme une enfant.) Lâche ma manche, ordonna-t-il.

– Non, je ne veux pas ! Tu m'as menti, n'est-ce pas ?

– Quand donc t'ai-je menti ?

– Au col. Tu as promis de m'emmener avec toi.

– Il y a de cela une éternité. Je n'y songeais pas vraiment alors non plus, et je n'avais pas le temps de t'expliquer. Qui plus est, l'idée n'était pas de moi, mais de toi. J'avais hâte de partir, et tu ne voulais pas me laisser aller avant d'avoir ma promesse. J'ai accepté parce que je n'avais pas le choix.

– Non, non et non ! Tu ne dis pas la vérité, n'est-ce pas ? cria-t-elle en l'immobilisant contre le parapet du pont.

– Lâche-moi ! On nous regarde.

– Ça m'est égal ! Quand tu étais ligoté dans l'arbre, je t'ai demandé si tu voulais mon aide. Tu étais si heureux que tu m'as dit par deux fois de couper la corde. Tu ne le nies pas, hein ?

Elle essayait d'être logique en son argumentation mais ses larmes la trahirent. D'abord abandonnée toute petite, puis plantée là par son fiancé, et maintenant ceci. Musashi, sachant comme elle était seule au monde et très attaché à elle, ne savait que répondre, bien qu'il fût extérieurement plus calme.

– Lâche-moi ! répéta-t-il d'un ton sans réplique. Il fait plein jour, et l'on nous regarde. Veux-tu donc nous donner en spectacle ?

Elle lâcha sa manche et s'effondra en sanglotant contre le parapet, ses cheveux lustrés lui tombant sur le visage.

– Pardon, murmura-t-elle. Je n'aurais pas dû te dire tout cela. Je t'en prie, oublie-le. Tu ne me dois rien.

Penché sur elle, écartant des deux mains ses cheveux de son visage, il la regarda dans les yeux.

– Otsū, lui dit-il avec tendresse, durant tout ce temps où tu m'attendais, jusqu'à aujourd'hui même, j'ai été enfermé dans le donjon du château. Voilà trois ans que je n'ai pas vu le soleil.

– Oui, je l'ai entendu dire.

– Tu savais ?

– Takuan me l'a dit.

– Takuan ? Il t'a tout dit ?

– Je le crois. Je me suis évanouie au fond d'un ravin près de la maison de thé Mikazuki. Je fuyais Osugi et l'oncle Gon. Takuan m'a secourue. Il m'a aussi aidée à me placer ici, chez le marchand de souvenirs. Il y a trois ans de cela. Et il est passé me voir plusieurs fois. Hier encore, il est venu prendre le thé. Je n'ai pas bien compris ce qu'il voulait dire, mais il a dit : « C'est une affaire d'homme et de femme ; aussi, qui sait comment ça tournera ? »

Musashi lâcha Otsū, et regarda la route qui menait vers l'ouest. Il se demanda s'il reverrait jamais l'homme qui lui avait sauvé la vie. Et de nouveau, il fut frappé par la sollicitude de Takuan envers son prochain, sollicitude qui paraissait tout embrasser et être entièrement dépourvue d'égoïsme. Musashi se rendit compte de sa propre étroitesse d'esprit, de sa propre mesquinerie à supposer que le moine éprouvait pour lui seul une compassion particulière ; sa générosité englobait Ogin, Otsū, tous ceux qui se trouvaient dans le besoin et qu'il croyait pouvoir aider.

« C'est une affaire d'homme et de femme »... Les paroles de Takuan à Otsū pesaient lourdement sur l'âme de Musashi. Il s'agissait là d'un fardeau pour lequel il était mal préparé : dans les montagnes de livres qu'il avait étudiés durant ces trois ans, pas un mot ne concernait la situation où il se trouvait maintenant. Takuan en personne avait craint de se trouver mêlé à cette affaire entre lui et Otsū. Le moine avait-il voulu dire que seules, les relations entre homme et femme devaient être résolues par les personnes en cause ? Voulait-il dire qu'aucune règle ne s'y appliquait, comme elles s'appliquaient dans l'art de la guerre ? Qu'il n'y avait aucune stratégie infaillible, aucun moyen de gagner ? Ou bien s'agissait-il pour Musashi d'une épreuve, d'un problème que seul Musashi serait capable de résoudre ?

Perdu dans ses pensées, il baissait les yeux vers l'eau qui coulait sous le pont.

Otsū leva les siens vers son visage, maintenant calme et lointain.

– Je peux venir, n'est-ce pas ? supplia-t-elle. Le boutiquier m'a promis de me laisser partir quand je voudrais. Je vais tout lui expliquer, et faire mes paquets. Je reviens dans une minute.

Musashi couvrit sa petite main blanche, qui reposait sur le parapet, avec la sienne.

– Écoute, dit-il plaintivement. Je te supplie de réfléchir un instant.

– Réfléchir à quoi ?

– Je te l'ai dit. Je viens de devenir un homme nouveau. J'ai passé trois années dans ce trou moisi. J'ai lu des livres. J'ai pensé. J'ai crié, pleuré. Puis, soudain, une lumière s'est levée. J'ai compris ce que cela veut dire que d'être humain. Je porte un nouveau nom, Miyamoto Musashi. Je veux me consacrer à l'entraînement et à la discipline. Je veux passer tous les instants de tous les jours à travailler à mon amélioration personnelle. Je sais maintenant jusqu'où il me faut aller. Si tu choisis de lier ta vie à la mienne, jamais tu ne seras heureuse. Il n'y aura que des épreuves, et cela ne deviendra pas plus facile avec le temps. Cela deviendra de plus en plus difficile.

– Quand tu parles ainsi, je me sens plus proche de toi que jamais. J'ai maintenant la conviction que j'avais raison. J'ai trouvé le meilleur homme que je pouvais jamais trouver, même en cherchant tout le restant de mes jours.

Il vit qu'il faisait fausse route.

– Je regrette, je ne puis t'emmener avec moi.

– Eh bien, alors, je me contenterai de te suivre. Aussi longtemps que je ne gêne pas ton entraînement, quel mal y a-t-il à cela ? Tu ne sauras pas même que je suis là. (Musashi ne savait que répondre.) Je ne t'ennuierai pas. Je te le promets. (Il gardait le silence.) Alors, ça va, n'est-ce pas ?

Attends-moi ici ; je reviens dans une seconde. Et je serai furieuse si tu essaies de t'échapper.

Otsū s'élança vers la boutique de vannerie.

Musashi pensa tout planter là et s'élancer lui aussi, dans la direction opposée. Il en avait bien la volonté mais ses pieds restaient cloués au sol.

Otsū, se retournant, cria :

– Souviens-toi, n'essaie pas de t'échapper !

Elle sourit en montrant ses fossettes, et Musashi, par inadvertance, fit « oui » de la tête. Satisfaite de ce signe, elle disparut dans la boutique.

S'il voulait s'enfuir, c'était le moment. Son esprit le lui disait, mais son corps se trouvait encore entravé par les jolies fossettes et les yeux suppliants d'Otsū. Qu'elle était donc charmante ! Certes, personne au monde, à l'exception de sa sœur, ne l'aimait à ce point. Et elle ne lui déplaisait pas.

Il regarda le ciel, il regarda l'eau, désespérément agrippé au parapet, troublé, confus. Bientôt, de minuscules morceaux de bois, tombés du pont, se mirent à flotter dans le courant.

Otsū reparut sur le pont ; elle portait des sandales neuves en paille, des guêtres jaune clair et un grand chapeau de voyage, attaché sous le cou par un ruban cramoisi. Jamais elle n'avait été plus belle.

Mais Musashi avait disparu.

Elle poussa un cri d'étonnement, et fondit en larmes. Puis son regard tomba sur l'endroit du parapet d'où les copeaux de bois s'étaient détachés. Là, gravé avec la pointe d'un poignard, un message se lisait clairement : « Pardonne-moi. Pardonne-moi. »

Livre II

L'EAU

L'ÉCOLE YOSHIOKA

La vie d'aujourd'hui, qui ne peut connaître le lendemain...
Dans le Japon du début du XVIIe siècle, la conscience du caractère éphémère de la vie était aussi répandue parmi les masses que parmi l'élite. Le fameux général Oda Nobunaga, qui prépara le terrain pour l'unification du Japon par Toyotomi Hideyoshi, résuma cette idée en un court poème :

> Les cinquante années de l'homme
> Ne sont qu'un songe évanescent
> En son voyage à travers
> Les transmigrations éternelles.

Vaincu dans une escarmouche avec un de ses propres généraux qui l'attaqua soudain par vengeance, Nobunaga se suicida à Kyoto, à l'âge de quarante-huit ans.
En 1605, environ deux décennies plus tard, les guerres incessantes entre les daimyōs avaient pratiquement cessé, et Tokugawa Ieyasu gouvernait en qualité de shōgun depuis deux ans. Les lanternes brillaient dans les rues de Kyoto et d'Osaka, comme elles avaient brillé aux meilleurs temps du shōgunat d'Ashikaga, et l'humeur dominante était à l'insouciance et à la fête.

Mais peu de gens avaient la conviction que cette paix durerait. Plus d'un siècle de guerre civile faisait qu'ils ne pouvaient considérer la tranquillité présente que comme fragile et fugace. La capitale était prospère, mais le fait d'ignorer combien de temps cela durerait aiguisait l'appétit de plaisirs.

Bien que toujours au pouvoir, Ieyasu avait officiellement renoncé à l'état de shōgun. Encore assez puissant pour dominer les autres daimyōs et défendre les prétentions de sa famille, il avait transmis son titre à son troisième fils, Hidetada. L'on murmurait que le nouveau shōgun se rendrait bientôt à Kyoto pour présenter ses respects à l'empereur, mais chacun savait que son voyage dans l'Ouest serait plus qu'une visite de courtoisie. Son plus grand rival en puissance, Toyotomi Hideyori, était le fils de Hideyoshi, le valeureux successeur de Nobunaga. Hideyori avait fait de son mieux pour assurer que le pouvoir demeurât aux mains des Toyotomis jusqu'à ce que Hideyori fût en âge de l'exercer, mais le vainqueur de Sekigahara était Ieyasu.

Hideyori résidait toujours au château d'Osaka, et bien que Ieyasu, au lieu de s'en être débarrassé, lui eût accordé la jouissance d'un substantiel revenu annuel, il était conscient qu'Osaka représentait une menace majeure en tant qu'éventuel point de ralliement de la résistance. Maints seigneurs le savaient aussi, et, misant sur les deux tableaux, faisaient une cour égale à Hideyori et au shōgun. On disait souvent que le premier possédait assez d'or et de châteaux pour engager tous les samouraïs sans maître – ou rōnins – du pays, s'il le désirait.

Les vaines spéculations sur l'avenir politique du pays formaient à Kyoto l'essentiel des bavardages.

– Tôt ou tard, la guerre ne peut manquer d'éclater.

– Ce n'est qu'une question de temps.

– Ces lanternes des rues pourraient être mouchées dès demain.

– À quoi bon s'en inquiéter ? Advienne que pourra.

– Amusons-nous pendant qu'il en est encore temps !

L'intensité de la vie nocturne et la vogue des quartiers de plaisir prouvaient bien que le peuple ne faisait pas autre chose.

Un groupe de samouraïs portés vers ces amusements débouchaient dans l'avenue Shijō. À côté d'eux courait un long mur de plâtre blanc menant à un portail impressionnant, surmonté d'un toit imposant. Un écriteau de bois, noirci par l'âge, annonçait en caractères à peine lisibles : « Yoshioka Kempō de Kyoto. Instructeur militaire des shōguns Ashikaga. »

Les huit jeunes samouraïs semblaient avoir pratiqué tout le jour, sans répit, le combat au sabre. Certains portaient des sabres de bois en plus des deux sabres d'acier habituels, et d'autres arboraient des lances. Ils avaient l'air peu commode, le genre d'hommes qui seraient les premiers à en découdre lors d'une bagarre. Leur face était dure comme pierre, et leurs yeux menaçants comme s'ils eussent toujours été au bord de l'explosion de fureur.

– Jeune maître, où allons-nous ce soir ? clamaient-ils en entourant leur professeur.

– N'importe où, sauf là où nous étions la nuit dernière, répliqua-t-il gravement.

– Pourquoi donc ? Ces femmes étaient toutes après vous ! C'est à peine si elles nous regardaient.

– Il a peut-être raison, intervint un autre. Pourquoi n'essayons-nous pas un nouvel endroit où personne ne connaisse le jeune maître, ni aucun de nous autres ?

Vociférant et chahutant entre eux, ils semblaient absorbés tout entiers par la question de savoir où aller boire et courir la gueuse.

Ils se rendirent dans un endroit bien éclairé, au bord de la rivière Kamo. Durant des années, le terrain avait été abandonné aux mauvaises herbes, véritable symbole de la désolation du temps de guerre ; mais avec la paix, sa valeur avait monté en flèche. Çà et là dispersées, il y avait de pauvres maisons au seuil desquelles pendaient de travers des rideaux rouges et jaune pâle, où des prostituées se livraient à leur négoce. Des filles de la province de Tamba, la face barbouillée de poudre blanche, sifflaient le client éventuel ; de malheureuses femmes, achetées en troupeaux, pinçaient leur shamisen, instrument populaire depuis peu, en chantant des chansons obscènes et en riant entre elles.

Le jeune maître se nommait Yoshioka Seijūrō; un élégant kimono brun foncé drapait son imposante personne. À peine étaient-ils entrés dans le quartier réservé, qu'il se retourna pour dire à un membre de son groupe :

– Tōji, achète-moi un chapeau d'osier.
– Du genre qui cache la figure, j'imagine?
– Oui.
– Vous n'en avez pas besoin ici n'est-ce pas? fit Gion Tōji.
– Je n'en aurais pas demandé un si je n'en avais pas besoin! répliqua Seijūrō avec impatience. Je n'ai pas envie que l'on voie le fils de Yoshika Kempo déambuler dans un endroit pareil.

Tōji se mit à rire.

– Mais ça ne fait qu'attirer l'attention! Toutes les femmes d'ici savent que si l'on se cache la figure sous un chapeau, on doit être d'une bonne famille, et probablement riche. Bien sûr, il y a d'autres raisons au fait qu'elles ne veulent pas vous laisser tranquille, mais c'est l'une d'entre elles.

Tōji, comme à son habitude, taquinait et flattait son maître en même temps. Il se retourna pour ordonner à l'un des hommes d'aller chercher le chapeau, et attendit, debout, qu'il se frayât un chemin entre les lanternes et la foule. La course accomplie, Seijūrō coiffa le couvre-chef et commença à se sentir plus détendu.

– Avec ce chapeau, commenta Tōji, vous semblez plus que jamais le dandy de la ville. (Tourné vers les autres, il poursuivit sa flatterie sur le mode indirect :) Voyez donc, toutes les dames sont penchées à leur fenêtre pour le boire des yeux.

La flagornerie de Tōji mise à part, Seijūrō avait en effet grande allure. Avec à son côté deux fourreaux étincelants, il respirait la dignité que l'on attendait d'un fils de famille prospère. Aucun chapeau de paille ne pouvait empêcher les femmes de le héler au passage :

– Hé, là-bas, le beau gosse! Pourquoi donc te cacher la figure sous ce chapeau ridicule?
– Viens ici, toi, là-bas! Je veux voir ce qu'il y a là-dessous.

– Allons, ne sois pas timide. Laisse-nous jeter un coup d'œil.

À ces taquines invites, Seijūrō réagissait en s'efforçant de paraître encore plus grand, encore plus digne. Il n'y avait que peu de temps que Tōji l'avait pour la première fois convaincu de mettre les pieds dans ce quartier, et cela le gênait encore d'y être vu. Fils aîné du célèbre escrimeur Yoshioka Kempō, jamais il n'avait manqué d'argent et jusque récemment il avait ignoré les dessous de l'existence. L'attention qu'il suscitait lui faisait battre le cœur. Il demeurait timide, bien qu'en sa qualité d'enfant gâté d'un homme riche, il eût toujours été un peu poseur. La flatterie de son entourage, non moins que les avances des femmes, stimulait sa vanité comme un doux poison.

– Comment, mais c'est le maître de l'avenue Shijō ! s'exclama l'une d'elles. Pourquoi nous caches-tu ta figure ? Tu ne trompes personne.

– Comment cette femme peut-elle savoir qui je suis ? gronda Seijūrō à l'intention de Tōji, en feignant d'être offensé.

– C'est facile, répondit-elle avant que Tōji pût ouvrir la bouche. Chacun sait que les gens de l'école Yoshioka aiment à porter cette couleur brun foncé. On l'appelle la « teinte Yoshioka », vous savez, et par ici elle est très populaire.

– Exact. Mais, tu le dis toi-même, beaucoup de gens la portent.

– Oui, mais ils n'ont pas sur leur kimono l'écusson aux trois cercles.

Seijūrō abaissa les yeux sur sa manche.

– Je dois être plus prudent, dit-il, tandis qu'une main, à travers le treillage, agrippait le vêtement.

– Mon Dieu, mon Dieu, dit Tōji. Il s'est caché le visage, mais pas l'écusson. Il voulait sans doute être reconnu. Je ne crois pas que nous puissions faire autrement que d'entrer ici, maintenant.

– Comme tu voudras, dit Seijūrō, l'air gêné. Mais qu'elle lâche ma manche.

– Lâche-le, femme ! rugit Tōji. Il dit que nous entrons !

Les élèves passèrent sous le rideau. La salle où ils entrèrent était décorée d'images si vulgaires et de fleurs si mal arrangées que Seijūrō avait peine à s'y sentir à l'aise. Mais les autres ne prêtèrent aucune attention à l'aspect misérable des lieux.

– Apportez-nous le saké! dit Tōji, qui commanda aussi un assortiment de friandises.

Une fois servis les plats, Ueda Ryōhei, l'égal de Tōji au sabre, cria :

– Amenez-nous les femmes!

Il passa la commande exactement du même ton bourru qu'avait employé Tōji pour réclamer la nourriture et la boisson.

– Eh! ce vieux Ueda dit : « Amenez les femmes! », s'écrièrent les autres en chœur, imitant la voix de Ryōhei.

– Je n'aime pas qu'on me traite de vieux, dit Ryōhei en fronçant les sourcils. Il est vrai que je suis à l'école depuis plus longtemps qu'aucun d'entre vous, mais vous ne trouverez pas sur ma tête un seul cheveu gris.

– Tu dois les teindre.

– Que celui qui a dit ça vienne boire une coupe pour se punir!

– Trop fatigant. Envoie-la ici!

La coupe de saké vola dans les airs.

– Et voilà un échange!

Une autre coupe vola.

– Eh! que quelqu'un danse!

Seijūrō cria :

– Danse, toi, Ryōhei! Danse, et montre-nous combien tu es jeune!

– Je suis prêt, monsieur. Vous allez voir ce que vous allez voir!

Il se rendit au coin de la véranda, se noua autour de la tête un tablier rouge de servante, piqua dans le nœud une fleur de prunier, et saisit un balai.

– Regardez donc! Il va nous faire la danse de la jeune Hida! Chante-nous aussi la chanson, Tōji!

Il les invita tous à l'accompagner, et ils se mirent à battre la mesure avec leurs baguettes sur leurs assiettes, tandis que l'un d'eux faisait résonner les pincettes contre le bord du brasero.

À travers la clôture de bambou, la clôture de bambou,
[la clôture de bambou,
J'aperçus un kimono à longues manches,
Un kimono à longues manches, dans la neige…

Noyé sous les applaudissements après la première strophe, Tōji salua, et les femmes reprirent où il s'était arrêté, en s'accompagnant au *shamisen* :

> La fille que j'ai vue hier
> N'est pas là aujourd'hui.
> La fille que je vois aujourd'hui,
> Elle ne sera pas là demain.
> Je ne sais pas ce qu'apportera demain ;
> Je veux aimer la fille aujourd'hui.

Un élève, dans un coin, tendait à un camarade une énorme coupe de saké en disant :
– Pourquoi ne ferais-tu pas cul sec ?
– Non merci.
– Non merci ? Tu te dis samouraï, et tu ne peux même pas avaler ça ?
– Bien sûr que si. Mais si je le fais, tu dois le faire aussi !
– Ça me paraît juste !
La compétition commença ; ils engloutissaient comme chevaux à l'abreuvoir ; le saké ruisselait de leur bouche. Environ une heure plus tard, deux d'entre eux se mirent à vomir, tandis que d'autres, réduits à l'immobilité, regardaient dans le vague, les yeux injectés de sang.
L'un, dont la boisson aggravait les rodomontades habituelles, déclamait :
– Y a-t-il quelqu'un dans ce pays, en dehors du jeune maître, qui comprenne véritablement les techniques du style Kyōhachi ? Si oui – *hic* –, je serais bien curieux de le rencontrer…
Un autre, assis près de Seijūrō, riait en bégayant à travers ses hoquets :
– Il accumule les flatteries parce que le jeune maître est là. Il y a d'autres écoles d'arts martiaux que celles que l'on trouve ici, à Kyoto, et l'école Yoshioka n'est plus nécessai-

rement la meilleure. Dans la seule ville de Kyoto, il y a l'école de Toda Seigen à Kurotani, et il y a Ogasawara Genshinsai à Kitano. N'oublions pas non plus Itō Ittōsai à Shirakawa, même s'il ne prend pas d'élèves.

– Et qu'ont-ils de si merveilleux ?

– Je veux dire : nous ne devons pas nous prendre pour les seuls escrimeurs qui soient au monde.

– Espèce d'idiot ! vociféra un homme dont l'amour-propre venait d'être froissé. Viens donc voir un peu ici !

– Comme ça ? répliqua l'esprit critique en se levant.

– Tu es membre de cette école, et tu rabaisses le style de Yoshioka Kempō ?

– Je ne le rabaisse pas ! Simplement, les choses ne sont plus ce qu'elles étaient dans le temps, quand le maître enseignait aux shōguns, et était considéré comme le plus grand des escrimeurs. De nos jours, il y a beaucoup plus de gens qui pratiquent la Voie du sabre, non seulement à Kyoto mais à Edo, Hitachi, Echizen, dans les provinces intérieures, les provinces de l'Ouest, dans l'île de Kyushu... à travers tout le pays. Le simple fait que Yoshioka Kempō était célèbre ne signifie pas que le jeune maître et nous tous soyons les plus grands escrimeurs vivants. C'est faux ; alors, à quoi bon nous raconter des histoires ?

– Lâche ! Tu te prétends samouraï mais tu as peur des autres écoles !

– Qui donc en a peur ? Je crois seulement que nous devrions nous garder d'être trop contents de nous-mêmes.

– Et de quel droit nous fais-tu ces mises en garde ?

Là-dessus, l'élève offensé lança à l'autre un coup de poing qui l'envoya au tapis.

– Tu veux la bagarre ? gronda l'homme tombé à terre.

– À ton service.

Les aînés, Gion Tōji et Ueda Ryōhei, s'interposèrent :

– Assez, vous deux !

S'étant levés d'un bond, ils séparèrent les deux hommes et tâchèrent de les calmer :

– La paix, voyons !

– Nous comprenons tous ce que vous ressentez.

L'on versa dans le gosier des combattants quelques coupes de saké supplémentaires, et bientôt les choses redevinrent normales. Le brandon de discorde se remit à faire l'éloge de lui-même et des autres, tandis que l'esprit critique, le bras autour du cou de Ryōhei, plaidait sa cause en pleurnichant :

— Je ne parlais que dans l'intérêt de l'école, sanglotait-il. Si les gens n'arrêtent pas leurs flatteries, la réputation de Yoshioka Kempō finira par en être ruinée. Ruinée, je vous dis !

Seul, Seijūrō conservait une sobriété relative. S'en étant aperçu, Tōji lui demanda :

— Vous ne vous amusez pas, n'est-ce pas ?

— Euh... Crois-tu qu'eux s'amusent vraiment ? Je me le demande.

— Bien sûr que si ; c'est l'idée qu'ils se font du plaisir.

— Ça m'échappe, quand je les vois se comporter ainsi.

— Écoutez : pourquoi n'irions-nous pas dans un endroit plus tranquille ? Moi aussi, j'en ai assez d'être ici.

Seijūrō, l'air fort soulagé, accepta sur-le-champ.

— J'aimerais aller là où nous étions hier au soir.

— Vous voulez dire le Yomogi ?

— Oui.

— C'est beaucoup plus agréable. Je me disais tout le temps que vous désiriez y aller, mais ç'aurait été du gaspillage d'y emmener cette bande d'ours mal léchés. Voilà pourquoi je les ai amenés ici : c'est bon marché.

— Alors, partons sans qu'ils nous voient. Ryōhei peut s'occuper des autres.

— Faites semblant d'aller aux toilettes. Je vous rejoins dans quelques minutes.

Seijūrō s'éclipsa adroitement. Nul ne s'en aperçut.

Devant une maison peu éloignée, une femme, debout sur la pointe des pieds, tâchait d'accrocher une lanterne à son clou. Le vent ayant éteint la chandelle, la femme l'avait décrochée afin de la rallumer. Sa chevelure fraîchement lavée tombait éparse autour de son visage. Les mèches de cheveux et les ombres de la lanterne dessinaient des motifs changeants sur ses bras tendus. Un léger parfum de fleurs de prunier flottait dans la brise du soir.

— Okō ! Voulez-vous que je vous aide ?

— Oh ! c'est le jeune maître, dit-elle avec surprise.

179

– Attendez une minute.

Quand l'homme s'approcha, elle vit que ce n'était pas Seijūrō mais Tōji.

– Ça va comme ça ? demanda-t-il.
– Oui, parfait. Merci.

Mais Tōji examina la lanterne, en conclut qu'elle était de travers, et l'accrocha de nouveau. Okō s'étonnait de la façon dont certains hommes, qui chez eux eussent carrément refusé leur aide, pouvaient se montrer serviables et respectueux dans une maison comme la sienne. Souvent, ils ouvraient ou fermaient eux-mêmes les fenêtres, sortaient leurs propres coussins, accomplissaient mille autres petites corvées qu'ils n'auraient jamais songé à faire sous leur propre toit.

Tōji, feignant de n'avoir pas entendu, introduisit son maître dans la maison.

Seijūrō, dès qu'il fut assis, s'exclama :
– Quel calme !
– Je vais ouvrir la porte sur la véranda, dit Tōji.

Au-dessous de l'étroite véranda murmuraient les eaux de la rivière Takase. Vers le sud, au-delà du petit pont de l'avenue Sanjō, s'étendait le vaste quartier du Zuisenin, le sombre secteur de Teramachi – la « Ville des Temples » – et un champ de miscanthus. On était près de Kayahara, où les troupes de Toyotomi Hideyoshi avaient tué la femme, les concubines et les enfants de son neveu, le régent assassin Hidetsugu, événement encore frais dans beaucoup de mémoires.

Tōji commençait de s'agiter.
– C'est encore trop calme. Où les femmes se cachent-elles ? Elles n'ont pas l'air d'avoir d'autres clients, ce soir. Je me demande ce que fait Okō. Elle ne nous a même pas apporté notre thé.

Incapable d'attendre plus longtemps, il alla voir pourquoi l'on n'avait pas servi le thé.

En sortant sur la véranda, il faillit se heurter à Akémi, chargée d'un plateau laqué d'or. La clochette qui se trouvait dans son obi tinta tandis qu'elle s'écriait :
– Attention ! Vous allez me faire renverser le thé !
– Pourquoi es-tu si longue à l'apporter ? Le jeune maître est là ; je croyais que tu l'aimais bien.

– Regardez, j'en ai renversé. C'est votre faute. Allez me chercher un chiffon.
– Ha! ha! Voyez l'effrontée! Où est Okō?
– En train de se maquiller, bien sûr.
– Tu veux dire qu'elle n'a pas encore fini?
– Mon Dieu, nous avons été occupées pendant la journée.
– La journée? Qui avez-vous reçu, pendant la journée?
– Ça ne vous regarde pas. S'il vous plaît, laissez-moi passer.

Il s'écarta; Akemi entra dans la salle et salua l'hôte:
– Bonsoir. C'est aimable à vous d'être venu.

Seijūrō, feignant la désinvolture, lui dit sans la regarder:
– Tiens, c'est toi, Akemi. Merci pour hier soir.

Il était gêné.

Sur le plateau, elle prit un récipient qui ressemblait à un encensoir, sur lequel elle disposa une pipe à embouchure et fourneau de céramique.
– Voulez-vous fumer? demanda-t-elle avec politesse.
– Je croyais que l'on venait d'interdire le tabac.
– C'est vrai, mais tout le monde continue comme si de rien n'était.
– Bon, je vais fumer un peu.
– Je vous l'allume.

Elle prit une pincée de tabac dans une jolie petite boîte de nacre, en bourra de ses doigts délicats le fourneau minuscule. Puis elle lui mit la pipe à la bouche. Seijūrō, qui n'avait pas l'habitude de fumer, s'en tirait assez maladroitement.
– Hum, amer, hein? dit-il. (Akemi éclata de rire.) Où est passé Tōji?
– Probablement dans la chambre de mère.
– Il a l'air d'aimer beaucoup Okō. Du moins, à ce qu'il me semble. Je le soupçonne de venir ici sans moi, quelquefois. Je me trompe? (Akemi rit sans répondre.) Qu'y a-t-il de drôle à ça? Je crois que ta mère l'aime assez, elle aussi.
– Je n'en sais absolument rien!
– Oh! bien sûr! Bien sûr! L'arrangement est commode, hein? Deux couples heureux: ta mère et Tōji, toi et moi.

De son air le plus innocent, il posa la main sur celle d'Akemi qui reposait sur le genou de la jeune fille. Sévère, elle l'écarta, ce qui ne fit qu'accroître l'audace de Seijūrō. Comme elle se levait, il entoura de son bras sa fine taille et l'attira vers lui.

– Ne t'enfuis pas, dit-il. Je n'ai pas l'intention de te faire du mal.

– Lâchez-moi ! cria-t-elle.

– Bon, mais seulement si tu te rassieds.

– Le saké… il faut que j'aille en chercher.

– Je n'en veux pas.

– Mais si je ne l'apporte pas, mère se mettra en colère.

– Ta mère est dans l'autre pièce, en charmante conversation avec Tōji.

Il essaya de frotter sa joue contre le visage penché de la jeune fille, mais elle détourna la tête en appelant frénétiquement au secours :

– Mère, *mère !*

Il la lâcha, et elle s'envola vers l'intérieur de la maison.

Seijūrō était déçu. Il se sentait seul, mais ne voulait pas vraiment s'imposer à la jeune fille. Ne sachant que faire de lui-même, il dit à voix haute :

– Je rentre, et s'engagea en titubant dans le couloir, la face cramoisie.

– Jeune maître, où allez-vous ? Vous ne partez pas ?

Soudain, Okō parut derrière lui, et s'élança dans le couloir. Tandis qu'elle l'entourait de son bras, il observa que sa chevelure était en ordre ainsi que son maquillage. Elle appela Tōji à la rescousse ; ensemble, ils persuadèrent Seijūrō de retourner s'asseoir. Okō apporta du saké, et tenta de lui remonter le moral ; puis Tōji ramena Akemi dans la salle. Voyant combien Seijūrō était penaud, la jeune fille lui sourit.

– Akemi, verse donc au jeune maître un peu de saké.

– Oui, mère, répondit-elle, obéissante.

– Vous voyez bien comment elle est, n'est-ce pas ? dit Okō. Pourquoi veut-elle toujours se comporter comme une enfant ?

– Cela fait son charme : elle est jeune, dit Tōji en rapprochant son coussin de la table.

– Mais elle a déjà vingt et un ans.

– Vingt et un ans ? Je ne la croyais pas aussi vieille. Elle est si petite qu'elle paraît seize ou dix-sept ans !

Akemi, soudain aussi vive qu'un petit poisson, s'écria :
– Vraiment ? J'en suis heureuse car je voudrais avoir seize ans toute ma vie. Il m'est arrivé quelque chose de merveilleux lorsque j'avais seize ans.
– Quoi donc ?
– Oh ! dit-elle en joignant les mains contre son cœur, je ne peux en parler à personne, mais c'est arrivé. Savez-vous dans quelle province je me trouvais alors ? C'était l'année de la bataille de Sekigahara.

L'air menaçant, Okō intervint :
– Quel moulin à paroles ! Cesse de nous assommer avec ton bavardage. Va donc chercher ton shamisen.

Légèrement boudeuse, Akemi se leva pour aller quérir son instrument. À son retour, elle se mit à jouer et à chanter une chanson, plus désireuse, à ce qu'il semblait, de s'amuser elle-même que de plaire à ses hôtes :

> Ce soir, alors
> S'il faut qu'il y ait des nuages,
> Qu'il y en ait,
> Cachant la lune
> Que je ne puis voir qu'à travers mes larmes.

S'interrompant, elle dit :
– Comprenez-vous, Tōji ?
– Je n'en suis pas sûr. Chantez-nous la suite.

> Même dans la nuit la plus sombre
> Je ne perds pas mon chemin.
> Mais, oh ! combien tu me fascines !

– Après tout, elle a vingt et un ans, remarqua Tōji.
Seijūrō, jusqu'alors assis en silence, le front dans la main, revint à lui pour dire :
– Akemi, buvons ensemble une coupe de saké.
Il lui tendit la coupe, et l'emplit de saké pris sur le réchaud. Elle but sans sourciller, et lui rendit vivement la coupe pour qu'il y bût à son tour.
Un peu surpris, Seijūrō dit :

– Tu sais boire, hein ?

Ayant bu sa part, il lui en offrit une autre, qu'elle accepta et but allègrement. Insatisfaite, à ce qu'il semblait, de la dimension de la coupe, elle en sortit une plus grande, et, durant la demi-heure qui suivit, but autant que lui.

Seijūrō s'émerveillait. Voilà une fille qui paraissait avoir seize ans, avec des lèvres que nul n'avait jamais baisées, et un œil affolé de timidité ; pourtant, elle engloutissait son saké tout comme un homme. Dans ce corps minuscule, où cela allait-il ?

– Vous feriez bien de renoncer, maintenant, dit Okō à Seijūrō. Je ne sais pourquoi, cette enfant est capable de boire toute la nuit sans s'enivrer. Le mieux, c'est de la laisser jouer du shamisen.

– Mais c'est drôle ! dit Seijūrō qui maintenant s'amusait bien.

Sentant quelque chose de bizarre dans sa voix, Tōji lui demanda :

– Tout va bien ? Vous êtes sûr de n'en avoir pas trop pris ?
– Quelle importance ? Dis, Tōji, il se peut que je ne rentre pas, cette nuit !
– Très bien, répondit Tōji. Vous pouvez rester autant de nuits que vous le souhaitez... n'est-ce pas, Akemi ?

Tōji cligna de l'œil à Okō puis la mena dans une autre pièce où il se mit à chuchoter rapidement. Il dit à Okō que le jeune maître était de si bonne humeur qu'il voudrait sûrement passer la nuit avec Akemi, et que cela ferait des histoires si Akemi refusait ; mais que, bien entendu, le cœur d'une mère passait avant tout dans des cas tels que celui-ci... En d'autres termes, c'était combien ?

– Alors ? demanda Tōji sans détour.

Okō porta le doigt à sa joue poudrée à frimas, et réfléchit.

– Décidez-vous ! insista Tōji. (Se rapprochant d'elle il ajouta :) Ce n'est pas un mauvais parti, vous savez. C'est un maître célèbre qui enseigne les arts martiaux, et sa famille roule sur l'or. Son père avait plus de disciples que n'importe qui d'autre dans le pays. Plus : il n'est pas encore marié. De quelque manière qu'on l'envisage, il s'agit d'une offre intéressante.

– Je le crois aussi, mais…

– Mais rien. Marché conclu ! Nous passons tous deux la nuit.

La chambre n'était pas éclairée, et Tōji posa négligemment la main sur l'épaule d'Okō. À cet instant précis, un bruit violent se fit entendre dans la pièce voisine, vers l'intérieur de la maison.

– Qu'est-ce que c'était ? demanda Tōji. Tu as d'autres clients ?

Okō fit signe que oui, en silence, puis approcha ses lèvres humides de l'oreille de Tōji, et chuchota :

– Plus tard.

En tâchant d'avoir l'air naturel, tous deux retournèrent dans la pièce où était Seijūrō, qu'ils trouvèrent seul et en plein sommeil.

Tōji prit la chambre contiguë, et s'étendit sur la couche. Là, tambourinant des doigts sur le tatami, il attendit Okō. Elle ne venait pas. Finalement, ses paupières s'alourdirent, et il s'endormit. Il se réveilla fort tard, le lendemain matin ; son visage exprimait le ressentiment.

Seijūrō, déjà levé, s'était remis à boire dans la salle qui donnait sur la rivière. Okō et Akemi avaient l'air en pleine forme et de bonne humeur, comme si elles avaient oublié la soirée précédente. Elles cajolaient Seijūrō pour tirer de lui une promesse quelconque.

– Alors, vous nous emmenez ?

– Bon, allons-y. Préparez des déjeuners froids, et apportez du saké.

Ils parlaient de l'Okuni kabuki, exécutée au bord de la rivière, avenue Shijō. Il s'agissait d'un nouveau type de danse avec paroles et musique, la nouvelle coqueluche de la capitale. Elle avait été inventée par une religieuse appelée Okuni, au sanctuaire d'Izumo, et sa popularité avait déjà inspiré nombre d'imitations. Dans la zone animée qui longeait la rivière, on trouvait des rangées de scènes où des troupes féminines rivalisaient pour attirer le public, chacune essayant de faire preuve d'une certaine originalité en ajoutant à son répertoire des danses et des chansons provinciales particulières. Les actrices, pour la plupart, étaient d'anciennes prostituées ; pourtant, maintenant qu'elles avaient pris goût à la scène, on les invitait à jouer dans quelques-unes des plus grandes maisons de la capitale. Beaucoup d'entre elles prenaient des noms masculins, s'habillaient en hommes, et jouaient de manière saisissante des rôles de vaillants guerriers.

Seijūrō, assis, regardait fixement par la porte ouverte. Sous le petit pont de l'avenue Sanjō, des femmes lavaient du linge dans la rivière ; des cavaliers traversaient le pont dans les deux sens.

– Ces deux-là ne sont pas encore prêtes ? demanda-t-il avec irritation.

Il était déjà midi passé. Alourdi par la boisson et las d'attendre, il n'avait plus envie d'aller au kabuki.

Tōji, encore ulcéré par la nuit précédente, ne manifestait pas son exubérance habituelle.

– C'est amusant de sortir avec des femmes, grommelait-il, mais pourquoi faut-il qu'au moment précis où vous êtes prêt à partir, elles se mettent soudain à s'inquiéter de leur coiffure ou de leur obi ? Quelle engeance !

Seijūrō songeait à son école. Il lui semblait entendre le cliquetis des sabres de bois et le bruit des lances. Que disaient ses élèves de son absence ? Nul doute que son frère cadet, Denshichirō, exprimait sa désapprobation d'un claquement de langue.

– Tōji, déclara-t-il, je n'ai pas vraiment envie de les emmener au kabuki. Rentrons.

– Malgré votre promesse ?

– Mon Dieu…

– Elles étaient si contentes ! Si nous changeons d'avis, elles seront furieuses. Je vais les faire se dépêcher.

Dans le couloir, Tōji jeta un coup d'œil à l'intérieur d'une chambre où les vêtements des femmes gisaient en désordre. Il s'étonna de n'y voir ni l'une ni l'autre.

– Que peuvent-elles bien fabriquer encore ? se demanda-t-il à voix haute.

Elles n'étaient pas non plus dans la chambre voisine. Au-delà, se trouvait une autre petite pièce sinistre, sans soleil et sentant la literie mal tenue. Ayant ouvert la porte, Tōji fut accueilli par un rugissement de colère :

– Qui est là ?

Tōji sauta en arrière, et jeta un regard dans le sombre réduit ; avec son sol couvert de vieilles nattes en lambeaux, il était aussi différent des agréables pièces du devant que la nuit l'est du jour. Vautré par terre, une poignée de sabre gisant à la diable en travers du ventre, se trouvait là un samouraï mal tenu dont les vêtements et l'allure ne laissaient aucun doute : c'était l'un des rōnins que l'on voyait souvent rôder, oisifs, dans les rues et les ruelles. La plante de ses pieds sales fascinait Tōji. Sans faire aucun effort pour se lever, il restait couché là, hébété.

– Oh ! excusez-moi, dit Tōji. Je ne savais pas qu'il y avait un client là-dedans.

– Je ne suis pas un client ! vociféra l'homme en direction du plafond.

Il empestait le saké ; Tōji avait beau ignorer complètement qui cela pouvait bien être, il était sûr que l'homme souhaitait le voir au diable.

– Excusez-moi de vous avoir dérangé, se hâta-t-il de dire, et il se détourna pour s'en aller.

– Une seconde ! fit l'homme avec rudesse en se soulevant légèrement. Ferme la porte avant de partir !

Saisi par sa grossièreté, Tōji obéit et s'éloigna.

Presque aussitôt, Okō apparut, très élégante : il sautait aux yeux qu'elle voulait faire la grande dame. Comme si elle grondait un enfant, elle dit à Matahachi :

– Allons, après qui en as-tu encore ?

Akemi, sur les talons de sa mère, demanda :

– Pourquoi ne viens-tu pas avec nous ?

– Où ça ?

– Voir l'Okuni kabuki.

La bouche de Matahachi grimaça de répugnance.

– Quel mari voudrait se faire voir en compagnie d'un homme qui court après sa femme ? demanda-t-il avec amertume.

Okō eut l'impression de recevoir une gifle. Les yeux étincelants de colère, elle dit :

– Que racontes-tu ? Insinuerais-tu qu'il y a quelque chose entre Tōji et moi ?

– Qui a dit une chose pareille ?

– Toi, à peu près, à l'instant. (Matahachi ne répondit

rien.) Et ça se dit un homme ! (Elle avait eu beau lui lancer ces mots avec mépris, Matahachi se renferma dans son maussade silence.) Tu m'écœures ! aboya-t-elle. Tu es toujours jaloux sans raison ! Viens, Akemi. Ne perdons pas notre temps avec ce fou.

Matahachi tendit la main, et l'attrapa par la jupe.

– Qui donc traites-tu de fou ? Qu'est-ce que ça veut dire, de parler à son mari sur ce ton ?

Okō se dégagea.

– Et qui m'en empêche ? dit-elle avec aigreur. Si tu es un mari, pourquoi ne te conduis-tu pas comme tel ? Qui donc te nourrit, espèce de propre à rien, de fainéant ?

– Euh...

– Tu n'as presque rien gagné depuis que nous avons quitté la province d'Ōmi. Tu t'es contenté de vivre à mes crochets, de boire ton saké et de traîner. De quoi te plains-tu ?

– Je t'ai dit que j'irais travailler ! Je t'ai dit que je transporterais même des pierres pour le mur du château. Mais ça n'était pas assez bon pour toi. Tu dis que tu ne peux pas manger ci, que tu ne peux pas porter ça ; tu ne peux pas vivre dans une petite maison... la liste des choses que tu ne peux pas supporter est sans fin. Aussi, au lieu de me laisser faire un travail honnête, tu ouvres cette sale maison de thé. Eh bien, il faut que ça cesse, tu m'entends ? Il faut que ça cesse ! criait-il.

Il se mit à trembler.

– Cesser quoi ?

– Cesser de tenir cet endroit.

– Et si je cessais, que mangerions-nous demain ?

– Je peux gagner assez pour nous faire vivre, même en transportant des pierres. Je pourrais me charger de nous trois.

– Si tu désires à ce point charrier des pierres ou scier du bois, pourquoi ne t'en vas-tu pas, tout simplement ? Pars, sois ouvrier, n'importe quoi, mais dans ce cas tu peux vivre seul ! L'ennui avec toi, c'est que tu es né rustre, et seras toujours un rustre. Tu n'aurais pas dû sortir du Mimasaka ! Crois-moi, je ne te supplie pas de rester. Crois bien que tu es libre de partir au moment qui te conviendra !

Tandis que Matahachi s'efforçait de refouler ses larmes de rage, Okō et Akemi lui tournèrent le dos. Pourtant, même une fois qu'elles eurent disparu, il resta là, debout, les yeux fixés sur le seuil. Quand Okō l'avait caché dans sa maison proche du mont Ibuki, il s'était cru chanceux d'avoir trouvé quelqu'un qui l'aimerait et prendrait soin de lui. Mais maintenant, il trouvait qu'il aurait aussi bien pu se faire capturer par l'ennemi. Que valait-il mieux, en fin de compte ? Être un prisonnier, ou devenir l'animal familier d'une veuve inconstante, et cesser d'être un homme véritable ? Était-il pire de languir en prison que de souffrir ici dans l'obscurité, constamment en butte au mépris d'une mégère ? Malgré ses grands espoirs d'avenir, il avait laissé cette catin, avec sa face poudrée et son sexe lascif, le rabaisser à son propre niveau.

« La garce ! » Matahachi tremblait de colère. « La sale garce ! »

Des larmes lui montaient du fond du cœur. Pourquoi, oh ! pourquoi n'était-il pas rentré à Miyamoto ? Pourquoi n'était-il pas retourné vers Otsū ? Sa mère se trouvait à Miyamoto. Sa sœur aussi, et le mari de sa sœur, et l'oncle Gon. Ils avaient tous été si bons pour lui !

La cloche du Shippōji sonnerait aujourd'hui, n'est-ce pas ? Tout comme elle sonnait chaque jour. Et la rivière Aida suivrait son cours, comme d'habitude, des fleurs s'épanouiraient sur la berge, et les oiseaux annonceraient l'arrivée du printemps.

« Quel imbécile je suis ! Quel fou ! » Matahachi se frappait la tête avec ses poings.

Dehors, la mère, la fille et leurs deux hôtes nocturnes s'avançaient en flânant dans la rue, et bavardaient gaiement.

– On se croirait au printemps.

– C'est normal. On arrive presque au troisième mois.

– On dit que le shōgun viendra bientôt dans la capitale. S'il vient, vous deux, les dames, devriez gagner beaucoup d'argent, n'est-ce pas ?

– Oh ! non, je suis sûre que non.

– Pourquoi ? Est-ce que les samouraïs d'Edo n'aiment pas s'amuser ?

– Ils sont bien trop grossiers…
– Mère, n'est-ce pas la musique du kabuki ? J'entends des clochettes. Et une flûte.
– Écoutez-moi cette enfant ! Toujours la même. Elle se croit déjà au théâtre !
– Pourtant, je l'entends, mère.
– Suffit. Porte donc le chapeau du jeune maître.

Les pas et les voix s'éloignaient en direction du Yomogi. Matahachi, les yeux encore injectés de fureur, épiait par la fenêtre le joyeux quatuor. Cette vision était si humiliante qu'il se laissa retomber sur le tatami de la chambre obscure en se maudissant.

« Que fais-tu ici ? Tu n'as donc plus de fierté ? Comment peux-tu laisser les choses continuer comme ça ? Espèce d'idiot ! Fais donc quelque chose ! » Ce discours s'adressait à lui-même, sa colère envers Okō se trouvant éclipsée par son indignation devant sa propre couardise et sa propre faiblesse.

« Elle a dit : va-t'en. Eh bien, va-t'en ! raisonnait-il. À quoi bon traîner ici à grincer des dents ? Tu n'as que vingt-deux ans. Tu es encore jeune. Va-t'en, et débrouille-toi seul. »

Il avait le sentiment qu'il ne pouvait rester une minute de plus dans cette maison vide et silencieuse ; pourtant, il ne savait pourquoi, il se sentait incapable de s'en aller. Sa tête confuse lui faisait mal. À mener cette vie depuis quelques années, il avait perdu la faculté de penser clairement. Comment avait-il supporté cela ? Sa femme passait ses soirées à recevoir d'autres hommes, à leur vendre les charmes qu'elle lui avait prodigués autrefois. La nuit, il ne pouvait dormir, et, dans la journée, il était trop abattu pour sortir. À broyer du noir ici, dans cette chambre sombre, il n'y avait rien d'autre à faire que boire.

« Et tout cela, se disait-il, pour cette putain vieillissante ! »

Il se dégoûtait. Il savait que l'unique moyen de sortir de son enfer était d'envoyer promener toute cette sale histoire, et d'en revenir aux aspirations de sa jeunesse. Il devait retrouver le sentier perdu.

Et pourtant… et pourtant…

Un mystérieux attrait le liait. Quel mauvais sortilège le retenait ici ? Cette femme était-elle un démon déguisé ? Elle le maudissait, lui disait de partir, jurait qu'il ne lui apportait que des ennuis ; puis, au cœur de la nuit, elle devenait tout miel en déclarant que ce n'était qu'une plaisanterie, qu'en réalité elle n'en pensait pas un mot. Et bien qu'elle frisât la quarantaine, il y avait ces lèvres... ces lèvres purpurines, aussi attirantes que celles de sa fille.

Mais ce n'était pas là toute la vérité. En dernière analyse, Matahachi n'avait pas le courage, devant Okō et Akemi, de travailler comme ouvrier à la journée. Il était devenu paresseux et mou ; le jeune homme habillé de soie et capable de distinguer au goût le saké de Nada et le saké local était loin du simple et rude Matahachi de Sekigahara. Pire, mener cette vie étrange avec une femme plus âgée lui avait dérobé sa jeunesse. Par les années il était jeune encore, mais en esprit il était dissolu, méchant, paresseux et rancunier.

« Pourtant, je le ferai ! se jura-t-il. Je partirai dès maintenant ! » Il se donna sur la tête un dernier coup coléreux, se leva d'un bond, et cria :

– Je partirai d'ici aujourd'hui même !

En écoutant sa propre voix, il lui vint soudain à l'esprit qu'il n'y avait là personne pour le retenir, rien qui l'attachât véritablement à cette maison. La seule chose qu'il possédât en réalité, et ne pût laisser derrière lui, c'était son sabre, qu'il se hâta de glisser dans son obi. Se mordant les lèvres, il se dit avec détermination : « Après tout, je suis un homme. »

Il aurait pu sortir au pas de charge par la grande porte en brandissant son sabre comme un général victorieux, mais par la force de l'habitude il sauta dans ses sandales sales, et emprunta la porte de la cuisine.

Jusque-là, tout allait bien. Il était dehors ! Mais ensuite ?... Ses pieds s'immobilisèrent. Il se tint là, sans bouger, dans la brise rafraîchissante du jeune printemps. Ce n'était pas la lumière éblouissante qui l'empêchait d'avancer. Une question se posait : où aller ?

En cet instant, il semblait à Matahachi que le monde était une vaste mer agitée, sans rien où s'accrocher. Outre

Kyoto, il n'avait connu que sa vie au village et une seule bataille. Tandis qu'il s'étonnait de sa situation, une idée soudaine lui fit repasser précipitamment la porte de la cuisine.

« J'ai besoin d'argent, se disait-il. Je ne peux me passer d'argent. »

Il alla droit à la chambre d'Okō ; il fouilla ses cartons de toilette, sa coiffeuse, sa commode, tous les endroits possibles. Il eut beau mettre la chambre à sac, il ne trouva pas un sou. Bien sûr, il aurait dû savoir qu'Okō n'était pas femme à prendre un pareil risque.

Déçu, Matahachi se laissa tomber sur les vêtements restés par terre. Le parfum d'Okō s'exhalait comme une épaisse brume de son sous-vêtement de soie rouge, de son obi de Nishijin et de son kimono teint à Momoyama. À l'heure qu'il était, se disait-il, elle se trouvait au théâtre en plein air du bord de la rivière, à regarder les danses kabuki avec Tōji à son côté. Il revit en pensée sa peau blanche et son visage d'une coquetterie provocante.

– Sale catin ! cria-t-il.

Des pensées amères, meurtrières, montèrent des profondeurs de son être.

Puis, de manière inattendue, il se souvint douloureusement d'Otsū. À mesure que les jours et les mois de leur séparation s'additionnaient, il avait enfin compris la pureté, la dévotion de cette jeune fille qui avait promis de l'attendre. Il se fût volontiers prosterné devant elle, il eût volontiers levé vers elle des mains suppliantes, s'il avait cru qu'elle lui pardonnerait jamais. Mais il avait rompu avec Otsū, il l'avait abandonnée et ne pourrait plus la regarder à nouveau en face.

« Tout cela, à cause de cette femme », se disait-il avec tristesse. Maintenant qu'il était trop tard, tout s'éclairait à ses yeux ; jamais il n'aurait dû révéler à Okō l'existence d'Otsū. En entendant parler pour la première fois de la jeune fille, elle avait eu un léger sourire et prétendu que cela lui était complètement égal, alors qu'en réalité elle se trouvait consumée de jalousie. Ensuite, à chacune de leurs querelles, elle remettait la question sur le tapis, et insistait pour qu'il écrivît une lettre rompant ses fiançailles. Et lorsqu'il avait fini par céder, elle avait cyniquement ajouté un mot de sa propre écriture féminine, et, sans pitié, fait porter la missive par un courrier anonyme.

« Qu'est-ce qu'Otsū doit penser de moi ? » gémissait Matahachi. L'image de son innocent visage de petite fille se peignit dans son esprit – un visage plein de reproche. Une fois de plus, il vit les montagnes et les rivières du Mimasaka. Il avait envie d'appeler sa mère, sa famille. Ils s'étaient montrés si bons ! Il lui semblait maintenant que même la terre y avait été chaude et réconfortante.

« Je ne pourrai jamais retourner chez moi ! songeait-il. J'ai envoyé promener tout ça pour... pour... » Sa fureur renaissant, il arracha des tiroirs les vêtements d'Okō et les lacéra ; toute la maison en fut jonchée.

Peu à peu, il prit conscience qu'on appelait à la grande porte.

– Excusez-moi, disait la voix. Je viens de l'école Yoshioka. Est-ce que le jeune maître et Tōji sont ici ?

– Comment voulez-vous que je le sache ? répliqua Matahachi avec rudesse.

– Ils sont sûrement ici ! Je sais bien qu'il est mal élevé de les déranger dans leurs plaisirs, mais il est arrivé quelque chose de capital. Cela concerne la réputation de la famille Yoshioka.

– Allez-vous-en ! Fichez-moi la paix !

– Je vous en prie, ne pouvez-vous au moins leur transmettre un message ? Dites-leur qu'un escrimeur appelé Miyamoto Musashi s'est présenté à l'école, et que, mon Dieu, aucun de nous ne peut en venir à bout. Il attend le retour du jeune maître... refuse de bouger avant d'avoir eu l'occasion de l'affronter. Je vous en prie, dites-leur de rentrer vite !

– Miyamoto ? Miyamoto ?

LA ROUE DE LA FORTUNE

Pour l'école Yoshioka ce fut un jour de honte ineffaçable. Jamais auparavant ce prestigieux centre des arts martiaux n'avait essuyé humiliation aussi totale.

Des disciples zélés étaient assis là, au comble du désespoir ; leurs figures longues d'une aune, leurs phalanges blanchies reflétaient leur détresse et leur frustration. Un groupe nombreux se tenait dans l'antichambre au sol de bois ; des groupes plus réduits, dans les pièces latérales. C'était déjà le crépuscule, heure où d'ordinaire ils seraient rentrés chez eux, ou bien allés boire. Aucun ne faisait mine de partir. Le silence lugubre n'était rompu que par le grincement du grand portail, de temps à autre.

– C'est lui ?
– Le jeune maître est de retour ?
– Non, pas encore.

Cette réponse venait d'un homme qui avait passé la moitié de l'après-midi appuyé, inconsolable, contre une colonne de l'entrée.

À chaque fois, les hommes s'enfonçaient davantage dans leur marasme. Les langues claquaient de consternation ; les yeux brillaient de larmes pitoyables.

Le médecin, sortant d'une pièce du fond, dit à l'homme de l'entrée :

– Si je comprends bien, Seijūrō n'est pas là. Vous ne savez donc pas où il se trouve ?
– Non. On le cherche. Il ne tardera sans doute pas à rentrer.

Sortie du médecin.

Devant l'école, sur l'autel consacré à Hachiman, la bougie luisait sinistrement.

Nul n'aurait songé à nier que le fondateur et premier maître, Yoshioka Kempō, était un bien plus grand homme que Seijūrō ou son frère cadet. Kempō avait débuté dans la vie comme simple commerçant – teinturier ; mais en répétant sans fin les mouvements rythmiques de la teinture, il avait inventé un moyen nouveau de manier le sabre court. Après avoir appris de l'un des plus habiles prêtres-guerriers de Kurama l'usage de la hallebarde, puis étudié le style d'escrime de Kyoto, il avait créé un style totalement personnel. Sa technique du sabre court avait plus tard été adoptée par les shōguns Ashikaga qui firent de lui leur maître officiel. Kempō avait été un grand maître, un homme dont la sagesse égalait le talent.

Bien que ses fils, Seijūrō et Denshichirō, eussent reçu une formation aussi rigoureuse que celle de leur père, ils avaient hérité sa fortune et sa renommée considérables, ce qui, selon certains, était la cause de leur faiblesse. Seijūrō avait beau être appelé « jeune maître », il n'avait pas atteint véritablement le niveau d'habileté capable d'attirer un grand nombre de disciples. Les élèves fréquentaient l'école parce que sous Kempō le style de combat Yoshioka était devenu si fameux que le simple fait d'entrer dans cette école vous faisait reconnaître par la société pour un guerrier émérite.

Après la chute du shōgunat Ashikaga, trois décennies auparavant, la maison de Yoshioka avait cessé de recevoir une subvention officielle, mais, durant la vie de l'économe Kempō, elle avait progressivement amoncelé une grosse fortune. En outre, elle possédait ce vaste établissement sur l'avenue Shijō, avec plus d'élèves qu'aucune autre école de Kyoto, de loin la plus grande cité du pays. Mais en vérité, la situation de l'école au niveau le plus élevé du monde de l'escrime n'était qu'apparente.

Hors de ces grands murs blancs, le monde avait changé plus que ne le croyait la majorité de ceux qui se trouvaient à l'intérieur. Depuis des années qu'ils se vantaient, fainéantaient et s'amusaient, l'époque, ainsi qu'il advient, les avait dépassés. Ce jour-là, leurs yeux avaient été ouverts par leur honteuse défaite devant un escrimeur inconnu, débarqué de la campagne.

Un peu avant midi, l'un des serviteurs vint au dōjō annoncer qu'un homme appelé Musashi se trouvait à la porte, et demandait à être reçu. L'on demanda au serviteur quel genre d'individu c'était ; il répondit qu'il s'agissait d'un rōnin originaire de Miyamoto dans le Mimasaka, qu'il paraissait vingt et un ou vingt-deux ans, mesurait environ un mètre quatre-vingts, et avait l'air plutôt bête. Ses cheveux, qui n'avaient pas connu le peigne depuis un an pour le moins, étaient liés en arrière en une touffe roussâtre, et il portait des vêtements trop sales pour que l'on pût dire s'ils étaient noirs ou bruns, unis ou non. Le serviteur, tout en admettant qu'il pouvait se tromper, jugeait que l'homme sentait mauvais. Il portait sur le dos l'un de ces sacs en cuir tressé que l'on surnommait « serviettes du guerrier », ce qui devait signifier qu'il s'agissait d'un *shugyōsha*, l'un de ces samouraïs, si nombreux à l'époque, qui erraient en consacrant toutes leurs heures de veille à l'étude de l'escrime. Pourtant, l'impression d'ensemble du serviteur était que ledit Musashi ne se trouvait nullement à sa place dans l'école Yoshioka.

Si l'homme n'avait fait que demander un repas, cela n'aurait posé aucun problème. Mais quand le groupe apprit que le rustre se présentait au grand portail pour défier au combat le célèbre Yoshioka Seijūrō, les rires explosèrent. Certains étaient d'avis de l'éconduire sans autre forme de procès, tandis que d'autres disaient qu'il fallait d'abord savoir quel style il utilisait, et le nom de son professeur.

Le serviteur, aussi amusé que les autres, sortit et revint rapporter que le visiteur avait, enfant, appris de son père l'usage du bâton, puis recueilli ce qu'il pouvait des guerriers qui passaient par le village. Parti de chez lui à dix-sept ans, il avait « pour des raisons personnelles » consacré ses dix-huitième, dix-neuvième et vingtième années à des études d'érudition. Toute l'année précédente, il s'était trouvé seul dans les montagnes, avec pour seuls maîtres les arbres et les esprits montagnards. En conséquence, il ne pouvait prétendre à aucun style ou professeur particuliers. Mais dans l'avenir, il espérait apprendre les enseignements de Kiichi Hōgen, maîtriser l'essence du style Kyōhachi, et rivaliser avec le grand Yoshioka Kempō en créant son style propre, qu'il avait déjà résolu de nommer le style Miyamoto. Malgré ses nombreuses lacunes, tel était le but qu'il se proposait d'atteindre en travaillant de tout son cœur et de toute son âme.

Il s'agissait là d'une réponse sincère et sans affectation, concédait le serviteur, mais l'homme avait l'accent de la campagne et bégayait presque à chaque mot. Le serviteur gratifia obligeamment ses auditeurs d'une imitation, ce qui les jeta dans de nouvelles tempêtes de rire.

L'homme devait avoir perdu l'esprit. Proclamer qu'il avait pour but de créer son style propre était pure folie. Afin d'ouvrir les yeux du rustre, les élèves envoyèrent à nouveau le serviteur, cette fois pour demander si le visiteur avait désigné quelqu'un pour enlever son cadavre après le combat.

À quoi Musashi avait répliqué : « Si par extraordinaire j'étais tué, peu importe que vous jetiez mon corps sur le mont Toribe ou dans la rivière Kamo, avec les ordures. Dans les deux cas, je promets de ne pas vous en tenir rigueur. »

– Cette fois, sa façon de répondre était fort nette, dit le serviteur, sans rien de la gaucherie de ses réponses précédentes.

Après un instant d'hésitation, quelqu'un dit :
– Fais-le entrer !

Voilà comment cela commença ; les disciples croyaient qu'ils allaient rabaisser un peu son caquet au nouveau venu, puis le jeter dehors. Pourtant, dès le tout premier assaut, ce fut le champion de l'école qui fut vaincu. Il eut le bras cassé net. Seul, un petit morceau de peau maintenait son poignet attaché à son avant-bras.

À tour de rôle, d'autres relevèrent le défi de l'inconnu ; à tour de rôle, ils essuyèrent une ignominieuse défaite. Plusieurs furent blessés gravement, et le sabre de bois de Musashi ruisselait de sang. Après la troisième défaite environ, l'humeur des disciples devint homicide ; dussent-ils périr jusqu'au dernier, ils ne laisseraient pas ce fou barbare repartir vivant, en emportant l'honneur de l'école Yoshioka.

Musashi en personne mit fin aux effusions de sang. Étant donné que l'on avait relevé son défi, les victimes ne lui causaient pas de remords, mais il annonça :
– Inutile de poursuivre avant le retour de Seijūrō.

Et il refusa de continuer à se battre. Comme on n'avait pas le choix, on le conduisit, sur sa demande, à une chambre où il pût attendre. Alors seulement, un homme reprit ses esprits et appela le médecin.

Peu après le départ du médecin, des voix criant les noms de deux des blessés attirèrent une douzaine d'hommes dans la salle du fond. Stupéfaits, incrédules, le visage blême, le souffle inégal, ils se rassemblèrent autour des deux samouraïs. Tous deux étaient morts.

Des pas précipités traversèrent le dōjō et firent irruption dans la chambre mortuaire. Les élèves s'écartèrent devant Seijūrō et Tōji. Tous deux étaient aussi pâles que s'ils venaient de sortir d'un torrent glacé.

– Que se passe-t-il ? demanda Tōji. Que veut dire tout ceci ?

Il parlait d'un ton bourru, comme d'habitude.

Un samouraï agenouillé, le visage farouche, au chevet de l'un de ses compagnons morts, fixa Tōji d'un regard accusateur en disant :

– C'est à toi d'expliquer ce qui se passe. C'est toi qui emmènes le jeune maître faire la fête. Eh bien, cette fois-ci, tu es allé trop loin !

– Surveille ta langue, ou je te la coupe !

– Quand maître Kempō était de ce monde, il ne passait jamais un seul jour en dehors du dōjō !

– Et alors ? Le jeune maître avait besoin de se changer un peu les idées ; aussi, nous sommes allés au kabuki. En voilà des manières, de parler comme ça devant lui ! Pour qui te prends-tu ?

– A-t-il besoin de découcher pour voir le kabuki ? Maître Kempō doit se retourner dans sa tombe.

– En voilà assez ! cria Tōji en se jetant sur l'homme.

Tandis que l'on tentait de séparer et de calmer les deux adversaires, une voix douloureuse domina légèrement le bruit de la bagarre :

– Si le jeune maître est de retour, l'heure n'est plus aux chamailleries. À lui de sauver l'honneur de l'école. Ce rōnin ne peut repartir vivant d'ici.

Plusieurs blessés crièrent et frappèrent du poing par terre. Leur agitation représentait un blâme éloquent envers ceux qui n'avaient pas affronté le sabre de Musashi.

Pour les samouraïs de cette époque, la chose la plus importante au monde était l'honneur. En tant que classe, ils rivalisaient pratiquement entre eux pour voir qui serait le premier à mourir pour lui. Jusqu'à une date récente, le gouvernement avait eu trop à faire avec ses guerres pour mettre au point un système administratif adéquat à l'intention d'un pays en paix, et même Kyoto ne se trouvait gouverné que par un ensemble sans consistance de règlements de fortune. Pourtant, l'accent mis sur l'honneur personnel par la classe des guerriers était respecté aussi bien par les paysans que par les citadins, et jouait un rôle dans le maintien de la paix. Un consensus général, concernant l'honorabilité ou non du comportement, permettait aux gens de se conduire en dépit de lois inadaptées.

Les hommes de l'école Yoshioka avaient beau être incultes, ce n'étaient nullement des dégénérés cyniques. Quand, après le choc initial de la défaite, ils revinrent à eux, la première chose à laquelle ils pensèrent fut l'honneur. L'honneur de leur école, l'honneur du maître, leur honneur personnel.

Mettant de côté les animosités individuelles, un groupe nombreux se rassembla autour de Seijūrō pour discuter de ce qu'il convenait de faire. Hélas ! en ce jour précis, Seijūrō ne se sentait pas d'humeur combative. Au moment où il aurait dû être en pleine forme, il avait la tête lourde, il était faible, épuisé.

– Où donc est l'homme ? demanda-t-il en retroussant les manches de son kimono avec une lanière de cuir.

– Dans la petite pièce à côté de la salle de réception, dit un élève en désignant l'autre côté du jardin.

– Qu'il vienne ! ordonna Seijūrō.

Il avait la bouche sèche. Il s'assit à la place du maître, une petite estrade, et s'apprêta à recevoir le salut de Musashi. Ayant choisi l'un des sabres de bois que lui présentaient ses disciples, il le tint verticalement à son côté.

Trois ou quatre hommes se disposaient à obéir, quand Tōji et Ryōhei leur dirent d'attendre.

Il s'ensuivit d'assez longs chuchotements, hors de portée d'oreille de Seijūrō. Ces conciliabules se concentraient autour de Tōji et d'autres aînés parmi les élèves de l'école. Bientôt s'y joignirent des membres de la famille et quelques serviteurs ; si nombreuse était l'assemblée qu'elle se scinda en groupes. La controverse, bien qu'animée, fut réglée en un temps assez bref.

La majorité, non seulement soucieuse du sort de l'école, mais consciente des lacunes de Seijūrō en tant que duelliste, conclut qu'il serait peu sage de le laisser affronter Musashi seul à seul. Avec deux morts et plusieurs blessés, si Seijūrō devait perdre, la crise qui menaçait l'école deviendrait d'une extraordinaire gravité. Le risque était trop grand.

L'opinion tacite de la plupart des hommes était que si Denshichirō avait été là, il n'y aurait guère eu de motif d'inquiétude. De façon générale, on estimait qu'il eût été mieux qualifié que Seijūrō pour continuer l'œuvre de son père ; mais étant le second fils et n'exerçant pas de responsabilités importantes, il était d'une insouciance excessive. Ce matin-là, il avait quitté la maison avec des amis pour se rendre à Ise, sans même prendre la peine de dire quand il reviendrait.

Tōji s'approcha de Seijūrō en déclarant :
— Nous sommes arrivés à une conclusion.

Tandis que Seijūrō prêtait l'oreille au rapport chuchoté, son visage devenait de plus en plus indigné jusqu'à ce que finalement il étouffât d'une fureur à peine contenue :
— Le duper ? (Tōji tenta avec les yeux de le faire taire, mais impossible :) Je ne peux rien accepter de pareil ! C'est lâche. Et si la nouvelle se répandait au-dehors que l'école Yoshioka avait tellement peur d'un guerrier inconnu qu'elle l'avait attiré dans un piège ?...

— Calmez-vous, supplia Tōji, mais Seijūrō continuait de protester. (Couvrant sa voix, Tōji dit très fort :) Remettez-vous-en à nous. Nous prenons l'affaire en main.

Mais Seijūrō ne voulait rien entendre :
— Crois-tu donc que moi, Yoshioka Seijūrō, je serais vaincu par ce... Musashi, si c'est bien ainsi qu'il s'appelle ?
— Oh ! non, là n'est pas du tout la question, mentit Tōji. Seulement, nous ne voyons pas quel honneur il y aurait pour vous à le vaincre. Vous êtes d'un rang bien trop élevé pour accepter le défi d'un vagabond effronté de cette sorte. De toute manière, il n'y a pas de raison pour que personne, en dehors de cette maison, apprenne quoi que ce soit de l'affaire. Une seule chose importe : ne pas le laisser repartir vivant.

Alors même qu'ils discutaient, le nombre des hommes qui se trouvaient dans la salle diminuait de plus de moitié. Silencieux comme des chats, ils disparaissaient dans le jardin, vers la porte de derrière et dans les pièces intérieures, se fondant presque imperceptiblement dans les ténèbres.

– Jeune maître, nous ne pouvons tarder plus longtemps, dit Tōji avec fermeté, et il souffla la lampe.

Il tira à demi son sabre du fourreau, et releva ses manches de kimono.

Seijūrō demeurait assis. Bien que soulagé dans une certaine mesure de n'avoir pas à combattre l'inconnu, il n'était nullement satisfait. Il devinait que ses disciples avaient une piètre opinion de ses talents. Il songeait combien il avait négligé de s'exercer depuis la mort de son père, et cette idée le plongeait dans l'abattement.

La maison devint aussi froide et silencieuse que le fond d'un puits. Incapable de rester en place, Seijūrō se leva et se mit à la fenêtre. À travers les portes tendues de papier de la chambre que l'on avait donnée à Musashi, il pouvait distinguer la douce lueur tremblante de la lampe. C'était l'unique lumière de toute la maison.

Un bon nombre d'autres yeux guettaient dans la même direction. Les assaillants, leurs sabres devant eux, par terre, retenaient leur souffle pour percevoir tout bruit capable de leur indiquer ce que Musashi avait l'intention de faire.

Tōji, malgré ses défauts, avait reçu la formation d'un samouraï. Il essayait désespérément de deviner ce qu'allait faire Musashi. « Il a beau être complètement inconnu dans la capitale, c'est un grand guerrier. Se peut-il qu'il soit tout simplement assis en silence dans cette chambre ? Notre approche a été assez discrète, mais avec tous ces gens qui se pressent dans sa direction, il doit avoir la puce à l'oreille. N'importe quel apprenti guerrier l'aurait ; sinon, il serait mort à l'heure qu'il est... Hum, peut-être s'est-il assoupi. Je le croirais assez. Après tout, il attend depuis longtemps... En revanche, il a déjà prouvé qu'il était malin. Il est probablement debout là-dedans, tout prêt au combat, et il laisse la lampe allumée pour nous prendre au dépourvu, en attendant le premier homme qui l'attaquera... Ce doit être ça. Mais oui, c'est ça ! »

Les hommes étaient nerveux et circonspects, car leur victime désignée serait tout aussi désireuse de les tuer. Ils échangeaient des coups d'œil, se demandant à part eux qui serait le premier à s'élancer pour risquer sa vie.

Enfin, le rusé Tōji, qui se trouvait tout près de la chambre de Musashi, cria :

– Musashi ! Pardon de vous avoir fait attendre ! Pourrais-je vous voir un instant ?

Ne recevant pas de réponse, Tōji conclut que Musashi se trouvait effectivement prêt, dans l'attente de l'attaque. Tōji se jura de ne pas le laisser échapper ; il fit un signe à droite et à gauche, puis donna un coup de pied dans le shoji. Délogé par le choc de sa rainure, le bas de la porte glissa d'environ soixante-dix centimètres à l'intérieur de la chambre. Au bruit, les hommes qui étaient censés prendre d'assaut la pièce reculèrent d'un pas sans le vouloir. Mais presque aussitôt, quelqu'un lança le signal de l'attaque, et toutes les autres portes de la chambre s'ouvrirent avec fracas.

– Il n'est pas là !
– La chambre est vide !

On entendait marmonner, incrédules, des voix qui avaient recouvré tout leur courage. Musashi se trouvait assis là très peu de temps auparavant, quand on lui avait apporté la lampe. Elle brûlait encore, le coussin sur lequel il s'était assis n'avait pas bougé, le brasero flambait toujours, et la tasse de thé demeurait intacte. Mais plus de Musashi !

Un homme courut sur la véranda, et fit savoir aux autres qu'il s'était enfui. Des élèves et des serviteurs, sortis de sous la véranda et de coins sombres du jardin, se rassemblèrent ; ils piétinaient de colère, et maudissaient les hommes qui avaient monté la garde auprès de la petite chambre. Mais ceux-ci affirmaient que Musashi ne pouvait pas s'être évadé. Il s'était rendu aux toilettes moins d'une heure auparavant mais avait regagné la chambre aussitôt. Pas moyen de sortir sans être vu.

– Tu veux dire qu'il est invisible comme le vent ? demanda un homme avec ironie.

En cet instant précis, un homme qui fouillait dans un cabinet cria :

– Voilà comment il s'est enfui ! Voyez donc, ces lames de parquet ont été arrachées.

– Ça ne fait pas bien longtemps que l'on a éméché la lampe. Il ne peut être loin !

– Tous après lui !

Si Musashi avait en effet pris la fuite, il devait être un lâche en réalité ! Cette idée anima ses poursuivants de l'esprit combatif qui leur avait manqué si notablement un peu plus tôt. Ils sortaient en foule des portes de devant, de derrière et latérales, lorsqu'une voix hurla :

– Le voilà !

Près de la porte de derrière, une silhouette jaillit de l'ombre, traversa la rue et s'engagea dans une allée obscure, de l'autre côté. Courant comme un lièvre, elle fit un crochet en arrivant au mur au bout de l'allée. Deux ou trois élèves rattrapèrent l'homme sur la route, entre le Kūyadō et les ruines calcinées du Honnōji.

– Lâche !

– Alors, comme ça, tu voulais t'enfuir !

– Après ce que tu as fait aujourd'hui ?

Il y eut un vacarme de mêlée, de coups de pied, et un hurlement de défi. L'homme capturé avait recouvré ses forces, et se retournait contre ses agresseurs. En un instant, les trois hommes qui le traînaient par la peau du cou mordaient la poussière. Le sabre de l'homme allait s'abattre sur eux quand un quatrième accourut en criant :

– Attendez ! Il y a erreur ! Ce n'est pas celui que nous cherchons.

Matahachi abaissa son arme, et les hommes se relevèrent.

– Mais tu as raison ! Ce n'est pas Musashi.

Comme ils se tenaient là, perplexes, Tōji arriva sur les lieux.

– Alors, vous l'avez attrapé ? demanda-t-il.

– Euh, c'est pas le bon... pas celui qui a provoqué tous les ennuis.

Tōji examina de plus près le captif, et dit avec stupéfaction :

– C'est là l'homme que vous poursuiviez ?

– Oui. Tu le connais ?

– Je l'ai vu aujourd'hui même à la maison de thé Yomogi.

203

Pendant qu'ils considéraient Matahachi dans un silence lourd de suspicion, il remettait tranquillement de l'ordre dans sa chevelure ébouriffée, et époussetait son kimono.

– C'est le patron du Yomogi ?

– La patronne m'a dit que non. Il a l'air de n'être qu'une espèce de pique-assiette.

– M'a l'air plutôt louche. Qu'est-ce qu'il fabriquait, près de la porte ? Espionnait ?

Mais Tōji s'était déjà remis en route.

– Si nous perdons notre temps avec lui, nous ratons Musashi. Divisez-vous, et allez. Faute de mieux, nous pouvons du moins découvrir où il habite.

Il y eut un murmure d'assentiment, et les voilà partis.

Matahachi, debout face au fossé du Honnōji, restait silencieux, la tête inclinée, tandis que les hommes le dépassaient en courant. Il héla le dernier d'entre eux.

L'homme s'arrêta.

– Que voulez-vous ? demanda-t-il.

S'avançant vers lui, Matahachi demanda :

– Quel âge avait cet homme que vous appelez Musashi ?

– Comment voulez-vous que je le sache ?

– Pourriez-vous dire qu'il avait mon âge environ ?

– Je suppose que c'est à peu près cela. Oui.

– Est-il du village de Miyamoto dans la province de Mimasaka ?

– Oui.

– Je suppose que « Musashi » est une autre façon de lire les deux caractères qui servent à écrire « Takezō », hein ?

– Pourquoi me posez-vous toutes ces questions ? C'est un ami à vous ?

– Oh ! non. C'était seulement pour savoir.

– Eh bien, à l'avenir, vous feriez mieux de vous tenir à distance des endroits où vous n'avez que faire. Sinon, vous risquez vraiment d'avoir des ennuis, un de ces jours.

Sur cette mise en garde, l'homme prit ses jambes à son cou.

Matahachi se mit à longer lentement le fossé obscur, en s'arrêtant de temps à autre pour regarder les étoiles. Il ne semblait avoir aucune destination précise.

« C'est lui, tout compte fait ! conclut-il. Il doit avoir

changé son nom en celui de Musashi, et être devenu escrimeur. Je suppose qu'il est bien différent de ce qu'il était. » Il glissa les mains dans son obi, et se mit à donner des coups de pied dans une pierre. À chaque coup de pied, il avait l'impression de voir en face de lui le visage de Takezō.

« Le moment est mal choisi, marmonnait-il. J'aurais honte qu'il me voie tel que je suis devenu. J'ai assez d'amour-propre pour ne pas vouloir être méprisé par lui... Pourtant, si cette bande de l'école Yoshioka le rattrape, ils sont capables de le tuer. Je me demande où il est. Je voudrais du moins l'avertir. »

RENCONTRE ET RETRAITE

Le long du chemin pierreux qui montait vers le temple de Kiyomizudera se dressait une rangée de maisons misérables ; leurs toits de planches s'alignaient comme des dents cariées ; elles étaient si vieilles que la mousse couvrait leurs auvents. Sous le chaud soleil de midi, la rue puait le poisson salé qui grillait sur du charbon de bois.

Un plat vola à travers le seuil d'une des masures, et se brisa en mille morceaux dans la rue. Un homme d'une cinquantaine d'années, apparemment un artisan quelconque, roula dehors à sa suite. Sur ses talons venait sa femme, pieds nus, la tignasse hirsute, les mamelles pendantes comme des pis de vache.

– Qu'est-ce que tu racontes, espèce de paltoquet ? criait-elle d'un ton suraigu. Tu t'en vas, tu laisses ta femme et tes enfants crever de faim, et puis tu rappliques en rampant comme un ver ! (À l'intérieur de la maison, on entendait pleurer des enfants ; non loin de là, un chien hurlait. La femme rattrapa l'homme, l'empoigna par son toupet de cheveux, et se mit à le rosser.) Et maintenant, où crois-tu que tu vas aller, vieil imbécile ?

Des voisins accoururent pour tâcher de rétablir l'ordre.

Musashi sourit ironiquement, et se retourna vers le magasin de céramique. Depuis quelque temps, avant que n'éclatât cette scène de ménage, il se tenait devant la boutique à regarder les potiers avec une fascination puérile. Les deux hommes, à l'intérieur, n'étaient pas conscients de sa présence. Les yeux rivés à leur ouvrage, ils semblaient entrés dans l'argile, en faire partie. Leur concentration était totale.

Musashi eût aimé travailler l'argile. Depuis l'enfance, le travail manuel lui plaisait ; il croyait qu'il aurait su tout au moins fabriquer un simple bol à thé. Or, à ce moment précis, l'un des potiers, un homme qui approchait de la soixantaine, commença à en façonner un. Musashi, observant l'adresse avec laquelle il mouvait ses doigts et maniait sa spatule, constata qu'il avait surestimé ses propres capacités. « Quelle technique il faut pour faire une pièce aussi simple que celle-là ! » se dit-il avec émerveillement.

En ce temps-là, il éprouvait souvent une admiration profonde pour le travail d'autrui. Il s'apercevait qu'il respectait la technique, l'art, et même l'aptitude à bien accomplir une tâche simple, surtout s'il s'agissait d'un talent que lui-même ne possédait pas.

Dans un coin de la boutique, sur un comptoir de fortune fait d'un vieux panneau de porte, se dressaient des rangées d'assiettes, de jarres, de coupes à saké, de cruches. On les vendait comme souvenirs, pour la misérable somme de vingt à trente pièces de monnaie, à des gens qui montaient au temple et en redescendaient. Le caractère humble de la cabane en planches formait un saisissant contraste avec la ferveur des potiers voués à leur tâche. Musashi se demandait s'ils avaient toujours assez à manger. La vie, à ce qu'il paraissait, n'était pas aussi facile qu'elle le semblait parfois.

Devant l'habileté, le zèle, la concentration prodigués pour fabriquer des ustensiles, fussent-ils aussi bon marché que ceux-là, Musashi eut le sentiment d'avoir encore un long chemin à parcourir s'il voulait jamais atteindre le niveau de perfection à l'escrime auquel il aspirait. Cette pensée le dégrisait car, au cours des trois semaines précédentes, il avait visité d'autres célèbres centres d'entraînement de Kyoto en dehors de l'école Yoshioka, et avait commencé à se demander s'il n'avait pas été trop critique envers lui-même, depuis son emprisonnement à Himeji.

Il s'était attendu à trouver Kyoto rempli d'hommes qui avaient maîtrisé les arts martiaux. Après tout, il s'agissait de la capitale impériale ainsi que de l'ancien siège du shōgunat Ashikaga, et Kyoto avait longtemps été un lieu de rassemblement pour les généraux fameux et les guerriers légendaires. Or, au cours de son séjour, Musashi n'avait pas trouvé un seul centre d'entraînement qui lui eût enseigné quoi que ce fût dont il eût lieu d'être sincèrement reconnaissant. À la place, dans chaque école, il avait connu la déception. Bien qu'il eût toujours gagné ses combats, il était incapable de déterminer si c'était parce qu'il était bon ou parce que ses adversaires étaient mauvais. Dans les deux cas, si les samouraïs qu'il avait rencontrés étaient caractéristiques, le pays se trouvait en piètre posture.

Encouragé par ses succès, Musashi en était venu à tirer une certaine fierté de sa compétence. Mais voici que lui étaient remis en mémoire les dangers de la vanité ; cela rabattait son orgueil. Il s'inclina mentalement avec un profond respect devant ces vieux hommes barbouillés d'argile, et se mit à gravir la pente abrupte qui montait au Kiyomizudera.

Il n'avait pas fait dix pas lorsqu'une voix l'appela d'en bas :

– Eh ! vous, là-haut, monsieur le rōnin !

– C'est à moi que vous parlez ? demanda Musashi en se retournant.

À en juger d'après le vêtement de coton rembourré de l'homme, ses jambes nues, et la perche qu'il avait à la main, il exerçait le métier de porteur de palanquin. Dans sa barbe, il demanda, assez poliment pour un homme de sa condition inférieure :

– Vous nommez-vous Miyamoto, monsieur ?

– Oui.

– Merci.

L'homme fit demi-tour, et descendit vers la colline de Chawan.

Musashi le regarda pénétrer dans ce qui semblait être une maison de thé. Alors qu'il traversait l'endroit, quelque temps auparavant, il avait remarqué un groupe nombreux de portefaix et de porteurs de palanquin, debout au soleil. Il ignorait complètement qui avait bien pu envoyer l'un d'entre eux demander son nom, mais supposait que l'inconnu ne tarderait pas à venir à lui. Il resta là un moment, mais nul ne s'étant présenté, reprit son ascension.

Il s'arrêta en chemin pour regarder plusieurs temples célèbres ; devant chacun d'eux, il s'inclinait et disait deux prières.

L'une était : « Je vous en prie, protégez ma sœur. » L'autre : « Je vous en prie, mettez à l'épreuve l'humble Musashi. Faites qu'il devienne le plus grand homme d'épée du pays ; sinon, qu'il meure. »

Arrivé au sommet d'une falaise, il laissa tomber à terre son chapeau de vannerie, et s'assit. De là, il dominait toute la ville de Kyoto. Tandis qu'il était assis, les bras autour des genoux, une ambition simple, mais puissante, gonfla son jeune cœur.

– Je veux que ma vie ait de l'importance. Je le veux parce que je suis un être humain.

Un jour, il avait lu qu'au Xe siècle, deux rebelles, appelés Tarra no Masakado et Fujiwara no Sumitomo, tous deux follement ambitieux, s'étaient associés pour décider que s'ils sortaient victorieux de la guerre ils diviseraient le Japon entre eux. D'abord, l'histoire était sans doute apocryphe ; pourtant, Musashi se rappelait s'être dit sur le moment qu'il eût été de leur part bien stupide et bien peu réaliste de croire qu'ils pourraient accomplir un projet aussi grandiose. Or, maintenant, il ne trouvait plus cela ridicule. Son propre rêve avait beau être d'une espèce différente, il y avait certaines similitudes. Si les jeunes sont incapables de caresser de grands rêves, qui en sera capable ? Pour le moment, Musashi imaginait le moyen de faire sa place dans le monde.

Il songeait à Oda Nobunaga et à Toyotomi Hideyoshi, à leur idéal d'unification du Japon, et aux nombreuses batailles qu'ils avaient livrées à cette fin. Mais il était clair que le chemin qui menait à la grandeur ne passait plus par la victoire dans les batailles. Aujourd'hui, les gens ne voulaient que la paix dont ils avaient eu si longtemps soif. Et en considérant la longue, longue lutte que Tokugawa

Ieyasu avait dû endurer pour transformer son désir en réalité, il se rendait compte une fois de plus de la difficulté qu'il y avait à se cramponner à son idéal.

« Il s'agit d'une ère nouvelle, se disait-il. J'ai devant moi le restant de mes jours. Je suis venu trop tard pour suivre les traces de Nobunaga ou de Hideyoshi, mais je n'en puis pas moins rêver de conquérir mon propre monde. Nul ne saurait m'en empêcher. Même ce porteur de palanquin doit avoir une ambition quelconque. »

Durant un moment, il chassa de son esprit ces idées pour essayer d'envisager sa situation de manière objective. Il possédait son sabre, et la Voie du Sabre était celle qu'il avait choisie. Peut-être était-il bel et bon d'être un Hideyoshi ou un Ieyasu, mais l'époque n'avait plus besoin d'hommes de ce talent particulier. Ieyasu avait tout bien mis en ordre ; plus n'était besoin de guerres sanglantes. À Kyoto qui s'étendait aux pieds de Musashi, la vie avait cessé d'être une affaire pleine de risques.

Pour Musashi, l'important désormais serait son sabre et la société autour de lui, puisque son art du sabre était lié à son existence d'être humain. En un éclair d'intuition, il fut heureux d'avoir trouvé la relation entre les arts martiaux et ses propres idéaux de grandeur.

Comme il était assis, perdu dans ses pensées, le visage du porteur de palanquin reparut au pied de la falaise. Il désignait Musashi avec sa perche de bambou en criant :

– Le voilà, là-haut !

Musashi baissa les yeux vers l'endroit où les porteurs s'agitaient en vociférant. Ils se mirent à grimper la colline dans sa direction. Il se leva et, tâchant de les ignorer, continua son ascension ; mais il s'aperçut bientôt que sa route était barrée. Bras contre bras, brandissant leurs perches, un important groupe d'hommes l'encerclait à distance. Regardant par-dessus son épaule, il vit que les hommes, derrière lui, s'étaient arrêtés. L'un d'eux souriait en découvrant les dents ; il informait les autres que Musashi semblait « regarder une plaque quelconque ».

Musashi, maintenant devant les marches du Hongandō, levait en effet les yeux vers une plaque, battue par les intempéries, qui pendait à la traverse de l'entrée du temple. Mal à l'aise, il se demandait s'il devait tenter de les disperser en les effrayant par un cri de guerre. Il avait beau savoir qu'il en pourrait venir à bout rapidement, il n'avait aucune raison de se battre avec une bande d'humbles travailleurs. De toute manière, il devait s'agir d'une erreur. Dans ce cas, ils se disperseraient tôt ou tard. Il se tenait là patiemment, à lire et relire les mots inscrits sur la pancarte : « Premiers vœux. »

– Le voilà ! cria l'un des porteurs.

Ils se mirent à parler entre eux à mi-voix. Musashi avait l'impression qu'ils s'excitaient à la fureur. L'enceinte, derrière la porte ouest du temple, s'était rapidement remplie de monde, et voici que prêtres, pèlerins et marchands s'usaient les yeux pour voir ce qui se passait. Le visage plein de curiosité, ils formaient des groupes en dehors du cercle des porteurs qui entouraient Musashi.

De la colline de Sannen venaient les mélopées rythmées sur le pas des hommes chargés d'un fardeau. Les voix se rapprochèrent jusqu'à ce que deux hommes pénètrent dans l'enceinte du temple, portant sur le dos une vieille femme et un samouraï campagnard qui semblait assez fatigué.

Sur le dos de son porteur, Osugi fit un brusque signe de la main en disant :

– Ça ira comme ça. (Le porteur fléchit les jambes, et, tout en sautant lestement à terre, elle le remercia. Elle se tourna vers l'oncle Gon, et dit :) Cette fois, nous ne le laisserons pas échapper, n'est-ce pas ?

Tous deux étaient vêtus et chaussés comme s'ils s'attendaient à passer le reste de leur existence à voyager.

– Où est-il ?

Un des porteurs dit : « Là-bas », en indiquant fièrement la direction du temple.

L'oncle Gon humecta de salive la poignée de son sabre, et tous deux se frayèrent un chemin à travers le cercle.

– Prenez votre temps, conseilla l'un des porteurs.
– Il a l'air drôlement fort, dit un autre.
– Préparez-vous bien, fit un troisième.

Tandis qu'ils adressaient à Osugi des paroles d'encouragement et de soutien, les spectateurs observaient la scène d'un air consterné.

– La vieille a-t-elle vraiment l'intention de défier en duel ce rōnin ?

– Ça m'en a tout l'air.

– Mais elle est si vieille ! Même son second ne tient pas sur ses jambes ! Ils doivent avoir de bonnes raisons pour s'attaquer à un homme tellement plus jeune !

– Ce doit être une querelle de famille quelconque !

– Regardez-moi ça ! La voilà qui tombe sur le vieux. Il y a des grand-mères qui ont vraiment du cœur au ventre, vous ne trouvez pas ?

Un porteur accourut avec une louche d'eau pour Osugi. Après en avoir bu une gorgée, elle la tendit à l'oncle Gon en l'interpellant sévèrement :

– Allons, ne t'agite pas : il n'y a aucune raison de s'agiter. Takezō n'est qu'un pantin. Oh ! il se peut qu'il ait un peu appris à se servir d'un sabre, mais pas tant que ça. Du calme !

Ouvrant la marche, elle se rendit tout droit à l'escalier du devant du Hongandō, et s'assit sur les marches, à moins de dix pas de Musashi. Sans accorder la moindre attention ni à lui ni à la foule qui l'observait, elle sortit son chapelet, et, fermant les yeux, se mit à remuer les lèvres. Gagné par sa ferveur religieuse, l'oncle Gon joignit les mains et l'imita.

Le spectacle se révéla un petit peu trop mélodramatique, et l'un des spectateurs se mit à ricaner sous cape. Aussitôt, l'un des porteurs se retourna et dit sur un ton de défi :

– Il y a quelqu'un qui trouve ça drôle ! Il n'y a pas de quoi rire, espèce d'idiot ! La vieille a fait tout le chemin du Mimasaka pour retrouver le bon à rien qui s'est enfui avec la fiancée de son fils. Voilà près de deux mois qu'elle prie chaque jour au temple, ici, et aujourd'hui, il a fini par arriver.

– Ces samouraïs ne sont pas des gens comme nous, estimait un autre porteur. À son âge, la vieille pourrait vivre bien tranquillement chez elle, à faire sauter ses petits-enfants sur ses genoux ; mais non, la voilà qui cherche à venger, à la place de son fils, une insulte faite à sa famille. Elle a droit au moins à notre respect.

Un troisième déclara :

– Nous ne la soutenons point pour l'unique raison qu'elle nous a donné des pourboires. Elle a du caractère, c'est moi qui vous le dis ! Elle a beau être vieille, elle ne craint pas de se battre. Je dis que nous devrions l'aider de toutes nos forces. Ce n'est que justice, de secourir l'opprimé ! Si elle a le dessous, faisons nous-mêmes au rōnin son affaire.

– Tu as raison ! Mais allons-y maintenant ! Nous ne pouvons rester ici les bras croisés, et la laisser se faire tuer.

Quand la foule apprit les raisons de la présence d'Osugi, l'effervescence augmenta. Certains des spectateurs se mirent à encourager les porteurs.

Osugi replaça son chapelet dans son kimono, et le silence se fit dans l'enceinte du temple.

– Takezō ! appela-t-elle d'une voix forte, la main gauche sur le petit sabre qui pendait à sa ceinture.

Durant tout ce temps, Musashi s'était tenu à l'écart en silence. Même quand Osugi cria son nom, il feignit de n'avoir pas entendu. Démonté par ce comportement, l'oncle Gon, debout à côté d'Osugi, choisit cet instant pour passer à l'attaque, et, tendant le cou, poussa une clameur de défi.

Musashi ne réagit toujours pas. Il en était incapable. C'était bien simple : il ne savait pas de quelle façon réagir. Il se rappelait que Takuan, à Himeji, l'avait averti qu'il risquait de tomber sur Osugi. Il était disposé à l'ignorer totalement ; mais ce qu'avaient dit les porteurs à la foule le bouleversait. De plus, il avait peine à réfréner son ressentiment devant la haine que les Hon'iden avaient nourrie contre lui durant tout ce temps. Toute l'affaire n'était rien de plus qu'une mesquine question de qu'en-dira-t-on dans le petit village de Miyamoto, un malentendu facile à dissiper si seulement Matahachi s'était trouvé là.

Musashi ne savait pourtant pas du tout quoi faire en l'occurrence. Comment riposter au défi d'une vieille femme tremblotante et d'un samouraï couvert de rides ? Silencieux, l'œil fixe, il ne savait quel parti prendre.

– Regardez-moi donc ce salaud ! Il a peur ! vociféra un porteur.

– Sois un homme ! Laisse la vieille te tuer ! ironisa un autre.

Tout le monde était dans le camp d'Osugi.

La vieille cligna des yeux et hocha la tête. Puis elle regarda les porteurs et cria avec colère :

– Silence ! Je ne veux de vous que pour témoins. Si nous étions tués tous deux, je veux que vous renvoyiez nos corps à Miyamoto. Pour le reste, je n'ai que faire de vos discours, ni de votre aide ! (Dégainant à demi son petit sabre, elle fit deux pas en direction de Musashi.) Takezō ! répéta-t-elle. Takezō a toujours été ton nom, au village ; aussi, pourquoi n'y réponds-tu pas ? L'on m'a dit que tu avais pris un beau nom tout neuf – Miyamoto Musashi, c'est bien ça ? -, mais tu seras toujours Takezō pour moi. Ha ! ha ! ha ! (Le rire faisait trembloter son cou ridé. De toute évidence, elle espérait tuer Musashi avec des mots avant que les sabres ne fussent tirés.) Croyais-tu donc pouvoir m'empêcher de te retrouver uniquement en changeant de nom ? Quelle sottise ! Les dieux du ciel m'ont guidée vers toi comme je savais qu'ils le feraient. Et maintenant, en garde ! Nous allons voir si je rapporterai chez moi ta tête, ou si tu trouveras le moyen de rester en vie !

L'oncle Gon, de sa voix usée, lança son propre défi :

– Voilà quatre longues années que tu nous as glissé entre les doigts, et nous t'avons recherché durant tout ce temps. Et voici que nos prières, ici, au Kiyomizudera, t'ont livré entre nos mains. Je suis peut-être vieux, mais je n'ai pas l'intention de me laisser vaincre par tes pareils ! Prépare-toi à mourir ! (Dégainant à la vitesse de l'éclair, il cria à Osugi :) Écarte-toi de là !

Furieuse, elle se retourna contre lui :

– Que veux-tu dire, espèce de vieil imbécile ? C'est toi qui trembles !

– Tant pis ! Les bodhisattva de ce temple nous protégeront !

– Tu as raison, oncle Gon. Et les ancêtres des Hon'iden sont avec nous, eux aussi ! Nous n'avons rien à craindre.

– Takezō ! En avant ! Dégaine !

– Qu'est-ce que tu attends ? (Musashi ne bougeait pas. Debout là, pareil à un sourd-muet, il regardait fixement les deux vieillards aux sabres dégainés. Osugi cria :) Qu'est-ce qui se passe, Takezō ? Tu as peur ?

Elle prit son élan mais soudain trébucha sur une pierre, et, piquant du nez, atterrit à quatre pattes, presque aux pieds de Musashi.

La foule haletait ; une voix cria :

– Elle va se faire tuer !
– Vite, sauvez-la !

Mais l'oncle Gon, trop médusé pour faire un mouvement, se contenta de dévisager Musashi.

La vieille, alors, étonna tout le monde en ramassant son sabre et en retournant à côté de l'oncle Gon où elle reprit une attitude de défi.

– Qu'est-ce qui ne va pas, espèce d'empoté ? cria Osugi. Ce sabre, dans ta main, n'est-il qu'un ornement ? Ne sais-tu donc pas comment t'en servir ?

La face de Musashi ressemblait à un masque ; pourtant, il finit par parler, d'une voix de tonnerre :

– Je ne peux pas faire ça !

Il s'avança vers eux ; aussitôt, l'oncle Gon et Osugi s'écartèrent de part et d'autre.

– Où... où vas-tu, Takezō ?
– Je ne peux pas me servir de mon sabre !
– Halte ! Pourquoi ne te bats-tu pas ?
– Je vous l'ai dit ! Je ne peux pas m'en servir !

Il marcha droit devant lui sans regarder ni à droite, ni à gauche. Il traversa la foule, sans se détourner une seule fois de sa ligne droite.

Reprenant ses esprits, Osugi s'écria :

– Il est en train de s'enfuir ! Ne le laissez pas s'échapper !

La foule se referma sur Musashi mais, au moment où elle croyait l'avoir encerclé, elle s'aperçut qu'il avait disparu. La stupéfaction était à son comble. Les yeux brillèrent de surprise, puis devinrent des taches ternes sur des visages sans expression.

Par petits groupes, ils continuèrent jusqu'au coucher du soleil à courir çà et là, cherchant frénétiquement sous les planchers du temple et dans les bois leur proie évanouie.

Plus tard encore, tandis que les gens redescendaient les pentes obscurcies des collines de Sannen et de Chawan, un homme jura qu'il avait vu Musashi sauter avec la facilité d'un chat au sommet du mur d'un mètre quatre-vingts de haut, à côté de la porte de l'ouest, et disparaître.

Nul ne crut cette histoire, Osugi et l'oncle Gon moins que quiconque.

LE GÉNIE DES EAUX

Dans un hameau situé au nord-ouest de Kyoto, les coups pesants d'un maillet martelant de la paille de riz faisaient trembler le sol. Des torrents de pluie qui n'étaient pas de saison s'infiltraient dans les tristes toits de chaume. C'était un genre de terrain vague, entre la ville et la zone de cultures, d'une si extrême pauvreté qu'au crépuscule, la fumée des feux de cuisine ne s'élevait que d'une poignée de maisons.

Un chapeau de vannerie, suspendu sous l'auvent d'une maisonnette, signalait en caractères grossiers qu'il s'agissait d'une auberge, mais de l'espèce la plus modeste. Les voyageurs qui descendaient là étaient impécunieux, et ne louaient que la place où coucher par terre. Pour une paillasse ils payaient un supplément, mais rares étaient ceux qui pouvaient s'offrir un pareil luxe.

Dans la cuisine au sol en terre battue, à côté de l'entrée, un jeune garçon s'appuyait des deux mains sur le tatami surélevé de la pièce voisine, au milieu de laquelle se creusait le foyer.

– Salut!... Bonsoir!... Il y a quelqu'un?

C'était le garçon de courses du débit de boissons, autre entreprise miteuse, située à côté.

Ce garçon avait la voix trop forte pour sa taille. Il ne pouvait avoir plus de dix ou onze ans; avec ses cheveux mouillés de pluie qui descendaient sur ses oreilles, il ne paraissait pas plus réel qu'un génie des eaux dans une peinture baroque. Il portait aussi le costume de l'emploi: kimono à mi-cuisse, aux manches en tire-bouchon, grosse corde en guise d'obi, éclaboussures de boue jusqu'en haut du dos pour avoir couru en sabots.

– C'est toi, Jō? cria d'une pièce du fond le vieil aubergiste.

– Oui. Voulez-vous que je vous apporte du saké ?

– Non, pas aujourd'hui. Le pensionnaire n'est pas encore rentré. Je n'en ai pas besoin.

– Eh bien, il en voudra quand il rentrera, non ? Je vais en apporter la quantité habituelle.

– S'il en veut, j'irai le chercher moi-même.

Peu désireux de repartir sans commande, le garçon demanda :

– Qu'est-ce que vous faites, là-dedans ?

– J'écris une lettre ; je l'enverrai demain par le cheval de somme, là-haut, à Kurama. Mais c'est un peu difficile. Et je commence à avoir mal au dos. Tais-toi, ne m'ennuie pas.

– C'est assez drôle, hein ? Vous êtes si vieux que vous commencez à vous courber, et vous ne savez pas encore écrire comme il faut !

– Suffit. Si tu continues tes impertinences, je t'envoie un allume-feu.

– Vous voulez que je l'écrive à votre place ?

– Ha ! ha ! comme si tu en étais capable !...

– Oh ! j'en suis capable, affirma le garçon en pénétrant dans la pièce. (Par-dessus l'épaule du vieil homme, il regarda la lettre et éclata de rire.) Vous voulez écrire « pommes de terre » ? Le caractère que vous avez tracé veut dire « perche ».

– Silence !

– Je ne dirai pas un mot, si vous y tenez. Mais votre écriture est affreuse. Avez-vous l'intention d'envoyer à vos amis des pommes de terre ou des perches ?

– Des pommes de terre.

Le garçon poursuivit sa lecture, puis décréta :

– Ça ne vaut rien. Personne d'autre que vous ne pourrait deviner ce que cette lettre veut dire !

– Eh bien, puisque tu es si malin, vois donc ce que tu peux en faire.

– Bon. Dites-moi seulement ce que vous voulez écrire.

Jōtaro s'assit et prit le pinceau.

– Espèce d'âne maladroit ! s'écria le vieux.

– Pourquoi me traiter de maladroit ? C'est vous qui ne savez pas écrire !

– Ton nez coule sur le papier.

– Oh ! pardon. Vous pouvez me donner cette feuille pour ma peine. (Il se moucha dans la feuille souillée.) Et maintenant, que voulez-vous dire ?

Tenant le pinceau d'une main ferme, il écrivit avec aisance sous la dictée du vieil homme.

Au moment précis où il achevait la lettre, le pensionnaire arriva ; il rejeta négligemment un sac à charbon de bois qu'il avait ramassé quelque part pour s'en protéger la tête.

Musashi, s'arrêtant sur le seuil, tordit ses manches pour en exprimer l'eau, et grommela :

– Je pense que ça va être la fin des fleurs de prunier.

Depuis la vingtaine de jours que Musashi se trouvait là, il en était venu à se sentir chez lui dans l'auberge. Il regardait l'arbre, à côté du portail de devant, dont les fleurs roses avaient réjoui sa vue chaque matin depuis son arrivée. Les pétales jonchaient la boue.

En entrant dans la cuisine, il eut la surprise d'apercevoir le garçon du marchand de saké en tête à tête avec l'aubergiste. Curieux de ce qu'ils pouvaient bien faire, il se glissa derrière le vieux et jeta un coup d'œil par-dessus son épaule.

Jōtarō leva les yeux vers Musashi, puis se hâta de cacher pinceau et papier derrière son dos.

– On n'espionne pas les gens comme ça ! protesta-t-il.

– Laisse-moi voir, dit Musashi, taquin.

– Non, dit Jōtarō en secouant la tête d'un air intraitable.

– Allons, montre-moi, dit Musashi.

– Seulement si vous m'achetez du saké.

– Ah ! c'est donc ça ? Très bien, je t'en achète.

– Six décilitres ?

– Je n'en ai pas besoin de tant que ça.

– Trois décilitres ?

– Encore trop.

– Alors, combien ? Ne soyez pas aussi radin !

– Radin ? Allons, tu sais bien que je ne suis qu'un pauvre homme d'épée. Crois-tu donc que j'aie de l'argent à jeter par les fenêtres ?

– Bon. Je le mesurerai moi-même ; je vous en donnerai pour votre argent. Mais alors, vous devez promettre de me raconter des histoires.

Le marché conclu, Jōtarō repartit joyeusement sous le déluge.

Musashi ramassa la lettre, et la lut. Au bout de quelques instants, il se tourna vers l'aubergiste et lui demanda :

– C'est vraiment lui qui a écrit ça ?

– Oui. Stupéfiant, non ? Il a l'air très doué.

Tandis que Musashi se rendait au puits, s'aspergeait d'eau froide et passait des vêtements secs, le vieux suspendait une marmite au-dessus du feu, et sortait des légumes confits au vinaigre et un bol de riz. Musashi revint et s'assit près du feu.

– Que fabrique donc ce chenapan ? marmonna l'aubergiste. Il n'en finit pas, avec son saké.

– Quel âge a-t-il ?

– Onze ans, je crois qu'il a dit.

– Avancé pour son âge, vous ne trouvez pas ?

– Hum, je suppose que c'est parce qu'il travaille chez le marchand de saké depuis l'âge de sept ans. Il y rencontre toutes sortes de gens : des charretiers, le papetier d'en bas, des voyageurs, est-ce que je sais encore ?

– Je me demande comment il a appris à écrire aussi bien.

– C'est vraiment si bien que ça ?

– Mon Dieu, son écriture est un peu enfantine, mais elle a une... comment dire ? une franchise bien séduisante. Si je voulais parler d'un homme d'épée, je dirais qu'elle montre de la largeur d'esprit. Ce garçon deviendra peut-être quelqu'un.

– Que voulez-vous dire par là ?

– Je veux dire qu'il deviendra peut-être un véritable être humain.

– Ah ? (Le vieux fronça les sourcils, souleva le couvercle de la marmite, et se remit à bougonner :) Toujours pas revenu. Je parie qu'il est encore à traîner quelque part. (Il était sur le point de mettre ses sandales pour aller chercher lui-même le saké lorsque Jōtarō revint.) Qu'est-ce que tu fabriquais ? demanda-t-il au garçon. Tu as fait attendre mon hôte.

– Je n'ai pas pu faire autrement. Il y avait un client à la boutique, très ivre ; il m'a retenu pour me poser des tas de questions.

– Quel genre de questions ?
– Il posait des questions sur Miyamoto Musashi.
– Et je suppose que tu n'as pas su tenir ta langue.
– Même si je l'avais fait, ça n'aurait pas eu d'importance. Tout le monde, par ici, sait ce qui s'est passé l'autre jour au Kiyomizudera. La voisine, la fille du marchand de laque... toutes deux étaient au temple, ce jour-là. Elles ont vu ce qui est arrivé.
– Cesse de parler de ça, veux-tu ? dit Musashi d'un ton presque suppliant.

L'œil aigu du garçon jaugea l'état d'âme de Musashi, et il demanda :
– Est-ce que je peux rester ici un moment pour causer avec vous ?

Il commença à se décrotter les pieds pour entrer dans la salle où était le feu.
– Je veux bien si ton maître est d'accord.
– Oh ! il n'a pas besoin de moi pour le moment.
– Très bien.
– Je vais chauffer votre saké. Je sais bien le faire.

Il disposa une jarre à saké dans la cendre chaude, au bord du feu, et annonça bientôt que c'était prêt.
– Rapide, hein ? dit Musashi, appréciateur.
– Vous aimez le saké ?
– Oui.
– Mais puisque vous êtes si pauvre, je suppose que vous ne buvez pas beaucoup ?
– Exact.
– Je croyais que les hommes qui étaient bons aux arts martiaux servaient de grands seigneurs et touchaient de grosses pensions. À la boutique, un client m'a dit un jour que Tsukahara Bokuden se déplaçait toujours avec une suite de soixante-dix à quatre-vingts personnes, un relais de chevaux, et un faucon.
– C'est vrai.
– Et j'ai entendu dire qu'un célèbre guerrier du nom de Yagyū, qui sert la maison de Tokugawa, a un revenu de cinquante mille boisseaux de riz.
– C'est vrai aussi.
– Alors, pourquoi êtes-vous si pauvre ?

– J'apprends encore mon métier.
– À quel âge aurez-vous des tas de disciples ?
– Je ne sais pas si j'en aurai jamais.
– Pourquoi donc ? Vous ne valez rien ?
– Tu as entendu ce que disaient les gens qui m'ont vu au temple. De quelque façon que l'on envisage le problème, je me suis enfui.
– C'est ce que tout le monde dit : « le *shugyōsha* de l'auberge – c'est vous – est un faible. » Mais ça me rend fou de les entendre.

Jōtarō serra les lèvres.

– Ha ! ha ! Qu'est-ce que ça peut te faire ? Ce n'est pas de toi qu'ils parlent.
– Eh bien, ça me fait de la peine pour vous. Écoutez : le fils du papetier, le fils du tonnelier et quelques autres jeunes gens se réunissent quelquefois derrière la boutique du marchand de laque pour s'exercer au sabre. Pourquoi ne vous battez-vous pas avec l'un d'entre eux pour le vaincre ?
– Bon. Si c'est là ce que tu veux, je le ferai.

Musashi trouvait difficile de refuser à l'enfant ce qu'il demandait, en partie parce que lui-même était à maints égards encore un enfant, capable de comprendre Jōtarō. Il recherchait sans cesse, inconsciemment, quelque chose qui remplaçât l'affection familiale qui avait manqué à sa propre enfance.

– Parlons d'autre chose, dit-il. C'est moi qui vais te poser une question, pour changer. Où es-tu né ?
– À Himeji.
– Ah ! alors, tu es du Harima.
– Oui, et vous du Mimasaka, n'est-ce pas ? On me l'a dit.
– C'est vrai. Que fait ton père ?
– Il était samouraï. Un vrai samouraï bien loyal !

D'abord, Musashi eut l'air étonné ; mais en réalité cette réponse expliquait plusieurs choses, en particulier pourquoi l'enfant avait appris à si bien écrire. Musashi demanda le nom du père.

– Il s'appelle Aoki Tanzaemon. Il avait un traitement de vingt-cinq mille boisseaux de riz ; mais quand j'ai eu sept ans, il a quitté le service de son seigneur pour venir à Kyoto en tant que rōnin. Une fois que tout son argent a été dépensé, il m'a laissé chez le marchand de saké, et s'est fait moine dans un temple. Mais je ne veux pas rester à la boutique. Je veux devenir un samouraï comme mon père, et apprendre l'escrime comme vous. N'est-ce pas le meilleur moyen ? (L'enfant fit une pause, puis reprit avec enthousiasme :) Je veux devenir votre disciple : parcourir le pays en étudiant auprès de vous. Vous ne voulez pas me prendre pour élève ?

Ayant révélé ses intentions, Jōtarō prit une expression têtue qui reflétait clairement sa détermination à ne pas essuyer un refus. Il ne pouvait savoir, bien sûr, qu'il suppliait l'homme qui se trouvait à l'origine de tous les malheurs de son père. Musashi, quant à lui, ne pouvait se résoudre à refuser d'entrée de jeu. Pourtant, la question qu'il se posait en réalité n'était pas de savoir s'il devait répondre oui ou non mais s'il devait parler d'Aoki Tanzaemon et de son malheureux sort. Il ne pouvait s'empêcher d'éprouver de la sympathie pour cet homme. La Voie du samouraï était un constant jeu de hasard, et un samouraï devait être à tout moment prêt à tuer ou à être tué. Le fait de méditer sur cet exemple des vicissitudes de la vie assombrit Musashi, et l'effet du saké se dissipa soudain. Il se sentit seul.

Jōtarō insistait. Quand l'aubergiste essaya d'obtenir de lui qu'il laissât Musashi tranquille, il répliqua insolemment et redoubla d'efforts. Il saisit le poignet de Musashi, puis son bras, et finit par fondre en larmes.

Musashi, ne voyant aucune issue, dit :

– Bien, bien, ça suffit. Tu peux être mon disciple, mais seulement après avoir été en discuter avec ton maître.

Jōtarō, enfin satisfait, courut chez le marchand de saké.

Le lendemain matin, Musashi se leva tôt, s'habilla et appela l'aubergiste :

– Voudriez-vous me préparer un déjeuner à emporter ? Ces quelques semaines de séjour ici ont été bien agréables, mais je crois que maintenant je vais me remettre en route pour Nara.

– Vous vous en allez si vite ? demanda l'aubergiste, qui ne s'attendait pas à ce brusque départ. C'est parce que ce gosse vous empoisonnait, n'est-ce pas ?

– Oh ! non, ce n'est pas sa faute. Voilà quelque temps que j'ai l'intention de me rendre à Nara – pour voir les fameux lanciers du Hōzōin. J'espère qu'il ne vous ennuiera pas trop quand il s'apercevra que je suis parti.
– Ne vous en faites pas pour ça. Ce n'est qu'un enfant. Il criera et pleurera un moment, et puis il oubliera.
– Je ne crois pas que le marchand de saké le laisserait partir, de toute façon, dit Musashi en sortant sur la route.
L'orage était passé, comme balayé, et la brise caressait sa peau, bien différente du vent furieux de la veille.
La rivière Kamo était haute, l'eau boueuse. À une extrémité du pont de bois de l'avenue Sanjō, des samouraïs inspectaient tous les passants. Musashi demanda la raison de cette inspection ; on lui répondit que c'était à cause de la visite imminente du nouveau shōgun. Une avant-garde de seigneurs féodaux influents était déjà arrivée, et l'on prenait des mesures pour écarter de la ville les dangereux rōnins. Musashi, rōnin lui-même, donna des réponses toutes prêtes aux questions posées, et fut autorisé à passer.
Cet incident l'amena à réfléchir sur sa propre condition de guerrier errant, sans maître, n'ayant voué obéissance ni aux Tokugawas ni à leurs rivaux d'Osaka. Son escapade à Sekigahara dans le camp des forces d'Osaka, contre les Tokugawas, était une affaire héréditaire. Telle avait été l'allégeance de son père, inchangée depuis l'époque où il servait le seigneur Shimmen d'Iga. Toyotomi Hideyoshi était mort deux ans avant la bataille ; ses partisans, fidèles à son fils, formèrent la faction d'Osaka. À Miyamoto, Hideyoshi était considéré comme le plus grand héros ; Musashi se rappelait comment, enfant, assis au coin du feu, il avait écouté l'histoire des prouesses du grand guerrier. Ces idées conçues dans sa jeunesse s'attardaient en lui, et maintenant encore, si on l'avait pressé de dire quel camp il préférait, il aurait probablement répondu Osaka.
Musashi, depuis lors, avait appris un certain nombre de choses ; il reconnaissait maintenant que ses actions, à l'âge de dix-sept ans, avaient été à la fois irréfléchies et sans éclat. Pour servir avec fidélité son seigneur il ne suffisait pas de s'élancer aveuglément dans la mêlée en brandissant

une lance. Il fallait aller jusqu'au bout, jusqu'aux confins de la mort.

« Si un samouraï meurt avec aux lèvres une prière pour la victoire de son seigneur, il a fait quelque chose de beau et d'important » : voilà comment Musashi aurait maintenant exprimé cela. Mais à l'époque, ni lui ni Matahachi n'avaient eu le moindre sens de ce qu'était le loyalisme. Ils avaient soif de renommée, de gloire, ou plutôt d'un moyen de gagner leur vie sans renoncer à quoi que ce fût.

Cette idée était curieuse. Ayant depuis lors appris de Takuan que la vie est un joyau qu'il convient de chérir, Musashi savait que, loin de ne renoncer à rien, lui et Matahachi avaient sans le savoir offert leur bien le plus précieux. Chacun d'eux avait littéralement misé tout ce qu'il possédait sur l'espoir de recevoir une misérable solde de samouraï. Avec le recul, il se demandait comment ils pouvaient avoir été aussi sots.

Il s'aperçut qu'il approchait de Daigo, au sud de la ville ; en nage, il résolut de s'arrêter pour se reposer.

Il entendit au loin une voix qui criait :

– Attendez ! Attendez ! (Tout en bas de l'abrupte route de montagne, il reconnut la silhouette du petit esprit des eaux, Jōtarō, qui courait à perdre haleine. Bientôt, les yeux irrités de l'enfant se plongeaient dans les siens.) Vous m'avez menti ! criait Jōtarō. Pourquoi donc avez-vous fait ça ?

Essoufflé par sa course, la face empourprée, il parlait d'un ton belliqueux bien qu'il apparût clairement qu'il était au bord des larmes.

Musashi ne put s'empêcher de rire de son accoutrement. Il avait troqué ses vêtements de travail de la veille pour un kimono ordinaire, mais trop petit de moitié pour lui ; le bas arrivait à peine aux genoux, et les manches aux coudes. À son côté pendait un sabre de bois plus grand que lui ; sur son dos, un chapeau de vannerie aussi large qu'un parapluie.

Tandis qu'il reprochait à grands cris à Musashi de l'avoir laissé, il éclata en sanglots. Musashi le serra dans ses bras et tenta de le consoler, mais l'enfant continuait de gémir :

il semblait se dire que dans les montagnes, loin de tous les regards, il pouvait se laisser aller.

Enfin, Musashi lui demanda :

— Ça te fait du bien de pleurnicher comme ça ?

— Ça m'est égal ! sanglotait Jōtarō. Vous êtes une grande personne, et pourtant vous m'avez menti. Vous m'avez dit que vous me permettriez d'être votre disciple... et puis vous êtes parti en me laissant. Est-ce que les grandes personnes se conduisent comme ça ?

— Pardonne-moi, dit Musashi. (Cette simple excuse transforma les pleurs de l'enfant en une plainte suppliante.) Tais-toi, maintenant, dit Musashi. Je ne voulais pas te mentir, mais tu as un père et un maître. Je ne pouvais t'emmener avec moi sans le consentement de ton maître. Je t'ai dit d'aller lui parler, n'est-ce pas ? Je ne croyais pas qu'il serait d'accord.

— Pourquoi n'avez-vous pas au moins attendu la réponse ?

— C'est de cela que je te demande pardon. En as-tu vraiment parlé avec lui ?

— Oui.

S'étant rendu maître de ses sanglots, il cueillit deux feuilles à un arbre, et se moucha avec.

— Et qu'a-t-il dit ?

— Il m'a dit de partir.

— Vraiment ?

— Il a dit qu'aucun guerrier, aucune école d'entraînement qui se respectent ne prendraient un garçon comme moi ; mais puisque le samouraï de l'auberge était un « faible », il devait être juste la personne qu'il fallait. Il a dit que peut-être vous pourriez m'employer pour porter vos bagages, et il m'a donné ce sabre de bois pour cadeau de départ. (Ce raisonnement de l'homme fit sourire Musashi.) Après ça, poursuivit l'enfant, je suis allé à l'auberge. Le vieux n'était pas là ; alors, j'ai seulement emprunté ce chapeau en le décrochant de sous l'auvent.

— Mais c'est l'enseigne de l'auberge ! Dessus, il y a marqué « chambres à louer ».

— Oh ! ça m'est égal. J'ai besoin d'un chapeau en cas de pluie.

L'attitude de Jōtarō montrait clairement qu'en ce qui le concernait l'on avait échangé toutes les promesses, tous les serments nécessaires, et qu'il était maintenant le disciple de Musashi. Sentant cela, Musashi se résigna à s'embarrasser plus ou moins de l'enfant ; mais il lui venait en outre à l'esprit que c'était peut-être la meilleure des choses. En vérité, lorsqu'il songeait au rôle que lui-même avait joué dans la disgrâce de Tanzaemon, il en concluait que peut-être il devait être reconnaissant de l'occasion qui s'offrait à lui de s'occuper de l'avenir de l'enfant.

Jōtarō, maintenant calme et rassuré, se rappela quelque chose et fouilla dans son kimono.

– J'allais oublier. J'ai quelque chose pour vous. Voilà.

Il sortit une lettre.

La regardant avec curiosité, Musashi demanda :

– Où as-tu eu ça ?

– Rappelez-vous : hier soir, j'ai dit qu'il y avait un rōnin en train de boire à la boutique, et qui posait des tas de questions.

– Oui.

– Eh bien, à mon retour il était encore là. Il n'arrêtait pas de poser des questions sur vous. C'est un sacré buveur, par-dessus le marché : il a bu à lui seul une pleine bouteille de saké ! Après quoi, il a écrit cette lettre et il m'a demandé de vous la donner.

Musashi, inclinant la tête avec perplexité, brisa le cachet. D'abord, il regarda le bas de la lettre et vit qu'elle était de Matahachi, qui devait être ivre, en effet. Les caractères eux-mêmes vacillaient. À la lecture du rouleau, Musashi éprouva un mélange de nostalgie et de tristesse. Non seulement l'écriture était chaotique, mais le message lui-même était décousu, imprécis.

Depuis que je t'ai laissé au mont Ibuki, je n'ai pas oublié le village. Et je n'ai pas oublié mon vieux copain. Par hasard, j'ai entendu ton nom à l'école Yoshioka. Sur le moment, je ne savais pas si je devais essayer de te voir. Maintenant, je suis chez un marchand de saké. J'ai beaucoup bu.

Jusqu'ici, le sens était assez clair, mais ensuite, la lettre était difficile à suivre.

Dès l'instant que je me suis séparé de toi, j'ai été maintenu dans une cage de luxure, et l'oisiveté m'a rongé les os. Durant cinq ans, j'ai passé mes journées dans l'hébétude, à ne rien faire. Dans la capitale, tu es maintenant un célèbre homme d'épée. Je bois à ta réussite ! Certaines gens disent que Musashi est un lâche, qui ne sait que prendre la fuite. D'autres disent que tu es un incomparable homme d'épée. La vérité là-dessus m'est égale, je suis seulement heureux que ton sabre fasse jaser les gens de la capitale.

Tu es adroit. Tu devrais pouvoir faire ton chemin avec le sabre. Mais avec le recul, je m'étonne de moi-même, de ce que je suis devenu. Je suis un idiot ! Comment un misérable imbécile tel que moi pourrait-il affronter un sage ami comme toi sans mourir de honte ?

Mais attends un peu ! La vie est longue, et il est trop tôt pour dire ce que l'avenir apportera. Je ne veux pas te voir pour le moment, mais un jour viendra où je le voudrai.

Je prie pour ta santé.

Suivait un post-scriptum griffonné en hâte, l'informant assez en détail que l'école Yoshioka prenait au sérieux l'incident récent, recherchait partout Musashi, et qu'il devait faire attention. Cela se terminait ainsi : « Il ne faut pas mourir maintenant que tu commences à peine à te faire un nom. Quand j'aurai moi aussi fait quelque chose de ma vie, je veux te voir pour parler du bon vieux temps. Prends soin de toi, garde-toi vivant pour me servir d'exemple. »

Nul doute que les intentions de Matahachi étaient pures, mais son attitude avait quelque chose de retors. Pourquoi faire un si grand éloge de Musashi, et tout de suite après tant insister sur ses propres défauts ? « Pourquoi, se demandait Musashi, ne pouvait-il se borner à dire que nous ne nous sommes pas vus depuis longtemps, et que nous devrions bien nous rencontrer pour bavarder longuement ? »

– Jō, as-tu demandé à cet homme son adresse ?
– Non.
– Est-ce qu'on le connaissait à la boutique ?
– Je ne le crois pas.

– Il y venait souvent ?
– Non, c'était la première fois.

Musashi se disait que s'il avait connu l'adresse de Matahachi, il serait aussitôt retourné à Kyoto le voir. Il voulait parler à son camarade d'enfance, tâcher de le ramener à la raison, réveiller en lui l'état d'esprit qui avait jadis été le sien. Il considérait toujours Matahachi comme son ami ; aussi eût-il aimé l'arracher à son humeur actuelle avec ses tendances apparemment autodestructrices. Et, bien sûr, il eût aussi désiré pousser Matahachi à expliquer à sa mère quelle erreur elle était en train de commettre.

Tous deux poursuivaient leur route en silence. Ils descendaient la montagne vers Daigo, et l'on voyait au-dessous d'eux le carrefour de Rōkujizō.

Soudain, Musashi se tourna vers l'enfant et dit :
– Jō, je veux que tu me rendes un service.
– Lequel ?
– Je veux que tu me fasses une course.
– Où ça ?
– À Kyoto.
– Ça veut dire : faire demi-tour pour retourner à l'endroit d'où je viens.
– C'est ça. Je veux que tu ailles porter une lettre de ma part à l'école Yoshioka, avenue Shijō. (Jōtarō, tout déconfit, donna un coup de pied dans un caillou.) Tu ne veux pas y aller ? demanda Musashi en le regardant droit dans les yeux.

Jōtarō secoua la tête avec hésitation.
– Ça m'est égal d'y aller, mais est-ce que vous ne faites pas ça uniquement pour vous débarrasser de moi ?

Cette suspicion donna du remords à Musashi : n'avait-il pas brisé la confiance de l'enfant à l'égard des adultes ?
– Non ! répondit-il avec force. Un samouraï ne ment pas. Pardonne-moi pour ce qui s'est produit ce matin. C'était un simple malentendu.

– Bon. J'irai.

Au carrefour dit de Rokuamida, ils entrèrent dans une maison de thé, commandèrent du thé et déjeunèrent.

Musashi écrivit ensuite une lettre qu'il adressa à Yoshioka Seijūrō :

J'apprends que vous et vos disciples me recherchez. Il se trouve que je suis en ce moment sur la grand-route de Yamato : j'ai l'intention de circuler dans la région d'Iga et d'Ise durant une année environ pour poursuivre ma formation d'homme d'épée. Je ne souhaite pas modifier mes projets pour le moment ; mais comme je regrette autant que vous de n'avoir pu vous rencontrer lors de ma précédente visite à votre école, je tiens à vous informer que je serai sûrement de retour dans la capitale durant le premier ou le second mois de l'an prochain. D'ici là, j'espère améliorer considérablement ma technique. Je compte que vous-même ne négligerez pas de vous exercer. Quelle honte, si la florissante école de Yoshioka Kempō devait essuyer une deuxième défaite pareille à celle qu'elle a subie la dernière fois que je m'y trouvais ! Je termine en formulant mes vœux respectueux de bonne santé.
Shimmen Miyamoto Musashi Masana.

Bien que polie, cette lettre manifestait clairement la confiance en soi de Musashi. Ayant rectifié l'adresse pour y inclure non seulement Seijūrō mais tous les élèves de l'école, il posa son pinceau et tendit la missive à Jōtarō.

– Puis-je me contenter de la déposer à l'école et revenir ? demanda l'enfant.

– Non. Tu dois te présenter à l'entrée principale, et la remettre toi-même au serviteur qui s'y trouve.

– Compris.

– Il y a autre chose que je veux que tu fasses, mais ça risque d'être un peu difficile.

– Qu'est-ce que c'est ?

– Je veux que tu voies si tu peux trouver l'homme qui t'a confié la lettre. Il s'appelle Hon'iden Matahachi. C'est un vieil ami à moi.

– Ça devrait être simple comme bonjour.

– Tu crois ? Comment as-tu l'intention de t'y prendre au juste ?

– Oh ! je le demanderai dans tous les débits de boissons.

Musashi se mit à rire.

– L'idée n'est pas mauvaise. Pourtant, d'après la lettre de

Matahachi, je crois comprendre qu'il connaît quelqu'un à l'école Yoshioka. Je crois qu'il serait plus rapide de t'y renseigner sur lui.

– Quand je l'aurai trouvé, que dois-je faire ?

– Je veux que tu lui fasses une commission. Dis-lui que durant les sept premiers jours de la nouvelle année, j'irai chaque matin l'attendre au grand pont de l'avenue Gojō. Demande-lui de venir m'y rencontrer l'un de ces jours-là.

– C'est tout ?

– Oui, mais dis-lui aussi que j'ai très envie de le voir.

– Très bien, je crois que j'ai compris. Où serez-vous quand je reviendrai ?

– Je vais te le dire. En arrivant à Nara, je m'arrangerai pour que tu puisses me retrouver en demandant au Hōzōin. C'est le temple célèbre pour sa technique de la lance.

– Vous le ferez vraiment ?

– Ha ! ha ! Tu as encore des soupçons, hein ? Ne t'inquiète pas. Si cette fois je ne tiens pas ma promesse, tu pourras me couper la tête.

Musashi riait encore en sortant de la maison de thé. Dehors, il prit la direction de Nara, et Jōtarō la direction opposée, celle de Kyoto.

Le carrefour grouillait de monde, d'hirondelles et de chevaux hennissants. En se frayant un chemin à travers la foule, l'enfant se retourna et vit Musashi debout au même endroit, qui le regardait. Ils se sourirent de loin en guise d'adieu, et chacun poursuivit sa route.

UNE BRISE PRINTANIÈRE

Au bord de la rivière Takaze, Akemi rinçait une pièce d'étoffe en chantant une chanson qu'elle avait apprise au kabuki d'Okuni. Chaque fois qu'elle tirait sur le tissu à fleurs, elle avait l'illusion de balancer des fleurs de cerisier.

> La brise d'amour
> Tire mon kimono par la manche.
> Oh ! que la manche pèse donc lourd !
> La brise d'amour est-elle lourde ?

Jōtarō se tenait debout en haut de la berge. Ses yeux vifs contemplaient la scène, et il souriait gentiment.

– Vous chantez bien, tantine ! cria-t-il.

– Qu'est-ce que c'est ? demanda Akemi. (Elle leva les yeux vers cet enfant qui ressemblait à un gnome avec son long sabre de bois et son énorme chapeau de vannerie.) Qui es-tu ? demanda-t-elle. Et pourquoi m'appelles-tu tantine ? Je suis encore jeune !

– Bon... Douce jeune fille. Que dites-vous de ça !

– Tais-toi donc, fit-elle en riant. Tu es beaucoup trop petit pour conter fleurette. Tu ferais mieux de te moucher.

– Je voulais seulement vous poser une question.

– Ah ! mon Dieu ! s'écria-t-elle, consternée. Voilà mon linge qui s'en va !

– Je vous le rattrape.

Jōtarō dévala la berge à la poursuite du linge, qu'il repêcha au moyen de son sabre. « Du moins a-t-il son utilité dans une situation de ce genre », se dit-il. Akemi le remercia et lui demanda ce qu'il voulait savoir.

– Est-ce qu'il y a ici une maison de thé appelée le Yomogi ?

– Comment ça ? Mais oui, c'est ma maison, en plein devant ton nez.

– Quelle chance ! Voilà un temps fou que je la cherche.

– Pourquoi ? D'où viens-tu ?

– De par là, répondit-il avec un geste vague.

– C'est-à-dire, au juste ?

Il hésita.

– Je n'en suis pas bien sûr.

Akemi pouffa.

– Peu importe. Mais pourquoi t'intéresses-tu à notre maison de thé ?

– Je cherche un homme appelé Hon'iden Matahachi. À l'école Yoshioka, on m'a dit que si j'allais au Yomogi, je le trouverais.

– Il n'est pas là.

– Vous mentez !

– Pas du tout ; c'est la vérité. Il habitait chez nous mais il est parti depuis quelque temps.

– Pour où ?
– Je n'en sais rien.
– Mais, chez vous, quelqu'un doit bien le savoir !
– Non. Ma mère ne le sait pas non plus. Il s'est enfui, voilà tout.
– Oh ! ça n'est pas possible ! (L'enfant s'accroupit, ses yeux soucieux fixés sur la rivière.) Et maintenant, que dois-je faire ? soupira-t-il.
– Qui t'a envoyé ici ?
– Mon maître.
– Qui est ton maître ?
– Il s'appelle Miyamoto Musashi.
– Es-tu chargé d'une lettre ?
– Non, dit Jōtarō en secouant la tête.
– En voilà un messager ! Tu ne sais d'où tu viens, et tu n'apportes pas de lettre.
– J'ai un message à transmettre.
– Lequel ? Il se peut qu'il ne revienne jamais ; mais s'il revient, je le lui transmettrai.
– Je ne crois pas que je doive faire ça. Et vous ?
– Ne me le demande pas. À toi de décider.
– Alors, peut-être que je le devrais. Il a dit qu'il désirait beaucoup voir Matahachi. Il m'a dit d'informer Matahachi qu'il l'attendrait sur le grand pont de l'avenue Gojō chaque matin durant les sept premiers jours de la nouvelle année. Matahachi devrait l'y attendre un de ces jours-là.

Akemi éclata d'un rire inextinguible.
– Jamais je n'ai entendu une histoire pareille ! Tu veux dire qu'il envoie *aujourd'hui* un message pour dire à Matahachi de le rencontrer l'an prochain ! Ton maître doit être aussi bizarre que toi ! Ha ! ha ! ha !

La face de Jōtarō se rembrunit, et la colère lui contracta les épaules.
– Qu'y a-t-il de si drôle ?

Akemi finit par se dominer.
– Allons, te voilà fâché, n'est-ce pas ?
– Bien sûr que oui. Je vous demande poliment de me rendre un service, et vous vous mettez à rire comme une folle.

– Je regrette ; je regrette vraiment. Je ne rirai plus. Et si Matahachi revient, je lui fais ta commission.

– Promis ?

– Juré. (Se mordant les lèvres pour ne pas sourire, Akemi demanda :) Comment s'appelle-t-il, déjà ? L'homme qui t'a envoyé faire la commission.

– Vous n'avez pas beaucoup de mémoire, hein ? Il s'appelle Miyamoto Musashi.

– Comment écris-tu Musashi ? (Ayant ramassé une baguette de bambou, Jōtarō griffonna les deux caractères dans le sable.) Comment ? Mais ce sont les caractères de Takezō ! s'exclama Akemi.

– Il ne s'appelle pas Takezō. Il s'appelle Musashi.

– Oui, mais cela peut également se lire Takezō.

– Quelle entêtée ! cria Jōtarō en jetant le bâton de bambou dans la rivière.

Akemi, perdue dans ses pensées, regardait fixement les caractères tracés sur le sable. Enfin, elle leva les yeux sur Jōtarō, le réexamina de la tête aux pieds, et lui demanda d'une voix douce :

– Je me demande si Musashi est de la région de Yoshino dans le Mimasaka.

– Oui. Je suis du Harima ; il est du village de Miyamoto dans la province voisine de Mimasaka.

– Il est grand, viril ? Il ne se rase pas le sommet de la tête ?

– C'est bien ça. Comment le savez-vous ?

– Je me souviens qu'il m'a dit un jour que dans son enfance il avait eu un anthrax au sommet de la tête. S'il se rasait à la mode des samouraïs, on verrait une vilaine cicatrice.

– Il vous a dit ça ? Quand ?

– Oh ! voilà cinq années maintenant.

– Vous connaissez mon maître depuis tout ce temps ?

Akemi ne répondit pas. Le souvenir de ce temps-là faisait naître dans son cœur des émotions qui lui coupaient la parole. Convaincue par le peu qu'avait dit l'enfant que Musashi était bien Takezō, elle brûlait de le revoir. Elle connaissait les mœurs de sa mère ; elle avait assisté au naufrage de Matahachi. Dès le départ, elle avait préféré

Takezō ; depuis lors, elle avait de plus en plus confiance en la justesse de son choix. Elle se réjouissait de n'être pas mariée encore. Takezō... il était si différent de Matahachi !

Elle avait souvent pris la résolution de ne jamais finir avec des hommes tels que ceux qui buvaient toujours à la maison de thé. Elle les méprisait, s'accrochait solidement à l'image de Takezō. Au fond de son cœur, elle caressait le rêve de le retrouver ; lui, et lui seul, était l'amant auquel elle songeait lorsqu'elle se chantait à elle-même des chansons d'amour.

Sa mission remplie, Jōtarō déclara :
— Eh bien, maintenant, je dois me sauver. Si vous remettez la main sur Matahachi, répétez-lui bien ce que je vous ai dit.

Il s'éloigna en trottinant le long de l'étroit sommet de la berge.

Le char à bœufs était chargé d'une montagne de sacs contenant du riz, peut-être, ou des lentilles, ou quelque autre produit local. Au sommet de la pile, un écriteau annonçait qu'il s'agissait d'une contribution envoyée par de fidèles bouddhistes au grand Kōfukuji de Nara. Même Jōtarō avait entendu parler de ce temple, car son nom était pratiquement synonyme de Nara.

Une joie enfantine éclaira le visage de Jōtarō. Il courut après le véhicule, et grimpa à l'arrière. Assis contre le sens de la marche, il y avait juste assez de place. Surcroît de luxe : il pouvait s'adosser aux sacs.

Des deux côtés de la route, les collines vallonnées étaient couvertes de rangées régulières de théiers. Les cerisiers avaient commencé de fleurir. Les fermiers cultivaient leur orge... en priant, pour que cette année encore, leur fût épargné le piétinement des soldats et des chevaux. Des femmes, agenouillées au bord des ruisseaux, lavaient leurs légumes. La grand-route de Yamato était en paix.

« Quelle chance ! » se dit Jōtarō en s'adossant et en se détendant. Confortablement installé sur son perchoir, il eut la tentation de s'endormir, mais se ravisa. Dans la crainte que l'on n'arrivât à Nara avant son réveil, il était reconnaissant chaque fois que les roues heurtaient une pierre en ébranlant la voiture : cela l'aidait à garder les yeux ouverts. Rien n'aurait pu lui être plus agréable que de voyager de la sorte.

Aux abords d'un village, Jōtarō tendit paresseusement la main pour cueillir une feuille de camélia. Il se la mit sur la langue, et commença de siffler un petit air.

Le charretier se retourna mais ne vit rien. Le sifflement ne cessant pas, il regarda par-dessus son épaule gauche, puis par-dessus son épaule droite, à plusieurs reprises. Enfin, il arrêta le char et se rendit à l'arrière. La vue de Jōtarō le mit en fureur, et son coup de poing fut si violent que l'enfant cria de douleur.

– Qu'est-ce que tu fabriques là-haut ? gronda-t-il.
– Je ne fais rien de mal !
– Si, tu fais mal !
– Comment ça ? Ça n'est pas vous qui tirez le char !
– Espèce de sale petit effronté ! vociféra le charretier en jetant Jōtarō par terre comme un ballon.

Il rebondit et roula contre le pied d'un arbre. En repartant avec bruit, les roues du char semblaient se moquer de lui.

Jōtarō se releva et se mit à chercher avec attention autour de lui, par terre. Il venait de s'apercevoir qu'il n'avait plus le tube de bambou contenant la réponse à Musashi de l'école Yoshioka. Il l'avait suspendu à son cou au bout d'une ficelle, mais il avait disparu.

Comme l'enfant, tout à fait affolé, élargissait peu à peu sa zone de recherches, une jeune femme en vêtements de voyage, qui s'était arrêtée pour le regarder, lui demanda :

– Tu as perdu quelque chose ? (Il jeta un coup d'œil à son visage en partie caché par un chapeau à large bord, fit un signe de tête affirmatif et reprit ses recherches.) C'était de l'argent ? (Jōtarō, profondément absorbé, ne prêta guère attention à la question mais émit un grognement négatif.) Eh bien, était-ce un tube de bambou d'environ un pied de long, attaché à une ficelle ?

Jōtarō sursauta.

– Oui ! Comment le savez-vous ?
– Alors, c'était après toi que les cochers criaient, près du Mampukuji, parce que tu taquinais leurs chevaux !

– Euh… eh bien…
– Quand tu as pris peur et que tu t'es enfui, le cordon doit s'être cassé. Le tube est tombé sur la route, et le samouraï qui parlait aux cochers l'a ramassé. Pourquoi ne retournerais-tu pas le lui demander ?
– Vous êtes sûre ?
– Oui. Naturellement.
– Merci.

À peine s'éloignait-il en courant que la jeune femme le rappelait :
– Attends ! Inutile de revenir sur tes pas. Je vois le samouraï qui s'approche. Celui qui est dans le champ en *hakama*.

Elle désignait l'homme.

Jōtarō s'arrêta pour attendre, les yeux écarquillés.

Le samouraï était un homme impressionnant d'une quarantaine d'années. Tout chez lui était un peu plus grand que nature : sa taille, sa barbe d'un noir de jais, ses larges épaules, son torse massif. Il portait des socques de cuir et un chapeau de paille ; ses pas fermes avaient l'air de tasser la terre. Jōtarō, sûr au premier coup d'œil qu'il s'agissait d'un grand guerrier au service de l'un des plus éminents daimyōs, fut trop effrayé pour lui adresser la parole.

Heureusement, le samouraï parla le premier ; il appela l'enfant :
– Ce n'est pas toi, le polisson qui a laissé tomber ce tube de bambou devant le Mampukuji ? demanda-t-il.
– Oh ! c'est lui ! Vous l'avez trouvé !
– Tu ne sais donc pas dire merci ?
– Pardon. Merci, monsieur.
– Je crois bien qu'il renferme une lettre importante. Quand ton maître t'envoie en mission, tu ne devrais pas t'arrêter en chemin pour taquiner les chevaux, voyager clandestinement sur des chariots, ou baguenauder au bord de la route.
– Oui, monsieur. Avez-vous regardé à l'intérieur, monsieur ?
– Quand on a trouvé quelque chose, il est tout naturel de l'examiner pour le rendre à son propriétaire ; mais je

n'ai pas décacheté la lettre. Maintenant que tu l'as récupérée, il faut vérifier que tout est en ordre.

Jōtarō enleva le capuchon du tube, et jeta un coup d'œil à l'intérieur. Satisfait d'y voir la lettre, il suspendit le tube à son cou et se jura de ne pas le perdre une deuxième fois.

La jeune femme avait l'air aussi contente que Jōtarō.

– C'était bien aimable à vous, monsieur, dit-elle au samouraï pour essayer de compenser l'incapacité de Jōtarō à s'exprimer comme il fallait.

Le samouraï barbu se mit à cheminer avec les deux autres.

– L'enfant vous accompagne ? demanda-t-il à la jeune femme.

– Oh! non. Je ne l'avais jamais vu de ma vie.

Le samouraï se mit à rire.

– Je me disais aussi que vous faisiez une drôle de paire. C'est un drôle de petit diable, non... « chambres meublées » écrit sur son chapeau, et le reste ?

– Peut-être est-ce son innocence d'enfant qui est si charmante. Je l'aime bien, moi aussi. (Se tournant vers Jōtarō, elle demanda :) Où vas-tu ?

Jōtarō, qui marchait entre eux deux, avait recouvré son excellente humeur :

– Moi ? Je vais à Nara, au Hōzōin. (Un long objet étroit, enveloppé dans du brocart d'or et niché dans l'obi de la jeune fille, appela son attention. Le regardant, il dit :) Je vois que vous avez un tube à lettre, vous aussi. Attention de ne pas le perdre.

– Un tube à lettre ? Que veux-tu dire ?

– Là, dans votre obi.

Elle rit.

– Ce n'est pas un tube à lettre, petit sot ! C'est une flûte.

Les yeux brillants de curiosité, Jōtarō rapprocha sans vergogne sa tête afin d'examiner l'objet. Soudain, un étrange sentiment s'empara de lui. Il recula, et parut regarder attentivement la jeune fille.

Même les enfants ont le sens de la beauté féminine ; du moins comprennent-ils d'instinct si une femme est pure ou non. Jōtarō fut impressionné par le charme de celle-ci, et le respecta. Qu'il pût accompagner une aussi jolie personne lui parut un coup de chance inimaginable. Son cœur battait ; il se sentait tout étourdi.

— Je vois. Une flûte… Vous jouez de la flûte, tantine ? demanda-t-il. (Puis, se rappelant tout naturellement la réaction d'Akemi à ce mot, il modifia sans transition sa question :) Vous vous appelez comment ?

La jeune fille éclata de rire et lança un coup d'œil amusé, par-dessus la tête du jeune garçon, au samouraï. Le guerrier bourru fit chorus en découvrant sous sa barbe une rangée de solides dents blanches.

— En voilà des manières ! Quand tu demandes à quelqu'un son nom, la simple politesse veut que tu déclines le tien d'abord.

— Je m'appelle Jōtarō. (Ce qui provoqua un nouvel éclat de rire.)

— Ce n'est pas juste ! s'écria Jōtarō. Vous m'avez fait dire mon nom mais je ne connais toujours pas le vôtre. Vous vous appelez comment, monsieur ?

— Je m'appelle Shōda, répondit le samouraï.

— Ce doit être votre nom de famille. Quel est votre autre nom ?

— Tu voudras bien te passer de celui-là.

Sans se décourager, Jōtarō se tourna vers la jeune fille en disant :

— À votre tour, maintenant. Nous vous avons dit nos noms. Il serait mal élevé de ne pas nous dire le vôtre.

— Je m'appelle Otsū.

— Otsū ? répéta Jōtarō. (Un moment, il parut satisfait ; mais il reprit son bavardage :) Pourquoi vous promenez-vous avec une flûte dans votre obi ?

— Oh ! j'en ai besoin pour gagner ma vie.

— Vous êtes flûtiste de métier ?

— Mon Dieu, je ne suis pas sûre qu'il y ait des flûtistes de métier ; mais l'argent que je gagne en jouant me permet de faire de longues randonnées comme celle-ci. Tu peux donc parler de métier.

— Vous jouez de la musique comme celle que j'ai entendue à Gion et au sanctuaire de Kamo ? De la musique pour les danses sacrées ?

– Non.
– C'est de la musique pour d'autres sortes de danses... le kabuki, peut-être ?
– Non.
– Alors, quel genre de musique est-ce que vous jouez ?
– Oh ! de simples mélodies ordinaires.

Cependant, le samouraï s'étonnait du long sabre de bois de Jōtarō.

– Qu'as-tu donc là, passé à ta ceinture ?
– Vous n'avez jamais vu de sabre de bois ? Je vous croyais samouraï.
– Oui, j'en suis un, mais je m'étonne de te voir porter un sabre de bois. Explique-moi donc ça.
– Je vais étudier l'escrime.
– Vraiment ? Et tu as déjà un maître ?
– Oui.
– C'est lui, le destinataire de la lettre ?
– Oui.
– Si c'est ton maître, il doit s'agir d'un véritable expert !
– Pas à ce point-là.
– Que veux-tu dire ?
– Tout le monde raconte qu'il est faible.
– Et ça ne te gêne pas d'avoir un homme faible pour maître ?
– Non. Je ne vaux pas grand-chose au sabre non plus ; aussi, ça n'a aucune importance.

Le samouraï avait peine à cacher son amusement. Sa bouche tremblait comme s'il allait sourire, mais ses yeux restaient graves.

– As-tu appris des techniques ?
– Mon Dieu, pas précisément. Je n'ai encore rien appris du tout.

Le rire du samouraï éclata enfin.

– Marcher en ta compagnie fait paraître le chemin plus court !... Et vous, ma jeune dame, où donc allez-vous comme ça ?
– À Nara, mais je ne sais pas où au juste dans cette ville. Il y a un rōnin que j'essaie de retrouver depuis environ un an ; or, j'ai entendu dire que de nombreux rōnins se sont rassemblés à Nara ces temps-ci ; aussi ai-je l'intention de

m'y rendre, tout en reconnaissant que cette rumeur n'est pas une indication bien solide.

Ils arrivaient au pont d'Uji. Sous l'auvent d'une maison de thé, un vieillard très digne, portant une grosse théière, servait ses clients, assis autour de lui sur des tabourets. Ayant aperçu Shōda, il l'accueillit chaleureusement.

— Quel plaisir, de voir quelqu'un de la maison de Yagyū ! s'exclama-t-il. Entrez donc ! Entrez donc !

— Nous voudrions seulement nous reposer un peu. Voudriez-vous apporter à cet enfant des gâteaux ?

Jōtarō demeura debout tandis que ses compagnons s'asseyaient. À ses yeux, s'asseoir pour se reposer était synonyme d'ennui ; une fois les gâteaux arrivés, il s'en empara et grimpa sur la petite colline qui se dressait derrière la maison de thé.

Otsū, tout en buvant son thé, demanda au vieux :

— Nara est encore loin ?

— Oui. Même en marchant vite, vous n'iriez sans doute pas plus loin que Kizu avant le coucher du soleil. Une jeune fille comme vous devrait passer la nuit à Taga ou à Ide.

Shōda prit aussitôt la parole :

— Voilà des mois que cette jeune dame est à la recherche de quelqu'un. Mais je me demande... croyez-vous qu'il soit sûr, à notre époque, pour une jeune femme, de se rendre seule à Nara sans savoir où loger ?

Le vieillard écarquilla les yeux.

— Il n'y faut pas songer ! répondit-il catégoriquement. (Il se tourna vers Otsū, agita l'index de gauche à droite et de droite à gauche, et dit :) Renoncez-y tout à fait. Si vous aviez quelqu'un chez qui séjourner, ce serait différent. Sinon, Nara risque d'être un endroit très dangereux.

Le patron se versa à lui-même une tasse de thé, et leur dit ce qu'il savait sur la situation à Nara. La plupart des gens paraissaient avoir l'impression que la vieille capitale était un lieu paisible, plein de temples pittoresques et de cervidés apprivoisés – un lieu épargné par la guerre ou la famine ; mais en réalité ce n'était plus du tout le cas. Après la bataille de Sekigahara, nul ne savait combien de rōnins appartenant au camp des vaincus étaient venus s'y cacher.

C'étaient pour la plupart des partisans d'Osaka provenant de l'armée de l'Ouest, des samouraïs qui n'avaient plus de revenus et peu d'espoir de trouver une autre profession. La puissance du shōgunat Tokugawa augmentant d'année en année, ces fuyards ne pourraient sans doute jamais vivre à nouveau ouvertement de leur sabre.

Suivant la plupart des estimations, cent vingt à cent trente mille samouraïs avaient perdu leur poste. En leur qualité de vainqueurs, les Tokugawas avaient confisqué des biens représentant un revenu annuel de trente-trois millions de boisseaux de riz. Même si l'on tenait compte des seigneurs féodaux autorisés depuis à se rétablir sur un pied plus modeste, au moins quatre-vingts daimyōs, au revenu total évalué à vingt millions de boisseaux, avaient été dépossédés.

La région située autour de Nara et du mont Kōya, fourmillant de temples, était par conséquent difficile d'accès aux patrouilles des Tokugawas. De plus, il s'agissait d'un endroit idéal où se cacher, et les fugitifs y pullulaient.

– Voyons, disait le vieux, le fameux Sanada Yukimura se cache au mont Kudo ; l'on dit que Sengoku Sōya est au voisinage du Hōryūji, et Ban Dan'emon au Kōfukuji. Je pourrais vous en citer bien d'autres.

Tous ceux-là étaient des hommes marqués, qui seraient tués instantanément s'ils se montraient ; leur unique espoir consistait en une reprise de la guerre.

Le vieillard estimait que le pire n'était pas ces rōnins célèbres qui se cachaient : tous jouissaient d'un certain prestige ; ils pouvaient gagner leur vie et celle de leur famille. Mais le tableau se compliquait du fait des samouraïs indigents qui rôdaient par les ruelles de la ville, dans un tel état de misère qu'ils vendaient leur sabre s'ils le pouvaient. La moitié d'entre eux s'adonnaient à la bagarre, au jeu, troublaient la paix dans l'espoir que les désordres qu'ils provoquaient amèneraient les forces d'Osaka à reprendre les armes. La ville de Nara, autrefois tranquille, était devenue un repaire de têtes brûlées. Pour une gentille jeune fille comme Otsu, s'y rendre équivaudrait à verser de l'huile sur son kimono et à se jeter au feu. Le patron de la maison de thé, ému par son propre récit, conclut en suppliant Otsū de changer d'avis.

Hésitante, celle-ci resta assise en silence un moment. Eût-elle eu le moindre indice de la présence à Nara de Musashi, elle n'eût pas tenu compte du péril. Mais en réalité, elle n'avait rien sur quoi s'appuyer. Elle ne faisait que se diriger au hasard vers Nara – tout comme elle avait parcouru au hasard divers autres lieux depuis un an que Musashi l'avait abandonnée sur le pont de Himeji.

Shōda, voyant son expression perplexe, lui demanda :

– Vous avez bien dit que vous vous appeliez Otsū, n'est-ce pas ?

– Oui.

– Eh bien, Otsū, j'hésite à vous faire cette proposition, mais pourquoi ne renoncez-vous pas à vous rendre à Nara, et ne m'accompagnez-vous pas à la place au fief de Koyagyū ? (Se sentant obligé de lui en dire davantage sur lui-même, et de l'assurer que ses intentions étaient honorables, il continua :) Mon nom complet est Shōda Kizaemon, et je suis au service de la famille Yagyū. Il se trouve que mon seigneur, aujourd'hui âgé de quatre-vingts ans, a cessé toute activité. Il s'ennuie affreusement. Quand vous avez dit que vous gagniez votre vie en jouant de la flûte, il m'est venu à l'esprit que cela pourrait lui être d'un grand réconfort si vous étiez là pour lui en jouer de temps à autre. Cela vous plairait-il ?

Le vieillard fit aussitôt chorus en approuvant avec enthousiasme.

– Il faut absolument l'accompagner, insista-t-il. Vous le savez sans doute, le vieux seigneur de Koyagyū est le grand Yagyū Muneyoshi. Depuis sa retraite, il a pris le nom de Sekishūsai. Dès que son héritier, Munenori, seigneur de Tajima, est rentré de Sekigahara, il a été convoqué à Edo et nommé instructeur dans la maison du shōgun. Pensez donc, il n'existe pas de plus grande famille au Japon que les Yagyūs. Être invitée à Koyagyū constitue à soi seul un honneur. Je vous en prie, n'hésitez pas, acceptez !

Quand elle apprit que Kizaemon était au service de la célèbre maison de Yagyū, Otsū se félicita d'avoir deviné qu'il ne s'agissait pas d'un samouraï ordinaire. Pourtant, elle ne savait que répondre à sa proposition.

Devant son silence, Kizaemon lui demanda :

– Vous ne voulez pas venir ?

– Ce n'est pas cela. Je ne pourrais souhaiter meilleure offre. Je crains seulement de ne pas jouer assez bien pour un aussi grand personnage que Yagyū Muneyoshi.

– Oh ! ne vous inquiétez pas. Les Yagyūs sont très différents des autres daimyōs. Sekishūsai, notamment, a les goûts simples et paisibles d'un maître du thé. Je crois qu'il serait plus malheureux de votre manque d'assurance que de ce que vous croyez être votre absence de talent.

Otsū se rendait compte que se rendre à Koyagyū, plutôt qu'errer sans but en direction de Nara, lui offrait quelque espoir, si léger fût-il. Depuis la mort de Yoshioka Kempō, nombreux étaient ceux qui considéraient les Yagyūs comme les plus grands pratiquants des arts martiaux du pays. L'on pouvait espérer que des hommes d'épée venus du pays tout entier se présenteraient à leur porte, et qu'il y aurait même un registre de visiteurs. Quel bonheur, si sur cette liste Otsu trouvait le nom de Miyamoto Musashi !

En songeant à cette éventualité, elle dit gaiement :

– Si vous croyez vraiment que je donnerai satisfaction, j'irai.

– Vous viendrez ? Magnifique ! Je vous en suis bien reconnaissant... Hum, je doute qu'une femme puisse faire à pied, avant la nuit, tout le chemin jusque-là. Savez-vous monter à cheval ?

– Oui.

Kizaemon se courba pour passer sous l'auvent de la boutique, et fit un signe de la main en direction du pont. Le palefrenier qui attendait là accourut avec un cheval, sur lequel Kizaemon fit monter Otsū tandis que lui-même marchait à son côté.

Jōtarō les aperçut de la colline, derrière la maison de thé, et leur cria :

– Vous partez déjà ?

– Oui, nous partons !

– Attendez-moi !

Ils se trouvaient à mi-chemin du pont d'Uji quand Jōtarō les rattrapa. Kizaemon lui demanda ce qu'il avait fait ; il répondit que des quantités d'hommes, dans un petit bois sur la colline, jouaient à un jeu quelconque. Il ne savait pas de quel jeu il s'agissait, mais ç'avait l'air intéressant.

Le palefrenier se mit à rire.

– Ça devait être ces canailles de rōnins qui jouaient. Ils n'ont pas de quoi manger ; aussi, ils attirent les voyageurs vers leurs jeux et leur prennent jusqu'à leur chemise. C'est une honte !

– Alors, ils jouent pour vivre ? demanda Kizaemon.

– Les joueurs sont encore les moins mauvais, répondit le palefrenier. Beaucoup d'autres volent des enfants et font du chantage. Ils sont d'une telle violence que personne n'arrive à les en empêcher.

– Pourquoi le seigneur du district ne les arrête-t-il pas ou ne les chasse-t-il pas ?

– Ils sont trop nombreux : beaucoup plus qu'il n'en peut affronter. Si tous les rōnins de Kawachi, Yamato et Kii se groupaient ensemble, ils seraient plus forts que ses propres troupes.

– On me dit qu'ils pullulent aussi à Kōga.

– Oui. Ceux de Tsutsui s'y sont enfuis. Ils sont bien décidés à s'y cramponner jusqu'à la prochaine guerre.

– Vous parlez toujours comme ça des rōnins, intervint Jōtarō, mais il doit y en avoir de bons.

– C'est vrai, convint Kizaemon.

– Mon maître est un rōnin !

– Voilà donc pourquoi tu prenais leur défense ! dit Kizaemon en riant. Tu es loyal... Tu as bien dit que tu allais au Hōzōin, n'est-ce pas ? Ton maître s'y trouve ?

– Je n'en suis pas sûr ; mais il a dit que si j'y allais, on me dirait où il est.

– Quel style pratique-t-il ?

– Je ne sais pas.

– Tu es son disciple et tu ne connais pas son style ?

– Monsieur, intervint le palefrenier, l'art du sabre est une marotte à notre époque ; tout le monde et son frère voyagent pour l'étudier. N'importe quel jour de la semaine, sur

243

cette seule route, vous en rencontrez entre cinq et dix. Tout ça, parce qu'il y a beaucoup plus de rōnins qu'autrefois pour donner des leçons.

– Je suppose que c'est en partie vrai.

– Ça les attire parce qu'ils ont entendu dire que si quelqu'un est bon au sabre, tous les daimyōs se bousculeront pour essayer de l'engager à quatre ou cinq mille boisseaux par an.

– Un moyen rapide pour s'enrichir, hein ?

– Exact. C'est effrayant quand on y pense. Quoi ! même ce gosse-là porte un sabre de bois. Il croit sans doute qu'il lui suffit d'apprendre comment en frapper les gens pour devenir un homme véritable. On en voit beaucoup comme ça, et ce qu'il y a de triste, c'est qu'au bout du compte la plupart d'entre eux mourront de faim.

Le sang de Jōtarō ne fit qu'un tour.

– Qu'est-ce que j'entends ? Répétez ce que vous venez de dire !

– Écoutez-le ! Il a l'air d'une puce qui porterait un curedent, mais il se prend déjà pour un grand homme de guerre.

Kizaemon riait.

– Allons, Jōtarō, ne te mets pas en colère, ou tu vas perdre à nouveau ton tube de bambou.

– Non, je ne le perdrai pas ! Ne vous inquiétez pas pour moi !

Ils continuèrent leur chemin ; Jōtarō boudait en silence ; les autres regardaient le soleil se coucher lentement. Bientôt, ils arrivèrent à l'embarcadère du bac de la rivière Kizu.

– C'est ici que nous te quittons, mon garçon. Il fera bientôt nuit ; aussi, tu devrais te dépêcher. Et ne perds pas de temps en route.

– Et Otsū ? demanda Jōtarō, croyant qu'elle viendrait avec lui.

– Oh ! j'ai oublié de te le dire, fit-elle. J'ai résolu d'accompagner ce monsieur au château de Koyagyū. (Jōtarō parut consterné.) Prends bien soin de toi, dit Otsū en souriant.

– J'aurais dû me douter que je finirais par me retrouver seul.

Il ramassa une pierre, qu'il envoya ricocher sur l'eau.
– Oh! nous nous reverrons un de ces jours. Tu parais être un garçon de la route, et je voyage beaucoup moi-même.

Jōtarō ne semblait pas vouloir bouger.
– Qui donc recherchez-vous au juste? demanda-t-il. Quel genre de personne?

Sans répondre, Otsū lui fit un signe d'adieu.

Jōtarō courut le long de la rive, et sauta en plein milieu du petit bac. Quand le bateau, rouge dans le soleil couchant, fut à mi-chemin de la rivière, il regarda en arrière. À peine s'il put distinguer le cheval d'Otsū et Kizaemon sur la route du temple de Kasagi. Ils étaient dans la vallée, au-delà de l'endroit où la rivière s'étrangle soudain, peu à peu dévorés par les premières ombres de la montagne.

LE HŌZŌIN

Tous ceux qui étudiaient les arts martiaux avaient entendu parler du Hōzōin. Pour un homme qui se prétendait un étudiant sérieux, le citer comme un simple temple parmi d'autres suffisait à le faire considérer comme un imposteur. Il était aussi bien connu de la population locale; pourtant, chose assez curieuse, rares étaient ceux qui connaissaient le beaucoup plus important Reposoir de Shōsōin, et sa collection sans prix d'objets d'art ancien.

Le temple s'élevait sur la colline Abura dans une épaisse et vaste forêt de cryptomerias. C'était juste le genre d'endroit que pouvaient habiter les lutins. Là se trouvaient aussi des vestiges des gloires de la période Nara – les ruines d'un temple, le Ganrin'in, et des énormes bains publics édifiés par l'impératrice Kōmyō pour les pauvres; mais aujourd'hui, il n'en subsistait que les fondations qu'on devinait à travers la mousse et les mauvaises herbes.

Musashi n'eut aucune peine à se faire indiquer la colline Abura; mais une fois là, il regarda autour de lui, désorienté, car beaucoup d'autres temples se nichaient dans la forêt. Les cryptomerias, ayant survécu à l'hiver, avaient été baignés par les premières pluies du printemps, et leurs feuilles présentaient maintenant leur teinte la plus foncée. Au-dessus d'eux, l'on devinait dans le crépuscule proche les douces courbes féminines du mont Kasuga. Un brillant soleil éclairait encore les montagnes éloignées.

Aucun de ces temples n'avait l'air d'être le bon ; pourtant, Musashi alla de portail en portail examiner les écriteaux où leurs noms se trouvaient inscrits. Il avait le Hōzōin si présent à l'esprit que lorsqu'il vit l'écriteau de l'Ōzōin, il se trompa d'abord étant donné que seul, le premier caractère, le ō, différait. Il eut beau s'apercevoir aussitôt de son erreur, il jeta un coup d'œil à l'intérieur. L'Ōzōin semblait appartenir à la secte Nichiren ; pour autant que Musashi le savait, le Hōzōin était un temple Zen, sans rapport avec Nichiren.

Comme il se tenait là, un jeune moine qui rentrait à l'Ōzōin passa à côté de lui en le considérant d'un air soupçonneux.

Musashi se découvrit et dit :
– Puis-je vous demander quelques renseignements ?
– Que voulez-vous savoir ?
– Ce temple s'appelle bien l'Ōzōin ?
– Oui. C'est indiqué sur l'écriteau.
– L'on m'a dit que le Hōzōin se trouvait sur la colline Abura. C'est bien vrai ?
– Il se trouve juste derrière ce temple. Vous y allez pour une passe d'armes ?
– Oui.
– Alors, permettez-moi de vous donner un conseil. Renoncez-y.
– Pourquoi cela ?
– C'est dangereux. Je comprends qu'un estropié de naissance aille s'y faire redresser les jambes, mais je ne vois aucune raison pour que quelqu'un qui a de bons membres bien droits aille s'y faire estropier.

Le moine était bien bâti et différent des moines Nichiren habituels. Selon lui, le nombre des apprentis guerriers était devenu tel que même le Hōzōin en était arrivé à les considérer comme un fléau. Le temple était, après tout, un sanctuaire consacré à la lumière de la Loi du Bouddha, comme son nom l'indiquait. Son propos véritable était la religion. Les arts martiaux ne constituaient qu'une occupation secondaire, pour ainsi dire.

Kakuzenbō In'ei, le précédent abbé, avait souvent visité Yagyū Muneyoshi. Par suite de ses relations avec ce dernier et avec le seigneur Kōizumi d'Ise, ami de Muneyoshi, il s'était intéressé aux arts martiaux, et avait fini par faire un passe-temps de l'escrime. À partir de quoi, il avait inventé de nouvelles façons d'utiliser la lance, ce qui, Musashi le savait déjà, constituait l'origine du style Hōzōin, fort prisé.

In'ei, maintenant âgé de quatre-vingt-quatre ans, était complètement sénile. Il ne voyait presque personne. Même quand par extraordinaire il recevait un visiteur, il était incapable de tenir une conversation ; il ne pouvait que s'asseoir en faisant de sa bouche édentée des mouvements inintelligibles. Il semblait ne rien comprendre à ce qu'on lui disait. Quant à la lance, il n'en gardait aucun souvenir.

– Vous voyez donc, conclut le moine après avoir expliqué tout cela, qu'il ne vous servirait pas à grand-chose d'y aller. Vous ne pourriez probablement pas rencontrer le maître, et même si vous le rencontriez, vous n'apprendriez rien.

Ses manières brusques montraient clairement qu'il avait hâte de se débarrasser de Musashi.

Conscient de n'être point pris au sérieux, Musashi insista pourtant :

– J'ai entendu parler d'In'ei, et je sais que ce que vous dites de lui est vrai. Mais j'ai aussi appris qu'un prêtre appelé Inshun lui a succédé. L'on dit qu'il étudie encore, mais qu'il connaît déjà tous les secrets du style Hōzōin. D'après ce que l'on m'a dit, bien qu'il ait déjà de nombreux élèves, il ne refuse jamais de guider quiconque vient le voir.

– Oh! Inshun... dit le moine avec dédain. Il n'y a rien de vrai dans ces rumeurs. Inshun est en réalité un élève de l'abbé de l'Ōzōin. Une fois qu'In'ei a commencé de trahir son âge, notre abbé a estimé qu'il serait honteux pour la réputation du Hōzōin d'aller à vau-l'eau ; il a donc enseigné à Inshun les secrets du combat à la lance – ce que lui-même avait appris d'In'ei ; après quoi, il a veillé à ce qu'Inshun devînt abbé.

– Je vois, dit Musashi.
– Mais vous voulez toujours aller là-bas ?
– Mon Dieu, j'ai fait tout ce trajet…
– Oui, bien sûr.
– Vous avez dit que cela se trouve derrière ce temple-ci. Vaut-il mieux passer par la gauche ou par la droite ?
– Ni l'une ni l'autre. Vous aurez beaucoup plus vite fait de traverser tout droit notre temple. Vous ne pouvez pas vous tromper.

Musashi, l'ayant remercié, dépassa les cuisines du temple vers l'arrière de l'enceinte, laquelle avec son bûcher, un magasin à vivres et un jardin potager d'environ un arpent, ressemblait fort à une cour de ferme cossue. Au-delà du jardin, il vit le Hōzōin.

Tandis qu'il foulait le sol meuble entre des rangs de colza, de radis et de ciboule, il remarqua d'un côté un vieil homme en train de sarcler. Courbé sur sa houe, il en considérait le fer avec intensité. Musashi ne voyait de sa face qu'une paire de sourcils neigeux, et si l'on exceptait le heurt de la houe contre les cailloux, le silence était complet.

Musashi se dit que le vieillard devait être un moine de l'Ōzōin. Il ouvrit la bouche pour lui parler, mais l'homme était si absorbé dans son travail qu'il paraissait grossier de le déranger.

Pourtant, comme il le dépassait en silence, il s'aperçut soudain que le vieux fixait du coin de l'œil les pieds de Musashi. Bien que l'autre ne bougeât ni ne parlât, Musashi se sentait attaqué par une force terrifiante – une force pareille à l'éclair qui déchire les nuées. Il ne s'agissait pas là d'un songe éveillé. Il sentait véritablement la force mystérieuse lui percer le corps ; épouvanté, il sauta en l'air. Il brûlait de la tête aux pieds comme s'il venait d'éviter de justesse le coup mortel d'un sabre ou d'une lance.

Regardant par-dessus son épaule, il constata que le bossu se trouvait toujours tourné vers lui ; la houe continuait son va-et-vient ininterrompu. « Que signifie donc toute cette histoire ? » se demanda-t-il, ébahi par la force qui l'avait frappé.

Il se retrouva devant le Hōzōin, sa curiosité intacte. En attendant qu'un serviteur se présentât, il songeait :

« Inshun devrait être encore un jeune homme. Le moine disait qu'In'ei était sénile et qu'il ne se rappelait plus rien de la lance, mais je me demande... » L'incident du jardin restait gravé à l'arrière-plan de sa pensée.

Il appela encore à deux reprises, fortement, mais seul lui répondit l'écho des arbres environnants. Il remarqua un vaste gong, à côté de l'entrée, et le frappa. Presque aussitôt, on lui répondit des profondeurs du temple.

Un prêtre vint à la porte. Il était fort et musclé ; eût-il été l'un des prêtres-guerriers du mont Hiei, il aurait bien pu commander un bataillon. Habitué à recevoir jour après jour des gens tels que Musashi, il lui jeta un bref coup d'œil et dit :

– Vous êtes un *shugyōsha* ?
– Oui.
– Quel est le motif de votre visite ?
– Je voudrais rencontrer le maître.

Le prêtre dit : « Entrez » et fit un geste vers la droite de la porte, conseillant indirectement à Musashi de se laver les pieds au préalable. Il y avait là un tonneau qui débordait de l'eau fournie par un tuyau de bambou, et, en désordre, une dizaine de paires de sandales usées et sales.

Musashi suivit le prêtre le long d'un large corridor sombre, et fut introduit dans une antichambre. Là, on lui dit d'attendre. Une odeur d'encens flottait dans l'air ; par la fenêtre, Musashi voyait les larges feuilles d'un bananier. Hormis les façons désinvoltes du géant qui l'avait introduit, rien ne trahissait quoi que ce fût d'insolite.

Le prêtre revint, lui tendit un registre et un encrier, et lui dit :

– Inscrivez votre nom, où vous avez travaillé, et quel style vous pratiquez.

Il parlait comme un maître à un enfant.

Le registre avait pour titre : « Listes des personnes venues étudier dans ce temple. Régisseur de l'Hōzōin. » Musashi ouvrit le livre et parcourut les noms, chacun inscrit à la date où le samouraï ou l'étudiant s'était présenté. En copiant la manière de la dernière inscription, il nota les renseignements demandés mais omit le nom de son maître.

Le prêtre, bien entendu, s'intéressait surtout à cela.

La réponse de Musashi était essentiellement celle qu'il avait donnée à l'école Yoshioka. Il avait pratiqué l'usage du bâton sous les ordres de son père, « sans y travailler très dur ». Depuis qu'il s'était décidé à étudier pour de bon, il avait pris pour maître toute chose au monde, ainsi que les exemples proposés par ses prédécesseurs à travers tout le pays. Il terminait en disant : « J'en suis encore à apprendre. »

– Hum... Vous le savez déjà sans doute, mais depuis l'époque de notre premier maître, le Hōzōin est célèbre en tout lieu pour ses techniques à la lance. Les combats qui se pratiquent ici sont violents, et il n'y a pas d'exception. Avant d'aller plus loin, peut-être feriez-vous mieux de lire ce qui est écrit au début du registre.

Musashi prit le livre, l'ouvrit et lut le règlement, qu'il avait précédemment sauté, et qui disait : « Étant venu ici pour étudier, je décharge le temple de toute responsabilité dans le cas où je serais physiquement blessé ou tué. »

– Je suis d'accord, dit Musashi avec un léger sourire, car cela allait de soi pour qui voulait devenir un guerrier.

– Très bien. Par ici.

Le dōjō était immense. Les moines devaient lui avoir sacrifié une salle de cours ou quelque autre vaste pièce du temple. Musashi n'avait jamais vu de salle ayant des colonnes d'une telle circonférence ; il remarqua aussi des traces de peinture, feuilles d'or et apprêt au blanc de Chine sur la charpente de traverse – toutes choses que d'ordinaire on ne rencontre pas dans les salles d'exercice.

Il n'était pas le seul visiteur. Plus de dix apprentis guerriers se trouvaient assis en train d'attendre, avec un nombre égal d'apprentis prêtres. À quoi s'ajoutaient bon nombre de samouraïs qui paraissaient être de simples observateurs. Tous regardaient avec passion deux lanciers qui s'exerçaient au combat. Nul n'accorda le moindre coup d'œil à Musashi tandis qu'il s'asseyait dans un coin.

D'après un écriteau fixé au mur, si quelqu'un voulait se battre avec des lances véritables, on accepterait le défi ; mais pour le moment les combattants se servaient de longues perches de chêne destinées à l'exercice. Pourtant, un coup de ces perches pouvait être extrêmement douloureux, voire fatal.

L'un des combattants finit par être jeté en l'air ; comme il regagnait son siège en boitant, vaincu, Musashi s'aperçut que sa cuisse avait déjà enflé jusqu'à atteindre la grosseur d'un tronc d'arbre. Incapable de s'asseoir, il se laissa tomber maladroitement sur un genou en étendant devant lui la jambe blessée.

– Au suivant ! appela l'autre combattant, un prêtre particulièrement arrogant.

Les manches de sa robe étaient attachées derrière lui ; son corps entier – jambes, bras, épaules et jusqu'à son front – semblait formé de muscles saillants. La perche de chêne qu'il tenait verticalement avait au moins trois mètres de long.

Un homme qui paraissait être l'un des nouveaux arrivants de ce jour-là releva le défi. Il retroussa ses manches avec une lanière de cuir et s'avança sur la piste. Le prêtre se tenait immobile tandis que son adversaire allait vers le mur choisir une hallebarde, et venait l'affronter. Selon la coutume ils s'inclinèrent ; mais à peine l'avaient-ils fait que le prêtre émit un hurlement de chien sauvage en donnant un violent coup de perche sur le crâne de son adversaire.

– Au suivant ! cria-t-il en revenant à sa position première.

Ce fut tout : l'autre avait son compte. Bien qu'il ne semblât pas mort encore, la simple action de lever la tête au-dessus du sol était au-dessus de ses forces. Deux des élèves-prêtres le ramenèrent en le traînant par les manches et la taille de son kimono. Par terre, derrière lui, s'étirait un filet de salive mêlée de sang.

– Au suivant ! cria de nouveau le prêtre, plus hargneux que jamais.

D'abord, Musashi crut que c'était Inshun, le maître de la seconde génération ; mais les hommes assis autour de lui répondirent que non, il s'agissait d'Agon, l'un des plus anciens disciples, nommés les « sept piliers du Hōzōin ». Inshun lui-même, ajoutèrent-ils, n'avait jamais besoin de se livrer à une passe d'armes, car les adversaires étaient toujours vaincus par un de ceux-là.

– Il n'y a personne d'autre ? rugit Agon, qui tenait maintenant horizontalement sa lance d'exercice.

Le régisseur bien bâti examinait son registre et les visages des hommes en train d'attendre. Il en désigna un.

– Non, pas aujourd'hui... Je reviendrai une autre fois.
– Et vous ?
– Non. Je ne me sens pas bien à la hauteur aujourd'hui.

L'un après l'autre ils se défilèrent, jusqu'à ce que Musashi vît le doigt le désigner.

– Et vous ?
– S'il vous plaît.
– « S'il vous plaît » ? Qu'entendez-vous par là ?
– J'entends par là que j'aimerais combattre.

Tous les yeux se rassemblèrent sur Musashi tandis qu'il se levait. L'orgueilleux Agon s'était retiré de la piste ; il causait et riait avec un groupe de prêtres ; mais quand il apprit qu'on lui avait trouvé un autre adversaire, il eut une expression d'ennui et dit paresseusement :

– Que quelqu'un me remplace.
– Allez-y, insistèrent-ils. Il n'y en a plus qu'un.

Agon céda et regagna nonchalamment le centre de la piste. Une fois de plus, il saisit la perche de bois noir et luisant qui lui semblait totalement familière. En succession rapide, il se mit en position d'attaque, tourna le dos à Musashi, et s'élança au pas de charge dans l'autre direction.

– Yah-h-h-h !

Poussant un cri furieux, il se précipita vers le mur du fond, et jeta méchamment sa lance à un endroit qui servait aux exercices. On venait de remplacer les planches ; pourtant, malgré l'élasticité du bois neuf, la lance sans fer d'Agon passa droit au travers.

– Yow-w-w !

Son grotesque cri de triomphe se répercuta à travers la salle, tandis qu'il dégageait sa lance et revenait en dansant plutôt qu'en marchant vers Musashi ; son corps musculeux fumait. Prenant position à quelque distance, il considéra férocement son dernier adversaire. Musashi s'était avancé avec son seul sabre de bois ; il se tenait absolument immobile, l'air un peu surpris.

– Prêt ! cria Agon.

Un rire mordant se fit entendre de l'autre côté de la fenêtre, et une voix dit :

– Agon, ne fais pas l'idiot ! Regarde, espèce de lourdaud stupide, regarde ! Ce n'est pas à une planche que tu es sur le point de t'attaquer.

Sans changer de posture, Agon regarda vers la fenêtre.

– Qui est là ? vociféra-t-il.

Le rire continua ; alors apparurent, au-dessus du rebord de la fenêtre, un crâne luisant et une paire de sourcils neigeux.

– Ça ne te vaudra rien, Agon. Pas cette fois. Laisse cet homme attendre jusqu'à après-demain le retour d'Inshun.

Musashi, qui avait lui aussi tourné la tête en direction de la fenêtre, vit que la face était celle du vieillard qu'il avait croisé en arrivant au Hōzōin ; mais à peine s'en était-il rendu compte que la tête disparut.

Agon tint compte de l'avertissement du vieux et desserra les doigts autour de son arme ; mais à peine ses yeux se posèrent-ils de nouveau sur Musashi qu'il poussa un juron dans la direction de la fenêtre maintenant vide... et ignora le conseil qu'il avait reçu.

Comme Agon resserrait les doigts sur sa lance, Musashi lui demanda pour la forme :

– Êtes-vous prêt, maintenant ?

Cette sollicitude mit Agon en fureur. Il avait des muscles d'acier ; quand il sautait, c'était avec une impressionnante légèreté. Ses pieds semblaient par terre et en l'air à la fois, frémissant comme le clair de lune sur les vagues de l'océan.

Musashi se tenait parfaitement immobile ; du moins le paraissait-il. Son attitude n'avait rien d'exceptionnel ; il tendait son sabre avec les deux mains ; mais, étant un peu plus petit que son adversaire et moins visiblement musclé, il avait l'air presque insouciant. La grande différence était dans les yeux. Ceux de Musashi avaient l'acuité de ceux d'un oiseau.

Agon secoua la tête, peut-être pour se débarrasser de la sueur qui lui ruisselait du front – ou des paroles d'avertissement du vieux. S'étaient-elles gravées dans son esprit ?

Essayait-il de les en chasser ? Quelle qu'en fût la raison, il était extrêmement agité. Il changea plusieurs fois de position pour essayer d'attirer Musashi ; mais ce dernier demeura immobile.

La botte d'Agon s'accompagna d'un cri perçant. Dans le fragment de seconde qui décida de la rencontre, Musashi para et contre-attaqua.

– Que s'est-il passé ?

Les autres prêtres s'élancèrent en foule, et formèrent un cercle noir autour d'Agon. Au milieu de la confusion générale, quelques-uns trébuchèrent sur sa lance d'exercice, et s'étalèrent.

Un prêtre se dressa, les mains et la poitrine ensanglantées, criant :

– Des médicaments ! Apportez les médicaments. Vite !

– Vous n'aurez pas besoin de médicaments. (C'était le vieux, entré par la grande porte, et qui ne fut pas long à comprendre ce qui se passait. Il prit une expression revêche.) Si j'avais cru que des médicaments le sauveraient, je n'aurais pas tenté de l'arrêter. L'imbécile !

Nul ne prêtait la moindre attention à Musashi. Pour faire quelque chose, il se rendit à la grande porte et commença de mettre ses sandales.

Le vieux le suivit.

– Hé là, vous ! dit-il.

Musashi répondit par-dessus son épaule :

– Oui ?

– Je voudrais avoir une petite conversation avec vous. Rentrez.

Il mena Musashi à une pièce située derrière la salle d'entraînement : une simple cellule carrée, dont la seule ouverture pratiquée était la porte.

Une fois qu'ils furent assis, le vieux déclara :

– Il serait plus convenable que l'abbé vînt vous saluer mais il est en voyage, et ne reviendra pas avant deux ou trois jours. Je le représenterai donc.

– C'est fort aimable à vous, dit Musashi en inclinant la tête. Je vous remercie du bon entraînement que j'ai reçu aujourd'hui, mais je dois vous présenter mes excuses pour la façon malheureuse dont cela s'est terminé...

– À quoi bon ? C'est la vie. Il faut être prêt à accepter cela avant de combattre. Ne vous tracassez pas.
– Comment vont les blessures d'Agon ?
– Il est mort sur le coup, dit le vieux.
Le souffle de ses paroles atteignit comme un vent glacé le visage de Musashi.
– Il est mort ?
Il se dit à lui-même : « Alors, ça recommence ! » Encore une existence tranchée par son sabre de bois. Il ferma les yeux, et dans son cœur invoqua le nom de Bouddha comme il l'avait fait dans le passé en de semblables circonstances.
– Jeune homme !
– Oui, monsieur.
– Vous vous nommez bien Miyamoto Musashi ?
– Oui.
– Sous la direction de qui avez-vous étudié les arts martiaux ?
– Je n'ai pas eu de maître au sens ordinaire du terme. Mon père m'a enseigné l'usage du bâton quand j'étais petit. Depuis, j'ai emprunté un certain nombre d'éléments à des samouraïs plus âgés dans diverses provinces. J'ai aussi passé quelque temps à parcourir la campagne ; je considère que les monts et les fleuves ont été mes maîtres, eux aussi.
– Vous semblez avoir l'attitude qu'il faut. Mais vous êtes si fort ! Beaucoup trop fort !
Prenant cela pour un compliment, Musashi rougit et dit :
– Oh ! non ! Je ne suis pas encore au point. Je n'arrête pas de commettre des erreurs.
– Ce n'est pas ce que je voulais dire. Votre force constitue votre défaut. Il faut apprendre à la dominer, devenir plus faible.
– Plaît-il ? demanda Musashi, perplexe.
– Rappelez-vous qu'il y a peu de temps vous avez traversé le jardin potager où je travaillais.
– Oui.
– En me voyant, vous vous êtes écarté d'un bond, n'est-ce pas ?

– Oui.

– Pourquoi donc avez-vous fait cela ?

– Mon Dieu, je ne sais pourquoi je me figurais que vous risquiez d'utiliser votre houe comme une arme pour m'en frapper les jambes. Et puis, votre attention avait beau paraître concentrée sur la terre, je sentais que vos yeux me transperçaient le corps entier. Je sentais dans ce regard quelque chose de meurtrier, comme si vous cherchiez mon point faible... pour l'attaquer.

Le vieux se mit à rire.

– C'était le contraire. Quand vous étiez encore à quinze mètres de moi, j'ai senti dans l'atmosphère ce que vous appelez « quelque chose de meurtrier ». Je l'ai senti au bout de ma houe... voilà à quel point votre humeur combative et votre ambition se manifestent dans chacun de vos actes. Je savais que je devais être prêt à me défendre... Si l'un des paysans du coin était passé près de moi, je n'aurais pas été moi-même plus qu'un vieil homme en train de cultiver ses légumes. Certes, vous avez senti de l'agressivité en moi, mais ce n'était qu'un reflet de la vôtre.

Musashi avait donc eu raison de penser, avant même leur premier échange de paroles, qu'il ne s'agissait pas là d'un homme ordinaire. Il éprouvait maintenant de manière aiguë le sentiment que le prêtre était le maître, et lui l'élève. Son attitude envers le vieillard au dos voûté en acquit la déférence qui s'imposait.

– Je vous remercie de la leçon que vous m'avez donnée. Puis-je vous demander votre nom et quelle position vous occupez dans ce temple ?

– Oh ! je n'appartiens pas au Hōzōin. Je suis l'abbé de l'Ōzōin. Je m'appelle Nikkan.

– Je vois.

– Je suis un vieil ami d'In'ei, et comme il étudiait l'usage de la lance, j'ai résolu de l'étudier en même temps que lui. Plus tard, je suis revenu là-dessus. Maintenant, jamais plus je ne touche à cette arme.

– Ce qui veut dire, je suppose, qu'Inshun, l'actuel abbé de ce temple-ci, est votre disciple.

– Oui, l'on pourrait présenter ainsi les choses. Mais les prêtres ne devraient pas avoir besoin d'armes, et je considère comme un malheur que le Hōzōin soit devenu célèbre pour un art martial, plutôt que pour sa ferveur religieuse. Toutefois, certaines gens estimaient qu'il serait dommage de laisser disparaître le style Hōzōin ; aussi l'ai-je enseigné à Inshun. Et à nul autre.

– Je me demande si vous me laisseriez séjourner dans votre temple jusqu'au retour d'Inshun.

– Avez-vous l'intention de le provoquer au combat ?

– Mon Dieu, puisque je suis là, j'aimerais voir comment le principal maître se sert de sa lance.

Nikkan secoua une tête réprobatrice.

– C'est une perte de temps. Il n'y a rien à apprendre ici.

– Vraiment ?

– Vous avez déjà vu l'art de la lance au Hōzōin, là, tout de suite, en combattant Agon. Qu'avez-vous besoin de voir d'autre ? Si vous voulez en apprendre davantage, regardez-moi. Regardez-moi dans les yeux.

Nikkan leva les épaules, tendit légèrement la tête, et regarda fixement Musashi. L'on eût dit que ses yeux allaient jaillir de leurs orbites. Tandis que Musashi plongeait son regard dans le sien, les pupilles de Nikkan brillèrent d'abord d'une flamme de corail, puis acquirent peu à peu une profondeur azurée. Cet éclat brûlait et engourdissait l'esprit de Musashi. Il détourna les yeux. Le rire de Nikkan crépitait.

Il ne relâcha son regard que lorsqu'un jeune prêtre entra et lui chuchota quelque chose.

– Apporte-le ici, ordonna-t-il. (Bientôt, le jeune prêtre revint avec un plateau et un récipient rond en bois, plein de riz ; Nikkan versa du riz dans un bol. Il le donna à Musashi.) Je vous recommande le gruau de thé et les légumes au vinaigre. Au Hōzōin, il est d'usage d'en servir à tous ceux qui viennent étudier ; ne vous croyez donc pas favorisé. Ils font leurs propres marinades – appelées marinades du Hōzōin, en fait : concombres farcis de basilic et de poivre rouge. Je crois qu'elles vous plairont.

Tout en prenant ses baguettes, Musashi sentit de nouveau sur lui le regard aigu et perçant de Nikkan. Il ignorait alors si cette intensité provenait de la personne du prêtre, ou s'il était une réponse à quelque chose qu'il émettait lui-même. Tandis qu'il mordait dans un concombre, il eut l'impression que le poing de Takuan allait de nouveau le frapper, ou peut-être que la lance proche du seuil allait voler sur lui.

Quand il eut terminé un bol de riz mêlé de thé et deux concombres, Nikkan lui demanda :

– En voulez-vous encore ?
– Non, merci. J'en ai eu beaucoup.
– Que dites-vous des marinades ?
– Excellentes, merci.

Même une fois parti, la brûlure du poivre rouge sur la langue de Musashi fut la seule chose qu'il put se rappeler du goût des marinades. Et ce n'était pas l'unique brûlure qu'il ressentait car il partit avec la conviction que d'une façon quelconque il venait d'essuyer une défaite. « J'ai perdu, se marmonnait-il à lui-même en marchant lentement à travers un bosquet de cryptomerias. J'ai été surclassé ! » Dans la faible clarté, des ombres fugitives traversèrent son chemin : un petit troupeau de cervidés effrayés par ses pas.

« Quand il ne s'agissait que de force physique, j'ai gagné ; mais je suis parti de là-bas avec un sentiment de défaite. Pourquoi ? N'ai-je gagné au-dehors que pour perdre au-dedans ? »

Il se rappela soudain Jōtarō, et revint sur ses pas au Hōzōin, où la lumière brûlait encore. Lorsqu'il se présenta, le prêtre qui gardait la porte passa la tête et dit négligemment :

– Qu'y a-t-il ? Vous avez oublié quelque chose ?
– Oui. Demain ou après-demain, je suppose que quelqu'un viendra ici à ma recherche. En ce cas, voudrez-vous lui dire que je séjournerai près de l'étang de Sarusawa ? Il devra me demander dans les auberges de là-bas.
– Très bien.

Étant donné la désinvolture de la réponse, Musashi crut devoir ajouter :

– Il s'agit d'un jeune garçon. Il s'appelle Jōtarō. Il est tout jeune ; je vous prie donc de lui faire bien clairement la commission.

Tout en foulant de nouveau le sentier qu'il avait pris plus tôt, Musashi se marmonnait à lui-même : « Voilà qui prouve bien que j'ai perdu. J'ai même oublié de laisser un message pour Jōtarō. J'ai été battu par le vieil abbé ! » L'abattement de Musashi persistait. Il avait eu beau gagner contre Agon, la seule chose qui restait gravée dans son esprit était le sentiment d'immaturité qu'il avait éprouvé en présence de Nikkan. Comment pourrait-il jamais devenir un grand homme d'épée, le plus grand de tous ? Telle était la question qui l'obsédait jour et nuit, et la rencontre d'aujourd'hui l'avait laissé au comble de la dépression.

Au cours des vingt dernières années environ, la zone située entre l'étang de Sarusawa et le cours inférieur de la rivière Sai s'était bâtie de façon régulière ; il y avait là tout un fouillis de maisons, d'auberges et de boutiques neuves. Peu auparavant seulement, Ōkubo Nagayasu était venu gouverner la ville pour le compte des Tokugawas, et avait établi à proximité ses locaux administratifs. Au centre de la ville se trouvait l'établissement d'un Chinois que l'on disait être un descendant de Lin Ho-ching ; il avait fait de si bonnes affaires avec ses boulettes farcies qu'il était en train d'agrandir sa boutique en direction de l'étang.

Musashi s'arrêta au milieu des lumières du quartier le plus animé, et se demanda où loger. Les auberges abondaient, mais il devait faire attention à ses dépenses ; en même temps, il désirait choisir un endroit qui ne fût pas trop éloigné du centre, pour permettre à Jōtarō de le trouver sans difficulté.

Il venait de manger au temple ; pourtant, l'odeur des boulettes farcies lui donna faim de nouveau. Il entra dans la boutique, s'assit et s'en commanda toute une platée. Quand elles arrivèrent, il observa que le nom de Lin était imprimé à la base des boulettes. À la différence des marinades épicées du Hōzōin, les boulettes avaient un goût savoureux.

La jeune fille qui lui versait le thé lui demanda poliment :

– Où avez-vous l'intention de loger ce soir ?

Musashi, qui connaissait mal le quartier, sauta sur l'occasion d'exposer sa situation et de demander conseil. Elle lui dit qu'un parent du patron tenait une pension de famille où il serait le bienvenu ; et, sans attendre sa réponse, elle s'éloigna en trottinant. Elle revint avec une femme assez jeune, dont les sourcils rasés indiquaient qu'elle était mariée – vraisemblablement l'épouse du patron.

La pension de famille se trouvait dans une allée tranquille, non loin du restaurant ; il semblait s'agir d'une demeure ordinaire qui accueillait parfois des hôtes. La patronne dépourvue de sourcils, qui lui avait montré le chemin, frappa légèrement à la porte, puis se tourna vers Musashi en murmurant :

– C'est la maison de ma sœur aînée ; aussi, ne vous inquiétez pas des pourboires...

La servante sortit de la maison, et les deux femmes chuchotèrent entre elles durant quelques instants. Apparemment satisfaite, la servante mena Musashi au deuxième étage.

La chambre et son mobilier étaient trop luxueux pour une auberge ordinaire, ce qui rendit Musashi un peu mal à son aise. Il se demanda pourquoi une maison aussi cossue prenait des pensionnaires, et interrogea là-dessus la servante ; mais elle se contenta de sourire sans répondre. Comme il avait déjà dîné, il prit son bain et se coucha ; mais la question lui trottait encore dans la tête au moment où il s'endormit.

Le lendemain matin, il dit à la servante :

– Quelqu'un doit venir me voir. Puis-je rester un jour ou deux jusqu'à son arrivée ?

– Bien entendu, répondit-elle, sans même interroger là-dessus la maîtresse de maison, qui vint bientôt le saluer elle-même.

C'était une belle femme d'une trentaine d'années, au teint satiné. Quand Musashi tenta de satisfaire sa curiosité sur la question de savoir pourquoi elle acceptait des pensionnaires, elle répondit en riant :

– À vrai dire, je suis veuve – mon mari était un acteur de Nō du nom de Kanze –, et j'ai peur de rester sans un homme à la maison, avec tous ces rōnins grossiers dans les parages.

Ensuite, elle expliqua que les rues avaient beau fourmiller de débits de boissons et de prostituées, bon nombre de samouraïs indigents ne se contentaient pas de ces distractions. Ils soutiraient des renseignements à la jeunesse locale, et s'attaquaient aux maisons où il n'y avait pas d'homme. Ils appelaient cela « aller voir les veuves ».

– En d'autres termes, dit Musashi, vous prenez des gens comme moi pour vous servir de garde du corps ; je me trompe ?

– Mon Dieu, répondit-elle en souriant, comme je vous l'ai dit, il n'y a pas d'homme à la maison. Croyez bien que vous êtes libre de rester aussi longtemps que vous le voudrez.

– Je vous comprends parfaitement. J'espère que vous vous sentirez en sécurité tant que je serai là. Je n'ai qu'une seule demande à vous faire. J'attends un visiteur ; aussi, auriez-vous l'obligeance de mettre à la porte une pancarte avec mon nom dessus ?

La veuve, ravie de faire savoir qu'elle avait un homme chez elle, inscrivit « Miyamoto Musashi » sur une bande de papier qu'elle colla au montant du portail.

Jōtarō ne parut pas ce jour-là ; mais le lendemain, Musashi reçut la visite de trois samouraïs. Bousculant la servante qui protestait, ils grimpèrent droit à sa chambre. Musashi vit aussitôt qu'ils étaient de ceux qui se trouvaient présents au Hōzōin lorsqu'il avait tué Agon. Assis autour de lui comme des amis de toujours, ils se mirent à l'accabler de flatteries.

– Je n'ai jamais rien vu de pareil, disait l'un. Je suis sûr qu'il ne s'est jamais rien produit de tel au Hōzōin. Pensez donc ! Un visiteur inconnu arrive et, sans crier gare, abat l'un des « sept piliers ». Et pas n'importe lequel : le terrifiant Agon en personne. Un seul gémissement, et il crache le sang. On ne voit pas souvent des spectacles comme celui-là !

Un autre continua dans la même veine :

– Tout le monde en parle. Tous les rōnins se demandent qui peut bien être au juste ce Miyamoto Musashi. Mauvaise journée pour la réputation du Hōzōin.

– Comment, mais vous devez être la plus fine lame du pays !

– Et si jeune, avec ça !

– Ça ne fait aucun doute. Et vous deviendrez encore meilleur avec le temps.

– Puis-je vous demander comment il se fait qu'avec tous vos talents vous ne soyez que rōnin ? C'est un gaspillage de talent que de n'être pas au service d'un daimyō !

Ils se turent, juste le temps d'ingurgiter du thé et de dévorer des gâteaux avec entrain, tout en couvrant de miettes leurs genoux et le plancher.

Musashi, gêné par l'extravagance de leurs éloges, roulait les yeux en tous sens. Durant quelque temps, il écouta, le visage impassible, en se disant que tôt ou tard ils perdraient leur élan. Comme ils ne paraissaient pas vouloir changer de sujet, il prit l'initiative en leur demandant leurs noms.

– Oh ! excusez-moi. Je suis Yamazoe Dampachi. J'étais au service du seigneur Gamō, dit le premier.

– Je suis Ōtomo Banryū, dit son voisin. J'ai acquis la maîtrise du style Bokuden, et j'ai des tas de projets d'avenir.

– Je suis Yasukawa Yasubei, fit le troisième avec un petit rire, et je n'ai jamais été que rōnin, comme avant moi mon père.

Musashi se demandait pourquoi ils perdaient leur temps et le sien à parler pour ne rien dire. Comme il devenait clair qu'il ne le saurait pas sans les interroger, lorsqu'il y eut une nouvelle pause dans la conversation il dit :

– Je suppose que vous êtes venus pour une raison précise.

Ils feignirent la surprise à cette simple hypothèse, mais reconnurent bientôt qu'ils étaient venus accomplir ce qu'ils considéraient comme une mission très importante. Yasubei s'avança vivement, et dit :

– À la vérité, nous venons en effet pour une raison précise. Voyez-vous, nous nous proposons d'organiser un « divertissement » public au pied du mont Kasuga, et nous voulions vous en parler. Il ne s'agit pas d'une pièce ou de quoi que ce soit de ce genre. Nous pensons à une série d'affrontements qui informeraient les gens sur les arts martiaux, et en même temps leur donneraient matière à paris.

Il poursuivit en disant que déjà l'on dressait les estrades, et que cela s'annonçait fort bien. Ils estimaient toutefois qu'ils avaient besoin d'un autre homme : avec eux trois seulement, un samouraï vraiment fort risquait de se présenter et de les battre tous, ce qui voudrait dire que leur argent durement gagné s'évanouirait en fumée. Ils avaient décrété que Musashi était juste l'homme qu'il leur fallait. S'il acceptait de se joindre à eux, non seulement ils partageraient les bénéfices, mais lui paieraient la nourriture et le logement à l'époque des affrontements. De la sorte, il pourrait sans difficulté gagner vite de l'argent pour ses futurs voyages.

Musashi prêta une oreille un peu amusée à leurs cajoleries, mais au bout d'un moment il s'en lassa et les interrompit :

– Si c'est là tout ce que vous désirez, inutile d'en discuter. Cela ne m'intéresse pas.

– Mais pourquoi ? demanda Dampachi. Pourquoi cela ne vous intéresse-t-il pas ?

La colère juvénile de Musashi explosa.

– Je ne suis pas baladin ! déclara-t-il avec indignation. Et je mange avec des baguettes, non point avec mon sabre !

– Que voulez-vous dire par là ? protestèrent les trois autres, implicitement insultés.

– Vous ne comprenez donc pas, espèces d'idiots ? Je suis un samouraï, et j'ai l'intention de rester un samouraï. Dussé-je en mourir de faim. Et maintenant, dehors !

L'un des hommes tordit la bouche en un mauvais rictus ; un autre, rouge de colère, cria :

– Vous regretterez vos paroles !

Ils savaient bien qu'à eux trois réunis, ils ne faisaient pas le poids contre Musashi ; mais pour sauver la face ils sortirent avec fracas, l'air menaçant, en faisant de leur mieux pour donner l'impression qu'ils n'allaient pas en rester là.

Cette nuit-là, comme les quelques nuits précédentes, il y eut une lune laiteuse, légèrement voilée. La jeune maîtresse de maison, délivrée de son inquiétude tant que Musashi séjournait là, veilla à lui servir une exquise nourriture et du saké de bonne qualité. Il dîna en bas avec la famille, et le saké le mit en douce humeur.

Remonté dans sa chambre, il s'étendit par terre. Sa pensée revint bientôt à Nikkan.

« C'est humiliant », se dit-il.

Les adversaires qu'il avait vaincus, même ceux qu'il avait tués ou à demi tués, s'évanouissaient toujours de son esprit comme neige au soleil ; mais il ne pouvait oublier quiconque avait eu l'avantage sur lui en quoi que ce fût, et, par conséquent, tous ceux en lesquels il sentait une présence irrésistible. Les hommes de cette sorte le hantaient comme de vivants fantômes, et il songeait sans cesse au moyen de les éclipser un jour.

« Humiliant ! » répéta-t-il.

Il se prit la tête à deux mains pour réfléchir au moyen de l'emporter sur Nikkan, d'affronter sans faiblir ce regard inhumain. Depuis deux jours, cette question le rongeait. Non qu'il voulût à Nikkan aucun mal, mais il était amèrement déçu par lui-même.

« Est-ce que je ne vaux rien ? » se demandait-il avec tristesse. Ayant appris seul l'art du sabre, et par conséquent incapable d'évaluer objectivement sa propre force, il ne pouvait s'empêcher de douter de sa propre aptitude à acquérir jamais un pouvoir comme celui dont rayonnait le vieux prêtre.

Nikkan lui avait dit qu'il était trop fort, qu'il devait apprendre à devenir plus faible. Voilà qui le plongeait dans des abîmes de perplexité. Pour un guerrier, la force n'était-elle pas la plus importante des qualités ? N'était-elle pas ce qui rendait un guerrier supérieur aux autres ? Comment Nikkan la pouvait-il considérer comme un défaut ?

« Peut-être ce vieux coquin se moquait-il de moi, songeait Musashi. Peut-être qu'étant donné ma jeunesse il avait résolu de parler par énigmes à seule fin de me plonger dans la confusion, pour s'amuser. Puis, après mon départ, il a bien ri. C'est possible. »

En des moments pareils, Musashi se demandait s'il avait été sage de lire tous ces livres, au château de Himeji.

Jusque-là, il ne s'était jamais beaucoup soucié de réfléchir ; mais maintenant, à chaque événement qui se produisait, il n'avait de cesse qu'il n'en trouvât une explication satisfaisante pour son intellect. Auparavant, il avait agi par instinct ; à présent, il lui fallait comprendre la moindre chose avant de pouvoir l'accepter. Et cela s'appliquait non seulement à l'art du sabre, mais à la façon dont il envisageait l'humanité, la société.

Certes, la tête brûlée en lui avait été domptée. Et pourtant, Nikkan disait qu'il était « trop fort ». Sans doute voulait-il parler non de la force physique, mais du sauvage esprit combatif avec lequel Musashi était né. Le prêtre pouvait-il l'avoir véritablement perçu, ou le devinait-il ?

« La connaissance livresque n'est d'aucune utilité pour le guerrier, se disait-il afin de se rassurer. Si l'on se soucie trop de ce qu'autrui pense ou fait, on risque d'être lent à l'action. Eh quoi ! Si Nikkan lui-même fermait un instant les yeux et faisait un seul faux pas, il tomberait en pièces ! »

Un bruit de pas dans l'escalier interrompit sa rêverie. La servante parut, suivie de Jōtarō, sa peau sombre encore noircie par la saleté du voyage, mais ses cheveux de farfadet blancs de poussière. Musashi, sincèrement heureux de la diversion que lui apportait son jeune ami, l'accueillit à bras ouverts.

L'enfant se laissa tomber à terre, ses jambes sales étendues.

– Je suis fatigué ! soupira-t-il.
– Tu as eu du mal à me trouver ?
– Du mal ? J'ai failli renoncer. Je vous ai cherché partout !
– Tu n'as pas demandé au Hōzōin ?
– Si, mais ils ont répondu qu'ils ne vous connaissaient pas.
– Ah ! vraiment ? dit Musashi, les yeux rétrécis. Je leur ai pourtant spécifié que tu me trouverais près de l'étang de Sarusawa... Allons, je suis content que tu aies réussi.
– Voici la réponse de l'école Yoshioka, dit Jōtarō en tendant à Musashi le tube de bambou. Je n'ai pu trouver

Hon'iden Matahachi ; aussi ai-je demandé chez lui qu'on lui fasse la commission.

– Parfait. Maintenant, cours prendre un bain. On te donnera à dîner en bas.

Musashi sortit le message du tube et le lut. Il disait que Seijūrō attendait impatiemment une « deuxième rencontre »; si Musashi ne se présentait pas comme promis l'année suivante, on en conclurait qu'il avait eu peur. Seijūrō ferait en sorte que Musashi devînt la risée de Kyoto. Ces fanfaronnades étaient d'une écriture maladroite, vraisemblablement celle de quelqu'un d'autre que Seijūrō.

Musashi déchira la missive et la brûla ; les morceaux calcinés s'envolèrent comme autant de papillons noirs.

Seijūrō parlait d'une « rencontre », mais il était clair que ce serait plus que cela. Ce serait un combat à mort. L'an prochain, à la suite de cette lettre insultante, lequel des combattants finirait-il en cendres ?

Musashi trouvait tout naturel qu'un guerrier se contentât de vivre au jour le jour, sans jamais savoir le matin s'il verrait le crépuscule. Pourtant, l'idée qu'il risquait véritablement de mourir au cours de l'année suivante le tracassait un peu. Tant de choses lui restaient à faire ! Et d'abord, son brûlant désir de devenir un grand homme d'épée. Mais ce n'était pas tout. Jusqu'alors, songeait-il, il n'avait rien fait de ce que les gens font d'ordinaire au cours d'une existence.

À ce stade de sa vie, il avait encore la vanité de croire qu'il aimerait avoir des serviteurs – une foule de serviteurs – pour mener ses chevaux et porter ses faucons, tout comme Bokuden et le seigneur Kōizumi d'Ise. Il eût aimé aussi posséder une maison respectable, avec une bonne épouse et de fidèles domestiques. Il voulait être un bon maître, et jouir du confort chaleureux d'un foyer. Bien sûr, avant de s'établir, il brûlait en secret de connaître un grand amour. Durant toutes ces années où il n'avait pensé qu'à la Voie du samouraï, il était demeuré chaste. Il n'en était pas moins troublé par certaines des femmes qu'il voyait dans les rues de Kyoto et de Nara ; or, ce n'étaient pas leurs seules qualités esthétiques qui lui plaisaient ; il les désirait physiquement.

Sa pensée se tourna vers Otsū. Elle avait beau appartenir maintenant au lointain passé, il se sentait étroitement lié à elle. Combien de fois, alors qu'il souffrait de solitude ou de mélancolie, le vague souvenir de la jeune fille avait-il suffi à le consoler !

Il sortit bientôt de sa rêverie. Jōtarō l'avait rejoint, baigné, rassasié, fier d'avoir mené à bien sa mission. Assis, ses petites jambes croisées, les mains entre les genoux, il ne fut pas long à succomber à la fatigue. Bientôt, il dormit comme un bienheureux, la bouche ouverte. Musashi le mit au lit.

Au matin, l'enfant se leva avec les moineaux. Musashi aussi fut matinal : il entendait reprendre la route.

Comme il s'habillait, la veuve parut et dit d'un ton de regret :

– Vous avez l'air pressé de partir. (Elle portait dans ses bras des vêtements qu'elle lui offrit :) Je vous ai cousu ces vêtements en guise de cadeau d'adieu : un kimono avec un mantelet. Je ne suis pas sûre qu'ils vous plairont, mais j'espère que vous les porterez.

Musashi la regarda, stupéfait. Ces vêtements étaient beaucoup trop coûteux pour qu'il les acceptât après n'avoir séjourné là que deux jours. Il essaya de refuser, mais la veuve insista :

– Non, il faut les prendre. De toute façon, ils n'ont rien de bien extraordinaire. Mon mari m'a laissé des tas de vieux kimonos et de costumes de Nō. Je n'en ai pas l'usage. J'ai cru devoir vous en donner. J'espère vraiment que vous ne refuserez pas. Maintenant que je les ai mis à votre taille, si vous ne les prenez pas ils seront bons à jeter.

Elle passa derrière Musashi, et tendit le kimono pour qu'il en enfilât les manches. En le mettant, il se rendit compte que la soie était de très bonne qualité, ce qui ne fit qu'augmenter sa gêne. La cape était particulièrement belle ; elle devait être importée de Chine. Elle était bordée de brocart d'or, doublée de crêpe de soie, et l'on avait teint en pourpre les attaches de cuir.

– Cela vous va parfaitement ! s'écria la veuve.

Jōtarō, l'air envieux, lui dit soudain :

– Et à moi, qu'allez-vous donner ?

La veuve éclata de rire.

– Tu devrais te féliciter de ta chance d'accompagner un aussi beau maître.

– Oh! grommela Jōtarō, de toute façon je ne veux pas d'un vieux kimono!

– Y a-t-il quelque chose que tu veuilles?

L'enfant courut au mur de l'antichambre, décrocha un masque de Nō, et dit:

– Oui, ça!

Il le convoitait depuis qu'il l'avait aperçu pour la première fois, la veille au soir, et voici qu'il s'en caressait la joue avec tendresse.

Le bon goût de l'enfant surprit Musashi. Lui-même l'avait trouvé d'une admirable exécution. Impossible de savoir qui l'avait façonné, mais il était sûrement vieux de deux ou trois siècles, et de toute évidence avait servi à de véritables représentations de Nō. Le visage, ciselé avec un soin exquis, était celui d'un démon femelle; mais tandis que le masque ordinaire de ce type était grotesquement tacheté de bleu, celui-ci représentait le visage d'une jeune fille élégante et belle. Il ne présentait qu'une seule étrangeté: un coin de la bouche se retroussait fortement vers le haut de la façon la plus inquiétante que l'on pût imaginer. Il ne s'agissait manifestement pas d'une face fictive, inventée par l'artiste, mais du portrait d'une vraie folle bien vivante, très belle et pourtant possédée.

– Tu ne peux avoir cela, dit la veuve avec fermeté en essayant de reprendre à l'enfant le masque.

Jōtarō, l'évitant, se mit le masque au sommet de la tête et gambada à travers la chambre; il criait d'un ton de défi:

– Vous n'en avez pas besoin! Il est à moi, maintenant; je vais le garder!

Musashi, surpris et embarrassé par le comportement de son pupille, tenta de l'attraper; mais Jōtarō fourra le masque dans son kimono et s'enfuit au bas de l'escalier, la veuve à ses trousses. Elle riait, pas fâchée du tout, mais assurément, elle n'entendait point se séparer du masque.

Bientôt, Jōtarō regrimpa lentement les marches. Musashi, prêt à le tancer d'importance, était assis face à la porte. Mais en entrant, l'enfant cria: « Hou! » et tendit le masque devant lui. Musashi tressaillit ; ses muscles se raidirent, et ses genoux frémirent malgré lui.

Il se demanda pourquoi la farce de Jōtarō lui faisait un effet pareil ; mais en contemplant le masque dans la pénombre, il entrevit la vérité. Le ciseleur avait mis dans sa création quelque chose de diabolique. Ce sourire en demi-lune, retroussé du côté gauche de la face blanche, était hanté, possédé d'un démon.

– Eh bien, partons, dit Jōtarō.

Musashi répondit sans se lever :

– Pourquoi n'as-tu pas encore rendu ce masque ? Qu'as-tu à faire d'un objet pareil ?

– Mais elle a dit que je pouvais le garder ! Elle me l'a donné.

– C'est faux ! Descends immédiatement le lui rendre !

– Mais elle me l'a donné ! Quand j'ai proposé de le rendre, elle a dit que si j'y tenais tant que ça je pouvais le garder. Elle voulait seulement être sûre que j'en prendrais bien soin ; je le lui ai promis.

– Que vais-je faire de toi !

Musashi avait honte d'accepter le très beau kimono, ainsi que ce masque, que la veuve paraissait chérir. Il eût aimé faire quelque chose en retour ; mais il était évident qu'elle n'avait pas besoin d'argent – sûrement pas de la petite somme qu'il aurait pu lui offrir –, et aucune de ses maigres possessions n'eût fait un cadeau convenable. Il descendit les marches, la pria d'excuser la grossièreté de Jōtarō, et tenta de lui restituer le masque.

Mais la veuve lui répondit :

– Non, en y réfléchissant bien, je crois que je serai plus heureuse sans. Et Jōtarō le désire si fort... Ne soyez pas trop dur avec lui.

Soupçonnant que le masque avait pour elle une signification particulière, Musashi essaya une fois de plus de le lui rendre ; mais entre-temps Jōtarō avait mis ses sandales de paille et attendait au-dehors, à côté du portail, l'air satisfait. Musashi, pressé de partir, céda à la bonté de son hôtesse et accepta son cadeau. La jeune veuve déclara qu'elle regrettait plus de voir partir Musashi que de perdre le masque, et le supplia à plusieurs reprises de revenir séjourner chez elle chaque fois qu'il se trouverait à Nara.

Musashi attachait les lanières de ses sandales quand la femme du fabricant de boulettes accourut.

– Oh! fit-elle hors d'haleine, je suis si contente que vous ne soyez pas encore parti! Vous ne pouvez partir maintenant. Remontez, je vous en prie. Il se passe une chose affreuse!

La voix de la femme tremblait comme si elle avait cru qu'un ogre effroyable allait se jeter sur elle.

Musashi finit d'attacher ses sandales, et leva tranquillement la tête.

– Que se passe-t-il de si terrible?

– Les prêtres du Hōzōin ont appris que vous partiez aujourd'hui, et plus de dix d'entre eux ont pris leur lance; ils vous guettent dans la plaine de Hannya.

– Vraiment?

– Oui, et l'abbé, Inshun, est avec eux. Mon mari connaît l'un des prêtres, et lui a demandé ce qui se passait. Celui-ci a dit que l'homme qui séjourne ici depuis quarante-huit heures, l'homme appelé Miyamoto, quittait Nara aujourd'hui, et que les prêtres allaient l'attaquer sur la route.

La face convulsée de frayeur, elle assura à Musashi que ce serait un suicide que de quitter Nara ce matin-là, et le pressa instamment de se cacher la nuit suivante. Il serait plus sûr, d'après elle, d'essayer de partir à la dérobée le lendemain.

– Je vois, fit Musashi sans s'émouvoir. Vous dites qu'ils se proposent de me rencontrer dans la plaine de Hannya?

– Je ne sais pas au juste à quel endroit, mais ils sont partis dans cette direction. Des gens de la ville m'ont dit que ce n'étaient pas seulement les prêtres; ils ont déclaré que toute une bande de rōnins se sont aussi rassemblés; ils prétendent s'emparer de vous et vous remettre au Hōzōin. Avez-vous dit du mal du temple? Les avez-vous insultés d'une façon quelconque?

– Non.

– Eh bien, on dit que les prêtres sont furieux parce que vous avez payé quelqu'un pour placarder dans toute la ville des affiches représentant un homme décapité. Ils en concluaient que vous vous réjouissiez méchamment d'avoir tué l'un des leurs.

– Je n'ai rien fait de tel. Il y a erreur.

– Eh bien, si c'est une erreur, vous ne devriez pas aller vous faire tuer pour elle!

Le front perlant de sueur, Musashi regardait pensivement le ciel; il se rappelait la colère des trois rōnins quand il avait refusé leur marché. Peut-être leur devait-il tout cela. Voilà qui leur ressemblait fort, de coller des affiches offensantes, et puis de répandre le bruit qu'il en était l'auteur.

Brusquement, il se leva.

– Je pars, dit-il.

Il attacha à son dos son sac de voyage, prit à la main son chapeau de vannerie, et, se tournant vers les deux femmes, les remercia de leur bonté. Comme il s'avançait vers le portail, la veuve, maintenant en larmes, le suivit en le suppliant de ne point partir.

– Si je passe ici une autre nuit, lui fit-il observer, il y aura nécessairement du désordre chez vous. Je ne le voudrais certes pour rien au monde, après toutes vos bontés pour nous.

– Ça m'est égal, insista-t-elle. Vous seriez plus en sécurité ici.

– Non, je pars. Jō! Dis mèrci à la dame.

Sagement, l'enfant s'inclina et obéit. Lui aussi paraissait démoralisé, mais non point parce qu'il regrettait de partir. Au fond, Jōtarō ne connaissait pas vraiment Musashi. À Kyoto, il avait ouï dire que son maître était un faible et un lâche; l'idée que les fameux lanciers du Hōzōin se disposaient à l'attaquer était fort inquiétante. Son cœur d'enfant était plein de tristesse et d'appréhension.

LA PLAINE DE HANNYA

Jōtarō cheminait tristement derrière son maître; il craignait que chaque pas ne les rapprochât d'une mort certaine. Un peu plus tôt, sur la route humide, ombragée, près du Tōdaiji, une goutte de rosée, en tombant sur son col, avait failli lui faire pousser un cri. Les noirs corbeaux qu'il voyait le long du chemin lui donnaient des frissons dans le dos.

Nara se trouvait loin derrière eux. À travers les rangées de cryptomerias qui longeaient la route, ils distinguaient la pente douce de la plaine qui montait jusqu'à la colline de Hannya ; à leur droite, les crêtes ondulées du mont Mikasa ; au-dessus d'elles, le ciel paisible.

Que lui et Musashi allassent tout droit là où les lanciers du Hōzōin les guettaient, voilà qui lui paraissait complètement absurde. Les endroits où se cacher ne manquaient pas, si l'on y réfléchissait. Pourquoi ne pas entrer dans l'un des nombreux temples qui bordaient la route, et attendre ? Voilà qui serait sûrement plus sensé.

Il se demandait si par hasard Musashi avait l'intention de s'excuser auprès des prêtres, bien qu'il ne leur eût point fait tort. Jōtarō décida que si Musashi implorait leur pardon, il agirait de même. Ce n'était pas le moment de discuter sur ce qui était juste et sur ce qui ne l'était pas.

– Jōtarō !

En entendant appeler son nom, l'enfant tressaillit. Ses yeux s'écarquillèrent, et son corps se raidit. Son visage avait dû pâlir de frayeur ; aussi, pour ne point paraître puéril, leva-t-il bravement les yeux vers le ciel. Musashi fit de même, et l'enfant se sentit plus démoralisé que jamais.

Quand Musashi reprit la parole, ce fut du ton enjoué qui lui était habituel :

– Il fait bon, hein, Jō ! On se croirait portés par le chant des rossignols.

– Quoi ? demanda l'enfant, stupéfait.

– J'ai dit : des rossignols.

– Ah ! oui, des rossignols… Il y en a par ici, n'est-ce pas ?

Musashi voyait bien, à la pâleur des lèvres de l'enfant, qu'il était abattu. Il avait pitié de lui. Après tout, il risquait de se retrouver soudain, quelques minutes plus tard, seul dans un lieu inconnu.

– Nous approchons bien de la colline de Hannya ? dit Musashi.

– Oui.

– Eh bien, et alors ?

Jōtarō ne répondit pas. À ses oreilles, le chant des rossignols semblait lugubre. Il ne pouvait chasser le pressentiment qu'ils seraient bientôt séparés pour toujours. Les yeux qui avaient pétillé d'allégresse lorsqu'il avait fait peur à Musashi avec le masque étaient maintenant inquiets et tristes.

– Je crois que je ferais mieux de te quitter ici, dit Musashi. Si tu viens avec moi, tu risques de recevoir un mauvais coup. Il n'y a aucune raison de te mettre dans la gueule du loup.

Jōtarō s'effondra ; les larmes ruisselaient le long de ses joues comme si une digue s'était rompue. Il s'essuya les yeux du revers des mains ; ses épaules frémissaient. Ses pleurs se ponctuaient de minuscules spasmes, comme s'il avait eu le hoquet.

– Eh bien ! Tu n'apprends donc pas la Voie du samouraï ? Si je force l'embuscade, tu cours dans la même direction que moi. Si je me fais tuer, tu retournes chez le marchand de saké de Kyoto. Mais pour le moment, va jusqu'à cette petite colline, et surveille la scène de là-haut. Rien ne t'échappera.

Après avoir essuyé ses larmes, Jōtarō empoigna Musashi par les manches et s'écria :

– Fuyons !

– En voilà des façons de parler pour un samouraï ! Tu veux devenir samouraï, oui ou non ?

– J'ai peur ! Je ne veux pas mourir ! (De ses mains tremblantes, il essayait sans cesse de tirer Musashi par la manche.) Pensez à moi ! suppliait-il. Je vous en prie, allons-nous-en pendant qu'il est encore temps !

– En parlant comme ça, tu me donnes envie de fuir, à moi aussi. Tu n'as pas de parents pour s'occuper de toi, tout comme moi quand j'avais ton âge. Mais...

– Alors, venez. Qu'est-ce que nous attendons ?

– Non ! (Musashi se tourna vers lui, et, campé sur ses jambes largement écartées, le regarda droit dans les yeux :) Je suis un samouraï. Tu es un fils de samouraï. Nous ne fuirons pas. (Devant le ton sans réplique de

Musashi, Jōtarō céda et s'assit ; des larmes salées coulaient sur sa figure tandis qu'il frottait avec ses mains ses yeux rougis et gonflés.) Ne t'inquiète pas ! dit Musashi. Je n'ai aucune intention de perdre. Je vais gagner ! Alors, tout ira bien, n'est-ce pas ?

Ce discours ne réconforta guère Jōtarō. Il n'en croyait pas un mot. Sachant que les lanciers du Hōzōin étaient plus de dix, il doutait que Musashi, compte tenu de sa réputation de faiblesse, pût les battre un par un, sans parler de les vaincre tous à la fois.

Musashi, quant à lui, en arrivait à perdre patience. Il aimait bien Jotaro, il avait pitié de lui, mais ce n'était pas le moment de penser aux enfants. Les lanciers se trouvaient là dans une seule intention : le tuer. Il devait être prêt à les affronter. Jotaro commençait à l'exaspérer.

Sa voix se fit tranchante :

– Arrête de pleurnicher ! Si tu te conduis comme ça, jamais tu ne seras un samouraï. Pourquoi ne retournerais-tu pas tout bonnement chez le marchand de saké ?

Sans trop de douceur, il repoussa l'enfant.

Jōtarō, piqué au vif, cessa de pleurer et se releva, l'air surpris. Il regarda son maître s'éloigner à grands pas vers la colline de Hannya. Il avait envie de le rappeler mais se domina. Il s'efforça plutôt de garder le silence durant plusieurs minutes. Après quoi, il s'accroupit sous un arbre proche, se plongea la figure dans les mains, et grinça des dents.

Musashi ne regarda pas en arrière, mais les sanglots de Jōtarō lui résonnaient aux oreilles. Il avait l'impression de voir avec sa nuque le pauvre petit garçon effrayé, et il regrettait de l'avoir amené avec lui. Devoir s'occuper de soi-même était déjà trop ; encore immature, ne pouvant compter que sur son sabre, ignorant totalement ce que le lendemain lui apporterait, qu'avait-il à faire d'un compagnon ?

Les arbres s'espaçaient. Il se trouva sur une plaine dégagée, en réalité les premières pentes des montagnes lointaines. Sur la route qui bifurquait vers le mont Mikasa, un homme leva la main en guise de salut.

– Hé, Musashi ! Où donc allez-vous comme ça ?

Celui-ci reconnut l'homme qui venait vers lui ; c'était Yamazoe Dampachi. Musashi sentit aussitôt que l'autre avait pour objectif de le faire tomber dans un piège, pourtant il le salua cordialement.

Dampachi lui dit :

– Content de vous rencontrer. Je tiens à ce que vous sachiez combien je regrette l'affaire de l'autre jour. (Le ton de sa voix était trop poli et, tout en parlant, il examinait visiblement avec une grande attention le visage de Musashi.) J'espère que vous l'oublierez. Tout ça n'était qu'un malentendu.

Dampachi lui-même ne savait trop que penser de Musashi. Ce qu'il avait vu au Hōzōin l'avait fort impressionné. Cette simple idée lui donnait des frissons dans le dos. Quoi qu'il en soit, Musashi n'était encore qu'un rōnin de province, qui ne pouvait avoir plus de vingt et un ou vingt-deux ans, et Dampachi se trouvait loin d'être disposé à admettre qu'un homme de cet âge et de ce rang pût lui être supérieur.

– Où allez-vous ? demanda-t-il à nouveau.

– J'ai l'intention de passer par Iga pour rejoindre la grand-route d'Ise. Et vous ?

– Oh ! j'ai à faire à Tsukigase.

– Ce n'est pas loin de la vallée de Yagyū, n'est-ce pas ?

– Non, pas loin.

– C'est là que se trouve le château du seigneur Yagyū, n'est-ce pas ?

– Oui, il est très près du temple appelé Kasagidera. Vous devriez y aller un jour. Le vieux seigneur, Muneyoshi, vit retiré, en maître du thé, et son fils, Munenori, se trouve à Edo, mais allez tout de même y jeter un coup d'œil.

– Je ne crois pas vraiment que le seigneur Yagyū donnerait une leçon à un vagabond tel que moi.

– Peut-être que si. Bien entendu, cela aiderait si vous aviez une introduction. Il se trouve que je connais un armurier, à Tsukigase, qui travaille pour les Yagyūs. Si vous voulez, je pourrai lui demander s'il accepterait de vous présenter.

La plaine s'étendait largement sur plusieurs kilomètres. Un cryptomeria ou un pin noir de Chine, isolés, coupaient de temps en temps la ligne d'horizon. Il y avait pourtant çà et là de petites côtes, et la route aussi montait et descendait. Près du pied de la colline de Hannya, Musashi remarqua la fumée brune d'un feu qui s'élevait au-delà d'un petit tertre.

– Qu'est-ce que c'est ? demanda-t-il.
– Quoi donc ?
– Cette fumée, là-bas.
– Une fumée, ça n'a rien d'extraordinaire.

Dampachi ne s'était pas écarté du côté gauche de Musashi ; tandis qu'il regardait le visage de ce dernier, le sien se durcit nettement.

Musashi désigna l'endroit.

– Cette fumée, là-bas : elle a quelque chose de suspect, dit-il. Vous ne trouvez pas ?
– De suspect ? En quoi ?
– De suspect... vous savez bien, comme l'expression de votre visage en cet instant précis, dit Musashi avec sécheresse en désignant brusquement Dampachi du doigt.

Un sifflement aigu rompit le silence de la plaine. Dampachi suffoqua sous le coup. Son attention détournée par le doigt de Musashi, Dampachi ne s'était nullement rendu compte que celui-ci avait dégainé. Son corps se souleva, vola en avant, et atterrit face contre terre. Il ne se relèverait pas.

Au loin, il y eut un cri d'alarme, et deux hommes apparurent au sommet du tertre. L'un des hommes poussa un cri aigu ; tous deux firent demi-tour et prirent leurs jambes à leur cou, en battant l'air de leurs bras.

Le sabre que Musashi tenait la pointe en bas étincelait au soleil ; du sang frais dégouttait de son extrémité. Musashi marcha droit vers le tertre ; la brise printanière avait beau lui caresser la peau, il sentait ses muscles se raidir tandis qu'il montait. Du sommet, il considéra le feu qui brûlait en bas.

– Le voilà ! cria l'un des hommes qui avaient fui pour rejoindre les autres.

Ils étaient une trentaine. Musashi distingua les acolytes de Dampachi, Yasukawa Yasubei et Ōtomo Banryū.

– Le voilà ! cria un autre en écho.

Ils s'étaient prélassés au soleil et se levèrent tous d'un bond. La moitié était des prêtres ; l'autre moitié, des rōnins quelconques. À l'apparition de Musashi, un frémissement silencieux mais sauvage parcourut le groupe. Ils virent le sabre ensanglanté, et soudain se rendirent compte que la bataille avait déjà commencé. Au lieu de provoquer Musashi, ils s'étaient assis autour du feu et l'avaient laissé les provoquer !

Yasukawa et Ōtomo parlaient à toute vitesse, expliquant à grands gestes rapides comment Yamazoe avait été abattu. Les rōnins roulaient des yeux furibonds, les prêtres du Hōzōin considéraient Musashi d'un air menaçant tandis qu'ils se mettaient en ordre de bataille.

Tous les prêtres portaient des lances. Leurs manches noires retroussées, ils étaient prêts à l'action, apparemment désireux de venger la mort d'Agon et de laver l'honneur du temple. Ils avaient l'air grotesque, comme autant de démons infernaux.

Les rōnins formaient un demi-cercle, de manière à pouvoir observer la scène, tout en empêchant Musashi de s'échapper.

Mais cette précaution se révéla inutile : Musashi ne fit mine ni de s'enfuir ni de renoncer. De fait, il s'avançait fermement, droit sur eux. Il avançait avec lenteur, pas à pas, comme s'il risquait de bondir à tout instant.

Durant quelque temps, il y eut un silence lourd de menace, tandis que les deux camps envisageaient l'approche de la mort. La face de Musashi devint d'une pâleur mortelle ; le dieu de la vengeance regardait par ses yeux scintillants de venin. Il choisissait sa proie.

Ni les rōnins ni les prêtres n'étaient aussi concentrés que Musashi. Leur nombre leur donnait confiance, et leur optimisme était inébranlable. Pourtant, aucun d'eux ne tenait à se faire attaquer le premier.

Un prêtre, à l'extrémité de la colonne des lanciers, donna un signal, et, sans se débander, ils s'élancèrent à la droite de Musashi.

– Musashi ! Je suis Inshun ! cria le même prêtre. On me dit que tu es venu tuer Agon en mon absence. Qu'ensuite, tu as publiquement insulté à l'honneur du Hōzōin. Que tu t'es moqué de nous en faisant placarder des affiches dans toute la ville. Est-ce vrai ?

– Non ! cria Musashi. Puisque tu es prêtre, tu ne devrais pas te fier uniquement à ce que tu vois et à ce que tu entends. Tu devrais envisager les choses avec ton âme et ton esprit.

C'était là mettre de l'huile sur le feu. Sans tenir compte de leur chef, les prêtres se mirent à vociférer que l'heure n'était pas aux palabres, mais au combat.

Ils se trouvaient secondés avec enthousiasme par les rōnins, groupés en formation serrée à gauche de Musashi. Poussant des cris perçants, jurant, brandissant leurs sabres, ils encourageaient les prêtres à passer à l'action.

Musashi, persuadé que les rōnins étaient plus forts en discours qu'au combat, se retourna soudain sur eux en criant :

– Bon ! Lequel d'entre vous désire se présenter ?

Tous, sauf deux ou trois, reculèrent d'un pas ; chacun avait la certitude que le mauvais œil de Musashi était sur lui. Les deux ou trois braves se tenaient prêts, sabre au clair, relevant le défi.

En un clin d'œil, Musashi, pareil à un coq de combat, était sur l'un d'eux. Il y eut un bruit comme celui d'un bouchon qui saute, et le sol devint rouge. Puis ce ne fut pas un cri de guerre, ni un juron, mais un hurlement à vous glacer le sang.

Le sabre de Musashi sifflait dans l'air ; un écho dans son propre corps l'avertissait quand il rencontrait un os humain. Sa lame faisait gicler sang et cervelle ; des doigts, des bras volaient partout.

Les rōnins étaient venus pour assister au carnage, non pour y prendre part ; mais leur faiblesse avait incité Musashi à les attaquer en premier. Au tout début, ils faisaient assez bonne figure, car ils croyaient que les prêtres ne tarderaient pas à venir à leur secours. Mais ceux-ci se tenaient silencieux, immobiles, tandis que Musashi s'empressait de massacrer cinq ou six rōnins, ce qui jeta les autres en pleine confusion. Bientôt, ils lancèrent des coups à l'aveuglette, en se blessant le plus souvent les uns les autres.

La plupart du temps, Musashi n'était pas vraiment conscient de ce qu'il faisait. Il se trouvait dans une espèce de transe, un rêve meurtrier où son corps et son âme se concentraient dans son sabre long d'un mètre. Inconsciemment, toute son expérience vitale – les connaissances que son père lui avait inculquées à coups de bâton, ce qu'il avait appris à Sekigahara, les théories qu'il avait entendu exposer dans les diverses écoles d'escrime, les leçons que lui avaient enseignées les montagnes et les arbres –, tout cela entra en jeu dans les rapides mouvements de son corps. Il devint un tourbillon désincarné qui fauchait la troupe des rōnins dont l'ahurissement faisait une proie facile.

Pendant la courte durée du combat, l'un des prêtres compta le nombre de ses inspirations et de ses expirations. Tout fut terminé avant qu'il eût respiré vingt fois.

Musashi était trempé du sang de ses victimes. Les quelques rōnins qui restaient se trouvaient aussi couverts de sang. La terre, l'herbe, l'air même étaient ensanglantés. L'un d'eux poussa un cri strident, et les rōnins survivants s'enfuirent en tous sens.

Durant ces événements, Jōtarō s'absorbait dans la prière. Les mains jointes, les yeux au ciel, il implorait :

– Oh ! dieux du ciel, venez à son aide ! Mon maître, là-bas, dans la plaine, fait face à des ennemis terriblement supérieurs en nombre. Il est faible, mais il n'est pas mauvais. Je vous en prie, secourez-le !

Malgré les instructions que Musashi lui avait données de partir, il en était incapable. L'endroit où il avait finalement choisi de s'asseoir, son chapeau et son masque à côté de lui, était un monticule d'où il pouvait voir la scène qui se déroulait au loin, autour du feu de camp.

– Hachiman ! Kompira ! Dieu du sanctuaire de Kasuga ! Regardez ! Mon maître s'avance droit sur l'ennemi. Oh ! dieux du ciel, protégez-le. Il n'est pas lui-même. D'habitude, il est doux et gentil, mais depuis ce matin il est un peu bizarre. Il doit être fou, sinon il n'accepterait pas le défi de tant d'hommes à la fois ! Oh ! je vous en prie, je vous en prie, aidez-le ! (Après avoir indiqué les divinités, cent fois ou davantage, ses efforts lui parurent infructueux, et il commença à se mettre en colère. Il finit par crier :) Il n'y a donc pas de dieux dans ce pays ? Allez-vous laisser les méchants gagner, et le bon se faire tuer ? Si oui, alors tout ce qu'on m'a toujours dit sur le bien et le mal est un mensonge ! Vous ne pouvez pas le laisser tuer ! Si vous le laissez mourir, je vous cracherai dessus !

Quand il vit Musashi encerclé, ses invocations se transformèrent en malédictions adressées non seulement à l'ennemi, mais aux dieux eux-mêmes. Puis, s'apercevant que le sang répandu sur la plaine n'était pas celui de son maître, soudain il changea de ton :

– Regardez ! Mon maître n'est pas une mauviette, en fin de compte ! Il est en train de les battre !

C'était la première fois de sa vie que Jōtarō voyait des hommes lutter à mort comme des fauves, la première fois qu'il voyait tant de sang. Il avait l'impression de se trouver là-bas, au milieu du carnage, tout ensanglanté lui-même. Son cœur battait la chamade, et la tête lui tournait.

– Regardez-le donc ! Je vous avais bien dit qu'il en était capable ! Quel assaut ! Et voyez-moi ces imbéciles de prêtres, alignés comme une bande de corbeaux croassants, qui ont peur de prendre une décision ! (Mais cette dernière constatation était prématurée : tandis qu'il parlait, les prêtres du Hōzōin commencèrent à marcher sur Musashi.) Oh ! oh ! Voilà qui prend mauvaise tournure. Ils sont tous en train de l'attaquer à la fois. Musashi est en difficulté !

Oubliant tout, affolé d'angoisse, Jōtarō s'élança comme une flèche vers le théâtre du désastre imminent.

L'abbé Inshun donna l'ordre de charger, et en un instant, avec un formidable rugissement, les lanciers volèrent au combat. Leurs armes étincelantes sifflaient dans l'air tandis que les prêtres se dispersaient comme des abeilles jaillies d'une ruche ; leurs crânes rasés leur donnaient un aspect d'autant plus barbare.

Les lances qu'ils brandissaient étaient toutes différentes, avec une large variété de fers – les fers ordinaires pointus, coniques ; d'autres plats, en forme de croix ou de crochets ; chaque prêtre utilisait son type favori. Ce jour-là, ils avaient une occasion de voir ce que donnaient dans un véritable combat les techniques qu'ils affinaient à l'exercice.

Tandis qu'ils se déployaient en éventail, Musashi, s'attendant à une feinte, bondit en arrière et se tint sur ses gardes. Fatigué et un peu étourdi par l'assaut précédent, il empoigna fermement la poignée de son sabre. Elle était empoissée de sang ; un mélange de sang et de sueur lui embrumait la vue, mais il était bien décidé à mourir avec magnificence, s'il fallait périr.

À sa stupéfaction, l'attaque ne se produisit jamais. Au lieu de lui porter les coups attendus, les prêtres tombèrent comme des chiens enragés sur leurs précédents alliés, traquant les rōnins qui avaient fui et les frappant sans merci malgré leurs cris de protestation.

Les rōnins sans défiance, qui tentaient en vain de diriger les lanciers vers Musashi, furent pourfendus, embrochés, coupés en deux et autrement massacrés jusqu'à ce qu'il n'en restât pas un seul de vivant. Le carnage fut aussi complet que sanguinaire.

Musashi n'en croyait pas ses yeux. Pourquoi les prêtres s'étaient-ils attaqués à leurs partisans ? Et pourquoi avec une telle sauvagerie ? Lui-même, quelques instants seulement auparavant, avait combattu comme une bête sauvage ; maintenant, il avait peine à supporter la férocité avec laquelle ces prêtres mettaient à mort les rōnins. Ayant été un temps métamorphosé en bête brute, la vue d'autres hommes ainsi transformés le rendait à son état normal. C'était dégrisant.

Alors, il eut conscience qu'on le tirait par les bras et les jambes. Baissant les yeux, il vit Jōtarō qui versait des larmes de soulagement. Pour la première fois, il se détendit.

Cependant que la bataille prenait fin, l'abbé s'approcha de lui, et lui dit avec politesse et dignité :

– Vous êtes Miyamoto, je crois. C'est un honneur que de vous rencontrer. (Il était grand, et avait le teint clair. Son aspect, son calme, impressionnèrent un peu Musashi. Assez confus, il essuya son sabre et le mit au fourreau, mais les mots lui manquèrent.) Permettez-moi de me présenter de nouveau, reprit le prêtre. Je suis Inshun, abbé du Hōzōin.

– Ainsi, vous êtes le maître de la lance, dit Musashi.

– Je regrette d'avoir été absent lors de votre visite récente. Je suis également confus que mon disciple Agon se soit si mal battu.

Confus à cause du combat d'Agon ? Musashi se dit que peut-être il avait mal entendu. Il observa quelques instants de silence, car avant de pouvoir se décider sur la manière adéquate de répondre à la courtoisie d'Inshun, il fallait sortir de la confusion où lui-même se trouvait. Il ne comprenait toujours pas pourquoi les prêtres s'étaient retournés contre les rōnins... il ne voyait aucune explication possible. Il était même assez perplexe de se trouver encore en vie.

– Venez donc enlever une partie de ce sang. Vous avez besoin de repos.

Inshun le mena vers le feu, Jōtarō sur ses talons.

Les prêtres, ayant déchiré en bandes une large pièce de coton, essuyaient leurs lances. Peu à peu, ils se rassemblèrent auprès du feu et s'assirent avec Inshun et Musashi comme s'il ne s'était rien passé d'extraordinaire. Ils se mirent à bavarder entre eux.

– Regardez, là-haut, dit l'un en désignant quelque chose.

– Ah ! les corbeaux ont reconnu l'odeur du sang. Ils croassent au-dessus des cadavres, voilà ce qu'ils font.

– Pourquoi est-ce qu'ils ne s'y attaquent pas ?

– Ils le feront dès que nous serons partis. Ils se disputeront le festin.

Et cela continua ainsi. Musashi eut l'impression qu'il ne saurait rien s'il ne le demandait pas. Il regarda Inshun, et dit :

– Vous savez, je croyais que vous et vos hommes étiez venus ici pour m'attaquer ; j'étais bien décidé à envoyer dans l'autre monde un aussi grand nombre d'entre vous que je le pourrais. Je ne comprends pas pourquoi vous me traitez de cette façon.

Inshun se mit à rire.

– Mon Dieu, nous ne vous considérons pas nécessairement comme un allié mais notre véritable but, aujourd'hui, c'était de faire un peu le ménage.

— Vous appelez ménage ce qui vient de se passer ?
— Exactement, dit Inshun en désignant l'horizon. Mais je crois que nous ferions mieux d'attendre que Nikkan vous l'explique. Voyez ce point, à l'orée de la plaine ; ce doit être lui.

Au même instant, de l'autre côté de la plaine, un cavalier disait à Nikkan :
— Vous marchez vite pour votre âge, non ?
— Je ne suis pas rapide. C'est vous qui êtes lent.
— Vous êtes plus agile que les chevaux.
— Pourquoi ne le serais-je pas ? Je suis un homme.

Le vieux prêtre, seul à pied, entraînait les cavaliers vers la fumée du feu. Les cinq cavaliers qui l'accompagnaient étaient des fonctionnaires.

À l'approche de la petite troupe, les prêtres se chuchotaient les uns aux autres :
— C'est le vieux maître.

Cela s'étant confirmé, ils s'écartèrent à bonne distance et s'alignèrent cérémonieusement comme pour un rite sacré, afin d'accueillir Nikkan et son escorte.

La première chose que dit Nikkan fut :
— Avez-vous bien veillé à tout ?

Inshun s'inclina et répondit :
— Vos ordres ont été ponctuellement exécutés. (Puis, se tournant vers les fonctionnaires :) Merci d'être venus.

Tandis que les samouraïs sautaient l'un après l'autre à bas de leur cheval, leur chef répondit :
— C'est tout naturel. C'est vous qu'il faut remercier d'avoir fait le vrai travail !... Allons, les gars. (Les fonctionnaires allèrent examiner les cadavres, et prirent quelques notes ; puis leur chef revint à l'endroit où se tenait Inshun.) Nous enverrons des gens de la ville pour nettoyer le gâchis. Je vous en prie, ne craignez pas de tout laisser tel quel.

Sur quoi, les cinq hommes remontèrent à cheval et s'en allèrent.

Nikkan signifia aux prêtres que l'on n'avait plus besoin d'eux. Après s'être inclinés devant lui, ils s'éloignèrent à pied, en silence. Inshun, lui aussi, salua Nikkan et Musashi, puis prit congé.

Dès que les hommes furent partis, il y eut une grande cacophonie. Les corbeaux descendirent, battant joyeusement des ailes.

En grognant à cause du vacarme, Nikkan alla se placer à côté de Musashi, et dit sur un ton désinvolte :

– Pardonnez-moi si je vous ai offensé l'autre jour.

– Pas le moins du monde. Vous avez été très bon. C'est moi qui devrais vous remercier.

Musashi s'agenouilla et s'inclina profondément devant le vieux prêtre.

– Levez-vous, ordonna Nikkan. Ce champ n'est pas un endroit où se prosterner. (Musashi se releva.) Ce que vous avez vécu ici vous a-t-il enseigné quoi que ce soit ? demanda le prêtre.

– Je ne suis même pas certain de ce qui s'est passé. Pouvez-vous me le dire ?

– Bien volontiers, répondit Nikkan. Les fonctionnaires qui viennent de partir travaillent sous les ordres d'Ōkubo Nagayasu, récemment envoyé pour gouverner Nara. Ils sont nouveaux dans la région, et les rōnins ont profité de leur ignorance de l'endroit pour attaquer des passants innocents, se livrer au chantage et au jeu, enlever les femmes, s'introduire chez les veuves... bref, provoquer toutes sortes de désordres. Les services gouvernementaux n'arrivaient pas à les maîtriser ; mais ce qu'ils savaient, c'est qu'il y avait une quinzaine de meneurs, dont Dampachi et Yasukawa... Ce Dampachi et ses acolytes vous ont pris en grippe, comme vous savez. Comme ils avaient peur de s'attaquer à vous eux-mêmes, ils ont tramé ce qu'ils croyaient un plan astucieux pour que les prêtres du Hōzōin le fassent à leur place. Les calomnies au sujet du temple, qu'ils vous attribuaient, étaient leur œuvre ainsi que les affiches. Ils veillèrent à ce que tout me fût rapporté, vraisemblablement parce qu'ils me prenaient pour un imbécile. (Les yeux de Musashi riaient tandis qu'il écoutait.) J'ai réfléchi quelque temps à la question, poursuivit l'abbé, et il m'est apparu que c'était l'occasion idéale de faire le ménage à Nara. J'ai parlé de mon projet à Inshun, il a accepté de l'exécuter, et maintenant tout le monde est content : les prêtres, les fonctionnaires du gouvernement... et aussi les corbeaux. Ha! ha! ha!

Il y avait quelqu'un d'autre qui était au comble du bonheur. L'histoire de Nikkan avait balayé tous les doutes, toutes les frayeurs de Jōtarō, et l'enfant jubilait. Il se mit à chanter une chanson improvisée, tout en dansant comme un oiseau qui bat des ailes :

> Le ménage, oh !
> Le ménage

En entendant sa voix sans affectation, Musashi et Nikkan se retournèrent pour le regarder. Il portait son masque au bizarre sourire, et désignait de son sabre de bois les corps éparpillés. Il continuait :

> Oui, vous, les corbeaux,
> Une fois de temps en temps,
> Il est nécessaire de faire le ménage,
> Mais pas uniquement à Nara.
> La nature
> Renouvelle toute chose.
> Ainsi le printemps peut-il lever.
> Nous brûlons les feuilles ;
> Nous brûlons les champs.
> Quelquefois, nous voulons qu'il neige ;
> Quelquefois, nous voulons faire le ménage.
> Ô corbeaux,
> Festoyez ! Quel régal !
> De la soupe plein les orbites,
> Et du saké rouge, bien épais.
> Mais n'exagérez pas,
> Ou vous serez sûrement ivres.

– Viens ici, mon garçon ! cria sévèrement Nikkan.
– Oui, monsieur.
Jōtarō se tenait immobile, tourné vers l'abbé.
– Cesse de faire l'imbécile. Va me chercher des pierres.
– Comme celle-là ? demanda Jōtarō en ramassant une pierre qui se trouvait à ses pieds, et en la tendant au prêtre.

– Oui, comme ça. Apporte-m'en des tas !
– Bien, monsieur !

Tandis que l'enfant ramassait les pierres, Nikkan s'asseyait et inscrivait sur chacune : « Namu Myōho Rengekyō », l'invocation sacrée de la secte Nichiren. Après quoi, il les rendit à l'enfant et lui ordonna de les répandre parmi les morts. Pendant que Jōtarō le faisait, Nikkan joignit les mains et psalmodia un fragment du Sūtra du Lotus.

Quand il eut terminé, il annonça :
– Voilà qui devrait leur suffire. Et maintenant, vous deux, vous pouvez reprendre la route. Je rentre à Nara.

Il partit aussi brusquement qu'il était venu, à la vitesse qui lui était coutumière, avant que Musashi eût pu le remercier ou prendre des dispositions pour le revoir.

Durant quelques instants, Musashi se contenta de regarder fixement la silhouette qui s'éloignait ; puis, soudain, il s'élança comme une flèche pour le rattraper.

– Révérend prêtre ! appela-t-il. N'avez-vous pas oublié quelque chose ?

Ce disant, il tapotait son sabre.
– Quoi donc ? demanda Nikkan.
– Vous ne m'avez donné aucune directive ; et comme il est impossible de savoir quand nous nous rencontrerons de nouveau, je vous serais reconnaissant de me conseiller un peu.

La bouche édentée de l'abbé laissa échapper le rire crépitant qui lui était familier.

– Vous n'avez donc pas *encore* compris ? demanda-t-il. Que vous êtes trop fort est la seule chose que j'aie à vous enseigner. Si vous continuez à vous enorgueillir de votre force, vous ne vivrez pas jusqu'à trente ans. Eh quoi ? Vous avez bien failli vous faire tuer aujourd'hui. Pensez-y, et décidez de votre conduite à l'avenir. (Musashi garda le silence.) Vous avez accompli quelque chose, aujourd'hui, mais ce n'était pas du travail bien fait. Comme vous êtes encore jeune, je ne saurais véritablement vous en blâmer ; mais c'est une grave erreur de croire que la Voie du samouraï ne consiste qu'en un déploiement de force... Toutefois, j'ai tendance à commettre la même faute ; aussi ne suis-je pas vraiment qualifié pour vous parler de la question. Vous devriez étudier la voie que Yagyū Sekishūsai et le seigneur Kōizumi d'Ise ont pratiquée. Sekishūsai était mon maître, et le seigneur Kōizumi le sien. Si vous les prenez pour modèles, et tentez de suivre la voie qu'ils ont suivie, vous avez des chances d'arriver à connaître la vérité.

Quand la voix de Nikkan se tut, Musashi, qui, profondément plongé dans ses pensées, avait gardé les yeux fixés à terre, les leva. Le vieux prêtre avait déjà disparu.

LE FIEF DE KOYAGUYŪ

La vallée de Yagyū s'étend au pied du mont Kasagi, au nord-est de Nara. Au début du XVIIe siècle, y vivait une petite communauté prospère, trop importante pour être qualifiée de simple village, mais ni assez nombreuse ni assez active pour être appelée une ville. On aurait pu tout naturellement la nommer le village de Kasagi ; au lieu de quoi ses habitants l'appelaient le domaine de Kambe, nom hérité de l'époque révolue des grands domaines seigneuriaux privés.

Au milieu de la communauté se dressait la grande maison, château qui servait à la fois de symbole de stabilité gouvernementale et de centre culturel de la région. Des remparts de pierre, évoquant d'anciennes forteresses, l'entouraient. Les gens de la région, ainsi que les ancêtres de leur seigneur, s'y trouvaient confortablement établis depuis le Xe siècle, et le gouverneur actuel était un gentilhomme campagnard dans la meilleure tradition, qui répandait la culture parmi ses sujets, et se trouvait prêt à tout moment à risquer sa vie pour défendre son territoire. Mais en même temps, il évitait avec soin de se mêler sérieusement aux guerres et aux rivalités des seigneurs des autres régions. Bref, il s'agissait d'un fief paisible, doté d'un gouverneur éclairé.

Ici, nulle trace de la dépravation ou de la dégénérescence liées aux samouraïs libres ; c'était tout différent de Nara, où on laissait aller à vau-l'eau d'anciens temples célèbres dans l'histoire et dans la légende. Les éléments subversifs n'étaient tout simplement pas autorisés à pénétrer dans la vie de cette communauté.

Le décor lui-même combattait la laideur. Les montagnes de la chaîne Kasagi n'étaient pas d'une beauté moins saisissante à la tombée du jour qu'au lever du soleil ; l'eau était pure et claire – idéale, disait-on, pour faire le thé. Les fleurs de prunier de Tsukigase étaient proches, et les rossignols chantaient de la saison de la fonte des neiges à celle des orages ; leurs sonorités de cristal étaient aussi limpides que les eaux montagnardes.

Un poète a jadis écrit qu'« à l'endroit où naît un héros, montagnes et rivières sont fraîches et claires ». Si nul héros n'était né dans la vallée de Yagyū, ces paroles du poète eussent été vides de sens ; mais ce lieu avait effectivement vu naître des héros. Les seigneurs de Yagyū eux-mêmes en fournissaient la meilleure preuve. Dans cette grande maison, même les serviteurs étaient des nobles. Beaucoup venaient des rizières, s'étaient distingués au combat, et étaient devenus des assistants loyaux et compétents.

Yagyū Muneyoshi Sekishūsai, maintenant qu'il s'était retiré, résidait dans une maisonnette montagnarde, à quelque distance derrière la grande maison. Il ne manifestait plus aucun intérêt pour le gouvernement local, et ignorait totalement qui gouvernait. Il avait un certain nombre de fils et de petits-fils capables, ainsi que des serviteurs dignes de confiance pour les assister et les conseiller ; il supposait donc à juste titre que la population se trouvait aussi bien gouvernée qu'à l'époque où il était aux affaires.

Quand Musashi arriva dans cette province, une dizaine de jours s'étaient écoulés depuis la bataille de la plaine de Hannya. En route, il avait visité des temples, Kasagidera et Jōruriji, où il avait vu des reliques de l'époque Kemmu. Il descendit à l'auberge locale avec l'intention de se détendre un peu, physiquement et spirituellement.

En tenue négligée, il sortit un jour se promener avec Jōtarō.

– C'est stupéfiant, disait Musashi dont les yeux erraient sur les récoltes champêtres et les paysans qui s'adonnaient à leurs travaux. Stupéfiant, répéta-t-il plusieurs fois.

Jōtarō finit par demander :
– Qu'est-ce qui est stupéfiant ?
Pour lui, le plus stupéfiant c'était la façon qu'avait Musashi de parler tout seul.
– Depuis que j'ai quitté le Mimasaka, je suis allé dans les provinces de Settsu, de Kawachi et d'Izumi, à Kyoto, à Nara, et je n'ai jamais vu un endroit comme celui-ci.
– Eh bien, et alors ? Qu'a-t-il de tellement différent ?
– D'abord, il y a beaucoup d'arbres dans les montagnes ici.
Jōtarō se mit à rire.
– Des arbres ? Il y a des arbres partout, non ?
– Oui, mais ici, c'est différent. Tous les arbres du Yagyū sont vieux. Cela veut dire qu'il n'y a pas eu de guerres, ici, pas de troupes ennemies pour brûler ou pour abattre les forêts. Cela veut dire aussi qu'il n'y a pas eu de famines, du moins depuis très, très longtemps.
– C'est tout ?
– Non. Les champs sont verts aussi, et l'orge nouvelle a été bien piétinée pour fortifier les racines et la faire pousser comme il faut. Écoute ! N'entends-tu pas le bourdonnement des rouets ? Il paraît venir de toutes les maisons. Et n'as-tu pas observé qu'au passage de voyageurs bien habillés, les paysans ne les regardent pas d'un air envieux ?
– Rien d'autre ?
– Ainsi que tu peux le constater, de nombreuses jeunes filles cultivent les champs. Cela veut dire que la région est prospère, que l'on y mène une vie normale. Les enfants grandissent en bonne santé, les vieilles gens sont traités avec le respect qui leur est dû, les jeunes gens et les jeunes femmes ne s'enfuient point pour mener ailleurs une vie incertaine. Il y a gros à parier que le seigneur de la province est riche, que les sabres et les fusils de son magasin d'armes sont bien astiqués et conservés dans le meilleur état.
– Je ne vois rien de si intéressant dans tout ça, gémit Jōtarō.
– Hum, voilà qui ne m'étonne pas.
– En tout cas, vous n'êtes pas venu ici pour admirer le paysage. N'allez-vous pas combattre les samouraïs de la maison de Yagyū ?

– Dans l'art de la guerre, combattre n'est pas tout. Les hommes qui le croient, qui se contentent de nourriture à manger et d'un endroit pour dormir, ne sont que des vagabonds. Un étudiant sérieux se soucie beaucoup plus de former son âme et de discipliner son esprit que d'acquérir des talents martiaux. Il doit apprendre toutes sortes de choses : la géographie, l'irrigation, les sentiments de la population, ses us et coutumes, ses rapports avec le seigneur du pays. Il veut savoir ce qui se passe à l'intérieur du château, et non point seulement ce qui se passe à l'extérieur. Il veut, essentiellement, aller partout où il le peut, et apprendre tout ce qu'il peut.

Musashi se rendait compte que ce cours ne voulait sans doute pas dire grand-chose pour Jōtarō ; mais il estimait nécessaire d'être sincère avec l'enfant, et de ne pas lui répondre à demi. Devant les nombreuses questions du petit garçon, il ne montrait aucune impatience, et, tandis qu'ils se promenaient, il continuait de lui donner des réponses réfléchies et sérieuses.

Quand ils eurent vu ce qu'il y avait à voir de l'extérieur du château de Koyagyū, véritable nom de la grande maison, et bien admiré la vallée, ils reprirent le chemin de l'auberge.

Il n'y avait qu'une auberge, mais vaste. La route était un segment de la grand-route d'Iga, et bien des gens qui se rendaient en pèlerinage au Jōruriji ou au Kasagidera y passaient la nuit. Le soir, on trouvait toujours dix ou douze chevaux de somme attachés aux arbres, près de l'entrée, ou sous l'auvent de la façade.

La servante qui les accompagna jusqu'à leur chambre demanda :

– Vous rentrez de promenade ? (Avec ses pantalons de grimpeur, on aurait pu la prendre pour un garçon, n'eût été son obi rouge de fille. Sans attendre la réponse, elle ajouta :) Vous pouvez prendre votre bain maintenant, si vous voulez.

Musashi se dirigea vers la salle de bains tandis que Jōtarō, devinant là une nouvelle amie de son âge, demandait :

– Comment t'appelles-tu ?

— Je ne sais pas, répondit la fille.
— Tu dois être folle, si tu ne connais pas ton propre nom.
— C'est Kocha.
— Drôle de nom, dit Jōtarō en riant.
— Qu'est-ce qu'il a de drôle ? demanda Kocha en lui décochant un coup de poing.
— Elle m'a frappé ! hurla Jōtarō.

En voyant les vêtements pliés sur le sol de l'antichambre, Musashi sut que d'autres personnes étaient au bain. Il ôta ses propres vêtements, et ouvrit la porte de la salle de bains fumante. Trois hommes se trouvaient là, en train de bavarder jovialement ; mais à la vue de son corps musculeux, ils s'interrompirent comme si un élément étranger s'était introduit parmi eux.

Musashi se glissa dans la baignoire commune avec un soupir de satisfaction ; sa charpente haute d'un mètre quatre-vingts fit déborder l'eau chaude. Pour une raison quelconque, cela fit tressaillir les trois hommes, et l'un d'eux regarda bien en face Musashi, lequel avait appuyé la tête contre le bord du bassin, et fermé les yeux.

Peu à peu, ils reprirent leur conversation où ils l'avaient laissée. Ils se lavaient en dehors du bassin ; la peau de leur dos était blanche, et leurs muscles souples. Il semblait s'agir de citadins car ils s'exprimaient avec politesse.

— Comment s'appelait-il donc... le samouraï de la maison de Yagyū ?
— Je crois qu'il a dit : Shōda Kizaemon.
— Si le seigneur Yagyū envoie un membre de sa suite pour transmettre un refus à une rencontre, il ne saurait être aussi bien qu'on le dit.
— D'après Shōda, Sekishūsai est retiré, et ne combat plus contre personne. Croyez-vous que c'était la vérité, ou une simple histoire ?
— Oh ! je ne crois pas que ce soit vrai. Il est beaucoup plus vraisemblable qu'en apprenant que le second fils de la maison de Yoshioka le défiait, il ait résolu de se tenir à carreau.
— Mon Dieu, du moins a-t-il eu le tact d'envoyer des fruits, et de dire qu'il espérait que notre étape serait agréable.

Yoshioka ? Musashi leva la tête et ouvrit les yeux. Ayant entendu quelqu'un mentionner le voyage à Ise de Denshichirō tandis qu'il se trouvait à l'école Yoshioka, Musashi supposait que les trois hommes rentraient à Kyoto. L'un d'entre eux devait être Denshichirō. Lequel ?

« Je n'ai guère de chance avec mes bains, songea tristement Musashi. D'abord, Osugi m'a pris au piège avec un bain, et maintenant, de nouveau sans vêtements, je tombe sur un des Yoshiokas. Il a forcément appris ce qui s'est passé à l'école. S'il savait que je m'appelle Miyamoto, il prendrait cette porte et reviendrait avec son sabre en un rien de temps. »

Mais les trois hommes ne lui prêtaient aucune attention. À en juger d'après leurs propos, dès leur arrivée, ils avaient envoyé un message à la maison de Yagyū. Apparemment, Sekishūsai avait eu certains rapports avec Yoshioka Kempō, à l'époque où Kempō enseignait aux shōguns. Voilà pourquoi, sans doute, Sekishūsai ne pouvait laisser le fils de Kempō s'en aller sans lui accuser réception de sa lettre ; aussi avait-il envoyé Shōda faire à l'auberge une visite de courtoisie.

En réponse, ces jeunes gens de la ville ne trouvaient rien de mieux à dire que ceci : Sekishūsai avait du « tact », il avait décidé de « se tenir à carreau », et il ne pouvait être « aussi bien qu'on le dit ». Ils paraissaient excessivement satisfaits d'eux-mêmes, mais Musashi les trouvait ridicules. Par contraste avec ce qu'il avait vu du château de Koyagyū et de l'enviable condition des habitants de la région, ils semblaient n'avoir rien de mieux à offrir qu'une brillante conversation.

Cela lui rappela un dicton sur la grenouille au fond d'un puits, incapable de voir ce qui se passait dans le monde extérieur. Quelquefois, se disait-il, cela fonctionne à l'envers. Ces jeunes fils choyés de Kyoto se trouvaient en situation de voir ce qui se passait au cœur des choses, et de savoir ce qui avait lieu partout ; mais il ne leur serait pas venu à l'esprit alors qu'ils regardaient la vaste mer dégagée, que quelque part ailleurs, aux profondeurs d'un puits, une grenouille devenait de plus en plus grosse, de plus en plus forte. Ici, à Koyagyū, bien à l'écart du centre politique et économique du pays, de robustes samouraïs menaient depuis plusieurs décennies une saine existence rurale en conservant les vertus anciennes, en corrigeant leurs points faibles, et en se développant.

Avec les années, Koyagyū avait produit Yagyū Muneyoshi, un grand maître des arts martiaux, et son fils le seigneur Munenori de Tajima, dont Ieyasu lui-même avait reconnu la prouesse. Il y avait aussi les fils aînés de Muneyoshi, Gorōzaemon et Toshikatsu, célèbres dans tout le pays pour leur bravoure, et son petit-fils Hyōgo Toshitoshi dont les prodigieux exploits lui avaient valu une position richement payée sous le fameux général Katō Kiyomasa de Higo. Pour la gloire et le prestige, la maison de Yagyū n'égalait pas la maison de Yoshioka, mais quant aux capacités la valeur appartenait au passé. Denshichirō et ses compagnons ne se doutaient pas de leur propre arrogance. Néanmoins, Musashi avait un peu pitié d'eux.

Il passa dans un angle où l'eau arrivait dans la pièce. Il défit son serre-tête, prit une poignée d'argile, et commença de se frotter le cuir chevelu. Pour la première fois depuis de nombreuses semaines, il s'offrait le luxe d'un bon shampooing.

Entre-temps, les hommes de Kyoto terminaient leur bain.

– Ah! ça fait du bien.

– Tu l'as dit. Et maintenant, si nous faisions venir des filles pour nous servir notre saké?

– Une idée de génie! De génie!

Tous trois achevèrent de se sécher, et s'en allèrent. Après s'être bien lavé et rincé de nouveau à l'eau chaude, Musashi se sécha, lui aussi, lia ses cheveux, et regagna sa chambre. Là, il trouva Kocha en larmes.

– Que t'arrive-t-il?

– C'est votre garçon, monsieur. Regardez où il m'a frappée!

– C'est un mensonge! cria Jōtarō, furieux, de l'angle opposé. (Musashi allait le gronder, mais Jōtarō protesta :) Cette crétine vous a traité de mauviette!

– Ce n'est pas vrai. Je n'ai jamais dit ça.

– Si, tu l'as dit!

293

– Monsieur, je ne vous ai jamais traité de mauviette, ni personne d'autre. Ce mioche a commencé à se vanter, disant que vous étiez la plus fine lame du pays parce que vous aviez tué des douzaines de rōnins dans la plaine de Hannya ; j'ai dit qu'il n'y avait pas au Japon de meilleure lame que le seigneur de ce district ; alors, il s'est mis à me donner des gifles.

Musashi éclata de rire.

– Je vois ; il n'aurait pas dû, et je vais lui passer un bon savon. Jō ! dit-il avec sévérité.

– Oui, monsieur, dit l'enfant, toujours boudeur.

– Va prendre un bain !

– Je n'aime pas prendre de bains.

– Moi non plus, mentit Musashi. Mais toi, tu transpires tellement que tu pues.

– J'irai nager demain matin dans la rivière.

L'enfant devenait de plus en plus entêté à mesure qu'il s'habituait à Musashi, mais ce dernier ne s'en inquiétait pas vraiment. De fait, cet aspect de Jōtarō lui plaisait assez. En fin de compte, celui-ci n'alla pas se baigner.

Kocha apporta bientôt les plateaux du dîner. Ils mangèrent en silence ; Jōtarō et la servante se foudroyaient du regard, tandis qu'elle servait le repas.

Musashi était préoccupé par son objectif secret : rencontrer Sekishūsai. Étant donné son humble condition, peut-être était-ce trop demander, mais peut-être – qui sait ? – était-ce possible.

« Si je dois croiser le fer, se disait Musashi, autant que ce soit avec quelqu'un de fort. Il vaut la peine de risquer ma vie pour voir si je suis capable de l'emporter sur le grand nom de Yagyū. Inutile de suivre la Voie du sabre si je n'ai pas le courage d'essayer. »

Musashi savait bien que la plupart des gens lui riraient au nez de caresser une idée pareille. Yagyū, sans être un des principaux daimyōs, était le maître d'un château ; son fils se trouvait à la cour du shōgun, et la famille entière était plongée dans les traditions de la classe guerrière. Dans l'ère nouvelle qui s'annonçait, elle avait le vent en poupe.

« Ce sera l'épreuve décisive », se disait Musashi qui, tout en mangeant son riz, se préparait pour la rencontre.

LA PIVOINE

La dignité du vieil homme avait grandi avec les années, au point que maintenant il ne ressemblait à rien tant qu'à une grue majestueuse ; en même temps, il conservait l'apparence et les façons du samouraï bien élevé. Il avait les dents saines, les yeux étonnamment perçants. « Je deviendrai centenaire », assurait-il souvent à tout un chacun.

Sekishūsai en était lui-même fermement convaincu. « L'on a toujours vécu vieux dans la maison de Yagyū, se plaisait-il à faire observer. Ceux qui sont morts entre vingt et quarante ans ont été tués au combat ; tous les autres ont nettement dépassé la soixantaine. » Parmi les innombrables guerres auxquelles il avait lui-même pris part, il y en avait plusieurs de première importance, dont la révolte des Miyoshis et les combats marquant l'élévation et la chute des familles Matsunaga et Oda.

Même si Sekishūsai n'était pas né dans une telle famille, son mode de vie, et notamment son attitude après qu'il eut atteint la vieillesse, autorisèrent à croire qu'il deviendrait centenaire. À l'âge de quarante-sept ans, il avait décidé pour des raisons personnelles de renoncer à la guerre. Rien depuis n'avait ébranlé cette résolution. Il avait fait la sourde oreille aux instances du shōgun Ashikaga Yoshiaki, ainsi qu'aux demandes réitérées de Nobunaga et de Hideyoshi de s'allier avec eux. Bien qu'il vécût dans l'ombre de Kyoto et d'Osaka, il refusait de se laisser entraîner dans les fréquentes batailles de ces centres de pouvoir et d'intrigue. Il préférait demeurer à Yagyū comme un ours dans sa tanière, et s'occuper de son domaine de quinze mille boisseaux, de manière à pouvoir le transmettre en bon état à ses descendants. Sekishūsai observa un jour : « J'ai bien fait de me cramponner à ce domaine. En ces temps incertains où les chefs s'élèvent un jour et tombent le lendemain, il est presque incroyable que ce seul petit château ait réussi à survivre intact. »

Ce n'était nullement de l'exagération. Si Sekishūsai avait soutenu Yoshiaki, il eût été victime de Nobunaga, et s'il avait soutenu Nobunaga il eût fort bien pu se heurter à

Hideyoshi. Eût-il accepté le patronage de Hideyoshi, Ieyasu l'eût dépossédé après la bataille de Sekigahara.

Sa perspicacité, que l'on admirait, constituait un atout ; mais pour survivre en des temps aussi troublés, Sekishūsai devait avoir une force intérieure qui manquait aux samouraïs ordinaires de son époque ; tous n'étaient que trop enclins à s'allier un jour avec un homme qu'ils abandonneraient le lendemain sans vergogne, à ne se soucier que de leurs intérêts égoïstes – sans égard pour les convenances ou l'intégrité –, voire à massacrer leur propre famille si elle gênait leurs ambitions personnelles.

« Je suis incapable de faire ce genre de chose », déclarait simplement Sekishūsai. Et il disait vrai. Il n'avait pourtant pas renoncé à l'art de la guerre lui-même. Dans l'alcôve de son salon figurait un poème de sa main. Il disait :

> Je n'ai pas de méthode habile
> Pour réussir dans la vie.
> Je ne m'appuie que
> Sur l'art de la guerre.
> Il est mon dernier refuge.

Quand Ieyasu l'invita à visiter Kyoto, Sekishūsai estima impossible de refuser ; il sortit de plusieurs décennies de solitude sereine pour effectuer son premier voyage à la cour du shōgun. Il emmena son cinquième fils, Munenori, âgé de vingt-quatre ans, et son petit-fils Hyōgo qui n'avait alors que seize ans. Ieyasu non seulement confirma le vénérable vieux guerrier dans ses fiefs, mais lui demanda d'enseigner les arts martiaux à la maison de Tokugawa. Sekishūsai déclina cet honneur en raison de son âge, et demanda que Munenori fût nommé à sa place ; Ieyasu acquiesça.

L'héritage qu'emporta Munenori à Edo comprenait plus qu'une habileté merveilleuse aux arts martiaux : son père lui avait aussi transmis une connaissance du plan supérieur de l'art de la guerre qui permet à un chef de gouverner sagement.

Selon Sekishūsai, l'art de la guerre était à coup sûr un moyen de gouverner le peuple, mais il était aussi un moyen de se maîtriser soi-même. Cela, il l'avait appris du seigneur Kōizumi qui, il se plaisait à le dire, était la divinité protectrice de la maison Yagyū. Le certificat que le seigneur Kōizumi lui avait donné pour attester sa maîtrise du style d'escrime Shinkage ne quittait pas une étagère de la chambre de Sekishūsai, en même temps qu'un manuel en quatre volumes de techniques militaires, que lui avait offert Sa Seigneurie. Aux anniversaires de sa mort, jamais Sekishūsai ne négligeait de placer devant ces possessions chéries une offrande de nourriture.

Outre des descriptions des techniques du « sabre caché » du style Shinkage, ce manuel contenait des illustrations, toutes de la propre main du seigneur Kōizumi. Jusque dans la retraite, Sekishūsai se plaisait à déployer les rouleaux pour les parcourir. Il éprouvait une surprise constante à redécouvrir l'adresse de son maître à manier le pinceau. Ces illustrations montraient des hommes qui se battaient et faisaient de l'escrime dans toutes les attitudes imaginables. En les regardant, Sekishūsai avait l'impression que ces hommes d'épée allaient descendre des cieux pour le rejoindre dans sa petite maison montagnarde.

Le seigneur Kōizumi était venu pour la première fois au château de Koyagyū quand Sekishūsai avait trente-sept ou trente-huit ans, et débordait encore d'ambition militaire. Sa Seigneurie, accompagnée de ses deux neveux, Hikida Bungorō et Suzuki Ihaku, parcourait le pays à la recherche de spécialistes des arts martiaux ; un jour, il arriva au Hōzōin. C'était à l'époque où In'ei venait souvent au château de Koyagyū, et In'ei parla du visiteur à Sekishūsai. Ainsi débutèrent leurs relations.

Sekishūsai et Kōizumi organisèrent des rencontres trois jours d'affilée. Au cours du premier assaut, Kōizumi annonça où il attaquerait, puis fit exactement ce qu'il avait dit.

La même chose eut lieu le deuxième jour ; Sekishūsai, blessé dans son amour-propre, tenta d'imaginer pour le troisième jour une approche nouvelle.

Devant cette nouvelle attitude, Kōizumi se borna à dire :
– Ça ne va pas. Si vous faites ceci, je ferai cela.

Sans autre forme de procès, il attaqua et vainquit Sekishūsai pour la troisième fois. De ce jour, Sekishūsai renonça à l'approche égotiste de l'escrime ; comme il le rappelait plus tard, de là datait son premier aperçu sur le véritable art de la guerre.

Sur les vives instances de Sekishūsai, le seigneur Kōizumi demeura six mois à Koyagyū ; durant ce temps, Sekishūsai étudia avec un zèle exclusif de néophyte. Quand finalement il partit, le seigneur Kōizumi déclara :

– Ma Voie de l'escrime est encore imparfaite. Vous êtes jeune, et vous devriez tenter de la parfaire.

Il proposa alors à Sekishūsai une énigme Zen : « Qu'est-ce qu'un sabre qui combat sans sabre ? »

Sekishūsai médita là-dessus nombre d'années, envisageant la question sous tous ses angles, et parvint finalement à une réponse qui le satisfit. Quand le seigneur Kōizumi revint le voir, Sekishūsai l'accueillit avec un regard clair, serein, et lui proposa de croiser le fer. Sa Seigneurie le scruta quelques instants, et dit :

– Non, ce serait inutile. Vous avez découvert la vérité !

Alors, il offrit à Sekishūsai le certificat et le manuel en quatre volumes ; ainsi naquit le style Yagyū, lequel, à son tour, donna naissance au paisible mode de vie de Sekishūsai dans sa vieillesse.

Si Sekishūsai habitait un chalet montagnard, c'est qu'il n'aimait plus l'imposant château, avec toute sa pompe. Malgré son amour quasi taoïste de la retraite, il était heureux d'avoir la compagnie de la jeune fille que Shōda Kizaemon avait amenée pour lui jouer de la flûte, car elle était réfléchie, polie et jamais gênante. Non seulement son jeu lui faisait un immense plaisir, mais elle ajoutait à la maisonnée une touche bienvenue de jeunesse et de féminité. Quelquefois, elle parlait de partir ; mais il lui disait toujours de rester encore un peu.

Tout en achevant de disposer dans un vase d'Iga une unique pivoine, Sekishūsai demanda à Otsū :

– Qu'en pensez-vous ? Mon arrangement floral est-il vivant ?

Debout derrière lui, elle dit :

– Vous devez avoir étudié cela à fond.

– Pas du tout. Je ne suis pas un noble de Kyoto, et je n'ai jamais appris avec un professeur ni l'arrangement floral, ni la cérémonie du thé.

– Eh bien, on croirait le contraire.

– J'emploie avec les fleurs la même méthode qu'avec le sabre.

Otsū parut surprise.

– Est-il vrai que vous puissiez arranger des fleurs de la même façon que vous utilisez le sabre ?

– Oui. Tout est une question d'esprit. Je n'ai que faire de règles : tordre les fleurs du bout des doigts ou les pincer au col. Ce qu'il faut, c'est avoir l'esprit adéquat : être capable de les faire paraître vivantes, tout comme elles l'étaient avant d'être cueillies. Regardez ! Ma fleur n'est pas morte.

Otsū estimait que cet austère vieillard lui avait appris bien des choses qu'elle avait besoin de savoir ; or, puisque tout avait commencé par une rencontre fortuite sur la grand-route, elle se jugeait fort chanceuse. « Je vous enseignerai la cérémonie du thé », disait-il. Ou bien : « Composez-vous des poèmes japonais ? Alors, apprenez-moi quelque chose du style courtois. Le Man'yōshū est bel et bon mais à vivre ici, dans ce lieu retiré, je préférerais entendre des poèmes simples sur la nature. »

En retour, elle faisait pour lui de petites choses auxquelles personne d'autre ne pensait. Par exemple, il fut enchanté lorsqu'elle lui confectionna un petit bonnet de tissu comme en portaient les maîtres du thé. Il le gardait la plupart du temps sur le crâne, et le chérissait comme si nulle part il n'eût rien existé de plus beau. Son art de la flûte lui causait également un immense plaisir ; par les clairs de lune, le son fascinant de l'instrument parvenait souvent jusqu'au château lui-même.

Tandis que Sekishūsai et Otsū parlaient de l'arrangement floral, Kizaemon s'approcha doucement de l'entrée du chalet, et appela la jeune fille. Elle sortit et l'invita à l'intérieur, mais il hésita.

– Voudriez-vous faire savoir à Sa Seigneurie que je rentre à l'instant de ma course ? lui demanda-t-il.

Otsū se mit à rire.

– C'est le monde à l'envers, ne trouvez-vous pas ?

– Et pourquoi donc ?

– Vous êtes ici le principal serviteur. Je ne suis qu'une personne de l'extérieur, que l'on a fait venir pour jouer de la flûte. Vous êtes beaucoup plus proche de lui que moi. Ne devriez-vous pas aller le trouver directement, au lieu de passer par moi ?

– Je suppose que vous avez raison mais ici, dans la maisonnette de Sa Seigneurie, vous êtes un cas particulier. Quoi qu'il en soit, veuillez lui faire la commission.

Kizaemon était content, lui aussi, de la façon dont les choses avaient tourné. Il avait trouvé en Otsū une personne que son maître aimait beaucoup.

Elle revint presque aussitôt dire que Sekishūsai voulait que Kizaemon entrât. Ce dernier trouva le vieillard dans la salle du thé, coiffé du bonnet confectionné par Otsū.

– Déjà de retour ? dit Sekishūsai.

– Oui. Je suis allé les voir, et leur ai remis la lettre et les fruits, conformément à vos instructions.

– Ils sont partis ?

– Non. À peine étais-je de retour ici qu'un messager est venu de l'auberge avec une lettre disant que puisqu'ils se trouvaient à Yagyū, ils ne voulaient pas s'en aller sans avoir vu le dōjō. Si possible, ils aimeraient venir demain. Ils souhaiteraient aussi vous rencontrer pour vous présenter leurs devoirs.

– Quels goujats ! Quels fléaux ! (Sekishūsai paraissait extrêmement agacé.) Avez-vous expliqué que Munenori est à Edo, Hyōgo à Kumamoto, et qu'il n'y a personne d'autre ici ?

– Je l'ai expliqué.

– Je méprise ce genre de gens. Même après que je leur ai envoyé quelqu'un pour leur dire que je ne puis les voir, ils essaient de forcer ma porte.

– Je ne sais pas ce que...

– Les fils de Yoshioka m'ont l'air aussi futiles qu'on le dit.

– Celui du Wataya est Denshichirō. Il ne m'a pas impressionné.

– Le contraire me surprendrait. Son père était un homme d'un caractère remarquable. Quand je suis allé à

Kyoto avec le seigneur Kōizumi, nous l'avons vu deux ou trois fois, et avons bu le saké ensemble. Il semble que la maison ait décliné depuis lors. Ce jeune homme a l'air de croire qu'être fils de Kempō lui donne ses entrées ici ; aussi insiste-t-il pour nous défier. Mais selon nous, il est absurde d'accepter ce défi, puis de renvoyer le jeune homme battu.

– Ce Denshichirō ne paraît pas manquer de confiance en soi. S'il brûle à ce point de venir, peut-être devrais-je moi-même accepter son défi.

– Non, n'y songez pas. Ces fils de gens célèbres ont en général une haute opinion d'eux-mêmes ; en outre, ils sont enclins à tâcher de déformer les choses à leur propre avantage. Si vous le battiez, vous pouvez être certain qu'il essaierait de ruiner notre réputation à Kyoto. En ce qui me concerne, cela m'est indifférent ; mais je ne veux pas imposer ce genre de chose à Munenori ou à Hyōgo.

– Qu'allons-nous faire, en ce cas ?

– Le mieux serait de l'apaiser par un moyen quelconque, de lui donner l'impression qu'on le traite en fils de grande maison. Peut-être était-ce une erreur que de lui envoyer un homme. (Son regard se tourna vers Otsū, et il poursuivit :) Je crois qu'une femme vaudrait mieux. Otsū doit être exactement la personne qu'il faut.

– Très bien, dit-elle. Voulez-vous que j'y aille maintenant ?

– Non, rien ne presse. Demain matin suffira. (Sekishūsai écrivit rapidement une simple lettre, du type de celles qu'un maître du thé pourrait composer, et la tendit à Otsū, avec une pivoine pareille à celle qu'il avait mise dans le vase.) Donnez-les-lui, et dites-lui que vous êtes venue à ma place parce que je suis enrhumé. Voyons quelle sera sa réponse.

Le lendemain matin, Otsū se couvrit la tête d'un long voile. Les voiles étaient déjà démodés à Kyoto, mais les provinciales des classes moyennes et supérieures les prisaient encore.

À l'étable, située aux abords du château, elle demanda à emprunter un cheval.

Le palefrenier, occupé à nettoyer, dit :
— Oh ! vous partez ?
— Oui, je dois me rendre au Wataya faire une commission pour Sa Seigneurie.
— Je vous accompagne ?
— Inutile.
— Tout ira bien ?
— Naturellement. J'aime les chevaux. Ceux que je montais dans le Mimasaka étaient sauvages, ou peu s'en faut.

Tandis qu'elle s'éloignait à cheval, le voile brun rougeâtre flottait au vent derrière elle. Elle montait bien, tenant d'une main la lettre et la pivoine un peu épuisée et de l'autre menant adroitement l'animal. Fermiers et ouvriers agricoles lui faisaient signe : durant son bref séjour en cet endroit, elle avait déjà lié connaissance avec les habitants, dont les relations avec Sekishūsai étaient beaucoup plus amicales qu'il n'était d'usage entre seigneurs et paysans. Ici, tous les cultivateurs savaient qu'une belle jeune femme était venue jouer de la flûte à leur seigneur ; la respectueuse admiration qu'ils avaient pour lui s'étendait à Otsū.

En arrivant au Wataya, elle mit pied à terre et attacha son cheval à un arbre du jardin.

— Soyez la bienvenue ! lui cria Kocha en sortant pour l'accueillir. Vous restez pour la nuit ?

— Non, je viens seulement du château de Koyagyū porter un message à Yoshioka Denshichirō. Il se trouve encore là, n'est-ce pas ?

— Voulez-vous attendre un instant, je vous prie ?

Durant la brève absence de Kocha, Otsū fit sensation parmi les voyageurs bruyants qui chaussaient leurs guêtres et leurs sandales, et mettaient sac au dos.

— Qui est-ce ? demanda l'un d'eux.
— Qui donc croyez-vous qu'elle vient voir ?

La beauté d'Otsū, son élégance gracieuse qu'il était rare de rencontrer à la campagne, entretinrent les chuchotements et les œillades des hôtes sur le départ jusqu'à ce qu'elle disparût à la suite de Kocha.

Denshichirō et ses compagnons, s'étant attardés à boire la nuit précédente, venaient à peine de se lever. À l'annonce qu'un messager était venu du château, ils crurent qu'il s'agissait de l'homme déjà venu la veille. La vue d'Otsū, avec sa pivoine blanche, causa une vive surprise.

– Oh! je vous en prie, ne regardez pas la chambre! C'est une écurie. (L'air de s'excuser, ils rajustèrent leurs kimonos et s'agenouillèrent avec un peu de raideur protocolaire.) Je vous en prie, entrez donc, entrez donc.

– Je suis envoyée par le seigneur du château de Koyagyū, déclara Otsū avec simplicité en posant lettre et pivoine devant Denshichirō. Auriez-vous l'amabilité de lire la lettre maintenant?

– Ah! oui... ceci? Oui, je vais le lire.

Il ouvrit le rouleau qui n'avait pas plus d'un pied de long. Écrit d'une encre fine, évoquant la saveur du thé léger, le message disait : « Pardonnez-moi d'envoyer mes salutations par lettre au lieu de vous rencontrer moi-même ; hélas! je suis un peu enrhumé. J'espère qu'une pivoine blanche comme neige vous donnera plus de plaisir que le nez coulant d'un vieillard. J'envoie la fleur par la main d'une fleur, en espérant que vous agréerez mes excuses. Mon vieux corps se repose en dehors du monde quotidien. J'hésite à montrer mon visage. Je vous en prie, souriez avec pitié à un vieil homme. » (Denshichirō eut un reniflement de mépris, et réenroula la lettre.) C'est tout? demanda-t-il.

– Non, il a dit aussi qu'il aimerait prendre avec vous une tasse de thé, mais qu'il hésite à vous inviter chez lui car il n'y a là que des guerriers ignorants des finesses de cette cérémonie. Munenori se trouvant à Edo, il a le sentiment que le service du thé serait grossier au point de provoquer l'hilarité de personnes venues de la capitale impériale. Il m'a priée de vous demander pardon, et de vous dire qu'il espère vous voir une autre fois.

– Tiens, tiens! s'exclama Denshichirō, l'air soupçonneux. Si je vous comprends bien, Sekishūsai nous croit impatients d'observer la cérémonie du thé. À vrai dire, étant de familles de samouraïs, nous n'y entendons rien. Nous avions l'intention de prendre personnellement des nouvelles de la santé de Sekishūsai, et de le convaincre de nous donner une leçon d'escrime.

— Il comprend cela tout à fait, bien sûr. Mais il passe sa vieillesse dans la retraite, et a préféré s'exprimer avec le langage du thé.

Denshichirō répondit avec un dégoût manifeste :

— Eh bien, il ne nous laisse d'autre choix que de renoncer. Veuillez lui dire que si nous revenons, nous aimerions le voir.

Et il rendit la pivoine à Otsū.

— Elle ne vous plaît pas ? Il croyait que peut-être elle vous réconforterait en route. Il a dit que vous pourriez la suspendre à l'angle de votre palanquin, ou, si vous êtes à cheval, l'attacher à votre selle.

— Il me l'envoie comme souvenir ? (Denshichirō baissa les yeux, comme insulté, puis, l'expression revêche, s'écria :) Mais c'est ridicule ! Vous pouvez lui dire que nous avons aussi des pivoines, à Kyoto !

« Dans ce cas, conclut Otsū, inutile d'insister. » En promettant de transmettre son message, elle prit congé aussi délicatement qu'elle eût retiré le pansement d'une plaie ouverte. Ses hôtes, de méchante humeur, la saluèrent à peine.

Une fois dans le couloir, Otsū se mit à rire doucement toute seule, jeta un coup d'œil au plancher noir et luisant qui menait à la chambre qu'habitait Musashi, et prit la direction opposée.

Kocha sortit de la chambre de Musashi, et courut après elle.

— Vous partez déjà ? demanda-t-elle.

— Oui, j'ai fini ce que j'étais venue faire.

— Eh bien, c'était du rapide, hein ? (Abaissant les yeux sur la main d'Otsū, elle demanda :) C'est une pivoine ? Je ne savais pas qu'il y en avait des blanches.

— Si. Elle vient du jardin du château. Je vous la donne, si vous voulez.

— Oh ! merci, dit Kocha, les mains tendues.

Après avoir dit au revoir à Otsū, Kocha se rendit aux cuisines, et montra la fleur à tout le monde. Nul ne l'ayant admirée, elle retourna, déçue, à la chambre de Musashi.

Ce dernier, assis à la fenêtre, le menton dans les mains, regardait en direction du château en méditant sur son objectif : comment parvenir, d'abord à rencontrer Sekishūsai, et ensuite à le vaincre au sabre ?

– Vous aimez les fleurs ? demanda Kocha en entrant.
– Les fleurs ?
Elle lui montra la pivoine.
– Euh… Elle est belle.
– Elle vous plaît ?
– Oui.
– Il paraît que c'est une pivoine, une pivoine blanche.
– Vraiment ? Pourquoi ne la mets-tu pas dans ce vase, là-bas ?
– Je ne sais pas arranger les fleurs. Faites-le, vous.
– Non, toi, fais-le. Mieux vaut le faire sans réfléchir à l'aspect que ça aura.
– Eh bien, je vais chercher de l'eau, dit-elle en emportant le vase.

L'œil de Musashi se posa par hasard sur l'extrémité coupée de la tige de la pivoine. Il inclina la tête, surpris, mais sans comprendre ce qui avait attiré son attention.

L'intérêt superficiel était devenu examen approfondi au moment où Kocha revint. Elle mit le vase dans l'alcôve et tenta d'y plonger la pivoine, mais avec de piètres résultats.

– La tige est trop longue, dit Musashi. Apporte-la ici. Je vais la couper. Alors, quand tu la mettras droite, elle aura l'air naturel.

Kocha lui apporta la fleur et la lui tendit. Avant de savoir ce qui lui arrivait, elle avait lâché la pivoine et fondu en larmes. Peu étonnant : en ce quart de seconde, Musashi avait dégainé son petit sabre, lancé un cri énergique, tranché la tige entre les mains de la servante, et rengainé son arme. À Kocha, l'éclair de l'acier et le bruit du sabre rengainé avaient paru simultanés.

Sans essayer de consoler la fillette terrifiée, Musashi ramassa le fragment de tige qu'il avait coupé, et se mit à en comparer une extrémité avec l'autre. Il avait l'air entièrement absorbé. S'étant enfin rendu compte de l'affolement de la servante, il s'excusa et lui tapota la tête.

Quand elle eut cessé de pleurer, il lui demanda :
– Sais-tu qui a coupé cette fleur ?
– Non. On me l'a donnée.

– Qui ça ?
– Une personne du château.
– L'un des samouraïs ?
– Non, c'était une jeune femme.
– Hum… Alors, tu crois que la fleur vient du château ?
– Oui, elle me l'a dit.
– Je regrette de t'avoir effrayée. Si je t'achète des gâteaux plus tard, me pardonneras-tu ? En tout cas, la fleur devrait être exactement comme il faut maintenant. Essaie de la mettre dans le vase.
– Ça va comme ça ?
– Oui, c'est très bien.

Kocha s'était prise d'une immédiate sympathie pour Musashi, mais l'éclair de son sabre l'avait glacée jusqu'à la moelle. Elle quitta la pièce, peu désireuse d'y revenir avant d'y être absolument obligée par son service.

Les vingt centimètres du morceau de tige fascinaient Musashi beaucoup plus que la fleur de l'alcôve. Il était sûr que la première entaille n'avait été faite ni avec des ciseaux ni avec un couteau. Les tiges de pivoine étant souples et tendres, elle ne pouvait avoir été faite qu'avec un sabre, et seul un coup résolu pouvait avoir tranché aussi net. Quiconque avait fait cela n'était pas un être ordinaire. Lui-même avait eu beau tenter de reproduire l'entaille avec son propre sabre, en comparant les deux extrémités il se rendait compte aussitôt que la sienne était inférieure, et de loin. On eût dit la différence entre une statue bouddhiste sculptée par un expert, et une autre due à un artisan moyennement habile.

Il se demanda ce que cela pouvait bien signifier. « Si un samouraï qui cultive le jardin du château est capable de faire une entaille comme celle-ci, alors le niveau de la maison de Yagyū doit être encore plus élevé que je ne pensais. »

Sa confiance l'abandonna soudain. « Je suis encore bien loin d'être prêt. »

Mais peu à peu, il reprit espoir. « En tout cas, les gens de Yagyū sont des adversaires dignes de moi. Si je perds, je puis tomber à leurs pieds et accepter de bonne grâce la défaite. J'ai déjà décidé que j'étais prêt à tout affronter, même la mort. » Assis là, à rassembler son courage, il sentait qu'il se réchauffait.

Mais comment procéder ? Même si un étudiant se présentait à sa porte avec une introduction en bonne et due forme, il paraissait peu vraisemblable que Sekishūsai acceptât une rencontre. L'aubergiste l'avait dit. Or, Munenori et Hyōgo se trouvant tous deux absents, il n'y avait personne à défier que Sekishūsai lui-même.

Il essaya de nouveau d'inventer un moyen de se faire admettre au château. Ses yeux retournèrent à la fleur, dans l'alcôve, et l'image d'une personne que la fleur lui rappelait inconsciemment commença de se former. Imaginer le visage d'Otsū calma son esprit et apaisa ses nerfs.

Otsū elle-même était fort avancée sur le chemin du retour au château de Koyagyū quand soudain, elle entendit derrière elle un cri rauque. S'étant retournée, elle vit un enfant sortir d'une touffe d'arbres, au pied d'une falaise. Il était clair qu'il cherchait à la rattraper ; les enfants de la région étant beaucoup trop timides pour accoster une jeune femme telle qu'elle-même, par curiosité pure elle arrêta son cheval.

Jōtarō était nu comme un ver. Il avait les cheveux mouillés, et ses vêtements roulés en bouchon sous un bras. Insoucieux de sa nudité, il déclara :

— Vous êtes la dame à la flûte. Vous séjournez encore ici ?

Ayant considéré le cheval avec répulsion, il regardait Otsū droit dans les yeux.

— C'est donc toi ! s'exclama-t-elle avant de détourner des yeux gênés. Le petit garçon qui pleurait sur la grand-route de Yamato...

— Qui pleurait ? Je ne pleurais pas !

— Peu importe. Tu es ici depuis combien de temps ?

— Seulement depuis avant-hier.

— Seul ?

— Non ; avec mon professeur.

— Ah ! oui, je me souviens. Tu as bien dit que tu étudiais l'escrime, n'est-ce pas ? Que fais-tu là, sans vêtements ?

— Vous ne croyez tout de même pas que je plongerais dans la rivière habillé, hein ?

– Dans la rivière ? Mais l'eau doit être glacée. Les gens de par ici riraient à l'idée d'aller nager à cette époque de l'année.

– Je ne nageais pas ; je prenais un bain. Mon professeur a dit que je sentais la sueur ; aussi je suis allé à la rivière.

Otsū pouffa.

– Où demeures-tu ?

– Au Wataya.

– Quoi ? J'en arrive.

– Quel dommage que vous ne soyez pas venue nous voir ! Et si vous reveniez avec moi maintenant ?

– Impossible maintenant. J'ai une commission à faire.

– Alors, salut ! dit-il en se détournant pour partir.

– Jōtarō, viens donc me voir un jour au château.

– Vraiment ? C'est possible ?

À peine eut-elle parlé qu'Otsū commença de regretter ses paroles ; mais elle dit :

– Oui, mais veille à ne pas venir habillé comme tu l'es maintenant.

– Si c'est comme ça, je ne veux pas y aller. Je n'aime pas les endroits où on fait des chichis.

Otsū se sentit soulagée ; elle souriait encore en retraversant à cheval le portail du château. Ayant remis son cheval à l'étable, elle alla rendre compte de sa mission à Sekishūsai.

Il dit en riant :

– Alors, ils étaient en colère ! Très bien ! Qu'ils le soient. Ce n'est pas leur faute. (Au bout d'un moment, il parut se rappeler autre chose :) Avez-vous jeté la pivoine ? demanda-t-il.

Elle expliqua qu'elle l'avait donnée à la servante de l'auberge, et il approuva de la tête.

– Le fils Yoshioka a-t-il pris en main la pivoine pour la regarder ? demanda-t-il.

– Oui. Quand il a lu la lettre.

– Et alors ?

– Il s'est contenté de me la rendre.

– Il n'a pas regardé la tige ?

– Pas que je sache.

– Il ne l'a pas examinée ? Il n'en a rien dit ?

– Non.

– J'ai bien fait de refuser de le rencontrer. Il ne le mérite pas. La maison de Yoshioka aurait mieux fait de finir avec Kempō.

L'on pourrait à bon droit qualifier de grandiose le dōjō de Yagyū. Situé en dehors du château, il avait été reconstruit vers la quarantième année de Sekishūsai, et le bois robuste employé à sa construction lui donnait l'air indestructible. Le poli du bois, acquis au cours des ans, semblait évoquer l'austérité des hommes qui s'étaient entraînés là, et le bâtiment était assez vaste pour avoir servi de caserne de samouraïs en temps de guerre.

– Légèrement ! Pas avec la pointe de ton sabre ! Avec tes tripes ! Tes tripes ! (Shōda Kizaemon, assis sur une petite estrade, vêtu de la sous-robe et du *hakama*, rugissait des instructions à deux aspirants escrimeurs.) Recommencez ! Ce n'est pas ça du tout !

Les remontrances de Kizaemon s'adressaient à deux samouraïs de Yagyū qui, bien qu'étourdis et en nage, continuaient de se battre avec obstination. Tous deux se remirent en garde, et s'affrontèrent de nouveau comme flamme contre flamme.

– A-o-o-oh !
– Y-a-a-ah !

À Yagyū, les débutants n'étaient pas autorisés à se servir de sabres de bois. À la place, ils utilisaient un bâton spécialement conçu pour le style Shinkage. Ce long et mince sac de cuir, bourré de segments de bambou, était en fait un bâton de cuir, sans poignée ni garde. Bien que moins dangereux qu'un sabre de bois, il pouvait tout de même arracher une oreille ou mettre un nez en marmelade. Le combattant avait le droit de s'attaquer à n'importe quelle partie du corps. Abattre un adversaire d'un coup horizontal aux jambes était permis, et aucune règle n'interdisait de frapper un homme à terre.

– Allez ! Continuez ! Comme la dernière fois ! ordonnait Kizaemon.

L'usage, ici, voulait qu'un homme ne fût pas quitte aussi longtemps qu'il tenait encore debout. On menait surtout la vie dure aux débutants ; jamais on ne les complimentait, et ils avaient droit à une bonne quantité d'injures. À cause de cela, les samouraïs ordinaires savaient qu'entrer au service de la maison de Yagyū ne devait pas être pris à la légère. Les nouveaux venus restaient rarement longtemps, et les hommes alors au service de Yagyū étaient triés sur le volet. Les simples fantassins et palefreniers eux-mêmes avaient un peu étudié l'art du sabre.

Shōda Kizaemon était, cela va sans dire, un escrimeur accompli : tout jeune, il avait acquis la maîtrise du style Shinkage ; puis, sous la tutelle de Sekishūsai lui-même, il avait appris les secrets du style Yagyū. À quoi il avait ajouté certaines techniques personnelles, et maintenant il parlait fièrement du « véritable style Shōda ».

Le dresseur de chevaux de Yagyū, Kimura Sukekurō, était lui aussi un adepte, de même que Murata Yozō qui, bien que magasinier, passait pour avoir été un bon partenaire de Hyōgo. Debuchi Magobei, autre employé assez subalterne, avait étudié l'escrime depuis l'enfance, et était une très fine lame. Le seigneur d'Echizen avait tenté de convaincre Debuchi d'entrer à son service, et les Tokugawas de Kii avaient essayé d'attirer Murata, mais tous deux avaient choisi de rester à Yagyū malgré de moindres profits matériels.

La maison de Yagyū, maintenant au comble de sa fortune, produisait un flot apparemment sans fin de grands hommes d'épée. En outre, les samouraïs de Yagyū n'étaient pas reconnus comme hommes d'épée tant qu'ils ne s'étaient pas montrés capables de survivre au régime draconien.

– Hé, là-bas ! cria Kizaemon à un garde qui passait au-dehors.

Il avait eu la surprise de voir Jōtarō suivre les pas du soldat.

– Salut ! cria Jōtarō de son ton le plus cordial.

– Que fais-tu donc à l'intérieur du château ? demanda Kizaemon avec sévérité.

– L'homme du portail m'a fait entrer, répondit Jōtarō, ce qui était la vérité.

– Ah ! vraiment ? (Et au garde :) Pourquoi as-tu amené cet enfant ici ?

– Il a dit qu'il voulait vous voir.
– Tu veux dire que tu as amené cet enfant ici sur sa simple demande ?... Petit !
– Oui, monsieur.
– Ceci n'est pas un terrain de jeux. Va-t'en.
– Mais je ne viens pas jouer. J'apporte une lettre de mon maître.
– De ton maître ? N'as-tu pas dit qu'il était l'un de ces étudiants errants ?...
– Lisez la lettre, s'il vous plaît.
– Inutile.
– Que se passe-t-il ? Vous ne savez pas lire ? (Kizaemon eut un reniflement de mépris.) Eh bien, si vous savez lire, lisez.
– Quel mioche rusé ! Si j'ai dit que je n'avais pas besoin de la lire, c'est que je sais déjà ce qu'elle contient.
– Tout de même, ne serait-il pas plus poli de la lire ?
– Les apprentis guerriers grouillent ici comme des moustiques et des asticots. Si je prenais le temps d'être poli avec eux tous, je ne pourrais plus rien faire d'autre. Mais comme j'ai pitié de toi, je vais te dire le contenu de cette lettre. D'accord ?... Elle raconte que le signataire voudrait être autorisé à voir notre magnifique dōjō, qu'il aimerait à se prélasser, ne serait-ce qu'une minute, dans l'ombre du plus grand maître du pays, et que dans l'intérêt de tous les successeurs qui suivront la Voie du sabre, il serait reconnaissant de recevoir une leçon. J'imagine que c'est à peu près cela.

Jōtarō écarquilla les yeux.
– La lettre dit ça ?
– Oui, alors je n'ai pas besoin de la lire, n'est-ce pas ? Mais que l'on ne vienne pas dire que la maison de Yagyū rejette d'un cœur froid ceux qui font appel à elle. (Il observa une pause, et reprit comme s'il avait répété son discours :) Demande à ce garde-là de tout t'expliquer. Quand des apprentis guerriers viennent ici, ils entrent par le portail principal et se rendent au portail intermédiaire à droite duquel se trouve un bâtiment appelé le Shin'indō. On le reconnaît à un écriteau de bois. S'ils en font la demande au gardien, ils sont libres de prendre un peu de

repos, et peuvent passer une ou deux nuits. Quand ils repartent, on leur donne une petite somme d'argent pour les aider en route. Et maintenant, ce que tu dois faire, c'est porter cette lettre au gardien du Shin'indō… compris ?

– Non ! dit Jōtarō en secouant la tête et haussant légèrement l'épaule droite. Écoutez-moi, monsieur !

– Eh bien ?

– Il ne faut pas juger des gens sur la mine. Je ne suis pas le fils d'un mendiant !

– En effet, je dois reconnaître que tu ne t'exprimes pas mal.

– Pourquoi ne jetez-vous pas un simple coup d'œil à la lettre ? Peut-être qu'elle dit quelque chose de tout différent de ce que vous croyez. Que feriez-vous dans ce cas ? Vous me laisseriez vous couper la tête ?

– Attends une minute ! dit en riant Kizaemon, dont la face, avec sa bouche rouge sous la barbe hérissée, avait l'air d'une bogue de châtaigne ouverte. Non, tu ne peux me couper la tête.

– Eh bien, alors, regardez la lettre.

– Entre ici.

– Pourquoi donc ?

Jōtarō, inquiet, eut le sentiment d'être allé trop loin.

– J'admire ta détermination à bien transmettre le message de ton maître. Je le lirai.

– Et pourquoi ne le liriez-vous pas ? Vous êtes le plus haut dignitaire de la maison de Yagyū, n'est-ce pas ?

– Tu manies ta langue à merveille. Espérons que tu feras de même avec ton sabre, quand tu seras grand. (Il décacheta la lettre, et parcourut en silence le message de Musashi. Tandis qu'il lisait, son visage devenait grave. Quand il eut terminé, il demanda :) Apportes-tu quelque chose avec cette lettre ?

– Oh ! j'oubliais ! Je devais vous donner ceci également.

Jōtarō se hâta de tirer de son kimono la tige de pivoine.

En silence, Kizaemon examina les deux extrémités de la tige, l'air un peu perplexe. Il n'arrivait pas à comprendre tout à fait la signification de la lettre de Musashi.

Elle exposait comment la servante de l'auberge lui avait apporté une fleur qu'elle disait venir du château, et qu'en examinant la tige il s'était aperçu que l'entaille avait été faite par « quelqu'un d'extraordinaire ». Le message continuait ainsi : « Après avoir mis la fleur dans un vase, j'ai senti qu'un esprit particulier en émanait, et je crois qu'il me faut absolument découvrir qui a fait cette entaille. La question risque de sembler banale, mais si vous acceptiez de me dire quel membre de votre maison l'a faite, je vous serais obligé de m'envoyer la réponse par l'enfant qui vous remet ma lettre. »

C'était tout : le signataire ne se présentait pas comme un étudiant, et ne sollicitait pas un combat.

« Curieuse lettre », se disait Kizaemon. Il considéra de nouveau la tige de pivoine, examinant avec attention les deux extrémités, mais sans pouvoir discerner si une extrémité différait de l'autre.

— Murata ! appela-t-il. Viens donc regarder ceci. Peux-tu distinguer une différence quelconque entre les entailles des extrémités de cette tige ? Est-ce que par hasard l'une des deux te semblerait plus nette ?

Murata Yozō considéra la tige sous divers angles, mais dut avouer qu'il ne voyait aucune différence entre les deux entailles.

— Montrons-la à Kimura.

Ils se rendirent au bureau situé au fond du bâtiment, et soumirent le problème à leur collègue, qui fut aussi perplexe qu'eux. Debuchi, qui se trouvait par hasard dans le bureau à ce moment-là, dit :

— C'est une des fleurs que le vieux seigneur a coupées lui-même avant-hier. N'étiez-vous pas avec lui à ce moment-là, Shōda ?

— Non, je l'ai vu arranger une fleur, mais pas la couper.

— Eh bien, c'est l'une des deux qu'il a coupées. Il a mis l'une dans le vase de sa chambre, et a fait porter l'autre par Otsū, avec une lettre, à Yoshioka Denshichirō.

— Oui, je me souviens de cela, dit Kizaemon en relisant la lettre de Musashi. (Soudain, il leva des yeux effrayés :) C'est signé « Shimmen Musashi », dit-il. Croyez-vous que ce Musashi soit le Miyamoto Musashi qui a aidé les prêtres du Hōzōin à tuer toute cette racaille, dans la plaine de Hannya ? Ce doit être lui.

Debuchi et Murata se repassèrent la lettre, qu'ils relurent.
– L'écriture a du caractère, commenta Debuchi.
– Oui, marmonna Murata. Il semble être quelqu'un de peu courant.
– Si ce que dit la lettre est vrai, déclara Kizaemon, et s'il a vraiment pu discerner que cette tige avait été coupée par un expert, alors il doit savoir quelque chose que nous ne savons pas. Le vieux maître l'a coupée lui-même, et apparemment cela saute aux yeux de quelqu'un dont les yeux voient véritablement.
– Hum, dit Debuchi. J'aimerais le rencontrer... Nous pourrions vérifier ce point, et aussi nous faire dire par lui ce qui s'est passé dans la plaine de Hannya.
Mais pour ne pas se compromettre, il demanda son avis à Kimura. Celui-ci fit observer que puisqu'ils ne recevaient aucun *shugyōsha*, ils ne pouvaient le recevoir comme hôte à la salle d'entraînement ; mais rien ne s'opposait à ce qu'ils l'invitassent à un repas arrosé de saké au Shin'indō. Les iris y étaient déjà en fleur, ajouta-t-il, et les azalées sauvages allaient fleurir. Ils pourraient organiser une petite réception, parler d'escrime et de choses de cet ordre. Selon toute vraisemblance, Musashi serait content de venir, et le vieux seigneur, si la chose lui parvenait aux oreilles, n'y trouverait sûrement pas à redire.
Kizaemon frappa son genou, et s'écria :
– Excellente idée !
– Ça nous amusera nous aussi, ajouta Murata. Répondons-lui sur-le-champ.
En s'asseyant pour écrire la réponse, Kizaemon dit :
– Le garçon est dehors. Qu'il entre.
Quelques minutes plus tôt, Jōtarō bâillait en grognant : « Qu'est-ce qu'ils peuvent bien fabriquer ? », lorsqu'un gros chien noir vint le flairer. Croyant avoir trouvé un nouvel ami, Jōtarō adressa la parole au chien et lui tira les oreilles.
– Luttons, proposa-t-il, puis il étreignit l'animal, qu'il renversa. (Le chien accepta le jeu ; aussi l'enfant recommença-t-il deux ou trois fois. Puis, serrant les mâchoires du chien l'une contre l'autre, il lui dit :) Et maintenant, essaie un peu d'aboyer !

Ce qui fâcha le chien. En s'enfuyant, il saisit entre ses crocs le pan du kimono de Jōtarō, et tira avec ténacité.

Ce fut le tour de l'enfant d'être furieux.

– Pour qui me prends-tu ? Arrête ça tout de suite ! cria-t-il.

Il tira son sabre de bois qu'il brandit au-dessus de sa tête d'un air menaçant. Le chien, prenant l'affaire au sérieux, se mit à aboyer fortement pour attirer l'attention des gardes. Jōtarō, avec un juron, abattit son sabre sur la tête de l'animal. Cela fit le bruit d'une pierre frappée. Le chien se jeta sur le dos de l'enfant, attrapa son obi et le fit tomber. Avant qu'il n'eût pu se relever, l'animal était de nouveau sur lui tandis qu'il essayait frénétiquement de se protéger le visage avec les mains.

Il tenta de fuir, mais le chien courait sur ses talons ; les montagnes répercutaient l'écho de ses aboiements. Le sang commença de couler entre les doigts qui lui protégeaient le visage, et bientôt les hurlements angoissés de Jōtarō dominèrent ceux du chien.

LA VENGEANCE DE JŌTARŌ

De retour à l'auberge, Jōtarō s'assit devant Musashi, et d'un air content de soi rapporta qu'il avait accompli sa mission. Plusieurs égratignures zébraient la face de l'enfant, dont le nez ressemblait à une fraise bien mûre. Il souffrait sans nul doute ; mais comme il ne donnait aucune explication Musashi ne posa aucune question.

– Voici leur réponse, dit Jōtarō en tendant à Musashi la lettre de Shōda Kizaemon.

Et il ajouta quelques mots sur sa rencontre avec le samouraï, mais sans souffler mot du chien. Tandis qu'il parlait, ses blessures se remirent à saigner.

– Vous n'avez plus besoin de moi ? demanda-t-il.

– Non, je n'ai plus besoin de toi. Merci.

Tandis que Musashi ouvrait la lettre de Kizaemon, Jōtarō quitta la pièce en hâte, les mains sur la figure. Kocha le rattrapa, et examina ses égratignures d'un œil inquiet.

– Qu'est-ce qui t'arrive ? demanda-t-elle.

– Un chien m'a sauté dessus.
– Le chien de qui ?
– L'un des chiens du château.
– Oh ! c'était ce gros chien de meute noir, Kishū ? Il est méchant. Je suis sûre que malgré ta force, tu n'as pu en venir à bout. Pense donc, il a mordu à mort des rôdeurs !

Ils avaient beau n'être pas dans les meilleurs termes, Kocha le conduisit au ruisseau, derrière l'auberge, et lui fit se laver le visage. Puis elle alla chercher de l'onguent qu'elle appliqua. Pour une fois, Jōtarō se conduisit en gentilhomme. Quand elle eut fini de le soigner, il s'inclina et se confondit en remerciements.

– Arrête ces courbettes. Tu es un homme, après tout, et c'est ridicule.
– Mais je te suis reconnaissant de ce que tu as fait.
– Même si nous nous disputons pas mal, je t'aime bien, avoua-t-elle.
– Je t'aime bien aussi.
– Vrai ?

Les parties du visage de Jōtarō qui apparaissaient entre les plaques d'onguent s'empourprèrent, et les joues de Kocha s'enflammèrent discrètement. Il n'y avait personne alentour. Le soleil brillait à travers les fleurs de pêcher.

– Ton maître ne va sans doute pas tarder à s'en aller, n'est-ce pas ? demanda-t-elle avec une certaine déception.
– Nous resterons ici encore un moment, répondit-il, rassurant.
– Je voudrais que tu puisses rester un an ou deux.

Tous deux allèrent dans le hangar où l'on entreposait le fourrage des chevaux, et se couchèrent sur le dos, dans le foin. Leurs mains se touchaient, ce qui électrisait Jōtarō. Soudain, il attira la main de Kocha, et lui mordit le doigt.

– Aïe !
– Je t'ai fait mal ? Pardon.
– Non, ça va. Recommence.
– Tu ne m'en veux pas ?
– Non, non, continue, mords ! Mords plus fort !

Il obéit, et lui mordilla les doigts comme un chiot. Le foin leur tombait sur la tête ; bientôt, ils furent dans les bras l'un de l'autre, lorsque le père de Kocha vint à leur recherche. Horrifié par ce qu'il vit, son visage prit l'expression sévère d'un sage confucianiste.

– Espèces d'idiots, qu'est-ce que vous fabriquez là ? Vous n'êtes encore que des enfants, tous les deux !

Il les sortit par la peau du cou, et donna à Kocha deux bonnes claques sur le derrière.

Le restant de la journée, Musashi ne dit presque pas un mot à quiconque. Assis les bras croisés, il réfléchissait.

À un certain moment, au milieu de la nuit, Jōtarō s'éveilla et, levant un peu la tête, regarda son maître à la dérobée. Musashi était couché dans son lit, ses yeux grands ouverts fixés au plafond dans une intense concentration.

Le lendemain matin, Musashi fit bande à part. Jōtarō prit peur ; peut-être que son maître avait appris ses jeux avec Kocha dans le hangar. Mais il n'en fut pas question. Tard dans l'après-midi, Musashi envoya l'enfant demander leur note ; quand l'employé l'apporta, Musashi faisait ses préparatifs de départ. Dînerait-il ? Non.

Kocha, qui traînait dans un coin, demanda :

– Vous ne rentrerez pas dormir ici, ce soir ?

– Non. Merci, Kocha, de nous avoir aussi bien soignés. Je suis sûr que nous t'avons donné beaucoup de travail. Au revoir.

– Prenez bien soin de vous, dit Kocha, les mains sur la figure pour cacher ses larmes.

Au portail, l'aubergiste et les autres servantes s'alignèrent pour les voir partir. Leur départ, juste avant le coucher du soleil, paraissait fort bizarre.

Au bout de quelques pas, Musashi regarda autour de lui, en quête de Jōtarō. Ne le voyant pas, il rebroussa chemin vers l'auberge où l'enfant, sous le magasin aux vivres, faisait ses adieux à Kocha. À la vue de Musashi qui s'approchait, ils s'écartèrent précipitamment l'un de l'autre.

– Au revoir, dit Kocha.

– Salut ! cria Jōtarō en courant rejoindre son maître.

Bien qu'il craignît que Musashi ne le surprît, l'enfant ne put s'empêcher de jeter des coups d'œil en arrière, jusqu'à ce que l'auberge fût hors de vue.

Des lumières commencèrent de s'allumer dans la vallée. Musashi, sans rien dire et sans regarder une seule fois en arrière, marchait devant à longues enjambées. Jōtarō suivait d'un air maussade.

Au bout d'un moment, Musashi demanda :

– C'est encore loin ?
– Quoi donc ?
– La grande porte du château de Koyagyū.
– Nous allons au château ?
– Oui.
– Nous y passerons la nuit ?
– Je n'en ai aucune idée. Tout dépendra de la façon dont les choses tourneront.
– C'est ici. Voilà la porte.

Musashi s'arrêta et se tint sur le seuil, les pieds joints. Au-dessus des remparts moussus, les grands arbres frémissaient. Une seule lumière venait d'une fenêtre carrée.

Musashi appela ; un garde parut. Lui donnant la lettre de Shōda Kizaemon, il dit :

– Je m'appelle Musashi, et je viens à l'invitation de Shōda. Voudriez-vous, s'il vous plaît, lui dire que je suis là ?

Le garde était au courant.

– Ils vous attendent, dit-il en faisant signe à Musashi de le suivre.

En plus de ses autres fonctions, le Shin'indō était l'endroit où les jeunes gens du château étudiaient le confucianisme. Il servait aussi de bibliothèque du fief. Les salles, le long du couloir qui menait à l'arrière de l'édifice, étaient toutes tapissées de rayons de livres, et, bien que la maison de Yagyū tirât sa renommée de ses prouesses militaires, Musashi constatait qu'elle insistait aussi beaucoup sur l'érudition. Tout dans le château paraissait baigner dans l'histoire.

Et tout paraissait bien tenu, à en juger par la netteté de la route qui menait du portail au Shin'indō, la courtoisie du garde, et l'éclairage austère et paisible au voisinage du donjon.

Parfois, en pénétrant pour la première fois dans une maison, le visiteur a l'impression d'être déjà familier de l'endroit et de ses habitants. Musashi eut cette impression en s'asseyant sur le parquet de la grande salle où le garde l'avait introduit. Après lui avoir offert un coussin dur et rond de paille tressée, qu'il accepta en le remerciant, le garde le laissa seul. En chemin, Jōtarō était resté à la salle d'attente des serviteurs.

Le garde revint quelques minutes plus tard, et dit à Musashi que son hôte arriverait bientôt.

Musashi glissa le coussin rond dans un angle, et s'adossa contre un pilier. À la lumière de la lampe basse qui éclairait le jardin, il voyait des treillages de glycines en fleur, blanches et lavande. Le parfum suave de la glycine embaumait l'air. Musashi tressaillit au coassement d'une grenouille, le premier qu'il eût entendu de l'année.

De l'eau murmurait quelque part dans le jardin ; il semblait que le ruisseau coulât sous le bâtiment car, une fois installé, Musashi remarqua le bruit d'eau courante au-dessous de lui. Et même, il lui parut rapidement que le bruit d'eau venait des murs, du plafond, voire de la lampe. Il se sentait rafraîchi, détendu. Pourtant, couvait tout au fond de lui un incoercible sentiment d'inquiétude. C'était son insatiable esprit combatif, qui courait dans ses veines jusqu'en cette paisible atmosphère. De son coussin à côté du pilier, il interrogea du regard ce qui l'entourait.

« Qui est Yagyū ? songeait-il avec défi. C'est un homme d'épée, et je suis un homme d'épée. À cet égard, nous sommes égaux. Mais ce soir, je ferai un pas de plus et mettrai Yagyū derrière moi. »

– Excusez-moi de vous avoir fait attendre. (Shōda Kizaemon entra dans la pièce avec Kimura, Debuchi et Murata.) Bienvenue à Koyagyū, dit chaleureusement Kizaemon. (Une fois que les trois autres se furent présentés, des serviteurs apportèrent des plateaux de saké et de nourriture. Le saké d'une fabrication locale, épais, un peu sirupeux, était servi dans de larges coupes à l'ancienne mode.) Ici, à la campagne, nous n'avons pas grand-chose à vous offrir, mais j'espère que vous vous sentirez chez vous, dit Kizaemon.

Les autres l'invitèrent eux aussi, avec beaucoup de cordialité, à se mettre à l'aise, sans cérémonie.

Comme ils insistaient un peu, Musashi accepta du saké bien qu'il n'y tînt guère. Non qu'il ne l'aimât pas, mais il était encore trop jeune pour en apprécier la finesse. Le saké de ce soir-là, bien qu'assez savoureux, n'eut guère sur lui d'effet immédiat.

– On dirait que vous savez boire, observa Kimura Sukekurō en lui proposant de remplir à nouveau sa coupe. À propos, j'apprends que la pivoine sur laquelle vous nous interrogiez l'autre jour a été coupée par le seigneur même de ce château.

Musashi frappa son genou.

– Je m'en doutais ! s'exclama-t-il. C'était magnifique !

Kimura se rapprocha.

– Ce que j'aimerais savoir, c'est comment au juste vous avez pu deviner que l'entaille, dans cette tige tendre et mince, était l'œuvre d'un maître du sabre. Nous avons tous été profondément impressionnés par le fait que vous ayez su discerner cela.

Ne sachant où l'autre voulait en venir, Musashi dit pour gagner du temps :

– Non, vraiment ?

– Oui, aucun doute là-dessus ! dirent presque simultanément Kizaemon, Debuchi et Murata.

– Nous-mêmes n'y remarquions rien de spécial, fit Kizaemon. Nous en sommes arrivés à la conclusion qu'il doit falloir un génie pour reconnaître un autre génie. Nous croyons que ce serait d'un grand secours, pour nos futures études, si vous nous expliquiez la chose.

Musashi but une autre gorgée de saké, et dit :

– Oh ! ce n'était rien d'extraordinaire : j'ai eu la chance de tomber juste, voilà tout.

– Allons, ne soyez pas modeste.

– Je ne suis pas modeste. C'est une impression que j'ai eue... d'après l'aspect de l'entaille.

– Quel genre d'impression, au juste ?

Comme ils l'eussent fait avec n'importe quel inconnu, ces quatre éminents disciples de la maison de Yagyū tentaient d'analyser Musashi en tant qu'être humain, et en même temps de le mettre à l'épreuve. Ils avaient déjà pris note de son physique, admirant son maintien, l'expression de son regard. Mais sa façon de tenir sa coupe de saké et ses baguettes trahissait son éducation paysanne, et les incitait à se montrer protecteurs. Après trois ou quatre coupes de saké seulement, la face de Musashi vira au rouge cuivré. Gêné, il se toucha de la main le front et les joues, deux ou trois fois. Le caractère enfantin du geste les fit rire.

– Oui, cette impression ? répéta Kizaemon. Ne pouvez-vous nous en dire là-dessus davantage ? Vous savez, ce bâtiment, le Shin'indō, a été construit exprès pour recevoir le seigneur Kōizumi d'Ise. Dans l'histoire de l'escrime, c'est un édifice important. L'endroit convient pour que vous nous y donniez ce soir une leçon.

Se rendant compte qu'il ne s'en tirerait pas en protestant contre leurs flatteries, Musashi résolut de se lancer :
– On sent une chose ou on ne la sent pas, dit-il. En vérité, cela ne s'explique pas. Si vous voulez que je prouve mon propos, il faut dégainer, et m'affronter en duel. Il n'y a pas d'autre moyen.

La fumée de la lampe s'élevait, noire comme l'encre de la seiche, dans l'air immobile de la nuit. La grenouille se remit à coasser.

Kizaemon et Debuchi, les deux aînés, se regardèrent en riant. Bien que prononcée d'une voix douce, cette déclaration sur la mise à l'épreuve de Musashi était indéniablement un défi, et ils la reconnurent pour telle.

Laissant passer la chose sans commentaire, ils parlèrent sabre, Zen, événements dans d'autres provinces, bataille de Sekigahara. Kizaemon, Debuchi et Kimura avaient tous trois pris part au sanglant conflit, et pour Musashi, qui s'était trouvé dans le camp adverse, leurs histoires rendaient le son de l'amère vérité. Ses hôtes paraissaient prendre un plaisir extrême à la conversation, et le simple fait de les écouter fascinait Musashi.

Il n'en était pas moins conscient que le temps passait vite : il savait au fond de lui-même que s'il ne rencontrait pas Sekishūsai ce soir-là, il ne le rencontrerait jamais.

Kizaemon annonça qu'il était temps de servir l'orge mêlée de riz, le dernier plat suivant la coutume, et l'on enleva le saké.

« Comment le voir ? » se dit Musashi. Il devenait de plus en plus clair qu'il risquait d'être obligé de recourir à un stratagème. Devait-il amener l'un de ses hôtes à perdre patience ? Difficile, alors qu'il n'était pas en colère lui-même ; aussi se montra-t-il exprès, plusieurs fois, en désaccord avec ce qui se disait, et s'exprima-t-il avec insolence et grossièreté. Shōda et Debuchi prirent le parti d'en rire. Impossible de pousser à la violence aucun de ces quatre hommes.

Musashi était au désespoir. Il ne pouvait supporter l'idée de partir sans avoir atteint son but. Il voulait qu'à sa couronne brillât l'étoile de la victoire ; il voulait que l'avenir sût que Musashi était passé par là, qu'il en était reparti en laissant sa marque sur la maison de Yagyū. Avec son propre sabre il voulait mettre à genoux Sekishūsai, ce grand patriarche des arts martiaux, ce « vieux dragon », comme on l'appelait.

L'avaient-ils percé à jour ? Il envisageait cette éventualité lorsque l'affaire prit un tour inattendu.

— Avez-vous entendu ? demanda Kimura.

Murata sortit sur la véranda puis, rentrant dans la salle, dit :

— C'est Tarō qui aboie... mais pas comme d'habitude. Il doit se passer quelque chose d'anormal.

Tarō, c'était le chien avec lequel Jōtarō avait eu maille à partir. On ne pouvait nier le caractère effrayant de ces aboiements, qui semblaient provenir de la seconde enceinte du château. Cela paraissait trop violent, trop terrible pour venir d'un seul chien.

Debuchi déclara :

— Je crois que je ferais mieux d'aller jeter un coup d'œil. Pardon, Musashi, de gâcher la soirée, mais cela risque d'être important. Je vous en prie, continuez sans moi.

Peu après son départ, Murata et Kimura s'excusèrent poliment.

Les aboiements se faisaient plus pressants ; le chien semblait essayer d'avertir d'un péril quelconque. Lorsqu'un des chiens du château se comportait de la sorte, c'était un signe presque certain qu'il se passait quelque chose de fâcheux. Le pays ne jouissait pas d'une paix si assurée qu'un daimyō pût se permettre de relâcher sa vigilance à l'égard des fiefs voisins. Il y avait encore des guerriers sans scrupules qui risquaient de s'abaisser à n'importe quoi pour satisfaire leur ambition personnelle, et des espions rôdaient à travers le pays, en quête de cibles complaisantes et vulnérables.

Kizaemon avait l'air extrêmement inquiet. Ses yeux revenaient sans cesse à la sinistre clarté de la petite lampe ; il semblait compter les échos de ce vacarme.

Enfin, il y eut une longue plainte. Kizaemon gémit et regarda Musashi.

– Il est mort, dit Musashi.

– Oui, on l'a tué.

Incapable de se contenir plus longtemps, Kizaemon se leva.

– Je n'y comprends rien.

Il allait sortir, quand Musashi l'arrêta en disant :

– Un instant. Jōtarō, l'enfant qui m'accompagnait, est-il encore dans la salle d'attente ?

Ils posèrent la question à un jeune samouraï de faction devant le Shin'indō ; après enquête, il rapporta que l'enfant avait disparu.

Musashi parut soucieux. Se tournant vers Kizaemon, il déclara :

– Je crois savoir ce qui s'est passé. Puis-je vous accompagner ?

– Bien sûr.

À quelque trois cents mètres du dōjō, une foule s'était rassemblée, et l'on avait allumé plusieurs torches. Outre Murata, Debuchi et Kimura, un certain nombre de soldats et de gardes formaient un cercle noir ; ils parlaient et vociféraient tous à la fois.

De l'extérieur du cercle, Musashi jeta un coup d'œil dans l'espace dégagé qui se trouvait au milieu. Le cœur lui manqua. Là, tout comme il l'avait craint, il y avait Jōtarō couvert de sang, pareil à l'enfant même du diable – le sabre de bois en main, les dents étroitement serrées, les épaules montant et descendant au rythme de sa respiration haletante.

À côté de lui gisait Tarō, crocs découverts, pattes roidies. Ses yeux qui ne voyaient plus reflétaient la clarté des torches ; du sang lui coulait de la gueule.

– C'est le chien de Sa Seigneurie, dit lugubrement quelqu'un.

Un samouraï s'avança vers Jōtarō en criant :

– Espèce de petit salaud ! Qu'est-ce que tu as fait là ? C'est toi qui as tué ce chien ?

L'homme abattit une main furieuse que Jōtarō parvint de justesse à éviter.

Bombant le torse, il cria d'un ton de défi :

– Oui, c'est moi !
– Tu l'avoues ?
– J'avais mes raisons !
– Voyez-vous ça !
– Je me vengeais.
– Quoi ?

La réponse de Jōtarō suscita la stupéfaction générale ; la foule entière était en colère. Tarō était l'animal favori du seigneur Munenori de Tajima. Plus : il était le rejeton de pure race de Raiko, chienne appartenant au seigneur Yorinori de Kishū, qui l'aimait beaucoup. Le seigneur Yorinori avait lui-même offert le chiot à Munenori qui l'avait personnellement élevé. Le meurtre de l'animal ferait donc l'objet d'une enquête approfondie, et le sort des deux samouraïs payés pour veiller sur le chien se trouvait maintenant bien compromis.

L'homme que Jōtarō avait en face de lui était l'un d'eux.

– Silence ! hurla-t-il en visant du poing la tête de l'enfant.

Cette fois, Jōtarō ne fut pas assez prompt. Le coup l'atteignit près de l'oreille.

Il leva la main pour tâter sa blessure.

– Qu'est-ce que vous faites ? cria-t-il.

– Tu as tué le chien du maître. Tu ne vois pas d'inconvénient à ce que je te batte à mort de la même façon, hein ? Parce que je ne vais pas faire autre chose.

– Je n'ai fait que me venger de lui. Pourquoi me punir de ça ? Une grande personne devrait bien savoir que ça n'est pas juste !

Selon Jōtarō, il n'avait fait que protéger son honneur, et risquer sa vie à cet effet car une blessure visible était une honte grave pour un samouraï. Pour défendre sa fierté, il n'y avait d'autre solution que de tuer le chien : et même, selon toute vraisemblance il avait espéré des compliments pour sa vaillante conduite. Il restait sur ses positions, bien résolu à ne pas céder.

– Ferme ta gueule, insolent ! criait le garde. Ça m'est égal, que tu ne sois qu'un gosse. Tu es assez grand pour connaître la différence entre un chien et un être humain. Quelle idée : se venger d'une bête !

Il saisit au collet Jōtarō, regarda la foule en quête d'approbation, et déclara qu'il était de son devoir de châtier l'assassin du chien. La foule acquiesça de la tête en silence. Les quatre hommes qui venaient de recevoir Musashi paraissaient désolés, mais ils se turent.

– Aboie, mon garçon ! Aboie comme un chien ! cria le garde. (Il fit tournoyer Jōtarō qu'il tenait au collet, et avec un regard noir le jeta par terre. Il empoigna un bâton de chêne et le brandit au-dessus de sa tête, prêt à frapper.) Tu as tué le chien, espèce de petit chenapan. Maintenant, à ton tour ! Debout, que je puisse te tuer ! Aboie ! Mords-moi !

Les mâchoires serrées, Jōtarō s'appuya sur un bras et se leva péniblement, son sabre de bois à la main. Il ressemblait toujours à un lutin mais sa physionomie n'avait rien d'enfantin, et le hurlement qui sortit de sa gorge était d'une sauvagerie à donner le frisson.

Lorsqu'un adulte se met en colère, il le regrette souvent ensuite ; mais lorsqu'un enfant se met en colère, pas même la mère qui l'a mis au monde ne saurait le calmer.

– Tuez-moi ! cria-t-il. Allez-y, tuez-moi !

– Eh bien, meurs ! tempêta le garde, qui frappa.

Le coup aurait tué l'enfant s'il était parvenu à destination, mais il n'y parvint pas. Un craquement sec retentit aux oreilles de l'assistance, et le sabre de bois de Jōtarō vola dans les airs. Sans réfléchir, il avait paré le coup du garde.

Désarmé, il ferma les yeux et chargea aveuglément l'ennemi au creux de l'estomac ; il saisit entre ses dents l'obi de l'homme. Ainsi cramponné de toutes ses forces, il enfonça les ongles à l'aine du garde, tandis que ce dernier faisait de vains moulinets avec son gourdin.

Musashi était demeuré silencieux, les bras croisés, le visage impassible ; mais voici qu'un autre bâton de chêne apparut. Un second homme s'était élancé dans l'arène, sur le point d'attaquer Jōtarō par-derrière. Musashi passa à l'action. Il décroisa les bras, et en un rien de temps se fraya un chemin à travers l'épaisse muraille humaine, jusque dans l'arène.

— Lâche ! cria-t-il au deuxième homme. (Un bâton de chêne et deux jambes décrivirent en l'air un arc de cercle, et vinrent reposer en tas à environ quatre mètres de là.) Et maintenant, à toi, espèce de petit démon ! vociféra Musashi. (Il empoigna des deux mains l'obi de Jōtarō, souleva l'enfant au-dessus de sa tête, et le tint là. Se tournant vers le garde, qui reprenait son gourdin, il déclara :) J'ai observé la scène depuis le début, et je crois que vous vous y prenez mal. Ce garçon est mon serviteur, et si vous désirez l'interroger, il faut m'interroger aussi.

— Eh bien, soit, répondit le garde, furibond. Nous vous interrogerons tous les deux.

— Bon ! Nous nous chargeons de vous tous les deux. Et maintenant, voici le garçon !

Il jeta Jōtarō droit sur l'homme. La foule haletante recula, épouvantée. Cet homme était-il fou ? A-t-on jamais vu un être humain tenir lieu d'arme contre un autre être humain ?

Le garde écarquilla des yeux incrédules tandis que Jōtarō volait à travers les airs et venait heurter sa poitrine. L'homme tomba en arrière, comme si l'on venait d'enlever soudain un étai qui l'avait maintenu debout. Difficile de dire si sa tête avait heurté une pierre, ou si ses côtes étaient brisées. Il tomba en hurlant et se mit à vomir le sang. Jōtarō rebondit de la poitrine de l'homme, exécuta en l'air un saut périlleux, et roula comme un ballon à plusieurs mètres de distance.

— Vous avez vu ? cria quelqu'un.
— Qu'est-ce que c'est que ce rōnin fou ?

La bagarre ne concernait plus seulement le gardien du chien ; les autres samouraïs se mirent à injurier Musashi. La plupart d'entre eux ignoraient que celui-ci était un invité, et plusieurs proposèrent de le tuer sur-le-champ.

— Allons, dit Musashi, écoutez, tous ! (Ils le surveillaient de près tandis qu'il prenait en main le sabre de bois de

Jōtarō, et leur faisait face, l'air terrible.) Le crime de l'enfant est le crime de son maître. Nous sommes tous deux prêts à le payer. Mais d'abord, laissez-moi vous déclarer ceci : nous n'avons pas la moindre intention de nous faire abattre comme des chiens. Nous sommes prêts à vous combattre.

Au lieu d'avouer le crime et d'en subir le châtiment, il les défiait ! Si à ce moment-là Musashi avait présenté des excuses au sujet de Jōtarō, et plaidé sa cause, si même il avait fait l'effort le plus infime pour apaiser l'irritation des samouraïs de Yagyū, peut-être eût-on fermé les yeux sur l'incident tout entier. Mais l'attitude de Musashi l'interdisait. Il paraissait décidé à mettre de l'huile sur le feu.

Shōda, Kimura, Debuchi et Murata, les sourcils froncés, se demandaient une fois de plus quel genre de phénomène ils avaient invité au château. Déplorant son manque de sens commun, ils se glissèrent petit à petit en dehors de la foule, tout en le surveillant.

Le défi de Musashi exacerba la colère de la foule, dès le départ en effervescence.

– Écoutez-le donc ! C'est un hors-la-loi !
– C'est un espion ! Ligotez-le !
– Non, réduisez-le en charpie !
– Empêchez-le de s'enfuir !

Un moment, il sembla que Musashi et Jōtarō, revenu à son côté, allaient être submergés par un océan de sabres ; mais alors, une voix autoritaire cria :

– Attendez ! (C'était Kizaemon, lequel, avec Debuchi et Murata, essayait de contenir la foule.) Cet homme semble avoir manigancé tout cela, déclara Kizaemon. Si vous tombez dans son piège, si vous êtes blessés ou tués, nous devrons en répondre à Sa Seigneurie. Le chien était important, mais moins qu'une existence humaine. Nous quatre en assumerons toute la responsabilité. Soyez certains que rien de ce que nous ferons ne vous portera préjudice. Et maintenant, calmez-vous ; rentrez chez vous. (Un peu à contrecœur, les autres se dispersèrent, laissant les quatre hommes qui avaient reçu Musashi au Shin'indō. Il ne s'agissait plus d'un invité et de ses hôtes, mais d'un hors-la-loi devant ses juges.) Musashi, déclara Kizaemon, j'ai le regret de vous dire que votre complot a échoué. Je suppose que quelqu'un vous a chargé d'espionner le château de Koyagyū, ou simplement de fomenter des troubles, mais je crains bien que cela n'ait rien donné.

Musashi était clairement conscient qu'ils étaient tous experts au sabre. Il se tenait debout, parfaitement immobile, la main sur l'épaule de Jōtarō. Encerclé, il n'aurait pu s'échapper même s'il avait eu des ailes.

– Musashi! cria Debuchi en dégainant à demi. Vous avez échoué. Il convient de vous suicider. Même si vous êtes une canaille, vous avez montré beaucoup de bravoure en venant dans ce château accompagné de ce seul enfant. Nous avons passé ensemble une soirée cordiale; nous allons attendre que vous vous prépariez au hara-kiri. Une fois prêt, vous pourrez prouver que vous êtes un véritable samouraï!

C'eût été la solution idéale; ils n'avaient pas consulté Sekishūsai, et si Musashi mourait maintenant, toute l'affaire pourrait être enterrée en même temps que son corps.

Mais Musashi pensait différemment:

– Vous croyez que je devrais me tuer? C'est absurde! Je n'ai pas l'intention de mourir, du moins avant longtemps.

Le rire lui secouait les épaules.

– Très bien, fit Debuchi d'un ton paisible, bien que la signification fût claire comme de l'eau de roche. Nous avons essayé de vous traiter décemment, mais vous n'avez fait qu'abuser de notre bonne volonté...

Kimura l'interrompit en disant:

– Trêve de paroles!

Il passa derrière Musashi, et le poussa:

– Allez! lui commanda-t-il.

– Aller où?

– Au cachot. (Musashi approuva de la tête et se mit en marche, mais dans la direction de son propre choix, droit vers le donjon du château.) Où prétends-tu aller? cria Kimura en bondissant devant lui et en tendant les bras pour l'empêcher de passer. Ce n'est pas le chemin du cachot. Il se trouve derrière toi. Demi-tour, et marche!

– Non! cria Musashi.

Il baissa les yeux vers Jōtarō qui ne le quittait pas d'un

pouce, et lui dit d'aller s'asseoir sous un pin du jardin, devant le donjon. Autour des pins, le sol était couvert de sable blanc soigneusement ratissé.

Jōtarō s'élança comme une flèche de sous la manche de Musashi, et se cacha derrière l'arbre en se demandant tout le temps ce que son maître allait faire ensuite. Le souvenir de la bravoure de Musashi dans la plaine de Hannya lui revint, et son corps trembla d'excitation.

Kizaemon et Debuchi se placèrent de chaque côté de Musashi, et tentèrent de le tirer en arrière par les bras. Musashi ne bougea pas.

– Allons !
– Je refuse.
– Essaies-tu de résister ?
– Et comment !

Kimura perdit patience ; il allait dégainer quand ses supérieurs, Kizaemon et Debuchi, lui ordonnèrent de s'abstenir.

– Qu'est-ce qui te prend ? Où prétends-tu aller ?
– J'ai l'intention de voir Yagyū Sekishūsai.
– *Quoi ?*

Jamais il ne leur était venu à l'esprit que ce jeune insensé pût même songer à quelque chose d'aussi contraire au bon sens.

– Et que ferais-tu si tu le rencontrais ? demanda Kizaemon.

– Je suis jeune, j'étudie les arts martiaux, et c'est l'un de mes buts dans l'existence que de recevoir une leçon du maître du style Yagyū.

– Si c'était là ce que tu voulais, pourquoi ne l'as-tu pas tout bonnement demandé ?

– N'est-il pas vrai que Sekishūsai ne voit jamais personne, et ne donne jamais de leçon aux apprentis guerriers ?

– C'est vrai.

– Alors, que puis-je faire d'autre que de le provoquer ? Je me rends compte, bien sûr, que même si je le provoque il refusera sans doute de sortir de sa retraite ; aussi, je déclare la guerre à ce château tout entier.

– La guerre ? répétèrent en chœur les quatre autres.

Les bras toujours tenus par Kizaemon et Debuchi, Musashi leva les yeux vers le ciel. Il y eut un bruit de battement d'ailes tandis qu'un aigle volait vers eux, venu des ténèbres qui enveloppaient le mont Kasagi. Comme un gigantesque linceul, sa silhouette cacha les étoiles avant de glisser vers le toit du magasin de riz.

Pour les quatre officiers, le mot « guerre » avait quelque chose de si ronflant qu'il en était risible; mais pour Musashi, il suffisait à peine à exprimer ce qui allait se produire. Il ne parlait pas d'un assaut d'escrime dont déciderait la seule adresse technique. Il voulait dire une guerre totale, où les combattants concentrent tout leur esprit et toute leur habileté... et où leur destin se joue. Une bataille entre deux armées peut être différente dans la forme, mais elle est essentiellement la même. C'était simple : une bataille entre un homme et un château. La volonté de Musashi se manifestait dans la fermeté avec laquelle ses talons se trouvaient maintenant plantés dans le sol. C'était cette volonté de fer qui faisait venir tout naturellement à ses lèvres le mot de « guerre ».

Les quatre hommes scrutaient son visage en se demandant à nouveau s'il lui restait une once de santé mentale.

Kimura releva le défi. Lançant en l'air, d'un coup de pied, ses sandales de paille, et retroussant son *hakama*, il s'écria :

– Parfait ! Je n'aime rien tant qu'une bonne guerre ! Je ne puis t'offrir des roulements de tambour ou des coups de gong, mais je peux te proposer le combat. Shōda, Debuchi, poussez-le par ici.

Kimura avait été le premier à déclarer qu'ils devaient punir Musashi, mais il s'était retenu en tâchant d'être patient. Maintenant, il n'en pouvait plus.

– Allez ! insistait-il. Laissez-le-moi !

À la même seconde exactement, Kizaemon et Debuchi poussèrent Musashi en avant. Il trébucha de quatre ou cinq pas en direction de Kimura. Celui-ci recula d'un pas, leva le coude au-dessus de son visage, et, prenant une grande inspiration, abattit rapidement son sabre vers la forme chancelante de Musashi. L'arme fendit l'air avec un curieux bruit grinçant.

En même temps, l'on entendit un cri... non de Musashi mais de Jōtarō qui avait jailli de sa cachette, derrière le pin. La poignée de sable qu'il avait lancée avait produit l'étrange bruit.

Conscient du fait que Kimura évaluerait la distance de manière à frapper efficacement, Musashi avait exprès accéléré ses pas trébuchants, et se trouvait à l'instant du coup beaucoup plus près de Kimura que ce dernier ne l'avait prévu. Son sabre ne rencontra que l'air et le sable.

Les deux hommes se hâtèrent de bondir en arrière, s'écartant de trois ou quatre pas. Et ils se tinrent là, l'expression menaçante, dans une immobilité pleine de tension.

– Il va y avoir du spectacle, commenta doucement Kizaemon.

Debuchi et Murata, bien qu'ils ne fussent pas impliqués dans la bataille, changèrent de posture et se mirent sur la défensive. D'après ce qu'ils avaient vu jusqu'alors, ils ne doutaient pas des compétences au combat de Musashi : c'était un adversaire digne de Kimura.

Celui-ci tenait son sabre un peu au-dessous de sa poitrine. Il était immobile. Musashi, non moins immobile, avait le sabre au poing, l'épaule droite en avant, le coude haut. Dans son visage obscur, ses yeux étaient deux cailloux blancs et polis.

Durant quelque temps, ce fut un combat de nerfs ; mais avant qu'aucun des deux hommes ne bougeât, les ténèbres qui environnaient Kimura semblèrent frémir, se modifier de manière indéfinissable. Il fut bientôt visible qu'il respirait plus vite et avec une agitation plus grande que Musashi.

Debuchi poussa un grognement sourd, à peine audible. Il savait maintenant que ce qui avait débuté comme une affaire assez banale était sur le point de tourner à la catastrophe. Kizaemon et Murata le comprenaient aussi bien que lui, il en avait la certitude. Il n'allait pas être facile d'arrêter l'engrenage.

L'issue du combat entre Musashi et Kimura ne faisait guère de doute, à moins que l'on ne prît des mesures exceptionnelles. Les trois autres hommes avaient beau répugner à faire quoi que ce fût qui sentît la lâcheté, ils se trouvaient forcés d'agir pour prévenir un désastre. La meilleure solution serait de se débarrasser de cet étrange intrus déséquilibré de la façon la plus expéditive possible, sans risquer eux-mêmes des coups inutiles. Aucun échange de paroles n'était nécessaire. Ils communiquaient parfaitement avec les yeux.

Ensemble, tous trois se rapprochèrent de Musashi. Au même instant, le sabre de ce dernier perça l'air avec le bruit sec d'une corde d'arc, et un cri foudroyant remplit l'espace vide. Ce cri de guerre émanait non de la seule bouche de Musashi mais de son corps entier : la volée soudaine d'une cloche de temple qui résonne dans toutes les directions. Ses adversaires s'étaient déployés de part et d'autre de lui, devant et derrière.

Musashi vibrait de vie. Son sang paraissait sur le point de jaillir de chacun de ses pores. Mais il avait la tête froide comme glace. Était-ce le Lotus flamboyant dont parlaient les bouddhistes ? La suprême chaleur unie au froid suprême, la synthèse de la flamme et de l'eau ?

Le sable avait cessé de voler dans les airs. Jōtarō avait disparu. Des bouffées de vent descendaient en sifflant de la cime du mont Kasagi ; les sabres solidement empoignés brillaient d'une lueur phosphorescente.

Musashi avait beau se trouver à un contre quatre, il ne se sentait pas trop à son désavantage. On dit qu'en des moments pareils, l'idée de la mort s'impose à l'esprit ; pourtant, Musashi ne songeait pas à la mort. En même temps, il n'était nullement certain de pouvoir vaincre.

Le vent paraissait souffler à travers sa tête en lui rafraîchissant le cerveau, en clarifiant sa vision ; toutefois son corps transpirait, des gouttes de sueur épaisse luisaient à son front.

Il y eut un froissement léger. Pareil à une antenne d'insecte, le sabre de Musashi lui dit que l'homme qui se trouvait à sa gauche avait déplacé son pied de quelques centimètres. Musashi effectua le réajustement nécessaire dans la position de son arme, et l'ennemi, non moins sensible, n'essaya plus d'attaquer. Les cinq hommes avaient l'air de former un tableau vivant.

Musashi savait qu'il n'avait pas intérêt à ce que cela se prolongeât. Il eût aimé avoir ses adversaires non pas autour de lui mais déployés en ligne droite – pour les affronter un par un ; or, il n'avait pas affaire à des amateurs. La vérité, c'est qu'aussi longtemps que l'un d'eux ne bougerait pas de son propre chef, Musashi ne pourrait prendre aucune initiative. Il ne pouvait qu'attendre, en espérant que l'un d'eux finirait par commettre une faute momentanée qui lui ouvrirait une brèche.

Ses adversaires ne profitaient guère de leur supériorité en nombre. Ils savaient qu'au moindre signe de relâchement de l'un d'entre eux, Musashi frapperait. Ils étaient conscients d'avoir affaire à un type d'homme exceptionnel.

Même Kizaemon ne pouvait rien tenter. « Curieux homme ! » se disait-il à part soi.

Sabres, hommes, terre, ciel : tout semblait statufié par le gel. Mais alors, dans cette immobilité se fit entendre un son totalement inattendu, le son d'une flûte, apporté par le vent.

Tandis que la mélodie s'insinuait dans les oreilles de Musashi, il s'oubliait lui-même, oubliait l'ennemi, oubliait la vie et la mort. Dans les profondeurs de son âme il reconnaissait ce son : c'était celui qui l'avait attiré hors de sa cachette sur le mont Takateru – le son qui l'avait livré aux mains de Takuan. C'était la flûte d'Otsū, et c'était Otsū qui en jouait.

Musashi s'attendrit au fond de lui-même. À l'extérieur, le changement était à peine perceptible, mais cela suffisait. Poussant un cri de guerre jailli du tréfonds de lui-même, Kimura se jeta en avant ; son bras qui tenait le sabre parut s'allonger de plusieurs mètres.

Les muscles de Musashi se contractèrent. Il était certain d'avoir été blessé. De l'épaule au poignet sa manche gauche était déchirée, et son bras soudainement dénudé lui faisait croire que la chair se trouvait à vif.

Pour une fois, sa maîtrise de lui-même l'abandonna ; il cria le nom du dieu de la guerre. Il bondit, fit un brusque demi-tour, et vit Kimura trébucher vers la place que lui-même avait occupée.

– Musashi ! cria Debuchi Magobei.
– Tu parles mieux que tu ne te bats ! ironisa Murata, tandis que lui-même et Kizaemon s'efforçaient de couper la retraite à Musashi.

Mais ce dernier, d'un puissant coup de pied par terre, bondit de nouveau au point d'effleurer les basses branches des pins. Puis il sauta encore et encore, et s'envola dans les ténèbres sans demander son reste.

– Lâche !
– Musashi !
– Sois un homme !

Quand Musashi atteignit le bord du premier fossé du château, il y eut un craquement de branchages, puis le silence. On n'entendit plus que la douce mélodie de la flûte, au loin.

LES ROSSIGNOLS

Aucun moyen de savoir s'il y avait de l'eau stagnante au fond du fossé de dix mètres. Après avoir plongé dans la haie proche du sommet, et s'être laissé glisser rapidement à mi-hauteur, Musashi s'arrêta et lança une pierre. Comme il n'entendait pas d'éclaboussures, il sauta au fond où il se coucha sur le dos, dans l'herbe, sans faire aucun bruit.

Au bout d'un moment, sa respiration se calma et son pouls redevint normal.

« Otsū ne peut se trouver ici, à Koyagyū ! se disait-il. Mes oreilles doivent me jouer des tours... Pourtant, ce n'est pas impossible. C'était peut-être elle. »

Tout en réfléchissant, il imaginait les yeux d'Otsū parmi les étoiles, au-dessus de lui, et bientôt des souvenirs l'emportèrent : Otsū au col, à la frontière entre le Mimasaka et le Harima, où elle avait dit qu'elle ne pouvait pas vivre sans lui, qu'il n'y avait pas d'autre homme pour elle au monde. Et puis au pont de Hanada, à Himeji, quand elle lui avait déclaré qu'elle l'avait attendu près de mille jours, et l'aurait attendu dix ans, vingt ans – jusqu'à ce qu'elle fût vieille et grisonnante. Elle l'avait supplié de l'emmener avec lui ; elle avait affirmé qu'elle pouvait supporter n'importe quelle épreuve.

La fuite de Musashi à Himeji constituait une trahison. À la suite de cela, comme Otsū devait l'avoir haï ! Comme elle devait s'être mordu les lèvres en maudissant l'inconséquence des hommes !

– Pardonne-moi !

Les mots qu'il avait gravés sur le garde-fou du pont lui jaillirent des lèvres. Des larmes perlèrent au coin de ses yeux.

Un cri venu du sommet du fossé le fit tressaillir. Cela semblait être : « Il n'est pas là ! » Trois ou quatre torches de pin clignotèrent parmi les arbres, puis disparurent. On ne l'avait pas repéré.

Il s'agaça de constater qu'il pleurait. « Qu'ai-je à faire d'une femme ? » se dit-il avec mépris en s'essuyant les yeux avec les mains. Il se remit sur pied d'un bond, et leva les yeux vers les noirs contours du château de Koyagyū.

« Ils m'ont traité de lâche ; ils ont dit que j'étais incapable de me battre comme un homme ! Eh bien, je ne suis pas vaincu encore ; loin de là. Je n'ai pas fui. Il s'agit d'un simple repli stratégique. »

Près d'une heure s'était écoulée. Il se mit à longer lentement le fond du fossé. « De toute manière, inutile de combattre ces quatre-là. Ce n'était pas mon objectif au départ. Quand je trouverai Sekishūsai lui-même, la vraie bataille commencera. »

Il s'arrêta et ramassa des branches tombées qu'il cassa sur son genou en courts bâtons. Il les enfonça l'un après l'autre dans les fentes du mur de pierre, et s'en servit comme de marchepieds pour se hisser hors du fossé.

Il n'entendait plus la flûte. Un instant, il crut vaguement que Jōtarō l'appelait, mais lorsqu'il s'arrêta pour écouter avec attention, il n'entendit rien. Il n'était pas vraiment inquiet au sujet de l'enfant. Jōtarō pouvait se débrouiller seul ; maintenant, il était sans doute à des kilomètres. L'absence de torches indiquait que l'on avait renoncé aux recherches, pour la nuit du moins.

L'idée de trouver et de vaincre Sekishūsai était redevenue l'obsession de Musashi, la forme immédiate prise par son irrésistible désir d'être reconnu, honoré.

L'aubergiste avait déclaré devant lui que la retraite de Sekishūsai ne se trouvait dans aucune des enceintes du château mais dans un endroit écarté du domaine. Musashi arpenta bois et vallées ; parfois, il craignait de s'être égaré à l'extérieur du domaine. Alors, un tronçon de fossé, un mur de pierre ou un grenier à riz le rassuraient.

Toute la nuit, il chercha, mû par un besoin démoniaque. Il avait l'intention, une fois qu'il aurait trouvé le chalet de montagne, de faire irruption avec son défi aux lèvres. Mais les heures s'écoulaient.

L'aube approchait lorsqu'il se trouva à la porte de derrière du château. Au-delà se dressait un précipice, surmonté du mont Kasagi. Musashi faillit crier de déception, et reprit son chemin vers le sud. Enfin, au bas d'une pente inclinée vers le quart sud-est du domaine, des arbres bien taillés, du gazon bien tenu lui annoncèrent qu'il avait découvert la retraite. Conjecture bientôt confirmée par un portail au toit de chaume, du style cher au grand maître du thé Sen no Rikyū. À l'intérieur, Musashi put distinguer un bosquet de bambous qu'enveloppait la brume du matin.

Par une fente du portail, il vit que l'allée serpentait à travers le bosquet à flanc de colline ainsi que dans les retraites de montagne des bouddhistes Zen. Un instant, il fut tenté de sauter par-dessus la clôture, mais s'en abstint; quelque chose, dans ce décor, l'en empêcha. Étaient-ce les soins et l'amour prodigués à ce jardin, ou la vue de pétales blancs par terre ? Quoi qu'il en soit, la sensibilité de l'occupant transparaissait, et l'agitation de Musashi se calma. Il songea soudain à son propre aspect. Il devait avoir l'air d'un vagabond avec ses cheveux hirsutes et son kimono en désordre.

« Inutile de se précipiter », se dit-il, maintenant conscient de son épuisement. Il fallait se ressaisir avant de se présenter au maître des lieux.

« Tôt ou tard, songea-t-il, quelqu'un viendra forcément au portail. Il sera bien temps. Si Sekishūsai refuse toujours de me voir en tant qu'étudiant errant, j'emploierai un autre moyen. » Il s'assit sous l'auvent du portail, adossé au montant, et s'endormit.

Les étoiles pâlissaient et les marguerites frémissaient dans la brise, lorsqu'une grosse goutte froide de rosée lui tomba sur la nuque et le réveilla. Le jour s'était levé ; tandis que Musashi se secouait de son somme, la brise matinale et le chant des rossignols lui purifiaient l'esprit. Aucune trace de lassitude ne subsistait : c'était une renaissance.

Il se frotta les yeux ; puis il vit le soleil rouge vif émerger des montagnes. Il sauta sur ses pieds. La chaleur du soleil avait déjà ranimé son ardeur, et la force accumulée dans ses membres exigeait l'action. Tout en s'étirant, il dit avec douceur : « Aujourd'hui, c'est le grand jour. »

Il avait faim, ce qui, pour une raison quelconque, lui fit penser à Jōtarō. Peut-être avait-il traité l'enfant avec trop de rudesse, la veille au soir, mais c'était voulu, cela faisait partie de l'entraînement du garçon. Musashi se répéta que Jōtarō, où qu'il fût, ne courait aucun danger sérieux.

Il écoutait le murmure du ruisseau qui coulait du flanc de la montagne, serpentait à l'intérieur de l'enclos, contournait le bosquet de bambous puis ressortait de sous la clôture pour gagner la partie inférieure du domaine. Musashi se lava le visage et but jusqu'à plus soif en guise de petit déjeuner. L'eau était bonne, si bonne que le jeune homme supposa qu'elle constituait la raison principale du choix de ce lieu par Sekishūsai pour se retirer du monde. Pourtant, ignorant tout de l'art de la cérémonie du thé, il ne se doutait pas qu'une eau d'une telle pureté exauçait les vœux d'un maître du thé.

Il rinça sa serviette dans le cours d'eau, et, s'étant bien frotté la nuque, se cura les ongles. Puis il se coiffa avec le stylet attaché à son sabre. Sekishūsai était non seulement le maître du style Yagyū mais l'un des plus grands hommes du pays, aussi Musashi entendait-il se montrer à son avantage ; lui-même n'était qu'un guerrier anonyme, aussi différent de Sekishūsai que de la lune la plus infime étoile.

Tout en se tapotant les cheveux et en se redressant le col, il éprouvait un calme intérieur. Il avait l'esprit clair ; il était bien décidé à frapper au portail comme n'importe quel visiteur ordinaire.

La maison se trouvait à bonne distance, sur la pente de la colline, et il y avait peu de chances que l'on pût entendre. Musashi regarda autour de lui, en quête d'un heurtoir quelconque, et vit deux pancartes, de part et d'autre du portail. Elles étaient merveilleusement gravées ; l'on avait rempli le creux des lettres d'une argile bleuâtre qui donnait une patine de bronze. À droite, on lisait ces mots :

> Ô scribes, ne soupçonnez pas
> Celui qui aime à clore son château.

Et à gauche :

> Ici ne trouverez aucun homme d'épée,
> Seulement, dans les champs, les jeunes rossignols.

Ce poème s'adressait aux « scribes », c'est-à-dire aux personnages du château, mais il présentait une signification plus profonde. Le vieillard n'avait pas fermé sa porte aux seuls étudiants errants mais à toutes les affaires de ce monde, à ses honneurs aussi bien qu'à ses tribulations. Il avait tiré un trait sur les désirs profanes, tant les siens propres que ceux d'autrui.

« Je suis encore jeune, pensa Musashi. Trop jeune ! Cet homme est tout à fait hors de ma portée. »

Le désir de frapper au portail se dissipa. Et même, l'idée de tomber sur le vieil homme reclus paraissait maintenant barbare ; Musashi eut grand-honte.

Seuls, les fleurs et les oiseaux, le vent et la lune devaient franchir ce seuil. Sekishūsai avait cessé d'être le plus grand escrimeur du pays, le seigneur d'un fief ; c'était un homme retourné à la nature ; il avait renoncé aux vanités de la vie humaine. Bouleverser sa maison serait un sacrilège. Et quel honneur, quelle distinction tirer de la défaite d'un homme pour qui honneur et distinction étaient devenus des mots vides de sens ?

« J'ai bien fait de lire cela, se dit Musashi. Si je ne l'avais pas lu, je me serais couvert de ridicule ! »

Le soleil était maintenant assez haut dans le ciel, et les rossignols avaient cessé de chanter. D'une certaine distance à flanc de colline parvint un bruit de pas rapides. Un groupe de petits oiseaux effrayés s'envola. Musashi regarda à travers le portail pour voir qui venait.

C'était Otsū.

C'était donc bien sa flûte qu'il avait entendue ! Devait-il attendre et la rencontrer ? S'en aller ? « Je veux avoir une conversation avec elle, songea-t-il. Il le faut ! »

Il fut pris d'indécision. Son cœur battait ; sa confiance en lui-même l'abandonnait.

Otsū descendit en courant le sentier jusqu'à un mètre environ de l'endroit où se tenait Musashi. Alors, elle s'arrêta et se retourna en poussant un petit cri de surprise.

– Moi qui le croyais sur mes talons, murmura-t-elle en regardant autour d'elle. (Puis elle regrimpa la pente en appelant :) Jōtarō ! Où es-tu ?

Au son de sa voix, Musashi rougit de confusion et se mit à transpirer. Son manque d'assurance le révoltait. Il ne pouvait bouger de sa cachette, dans l'ombre des arbres.

Après un bref intervalle, Otsū appela de nouveau, et cette fois il y eut une réponse :

– Je suis là. Où êtes-vous ? cria Jōtarō de la partie supérieure du bosquet.

– Par ici ! répondit-elle. Je t'ai dit de ne pas t'éloigner comme ça.

Jōtarō la rejoignit en courant.

– Ah ! vous êtes là ! s'exclama-t-il.

– Ne t'avais-je pas dit de me suivre ?

– Mon Dieu, je l'ai fait, mais alors j'ai vu un faisan et je l'ai poursuivi.

– Poursuivre un faisan, a-t-on idée ? As-tu oublié que tu dois aller à la recherche de quelqu'un d'important, ce matin ?

– Oh ! je ne m'inquiète pas pour lui. Il n'est pas du genre auquel il arrive malheur.

– Eh bien, tu ne parlais pas comme ça hier au soir quand tu es accouru à ma chambre. Tu étais au bord des larmes.

– Ce n'est pas vrai ! Seulement, c'est arrivé si vite que je ne savais pas quoi faire.

– Moi non plus, surtout quand tu m'as dit le nom de ton maître.

– Mais comment connaissez-vous Musashi ?

– Nous sommes du même village.

– C'est tout ?

– Bien sûr, que c'est tout.

– C'est drôle. Je ne vois pas pourquoi vous deviez vous mettre à pleurer pour la simple raison que quelqu'un de votre village est arrivé ici.

– Je pleurais tant que ça ?

– Comment pouvez-vous vous rappeler tout ce que j'ai fait, alors que vous êtes incapable de vous souvenir de ce que vous avez fait vous-même ? En tout cas, je suppose que j'avais grand-peur. Si mon maître n'avait eu contre lui que quatre hommes ordinaires, je ne me serais pas fait de souci, mais on dit qu'ils s'y connaissent tous. En entendant la flûte, je me suis souvenu que vous étiez ici, au château ; aussi, j'ai pensé que peut-être, si je pouvais présenter des excuses à Sa Seigneurie...

– Si tu m'as entendue jouer, Musashi doit avoir entendu, lui aussi. Peut-être même savait-il que c'était moi. (Sa voix se fit plus douce :) En jouant, je pensais à lui.

– Je ne vois pas le rapport. En tout cas, le son de la flûte m'a indiqué où vous étiez.

– Et quelle scène ! Ton entrée en trombe dans la maison, en criant qu'une « bataille » avait lieu quelque part... Sa Seigneurie en était tout impressionnée.

– Mais c'est un homme bien. Quand je lui ai dit que j'avais tué Tarō, il ne s'est pas mis en fureur comme les autres.

Se rendant soudain compte qu'elle perdait du temps, Otsū se hâta vers le portail.

– Nous pourrons parler plus tard, dit-elle. Pour l'instant, il y a des choses plus importantes à faire. Nous devons retrouver Musashi. Sekishūsai a même enfreint ses propres principes en disant qu'il aimerait à rencontrer l'homme qui a fait ce que tu as raconté.

Otsū avait l'air aussi gaie qu'un pinson. Dans le brillant soleil du début de l'été, ses joues rayonnaient comme des fruits mûrs. Elle humait le jeune feuillage, et sentait sa fraîcheur lui emplir les poumons.

Musashi, caché sous les arbres, la regardait intensément, en s'émerveillant de son air de santé. L'Otsū qu'il voyait maintenant différait beaucoup de la jeune fille assise d'un air découragé devant le Shippōji, et qui considérait le monde d'un regard absent. La différence était qu'alors, Otsū n'avait eu personne à aimer. Ou du moins, elle avait éprouvé un amour vague, difficile à cerner. Elle avait été une enfant sentimentale, honteuse d'être orpheline et qui en concevait une certaine rancune.

Le fait de connaître Musashi, de l'admirer, avait donné naissance à l'amour qui maintenant habitait la jeune fille et apportait à sa vie une signification. Durant la longue année qu'elle avait passée à errer à la recherche du jeune homme, le corps et l'âme d'Otsū avaient développé le courage d'affronter tout ce que le destin risquait de lui jeter au visage.

Prompt à percevoir la vitalité nouvelle d'Otsū et la beauté qu'elle lui conférait, Musashi brûlait de l'emmener quelque part où ils pourraient être seuls, et de tout lui avouer : combien elle lui manquait, combien il avait besoin d'elle physiquement. Il voulait lui révéler qu'une faiblesse se cachait dans son cœur d'acier ; il voulait rétracter les mots qu'il avait gravés sur le pont de Hanada. À l'insu de tous, il pourrait lui manifester sa tendresse. Il lui dirait qu'il éprouvait pour elle le même amour qu'elle éprouvait pour lui. Il pourrait l'embrasser, frotter sa joue contre les siennes, verser les larmes qu'il avait envie de verser. Il était assez fort, maintenant, pour admettre la réalité de pareils sentiments.

Certaines choses qu'Otsū lui avait dites autrefois lui revenaient, et il voyait combien il avait été laid et cruel de sa part de rejeter l'amour simple et droit qu'elle lui avait offert.

Il avait beau se sentir très malheureux, quelque chose en lui ne pouvait se rendre à ces sentiments, quelque chose lui disait que c'était mal. Il était deux hommes différents : l'un brûlait d'appeler Otsū, l'autre le traitait de fou. Lequel était-il en réalité ? Il ne le savait au juste. Épiant de derrière son arbre, perdu dans l'indécision, il croyait voir deux chemins devant lui, l'un de lumière et l'autre de ténèbres.

Otsū, inconsciente de sa présence, fit quelques pas à l'extérieur du portail. Se retournant, elle vit Jōtarō se baisser pour ramasser quelque chose.

– Jōtarō, que diable fais-tu encore ? Dépêche-toi !

– Attendez ! cria-t-il, tout excité. Regardez ça !

– Ce n'est qu'un vieux chiffon sale ! Tu n'as pas besoin de ça.

– Il appartient à Musashi.

– À Musashi ? s'exclama-t-elle en le rejoignant d'un bond.

– Oui, c'est à lui, répondit Jōtarō qui tenait la serviette par les angles pour la lui montrer. Je m'en souviens. Ça vient de la maison de la veuve où nous avons habité à Nara. Regardez là : il y a une feuille d'érable imprimée et un caractère qui veut dire « Lin ». C'est le nom du patron du restaurant aux boulettes de là-bas.

– Crois-tu donc que Musashi soit venu ici même ? s'écria Otsū en regardant frénétiquement autour d'elle.

Jōtarō se redressa presque jusqu'à la hauteur de la jeune fille, et, de toutes ses forces, hurla :

– *Sensei !* (Dans le bosquet, il y eut un froissement de feuilles. Otsū, haletante, se retourna et s'élança vers les arbres, l'enfant à ses trousses.) Où allez-vous ? cria-t-il.
– Musashi vient de s'enfuir !
– Par où ?
– Par là.
– Je ne le vois pas.
– Là-bas, dans les arbres !

Elle avait aperçu la silhouette de Musashi ; mais l'appréhension avait aussitôt remplacé la joie momentanée qu'elle en avait éprouvée, car il augmentait rapidement la distance qui les séparait. Elle courait après lui de toutes ses forces. Jōtarō courait à son côté, sans croire vraiment qu'elle avait vu Musashi.

– Vous vous trompez ! criait-il. Ce doit être quelqu'un d'autre. Pourquoi donc est-ce que Musashi s'enfuirait ?
– Regarde !
– Où ça ?
– Là ! (Elle prit une inspiration profonde et cria de toutes ses forces :) Mu-sa-shi ! (Mais à peine ce cri furieux avait-il jailli de sa bouche qu'elle trébucha et tomba. Comme Jōtarō l'aidait à se relever, elle cria :) Pourquoi ne l'appelles-tu pas, toi aussi ? Appelle-le ! Appelle-le !

Au lieu d'obéir, il la regarda, pétrifié. Il avait déjà vu ce visage avec ses yeux injectés de sang, ses sourcils fins comme des aiguilles, son nez et son menton de cire. C'était le visage du masque ! Le masque de folle que la veuve de Nara lui avait donné. Au visage d'Otsū manquait la bouche bizarrement incurvée, mais pour le reste la ressemblance était frappante. Jōtarō lâcha aussitôt la jeune fille, et recula de frayeur.

Otsū continuait de le gronder :
– Nous ne pouvons pas renoncer ! Si nous le laissons s'enfuir maintenant, jamais il ne reviendra ! Appelle-le donc ! Fais-le revenir !

À l'intérieur de Jōtarō quelque chose résistait, mais l'expression du visage d'Otsū lui montra qu'il était inutile d'essayer de raisonner avec elle. Ils reprirent leur course, et lui aussi se mit à crier de tous ses poumons.

Au-delà du bois, il y avait une petite colline au pied contourné par la route de Tsukigase à Iga.

Livre III

LE FEU

SASAKI KOJIRO

Juste au sud de Kyoto, la rivière Yodo contournait une colline appelée Momoyama (où était sis le château de Fushimi), puis traversait la plaine de Yamashiro vers les remparts du château d'Osaka, quelque trente-cinq kilomètres plus au sud-ouest. En partie à cause de cette liaison directe par voie d'eau, chaque mouvement politique survenu dans la région de Kyoto se répercutait aussitôt à Osaka, tandis qu'à Fushimi toute parole prononcée par un samouraï d'Osaka, à plus forte raison par un général, paraissait lourde de conséquences pour l'avenir.

Autour de Momoyama, un grand bouleversement était en cours : Tokugawa Ieyasu avait résolu de transformer le mode de vie florissant sous Hideyoshi. Le château d'Osaka, occupé par Hideyori et sa mère, Yodogimi, continuait de s'accrocher désespérément aux vestiges de son autorité passée, comme le soleil couchant à sa beauté déclinante, mais le pouvoir véritable se trouvait à Fushimi où Ieyasu avait choisi de résider lors de ses longs séjours dans la région de Kansai. Le heurt entre l'ancien et le nouveau se constatait partout : dans les bateaux qui parcouraient la rivière, dans le comportement des gens sur les grand-routes, dans les chansons populaires, sur les visages des samouraïs limogés en quête d'emploi.

Le château de Fushimi était en réparation, et les pierres déchargées des bateaux sur la berge formaient une véritable montagne. La plupart d'entre elles étaient d'énormes blocs, d'environ deux mètres de large sur un mètre de haut. Elles brûlaient au soleil. Bien que ce fût l'automne d'après le calendrier, la chaleur étouffante évoquait la canicule qui succède immédiatement à la saison des pluies du début de l'été.

Des saules, près du pont, miroitaient d'un éclat blanchâtre ; une grosse cigale zigzagua follement de la rivière à une petite maison proche de la berge, où elle entra. Les toits du village, privés des douces couleurs dont les enveloppaient leurs lanternes, au crépuscule, étaient d'un gris sec et poussiéreux. Dans la chaleur du plein midi deux ouvriers, heureusement délivrés pour une demi-heure de leur tâche harassante, vautrés sur la large surface d'un bloc de pierre, bavardaient de ce qui était sur toutes les lèvres.

– Tu crois qu'il va y avoir une guerre ?
– Je ne vois pas ce qui peut l'éviter. Il ne semble pas y avoir quelqu'un d'assez fort pour dominer la situation.
– Je crois que tu as raison. Les généraux d'Osaka ont l'air d'engager tous les rōnins qu'ils peuvent trouver.
– On dirait. Peut-être que je ne devrais pas le crier sur les toits, mais j'ai entendu raconter que les Tokugawas achètent des armes à feu et des munitions à des navires étrangers.
– Dans ce cas, pourquoi Ieyasu laisse-t-il sa petite-fille Senhime épouser Hideyori ?
– Est-ce que je sais, moi ? Quoi qu'il fasse, tu peux parier qu'il a ses raisons. Les gens de la rue comme nous ignorent ce que Ieyasu a en tête.

Des mouches bourdonnaient autour des deux hommes, s'abattaient en nuée sur deux bœufs proches qui paressaient au soleil, flegmatiques et baveux.

La véritable raison pour laquelle on réparait le château n'était pas connue de l'humble ouvrier qui croyait que Ieyasu devait y séjourner. En réalité, il s'agissait d'une phase d'un énorme programme de construction, part importante du projet de gouvernement des Tokugawas.

Des travaux sur une vaste échelle avaient lieu également à Edo, Nagoya, Suruga, Hikone, Ōtsu et une douzaine d'autres villes à château. L'objectif était, dans une large mesure, politique : l'une des méthodes employées par Ieyasu pour maintenir sa domination sur les daimyōs consistait à leur donner l'ordre d'entreprendre divers travaux techniques. Aucun n'étant assez puissant pour refuser, cela maintenait les seigneurs amis trop occupés pour tomber dans la mollesse, tout en forçant les daimyōs qui, à Sekigahara, s'étaient opposés à Ieyasu, à se séparer d'une large part de leurs revenus. Un autre but encore du gouvernement consistait à gagner l'appui du peuple, qui profitait directement et indirectement de travaux publics importants.

Au seul château de Fushimi, l'on avait engagé près d'un millier d'ouvriers pour agrandir les remparts de pierre ; résultat accessoire : la ville autour du château connut un soudain afflux de trafiquants, de prostituées et de parasites – tous symboles de prospérité. L'opulence apportée par Ieyasu ravissait le peuple ; les marchands se délectaient à l'idée que pour couronner le tout il y avait de fortes chances de guerre – source d'un surcroît de profits.

Les citadins oubliaient vite le régime de Hideyoshi ; à la place, ils spéculaient sur ce qu'ils pourraient gagner dans l'avenir. Peu leur importait qui détenait le pouvoir ; aussi longtemps qu'ils se trouvaient en mesure de satisfaire leurs propres appétits mesquins, ils ne voyaient aucune raison de se plaindre. Et Ieyasu ne les décevait pas à cet égard, car il distribuait l'argent comme des bonbons aux enfants. Pas son propre argent, bien sûr, mais celui de ses ennemis potentiels.

Dans l'agriculture également il instaurait un nouveau système de domination. Les magnats locaux n'avaient plus le droit de gouverner à leur guise ou d'engager à volonté des ouvriers agricoles. Désormais, les paysans étaient autorisés à cultiver leurs terres – mais guère plus. Ils devaient rester ignorants de la politique, et s'en remettre au pouvoir en place.

Le gouvernant vertueux, selon Ieyasu, était celui qui ne laissait pas mourir de faim ceux qui cultivaient la terre, mais s'assurait en même temps qu'ils ne s'élevaient pas au-dessus de leur condition, telle était la politique grâce à laquelle il entendait perpétuer la domination des Tokugawas. Ni les citadins ni les cultivateurs ni les daimyōs ne se rendaient compte qu'on les insérait avec soin dans un système féodal qui finirait par les ligoter. Nul ne songeait à ce que seraient les choses un siècle plus tard. Nul, à l'exception de Ieyasu.

Les ouvriers du château de Fushimi ne pensaient pas non plus au lendemain. Ils avaient l'humble espoir de s'en tirer pour le jour même. Ils avaient beau parler de la guerre et de la date où elle éclaterait peut-être, les projets grandioses en vue de maintenir la paix et d'accroître la prospérité ne les concernaient pas. Quoi qu'il advînt, ils ne pouvaient guère être en plus mauvaise posture qu'ils ne l'étaient.

– Pastèque ! Qui veut une pastèque ? criait une fille de cultivateur qui venait chaque jour à cette heure-là. (Presque aussitôt, elle proposa de la marchandise à des hommes assis à l'ombre d'un gros bloc de pierre. Vive, elle passa d'un groupe à l'autre en criant :) Qui veut m'acheter mes pastèques ?

– T'es pas folle ? Tu crois donc qu'on a de l'argent pour acheter des pastèques ?

– Par ici ! Je serais content d'en manger une... à condition qu'elle soit gratuite.

Déçue que sa chance initiale ait été trompeuse, la fille s'approcha d'un jeune ouvrier assis entre deux blocs, le dos contre l'un, les pieds contre l'autre, les bras autour des genoux.

– Une pastèque ? demanda-t-elle, sans grand espoir.

Il était maigre, les yeux enfoncés dans les orbites, la peau rougie par le soleil. La fatigue avait beau flétrir sa jeunesse, ses amis intimes eussent reconnu en lui Hon'iden Matahachi. Avec lassitude, il compta dans sa paume des pièces crasseuses, qu'il donna à la fille.

Lorsqu'il se radossa contre la pierre, il inclina la tête, morose. Ce léger effort l'avait épuisé. Pris d'un haut-le-cœur, il se pencha d'un côté pour vomir dans l'herbe. Il manquait du peu de force qu'il eût fallu pour rattraper la pastèque qui avait roulé de ses genoux. Il la fixa tristement de ses yeux noirs où ne brillait aucune trace d'énergie ou d'espérance.

« Les porcs », marmonna-t-il faiblement. Il désignait ainsi les gens auxquels il eût voulu rendre coup pour coup : Okō, avec sa face blanchie ; Takezō, avec son sabre de bois. Sa première faute avait été d'aller à Sekigahara ; la seconde, de succomber aux charmes de la veuve lascive. Il en était venu à croire que sans ces deux événements il serait maintenant chez lui, à Miyamoto, chef de la famille Hon'iden, époux d'une belle femme, envié de tout le village.

« Je suppose qu'Otsū doit me haïr aujourd'hui... pourtant, je me demande ce qu'elle est devenue. » Dans l'état où il se trouvait, penser à son ancienne fiancée était son seul réconfort. Quand il avait fini par se rendre compte de la véritable nature d'Okō, il s'était remis à soupirer pour Otsū. De plus en plus il pensait à elle, depuis le jour où il avait eu le bon sens de rompre avec la maison de thé Yomogi.

Le soir de son départ, il avait découvert que le Miyamoto Musashi qui était en train d'acquérir une réputation d'homme d'épée dans la capitale était son vieil ami Takezō. À ce choc violent succédèrent presque aussitôt de puissantes vagues de jalousie.

En songeant à Otsū, il avait cessé de boire, tenté de vaincre sa paresse et ses mauvaises habitudes. Mais d'abord, il ne put trouver de travail à sa convenance. Il se maudit d'être demeuré cinq ans en dehors des réalités, aux crochets d'une femme plus âgée. Il lui sembla quelque temps qu'il était trop tard pour changer.

« Non, pas trop tard, se disait-il. Je n'ai que vingt-deux ans. Je peux faire tout ce que je veux, à condition de le vouloir ! » N'importe qui pourrait éprouver pareil sentiment ; mais dans le cas de Matahachi cela revenait à fermer les yeux, à sauter par-dessus un abîme de cinq années, et à se louer comme journalier à Fushimi.

Là, il avait travaillé comme un esclave, jour après jour, sous les coups du soleil, de l'été jusqu'à l'automne. Il était assez fier de son endurance.

« Je leur montrerai, à tous ! se disait-il alors en dépit de ses nausées. Qu'est-ce qui m'empêche de me faire un nom ? Je suis aussi capable que Takezō ! Je peux même faire mieux que lui, et je le ferai. Alors, j'aurai ma revanche, malgré Okō. Dix ans : je n'ai pas besoin de plus. »

Dix ans ? Il s'arrêta pour calculer l'âge qu'Otsū aurait alors. Trente et un ans ! Resterait-elle célibataire ? L'attendrait-elle durant tout ce temps ? C'était peu vraisemblable. Matahachi ignorait tout de ce qui s'était récemment passé dans le Mimasaka ; il n'avait aucun moyen de savoir que son rêve était illusoire, mais dix ans... jamais ! Cela ne devrait pas en dépasser cinq ou six. Durant cette période il lui faudrait réussir, il n'y avait pas à hésiter. Alors, il pourrait rentrer au village, demander pardon à Otsū, la convaincre de l'épouser. « C'est la seule façon ! s'écria-t-il. Cinq ans, six au plus. » Une lueur brilla de nouveau dans ses yeux qui regardaient fixement la pastèque.

À cet instant, l'un de ses camarades de travail se leva de sous le bloc de pierre, devant lui ; s'accoudant au large sommet de la pierre, il l'interpella :

– Dis donc, Matahachi ! Qu'est-ce que tu marmonnes là, entre tes dents ? Mais tu es vert ! Pastèque pourrie ?

Matahachi se força à répondre par un pâle sourire ; mais il eut un nouvel étourdissement. Des flots de salive lui emplirent la bouche. Il secoua la tête :

– Ce n'est rien, rien du tout, parvint-il à hoqueter. Un petit coup de soleil, je suppose. Laissez-moi prendre du bon temps ici pendant une heure.

Les solides transporteurs de pierres se moquèrent de sa faiblesse, mais sans méchanceté. L'un d'eux lui demanda :

– Pourquoi t'es-tu acheté une pastèque alors que tu es incapable de la manger ?

– Je l'ai achetée pour vous, les gars, répondit Matahachi. J'ai pensé que ça compenserait la part de travail que je ne suis pas capable de faire.

– Eh ben, voilà qui est chic. Dites donc, les gars ! De la pastèque ! Tenez, c'est Matahachi qui régale.

Ayant fendu la pastèque à l'angle d'une pierre, ils se jetèrent dessus comme des fourmis ; gourmands, ils arrachaient les gros quartiers juteux de pulpe rouge. Tout avait disparu quelques instants plus tard, lorsqu'un homme sauta sur un bloc pour crier :

– Au travail, vous tous !

Le samouraï en chef sortit d'une cabane, fouet en main, et la puanteur de la sueur se répandit au-dessus du sol. Bientôt s'éleva un chant de métier tandis qu'avec de gros leviers l'on hissait un gigantesque bloc sur des rouleaux pour le tirer au moyen de cordes grosses comme un bras d'homme. Le lourd bloc avançait comme une montagne mouvante.

Avec la vogue des constructions de châteaux, ces chants rythmés proliféraient. Il était rare que l'on en couchât par écrit les paroles ; pourtant, un personnage de l'importance du seigneur Hachisuka d'Awa, qui dirigeait la construction du château de Nagoya, en cita dans une lettre plusieurs strophes. Sa Seigneurie, qui ne dut guère avoir l'occasion de toucher à des matériaux de construction, les avait apprises lors d'une réception, semble-t-il. Ces compositions simples, comme la suivante, étaient devenues un genre de marotte dans la haute société aussi bien que parmi les équipes d'ouvriers :

> D'Awataguchi nous les avons tirées –
> Traînées pierre après pierre après pierre
> Pour notre noble seigneur Tōgorō.
> Ei, sa, ei, sa...
> Tire... ho ! Traîne... ho ! Tire... ho ! Traîne... ho !
> Sa Seigneurie parle,
> Nos bras et nos jambes tremblent.
> Nous lui sommes loyaux – jusqu'à la mort.

Commentaire de l'auteur de la lettre : « Tout le monde – jeunes et vieux – chante cet air qui fait partie du monde instable où nous vivons. »

Les ouvriers de Fushimi avaient beau ignorer ces répercussions sociales, leurs chants reflétaient bien l'esprit de l'époque. Les airs populaires, au déclin du shōgunat Ashikaga, avaient dans l'ensemble été décadents ; on les chantait surtout en privé ; mais durant les années prospères du régime Hideyoshi, l'on entendait souvent en public des chansons heureuses, joyeuses. Plus tard, quand la poigne sévère de Ieyasu se fit sentir, les mélodies perdirent un peu de leur exubérance. À mesure que le pouvoir Tokugawa se renforçait, le chant spontané tendit à céder la place à une musique composée par des musiciens au service du shōgun.

Matahachi reposa sa tête dans ses mains. Elle brûlait de fièvre, et les « oh! hisse! » des chants lui bourdonnaient indistinctement aux oreilles, comme un essaim d'abeilles. Tout seul maintenant, il tomba dans l'abattement.

« À quoi bon? gémissait-il. Cinq ans. À supposer qu'effectivement je travaille dur – qu'est-ce que ça me rapportera? Pour une journée entière de travail, je gagne tout juste assez pour me nourrir ce jour-là. Si je prends un jour de vacances, je me passe de manger. »

Sentant quelqu'un debout près de lui, il leva les yeux et vit un grand jeune homme. Il était coiffé d'un haut chapeau d'osier grossièrement tressé; à son côté pendait un ballot comme en portent les *shugyōsha*. Un emblème en forme d'éventail à demi ouvert, aux brins d'acier, ornait le devant du couvre-chef. L'homme observait pensivement les travaux de construction, et jaugeait le terrain.

Au bout d'un moment, il s'assit à côté d'une large pierre plate, juste de la bonne hauteur pour servir de table à écrire. Il souffla le sable qui la couvrait, ainsi qu'un cortège de fourmis qui la traversait; puis, accoudé à la pierre et le menton dans les mains, il reprit son intense examen du milieu environnant. L'éclat du soleil avait beau le frapper en plein visage, il restait immobile, apparemment insensible à la chaleur. Il ne remarquait pas Matahachi, toujours trop mal en point pour se soucier du fait qu'il y eût là quelqu'un ou non. L'autre homme lui était indifférent. Assis, il tournait le dos au nouveau venu en faisant des efforts pour vomir.

À la longue, le samouraï s'aperçut de son état.

– Vous, là-bas, dit-il, qu'est-ce qui vous arrive?
– C'est la chaleur, répondit Matahachi.
– Ça ne va pas du tout, hein?
– Ça va un peu mieux que ça n'allait, mais la tête me tourne encore.

– Je vais vous donner un médicament, dit le samouraï en ouvrant sa boîte à pilules laquée de noir et en faisant tomber au creux de sa main quelques pilules rouges. (Il alla mettre le médicament dans la bouche de Matahachi.) En un rien de temps, il n'y paraîtra plus, dit-il.

– Merci.

– Vous avez l'intention de vous reposer ici encore un petit moment ?

– Oui.

– Alors, rendez-moi un service. Prévenez-moi s'il arrive quelqu'un... en lançant un caillou, par exemple.

Il regagna sa propre pierre, s'assit, prit un pinceau dans son écritoire et un carnet dans son kimono. Ayant ouvert le carnet sur la pierre, il se mit à dessiner. Sous le bord de son chapeau, ses yeux allaient et venaient du château à ses environs immédiats, embrassant le donjon, les fortifications, les montagnes au fond, la rivière et ses affluents.

Juste avant la bataille de Sekigahara, des unités de l'armée de l'Ouest avaient attaqué ce château dont deux éléments, ainsi qu'une partie du fossé, avaient subi des dégâts considérables. Maintenant, non seulement on restaurait le bastion mais encore on le renforçait pour qu'il surclassât la forteresse de Hideyori à Osaka.

Vite, mais avec un grand luxe de détails, l'apprenti guerrier esquissa une vue à vol d'oiseau de tout le château, et, sur une deuxième page, entreprit de faire un schéma des abords arrière.

– Psssttt ! fit doucement Matahachi.

Soudain, l'inspecteur des travaux fut debout derrière le dessinateur. En demi-armure, chaussé de sandales de paille, il gardait le silence, attendant que l'on s'aperçût de sa présence. Matahachi éprouva du remords de ne pas l'avoir vu à temps pour donner l'alerte. Maintenant, il était trop tard.

Bientôt, l'apprenti guerrier leva une main pour chasser une mouche de son col trempé de sueur ; ce faisant, il aperçut l'intrus. Il leva des yeux effrayés ; l'inspecteur, irrité, lui rendit son regard avant de tendre la main vers le dessin. L'apprenti guerrier lui saisit le poignet, et se leva d'un bond.

– Qu'est-ce que vous faites ? cria-t-il.

L'inspecteur s'empara du carnet qu'il brandit.

– Je voudrais jeter un coup d'œil là-dessus ! aboya-t-il.

– Vous n'en avez pas le droit.

– Je ne fais que mon service !

– Vous mêler des affaires des autres, c'est donc là votre service ?

– Et pourquoi non ? Y aurait-il quelque chose que je ne devrais pas voir ?

– Un balourd comme vous ne comprendrait pas.

– Je crois que je ferais mieux de garder ce carnet.

L'un et l'autre tirèrent dessus, et le déchirèrent en deux.

– Pas question ! cria l'apprenti guerrier en saisissant le carnet.

– Attention à ce que vous faites ! brailla l'inspecteur. Autant vous expliquer une bonne fois, sinon je vous coffre.

– De quel droit ? Vous êtes officier ?

– Tout juste.

– De quel groupe ? Aux ordres de qui ?

– Ce ne sont pas vos affaires. Mais autant vous apprendre que j'ai ordre d'interroger par ici tous les suspects. Qui vous a donné l'autorisation de prendre des croquis ?

– J'étudie les châteaux et la géographie. Qu'y a-t-il de mal à ça ?

– L'endroit fourmille d'espions ennemis. Ils ont tous les mêmes excuses. Peu m'importe qui vous êtes. Il va vous falloir répondre à quelques questions. Suivez-moi !

– Est-ce que vous m'accuseriez d'être un criminel ?

– Contentez-vous de tenir votre langue et de me suivre.

– Quelle élégance, que ces fonctionnaires ! Trop habitués à ce que les gens rampent chaque fois qu'ils ouvrent leur grande gueule !

– Ferme la tienne... en route !

– Essayez donc un peu !

L'apprenti guerrier ne voulait rien entendre. La colère gonflait les veines du front de l'inspecteur qui laissa tomber sa moitié du carnet, la piétina et sortit sa matraque. L'autre sauta d'un pas en arrière pour améliorer sa position.

– Si vous refusez de venir, il va me falloir vous ligoter et vous traîner, dit l'inspecteur.

Ces mots n'étaient pas sortis de sa bouche que son adversaire passait à l'action. En hurlant, il empoigna l'inspecteur d'une main par la nuque, de l'autre par le bas de son armure, puis le traîna jusqu'à une grosse pierre.

– Espèce de bon à rien ! cria-t-il, mais trop tard pour être entendu de l'inspecteur, dont le crâne éclata sur la pierre à la façon d'une pastèque.

Avec un cri d'horreur, Matahachi se couvrit la face de ses mains pour la protéger des morceaux qui volaient vers lui tandis que l'apprenti guerrier retrouvait rapidement son calme.

Matahachi était épouvanté. Se pouvait-il que l'homme eût l'habitude d'assassiner avec cette brutalité ? Ou son sang-froid n'était-il que la détente qui succède à une expression de fureur ? Traumatisé jusqu'à la moelle, il suait à grosses gouttes. Pour autant qu'il en pouvait juger, l'homme avait à peine atteint la trentaine. Son visage osseux, brûlé par le soleil, était grêlé ; on eût dit qu'il n'avait pas de menton, mais cela provenait peut-être de la cicatrice curieusement creusée d'une profonde entaille de sabre.

L'apprenti guerrier ne se hâtait pas de fuir. Il ramassa les fragments déchirés de son carnet. Puis il chercha tranquillement son chapeau qui s'était envolé dans la bagarre. L'ayant retrouvé, il s'en coiffa avec soin, ce qui de nouveau cacha son inquiétant visage. Il s'éloigna de plus en plus vite, jusqu'à ce qu'il parût porté par le vent.

Tout s'était déroulé si rapidement que ni les centaines d'ouvriers du voisinage ni leurs surveillants n'avaient rien remarqué. Les uns continuaient de peiner comme des fourmis tandis que les autres, armés de fouets et de matraques, braillaient des ordres à leurs dos en nage.

Mais une paire d'yeux avait tout vu. Debout au sommet d'un haut échafaudage dominant tout le chantier se tenait le surveillant général des charpentiers et scieurs de bois. Voyant s'échapper l'apprenti guerrier, il rugit un ordre qui mit en mouvement un groupe de simples soldats en train de boire du thé sous l'échafaudage.

– Qu'est-ce qui s'est passé ?
– Encore une bagarre ?

D'autres entendirent l'appel aux armes, et bientôt soulevèrent un nuage de poussière jaune, près de la porte en bois de la palissade qui séparait du village le chantier de construction. Des cris de colère s'élevaient de la multitude.

– C'est un espion ! Un espion d'Osaka !
– Ils ne comprendront donc jamais !
– À mort ! À mort !

Les haleurs de pierres, les transporteurs de terre et d'autres, criant comme si l'« espion » était leur ennemi personnel, foncèrent sur le samouraï sans menton. Il s'élança derrière un char à bœufs qui passait lentement la porte, et tenta de se glisser au-dehors, mais une sentinelle l'aperçut et lui fit un croc-en-jambe avec un bâton clouté.

– Ne le laissez pas échapper ! cria le surveillant du haut de son échafaudage.

Sans hésiter, la foule tomba sur le misérable, qui contre-attaqua comme une bête prise au piège. Ayant arraché le bâton à la sentinelle, il se retourna contre elle, et avec la pointe de l'arme l'abattit la tête la première. Après avoir abattu de la même façon quatre ou cinq autres hommes, il tira son énorme sabre et passa à l'attaque. Ses poursuivants terrifiés reculèrent ; mais comme il s'apprêtait à se tailler un chemin hors du cercle, un barrage de pierres s'abattit sur lui de toutes parts.

La foule déchargeait sa bile avec entrain, d'humeur d'autant plus meurtrière à cause d'une répulsion profonde envers tous les *shugyōsha*. Pareils à la plupart des gens du peuple, ces ouvriers considéraient les samouraïs errants comme inutiles, improductifs et arrogants.

– Cessez de vous conduire en rustres stupides ! cria le samouraï cerné, en appelant à la raison et à la retenue.

Il avait beau se défendre, il paraissait plus soucieux de réprimander ses assaillants que d'éviter les pierres qu'ils lui jetaient. Maints badauds innocents furent blessés dans la mêlée.

Puis, en un clin d'œil, tout fut terminé. Les cris cessèrent, et les ouvriers retournèrent à leur travail. En cinq minutes, le vaste chantier de construction redevint exactement ce qu'il était, comme si rien n'avait eu lieu. Les étincelles jaillies des divers instruments tranchants, les hennissements des chevaux affolés par le soleil, la chaleur accablante : tout redevint normal.

Deux gardes surveillaient la forme effondrée, ligotée d'une épaisse corde de chanvre.

– Il est mort à quatre-vingt-dix pour cent, dit l'un; aussi, nous pouvons le laisser là jusqu'à l'arrivée du juge. (Il regarda autour de lui, et vit Matahachi.) Eh, toi, là-bas ! Surveille cet homme. S'il meurt, ça n'a aucune importance.

Matahachi entendit ces paroles, mais ne parvint pas à comprendre tout à fait ni leur sens, ni celui de l'événement auquel il venait d'assister. Tout cela ressemblait à un cauchemar, visible pour ses yeux, audible pour ses oreilles, mais incompréhensible pour son cerveau.

« Que la vie est donc fragile ! se disait-il. Voilà quelques minutes, il était absorbé dans ses croquis. Et maintenant, il meurt. Il n'était pas bien vieux. »

Il avait pitié du samouraï sans menton, dont la tête, qui gisait de travers au sol, était noire de poussière et de sang, la face encore convulsée par la colère. La corde l'ancrait à une grosse pierre. Matahachi se demandait vaguement pourquoi les fonctionnaires avaient pris de telles précautions alors que l'homme était trop près de la mort pour émettre un son. À moins qu'il ne fût déjà mort. Une de ses jambes était grotesquement visible à travers une longue déchirure de son *hakama* ; le tibia blanc sortait de la chair cramoisie. Son cuir chevelu saignait, et des guêpes bourdonnaient autour de ses cheveux emmêlés. Ses mains et ses pieds étaient presque recouverts de fourmis.

« Pauvre bougre, songeait Matahachi. S'il étudiait sérieusement, il devait avoir beaucoup d'ambition dans la vie. Je me demande d'où il vient... si ses parents sont encore en vie. » Un curieux doute s'empara de lui : plaignait-il vraiment le sort de cet homme, ou s'inquiétait-il du vague de son propre avenir ? « Pour un homme qui a de l'ambition, pensait-il, il devrait y avoir une façon plus intelligente d'avancer. »

Il s'agissait d'une époque qui attisait les espérances des jeunes, qui les poussait à caresser une chimère, à réussir dans l'existence. Une époque où même quelqu'un comme Matahachi pouvait rêver de s'élever à partir de rien pour devenir le maître d'un château. Il était possible à un guerrier modestement doué de se débrouiller uniquement en allant de temple en temple et en vivant de la charité des prêtres. Avec un peu de chance, il serait engagé par un gentilhomme de province ; avec un peu plus de chance encore, il pouvait être à la solde d'un daimyō.

Pourtant, de tous les jeunes hommes qui partaient avec de grands projets, seul un sur mille en réalité finissait par trouver une situation qui rapportait un revenu acceptable. Les autres devaient se contenter du peu de satisfaction qu'ils pouvaient tirer du fait de savoir qu'ils exerçaient un métier difficile et dangereux.

Tandis que Matahachi contemplait le samouraï couché à ses pieds, tout cela commença à lui paraître absolument stupide. Où la voie que suivait Musashi pouvait-elle bien le mener ? Le désir qu'éprouvait Matahachi d'égaler ou de surpasser son ami d'enfance n'avait pas diminué, mais la vue du guerrier ensanglanté faisait paraître folle et vaine la Voie du sabre.

Horrifié, il s'aperçut que le guerrier bougeait, ce qui coupa net ses réflexions. La main de l'homme se tendit comme une patte de tortue de mer, et griffa le sol. Il souleva légèrement son torse, sa tête, et tira sur la corde.

Matahachi avait peine à en croire ses yeux. Et rampant centimètre par centimètre, l'homme traînait derrière lui la pierre de deux cents kilos qui retenait sa corde. Trente, soixante centimètres... cela témoignait d'une force surhumaine. Nul colosse d'aucune équipe de traîneurs de pierres n'aurait pu le faire ; et pourtant, beaucoup se vantaient d'avoir la force de dix ou vingt hommes. Le samouraï moribond était possédé par quelque énergie démoniaque, surpassant de loin celle d'un mortel ordinaire.

De la gorge du mourant sortit un gargouillis. Il essayait désespérément de parler mais sa langue noircie et desséchée lui rendait impossible de former les mots. Son souffle était haletant, caverneux, sifflant ; ses yeux exorbités imploraient Matahachi.

– Pr... pr... pr... pr... ie...

Matahachi comprenait peu à peu qu'il disait « prie ». Puis vint un autre son presque inarticulé que Matahachi traduisit : « vous supplie ». Mais en réalité, c'étaient les yeux de l'homme qui parlaient. Ils contenaient ses dernières larmes, et la certitude de la mort. Sa tête retomba ; il cessa de respirer. D'autres fourmis sortirent de l'herbe pour explorer la chevelure blanche de poussière ; quelques-unes entrèrent même dans une narine où se figeait le sang. Matahachi voyait la peau, sous le col du kimono, prendre un ton d'un noir bleuâtre.

Qu'est-ce que l'homme avait souhaité lui faire faire ? Une pensée obsédait Matahachi : il avait une obligation envers le samouraï qui, le trouvant malade, avait eu la bonté de lui donner un remède. Pourquoi le sort l'avait-il aveuglé alors qu'il aurait dû avertir l'homme de l'approche de l'inspecteur ? Était-ce le destin ?

Matahachi tâta le ballot de tissu, à l'obi de l'homme. Le contenu en révélerait sûrement qui il était, d'où il venait. Matahachi supposait qu'il avait souhaité en mourant que l'on remît à sa famille un souvenir quelconque. Il détacha le ballot, ainsi que la boîte à pilules, et les fourra prestement dans son propre kimono.

Il se demanda s'il devait couper une mèche de cheveux pour la mère de l'inconnu ; mais alors qu'il contemplait la face effrayante, il entendit des pas qui s'approchaient. Caché derrière une pierre, il vit des samouraïs qui venaient chercher le corps. Si on le prenait avec les affaires du mort, il aurait de graves ennuis. Il s'éloigna en rampant d'ombre en ombre derrière les pierres, comme un rat des champs.

Deux heures plus tard, il arriva à la confiserie où il habitait. À côté de la maison, la femme du boutiquier se lavait dans une cuvette. L'entendant remuer à l'intérieur, elle montra de derrière la porte latérale une partie de sa chair blanche, et cria :

– C'est vous, Matahachi ?

Répondant par un fort grognement, il s'élança dans sa propre chambre, et attrapa dans une commode un kimono ainsi que son sabre ; puis il se noua autour de la tête une serviette de toilette roulée, et se disposa à renfiler ses sandales.

– Il ne fait pas trop sombre, là-dedans ? cria la femme.
– Non, j'y vois suffisamment.
– Je vais vous apporter une lampe.
– Inutile. Je sors.
– Vous n'allez pas vous laver ?
– Non. Plus tard.

Il se précipita dans le champ, et s'éloigna rapidement de la pauvre maison. Quelques minutes plus tard, se retournant, il vit un groupe de samouraïs, du château sans aucun doute, sortir de derrière les miscanthus, dans le champ. Ils entrèrent dans la confiserie, par le devant et par le derrière à la fois.

« Je l'ai échappé belle, se dit-il. Bien sûr, je n'ai pas vraiment volé quoi que ce soit. Je l'ai seulement pris en garde. C'était mon devoir. Il m'en avait supplié. »

Selon ses critères, aussi longtemps qu'il reconnaissait que ces objets n'étaient pas à lui, il n'avait commis aucun délit. En même temps, il se rendait compte qu'il ne pourrait jamais reparaître au chantier de construction.

Les miscanthus montaient jusqu'à ses épaules, et un voile de brume vespérale flottait par-dessus. De loin, nul ne pouvait le voir ; s'enfuir serait facile. Mais de quel côté aller posait un problème difficile, d'autant plus que Matahachi croyait fortement que la chance était dans une direction, dans une autre la malchance.

Osaka ? Kyoto ? Nagoya ? Edo ? Dans aucun de ces lieux il n'avait d'amis ; autant jouer aux dés la décision. Avec les dés comme avec Matahachi, tout était hasard.

Il lui semblait que plus il marchait, plus il s'enfonçait dans les miscanthus. Des insectes bourdonnaient autour de lui, et la brume en tombant mouillait ses vêtements. Les ourlets trempés se tirebouchonnaient autour de ses jambes. Des graines s'accrochaient à ses manches. Ses jarrets le démangeaient. Le souvenir de sa nausée de la mi-journée était loin, maintenant, et il avait douloureusement faim. Une fois qu'il se sentit hors d'atteinte de ses poursuivants, la marche lui devint un supplice.

L'irrésistible désir de trouver un endroit où s'étendre pour se reposer lui fit traverser le champ, au-delà duquel il repéra le toit d'une maison. En s'approchant il vit que la clôture et le portail étaient l'un et l'autre de travers, endommagés, semblait-il, par une tempête récente. Le toit, lui aussi, avait besoin de réparations. Pourtant, autrefois, la maison devait avoir appartenu à une famille riche, car elle respirait une certaine élégance défraîchie. Il imagina une belle dame de la cour, assise dans un carrosse aux tentures somptueuses qui approchait de la maison à une allure majestueuse.

En franchissant le portail qui paraissait abandonné, il constata que la maison principale et une annexe plus petite étaient presque enfouies sous les mauvaises herbes. Ce décor lui rappela un passage du poète Saigyō qu'on lui avait fait apprendre dans son enfance :

J'appris qu'une personne de ma connaissance vivait à Fushimi ; j'allai lui rendre visite, mais le jardin était si envahi de mauvaises herbes ! Je ne pouvais même pas distinguer l'allée.

Au chant des insectes, je composai ce poème :

> En traversant les mauvaises herbes,
> Je cache mes larmes
> Aux plis de ma manche.
> Dans ce jardin plein de rosée,
> Pleurent jusqu'aux humbles insectes.

Le cœur glacé, Matahachi se blottit près de la maison en murmurant les mots si longtemps oubliés.

Au moment précis où il allait conclure que la demeure était vide, une lumière rouge apparut, venue de ses profondeurs. Bientôt, il entendit les accents nostalgiques d'un *shakuhachi*, la flûte de bambou dont jouaient les prêtres lorsqu'ils mendiaient dans les rues. En regardant à l'intérieur, il constata que le joueur était en effet un membre de cette classe. Il se trouvait assis près du foyer. Le feu qu'il venait d'allumer s'aviva, et l'ombre du prêtre s'agrandit au mur. Il jouait un air triste, une lamentation sur la solitude et la mélancolie de l'automne, destinée à ses seules oreilles. Il jouait simplement, sans fioritures, et donnait à Matahachi l'impression de ne guère tirer vanité de son jeu.

Quand la mélodie s'acheva, le prêtre poussa un profond soupir et se mit à se lamenter :

– On dit que lorsqu'un homme atteint la quarantaine, il n'est plus victime de l'illusion. Mais regardez-moi ! Quarante-sept ans lorsque j'ai détruit la réputation de ma famille. Quarante-sept ! Et j'étais encore dans l'illusion ; trouvé moyen de tout perdre : ressources, poste, réputation. Ce n'est pas tout ; j'ai laissé mon fils unique se débrouiller seul dans ce monde de malheur... Pourquoi ? Par amour ?... C'est mortifiant... jamais je ne pourrais de nouveau regarder en face mon épouse morte, ni l'enfant, où qu'il soit. Ah ! Ceux qui racontent que l'on est sage après quarante ans doivent parler des grands hommes, et non des sots de mon espèce. Au lieu de me croire sage à cause de mon âge, j'aurais dû faire plus attention que jamais. Le contraire est folie, dès qu'il s'agit des femmes. (Tenant debout devant lui son *shakuhachi*, les deux mains posées sur l'embouchure, il continua :) Quand cette histoire avec Otsū s'est produite, personne n'a plus voulu me pardonner. Il est trop tard, trop tard.

Matahachi s'était glissé dans la pièce voisine. Il écoutait, mais ce qu'il voyait lui inspirait de la répulsion. Le prêtre avait les joues creuses, ses épaules saillantes évoquaient le chien errant, et sa chevelure était terne. Matahachi était tapi en silence ; à la lueur clignotante du feu, la silhouette de l'homme évoquait des visions de démons nocturnes.

– Oh ! que faire ? gémissait le prêtre en levant au plafond ses yeux caves.

Il portait un kimono ordinaire et miteux mais également une soutane noire, indice qu'il était disciple du maître du Zen chinois P'uhua. La natte de roseau sur laquelle il se trouvait assis, qu'il roulait et transportait avec lui partout où il allait, devait constituer son seul bien ménager : son lit, son rideau et par mauvais temps, son toit.

– Parler ne me rendra pas ce que j'ai perdu, disait-il. Que n'ai-je été plus prudent ! Je croyais comprendre la vie. Je ne comprenais rien ; ma position m'enivrait ! Je me suis honteusement conduit envers une femme. Pas étonnant que les dieux m'aient abandonné. Que pourrait-il y avoir de plus humiliant ?

Le prêtre baissa la tête comme s'il présentait des excuses à quelqu'un, puis la baissa davantage encore.

– Je ne me soucie pas de moi-même. La vie que j'ai maintenant est assez bonne pour moi. Il n'est que juste que je fasse pénitence, et doive survivre sans aide extérieure... Mais qu'ai-je fait à Jōtarō ? Il souffrira plus que moi de mon inconduite. Si j'étais encore au service du seigneur Ikeda, il serait aujourd'hui le fils unique d'un samouraï ayant cinq mille boisseaux de revenu ; mais à cause de ma stupidité, il n'est rien. Pire : un jour, quand il sera grand, il apprendra la vérité. (Il resta un moment assis les mains sur la figure, puis se leva soudain.) Assez : voilà que je m'apitoie à nouveau sur moi-même. La lune est levée ; je vais me promener dans le champ... chasser ces vieux griefs, ces vieux fantômes.

Le prêtre ramassa son *shakuhachi*, et sortit fébrilement de la maison en traînant les pieds. Matahachi crut apercevoir une ombre de moustache sous le nez émacié. « Quel être bizarre ! se dit-il. Il n'est pas vraiment vieux, et pourtant comme il est peu solide sur ses jambes ! » Soupçonnant l'homme d'être un peu fou, il éprouvait pour lui une certaine pitié.

Attisées par la brise du soir, les flammes du petit bois commençaient de roussir le plancher. En pénétrant dans la pièce vide, Matahachi trouva une cruche d'eau ; il en versa sur le feu tout en songeant que ce prêtre était bien négligent.

Cela n'aurait guère eu d'importance que cette vieille maison abandonnée fût réduite en cendres ; mais si à la place il s'agissait d'un ancien temple de la période Asuka ou Kamakura ? Matahachi eut un violent mouvement d'indignation. « C'est à cause de gens pareils que les anciens temples de Nara et du mont Kōya sont si souvent détruits, pensait-il. Ces fous de prêtres vagabonds n'ont ni biens ni famille. Ils ne songent pas au risque d'incendie. Ils allument un feu dans la grande salle d'un vieux monastère, tout à côté des tentures murales, à seule fin de réchauffer leur propre carcasse qui n'a d'utilité pour personne. »

– Tiens, voilà quelque chose d'intéressant, murmura-t-il en tournant les yeux vers l'alcôve.

Ce n'étaient ni les proportions gracieuses de la pièce, ni les vestiges d'un vase précieux qui avaient attiré son attention, mais un pot de métal noirci, flanqué d'une jarre de saké au col ébréché. Le pot contenait du gruau de riz, et quand Matahachi secoua la jarre elle émit un joyeux glouglou. Il eut un large sourire et se félicita de sa chance, oublieux, comme tout homme affamé, des droits de propriété d'autrui.

À longs traits, il vint rapidement à bout du saké, et vida le pot de riz, ravi de s'être bien rempli la panse.

Tandis qu'il somnolait auprès du feu, il entendait le bourdonnement pareil à la pluie d'insectes venus du champ sombre, au-dehors... non seulement du champ mais des murs, du plafond et des tatamis pourrissants.

Juste avant de sombrer dans le sommeil, il se souvint du ballot qu'il avait pris au guerrier mourant. Il se secoua et le dénoua. Le tissu était un morceau de crêpe sali, teint en rouge foncé au bois de sappan. Il contenait un sous-vêtement propre et les objets que les voyageurs ont coutume d'emporter. En dépliant le vêtement, Matahachi trouva quelque chose qui avait la forme et la dimension d'une lettre roulée, très soigneusement enveloppée dans du papier imperméable. Il y avait aussi une bourse en cuir pourpre, qui tomba en tintant avec fracas d'un pli du tissu. Elle contenait assez d'or et d'argent pour faire trembler de frayeur la main de Matahachi. « C'est l'argent d'autrui, non le mien », se rappela-t-il.

En défaisant le papier imperméable autour de l'objet allongé, il trouva un rouleau sur un cylindre en cognassier de Chine, maintenu à une extrémité par du brocart d'or. Il sentit aussitôt que cela renfermait quelque important secret ; plein de curiosité, il le posa devant lui et le déroula lentement. En voici le texte :

CERTIFICAT

Je jure solennellement avoir transmis à Sasaki Kojirō les sept méthodes secrètes suivantes du style d'escrime Chūjō :

Exotériques : Style éclair, style roue, style arrondi, style bateau flottant.

Ésotériques : Le Diamant, l'Édification, l'Infini.

Délivré au village de Jōkyōji, domaine d'Usaka de la province d'Echizen, le... jour du... mois.

Kanemaki Jisai, disciple de Toda Seigen

Sur une feuille de papier qui semblait avoir été attachée plus tard, suivait un poème :

> La lune qui luit sur
> Les eaux non présentes
> D'un puits non foré
> Crée un homme
> Sans ombre ni forme.

Matahachi se rendait bien compte qu'il tenait là un diplôme délivré à un disciple qui avait appris tout ce que son maître pouvait lui enseigner ; mais le nom de Kanemaki Jisai ne lui évoquait rien. Il eût reconnu le nom d'Itō Yagoro qui sous le surnom d'Ittōsai avait créé un style d'escrime célèbre et très admiré. Il ignorait que Jisai fut le maître d'Itō. Il ne savait pas non plus que Jisai était un samouraï d'un caractère exceptionnel, qui avait maîtrisé le style authentique de Toda Seigen, et s'était retiré dans un village éloigné pour passer dans l'obscurité ses vieux jours ; par la suite, il ne transmit la méthode Seigen qu'à de rares élèves triés sur le volet.

Les yeux de Matahachi revinrent au premier nom. « Ce Sasaki Kojirō doit être le samouraï tué aujourd'hui à Fushimi, se dit-il. Il doit avoir été un remarquable escrimeur pour se voir décerner un certificat de ce style Chūjō. Quel malheur ! Mais j'en ai maintenant la certitude. C'est exactement ce dont je me doutais. Il a dû vouloir que je remette ceci à quelqu'un, probablement quelqu'un de son pays natal. »

Matahachi adressa une courte prière au Bouddha pour Sasaki Kojirō, puis se jura d'accomplir sa mission nouvelle.

Pour se protéger du froid, il refit du feu, s'étendit près du foyer, et ne tarda pas à s'endormir.

Au loin résonnait le *shakuhachi* du vieux prêtre. L'air plaintif, qui semblait chercher quelque chose, appeler quelqu'un, se déroulait à l'infini, poignante vague au-dessus des joncs du champ.

Le champ s'étendait sous une brume grise, et la fraîcheur de l'air du petit matin indiquait que l'automne commençait pour de bon. Les écureuils allaient à leurs affaires, et, dans la cuisine sans porte de la maison abandonnée, des pistes fraîches de renards s'entrecroisaient sur le sol de terre.

Le prêtre mendiant, rentré en titubant avant le jour, avait succombé à la fatigue sur le sol de l'office, sans lâcher son *shakuhachi*. Son kimono et sa soutane sales étaient mouillés de rosée et maculés de taches d'herbe ramassées tandis qu'il errait comme une âme en peine à travers la nuit. Comme il ouvrait les yeux et se mettait sur son séant, son nez se fronça, ses narines et ses yeux s'écarquillèrent et un éternuement puissant le secoua. Il ne fit aucun effort pour essuyer la morve qui dégoulinait de son nez dans sa moustache.

Il demeura quelques minutes assis là, avant de se rappeler qu'il lui restait du saké de la veille au soir. En bougonnant tout seul, il suivit un long couloir jusqu'à la salle où se trouvait le foyer, au dos de la maison. La clarté du jour lui révélait un plus grand nombre de pièces qu'il ne lui avait semblé à la nuit, mais il trouva son chemin sans difficulté. À son étonnement, la jarre de saké n'était plus à l'endroit où il l'avait laissée.

En revanche, il y avait un inconnu près du foyer, la tête sur le bras et la bouche baveuse, en plein sommeil. Le prêtre ne comprit que trop bien où se trouvait le saké.

Bien sûr, il ne manquait pas seulement le saké. Un rapide examen révéla qu'il ne restait plus un grain de gruau de riz prévu pour le petit déjeuner. Le prêtre devint écarlate de fureur ; il pouvait se passer du saké mais le riz était une question de vie ou de mort. Avec un glapissement furieux, il lança de toutes ses forces un coup de pied au dormeur ; mais Matahachi n'eut qu'un grognement ensommeillé, retira son bras de sous lui, et leva une tête paresseuse.

– Espèce de... espèce de... ! bredouillait le prêtre en lui donnant un second coup de pied.

– Qu'est-ce qui vous prend ? s'écria Matahachi. (Tandis qu'il se levait d'un bond, les veines se gonflèrent sur son visage ensommeillé.) A-t-on idée de me frapper comme ça ?

– Tu mérites plus que des coups de pied ! Qui t'a permis d'entrer ici pour me voler mon riz et mon saké ?

– Oh ! c'était à vous ?

– Bien entendu que c'était à moi !

– Je regrette.

– Tu regrettes ? À quoi est-ce que ça m'avance ?

– Je vous présente mes excuses.

– Ça ne me suffit pas !

– Que voulez-vous que je fasse ?

– Rends-les-moi !

– Hé ! Ils sont à l'intérieur de moi ; ils m'ont maintenu en vie toute une nuit. Maintenant, je ne peux vous les rendre !

– Je dois vivre, moi aussi, non ? Le plus que j'obtienne jamais, en jouant de la musique de porte en porte, ce sont quelques grains de riz ou deux gouttes de saké. Espèce d'idiot ! Espères-tu que je te laisserai sans protester me voler ma nourriture ? Je veux que tu me la rendes... rends-la-moi !

Il proférait d'un ton impérieux cette exigence déraisonnable, et sa voix fit à Matahachi l'effet de celle d'un diable affamé, venu tout droit de l'enfer.

– Ne soyez pas si radin, dit Matahachi avec mépris. À quoi bon vous agiter comme ça ? Un peu de riz et moins d'une demi-jarre d'un saké de troisième ordre.

– Bougre d'âne, tu peux faire la moue devant un reste de riz, mais pour moi c'est une journée de nourriture... une journée de vie ! (Le prêtre saisit en grondant le poignet de Matahachi.) Je ne te laisserai pas t'en tirer comme ça !

– Ne faites pas l'idiot ! riposta Matahachi. (Dégageant son bras et saisissant le vieux par ses cheveux clairsemés, il essaya de le jeter à terre d'une secousse rapide. À sa surprise, le corps de chat famélique resta inébranlable. Le prêtre s'accrocha fermement au cou de Matahachi.) Espèce de salaud ! aboya Matahachi en réévaluant les forces de son adversaire.

Trop tard. Le prêtre, campé solidement, l'envoya valser d'une seule poussée. Coup habile, utilisant l'énergie même de Matahachi, qui ne s'arrêta qu'en heurtant le mur de plâtre à l'extrémité de la pièce voisine. Montants et lattes étant pourris, une bonne partie de la cloison s'effondra en couvrant Matahachi de poussière. En recrachant du plâtre, il se releva d'un bond, tira son sabre et se jeta sur le vieux.

Ce dernier se disposa à parer l'attaque avec son *shakuhachi*, mais déjà il haletait.

– Allons, vois dans quel pétrin tu t'es fourré! cria Matahachi en frappant.

Il manqua son coup mais continua de frapper sans arrêt, ce qui ne laissait au prêtre aucune chance de reprendre souffle. Le visage du vieux prit un aspect cadavérique. Il ne cessait de sauter en arrière, mais sans souplesse; il avait l'air au bord de l'effondrement. Chaque fois qu'il esquivait un coup, il laissait échapper un cri plaintif, pareil au geignement d'un mourant. Pourtant, ses déplacements constants rendaient impossible à Matahachi de le toucher.

En fin de compte, Matahachi fut perdu par sa propre insouciance. Quand le prêtre sauta dans le jardin, Matahachi le suivit aveuglément : mais à peine eut-il posé le pied sur le plancher pourri de la véranda que les planches craquèrent, cédèrent. Il atterrit sur le dos, une jambe pendant à travers un trou.

Le prêtre bondit à l'attaque. Empoignant Matahachi par le devant du kimono, il se mit à le frapper sur la tête, les tempes, le corps, partout où tombait son *shakuhachi*; à chaque coup, il poussait un fort grognement. Avec sa jambe prise, Matahachi se trouvait réduit à l'impuissance. Sa tête semblait sur le point d'enfler aux dimensions d'un tonneau ; mais il eut de la chance : à ce moment, des pièces d'or et d'argent se mirent à choir de son kimono. À chaque nouveau coup succédait le tintement joyeux des pièces de monnaie qui tombaient par terre.

– Qu'est-ce que c'est que ça ? haleta le prêtre en lâchant sa victime.

Matahachi se hâta de dégager sa jambe et de se libérer

d'un bond, mais déjà le vieux avait déchargé sa bile. Son poing douloureux et ses difficultés respiratoires ne l'empêchaient pas de contempler avec émerveillement l'argent.

Matahachi, tenant à deux mains son crâne douloureux, cria :

– Tu le vois bien, espèce de vieux fou ! Il n'y avait aucune raison de s'agiter pour un peu de riz et de saké. J'ai de l'argent à revendre ! Prends-le si tu le veux ! Mais en retour, je vais te rendre les coups que tu m'as donnés. Tends-moi ta tête d'âne, et je m'en vais te payer avec usure ton riz et ta goutte ! (Au lieu de répondre à ces injures, le prêtre, la face contre terre, se mit à pleurer. La colère de Matahachi tomba quelque peu, mais il déclara d'un ton venimeux :) Regarde-toi ! La vue de l'argent te bouleverse.

– Quelle honte de ma part ! gémissait le prêtre. Pourquoi suis-je aussi bête ? (Comme la force avec laquelle il venait de se battre, les reproches qu'il s'adressait à lui-même étaient plus violents que chez un homme ordinaire.) Quel âne je suis ! poursuivait-il. Ne suis-je pas encore devenu raisonnable ? Même pas à mon âge ? Même pas après avoir été rejeté du monde, et être tombé aussi bas qu'un homme peut tomber ? (Il se tourna vers la colonne noire, à côté de lui, et se mit à se cogner la tête contre elle, tout en geignant pour lui-même :) Pourquoi donc est-ce que je joue de ce *shakuhachi* ? N'est-ce point pour rejeter par ses cinq orifices mes illusions, ma stupidité, mes désirs charnels, mon égoïsme, mes passions mauvaises ? Comment est-il possible que je me sois laissé entraîner dans une lutte à mort pour un peu de nourriture et de boisson ? Et avec un homme assez jeune pour être mon fils ?

Matahachi n'avait jamais vu rien de pareil : le vieux pleurait un peu, puis recommençait à se cogner la tête contre la colonne. Il avait l'air désireux de se heurter le front jusqu'à le faire éclater. Les peines qu'il s'infligeait dépassaient de loin les coups qu'il avait portés à Matahachi. Bientôt, son front se mit à saigner.

Matahachi se sentit obligé de l'empêcher de se torturer davantage.

– Allons, dit-il. Arrête. Tu es fou !
– Laisse-moi tranquille, fit le prêtre.

– Mais qu'est-ce qui ne va pas ?
– Tout va bien.
– Il y a sûrement quelque chose. Es-tu malade ?
– Non.
– Alors, qu'y a-t-il ?
– Je me dégoûte. J'ai envie de frapper à mort ce corps mauvais, mon corps, et de le donner en pâture aux corbeaux ; mais je ne veux pas mourir idiot. Je voudrais être aussi fort, aussi droit que quiconque avant de rejeter cette chair. Perdre le contrôle de moi-même me rend furieux. Je suppose, après tout, que tu pourrais appeler ça une maladie.

Matahachi, qui avait pitié de lui, ramassa l'argent tombé et tenta de lui en fourrer dans la main.

– C'était en partie ma faute, dit-il d'un ton d'excuse. Je te donne ces pièces ; peut-être me pardonneras-tu.

– Je n'en veux pas ! s'écria le prêtre en retirant vivement la main. Je n'ai pas besoin d'argent. Je te dis que je n'en ai pas besoin !

Bien qu'il eût précédemment explosé de colère pour un peu de riz, il considérait maintenant l'argent avec répugnance. Il secoua la tête avec vigueur, et recula, toujours à genoux.

– Tu es un curieux bonhomme, dit Matahachi.
– Mais non, mais non.
– En tout cas, tu te conduis d'une drôle de façon.
– Ne t'en fais pas pour ça.
– On dirait que tu viens des provinces de l'Ouest. À ton accent.
– Et comment ! Je suis né à Himeji.
– Vraiment ? Je suis de la région, moi aussi : du Mimasaka.
– Du Mimasaka ? répéta le prêtre en fixant Matahachi du regard. D'où au juste, dans le Mimasaka ?
– Du village de Yoshino. Miyamoto, pour être exact.

Le vieux parut se détendre. Assis sous la véranda, il parla doucement :

– Miyamoto ? Voilà un nom qui m'évoque des souvenirs. Autrefois, j'ai été de garde à la palanque de Hinagura. Je connais assez bien cette région.

– Ça veut dire que tu étais samouraï dans le fief de Himeji ?

– Oui. Je suppose que je n'en ai plus l'air aujourd'hui, mais j'étais un guerrier. Je m'appelle Aoki Tan... (Il s'interrompit, puis reprit tout aussi brusquement :) C'est faux. Je viens de l'inventer. Oublie tout ce que j'ai dit. (Il se leva en déclarant :) Je vais en ville, jouer de mon *shakuhachi* pour me procurer du riz.

Sur quoi, il tourna les talons et s'éloigna rapidement vers le champ de miscanthus.

Après son départ, Matahachi se demanda s'il avait bien fait de proposer au vieux prêtre de l'argent provenant de la bourse du samouraï mort. Il ne fut pas long à résoudre son dilemme en se disant qu'il ne pouvait y avoir aucun mal à se contenter d'en emprunter, à condition que ce fût peu. « Si je remets ces objets à la maison du mort, selon sa volonté, se dit-il, il me faudra de l'argent pour les dépenses ; et quel autre choix que de le prendre dans la somme que j'ai ici ? » Cette rationalisation commode était si réconfortante qu'à partir de ce jour, il se mit à dépenser l'argent petit à petit.

Restait la question du certificat décerné à Sasaki Kojirō. Il semblait que l'homme eût été un rōnin ; mais ne se pouvait-il qu'à la place il eût été au service d'un quelconque daimyō ? Matahachi n'avait trouvé aucune indication quant au lieu d'où venait l'homme ; aussi ne savait-il où porter le certificat. Son seul espoir, conclut-il, serait de trouver le maître escrimeur Kanemaki Jisai, qui sûrement n'ignorait rien de Sasaki.

Sur la route de Fushimi à Osaka, Matahachi demandait dans toutes les maisons de thé, dans toutes les auberges et dans tous les restaurants si quelqu'un avait entendu parler de Jisai. Les réponses étaient partout négatives ; même le renseignement supplémentaire que Jisai était un disciple accrédité de Toda Seigen ne suscitait aucune réponse.

Enfin, un samouraï que Matahachi rencontra en route eut une lueur :

– J'ai entendu parler de Jisai ; mais, s'il vit encore, il doit être très vieux. On m'a dit qu'il était parti dans l'Est, pour se retirer du monde dans un village du Kōzuke, ou quelque chose comme ça. Si vous désirez en connaître sur lui davantage, allez au château d'Osaka voir un homme appelé Tomita Mondonoshō.

Mondonoshō semblait-il, était l'un de ceux qui avaient enseigné les arts martiaux à Hideyori, et l'informateur de Matahachi avait la quasi-certitude qu'il appartenait à la même famille que Seigen.

Bien que déçu du caractère vague de ces premières directives réelles, Matahachi résolut de les suivre. En arrivant à Osaka, il prit une chambre dans une auberge bon marché de l'une des rues les plus animées ; dès qu'il fut installé, il demanda à l'aubergiste s'il avait entendu parler d'un homme appelé Tomita Mondonoshō au château d'Osaka.

– Oui, ce nom me dit quelque chose, répondit l'aubergiste. Je crois que c'est le petit-fils de Toda Seigen. Il n'est pas l'instructeur personnel du seigneur Hideyori, mais il apprend en effet l'escrime à quelques-uns des samouraïs du château. Ou du moins il le faisait. Peut-être est-il retourné à Echizen depuis quelques années. Oui, c'est bien ça... Vous pourriez aller à sa recherche à Echizen, mais je ne vous garantis pas qu'il y soit encore. Au lieu de faire un aussi long voyage sur une simple hypothèse, ne serait-il pas plus facile d'aller voir Itō Ittōsai ? Je suis presque certain qu'il a étudié le style Chūjō auprès de Jisai avant de développer son propre style.

Le conseil de l'aubergiste avait l'air sensé ; mais quand Matahachi entreprit de rechercher Ittōsai, il se trouva dans une autre impasse. Il apprit seulement que cet homme avait jusqu'à une époque récente habité une petite cabane à Shirakawa, aux abords est de Kyoto, mais qu'il n'y était plus ; depuis quelque temps, on ne l'avait vu ni à Kyoto ni à Osaka.

Bientôt, la résolution de Matahachi faiblit, et il fut tenté de laisser tomber toute l'affaire. L'agitation de la grande ville ralluma son ambition, stimula son âme juvénile. Dans une cité large offerte comme celle-ci, à quoi bon passer son temps à rechercher la famille d'un mort ? Que de choses à faire, ici ! L'on avait besoin de jeunes gens comme lui. Au château de Fushimi, les autorités avaient uniquement appliqué la politique du gouvernement Tokugawa. Mais ici, les généraux qui se trouvaient à la tête du château d'Osaka recherchaient des rōnins pour constituer une armée. Pas officiellement, certes, mais assez ouvertement pour que ce fût connu de tous. En fait, les rōnins recevaient un meilleur accueil et pouvaient mieux vivre ici que dans une autre ville à château du pays.

De folles rumeurs circulaient parmi les citadins. L'on disait par exemple que Hideyori versait discrètement des fonds à des daimyōs en fuite comme Gotō Matabei, Sanada Yukimura, Akashi Kamon et même au dangereux Chōsokabe Morichika, lequel habitait maintenant une maison de location dans une rue étroite aux abords de la ville.

Malgré sa jeunesse, Chōsokabe s'était rasé la tête à la façon d'un prêtre bouddhiste, et avait changé son nom en Ichimusai – « l'Homme d'un seul rêve ». Il déclarait par là que les affaires de ce monde fluctuant ne le concernaient plus, et passait ostensiblement son temps en élégantes frivolités. Pourtant, bien des gens savaient qu'il avait à son service sept ou huit rōnins dont tous avaient la ferme conviction que le moment venu, il se dresserait pour venger Hideyoshi, son regretté bienfaiteur. On murmurait que son train de vie, y compris la solde de ses rōnins, était financé tout entier par la cassette personnelle de Hideyori.

Durant deux mois, Matahachi erra dans Osaka, de plus en plus assuré que c'était pour lui l'endroit idéal. Ici, il trouverait le bout du fil qui le mènerait à la réussite. Pour la première fois depuis des années, il se sentait aussi brave, aussi intrépide qu'à son départ pour la guerre. Il était de nouveau plein de santé, vif, insoucieux du fait que l'argent du samouraï mort s'épuisait peu à peu, car il croyait que la chance lui souriait enfin. Chaque jour apportait joie et ravissement. Matahachi avait la certitude qu'il allait se retrouver couvert d'or.

Des vêtements neufs! Voilà ce qu'il lui fallait. Aussi s'habilla-t-il de pied en cap, en choisissant avec soin une étoffe qui convînt au froid de l'hiver approchant. Puis, ayant décrété que vivre à l'auberge était trop coûteux, il loua une petite chambre appartenant à un sellier, au voisinage du fossé Jenkei, et prit ses repas dehors. Il allait voir ce qu'il voulait, rentrait chez lui quand il en avait envie, et passait de temps en temps toute la nuit dehors, selon son humeur. Tout en se prélassant dans cette vie insouciante, il demeurait à l'affût d'un ami, d'une relation qui lui procurât un poste bien payé au service d'un grand daimyō.

Il fallait à Matahachi une certaine dose de modération pour vivre selon ses moyens, mais il s'estimait plus sage que jamais auparavant. Des histoires colportées l'encourageaient souvent : comment tel ou tel samouraï, il n'y avait pas si longtemps, enlevait les gravats d'un chantier de construction ; mais aujourd'hui, on le voyait chevaucher en grande pompe à travers la ville avec une suite de vingt personnes et un cheval de relais.

D'autres fois, il se sentait abattu. « Le monde est un mur de pierre, se disait-il. Et les pierres sont si rapprochées qu'il n'y a pas la moindre fente par où pénétrer. » Mais sa déception disparaissait toujours. « Qu'est-ce que je raconte là ? Ça n'a cet air que lorsqu'on n'a pas encore rencontré sa chance. Il est toujours difficile de percer, mais dès que j'aurai trouvé une ouverture... »

Quand il demanda au sellier s'il avait entendu parler d'un poste pour lui, le sellier répondit avec optimisme :

– Vous êtes jeune et solide. Si vous faites une demande au château, ils vous trouveront sûrement une place.

Mais découvrir le travail idéal n'était pas aussi facile. Le dernier mois de l'année trouva Matahachi encore sans emploi, son argent diminué de moitié.

Sous le soleil hivernal du mois le plus affairé de l'année, les hordes humaines qui fourmillaient dans les rues avaient l'air étonnamment calmes. Au centre de la ville, il y avait des terrains vagues où, le matin de bonne heure, la gelée blanchissait l'herbe. À mesure que la journée s'avançait, les rues devenaient boueuses, et l'impression d'hiver était effacée par le tintamarre des marchands qui vantaient leur lot à grand renfort de gongs et de tambours. Sept ou huit baraques, entourées de nattes de paille usées pour empêcher les badauds de regarder à l'intérieur, invitaient avec des drapeaux de papier et des lances décorées de plumes à entrer voir le spectacle. Des bonimenteurs rivalisaient d'une voix stridente pour attirer dans leurs misérables théâtres les passants désœuvrés.

L'odeur de sauce piquante au soya bon marché imprégnait l'air. Dans les boutiques, des hommes aux jambes velues, la bouche pleine de brochettes, poussaient des hennissements; au crépuscule, des femmes aux longues manches, à la face blanchie, marchaient en troupeaux, minaudant et mâchonnant des friandises aux fèves grillées.

Un soir, une bagarre éclata parmi les clients à propos d'un homme qui avait ouvert un débit de saké en disposant des tabourets au bord de la rue. Avant que l'on pût dire qui avait gagné, les combattants tournèrent casaque et s'enfuirent en laissant derrière eux des traces de sang.

– Merci, monsieur, dit le marchand de saké à Matahachi dont la présence inquiétante avait provoqué la fuite des citadins qui se battaient. Si vous n'aviez pas été là, ils auraient cassé toute ma vaisselle.

L'homme s'inclina à plusieurs reprises, puis servit à Matahachi une autre jarre de saké qu'il croyait chambré juste à la bonne température, disait-il. Il offrit aussi, en remerciement, un repas léger.

Matahachi était content de lui. La querelle avait éclaté entre deux ouvriers, et lorsqu'il les avait regardés en fronçant les sourcils et en menaçant de les tuer tous les deux s'ils causaient le moindre dommage à la boutique, ils s'étaient enfuis.

– Beaucoup de monde, hein? dit-il d'un ton cordial.

– C'est la fin de l'année. Ils restent un moment puis s'en vont, mais il en arrive d'autres sans arrêt.

– C'est bien que le temps se maintienne.

Matahachi avait la face rouge de boisson. Levant sa coupe, il se rappela qu'il avait juré de cesser de boire avant d'aller travailler à Fushimi, et se demanda vaguement comment il avait recommencé. « Eh bien, et puis après ? se dit-il. Si un homme ne peut pas boire un coup de temps en temps... »

– Un autre, mon vieux, fit-il à voix haute.

L'homme assis en silence sur le tabouret voisin était lui aussi un rōnin. Il avait des sabres impressionnants, un long et un court; les citadins devaient avoir tendance à s'écarter de lui, même s'il ne portait pas de manteau sur son kimono fort sale au col.

– Holà! un autre à moi aussi, et que ça saute! cria-t-il. (Croisant la jambe droite sur le genou gauche, il examina Matahachi des pieds à la tête. Quand il arriva au visage, il sourit en disant :) Salut.

– Salut, répondit Matahachi. Prenez-en donc une goutte du mien pendant qu'on fait chauffer le vôtre.

– Merci, dit l'homme en tendant sa coupe. C'est humiliant de boire, hein? Je vous ai vu assis ici avec votre saké, et puis ce doux arôme qui flottait dans l'air m'a tiré jusqu'ici... par la manche, comme qui dirait.

D'un trait, il vida sa coupe. Son genre plaisait à Matahachi. Il paraissait gentil, et il y avait en lui quelque chose de fougueux. Il était capable de boire, par-dessus le marché; au cours des quelques minutes qui suivirent, il vida cinq jarres pendant que Matahachi prenait son temps avec une seule. Pourtant, il n'était pas ivre.

– Vous avez l'habitude d'en boire combien? demanda Matahachi.

– Oh! je ne sais pas, répondit l'homme avec désinvolture. Dix ou douze jarres, quand je me sens en forme. (Ils en vinrent à parler de la situation politique; au bout d'un moment, le rōnin haussa les épaules en disant :) Qui est ce Ieyasu, de toute façon? Quelle absurdité de sa part, que d'ignorer les revendications de Hideyori, et de s'intituler le « Grand Suzerain »! Sans Honda Masazumi et quelques autres de ses vieux partisans, qu'est-ce qui reste? De la cruauté, de la ruse et une certaine aptitude politique... je veux dire, tout ce qu'il a c'est un certain flair politique que l'on trouve rarement chez les militaires... Pour ma part, j'aurais voulu voir gagner Ishida Mitsunari à Sekigahara, mais il avait trop de noblesse d'âme pour organiser les daimyōs. Et il n'était pas d'un rang assez élevé. (Ayant exprimé cette opinion, il demanda soudain :) Si Osaka devait se battre à nouveau contre Edo, vous seriez dans quel camp?

Non sans hésitation, Matahachi répondit :

– Osaka.

– Bravo! s'écria l'homme en se levant, sa jarre de saké à la main. Vous êtes l'un des nôtres. Ça s'arrose ! Quel fief est-ce que vous ?... Oh ! je suppose que je ne devrais pas vous poser cette question avant de vous avoir dit qui je suis. Je m'appelle Akakabe Yasoma. Je suis de Gamō. Peut-être avez-vous entendu parler de Ban Dan'emon ? Je suis l'un de ses bons amis. Nous nous retrouverons un de ces jours. Je suis également un ami de Susukida Hayato Kanesuke, le distingué général du château d'Osaka. Nous voyagions ensemble alors qu'il était encore un rōnin. J'ai aussi rencontré trois ou quatre fois Ōno Shurinosuke, mais il est trop lugubre pour mon goût, même s'il a plus d'influence politique que Kanesuke. (Il recula, s'arrêta un instant, l'air de craindre d'en avoir trop dit, puis demanda :) Qui êtes-vous ?

Matahachi, sans croire tout ce qu'avait dit l'homme, eut la vague impression d'être éclipsé temporairement.

– Avez-vous entendu parler de Toda Seigen ? demanda-t-il. L'homme qui a créé le style Tomita.

– Ce nom me dit quelque chose.

– Eh bien, j'avais pour maître le grand et désintéressé ermite Kanemaki Jisai, qui reçut de Seigen le véritable style Tomita, puis élabora le style Chūjō.

– Dans ce cas, vous devez être un authentique escrimeur ?

– Exact, répondit Matahachi qui commençait à s'amuser.

– Savez-vous que je m'en doutais ? dit Yasoma. Votre corps paraît discipliné, et vous avez l'air capable. Comment vous nommait-on durant votre entraînement auprès de Jisai ? Je veux dire : si ma question n'est pas trop indiscrète.

– Je m'appelle Sasaki Kojirō, répondit Matahachi sans sourciller. Itō Yagorō, le créateur du style Ittō, est un disciple éminent de la même école.

– Pas possible ! fit Yasoma stupéfait. (Dans un instant de crainte, Matahachi pensa tout rétracter mais il était trop tard. Déjà Yasoma, agenouillé par terre, s'inclinait profondément. Impossible de revenir en arrière.) Pardonnez-moi, répéta-t-il plusieurs fois. J'ai souvent entendu dire que Sasaki Kojirō était un magnifique escrimeur, et je dois vous prier de m'excuser de ne pas vous avoir parlé plus poliment. Mais comment aurais-je pu savoir qui vous étiez ?

Matahachi fut grandement soulagé. Si Yasoma avait été un ami ou une relation de Kojirō, il aurait fallu se battre pour défendre sa vie.

– Inutile de vous prosterner ainsi, dit Matahachi, magnanime. Si vous tenez à faire des cérémonies, nous ne pourrons parler en amis.

– Pourtant mes bavardages ont dû vous agacer ?

– Pourquoi ça ? Je n'ai ni rang ni poste particulier. Je ne suis qu'un jeune homme qui ne sais pas grand-chose des usages du monde.

– Oui, mais vous êtes un grand homme d'épée. J'ai entendu citer votre nom bien des fois. Maintenant que j'y réfléchis, je vois bien que vous devez être Sasaki Kojirō. (Il scrutait intensément Matahachi.) De plus, je ne trouve pas qu'il soit juste que vous n'ayez point de poste officiel.

Matahachi répondit avec innocence :

– Mon Dieu, je me suis consacré si exclusivement à mon sabre que je n'ai pas eu le temps de me faire beaucoup d'amis.

– Je vois. Cela veut-il dire que vous ne souhaitez pas trouver un bon poste ?

– Non ; j'ai toujours pensé qu'un jour il me faudrait trouver un seigneur à servir. Seulement, je n'en suis pas encore là.

– Eh bien, ce devrait être assez facile. Vous avez pour appui votre réputation au sabre, ce qui fait toute la différence du monde. Bien sûr, si vous gardez le silence, alors, quel que soit votre talent, personne ne viendra vous découvrir. Moi, par exemple. Je ne savais même pas qui vous étiez avant que vous ne me le disiez. J'ai été complètement pris par surprise. (Yasoma observa un silence, puis reprit :) Si vous souhaitez que je vous aide, je serai heureux de le faire. À vrai dire, j'ai demandé à mon ami Susukida Kanesuke s'il pouvait me trouver un poste à moi aussi. J'aimerais bien être engagé au château d'Osaka, même s'il n'y a pas grand-chose à y gagner. Je suis certain que Kanesuke serait heureux de recommander en haut lieu quelqu'un comme vous. Si vous le désirez, je me ferai un plaisir de lui en toucher un mot.

Cependant que Yasoma s'enthousiasmait sur ces perspectives d'avenir, Matahachi ne pouvait éviter le sentiment qu'il venait de tomber la tête la première dans quelque chose dont il ne lui serait pas facile de sortir. Quel que fût son désir de trouver du travail, il craignait d'avoir commis une erreur en se faisant passer pour Sasaki Kojirō. En revanche, s'il s'était présenté comme étant Hon'iden Matahachi, samouraï campagnard du Mimasaka, jamais Yasoma ne lui eût proposé son aide. Et même, il l'eût probablement considéré avec dédain. C'était indiscutable : le nom de Sasaki Kojirō avait sûrement produit une forte impression.

Mais alors... y avait-il vraiment matière à s'inquiéter ? Le véritable Kojirō était mort, et Matahachi était la seule personne à le savoir, car il détenait le certificat, seule identification du mort. Sans elle, les autorités n'avaient aucun moyen de savoir qui ce rōnin était ; il était extrêmement peu vraisemblable qu'elles se fussent donné la peine d'enquêter. Après tout, qu'était cet homme si ce n'est un « espion » que l'on avait lapidé à mort ? Peu à peu, tandis que Matahachi se persuadait que son secret ne serait jamais découvert, un plan audacieux se précisait dans son esprit : il deviendrait Sasaki Kojirō. Comme en cet instant.

– L'addition ! cria-t-il en tirant des pièces de sa bourse.

Tandis que Matahachi se levait pour partir, Yasoma, tout agité, laissa échapper :

– Et ma proposition ?

– Oh ! répondit Matahachi, je vous serais très reconnaissant si vous parliez en ma faveur à votre ami, mais nous ne pouvons discuter ici de ce genre de chose. Allons dans un endroit tranquille.

– Mais bien sûr ! fit Yasoma, visiblement soulagé.

Il semblait trouver tout naturel que Matahachi eût réglé sa note, à lui aussi.

Bientôt, ils furent dans un quartier assez éloigné des rues principales. Matahachi avait eu l'intention d'emmener son nouvel ami dans un élégant établissement où l'on pût boire, mais Yasoma fit observer qu'aller dans un tel endroit serait jeter l'argent par les fenêtres. Il proposa un endroit moins cher et plus intéressant, et, tout en chantant les louanges du quartier réservé, mena Matahachi à ce que l'on appelait par euphémisme la ville des prêtresses. Là, disait-on sans beaucoup exagérer, il y avait mille maisons de plaisir, et le commerce était si florissant que cent barils d'huile d'éclairage se consommaient en une seule nuit. D'abord peu enthousiaste, Matahachi ne tarda pas à se sentir attiré par la gaieté ambiante.

À proximité se trouvait un prolongement du fossé du château, où l'eau de la marée affluait de la baie. En regardant très attentivement, l'on pouvait distinguer des crabes qui rampaient sous les fenêtres en saillie et les lanternes rouges. Matahachi regarda attentivement, ce qui le troubla quelque peu car ils lui faisaient penser à des scorpions venimeux.

Le quartier était peuplé, dans une large mesure, de femmes au visage recouvert d'une épaisse couche de poudre. Parmi elles, on voyait de temps à autre un joli minois, mais beaucoup d'autres semblaient avoir dépassé la quarantaine ; ces femmes arpentaient les rues avec un regard triste, la tête emmitouflée contre le froid, les dents noircies, mais tâchant faiblement de séduire les hommes réunis là.

– C'est sûr, il y en a, dit Matahachi en soupirant.

– Je vous l'avais bien dit, répondit Yasoma qui s'efforçait de réhabiliter les femmes. Et elles valent mieux que n'importe quelle serveuse de maison de thé ou chanteuse dont vous pourriez vous enticher. La notion d'amour vénal rebute beaucoup de gens ; mais si vous passez une soirée d'hiver avec l'une d'elles et causez avec elle de sa famille et ainsi de suite, vous constaterez sans doute qu'elle ressemble tout à fait à n'importe quelle autre femme. Et qu'elle n'est pas vraiment à blâmer d'être devenue une prostituée... Quelques-unes étaient autrefois concubines du shōgun, et le père de beaucoup faisait partie de la suite de daimyōs qui ont depuis perdu le pouvoir. Il en allait de même, voilà plusieurs siècles, quand les Tairas s'attaquaient aux Minamotos. Vous vous apercevrez, mon ami, que dans les égouts de ce monde instable une bonne partie des ordures est formée de fleurs déchues.

Ils entrèrent dans une maison, et Matahachi s'en remit entièrement à Yasoma qui paraissait fort expérimenté. Il savait commander le saké, traiter avec les filles ; il était parfait. Matahachi trouva l'aventure tout à fait réjouissante.

Ils passèrent la nuit ; à midi le lendemain, Yasoma ne manifestait encore aucun signe de lassitude. Dans une certaine mesure, Matahachi se sentait vengé de toutes les fois où on l'avait relégué dans une chambre à l'écart au Yomogi ; mais il commençait à se fatiguer. Il finit par avouer qu'il en avait assez, et dit :

– Je n'ai plus envie de boire. Allons-nous-en.

Yasoma ne bougeait pas.

– Restez avec moi jusqu'à ce soir, dit-il.

– Pour quoi faire ?

– J'ai rendez-vous avec Susukida Kanesuke. Il est trop tôt pour aller chez lui maintenant, et de toute façon je ne pourrai discuter de votre situation tant que je ne saurai pas plus clairement ce que vous souhaitez.

– Je suppose qu'au début, je ne dois pas demander trop.

– Il ne faut pas demander trop peu. Un samouraï de votre envergure devrait pouvoir obtenir le chiffre qu'il demande. Si vous dites que vous acceptez n'importe quel poste, vous vous rabaissez. Et si je lui déclarais que vous voulez un traitement de deux mille cinq cents boisseaux ? Un samouraï qui a confiance en lui est toujours mieux payé, mieux traité. Il ne faut pas donner l'impression que vous vous contenteriez de n'importe quoi.

À l'approche du soir, les rues de ce quartier, plongées qu'elles étaient dans l'ombre immense du château d'Osaka, s'obscurcissaient de bonne heure. Ayant quitté la maison, Matahachi et Yasoma traversèrent la ville jusqu'à l'un des plus élégants quartiers résidentiels de samouraïs. Ils se tenaient là, dos au fossé ; le vent froid dissipait les effets du saké qu'ils avaient ingurgité tout le jour.

– Voilà la maison de Susukida, là-bas, dit Yasoma.

– Celle dont le portail a le toit relevé ?

– Non, la maison du coin, à côté d'elle.

– Hum… Vraiment grosse, n'est-ce pas ?

– Kanesuke s'est fait un nom. Jusqu'à la trentaine environ, personne n'avait jamais entendu parler de lui, mais aujourd'hui…

Matahachi feignait de ne prêter aucune attention aux propos de Yasoma. Non qu'il n'y crût pas ; au contraire, il en était venu à faire si totalement confiance à Yasoma qu'il ne mettait plus en doute les paroles de cet homme. Mais il croyait devoir afficher de l'indifférence. Tandis qu'il contemplait les résidences de daimyōs qui entouraient le grand château, son ambition encore juvénile lui soufflait : « J'habiterai moi aussi un endroit comme celui-ci... un de ces jours. »

– Allons, dit Yasoma, je vais voir Kanesuke pour le convaincre de vous engager. Mais d'abord, si nous parlions un peu argent ?

– Oh ! bien sûr, dit Matahachi, comprenant qu'un pot-de-vin était nécessaire. (Il tira la bourse de son sein, et s'aperçut qu'elle avait fondu jusqu'au tiers environ de son volume primitif. En versant tout le contenu dans sa main, il dit :) Voilà tout ce que j'ai. C'est suffisant ?

– Bien sûr, tout à fait suffisant.

– Il vous faut quelque chose pour l'envelopper, hein ?

– Mais non, mais non. Kanesuke n'est pas le seul, par ici, à prendre une commission pour trouver un poste à quelqu'un. Ils le font tous, et sans se cacher le moins du monde. Il n'y a là rien de gênant.

Matahachi garda un peu de l'argent ; mais une fois qu'il eut tendu le reste, il se sentit mal à l'aise. Quand Yasoma s'éloigna, il le suivit de quelques pas.

– Faites tout ce que vous pourrez ! implora-t-il.

– Ne vous inquiétez pas. S'il a l'air de vouloir faire des difficultés, je n'ai qu'à garder l'argent et à vous le rendre. Ce n'est pas le seul homme influent d'Osaka. Il me serait tout aussi facile de demander l'aide d'Ōno ou de Gotō. J'ai des tas de relations.

– Quand aurai-je une réponse ?

– Voyons... Vous pourriez m'attendre, mais vous ne voudriez tout de même pas faire le pied de grue ici dans ce vent, n'est-ce pas ? De toute façon, vous risqueriez de paraître suspect. Revoyons-nous demain.

– Où ça ?

– Venez dans ce terrain vague où l'on donne des spectacles forains.

– Très bien.

– Le plus sûr serait de m'attendre chez le marchand de saké où nous nous sommes rencontrés.

Une fois qu'ils furent convenus de l'heure, Yasoma fit au revoir de la main et franchit fièrement le portail de la demeure, en roulant des épaules et sans montrer la plus légère hésitation. Matahachi, dûment impressionné, eut le sentiment que Yasoma devait en effet connaître Kanesuke depuis l'époque la moins prospère de sa vie. La confiance lui revint et, cette nuit-là, il fit d'agréables rêves d'avenir.

À l'heure fixée, Matahachi se trouvait dans le terrain vague où il dégelait. Comme la veille, le vent était froid et il y avait beaucoup de monde. Il attendit jusqu'au coucher du soleil, mais ne vit nulle trace d'Akakabe Yasoma.

Le jour suivant, Matahachi y retourna. « Il doit avoir eu un empêchement, songeait-il charitablement, assis à dévisager la foule des passants. Il viendra aujourd'hui. » Mais de nouveau le soleil se coucha sans que Yasoma parût.

Le troisième jour, Matahachi dit au marchand de saké, un peu timidement :

– Me revoilà.

– Vous attendez quelqu'un ?

– Oui, j'ai rendez-vous avec un homme appelé Akakabe Yasoma. Je l'ai rencontré ici l'autre jour.

Matahachi exposa l'affaire en détail.

– Cette canaille ? hoqueta le marchand de saké. Vous voulez dire qu'il vous a promis de vous trouver un bon poste, et qu'ensuite il vous a volé votre argent ?

– Il ne l'a pas volé. Je lui ai donné de l'argent pour qu'il le remette à un homme appelé Susukida Kanesuke. J'attends ici pour connaître le résultat de l'affaire.

– Mon pauvre ! Vous aurez beau l'attendre cent ans, je crois bien que vous ne le reverrez pas.

– Hein ? Quoi ? Qu'est-ce qui vous fait dire ça ?

– Mais voyons, c'est un filou notoire ! Ce quartier fourmille de parasites comme lui. S'ils aperçoivent quelqu'un qui ait l'air un peu innocent, ils se jettent dessus. J'ai bien pensé à vous mettre en garde, mais je ne voulais pas être indiscret. Je croyais que son aspect et sa façon d'agir vous indiqueraient le genre de personnage qu'il était. Et voilà que vous avez perdu votre argent. Quel malheur !

L'homme débordait de sympathie. Il tenta d'assurer à Matahachi qu'il n'y avait aucune honte à se laisser duper par les voleurs qui opéraient dans les parages. Mais ce n'était pas la honte qui troublait Matahachi ; ce qui lui faisait bouillir le sang, c'était de constater la disparition de son argent, et avec lui de ses grandes espérances. Réduit à l'impuissance, il regardait la foule s'agiter autour d'eux.

– Je doute que ça vous avance à grand-chose, dit le marchand de saké, mais vous pourriez essayer de demander là-bas, à la baraque du magicien. La vermine locale se rassemble souvent derrière pour jouer. Si Yasoma s'est procuré de l'argent, il se peut qu'il essaie d'arrondir la somme.

– Merci, dit Matahachi en se levant d'un bond, tout excité. Laquelle est la baraque du magicien ?

L'enceinte que désignait l'homme était entourée par une clôture en poteaux de bambou pointus. Dehors, à l'entrée, des bonimenteurs battaient le rappel, et des drapeaux suspendus près du portail en bois annonçaient les noms de plusieurs prestidigitateurs célèbres. De l'intérieur des rideaux et des nattes de paille qui tapissaient la clôture venait le son d'une musique étrange, mêlée au piétinement rapide et bruyant des artistes, et aux applaudissements du public.

Ayant fait le tour jusqu'à l'arrière, Matahachi trouva un autre portail. Comme il jetait un coup d'œil à l'intérieur, un guetteur demanda :

– Tu viens pour jouer ?

Il fit signe que oui, et l'homme le laissa entrer. Il se trouva dans un espace entouré de toiles de tente, mais à claire-voie au sommet. Une vingtaine d'hommes, tous de type peu recommandable, étaient assis en cercle à jouer. Tous les regards se tournèrent vers Matahachi, et un homme lui fit place en silence.

– Est-ce qu'Akakabe Yasoma est là ? demanda-t-il.

– Yasoma ? répéta un joueur d'un ton perplexe. Il n'est pas venu ces temps-ci. Pourquoi donc ?

– Vous croyez qu'il viendra plus tard ?

– Est-ce que je sais ? Assieds-toi et joue.

– Je ne suis pas venu pour jouer.

– Qu'est-ce que tu fais ici, si tu ne veux pas jouer ?

– Je cherche Yasoma. Pardon de vous déranger.

– Eh bien, pourquoi ne pas aller le chercher ailleurs ?

— Je vous ai demandé pardon de vous avoir dérangé, dit Matahachi en se retirant précipitamment.

— Un instant, là-bas ! ordonna l'un des joueurs, qui se leva pour le suivre. Tu ne t'en tireras pas avec de simples excuses. Même si tu ne joues pas, tu paieras ta place !

— Je n'ai pas d'argent.

— Pas d'argent ! Je vois. Alors, on guette l'occasion de chaparder un peu, n'est-ce pas ? Un sale voleur, voilà ce que tu es.

— Je ne suis pas un voleur ! Vous allez retirer ce mot !

Matahachi fit mine de dégainer, ce qui ne réussit qu'à amuser le joueur.

— Imbécile ! aboya-t-il. Si les menaces de tes pareils me faisaient peur, je ne pourrais survivre un seul jour à Osaka. Sers-toi de ton sabre, si tu l'oses !

— Prenez garde, je suis sérieux !

— Ah ! vraiment ? Vraiment ?

— Vous savez qui je suis ?

— Comment le saurais-je ?

— Je suis Sasaki Kojirō, successeur de Toda Seigen, du village de Jōkyōji à Echizen. C'est le créateur du style Tomita, proféra fièrement Matahachi, croyant que cette déclaration suffirait à mettre l'homme en fuite.

Ce ne fut pas le cas. Le joueur cracha par terre, et retourna dans l'enceinte.

— Holà, venez donc voir, vous tous ! Ce type vient de s'appeler par un drôle de nom ; paraît vouloir tirer l'épée contre nous. Voyons son adresse. Ça doit être drôle.

Matahachi, voyant que l'homme ne se méfiait pas, tira brusquement son sabre et lui piqua le derrière.

L'homme sauta en l'air.

— Espèce de bâtard ! cria-t-il.

Matahachi plongea dans la foule. En se faufilant de groupe en groupe, il parvint à rester caché mais chaque visage qu'il voyait lui évoquait l'un des joueurs. Se rendant compte qu'il ne pourrait se cacher ainsi éternellement, il regarda autour de lui en quête d'un abri plus substantiel.

Juste en face de lui, drapé sur une clôture en bambou, se trouvait un rideau avec un gros tigre peint dessus. Il y avait également sur le portail une bannière où figuraient un javelot fourchu et un cimier en œil de serpent, ainsi qu'un bonimenteur, debout sur une caisse vide, criant d'une voix enrouée :

– Venez voir le tigre ! Entrez voir le tigre ! Offrez-vous un voyage de quinze cents kilomètres ! Mes amis, cet énorme tigre a été capturé en Corée par le grand général Katō Kiyomasa lui-même. Ne manquez pas le tigre !

Il débitait son boniment à un rythme frénétique.

Matahachi jeta par terre une pièce de monnaie et se précipita à l'intérieur. Se sentant relativement en sécurité, il chercha des yeux le fauve. À l'autre bout de la tente, une vaste peau de tigre se trouvait tendue comme du linge que l'on eût mis à sécher sur un panneau de bois. Les spectateurs la contemplaient avec une vive curiosité, apparemment insensibles au fait que l'animal n'était ni entier ni vivant.

– Alors, voilà donc à quoi ressemble un tigre, dit un homme.

– C'est gros, n'est-ce pas ? s'émerveilla un autre.

Debout d'un côté de la peau de tigre, Matahachi remarqua soudain un vieil homme et une vieille femme ; au son de leurs voix, il dressa l'oreille, incrédule.

– Oncle Gon, disait la femme, ce tigre-là est mort, n'est-ce pas ?

Le vieux samouraï, tendant la main par-dessus la balustrade en bambou pour tâter la peau, répondit gravement :

– Bien sûr, qu'il est mort. Ce n'est que sa dépouille.

– Mais l'homme, au-dehors, en parlait comme s'il était vivant.

– Mon Dieu, peut-être est-ce là ce qu'on appelle parler un peu vite, dit-il avec un petit rire.

Osugi ne prenait pas la chose aussi à la légère. Pinçant les lèvres, elle protesta :

– Ne sois pas stupide ! S'il n'est pas réel, l'enseigne, dehors, devrait le dire. Autant regarder l'image d'un tigre. Allons nous faire rembourser.

– Pas de scène, grand-mère. Les gens vont se moquer de toi.

– Tant pis. Je n'ai pas de ces fiertés. Si tu ne veux pas y aller, j'irai moi-même.

Comme elle se mettait à jouer des coudes pour remonter la file des spectateurs, Matahachi baissa la tête, mais trop tard. Déjà l'oncle Gon l'avait reconnu.

— Hé, là-bas, Matahachi ! C'est toi ? cria-t-il.

Osugi, dont les yeux n'étaient pas trop bons, bégaya :

— Qu'est… qu'est-ce que tu dis, oncle Gon ?

— Tu n'as donc pas vu ? Matahachi était là, juste derrière toi.

— Pas possible !

— Il était là mais il s'est enfui.

— Où ça ? De quel côté ? (Tous deux sortirent en trombe par le portail de bois dans la foule. Matahachi ne cessait de se cogner aux gens, mais se dégageait et reprenait sa course.) Attends, mon fils, attends ! criait Osugi.

Jetant un coup d'œil en arrière, Matahachi vit sa mère qui le poursuivait comme une folle. L'oncle Gon agitait frénétiquement les mains, lui aussi.

— Matahachi ! criait-il. Pourquoi t'enfuis-tu ? Qu'est-ce qui ne va pas ? Matahachi ! Matahachi !

Voyant qu'elle ne pourrait le rattraper, Osugi tendit son cou ridé, et cria de toutes ses forces :

— Arrêtez-le ! Au voleur !

Aussitôt, une bande de badauds se joignit à la chasse, et les premiers tombèrent bientôt sur Matahachi avec des pieux de bambou.

— Tenez-le bien !

— Le chenapan !

— Rossez-le d'importance !

La populace accula Matahachi ; certains allèrent jusqu'à lui cracher dessus. Arrivant avec l'oncle Gon, Osugi vit ce qui se passait, et se retourna furieusement contre les assaillants de Matahachi. Elle les repoussa, empoigna son petit sabre et montra les crocs.

— Qu'est-ce que vous faites ? s'écria-t-elle. Pourquoi vous attaquez-vous à cet homme ?

— C'est un voleur !

— Pas du tout ! C'est mon fils.

— Votre fils ?

— Oui, mon fils, le fils d'un samouraï, et vous n'avez pas le droit de le battre. Vous n'êtes que des bourgeois ordinaires. Si vous le touchez, je… je me battrai contre vous tous !

— Vous plaisantez ? Qui donc criait « au voleur », il y a une minute ?

— Oui, c'était moi, je ne le nie pas. Je suis une mère aimante, et je me suis dit que si je criais « au voleur », mon fils s'arrêterait de courir. Mais qui vous a demandé de le frapper, espèces de bons à rien stupides ? C'est une honte !

Étonnée par sa volte-face, mais admirant son courage, la foule se dispersa lentement. Osugi saisit au collet son fils rebelle, et l'entraîna dans le parc d'un sanctuaire proche. Après avoir, de la porte du sanctuaire, assisté à la scène durant quelques minutes, l'oncle Gon s'avança et dit :

— Grand-mère, il ne faut pas traiter Matahachi comme ça. Ce n'est plus un enfant.

Il essaya de lui faire lâcher le col de Matahachi, mais la vieille l'écarta rudement d'un coup de coude.

— Toi, ne t'en mêle pas ! C'est mon fils, et je le punirai comme je l'entends, sans avoir besoin de ton aide. Tout ce que je te demande, c'est de te taire et de t'occuper de tes propres affaires !... Matahachi, ingrat... je vais t'apprendre !...

On dit qu'en vieillissant, les gens deviennent de plus en plus simples et directs ; à voir Osugi, l'on ne pouvait s'empêcher d'être d'accord. En un moment où d'autres mères eussent peut-être pleuré de joie, Osugi bouillait de fureur. Elle força Matahachi à se coucher par terre, et lui frappa la tête contre le sol.

— En voilà, une idée ! Fuir ta propre mère ! Tu n'es pas né de la fourche d'un arbre, espèce de paltoquet... tu es mon fils ! (Et elle entreprit de le fesser comme s'il eût encore été un enfant.) Je ne croyais pas que tu pouvais être en vie, et te voilà en train de traîner à Osaka ! C'est une honte ! Espèce de bon à rien effronté... Pourquoi n'es-tu pas venu à la maison présenter à tes ancêtres les respects qui leur sont dus ? Pourquoi n'as-tu même pas une seule fois montré ta figure à ta vieille mère ? Tu ne savais donc pas que ta famille entière était malade d'inquiétude à ton sujet ?

— Je t'en prie, maman, suppliait Matahachi en pleurant comme un bébé. Pardonne-moi. Je t'en prie, pardonne-moi ! Je regrette. Je sais bien que j'ai eu tort. C'est parce que je savais que j'avais mal agi envers toi que je ne pouvais rentrer à la maison. Je ne voulais pas vraiment te fuir. J'étais si étonné de te voir que je me suis mis à courir sans réfléchir. J'avais tellement honte de la façon dont j'avais vécu que je ne pouvais pas vous regarder en face, toi et l'oncle Gon.

Il se couvrait le visage avec les mains. Le nez d'Osugi se plissa, et elle aussi commença de gémir ; mais presque aussitôt elle s'arrêta. Trop fière pour montrer de la faiblesse, elle renouvela son attaque en disant d'un ton sarcastique :

– Si tu as tellement honte de toi-même et si tu crois avoir déshonoré tes ancêtres, alors tu dois vraiment t'être mal conduit durant tout ce temps.

L'oncle Gon, incapable de se contenir, intervint :

– En voilà assez. Si tu continues comme ça, tu vas sûrement le blesser.

– Je t'ai dit de garder pour toi tes conseils. Tu es un homme ; tu ne devrais pas être aussi mou. Étant sa mère, je dois être tout aussi sévère que son père le serait s'il vivait encore. Je me charge de la punition, et ce n'est pas encore fini !... Matahachi ! Tiens-toi droit ! Regarde-moi en face.

Elle s'assit par terre cérémonieusement, et désigna l'endroit où il devait s'asseoir.

– Oui, maman, répondit-il, soumis, en redressant ses épaules maculées de boue et en s'agenouillant.

Il avait peur de sa mère. Elle pouvait parfois se montrer indulgente, mais sa propension à soulever la question des devoirs de son fils envers ses ancêtres le mettait mal à l'aise.

– Je t'interdis formellement de me cacher quoi que ce soit, dit Osugi. Et maintenant, qu'as-tu fait au juste depuis ton départ en cachette pour Sekigahara ? Raconte, et ne t'arrête que lorsque j'aurai entendu tout ce que je veux entendre.

– Ne t'inquiète pas, je ne garderai rien pour moi, commença-t-il, car il avait perdu le désir de lutter.

Fidèle à sa promesse, il raconta toute l'histoire en détail : comment il avait réchappé de Sekigahara, comment il s'était caché à Ibuki, comment Okō l'avait entortillé, comment il avait vécu à ses crochets – à son corps défendant – plusieurs années. Et comment il regrettait maintenant ce qu'il avait fait. Cela le soulagea comme de vomir, et il se sentit beaucoup mieux après sa confession.

– Hum... marmonnait de temps en temps l'oncle Gon.

Osugi fit claquer sa langue et dit :

– Je suis choquée de ta conduite. Et que fais-tu maintenant ? Tu parais en mesure de t'habiller comme il faut. As-tu trouvé une situation où tu es convenablement payé ?

– Oui, répondit Matahachi.

Cette réponse lui avait échappé sans réfléchir, et il se hâta de rectifier :

– C'est-à-dire non, je n'ai pas de situation.

– Alors, de quoi vis-tu ?

– De mon sabre : j'enseigne l'escrime.

Sa façon de répondre cela sonnait vrai, et eut l'effet désiré.

– Tiens, tiens, fit Osugi avec un intérêt manifeste. (Pour la première fois, une lueur de bonne humeur éclaira son visage.) L'escrime, dis-tu ? Eh bien, ça ne me surprend pas vraiment que mon fils trouve le temps de s'exercer à l'escrime – même s'il mène le genre de vie que tu as menée. Tu entends ça, oncle Gon ? C'est mon fils, après tout.

L'oncle Gon acquiesça du chef avec enthousiasme, heureux de voir la vieille femme de meilleure humeur.

– Nous aurions dû nous en douter, dit-il. Ça montre que le sang de ses ancêtres Hon'iden coule bien dans ses veines. Alors, qu'importe qu'il se soit égaré quelque temps ? Il saute aux yeux qu'il a l'esprit qu'il faut.

– Matahachi, fit Osugi.

– Oui, maman.

– Ici, dans cette région, auprès de qui as-tu étudié l'escrime ?

– Kanemaki Jisai.

– Ah ? Mais il est illustre !

Osugi avait sur le visage une expression de bonheur. Matahachi, désireux de lui plaire encore davantage, sortit le certificat et le déroula, en prenant soin de couvrir avec son pouce le nom de Sasaki.

– Regarde ça, dit-il.

– Laisse-moi voir, dit Osugi, la main tendue vers le rouleau, mais Matahachi s'y cramponnait fermement.

– Tu vois bien, maman, que tu n'as pas à t'inquiéter pour moi.

Elle approuva de la tête.

– Mais oui, c'est bien. Oncle Gon, regarde-moi ça. N'est-ce pas magnifique ? Je me suis toujours dit, même quand Matahachi n'était encore qu'un bébé, qu'il était plus adroit et plus capable que Takezō et les autres garçons. (Dans l'excès de sa joie, elle se mit à postillonner en parlant. À cet instant, la main de Matahachi glissa, et le nom inscrit sur le rouleau devint visible.) Un moment, dit Osugi. Pourquoi donc y a-t-il marqué « Sasaki Kojirō » ?

– Oh ! ça ? Eh bien… euh… c'est mon nom de guerre.

– Ton nom de guerre ? Qu'as-tu besoin de ça ? Hon'iden Matahachi n'est donc pas assez bon pour toi ?

– Si, très bon ! répondit Matahachi dont l'esprit travaillait à toute vitesse. Mais à la réflexion, j'ai décidé de ne pas me servir de mon propre nom. Étant donné mon passé honteux, je craignais de déshonorer nos ancêtres.

– Je vois. C'était logique, je suppose… Eh bien, je crois que tu ignores tout ce qui s'est passé au village, aussi vais-je te le dire. Et maintenant, écoute-moi bien ; c'est important.

Osugi se lança dans un compte rendu haut en couleur des événements survenus à Miyamoto, en choisissant ses mots de manière à pousser Matahachi à l'action. Elle exposa comment la famille Hon'iden avait été insultée, comment depuis des années elle-même et l'oncle Gon recherchaient Otsū et Takezō. Elle avait beau s'efforcer de rester impassible, elle se laissait emporter par son histoire ; ses yeux se mouillaient et sa voix devenait rauque.

La vivacité de sa narration frappa Matahachi, qui l'écoutait en inclinant la tête. En des moments comme celui-ci, il n'avait aucune peine à être un bon fils bien obéissant ; mais tandis que sa mère se souciait surtout de l'honneur familial et de l'esprit samouraï, c'était autre chose qui l'émouvait, lui, le plus profondément : si Osugi disait vrai, Otsū n'aimait plus Matahachi. C'était la première fois qu'il entendait une chose pareille.

– Est-ce possible ? demanda-t-il.

Osugi, voyant son fils changer de couleur, en tira la conclusion erronée que son cours sur l'honneur et le courage avait porté.

– Si tu ne me crois pas, dit-elle, demande à l'oncle Gon. Cette dévergondée t'a trahi pour s'enfuir avec Takezō. D'un autre point de vue, on peut dire que Takezō, sachant que tu ne reviendrais pas tout de suite, a incité Otsū à partir avec lui. Pas vrai, oncle Gon ?

– Si. Quand Takezō se trouvait ligoté dans l'arbre, il a obtenu d'Otsū qu'elle l'aide à s'enfuir, et tous deux ont filé ensemble. Tout le monde disait qu'il devait y avoir quelque chose entre eux.

Cela outra Matahachi, et lui inspira un surcroît d'aversion à l'égard de son ami d'enfance. Le sentant, sa mère mit de l'huile sur le feu :

– Comprends-tu, maintenant, Matahachi ? Comprends-tu pourquoi nous avons quitté le village, l'oncle Gon et moi ? Nous allons nous venger de ces deux-là. Tant que je ne les aurai pas tués, jamais je ne pourrai reparaître au village, ni devant les plaques commémoratives de nos ancêtres.

– Je comprends.

– Et ne vois-tu pas que sans cette vengeance, tu ne peux retourner à Miyamoto non plus ?

– Je n'y retournerai pas. Je n'y retournerai jamais.

– Là n'est pas la question. Tu dois tuer ces deux-là. Ce sont nos ennemis mortels.

– Oui, je suppose.

– Tu ne parais pas très enthousiaste. Que se passe-t-il ? Tu ne te crois donc pas assez fort pour tuer Takezō ?

– Bien sûr que si, protesta-t-il.

L'oncle Gon prit la parole :

– Ne t'en fais pas, Matahachi. Je te soutiendrai.

– Et ta vieille mère aussi, ajouta Osugi. Rapportons leurs têtes au village en cadeaux-souvenirs pour les villageois. N'est-ce pas là une bonne idée, mon fils ? Si nous y parvenons, alors tu pourras aller de l'avant, prendre femme et t'établir. Tu feras tes preuves en tant que samouraï, et mériteras une belle réputation par-dessus le marché. Dans toute la région de Yoshino, il n'y a pas de plus grand nom que celui de Hon'iden, et tu l'auras démontré sans doute possible à tout le monde. Peux-tu faire cela, Matahachi ? Le feras-tu ?

– Oui, maman.

– Très bien, mon fils. Oncle Gon, ne reste pas là comme une borne ; viens féliciter cet enfant. Il a juré de se venger de Takezō et d'Otsū. (Apparemment satisfaite enfin, elle entreprit de se lever, non sans peine.) Oh ! que j'ai mal ! s'exclama-t-elle.

– Qu'est-ce qui t'arrive ? demanda l'oncle Gon.

– La terre est glaciale. J'ai mal au ventre et aux hanches.

– Inquiétant. Ce sont tes hémorroïdes qui te reprennent ?

Matahachi, dans un accès d'amour filial, dit :

– Grimpe sur mon dos, maman.

– Oh ! tu veux me porter ? Comme c'est gentil ! (Agrippée à ses épaules, elle versait des larmes de joie.) Voilà combien d'années ?... Regarde, oncle Gon, Matahachi va me porter sur son dos.

Tandis que les larmes de sa mère coulaient dans sa nuque, Matahachi lui-même éprouvait une étrange satisfaction.

– Oncle Gon, où donc logez-vous ? demanda-t-il.

– Nous n'avons pas encore trouvé d'auberge, mais n'importe laquelle fera l'affaire. Allons en chercher une.

– Très bien. (Tout en marchant, Matahachi faisait doucement sauter sa mère sur son dos.) Dis donc, maman, tu es légère ! Bien légère ! Bien plus légère qu'un bloc de pierre !

LE BEAU JEUNE HOMME

Peu à peu obscurcie par la brume de la mi-journée hivernale, l'île ensoleillée d'Awaji s'estompait au loin. La grand-voile, en claquant au vent, assourdissait le bruit des vagues. Le bateau qui faisait la navette, plusieurs fois par mois, entre Osaka et la province d'Awa, dans l'île de Shikoku, traversait le détroit en direction d'Osaka. Bien que sa cargaison consistât surtout en papier et en teinture d'indigo, une odeur caractéristique trahissait la contrebande de tabac, que le gouvernement Tokugawa avait interdit de fumer, priser ou chiquer. Il y avait aussi à bord des passagers, marchands pour la plupart ; soit ils retournaient en ville, soit ils s'y rendaient pour le commerce de fin d'année.

– Comment vont les affaires ? Des affaires d'or, je parie.
– Pas du tout ! Tout le monde dit que ça va très fort à Sakai, mais on ne s'en douterait pas d'après moi.
– Il paraît que l'on y manque d'ouvriers ; qu'ils ont besoin d'armuriers.

Dans un autre groupe, la conversation suivait un cours similaire :

– Je fournis moi-même l'équipement de combat : hampes de drapeaux, armures, ce genre de choses. Mais il est bien certain que je ne gagne pas autant que je gagnais.
– Vraiment ?
– Oui, je suppose que les samouraïs sont en train d'apprendre à compter.
– Ha ! ha ! ha !
– C'était le bon temps quand les pillards apportaient leur butin : on pouvait reteindre et repeindre tout le lot, et le revendre aussitôt aux armées. Puis, après la bataille suivante, le bazar revenait ; on pouvait le réparer et le revendre.

Un homme contemplait l'horizon marin, et vantait les richesses des pays qui s'étendaient par-delà :

– On ne peut plus gagner d'argent chez soi. Si on veut réaliser de vrais bénéfices, il faut faire comme Naya « Luzon » Sukezaemon ou Chaya Sukejirō. Se lancer dans le commerce étranger. C'est risqué, mais avec un peu de chance ça rapporte vraiment.
– Eh bien, dit un autre, même si les affaires ne sont pas aussi bonnes pour nous ces temps-ci, du point de vue des samouraïs nous nous en tirons très bien. La plupart d'entre eux ne connaissent même pas le goût d'un bon repas. Nous parlons du luxe dans lequel vivent les daimyōs, mais, tôt ou tard, ils doivent se harnacher de cuir et d'acier, et aller se faire tuer. Ils me font pitié ; ils sont tellement occupés à penser à leur honneur et au code du guer-

rier qu'ils ne peuvent jamais se détendre et jouir de la vie.

– C'est bien vrai ! Nous avons beau nous plaindre de la crise et du reste, il n'y a qu'une chose à faire aujourd'hui : être marchand.

– Vous l'avez dit. Du moins pouvons-nous faire ce que nous voulons.

– En réalité, nous n'avons qu'à nous prosterner ostensiblement devant les samouraïs, et un peu d'argent nous récompense de beaucoup de cela.

– Quitte à vivre en ce monde, autant s'y donner du bon temps.

– C'est bien mon avis. Quelquefois, j'ai envie de demander aux samouraïs ce que leur apporte la vie.

Le tapis de laine que ce groupe avait déployé pour s'asseoir dessus était importé – preuve que ces hommes étaient plus à l'aise que d'autres éléments de la population. Après la mort de Hideyoshi, le luxe de la période Momoyama était passé pour une large part aux mains des marchands plutôt que des samouraïs, et maintenant les bourgeois les plus riches avaient d'élégants services à saké, de beaux et coûteux équipements de voyage. Même un petit homme d'affaires était généralement plus à l'aise qu'un samouraï touchant cinq mille boisseaux de riz par an, ce que la plupart d'entre eux considéraient comme un revenu princier.

– Jamais grand-chose à faire au cours de ces voyages, hein ?

– Non. Pourquoi ne ferions-nous pas une petite partie de cartes, pour passer le temps ?

– Pourquoi pas ?

L'on tendit un rideau, maîtresses et valetaille apportèrent du saké, et les hommes se mirent à jouer, pour des sommes incroyables, à l'*umsummo*, un jeu récemment introduit par des marchands portugais. L'or, sur la table, aurait pu sauver des villages entiers de la famine, mais les joueurs le jouaient comme s'il se fût agi de cailloux.

Au nombre des passagers se trouvaient plusieurs personnes que les riches marchands auraient bien pu interroger sur ce que la vie leur apportait : un prêtre errant, un rōnin quelconque, un érudit confucianiste, quelques guer-

401

riers professionnels. La plupart d'entre eux, après avoir assisté au début du jeu de cartes, s'assirent à côté de leurs bagages pour contempler la mer d'un air désapprobateur.

Un jeune homme tenait sur ses genoux quelque chose de rond et de velu à quoi il disait de temps à autre :

– Reste tranquille !

– Quel joli petit singe vous avez donc là ! Il est dressé ? demanda un autre passager.

– Oui.

– Vous l'avez depuis un certain temps, alors ?

– Non, je l'ai trouvé récemment, dans les montagnes, entre Tosa et Awa.

– Ah ! vous l'avez attrapé vous-même ?

– Oui, mais les singes plus âgés ont failli me mettre en pièces.

Tout en parlant, le jeune homme épuçait l'animal avec une intense concentration. Même sans le singe il aurait attiré l'attention car son kimono et le mantelet rouge qu'il portait par-dessus étaient résolument fantaisistes. Sa chevelure n'était pas rasée sur le devant, et un ruban pourpre inhabituel attachait son toupet. Ses vêtements donnaient à penser qu'il s'agissait encore d'un enfant, mais à cette époque il était moins facile que précédemment de déterminer l'âge de quelqu'un d'après son costume. Avec l'avènement de Hideyoshi, le vêtement en général était devenu plus coloré. L'on voyait des hommes d'environ vingt-cinq ans continuer de s'habiller comme des garçons de quinze ou seize ans, et laisser non coupées leurs mèches du devant.

Son teint rayonnait de jeunesse, ses lèvres avaient le rouge de la santé, et ses yeux brillaient. En outre, il était solidement bâti, et ses épais sourcils, ses yeux bridés avaient une sévérité adulte.

– Ne remue donc pas sans arrêt ! dit-il avec impatience en donnant une tape sèche sur la tête du singe.

L'innocence avec laquelle il cherchait les puces ajoutait à l'impression de juvénilité.

Il était non moins difficile d'évaluer son milieu social. Comme il voyageait, il portait les mêmes sandales de paille et guêtres de cuir que tous les autres. Cela ne fournissait donc aucun indice, et il avait l'air parfaitement à l'aise entre le prêtre errant, le marionnettiste, le samouraï en loques et les paysans non lavés qui se trouvaient à bord. On aurait facilement pu le prendre pour un rōnin ; pourtant, un détail suggérait un rang plus élevé : l'arme suspendue en travers de son dos à une courroie de cuir. C'était une longue et large épée de guerre, magnifiquement façonnée. Presque tous ceux qui parlaient à l'adolescent s'extasiaient sur sa beauté.

Cette arme impressionnait Gion Tōji, debout à quelque distance. Bâillant et songeant que même à Kyoto l'on ne voyait pas souvent des épées d'une telle qualité, il fut pris de curiosité quant à l'origine de son possesseur.

Tōji s'ennuyait. Son voyage, qui avait duré quatorze jours, s'était révélé décevant, fatigant, inutile, et il se sentait impatient d'être à nouveau parmi des gens de connaissance. « Je me demande si le messager est arrivé à temps, rêvait-il. Si oui, elle viendra sûrement m'attendre à Osaka. » En évoquant le visage d'Okō, il essaya de soulager son ennui.

La raison de son voyage était la précarité de la situation financière de la maison de Yoshioka, due au fait que Seijūrō avait vécu au-dessus de ses moyens. La famille n'était plus riche. La maison de l'avenue Shijō se trouvait hypothéquée et en danger d'être saisie par des créanciers. La situation s'aggravait d'innombrables autres obligations de fin d'année ; la vente de toutes les possessions familiales ne produirait pas assez de fonds pour payer les factures déjà accumulées. Devant ce marasme, Seijūro avait seulement dit : « Comment est-ce arrivé ? »

Tōji, se sentant responsable d'avoir encouragé les prodigalités du jeune maître, avait déclaré qu'il fallait s'en remettre à lui. Il promettait de trouver un moyen d'arranger les choses.

Après s'être creusé la tête, l'idée lui était venue de construire une école nouvelle et plus grande sur le terrain vague situé à côté du Nishinotōin, où l'on pût accueillir un beaucoup plus grand nombre d'élèves. Suivant son raisonnement, ce n'était pas le moment de faire les difficiles. Toutes sortes de gens voulaient apprendre les arts martiaux, et les daimyōs réclamaient des guerriers entraînés ; il serait donc dans l'intérêt de chacun d'avoir une école plus grande, et de former un grand nombre d'hommes d'épée. Plus il y réfléchissait, plus il se trompait lui-même en pensant que c'était le devoir sacré de l'école que d'enseigner le style de Kempō au plus grand nombre d'hommes possible.

Seijūrō écrivit une circulaire à cet effet ; ainsi armé, Tōji partit solliciter des contributions d'anciens élèves à l'ouest de Honshu, à Kyushu et Shikoku. Beaucoup d'hommes, dans divers domaines féodaux, avaient étudié auprès de Kempō, et la plupart de ceux qui vivaient encore étaient maintenant des samouraïs d'un rang enviable. Hélas ! malgré toute l'ardeur des plaidoyers de Tōjī, peu d'entre ces samouraïs se montrèrent disposés à faire des donations substantielles ou à souscrire aussi rapidement. Avec une fréquence décourageante, la réponse avait été : « Je vous écrirai plus tard à ce sujet », « nous verrons lors de mon prochain séjour à Kyoto », ou quelque chose de tout aussi évasif. Les contributions que Tōji rapportait ne s'élevaient qu'à une faible partie de ce qu'il avait escompté.

Strictement parlant, la maison en péril n'était pas celle de Tōji, et le visage qui lui venait maintenant à l'esprit n'était pas celui de Seijūrō mais celui d'Okō. Pourtant, même le visage d'Okō ne pouvait le divertir qu'un moment, et bientôt il redevint nerveux. Il enviait le jeune homme en train d'épucer son singe : il avait quelque chose à faire pour tuer le temps. Tōjī s'approcha de lui pour essayer de lier conversation.

– Salut, jeune homme. On va à Osaka ?

Le jeune homme leva seulement un peu les yeux pour répondre :

– Oui.

– Votre famille y demeure ?

– Non.

– Alors, vous devez être d'Awa.

– Non, pas de là-bas non plus.

Le ton était plutôt sans réplique.

Tōji retomba un moment dans le silence avant de faire une autre tentative :

– Vous en avez, une belle épée, dit-il.

Apparemment heureux que l'on admirât son arme, le jeune homme se tourna vers Tōji pour répondre avec amabilité :

– Oui, elle est depuis longtemps dans ma famille. Il s'agit d'une épée de guerre, mais j'ai l'intention de trouver un bon armurier à Osaka pour la faire remonter de manière à la porter à mon côté.

– Elle est trop longue pour ça, non ?

– Oh ! je ne sais pas. Elle ne fait que quatre-vingt-dix centimètres.

– C'est bien long.

Avec un sourire confiant, l'adolescent répliqua :

– N'importe qui devrait pouvoir manier une épée aussi longue.

– Oh ! on pourrait même s'en servir si elle avait plus d'un mètre de long, dit Tōji d'un ton de reproche. Mais seul un expert saurait la manier avec aisance. Je vois des quantités d'hommes se pavaner avec d'énormes épées, ces temps-ci. Ils font de l'effet, mais quand les choses tournent mal, ils prennent la fuite. Quel style avez-vous étudié ?

À propos d'escrime, Tōji ne pouvait cacher un sentiment de supériorité sur ce simple enfant. Le jeune homme lança un regard interrogateur au visage content de soi de Tōji, et répondit :

– Le style Tomita.

– Le style Tomita convient à une épée plus courte que celle-là, dit Tōji, plein d'autorité.

– Que j'aie étudié le style Tomita ne signifie pas que je doive employer une épée plus courte. Je n'aime pas imiter. Mon professeur utilisait une épée plus courte ; j'ai donc décidé de me servir d'une longue, et l'on m'a renvoyé de l'école.

– Vous autres, jeunes, semblez fiers de vous rebeller. Alors, qu'est-il arrivé ?

– J'ai quitté le village de Jōkyōji, dans l'Echizen, et suis allé trouver Kanemaki Jisai. Il avait aussi rejeté le style Tomita, puis élaboré le style Chūjō. Il m'a pris en sympathie, accepté pour disciple, et après que j'ai eu étudié auprès de lui quatre ans, il a dit que j'étais prêt à voler de mes propres ailes.

– Tous ces maîtres de la campagne sont bien prompts à délivrer des certificats.

– Oh ! non, pas Jisai. Il n'était pas comme ça. En réalité, le seul autre homme auquel il ait jamais donné son certificat, c'était Itō Yagorō Ittōsai. Quand j'ai décidé d'être le deuxième à obtenir un certificat officiel, j'y ai travaillé très dur. Mais avant d'arriver au bout, j'ai soudain été rappelé chez moi parce que ma mère se mourait.

– C'est où, chez vous ?

– À Iwakuni, dans la province de Suō. Rentré chez moi, je me suis exercé chaque jour près du pont de Kintai, à faucher des hirondelles en plein vol et à fendre des branches de saule. De cette façon, j'ai mis au point des techniques personnelles. Avant de mourir, ma mère m'a donné cette épée en me disant d'en prendre grand soin car elle avait été forgée par Nagamitsu.

– Nagamitsu ? Pas possible ?

– Elle ne porte pas sa signature sur la soie, mais elle a toujours passé pour être son œuvre. Au pays d'où je viens, c'est une épée célèbre ; on la nomme « la perche à sécher ».

Bien que réticent tout à l'heure, il était à présent intarissable sur des sujets qui lui plaisaient, et continua de bavarder sans guère prêter attention aux réactions de son auditeur. De cette attitude et du compte rendu de sa vie passée, il ressortait qu'il était une plus forte personnalité que son goût vestimentaire ne l'eût donné à croire.

À un certain moment, l'adolescent s'interrompit durant quelques instants. Son regard s'assombrit, devint pensif.

– Pendant que j'étais dans la province de Suō, murmura-t-il, Jisai est tombé malade. Quand je l'ai appris par Kusanagi Tenki, j'ai fondu en larmes. Tenki était à l'école longtemps avant moi, et s'y trouvait encore au moment où le maître était sur son lit de malade. Tenki, c'était son neveu, mais Jisai n'a pas même envisagé de lui décerner un certificat. Au lieu de quoi, il lui a dit qu'il aimerait m'en donner un, à moi, en même temps que son livre de méthodes secrètes. Non seulement il voulait me les donner mais il avait espéré me voir pour me les remettre en personne.

À ce souvenir, les yeux du jeune homme se mouillèrent.

Tōji n'avait pas une ombre de sympathie pour ce beau jeune homme émotif, mais bavarder avec lui valait mieux que d'être seul à s'ennuyer.

– Je vois, dit-il en simulant un vif intérêt. Et il est mort tandis que vous étiez absent ?

– Que n'ai-je pu me rendre à son chevet sitôt que j'ai appris sa maladie ! Mais il se trouvait à Kōzuke, à des centaines de kilomètres de Suō. Et puis ma mère a fini par mourir presque en même temps, ce qui ne m'a pas permis d'assister à ses derniers moments.

Des nuages cachèrent le soleil, ce qui donna au ciel entier une teinte grisâtre. Le bateau se mit à rouler, embarquant de l'écume.

Le jeune homme poursuivit son histoire sentimentale, dont l'essentiel était qu'il avait fermé la résidence familiale du Suō, et, par un échange de lettres, convenu de rencontrer son ami Tenki à l'équinoxe de printemps. Il était peu vraisemblable que Jisai, qui n'avait pas de parents proches, eût laissé beaucoup de biens ; mais il avait confié à Tenki un peu d'argent pour le jeune homme, en même temps que le certificat et le recueil de secrets. Jusqu'à leur rencontre au jour fixé sur le mont Hōraiji dans la province de Mikawa, à mi-parcours entre Kōzuke et Awa, Tenki était censé faire un voyage d'études. Le jeune homme lui-même se proposait de passer le temps à Kyoto, à étudier et visiter la ville. Ayant terminé son histoire, il se tourna vers Tōji pour demander :

– Vous êtes d'Osaka ?

– Non, je suis de Kyoto.

Durant un moment, tous deux gardèrent le silence, distraits par le bruit des vagues et de la voile.

– Alors, vous avez l'intention de faire votre chemin dans le monde grâce aux arts martiaux ? demanda Tōji.

Bien que cette remarque fût en elle-même assez innocente, l'expression de Tōji révélait une condescendance frisant le mépris. Depuis longtemps, il était exaspéré par ces jeunes hommes d'épée vaniteux qui se vantaient partout de leurs certificats et de leurs recueils de secrets. D'après lui, il ne pouvait y avoir autant d'hommes d'épée émérites. Lui-même, depuis près de vingt ans à l'école Yoshioka, n'était-il pas encore un simple disciple, bien que très privilégié ?

Le jeune homme changea de position, et regarda intensément l'eau grise.

— Kyoto ? dit-il. (Puis, se tournant vers Tōji de nouveau :) Il paraît qu'il y a là un homme appelé Yoshioka Seijurō, fils aîné de Yoshioka Kempō. Est-il toujours en activité ?

Tōji était d'humeur un peu taquine.

— Oui, se borna-t-il à répondre. L'école Yoshioka semble florissante. L'avez-vous visitée ?

— Non, mais quand je serai à Kyoto j'aimerais avoir une rencontre avec ce Seijūrō pour me rendre compte de sa force.

Tōji toussa pour dissimuler un éclat de rire. Il en venait de plus en plus à détester la présomptueuse confiance en soi du jeune homme. Bien sûr, il ne pouvait connaître la place occupée au sein de l'école par Tōji ; mais s'il devait la découvrir, nul doute qu'il regretterait ce qu'il venait de dire. La face grimaçante et le ton méprisant, Tōji demanda :

— Et vous croyez, je suppose, que vous vous en tireriez indemne ?

— Pourquoi pas ? répliqua l'adolescent. (Maintenant, c'était lui qui avait envie de rire, et il ne s'en priva pas.) Yoshioka possède une grande maison et jouit d'un grand prestige, ce qui me donne à penser que Kempō devait être un grand homme d'épée. Mais on dit qu'aucun de ses deux fils ne vaut grand-chose.

— Comment pouvez-vous en être aussi sûr avant de les avoir effectivement rencontrés ?

— Eh bien, c'est là ce que disent les samouraïs dans les autres provinces. Je ne crois pas tout ce que l'on me raconte, mais presque tout le monde semble penser que la maison de Yoshioka finira avec Seijūrō et Denshichirō.

Tōji brûlait de dire à l'adolescent de tenir sa langue. Il songea même un instant à révéler son identité ; mais c'eût été perdre la face. Avec toute la retenue dont il était capable, il répondit :

— À notre époque, les provinces paraissent pleines de messieurs Je-sais-tout ; aussi ne serais-je pas surpris que l'on y sous-estimât la maison de Yoshioka. Mais parlez-moi davantage de vous. Ne disiez-vous pas tout à l'heure que vous aviez trouvé un moyen de tuer des hirondelles à la volée ?

– Oui, je l'ai dit.

– Et vous l'avez fait avec cette grosse et longue épée ?

– Exact.

– Eh bien, si vous en êtes capable, il devrait vous être facile d'abattre une des mouettes qui descendent sur le navire.

L'adolescent ne répondit pas aussitôt. Il venait de s'apercevoir que l'autre avait de mauvaises intentions. Les yeux fixés sur le sourire de mauvais augure de Tōji, il dit :

– Je le pourrais, mais je crois que ce serait stupide.

– Eh bien, dit Tōji avec emphase, si vous êtes si bon que vous puissiez dénigrer la maison de Yoshioka sans y être allé...

– Oh ! vous aurais-je froissé ?

– Non ; pas du tout, dit Tōji. Mais aucun habitant de Kyoto n'aime à entendre déprécier l'école Yoshioka.

– Je ne vous disais pas ce que je pensais ; je répétais ce que j'avais entendu.

– Jeune homme ! dit sévèrement Tōji.

– Eh bien ?

– Savez-vous ce que l'on entend par « samouraï inexpérimenté » ? Dans l'intérêt de votre avenir, je vous mets en garde ! Vous n'arriverez jamais à rien en sous-estimant les autres. Vous vous vantez d'abattre des hirondelles, et de votre certificat de style Chūjō, mais vous feriez mieux de vous rappeler que tout le monde n'est pas idiot. Et de commencer par bien regarder à qui vous parlez avant de vous lancer dans vos vantardises.

– Vous croyez donc qu'il ne s'agit que de vantardises ?

– Oui, je le crois. (Bombant le torse, Tōji se rapprocha.) Personne n'en veut vraiment à un jeune homme qui se vante de ses exploits, mais il y a des limites à ne pas dépasser. (Le jeune homme se taisant, Tōji reprit :) Depuis le début, je vous entends sans me plaindre vous extasier sur vous-même. Mais la vérité, c'est que je suis Gion Tōji, le disciple principal de Yoshioka Seijūrō ; et si vous dénigrez encore une fois la maison de Yoshioka, je vous étripe !

Entre-temps, ils avaient attiré l'attention des autres passagers. Tōji, ayant révélé son nom et son rang considérable, s'éloigna d'un air important vers l'arrière du navire en grondant des propos menaçants sur l'insolence de la jeunesse actuelle. L'adolescent le suivit en silence, tandis que les passagers les regardaient bouche bée, à une distance respectueuse.

Cette situation n'enchantait nullement Tōji. Okō l'attendrait à l'arrivée du bateau, et s'il s'engageait dans une querelle maintenant il aurait sûrement plus tard des ennuis avec les autorités. L'air aussi insouciant que possible, il s'accouda au bastingage et s'absorba dans la contemplation des tourbillons bleu-noir qui se formaient sous le gouvernail.

L'adolescent lui donna dans le dos une tape légère.

– Monsieur, dit-il d'une voix douce qui ne trahissait ni colère, ni ressentiment. (Tōji ne répondit pas.) Monsieur, répéta le jeune homme.

Incapable de feindre plus longtemps l'indifférence, Tōji demanda :

– Que voulez-vous ?

– Vous m'avez traité de vantard devant un grand nombre d'inconnus, et j'ai mon honneur à défendre. Je me sens obligé de faire ce que vous m'avez défié de faire il y a quelques minutes. Je veux que vous soyez témoin.

– Qu'est-ce que je vous ai défié de faire ?

– Vous ne pouvez l'avoir déjà oublié. Vous avez ri quand je vous ai dit que j'avais abattu des hirondelles à la volée, et m'avez défié d'abattre une mouette.

– Hum, vraiment ?

– Si j'en abats une, vous convaincrai-je que je ne parle pas pour ne rien dire ?

– Mon Dieu... oui.

– Très bien, je vais le faire.

– Magnifique, splendide ! fit Tōji avec un rire sarcastique. Mais n'oubliez pas que si vous ne faites ça que par amour-propre et échouez, vous aurez *vraiment* les rieurs contre vous.

– J'en accepte le risque.

– Je n'ai aucune intention de vous en empêcher.

– Et vous y assisterez comme témoin ?
– Comment donc ! Avec plaisir !

Le jeune homme se mit sur une plaque de plomb au centre du pont arrière, et tendit la main vers son épée. Ce faisant, il appela Tōji. Ce dernier, qui regardait avec curiosité, lui demanda ce qu'il voulait, et l'adolescent lui répondit avec beaucoup de sérieux :

– S'il vous plaît, faites descendre des mouettes devant moi. Je suis prêt à en abattre autant que vous voudrez.

Tōji reconnut soudain la similitude entre ce qui se passait et certaine histoire drôle attribuée au prêtre Ikkyū ; le jeune homme avait réussi à le ridiculiser. Il cria avec colère :

– Quelle absurdité ! Quiconque pourrait faire voler devant lui des mouettes serait en mesure de les abattre.

– La mer s'étend sur des milliers de kilomètres, et mon épée n'a que quatre-vingt-dix centimètres de long. Si les oiseaux ne s'approchent pas, je suis incapable de les abattre.

S'avançant de deux pas, Tōji ricana :

– Vous essayez seulement de vous en sortir. Si vous êtes incapable de tuer une mouette à la volée, dites-le, et présentez des excuses.

– Si j'en avais l'intention, je ne serais pas debout ici à attendre. Si les oiseaux refusent d'approcher, alors j'abattrai autre chose.

– Quoi, par exemple ?

– Rapprochez-vous seulement de cinq pas encore, et je vous le montrerai.

Tōji se rapprocha en grognant :

– Qu'est-ce que vous allez encore inventer ?

– Je veux seulement que vous me laissiez faire usage de votre tête... la tête avec laquelle vous m'avez mis au défi de prouver que je ne me vantais pas. À la réflexion, il serait plus logique de la couper que de tuer des mouettes innocentes.

– Avez-vous perdu l'esprit ? s'écria Tōji.

D'un mouvement réflexe il baissa la tête, car au même instant le jeune homme avait tiré l'épée et s'en était servi. L'action fut si rapide que l'épée de quatre-vingt-dix centimètres ne parut pas plus grande qu'une aiguille.

– Qu... qu... quoi ? cria Tōji, titubant en arrière et portant les mains à son col.

Sa tête était toujours là, heureusement, et pour autant qu'il pouvait le dire il se trouvait indemne.

– Vous comprenez, maintenant ? demanda l'adolescent qui tourna le dos et s'éloigna entre les piles de bagages.

Tōji était déjà cramoisi de honte quand, baissant les yeux sur un fragment du pont illuminé par le soleil, il vit un objet d'aspect bizarre, quelque chose comme un petit pinceau. Une idée affreuse lui traversa l'esprit, et il porta la main au sommet de sa tête. Son toupet avait disparu ! Son précieux toupet... l'orgueil et la joie de tout samouraï ! L'horreur peinte sur la figure, il se frotta le sommet du crâne et constata que le ruban qui liait ses cheveux par-derrière était défait. Les mèches qu'il avait maintenues ensemble s'étaient déployées en éventail sur son cuir chevelu.

– Le misérable !

Il fut pris d'une fureur noire. Il ne savait maintenant que trop bien que l'adolescent n'avait ni menti ni exprimé une creuse vantardise. Sa jeunesse ne l'empêchait pas d'être un remarquable homme d'épée. Tōji était stupéfait qu'un être aussi jeune pût se montrer aussi habile ; mais le respect qu'il éprouvait avec son esprit était une chose, et la colère qui lui agitait le cœur en était une autre.

Quand il releva la tête pour regarder vers l'avant, il vit que l'adolescent, retourné à sa place précédente, cherchait quelque chose autour de lui sur le pont. De toute évidence, il ne se méfiait pas, et Tōji sentit que l'occasion d'une revanche se présentait là. Il cracha sur la poignée de son sabre, l'empoigna fermement, et se glissa derrière son persécuteur. Il n'était pas sûr de savoir assez bien viser pour enlever le toupet de l'homme sans enlever la tête avec, mais il ne s'en souciait guère. Le corps gonflé, rouge, le souffle court, il s'arma de courage pour frapper.

À cet instant précis, il y eut un branle-bas parmi les marchands qui jouaient aux cartes :

– Qu'est-ce qui se passe, ici ? Il n'y a pas assez de cartes !
– Où sont-elles passées ?
– Regardez donc là-bas !

– J'ai déjà regardé.

Comme ils criaient en secouant leur tapis, l'un d'eux leva par hasard les yeux vers le ciel.

– Là-haut ! C'est ce singe qui les a !

Les autres passagers, heureux de cette nouvelle diversion, levèrent tous les yeux vers l'animal en question, perché au sommet du mât de dix mètres.

– Ha ! ha ! ha ! fit l'un. Quelle bête ! Il a volé les cartes.

– Il est en train de les manger.

– Non, on dirait qu'il les distribue.

Une seule carte descendit en tournoyant. L'un des marchands la ramassa et dit :

– Il doit encore en avoir trois ou quatre.

– Que quelqu'un monte là-haut les chercher ! Nous ne pouvons jouer sans elles.

– Personne ne voudra monter là-haut.

– Pourquoi pas le capitaine ?

– Je crois qu'il le pourrait s'il le voulait.

– Proposons-lui un peu d'argent. Alors, il le fera.

Le capitaine entendit la proposition, l'accepta, prit l'argent mais parut estimer qu'en sa qualité de maître du navire il devait d'abord trouver le responsable. Debout sur une pile de marchandises, il s'adressa aux passagers :

– À qui au juste appartient ce singe ? Son propriétaire est prié de se présenter.

Pas une âme ne répondit ; mais un certain nombre de gens qui savaient que le singe appartenait au beau jeune homme le regardaient avec une expression d'attente. Le capitaine savait, lui aussi ; le mutisme de l'adolescent l'irrita. Haussant le ton davantage encore, il dit :

– Le propriétaire n'est pas là ?... Si le singe n'appartient à personne, je m'en charge ; mais ensuite, je ne veux pas de réclamations.

Le propriétaire du singe, appuyé contre des bagages, avait l'air profondément absorbé dans ses pensées. Quelques passagers se mirent à chuchoter avec désapprobation ; le capitaine foudroyait l'adolescent du regard. Les joueurs de cartes grommelaient des propos malveillants ; d'autres commençaient à se demander si le jeune homme était sourd-muet, ou seulement insolent. Mais l'adolescent

413

se contenta de s'écarter quelque peu, et fit comme si de rien n'était.

Le capitaine reprit la parole :

– Il semble que les singes soient des animaux marins aussi bien que terrestres. Comme vous pouvez le voir, l'un d'eux a grimpé à bord. Comme il n'appartient à personne, je suppose que nous pouvons en faire tout ce qui nous plaît. Messieurs les passagers, je vous prends à témoin ! En ma qualité de capitaine, j'ai prié le propriétaire de se faire connaître, mais il ne l'a pas fait. S'il se plaint ensuite de ne pas m'avoir entendu, je vous prie de prendre mon parti !

– Nous sommes vos témoins ! crièrent les marchands, maintenant au bord de l'apoplexie.

Le capitaine descendit l'échelle, et disparut dans la cale. Quand il en ressortit, il portait un mousquet dont l'amorce à combustion lente était déjà allumée. Nul ne doutait qu'il ne fût prêt à s'en servir. Les visages allaient de lui au propriétaire du singe.

Le singe s'amusait comme un fou. Haut dans les airs, il jouait avec les cartes, et faisait tout ce qu'il pouvait pour agacer les gens qui se trouvaient sur le pont. Soudain, il montra les crocs, les fit claquer, et courut à l'extrémité de la vergue ; mais une fois là, il ne parut plus savoir que faire.

Le capitaine leva le mousquet, et visa. Mais comme un des marchands le tirait par la manche et le pressait de faire feu, le propriétaire cria :

– Arrêtez !

Au tour du capitaine, maintenant, de faire semblant de ne pas entendre. Il appuya sur la détente, les passagers se courbèrent, les mains sur les oreilles, et le mousquet fit feu avec un boum énorme. Mais le coup passa à côté. Au dernier instant, le jeune homme avait détourné le canon de l'arme.

Le capitaine, poussant des cris de rage, saisit le jeune homme au collet. Il y parut un moment suspendu car, bien que puissamment bâti, il était court à côté du bel adolescent.

– Qu'est-ce qui vous prend ? s'écria le jeune homme. Vous allez abattre un singe innocent avec ce joujou ?

– Exact.
– Ça n'est pas une chose à faire, n'est-ce pas ?
– Je vous ai loyalement prévenu !
– Comment ça ?
– Vous n'avez donc pas d'yeux et d'oreilles ?
– Silence ! Je suis un passager à bord de ce bateau. Plus : je suis un samouraï. Croyez-vous donc que je vais répondre quand un simple capitaine de bateau, dressé devant ses clients, braille comme s'il était leur seigneur et maître ?
– Pas d'impertinence ! J'ai répété ma mise en garde à trois reprises. Vous devez m'avoir entendu. Même si ma façon de m'exprimer vous déplaisait, vous auriez pu montrer un peu de considération pour les gens que votre singe incommodait.
– Quelles gens ? Ah ! vous voulez dire cette bande de commerçants qui jouaient pour de l'argent derrière leur rideau ?
– Surveillez vos paroles ! Ils ont payé leur traversée trois fois plus cher que les autres.
– Ce n'en sont pas moins de vils marchands écervelés qui jettent ostensiblement leur or par les fenêtres, boivent leur saké, et se conduisent en maîtres du navire. Je les ai observés, et ils ne me plaisent pas du tout. Le singe s'est enfui avec leurs cartes ; la belle affaire ! Ce n'est pas moi qui l'y ai poussé. Il n'a fait que les imiter. Je ne vois pas là matière à présenter des excuses !

Le jeune homme, en regardant fixement les riches marchands, éclata d'un grand rire sardonique.

LE COQUILLAGE DE L'OUBLI

Le soir était tombé quand le navire entra dans le port de Kizugawa, accueilli par l'odeur tenace du poisson. Des lumières rougeâtres clignaient sur la côte, et les vagues clapotaient à l'arrière-plan. Peu à peu, la distance entre les voix plus fortes qui venaient du navire et celles qui s'élevaient du rivage s'annula. Dans une éclaboussure blanche, on jeta l'ancre ; on lança des cordages, et la passerelle fut mise en place.

Une rafale de cris excités emplit l'air :
– Le fils du prêtre du sanctuaire de Sumiyoshi se trouve-t-il à bord ?
– Y a-t-il un coursier ?
– Maître ! Nous voilà, par ici !

Comme une vague, des lampions portant les noms de diverses auberges roulèrent à travers le bassin vers le bateau, tandis que rivalisaient les rabatteurs.
– Quelqu'un pour l'auberge Kashiwaya ?

Le jeune homme au singe sur l'épaule se frayait un chemin à travers la foule.
– Venez chez nous, monsieur : nous ne vous prendrons rien pour le singe.
– Nous sommes juste en face du sanctuaire de Sumiyoshi. C'est un grand centre de pèlerinage. Vous pouvez avoir une magnifique chambre avec une vue splendide !

Nul n'était venu attendre l'adolescent. Il s'éloigna aussitôt du quai sans prêter attention aux rabatteurs ni à qui que ce fût.
– Pour qui se prend-il ? gronda un passager. Tout ça, parce qu'il a quelques notions d'escrime !
– Si je n'étais simple bourgeois, il ne s'en serait pas tiré sans une bonne bagarre.
– Oh ! calme-toi ! Laisse donc les guerriers se croire supérieurs à tout le monde. Ils ne sont heureux que lorsqu'ils se pavanent partout comme des rois. Ce que nous devons faire, nous autres bourgeois, c'est de les laisser avoir les fleurs tandis que nous prenons les fruits. À quoi bon s'agiter sur le petit incident d'aujourd'hui ?

Tout en continuant à parler ainsi, les marchands surveillaient le rassemblement de leurs montagnes de bagages, puis débarquaient, accueillis par la foule et un enchevêtrement de lanternes et de véhicules. Tous étaient entourés aussitôt par plusieurs femmes pleines de sollicitude.

La dernière personne à quitter le bateau fut Gion Tōji, dont le visage exprimait un malaise extrême. Jamais de toute son existence il n'avait passé journée plus désagréable. Sa tête était décemment couverte d'un foulard, pour cacher la perte mortifiante de son toupet, mais ce linge ne dissimulait ni ses sourcils abattus ni ses lèvres mornes.

– Tōji! Me voilà! criait Okō.

Bien que sa tête fût elle aussi couverte d'un fichu, son visage avait été exposé au vent froid tandis qu'elle attendait, et ses rides transparaissaient à travers la poudre blanche qui était censée les cacher.

– Okō! Alors, tu es venue en fin de compte.

– Tu ne t'y attendais pas? Ne m'as-tu pas écrit pour me dire de venir te chercher ici?

– Si, mais je pensais que ma lettre risquait de n'être pas arrivée à temps.

– Quelque chose ne va pas? Tu as l'air bouleversé.

– Oh! ce n'est rien. Juste un peu le mal de mer. Viens, allons à Sumiyoshi dénicher une bonne auberge.

– Par ici. Un palanquin nous attend.

– Merci. Tu nous as réservé une chambre?

– Oui. Tout le monde nous attend à l'auberge.

Le visage de Tōji exprima la consternation.

– *Tout le monde?* Qu'est-ce que tu me racontes? Je croyais que nous allions passer ici, seuls tous les deux, deux jours agréables dans un endroit tranquille. S'il y a foule, je n'y vais pas.

Refusant le palanquin, il la dépassa à grands pas irrités. Quand Okō tenta de s'expliquer, il lui coupa la parole et la traita d'imbécile. Toute la fureur qui s'était accumulée en lui sur le navire explosa :

– Je logerai seul dans un endroit quelconque! vociférait-il. Renvoie le palanquin! Comment as-tu pu être aussi stupide? Tu ne me comprends pas du tout.

Il lui arracha la manche qu'elle tirait, et continua sa course.

Ils se trouvaient dans le marché aux poissons, près des quais; toutes les boutiques étaient fermées; les écailles qui jonchaient la rue scintillaient comme de minuscules coquillages d'argent. Étant donné qu'il n'y avait là presque personne pour les voir, Okō étreignit Tōji et tenta de l'apaiser.

– Lâche-moi! cria-t-il.

– Si tu pars seul, les autres croiront que quelque chose ne va pas.

– Qu'ils croient ce qu'ils voudront !
– Oh ! ne dis pas ça ! supplia-t-elle. (Elle pressait sa joue fraîche contre la sienne. L'odeur douceâtre de sa poudre et de sa chevelure, le pénétrant, dissipa peu à peu sa colère et sa contrariété.) Je t'en prie, mendiait Okō.
– Je suis tellement déçu ! dit-il.
– Je sais, mais nous aurons d'autres occasions d'être ensemble.
– Ces deux ou trois jours avec toi… je les attendais vraiment avec impatience.
– Je comprends.
– Si tu comprends, pourquoi donc es-tu venue avec autant de monde ? Parce que tu n'éprouves pas pour moi les sentiments que j'éprouve pour toi !
– Le voilà qui recommence, dit Okō d'un ton de reproche, l'œil fixe comme si ses larmes étaient sur le point de couler.

Mais au lieu de pleurer, elle fit une autre tentative pour obtenir de lui qu'il écoutât ses explications. Quand le messager était arrivé avec la lettre de Tōji, elle avait bien entendu formé le projet de venir seule à Osaka ; mais le hasard avait voulu que le soir même, Seijūrō débarquât au Yomogi avec six ou sept de ses élèves, et Akemi avait laissé échapper que Tōji arrivait. Aussitôt, les hommes avaient décidé qu'ils devaient tous accompagner Okō à Osaka, et qu'Akemi devrait se joindre à eux. Finalement, la bande qui descendit à l'auberge de Sumiyoshi s'élevait à dix personnes.

Tout en reconnaissant qu'en l'occurrence Okō n'avait pas pu faire grand-chose, Tōji ne retrouva pas sa bonne humeur. C'était manifestement une sale journée, et il avait la certitude que le pire l'attendait. D'abord, la première question qu'on lui poserait concernerait le résultat de sa tournée de démarchage, et il appréhendait d'avoir à leur apprendre la mauvaise nouvelle. Ce qu'il redoutait bien plus encore, c'était la perspective de devoir enlever le foulard de sa tête. Comment diable expliquer l'absence du toupet ? En fin de compte, il comprit qu'il n'y avait pas d'issue, et se résigna à son destin.

– Ça va, ça va, dit-il. Je t'accompagne. Fais venir ici le palanquin.

– Oh! je suis si contente! roucoula Okō, qui retourna vers le quai.

À l'auberge, Seijūrō et les autres avaient pris un bain, s'étaient douillettement enveloppés dans les kimonos doublés de coton fournis par l'établissement, et installés pour attendre le retour de Tōji et d'Okō. Comme au bout d'un moment ils ne paraissaient pas, quelqu'un déclara :
– Ils arriveront quand ils arriveront. Il n'y a aucune raison de rester assis à ne rien faire.

Conséquence naturelle de cette déclaration : l'on commanda du saké. D'abord, on but seulement pour passer le temps, mais bientôt les jambes s'allongèrent confortablement, et les coupes de saké se vidèrent plus vite. Chacun oublia plus ou moins Tōji et Okō.
– Il n'y a donc pas de chanteuses, à Sumiyoshi ?
– Quelle bonne idée! Pourquoi ne ferions-nous pas venir trois ou quatre jolies filles ?

Seijūrō parut hésiter; quelqu'un lui suggéra de se retirer avec Akemi dans une autre pièce plus tranquille. Ce moyen peu subtil de se débarrasser de lui amena sur ses lèvres un sourire désenchanté; il n'en fut pas moins content de céder la place. Ce serait beaucoup plus agréable d'être seul dans une chambre en compagnie d'Akemi, avec un *kotatsu* bien chaud, que de boire avec cette bande de brutes.

Aussitôt qu'il eut quitté la pièce, la fête commença pour de bon; avant longtemps, plusieurs chanteuses du type que l'on nommait localement l'« orgueil de Tosamagawa » parurent dans le jardin, devant la chambre. Leurs flûtes et leurs *shamisen* étaient vieux, de mauvaise qualité, délabrés par l'usage.
– Pourquoi faites-vous tant de bruit ? demanda effrontément l'une des femmes. Êtes-vous venus ici pour boire ou pour vous bagarrer ?

L'homme qui s'était désigné comme étant le chef répliqua :
– Ne pose pas de questions, idiote ! Personne ne paie pour se battre ! Nous vous avons fait venir pour boire et prendre du bon temps.

– Eh bien, dit la fille avec tact, je suis heureuse de l'apprendre, mais je voudrais vraiment que vous fassiez un peu moins de vacarme.
– À ton aise ! Chantons des chansons.

Par respect pour la présence féminine, plusieurs tibias velus se replièrent sous les kimonos, et quelques corps horizontaux revinrent à la verticale. La musique démarra, la bonne humeur se mit à régner, et la fête gagna en conviction. Elle battait son plein quand une jeune servante entra pour annoncer que l'homme arrivé par le bateau de Shikoku se trouvait là avec sa compagne.

– Qu'a-t-elle dit ? Une visite ?
– Ouais, elle dit qu'un nommé Tōji est là.
– Merveilleux ! Splendide ! Voilà ce bon vieux Tōji... Quel Tōji ?

L'entrée de Tōji avec Okō n'interrompit pas la fête le moins du monde ; à la vérité, on les ignora. Tōji, auquel on avait donné à croire que la réunion était tout entière en son honneur, en fut dépité.

Il rappela la servante qui les avait introduits, et demanda à être conduit à la chambre de Seijūrō. Mais comme ils passaient dans le hall, le chef, qui puait le saké, les rejoignit en titubant et sauta au cou de Tōji.

– Salut, Tōji ! bredouilla-t-il. Tu arrives seulement ? Tu as dû prendre du bon temps quelque part avec Okō pendant que nous étions ici à t'attendre. Allons, allons, ce ne sont pas des choses à faire !

Tōji tenta sans succès de se débarrasser de lui. L'homme le traîna dans la chambre. Ce faisant, il marcha sur un plateau ou deux, renversa quelques jarres de saké puis tomba par terre, entraînant Tōji dans sa chute.

– Mon foulard ! hoqueta Tōji.

Sa main s'élança vers sa tête... trop tard. En tombant, le chef avait arraché le foulard, qu'il tenait maintenant à la main. Tous, le souffle coupé, regardaient l'endroit où le toupet de Tōji aurait dû se trouver.

– Qu'est-ce qui t'est arrivé à la tête ?
– Ha ! ha ! ha ! En voilà, une coiffure !
– Où te l'es-tu fait faire ?

La face de Tōji s'empourpra. Il attrapa le foulard, le remit en place et bredouilla :

– Oh ! ce n'est rien. J'avais un furoncle.

Comme un seul homme, tous se tordaient de rire.

– Il a rapporté un furoncle en souvenir !
– Cache donc cette horreur !
– Pas question. Montre-la-nous !

Ces pauvres plaisanteries montraient clairement que nul ne croyait Tōji, mais la fête continuait et personne ne trouvait grand-chose à dire sur le toupet.

Le lendemain matin, il en alla tout autrement. À dix heures, le même groupe était réuni sur la plage, derrière l'auberge, dégrisé maintenant et rassemblé pour une très grave conférence. Assis en cercle, certains carraient les épaules, d'autres croisaient les bras mais tous avaient l'air farouche.

– De tous les points de vue, c'est une sale affaire.
– Est-ce vrai ? Voilà la question.
– Je l'ai entendu de mes propres oreilles. Me prendrais-tu pour un menteur ?
– On ne peut laisser passer cela sans faire quelque chose. L'honneur de l'école Yoshioka est en jeu. Il faut agir !
– Bien sûr, mais comment ?
– Eh bien, il n'est pas trop tard. Nous trouverons l'homme au singe, et nous lui couperons son toupet à lui. Nous lui montrerons que l'amour-propre de Gion Tōji n'est pas seul en cause. L'affaire concerne la dignité de l'école Yoshioka tout entière ! Pas d'objections ?

Le chef de bande ivre de la veille au soir était maintenant un vaillant lieutenant qui excitait ses hommes au combat.

Le matin, les hommes avaient commandé que l'on fît chauffer le bain pour mieux se réveiller de leur nuit mouvementée ; alors qu'ils se trouvaient au bain, un marchand était entré. Ignorant à qui il avait affaire, il leur avait raconté ce qui s'était passé la veille à bord du bateau. Ayant narré avec humour l'ablation du toupet, il avait conclu son histoire en disant :

– Le samouraï qui a perdu sa chevelure se prétendait un éminent disciple de la maison de Yoshioka, à Kyoto. Tout ce que je peux dire, c'est que, s'il ne ment pas, la décrépitude de la maison de Yoshioka doit passer toute imagination.

Dégrisés en un clin d'œil, les disciples de Yoshioka étaient partis à la recherche de leur scandaleux aîné pour l'interroger sur l'incident. Ils ne tardèrent pas à découvrir qu'il s'était levé tôt, avait eu un bref entretien avec Seijūrō, puis était parti pour Kyoto avec Okō tout de suite après le petit déjeuner. Cela confirmait la véracité de l'histoire ; mais au lieu de poursuivre le lâche Tōji, ils trouvèrent plus utile de retrouver le jeune inconnu au singe pour venger l'honneur de Yoshioka.

Ayant convenu d'un plan lors de leur conseil de guerre sur la plage, ils se levèrent, secouèrent le sable de leurs kimonos, et passèrent à l'action.

À une petite distance de là, Akemi, jambes nues, jouait au bord de l'eau : elle ramassait des coquillages un par un puis les rejetait presque aussitôt. Bien que l'on fût en hiver, un chaud soleil brillait, et l'odeur marine s'exhalait de l'écume des brisants qui s'étendaient comme des guirlandes de roses blanches, aussi loin que portait la vue.

Akemi, les yeux écarquillés par la curiosité, vit les hommes de Yoshioka se disperser en courant dans toutes les directions, fourreaux au vent. Quand le dernier d'entre eux la dépassa, elle lui cria :

– Où donc allez-vous tous, comme ça ?

– Oh ! c'est vous ! fit-il. Pourquoi ne viendriez-vous pas chercher avec moi ? On a assigné à chacun une zone à couvrir.

– Que cherchez-vous ?

– Un jeune samouraï avec une longue mèche sur le front. Il porte un singe.

– Qu'a-t-il fait ?

– Une chose qui déshonorera le nom du jeune maître à moins que nous n'agissions rapidement.

Il lui rapporta ce qui s'était passé, mais sans provoquer la moindre étincelle d'intérêt.

– Vous autres, êtes toujours en train de chercher la bagarre ! dit-elle avec désapprobation.

– Ce n'est pas que nous aimions nous battre, mais si nous le laissons impuni cela couvrira de honte l'école, qui est le plus grand centre d'arts martiaux du pays.
– Ah ? Et puis après ?
– Vous êtes folle ?
– Vous autres, hommes, passez tout votre temps à courir après les choses les plus stupides.
– Hein ? fit-il en la lorgnant d'un air soupçonneux. Et vous, que faisiez-vous ici durant tout ce temps ?
– Moi ? (Elle baissa les yeux vers le beau sable autour de ses pieds, et dit :) Je cherche des coquillages.
– Pourquoi les chercher ? Il y en a des millions sur la plage. Cela pour vous montrer que les femmes perdent leur temps à des choses plus folles que les hommes.
– Je cherche un genre de coquillage très particulier. On le nomme le coquillage de l'oubli.
– Ah ! Et il existe vraiment ?
– Oui, mais on dit qu'on ne peut le trouver qu'ici, sur la côte de Sumiyoshi.
– Eh bien, je vous parie qu'il n'existe pas !
– Mais si, il existe ! Si vous ne le croyez pas, venez avec moi. Je vais vous montrer.

Elle traîna l'adolescent peu enthousiaste jusqu'à une rangée de pins, et lui désigna une pierre sur laquelle était gravé un poème ancien :

> En aurais-je le temps,
> Je le trouverais sur le rivage de Sumiyoshi.
> On dit qu'il est là,
> Le coquillage qui apporte
> L'oubli de l'amour.

– Vous voyez bien ! dit fièrement Akemi. Quelle autre preuve vous faut-il ?
– Oh ! ce n'est là qu'un mythe, un de ces mensonges inutiles que dit la poésie.
– Mais à Sumiyoshi, ils ont aussi des fleurs et de l'eau qui vous font oublier.
– Eh bien, admettons que ça existe. À quoi est-ce que ça vous avancera ?

– C'est bien simple. Si vous en mettez un dans votre obi ou dans votre manche, vous pouvez tout oublier.

Le samouraï éclata de rire.
– Vous voulez dire que vous souhaitez être plus distraite que vous ne l'êtes déjà ?
– Oui. J'aimerais tout oublier. Il y a des choses que je ne puis oublier, ce qui me rend malheureuse durant le jour et m'empêche de dormir la nuit. Voilà pourquoi je recherche ce coquillage. Pourquoi ne resteriez-vous pas m'aider à chercher ?
– Vous n'avez plus l'âge des jeux d'enfants ! dit le samouraï d'un ton méprisant, puis, soudain rappelé à ses devoirs, il prit ses jambes à son cou.

Lorsqu'elle était triste, Akemi songeait souvent que ses difficultés seraient résolues si seulement elle pouvait oublier le passé pour jouir du présent. En cet instant, elle hésitait entre s'accrocher aux quelques souvenirs qu'elle chérissait, et les jeter par-dessus bord. Elle décida que si le coquillage de l'oubli existait véritablement, elle ne le porterait pas elle-même, mais le glisserait dans la manche de Seijūrō. Elle soupira en imaginant comme la vie serait belle si Seijūrō oubliait Akemi.

Le simple fait de penser à lui refroidissait le cœur de la jeune fille. Elle était tentée de croire qu'il n'existait que pour lui gâcher sa jeunesse. Quand il l'importunait avec ses protestations d'amour, elle se consolait en pensant à Musashi. Mais si la présence de Musashi dans son cœur était parfois son salut, elle constituait aussi une fréquente source de souffrance, car elle lui donnait l'envie de fuir dans un monde de rêves. Pourtant, elle hésitait à s'abandonner tout à fait à son imagination, sachant qu'il était vraisemblable que Musashi l'avait totalement oubliée.

« Oh ! s'il existait un moyen quelconque d'effacer son visage de mon esprit ! » se disait-elle.

L'eau bleue de la mer Intérieure parut soudain tentante. La regardant fixement, elle prit peur. Comme il serait facile de s'y jeter, et de disparaître !

Sa mère ignorait totalement qu'Akemi nourrissait des idées aussi désespérées, Seijūrō plus encore. Tout son entourage la considérait comme une jeune fille très heureuse, un peu étourdie peut-être, mais néanmoins un bouton encore si loin de s'épanouir qu'il lui était impossible d'accepter l'amour d'un homme.

Pour Akemi, sa mère et les hommes qui venaient à la maison de thé se trouvaient à l'extérieur d'elle-même. En leur présence elle riait, plaisantait, faisait tinter sa clochette et boudait suivant que l'occasion paraissait l'exiger ; mais quand elle était seule, elle soupirait, soucieuse et morose.

Ses pensées furent interrompues par un serviteur venu de l'auberge. L'ayant reconnue auprès de l'inscription dans la pierre, il courut vers elle et lui dit :

— Où donc étiez-vous, ma jeune dame ? Le jeune maître vous cherche et s'inquiète beaucoup.

De retour à l'auberge, Akemi trouva Seijūrō tout seul ; il se réchauffait les mains sous la couverture rouge du *kotatsu*. La pièce était silencieuse. Au jardin, la brise faisait bruire les pins desséchés.

— Vous êtes sortie par ce froid ? demanda-t-il.

— Que voulez-vous dire ? je ne trouve pas qu'il fasse froid. Sur la plage, il fait grand soleil.

— Que faisiez-vous ?

— Je cherchais des coquillages.

— Vous vous conduisez comme une enfant.

— Je *suis* une enfant.

— Quel âge croyez-vous donc que vous aurez lors de votre prochain anniversaire ?

— Quelle importance ? Je suis encore une enfant. Quel mal y a-t-il à cela ?

— Beaucoup de mal. Vous devriez penser aux projets que fait votre mère à votre sujet.

— Ma mère ? Elle ne pense pas à moi. Elle se croit encore jeune elle-même.

— Asseyez-vous ici.

— Je ne veux pas. J'aurais trop chaud. Je suis encore jeune, souvenez-vous-en.

— Akemi ! (Il lui saisit le poignet et l'attira vers lui.) Nous sommes seuls ici, aujourd'hui. Votre mère a eu la délicatesse de retourner à Kyoto. (Akemi regarda les yeux brûlants de Seijūrō ; son corps se raidit. Elle tenta inconsciemment de se dégager, mais il lui serrait le poignet avec force.) Pourquoi donc essayez-vous de fuir ? demanda-t-il, accusateur.

– Je n'essaie pas de fuir.

– Il n'y a personne ici, en ce moment. L'occasion est idéale, vous ne croyez pas, Akemi ?

– L'occasion de quoi ?

– Ne soyez pas aussi entêtée ! Voilà près d'un an que nous nous voyons. Vous connaissez mes sentiments pour vous. Voilà belle lurette qu'Okō nous a donné son autorisation. Elle dit que vous refusez de me céder parce que je m'y prends mal. Aussi, aujourd'hui…

– Cessez ! Lâchez mon bras ! Lâchez-le, vous dis-je !

Soudain, Akemi se pencha et baissa la tête, gênée.

– Vous ne voulez pas de moi, quoi qu'il arrive ?

– Arrêtez ! Lâchez-moi !

Bien que son bras serré eût rougi, il refusait toujours de la libérer, et la jeune fille n'était guère de force à résister aux techniques militaires du style Kyōhachi.

Ce jour-là, Seijūrō n'était pas le même que d'habitude. Il cherchait souvent réconfort et consolation dans le saké, mais ce jour-là il n'avait pas bu.

– Pourquoi me traitez-vous de cette façon, Akemi ? Cherchez-vous à m'humilier ?

– Je ne veux pas parler de ça ! Si vous ne me lâchez pas, je crie !

– Criez tant qu'il vous plaira ! Personne ne vous entendra. La maison principale est trop éloignée, et de toute façon je leur ai dit qu'il ne fallait pas nous déranger.

– Je veux m'en aller.

– Je vous en empêcherai.

– Mon corps ne vous appartient pas !

– Croyez-vous ? Vous feriez mieux d'interrŏger là-dessus votre mère ! Je l'ai certainement assez payée pour cela.

– Eh bien, ma mère m'a peut-être vendue, mais je ne me suis pas vendue moi-même ! Et sûrement pas à un homme que je méprise plus que la mort en personne !

– Qu'est-ce que j'entends ? vociféra Seijūrō en lui jetant la couverture rouge sur la tête.

Akemi cria de toutes ses forces.

– Crie donc, espèce de garce ! Crie autant que tu voudras ! Personne ne viendra.

Sur le shoji la pâle clarté du soleil se mêlait à l'ombre agitée des pins comme s'il ne s'était rien passé. Dehors, tout se taisait sauf le clapotis lointain des vagues et le gazouillis des oiseaux.

Aux gémissements étouffés d'Akemi succéda un profond silence. Au bout d'un moment, Seijūrō, livide, sortit dans le couloir ; de sa main droite il tenait sa main gauche, griffée et sanglante.

Peu après, la porte s'ouvrit de nouveau avec fracas, et Akemi sortit. Avec un cri de surprise, Seijūrō, la main enveloppée maintenant d'une serviette de toilette, voulut l'arrêter, mais trop tard. La jeune fille affolée s'enfuit à la vitesse de l'éclair. La contrariété plissa le visage de Seijūrō mais il ne la poursuivit pas tandis qu'elle traversait le jardin et gagnait une autre partie de l'auberge. Au bout d'un moment, un mince et tortueux sourire apparut sur ses lèvres. C'était un sourire de satisfaction profonde.

LA MORT D'UN HÉROS

– Oncle Gon !
– Quoi ?
– Tu es fatigué ?
– Oui, un peu.
– Je m'en doutais. Moi-même, je n'en puis plus. Mais ce sanctuaire est magnifique, tu ne trouves pas ? Dis donc, ce n'est pas là l'oranger que l'on nomme l'arbre secret de Wakamuya Hachiman ?
– Ça m'en a tout l'air.
– On dit que c'est le premier cadeau des quatre-vingts cargaisons offertes en tribut par le roi de Silla à l'impératrice Jingu lorsqu'elle a conquis la Corée.
– Regarde, là-bas, dans l'écurie des chevaux sacrés ! N'est-ce pas un bel animal ? Il arriverait sûrement premier aux courses annuelles de Kamo.
– Tu veux parler du blanc ?

– Oui. Hum, que dit cette pancarte ?

– Elle dit que si tu fais bouillir les fèves utilisées dans le fourrage des chevaux, et si tu en bois le jus, cela t'empêchera de crier ou de grincer des dents la nuit. En veux-tu ?

L'oncle Gon éclata de rire.

– Quelle folie ! (Se retournant, il demanda :) Qu'est devenu Matahachi ?

– Il a dû s'égarer.

– Ah ! le voilà qui se repose à côté du théâtre destiné aux danses sacrées.

La vieille dame leva la main et cria à son fils :

– Si nous allons par là, nous pourrons voir le Grand Toril d'origine ; mais allons d'abord à la Haute Lanterne.

Matahachi suivit paresseusement. Depuis l'instant où sa mère l'avait harponné à Osaka, il ne les avait plus quittés – il avait marché, marché, marché. Il commençait à perdre patience. Cinq ou dix jours à visiter les monuments, c'était peut-être bel et bon, mais il redoutait d'avoir à les accompagner dans leur expédition punitive. Il avait tenté de les convaincre que le fait de voyager ensemble était une mauvaise façon de procéder, qu'il vaudrait mieux que lui-même partît de son côté à la recherche de Musashi. Sa mère n'en voulut pas entendre parler.

– C'est bientôt le nouvel an, fit-elle observer. Et je veux que tu le passes avec moi. Voilà bien longtemps que nous n'avons pas célébré ensemble la fête du nouvel an, et il se peut que ce soit notre dernière occasion.

Matahachi savait qu'il ne pouvait le lui refuser ; mais il avait résolu de les quitter le surlendemain du premier de l'an. Osugi et l'oncle Gon, craignant peut-être de n'avoir pas longtemps à vivre, étaient devenus si bigots qu'ils s'arrêtaient à tous les sanctuaires ou temples imaginables, laissant des offrandes et faisant de longues supplications aux dieux et au Bouddha. Ils avaient passé presque toute cette journée au sanctuaire de Sumiyoshi.

Matahachi, qui s'ennuyait ferme, traînait les pieds et boudait.

– Tu ne peux donc pas avancer ? demanda Osugi d'une voix irritée.

Matahachi n'accéléra point. Aussi agacé par sa mère qu'elle l'était par lui, il grommela :

— Tu me presses, et tu me fais attendre ! Se presser et attendre, se presser et attendre !

— Que faire d'un fils pareil ? Quand on se rend dans un lieu saint, la simple convenance veut que l'on s'y arrête pour prier les dieux. Je ne t'ai jamais vu t'incliner devant un dieu ou un bouddha, et tu le regretteras plus tard, souviens-toi bien de mes paroles. D'autre part, si tu priais avec nous, tu n'aurais pas à attendre aussi longtemps.

— Quel fléau ! grogna Matahachi.

— De qui parles-tu ? s'écria Osugi, indignée.

Les deux ou trois premiers jours, tout n'avait été que miel entre eux ; mais une fois réhabitué à sa mère, Matahachi trouva à redire à tous ses actes et à tous ses propos, à se moquer d'elle à la moindre occasion. Le soir venu, quand ils rentraient à l'auberge, elle le faisait asseoir en face d'elle pour le gratifier d'un sermon, ce qui ne servait qu'à accroître sa mauvaise humeur.

« Quelle paire ! » se lamentait l'oncle Gon à part soi, en tâchant d'imaginer un moyen d'apaiser le ressentiment de la vieille dame et de ramener un peu de calme sur le visage renfrogné de son neveu. Devinant qu'un sermon de plus se préparait, il s'efforça de le détourner :

— Oh ! s'exclama-t-il avec enjouement, j'ai cru sentir quelque chose de bon ! On vend des palourdes grillées dans cette maison de thé, là-bas, près de la plage. Allons donc en déguster.

Ni la mère ni le fils ne manifestèrent beaucoup d'enthousiasme, mais l'oncle Gon parvint à les entraîner à la guinguette abritée de minces stores de roseau. Tandis que les deux autres s'installaient sur un banc, dehors, il entra et revint avec du saké.

Il en offrit une coupe à Osugi en disant avec amabilité :

— Voilà qui remontera un peu le moral de Matahachi. Peut-être es-tu un peu trop dure envers lui.

Osugi détourna les yeux et répliqua sèchement :

— Je ne veux rien boire.

L'oncle Gon, pris à son propre piège, tendit la coupe à Matahachi qui, bien que toujours à rebrousse-poil, entre-

429

prit d'en vider trois jarres aussi vite qu'il put, sachant parfaitement que cela ferait blêmir sa mère. Lorsqu'il en demanda une quatrième à l'oncle Gon, Osugi fut dans l'incapacité de se contenir plus longtemps.

— Assez! gronda-t-elle. Ce n'est pas un pique-nique, et nous ne sommes pas venus ici pour nous enivrer! Et prends garde à toi aussi, oncle Gon! Tu es plus vieux que Matahachi et devrais être plus raisonnable.

L'oncle Gon, aussi mortifié que si lui seul avait bu, tenta de se cacher la figure en se passant les mains dessus.

— Oui, tu as parfaitement raison, dit-il avec humilité.

Il se leva et s'éloigna de quelques pas.

Alors, cela commença pour de bon car Matahachi avait piqué au vif le violent, anxieux mais aigre sentiment maternel d'Osugi, et il n'était pas question qu'elle attendît le retour à l'auberge. Elle l'attaqua furieusement, sans se soucier d'être entendue par les autres consommateurs. Jusqu'à ce qu'elle eût terminé, Matahachi la regarda fixement avec une expression de désobéissance maussade.

— Très bien, dit-il. Si je comprends bien, tu as décrété que je suis un ours ingrat et sans amour-propre. Je me trompe?

— Non! Qu'as-tu fait jusqu'à maintenant qui témoigne d'une fierté quelconque?

— Mon Dieu, je ne suis pas aussi bon à rien que tu parais le croire, mais comment le saurais-tu?

— Comment le saurais-je? Eh bien, nul ne connaît un enfant mieux que ses parents, et je crois que le jour où tu es né a été un jour noir pour la maison de Hon'iden!

— Un peu de patience! Je suis jeune encore. Un jour, quand tu seras morte et enterrée, tu regretteras d'avoir dit ça.

— Ha! que le ciel t'entende! Mais je doute qu'en cent ans cela se produise. Quelle tristesse, quand on y réfléchit!

— Eh bien, si tu es aussi désolée d'avoir un fils tel que moi, à quoi bon rester davantage? Je pars!

Écumant de fureur, il se leva et s'éloigna à longues enjambées résolues.

Prise de court, la vieille femme essaya d'une voix tremblante et pitoyable de le rappeler. Matahachi n'en tint aucun compte. L'oncle Gon, qui aurait pu courir pour tenter de l'arrêter, restait debout à regarder intensément en direction de la mer, l'esprit ailleurs, semblait-il. Osugi se leva puis se rassit.

– N'essaie pas de l'arrêter, dit-elle inutilement à l'oncle Gon. Ça ne servirait à rien.

L'oncle Gon se tourna vers elle, mais, au lieu de répondre, dit :

– Cette jeune fille, là-bas, se comporte d'une bien drôle de façon. Attends-moi une minute !

Avant d'avoir terminé sa phrase, il avait jeté son chapeau sous l'auvent de la boutique, et s'était élancé comme une flèche en direction de l'eau.

– Espèce d'idiot ! cria Osugi. Où vas-tu ? Matahachi est... (Elle partit à sa poursuite, mais, à une vingtaine de mètres de la boutique, se prit le pied dans une touffe d'algues, et tomba la tête la première. Elle se releva en maugréant, la face et les épaules couvertes de sable. En revoyant l'oncle Gon, elle ouvrit des yeux grands comme des soucoupes.) Espèce de vieil imbécile ! Où vas-tu ? As-tu perdu l'esprit ? glapissait-elle.

Si agitée qu'elle-même avait l'air d'une folle, elle courut aussi vite qu'elle put sur les traces de l'oncle Gon. Mais elle arriva trop tard. L'oncle Gon avait déjà de l'eau jusqu'aux genoux, et continuait vers le large.

Environné d'écume blanche, on l'aurait dit en transe. Encore plus au large, une jeune fille s'élançait vers les profondeurs. Quand il l'avait remarquée d'abord, elle se tenait dans l'ombre des pins et regardait la mer d'un air égaré ; puis soudain, elle avait filé à travers le sable et s'était jetée à l'eau, ses cheveux noirs flottant derrière elle. L'eau montait maintenant à mi-chemin de sa taille, et la jeune fille approchait rapidement de l'endroit où le fond se dérobait soudain.

Tout en s'approchant d'elle, l'oncle Gon l'appelait frénétiquement, mais elle pressa l'allure. Soudain, son corps disparut dans un clapotis, en faisant des remous à la surface.

– Vous êtes folle, mon enfant ! criait l'oncle Gon. Avez-vous donc décidé de vous tuer ?

Alors, il disparut lui-même sous la surface.

Osugi courait dans tous les sens au bord de l'eau. Quand elle vit sombrer les deux baigneurs, ses cris se transformèrent en stridents appels au secours. Agitant les bras, courant, trébuchant, elle appelait à la rescousse les gens qui se trouvaient sur la plage comme s'ils avaient été responsables de l'accident :

– Sauvez-les, bande d'idiots ! Vite, ou ils vont se noyer !

Quelques minutes plus tard, des pêcheurs rapportèrent les corps et les couchèrent sur le sable.

– Un suicide passionnel ? demanda quelqu'un.

– Vous plaisantez ! fit un autre en éclatant de rire.

L'oncle Gon avait saisi l'obi de la jeune fille, qu'il tenait encore, mais ni lui ni elle ne respiraient plus. La jeune fille présentait un étrange aspect : sa chevelure avait beau être emmêlée et souillée, l'eau ne lui avait enlevé ni sa poudre ni son rouge à lèvres, et elle semblait vivante. Ses dents mordaient encore sa lèvre inférieure, et sa bouche purpurine paraissait rire.

– Je l'ai déjà vue quelque part, dit quelqu'un.

– Ce n'est pas la fille qui cherchait des coquillages sur la plage, tout à l'heure ?

– Oui, c'est bien ça ! Elle habitait l'auberge, là-bas.

Venus de l'auberge, quatre ou cinq hommes s'approchaient déjà ; parmi eux, Seijūrō, haletant, se fraya un chemin à travers la foule.

– Akemi ! cria-t-il.

Il pâlit, mais garda une immobilité de statue.

– C'est une amie à vous ? demanda l'un des pêcheurs.

– Ou-ou-oui.

– Vous feriez mieux d'essayer de la ranimer en vitesse !

– Pouvons-nous la sauver ?

– Pas si vous vous contentez de rester là, à bayer aux corneilles !

Les pêcheurs desserrèrent les doigts de l'oncle Gon, étendirent les corps côte à côte, les claquèrent dans le dos et leur pressèrent l'abdomen. Akemi se remit assez vite à respirer, et Seijūrō, soucieux d'échapper aux regards des badauds, la fit ramener par les hommes de l'auberge.

– Oncle Gon ! Oncle Gon !

Osugi, la bouche contre l'oreille du vieil homme, l'appelait à travers ses larmes. Akemi était revenue à la vie parce qu'elle était jeune, mais l'oncle Gon… Non seulement il était vieux mais, avant de partir à la rescousse, il avait avalé une bonne dose de saké. Jamais plus il ne respirerait ; Osugi aurait beau le supplier, ses yeux ne s'ouvriraient plus.

Les pêcheurs renoncèrent et dirent :

– Le vieux a passé.

Osugi cessa de pleurer juste le temps de se retourner contre eux comme s'il se fût agi d'ennemis et non de gens qui tentaient de l'aider.

– Que voulez-vous dire ? Pourquoi mourrait-il alors que cette jeune fille a été sauvée ? (Elle paraissait prête à les attaquer physiquement. Elle écarta les hommes en déclarant avec fermeté :) Je le ramènerai moi-même à la vie ! Je vais vous montrer.

Elle se mit à l'ouvrage en essayant sur l'oncle Gon toutes les méthodes imaginables. Sa détermination tira des larmes aux spectateurs, dont quelques-uns restèrent pour l'aider. Mais loin de leur en savoir gré, elle les commandait comme des domestiques, se plaignait qu'ils n'appuyaient pas comme il fallait, leur déclarait que ce qu'ils faisaient ne servirait à rien, leur ordonnait de préparer du feu, les envoyait chercher des médicaments. Tout ce qu'elle faisait, elle le faisait de la manière la plus revêche que l'on pût imaginer.

Pour les hommes de la plage elle n'était ni une parente ni une amie, mais seulement une inconnue, et à la fin même les plus apitoyés se fâchèrent.

– À propos, d'où sort cette vieille sorcière ? grogna l'un.

– Elle ne voit pas la différence entre l'inconscience et la mort. Si elle est capable de le ranimer, qu'elle le fasse.

Bientôt, Osugi se trouva seule avec le corps. Dans l'obscurité grandissante, une brume s'éleva de la mer, et il ne resta plus du jour qu'une bande de nuées orange à l'horizon. Osugi fit du feu et s'assit à côté, serrant contre elle le corps de l'oncle Gon.

– Oncle Gon… Oh ! oncle Gon ! gémissait-elle.

Les vagues s'assombrissaient. Elle essayait sans relâche

de ramener la chaleur dans son corps. Son visage exprimait qu'elle s'attendait à tout instant à le voir ouvrir la bouche afin de lui parler. Elle mâchait des pilules tirées de la boîte de pharmacie de l'obi d'oncle Gon, puis les lui introduisait dans la bouche. Elle le serrait contre elle et le berçait.

– Ouvre les yeux, oncle Gon! suppliait-elle. Dis quelque chose! Tu ne peux pas partir et me laisser seule. Nous n'avons pas encore tué Musashi ni puni cette drôlesse d'Otsū.

À l'auberge, Akemi s'agitait dans son sommeil. Quand Seijūrō tentait de replacer sur l'oreiller sa tête fiévreuse, elle marmonnait dans son délire. Quelque temps, il resta assis à son chevet dans une immobilité complète, le visage plus pâle que le sien. Devant la torture que lui-même lui avait infligée, il souffrait aussi.

C'était lui-même qui, de force, s'était emparé d'elle pour satisfaire ses propres désirs. Maintenant, assis à côté d'elle, grave et raide, il s'inquiétait de son pouls et de sa respiration, priait pour que la vie qui l'avait un moment quittée lui revînt tout à fait. En une seule et brève journée, il avait été à la fois une bête et un homme compatissant. Mais aux yeux de Seijūrō, enclin aux extrêmes, sa conduite ne paraissait pas inconséquente.

Son regard humble, triste, fixé sur elle, il murmurait :

– Tâche de te calmer, Akemi. Je ne suis pas le seul; la plupart des autres hommes sont pareils... Tu ne tarderas pas à le comprendre, bien que la violence de mon amour ait dû te choquer.

Ces paroles s'adressaient-elles en réalité à la jeune fille, ou bien étaient-elles destinées à le tranquilliser lui-même? Il eût été malaisé d'en juger mais il ne cessait d'exprimer le même sentiment.

Dans la chambre il faisait très sombre. Le shoji tendu de papier assourdissait le bruit du vent et des vagues.

Akemi remua, et ses bras blancs se glissèrent hors des couvertures. Quand Seijūrō essaya de replacer le couvre-pieds, elle bredouilla :

– Qu... quel jour sommes-nous?

– Comment ?
– Combien… combien de jours… avant le nouvel an ?
– Seulement sept jours, maintenant. Tu seras guérie alors, et nous serons de retour à Kyoto.

Il inclina le visage vers elle, mais elle le repoussa avec la paume de sa main.

– Arrête ! Va-t'en ! Je ne t'aime pas. (Elle recula mais les paroles à demi démentes lui jaillissaient des lèvres :) Imbécile ! Porc ! (Seijūrō se taisait.) Tu es un porc. Je ne… je ne veux pas te voir.

– Pardonne-moi, Akemi, je t'en prie !

– Va-t'en ! Ne m'adresse pas la parole. (Sa main s'agitait nerveusement dans le noir. Seijūrō avala tristement sa salive, mais continua de la regarder.) Quel… quel jour sommes-nous ? (Cette fois, il ne répondit pas.) Ce n'est pas encore le nouvel an ?… Entre le premier de l'an et le sept… Chaque jour… Il a dit qu'il serait sur le pont… Le message de Musashi… chaque jour… le pont de l'avenue Gojō… C'est si loin, le nouvel an… Il faut que je rentre à Kyoto… Si je vais au pont, il y sera.

– Musashi ? demanda Seijūrō, stupéfait. (La jeune fille qui délirait se tut.) Ce Musashi… Miyamoto Musashi ?

Seijūrō scrutait son visage, mais Akemi n'en dit pas plus. Ses paupières bleuies étaient closes ; elle dormait profondément.

Des aiguilles de pin sèches grattaient le shoji. Un cheval hennit. Une lumière apparut de l'autre côté de la cloison, et la voix d'une servante dit :

– Le jeune maître est ici.

Seijūrō passa en hâte dans la chambre voisine, en fermant derrière lui la porte avec soin.

– Qui est-ce ? demanda-t-il. Je suis là.

– Ueda Ryōhei, répondit-on.

En vêtements de voyage couverts de poussière, Ryōhei entra et s'assit.

Pendant qu'ils échangeaient des salutations, Seijūrō se demandait ce qui pouvait bien l'amener. Ryōhei, comme Tōji, était l'un des plus anciens élèves ; on avait besoin de lui à l'école ; aussi, jamais Seijūrō ne l'aurait-il emmené en excursion impromptue.

– Pourquoi viens-tu ? Il est arrivé quelque chose en mon absence ? demanda Seijūrō.

– Oui, et je dois vous prier de rentrer sur-le-champ.

– Que se passe-t-il ?

Tandis que Ryōhei fouillait des deux mains dans son kimono, la voix d'Akemi parvint de la chambre voisine :

– Je ne t'aime pas !... Espèce de porc !... Va-t'en !

Ces paroles, distinctement prononcées, étaient empreintes de frayeur ; n'importe qui aurait cru la jeune fille éveillée et en proie à un danger réel. Saisi, Ryōhei demanda :

– Qui est-ce ?

– Oh ! ça ? Akemi est tombée malade en arrivant ici. Elle a de la fièvre. De temps en temps, elle délire un peu.

– C'est Akemi ?

– Oui, mais ne t'inquiète pas. Je veux savoir pourquoi tu es venu.

De sa ceinture, sous le kimono, Ryōhei finit par extraire une lettre qu'il tendit à Seijūrō.

– Voici, dit-il sans autre explication, puis il rapprocha de Seijūrō la lampe laissée par la servante.

– Hum... C'est de Miyamoto Musashi.

– Oui ! dit Ryōhei avec force.

– Vous l'avez ouverte ?

– Oui. J'en ai discuté avec les autres, et nous avons conclu que cela risquait d'être important ; aussi l'avons-nous ouverte et lue.

Au lieu de voir par lui-même ce que la lettre contenait, Seijūrō demanda, un peu hésitant :

– Qu'est-ce qu'elle dit ?

Bien que nul n'eût osé aborder le sujet devant lui, Musashi était demeuré à l'arrière-plan des préoccupations de Seijūrō. Pourtant, il s'était presque persuadé que son chemin ne croiserait plus celui de cet homme. La soudaine arrivée de la lettre aussitôt après qu'Akemi eut prononcé le nom de Musashi lui donna des frissons dans le dos.

Ryōhei se mordit la lèvre avec irritation.

– Elle est arrivée enfin. Quand il est parti avec de si grandes phrases, au printemps dernier, j'étais sûr qu'il ne remettrait jamais les pieds à Kyoto mais… peut-on imaginer pareille suffisance ? Continuez, lisez ! C'est un défi, et il a l'effronterie de l'adresser à la maison de Yoshioka tout entière, en signant de son seul nom. Il se croit capable de nous affronter tous !

Musashi ne donnait aucune adresse, et la lettre n'indiquait pas où il se trouvait. Mais il n'avait pas oublié la promesse qu'il avait écrite à Seijūrō et ses disciples, et avec cette seconde lettre le sort en était jeté. Il déclarait la guerre à la maison de Yoshioka ; il faudrait se battre, et jusqu'au bout – en une de ces luttes à mort où les samouraïs défendent leur honneur et prouvent leur habileté au sabre. Musashi mettait sa vie en jeu, et défiait l'école Yoshioka d'en user de même. Le moment venu, paroles et astuces techniques ne pèseraient pas lourd dans la balance.

Que Seijūrō ne le comprît pas encore était pour lui la plus grande source de péril. Il ne voyait pas que le jour de l'expiation se trouvait tout proche, et que ce n'était pas le moment de perdre son temps en vains plaisirs.

Quand la lettre était arrivée à Kyoto, certains des disciples les plus sûrs, écœurés par la vie déréglée du jeune maître, avaient grommelé devant son absence en un moment aussi crucial. Exaspérés par l'insulte de ce rōnin isolé, ils se lamentaient sur la mort de Kempō. Après en avoir beaucoup discuté, ils étaient convenus d'informer Seijūrō de la situation, et de veiller à ce qu'il regagnât Kyoto sans délai. Or, maintenant que la lettre lui avait été remise, Seijūrō se contentait de la poser sur ses genoux sans l'ouvrir.

Avec une irritation visible, Ryōhei lui demanda :

– Vous ne croyez pas que vous devriez la lire ?

– Quoi donc ? Ah ! ça ? dit Seijūrō d'un air absent.

Il déroula la lettre, et la lut. Ses doigts se mirent à trembler malgré lui – trouble provoqué non par la force du langage et du ton de Musashi mais par son propre sentiment de faiblesse et de vulnérabilité. Les dures paroles de rejet d'Akemi avaient déjà détruit son calme et blessé son amour-propre de samouraï. Jamais il ne s'était senti aussi désemparé.

Le message de Musashi était simple et sans détour :

Vous portez-vous bien depuis ma dernière lettre ? Conformément à ma promesse antérieure, je vous écris pour vous demander où, quel jour et à quelle heure nous nous rencontrerons. Je n'ai pas de préférence particulière, et j'accepte que notre rencontre promise ait lieu à l'heure et à l'endroit que vous m'indiquerez. Je vous prie d'afficher votre réponse près du pont de l'avenue Gojō, un peu avant le septième jour de la nouvelle année.
Je suis persuadé que vous avez perfectionné votre escrime, comme d'habitude. J'ai moi-même le sentiment d'avoir fait quelques légers progrès.
Shimmen Miyamoto Musashi.

Seijūrō fourra la lettre dans son kimono, et se leva.
– Je rentre tout de suite à Kyoto, déclara-t-il.
Il disait cela moins par détermination que parce que ses émotions confuses l'empêchaient de rester un instant de plus là où il se trouvait. Il lui fallait s'en aller, tourner le dos le plus tôt possible à toute cette affreuse journée.
À grand fracas, l'aubergiste fut convoqué et prié de prendre soin d'Akemi, tâche qu'il n'accepta qu'à contrecœur malgré l'argent que Seijūrō lui glissa.
– Je me servirai de ton cheval, dit-il sommairement à Ryōhei.
Comme un bandit en fuite, il sauta en selle et s'éloigna rapidement à travers les sombres rangées d'arbres, laissant Ryōhei le suivre comme il pouvait.

« LA PERCHE DE SÉCHAGE »

– Un homme avec un singe ? Oui, il est passé par ici voilà un moment.
– Avez-vous remarqué de quel côté il allait ?
– Par là, vers le pont de Nojin. Mais il ne l'a pas traversé... Il m'a semblé qu'il entrait dans la boutique de l'armurier, là-bas.
Après un bref conciliabule, les élèves de l'école Yoshioka

s'éloignèrent en trombe, laissant leur informateur bouche bée, se demandant ce que signifiait toute cette histoire.

Bien que l'heure de la fermeture vînt de sonner pour les boutiques qui longeaient le fossé est, l'armurerie était encore ouverte. L'un des hommes entra, interrogea l'apprenti, et ressortit en criant :

– Temma ! Il est parti dans la direction de Temma !

Et les voilà qui s'élancent.

L'apprenti avait dit qu'au moment précis où il allait fermer les volets pour la nuit, un samouraï à longue mèche sur le devant avait mis à terre un singe auprès de la porte, s'était assis sur un tabouret, et avait demandé à voir le maître. Apprenant qu'il était sorti, le samouraï avait déclaré qu'il voulait faire aiguiser son épée, mais qu'elle était beaucoup trop précieuse pour la confier à quelqu'un d'autre que le maître en personne. Il avait aussi insisté pour voir des échantillons du travail de l'armurier.

L'apprenti lui avait montré bien poliment quelques lames ; mais le samouraï, après les avoir examinées, n'avait manifesté que réprobation.

– Il semble qu'ici vous ne vous occupiez que d'armes ordinaires, dit-il sans ménagement. Je ne crois pas que je doive vous confier la mienne. Elle est bien trop belle ; c'est l'œuvre d'un maître de Bizen. On la nomme « la perche de séchage ». Regardez ! C'est la perfection même.

L'apprenti, amusé par la vantardise du jeune homme, marmonna que les seuls caractères remarquables de l'épée semblaient être sa longueur et son aspect rectiligne. Le samouraï, l'air offensé, se leva brusquement et demanda la direction du bac Temma-Kyoto.

– Je ferai remettre en état mon épée à Kyoto, lança-t-il d'un ton sec. Tous les armuriers que j'ai vus à Osaka semblent ne s'occuper que de camelote destinée aux simples soldats. Excusez-moi de vous avoir dérangé.

Et il était parti, le regard de glace.

L'histoire de l'apprenti les mit dans une fureur d'autant plus noire qu'elle constituait une preuve nouvelle de ce qu'ils considéraient déjà comme la suffisance excessive du jeune homme. Il était clair à leurs yeux que le fait de couper le toupet de Gion Tōji avait rendu ce fanfaron plus effronté que jamais.

– C'est notre homme !
– Maintenant, nous le tenons.

Ils continuèrent leur poursuite, sans s'arrêter une seule fois pour se reposer, même quand le soleil commença à décliner. Près du quai de Temma, l'un d'eux s'exclama, à propos du dernier bateau de la journée :

– Nous l'avons manqué !
– Pas possible !
– Qu'est-ce qui te fait croire que nous l'avons manqué ? demanda un autre.
– Tu ne vois donc pas ? Là-bas, dit le premier en désignant l'embarcadère. Les salons de thé sont en train d'empiler leurs tabourets. Le bateau doit être déjà parti.

Durant un moment, tous restèrent médusés, découragés. Puis une enquête leur apprit que le samouraï avait bien pris le dernier bateau. On leur dit aussi que celui-ci venait de partir, et n'arriverait pas avant un certain temps au prochain arrêt, Toyosaki. Les bateaux qui remontaient le courant vers Kyoto étaient lents ; ils avaient amplement le temps de l'attraper à Toyosaki sans même se presser.

Sachant cela, ils prirent leur temps pour boire du thé, manger des gâteaux de riz et des bonbons avant de se mettre à grimper d'un pas vif la route qui longeait le fleuve. Devant eux, ce dernier ressemblait à un serpent d'argent qui s'éloignait en ondulant. Les rivières Nakatsu et Temma se réunissaient pour former le Yodo, et près de ce confluent une lumière clignotait au milieu du courant.

– C'est le bateau ! s'écria l'un des hommes.

Tous les sept s'animèrent et oublièrent bientôt le froid mordant. Dans les champs dénudés qui longeaient la route, des joncs desséchés, couverts de givre, scintillaient comme de fins sabres d'acier. Le vent était glacial.

Comme la distance qui les séparait de la lumière flottante diminuait, ils purent voir le bateau fort distinctement ; bientôt, l'un des hommes, sans réfléchir, cria :

– Hé, là-bas ! Ralentissez !
– Et pourquoi donc ? répondit-on du bateau.

Ennuyés de s'être fait remarquer, ses compagnons grondèrent l'indiscret. De toute façon, le bateau s'arrêtait au débarcadère suivant ; c'était stupidité pure que de donner l'alerte. Pourtant, maintenant que le mal était fait, chacun tomba d'accord que le mieux serait de réclamer le passager séance tenante.

– Il est seul, et si nous ne le provoquons pas tout de suite, il risque d'avoir des soupçons, de sauter par-dessus bord et de s'échapper.

S'avançant à la même allure que le bateau, ils appelèrent de nouveau ceux qui se trouvaient à bord. Une voix autoritaire, sans aucun doute celle du capitaine, leur demanda ce qu'ils voulaient.

– Amenez le bateau à la berge !

– Quoi ? Vous êtes fous ! répondit le capitaine avec un gros rire.

– Accostez ici !

– Pas question.

– Alors, nous vous attendrons au prochain arrêt. Nous avons un compte à régler avec un jeune homme que vous avez à bord. Il porte une mèche sur le devant, et il a un singe. Dites-lui que s'il a le moindre sens de l'honneur, il se montre. Et si vous le laissez échapper, nous vous traînerons à terre, jusqu'au dernier.

– Capitaine, ne leur répondez pas ! supplia un passager.

– Quoi qu'ils disent, n'en tenez aucun compte, conseilla un autre. Continuons jusqu'à Moriguchi. Là, il y a des gardes.

La plupart des passagers, recroquevillés de frayeur, s'exprimaient à voix basse. Celui qui avait parlé si cavalièrement aux samouraïs de la rive, quelques minutes plus tôt, restait coi maintenant. Pour lui comme pour les autres, le salut consistait à maintenir le bateau à distance de la berge.

Les sept hommes, manches retroussées, main au sabre, talonnaient le bateau. À un certain moment, ils s'arrêtèrent et tendirent l'oreille : apparemment, ils attendaient une réponse à leur défi mais elle ne vint pas.

– Vous êtes sourd ? cria l'un d'eux. Nous vous avons demandé de dire à ce jeune vantard de venir au bastingage !

– C'est de moi que vous parlez ? tonna une voix sur le bateau.

– Il est bien là, et effronté comme jamais !

Tandis que les hommes, l'index tendu, scrutaient le bateau, les passagers devenaient frénétiques. Ils avaient l'impression que les hommes de la rive risquaient à tout instant de sauter sur le pont.

Le jeune homme à la longue épée se tenait campé solidement sur le plat-bord, ses dents luisant comme perles dans le clair de lune.

– Il n'y a personne d'autre à bord avec un singe ; aussi, je suppose que c'est moi que vous cherchez. Qui êtes-vous ? Des maraudeurs aux abois ? Une troupe d'acteurs affamés ?

– Tu ne sais pas encore à qui tu parles, l'homme au singe ? Surveille ta langue, quand tu t'adresses à des hommes de la maison de Yoshioka !

À mesure que s'intensifiait ce concours de vociférations, le bateau s'approchait de la digue de Kema qui possédait à la fois des bittes d'amarrage et un hangar. Les sept coururent investir le débarcadère, mais à peine l'eurent-ils atteint que le bateau s'arrêta au milieu du fleuve et se mit à tourner en cercles.

Les hommes de Yoshioka pâlirent.

– Que faites-vous là ?

– Vous ne pourrez pas rester là-bas éternellement !

– Venez ici, ou nous irons vous chercher là-bas !

Les menaces continuèrent, aussi violentes, jusqu'à ce que la proue du bateau prît la direction de la berge. Une voix rugit à travers l'air froid :

– Silence, imbéciles ! Nous accostons ! Apprêtez-vous plutôt à vous défendre.

Malgré les supplications des autres passagers, le jeune homme avait empoigné la gaffe du batelier, et amenait le bac au rivage. Aussitôt, les sept samouraïs se rassemblèrent autour de l'endroit où la proue allait toucher terre, et regardèrent la silhouette qui conduisait le bateau à la perche grandir en se rapprochant d'eux. Mais soudain le bateau accéléra, et l'homme fondit sur eux avant qu'ils ne s'en fussent rendu compte. Tandis que la coque raclait le fond, ils reculèrent; quelque chose de sombre et de rond vola à travers les roseaux et enserra le cou de l'un des hommes. Avant de se rendre compte que ce n'était que le singe, tous avaient instinctivement tiré leur sabre et frappé dans le vide autour d'eux. Pour masquer leur embarras, ils se criaient l'un à l'autre des ordres impatientés.

Dans l'espoir de rester en dehors de la mêlée, les passagers se recroquevillaient dans un coin du bateau. L'agitation des sept hommes de la rive était encourageante, bien qu'un peu énigmatique, mais nul encore n'osait ouvrir la bouche. Puis, d'une seconde à l'autre, toutes les têtes se tournèrent, le souffle coupé, tandis que le pilote improvisé du bateau plantait sa perche dans le lit du fleuve et sautait, plus légèrement que le singe, par-dessus les joncs de la berge.

Cela provoqua un désordre encore plus grand; sans prendre le temps de se regrouper, les hommes de Yoshioka se précipitèrent à la queue leu leu vers leur ennemi. Résultat : ce dernier n'aurait pu être en meilleure position pour se défendre.

Le premier homme s'était déjà trop avancé pour faire demi-tour, quand il se rendit compte de la stupidité de son mouvement. En cet instant, il oublia tout ce qu'il avait jamais pu apprendre des arts martiaux. Il ne fut capable que de grimacer en agitant son sabre devant lui au petit bonheur.

Le beau jeune homme, conscient de son avantage psychologique, semblait croître en stature. Il tenait la main droite derrière lui, sur la poignée de son épée.

– Alors, vous êtes de l'école Yoshioka ? Parfait. J'ai l'impression que nous sommes déjà de vieilles connaissances. L'un des vôtres a eu l'amabilité de me laisser lui enlever son toupet. Apparemment, ça ne vous a pas suffi. Êtes-vous tous venus vous faire couper les cheveux ? Si oui, je suis certain de pouvoir vous donner satisfaction. De toute façon, je vais bientôt faire affûter cette lame ; il ne me gêne donc pas d'en faire bon usage.

À la fin de cette proclamation, « la perche de séchage » fendit d'abord l'air, puis le corps convulsé du plus proche escrimeur.

La vue de leur camarade si facilement tué paralysa l'esprit des autres; chacun recula tour à tour en heurtant le suivant comme autant de boules de billard. Profitant de leur désorganisation manifeste, l'assaillant, d'un revers de son épée, porta un coup si violent au deuxième qu'il l'envoya rouler dans les joncs en poussant des cris aigus.

Le jeune homme considérait de ses yeux étincelants les cinq restants, qui s'étaient entre-temps disposés autour de lui comme les pétales d'une fleur. S'assurant l'un l'autre de l'infaillibilité de leur tactique présente, ils reprirent assez de confiance en eux-mêmes pour se gausser à nouveau du jeune homme. Mais, cette fois, leurs paroles tremblantes sonnaient faux.

Enfin, poussant un violent cri de guerre, l'un des hommes bondit en avant et frappa. Il était sûr d'avoir touché. En fait, la pointe de son sabre manqua sa cible de soixante bons centimètres, et termina sa courbe en heurtant une pierre dans un grand bruit de ferraille. L'homme tomba en avant, ce qui l'exposa complètement.

Au lieu de tuer une proie aussi facile, le jeune homme fit un bond de côté, et s'attaqua au suivant. Les trois autres n'attendirent pas la fin de son cri d'agonie pour s'enfuir à toutes jambes.

Le jeune homme, l'air terrible, tenait son épée à deux mains.

– Lâches! vociférait-il. Revenez vous battre! C'est donc là le fameux style Yoshioka dont vous êtes si fiers? Provoquer quelqu'un, et puis prendre la fuite? Peu étonnant que la maison de Yoshioka soit devenue un objet de risée.

Pour n'importe quel samouraï digne de ce nom, de telles insultes étaient pires que des crachats; pourtant, les ex-poursuivants du jeune homme étaient bien trop occupés à courir pour s'en inquiéter.

En cet instant, près de la digue, on entendit les grelots d'un cheval. Le fleuve et les champs gelés reflétaient assez de clarté pour que le jeune homme aperçût une silhouette à cheval, et une autre qui la suivait en courant. Le souffle avait beau geler en jaillissant de leurs narines, si grande était leur hâte qu'ils paraissaient oublieux du froid. Les trois samouraïs en fuite faillirent se heurter au cheval, que son cavalier arrêta brutalement.

Reconnaissant les trois hommes, Seijūrō les foudroya du regard.

– Qu'est-ce que vous fabriquez ici ? aboya-t-il. Où courez-vous comme ça ?

– C'est… c'est le jeune maître ! bégaya l'un d'eux.

Ueda Ryōhei, apparaissant derrière le cheval, leur tomba dessus :

– Qu'est-ce que cela veut dire ? Vous êtes censés escorter le jeune maître, bande de fous ! Je suppose que vous étiez trop occupés à vider encore une querelle d'ivrognes.

Les trois hommes, consternés mais vertueusement indignés, débitèrent leur histoire : comment, loin de vider une querelle d'ivrognes, ils avaient défendu l'honneur de l'école Yoshioka et de son maître, et comment il leur était arrivé malheur, aux prises avec un jeune, mais démoniaque samouraï.

– Regardez ! s'écria l'un d'eux. Le voilà qui arrive.

Des yeux terrifiés regardèrent approcher l'ennemi.

– Paix ! ordonna Ryōhei, écœuré. Vous parlez trop. Vous êtes bien qualifiés pour défendre l'honneur de l'école ! Nous n'arriverons jamais à faire oublier vos exploits. Écartez-vous ! Je vais me charger de lui moi-même.

Il prit une attitude de défi, et attendit.

Le jeune homme s'élançait vers eux.

– Debout, et battez-vous ! criait-il. La fuite est-elle la version Yoshioka de l'art de la guerre ? Personnellement je ne veux pas vous tuer mais ma « perche de séchage » a encore soif. Vous ne pouvez moins faire, lâches que vous êtes, que d'y laisser votre tête.

Il courait le long de la digue à pas de géant, plein de confiance ; on eût dit qu'il allait bondir droit par-dessus la tête de Ryōhei, lequel cracha dans ses mains et réempoigna son sabre, la mine résolue.

À l'instant où le jeune homme passait en trombe à côté de lui, Ryōhei poussa un cri perçant, leva son sabre au-dessus du manteau doré de l'adversaire, l'abattit furieusement, et rata son coup.

Faisant halte aussitôt, le jeune homme se retourna et s'exclama :
– Quoi ? Encore un ?
Tandis que Ryōhei, emporté par son élan, trébuchait en avant, le jeune homme lui décocha un coup terrible. De sa vie, Ryōhei n'avait vu coup aussi violent, et, bien qu'il réussît à l'éviter de justesse, il plongea la tête la première dans la rizière située en contrebas. Heureusement pour lui, la digue était assez basse et la rizière gelée ; mais en tombant, il perdit à la fois son arme et sa confiance en lui.

Quand il eut réussi à regrimper sur la digue, le jeune homme, se mouvant avec la force et la vitesse d'un tigre enragé, dispersait les trois disciples d'un éclair de son épée, et se dirigeait vers Seijūrō.

Jusque-là, celui-ci n'avait pas éprouvé la moindre peur. Il avait cru que tout serait fini avant que lui-même ne s'en mêlât. Mais voici que le péril s'élançait droit sur lui, sous la forme d'une épée meurtrière.

Mû par une inspiration soudaine, Seijūrō cria :
– Ganryū ! Attendez !

Il dégagea un pied de son étrier, le posa sur la selle et se mit debout. Tandis que le cheval bondissait en avant par-dessus la tête du jeune homme, Seijūrō volait en arrière et atterrissait sur ses pieds, à environ trois pas de distance.

– Quel exploit ! s'exclama le jeune homme avec une authentique admiration tout en marchant sur Seijūrō. Même si vous êtes mon ennemi, c'était véritablement superbe ! Vous devez être Seijūrō lui-même. En garde !

La lame de la longue épée devint l'incarnation de l'esprit combatif du jeune homme. Menaçante, elle se rapprochait de plus en plus de Seijūrō ; mais ce dernier, en dépit de tous ses défauts, était fils de Kempō, et capable d'affronter sereinement le danger. S'adressant au jeune homme avec assurance, il déclara :

– Vous êtes Sasaki Kojirō, d'Iwakuni. Je le devine. Il est vrai, comme vous le supposez, que je suis Yoshioka Seijūrō. Pourtant, je n'ai aucun désir de vous combattre. Si c'est indispensable, nous pourrons en découdre à un autre moment. Pour l'instant, j'aimerais seulement savoir ce qui s'est passé au juste. Lâchez votre épée.

Quand Seijūrō l'avait nommé Ganryū, le jeune homme avait paru ne pas entendre ; maintenant, être appelé Sasaki Kojirō le saisit.

– Comment saviez-vous qui je suis ? demanda-t-il.

Seijūrō se frappa la cuisse.

– Je m'en doutais ! Simple hypothèse, mais je suis tombé juste ! (Alors, il s'avança et dit :) Quel plaisir de vous rencontrer ! J'ai beaucoup entendu parler de vous.

– Par qui ? demanda Kojirō.

– Par votre supérieur, Itō Yagorō.

– Oh ! vous êtes un ami à lui ?

– Oui. Jusqu'à l'automne dernier, il avait un ermitage sur la colline de Kagura, à Shirakawa, où j'ai souvent été le voir. Il est aussi venu chez moi nombre de fois.

Kojirō sourit.

– Eh bien, alors, ce n'est pas tout à fait comme si nous nous rencontrions pour la première fois, vous ne trouvez pas ?

– Non. Ittōsai parlait de vous assez souvent. Il disait qu'il y avait un homme d'Iwakuni, nommé Sasaki, qui avait appris le style de Toda Seigen, puis étudié auprès de Kanemaki Jisai. Il me disait que ce Sasaki était le plus jeune élève de Jisai, mais qu'il serait un jour le seul escrimeur capable d'affronter Ittōsai.

– Je ne vois toujours pas comment vous m'avez reconnu aussi vite.

– Eh bien, vous êtes jeune, et vous correspondez à la description. Vous voir manier cette longue épée m'a rappelé que l'on vous nomme aussi Ganryū : « le saule au bord de la rivière ». Quelque chose me disait que ce devait être vous, et j'avais raison.

– Stupéfiant. Vraiment stupéfiant.

Tandis qu'il riait de ravissement, les yeux de Kojirō tombèrent sur son épée ensanglantée, qui lui rappela qu'il y avait eu combat, et lui fit se demander comment ils arrangeraient tout cela. Mais il se trouva que lui et Seijūrō s'entendirent si bien qu'ils en arrivèrent bientôt à un accord, et qu'au bout de quelques minutes ils longeaient la digue épaule contre épaule, comme de vieux amis. Derrière eux venaient Ryōhei et les trois disciples découragés. Le petit groupe se dirigea vers Kyoto. Kojirō disait :

– Dès le début, je n'ai rien compris à la raison de ce combat. Je n'avais rien contre eux.

Seijūrō songeait à la conduite récente de Gion Tōji.

– Tōji m'exaspère, disait-il. En rentrant, je lui demanderai des explications. Je vous en prie, ne croyez pas que je vous en veuille le moins du monde. Simplement, je suis mortifié de constater que les hommes de mon école ne sont pas mieux disciplinés.

– Eh bien, vous pouvez voir quel type d'homme je suis, répondit Kojirō. Je parle à tort et à travers, et suis toujours prêt à me battre contre n'importe qui. Vos disciples n'étaient pas les seuls responsables. En réalité, je crois que vous devriez leur reconnaître un certain mérite d'avoir essayé de défendre la bonne réputation de votre école. Dommage qu'ils ne se battent pas mieux, mais du moins ont-ils essayé. Je suis un peu ennuyé pour eux.

– C'est ma faute, dit simplement Seijūrō, avec une expression de chagrin sincère.

– Oublions toute l'affaire.

– Rien ne pourrait me faire plus plaisir.

La vue des deux hommes en train de se réconcilier soulagea les autres. Qui aurait cru que ce beau garçon grandi trop vite était le grand Sasaki Kojirō dont Ittōsai avait chanté les louanges ? (« Le prodige d'Iwakuni » : tels étaient ses propres termes.) Peu étonnant que Tōji, dans son ignorance, eût eu la tentation de le taquiner un peu. Et peu étonnant qu'au bout du compte il se fût couvert de ridicule.

Ryōhei et les trois autres frissonnaient en songeant qu'ils avaient failli être fauchés par « la perche de séchage ». Maintenant que leurs yeux s'étaient ouverts, la vue des larges épaules et du dos robuste de Kojirō leur faisait se demander comment ils avaient pu avoir la stupidité de le sous-estimer d'abord.

Au bout d'un moment, ils furent de retour au débarcadère. Les corps étaient déjà gelés, et les trois hommes furent chargés de les enterrer tandis que Ryōhei allait chercher son cheval. Kojirō siffla son singe, lequel apparut soudain comme par enchantement et sauta sur l'épaule de son maître.

Seijūrō non seulement pressa Kojirō de l'accompagner à l'école de l'avenue Shijo pour y passer quelque temps, mais lui offrit son cheval. Kojirō refusa.

– Ce ne serait pas convenable, déclara-t-il avec une déférence inhabituelle. Je ne suis qu'un jeune rōnin, et vous êtes le maître d'une grande école, le fils d'un homme distingué, le chef de centaines de disciples. (Saisissant la bride, il reprit :) Je vous en prie, montez, vous. Je tiendrai la bride. C'est plus facile de marcher de cette façon. Si je puis vraiment vous accompagner, j'accepterai votre offre avec plaisir, et séjournerai quelque temps chez vous à Kyoto.

Seijūro, avec une égale cordialité, répondit :
– Eh bien, dans ce cas, je monte pour le moment ; quand vous serez fatigué, nous permuterons.

Seijūrō, avec la perspective assurée de devoir combattre Miyamoto Musashi au début de la nouvelle année, réfléchissait que ce n'était pas une mauvaise idée d'avoir auprès de soi un homme d'épée tel que Sasaki Kojirō.

LE MONT DE L'AIGLE

Dans les années 1550 et 1560, les plus célèbres maîtres du sabre, à l'est du Japon, étaient Tsukahara Bokuden et le seigneur Kōizumi d'Ise, lesquels avaient comme rivaux, au centre de Honshu, Yoshioka Kempō, de Kyoto, et Yagyū Muneyoshi, de Yamato. En outre, il y avait le seigneur Kitabatake Tomonori, de Kuwana, maître des arts martiaux et gouverneur éminent. Longtemps après sa mort, les habitants de Kuwana parlaient de lui avec affection car il symbolisait à leurs yeux le sage gouvernement et la prospérité.

Alors que Kitabatake étudiait auprès de Bokuden, ce dernier lui transmit son Escrime suprême : la plus secrète de ses méthodes secrètes. Le fils de Bokuden, Tsukahara Hikoshirō, hérita le nom et les biens de son père, mais non point son trésor secret. Voilà pourquoi le style de Bokuden se répandit non pas dans l'Est, où Hikoshiro exerçait ses activités, mais dans la région de Kuwana, gouvernée par Kitabatake.

La légende veut qu'après la mort de Bokuden, Hikoshirō soit venu à Kuwana tâcher d'obtenir par la ruse, de Kitabatake, qu'il lui révélât la méthode secrète. « Mon père, passe-t-il pour avoir prétendu, me l'a enseignée il y a longtemps, et l'on me dit qu'il a fait de même avec vous. Mais, depuis quelque temps, je me demande s'il nous a enseigné en réalité la même chose. Étant donné que nous nous intéressons tous deux aux secrets ultimes de la Voie, je crois que nous devrions comparer ce que nous avons appris, n'est-ce pas ? »

Kitabatake se rendit compte aussitôt des mauvaises intentions de l'héritier de Bokuden ; pourtant, il accepta vite de faire une démonstration ; mais Hikoshirō n'eut alors connaissance que de la forme extérieure de l'Escrime suprême, et non de son plus profond secret. Résultat : Kitabatake resta l'unique maître du style Bokuden, et pour l'apprendre les élèves devaient se rendre à Kuwana. Dans l'Est, Hikoshiro transmit comme authentique ce qui n'était que l'apparence du talent de son père : sa forme sans son cœur.

Du moins, telle était la légende que l'on racontait à tous les voyageurs qui mettaient les pieds dans la région de Kuwana. Pour une histoire de ce genre elle n'était pas faussée : basée sur la réalité, elle était à la fois plus plausible et moins insignifiante que la plupart des innombrables contes folkloriques racontés par les gens pour affirmer le caractère unique de leurs villes et provinces bien-aimées.

Musashi, en descendant le mont Tarusaka après avoir quitté la ville-château de Kuwana, apprit cette histoire de son palefrenier. Il acquiesça de la tête et répondit avec politesse :

– Vraiment ? Comme c'est intéressant !

L'on se trouvait au milieu du dernier mois de l'année ; bien que le climat d'Ise soit relativement doux, il montait de l'anse de Naki vers le col un vent mordant.

Musashi ne portait qu'un mince kimono, un sous-vêtement de coton et un manteau sans manches, vêtement trop léger à tous égards, et de surcroît fort sale. Son visage n'était pas bronzé mais noirci par le soleil. Sur cette tête battue par les intempéries, son chapeau de vannerie usé, effrangé, paraissait absurdement superflu. L'eût-il jeté le long de la route, nul ne se fût donné la peine de le ramasser. Ses cheveux, qu'il n'avait pas lavés depuis des jours et des jours, bien que liés en arrière n'en étaient pas moins embroussaillés. Ce qu'il avait fait depuis six mois donnait à sa peau l'aspect d'un cuir bien tanné. Ses yeux brillaient, d'un blanc de perle, dans leur monture de charbon.

Le palefrenier, dès l'instant où il avait pris ce cavalier mal tenu, s'était fait du souci. Il doutait de recevoir jamais son salaire, et était sûr de ne pas toucher le prix de son retour de leur destination au cœur des montagnes.

– Monsieur... fit-il avec une certaine timidité.

– Hein ?

– Nous arriverons à Yokkaichi un peu avant midi, et à Kameyama le soir, mais nous n'atteindrons pas le village d'Ujii avant le milieu de la nuit.

– Mmm...

– C'est bien ça ?

– Mmm...

Musashi s'intéressait plus au panorama qu'à la conversation, et le palefrenier, malgré tous ses efforts, ne pouvait tirer de lui d'autre réponse qu'un signe de tête affirmatif et un « Mmm » évasif. Il fit un nouvel essai :

– Ujii n'est qu'un petit hameau situé à une douzaine de kilomètres de la crête du mont Suzuka, dans les montagnes. Comment se fait-il que vous alliez dans un pareil endroit ?

– Je vais voir quelqu'un.

– Seulement quelques fermiers et quelques bûcherons vivent là-bas.

– À Kuwana, j'ai appris qu'il y avait un homme très adroit à la masse d'armes.

– Je suppose qu'il devait s'agir de Shishido.

– Voilà. Il s'appelle Shishido quelque chose.

– Shishido Baiken.

– Oui.

– Il est forgeron ; fabrique des faux. Je me rappelle avoir entendu dire qu'il est très habile à cette arme. Vous étudiez les arts martiaux ?

– Mmm...

– Eh bien, dans ce cas, au lieu d'aller voir Baiken, je vous conseillerais d'aller à Matsusata. Certaines des plus fines lames de la province d'Ise sont là.

– Qui, par exemple ?

– Eh bien, d'abord, il y a Mikogami Tenzen.

Musashi approuva du chef.

– Oui, j'ai entendu parler de lui.

Il n'en dit pas davantage, donnant l'impression que les exploits de Mikogami n'avaient aucun secret pour lui.

Quand ils atteignirent la petite ville de Yokkaichi, il boita péniblement jusqu'à une stalle d'écurie, commanda un déjeuner froid, et s'assit pour le manger. L'un de ses pieds se trouvait bandé autour du cou-de-pied, à cause d'une blessure infectée à la plante, ce qui expliquait pourquoi il avait choisi de louer un cheval au lieu de marcher. Malgré son habitude de prendre bien soin de son corps, quelques jours plus tôt, dans la ville portuaire pleine de monde de Narumi il avait marché sur une planche où se trouvait un clou. Son pied rouge et enflé ressemblait à un kaki au vinaigre, et, depuis la veille, Musashi avait la fièvre.

Selon ses critères, il s'était battu contre un clou, et le clou avait gagné. En tant qu'étudiant des arts martiaux, il se sentait humilié de s'être laissé prendre par surprise. « N'y a-t-il aucun moyen de résister à un ennemi de ce genre ? se demanda-t-il à plusieurs reprises. La pointe du clou, dirigée vers le haut, était clairement visible. J'ai marché dessus parce que je dormais à moitié... non, j'étais aveugle parce que mon esprit n'est pas encore actif à travers tout mon corps. Pis : j'ai laissé le clou pénétrer profond, preuve de la lenteur de mes réflexes. Si je m'étais maîtrisé parfaitement, j'aurais remarqué le clou dès que l'aurait touché la semelle de ma sandale. »

Ce qui n'allait pas, conclut-il, c'était son immaturité. Son corps et son sabre ne formaient pas encore une unité ; ses bras avaient beau devenir de jour en jour plus robustes, son esprit et le reste de son corps n'étaient pas en harmonie. Avec sa tournure d'esprit portée à l'autocritique, cela lui faisait l'effet d'une difformité paralysante.

Pourtant, il ne croyait pas avoir entièrement perdu son temps au cours des six derniers mois. Après sa fuite de Yagyū, il était d'abord allé à Iga puis il avait grimpé la grand-route d'Ōmi, puis traversé les provinces de Mino et d'Owari. Dans chaque ville, dans chaque ravin de montagne, il avait cherché à maîtriser la véritable Voie du sabre. Parfois, il avait eu l'impression de la frôler mais son secret demeurait insaisissable ; il ne se trouvait caché ni dans les villes ni dans les ravins.

Musashi ne pouvait se rappeler combien de guerriers il avait combattus ; il y en avait eu des douzaines, tous des hommes d'épée éminents, bien entraînés. Il était facile de trouver des hommes d'épée compétents. Le plus difficile à trouver était un homme véritable. Alors que le monde était plein de gens, beaucoup trop plein, trouver un être humain authentique ne se révélait pas commode. Dans ses voyages, Musashi en était venu à croire cela très profondément, jusqu'à la souffrance, et cela le décourageait. Mais alors, son esprit se tournait toujours vers Takuan, car là, sans aucun doute, se trouvait un être authentique, unique.

« Je suppose que j'ai de la chance, pensait Musashi. Du moins ai-je eu la bonne fortune de connaître un homme véritable. Je dois veiller à ce que cette rencontre porte fruit. »

Chaque fois que Musashi pensait à Takuan, une certaine douleur physique se répandait à partir de ses poignets dans son corps entier. Sensation bizarre, souvenir physiologique de l'époque où on l'avait lié solidement à la branche du cryptomeria. « Un peu de patience ! se dit Musashi. Un de ces jours, je ligoterai Takuan à cet arbre, m'assiérai par terre et lui prêcherai la véritable Voie ! » Non qu'il en voulût à Takuan, ni eût aucun désir de vengeance. Simplement, il désirait montrer que l'état d'existence auquel on pouvait atteindre par la Voie du sabre était plus élevé qu'aucun de ceux que l'on pouvait atteindre en pratiquant le Zen. Musashi souriait à l'idée qu'il pourrait un jour renverser les rôles avec ce moine excentrique.

Certes, les choses ne se passeraient peut-être pas exactement comme prévu ; mais à supposer que Musashi réalisât de grands progrès, à supposer qu'il finît par être en mesure de ligoter Takuan dans l'arbre et de le chapitrer, que pourrait dire Takuan, alors ? À coup sûr, il pousserait des cris de joie et proclamerait : « C'est magnifique ! Maintenant, je suis heureux. »

Mais non, jamais Takuan ne serait aussi direct. Il éclaterait plutôt de rire en disant : « Quel idiot ! Tu fais des progrès, mais tu es toujours un idiot ! »

Les mots proprement dits n'auraient pas de véritable importance. L'essentiel était que Musashi avait le curieux sentiment que le fait d'assener à Takuan sa supériorité personnelle était quelque chose qu'il devait au moine. Fantasme assez innocent ; Musashi s'était engagé sur une Voie personnelle, et découvrait jour après jour l'infinie longueur et difficulté du chemin qui mène à la véritable humanité. Quand le côté pratique de sa nature lui rappelait à quel point Takuan était plus avancé que lui sur ce chemin, le fantasme se dissipait.

Son immaturité, son inaptitude en comparaison de Sekishūsai le troublaient davantage encore. Penser au vieux maître de Yagyū le mettait en fureur et l'attristait : il prenait alors une conscience aiguë de sa propre incompétence à parler avec la moindre assurance de la Voie, de l'art de la guerre ou de quoi que ce soit d'autre.

En des moments pareils, le monde, qu'autrefois il avait cru si plein de gens stupides, semblait vaste à faire peur. Mais la vie, se disait Musashi, n'est pas une question de logique. Le sabre n'est pas logique. L'important n'était ni la parole ni la spéculation, mais l'action. Peut-être y avait-il en cet instant précis des gens bien plus grands que lui, mais lui aussi pouvait être grand !

Quand le doute de soi menaçait de l'accabler, Musashi avait coutume d'aller droit aux montagnes, dans la solitude desquelles il pouvait mener la vie qu'il voulait. Son mode d'existence là-haut était visible dans son aspect lorsqu'il redescendait vers le monde civilisé : ses joues creuses de cerf, son corps couvert d'égratignures et de meurtrissures, ses cheveux desséchés et raidis par les longues heures passées sous une chute d'eau glacée. Il était si sale d'avoir dormi par terre que la blancheur de ses dents paraissait inhumaine ; mais il ne s'agissait là que d'aspects superficiels. Au fond de lui-même, il brûlait d'une assurance confinant à l'arrogance, et du désir d'affronter un adversaire digne de lui. C'était cette recherche d'une épreuve de courage qui toujours le faisait redescendre des montagnes.

Si maintenant il courait les routes, c'est qu'il se demandait si le spécialiste de la masse d'armes de Kuwana ferait l'affaire. Au cours des dix jours qui restaient avant son rendez-vous à Kyoto, il avait le temps d'aller constater si Shishido Baiken était bien cet oiseau rare : un homme véritable, ou seulement un de plus parmi la multitude des vers mangeurs de riz qui habitent la terre.

Il arriva tard dans la nuit à destination, au cœur des montagnes. Après avoir remercié le palefrenier, il lui déclara qu'il pouvait disposer ; mais celui-ci répondit qu'il était si tard qu'il aimerait mieux accompagner Musashi à la maison qu'il cherchait, et passer la nuit sous l'auvent. Le lendemain matin, il pourrait redescendre du col de Suzuka, et, avec un peu de chance, trouver en chemin une course de retour. De toute manière, il faisait trop froid et trop sombre pour essayer de rentrer avant le jour.

Musashi avait pitié de lui. Ils se trouvaient dans une vallée encaissée sur trois côtés ; dans quelque direction qu'allât le palefrenier, il lui faudrait grimper avec de la neige jusqu'aux genoux.

– Dans ce cas, dit Musashi, venez avec moi.
– Chez Shishido Baiken ?
– Oui.
– Merci, monsieur. Voyons si nous pouvons le trouver.

Étant donné que Baiken tenait une forge, n'importe quel fermier de l'endroit aurait pu leur indiquer le chemin ; mais à cette heure de la nuit, tout le village était couché. Le seul signe de vie était le choc régulier d'un maillet contre un billot à fouler. Ils se dirigèrent vers le son dans l'air glacé, et finirent par apercevoir une lumière.

Il se trouva que c'était la maison du forgeron. Dans la cour, s'élevait un tas de vieux métal, et le dessous des auvents était maculé de suie. Sur l'ordre de Musashi, le palefrenier poussa la porte et entra. Dans la forge brûlait un feu ; une femme, tournant le dos aux flammes, foulait du linge.

— Bonsoir, madame ! Ah ! vous avez du feu. Quelle merveille !

Le palefrenier alla droit à la forge.

Cette intrusion soudaine fit sursauter la femme, qui lâcha son ouvrage.

— Qui diable êtes-vous ? demanda-t-elle.

— Un petit instant, je vais vous expliquer, dit-il en se réchauffant les mains. J'amène de très loin un homme qui veut rencontrer votre mari. Nous venons d'arriver. Je suis un palefrenier de Kuwana.

— Eh bien, si je m'attendais... (La femme regardait d'un air revêche dans la direction de Musashi. Son froncement de sourcils montrait à l'évidence qu'elle en avait par-dessus la tête des *shugyōshas*, et qu'elle savait les recevoir. Avec une certaine arrogance, elle lui dit comme à un enfant :) Fermez donc la porte ! Le bébé va prendre froid avec tout cet air glacé qui entre.

Musashi s'inclina et obéit. Puis, s'asseyant sur un tronçon d'arbre à côté de la forge, il regarda autour de lui, de la fonderie noircie aux trois pièces d'habitation. À une planche clouée au mur pendaient une dizaine de masses d'armes. Du moins le crut-il, car, à vrai dire, il n'en avait jamais vu. En fait, une raison supplémentaire l'avait poussé à faire le voyage : il estimait qu'un étudiant comme lui devait connaître toutes les variétés d'armes. Ses yeux brillaient de curiosité.

La femme, âgée d'une trentaine d'années, assez jolie, posa son maillet et regagna la partie logement. Musashi se dit que peut-être elle apporterait du thé ; mais à la place elle alla à une natte où dormait un petit enfant, le prit dans ses bras et se mit à l'allaiter. Elle dit à Musashi :

— Je suppose que vous êtes encore un de ces jeunes samouraïs qui viennent ici se faire mettre en sang par mon mari. Si oui, vous avez de la chance. Il est parti en voyage ; aussi, vous ne risquez pas de vous faire tuer.

Elle riait joyeusement. Musashi ne rit pas avec elle ; il était fort agacé. Il n'était pas venu jusqu'à ce village perdu pour se faire tourner en dérision par une femme, laquelle avait tendance à surestimer de manière absurde l'importance de son mari. Cette femme était pire que la plupart ; elle avait l'air de prendre son conjoint pour le plus grand homme de la terre. Sans vouloir l'offenser, Musashi lui répondit :

– Je suis déçu d'apprendre que votre mari n'est pas là. Où est-il allé ?

– À la maison Arakida.

– Où est-ce ?

– Ha ! ha ! ha ! Vous êtes venu à Ise, et vous ne connaissez même pas la famille Arakida ?

Le bébé qu'elle allaitait commençant à s'agiter, la femme, oubliant ses hôtes, se mit à chanter une berceuse en dialecte local :

> Dors, dors.
> Les bébés qui dorment sont gentils.
> Les bébés qui se réveillent et pleurent sont
> [méchants,
> Et ils font aussi pleurer leur mère.

Dans l'idée qu'il pourrait au moins apprendre quelque chose en regardant les armes du forgeron, Musashi demanda :

– Ce sont là les armes que votre mari manie si bien ?

La femme répondit par un grognement ; Musashi ayant demandé à les examiner, elle acquiesça de la tête et grogna de nouveau. Il en décrocha une.

– Voilà donc à quoi elles ressemblent, dit-il à demi pour lui-même. On les emploie beaucoup ces temps-ci, à ce que l'on raconte.

L'arme qu'il avait en main était formée d'une barre métallique, longue d'environ quarante-cinq centimètres (facile à porter à l'obi) ; à une extrémité, la barre comportait un anneau auquel une longue chaîne se trouvait fixée ; à l'autre bout de la chaîne pendait une lourde boucle de métal, assez importante pour fendre un crâne humain.

D'un côté de la barre, dans une profonde rainure, Musashi apercevait le dos d'une lame. Avec ses ongles, il tira dessus ; elle sortit latéralement avec un déclic, comme une lame de faucille. Avec cela, il serait facile de couper la tête d'un adversaire.

– Je suppose qu'on la tient comme ça, dit Musashi en prenant la faucille dans la main gauche et la chaîne dans la droite.

Imaginant un ennemi en face de lui, il se mit en position et envisagea les mouvements nécessaires. La femme, qui avait détourné les yeux du berceau pour le regarder faire, le reprit :

– Pas comme ça ! C'est très mauvais ! (Recouvrant son sein avec son kimono, elle se rapprocha de lui.) Si vous faites ça, n'importe quel homme tenant un sabre pourra vous abattre sans la moindre difficulté. Prenez-la comme ça.

Elle lui arracha l'arme des mains et lui montra comment se tenir. Ça le rendait mal à l'aise de voir une femme prendre une posture de combat avec une arme aussi redoutable. Il regardait bouche bée. Alors qu'elle s'occupait du bébé, elle lui avait paru nettement bovine ; mais maintenant, prête au combat, elle était pleine d'élégance, pleine de dignité, et – oui – belle. En la regardant, Musashi constata que la lame, d'un bleu noirâtre comme un dos de maquereau, comportait l'inscription : « Style de Shishido Yaegaki ».

Elle ne garda qu'un moment la posture.

– En tout cas, c'est quelque chose comme ça, dit-elle en repliant la lame dans le manche et en rependant l'arme à son crochet.

Musashi eût aimé la voir manier de nouveau l'instrument, mais de toute évidence, elle n'en avait pas l'intention. Après avoir rangé le linge, elle s'affaira près de l'évier ; elle lavait la vaisselle ou s'apprêtait à cuisiner.

« Si cette femme est capable de prendre une posture aussi imposante, se dit Musashi, il doit être vraiment intéressant de voir son mari à l'œuvre. » Maintenant, presque malade du désir de rencontrer Baiken, il interrogea à mi-voix le palefrenier sur les Arakidas. Le palefrenier, appuyé contre le mur et cuisant au feu, marmonna que c'était la famille chargée de garder le sanctuaire d'Ise.

« Si c'est vrai, se dit Musashi, ils ne seront pas difficiles à trouver. » Il en prit la décision puis se pelotonna sur une natte, près du feu, et s'endormit.

Le matin de bonne heure, l'apprenti forgeron se leva et ouvrit la porte extérieure de la forge. Musashi se leva lui aussi, et pria le palefrenier de le conduire à Yamada, la ville la plus proche du sanctuaire d'Ise. Le palefrenier, content d'avoir été payé la veille, accepta aussitôt.

Le soir, ils atteignirent la longue route bordée d'arbres qui menait au sanctuaire. Les maisons de thé paraissaient particulièrement désolées, même pour l'hiver. Rares étaient les voyageurs, et la route elle-même se trouvait en mauvais état. Un certain nombre d'arbres, abattus par les tempêtes automnales, gisaient encore à l'endroit où ils étaient tombés.

De l'auberge de Yamada, Musashi envoya un serviteur demander à la maison Arakida si Shishido Baiken s'y trouvait. Réponse : il devait y avoir une erreur ; il n'y avait là personne de ce nom. Dans sa déception, Musashi tourna son attention vers son pied blessé, lequel avait considérablement enflé au cours de la nuit.

Il était exaspéré car il ne restait que quelques jours avant son rendez-vous de Kyoto. Dans la lettre de défi qu'il avait envoyée de Nagoya à l'école Yoshioka, il leur avait donné à choisir n'importe quel jour de la première semaine du nouvel an. Il lui était assez difficile de les supplier d'annuler maintenant sous prétexte qu'il avait mal au pied. D'autre part, il avait promis de rencontrer Matahachi au pont de l'avenue Gojō.

Il passa toute la journée du lendemain à appliquer un remède qu'on lui avait indiqué autrefois. Prenant le résidu d'une purée de fèves, il le mit dans un sac de toile, en pressa l'eau tiède et s'y baigna le pied. Aucun résultat ; pis : l'odeur des fèves était écœurante. Tout en soignant son pied, il regretta sa stupidité d'avoir fait ce détour par Ise. Il aurait dû se rendre à Kyoto directement.

Cette nuit-là, le pied enveloppé sous la couverture, la fièvre grimpa et la souffrance devint intolérable. Le lendemain matin, le malade essaya désespérément d'autres remèdes ; l'un d'eux consistait à appliquer un onguent huileux administré par l'aubergiste, qui jurait que sa famille s'en trouvait bien depuis des générations. L'enflure ne diminuait toujours pas. Musashi commença de trouver que son pied ressemblait à une grosse platée de purée de fèves ; il était lourd comme une bille de bois.

Cette expérience donna à réfléchir à Musashi. De sa vie, il ne s'était alité trois jours de suite. Hormis son furoncle à la tête, dans son enfance, il ne se souvenait pas d'avoir jamais été malade.

« La maladie est le pire ennemi, réfléchissait-il. Pourtant, je ne puis rien contre son emprise. » Jusqu'alors, il avait cru que ses adversaires lui viendraient du dehors ; or, le fait d'être immobilisé par un ennemi interne était à la fois nouveau et stimulant pour la pensée.

« Combien de jours l'année comporte-t-elle encore ? se demandait-il. Il est impossible que je reste ici à ne rien faire ! » Tandis qu'il s'agitait sur sa couche, il lui semblait que ses côtes lui pressaient le cœur, tant il se serrait. Il envoya promener la couverture de sur son pied enflé. « Si je ne suis même pas capable de vaincre ceci, comment puis-je espérer dominer la maison de Yoshioka tout entière ? »

Dans l'espoir d'immobiliser et d'étrangler le démon qui l'habitait, il se contraignit à s'asseoir à la mode traditionnelle. C'était pénible, une véritable torture. Il faillit s'évanouir. Il était face à la fenêtre, mais fermait les yeux ; il s'écoula un assez long moment avant que la vive rougeur de son visage ne commençât à se dissiper, et que sa tête se rafraîchît un peu. Il se demanda si le démon cédait à son inflexible ténacité.

En ouvrant les yeux, il vit devant lui la forêt qui entourait le sanctuaire d'Ise. Au-delà des arbres, il pouvait distinguer le mont Mae et, un peu à l'est, le mont Asama. S'élevant au-dessus de la chaîne entre ces deux monts, un pic élancé regardait de haut ses voisins, et contemplait insolemment Musashi.

« C'est un aigle », se dit-il, sans savoir qu'il s'appelait en effet le mont de l'Aigle. L'aspect arrogant de ce pic l'offensait ; sa pose hautaine le provoquait au point d'exciter une fois de plus son esprit combatif. Il ne pouvait s'empêcher de penser à Yagyū Sekishūsai, le vieil homme d'épée qui ressemblait à ce pic fier ; à mesure que le temps passait, Musashi avait l'impression que le pic *était* Sekishūsai qui le regardait de sa hauteur, d'au-dessus des nuages, en se moquant de sa faiblesse et de son insignifiance.

Les yeux fixés sur la montagne, il oublia durant un moment son pied ; mais bientôt la douleur réaffirma son emprise sur sa conscience. Eût-il enfoncé sa jambe dans le feu de la forge, il n'aurait pas souffert davantage, songeait-il avec amertume. Involontairement, il tira de sous lui ce gros objet rond qu'il considéra d'un regard furieux, incapable d'accepter le fait qu'il s'agissait en réalité d'une part de lui-même.

D'une voix forte il appela la servante. Comme elle tardait, il frappa du poing sur le tatami.

– Il y a quelqu'un ? cria-t-il. Je pars ! Apportez-moi la note ! Préparez-moi à manger – du riz frit –, et procurez-moi trois paires de grosses sandales de paille !

Il fut bientôt dehors, dans la rue, boitant à travers la vieille place du marché où le fameux guerrier Taira no Tadakiyo, le héros de l'*Histoire de la guerre de Hōgen*, passait pour être né. Maintenant cette place ne ressemblait guère au lieu de naissance d'un héros, mais plutôt à un bordel en plein air, bordé de baraques à thé et fourmillant de femmes. Plus de tentatrices que d'arbres bordaient l'allée ; elles hélaient les voyageurs, s'agrippant aux manches des clients éventuels qui passaient, flirtaient, cajolaient, taquinaient. Pour se rendre au sanctuaire, Musashi dut littéralement jouer des coudes à travers elles, l'air renfrogné, en évitant leurs regards impertinents.

– Qu'est-il arrivé à ton pied ?
– Veux-tu que j'arrange ça ?
– Dis, laisse-moi te le frotter !

Elles le tiraient par ses vêtements, lui attrapaient les mains, lui saisissaient les poignets.

Musashi rougit et poursuivit sa route en trébuchant comme un aveugle. Tout à fait sans défense contre ce genre d'assaut, il leur présentait des excuses polies, ce qui n'aboutissait qu'à déclencher le rire des femmes. Quand l'une d'elles eut déclaré qu'il était « aussi mignon qu'un bébé panthère », les attaques des mains blanchies s'intensifièrent. Finalement, perdant toute dignité, il prit ses jambes à son cou sans même s'arrêter pour ramasser son chapeau qui s'était envolé. Les fous rires le suivirent à travers les arbres, jusqu'en dehors de la ville.

Impossible à Musashi d'ignorer purement et simplement les femmes ; la frénésie que leurs attouchements avaient fait naître en lui fut longue à se calmer. Le simple souvenir du violent parfum de poudre blanche accélérait son pouls que nul effort mental ne parvenait à apaiser. Menace plus dangereuse qu'un ennemi debout devant lui, sabre au clair ; il ignorait absolument comme y faire face. Plus tard, le corps brûlé par le feu du désir, il s'agitait et se retournait toute la nuit. Même l'innocente Otsū devenait parfois l'objet de ses fantasmes érotiques.

Aujourd'hui, il avait son pied pour détourner son esprit des femmes ; mais le fait de courir pour leur échapper alors qu'il était à peine capable de marcher équivalait à traverser un fleuve de métal en fusion. À chaque pas, un élancement angoissé montait de sa plante de pied. Ses lèvres rougissaient, ses mains devenaient aussi poisseuses que du miel, et la sueur de ses cheveux dégageait une odeur âcre. Le simple fait de soulever le pied blessé lui prenait toute l'énergie dont il était capable ; quelquefois, il avait l'impression que son corps allait brusquement tomber en pièces. Il ne s'était pourtant fait aucune illusion. En quittant l'auberge, il savait que ce serait une torture, et il entendait l'endurer. Il y parvint, jurant à voix basse à chaque pas.

La traversée de la rivière Isuzu et l'entrée dans l'enceinte du sanctuaire intérieur apportèrent un changement d'atmosphère bienvenu. Musashi sentit une présence sacrée, la sentit dans les plantes, dans les arbres, et jusque dans le chant des oiseaux. Ce que c'était, il n'aurait su le dire, mais c'était là.

Il s'effondra sur les racines d'un grand cryptomeria, gémissant doucement de souffrance et se tenant le pied. Longtemps il resta assis là dans une immobilité de pierre, le corps brûlant de fièvre bien que le vent froid lui mordît la peau.

Pourquoi s'était-il soudain levé de son lit pour fuir l'auberge ? N'importe quel être normal y fût tranquillement resté jusqu'à la guérison du pied. N'était-il point puéril, voire imbécile, pour un adulte, de se laisser dominer par l'impatience ?

Mais ce n'était pas la seule impatience qui l'avait fait agir. C'était un besoin spirituel très profond. Malgré toute la souffrance, tout le tourment physique, son esprit tendu n'avait rien perdu de sa vitalité. Il leva la tête, et d'un regard aigu contempla le néant qui l'entourait.

À travers l'incessante et lugubre plainte de la forêt sacrée, l'oreille de Musashi captait un autre son. Quelque part, non loin, des flûtes et des pipeaux prêtaient leurs voix aux accents d'une musique ancienne, une musique consacrée aux dieux, tandis que des voix d'enfants éthérées chantaient une invocation. Attiré par ces paisibles sonorités, Musashi tenta de se lever. En se mordant les lèvres, il se fit violence ; son corps résistait au moindre mouvement. Il atteignit le mur de terre d'un bâtiment du sanctuaire, s'y agrippa des deux mains, et progressa avec une maladresse de crabe.

La céleste musique provenait d'un bâtiment situé un peu plus loin, où une lumière brillait à travers le treillage d'une fenêtre. Ce bâtiment, la maison des vierges, était occupé par des jeunes filles au service de la divinité. Là, elles s'exerçaient à jouer sur d'anciens instruments de musique, et apprenaient à exécuter des danses sacrées, conçues plusieurs siècles auparavant.

Musashi se rendit à la porte de derrière du bâtiment. Il s'arrêta, regarda à l'intérieur, mais ne vit personne. Soulagé de ne pas avoir à donner d'explications, il retira ses sabres et son sac à dos, les attacha ensemble, et les suspendit à une patère du mur intérieur. Ainsi libéré, il regagna clopin-clopant la rivière Isuzu.

Environ une heure plus tard, nu comme un ver, il cassait la glace à la surface et plongeait dans les eaux glacées. Il resta là à s'ébrouer, se baigner, se mettre la tête sous l'eau, se purifier. Par chance il n'y avait personne dans les parages ; n'importe quel prêtre qui serait passé l'aurait pris pour un fou, et chassé.

D'après une légende d'Ise, un archer du nom de Nikki Yoshinaga avait, il y a longtemps, attaqué et occupé une partie du territoire du sanctuaire d'Ise. Une fois installé, il pêchait dans la rivière sacrée Isuzu, et, à l'aide de faucons, attrapait de petits oiseaux dans la forêt sacrée. Au cours de ces rapines sacrilèges, dit la légende, il perdit totalement la raison, et Musashi, en agissant comme il le faisait, aurait pu aisément passer pour le fantôme du fou.

Lorsque enfin il sauta sur une grosse pierre, ce fut avec la légèreté d'un petit oiseau. Pendant qu'il se séchait et se rhabillait, le gel lui raidissait les cheveux.

Pour Musashi, ce plongeon glacé dans le cours d'eau sacré était nécessaire. Si son corps ne pouvait supporter le froid, comment survivrait-il aux obstacles plus menaçants de la vie ? En cet instant, il ne s'agissait pas de quelque abstraite contingence future, mais d'affronter le très réel Yoshioka Seijūrō et son école entière. Ils dirigeraient contre lui leurs moindres forces. Ils le devaient, pour sauver leur honneur. Ils savaient qu'ils n'avaient d'autre choix que de le tuer, et Musashi savait que le simple fait de sauver sa vie allait être délicat.

Devant ce genre de perspective, le samouraï typique parlait invariablement de « lutter de toutes ses forces » ou d'« être prêt à affronter la mort » ; mais du point de vue de Musashi, c'était pure absurdité. Mener de toutes ses forces un combat de vie ou de mort ne dépassait pas l'instinct animal. En outre, bien que le fait de ne pas se laisser troubler par la perspective de la mort constituât un état mental d'un ordre plus élevé, il n'était pas vraiment si difficile d'affronter la mort quand on savait que l'on devrait mourir.

Musashi n'avait pas peur de mourir, mais son objectif était de vaincre de façon définitive, non point seulement de survivre, et il essayait d'acquérir la confiance en soi nécessaire. Que d'autres aient des morts héroïques, si ça leur plaisait. Musashi ne prétendait à rien de moins qu'à une héroïque victoire.

Kyoto n'était pas loin, pas plus de cent à cent vingt kilomètres. S'il parvenait à conserver une bonne allure, il pourrait y arriver en trois jours. Mais le temps qu'il fallait pour se préparer spirituellement dépassait toute mesure. Musashi se trouvait-il prêt au fond de lui-même ? Son âme et son esprit étaient-ils vraiment un ?

Il n'était pas encore capable de répondre à ces questions par l'affirmative. Il sentait que quelque part, dans les profondeurs de lui-même, il y avait une faiblesse, la connaissance de son immaturité. Il était douloureusement conscient de ne pas avoir atteint l'état d'esprit du véritable maître, et de se trouver encore bien éloigné d'être un humain complet, parfait. Lorsqu'il se comparait à Nikkan, Sekishūsai ou Takuan, il ne pouvait éluder la simple vérité : il n'était pas encore mûr. Sa propre analyse de ses facultés et de ses traits de caractère révélait non seulement des faiblesses dans certains domaines, mais de véritables points aveugles en d'autres.

Pourtant, à moins de triompher toute sa vie et de laisser une marque indélébile sur le monde qui l'entourait, il ne pourrait se considérer comme un maître de l'art de la guerre.

Son corps tremblait tandis qu'il criait :
– Je veux gagner, je le veux ! (Tout en boitant vers l'amont de l'Isuzu, il cria derechef à l'intention de tous les arbres de la forêt sacrée :) Je veux gagner !

Il dépassa une chute d'eau silencieuse, gelée ; pareil à un homme primitif, il rampa par-dessus les blocs de pierre et se fraya un chemin à travers d'épais buissons dans des ravins profonds où peu de gens s'étaient jamais risqués avant lui.

Il avait le visage aussi rouge que celui d'un démon. S'agrippant aux rocs et aux plantes grimpantes, en faisant un suprême effort, il ne pouvait avancer que très lentement.

Au-delà d'un endroit appelé Ichinose, il y avait une gorge longue de cinq ou six cents mètres, si pleine de crevasses et de rapides que même les truites étaient incapables de la franchir. À l'autre extrémité se dressait une véritable muraille. On disait que seuls, les singes et les lutins pouvaient en faire l'ascension. Musashi se contenta de regarder la falaise en disant froidement :

– Voilà. C'est le chemin du mont de l'Aigle.

Dans son exaltation, il ne voyait là aucune barrière infranchissable. Empoignant de fortes lianes, il entreprit l'ascension de la paroi rocheuse, à moitié en grimpant, à moitié en se balançant ; quelque loi de gravité inversée paraissait le soulever.

Arrivé au sommet de la falaise, il explosa en un cri de triomphe. De là, il pouvait distinguer le cours blanc de la rivière et la grève argentée de Futamigaura. Devant lui, à travers un maigre bosquet voilé de brouillard nocturne, il voyait le pied du mont de l'Aigle.

Ce mont, c'était Sekishūsai. Comme il avait ri tandis que Musashi gisait dans son lit, le pic, maintenant, continuait à se moquer de lui. Son esprit inflexible se sentait littéralement assailli par la supériorité de Sekishūsai. Elle l'opprimait, le retenait.

Peu à peu, son objectif prit forme : grimper au sommet et donner libre cours à sa rancœur, fouler aux pieds la tête de Sekishūsai, lui montrer que Musashi pouvait gagner, et gagnerait.

Il avançait contre l'opposition des mauvaises herbes, des arbres, de la glace – tous ennemis qui tentaient désespérément de le retenir. Chaque pas, chaque souffle était un défi. Son sang, glacé un peu plus tôt, bouillait ; son corps fumait tandis que la sueur de ses pores rencontrait l'air gelé. Musashi étreignait la surface rouge du pic en cherchant à tâtons des prises. Chaque fois qu'il cherchait du pied un appui, il lui fallait lutter ; de petites pierres tombaient en avalanche jusqu'au bosquet d'en bas.

Trente mètres, soixante mètres, cent mètres... il était dans les nuages. Lorsqu'ils se dissipèrent, il semblait d'en bas suspendu sans poids dans le ciel. D'en haut, le pic le regardait froidement.

Maintenant, près du sommet, ce n'était pas le moment de faiblir. Un faux mouvement, et il dégringolerait dans une avalanche de pierres. Il soufflait, grognait ; ses pores eux-mêmes haletaient. Si intense était l'effort que son cœur semblait sur le point de lui jaillir de la bouche en explosant. Il ne pouvait que grimper quelques dizaines de centimètres, puis se reposer, puis grimper encore quelques dizaines de centimètres, puis se reposer de nouveau.

Le monde entier s'étendait au-dessous de lui : la grande forêt qui entourait le sanctuaire, ce ruban blanc qui devait être la rivière, le mont Asama, le mont Mae, le village de pêcheurs de Toba, la vaste mer dégagée. « J'y suis presque, songeait-il. Encore un petit effort ! »

« Encore un petit effort. » Si facile à dire, mais si difficile à faire ! Car « encore un petit effort » est ce qui distingue le sabre victorieux du sabre vaincu.

L'odeur de sueur dans les narines, étourdi, il avait l'impression d'être blotti contre la poitrine de sa mère. La rugueuse surface de la montagne se mit à ressembler à la peau de sa mère, et il éprouva un violent désir de dormir. Mais à cet instant précis, un morceau de roc céda sous son gros orteil et le ramena à la raison. Il chercha du pied un autre point d'appui.

« Ça y est ! J'y suis presque ! » Les mains et les pieds noués par la souffrance, il s'agrippa de nouveau à la montagne. Si son corps ou sa volonté faiblissaient, se disait-il, un jour, en tant qu'homme d'épée, c'en serait sûrement fait de lui. C'était ici que se jouait le sort des armes, et Musashi le savait.

« Voilà pour toi, Sekishūsai ! Espèce de salaud ! » À chaque traction, il exécrait les géants qu'il respectait, ces surhommes qui l'avaient amené là, qu'il devait vaincre et qu'il vaincrait. « Autant pour toi, Nikkan ! Et pour toi, Takuan ! »

Il grimpait sur la tête de ses idoles, les piétinait, leur montrait lequel était le meilleur. Lui et la montagne ne faisaient maintenant plus qu'un, mais la montagne, comme étonnée par cet être qui s'agrippait à elle, grondait et crachait à intervalles réguliers des avalanches de sable et de gravier. Musashi cessait de respirer comme si quelqu'un l'avait giflé. Tandis qu'il s'accrochait au roc, le vent soufflait en rafales, menaçant de l'emporter avec la roche.

Puis soudain il se retrouva couché à plat ventre, les yeux clos, sans oser faire un mouvement. Mais dans son cœur il chantait un chant d'exultation. À l'instant où il s'était allongé, il avait vu le ciel dans toutes les directions, et brusquement la lumière de l'aube apparut sur l'océan blanc des nuages, au-dessous de lui.

« J'ai réussi ! J'ai gagné ! »

Dès qu'il se rendit compte qu'il avait atteint la cime, sa volonté tendue se rompit comme la corde d'un arc. Le vent du sommet lui douchait le dos de sable et de pierres. Là, à la frontière entre ciel et terre, Musashi sentait jaillir dans tout son être une joie indescriptible. Son corps trempé de sueur s'unissait à la surface de la montagne ; l'esprit de l'homme et l'esprit de la montagne accomplissaient le grand œuvre de procréation dans la vaste étendue de la nature à l'aube. En proie à une extase divine, Musashi dormit du sommeil du juste.

Lorsque enfin il releva la tête, son esprit avait la pureté, la clarté du cristal. Il avait envie de sauter, de s'élancer comme un vairon dans l'eau vive.

– Il n'y a rien au-dessus de moi ! s'écria-t-il. Je suis debout au sommet de la tête de l'aigle !

Le jeune soleil du matin répandait sa lumière rougeâtre sur lui et sur la montagne, cependant qu'il tendait ses bras musclés et sauvages vers le ciel. Il abaissa les yeux sur ses deux pieds plantés solidement au sommet ; et il vit couler de son pied blessé comme un plein seau de pus jaunâtre. Parmi la pureté céleste qui l'entourait s'éleva l'odeur étrange de l'humanité : la douce odeur des tristesses dissipées.

L'ÉPHÉMÈRE EN HIVER

Chaque matin, après avoir accompli leurs devoirs religieux, les jeunes filles qui habitaient la maison des vierges se rendaient, leurs livres à la main, à la salle de classe de la maison Arakida, où elles étudiaient la grammaire et s'exerçaient à composer des poèmes. Pour exécuter des danses religieuses, elles portaient un kimono de soie blanche et de très larges pantalons cramoisis, appelés *hakama* ; mais pour le moment, elles étaient vêtues du kimono à manches courtes et du *hakama* de coton blanc qu'elles portaient pour étudier ou s'adonner aux tâches ménagères.

Un groupe d'entre elles sortait par la porte de derrière, quand l'une d'elles s'exclama :

– Qu'est-ce que c'est que ça ?

Elle désignait le paquetage auquel étaient attachés les sabres, accroché là par Musashi la veille au soir.

– À qui crois-tu que ça appartienne ?
– Ce doit être à un samouraï.
– Ça saute aux yeux, non ?
– Non, c'est peut-être un voleur qui a laissé ça là.

Elles se regardèrent en ouvrant de grands yeux et en avalant leur salive, comme si elles étaient tombées sur le malfaiteur lui-même en train de faire la sieste.

– Peut-être que nous devrions en parler à Otsū, suggéra l'une d'elles, et d'un commun accord, toutes regagnèrent en courant le dortoir et appelèrent, de dessous la balustrade extérieure à la chambre d'Otsū :

– *Sensei ! Sensei !* Il y a quelque chose de bizarre en bas. Venez voir !

Otsū déposa son pinceau à écrire sur son bureau, et passa la tête par la fenêtre.

– Qu'est-ce que c'est ? demanda-t-elle.
– Un voleur a laissé là ses sabres et un ballot. Ils sont là-bas, accrochés au mur du fond.
– Vraiment ? Vous devriez les porter à la maison Arakida.
– Oh ! ce n'est pas possible ! Nous n'osons pas y toucher.
– Est-ce que vous ne faites pas là beaucoup d'histoires pour rien ? Courez prendre vos leçons, maintenant. Et ne perdez pas davantage votre temps.

Lorsque Otsū descendit de sa chambre, les jeunes filles étaient parties. Il n'y avait au dortoir que la vieille cuisinière et l'une des jeunes filles, malade.

– À qui sont les affaires pendues là-bas ? demanda Otsū à la cuisinière. (La bonne femme n'en savait rien, bien sûr.) Je vais les porter à la maison Arakida, dit Otsū.

Quand elle décrocha le sac et les sabres, elle faillit les lâcher tant ils étaient lourds. Tout en les traînant à deux mains, elle se demandait comment les hommes pouvaient aller et venir avec un poids pareil.

469

Otsū et Jōtarō étaient arrivés là deux mois plus tôt, après avoir sillonné en tous sens les grand-routes d'Iga, Ōmi et Mino à la recherche de Musashi. En arrivant dans la province d'Ise, ils avaient résolu d'y passer l'hiver : il eût été trop difficile de traverser les montagnes dans la neige. D'abord, Otsū avait donné des leçons de flûte dans la région de Toba ; mais ensuite elle avait été remarquée par le chef de la famille Arakida qui, officiellement chargé du rituel, occupait le deuxième rang après le grand-prêtre.

Quand Arakida avait demandé à Otsū de venir au sanctuaire enseigner aux jeunes filles, elle avait accepté non tant par désir d'enseigner que parce qu'il lui intéressait d'apprendre la musique ancienne, sacrée. En outre, la paix de la forêt du sanctuaire l'avait séduite, ainsi que l'idée de vivre quelque temps avec les jeunes filles du sanctuaire, dont la plus jeune avait treize ou quatorze ans, et l'aînée environ vingt.

Jōtarō avait fait obstacle à ce projet car il était interdit à une personne de sexe masculin, eût-elle son âge, d'occuper le même dortoir que les jeunes filles. On était parvenu à l'arrangement suivant : Jōtarō pouvait ratisser les jardins sacrés dans la journée, et passer la nuit dans le bûcher des Arakidas.

Tandis qu'Otsū traversait les jardins du sanctuaire, une bise lugubre sifflait dans les arbres dépouillés. Une mince colonne de fumée s'élevait d'un bosquet éloigné ; Otsū songea à Jōtarō qui, là-bas, devait nettoyer le jardin avec son balai de bambou. Elle s'arrêta pour sourire, contente que l'incorrigible Jōtarō se montrât fort sage : il s'appliquait à ses tâches, à l'âge où les jeunes garçons ne pensent qu'à jouer.

Le violent craquement qu'elle entendit ressemblait à une branche d'arbre qui se casse. Cela se produisit une seconde fois ; agrippée à son fardeau, elle courut le long du sentier vers le bosquet en appelant :

– Jōtarō ! J-ō-ō-t-a-r-ō-ō !

– Ou-i-i-i ? répondit-il à pleins poumons. (Aussitôt, elle l'entendit courir. Mais en arrivant devant elle, il dit seulement :) Ah ! c'est vous.

– Je croyais que tu étais censé travailler, dit Otsū avec sévérité. Que fais-tu avec ce sabre de bois ? Et dans tes vêtements de travail blancs, par-dessus le marché.

– Je m'exerçais. Je m'exerçais sur les arbres.

– Personne ne t'empêche de t'exercer, mais pas ici, Jōtarō. As-tu oublié où tu es ? Ce jardin symbolise la paix et la pureté. C'est un saint lieu consacré à la déesse qui est notre ancêtre à tous. Regarde, là-bas. Ne vois-tu pas l'écriteau disant qu'il est interdit d'abîmer les arbres, de blesser ou tuer les animaux ? Quelle honte, pour quelqu'un qui travaille ici, que de briser des branches avec un sabre de bois !

– Oh ! je sais tout ça, grommela-t-il avec une expression de ressentiment.

– Si tu le sais, pourquoi le fais-tu ? Si maître Arakida te surprenait, tu aurais des ennuis !

– Je ne vois rien de mal à casser des branches mortes. C'est permis si elles sont mortes, non ?

– Non, ce n'est pas permis ! Pas ici.

– C'est vous qui le dites. Laissez-moi vous poser une simple question.

– Laquelle ?

– Si ce jardin a tant d'importance, pourquoi n'est-il pas mieux tenu ?

– C'est honteux qu'il ne soit pas mieux tenu. Le laisser ainsi à l'abandon, c'est comme de laisser des mauvaises herbes pousser dans son âme.

– Ce ne serait pas grave s'il n'y avait que les mauvaises herbes, mais regardez les arbres. On a laissé mourir ceux qu'a fendus la foudre, et ceux qu'ont déracinés les typhons sont couchés à l'endroit même où ils sont tombés. Il y en a partout. Et les oiseaux ont emporté le chaume des toits au point qu'ils prennent l'eau. Et personne jamais ne répare les lanternes de pierre... Comment pouvez-vous croire à l'importance de cet endroit ? Voyons, Otsū, le château d'Osaka n'est-il pas d'une blancheur éblouissante, vu de l'océan ou de Settsu ? Est-ce que Tokugawa Ieyasu ne bâtit pas des châteaux plus magnifiques à Fushimi et dans une douzaine d'autres endroits ? Est-ce que les nouvelles maisons des daimyōs et des riches marchands de Kyoto et d'Osaka ne brillent pas d'ornements d'or ? Est-ce que les maîtres du thé Rikyū et Kobori Enshū ne disent pas qu'un simple grain de poussière au jardin de la maison de thé gâche l'arôme du thé ?... Mais ce jardin-ci tombe en ruine. Quoi ! les seules personnes à y travailler, c'est moi et trois ou quatre vieillards ! Et regardez comme il est grand !

– Jōtarō ! dit Otsū en lui relevant le menton. Tu ne fais là que répéter mot pour mot ce qu'a dit maître Arakida dans un cours.

– Oh ! vous l'avez entendu aussi ?

– Certainement, répondit-elle avec réprobation.

– Euh... eh bien, on ne peut gagner à tous les coups.

– Répéter comme un perroquet ce qu'a dit maître Arakida ne m'impressionne pas. Je le désapprouve, même quand ce qu'il a dit est juste.

– Il a raison, vous savez. Quand je l'entends parler, je me demande si Nobunaga, Hideyoshi et Ieyasu sont vraiment d'aussi grands hommes que ça. Je sais bien qu'ils passent pour être importants, mais est-ce qu'il est vraiment aussi admirable que ça de prendre la tête du pays si l'on croit en être le seul habitant qui compte ?

– Mon Dieu, Nobunaga et Hideyoshi n'étaient pas aussi mauvais que certains autres. Du moins ont-ils réparé le palais impérial de Kyoto, et tenté de faire le bonheur du peuple. Même s'ils n'ont réalisé cela que pour justifier leur conduite à leurs propres yeux et à ceux d'autrui, ils n'en ont pas moins beaucoup de mérite. Les shōguns Ashikaga étaient bien pires.

– En quoi ?

– Tu as entendu parler de la guerre d'Ōnin, n'est-ce pas ?

– Euh...

– Le shōgunat Ashikaga était si incompétent ! Il y avait sans arrêt la guerre civile : tout le temps, des guerriers se battaient contre d'autres guerriers en vue de gagner plus de terres pour eux-mêmes. Les gens ordinaires n'avaient pas un instant de répit, et nul ne se souciait vraiment du pays dans son ensemble.

– Vous voulez parler des célèbres batailles entre les Yamanas et les Hosokawas ?

– Oui… C'est à cette époque, il y a plus d'un siècle, qu'Arakida Ujitsune devint le grand-prêtre du sanctuaire d'Ise ; or, il n'y avait pas même assez d'argent pour continuer les cérémonies anciennes et les rites sacrés. Ujitsune réclama vingt-sept fois au gouvernement son aide pour réparer les bâtiments du sanctuaire ; mais la cour impériale était trop pauvre, le shōgunat trop faible, et les guerriers se trouvaient si occupés par leurs bains de sang que ce qui se passait leur était indifférent. Malgré tout, Ujitsune alla partout plaider sa cause, au point qu'il parvint finalement à édifier un nouveau sanctuaire… Triste histoire, tu ne trouves pas ? Mais quand on y réfléchit, les gens oublient qu'ils doivent leur existence à leurs ancêtres, exactement comme nous devons tous la nôtre à la déesse d'Ise.

Content d'avoir poussé Otsū à prononcer cette longue tirade passionnée, Jōtarō sauta en l'air, riant et battant des mains.

– Et maintenant, qui est-ce qui répète comme un perroquet les discours du maître Arakida ? Vous croyiez que je n'avais pas entendu ça déjà, hein ?

– Oh ! tu es impossible ! s'exclama Otsū en riant elle-même.

Elle lui eût volontiers donné une taloche, mais son ballot la gênait. Encore souriant, elle fit les gros yeux à l'enfant qui finit par remarquer son paquet insolite.

– C'est à qui, ça ? demanda-t-il en tendant la main.

– N'y touche pas ! Nous ne savons pas à qui c'est.

– Oh ! je ne casserai rien. Je veux seulement regarder. Ils doivent être bien lourds. Ce long sabre est vraiment énorme, n'est-ce pas ? dit Jōtarō, alléché.

– *Sensei !* (Dans un petit bruit de sandales de paille, l'une des jeunes filles du sanctuaire accourait.) Maître Arakida vous appelle. Je crois qu'il a quelque chose à vous demander.

Presque aussitôt, elle fit demi-tour et repartit en courant.

Jōtarō regardait tout autour de lui, l'air alarmé. Le soleil d'hiver brillait à travers les arbres, et les ramilles se balançaient comme des vaguelettes. On eût dit que les yeux de l'enfant avaient distingué un fantôme parmi les taches de soleil.

– Que se passe-t-il ? demanda Otsū. Que regardes-tu ?

– Oh ! rien, répondit l'enfant avec tristesse, en se mordant l'index. Quand cette jeune fille a dit « maître », j'ai cru un instant qu'elle parlait de mon maître.

Otsū, elle aussi, se sentit soudain triste et un peu agacée. Bien que Jōtarō eût dit cela en toute innocence, quel besoin avait-il de parler de Musashi ? Malgré le conseil de Takuan, impossible pour elle d'expulser de son cœur son désir de Musashi. Chez Takuan, quelle insensibilité ! Dans un sens, Otsū le prenait en pitié, lui et son apparente ignorance de la signification de l'amour.

L'amour était comme le mal de dents. Lorsque Otsū se trouvait occupée, il ne la troublait pas ; mais quand le souvenir s'emparait d'elle, elle était prise de l'urgent besoin de repartir sur les routes, de chercher Musashi, de le trouver, de poser la main sur sa poitrine en versant des larmes de félicité.

Silencieuse, elle se remit en marche. Où donc était Musashi ? De tous les chagrins qui assaillent les êtres humains, le plus minant, le plus pitoyable, le plus torturant, c'était de ne pouvoir poser les yeux sur l'être après qui l'on soupirait. Les joues ruisselantes de larmes, elle poursuivait sa route.

Les pesants sabres aux ferrures usées ne signifiaient rien pour elle. Comment eût-elle imaginé qu'elle portait là les affaires de Musashi en personne ?

Jōtarō, sentant qu'il avait fait quelque chose de mal, suivait tristement à peu de distance. Puis, comme Otsū s'engageait sous le portail de la maison Arakida, il la rejoignit en courant pour lui demander :

– Vous êtes fâchée ? De ce que j'ai dit ?

– Oh ! non, ce n'est rien.

– Je regrette, Otsū. Je regrette vraiment.

– Ce n'est pas ta faute. Je me sens seulement un peu triste. Mais ne t'en inquiète pas. Je vais voir ce que me veut maître Arakida. Toi, retourne à ton travail.

Arakida Ujitomi appelait sa demeure la maison de l'étude. Il l'avait transformée en partie en une école, fréquentée non seulement par les jeunes filles du sanctuaire, mais aussi par quarante ou cinquante autres enfants venus des trois domaines appartenant au sanctuaire d'Ise. Il essayait de donner aux jeunes un type de connaissance qui n'était pas très populaire à l'époque : l'étude de l'histoire ancienne du Japon, que les villes plus frivoles considéraient comme sans intérêt. L'histoire primitive du pays se trouvait liée intimement au sanctuaire d'Ise et à ses terres, mais il s'agissait d'une époque où l'on avait tendance à confondre le destin de la nation avec celui de la classe guerrière, et les événements du lointain passé ne comptaient guère. Ujitomi menait un combat solitaire pour semer les graines d'une culture antérieure, plus traditionnelle, parmi la jeunesse de la région. Alors que d'autres prétendaient que les provinces n'avaient rien à voir avec le destin national, Ujitomi professait une opinion différente. S'il pouvait enseigner le passé aux enfants de l'endroit, il se disait que peut-être, un jour, l'esprit de ce passé s'épanouirait comme un grand arbre de la forêt sacrée.

Avec une dévotion persévérante, il parlait chaque jour aux enfants des classiques chinois et des *Annales anciennes*, la plus vieille histoire du Japon, dans l'espoir que ses élèves finiraient par apprécier ces ouvrages. Il faisait cela depuis plus de dix ans. D'après lui, Hideyoshi pouvait bien prendre la direction du pays et se proclamer régent, Tokugawa Ieyasu pouvait devenir le tout-puissant shōgun, « vainqueur des barbares », mais les jeunes enfants ne devaient pas, comme leurs aînés, confondre l'heureuse étoile de quelque héros militaire avec le beau soleil. Grâce aux patients efforts d'Ujitomi, les jeunes en arriveraient à comprendre que c'était la grande déesse du soleil, et non pas un grossier guerrier dictateur, qui symbolisait les aspirations nationales.

Arakida sortait de sa vaste salle de classe, le visage un peu mouillé de sueur. Tandis que les enfants s'envolaient comme un essaim d'abeilles vers leurs demeures, une jeune fille du sanctuaire lui annonça qu'Otsū l'attendait. Un peu agité, il répondit :

– Parfait. Je l'ai envoyé chercher, n'est-ce pas ? J'avais complètement oublié. Où est-elle ?

Otsū était devant la maison, où elle se tenait depuis un moment à écouter le cours d'Arakida.

– Je suis là! cria-t-elle. Vous aviez besoin de moi?

– Je regrette de vous avoir fait attendre. Entrez donc.

Il la conduisit à son bureau personnel; mais avant de s'asseoir, il désigna les objets qu'elle transportait et lui demanda ce que c'était. Elle expliqua d'où ils venaient; il lorgna les sabres d'un air soupçonneux.

– Des dévôts ordinaires ne viendraient pas ici avec des instruments pareils, dit-il. Et ils n'étaient pas là hier au soir. Quelqu'un doit s'être introduit dans l'enceinte au milieu de la nuit. (Puis, avec une expression de dégoût, il grommela :) C'est peut-être une plaisanterie de samouraï, mais elle ne m'amuse pas.

– Oh! Croyez-vous que l'on ait voulu donner à penser qu'un homme s'est introduit dans la maison des vierges?

– Oui, je le crois. En fait, c'est de cela que je voulais vous parler.

– Cela me concerne-t-il en quelque façon?

– Mon Dieu, je ne veux pas vous blesser, mais voici les faits. Un certain samouraï me reproche de vous avoir placée dans le même dortoir que les jeunes filles du sanctuaire. Il déclare me mettre en garde dans mon propre intérêt.

– Ai-je fait quelque chose qui vous porte tort?

– Inutile de s'inquiéter. Seulement... mon Dieu, vous savez comme les gens bavardent. Allons, ne vous fâchez pas, mais après tout vous n'êtes pas exactement une jeune fille. Vous avez fréquenté des hommes, et les gens disent que cela souille le sanctuaire que de faire habiter une femme qui n'est pas vierge avec les jeunes filles de la maison des vierges.

Arakida avait beau parler d'un ton désinvolte, des larmes de colère inondèrent les yeux d'Otsū. Il était vrai qu'elle avait beaucoup voyagé, qu'elle avait coutume de rencontrer des gens, qu'elle avait erré à travers l'existence avec ce vieil amour accroché à son cœur; peut-être était-il tout naturel qu'on la prît pour une femme qui connaît la vie. Consternante expérience, pourtant, que de s'entendre accuser de n'être pas chaste, alors qu'en réalité elle l'était.

Arakida ne semblait pas attacher beaucoup d'importance à la question. Seulement, les bavardages des gens l'ennuyaient, et comme c'était la fin de l'année « et ainsi de suite », comme il disait, il se demandait si elle aurait la bonté d'interrompre ses leçons de flûte et de quitter la maison des vierges.

Otsū accepta promptement, non qu'elle se reconnût coupable, mais parce qu'elle n'avait pas eu l'intention de rester, et ne voulait point provoquer d'ennuis, surtout à maître Arakida. Malgré son ressentiment devant la fausseté des commérages, elle le remercia des bontés qu'il avait eues pour elle au cours de son séjour, et lui déclara qu'elle partirait dans la journée.

– Oh! ce n'est pas urgent à ce point, lui assura-t-il en tendant la main vers sa petite bibliothèque où il prit de l'argent qu'il enveloppa dans du papier.

Jōtarō, lequel avait suivi Otsū, choisit ce moment pour passer la tête à l'intérieur de la véranda, et chuchoter :

– Si vous partez, je vous accompagne. De toute façon, j'en ai assez de ratisser leur vieux jardin.

– Voici un petit cadeau, dit Arakida. Ce n'est pas grand-chose, mais prenez-le pour le voyage.

Et il lui tendit le paquet renfermant quelques pièces d'or.

Otsū refusa d'y toucher. L'air choqué, elle lui répondit qu'elle ne méritait pas d'être payée pour avoir donné des leçons de flûte aux jeunes filles ; c'était plutôt elle qui devrait payer pour sa nourriture et son logement.

– Non, répliqua-t-il. Impossible de vous prendre de l'argent ; mais j'aimerais que vous fissiez quelque chose pour moi si par hasard vous allez à Kyoto. Considérez cet argent comme une rétribution pour ce service.

– Je serai heureuse de faire tout ce que vous me demanderez, mais votre gentillesse est un salaire suffisant.

Arakida se tourna vers Jōtarō en disant :

– Et pourquoi est-ce que je ne lui donnerais pas l'argent, à lui ? Il pourra faire vos achats en route.

– Merci, dit Jōtarō qui ne fut pas long à tendre la main vers le paquet. (À la réflexion, il regarda Otsū et demanda :) Je peux, n'est-ce pas ?

Devant le fait accompli, elle céda et remercia Arakida.

– La faveur que je désire vous demander, dit-il, c'est de remettre un paquet de ma part au seigneur Karasumaru Mitsuhiro, qui habite Horikawa, à Kyoto. (Tout en parlant, il prit deux rouleaux sur l'étagère branlante du mur.) Il y a deux ans, le seigneur Karasumaru m'a demandé de peindre ceci. J'ai enfin terminé. Il se propose d'inscrire le commentaire accompagnant les images, et d'offrir les rouleaux à l'empereur. Voilà pourquoi je ne veux pas les confier à un messager ou à un courrier ordinaire. Voulez-vous les lui porter, et veiller à ce qu'ils ne se mouillent ni ne se salissent en route ?

Il s'agissait là d'une commission d'une importance imprévue, et d'abord Otsū hésita. Mais il n'était guère possible de refuser, et au bout d'un instant elle accepta. Arakida sortit alors une boîte et du papier imperméable ; mais avant d'envelopper et de cacheter les rouleaux, il dit :

– Peut-être devrais-je d'abord vous les montrer.

Il s'assit et se mit à dérouler par terre, devant eux, les peintures. Manifestement fier de son travail, il désirait le voir une dernière fois lui-même avant de s'en séparer.

La beauté des rouleaux coupa le souffle à Otsū, et Jōtarō ouvrit de grands yeux en se penchant pour les examiner de plus près. Le commentaire n'ayant pas encore été inscrit, ni l'un ni l'autre ne savait quelle histoire cela illustrait ; mais tandis qu'Arakida déroulait une scène après l'autre, ils voyaient un tableau de la vie à l'ancienne cour impériale, délicatement exécuté dans des couleurs magnifiques, rehaussées de poudre d'or. Ces peintures étaient de style Tosa, dérivé de l'art japonais classique.

Bien que Jōtarō n'eût aucune éducation artistique, ce qu'il voyait l'éblouissait.

– Regardez le feu là ! s'exclama-t-il. On dirait qu'il brûle vraiment, vous ne trouvez pas ?

– Ne touche pas la peinture, lui recommanda Otsū. Regarde seulement.

Pendant qu'ils écarquillaient des yeux admiratifs, un serviteur entra dire à voix très basse quelques mots à Arakida qui acquiesça et répondit :

– Je vois. Je suppose que ça va. Mais à tout hasard, mieux vaut demander à l'homme un reçu.

Sur quoi, il donna au domestique le ballot et les deux sabres qu'Otsū lui avait apportés.

En apprenant que leur professeur de flûte les quittait, les jeunes filles de la maison des vierges furent inconsolables. Au cours des deux mois qu'elle avait passés avec elles, elles en étaient venues à la considérer comme une sœur aînée, et leurs visages, tandis qu'elles se pressaient autour d'elle, respiraient la tristesse.
– Vous partez vraiment ?
– Vous ne reviendrez jamais ?
De l'extérieur du dortoir, Jōtarō cria :
– Je suis prêt ! Pourquoi tardez-vous ?
Ayant quitté sa robe blanche, il portait une fois de plus son kimono trop court et son sabre de bois au côté. La boîte enveloppée de toile qui contenait les rouleaux se trouvait suspendue en diagonale en travers de son dos.
De la fenêtre, Otsū cria en réponse :
– Mon Dieu, tu n'as pas perdu de temps !
– Je ne perds jamais de temps ! répliqua Jōtarō. Vous n'êtes pas encore prête ? Pourquoi les femmes mettent-elles si longtemps à s'habiller et à faire leurs bagages ? (Il se dorait au soleil, dans la cour, en bâillant paresseusement. Mais de nature impatiente, il s'ennuyait vite.) Vous n'avez pas encore fini ? cria-t-il de nouveau.
– J'arrive dans une minute, répondit Otsū.
Elle avait déjà fini ses bagages, mais les jeunes filles ne voulaient pas la laisser partir. Pour essayer de s'arracher à elles, Otsū leur dit sur un ton apaisant :
– Ne soyez pas tristes. Je reviendrai vous voir un de ces jours. En attendant, prenez bien soin de vous.
Elle avait le sentiment inconfortable que c'était faux : étant donné ce qui s'était passé, il y avait peu de chances qu'elle revînt jamais. Les jeunes filles s'en doutaient peut-être ; plusieurs pleuraient. Enfin, l'une d'elles proposa que toutes accompagnent Otsū jusqu'au pont sacré qui franchit la rivière Isuzu. Là-dessus, rassemblées autour d'elle, elles l'escortèrent hors de la maison. Comme elles ne voyaient pas Jōtarō, elles l'appelèrent, les mains en porte-

voix ; pas de réponse. Otsū, trop habituée à ses manières pour être inquiète, leur dit :

– Il a dû se lasser d'attendre, et prendre les devants.

– Quel petit garçon désagréable ! s'exclama l'une des jeunes filles.

Une autre leva soudain les yeux sur Otsū en demandant :

– C'est votre fils ?

– Mon fils ? Comment diable avez-vous pu imaginer ça ? Je n'aurai vingt et un ans que l'année prochaine. J'ai donc l'air assez vieille pour avoir un enfant aussi grand ?

– Non, mais quelqu'un a dit qu'il était à vous.

Au souvenir de sa conversation avec Arakida, Otsū rougit, puis se consola en songeant que peu importait ce que les gens disaient, tant que Musashi avait confiance en elle.

À cet instant, Jōtarō accourut.

– Dites donc, en voilà des manières ! fit-il avec une expression boudeuse. Vous commencez par me faire attendre des siècles, et maintenant vous partez sans moi.

– Mais tu n'étais pas à ta place, lui fit remarquer Otsū.

– Vous auriez pu me chercher, non ? J'ai vu un homme, là-bas, sur la grand-route de Toba, qui ressemblait un peu à mon maître. J'ai couru voir si c'était bien lui.

– Un homme qui ressemblait à Musashi ?

– Oui, mais ce n'était pas lui. Je suis allé jusqu'à cette rangée d'arbres, et j'ai bien regardé l'homme, de dos ; mais ça ne pouvait pas être Musashi. L'homme en question boitait.

C'était toujours ainsi lorsque Otsū et Jōtarō voyageaient. Il ne se passait pas un jour sans une lueur d'espoir, suivie de déception. Partout où ils allaient, quelqu'un leur évoquait Musashi : l'homme qui passait devant la fenêtre, le samouraï sur le bateau qui venait de partir, le rōnin à cheval, le passager de palanquin à peine entrevu. Pleins d'espoir, ils couraient voir, mais seulement pour se retrouver l'un en face de l'autre, l'air découragé. Cela s'était déjà produit des douzaines de fois. C'est pourquoi Otsū n'était plus aussi bouleversée qu'autrefois, bien que Jōtarō fût déconfit. Pour se consoler par le rire, elle dit :

– Dommage que tu te sois trompé, mais ne m'en veux

pas d'avoir pris les devants. Je croyais te trouver au pont. Tu sais, tout le monde dit que si l'on part en voyage de mauvaise humeur, on le restera d'un bout à l'autre. Allons, faisons la paix.

Bien qu'il parût satisfait, Jōtarō se retourna et regarda avec brusquerie les jeunes filles qu'ils traînaient après eux.

– Qu'est-ce qu'elles font toutes là ? Elles viennent avec nous ?

– Bien sûr que non. Elles regrettent seulement de me voir partir ; aussi ont-elles la gentillesse de nous accompagner jusqu'au pont.

– Mon Dieu, comme c'est aimable à elles ! dit Jōtarō en imitant la façon de parler d'Otsū, ce qui provoqua un éclat de rire général.

Maintenant qu'il s'était joint au groupe, l'angoisse de la séparation s'atténuait, et les jeunes filles recouvraient leur bonne humeur.

– Otsū, s'écria l'une d'elles, vous tournez du mauvais côté ; ce n'est pas le chemin du pont !

– Je sais, répondit paisiblement Otsū.

Elle avait tourné en direction du portail de Tamagushi pour saluer le sanctuaire intérieur. Elle frappa une fois ses mains l'une contre l'autre, inclina la tête vers le sanctuaire, et garda quelques instants une attitude de prière silencieuse.

– Ah! je vois, murmura Jōtarō. Elle ne croit pas devoir partir sans avoir fait ses adieux à la déesse.

Il se bornait à la regarder de loin ; mais les jeunes filles se mirent à le pousser dans le dos en lui demandant pourquoi il ne suivait pas l'exemple d'Otsū.

– Moi ? dit l'enfant, incrédule. Je ne veux m'incliner devant aucun sanctuaire.

– Il ne faut pas dire ça. Un jour, tu en seras puni.

– Je me sentirais tout bête à m'incliner comme ça.

– Qu'est-ce qu'il y a de bête à témoigner ton respect envers la déesse du soleil ? Ce n'est pas une de ces divinités subalternes qu'ils adorent dans les grandes villes.

– Je sais, je sais.

– Eh bien, alors, pourquoi ne la salues-tu pas ?

– Parce que je ne veux pas !

– Indocile, hein ?
– La ferme, idiotes ! Toutes !
– Mon Dieu ! s'exclamèrent en chœur les jeunes filles, consternées par sa grossièreté.
– Quel monstre ! s'écria l'une d'elles.

À ce moment, Otsū, ayant terminé ses dévotions, revenait vers eux.

– Qu'est-il arrivé ? demanda-t-elle. Vous avez l'air bouleversé.

L'une des jeunes filles explosa :
– Il nous a traitées d'idiotes, uniquement parce que nous tâchions de le faire s'incliner devant la déesse.
– Voyons, Jōtarō, tu sais que ça n'est pas bien, le gronda Otsū. En vérité, tu devrais faire une prière.
– Pourquoi ?
– N'as-tu pas dit toi-même que lorsque tu croyais Musashi sur le point d'être tué par les prêtres du Hōzōin, tu as levé les mains pour prier de toutes tes forces ? Pourquoi ne peux-tu donc prier ici aussi ?
– Mais... eh bien, elles sont toutes à me regarder.
– Bon, nous nous retournerons ; comme ça, nous ne pourrons te voir.

Elles tournèrent toutes le dos à l'enfant, mais Otsū lui jeta un coup d'œil à la dérobée. Il courait consciencieusement vers le portail de Tamagushi. Quand il l'atteignit, face au sanctuaire, de façon très enfantine, il exécuta une profonde révérence aussi rapide que l'éclair.

LA ROUE

Musashi était assis sur l'étroite véranda d'une petite boutique de fruits de mer, face à l'océan. Spécialité de la maison : bigorneaux servis bouillants dans leur coquille. Deux pêcheuses, paniers de turbots frais aux bras, et un batelier se tenaient près de la véranda. Tandis que le batelier pressait Musashi de faire un tour aux îles que l'on voyait au large, les deux femmes tâchaient de le convaincre d'emporter des bigorneaux, où qu'il allât.

Musashi s'affairait à enlever de son pied le pansement souillé de pus. Ayant souffert intensément de sa blessure, il avait peine à croire que la fièvre et l'enflure eussent enfin disparu. Le pied avait repris sa dimension normale, et bien que la peau en fût blême et ridée, il n'était presque plus douloureux.

Chassant de la main batelier et pêcheuses, il posa sur le sable son pied sensible, et alla au bord de l'eau le laver. Revenu sur la véranda, il attendit la serveuse qu'il avait envoyée acheter des guêtres de cuir et des sandales neuves. Au retour de celle-ci, il les chaussa et fit quelques pas prudents. Il boitait encore, mais beaucoup moins que les jours précédents.

Le vieux qui faisait cuire les bigorneaux leva les yeux.

– Le passeur vous appelle. Vous n'aviez pas l'intention de traverser jusqu'à Ōminato?

– Si. Je crois que de là-bas, il y a un bateau régulier pour Tsu.

– Exact, et il y a aussi des bateaux pour Yokkaichi et Kuwana.

– Encore combien de jours avant la fin de l'année?

Le vieux se mit à rire.

– Je vous envie, dit-il. On voit bien que vous n'avez pas à payer de dettes de fin d'année. Demain, c'est le vingt-quatre.

– Seulement? Je croyais qu'on était plus tard.

– C'est beau, la jeunesse!

Tandis qu'il se hâtait vers l'embarcadère du bac, Musashi avait envie de continuer à courir, de plus en plus loin, de plus en plus vite. Passer de l'état d'invalide à celui d'homme en bonne santé lui avait remonté le moral, mais ce qui le rendait plus heureux, c'était l'expérience spirituelle qu'il avait eue ce matin-là.

Le bac était déjà plein mais il réussit à s'y faire une place. De l'autre côté de la baie, à Ōminato, il prit un bateau plus grand à destination d'Owari. Les voiles se gonflèrent, et le bateau glissa sur la surface pareille à un miroir de la baie d'Ise. Musashi, parqué avec les autres passagers, regardait en silence, de l'autre côté de l'eau, à sa gauche, le vieux marché, Yamada et la grand-route de

Matsusata. S'il se rendait à Matsusata, il aurait peut-être des chances de rencontrer le prodigieux escrimeur Mikogami Tenzen ; mais non, il était trop tôt pour cela. Il débarqua à Tsu comme prévu.

À peine descendu du bateau, il remarqua un homme qui marchait devant lui avec une courte barre à la ceinture. La barre était entourée d'une chaîne, et au bout de la chaîne il y avait une boule. L'homme portait également un court sabre de campagne, dans un fourreau de cuir. Il paraissait quarante-deux, quarante-trois ans ; son visage, aussi sombre que celui de Musashi, était grêlé, et ses cheveux roussâtres étaient tirés en arrière en toupet.

On aurait pu le prendre pour un maraudeur, n'eût été le jeune garçon qui le suivait. Les deux joues noires de suie, il portait un marteau de forgeron ; c'était manifestement un apprenti.

– Attendez-moi, maître !
– Avance !
– J'ai laissé le marteau sur le bateau.
– Alors, comme ça, tu oublies les outils qui te servent à gagner ta vie ?
– Je suis retourné le chercher.
– Et je suppose que tu en es fier. La prochaine fois que tu oublies quelque chose, je te fracasse le crâne !
– Maître... supplia l'enfant.
– Silence !
– Ne pouvons-nous passer la nuit à Tsu ?
– Il fait encore plein jour. Nous pourrons être chez nous à la tombée de la nuit.
– Ça ne fait rien ; j'aimerais m'arrêter quelque part. Puisque nous voyageons, autant en profiter.
– Ne dis pas de bêtises !

La rue qui menait en ville était bordée de marchands de souvenirs, et infestée de rabatteurs d'auberges, comme dans tous les autres ports. L'apprenti perdit à nouveau de vue son maître et scruta la foule d'un air anxieux jusqu'à ce que l'homme sortît d'un magasin de jouets avec une petite roue de couleurs vives.

– Iwa ! cria-t-il au petit.
– Oui, monsieur.

– Porte-moi donc ça. Et fais attention de ne pas le casser ! Enfonce-le dans ta boutonnière.

– C'est un souvenir pour le bébé ?

– Mmm… grogna l'homme.

Après un voyage d'affaires de quelques jours, il était impatient de voir le large sourire ravi de l'enfant lorsqu'il lui tendrait le jouet.

L'on eût dit que les deux inconnus conduisaient Musashi. Chaque fois qu'il avait l'intention de tourner, ils tournaient devant lui. Musashi se disait que ce forgeron devait être Shishido Baiken ; mais il n'en était pas sûr ; aussi improvisa-t-il une stratégie toute simple afin de s'en assurer. Feignant de ne pas les remarquer, il les dépassa un moment puis se remit à la traîne en ne cessant de les écouter. Ils traversèrent la ville-château puis se dirigèrent vers la route de montagne menant à Suzuka, vraisemblablement celle que prendrait Baiken afin de rentrer chez lui. Cela, joint aux bribes de conversation que Musashi avait surprises, lui fit conclure qu'il s'agissait bien de Baiken.

Il avait eu l'intention d'aller droit à Kyoto, mais cette rencontre fortuite se révélait trop tentante. Il s'approcha et dit aimablement :

– Vous rentrez à Umehata ?

La réponse de l'homme fut sèche :

– Oui, je vais à Umehata. Pourquoi ça ?

– Je me demandais si vous ne seriez pas Shishido Baiken.

– Si. Et vous, qui donc êtes-vous ?

– Je m'appelle Miyamoto Musashi. Je suis apprenti guerrier. Récemment, je suis allé chez vous, à Ujii, et j'ai rencontré votre épouse. J'ai l'impression que c'est la providence qui nous fait nous rencontrer ici.

– Vraiment ? dit Baiken qui, l'air de comprendre soudain, demanda : Êtes-vous l'homme qui séjournait à l'auberge de Yamada, celui qui voulait faire une passe d'armes avec moi ?

– Comment avez-vous appris ça ?

– Vous avez envoyé quelqu'un me chercher à la maison Arakida, n'est-ce pas ?

– Oui.

— Je travaillais bien pour Arakida mais je n'habitais pas la maison. J'ai emprunté un local de travail au village. Il s'agissait d'un ouvrage que personne d'autre que moi ne pouvait faire.

— Je vois. J'ai appris que vous êtes spécialiste du fléau d'armes.

— Ha! ha! Mais vous disiez que vous avez rencontré ma femme?

— Oui. Elle m'a fait la démonstration d'une des positions Yaegaki.

— Eh bien, ça devrait vous suffire. Inutile de me suivre. Oh! bien sûr, je pourrais vous montrer beaucoup plus de choses qu'elle; mais à peine les auriez-vous vues que vous prendriez le chemin de l'autre monde.

Musashi avait trouvé la femme très autoritaire, mais l'homme se montrait véritablement arrogant. Musashi était presque certain, d'après ce qu'il avait déjà vu, qu'il pouvait se mesurer à cet homme, mais il s'interdit trop de hâte. Takuan lui avait enseigné la première leçon de l'existence : que le monde contient beaucoup de gens qui risquent fort de vous être supérieurs. Leçon qu'avaient confirmée ses expériences au Hozōin et au château de Koyagyū. Avant de laisser son orgueil et sa confiance en lui l'amener à sous-estimer un adversaire, il voulait le jauger sous tous les angles. Tout en assurant ses bases, il resterait sociable, même si cela risquait parfois de paraître lâche ou servile à son adversaire.

En réponse à la remarque méprisante de Baiken, il dit avec une expression de respect qui convenait à sa jeunesse :

— Je vois. J'ai en effet appris beaucoup de votre épouse, mais puisque j'ai la chance de vous rencontrer je vous serais reconnaissant de m'en dire davantage sur l'arme que vous employez.

— Si vous ne voulez que parler, très bien. Avez-vous l'intention de passer la nuit à l'auberge, près de la barrière ?

— Oui, à moins que vous n'ayez l'amabilité de m'héberger une autre nuit.

— Vous êtes le bienvenu si vous acceptez de coucher dans la forge avec Iwa. Mais je ne tiens pas une auberge, et nous n'avons pas d'autre lit.

Au coucher du soleil, ils atteignirent le pied du mont Suzuka ; le petit village, sous des nuages rouges, avait l'air aussi paisible qu'un lac. Iwa courut en avant annoncer leur arrivée, et lorsqu'ils parvinrent à la maison, la femme de Baiken attendait sous l'auvent, tenant le bébé et la roue.

– Regarde, regarde, regarde ! roucoulait-elle. Papa est parti ; papa est revenu. Regarde, le voilà.

En un clin d'œil, papa cessa d'être l'image même de l'arrogance pour fondre en un sourire paternel.

– Regarde, mon garçon, voilà papa, bêtifia-t-il en levant la main pour faire danser ses doigts.

Mari et femme disparurent à l'intérieur et s'assirent ; ils ne parlaient que du bébé et de sujets domestiques, sans s'occuper de Musashi.

Enfin, quand le dîner fut prêt, Baiken se rappela son hôte.

– Ah ! oui, donne donc à cet homme quelque chose à manger, dit-il à son épouse.

Musashi, assis dans la forge au sol en terre battue, se chauffait au feu. Il n'avait pas même ôté ses sandales.

– Il était au même endroit l'autre jour. Il a passé la nuit, répondit avec maussaderie la femme.

Elle mit du saké à chauffer dans l'âtre, devant son mari.

– Jeune homme ! appela Baiken. Vous buvez du saké ?

– Ça ne me déplaît pas.

– Prenez-en une coupe.

– Merci.

Musashi se rendit au seuil de la salle du foyer, reçut une coupe de saké local, qu'il porta à ses lèvres. Il avait un goût aigre. Après l'avoir avalé, il offrit la coupe à Baiken en disant :

– Permettez-moi de vous en verser une coupe.

– Ne vous inquiétez pas, j'en ai une. (Il regarda Musashi un instant puis demanda :) Quel âge avez-vous ?

– Vingt-deux ans.

– D'où venez-vous ?

– Du Mimasaka.

Les yeux de Baiken, repartis errer ailleurs, revinrent soudain à Musashi qu'ils réexaminèrent de la tête aux pieds.

– Voyons, vous me l'avez dit il y a un moment. Votre nom... quel est votre nom ?

– Miyamoto Musashi.

– Comment écrivez-vous Musashi ?

– Cela s'écrit de la même façon que Takezō.

La femme entra et posa de la soupe, des marinades, des baguettes et un bol de riz sur la natte de paille, devant Musashi.

– Mangez ! dit-elle sans cérémonie.

– Merci, répondit Musashi.

Baiken attendit quelques secondes, puis déclara, comme se parlant à lui-même :

– Il est chaud maintenant... le saké.

En versant une autre coupe à Musashi, il demanda d'un air dégagé :

– Cela veut-il dire qu'on vous appelait Takezō quand vous étiez plus jeune ?

– Oui.

– On vous donnait encore ce nom quand vous aviez environ dix-sept ans ?

– Oui.

– Quand vous aviez cet âge à peu près, est-ce que par hasard vous n'étiez pas à la bataille de Sekigahara avec un autre garçon de votre âge approximativement ?

Ce fut le tour de Musashi d'être surpris.

– Comment le savez-vous ? dit-il avec lenteur.

– Oh ! je sais pas mal de choses. J'étais à Sekigahara, moi aussi. (À cette nouvelle, Musashi se sentit mieux disposé envers l'homme ; Baiken, lui aussi, parut soudain plus cordial.) Je me disais bien que je vous avais vu quelque part, reprit le forgeron. Nous devons nous être rencontrés sur le champ de bataille.

– Vous étiez dans le camp d'Ukita, vous aussi ?

– Je vivais alors à Yasugawa, et je suis allé à la guerre avec un groupe de samouraïs de l'endroit. Nous étions en première ligne.

– Vraiment ? Nous avons dû nous voir à ce moment-là.

– Que diable est-il arrivé à votre ami ?

– Je ne l'ai pas revu depuis.

– Depuis la bataille ?

– Pas exactement. Nous sommes restés quelque temps dans une maison d'Ibuki, à attendre la guérison de mes blessures. C'est là que nous... euh... nous sommes séparés. Je ne l'ai pas revu depuis.

Baiken fit savoir à sa femme qu'ils n'avaient plus de saké. Elle était déjà couchée avec le bébé.

– Il n'y en a plus, répondit-elle.

– J'en veux encore. Et tout de suite!

– Pourquoi boire autant ce soir, en particulier?

– Nous avons par ici une intéressante petite conversation. Il nous faut encore du saké.

– Mais il n'y en a pas.

– Iwa! appela-t-il à travers la mince cloison de planches, dans un coin de la forge.

– Qu'est-ce qu'il y a, monsieur? dit l'enfant.

Il poussa la porte et passa la tête en se baissant car la porte était basse.

– Va donc chez Onosaku emprunter une bouteille de saké.

Musashi avait assez bu.

– Si ça ne vous ennuie pas, je vais manger, dit-il en prenant ses baguettes.

– Non, non, attendez, fit Baiken en se hâtant de saisir Musashi par le poignet. Il n'est pas temps de manger. Maintenant que j'ai envoyé chercher du saké, prenez-en encore un peu.

– Si vous l'avez envoyé chercher pour moi, vous n'auriez pas dû. Je ne crois pas que je puisse boire une goutte de plus.

– Allons donc! insista Baiken. Vous disiez vouloir en savoir davantage au sujet du fléau d'armes. Je vous dirai tout ce que je sais, mais buvons quelques coupes en bavardant.

Lorsque Iwa revint avec le saké, Baiken en versa dans une jarre à chauffer qu'il mit sur le feu, et parla longuement du fléau d'armes et des moyens de s'en servir avec profit au combat. Son avantage, dit-il à Musashi, c'est qu'à la différence du sabre il ne donne pas à l'ennemi le temps de se défendre. En outre, avant d'attaquer directement l'ennemi, l'on pouvait lui arracher son arme avec la chaîne. On lançait la chaîne avec adresse, on tirait d'un coup sec, et l'ennemi n'avait plus de sabre.

Baiken, en restant assis, fit la démonstration d'une posture.

– Vois-tu, tu tiens la faucille de la main gauche et la boule de la droite. Si l'ennemi vient à toi, tu l'attaques avec la lame, et puis tu lui lances la boule à la figure. C'est une méthode. (Changeant de position, il poursuivit :) Et maintenant, dans le même cas, lorsqu'il y a un certain espace entre toi et l'ennemi, tu lui enlèves son arme avec la chaîne. Peu importe le type d'arme : sabre, lance, gourdin, que sais-je encore ?

Baiken poursuivit à l'infini, indiquant à Musashi des façons de lancer la boule ; les dix traditions orales au moins qui concernaient l'arme ; comment la chaîne ressemblait à un serpent ; comment on pouvait, en alternant avec astuce les mouvements de la chaîne et de la faucille, créer des illusions d'optique en vue de faire fonctionner la défense de l'ennemi à son propre détriment ; toutes les méthodes secrètes pour utiliser l'arme.

Musashi était fasciné. Quand il entendait parler de cette manière, il écoutait avec son corps entier, désireux d'absorber le moindre détail.

La chaîne. La faucille. Deux mains...

Tandis qu'il écoutait, d'autres idées germaient dans son esprit. « Le sabre se manie d'une seule main, mais l'homme a deux mains... »

La seconde bouteille de saké était vide. Baiken avait beaucoup bu, mais forcé Musashi à boire encore davantage ; le jeune homme avait largement dépassé ses limites ; de sa vie il n'avait été aussi ivre.

– Réveille-toi ! cria Baiken à sa femme. Laisse notre hôte dormir là. Toi et moi pourrons coucher dans la chambre du fond. Va préparer le lit. (La femme ne bougeait pas.) Debout ! fit Baiken, plus fort. Notre hôte est fatigué. Laisse-le se coucher tout de suite.

Maintenant, les pieds de son épouse étaient bien réchauffés ; se lever serait désagréable.

– Tu as dit qu'il pourrait dormir dans la forge avec Iwa, marmonna-t-elle.

– Assez d'impertinences. Fais ce que je te dis ! (Elle se leva, piquée, et gagna directement la chambre du fond. Baiken prit dans ses bras le bébé endormi en disant :) Ce sont de vieilles couvertures, mais tu as le feu juste à côté de toi. Si tu as soif, il y a de l'eau dessus pour le thé. Couche-toi. Installe-toi bien.

Et il passa lui aussi dans la chambre du fond.

Quand la femme revint pour changer les oreillers, la mauvaise humeur avait disparu de son visage.

– Mon mari a beaucoup bu lui aussi, déclara-t-elle, et son voyage a dû le fatiguer. Il dit qu'il a l'intention de faire la grasse matinée ; aussi, prenez vos aises et dormez aussi longtemps que vous voudrez. Demain, je vous donnerai un bon petit déjeuner bien chaud.

– Merci. (Musashi ne trouva rien d'autre à dire. Il était impatient de se débarrasser de ses guêtres de cuir et de son manteau.) Merci beaucoup.

Il se glissa dans les couvertures encore chaudes, mais son propre corps était encore plus brûlant d'alcool. La femme, debout sur le seuil, le regarda puis souffla doucement la chandelle en disant :

– Bonne nuit.

Musashi avait l'impression qu'un cercle d'acier lui entourait la tête ; les tempes lui battaient douloureusement. Il se demandait pourquoi il avait bu tellement plus que d'habitude. Bien qu'il se sentît dans un état affreux, il ne pouvait s'empêcher de penser à Baiken. Pourquoi le forgeron, à peine poli d'abord, était-il devenu soudain amical et avait-il envoyé chercher un supplément de saké ? Pourquoi sa désagréable épouse était-elle brusquement devenue douce et prévenante ? Pourquoi lui avait-on donné ce lit bien chaud ?

Tout cela semblait inexplicable ; mais avant que Musashi n'eût résolu ce mystère, la torpeur l'envahit. Il ferma les yeux, prit quelques inspirations profondes, et remonta les couvertures. Seul, son front demeurait visible, éclairé de temps en temps par les étincelles du foyer. Peu à peu, l'on entendit une respiration pleine et régulière.

L'épouse de Baiken se retira sur la pointe des pieds dans la chambre du fond.

Musashi eut un rêve, ou plutôt un fragment de rêve incessamment répété. Un souvenir d'enfance voletait comme un insecte dans son esprit assoupi, essayant, semblait-il, d'écrire quelque chose en lettres lumineuses. Il entendait les paroles d'une berceuse :

Dors, dors.
Les bébés qui dorment sont gentils...

De retour à la maison, au Mimasaka, il entendait la berceuse qu'avait chantée en dialecte d'Isa la femme du forgeron. Il était bébé dans les bras d'une femme au teint clair d'une trentaine d'années... sa mère... Cette femme devait être sa mère. Contre la poitrine de sa mère, il levait les yeux vers son pâle visage.

« ... méchants, et ils font aussi pleurer leur mère... » En le berçant dans ses bras, sa mère chantait avec douceur. Son fin visage distingué paraissait légèrement bleuâtre, comme une fleur de poirier. Il y avait un mur, un long mur de pierre, sur lequel poussait de l'hépatique. Et un mur en terre au-dessus de quoi des branches s'assombrissaient dans la nuit tombante. De la maison rayonnait la lumière d'une lampe. Des larmes brillaient sur les joues de sa mère. Le bébé regardait avec étonnement les larmes.

– Va-t'en ! Retourne chez toi !

C'était la voix menaçante de Munisai, venue de l'intérieur de la maison. Et il s'agissait d'un ordre. La mère de Musashi se levait lentement. Elle courait au bord d'un long quai de pierre. En pleurant, elle se jetait dans la rivière et gagnait le centre.

Incapable de parler, le bébé se convulsait dans les bras de sa mère, essayait de l'avertir qu'un danger l'attendait. Plus il s'agitait, plus elle le serrait. Sa joue humide caressait la sienne.

– Takezō, demandait-elle, es-tu l'enfant de ton père ou celui de ta mère ?

Munisai criait de la berge. La mère de Musashi s'enfonçait sous les eaux. Le bébé, jeté sur les galets de la rive, hurlait parmi des primevères en fleur.

Musashi ouvrit les yeux. Quand il recommença de s'assoupir, une femme – sa mère ? quelqu'un d'autre ? – fit intrusion dans son rêve et le réveilla de nouveau. Musashi ne se rappelait pas la physionomie de sa mère. Bien qu'il pensât fréquemment à elle, il n'aurait pu dessiner son visage. Chaque fois qu'il voyait une autre mère, il se disait que la sienne lui avait peut-être ressemblé.

« Pourquoi cette nuit ? » songeait-il.

Le saké s'était dissipé. Il ouvrit les yeux et regarda le plafond. Le noir de la suie s'éclairait d'une lueur rougeâtre, reflet des tisons du foyer. Son regard se posa sur la roue pendue au plafond, au-dessus de lui. Il remarqua aussi que l'odeur de la mère et de l'enfant imprégnait encore les couvertures. Avec un vague sentiment de nostalgie, il gisait là, à moitié endormi, les yeux fixés sur la roue.

La roue se mit lentement à tourner. Rien de surprenant à cela ; elle était faite pour tourner. Mais… mais seulement s'il y avait du vent ! Musashi entreprit de se lever puis s'arrêta et écouta avec attention. Il entendait une porte que l'on faisait glisser doucement pour la fermer. La roue cessa de tourner.

Musashi reposa silencieusement la tête sur l'oreiller, et tâcha de comprendre ce qui se passait dans la maison. L'on eût dit un insecte sous une feuille, essayant de deviner le temps qu'il faisait au-dessus. Tout son corps résonnait aux moindres modifications de son environnement ; ses nerfs sensitifs étaient tendus à se rompre. Il savait que sa vie se trouvait en danger, mais pourquoi ?

« Est-ce un repaire de brigands ? » commença-t-il par se demander ; mais non. S'il s'était agi de voleurs professionnels, ils auraient su qu'il n'avait rien qui méritât d'être volé.

« A-t-il quelque chose contre moi ? » Cela ne semblait pas tenir non plus. Musashi avait la certitude absolue de n'avoir jamais vu Baiken auparavant.

Sans en comprendre le motif, il sentait dans sa chair que quelqu'un ou quelque chose menaçait son existence même. Il savait aussi que ce mystérieux adversaire était tout proche ; il fallait décider rapidement s'il allait rester couché à attendre sa venue, ou s'abriter à temps.

Passant la main sur le seuil de la forge, il tâtonna à la recherche de ses sandales. Il enfila l'une, puis l'autre, sous la couverture, au pied du lit.

La roue se remit à tournoyer. À la lueur du feu, elle tournait comme une fleur ensorcelée. Il y avait des bruits de pas à peine audibles, tant à l'intérieur qu'à l'extérieur de la maison, tandis que Musashi tassait en silence la literie pour lui donner grossièrement la forme d'un corps humain.

Sous le court rideau pendu au seuil, parurent les deux yeux d'un homme qui entrait en rampant, son sabre dégainé. Un autre, portant une lance et rasant le mur, se glissa au pied du lit. Tous deux regardaient fixement la literie en écoutant la respiration du dormeur. Puis, comme un nuage de fumée, un troisième bondit en avant. C'était Baiken, qui tenait la faucille dans la main gauche et la boule dans la droite.

Les regards des hommes se croisèrent, et ils synchronisèrent leur souffle. L'homme qui se trouvait au chevet du lit envoya d'un coup de pied l'oreiller en l'air, et l'homme qui se trouvait au pied, sautant dans la forge, visa de sa lance la forme couchée. Cachant derrière son dos la faucille, Baiken cria :

– Debout, Musashi !

Aucune réponse ne vint du lit immobile. L'homme à la lance rejeta les couvertures.

– Il n'est pas là ! cria-t-il.

Baiken, en promenant des yeux perplexes autour de la pièce, aperçut la roue qui tournait rapidement.

– Il y a quelque part une porte ouverte ! s'exclama-t-il.

Bientôt, un autre homme poussa des cris de colère. La porte qui menait de la forge à une allée contournant le dos de la maison était ouverte d'une soixantaine de centimètres, et un vent mordant s'engouffrait à l'intérieur.

– Il est sorti par ici !

– Qu'est-ce que fabriquent ces imbéciles ? cria Baiken en s'élançant au-dehors.

De sous les auvents et hors des coins sombres s'avançaient des formes noires.

– Maître ! Ça s'est bien passé ? demanda une voix basse, excitée.

Baiken écumait.

– Que veux-tu dire, espèce d'idiot ? Pourquoi donc crois-tu que je t'ai posté ici à faire le guet ? Il a filé ! Il doit être passé par ici.

– Parti ? Comment est-ce qu'il a pu sortir ?

– Tu oses me le demander ? Triple buse ! (Baiken rentra et arpenta nerveusement la pièce.) Il ne peut être parti que dans deux directions : ou bien il est monté au gué de Suzuka, ou bien il est retourné à la grand-route de Tsu. Dans les deux cas, il ne saurait être loin. Rattrapez-le !

– De quel côté croyez-vous qu'il soit allé ?

– Euh... Je vais du côté de Suzuka. Chargez-vous de la route du bas !

Les hommes de l'intérieur se joignirent à ceux de l'extérieur, formant un groupe hétéroclite d'une dizaine d'individus, tous armés. L'un d'eux, qui portait un mousquet, avait l'air d'un chasseur ; un autre, muni d'un petit sabre de campagne, devait être un bûcheron. Comme ils se séparaient, Baiken cria :

– Si vous le trouvez, tirez un coup de feu ; alors, que tout le monde se rassemble !

Ils se mirent allègrement en route, mais au bout d'une heure environ revinrent à la débandade, l'oreille basse, tenant entre eux des propos découragés. Ils s'attendaient à une mercuriale de leur chef, mais en arrivant à la maison ils trouvèrent Baiken assis par terre dans la forge, les yeux baissés et sans expression. Comme ils tentaient de lui remonter le moral, il déclara :

– Inutile de gémir là-dessus maintenant. (En quête d'un moyen de passer sa colère, il empoigna un morceau de bois calciné qu'il cassa d'un coup sec sur son genou.) Apporte-moi du saké ! J'ai envie de boire.

Il ranima le feu, et jeta du petit bois dessus. La femme de Baiken, tout en essayant de calmer le bébé, lui rappela qu'il n'y avait plus de saké. L'un des hommes se porta volontaire pour aller chez lui en chercher, ce qu'il fit avec célérité. Le breuvage fut bientôt chaud, et l'on passa les coupes à la ronde.

La conversation était sporadique et mélancolique :

– Ça me rend fou.

– Le petit salaud !
– Il a de la chance.
– Vous inquiétez pas, maître. Vous avez fait tout votre possible. Les hommes du dehors ont raté leur coup.

Les susnommés, honteux, présentèrent leurs excuses. Ils tâchèrent d'enivrer Baiken afin qu'il s'endormît, mais il restait assis là, à faire la grimace à cause de l'amertume du saké, mais sans accuser personne de l'échec. Enfin, il dit :

– Je n'aurais pas dû faire tant d'histoires, et demander leur aide à un aussi grand nombre d'entre vous. J'aurais pu me charger de lui tout seul, mais je me suis dit qu'il valait mieux être prudent. Après tout, il a tué mon frère, et Tsujikazé Temma n'était pas une mauviette.

– Est-il vraiment possible que ce rōnin soit le garçon qui se cachait voilà quatre ans chez Okō ?

– Il doit l'être. C'est l'âme de mon frère mort qui l'a amené ici, j'en suis sûr. Au début, je ne m'en doutais pas le moins du monde ; mais alors, il m'a dit avoir été à Sekigahara, et qu'autrefois il s'appelait Takezō. Son âge correspond. Je sais que c'est lui.

– Allons, maître, n'y pensez plus cette nuit. Couchez-vous. Reposez-vous.

Tous l'aidèrent à se mettre au lit ; quelqu'un ramassa l'oreiller que l'on avait écarté d'un coup de pied, et le lui mit sous la tête. Aussitôt que Baiken eut fermé les yeux, un ronflement sonore remplaça la colère qui l'avait empli.

Les hommes se saluèrent l'un l'autre de la tête et se dispersèrent dans la brume du petit matin. C'était de la racaille : sous-ordres de pillards comme Tsujikazé Temma d'Ibuki et Tsujikazé Kōhei de Yasugawa, qui se faisait maintenant appeler Shishido Baiken. À moins qu'ils ne fussent des parasites au bas de l'échelle sociale. Poussés par les temps nouveaux, ils étaient devenus cultivateurs, artisans ou chasseurs, mais ils avaient encore des crocs qui n'étaient que trop prêts à mordre les honnêtes gens lorsque l'occasion s'en présentait.

Dans la maison, l'on n'entendait que le souffle des dormeurs.

À l'angle du couloir qui reliait l'atelier à la cuisine, à côté d'un grand four en terre, se dressait une pile de bois à brûler. Au-dessus pendaient un parapluie et de grosses pèlerines de paille contre la pluie. Dans l'ombre, entre le four et le mur, une des capes imperméables remua ; silencieuse, elle s'éleva contre le mur, centimètre par centimètre, jusqu'à ce qu'elle fût pendue à un clou.

La silhouette d'un homme, noircie par la fumée, parut soudain sortir de la muraille elle-même. À aucun moment, Musashi n'avait quitté d'un pas la maison. Après s'être glissé hors des couvertures, il avait ouvert la porte extérieure, puis s'était confondu avec le bois à brûler en abaissant sur lui la cape imperméable.

En silence, il traversa la forge et regarda Baiken. « Végétations », diagnostiqua Musashi : Baiken ronflait violemment. La situation lui parut drôle, et il eut un large sourire.

Il se tint là quelques instants à réfléchir. De toute manière, il avait gagné sa passe d'armes avec Baiken. Nette victoire. Pourtant, l'homme étendu là, frère de Tsujikazé Temma, avait tenté de l'assassiner pour apaiser l'âme de son frère mort... admirable sentiment pour un simple pillard.

Musashi devait-il le tuer ? S'il le laissait vivre, il continuerait de guetter l'occasion de prendre sa revanche, et la prudence commandait à coup sûr de s'en débarrasser aussitôt. Mais une question subsistait : méritait-il d'être tué ?

Musashi médita quelque temps avant de parvenir à ce qui paraissait la solution idéale. Il décrocha du mur, au pied de Baiken, une des propres armes du forgeron. Tout en tirant la lame de son fourreau, il examina le visage endormi. Puis il enveloppa la lame dans un morceau de papier humide, et la disposa soigneusement en travers du cou de Baiken ; il recula pour admirer son œuvre.

La roue était endormie, elle aussi. Sans l'enveloppe de papier, se disait Musashi, la roue risquait, en s'éveillant au matin, de tourner comme une folle à la vue de la tête de son maître, tombée de l'oreiller.

Quand Musashi avait tué Tsujikazé Temma, il avait eu une raison, et de toute manière il brûlait encore de la fièvre du combat. Mais il n'avait rien à gagner au meurtre du forgeron. Et qui sait ? S'il le tuait, le petit propriétaire de la roue risquait de passer sa vie à chercher à venger le meurtre de son père.

Cette nuit-là, Musashi n'avait cessé de penser à son propre père et à sa propre mère. Debout là près de cette famille endormie, environné par la légère et douce odeur du lait maternel, il éprouvait un peu d'envie. Il avait même un certain regret à s'en aller.

Dans son cœur il leur parla : « Je regrette de vous avoir troublés. Dormez bien. » En silence il ouvrit la porte extérieure, et sortit.

LE CHEVAL VOLANT

Otsū et Jōtarō parvinrent tard dans la nuit à la barrière, descendirent dans une auberge, et se remirent en route avant que la brume du matin se dissipât. Du mont Fudesute ils gagnèrent à pied Yonkenjaya, où ils commencèrent à sentir sur leur dos la chaleur du soleil levant.

– Que c'est beau ! s'exclama Otsū en s'arrêtant pour contempler le large globe doré.

Elle paraissait pleine d'espoir et de bonne humeur. C'était l'un de ces merveilleux instants où tous les êtres vivants, même les animaux et les plantes, doivent éprouver plaisir et fierté à vivre ici-bas.

– Nous sommes les tout premiers sur la route, dit Jōtarō avec une satisfaction visible. Personne devant nous.

– Tu parais t'en vanter. Quelle importance ?

– C'est très important pour moi.

– Crois-tu que ça rendra la route plus courte ?

– Oh ! ce n'est pas ça. Seulement c'est agréable d'être le premier, même sur la route. Reconnaissez que ça vaut mieux que d'être à la traîne derrière des palanquins ou des chevaux.

– C'est vrai.

– Quand il n'y a personne d'autre que moi sur la route, j'ai l'impression qu'elle m'appartient.

– Dans ce cas, pourquoi ne pas faire semblant d'être un grand samouraï à cheval, en train de surveiller tes vastes domaines ? Je serai ta suite. (Elle ramassa une tige de bambou qu'elle agita cérémonieusement en criant d'un ton de psalmodie :) Prosternez-vous, tous ! Prosternez-vous devant Sa Seigneurie !

De sous l'auvent d'une maison de thé, un homme jeta un coup d'œil interrogateur. Surprise à ce jeu d'enfant, Otsū rougit et continua rapidement sa route.

– Vous ne pouvez pas faire ça, protesta Jōtarō. Vous ne devez pas fuir la présence de votre maître. Si vous le faites, il me faudra vous mettre à mort !

– Je n'ai plus envie de jouer.

– C'est vous qui jouiez, pas moi.

– Oui, mais tu avais commencé. Mon Dieu ! L'homme du salon de thé continue à nous regarder. Il doit nous trouver stupides.

– Retournons-y.

– Pour quoi faire ?

– J'ai faim.

– Déjà ?

– Ne pourrions-nous manger maintenant la moitié des boulettes de riz que nous avons emportées pour déjeuner ?

– Un peu de patience. Nous n'avons pas encore parcouru trois kilomètres. Si je te laissais faire, tu mangerais cinq repas par jour.

– Peut-être. Mais moi, je ne prends pas des palanquins ou des chevaux de louage, comme vous.

– C'était seulement hier au soir, parce que la nuit tombait et que nous étions pressés. Si ça te gêne, aujourd'hui je ferai toute la route à pied.

– Aujourd'hui, ça devrait être mon tour de monter à cheval.

– Les enfants n'ont pas besoin de monter à cheval.

– Mais je veux essayer. Je peux ? Je vous en prie !

– Eh bien, peut-être, mais seulement aujourd'hui.

– J'ai vu un cheval attaché à la maison de thé. Nous pourrions le louer.

– Non, il est encore trop tôt dans la journée.

– Alors, vous ne parliez pas sérieusement quand vous avez dit que je pourrais monter !

– Si, mais tu n'es même pas fatigué encore. Ce serait gaspiller de l'argent que de louer un cheval.

– Vous savez parfaitement que je ne me fatigue jamais. Je ne serais pas fatigué si nous marchions cent jours et parcourions quinze cents kilomètres. Si je dois attendre d'être épuisé, je ne monterai jamais à cheval. Allons, Otsū, louons-le maintenant, pendant qu'il n'y a personne devant nous. Ça serait beaucoup plus sûr que lorsque la route est noire de monde. S'il vous plaît !

Comprenant que s'ils continuaient ainsi, ils perdraient le temps qu'ils avaient gagné, Otsū céda ; Jōtarō devina son acquiescement plutôt qu'il ne l'attendit, et regagna en courant la maison de thé.

Bien qu'il y eût en réalité quatre maisons de thé dans les parages, ainsi que l'indiquait le nom de Yonkenjaya, elles se trouvaient situées en différents points des pentes des monts Fudesute et Kutsukake. Celle qu'ils avaient dépassée était la seule en vue. Courant vers le patron et s'arrêtant pile, Jōtarō s'écria :

– Hé, là-bas, je veux un cheval ! Sortez-m'en un.

Le vieux ouvrait les volets, et les cris du gamin le réveillèrent en sursaut. L'air mauvais, il grogna :

– Qu'est-ce que c'est que cette histoire ? Tu me casses les oreilles.

– Il me faut un cheval. S'il vous plaît, préparez-m'en un tout de suite. C'est combien pour Minakuchi ? Si ça n'est pas trop cher, je le prendrai peut-être même jusqu'à Kusatsu.

– Tu es le petit garçon de qui ?

– Je suis le fils de mon père et de ma mère, répliqua Jōtarō avec insolence.

– Je te croyais le rejeton indiscipliné du dieu de l'orage.

– C'est vous, le dieu de l'orage, n'est-ce pas ? Vous m'avez l'air aussi rapide que l'éclair.

– En voilà, un moutard !

– Apportez-moi le cheval, un point c'est tout.

– Ma parole, tu crois que ce cheval est à louer. Eh bien, non. Aussi je crains bien de ne pas avoir l'honneur de le prêter à Votre Seigneurie.

– En ce cas, monsieur, n'aurais-je pas le plaisir de le louer ? répondit Jōtarō en imitant le ton de l'homme.

– Espèce d'effronté ! cria l'homme en attrapant dans le feu, sous son four, un morceau de petit bois allumé qu'il lança à l'enfant.

Le bâton enflammé manqua Jōtarō mais atteignit l'antique jument attachée sous l'auvent. Avec un hennissement déchirant, elle se cabra en se heurtant le dos contre une poutre.

– Chenapan ! glapit le patron.

Il bondit hors de sa boutique en postillonnant des malédictions, et courut à l'animal. Comme il déliait la corde et menait la jument dans la cour latérale, Jōtarō revint à la charge :

– Je vous en prie, prêtez-la-moi.
– Impossible.
– Et pourquoi donc ?
– Je n'ai pas de valet pour l'accompagner.

Maintenant aux côtés de Jōtarō, Otsū fit une proposition : s'il n'y avait pas de valet, elle pouvait payer d'avance la course, et renvoyer de Minakuchi la jument avec un voyageur venant dans l'autre sens. Ses manières agréables radoucirent le vieux qui crut pouvoir lui faire confiance. Il lui tendit la corde en disant :

– Dans ce cas vous pouvez l'emmener à Minakuchi ou même à Kusatsu, si vous voulez. Tout ce que je vous demande, c'est de la renvoyer.

Comme ils s'éloignaient, Jōtarō, fort en colère, s'exclama :

– Qu'en dites-vous ? Il m'a traité comme un chien, et dès qu'il a vu une jolie figure...

– Attention à ce que tu dis sur le vieil homme. Sa jument t'écoute. Elle risque de prendre la mouche et de te jeter à bas.

– Vous croyez que cette vieille haridelle puisse avoir raison de moi ?

– Tu ne sais pas monter à cheval, n'est-ce pas ?
– Bien sûr, que je sais monter à cheval.
– Alors, pourquoi donc essaies-tu de grimper par-derrière ?
– Eh bien, aidez-moi à monter !
– Quel fléau !

L'ayant pris sous les aisselles, elle l'assit sur l'animal. Jōtarō promena sur le monde, au-dessous de lui, un regard majestueux.

– S'il vous plaît, marchez devant, Otsū, dit-il.
– Tu n'es pas assis comme il faut.
– Ne vous inquiétez pas. Je suis très bien.
– Bon, mais tu vas t'en mordre les doigts.

La corde dans une main, Otsū fit au revoir de l'autre au patron, et tous deux se mirent en route. Ils n'avaient pas fait cent pas qu'ils entendirent dans le brouillard, derrière eux, un cri violent accompagné d'un bruit de course.

– Qui ça peut-il bien être? demanda Jōtarō.
– Est-ce nous que l'on appelle? dit Otsū.

Ils arrêtèrent la jument et regardèrent autour d'eux. L'ombre d'un homme prit forme dans la brume blanche, pareille à de la fumée. D'abord, ils ne purent deviner que des contours, puis des couleurs; mais l'homme fut bientôt assez proche pour leur permettre de distinguer son aspect d'ensemble et son âge approximatif. Une aura diabolique environnait son corps, comme s'il était accompagné d'un tourbillon de vent furieux. Il fut rapidement à côté d'Otsū, s'arrêta, et d'un geste prompt lui arracha la corde.

– Descends! ordonna-t-il en levant sur Jōtarō des yeux furibonds.

La jument fit un écart en arrière. Agrippé à sa crinière, Jōtarō s'écria :

– Vous n'avez pas le droit! J'ai loué cette jument, pas vous!

L'homme eut un reniflement de mépris, et dit :

– Vous, femme!
– Oui? fit à voix basse Otsū.
– Je m'appelle Shishido Baiken. J'habite au village d'Ujii, là-haut dans les montagnes, au-delà de la barrière. Pour des raisons sur lesquelles je ne m'étendrai pas, je recherche un homme appelé Miyamoto Musashi. Il a pris cette route un peu avant le jour, ce matin. Il a dû passer par ici voilà plusieurs heures; il me faut donc faire vite si je veux le rattraper à Yasugawa, à la frontière de l'Ōmi. Donnez-moi votre jument.

Il parlait très vite, en haletant. Dans l'air froid le brouillard se condensait en fleurs de givre sur les branches et les rameaux, mais son cou luisait de sueur ainsi qu'une peau de serpent.

Otsū se tenait immobile, mortellement pâle, comme si la terre au-dessous d'elle eût aspiré tout le sang de son corps. Les lèvres tremblantes, elle voulait désespérément s'assurer qu'elle avait bien entendu. Elle ne pouvait prononcer un traître mot.

– Vous avez dit Musashi ? laissa échapper Jōtarō.

Il était toujours agrippé à la crinière de la jument, mais ses bras et ses jambes tremblaient. Baiken se trouvait trop pressé pour remarquer leur réaction.

– Allons, commanda-t-il. Descends, et vite, ou je t'administre une raclée.

Il brandissait l'extrémité de la corde à la façon d'un fouet. Jōtarō secoua une tête inflexible :

– Je refuse.

– Qu'est-ce que ça veut dire : je refuse ?

– C'est mon cheval. Vous ne pouvez l'avoir. Ça m'est égal, que vous soyez pressé.

– Attention ! J'ai été bien gentil ; j'ai tout expliqué parce que vous n'êtes qu'une femme et un enfant qui voyagez seuls, mais...

– N'ai-je pas raison, Otsū ? l'interrompit Jōtarō. Nous n'avons pas à lui laisser la jument, hein ?

Otsū aurait pu embrasser l'enfant. En ce qui la concernait, il s'agissait moins de la jument que d'empêcher ce monstre d'aller plus vite.

– C'est vrai, dit-elle. Je ne doute pas que vous soyez pressé, monsieur, mais nous aussi. Vous pouvez louer l'un des chevaux qui font régulièrement la navette du haut en bas de la montagne. Cet enfant dit vrai : il est injuste d'essayer de nous prendre notre jument.

– Je refuse de descendre, répéta Jōtarō. Je mourrais plutôt !

– Vous êtes bien décidés à ne pas me donner la jument ? demanda Baiken d'un ton bourru.

– Vous auriez dû vous en rendre compte dès le début, répondit gravement Jōtarō.

– Sale gosse ! vociféra Baiken, rendu furieux par le ton du gamin.

Jōtarō, s'accrochant plus fort à la crinière de la jument, avait l'air d'une puce. Baiken leva la main, lui saisit la jambe et commença de tirer dessus pour le faire descendre. C'était l'instant ou jamais pour Jōtarō de faire usage de son sabre de bois, mais dans son trouble il oublia complètement l'arme. Face à un ennemi tellement plus fort que lui, la seule défense qui lui vint à l'esprit fut de cracher à la figure de Baiken, ce dont il ne se priva pas.

Otsū était épouvantée. La peur d'être blessée ou tuée par cet homme lui desséchait la bouche. Mais il n'était pas question de céder, de lui laisser prendre la jument. L'on pourchassait Musashi ; plus elle retarderait ce démon, plus Musashi aurait de temps pour fuir. Peu lui importait que la distance entre lui et elle-même s'accrût ainsi – juste au moment où elle apprenait que du moins ils étaient sur la même route. Elle se mordit la lèvre, cria : « Vous ne pouvez pas faire ça ! » et frappa Baiken à la poitrine avec une force dont elle-même ne se savait point capable.

Baiken, encore en train de s'essuyer la figure, perdit l'équilibre ; en cet instant, Otsū saisit la poignée de son sabre.

– Garce ! aboya-t-il en cherchant à lui saisir le poignet.

Alors, il hurla de douleur : le sabre était déjà parti hors de son fourreau, et au lieu du bras d'Otsū, sa main serrait la lame. Les bouts de deux doigts de sa main droite tombèrent par terre. Tenant sa main sanglante, il bondit en arrière, ce qui tira le sabre de son fourreau. L'éclair d'acier jailli de la main d'Otsū zébra le sol et s'immobilisa derrière elle.

Baiken avait commis une erreur pire encore que celle de la nuit précédente. Maudissant son imprudence, il chercha à se relever. Otsū, qui n'avait maintenant plus peur de rien, balançait latéralement la lame vers lui. Mais il s'agissait d'une grosse arme à large lame, longue de près d'un mètre, et que tous les hommes n'auraient pu manier facilement. Baiken esquiva ; les mains d'Otsū hésitèrent, et elle trébucha en avant. Elle sentit soudain ses poignets fléchir, et un sang rouge noirâtre lui jaillit au visage. Après un instant d'étourdissement, elle se rendit compte que le sabre avait entaillé la croupe de la jument.

La blessure était peu profonde, mais la jument fit un vacarme de tous les diables, se cabra et rua furieusement. Baiken, poussant des cris inarticulés, saisit le poignet d'Otsū pour essayer de lui reprendre son sabre; mais à cet instant, la jument les envoya l'un et l'autre dans les airs. Puis, debout sur ses jambes de derrière, elle poussa un violent hennissement et partit comme une flèche sur la route, Jōtarō sinistrement cramponné à son dos, et laissant derrière elle une traînée sanglante.

Baiken titubait dans la poussière. Il savait qu'il ne pourrait pas rattraper la bête affolée; aussi tourna-t-il ses regards furieux vers l'endroit où était tombée Otsū. Elle ne s'y trouvait plus.

Au bout d'un moment, il aperçut son sabre au pied d'un mélèze, et se précipita pour le ramasser. Comme il se relevait, un déclic se fit dans son esprit : il devait y avoir un lien quelconque entre cette femme et Musashi! Et si elle était l'amie de Musashi, elle ferait un excellent appât; du moins saurait-elle où il se rendait.

Moitié courant, moitié glissant au bas du talus qui bordait la route, il contourna une ferme au toit de chaume, regarda sous le plancher et dans la grange, sous l'œil terrorisé d'une vieille femme voûtée comme une bossue derrière son rouet, dans la maison.

Alors, il aperçut Otsū qui s'élançait à travers un épais bosquet de cryptomerias vers la vallée qui s'étendait au-delà, avec ses plaques de neige récente.

Il dévala la colline avec la force d'une avalanche, et rattrapa bientôt la jeune fille.

– Garce! cria-t-il en tendant la main gauche au point de lui toucher les cheveux.

Otsū tomba au sol et s'accrocha aux racines d'un arbre, mais son pied glissa et son corps passa par-dessus le bord d'une falaise où il oscilla comme un pendule. De la boue et des cailloux lui tombaient en plein visage tandis qu'elle levait les yeux vers ceux larges ouverts de Baiken et son sabre étincelant.

– Folle! fit-il avec mépris. Crois-tu donc que tu pourras t'en tirer, maintenant?

Otsū jeta un coup d'œil en bas; quinze à dix-huit mètres

au-dessous d'elle, un ruisseau traversait le fond de la vallée. Curieusement, elle n'avait pas peur : elle considérait la vallée comme son salut. À l'instant de son choix, elle pourrait s'échapper en lâchant tout simplement l'arbre et en s'abandonnant à la merci de l'espace creusé au-dessous d'elle. Elle sentait la proximité de la mort ; mais au lieu de s'attarder là-dessus, son esprit se concentrait sur une image unique : Musashi. Elle avait l'impression de le voir alors : son visage ressemblait à la lune dans un ciel orageux.

Rapidement, Baiken lui saisit les poignets, la hissa, la tira loin du bord. À cet instant, l'un de ses acolytes l'appela de la route :

– Qu'est-ce que tu fabriques, là-bas ? Nous ferions mieux de nous dépêcher. Le vieux de la maison de thé dit qu'un samouraï l'a réveillé avant l'aube, ce matin, lui a commandé un déjeuner à emporter, et qu'il a filé à toutes jambes vers la vallée de Kaga.

– La vallée de Kaga ?

– Voilà ce qu'il a déclaré. Mais qu'il aille dans cette direction ou passe le mont Tsuchi vers Minakuchi n'a pas d'importance. Les routes se rejoignent à Ishibe. Si nous arrivons de bonne heure à Yasugawa, nous devrions pouvoir l'y rattraper.

Baiken, qui tournait le dos à l'homme, avait les yeux fixés sur Otsū tapie devant lui, apparemment prisonnière de son regard furieux.

– Ho ! rugit-il. Descendez ici tous les trois.

– Pourquoi donc ?

– Descendez ici, et vite !

– Si nous perdons du temps, Musashi arrivera avant nous à Yasugawa.

– Ne t'inquiète pas de ça !

Les trois hommes faisaient partie de ceux qui avaient pris part aux vaines recherches de la nuit précédente. Habitués à se déplacer dans les montagnes, ils dégringolèrent la pente à la vitesse d'autant de sangliers. En atteignant la corniche où se tenait Baiken, ils aperçurent Otsū. Leur chef leur exposa rapidement la situation.

– Bon, maintenant, ligotez-la et amenez-la, dit Baiken avant de s'éloigner en trombe à travers le bois.

Ils la ligotèrent, mais ne purent s'empêcher d'avoir pitié d'elle. Impuissante, elle gisait par terre, le visage tourné sur le côté ; à la dérobée, ils jetaient des regards embarrassés à son pâle profil.

Déjà, Baiken était dans la vallée de Kaga. Il s'arrêta, se retourna vers la falaise et cria :

— Rendez-vous à Yasugawa ! Je prends un raccourci, mais vous, restez sur la grand-route ! Et ouvrez l'œil !

— Bien, maître ! répondirent-ils en chœur.

Baiken, courant dans les rochers comme un chamois, fut bientôt hors de vue.

Jōtarō filait comme un bolide sur la grand-route. En dépit de son âge, la jument était si affolée qu'il n'y aurait pas eu moyen de l'arrêter avec une simple bride, même si Jōtarō en avait connu le maniement. Sa blessure à vif la brûlant comme une torche, elle filait aveuglément droit devant elle, grimpait et descendait les côtes, traversait les villages. Simple chance, si Jōtarō évita d'être jeté à bas.

— Attention ! Attention ! *Attention !* ne cessait-il de crier.

Ce mot était devenu une litanie. S'agripper à la crinière ne suffisant plus, l'enfant enserrait étroitement de ses bras l'encolure de la jument. Il fermait les yeux.

Quand la croupe de l'animal s'élevait dans les airs, Jōtarō suivait le mouvement. Comme il apparaissait de plus en plus que ses cris ne donnaient aucun résultat, ses supplications cédèrent peu à peu la place à un gémissement de détresse. Lorsqu'il avait supplié Otsū de le laisser juste une fois monter à cheval, il s'était dit qu'il serait magnifique de galoper à son gré sur un splendide coursier ; mais au bout de quelques minutes de cette infernale chevauchée, il en avait eu par-dessus la tête.

Il espérait que quelqu'un – n'importe qui – se porterait bravement volontaire pour empoigner la corde volante et arrêter la jument. En quoi il péchait par excès d'optimisme : ni les voyageurs ni les villageois ne voulaient risquer un mauvais coup dans une affaire qui ne les regardait pas. Loin de porter secours, chacun se garait au bord de la route en criant des injures à celui qui leur paraissait être un cavalier irresponsable.

En un rien de temps, Jōtarō dépassa le village de Mikumo, et atteignit la ville de Natsumi, avec son auberge. S'il avait été un cavalier émérite, parfaitement maître de sa monture, il aurait pu, en s'abritant les yeux de la main, contempler calmement les magnifiques montagnes et vallées d'Iga : les pics de Nunibiki, la rivière Yokota et, au loin, les eaux pareilles à un miroir du lac Biwa.

– Arrête ! Arrête ! Arrête !

Les mots de sa litanie avaient changé ; le ton de sa voix était plus affolé. Alors qu'ils commençaient à descendre la colline de Kōji, son cri se modifia de nouveau brusquement :

– Au secours ! cria-t-il.

La jument descendit en trombe la pente abrupte ; sur son dos, Jōtarō rebondissait comme une balle.

Au tiers environ de la descente, un grand chêne dépassait d'une falaise, à gauche ; une de ses plus petites branches s'étendait en travers de la route. Quand Jōtarō sentit les feuilles contre sa figure il se cramponna des deux mains, persuadé que les dieux avaient entendu sa prière et placé la branche devant lui. Peut-être avait-il raison ; il sauta comme une grenouille, et l'instant suivant il était suspendu en l'air, les mains solidement agrippées à la branche au-dessus de sa tête. La jument continua sa route, un peu plus vite maintenant qu'elle n'avait plus de cavalier.

Bien qu'il ne fût pas à plus de trois mètres du sol, Jōtarō ne pouvait se résoudre à lâcher prise. Dans l'état où il se trouvait, il considérait la courte distance qui le séparait du sol comme un béant abîme, et s'accrochait de toutes ses forces à la branche, croisant les jambes par-dessus, réajustant ses mains douloureuses, et se demandant fébrilement ce qu'il convenait de faire. Le problème se résolut tout seul quand, avec un violent craquement, la branche se rompit. Durant un affreux instant, Jōtarō se crut perdu ; une seconde plus tard, il était assis par terre, sain et sauf. Il ne put dire que :

– Ouf !

Durant quelques minutes, il resta assis là, inerte, découragé sinon brisé ; mais alors, il se rappela pourquoi il était là, et bondit sur ses pieds. Sans tenir compte de la distance qu'il avait parcourue, il cria :

– Otsū !

Il remonta la pente en courant, tenant fermement d'une main son sabre de bois.

– Que peut-il bien lui être arrivé ?... Otsū ! O-tsū-ū-ū !

Il rencontra bientôt un homme en kimono d'un rouge grisâtre, qui descendait la colline. L'inconnu portait un *hakama* de cuir et deux sabres, mais pas de manteau. Après avoir croisé Jōtarō, il regarda par-dessus son épaule en disant :

– Salut, toi, là ! (Jōtarō se retourna, et l'homme lui demanda :) Quelque chose qui ne va pas ?

– Vous venez de l'autre côté de la colline, n'est-ce pas ? demanda Jōtarō.

– Oui.

– Avez-vous vu une jolie femme d'une vingtaine d'années ?

– En effet.

– Où ça ?

– À Natsumi, j'ai vu des maraudeurs qui marchaient avec une jeune fille. Elle avait les mains liées derrière le dos, ce qui bien entendu m'a paru bizarre, mais je n'avais aucune raison de m'en mêler. Je crois que les hommes faisaient partie de la bande de Tsujikaze Kōhei. Voilà quelques années, il a fait venir de Yasugawa à la vallée de Suzuka un village entier de chenapans.

– C'était elle, j'en suis sûr.

Jōtarō reprit sa marche, mais l'homme l'arrêta.

– Vous faisiez route ensemble ? demanda-t-il.

– Oui. Elle s'appelle Otsū.

– Si tu prends des risques inutiles, tu te feras tuer avant de pouvoir secourir qui que ce soit. Pourquoi ne pas attendre ici ? Ils passeront tôt ou tard. Pour le moment, raconte-moi toute l'affaire. Je pourrai peut-être te conseiller.

Le gamin fit aussitôt confiance à l'homme, et lui dit tout ce qui s'était passé depuis le matin. De temps à autre, l'homme approuvait du chef, sous son chapeau de vannerie. L'histoire une fois terminée, il déclara :

– Je comprends dans quelle fâcheuse situation vous vous trouvez ; pourtant, même avec votre courage, une femme et un enfant ne sauraient tenir tête aux hommes de Kōhei. Je crois que je ferais mieux de me porter au secours d'Otsū – c'est bien son nom ? – à ta place.

– Ils vous la livreraient ?

– Peut-être pas si je me bornais à le leur demander, mais j'y réfléchirai le moment venu. D'ici là, cache-toi dans un fourré, et ne fais pas de bruit.

Tandis que Jōtarō choisissait une touffe de buissons derrière lesquels se cacher, l'homme continuait rapidement à descendre la colline. Un instant, Jōtarō se demanda s'il n'avait pas été dupé. Le rōnin ne s'était-il pas contenté de lui dire quelques mots destinés à lui remonter le moral ? Après quoi, il avait pris le large pour sauver sa propre vie ? Inquiet, il leva la tête au-dessus des arbustes ; mais il entendit des voix, et replongea.

Une ou deux minutes après, Otsū parut, entourée par les trois hommes, les mains solidement liées derrière elle. Il y avait une croûte de sang sur son pied blanc, blessé. L'un des bandits, poussant Otsū par l'épaule, gronda :

– Qu'est-ce que tu cherches, à regarder autour de toi ? Marche plus vite !

– Oui, avance !

– Je cherche mon compagnon de route. Qu'est-ce qui a bien pu lui arriver ?... Jōtarō !

– Silence !

Jōtarō se trouvait tout prêt à jaillir de sa cachette en hurlant quand le rōnin revint, cette fois sans son chapeau de vannerie. Âgé de vingt-six ou vingt-sept ans, il avait le teint plutôt sombre. La mine résolue, il regardait bien en face. En gravissant la pente au pas de gymnastique, il disait, comme pour lui-même :

– C'est terrifiant, véritablement terrifiant !

En croisant Otsū et ses ravisseurs, il marmonna un salut et pressa le pas, mais les hommes s'arrêtèrent.

– Hé, là-bas ! cria l'un d'eux. Tu n'es pas le neveu de Watanabe ? Qu'est-ce qui est si terrifiant ?

Watanabe était le nom d'une vieille famille de la région qui avait alors pour chef Watanabe Hanzō ; cet homme

hautement respecté pratiquait les tactiques martiales occultes qui portaient l'appellation collective de *ninjutsu*.
— Vous n'avez donc pas entendu ?
— Entendu quoi ?
— Au bas de cette colline, il y a un samouraï du nom de Miyamoto Musashi, tout prêt pour un grand combat. Debout au milieu de la route, sabre au clair, il interroge tous les passants. Je n'ai jamais vu des yeux aussi féroces.
— Musashi ?
— Musashi. Il est venu droit à moi pour me demander mon nom ; alors, je lui ai dit que j'étais Tsuge Sannojō, le neveu de Watanabe Hanzō, et que je venais d'Iga. Il m'a présenté ses excuses, et laissé passer. En fait, il a été fort poli ; il a dit que puisque je n'avais rien à voir avec Tsujikaze Kōhei, tout allait bien.
— Tiens, tiens !
— Je lui ai demandé ce qui s'était passé. Il a répondu que Kōhei se trouvait sur la route avec ses acolytes, pour le capturer et le tuer. Il avait résolu de se retrancher là où il était, et d'y affronter l'assaut. Il semblait prêt à se battre jusqu'à la mort.
— Dis-tu la vérité, Sannojō ?
— Bien sûr. Pourquoi vous mentirais-je ?
Les trois individus pâlirent. Ils se regardaient l'un l'autre nerveusement, incertains de la conduite à tenir.
— Je vous conseille de faire attention, dit Sannojō en feignant de se remettre à gravir la colline.
— Sannojō !
— Quoi donc ?
— Je ne sais pas ce qu'il faut faire. Notre patron lui-même dit que ce Musashi est d'une force extraordinaire.
— En tout cas, il semble avoir une grande confiance en lui. Quand il s'est approché de moi avec ce sabre, je n'ai certes pas eu envie de me mesurer à lui.
— Que crois-tu que nous devrions faire ? Nous emmenons cette femme à Yasugawa sur ordre du patron.
— Je ne vois pas en quoi ça me regarde.
— Ne sois pas comme ça. Donne-nous un coup de main.
— À aucun prix ! Si je vous aidais et que mon oncle s'en

aperçût, il me déshériterait. Je pourrais, bien sûr, vous donner un petit conseil.

– Alors, parle ! Qu'est-ce que tu crois que nous devrions faire ?

– Euh... D'abord, vous pourriez attacher cette femme à un arbre et la planter là. Comme ça, vous seriez à même de vous déplacer plus vite.

– C'est tout ?

– Vous ne devriez pas prendre cette route. C'est un peu plus long, mais vous pourriez remonter la route de la vallée jusqu'à Yasugawa, et raconter toute l'affaire aux gens de là-bas. Ensuite, vous pourriez cerner Musashi.

– Ça n'est pas une mauvaise idée.

– Mais soyez très, très prudents. Musashi se battra à mort, et ne mourra pas seul. Vous aimeriez mieux éviter ça, hein ?

Vite d'accord avec Sannojō, ils entraînèrent Otsū dans un petit bois et attachèrent sa corde à un arbre. Puis ils s'éloignèrent, mais, au bout de quelques minutes, revinrent la bâillonner.

– Ça devrait suffire, dit l'un.

– Filons.

Ils s'enfoncèrent dans les bois. Jōtarō, accroupi derrière son écran de feuillage, attendit bien sagement avant de lever la tête pour regarder autour de lui. Il ne vit personne : ni voyageurs, ni maraudeurs, ni Sannojō.

– Otsū ! appela-t-il en jaillissant hors de son fourré. (Il ne fut pas long à la trouver, la délia et la prit par la main. Ils coururent à la route.) Partons d'ici ! dit-il.

– Qu'est-ce que tu faisais là, caché dans les buissons ?

– Peu importe ! Filons !

– Une minute, dit Otsū en s'arrêtant pour se tapoter les cheveux, redresser son col et rajuster son obi.

Jōtarō claqua la langue.

– Ça n'est pas le moment de se pomponner, gémit-il. Vous vous coifferez plus tard.

– Mais ce rōnin disait que Musashi se trouvait au pied de la colline.

– C'est pour ça qu'il faut vous arrêter pour vous faire une beauté ?

– Non, bien sûr que non, dit Otsū qui se défendait avec un sérieux quasi comique. Mais si Musashi est aussi près, nous n'avons à nous inquiéter de rien. Et puisque nos ennuis sont pour ainsi dire terminés, je me sens assez calme et en sécurité pour penser à mon apparence.

– Vous croyez que ce rōnin a vraiment vu Musashi ?

– Bien entendu. À propos, où est-il ?

– Il a disparu. Il est un peu bizarre, vous ne trouvez pas ?

– Nous partons, maintenant ?

– Vous êtes bien sûre d'être assez jolie ?

– Jōtarō !

– Je vous taquine. Vous avez l'air si heureuse !

– Toi aussi, tu as l'air heureux.

– Je le suis, et je n'essaie pas comme vous de le cacher. Je vais le crier pour que tout le monde puisse l'entendre : *Je suis heureux !* (Il exécuta une petite danse en agitant bras et jambes, puis reprit :) Quelle déception, n'est-ce pas, si Musashi n'est pas là ? Je crois que je vais courir en avant pour voir.

Otsū prit son temps. Son cœur avait déjà volé au bas de la pente, plus vite que Jōtarō n'eût jamais pu courir.

« Je suis affreuse à voir », se dit-elle en regardant son pied blessé, la boue et les feuilles collées à ses manches.

– Allons ! criait Jōtarō. Pourquoi traînez-vous ?

Au son de sa voix, Otsū était sûre qu'il avait aperçu Musashi. « Enfin », se disait-elle. Jusqu'alors, elle avait dû trouver réconfort en elle-même, et elle en était lasse. Elle éprouvait une certaine fierté à être demeurée fidèle à son but. Maintenant qu'elle était sur le point de revoir Musashi, son esprit dansait de joie. Cette ivresse, elle le savait, était celle de l'espoir ; elle ne pouvait prévoir si Musashi accepterait sa dévotion. Sa joie à la perspective de le rencontrer était seulement un peu gâtée par l'angoissante prémonition que la rencontre pût apporter de la tristesse.

Sur la pente ombragée de la colline de Kōji, le sol était gelé mais au salon de thé, presque en bas, il faisait si chaud qu'il y voltigeait des mouches. Il s'agissait d'une ville à auberge ; aussi, naturellement, la boutique vendait-elle du thé aux voyageurs ; elle proposait en outre une série d'articles divers, nécessaires aux fermiers de la région, depuis les bonbons peu coûteux jusqu'aux bottes de paille pour les bœufs. Jōtarō se tenait devant la boutique, tout petit dans la foule nombreuse et bruyante.

– Où donc est Musashi ?

Elle promenait autour d'elle des regards inquisiteurs.

– Il n'est pas là, répondit Jōtarō, abattu.

– Pas là ? Il doit être là !

– Eh bien, je n'ai pu le trouver nulle part, et le boutiquier dit qu'il n'a pas vu par ici de samouraï comme ça. Il doit y avoir eu erreur.

Jōtarō, quoique déçu, n'était pas découragé.

Otsū eût volontiers reconnu qu'elle n'avait eu aucune raison d'espérer autant qu'elle l'avait fait ; mais la désinvolture de la réponse de Jōtarō l'agaça. Choquée et un peu irritée par son indifférence, elle lui dit :

– L'as-tu cherché là-bas ?

– Oui.

– Et derrière le poteau indicateur de Kōshin ?

– J'ai regardé. Il n'y est pas.

– Derrière le salon de thé ?

– Je vous l'ai dit. Il n'est pas là ! (Otsū détourna son visage.) Vous pleurez ? demanda-t-il.

– Ça ne te regarde pas, répondit-elle avec vivacité.

– Je ne vous comprends pas. La plupart du temps, vous avez l'air sensée, mais il vous arrive de vous comporter comme un bébé. Comment pouvions-nous savoir si l'histoire de Sannojō était vraie ou non ? Toute seule, vous avez décrété qu'elle était vraie, et maintenant que vous constatez qu'elle ne l'était pas, vous fondez en larmes. Les femmes sont folles ! s'exclama Jōtarō en éclatant de rire.

Otsū avait envie de s'asseoir à l'endroit même où elle se trouvait, et de renoncer. En une seconde, la lumière de sa vie s'était éteinte. Elle se sentait aussi privée d'espérance qu'avant... non, plus encore. Dans la bouche de Jōtarō qui riait, les dents de lait gâtées la dégoûtaient. Elle se demandait avec irritation ce qui l'obligeait à traîner à sa remorque un enfant pareil. Elle eut un violent désir de l'abandonner sur-le-champ.

Certes, il recherchait Musashi, lui aussi, mais il ne l'aimait que comme un maître. Pour elle, Musashi, c'était la vie même. Jōtarō pouvait se consoler de tout par un éclat de rire, et redevenir en un clin d'œil aussi enjoué que d'habitude ; mais Otsū, des jours durant, serait privée de l'énergie nécessaire pour continuer. Quelque part au fond de la jeune âme de Jōtarō, il y avait la certitude joyeuse qu'un jour, tôt ou tard, il retrouverait Musashi. Otsū n'avait pas une pareille foi en un dénouement heureux. Ayant cru avec trop d'optimisme qu'elle verrait Musashi ce jour-là, elle passait maintenant à l'extrême opposé : elle se demandait si la vie continuerait à jamais comme cela, sans que jamais elle revît l'homme qu'elle aimait.

Ceux qui aiment, goûtent la solitude. Dans le cas d'Otsū, cette orpheline, il y avait en outre un sens aigu de l'isolement. En réponse à l'indifférence de Jōtarō, elle fronça les sourcils et s'éloigna silencieusement du salon de thé.

– Otsū !

C'était la voix de Sannojō. Il apparut derrière le poteau indicateur de Kōshin, et s'avança vers elle à travers le sous-bois. Ses fourreaux étaient humides.

– Vous n'avez pas dit la vérité, fit Jōtarō, accusateur.

– Qu'entends-tu par là ?

– Vous avez dit que Musashi attendait au bas de la colline. Vous avez menti !

– Ne sois pas stupide ! dit Sannojō d'un ton réprobateur. C'est à cause de ce mensonge qu'Otsū a pu s'échapper, non ? De quoi te plains-tu ? Ne devrais-tu pas me remercier ?

– Vous avez seulement inventé cette histoire pour berner ces hommes ?

– Bien entendu.

– Vous voyez ? fit Jōtarō en se tournant triomphalement vers Otsū. Je vous l'avais bien dit !

Otsū estimait qu'elle avait parfaitement le droit d'être en colère contre Jōtarō, mais elle n'avait aucune raison d'en vouloir à Sannojō. Elle s'inclina plusieurs fois devant lui, et le remercia chaleureusement de l'avoir sauvée.

– Ces chenapans de Suzuka sont bien moins dangereux qu'ils n'étaient, dit Sannojō, mais s'ils se sont mis en tête de tendre un piège à quelqu'un, ce dernier aura peu de chances de s'en tirer sain et sauf. Pourtant, d'après ce que l'on me raconte de ce Musashi qui vous inquiète tant, il semble trop adroit pour tomber dans un de leurs pièges.

– Y a-t-il d'autres routes que celle-ci pour se rendre à Ōmi ? demanda Otsū.

– Oui, répondit Sannojō en levant les yeux vers les pics éblouissants au soleil de midi. Si vous allez jusqu'à la vallée de l'Iga, il y a une route pour Ueno, et de la vallée de l'Ano il y en a une qui va à Yokkaichi et Kuwana. Il doit y avoir trois ou quatre autres chemins de montagne et raccourcis. Je devine que Musashi a quitté la grand-route presque tout de suite.

– Alors, vous le croyez encore en sécurité ?

– Très vraisemblablement. Du moins, plus en sécurité que vous deux. Vous avez été secourus une fois aujourd'hui, mais, si vous restez sur cette grand-route, les hommes de Tsujikaze vous remettront la main dessus à Yasugawa. Si vous êtes capables de faire une ascension assez abrupte, venez avec moi, je vous montrerai un chemin que presque personne ne connaît.

Ils acceptèrent aussitôt, Sannojō les guida au-dessus du village de Kaga jusqu'au col de Måkado, d'où un sentier descendait à Seto-en-Ōtsu.

Après leur avoir expliqué en détail comment procéder, il leur dit :

– Maintenant, vous êtes hors de danger. Seulement, ouvrez l'œil et l'oreille, et trouvez avant la nuit un endroit sûr.

Otsū le remercia de tout ce qu'il avait fait et commença de s'éloigner, mais Sannojō la regarda fixement et lui dit :

– Nous nous quittons maintenant, vous savez. (Ces mots semblaient chargés d'intention, et le jeune homme avait une expression un peu blessée.) Tout le temps, continua-t-il, je me suis dit : « Va-t-elle me le demander maintenant ? », mais vous ne me l'avez jamais demandé.

– Demandé quoi ?

– Mon nom.

– Mais j'ai entendu votre nom quand nous étions sur la colline de Kōji.

– Vous en souvenez-vous ?

– Naturellement. Vous êtes Tsuge Sannojō, neveu de Watanabe Hanzō.

– Merci. Je ne vous demande pas de m'être éternellement reconnaissante ou quelque chose de ce genre, mais en revanche, j'espère que vous vous souviendrez toujours de moi.

– Mais si, je vous suis profondément reconnaissante.

– Ce n'est pas ce que je veux dire. Ce que je veux dire, c'est… eh bien, je ne suis pas encore marié. Si mon oncle n'était pas si sévère, j'aimerais vous emmener chez moi sur-le-champ… Mais je vois bien que vous êtes pressée. En tout cas, vous trouverez à quelques kilomètres d'ici une petite auberge où vous pourrez passer la nuit. Je connais fort bien l'aubergiste ; recommandez-vous de moi. Adieu !

Quand il fut parti, Otsū éprouva un curieux sentiment. Dès le début, elle avait été incapable de se faire une opinion sur Sannojō ; or, une fois qu'ils se furent quittés, elle eut l'impression d'avoir échappé aux griffes d'un dangereux animal. Elle l'avait mécaniquement remercié ; au fond de son cœur, elle n'éprouvait pas de véritable gratitude.

Jōtarō, malgré sa propension à s'enticher des inconnus, réagissait de façon très voisine. Alors qu'ils commençaient à descendre du col, il déclara :

– Je n'aime pas cet homme.

Otsū ne voulait pas médire de Sannojō derrière son dos, mais elle admit qu'elle ne l'aimait pas non plus, et ajouta :

– Que penses-tu qu'il voulait dire en m'informant qu'il était encore célibataire ?

– Oh ! il veut dire qu'un jour il vous demandera de l'épouser.

– Comment ? Mais c'est absurde !

Tous deux parvinrent à Kyoto sans incident bien que déçus de n'avoir trouvé Musashi dans aucun des endroits où ils avaient espéré le rencontrer : ni au bord du lac d'Ōmi, ni au pont de Kara, à Seta, ni à la barrière d'Osaka.

Venant de Keage, ils plongèrent dans la foule, près de l'entrée de la ville par l'avenue Sanjō. Dans la capitale, les façades des maisons s'ornaient des branches de pin traditionnelles au nouvel an. La vue de ces décorations remonta le moral d'Otsū qui, au lieu de se lamenter sur les occasions perdues du passé, résolut de se tourner vers l'avenir et les chances qu'il renfermait de retrouver Musashi. Le Grand Pont, avenue Gojō... Le premier jour de la nouvelle année... S'il ne paraissait pas ce matin-là, alors ce serait le deuxième ou le troisième... Il avait déclaré qu'il y serait sûrement, comme elle l'avait appris de Jōtarō. Même s'il ne venait point pour la rencontrer elle, le simple fait de le revoir et de lui parler suffirait.

Le risque de tomber sur Matahachi constituait le point noir de son rêve. D'après Jōtarō, le message de Musashi n'avait été délivré qu'à Akemi ; Matahachi ne l'avait peut-être jamais reçu. Otsū formait des vœux pour qu'il ne l'eût pas reçu, pour que Musashi vînt, mais non Matahachi.

Elle ralentissait son allure en songeant que Musashi se trouvait peut-être dans la foule même où ils étaient. Puis elle avait froid dans le dos, et se mettait à presser le pas. La terrible mère de Matahachi risquait aussi d'apparaître à tout instant.

Jōtarō, lui, ne s'inquiétait de rien. Les couleurs et les bruits de la grand-ville, qu'il voyait et entendait après une longue absence, le ravissaient.

– Allons-nous tout de suite à l'auberge ? demanda-t-il avec appréhension.

– Non, pas encore.

– Bon ! Ça serait triste de s'enfermer pendant qu'il fait encore jour. Promenons-nous encore. On dirait qu'il y a un marché là-bas.

– Nous n'avons pas le temps d'aller au marché. Nous avons une affaire importante.

– Une affaire ? Nous ?

– As-tu oublié la boîte que tu portes sur le dos ?

– Ah ! ça ?

– Oui, ça. Je ne serai pas tranquille tant que nous n'aurons pas trouvé la demeure du seigneur Karasumaru Mitsuhiro, et que nous ne lui aurons pas remis les rouleaux.

– Passons-nous la nuit chez lui ?

– Bien sûr que non, répondit Otsū en riant et en jetant un coup d'œil en direction de la rivière Kamo. Crois-tu qu'un grand seigneur comme lui laisserait un petit garçon crasseux comme toi dormir sous son toit, avec ses poux ?

LE PAPILLON EN HIVER

Akemi se glissa hors de l'auberge de Sumiyoshi sans le dire à personne. Elle se sentait comme un oiseau libéré de sa cage, mais n'était pas encore assez remise de sa rencontre avec la mort pour voler bien haut. Les cicatrices laissées par les violences de Seijūrō ne guériraient pas de sitôt ; il avait brisé le rêve qu'elle chérissait : se donner intacte à l'homme qu'elle aimait vraiment.

Sur le bateau qui remontait l'Yodo vers Kyoto, elle avait l'impression que toute l'eau de la rivière n'égalerait pas les larmes qu'elle eût voulu verser. Tandis que d'autres bateaux, chargés de décorations et de provisions pour les fêtes du nouvel an, les dépassaient en faisant force de rames, elle les contemplait en se disant : « Maintenant, même si je trouve Musashi... » Ses yeux anxieux se remplissaient et débordaient de larmes. Nul ne saurait jamais avec quelle impatience elle avait attendu le matin du nouvel an où elle le trouverait au Grand Pont, avenue Gojō.

Sa passion pour Musashi s'était approfondie et renforcée. Le fil de l'amour s'était allongé, et elle l'avait enroulé en une pelote à l'intérieur de sa poitrine. À travers toutes ces années, elle avait continué de le filer à partir de lointains souvenirs, de on-dit, et en avait grossi la pelote de plus en plus. Jusqu'à ces tout derniers jours, elle avait chéri ses sentiments de petite fille, et les avait portés comme une fraîche fleur sauvage des pentes du mont Ibuki ; maintenant, la fleur en elle était piétinée. Bien qu'il fût peu vraisemblable que quiconque sût ce qui s'était passé, elle s'imaginait que tout le monde la regardait avec des yeux accusateurs.

À Kyoto, dans la lumière déclinante du soir, Akemi s'avançait parmi les saules défeuillés et les pagodes en miniature de Teramachi, près de l'avenue Gojō, l'air aussi glacé, aussi désolé qu'un papillon en hiver.

– Dis donc, ma belle ! lui lança un homme. Le cordon de ton obi est détendu. Tu ne veux pas que je te l'attache ?

Il était maigre, pauvrement vêtu et grossier dans ses propos, mais il portait les deux sabres d'un samouraï. Akemi ne l'avait jamais vu, mais des habitués des débits de boissons proches auraient pu lui dire qu'il s'appelait Akakabe Yasoma, et qu'il traînait dans les rues écartées, les soirs d'hiver. Ses sandales de paille usées claquaient tandis qu'il courait pour rattraper Akemi, et ramassait le bout défait du cordon de son obi.

– Que fais-tu toute seule, dans cet endroit désert ? Je ne crois pas que tu sois l'une de ces folles que l'on voit dans les pièces de théâtre *kyōgen*, hein ? Tu as une jolie figure. Pourquoi ne t'arranges-tu pas un peu les cheveux, et ne flânes-tu pas comme les autres filles ? (Akemi poursuivait sa route en faisant la sourde oreille, mais Yasoma prit à tort cela pour de la timidité.) Tu m'as l'air d'une fille de la ville. Qu'as-tu fait ? Tu t'es enfuie de chez toi ? Ou bien as-tu un mari à qui tu essaies d'échapper ? (Akemi ne répondit pas.) Tu devrais faire attention, une jolie fille comme toi, à errer comme ça dans la lune, comme si tu avais des embêtements quelconques. On ne sait jamais ce qui peut arriver. Nous n'avons pas le genre de voleurs et de brigands qui s'aggloméraient autour de Rashōmon, mais les maraudeurs ne manquent pas, et la vue d'une femme leur met l'eau à la bouche. Il y a aussi des vagabonds, des gens qui trafiquent des femmes. (Akemi ne soufflait mot ; Yasoma n'en insistait pas moins, répondant à ses propres questions s'il le fallait.) C'est vraiment tout à fait dangereux. On dit qu'aujourd'hui des femmes de Kyoto se vendent très cher à Edo. Jadis, on emmenait les femmes d'ici jusqu'à Hiraizumi, dans le Nord-Est, mais maintenant c'est Edo. Parce que le deuxième shōgun, Hidetada, bâtit la ville aussi vite qu'il peut. À l'heure actuelle, tous les bordels de Kyoto y ouvrent des succursales. (Akemi se taisait.) Tu aurais du succès n'importe où ; aussi, tu devrais faire attention. Si tu n'ouvres pas l'œil, tu risques de tomber dans les griffes d'un chenapan. C'est terriblement dangereux !

Akemi en avait assez. Furieuse, elle se tourna vers lui en criant. Yasoma se contenta de rire.

– Tu sais, dit-il, je crois vraiment que tu es folle.
– Taisez-vous, et allez-vous-en !
– Alors, tu n'es pas folle ?
– C'est vous qui êtes fou !

– Ha! ha! ha! En voilà la preuve. Tu es folle. Je le regrette pour toi.
– Si vous ne partez pas, je vous lance une pierre!
– Oh! tu ne ferais pas ça?
– Allez-vous-en!

Sous sa fierté de façade, elle éprouvait une véritable épouvante. En criant, elle courut dans un champ de miscanthus où s'était dressée autrefois la demeure du seigneur Komatsu avec son jardin plein de lanternes de pierre. Elle avait l'air de nager à travers les plantes ondulantes.

– Attends-moi! cria Yasoma en la poursuivant comme un chien de chasse.

Au-dessus de la colline de Toribe s'élevait la lune du soir, qui semblait ricaner comme un démon femelle. Dans le voisinage immédiat, il n'y avait personne. Les gens les plus proches étaient à environ trois cents mètres de distance : un groupe qui descendait lentement une colline ; mais ils ne seraient pas venus à son secours, même s'ils avaient entendu ses cris, car ils revenaient d'un enterrement. En vêtements blancs de cérémonie, le chapeau lié d'un ruban blanc, ils tenaient à la main leur chapelet ; quelques-uns pleuraient encore.

Soudain, Akemi, poussée avec rudesse par-derrière, trébucha et tomba.

– Oh! pardon, dit Yasoma. (Il tomba sur elle en ne cessant de s'excuser.) Je t'ai fait mal? demanda-t-il avec sollicitude en la serrant contre lui.

Bouillant de colère, Akemi gifla sa face barbue, mais cela ne le rebuta pas. Il parut même y trouver plaisir. Tandis qu'elle frappait, il se contenta de la regarder de côté en souriant. Ensuite, il la serra plus fort et frotta sa joue contre la sienne. Sa barbe faisait à la jeune fille l'effet de mille aiguilles s'enfonçant dans sa peau. À peine si elle pouvait respirer. Comme elle le griffait désespérément, l'un de ses ongles s'enfonça à l'intérieur du nez de l'homme, ce qui fit jaillir un flot de sang. Pourtant, Yasoma ne relâcha pas son étreinte.

La cloche du château d'Amida, sur la colline de Toribe, sonnait un glas, une lamentation sur la vanité de la vie.

Mais cela ne fit aucun effet aux deux mortels en train de lutter. Leurs mouvements agitaient violemment le miscanthus flétri.

– Calme-toi, cesse de te débattre, supplia-t-il. Tu n'as rien à craindre. Je t'épouserai. Ça te plairait, hein?

– Je voudrais mourir! s'écria Akemi.

Sa voix désespérée fit peur à Yasoma.

– Pourquoi? Que... qu'est-ce qu'il y a? bégaya-t-il.

La posture recroquevillée d'Akemi, ses mains, ses genoux et sa poitrine étroitement serrés, évoquaient le bouton d'une fleur de sasanqua. Yasoma se mit à la réconforter, à la cajoler dans l'espoir de l'apaiser pour qu'elle s'abandonnât. Cela ne semblait pas être la première fois qu'il se trouvait dans une situation de ce genre. Au contraire, il avait l'air d'aimer cela : sa face brillait de plaisir, sans perdre son caractère menaçant. Il n'était point pressé; comme un chat, il jouissait de jouer avec sa victime.

– Ne pleure pas, disait-il. Il n'y a aucune raison de pleurer, tu ne trouves pas? (Il lui donna un baiser sur l'oreille, et continua :) Tu dois déjà avoir été avec un homme. À ton âge, il est impossible que tu sois innocente.

Seijūrō! Akemi se rappelait sa suffocation, son désespoir, comment le châssis du shoji s'était brouillé devant ses yeux.

– Attendez! fit-elle.

– Attendre? Bon, j'attendrai, dit-il en prenant à tort pour de la passion la chaleur du corps fiévreux de la jeune fille. Mais n'essaie pas de t'enfuir, ou je deviendrai vraiment mauvais.

Elle dégagea ses épaules, écarta d'elle sa main. En lui lançant un regard furieux, elle se leva lentement.

– Que voulez-vous de moi?

– Tu le sais bien!

– Vous croyez pouvoir traiter les femmes comme des idiotes, n'est-ce pas? Vous êtes tous pareils, vous autres hommes! Eh bien, je suis peut-être une femme, mais j'ai du courage.

Sa lèvre, qu'elle s'était coupée sur une feuille de miscanthus, saignait. En la mordant, elle éclata de nouveau en sanglots.

– Tu dis des choses bien bizarres, fit-il. Tu ne peux être qu'une folle.

– Je dirai ce qui me plaît ! cria-t-elle.

Elle repoussa de toutes ses forces le torse de l'homme et s'enfuit à travers le miscanthus, qui s'étendait sous le clair de lune aussi loin que portait sa vue.

– À l'assassin ! Au secours ! À l'assassin !

Yasoma s'élança à sa poursuite. Elle n'avait pas fait dix pas qu'il la rattrapait et la terrassait de nouveau. Ses jambes blanches visibles sous le kimono, les cheveux épars, elle gisait, la joue contre le sol. Le kimono à demi ouvert, ses seins blancs sentaient la froideur du vent.

À l'instant où Yasoma allait se jeter sur elle, quelque chose de très dur atterrit près de l'oreille de l'homme. Le sang lui monta à la tête, et il cria de douleur. Comme il se retournait pour regarder, l'objet dur vint s'écraser sur le sommet de son crâne. Cette fois, il ne souffrit guère, car il tomba aussitôt évanoui, la tête aussi vide que celle d'un tigre en papier. Comme il gisait là, la mâchoire pendante, son agresseur, un prêtre mendiant, se tenait au-dessus de lui, portant le *shakuhachi* avec lequel il l'avait frappé.

– La sale brute ! disait-il. Mais il est tombé plus facilement que je ne l'aurais cru.

Le prêtre considéra un moment Yasoma, en se demandant s'il serait plus humain de l'achever. Même s'il revenait à lui, il risquait de ne jamais recouvrer la santé mentale.

Akemi considérait d'un regard vide son sauveur. En dehors du *shakuhachi*, rien ne l'identifiait en tant que prêtre ; à en juger d'après ses vêtements sales et le sabre qui pendait à son côté, il pouvait s'agir d'un samouraï dans la misère, voire d'un mendiant.

– Tout va bien, maintenant, dit-il. Vous n'avez plus d'inquiétude à avoir.

Sortant de son hébétude, Akemi le remercia, et se mit à arranger sa chevelure et son kimono. Mais elle scrutait les ténèbres, autour d'elle, avec des yeux encore apeurés.

– Où demeurez-vous ? demanda le prêtre.

– Hein ? Où je demeure... vous voulez dire : où se trouve ma maison ? fit-elle en se couvrant le visage de ses mains.

À travers ses sanglots, elle essaya de répondre aux questions du prêtre, mais elle se trouva dans l'incapacité d'être sincère avec lui. Une part de ce qu'elle lui dit était véridique – elle ne ressemblait pas à sa mère, sa mère tentait de la vendre, elle s'était enfuie de Sumiyoshi -, mais elle inventa le reste sous l'impulsion du moment.

– J'aimerais mieux mourir que de rentrer à la maison, gémissait-elle. J'en ai tellement enduré de ma mère ! J'ai été humiliée de tant de façons ! Pensez donc : même quand j'étais petite, je devais aller sur le champ de bataille dépouiller les soldats morts.

Elle tremblait d'exécration envers sa mère.

Aoki Tanzaemon l'aida à marcher jusqu'à un petit creux où il faisait calme et où le vent était moins froid. Comme ils arrivaient à un petit temple en ruine, il fit un large sourire et dit :

– Voilà où j'habite. Ce n'est pas grand-chose, mais ça me plaît.

Tout en sachant que c'était un peu impoli, Akemi ne put s'empêcher de dire :

– Vous habitez vraiment ici ?

Tanzaemon poussa une grille et lui fit signe d'entrer. Akemi hésita.

– À l'intérieur, il fait plus chaud que vous ne sauriez croire, dit-il. Pour couvrir le sol, je n'ai qu'une mince natte de paille. Pourtant, cela vaut mieux que rien. Avez-vous peur que je ne ressemble à la brute de là-bas ?

Akemi secoua la tête en silence. Tanzaemon ne l'effrayait pas. Elle était sûre qu'il s'agissait d'un brave homme, et de toute manière il n'était plus jeune : il avait dépassé la cinquantaine, supposait-elle. Ce qui la retenait, c'était la saleté du petit temple, ainsi que l'odeur du corps et des vêtements de Tanzaemon. Mais elle n'avait pas d'autre endroit où aller. Et qu'arriverait-il, si Yasoma ou quelqu'un de son espèce la trouvait ? Son front brûlait de fièvre.

– Je ne serai pas une gêne pour vous ? demanda-t-elle en montant les marches.

– Pas le moins du monde. Vous pouvez rester ici des mois. (Il faisait nuit noire ; il devait y avoir des chauves-souris.) Attendez une minute, dit Tanzaemon.

Elle entendit gratter du métal contre une pierre à briquet, puis une petite lampe, que le prêtre devait avoir trouvée dans les ordures, jeta une faible lueur. La jeune fille regarda autour d'elle, et vit que ce curieux homme était parvenu à réunir les objets ménagers de première nécessité : un ou deux récipients, un peu de vaisselle, un oreiller, des nattes de paille. Il annonça qu'il allait lui préparer un peu de gruau de blé noir, et s'affaira autour d'un brasero de terre cassé : il y mit d'abord un peu de charbon de bois, puis du petit bois ; après avoir créé quelques étincelles, il souffla dessus pour en faire une flamme.

« Ce vieil homme est bien gentil », se dit Akemi. Tandis qu'elle commençait à se calmer, l'endroit ne lui paraissait plus aussi répugnant.

– Allons, fit-il, vous semblez avoir de la fièvre, et vous disiez que vous étiez fatiguée. Vous avez dû prendre froid. Pourquoi ne pas vous étendre tout simplement là-bas, en attendant que la nourriture soit prête ?

Il désignait une espèce de grabat fait en nattes de paille et sacs à riz. Akemi étendit sur l'oreiller du papier qu'elle avait, s'excusa tout bas de se reposer pendant qu'il travaillait, et se coucha. En guise de couverture il y avait les vestiges déchirés d'une moustiquaire. Elle entreprit de s'en couvrir, mais, ce faisant, un animal aux yeux étincelants bondit de sous la moustiquaire par-dessus la tête de la jeune fille, qui poussa un cri et s'enfouit le visage dans la paillasse.

Tanzaemon en fut plus étonné qu'Akemi. Il lâcha le sac d'où il versait de la farine dans l'eau, et en renversa la moitié sur ses genoux.

– Qu'est-ce que c'était ? s'écria-t-il.

– Je ne sais pas, répondit Akemi, le visage toujours caché. Ça paraissait plus gros qu'un rat.

– Sans doute un écureuil. Ils viennent parfois lorsqu'ils sentent la nourriture. Mais je ne le vois nulle part.

– Le voilà ! dit Akemi, la tête un peu levée.

– Où donc ?

Tanzaemon se redressa et se retourna. Perché sur la balustrade de l'autel, d'où l'image du Bouddha avait depuis longtemps disparu, un petit singe se recroquevillait de frayeur sous le regard dur du prêtre. Tanzaemon semblait perplexe ; le singe parut en conclure qu'il n'y avait rien à craindre. Après quelques tours sur la balustrade d'un vermillon fané, il se rassit et, levant une face pareille à une pêche ridée, se mit à cligner des yeux.

– D'où croyez-vous qu'il vienne ?... Ha ! ha ! Maintenant, je comprends. Je me disais bien qu'il y avait pas mal de riz par terre. (Il s'avança vers le singe ; mais celui-ci, prévoyant son approche, sauta derrière l'autel et s'y cacha.) C'est un gentil petit diable, dit Tanzaemon. Si nous lui donnons quelque chose à manger, il ne fera sans doute aucun mal. Laissons-le vivre. (Il époussetta la farine de ses genoux, et se rassit devant le brasero.) Il n'y a rien à craindre, Akemi. Reposez-vous.

– Croyez-vous qu'il sera sage ?
– Oui. Il n'est pas sauvage. Il doit appartenir à quelqu'un... Vous avez assez chaud ?
– Oui.
– Alors, dormez. C'est le meilleur remède contre le rhume.

Il rajouta de la farine dans l'eau, et remua le gruau avec des baguettes. Maintenant, le feu brûlait clair ; pendant que le gruau chauffait, Tanzaemon hachait de l'échalote. Sa planche à hacher, c'était le dessus d'une vieille table, et son hachoir, un petit poignard rouillé. De ses mains sales, il versa les échalotes dans un bol de bois, puis essuya la planche à hacher qu'il transforma de la sorte en plateau.

Le pot, en bouillant, réchauffa peu à peu la pièce. Assis les bras autour de ses genoux maigres, l'ancien samouraï contemplait de ses yeux affamés la bouillie. Il avait l'air heureux, impatient, comme si le pot qu'il avait devant lui eût contenu le summum du plaisir humain.

La cloche de Kiyomizudera carillonnait comme elle le faisait tous les soirs. Les austérités de l'hiver, qui duraient trente jours, avaient pris fin, et la nouvelle année approchait ; mais, comme toujours tandis que l'an touchait à son terme, le fardeau semblait s'alourdir sur les âmes. Fort avant dans la nuit, des suppliants faisaient résonner le gong au-dessus de l'entrée du temple, en s'inclinant pour prier, et de plaintives mélopées bourdonnantes, monotones, invoquaient le secours du Bouddha.

Tout en remuant lentement le gruau pour éviter qu'il n'attachât, Tanzaemon devenait pensif. « Moi-même, je subis le châtiment de mes péchés, mais qu'est devenu Jōtarō ?... Cet enfant n'a rien fait de mal. Ô sainte Kannon, je te supplie de punir le père de ses péchés, mais pose sur le fils un regard de compassion généreuse... »

Un cri perçant interrompit soudain sa prière :
– Sale brute !

Les yeux encore clos par le sommeil, le visage pressé contre l'oreiller, Akemi pleurait amèrement. Elle continua de crier jusqu'à ce que le son de sa propre voix l'éveillât.

– Je parlais en dormant ? demanda-t-elle.
– Oui ; vous m'avez fait peur, dit Tanzaemon, venu à son chevet lui essuyer le front avec un chiffon frais. Vous êtes en nage. Ce doit être la fièvre.
– Qu'est-ce... qu'est-ce que je disais ?
– Oh ! bien des choses.
– Quel genre de choses ?

La gêne fit rougir davantage encore le visage fiévreux d'Akemi. Elle remonta la couverture par-dessus. Sans répondre directement, Tanzaemon lui dit :

– Akemi, il y a un homme que vous aimeriez voir au diable, n'est-ce pas ?
– J'ai dit ça ?
– Heu... Qu'est-ce qui s'est passé ? Il vous a abandonnée ?
– Non.
– Je vois, dit-il en en tirant ses propres conclusions.
– Oh ! que dois-je faire, maintenant ? reprit Akemi en se redressant à demi. Dites-le-moi !

Elle avait eu beau se jurer de ne révéler à personne sa honte secrète, la colère et la tristesse, le sentiment de perte accumulés en elle, c'était plus qu'elle n'en pouvait supporter seule. Aux pieds de Tanzaemon, elle laissa échapper toute l'histoire en sanglotant et en gémissant.

– Oh ! s'écria-t-elle enfin, je voudrais mourir, mourir ! Laissez-moi mourir !

Tanzaemon respirait difficilement ; cela faisait longtemps qu'il n'avait pas été aussi près d'une femme ; son odeur lui brûlait les narines, les yeux. Les désirs de la chair, qu'il croyait avoir surmontés, se mirent à sourdre comme un flux de sang chaud, et son corps, qui jusque-là ne vibrait pas plus qu'un arbre desséché, se remit à vivre. Il se rappela que sous ses côtes il y avait des poumons et un cœur.

– Hum, grommela-t-il, voilà donc le genre d'homme qu'est Yoshioka Seijūrō.

Il éprouvait de la haine envers Seijūrō. Ce n'était pas seulement de l'indignation ; une espèce de jalousie lui crispait les épaules, comme si sa propre fille avait été violée. Tandis qu'Akemi se tordait à ses genoux, il éprouvait un sentiment d'intimité ; il eut une expression perplexe.

– Allons, allons, ne pleurez pas. Votre cœur est encore chaste. Ce n'est pas comme si vous aviez autorisé cet homme à vous séduire, et ne lui aviez pas rendu son amour. L'important chez une femme, ce n'est pas son corps, mais son cœur, et la chasteté même est une affaire intérieure. Même quand une femme ne se donne pas à un homme, si elle le considère avec convoitise elle cesse, du moins tant que dure un tel sentiment, d'être chaste et devient impure.

Ces propos abstraits ne consolaient pas Akemi. Ses larmes brûlantes inondaient le kimono du prêtre, et elle continuait de répéter qu'elle voulait mourir.

– Allons, allons, ne pleurez plus, reprit Tanzaemon en lui tapotant le dos.

Mais le frémissement du cou blanc de la jeune fille ne lui inspirait pas de véritable sympathie. Un autre homme lui avait déjà volé cette peau délicate et son doux parfum.

Il s'aperçut que le singe s'était faufilé jusqu'à la marmite et mangeait ; aussi écarta-t-il de son genou, sans cérémonie, la tête d'Akemi, et tança-t-il vertement l'animal en lui montrant le poing. Cela ne faisait pas l'ombre d'un doute : la nourriture lui importait plus que les souffrances d'une femme.

Le lendemain matin, Tanzaemon annonça qu'il se rendait en ville avec sa sébile de mendiant.

– Restez ici en mon absence, dit-il. Je dois me procurer de l'argent pour vous acheter des remèdes ; et puis, il nous faut du riz et de l'huile pour manger quelque chose de chaud.

Son chapeau n'était pas du modèle à coiffe haute, en roseaux tressés, comme ceux de la plupart des prêtres itinérants, mais un couvre-chef ordinaire en bambou ; quant à ses sandales de paille, usées et fendues aux talons, elles traînaient par terre. Tout en lui, et non point seulement sa moustache, avait quelque chose de mal soigné. Pourtant, cet épouvantail ambulant avait coutume de sortir chaque jour, sauf s'il pleuvait.

Comme il avait mal dormi, ses yeux étaient particulièrement chassieux ce matin-là. Akemi, après ses larmes et sa scène de la veille au soir, avait pris son gruau, abondamment transpiré, et dormi profondément le reste de la nuit. Tanzaemon n'avait guère fermé l'œil. Même alors qu'il marchait dans le brillant soleil du matin, la cause de son insomnie ne le quittait pas. Il ne pouvait la chasser de son esprit.

« Elle est à peu près du même âge qu'Otsū, se disait-il. Mais elles sont d'un tempérament totalement différent. Otsū a de la grâce et du raffinement, mais quelque chose de froid. Akemi, qu'elle rie, pleure ou boude, reste séduisante. »

Les sentiments juvéniles que le puissant rayonnement du charme d'Akemi avait suscités dans les cellules desséchées de Tanzaemon ne le rendaient que trop conscient de son âge. Durant la nuit, alors qu'il la regardait avec sollicitude chaque fois qu'elle s'agitait dans son sommeil, son cœur rendait un autre son de cloche : « Quel pauvre imbécile je suis ! Je n'ai donc pas encore appris ? J'ai beau porter le surplis du prêtre et jouer du *shakuhachi* comme un mendiant, je suis encore loin de réaliser la claire et parfaite illumination de P'u-hua. Ne découvrirai-je jamais la sagesse qui me délivrera de ce corps ? »

Après s'être longuement morigéné, il s'était forcé à fermer ses tristes yeux, mais sans résultat.

À l'aube, il avait pris une fois de plus cette résolution : « Je renonce aux mauvaises pensées... il le faut ! » Mais Akemi était une jeune fille charmante. Elle avait tant souffert ! Il fallait tâcher de la consoler. Il fallait lui montrer que tous les hommes, en ce bas monde, n'étaient pas des démons lubriques.

Outre les médicaments, il se demandait quel cadeau lui apporter en rentrant le soir. Son désir de faire quelque chose pour rendre Akemi un peu plus heureuse lui donnerait du courage pour toute sa journée de mendicité. Cela suffirait ; il n'en demandait pas davantage.

Vers le moment où il reprit son calme et où les couleurs revinrent à ses joues, il entendit un battement d'ailes au-dessus de la falaise qui se dressait à côté de lui. L'ombre d'un grand faucon passa, et Tanzaemon regarda une plume grise de petit oiseau tomber en tournoyant d'une branche de chêne sans feuilles. Le faucon s'éleva tout droit, l'oiseau dans ses serres ; on voyait le dessous de ses ailes.

Une voix d'homme, tout près, dit : « Il l'a eu ! », et le fauconnier siffla son oiseau.

Quelques secondes plus tard, Tanzaemon vit deux hommes en tenue de chasse descendre de la colline, derrière l'Ennenji. Le faucon était perché sur le poing gauche de l'un d'eux qui portait, du côté opposé à ses deux sabres, une gibecière en filet. Un chien de chasse brun qui avait l'air intelligent trottait sur leurs talons.

Kojirō s'arrêta et regarda autour de lui.

– C'est arrivé hier au soir, quelque part par ici, disait-il. Mon singe se chamaillait avec le chien, et le chien lui a mordu la queue. Il s'est caché quelque part, et n'a jamais reparu. Je me demande s'il se trouve là-haut, dans un de ces arbres.

Seijūrō, l'air un peu maussade, s'assit sur une pierre.

– Pourquoi serait-il encore ici ? Il a des pattes. En tout cas, je ne comprends pas pourquoi vous emportez un singe à la chasse au faucon.

Kojirō s'étendit sur une racine d'arbre.

– Je ne l'ai pas emporté : je n'arrive pas à l'empêcher de me suivre partout. Et je suis tellement habitué à lui qu'il me manque lorsqu'il n'est pas là.

– Je croyais que seuls, les femmes et les oisifs aimaient avoir des singes et des bichons pour animaux familiers, mais je dois me tromper. L'on a peine à imaginer qu'un apprenti guerrier comme vous soit aussi attaché à un singe.

Ayant vu Kojirō à l'œuvre sur la digue de Kema, Seijūrō éprouvait un prudent respect pour son adresse à l'épée, mais ses goûts et sa façon de vivre en général lui paraissaient bien trop puérils. Le simple fait d'habiter la même maison que lui, au cours des quelques jours précédents, avait convaincu Seijūrō que la maturité ne venait qu'avec l'âge. Il avait beau trouver difficile de respecter Kojirō en tant que personne, cela même, en un sens, facilitait l'association avec lui.

Kojirō répondit en riant :
— C'est parce que je suis si jeune ! Un de ces jours, j'apprendrai à aimer les femmes, et alors, j'oublierai sans doute complètement le singe.

Kojirō bavardait à bâtons rompus sur ce mode léger, mais Seijūrō paraissait de plus en plus préoccupé. Il avait dans le regard une expression de nervosité qui n'était pas sans ressembler à celle du faucon perché sur sa main. Brusquement, il dit avec irritation :
— Que fabrique donc ce prêtre mendiant, là-bas ? Il reste planté là depuis notre arrivée, à nous dévisager.

Seijūrō foudroyait Tanzaemon d'un regard soupçonneux ; Kojirō se retourna pour lui jeter un coup d'œil. Tanzaemon tourna les talons et s'éloigna péniblement. Seijūrō se leva soudain.

— Kojirō, déclara-t-il, je veux rentrer à la maison. Ce n'est pas le moment d'aller à la chasse. Nous sommes déjà le vingt-neuf du mois.

— Nous sommes venus à la chasse, n'est-ce pas ? dit Kojirō en riant avec une ombre de mépris. Nous n'avons à nous vanter que d'une tourterelle et deux grives. Nous devrions essayer plus haut sur la colline.

— Non ; tenons-nous-en là. Je n'ai pas envie de chasser, et, quand je n'en ai pas envie, le faucon vole mal. Rentrons à la maison nous exercer. (Il ajouta, comme à part soi :) J'en ai grand besoin, de m'exercer.

— Eh bien, si vous devez rentrer je vous accompagne. (Il marchait à côté de Seijūrō mais cela ne semblait pas lui faire grand plaisir.) Je suppose que j'ai eu tort de vous le proposer.

– De me proposer quoi ?
– D'aller chasser hier et aujourd'hui.
– Ne vous inquiétez pas. Je sais que cela partait d'une bonne intention. Seulement, c'est la fin de l'année, et l'heure de vérité avec Musashi approche à grands pas.
– Voilà pourquoi j'ai cru qu'il serait bon pour vous de chasser un peu. Vous pourriez vous détendre, vous mettre dans l'état d'esprit qu'il faut. Je suppose que ça n'est pas dans votre tempérament.
– Euh... Plus j'entends parler de Musashi, plus je crois qu'il vaut mieux ne pas le sous-estimer.
– Raison de plus pour éviter de s'abandonner à la nervosité ou à la panique, non ? Vous devriez discipliner votre esprit.
– Je n'éprouve aucune panique. Le premier précepte de l'art de la guerre, c'est de ne point prendre à la légère son ennemi, et je crois de simple bon sens de s'exercer le plus possible avant le combat. Si je devais perdre, du moins saurais-je que j'ai fait de mon mieux. Si cet homme est meilleur que moi, eh bien...

Kojirō avait beau apprécier l'honnêteté de Seijūrō, il devinait en lui une étroitesse d'esprit qui lui rendrait fort malaisé de défendre la réputation de l'école Yoshioka. Il avait pitié de Seijūrō car il manquait de cette vision personnelle qu'il lui eût fallu pour suivre les traces de son père et diriger comme il convenait l'immense école. À son avis, le frère cadet, Denshichirō, possédait plus de force de caractère, mais il était lui aussi un incorrigible fils à papa. Et bien qu'il fût meilleure lame que Seijūrō, l'honneur du nom de Yoshioka ne dépendait pas de lui.

Kojirō voulait que Seijūrō oubliât l'imminence du combat avec Musashi : ce serait, croyait-il, la meilleure préparation possible. Il avait envie de lui poser une question, mais s'en abstenait : que pouvait-il espérer apprendre entre le moment présent et celui de la rencontre ? « Eh bien, se dit-il avec résignation, il est comme ça ; aussi, je ne crois pas que je puisse grand-chose pour lui. »

Le chien, parti en courant, aboyait férocement au loin.
– Ça veut dire qu'il a trouvé du gibier ! fit Kojirō dont les yeux s'allumèrent.

– Laissez-le donc. Il nous rattrapera.
– Je vais jeter un coup d'œil. Attendez-moi ici.

Kojirō courut en direction des aboiements ; au bout d'une ou deux minutes, il repéra le chien sur la galerie d'un vieux temple délabré. L'animal bondissait contre la grille branlante, et retombait en arrière. Après quelques tentatives, il se mit à gratter les colonnes laquées de rouge et le mur en ruine de l'édifice.

Kojirō, curieux de ce qui pouvait bien l'exciter à ce point, se rendit à une autre porte. Regarder à travers la grille équivalait à regarder dans un vase de laque noire.

Le grincement de la porte qu'il tirait fit accourir le chien qui remuait la queue. Kojirō donna un coup de pied à l'animal afin de l'éloigner, mais sans grand effet. Tandis qu'il entrait dans l'édifice, le chien le dépassa comme un éclair.

La femme poussait des cris assourdissants. Alors, le chien se mit à hurler, et il y eut un concours de vociférations entre lui et elle. Kojirō se demandait si le temple allait s'écrouler. Il s'élança, et découvrit Akemi couchée sous la moustiquaire ; le singe, qui avait sauté par la fenêtre à l'intérieur pour échapper au chien, se cachait derrière elle.

Akemi, entre le chien et le singe, empêchait le chien de passer ; aussi s'attaquait-il à elle. Comme elle s'écartait, les hurlements du chien atteignirent au paroxysme.

Akemi criait maintenant de douleur plutôt que de frayeur. Le chien enserrait entre ses crocs son avant-bras. Avec un juron, Kojirō lui décocha de nouveau un violent coup de pied dans les côtes puis un autre encore. Le chien mourut au premier coup ; pourtant, même après le second, ses crocs se refermaient solidement sur le bras d'Akemi.

– Lâche-moi ! Lâche-moi ! criait-elle en se tordant par terre.

Kojirō, agenouillé à côté d'elle, écarta les mâchoires du chien. Cela fit le bruit de morceaux de bois collés que l'on arracherait l'un de l'autre. La gueule s'ouvrit ; un peu plus, et Kojirō eût fendu en deux la tête de l'animal. Il jeta le cadavre au-dehors, et revint au chevet de la jeune fille.

– Tout va bien, maintenant, dit-il d'un ton rassurant, mais l'avant-bras d'Akemi le démentait.

Le sang qui coulait sur la peau blanche donnait à la morsure l'aspect d'une grosse pivoine cramoisie. À cette vue, Kojirō frémit.

– Il n'y a pas de saké ? Il faudrait que je lave cela avec du saké... Non, je suppose qu'il n'y en a pas dans un endroit pareil. (Le sang chaud descendait le long de l'avant-bras jusqu'au poignet.) Il faut faire quelque chose, dit-il ; sinon, la morsure de ce chien risque de vous rendre folle. Il se comportait bizarrement depuis quelques jours.

Tandis que Kojirō se demandait quels soins d'urgence lui donner, Akemi fronça les sourcils, ploya en arrière son joli cou blanc, et s'exclama :

– Folle ? Oh ! quelle merveille ! Voilà ce que je veux être : folle ! Complètement folle, folle à lier !

– Qu... qu... quoi ? bégaya Kojirō.

Sans plus de façons, il se pencha sur l'avant-bras et suça le sang de la blessure. Quand sa bouche était pleine, il recrachait le sang, collait de nouveau les lèvres à la peau blanche, et aspirait jusqu'à en avoir les joues gonflées.

Le soir, Tanzaemon rentra de sa tournée quotidienne.

– Me voilà de retour, Akemi, annonça-t-il en pénétrant dans le temple. Vous êtes-vous ennuyée en mon absence ? (Il déposa les médicaments dans un coin, ainsi que la nourriture et la jarre d'huile qu'il avait achetée, et reprit :) Un instant ; j'allume.

Quand la chandelle fut allumée, il s'aperçut qu'elle n'était pas dans la pièce.

– Akemi ! appela-t-il. Où peut-elle bien être ?

Son amour unilatéral se transforma soudain en colère, elle-même vite remplacée par un sentiment de solitude. Tanzaemon se souvint, comme il se l'était déjà rappelé, que jamais plus il ne serait jeune – qu'il avait perdu l'honneur et l'espérance. Il songea à son corps vieillissant, et fit la grimace.

– Je l'ai secourue, soignée, bougonna-t-il, et la voilà partie sans un mot. Est-ce que le monde sera toujours ainsi ? Est-elle comme cela ? Ou bien soupçonnait-elle encore mes intentions ?

Sur le lit, il découvrit un bout de tissu, apparemment déchiré de l'extrémité de son obi. La tache de sang qu'il y avait dessus ralluma ses instincts animaux. D'un coup de pied, il fit voler la natte de paille, et jeta le médicament par la fenêtre.

Il avait faim, mais était sans courage pour se préparer un repas ; il prit son *shakuhachi*, et, poussant un soupir, sortit sur la galerie. Durant une heure ou davantage, il joua sans interruption pour tâcher d'expulser ses désirs et ses illusions. Pourtant, il lui était évident que ses passions demeuraient en lui, et y subsisteraient jusqu'à sa mort. « Un homme l'a déjà possédée, rêvait-il. Qu'est-ce qui m'a pris d'être aussi moral, aussi intègre ? Je n'avais aucune raison de rester couché là, seul, à me morfondre toute la nuit. »

Une moitié de lui regrettait de ne pas avoir agi ; l'autre moitié condamnait ses désirs lubriques. C'était précisément ce conflit d'émotions, tourbillonnant sans arrêt dans ses veines, qui constituait ce que le Bouddha nommait l'illusion. Tanzaemon essayait maintenant de purifier sa nature ; mais plus il s'y efforçait, plus le son de son *shakuhachi* devenait bourbeux.

Le mendiant qui dormait sous le temple se pencha à l'extérieur de la galerie.

– Pourquoi donc êtes-vous assis là, à jouer de votre flûte à bec ? demanda-t-il. Il est arrivé quelque chose d'heureux ? Si vous avez gagné beaucoup d'argent et acheté du saké, pourquoi ne pas m'en donner une coupe ?

Il était infirme, et, de son humble point de vue, Tanzaemon vivait comme un prince.

– Sais-tu ce qui est arrivé à la jeune fille que j'ai ramenée ici hier au soir ?

– Jolie fille, hein ? Si j'en avais été capable, je ne l'aurais pas laissée partir. Peu de temps après votre départ, ce matin, un jeune samouraï avec une longue mèche sur le devant et une énorme épée dans le dos est venu, et l'a emmenée. Le singe aussi. Chacun sur une épaule.

– Un samouraï... une mèche sur le devant ?...

– Ouais. Et quel beau gars c'était… bien plus beau que vous et moi !

La finesse de sa réplique déchaîna chez le mendiant une tempête de rire.

L'ANNONCE

Seijūrō rentra d'une humeur massacrante à l'école. Il jeta le faucon à un disciple, en lui ordonnant sèchement de le remettre dans sa cage.

– Kojirō n'est pas avec vous ? demanda le disciple.

– Non, mais il ne va sûrement pas tarder.

Après avoir changé de vêtements, Seijūrō alla s'asseoir dans la salle où l'on recevait les hôtes. De l'autre côté de la cour se trouvait le grand dōjō, fermé depuis les derniers exercices du vingt-cinq. D'un bout de l'année à l'autre, il y avait les allées et venues d'environ un millier d'élèves ; maintenant, le dōjō ne rouvrirait qu'à la première séance d'entraînement de la nouvelle année. Les sabres de bois s'étant tus, la maison semblait froide et désolée.

Brûlant d'avoir Kojirō pour partenaire, Seijūrō demanda à plusieurs reprises au disciple s'il était rentré. Mais Kojirō ne rentra ni ce soir-là ni le lendemain.

Toutefois, d'autres visiteurs vinrent en force : c'était le dernier jour de l'année, le jour où l'on réglait tous les comptes. Pour les gens d'affaires, il fallait ou bien encaisser maintenant, ou bien attendre la fête du *Bon* de l'été suivant ; aussi, dès midi, la salle du devant était-elle pleine de créanciers. D'habitude, ces gens-là se montraient totalement serviles en présence de samouraïs ; mais alors, à bout de patience, ils exprimaient leurs sentiments en des termes sans équivoque :

– Ne pouvez-vous payer au moins une partie de ce que vous devez ?

– Voilà des mois que vous dites que le comptable est sorti, ou que le maître est absent. Croyez-vous pouvoir nous éconduire éternellement ?

– Combien de fois faut-il venir ici réclamer ?

– Le vieux maître était un bon client. Je fermerais les yeux s'il ne s'agissait que des six derniers mois, mais vous n'avez pas non plus payé au premier semestre. Qu'est-ce que je dis ? J'ai même des factures non réglées de l'année dernière !

Deux d'entre eux tapotaient impatiemment leurs livres de comptes, en les fourrant sous le nez du disciple. Il y avait là des menuisiers, des plâtriers, le marchand de riz, le marchand de saké, des drapiers et autres fournisseurs de marchandises de première nécessité. Leurs rangs se grossissaient des propriétaires de diverses maisons de thé où Seijūrō mangeait et buvait à crédit. Et c'était le menu fretin dont les factures ne pouvaient guère se comparer à celles des usuriers auxquels Denshichirō, à l'insu de son frère, avait emprunté de l'argent.

Une demi-douzaine d'entre eux s'assirent et refusèrent de bouger.

– Nous voulons nous entretenir avec maître Seijūrō lui-même. C'est une perte de temps que de s'adresser à des disciples.

Seijūrō se claquemurait au fond de la maison, disant seulement :

– Racontez-leur que je suis sorti.

Et Denshichirō, cela va de soi, n'eût pas approché de la maison en un tel jour. Celui qui brillait le plus par son absence était l'homme chargé des registres de l'école et des comptes ménagers : Gion Tōji. Quelques jours auparavant, il avait déguerpi avec Okō et tout l'argent qu'il avait recueilli lors de son voyage dans l'Ouest.

Bientôt, six ou sept hommes entrèrent avec l'air important, conduits par Ueda Ryōhei qui, même en des circonstances aussi humiliantes, se gonflait d'orgueil d'être un des dix hommes d'épée de la maison de Yoshioka. L'air menaçant, il demanda :

– Qu'est-ce qui se passe, ici ?

Le disciple, tout en montrant clairement qu'il ne voyait la nécessité d'aucune explication, donna un bref résumé de la situation.

– C'est donc tout ? dit Ryōhei avec mépris. Une simple bande de grippe-sous ? Qu'est-ce que ça peut faire, puisque les factures finiront par être payées ? Dis à ceux qui refusent d'attendre de passer dans la salle d'entraînement ; je discuterai l'affaire avec eux dans ma propre langue.

Devant cette menace, les créanciers firent grise mine. Étant donné l'intégrité de Yoshioka Kempō dans les questions d'argent, sans parler de son poste d'instructeur militaire des shōguns Ashikaga, ils s'étaient inclinés devant la maison de Yoshioka, avaient rampé, lui avaient prêté n'importe quoi, étaient venus à toutes les convocations, repartis dès qu'on le leur disait, avaient répondu amen à tout. Mais leur soumission à ces guerriers vaniteux avait des limites. Ils ne se laisseraient intimider par des menaces comme celles de Ryōhei que le jour où la classe des commerçants ne ferait plus de profits. Or, sans eux, que deviendraient les samouraïs ? S'imaginaient-ils un seul instant qu'ils étaient capables de diriger les affaires tout seuls ?

Comme ils l'entouraient en grommelant, Ryōhei montra clairement qu'il les considérait comme de la boue.

– Ça suffit, maintenant, rentrez chez vous ! Traîner ici ne vous avancera à rien. (Les marchands se turent, mais ne bougèrent pas.) Jetez-les dehors ! cria Ryōhei.

– Monsieur, vous nous insultez !

– Qu'y a-t-il d'insultant là-dedans ? demanda Ryōhei.

– C'est tout à fait absurde !

– Qui dit que c'est absurde ?

– Il est absurde de nous jeter dehors !

– Alors, pourquoi ne partez-vous pas sans faire d'histoires ? Nous sommes occupés.

– Si ce n'était pas le dernier jour de l'année, nous ne serions pas ici à mendier. Nous avons besoin de l'argent que vous nous devez pour régler nos propres dettes avant la fin de la journée.

– Quel dommage ! Quel dommage... Et maintenant, filez !

– En voilà, des façons !

– Vos plaintes commencent à m'échauffer les oreilles ! Ryōhei se fâchait de nouveau.

– Personne ne se plaindrait si seulement vous payiez !

– Venez ici ! ordonna Seijūrō.

– Qu... qui ?

– Tous ceux qui ne sont pas contents.

– C'est de la folie !

– Qui a dit ça ?

– Je ne parlais pas de vous, monsieur. Je parlais de cette… de cette situation.

– La ferme ! (Ryōhei empoigna l'homme par les cheveux, et le jeta dehors par la porte latérale.) Quelqu'un d'autre a-t-il à se plaindre ? gronda Ryōhei. Nous ne tolérerons pas dans la maison que cette canaille réclame de misérables sommes d'argent. Je ne le permettrai pas ! Même si le jeune maître veut vous payer, je ne le laisserai pas faire.

À la vue du poing de Ryōhei, les créanciers se bousculèrent dans leur hâte pour repasser le portail. Mais une fois dehors, ils continuèrent de plus belle à dénigrer la maison de Yoshioka.

– Comme je rirai et battrai des mains en voyant apposer sur cette maison l'écriteau « à vendre » ! Ça ne devrait pas tarder maintenant.

– On dit que ça ne tardera pas.

– Cela ne peut tarder.

Ryōhei, ravi, riait aux larmes en se rendant de l'autre côté de la maison. Les autres disciples l'accompagnèrent à la chambre où Seijūrō, seul et silencieux, se tenait courbé sur le brasero.

– Jeune maître, dit Ryōhei, on ne vous entend pas. Quelque chose ne va pas ?

– Oh ! non, répondit-il, un peu ragaillardi à la vue de ses plus fidèles disciples. Le jour n'est pas éloigné maintenant, hein ? dit-il.

– Non, répondit Ryōhei. C'est à ce propos que nous venons vous voir. Nous devrions peut-être décider de la date et du lieu, et en faire part à Musashi.

– Mais oui, je suppose que oui, dit pensivement Seijūrō. Le lieu… Quel endroit conviendrait ? Que diriez-vous du champ du Rendaiji, au nord de la ville ?

– Ça me paraît bien. Et la date ?

– Avant que l'on n'enlève les décorations du nouvel an, ou après ?

– Le plus tôt sera le mieux. Ne laissons pas à ce lâche le temps de se défiler.

– Que diriez-vous du huit ?

– Le huit n'est-il pas l'anniversaire de la mort de maître Kempō ?

– Ah! oui, c'est vrai. Dans ce cas, pourquoi pas le neuf? À sept heures du matin? Ça ira, non?

– Très bien. Ce soir, nous apposerons une pancarte sur le pont.

– Parfait.

– Vous êtes prêt? demanda Ryōhei.

– Je suis prêt depuis le début, répliqua Seijūrō qui ne pouvait répondre autrement.

Il n'avait pas vraiment envisagé la possibilité d'être vaincu par Musashi. Ayant étudié sous la tutelle de son père depuis l'enfance, n'ayant jamais été vaincu par quiconque à l'école, pas même par les élèves les plus anciens et les mieux entraînés, il ne pouvait imaginer d'être battu par ce jeune rustre inexpérimenté.

Sa confiance en lui n'était pourtant pas totale. Il éprouvait un peu d'incertitude, et, fait caractéristique, au lieu de l'attribuer à son incapacité de pratiquer la Voie du samouraï, il la minimisait comme étant due à de récentes difficultés personnelles. Une de celles-ci, peut-être la plus importante, c'était Akemi. Depuis l'incident de Sumiyoshi, il se sentait mal à l'aise, et quand Gion Tōji avait décampé, il s'était rendu compte que le cancer financier qui rongeait la maison Yoshioka avait déjà atteint un stade critique.

Ryōhei et ses compagnons revinrent avec le message pour Musashi inscrit sur une planche fraîchement découpée.

– Est-ce là ce que vous souhaitiez? demanda Ryōhei.

Les caractères, encore humides, disaient ceci :

Réponse – En réponse à votre demande de rencontre, j'indique la date et l'endroit suivants. Endroit : champ du Rendaiji. Date : neuvième jour du premier mois, sept heures du matin. Je fais le serment solennel d'être présent.

Si, par un hasard quelconque, vous ne tenez pas votre promesse, je considérerai de mon droit de vous ridiculiser en public.

Si je romps le présent accord, puissent les dieux me punir!

Seijūrō, Yoshioka Kempō II, de Kyoto. Fait le dernier jour de 1605.

Au rōnin du Mimasaka, Miyamoto Musashi.

– Ça va, dit Seijūrō après avoir lu ce texte.

Cette annonce le détendit, peut-être parce que pour la première fois il se rendait compte que les dés étaient jetés.

Au crépuscule, Ryōhei prit l'écriteau sous son bras et s'avança fièrement dans la rue avec deux autres disciples pour le placarder sur le Grand Pont de l'avenue Gojō.

Au pied de la colline de Yoshida, l'homme à qui cet avis s'adressait marchait au milieu de samouraïs de noble lignage et de faibles moyens. De tendances conservatrices, ils menaient une existence quelconque, et ne faisaient pas grand-chose de remarquable.

Musashi allait de portail en portail examiner les noms inscrits sur les plaques. Il finit par s'arrêter au milieu de la rue, peu désireux ou dans l'incapacité de regarder plus avant, semblait-il. Il était à la recherche de sa tante, la sœur de sa mère et sa seule parente vivante en dehors d'Ogin.

Sa tante avait pour époux un samouraï servant la maison de Konoe pour une maigre solde. Musashi pensait que la maison serait facile à trouver derrière la colline de Yoshida ; mais il ne tarda pas à constater que les maisons ne différaient guère entre elles. La plupart, petites, entourées d'arbres, avaient un portail aussi hermétiquement clos qu'une palourde. Un grand nombre de portails n'avaient pas de plaque.

Son incertitude, quant à l'endroit qu'il cherchait, l'empêchait de demander son chemin. « Ils auront déménagé, se dit-il. Je ferais mieux de m'arrêter. »

Il retourna vers le centre de la ville, enveloppé d'une brume qui noyait les lumières de la place du marché pour la fin d'année. Ç'avait beau être la veille du nouvel an, les rues du quartier central bourdonnaient encore d'activité.

Musashi se retourna pour regarder une femme qui venait de le croiser. Cela faisait au moins sept ou huit ans qu'il n'avait pas vu sa tante, mais il était sûr qu'il s'agissait d'elle : cette femme ressemblait à l'image qu'il s'était faite de sa mère. Il la suivit à courte distance, puis l'appela. Elle lui jeta un regard soupçonneux, puis ses yeux ridés par les années de vie monotone et difficile reflétèrent une surprise intense.

– Tu es Musashi, le fils de Munisai, n'est-ce pas ? finit-elle par dire.

Il se demanda pourquoi elle l'appelait Musashi au lieu de Takezō, mais ce qui le troubla en réalité, ce fut l'impression de ne pas être le bienvenu.

– Oui, répondit-il, je suis Takezō, de la maison de Shimmen.

Elle l'examina des pieds à la tête, sans les « oh ! » et les « ah ! » habituels : « Comme tu as grandi ! » et : « Comme tu as changé ! »

– Pourquoi donc es-tu venu ici ? demanda-t-elle froidement, sur un ton plutôt sévère.

– Je n'avais pas de raison particulière de venir. Il se trouvait seulement que j'étais à Kyoto. J'ai pensé qu'il serait gentil de venir te voir.

En regardant les yeux et la naissance des cheveux de sa tante, il songeait à sa mère. Si elle avait été encore vivante, elle aurait sûrement eu à peu près la taille de cette femme et sa voix.

– Tu es venu me voir ? demanda-t-elle, incrédule.

– Oui. Je regrette d'arriver à l'improviste.

Sa tante agita la main devant son visage en un geste de rejet.

– Eh bien, tu m'as vue ; aussi, restons-en là. Je t'en prie, va-t'en !

Abasourdi par cette réception glaciale, il explosa :

– Pourquoi me dis-tu cela ? Si tu veux que je m'en aille, je m'en irai, mais je ne comprends pas pourquoi. Ai-je fait quelque chose que tu désapprouves ? Si oui, dis-moi au moins ce que c'est.

Sa tante paraissait peu désireuse de répondre.

– Puisque tu es là, pourquoi ne pas venir à la maison dire bonjour à ton oncle ? Mais tu sais comment il est ; ne sois donc pas déçu par ce qu'il risque de dire. Je suis ta tante, et, puisque tu es venu nous voir, je ne veux pas que tu repartes avec de la rancune.

Musashi se consola comme il put avec ces paroles, et accompagna sa tante jusque chez elle ; il attendit dans la salle du devant tandis qu'elle annonçait la nouvelle à son mari. Il pouvait entendre à travers le shoji la voix asthmatique et bougonne de son oncle, appelé Matsuo Kaname.

– Quoi ? s'écriait Kaname avec humeur. Le fils de Munisai, ici ?... Je craignais bien qu'il ne débarquât tôt ou tard. Tu veux dire qu'il est ici même, dans cette maison ? Tu l'as laissé entrer sans me le demander ?

C'en était trop ; mais quand Musashi appela sa tante afin de lui dire adieu, Kaname s'écria : « Alors, tu es là ? », et ouvrit la porte coulissante. Son visage exprimait non l'irritation mais un mépris total : celui que réservent les gens des villes à leurs parents mal lavés de la campagne. On eût dit qu'une vache, entrée à pas pesants, avait planté ses sabots sur le tatami.

– Pourquoi es-tu venu ? demanda Kaname.

– Je me trouvais en ville. J'ai cru devoir prendre de tes nouvelles.

– C'est faux !

– Pardon ?

– Tu peux mentir autant que tu voudras ; je sais ce que tu as fait. Tu as créé beaucoup de désordre au Mimasaka, tu t'es fait détester de bien des gens, tu as déshonoré le nom de ta famille, et alors, tu as pris la fuite. Est-ce faux ? (Musashi était interloqué.) Comment peux-tu avoir le front de venir voir des parents ?

– Je regrette ce que j'ai fait, dit Musashi. Mais j'ai la ferme intention de réparer mes torts envers mes ancêtres et le village.

– Je suppose que tu ne peux rentrer chez toi, bien sûr. Mon Dieu, l'on récolte ce que l'on a semé. Munisai doit se retourner dans sa tombe !

– Je ne suis resté que trop longtemps, dit Musashi. Maintenant, il faut que je m'en aille.

– Pas question ! fit Kaname avec colère. Tu vas me faire le plaisir de rester ici ! Si tu vas rôder dans les parages, tu ne seras pas long à avoir des ennuis. Cette vieille peste de la famille Hon'iden est passée ici voilà six mois environ. Ces temps derniers, elle a reparu plusieurs fois. Elle nous demande sans arrêt si tu es venu ici ; elle essaie de savoir par nous où tu te trouves. Elle te recherche – et c'est sérieux.

– Ah ! Osugi ? Elle est venue ici ?

– Bien sûr. Elle m'a tout révélé sur toi. Si tu n'étais pas de ma famille, je te ligoterais et te livrerais à elle ; mais, étant donné les circonstances... Quoi qu'il en soit, tu restes ici pour le moment. Mieux vaut que tu repartes au milieu de la nuit pour nous éviter des ennuis, à ta tante et à moi.

Que sa tante et son oncle eussent avalé toutes les calomnies d'Osugi, voilà qui était mortifiant. Avec un terrible sentiment de solitude, Musashi s'assit en silence, les yeux fixés à terre. Enfin, sa tante eut pitié de lui, et lui dit d'aller dormir dans une autre pièce. Musashi se laissa tomber sur le sol et desserra son ceinturon. Une fois encore, il eut le sentiment de n'avoir au monde personne d'autre que lui-même sur qui s'appuyer.

Il se fit la réflexion que peut-être son oncle et sa tante le traitaient avec franchise et sévérité justement à cause des liens du sang. D'abord, telle fut sa colère qu'il avait voulu cracher sur le seuil et s'en aller ; mais maintenant il nourrissait des sentiments plus charitables : il se rappelait qu'il importait d'accorder à son oncle et sa tante le bénéfice du doute.

Il était trop naïf pour bien juger son entourage. S'il avait été riche et célèbre, ses sentiments envers sa famille eussent été convenables, mais le voilà qui débarquait du froid dans un kimono qui ressemblait à un torchon sale, et la veille du jour de l'an, pour comble. Dans ces conditions, le manque d'affection familiale de sa tante et de son oncle n'avait rien de surprenant.

De ce manque d'affection Musashi eut bientôt la preuve. Il s'était couché affamé dans le candide espoir qu'on lui donnerait quelque chose à manger. Il avait beau sentir une odeur de nourriture et entendre des bruits de vaisselle à la cuisine, nul n'approcha de sa chambre où le brasero ne luisait pas plus qu'une luciole. Il conclut bientôt que la faim et le froid étaient secondaires ; le plus important pour le moment était de dormir, ce qu'il fit.

Il se réveilla environ quatre heures plus tard, au son des cloches de temples qui sonnaient la fin de l'année. Dormir lui avait fait du bien. Se levant d'un bond, il sentit que sa fatigue avait disparu. Il avait la tête fraîche et l'esprit clair.

À l'intérieur de la ville et autour d'elle, d'énormes cloches bourdonnaient sur un rythme lent et majestueux, marquant la fin des ténèbres et le début de la lumière. Cent huit coups pour les cent huit illusions de la vie – chaque coup appelant les hommes et les femmes à réfléchir sur la vanité de leur existence.

Musashi se demanda combien de gens, cette nuit-là, pouvaient dire : « J'ai eu raison. J'ai fait ce que je devais faire. Je n'ai pas de regrets. » Pour lui, chaque coup de cloche suscitait un frémissement de remords. Il ne parvenait à se rappeler que ce qu'il avait fait de mal au cours de l'année écoulée. Et il ne s'agissait pas seulement de l'année écoulée : l'année d'avant, et l'année d'avant celle-là, tout ce temps passé avait apporté des regrets. Il n'y avait pas eu une seule année sans nostalgie. Et même, il n'y avait guère eu un seul jour sans mécontentement.

D'après cette vision limitée du monde, il semblait que, quoique les gens fissent, ils en arrivaient bientôt aux regrets. Les hommes, par exemple, prenaient femme avec l'intention de passer leur vie entière avec elle ; mais souvent ils changeaient d'avis plus tard. On pouvait aisément pardonner aux femmes leurs réflexions après coup, mais il était rare qu'elles exprimassent leurs griefs, alors que les hommes le faisaient souvent. Combien de fois Musashi en avait-il entendu dénigrer leur épouse comme s'il s'agissait d'une vieille paire de sandales hors d'usage ?

Musashi ne connaissait pas les difficultés conjugales, bien sûr, mais il avait été victime de l'illusion, et le sentiment du remords ne lui était pas étranger. À cet instant précis, il regrettait beaucoup d'être venu chez sa tante. « Encore aujourd'hui, se lamentait-il, je ne suis pas délivré de mon sentiment de dépendance. Je n'arrête pas de me dire que je dois voler de mes propres ailes. Et puis, soudain, je m'appuie sur quelqu'un d'autre. Quelle mesquinerie ! Quelle sottise !… Je sais ce que je dois faire ! se dit-il. Je dois prendre une résolution, et la coucher par écrit. »

Il défit son paquetage de *shugyōsha*, et en sortit un carnet formé de morceaux de papier pliés en quatre et fixés ensemble par des bandes de papier ruban. Il s'en servait pour noter certaines idées qui lui venaient au cours de ses pérégrinations, ainsi que des expressions Zen, des observations géographiques, des remontrances qu'il s'adressait à lui-même, et parfois des esquisses sommaires des spectacles intéressants qu'il voyait. Il ouvrit le carnet devant lui, prit son pinceau, et regarda fixement la feuille de papier blanc.

Musashi écrivit : « Je ne veux avoir de regrets sur rien ».

Bien qu'il notât souvent par écrit des résolutions, il constatait que le simple fait de les inscrire avait peu d'effet. Il devait se les répéter chaque matin et chaque soir, comme un texte sacré. En conséquence, il essayait toujours de choisir des mots faciles à se rappeler et à réciter, comme des poèmes.

Il considéra un moment ce qu'il venait d'écrire, puis le modifia : « Je ne veux pas avoir de regrets au sujet de mes actes ».

Il se murmura ces mots à lui-même, mais continua de les trouver insatisfaisants. Il les transforma de nouveau : « Je ne veux rien faire que je regrette ensuite ».

Satisfait de cette troisième tentative, il posa son pinceau. Bien qu'il eût écrit dans la même intention les trois phrases, les deux premières pouvaient signifier qu'il n'aurait aucun regret, qu'il agît bien ou mal, tandis que la troisième soulignait sa détermination d'agir de façon à rendre les remords inutiles.

Musashi se répéta sa résolution, en se rendant bien compte qu'il s'agissait d'un idéal qu'il ne pourrait atteindre à moins de discipliner son cœur et son esprit au maximum de leurs possibilités. Pourtant, s'efforcer vers un état où rien de ce qu'il ferait ne lui donnerait de regrets constituait la voie qu'il devait suivre. « Un jour, j'arriverai à cet état ! » se jura-t-il au fond de lui-même.

Derrière lui, le shoji s'ouvrit en glissant, et sa tante jeta un coup d'œil à l'intérieur. D'une voix tremblante, elle dit :

– Je le savais ! Quelque chose me disait que je ne devais pas te laisser rester ici ; et ce que je craignais est en train d'arriver. Osugi est venue frapper à la porte, et a vu tes sandales dans l'entrée. Elle a la conviction que tu es ici, et insiste pour que nous te menions à elle ! Écoute ! D'ici tu peux l'entendre. Oh ! Musashi, fais quelque chose !

– Osugi ? Ici ? dit Musashi qui refusait d'en croire ses oreilles.

Mais il n'y avait pas d'erreur. Il entendait sa voix rauque à travers les interstices, comme un vent glacial, s'adresser à Kaname de son ton le plus guindé, le plus hautain.

Osugi était arrivée juste à la fin de la volée de minuit, alors que la tante de Musashi allait tirer de l'eau pure pour le nouvel an. Inquiète à l'idée que son nouvel an pût être gâché par la vue impure du sang, elle n'essaya pas de cacher son agacement :

– Fuis le plus vite possible ! implora-t-elle. Ton oncle la retient en lui assurant que tu n'es pas venu ici. Glisse-toi dehors maintenant, pendant qu'il en est encore temps.

Elle ramassa le chapeau et le paquetage du jeune homme, qu'elle conduisit à la porte de derrière où elle avait placé une paire de guêtres de cuir de son mari, ainsi que des sandales de paille.

Tout en attachant les sandales, Musashi lui dit d'un ton penaud :

– Je suis navré de t'ennuyer, mais ne me donneras-tu pas un bol de gruau ? Je n'ai rien mangé de la soirée.

– Ce n'est pas le moment de manger ! Mais tiens, prends ça. Et va-t'en !

Elle lui tendit cinq gâteaux de riz sur un morceau de papier blanc. Musashi les accepta avec empressement et les éleva à hauteur du front en signe de remerciement.

– Adieu, dit-il.

En ce premier jour du joyeux nouvel an, Musashi s'éloigna tristement dans l'allée glacée, oiseau d'hiver déplumé, s'envolant dans un ciel noir. Il avait l'onglée, et froid au crâne. Il ne voyait que son haleine blanche, rapidement transformée en givre sur le duvet qui lui entourait la bouche.

– Il fait froid ! dit-il à voix haute.

Les Huit Enfers glacés n'étaient sûrement pas aussi froids ! Pourquoi, alors que d'habitude il se riait du froid, en souffrait-il autant ce matin-là ?

Il répondit à sa propre question : « Il ne s'agit pas seulement de mon corps. J'ai froid au-dedans de moi. Je manque de discipline, voilà la vérité. J'ai encore envie de me cramponner à de la chair chaude, comme un bébé, et je m'abandonne trop vite à la sentimentalité. Parce que je suis seul, je m'apitoie sur moi-même et jalouse les gens qui ont de bonnes maisons bien douillettes. Au fond de moi, je suis bas et vil ! Que ne suis-je reconnaissant d'être indépendant et libre d'aller où je veux ! Que ne puis-je m'en tenir à mes idéaux et à ma fierté ! »

Comme il goûtait les avantages de la liberté, ses pieds douloureux se réchauffèrent jusqu'au bout des orteils, et son souffle se mit à bouillir. « Un voyageur qui n'a pas d'idéal, qui n'éprouve pas de gratitude pour son indépendance, n'est qu'un mendiant ! La différence entre un mendiant et le grand-prêtre errant Saigyō se trouve au fond de leur cœur ! »

Il prit soudain conscience d'un éclat blanc sous ses pas. Il marchait sur de la glace fragile. Sans s'en apercevoir, il avait parcouru tout le chemin jusqu'au bord gelé de la rivière Kamo. La rivière et le ciel étaient noirs encore, et rien à l'est n'annonçait l'aube. Les pieds de Musashi s'arrêtèrent. Ils l'avaient porté sans encombre à travers l'obscurité depuis la colline de Yoshida mais maintenant ils refusaient d'aller plus avant.

Dans l'ombre de la digue, il rassembla des brindilles, de petits morceaux de bois et tout ce qui pouvait brûler, et gratta son briquet. La première et minuscule flamme requit du travail et de la patience, mais des feuilles sèches finirent par prendre. Avec des soins de bûcheron, Musashi entassa bouts de bois et petites branches. Le feu s'anima vite, et le vent le poussa vers celui qui l'avait fait, prêt à lui griller le visage.

Musashi prit les gâteaux de riz que lui avait donnés sa tante, et les fit rôtir l'un après l'autre dans les flammes. Ils brunirent et gonflèrent comme des bulles, lui rappelant les fêtes du nouvel an de son enfance. Ces gâteaux de riz n'avaient d'autre goût que le leur ; ils n'étaient ni salés ni sucrés. À les mâcher, il trouva que ce riz nature avait le goût du monde réel qui l'entourait. « Je fête mon propre nouvel an », songea-t-il avec bonheur. Tandis qu'il se chauffait la figure aux flammes et se remplissait l'estomac, toute l'affaire commença à lui paraître assez amusante. « Voilà de bonnes fêtes de nouvel an! Si même un vagabond tel que moi a droit à cinq bons gâteaux de riz, alors ce doit être que le ciel permet à tout le monde de célébrer d'une manière ou d'une autre le nouvel an. J'ai la rivière Kamo pour compagne, et les trente-six pics de Higashiyama décorent mon foyer! Je dois me purifier le corps pour attendre le premier lever du soleil. »

Au bord de la rivière glacée, il détacha son obi, enleva son kimono et ses sous-vêtements ; puis il plongea et fit une toilette complète en éclaboussant partout comme un oiseau aquatique.

Il était debout sur la berge à s'essuyer vigoureusement lorsque les premiers rayons de l'aube percèrent un nuage ; il sentit leur chaleur sur son dos. Il regarda vers le feu, et vit quelqu'un debout sur la digue qui le surplombait, un autre voyageur, différent par l'âge et l'aspect, amené là par le destin : Osugi.

La vieille femme l'avait vu, elle aussi, et s'exclamait dans son cœur : « Le voilà! Le fauteur de troubles est là! » Submergée par la joie et la peur, elle faillit se trouver mal. Elle voulut l'appeler, mais sa voix se brisa ; son corps tremblant refusait d'exécuter les ordres. Brusquement, elle s'assit dans l'ombre d'un petit pin.

« Enfin! se réjouissait-elle. Enfin je l'ai trouvé! L'âme de l'oncle Gon m'a conduite vers lui. » Dans le sac pendu à sa taille elle portait un fragment d'os de l'oncle Gon et une mèche de ses cheveux.

Chaque jour, depuis sa mort, elle lui parlait. « Oncle Gon, disait-elle, bien que tu sois disparu, je ne me sens pas seule. Tu es resté avec moi quand j'ai fait vœu de ne pas retourner au village avant d'avoir puni Musashi et Otsū. Tu es toujours avec moi. Tu as beau être mort, ton âme est toujours avec moi. Nous sommes ensemble pour jamais. Lève les yeux à travers l'herbe, et regarde-moi! Jamais je ne laisserai Musashi impuni! »

Certes, l'oncle Gon était mort depuis une semaine seulement, mais Osugi avait la ferme résolution de tenir ses engagements envers lui jusqu'à ce qu'elle fût réduite en cendres. Au cours des tout derniers jours, elle avait intensifié ses recherches avec la fureur de la terrible Kishimojin, laquelle, avant sa conversion par le Bouddha, avait tué d'autres enfants pour nourrir le sien propre – on les évaluait à cinq cents, mille ou dix mille.

Pour Osugi, le premier indice avait été une rumeur entendue dans la rue : il y aurait bientôt une passe d'armes entre Musashi et Yoshioka Seijūrō. Et puis, au début de la précédente soirée, elle avait fait partie des badauds qui regardaient apposer l'écriteau sur le Grand Pont de l'avenue Gojō. Dans quelle excitation elle était ! Elle l'avait lu et relu de bout en bout en pensant : « L'ambition de Musashi a donc fini par le perdre ! Ils vont le ridiculiser. Yoshioka le tuera. Ah ! si cela se produit, comment pourrai-je regarder en face les gens de mon village ? J'ai juré que je le tuerais moi-même. Je dois parvenir jusqu'à lui avant Yoshioka. Rapporter cette face grimaçante, et la tenir par les cheveux pour la faire voir aux villageois ! » Alors, elle avait prié les dieux, les bodhisattvas et ses ancêtres de lui venir en aide.

En dépit de toute cette fureur venimeuse, elle était sortie déçue de chez Matsuo. En revenant le long de la rivière Kamo, elle avait d'abord pris le feu pour celui d'un mendiant. Sans raison particulière, elle s'était arrêtée pour attendre sur la digue. En apercevant l'homme nu et musclé qui sortait de la rivière, insensible au froid, elle avait compris que c'était Musashi.

Comme il se trouvait sans vêtements, c'eût été le moment idéal pour le prendre par surprise et l'abattre ; pourtant, même le vieux cœur desséché d'Osugi s'y refusa.

Elle joignit les mains pour prononcer une action de grâces, tout comme si elle avait déjà eu la tête de Musashi. « Que je suis heureuse ! Grâce aux dieux et aux bodhisattvas, j'ai Musashi en face de moi. Il ne peut s'agir d'un pur hasard ! La constance de ma foi a trouvé sa récompense ; mon ennemi a été remis entre mes mains ! » Elle se prosterna devant le ciel, ferme dans sa croyance que maintenant elle avait tout le temps pour accomplir sa mission.

Musashi revêtit son kimono, attacha bien serré son obi, et ceignit ses deux sabres. Sur les mains et les genoux, il se prosterna silencieusement devant les dieux du ciel et de la terre.

Le cœur d'Osugi bondit dans sa poitrine, tandis qu'elle murmurait : « Allons ! »

À cet instant précis, Musashi se releva d'un bond. Sautant avec agilité par-dessus une mare d'eau, il se mit à longer rapidement la rivière. Osugi, prenant bien garde de ne pas trahir sa présence, se hâta le long de la digue.

Les toits et les ponts de la grand-ville commençaient à montrer leurs légers contours blancs dans la brume du matin, mais, au-dessus, les étoiles brillaient encore au ciel, et le pied de l'Higashiyama restait d'un noir d'encre. Lorsque Musashi parvint au pont de bois de l'avenue Sanjō, il passa dessous et reparut en haut de la digue qui s'étendait au-delà, s'avançant à longues foulées. Plusieurs fois, Osugi faillit l'appeler, mais s'en abstint.

Musashi savait qu'elle se trouvait derrière lui. Mais il savait aussi que s'il se retournait, elle foncerait sur lui et qu'il serait forcé de se défendre, sans lui faire de mal. « Un terrible adversaire ! » se disait-il. S'il avait encore été Takezō, là-bas, au village, il n'eût pas craint de la terrasser et de la frapper jusqu'à lui faire cracher le sang ; mais bien sûr il ne pouvait plus agir ainsi.

En réalité, il avait plus de raisons de la haïr qu'elle n'en avait de le détester ; pourtant, il voulait lui montrer que les sentiments qu'elle éprouvait envers lui reposaient sur un affreux malentendu. Il avait la certitude que s'il pouvait seulement s'expliquer avec elle, elle cesserait de le considérer comme son mortel ennemi. Pourtant, étant donné qu'elle nourrissait depuis tant d'années sa rancune, il y avait peu de chances qu'il parvînt à la convaincre maintenant, lui exposât-il mille fois l'affaire. Il n'y avait qu'une solution ; pour entêtée qu'elle fût, elle croirait sûrement Matahachi. Si son propre fils lui rapportait ce qui s'était produit au juste avant et après Sekigahara, elle ne pourrait plus considérer Musashi comme un ennemi de la famille Hon'iden, à plus forte raison comme le ravisseur de la fiancée de son fils.

Musashi s'approchait du pont, situé dans un quartier qui avait été florissant à la fin du XIIe siècle, alors que la famille Taira se trouvait au faîte de sa fortune. Même après les guerres du XVe siècle, il était demeuré l'un des plus populeux de Kyoto. Le soleil commençait juste à atteindre les façades et les jardins, où les traces du minutieux balayage de la veille au soir étaient encore visibles, bien qu'à cette heure matinale aucune porte ne fût ouverte.

Osugi distinguait dans la boue les empreintes de pas de Musashi. Elle méprisait jusqu'à ces empreintes.

Encore cent mètres, puis cinquante.

– Musashi! cria la vieille femme. (Les poings serrés, le cou tendu en avant, elle courut vers lui.) Espèce de sale démon! vociféra-t-elle. Tu es sourd?

Musashi ne se retourna pas.

Osugi poursuivit sa course. En dépit de son âge, sa détermination qui défiait la mort conférait à ses pas un rythme énergique et viril. Musashi continuait à lui tourner le dos, cherchant fiévreusement dans sa tête un plan d'action.

Tout à coup, elle bondit devant lui en criant :

– Arrête!

Ses épaules saillantes, ses côtes maigres tremblaient. Elle se tint là quelques instants à reprendre souffle. Sans dissimuler une expression résignée, Musashi dit avec toute la désinvolture qu'il put :

– Ma parole, mais c'est la douairière Hon'iden! Que faites-vous ici?

– Insolent! Pourquoi ne serais-je pas ici? C'est moi qui devrais te demander cela. Je t'ai laissé m'échapper sur la colline de Sannen, mais aujourd'hui j'aurai ta tête!

Son cou décharné évoquait celui d'un coq de combat, et sa voix stridente, qui paraissait pousser hors de sa bouche ses dents saillantes, effrayait Musashi plus qu'un cri de guerre.

La peur que lui inspirait la vieille femme avait ses racines dans des souvenirs d'enfance, à l'époque où Osugi les avait surpris, lui et Matahachi, en train de se livrer à quelque méfait dans le carré aux mûriers de la cuisine des Hon'iden. Il avait huit ou neuf ans – l'âge même où les deux chenapans faisaient sans arrêt des tours pendables –, et il se rappelait encore nettement comme Osugi leur avait crié dessus. Il avait pris la fuite, épouvanté, le cœur battant à grands coups, et de tels souvenirs lui donnaient le frisson. À l'époque, il considérait Osugi comme une vieille sorcière détestable et querelleuse ; encore maintenant, il lui en voulait de l'avoir trahi lors de son retour au village, après Sekigahara. Bizarrement, il en était aussi venu à la considérer comme un être dont il ne pourrait jamais avoir raison. Néanmoins, le temps avait adouci les sentiments qu'il lui portait.

Chez Osugi, c'était tout le contraire. Elle ne pouvait se débarrasser de l'image de Takezō, l'odieux moutard indiscipliné qu'elle avait connu, le petit morveux aux bobos sur le crâne, aux jambes et aux bras si longs qu'il en paraissait difforme. Non qu'elle fût inconsciente de l'écoulement du temps. Maintenant, elle était vieille ; elle le savait. Et Musashi était un adulte. Mais elle ne pouvait s'empêcher de le traiter comme un sale gosse. En songeant à la honte que ce petit garçon lui avait infligée, elle criait vengeance. Il ne s'agissait pas seulement de se venger aux yeux du village. Elle voulait voir Musashi dans sa tombe avant de descendre dans la sienne.

– Trêve de paroles ! glapit-elle. Donne-moi ta tête ou prépare-toi à sentir ma lame ! En garde, Musashi !

Elle s'essuya les lèvres avec les doigts, cracha sur sa main gauche et empoigna son fourreau.

Il y avait un proverbe sur une mante religieuse qui s'attaquait au carrosse impérial. Ce proverbe fut sans doute inventé pour décrire la cadavérique Osugi, avec ses jambes filiformes, s'attaquant à Musashi. Elle ressemblait tout à fait à une mante ; ses yeux, sa peau, sa posture absurde, tout cela était pareil. Et tandis que Musashi se tenait en garde, la regardant s'approcher comme il l'eût fait d'un enfant en train de jouer, ses épaules et son torse lui conféraient l'invincibilité d'un robuste carrosse de fer.

Malgré le caractère incongru de la situation, il était incapable de rire, car il se sentait soudain empli de pitié.

– Allons, grand-mère, attendez ! supplia-t-il en lui saisissant le coude avec douceur, mais fermeté.

– Que... qu'est-ce que tu fais ? s'écria-t-elle. (La surprise faisait trembler à la fois son bras, réduit à l'impuissance, et ses dents.) L-l-lâche ! bégaya-t-elle. Tu crois donc pouvoir m'arrêter avec de belles paroles ? Eh bien, j'ai vu quarante jours de l'an de plus que toi, et tu ne saurais me berner. Reçois ton châtiment.

La peau d'Osugi avait la couleur de l'argile rouge ; elle était hors d'elle.

– Je vous comprends, dit Musashi en acquiesçant énergiquement de la tête ; je sais ce que vous ressentez. Vous avez bien en vous l'esprit combatif de la famille Hon'iden. Je vois que vous êtes du même sang que le premier des Hon'iden, celui qui a si bravement servi sous Shimmen Munetsura.

– Lâche-moi, espèce de... ! Je refuse de prêter l'oreille aux flatteries de quelqu'un d'assez jeune pour être mon petit-fils.

– Calmez-vous. La témérité ne convient pas à une personne de votre âge. J'ai quelque chose à vous dire.

– Tes dernières volontés.

– Non ; je veux m'expliquer.

– Je n'ai que faire de tes explications !

La vieille femme se redressa de toute sa hauteur.

– Ah bien, alors, il va me falloir vous enlever ce sabre. Et quand Matahachi viendra, il pourra tout vous expliquer.

– Matahachi ?

– Oui. Je lui ai envoyé un message au printemps dernier.

– Ah ! vraiment ?

– Je lui ai donné rendez-vous ici le matin du jour de l'an.

– Mensonge ! glapit Osugi en secouant vigoureusement la tête. Tu devrais avoir honte, Musashi ! N'es-tu pas le fils de Munisai ? Ne t'a-t-il pas enseigné que lorsque l'heure a sonné de mourir, on doit mourir en homme ? Ce n'est pas le moment de tergiverser. Derrière ce sabre il y a ma vie entière ; j'ai l'appui des dieux et des bodhisattvas. Si tu oses l'affronter, affronte-le ! (Elle lui arracha son bras, et cria :) Gloire au Bouddha !

Elle dégaina, empoigna son sabre à deux mains et visa Musashi à la poitrine. Il esquiva.

– Calmez-vous, grand-mère, je vous en prie !

Comme il lui tapotait le dos, elle poussa un cri aigu et se retourna d'un bond face à lui. Sur le point de charger, elle invoqua le nom de Kannon :

— Gloire à Kannon Bosatsu ! Gloire à Kannon Bosatsu !

Et elle attaqua de nouveau. Comme elle le dépassait, Musashi lui saisit le poignet.

— Vous ne réussirez qu'à vous éreinter en vous démenant comme ça. Regardez : le pont est là, tout près. Venez avec moi jusque-là.

Tournant la tête en arrière, Osugi montra les crocs, serra les lèvres.

— Fuuuu !

Elle avait craché de tout le souffle qui lui restait. Musashi la lâcha et s'écarta pour s'essuyer l'œil gauche avec la main. L'œil lui brûlait, comme frappé d'une étincelle. Il regarda la main avec laquelle il s'était essuyé l'œil. Il n'y avait pas de sang dessus, mais il ne pouvait ouvrir la paupière. Osugi, voyant qu'il n'était plus sur ses gardes, chargea avec un renouveau d'énergie en invoquant derechef le nom de Kannon.

Deux fois, trois fois, elle lui porta une botte.

À la troisième botte, préoccupé par son œil, il se contenta d'incliner légèrement le haut du corps. Le sabre lui traversa la manche et lui égratigna l'avant-bras. Un lambeau de la manche tomba, ce qui permit à Osugi de voir du sang sur la doublure blanche.

— Je l'ai blessé ! cria-t-elle avec extase en agitant sauvagement son arme.

Elle était aussi fière que si elle avait abattu un grand arbre d'un seul coup, et le fait que Musashi refusât le combat ne diminuait en rien sa joie. Elle continua de clamer le nom de la Kannon de Kiyomizudera, invitant la divinité à descendre sur la terre.

En proie à une frénésie bruyante, elle courait autour de lui, l'attaquait par-devant et par-derrière. Musashi ne faisait que changer de place afin d'éviter les coups.

Son œil le tracassait, et il y avait l'égratignure à son avant-bras. Bien qu'il eût vu le coup arriver, il n'avait pas été assez prompt pour l'éviter. Jamais personne auparavant ne l'avait blessé, fût-ce légèrement, et, comme il n'avait pas pris au sérieux l'assaut d'Osugi, la question de savoir qui serait vainqueur, qui serait vaincu, ne lui avait jamais traversé l'esprit.

Pourtant, n'était-il pas exact qu'en ne la prenant pas au sérieux, il s'était laissé blesser ? D'après *L'Art de la guerre*, si légère que fût la blessure, il était indubitablement battu. La foi de la vieille femme et la pointe de son sabre avaient fait éclater aux yeux de tous son manque de maturité.

« Je me trompais », se disait-il. Comprenant la folie de son inaction, il s'écarta d'un bond des assauts du sabre et frappa violemment Osugi dans le dos, ce qui l'envoya s'étaler et fit voler le sabre loin d'elle. De la main gauche, Musashi ramassa le sabre, et, de la droite, souleva la vieille femme au creux de son bras.

– Laisse-moi descendre ! criait-elle en battant l'air de ses bras. N'y a-t-il donc pas de dieux ? Pas de bodhisattvas ? Je l'ai déjà blessé une fois ! Que faire ? Musashi ! Ne m'humilie pas ainsi ! Coupe-moi la tête ! Tue-moi sur-le-champ ! (Cependant que Musashi, lèvres serrées, s'avançait à grands pas, avec sous le bras la femme qui se débattait, elle continuait de protester d'une voix rauque :) C'est le hasard de la guerre ! C'est le destin ! S'il s'agit de la volonté des dieux, je ne serai pas lâche !... Quand Matahachi apprendra que l'oncle Gon est mort et que j'ai été tuée en essayant de me venger, la colère le fera se dresser pour nous venger tous deux ; cela constituera pour lui un bon remède. Tue-moi, Musashi ! Tue-moi immédiatement !... Où vas-tu ? Essaies-tu d'ajouter la honte à ma mort ? Arrête ! Coupe-moi immédiatement la tête !

Musashi ne tint pas compte de ses clameurs, mais, en arrivant au pont, il commença à se demander ce qu'il allait bien pouvoir faire d'elle. Une inspiration lui vint. Descendant à la rivière, il trouva une barque attachée à l'une des piles du pont. Doucement, il l'y déposa.

– Allons, un peu de patience ; attendez là un moment. Matahachi ne va pas tarder.

– Que fais-tu ? cria-t-elle en essayant de repousser à la fois les mains du jeune homme et les nattes de roseau qui tapissaient le fond du bateau. Que vient faire là-dedans l'arrivée ici de Matahachi ? Qu'est-ce qui te fait croire qu'il va venir ? Je sais ce que tu as derrière la tête. Il ne te suffit pas de me tuer ; tu veux m'humilier par-dessus le marché !

– Pensez ce que bon vous semble ! Vous ne tarderez pas à apprendre la vérité.

– Tue-moi !

– Ha ! ha ! ha !

– Qu'y a-t-il de si drôle ? Tu n'aurais aucun mal à trancher ce vieux cou !

À défaut d'un meilleur moyen de la faire se tenir tranquille, il l'attacha à la poupe surélevée de la barque. Puis il remit son sabre au fourreau, et le déposa bien soigneusement à côté d'elle.

Comme il s'éloignait, elle se moqua de lui :

– Musashi ! Je ne crois pas que tu comprennes bien en quoi consiste la Voie du samouraï ! Reviens, que je te l'enseigne !

– Plus tard.

Il commença à monter sur la digue, mais Osugi faisait un tel tapage qu'il dut retourner empiler sur elle plusieurs nattes de roseau.

Un énorme soleil rouge jaillit en flammes au-dessus du Higashiyama. Musashi, fasciné, le regardait monter ; il sentait ses rayons percer les profondeurs de son être. Il devint pensif, et se dit qu'une seule fois par an, quand se levait ce nouveau soleil, l'ego, ce petit ver qui attache l'homme à ses pensées intimes, avait des chances de fondre et de disparaître sous sa lumière magnifique. La joie d'être vivant emplissait Musashi. Exultant, il s'écria dans la radieuse aurore :

– Je suis jeune encore !

LE GRAND PONT DE L'AVENUE GOJŌ

« Champ du Rendaiji... neuvième jour du premier mois... »

Lire ces mots fit bouillir le sang de Musashi.

Pourtant, son attention fut détournée par une douleur aiguë et violente à l'œil gauche. En levant la main à sa paupière, il remarqua une petite aiguille enfoncée dans sa manche de kimono; une observation plus minutieuse en révéla quatre ou cinq autres, enfouies dans ses vêtements, brillantes comme des éclats de givre dans la lumière du matin.

« C'est donc ça! » s'exclama-t-il en en extrayant une afin de l'examiner. Approximativement de la dimension d'une petite aiguille à coudre, elle n'avait pas de chas, et était triangulaire au lieu de ronde. « Eh bien, quelle vieille garce! se dit-il avec un frisson, en jetant un coup d'œil vers le bateau. J'ai entendu parler de lanceurs d'épingles, mais qui aurait cru que la vieille sorcière en était capable? Je l'ai vraiment échappé belle. »

Avec sa curiosité coutumière, il récolta les aiguilles une par une, puis les épingla solidement à son col, dans l'intention de les observer plus tard. Il avait ouï dire que parmi les guerriers il existait deux points de vue opposés quant à ces petites armes. D'après l'un d'eux, on pouvait les utiliser efficacement, à titre dissuasif, en les soufflant à la figure de l'ennemi, tandis que l'autre traitait cela d'absurdité.

Les partisans soutenaient qu'une technique très ancienne, pour l'emploi des aiguilles, s'était développée à partir d'un jeu auquel jouaient les couturières et les tisserands qui émigrèrent de Chine au Japon au VIe ou VIIe siècle. Bien que cette méthode ne fût pas considérée en soi comme une méthode d'attaque, elle était pratiquée, jusqu'à l'époque du shōgunat Ashikaga, en tant que moyen préliminaire de distraire un adversaire.

L'autre camp allait jusqu'à prétendre qu'il n'avait jamais existé la moindre technique ancienne; il admettait pourtant qu'à une certaine époque on avait pratiqué en tant que jeu le lancement d'aiguilles. Tout en concédant que des femmes pouvaient s'être amusées de la sorte, ces gens-là niaient farouchement que l'on pût raffiner le lancement d'aiguilles au point d'infliger des blessures. Ils faisaient aussi observer que la salive était capable d'absorber une certaine quantité de chaleur, de froid ou d'acidité, mais qu'elle ne pouvait guère résorber la douleur provoquée par des piqûres d'aiguilles à l'intérieur de la bouche. À quoi l'on pouvait répliquer, bien sûr, qu'avec une pratique suffisante on pouvait apprendre à garder sans douleur les aiguilles dans sa bouche, et à les manier de la langue avec beaucoup de force et de précision. Assez pour aveugler un homme.

Les incrédules opposaient à cela que même si l'on pouvait souffler fort et vite les aiguilles, les chances de blesser quelqu'un étaient minimes. Après tout, disaient-ils, les seules parties du visage vulnérables à ce genre d'attaque étaient les yeux ; or, même dans les conditions les plus favorables, il n'y avait guère de chances de les atteindre. Et si l'aiguille ne pénétrait pas la pupille, les dégâts seraient insignifiants.

Après avoir entendu la plupart de ces arguments à un moment ou à un autre, Musashi avait été enclin à se ranger dans le camp de ceux qui doutaient. À la suite de cette expérience, il se rendit compte à quel point son jugement avait été prématuré, et combien des bribes de connaissance acquises au hasard pouvaient se révéler plus tard importantes et utiles.

Les aiguilles avaient manqué sa pupille, mais son œil larmoyait. Cependant qu'il tâtait ses vêtements, y cherchant de quoi l'essuyer, il entendit un bruit de tissu que l'on déchirait. Il se retourna, et vit une jeune fille en train d'arracher à la manche de son sous-vêtement un pied environ d'étoffe rouge.

Akemi accourut vers lui. Elle n'était pas coiffée pour la fête du nouvel an, et portait un kimono dépenaillé. Elle avait des sandales, mais pas de bas. Musashi la regardait furtivement, en bredouillant ; il croyait la connaître, mais sans pouvoir mettre un nom sur son visage.

– C'est moi, Takezō... je veux dire Musashi, fit-elle avec hésitation en lui tendant le tissu rouge. Tu t'es mis quelque chose dans l'œil ? Il ne faut pas le frotter. Ça ne ferait qu'empirer les choses. Tiens, prends ça. (Musashi accepta en silence, et se couvrit l'œil avec le tissu. Puis il regarda fixement la jeune fille.) Tu ne te souviens pas de moi ? dit-elle, incrédule. Mais c'est impossible ! (Le visage de Musashi n'exprimait absolument rien.) C'est impossible !

Le silence du jeune homme rompit la digue qui retenait les émotions longtemps contenues d'Akemi. Son esprit, tellement habitué au malheur et à la cruauté, s'était accroché à cet unique et dernier espoir ; or, voici qu'elle commençait à comprendre qu'il ne s'agissait là que d'un fantasme. Une boule dure se forma dans sa poitrine, et elle étouffa un gémissement. Elle avait beau se couvrir la bouche et le nez pour dissimuler ses sanglots, elle ne pouvait empêcher ses épaules de trembler.

Quelque chose, dans son aspect lorsqu'elle pleurait, évoquait l'innocence juvénile de l'époque d'Ibuki, alors qu'elle portait dans son obi la tintinnabulante clochette. Musashi entoura de ses bras les minces et frêles épaules de la jeune fille.

– Tu es Akemi, bien sûr. Je me souviens. Par quel hasard es-tu ici ? Quelle surprise de te voir ! Tu ne vis donc plus à Ibuki ? Que devient ta mère ? (Ses questions la blessaient ; la pire était la mention d'Oko, qui amena tout naturellement au vieil ami de Musashi :) Vivez-vous toujours avec Matahachi ? Il devait venir ici, ce matin. Tu ne l'aurais pas vu, par hasard ? (Chaque parole augmentait la détresse d'Akemi. Blottie entre les bras du jeune homme, elle ne pouvait que secouer la tête en pleurant.) Matahachi ne vient donc pas ? insistait-il. Que lui est-il arrivé ? Comment le saurai-je jamais si tu te contentes de rester là, à pleurer ?

– Il... il... il ne viendra pas. Il n'a jamais... il n'a jamais reçu ton message.

Akemi appuya son visage contre la poitrine de Musashi, et eut une nouvelle crise de larmes. Elle avait envie de dire ceci, de dire cela, mais chaque idée mourait dans son cerveau fiévreux. Comment lui parler du sort abominable qui avait été le sien à cause de sa mère ? Comment exprimer avec des mots ce qui s'était passé à Sumiyoshi et depuis ?

Le soleil du nouvel an baignait le pont ; il y avait de plus en plus de passants : jeunes filles en kimonos flambant neufs allant faire leurs dévotions à Kiyomizudera, hommes en robes d'apparat commençant leur tournée de visites de jour de l'an. Presque caché parmi eux se trouvait Jōtarō, sa tignasse de gnome aussi ébouriffée que n'importe quel autre jour. Il se trouvait à peu près au milieu du pont lorsqu'il aperçut Musashi et Akemi.

« Qu'est-ce que ça veut dire ? songea-t-il. Je croyais qu'il serait avec Otsū. Ce n'est pas Otsū ! »

Il s'arrêta et fit la grimace. Il était profondément choqué. Passe encore si nul ne les avait vus ; mais ils étaient là, poitrine contre poitrine, enlacés au milieu de la foule. Un homme et une femme s'étreignant en public ! Quelle honte ! Il ne pouvait croire qu'aucun adulte pût se conduire de manière aussi indigne, *a fortiori* son propre *sensei* révéré. Le cœur de Jōtarō battait à grands coups ; il était à la fois triste et un peu jaloux. Et en colère ; si en colère qu'il avait envie de ramasser une pierre et de la leur lancer.

« J'ai vu cette femme quelque part, se disait-il. Ah ! oui, c'est elle qui a pris le message de Musashi pour Matahachi. Mon Dieu, c'est une fille de maison de thé ; alors, qu'espérer d'autre ? Mais comment diable se sont-ils connus ? Je crois que je devrais avertir Otsū ! »

Il regarda dans la rue et par-dessus la rambarde ; pas trace d'Otsū.

La veille au soir, sûre de rencontrer Musashi le lendemain, celle-ci s'était lavé les cheveux et avait veillé tard pour les coiffer comme il convenait. Puis elle avait revêtu un kimono donné par la famille Karasumaru, et, avant l'aube, s'était mise en route pour faire ses dévotions au sanctuaire de Gion et à Kiyomizudera, avant de se rendre avenue Gojō. Jōtarō avait voulu l'accompagner, mais elle avait refusé. Un autre jour, c'eût été parfait, avait-elle expliqué, mais ce jour-là Jōtarō l'eût gênée.

– Reste ici, avait-elle déclaré. D'abord, je veux parler seule à Musashi. Tu peux nous rejoindre au pont quand il fera jour, mais prends ton temps. Et ne t'inquiète pas : je promets de t'y attendre avec Musashi.

Cela avait beaucoup fâché Jōtarō. Non seulement il était en âge de comprendre les sentiments d'Otsū mais il n'ignorait pas l'attrait mutuel qu'éprouvaient les hommes et les femmes. Il n'avait pas oublié ses ébats dans la paille avec Kocha, à Koyagyū. Pourtant, il ne comprenait toujours pas pourquoi une adulte comme Otsū broyait du noir et pleurait tout le temps pour un homme.

Il avait beau chercher, il ne trouvait pas Otsū. Tandis qu'il s'agitait, Musashi et Akemi se rendirent à l'extrémité du pont, vraisemblablement pour être moins visibles. Musashi croisa les bras, et s'appuya au garde-fou. Akemi, à côté de lui, regardait la rivière. Ils ne remarquèrent pas Jōtarō lorsqu'il passa furtivement de l'autre côté du pont.

« Pourquoi donc met-elle autant de temps ? Combien durent les prières à Kannon ? » Grommelant entre ses dents, Jōtarō, dressé sur la pointe des pieds, se fatiguait les yeux à scruter la colline au bout de l'avenue Gojō.

À une dizaine de pas de l'endroit où il se tenait, il y avait quatre ou cinq saules défeuillés. Souvent, une bande de hérons blancs se rassemblaient là, au bord de la rivière, pour pêcher, mais ce jour-là on n'en voyait aucun. Un jeune homme avec une longue mèche sur le devant s'appuyait contre une branche de saule qui s'étendait vers le sol, pareille à un dragon endormi.

Sur le pont, Musashi approuvait de la tête, tandis qu'Akemi lui parlait avec ferveur. Elle avait jeté aux vents son amour-propre, et lui disait tout dans l'espoir de le convaincre d'être à elle seule. Difficile de discerner si ses paroles entraient en lui. Il avait beau hocher la tête, il ne ressemblait pas à un amoureux en train de dire à sa bien-aimée des propos charmants. Au contraire, ses pupilles brillaient d'un éclat froid, incolore, en se concentrant sur un objet précis. Akemi ne s'en apercevait pas. Totalement absorbée, elle avait l'air de suffoquer un peu en tâchant d'analyser ses sentiments.

– Oh ! soupira-t-elle, je t'ai dit tout ce qu'il y avait à dire. (Elle se rapprocha de lui en poursuivant d'un ton mélancolique :) Depuis Sekigahara, plus de quatre ans ont passé. Mon corps et mon âme ont changé. (Puis, dans une explosion de larmes :) Non ! je n'ai pas changé vraiment. Mes sentiments envers toi n'ont pas changé du tout. J'en suis absolument sûre ! Comprends-tu, Musashi ! Comprends-tu ce que je ressens ?

– Euh...

– Je t'en prie, tâche de comprendre ! Je t'ai tout dit. Je ne suis pas l'innocente fleur sauvage que j'étais quand nous nous sommes rencontrés au pied du mont Ibuki. Je ne suis qu'une femme quelconque, qui a été violée... Mais la chasteté est-elle du domaine du corps ou de l'esprit ? Une vierge qui a des pensées impudiques est-elle réellement chaste ?... J'ai perdu ma virginité avec... je ne peux dire son nom... avec un certain homme... et pourtant mon cœur est pur.

– Euh... euh...

– N'éprouves-tu donc absolument rien pour moi ? Je suis incapable d'avoir des secrets pour l'être que j'aime. Quand je t'ai vu, je me suis demandé quoi dire : devais-je ou non parler ? Mais alors, c'est devenu clair. J'étais incapable de te tromper même si je l'avais voulu. Je t'en prie, comprends-moi ! Dis quelque chose ! Dis que tu me pardonnes. Ou me trouves-tu méprisable ?

– Eh... Ah !...

– Quand j'y repense, ça me rend si furieuse ! (Elle abaissa le visage sur la rambarde.) Vois-tu, j'ai honte de te demander de m'aimer. Je n'en ai pas le droit. Mais... mais... je suis encore vierge de cœur. Je chéris encore mon premier amour comme une perle. Je n'ai point perdu ce trésor et je ne le perdrai pas quel que soit le genre de vie que je mène, quels que soient les hommes dans les bras desquels on me jettera !

Ses sanglots faisaient trembler chaque cheveu de sa tête. Sous le pont d'où tombaient ses larmes, la rivière, scintillant dans le soleil du nouvel an, coulait comme les songes d'Akemi vers une éternité d'espérance.

– Euh...

Alors que le pathétique de cette histoire provoquait des hochements de tête et des grognements fréquents, les yeux de Musashi restaient fixés sur le même point éloigné. Son père avait un jour déclaré : « Tu ne me ressembles pas. J'ai les yeux noirs, mais les tiens sont brun foncé. Il paraît que ton grand-oncle, Hirata Shimmen, avait de terrifiants yeux bruns ; tu tiens donc peut-être de lui. » En cet instant, dans les rayons obliques du soleil, les yeux de Musashi étaient de corail pur et sans défaut.

« Ça ne peut être que lui », se disait Sasaki Kojirō, l'homme appuyé contre le saule. Il avait maintes fois entendu parler de Musashi, mais le voyait pour la première fois.

Musashi se demandait : « Qui cela peut-il bien être ? »

Depuis l'instant où leurs yeux s'étaient rencontrés, chacun s'était mis à sonder en silence les profondeurs de l'autre. Dans la pratique de *L'Art de la guerre*, on dit qu'il faut discerner d'après la pointe du sabre de l'ennemi l'étendue de ses capacités. Les deux hommes ne faisaient pas autre chose. Ils ressemblaient à des lutteurs qui se jaugent avant d'en venir aux prises. Et chacun avait des raisons de considérer l'autre avec suspicion.

« Voilà qui me déplaît », songeait Kojirō, tout bouillonnant de contrariété. Il avait pris soin d'Akemi depuis qu'il l'avait tirée du château d'Amida désert ; or, cette conversation manifestement intime entre elle et Musashi le bouleversait. « Peut-être est-il homme à s'attaquer aux femmes innocentes. Et elle ! Elle n'a pas dit où elle allait, et maintenant, elle est là-haut à pleurer sur l'épaule d'un homme ! » Lui-même était là parce qu'il l'avait suivie.

L'inimitié du regard de Kojirō n'échappait pas à Musashi ; il avait aussi conscience de ce curieux et immédiat conflit de volontés qui naît lorsqu'un *shugyōsha* en rencontre un autre. Il n'était pas douteux non plus que Kojirō sentait le défi exprimé par Musashi.

« Qui peut-il bien être ? se répéta ce dernier. Il m'a l'air d'un véritable guerrier. Mais pourquoi ce regard mauvais ? Je dois l'avoir à l'œil. »

L'intensité des deux regards ne provenait pas de leurs yeux mais des profondeurs d'eux-mêmes. On eût dit que de leurs pupilles allaient jaillir des feux d'artifice. D'après leur aspect, Musashi pouvait être d'un an ou deux plus jeune que Kojirō mais c'était peut-être l'inverse. Dans les deux cas, ils avaient un point commun : ils avaient l'âge des certitudes absolues et ils étaient convaincus de tout savoir sur la politique, le monde, l'art de la guerre et tous les autres sujets. Comme un chien méchant gronde à la vue d'un autre chien méchant, Musashi et Kojirō savaient d'instinct que l'autre était un dangereux guerrier.

Kojirō détourna les yeux le premier, en poussant un léger grognement. Musashi, malgré la teinte de mépris qu'il discernait dans le profil de Kojirō, avait la conviction profonde d'avoir gagné. L'adversaire avait cédé devant son regard, devant sa volonté, Musashi en était heureux.

– Akemi, dit-il en lui posant la main sur l'épaule. (Toujours sanglotante, la face contre la rambarde, elle ne répondit pas.) Quel est cet homme, là-bas ? Il te connaît, n'est-ce pas ? Je veux dire : le jeune homme qui a l'air d'un apprenti guerrier. Qui est-ce, au juste ?

Akemi se taisait. Jusqu'alors, elle n'avait pas remarqué Kojirō, et sa vue rendit confus son visage gonflé de larmes.

– Euh... tu veux parler de cet homme de haute taille, là-bas ?

– Oui. Qui est-ce ?

– Oh ! c'est... eh bien... c'est... Je ne le connais pas très bien.

– Mais tu le connais ?

– Euh... oui.

– Avec sa large et longue épée, habillé pour se faire remarquer il ne doit pas se prendre pour le premier escrimeur venu ! Comment se fait-il que tu le connaisses ?

– Il y a quelques jours, répondit Akemi d'une traite, j'ai été mordue par un chien ; ça n'arrêtait pas de saigner ; je suis donc allée voir un médecin à l'endroit où il séjournait. Ces derniers jours, il m'a soignée.

– En d'autres termes, tu vis sous le même toit que lui ?

– Mon Dieu, oui, mais ça ne veut rien dire. Il n'y a rien entre nous.

Maintenant, elle parlait avec plus d'assurance.

– Dans ce cas, je suppose que tu ne sais pas grand-chose de lui. Connais-tu son nom ?

– Il se nomme Sasaki Kojirō. On l'appelle aussi Ganryū.

– Ganryū ?

Il avait déjà entendu ce nom. Sans être extrêmement célèbre, il était connu parmi les guerriers d'un certain nombre de provinces. Il était plus jeune que Musashi ne l'avait imaginé ; de nouveau, Musashi le regarda.

Il se produisit alors une chose étrange. Une paire de fossettes creusa les joues de Kojirō.

Musashi lui rendit son sourire. Pourtant, cette communication silencieuse n'était point pleine de lumière paisible et d'amitié comme le sourire échangé entre le Bouddha et son disciple Ananda tandis qu'ils écrasaient des fleurs entre leurs doigts. Le sourire de Kojirō contenait à la fois un défi railleur et une pointe d'ironie.

Le sourire de Musashi non seulement acceptait le défi de Kojirō mais exprimait la volonté féroce de combattre.

Prise entre ces deux hommes résolus, Akemi allait recommencer son déballage de sentiments, mais Musashi la prévint en disant :

– Allons, Akemi, je crois que tu ferais mieux de retourner avec cet homme là où vous logez. J'irai te voir bientôt. Ne t'inquiète pas.

– Tu viendras vraiment ?

– Pourquoi ? Mais oui, bien sûr.

– L'auberge s'appelle la Zuzuya, en face du monastère de l'avenue Rokujō.

– Je vois.

Sa réponse vague ne satisfaisait pas Akemi. Elle lui saisit la main sur la rambarde, et la serra passionnément dans l'ombre de sa manche.

– Tu viendras vraiment, n'est-ce pas ? Promis ?

La réponse de Musashi fut couverte par une explosion de fou rire.

– Ha ! ha ! ha ! ha ! ha ! Oh ! Ha ! ha ! ha ! ha ! Oh !...

Kojirō tourna les talons, et s'éloigna le plus dignement possible en dépit de sa gaieté incontrôlable.

Observant la scène avec aigreur, d'une extrémité du pont, Jōtarō pensait : « Que peut-il bien y avoir de si drôle ? » Lui-même était dégoûté du monde, en particulier de son fantasque maître et d'Otsū.

« Où peut-elle bien être ? » se redemanda-t-il en reprenant avec irritation le chemin de la ville. À peine avait-il fait quelques pas qu'il aperçut le pâle visage d'Otsū entre les roues d'un char à bœuf arrêté au prochain carrefour.

– La voilà ! s'écria-t-il, puis, dans sa hâte de l'atteindre, il se heurta au mufle du bœuf.

Ce jour-là – une fois n'est pas coutume –, Otsū s'était mis du rouge aux lèvres. Son maquillage manquait un peu de science, mais elle sentait bon et portait un joli kimono de printemps au motif blanc et vert brodé sur fond rose vif. Jōtarō l'embrassa par-derrière, sans crainte de la décoiffer ou de gâter la poudre blanche de sa nuque.

– Pourquoi vous cachez-vous ici ? Voilà des heures que je vous attends. Venez avec moi, vite ! (Elle ne répondit pas.) Venez tout de suite ! supplia-t-il en la secouant par les épaules. Musashi est là aussi. Regardez, on le voit d'ici. Moi aussi, je suis furieux contre lui, mais allons-y tout de même. Si nous ne nous dépêchons pas, il sera parti ! (Lorsqu'il lui saisit le poignet pour essayer de la faire se lever, il constata qu'elle avait le bras humide.) Otsū ! Vous pleurez ?

– Jō, cache-toi comme moi derrière la voiture. Je t'en prie !

– Pourquoi ?

– Ne cherche pas à savoir pourquoi !

Jōtarō n'essaya pas de cacher sa colère.

– Ça, alors !... Voilà ce que je déteste chez les femmes. Elles se conduisent comme des folles ! Vous dites sans arrêt que vous voulez voir Musashi, vous le cherchez partout en pleurant, et maintenant qu'il est en plein sous votre nez, vous décidez de vous cacher. Vous voulez même que je me cache avec vous. N'est-ce pas comique ? Ha !... Je n'arrive même pas à rire.

Ces mots la cinglaient comme un fouet. Levant ses yeux rouges et gonflés, elle dit :

– Je t'en prie, ne parle pas ainsi. Je t'en supplie. Ne sois pas méchant avec moi, toi aussi !

– Pourquoi donc m'accusez-vous d'être méchant ? Qu'est-ce que j'ai fait ?

– Tais-toi, je t'en prie. Et cache-toi ici avec moi.

– Impossible. C'est plein de bouse par terre. Vous savez, on dit que si on pleure au jour de l'an même les corbeaux se moqueront de vous.

– Oh ! que m'importe ! Je suis seulement...

– Eh bien alors, je me moquerai de vous ! Je rirai comme ce samouraï, tout à l'heure. Mon premier rire de la nouvelle année. Ça vous irait ?

– Oui. Ris ! Ris fort !

– Je n'y arrive pas, dit-il en s'essuyant le nez. Je parie que je sais ce qui ne va pas. Vous êtes jalouse parce que Musashi parlait à cette bonne femme.

– Ce n'est... ce n'est pas ça ! Ce n'est pas ça du tout !

– Si, c'est ça ! Je le sais. Ça m'a rendu furieux, moi aussi. Mais raison de plus pour que vous alliez lui parler. Vous ne comprenez donc rien à rien ?

Otsū ne faisait pas mine de se lever ; mais il la tira si fort par le poignet qu'elle y fut contrainte.

– Arrête ! cria-t-elle. Tu me fais mal ! Ne sois pas aussi méchant. Tu dis que je ne comprends rien à rien, mais tu n'as pas la moindre idée de ce que j'éprouve.

– Je sais parfaitement ce que vous éprouvez. Vous êtes jalouse !

– Ce n'est pas seulement ça.

– Silence ! Allons-y.

Elle sortit de derrière la voiture, mais non volontairement. Le petit la tirait ; elle traînait les pieds. Toujours tirant, Jōtarō tendait le cou pour regarder vers le pont.

– Regardez ! dit-il. Akemi n'est plus là.

– Akemi ? Qui est Akemi ?

– La jeune fille à qui Musashi parlait... Oh ! oh ! Musashi s'en va. Si vous ne venez pas tout de suite, il sera parti.

Jōtarō lâcha Otsū pour s'élancer vers le pont.

– Attends ! cria Otsū en balayant le pont du regard pour s'assurer qu'Akemi ne se trouvait pas à l'affût quelque part.

Assurée que sa rivale était bien partie, elle parut immensément soulagée, et ses sourcils se déridèrent. Elle n'en retourna pas moins derrière le char à bœuf sécher ses yeux gonflés avec sa manche, se lisser les cheveux et arranger son kimono.

– Vite, Otsū ! criait Jōtarō avec impatience. Musashi semble être descendu sur la berge. Vous vous pomponnerez une autre fois !

– Où ça ?

– Sur la berge. Je ne sais pas pourquoi, mais c'est là qu'il est allé.

Tous deux coururent ensemble au bout du pont ; Jōtarō, en s'excusant pour la forme, leur fraya un passage à travers la foule, jusqu'au parapet.

Musashi se tenait auprès du bateau où Osugi continuait de gigoter pour essayer de se dégager.

– Je regrette, grand-mère, dit-il, mais il semble qu'au bout du compte Matahachi ne vienne pas. J'espère le voir dans un proche avenir pour essayer de lui insuffler un peu de courage. D'ici là, vous-même devriez tâcher de le retrouver pour le ramener à la maison vivre auprès de vous comme un bon fils. Il s'agirait là d'un bien meilleur moyen d'exprimer votre gratitude à vos ancêtres que de tenter de me couper le cou.

Il passa la main sous les nattes de roseau, et coupa la corde avec un canif.

– Tu parles trop, Musashi ! Je n'ai que faire de tes conseils. Contente-toi de décider, dans ta stupide caboche, le parti que tu vas prendre. Vas-tu me tuer ou te laisser tuer ?

Des veines bleu vif se gonflaient sur tout son visage tandis qu'elle se débattait pour émerger des nattes ; mais le temps qu'elle fût debout, Musashi traversait la rivière en sautant comme un hoche-queue à travers les rochers et les hauts-fonds. En un clin d'œil, il atteignit l'autre bord, et grimpa au sommet de la digue.

Jōtarō l'aperçut et s'écria :

– Vous voyez, Otsū ! Le voilà !

Sans hésiter, l'enfant dévala la digue, et Otsū fit de même. Pour les jambes agiles de Jōtarō, rivière et montagnes n'étaient rien ; mais Otsū, à cause de son beau kimono, s'arrêta net au bord de la rivière. Musashi se trouvait maintenant hors de vue, mais la jeune fille restait là, s'époumonant à crier son nom.

– Otsū ! répondit-on d'une direction imprévue.

Osugi se trouvait à moins de trente mètres. En voyant de qui il s'agissait, Otsū poussa un cri, se couvrit quelques instants le visage de ses mains, et prit ses jambes à son cou. La vieille ne fut pas longue à la poursuivre, ses cheveux blancs flottant au vent.

– Otsū ! cria-t-elle d'une voix capable de fendre les eaux de la rivière Kamo. Attends ! J'ai à te parler.

Dans l'esprit soupçonneux de la vieille femme était déjà en train de prendre forme une explication de la présence d'Otsū. Elle avait la conviction que Musashi l'avait ligotée parce qu'ayant rendez-vous avec la jeune fille, ce jour-là, il avait souhaité le lui cacher. Puis, raisonnait-elle, Otsū avait dit quelque chose qui avait déplu au jeune homme, et

569

il l'avait plantée là. Voilà sûrement pourquoi elle gémissait pour qu'il revînt.

« Cette fille est incorrigible ! » se disait-elle ; elle haïssait Otsū plus encore que Musashi. Dans son esprit, la jeune fille était légitimement sa bru, que les noces eussent ou non eu lieu. La promesse avait été faite, et si la fiancée de son fils en était venue à le détester, elle devait aussi détester Osugi elle-même.

– Attends ! glapit-elle à nouveau, la bouche ouverte presque d'une oreille à l'autre.

La violence de ce cri saisit Jōtarō qui se trouvait juste à côté d'elle. Il l'empoigna en vociférant :

– Qu'est-ce que vous avez derrière la tête, espèce de mégère ?

– Ôte-toi de mes jambes ! s'écria Osugi en le repoussant.

Jōtarō ne savait ni qui elle était ni pourquoi Otsū avait fui à sa vue, mais il sentait qu'elle représentait un danger. En digne fils d'Aoki Tanzaemon et unique disciple de Miyamoto Musashi, il refusa de se voir ainsi écarter par le coude osseux d'une vieille sorcière.

– Vous n'avez pas le droit de me traiter comme ça !

Il la rattrapa et sauta carrément sur son dos. Prompte à se débarrasser de lui, elle lui serra le cou au creux du bras gauche et lui administra une volée de bonnes claques.

– Espèce de petit démon ! Ça t'apprendra à te mêler de tes affaires !

Cependant que Jōtarō se débattait pour se dégager, Otsū continuait sa course, l'esprit sens dessus dessous. Elle était jeune et, pareille à la plupart des jeunes, pleine d'espérance, peu encline à gémir sur son sort. Elle savourait les délices de chaque nouveau jour comme s'il se fût agi des fleurs d'un jardin ensoleillé. Chagrins et déceptions faisaient partie de la vie, mais ne l'abattaient pas longtemps. De même, elle ne pouvait concevoir le plaisir entièrement distinct de la souffrance.

Mais ce jour-là, elle avait été arrachée à son optimisme, non pas une fois, mais deux. Que diable était-elle venue faire là ce matin ? se demandait-elle.

Ni les larmes ni la colère n'étaient capables d'amortir le choc. Après avoir un instant songé au suicide, elle avait condamné tous les hommes comme des menteurs pervers. Tour à tour furieuse et désespérée, haïssant le monde entier, se haïssant elle-même, elle était trop accablée pour trouver du soulagement dans les larmes ou pour penser de façon claire à quoi que ce fût. Son sang bouillait de jalousie, et l'insécurité que cela provoquait la poussait à se reprocher ses nombreux défauts, dont son présent manque d'équilibre. Sans cesse, elle s'exhortait à rester calme.

Tout le temps que cette inconnue avait été près de Musashi, Otsū avait été incapable de bouger. Mais après le départ d'Akemi, Otsū, à bout de patience, se sentit poussée irrésistiblement à affronter Musashi pour lui dire ce qu'elle éprouvait. Bien qu'elle ne sût par où commencer, elle résolut d'ouvrir son cœur et de ne rien cacher au jeune homme.

Mais la vie est remplie d'accidents divers. Un seul petit faux pas – une infime erreur de calcul commise dans le feu de l'action – risque, dans bien des cas, de modifier durant des mois ou des années le cours des événements à venir. Ce fut en perdant Musashi de vue pendant une seconde qu'Otsū s'exposa à Osugi. En ce splendide matin du jour de l'an, le jardin des délices d'Otsū fut envahi de serpents.

Elle vivait un cauchemar. Dans maints rêves délirants, la face grimaçante d'Osugi lui était apparue, et voici maintenant qu'elle rencontrait la pure réalité.

Tout à fait hors d'haleine après avoir couru plusieurs centaines de mètres, elle s'arrêta et regarda en arrière. Quelques instants, elle eut le souffle coupé. Osugi, à une centaine de mètres, frappait Jōtarō et le faisait valser en tous sens.

Il se défendait, frappait du pied la terre, l'air et parfois son adversaire.

Otsū voyait bien qu'il ne lui faudrait que quelques secondes pour parvenir à tirer son sabre de bois. Et quand il l'aurait fait, il était absolument certain que la vieille ne se bornerait pas à dégainer son petit sabre, mais ne manifesterait aucun scrupule à s'en servir. En un moment pareil, Osugi n'était pas femme à faire preuve de pitié. Jōtarō risquait fort d'être tué.

Otsū se trouvait dans une affreuse situation : il fallait secourir Jōtarō mais elle n'osait s'approcher d'Osugi.

Jōtarō parvint bien à dégager son sabre de bois de son obi, mais non sa tête de l'étau du bras d'Osugi. Tous ses coups de pied et ses battements de mains travaillaient contre lui car ils augmentaient la confiance en soi de la vieille.

– Pauvre mioche ! s'écria-t-elle avec mépris. Qu'essaies-tu de faire ? D'imiter la grenouille ?

Ses incisives saillantes lui donnaient l'air d'avoir un bec-de-lièvre, mais elle avait une expression de hideux triomphe. Pas à pas, elle se rapprochait d'Otsū.

Tandis qu'elle dévorait d'un œil furibond la jeune fille terrifiée, sa rouerie naturelle reprit le dessus. Dans un éclair, elle comprit qu'elle s'y prenait mal. Si son adversaire avait été Musashi, la ruse eût été inutile ; mais l'ennemie qu'elle avait devant elle était Otsū – la tendre, l'innocente Otsū – à laquelle on pouvait probablement faire croire n'importe quoi pourvu qu'on le lui dît avec douceur et un air de sincérité. D'abord la ligoter par des paroles, songeait Osugi, puis la faire rôtir pour le dîner.

– Otsū ! appela-t-elle d'un ton véritablement poignant. Pourquoi te sauves-tu ? Qu'est-ce qui te fait fuir aussitôt que tu m'aperçois ? Tu as fait la même chose à la maison de thé Mikazuki. Je ne comprends pas. Tu dois t'imaginer des choses. Je n'ai pas la moindre intention de te faire du mal.

Une expression de doute effleura le visage d'Otsū ; mais Jōtarō, toujours captif, demanda :

– C'est bien vrai, grand-mère ? Vous parlez sincèrement ?

– Mais bien sûr. Otsū ne comprend pas ce que je ressens vraiment. Elle semble avoir peur de moi.

– Si vous parlez sincèrement, lâchez-moi, et je vais vous la chercher.

– Pas si vite. Si je te laisse aller, qu'est-ce qui me dit que tu ne me frapperas pas avec ton sabre et que tu ne t'enfuiras pas ?

– Me prenez-vous pour un lâche ? Je ne ferais jamais rien de pareil. Il me semble que nous nous battons pour rien. Il y a une erreur quelque part.

– Bien. Va voir Otsū, et dis-lui que je ne suis plus fâchée contre elle. Je l'ai été, mais c'est de l'histoire ancienne. Depuis la mort d'oncle Gon, j'erre toute seule en portant ses cendres à mon côté... une vieille dame sans feu ni lieu. Explique-lui que, quels que soient mes sentiments au sujet de Musashi, je la considère toujours comme ma fille. Je ne lui demande pas de revenir et d'être l'épouse de Matahachi. J'espère seulement qu'elle aura pitié de moi, et écoutera ce que j'ai à lui dire.

– Assez! Un mot de plus, et je ne pourrai pas me souvenir de tout.

– Soit, répète-lui simplement ce que j'ai dit jusqu'ici.

Tandis que l'enfant courait vers Otsū répéter le message d'Osugi, la vieille femme, feignant de ne pas les regarder, s'assit sur un rocher et contempla un haut-fond où un banc de vairons évoluaient dans l'eau. Otsū viendrait-elle ou non? Osugi lui jeta, à la dérobée, un coup d'œil plus prompt que les mouvements rapides comme l'éclair des minuscules poissons.

Les doutes d'Otsū ne furent pas faciles à dissiper, mais Jōtarō finit par la convaincre qu'il n'y avait aucun danger. Elle s'avança timidement vers Osugi, laquelle, exultante de sa victoire, souriait jusqu'aux oreilles.

– Otsū, ma chère fille... dit-elle d'un ton maternel.

– Grand-mère... répondit Otsū en se prosternant aux pieds de la vieille femme. Pardonnez-moi. Je vous en prie, pardonnez-moi. Je ne sais que dire.

– Il n'y a rien à dire. Tout est la faute de Matahachi. Il paraît t'en vouloir d'avoir changé de sentiments, et j'ai bien peur de t'en avoir voulu moi aussi, autrefois. Mais depuis lors, il est passé de l'eau sous les ponts.

– Alors, vous me pardonnerez ma conduite?

– Allons, allons, dit Osugi en introduisant une note d'incertitude, tout en s'accroupissant à côté de la jeune fille. (Celle-ci gratta le sable de ses doigts, et creusa un petit trou dans la surface froide. De l'eau tiède affleura en bouillonnant.) En tant que mère de Matahachi, je crois pouvoir dire que tu es pardonnée, mais il faut tenir compte de Matahachi. Ne veux-tu pas le revoir et lui parler? Étant donné qu'il s'est enfui de son propre chef avec une autre femme, je ne crois pas qu'il te demanderait de revenir à lui. Et même, je ne lui permettrais pas de faire une chose aussi égoïste, mais...

– Oui ?

– Eh bien, ne veux-tu pas du moins accepter de le voir ? Alors, avec vous deux côte à côte en face de moi, je lui dirai le fond de ma pensée. Cela me permettra d'accomplir mon devoir de mère. J'aurai le sentiment d'avoir fait ce que je pouvais.

– Je vois, répondit Otsū. (Du sable, à côté d'elle, sortit un crabe minuscule qui se précipita derrière une pierre. Jōtarō sauta dessus, passa derrière Osugi, et le lui mit sur la tête.) Mais je ne peux m'empêcher de penser qu'après tout ce temps je ferais mieux de ne pas voir Matahachi.

– Je serai près de toi. Tu ne te sentirais pas mieux si tu le voyais et rompais nettement ?

– Si, mais...

– Alors, fais-le. Je dis cela dans l'intérêt de ton propre avenir.

– Si j'accepte... comment trouverons-nous Matahachi ? Vous savez où il est ?

– Je peux... euh... je peux le retrouver très vite. Très vite. Tu sais, je l'ai vu tout récemment à Osaka. Il a fait l'entêté comme à son habitude ; il est parti et m'a laissée à Sumiyoshi ; mais dans ces cas-là, il a toujours des remords. Il ne sera pas long à venir à ma recherche à Kyoto.

Otsū avait la désagréable impression qu'Osugi ne disait pas la vérité ; pourtant, la foi de la vieille femme en son vaurien de fils l'ébranlait. Mais ce qui l'amena à se rendre enfin, ce fut la conviction qu'Osugi lui proposait là quelque chose de juste.

– Et si je vous aidais à rechercher Matahachi ? demanda-t-elle.

– Ah ! tu ferais ça ? s'exclama Osugi en prenant la main de la jeune fille dans la sienne.

– Oui. Oui, je crois que c'est mon devoir.

– Très bien, accompagne-moi maintenant à mon auberge... Aïe ! Qu'est-ce que c'est que ça ? (En se relevant, elle porta la main à son col, et attrapa le crabe. Avec un frisson, elle s'exclama :) Voyons, comment cet animal est-il venu là ?

Elle tendit la main, et le secoua de ses doigts où il se cramponnait. Jōtarō, qui se trouvait derrière elle, réprima un fou rire, mais Osugi ne fut pas dupe. Elle se retourna, les yeux étincelants de colère.

– Encore un de tes tours, je suppose !

– Ce n'est pas moi. (Par mesure de sécurité, il grimpa au sommet de la digue et cria :) Otsū, vous l'accompagnez à l'auberge ?

Avant qu'Otsū ne pût répondre elle-même, Osugi déclara :

– Oui, elle vient avec moi. Je loge dans une auberge proche du pied de la colline de Sannen. J'y séjourne toujours, quand je viens à Kyoto. Nous n'aurons pas besoin de toi. Retourne d'où tu viens.

– Bon, je serai à la maison Karasumaru. Venez m'y rejoindre, Otsū, quand vous en aurez terminé avec vos affaires.

Otsū ressentit un élancement d'anxiété.

– Attends, Jō !

Répugnant à le laisser partir, elle monta rapidement sur la digue. Osugi, qui craignait que la jeune fille ne changeât d'avis et ne prît la fuite, fut prompte à la suivre, mais durant quelques secondes, Otsū et Jōtarō se trouvèrent seuls.

– Je crois qu'il faut que je l'accompagne, dit Otsū. Mais dès que possible, je te rejoins chez le seigneur Karasumaru. Explique-leur tout, et fais-toi héberger par eux jusqu'à ce que j'aie fini ce que j'ai à faire.

– Ne vous inquiétez pas. J'attendrai le temps qu'il faudra.

– En attendant, cherche Musashi, n'est-ce pas ?

– Vous voilà bien ! Quand vous le trouvez enfin, vous vous cachez. Et maintenant vous le regrettez. Vous ne pouvez pas dire que je ne vous ai pas prévenue.

– J'ai été folle.

Osugi arriva et s'immisça entre eux. Le trio prit la direction du pont ; Osugi lançait fréquemment des coups d'œil acérés vers Otsū, à qui elle n'osait se fier. Bien que la jeune fille n'eût pas le moindre soupçon du sort périlleux qui l'attendait, elle avait le sentiment d'être prise au piège.

Quand ils furent de retour au pont, le soleil était dans le ciel au-dessus des saules et des pins, et la foule du jour de l'an remplissait les rues. Un groupe assez important s'était rassemblé devant l'écriteau placardé sur le pont.

– Musashi ? Qui est-ce ?

– Vous connaissez un grand escrimeur de ce nom-là ?

– Jamais entendu parler.

– Doit s'agir d'un rude guerrier s'il affronte les Yoshiokas. Ça devrait valoir le coup d'œil.

Otsū fit halte et ouvrit de grands yeux. Osugi et Jōtarō s'arrêtèrent et regardèrent aussi, en écoutant les chuchotements. Pareil aux rides suscitées par les vairons à la surface de la rivière, le nom de Musashi se répandit à travers la foule.

Livre IV

LE VENT

LE CHAMP FLÉTRI

Les hommes d'épée de l'école Yoshioka se rassemblèrent dans un champ aride qui dominait l'entrée par Kameoka de la grand-route de Tamba. Au-delà des arbres qui bordaient le champ, l'étincellement de la neige, dans les montagnes dressées au nord-ouest de Kyoto, frappait l'œil comme la foudre.

L'un des hommes proposa que l'on allumât du feu, en faisant observer que leurs sabres au fourreau, bons conducteurs, transmettaient le froid directement à leur corps. C'était le tout début du printemps, le neuvième jour de la nouvelle année. Un vent glacial descendait du mont Kinugasa, et même le chant des oiseaux paraissait désolé.

– Ça brûle bien, n'est-ce pas ?

– Hum... Il vaut mieux faire attention. Je ne veux pas provoquer d'incendie.

Le feu crépitant leur réchauffa les mains et la figure, mais bientôt, Ueda Ryōhei, chassant la fumée de ses yeux, grogna :

– Il fait trop chaud ! (Foudroyant du regard un homme qui allait jeter d'autres feuilles sur le brasier, il dit :) C'est assez ! Arrête !

Une heure s'écoula sans événement.

– Il doit déjà être plus de six heures.

Comme un seul homme, d'instinct, ils levèrent les yeux vers le soleil.

– Plus près de sept.
– Maintenant, le jeune maître devrait être là.
– Oh! il va arriver d'une minute à l'autre.

L'expression tendue, ils observaient la route qui venait de la ville; plusieurs avalaient nerveusement leur salive.

– Que peut-il bien lui être arrivé?

Une vache meugla, rompant le silence. Autrefois, ce champ avait servi de pâturage à celles de l'empereur, et dans le voisinage il en restait quelques-unes à l'abandon. Le soleil s'éleva plus haut dans le ciel, apportant de la chaleur ainsi qu'une odeur de bouse et d'herbe sèche.

– Tu ne crois pas que Musashi est déjà au champ d'à côté du Rendaiji?
– C'est possible.
– Quelqu'un devrait aller y jeter un coup d'œil. Ce n'est qu'à six cents mètres environ.

Cette idée n'enthousiasmait personne. Ils retombèrent dans le silence; leurs visages rougissaient dans les volutes de fumée.

– Il n'y aurait pas de malentendu au sujet du rendez-vous, par hasard?
– Non. Ueda a reçu les directives du jeune maître en personne, hier au soir. Il ne peut y avoir d'erreur.

Ryōhei le confirma:

– Exact. Que Musashi soit déjà là ne m'étonnerait pas mais il se peut que le jeune maître vienne en retard exprès pour rendre Musashi nerveux. Attendons. Si nous faisons une fausse manœuvre et donnons aux gens l'impression que nous allons au secours du jeune maître, l'école sera déshonorée. Nous ne pouvons rien faire avant son arrivée. De toute façon, qu'est-ce que Musashi? Un simple rōnin. Il ne peut pas être aussi extraordinaire que ça.

Les élèves qui avaient vu Musashi à l'œuvre au dōjō Yoshioka, l'année précédente, étaient d'un autre avis; pourtant, même eux ne pouvaient imaginer une défaite de Seijūrō. Ils s'accordaient sur ce fait: bien que leur maître dût nécessairement gagner, il arrive que des accidents se produisent. En outre, le combat ayant fait l'objet d'une annonce publique, il y aurait de nombreux spectateurs, dont la présence, à leur avis, non seulement ajouterait au prestige de l'école, mais encore rehausserait la réputation personnelle de leur maître.

Malgré les instructions précises de Seijūrō – qu'ils ne devaient en aucun cas l'assister –, quarante d'entre eux s'étaient réunis là pour attendre son arrivée, l'encourager et se trouver à portée de sa main... à tout hasard. En plus d'Ueda, cinq des dix hommes d'épée de la maison de Yoshioka se trouvaient présents.

Il était maintenant sept heures passées; le calme auquel Ryōhei les avait exhortés cédait la place à l'ennui; des murmures de mécontentement s'élevaient.

Certains spectateurs, en route pour le combat, demandaient s'il y avait eu une erreur quelconque.

– Où donc est Musashi ?
– Où donc est l'autre... Seijūrō ?
– Qui sont tous ces samouraïs ?
– Sans doute ici pour seconder un camp ou l'autre.
– Curieuse façon de se battre en duel ! Les seconds sont là, mais non les duellistes.

La foule grossissait; le bourdonnement des voix s'amplifiait; pourtant, les badauds avaient la prudence de ne pas s'approcher des élèves de l'école Yoshioka, lesquels, pour leur part, ignoraient les têtes aux aguets derrière le miscanthus flétri ou dans les arbres.

Jōtarō allait et venait au milieu de la foule. Avec son sabre de bois plus grand que nature et ses sandales trop larges, il allait d'une femme à l'autre en les dévisageant.

– Pas elle... pas elle... murmurait-il. Que peut-il bien être arrivé à Otsū ? Elle est au courant du combat d'aujourd'hui !

Elle devait être là, se disait-il. Musashi risquait d'être en péril. Qu'est-ce qui pouvait bien empêcher Otsū de venir ?

Mais la quête de Jōtarō fut vaine, bien qu'il piétinât jusqu'à ce qu'il fût mort de fatigue. « Comme c'est bizarre ! songeait-il. Je ne l'ai pas vue depuis le jour de l'an. Je me demande si elle est malade... Cette vieille taupe avec laquelle elle est partie était aimable en paroles, mais peut-être s'agissait-il d'une ruse. Peut-être a-t-elle fait à Otsū quelque chose d'affreux. »

Cela le tracassait terriblement, beaucoup plus que l'issue du combat de la journée. Là-dessus, il n'avait aucune crainte. Sur les centaines de personnes qui formaient cette foule, il n'y en avait guère une qui ne s'attendît à la victoire de Seijūrō. Jōtarō seul était soutenu par une confiance inébranlable en Musashi. Il revoyait son maître face aux lances des prêtres du Hōzōin, dans la plaine de Hannya.

Enfin, il s'arrêta au milieu du champ. « Il y a autre chose de curieux, songea-t-il. Pourquoi tous ces gens-là sont-ils ici ? D'après l'écriteau, le combat doit avoir lieu dans le champ près du Rendaiji. » Il semblait être le seul à s'en étonner.

Des remous de la foule s'éleva une voix bourrue :

– Eh, là-bas, petit ! Écoute !

Jōtarō reconnut l'homme ; c'était celui qui avait regardé Musashi et Akemi se parler tout bas sur le pont, le matin du jour de l'an.

– Qu'y a-t-il, monsieur ? demanda Jōtarō.

Sasaki Kojirō vint à lui mais, avant de parler, l'examina lentement de la tête aux pieds.

– Je ne t'ai pas vu avenue Gojō, ces temps-ci ?

– Ah ! vous vous en souvenez donc ?

– Tu étais avec une jeune femme.

– Oui. C'était Otsū.

– C'est son nom ? Dis-moi, a-t-elle un rapport quelconque avec Musashi ?

– Plutôt.

– Elle est sa cousine ?

– Non, non.

– Sa sœur ?

– Non, non.

– Alors quoi ?

– Elle l'aime bien.

– Ils sont amants ?

– Je n'en sais rien. Je ne suis que le disciple de Musashi.

Jōtarō confirma fièrement cela de la tête.

– Alors, voilà pourquoi tu es ici ? Regarde, la foule s'impatiente. Tu dois savoir où est Musashi. A-t-il quitté son auberge ?

– Pourquoi me demandez-vous ça ? Je ne l'ai pas vu depuis longtemps.

Plusieurs hommes fendirent la foule et s'approchèrent de Kojirō. Il tourna vers eux son œil d'aigle.

– Ah! vous voilà, Sasaki!
– Tiens, mais c'est Ryōhei!
– Où donc étiez-vous pendant tout ce temps? demanda Ryōhei en saisissant la main de Kojirō comme s'il l'eût fait prisonnier. Voilà plus de dix jours qu'on ne vous voit plus au dōjō. Le jeune maître voulait s'entraîner avec vous.

Ryōhei et ses camarades entourèrent discrètement Kojirō, et le conduisirent à leur feu.

Un bruit se répandit parmi ceux qui avaient vu la longue épée et le flamboyant équipage de Kojirō:
– C'est sûrement Musashi!
– Vous croyez?
– Qui d'autre voulez-vous que ce soit?
– Comme il est habillé de façon voyante! Mais il a l'air costaud.
– Ce n'est pas Musashi! s'écria dédaigneusement Jōtarō. Musashi ne lui ressemble pas du tout! Vous ne le verrez jamais déguisé comme un acteur de kabuki!

Bientôt, même ceux qui n'avaient pu entendre la protestation du gamin se rendirent compte de leur méprise, et recommencèrent à se demander ce qui se passait.

Kojirō, debout parmi les élèves de l'école Yoshioka, les considérait avec un mépris évident. Ils l'écoutaient en silence, mais avec une expression renfrognée.

– Pour la maison de Yoshioka, c'est une bénédiction déguisée que ni Seijūrō ni Musashi ne soient arrivés à l'heure, dit Kojirō. Le mieux que vous ayez à faire, c'est de vous diviser en plusieurs groupes, de barrer la route à Seijūrō, et de le ramener rapidement chez lui avant qu'il ne reçoive un mauvais coup. (Cette lâche proposition eut beau les mettre en fureur, il continua:) Ce que je vous conseille là serait plus salutaire à Seijūrō que n'importe quelle assistance que vous pourriez lui donner. (Puis, avec une certaine emphase:) Le ciel m'envoie dans l'intérêt de la maison de Yoshioka. Voici ce que je vous prédis: s'ils se battent, Seijūrō sera vaincu. Je regrette d'avoir à vous le dire, mais Musashi le battra sûrement, et peut-être le tuera-t-il.

Miike Jūrōzaemon saisit au collet Kojirō en vociférant:
– C'est une insulte!

Le coude droit entre son propre visage et celui de Kojirō, il était prêt à dégainer et à frapper. Kojirō le considéra avec un mépris souriant.

– Si je comprends bien, mes propos vous déplaisent.

– Euh...

– Dans ce cas je regrette, dit gaiement Kojirō. Je n'essaierai plus de vous aider.

– D'abord, personne ne vous a demandé votre aide.

– Ce n'est pas tout à fait exact. Si vous n'aviez pas besoin de mon assistance, pourquoi donc étiez-vous aussi aimables envers moi ? Vous, Seijūrō, vous tous !

– Simple politesse envers un hôte. Vous ne vous prenez pas pour peu de chose, n'est-ce pas ?

– Ha ! ha ! ha ! ha ! Brisons là, avant que je ne sois obligé de me battre contre vous tous. Mais je vous préviens, si vous ne tenez pas compte de ma prophétie, vous le regretterez ! J'ai comparé de mes propres yeux les deux hommes, et je dis que les risques de défaite de Seijūrō sont accablants. Musashi se trouvait au pont de l'avenue Gojō, le matin du jour de l'an. Dès que je l'ai vu, j'ai compris qu'il y avait danger. Selon moi, cet écriteau que vous avez placardé ressemble plutôt à un faire-part de deuil pour la maison de Yoshioka. C'est bien triste, mais il paraît être dans l'ordre des choses que les gens ne s'aperçoivent jamais qu'ils sont finis.

– Assez ! Pourquoi être venu pour dire ça ?

Le ton de Kojirō devint offensant :

– Les gens qui déclinent refusent toujours d'accepter pour ce qu'il est un acte de bienveillance, c'est bien connu. Allez ! Croyez ce que bon vous semble ! Vous n'aurez même pas besoin d'attendre ce soir. Vous saurez dans une heure au plus à quel point vous vous trompez.

Jūrōzaemon cracha sur Kojirō. Quarante hommes s'avancèrent d'un pas ; leur colère rayonnait sombrement sur le champ.

Kojirō eut une réaction pleine d'assurance. S'écartant rapidement d'un bond, il manifesta par son attitude que s'ils cherchaient à se battre, il était prêt. La bonne volonté dont il avait précédemment fait montre paraissait maintenant un leurre. Un observateur eût fort bien pu se demander s'il ne se servait pas de la psychologie des foules pour se donner l'occasion d'éclipser Musashi et Seijūrō.

Un mouvement d'excitation se répandit parmi ceux qui se trouvaient assez près pour assister à la scène. Ce n'était pas le combat qu'ils étaient venus voir, mais cela promettait d'être un spectacle.

Au sein de cette atmosphère chargée de meurtre accourut une jeune fille, un petit singe roulant comme une balle sur ses talons. Elle s'élança entre Kojirō et les escrimeurs de l'école Yoshioka, en criant :

– Kojirō ! Où est Musashi ? Il n'est pas là ?

Kojirō se retourna vers elle avec irritation.

– Qu'est-ce que c'est ? demanda-t-il.

– Akemi ! dit l'un des samouraïs. Que fait-elle ici ?

– Pourquoi êtes-vous venue ? aboya Kojirō. Ne vous avais-je pas dit de ne pas paraître ?

– Je n'ai pas de comptes à vous rendre !

– Silence ! Et allez-vous-en. Retournez à la Zuzuya ! cria Kojirō en la repoussant doucement.

Akemi, haletante, secoua une tête inflexible.

– Vous n'avez pas d'ordres à me donner ! J'ai habité chez vous mais je ne vous appartiens pas. Je... (Elle suffoqua et se mit à sangloter bruyamment.) Comment pouvez-vous me donner des ordres après ce que vous m'avez fait ? Après m'avoir ligotée et laissée au deuxième étage de l'auberge ? Après m'avoir rudoyée et torturée quand j'ai dit que j'étais inquiète au sujet de Musashi ? (Kojirō ouvrit la bouche pour parler mais Akemi ne lui en laissa pas le loisir.) Un voisin qui m'avait entendue crier est venu me délier. Je suis venue voir Musashi !

– Vous perdez la tête ? Vous ne voyez donc pas tout ce monde autour de vous ? Taisez-vous !

– Je ne me tairai pas ! Que m'importent ceux qui m'entendent ! Vous avez dit que Musashi serait tué aujourd'hui... que si Seijūrō ne pouvait en venir à bout vous lui serviriez de second et tueriez Musashi vous-même. Je suis peut-être folle, mais Musashi est le seul homme que j'aime ! Il faut que je le voie. Où est-il ?

Kojirō fit claquer sa langue, mais resta sans voix devant l'attaque au vitriol d'Akemi.

Les hommes de l'école Yoshioka trouvaient Akemi trop folle pour qu'on la crût. Mais peut-être y avait-il une certaine vérité dans ce qu'elle disait. Si oui, Kojirō s'était servi de la bonté comme d'un appât, puis avait torturé la jeune fille pour son propre plaisir.

Embarrassé, Kojirō la regardait avec une haine non dissimulée.

Soudain, leur attention fut détournée par un des serviteurs de Seijūrō, un adolescent du nom de Tamihachi. Il courait comme un fou, agitant les bras et criant :

– Au secours ! C'est le jeune maître ! Il a rencontré Musashi. Il est blessé. Oh ! c'est affreux ! Af-freux !

– Qu'est-ce que tu nous chantes ?

– Le jeune maître ? Musashi ?

– Où ? Quand ?

– Parles-tu sérieusement, Tamihachi ?

Ces questions précipitées jaillissaient de visages soudain vidés de leur sang.

Tamihachi poussait des cris inarticulés. Sans répondre à leurs questions ni s'arrêter pour reprendre haleine, il regagna en trébuchant la grand-route de Tamba. Le croyant à demi, doutant à demi, sans vraiment savoir que penser, Ueda, Jūrōzaemon et les autres partirent à ses trousses comme des bêtes sauvages qui foncent à travers une plaine en feu.

Ils parcoururent environ cinq cents mètres vers le nord, et parvinrent à un champ stérile qui s'étendait au-delà des arbres, à droite, et dorait au soleil printanier avec une apparente sérénité. Des grives et des pies, jacassant comme si de rien n'était, s'envolèrent tandis que Tamihachi s'élançait à travers l'herbe. Il gravit un monticule qui ressemblait à un ancien tertre funéraire, et tomba à genoux. Penché vers la terre, il gémissait et criait :

– Jeune maître !

Les autres le rattrapèrent, puis restèrent cloués au sol, bouche bée devant le spectacle qu'ils avaient sous les yeux. Seijūrō, vêtu d'un kimono à fleurs bleues, les manches retroussées par une courroie en cuir, la tête serrée dans un tissu blanc, gisait la face dans l'herbe.

– Jeune maître !

– Nous voilà ! Qu'est-ce qui s'est passé ?

Sur le serre-tête blanc, sur les manches ou sur l'herbe il n'y avait pas une goutte de sang mais les yeux et le front de Seijūrō se trouvaient figés dans une expression de souffrance intolérable. Ses lèvres étaient de la couleur des raisins verts.

– Il... il respire ?
– À peine.
– Vite, relevez-le !

Un homme s'agenouilla et saisit le bras droit de Seijūrō, prêt à le soulever. Seijūrō poussa des cris de supplicié.

– Trouvez quelque chose pour le transporter ! N'importe quoi !

Trois ou quatre hommes, en poussant des clameurs confuses, coururent jusqu'à une ferme et revinrent avec un volet. Ils glissèrent doucement Seijūrō dessus mais, bien qu'il parût se ranimer un peu, il continuait à se tordre de douleur. Pour le faire tenir tranquille, plusieurs hommes enlevèrent leur obi afin de l'attacher au volet.

Un homme à chaque angle, ils le soulevèrent et se mirent en marche dans un silence funèbre. Seijūrō donnait de violents coups de pied, presque au point de briser le volet.

– Musashi... il est parti ? Oh ! que j'ai mal !... Bras droit... épaule... l'os... Aï-ï-ï-ïe !... Insupportable. Coupez-le-moi !... Vous êtes sourds ? Coupez-moi le bras !

Horrifiés par cette souffrance, les porteurs de la civière improvisée détournaient les yeux. Tel était l'homme qu'ils respectaient comme leur maître ; ils trouvaient indécent de le regarder dans cet état. Ils s'arrêtèrent pour crier à Ueda et Jūrōzaemon :

– Il souffre affreusement, et nous demande de lui couper le bras. Si nous le faisons, est-ce que ça ne lui faciliterait pas les choses ?

– Vous dites des idioties ! rugit Ryōhei. Bien entendu que c'est douloureux, mais il n'en mourra pas. Si nous lui coupons le bras sans pouvoir arrêter l'hémorragie, c'en sera fait de lui. Il faut le ramener chez lui pour examiner la gravité de sa blessure. S'il est nécessaire de couper le bras, nous pourrons le faire après avoir pris les mesures qui s'imposent pour l'empêcher de saigner à mort. Que deux d'entre vous nous précèdent pour amener le médecin à l'école. (Il restait beaucoup de monde autour, silencieux derrière les pins, le long de la route. Agacé, Ryōhei leur lança un regard noir et se retourna vers les hommes qui se tenaient derrière lui.) Chassez donc ces gens, leur commanda-t-il. Il ne faut pas leur donner le jeune maître en spectacle.

La plupart des samouraïs, heureux de l'occasion de passer sur eux leur mauvaise humeur, s'élancèrent en adressant des gestes menaçants aux badauds, qui se dispersèrent comme des sauterelles.

– Tamihachi, viens là! cria Ryōhei avec irritation comme s'il eût rendu le jeune serviteur responsable de ce qui s'était passé.

L'adolescent, qui s'avançait en pleurs à côté de la civière, recula d'épouvante.

– Que... qu'est-ce qu'il y a? bégaya-t-il.

– Tu étais avec le jeune maître à son départ de la maison?

– Ou-ou-oui.

– Où s'est-il préparé?

– Ici, après notre arrivée dans le champ.

– Il devait pourtant savoir où nous l'attendions. Pourquoi n'y est-il pas allé d'abord?

– Je n'en sais rien.

– Musashi était déjà là?

– Il était debout sur le monticule où... où...

– Il était seul?

– Oui.

– Comment cela s'est-il passé? Es-tu seulement resté à les regarder?

– Le jeune maître m'a fixé droit dans les yeux en me disant... Il a dit que si par extraordinaire il était vaincu, je devais transporter son corps dans l'autre champ. Il a dit que vous et les autres étiez là-bas depuis l'aube, mais que je ne devais en aucun cas souffler mot à personne de quoi que ce soit avant la fin du combat. Il a dit qu'il y avait des moments où celui qui étudie l'art de la guerre n'a d'autre choix que de risquer la défaite, et qu'il ne voulait pas gagner par des moyens déshonorants et lâches. Après quoi, il s'est avancé pour affronter Musashi.

Tamihachi parlait rapidement, soulagé de raconter son histoire.

– Et alors ?

– Je pouvais voir la figure de Musashi. Il avait l'air de sourire légèrement. Tous deux ont échangé des espèces de salutations. Et puis… et puis il y a eu un cri. Ça s'entendait d'un bout à l'autre du champ. J'ai vu le sabre de bois du jeune maître voler dans les airs, et puis… seul, Musashi restait debout. Il portait un serre-tête orange, mais ses cheveux étaient hérissés.

La route avait été débarrassée des curieux. Les porteurs du volet, bien qu'abattus, veillaient scrupuleusement à la régularité de leurs pas, de manière à éviter d'augmenter les souffrances du blessé.

– Qu'est-ce que c'est que ça ?

Ils s'arrêtèrent, et l'un des hommes du premier rang porta sa main libre à son cou. Un autre leva les yeux vers le ciel. Des aiguilles de pin séchées pleuvaient sur Seijūrō. Perché sur une branche, au-dessus d'eux, le singe de Kojirō écarquillait les yeux en faisant des gestes obscènes.

– Aïe ! cria l'un des hommes.

Une pomme de pin était tombée sur son visage. Avec un juron, il arracha son stylet de sa gaine et le lança dans un éclair au singe, mais rata son but.

Au sifflement de son maître, l'animal pirouetta et lui bondit légèrement sur l'épaule. Kojirō se tenait dans l'ombre, Akemi à son côté. Sous les yeux pleins de ressentiment des hommes de l'école Yoshioka, Kojirō regardait fixement le corps étendu sur le volet. Une expression de respect remplaçait son sourire dédaigneux. Les plaintes déchirantes de Seijūrō le faisaient grimacer. Ses remontrances encore toutes fraîches dans leur esprit, les samouraïs ne pouvaient croire qu'une chose : il était venu les narguer.

Ryōhei pressa les porteurs de civière d'avancer, disant :

– Ce n'est qu'un singe, pas même un être humain. N'y faites pas attention ; passez votre chemin.

– Attendez, dit Kojirō qui se rendit auprès de Seijūrō pour s'adresser directement à lui : Que s'est-il passé ?

demanda-t-il, mais il n'attendit pas la réponse. Musashi vous a vaincu, n'est-ce pas ? Où vous a-t-il frappé ? L'épaule droite ?... Oh ! c'est mauvais. L'os est fracassé. Votre bras ressemble à un sac de gravier. Vous ne devriez pas être couché sur le dos, cahoté sur ce volet. Le sang risque de vous monter au cerveau. (Tourné vers les autres, il leur commanda avec arrogance :) Posez-le à terre ! Allons, posez-le à terre !... Qu'est-ce que vous attendez ? Faites ce que je vous dis ! (Seijūrō avait beau paraître sur le point de rendre l'âme, Kojirō lui ordonna de se mettre debout :) Vous le pouvez si vous le voulez. La blessure n'est pas grave à ce point. Il ne s'agit que de votre bras droit. Si vous essayez de marcher, vous y parviendrez. Il vous reste l'usage de votre bras gauche. Ne pensez pas à vous ! Pensez à votre père mort. Vous lui devez plus de respect que vous n'en témoignez en ce moment, beaucoup plus. Vous faire transporter à travers les rues de Kyoto... quel spectacle ce serait ! Pensez à l'effet sur la réputation de votre père !

Seijūrō le regardait fixement de ses yeux blancs, exsangues. Puis, d'un mouvement rapide, il se mit debout. Son bras droit inutile semblait beaucoup plus long que le gauche.

– Miike ! cria Seijūrō.
– Oui, monsieur.
– Coupe-le !
– Euh...
– Ne reste pas là comme une borne ! Coupe-moi le bras !
– Mais...
– Espèce d'idiot sans courage ! Toi, Ueda, coupe-le ! Tout de suite !
– Ou-ou-oui, monsieur.

Mais avant qu'Ueda ne fît un mouvement, Kojirō dit :
– Je le ferai si vous voulez.
– Je vous en prie ! dit Seijūrō.

Kojirō se mit à côté de lui. Il empoigna fermement la main de Seijūrō, et lui leva haut le bras tout en dégainant son petit sabre. Avec un léger bruit effrayant, le bras tomba au sol, et le sang jaillit du moignon. Seijūrō chancela ; ses élèves s'élancèrent pour le soutenir, et couvrirent la blessure de linge afin d'arrêter le sang.

– Maintenant je vais marcher, dit Seijūrō. Je vais rentrer chez moi sur mes deux jambes.

Livide, il parcourut une dizaine de pas. Derrière lui, le sang qui dégouttait de la blessure faisait des taches sombres sur le sol.

– Jeune maître, attention !

Ses disciples l'entouraient de leurs bras, leurs voix étaient pleines d'une sollicitude qui se mua vite en colère. L'un d'eux maudit Kojirō, et ajouta :

– Pourquoi donc a-t-il fallu que cet âne prétentieux vienne s'en mêler ? Mieux valait rester comme vous étiez.

Mais Seijūrō, couvert de honte par les propos de Kojirō, répliqua :

– J'ai dit que je marcherais, et je marcherai !

Après une courte halte, il parcourut encore vingt pas, soutenu plus par sa volonté que par ses jambes. Mais il ne pouvait tenir longtemps ; au bout de cinquante ou soixante mètres, il s'effondra.

– Vite ! Il faut le faire examiner par le médecin.

Ils le relevèrent et se hâtèrent vers l'avenue Shijō. Seijūrō n'avait plus la force de protester.

Kojirō se tint quelque temps sous un arbre, à les observer d'un air sombre. Puis, se retournant vers Akemi, il lui dit avec un sourire affecté :

– Vous avez vu ? Je suppose que ça vous a fait plaisir, hein ? (Mortellement pâle, Akemi trouvait horrible cette ironie ; mais il continua :) Vous ne parliez que de la joie que vous auriez à vous venger de lui. Êtes-vous contente, maintenant ? Pour votre virginité perdue, est-ce une revanche suffisante ?

Akemi était trop troublée pour répondre. En cet instant, Kojirō lui paraissait plus effrayant, plus haïssable, plus mauvais que Seijūrō. Ce dernier avait beau être la cause de ses malheurs, ce n'était pas un méchant homme. Ce n'était ni un démon ni un véritable scélérat. Kojirō, en revanche, était véritablement mauvais – non point le genre de pécheur auquel s'attendraient la plupart des gens mais un monstre tortueux, pervers, qui, loin de se réjouir du bonheur des autres, se délectait à les regarder souffrir. Jamais il ne volerait ni ne duperait ;

pourtant, il était bien plus dangereux qu'un filou ordinaire.

– Rentrons, dit-il en remettant le singe sur son épaule. (Akemi brûlait de s'enfuir, mais n'en avait pas le courage.) Inutile de continuer à chercher Musashi, marmonna Kojirō, autant pour lui-même que pour elle. Il n'a aucune raison de s'attarder par ici.

Akemi se demandait pourquoi elle ne saisissait pas cette occasion pour courir vers la liberté, pourquoi elle semblait incapable de quitter cette brute. Mais tout en maudissant sa propre sottise, elle ne put s'empêcher de suivre Kojirō.

Le singe tourna la tête et la regarda. Son babil moqueur lui découvrait les crocs en un large sourire.

Akemi désirait le gronder mais ne le pouvait. Elle avait le sentiment qu'elle et le singe étaient liés ensemble par le même sort. Elle se remémora l'air pitoyable de Seijūrō, et malgré elle, son cœur alla vers lui. Elle méprisait les hommes tels que Seijūrō et Kojirō ; pourtant, ils l'attiraient comme une flamme brûlante un papillon de nuit.

UN HOMME DE VALEUR

Musashi quitta le champ en se disant : « J'ai gagné. J'ai vaincu Yoshioka Seijūrō ; j'ai abattu cette citadelle : le style de Kyoto ! »

Mais il savait bien que cela ne l'enthousiasmait pas. Il baissait les yeux, et ses pieds semblaient s'enfoncer dans les feuilles mortes. Un petit oiseau qui, en s'envolant, exposait le dessous de son corps, lui fit penser à un poisson.

Il se retourna et vit les pins élancés sur la butte où il avait battu Seijūrō. « Je ne l'ai frappé qu'une fois, songea-t-il. Peut-être que je ne l'ai pas tué. » Il examina son sabre de bois pour s'assurer qu'il n'y avait pas de sang dessus.

Ce matin-là, en route pour l'endroit convenu, il s'était attendu à trouver Seijūrō accompagné d'une foule d'élèves, fort capables de recourir à quelque manœuvre sournoise. Il avait carrément envisagé la possibilité d'être tué lui-même, et, pour éviter de paraître mal tenu à sa dernière heure, s'était soigneusement brossé les dents avec du sel, et lavé les cheveux.

Seijūrō était loin de répondre aux prévisions de Musashi, qui s'était demandé s'il s'agissait bien là du fils de Yoshioka Kempō. Il ne trouvait pas chez le courtois et manifestement bien élevé Seijūrō le plus grand maître du style de Kyoto. Il était trop fin, trop discret, trop aristocrate pour être un grand homme d'épée.

Une fois les salutations échangées, Musashi s'était dit avec embarras : « Je n'aurais jamais dû me lancer dans cette affaire. »

Ses regrets étaient sincères : il visait toujours à affronter des adversaires supérieurs à lui. Un regard attentif suffisait ; inutile de s'être entraîné un an pour ce simple combat. Les yeux de Seijūrō trahissaient un manque de confiance en soi. La flamme nécessaire se trouvait absente non seulement de son visage, mais de tout son corps.

« Pourquoi donc est-il venu ici, ce matin, se disait Musashi, s'il n'a pas plus de foi en lui-même que cela ? » Mais, conscient de la situation fâcheuse où se trouvait son adversaire, il avait pitié de lui. Seijūrō n'était pas en position de décommander la rencontre, l'eût-il voulu. Les disciples qu'il avait hérités de son père le révéraient comme leur mentor et leur père ; il n'avait eu d'autre choix que de suivre la voie. Tandis que les deux hommes se tenaient en garde, Musashi cherchait une excuse pour annuler toute l'affaire, mais ne la trouvait pas.

Maintenant que c'était fini, il se disait : « Quel dommage ! J'aurais bien voulu éviter cela. » Et dans son cœur il priait pour que la blessure guérît vite.

Mais il avait accompli sa tâche, et un grand guerrier ne passe pas son temps à se lamenter sur le passé.

Comme il pressait le pas, le visage effrayé d'une femme âgée apparut au-dessus de l'herbe. Elle avait gratté le sol, apparemment à la recherche de quelque chose, et les pas du jeune homme l'avaient saisie. Vêtue d'un kimono léger et simple, on l'eût à peine différenciée de l'herbe, mis à part le cordon pourpre qui maintenait son manteau. Bien qu'elle portât des vêtements laïques, la coiffe qui cachait sa tête ronde était celle d'une religieuse. Elle était frêle et d'aspect distingué.

Musashi fut aussi étonné que cette femme. Encore trois ou quatre pas, et il eût risqué de lui marcher dessus.

– Que cherchez-vous ? demanda-t-il aimablement. (Il apercevait à son bras, sous sa manche, un chapelet de corail ; l'autre main portait un panier de plantes sauvages. Ses doigts et le chapelet tremblaient légèrement. Pour la mettre à l'aise, Musashi déclara d'un ton enjoué :) Je suis surpris que la verdure soit aussi précoce. Nous tenons le printemps. Hum, je vois que vous avez là du beau persil et du colza. Vous avez cueilli tout cela vous-même ?

La vieille nonne lâcha son panier, et prit ses jambes à son cou en criant :

– Kōetsu ! Kōetsu !

Musashi, stupéfait, regardait la petite silhouette battre en retraite vers une légère éminence, dans le champ plat de l'autre côté. Derrière, s'élevait une mince volute de fumée.

Il se dit qu'il serait dommage pour elle de perdre ses légumes après s'être donné tant de mal pour les trouver ; il les ramassa donc et, le panier à la main, partit à sa suite. Au bout d'une ou deux minutes, deux hommes apparurent.

Ils avaient déployé une couverture sur le flanc sud, ensoleillé, d'une pente douce. On voyait également divers accessoires utilisés par les adeptes du culte du thé, dont une bouilloire en fer suspendue au-dessus d'un feu, flanquée d'une cruche d'eau. Considérant comme leur jardin l'environnement naturel, ils s'étaient constitué un salon de thé en plein air. Tout cela présentait un aspect assez élégant, raffiné.

L'un des hommes avait l'air d'être un serviteur, tandis que la peau blanche, le teint lisse et les traits réguliers de l'autre évoquaient une grande poupée de porcelaine figurant un aristocrate de Kyoto. Il avait une bedaine satisfaite ; son attitude et ses joues exprimaient l'assurance.

« Kōetsu. » Ce nom disait quelque chose à Musashi : à l'époque, un très fameux Hon'ami Kōetsu vivait à Kyoto. Non sans beaucoup d'envie on murmurait que le très riche seigneur Maeda Toshiie de Kaga lui versait une pension annuelle de mille boisseaux. En tant que bourgeois ordinaire, il aurait pu vivre somptueusement de cela seul ; mais en outre il jouissait de la faveur toute particulière de Tokugawa Ieyasu, et se trouvait souvent reçu chez des hommes de haute noblesse. Les plus grands guerriers du pays, disait-on, croyaient devoir descendre de cheval et passer à pied devant son magasin pour ne pas donner l'impression qu'ils le regardaient de haut.

La famille devait son nom au fait qu'elle avait élu domicile dans la ruelle Hon'ami ; le travail de Kōetsu consistait à nettoyer, polir et évaluer les sabres. Ses ancêtres s'étaient acquis une réputation dès le XIVe siècle, et avaient prospéré durant la période Ashikaga. Ils avaient plus tard été patronnés par des daimyōs aussi éminents qu'Imagawa Yoshimoto, Oda Nobunaga et Toyotomi Hideyoshi.

Kōetsu était connu comme un homme aux talents multiples. Il peignait, excellait dans la céramique et la laque ; on le considérait comme un connaisseur d'art. Lui-même estimait que la calligraphie était son point fort ; en ce domaine on le plaçait généralement au rang d'experts reconnus comme Shōkadō Shōjō, Karasumaru Mitsuhiro et Konoe Nobutada, le créateur du célèbre style Sammyakuin, si populaire en ce temps-là.

Malgré sa renommée, Kōetsu ne se trouvait pas assez apprécié, du moins si l'on en croit une histoire qui circulait. D'après cette anecdote il visitait souvent la résidence de son ami Konoe Nobutada, lequel était non seulement noble, mais à l'époque ministre de la gauche dans le gouvernement de l'empereur. Lors d'une de ces visites, raconte l'histoire, la conversation en vint tout naturellement à la calligraphie, et Nobutada demanda :

– Kōetsu, qui choisiriez-vous comme les trois plus grands calligraphes du pays ?

Sans la moindre hésitation, Kōetsu répondit :

– Le second, c'est vous-même, puis vient sans doute Shōkadō Shōjō.

Légèrement perplexe, Nobutada reprit :

– Vous commencez par le deuxième, mais qui est le premier ?

Kōetsu, sans même un sourire, le regarda droit dans les yeux pour répliquer :

– Moi, bien sûr.

Perdu dans ses pensées, Musashi s'arrêta à une petite distance du groupe.

Kōetsu tenait un pinceau à la main, et sur ses genoux se trouvaient plusieurs feuilles de papier. Il était absorbé dans le dessin d'un cours d'eau proche. Ce dessin, ainsi que des tentatives antérieures qui jonchaient le sol, consistait en simples lignes que, d'après Musashi, n'importe quel débutant eût été capable d'exécuter.

Levant les yeux, Kōetsu dit tranquillement :

– Quelque chose ne va pas ?

Puis de son regard calme il contempla la scène : Musashi d'un côté, et de l'autre sa mère tremblante derrière le serviteur.

Musashi se sentait plus paisible en présence de cet homme. De toute évidence, ce n'était pas le genre de personne qu'il rencontrait tous les jours, et pour une raison quelconque il le trouvait séduisant. Son regard rayonnait d'une profonde lumière. Au bout d'un moment, il sourit à Musashi comme à une vieille connaissance.

– Soyez le bienvenu, jeune homme. Ma mère a-t-elle fait quelque chose de mal ? J'ai quarante-huit ans moi-même ; aussi, vous pouvez imaginer l'âge qu'elle a. Elle se porte fort bien mais il lui arrive de se plaindre de sa vue. Si elle a fait quoi que ce soit qu'elle ne devait pas faire, j'espère que vous accepterez mes excuses.

Il posa pinceau et papier sur la petite couverture sur laquelle il était assis, et commença d'appuyer les mains par terre pour faire une profonde révérence. Tombant à genoux, Musashi empêcha Kōetsu de se prosterner.

– Alors, vous êtes son fils ? demanda-t-il, confus.

– Oui.

– C'est moi qui dois vous présenter des excuses. Je ne sais pas vraiment ce qui a fait peur à votre mère, mais aussitôt qu'elle m'a vu elle a laissé tomber son panier et s'est enfuie. En constatant qu'elle avait perdu ses légumes, j'ai eu des remords. J'ai rapporté ce qu'elle a laissé tomber. Voilà tout. Vous n'avez pas à vous incliner devant moi.

Avec un rire agréable, Kōetsu se tourna vers la religieuse et dit :

– Tu entends, mère ? Tu t'es trompée du tout au tout.

Immensément soulagée, elle se risqua hors de son refuge, derrière le serviteur.

– Tu veux dire que ce rōnin ne voulait pas me faire de mal ?

– Du mal ? Non, pas du tout. Vois, il a même rapporté ton panier. N'était-ce pas aimable de sa part ?

– Oh ! pardon, dit la religieuse en s'inclinant profondément. (Son front touchait le chapelet pendu à son poignet. Maintenant d'excellente humeur, elle se mit à rire en se tournant vers son fils.) J'ai honte à l'avouer, dit-elle, mais en voyant ce jeune homme, j'ai cru discerner l'odeur du sang. Oh ! c'était effrayant ! J'en avais la chair de poule. Je vois maintenant combien j'étais sotte.

L'intuition de la vieille femme stupéfiait Musashi. Elle l'avait percé à jour, et, sans vraiment savoir, l'avait tout naïvement exprimé. Pour les sens délicats de cette femme, il devait certes avoir fait l'effet d'une apparition terrifiante, sanglante.

Kōetsu, lui aussi, devait avoir capté dans son regard intense, pénétrant, l'attitude menaçante du jeune homme, ce rayonnement dangereux qui disait qu'il était prêt à frapper à la moindre provocation. Toutefois, Kōetsu paraissait enclin à chercher son bon côté.

– Si vous n'êtes point pressé, dit-il, restez vous reposer un peu. C'est si calme, ici ! Le simple fait d'être assis en silence dans ce décor me donne une impression de propreté, de fraîcheur.

– Si je cueille encore quelques légumes verts, je pourrai vous faire un bon gruau, dit la religieuse. Et du thé. À moins que vous n'aimiez pas le thé ?

Dans la compagnie de la mère et du fils, Musashi se sentait en paix avec le monde. Pareil à un chat qui rétracte ses griffes, il mettait au fourreau son humeur belliqueuse. Dans cette agréable atmosphère, il avait peine à croire qu'il se trouvait parmi des gens qu'il ne connaissait pas du tout. Avant de s'en rendre compte, il avait retiré ses sandales de paille et s'était assis sur la couverture.

Ayant pris la liberté de poser des questions, il apprit que la mère, qui s'appelait en religion Myōshū, avait été une bonne et fidèle épouse avant de devenir nonne, et que son fils était bien le célèbre esthète et artisan. Tous les hommes d'épée dignes de ce nom connaissaient celui de Hon'ami, tant était grande la réputation de cette famille quant à la sûreté de son jugement sur les sabres.

Musashi avait peine à associer Kōetsu et sa mère avec l'image qu'il se faisait de gens aussi célèbres. À ses yeux, ils n'étaient que des gens ordinaires qu'il avait rencontrés par hasard dans un champ désert. Ainsi voulait-il les considérer ; sinon, il risquait d'être intimidé et de gâcher leur partie de campagne.

En apportant la bouilloire pour le thé, Myōshū demanda à son fils :

– Quel âge crois-tu qu'ait ce jeune homme ?

Après un coup d'œil à Musashi, il répondit :

– Vingt-cinq ou vingt-six ans, je suppose.

Musashi secoua la tête :

– Non, je n'ai que vingt-trois ans.

– Vingt-trois seulement ! s'exclama Myōshū.

Puis elle posa les questions habituelles : d'où venait-il ? Ses parents vivaient-ils encore ? Qui lui avait enseigné l'art du sabre ? Et ainsi de suite.

Elle s'adressait à lui gentiment comme s'il eût été son petit-fils, ce qui ressuscita le petit garçon en Musashi. Il se mit à parler avec une spontanéité juvénile. Habitué qu'il était à une discipline et à un entraînement rigoureux, à consacrer tout son temps à devenir une fine lame, il ne savait rien du côté plus civilisé de la vie. Tandis que la vieille religieuse parlait, une chaleur se répandait à travers le corps battu par les intempéries du jeune homme.

Myōshū, les objets qui se trouvaient sur la couverture, le bol à thé lui-même, se fondaient subtilement dans l'atmosphère pour devenir un élément de la nature. Mais Musashi était trop impatient, il avait le corps trop agité pour demeurer longtemps assis immobile. C'était assez agréable pendant qu'ils bavardaient, mais quand Myōshū se mit à contempler en silence la théière, et que Kōetsu tourna le dos pour continuer son dessin, Musashi s'ennuya. « Que trouvent-ils de si amusant à venir ici ? Le printemps commence à peine. Il fait encore froid. »

S'ils tenaient à cueillir des plantes sauvages, pourquoi ne pas attendre qu'il fît plus chaud et qu'il y eût plus de monde ? Alors, il y aurait des quantités de fleurs et de verdure. Et s'ils voulaient célébrer la cérémonie du thé, pourquoi se donner la peine d'emporter jusqu'ici la bouilloire et les bols ? Une famille aussi connue et prospère que la leur avait sûrement à la maison un élégant salon pour prendre le thé.

Était-ce pour dessiner ?

En regardant le dos de Kōetsu, il s'aperçut qu'en se déplaçant un peu sur le côté il pouvait suivre les mouvements du pinceau. L'artiste, les yeux fixés sur l'étroit ruisseau qui formait des méandres à travers l'herbe sèche, ne dessinait que les lignes du courant. Il se concentrait sur le seul mouvement de l'eau, tentait sans cesse de capter celui du courant, mais l'impression exacte paraissait lui échapper. Sans se décourager, il recommençait.

« Hum, se disait Musashi, dessiner n'est pas aussi facile que ça en a l'air, je suppose. » Pour l'instant, il s'ennuyait moins ; il regardait avec fascination les coups de pinceau de Kōetsu. Ce dernier, songeait-il, devait ressentir quelque chose de très semblable à ce qu'il éprouvait lui-même quand il affrontait un ennemi, pointe de sabre contre pointe de sabre. À un certain moment, il s'élevait au-dessus de lui-même et sentait qu'il était devenu un avec la nature... non, pas « sentait » car en cet instant où son sabre entaillait son adversaire, toute sensation disparaissait. Il n'y avait que ce magique instant de transcendance.

« Kōetsu considère encore l'eau comme une ennemie, rêvait-il. Et voilà pourquoi il ne peut la dessiner. Pour réussir, il doit faire un avec elle. »

Désœuvré, Musashi glissait de l'ennui dans la léthargie, ce qui l'inquiétait. Il ne fallait pas se détendre, même un instant. Il devait s'en aller.

– Pardonnez-moi de vous avoir dérangés, dit-il brusquement, et il se mit à rattacher ses sandales.

– Oh ! vous partez déjà ? demanda Myōshū.

Kōetsu se retourna doucement et dit :

– Ne pouvez-vous rester encore un peu ? Mère va faire le thé maintenant. Si je ne me trompe, vous êtes celui qui a affronté le maître de la maison de Yoshioka ce matin. Un peu de thé après un combat fait du bien ; c'est du moins ce que dit le seigneur Maeda. Ieyasu aussi. Le thé est bon pour l'esprit. Je doute qu'il existe quoi que ce soit de meilleur. À mon avis, l'action naît du calme. Restez donc bavarder. Je me joins à vous.

Ainsi donc, Kōetsu avait eu connaissance du combat ! Mais peut-être n'était-ce pas si extraordinaire ; le Rendaiji ne se trouvait pas loin, seulement de l'autre côté du champ voisin. Question plus intéressante : pourquoi n'en avait-il soufflé mot jusque-là ? Simplement parce qu'il considérait que ce genre d'affaire appartenait à un monde différent du sien ? Musashi regarda pour la seconde fois la mère et le fils, et se rassit.

– Si vous insistez, dit-il.

– Nous n'avons pas grand-chose à vous offrir, mais votre compagnie nous fait plaisir, dit Kōetsu.

Il reboucha son encrier qu'il posa sur ses esquisses afin que le vent ne les emportât pas. Dans ses mains le couvercle luisait comme une luciole. Il semblait enrobé d'or épais, incrusté de nacre et d'argent.

Musashi se pencha en avant pour l'examiner. Maintenant qu'il reposait sur le tapis, il ne brillait plus autant. Musashi pouvait constater qu'il n'avait absolument rien de clinquant ; sa beauté était celle des peintures à la feuille d'or des châteaux de Momoyama, en miniature. Il avait aussi quelque chose de très ancien, une patine évoquant les gloires passées. Musashi regardait intensément l'encrier à l'éclat réconfortant.

– Je l'ai fabriqué moi-même, dit modestement Kōetsu. Il vous plaît ?

– Oh ! vous savez aussi faire des objets de laque ?

Kōetsu se contenta de sourire. En regardant ce jeune homme qui semblait admirer l'artifice humain plus que la beauté de la nature, il pensait avec amusement : « Après tout, il est de la campagne. »

Musashi, inconscient de l'attitude condescendante de Kōetsu, dit avec une grande sincérité :

– C'est vraiment très beau.

Il ne pouvait détacher les yeux de l'encrier.

– J'ai dit que je l'ai fait moi-même, mais en réalité le poème inscrit dessus est l'œuvre de Konoe Nobutada ; aussi devrais-je dire que nous l'avons fait ensemble.

– S'agit-il de la famille Konoe dont descendent les régents impériaux ?

– Oui. Nobutada est le fils de l'ancien régent.

– Le mari de ma tante est depuis des années au service de la famille Konoe.

– Comment s'appelle-t-il ?

– Matsuo Kaname.

– Oh ! je connais bien Kaname. Je le vois chaque fois que je vais chez Konoe, et il vient quelquefois nous rendre visite.

– Vraiment ?

– Le monde est petit, mère, tu ne trouves pas ? Il a pour tante l'épouse de Matsuo Kaname.

– Non ! s'exclama Myōshū.

Elle s'éloigna du feu et disposa devant eux la vaisselle pour le thé. L'on ne pouvait douter qu'elle fût parfaitement familiarisée avec cette cérémonie. Ses gestes étaient élégants bien que naturels ; gracieuses, ses mains délicates. À soixante-dix ans, elle demeurait un parangon de grâce et de beauté féminines.

Musashi, gêné hors de son élément, se tenait cérémonieusement assis dans une posture qu'il espérait semblable à celle de Kōetsu. Le gâteau était un simple petit pain de lait appelé *manjū* de Yodo, mais se trouvait joliment disposé sur une feuille verte d'une plante qui ne provenait pas du champ environnant. Musashi savait qu'il y avait toute une étiquette pour servir le thé comme pour utiliser le sabre, et, tandis qu'il observait Myōshū, il admirait la maîtrise qu'elle en possédait. La jugeant en termes d'escrime, il se disait : « Elle est parfaite ! Elle ne se *découvre* nulle part. » Tandis qu'elle versait le thé, il sentait en elle la même compétence que chez un maître du sabre prêt à frapper. « C'est la Voie, songeait-il, l'essence de l'art. Il faut l'avoir pour être parfait en n'importe quoi. »

Il tourna son attention vers le bol à thé devant lui. C'était la première fois qu'on le servait de cette manière, et il n'avait pas la moindre idée de ce qu'il convenait de faire ensuite. Le bol à thé le surprit car il ressemblait à un objet façonné par un enfant jouant avec de la boue. Pourtant, vu contre la couleur de ce bol, le vert profond de l'écume, à la surface du thé, était plus serein et plus éthéré que le ciel.

D'un air désespéré, il regardait Kōetsu qui avait déjà mangé son gâteau et tenait son bol avec amour dans ses deux mains comme on caresserait quelque chose de chaud par une nuit glaciale. Il but le thé en deux ou trois gorgées.

– Monsieur, commença Musashi avec hésitation, je ne suis qu'un jeune campagnard ignorant et je ne sais rien de la cérémonie du thé. Je ne suis même pas sûr de la façon dont il faut le boire.

Myōshū le gronda doucement :

– Chut, mon cher, cela n'a aucune importance. Dans la façon de boire le thé, il ne doit rien y avoir de compliqué ni d'ésotérique. Si vous êtes un jeune campagnard, alors buvez-le comme vous le feriez à la campagne.

– Vraiment, je peux ?

– Bien sûr. Les bonnes manières ne sont pas affaire de règles. Elles viennent du cœur. Il en va de même pour l'escrime, n'est-ce pas ?

– Si vous voulez, oui.

– Si vous vous inquiétez de la bonne façon de boire, vous ne savourerez pas le thé. Quand vous maniez le sabre, votre corps ne doit pas trop se contracter. Cela romprait l'harmonie entre le sabre et votre esprit. Je me trompe ?

– Non, madame.

Musashi inclinait inconsciemment la tête, attendant que la vieille religieuse poursuivît sa leçon. Elle rit d'un petit rire argentin.

– Écoutez-moi donc ! Me voilà en train de parler d'escrime alors que je n'y connais absolument rien.

– Maintenant, je vais boire mon thé, dit Musashi en reprenant confiance.

Il avait les jambes fatiguées d'être cérémonieusement assis ; aussi les croisa-t-il devant lui de façon plus confortable. Vite, il vida le bol de thé, et le reposa. Le thé était fort amer. Même la politesse ne pouvait l'obliger à dire qu'il était bon.

— Une autre tasse ?
— Non, merci, c'est tout à fait suffisant.

Qu'est-ce que ces gens-là pouvaient bien trouver de bon à ce liquide amer ? Pourquoi donc épiloguaient-ils avec autant de sérieux sur la « simplicité pure » de son arôme, et ainsi de suite ? Bien qu'il ne comprît pas, il ne pouvait arriver à considérer son hôte autrement qu'avec admiration. Après tout, réfléchissait-il, il devait y avoir dans ce thé plus que lui-même n'y avait décelé ; sinon, il n'aurait pu devenir le point focal de toute une philosophie de l'esthétique et de la vie. Et de grands hommes tels que Hideyoshi et Ieyasu ne lui auraient point manifesté autant d'intérêt.

Yagyū Sekishūsai, il se le rappelait, consacrait sa vieillesse à la Voie du thé, et Takuan avait lui aussi parlé de ses vertus. Les yeux baissés vers le bol à thé et le tissu qui se trouvait dessous, Musashi revit soudain la pivoine blanche du jardin de Sekishūsai, et sentit de nouveau l'exaltation qu'elle lui avait donnée. Maintenant, de manière inexplicable, le bol à thé le frappait avec la même force. Il se demanda un instant s'il avait poussé un cri.

Il tendit la main, ramassa le bol avec amour et le posa sur ses genoux. Les yeux brillants, il l'examina avec une excitation jamais éprouvée jusque-là. Tandis qu'il étudiait le fond de l'ustensile et les traces de la spatule du potier, il se rendait compte que les lignes avaient la même acuité que la tige de pivoine tranchée par Sekishūsai. Ce bol sans prétention, lui aussi, était l'œuvre d'un génie. Il révélait le contact de l'esprit, la mystérieuse intuition.

Musashi pouvait à peine respirer. Il ignorait pourquoi, mais il sentait la force du maître artisan. Elle venait à lui silencieusement mais indubitablement, car il était beaucoup plus sensible que ne l'auraient été la plupart des gens à la force cachée qui résidait là. Il caressa le bol : il ne voulait point perdre avec lui le contact physique.

— Kōetsu, dit-il, je n'en sais pas plus sur les ustensiles que sur le thé, mais je parierais que ce bol a été fait par un potier très habile.

– Pourquoi dites-vous cela ?

Les paroles de l'artiste étaient aussi douces que son visage, avec son regard plein de sympathie et sa bouche bien dessinée. Les coins de ses yeux tombaient un peu, ce qui lui donnait un air de gravité ; mais de fines rides les entouraient.

– Je ne sais comment l'expliquer, mais je le sens.

– Que sentez-vous au juste ? Dites-le-moi.

Musashi réfléchit quelques instants, et répondit :

– Eh bien, je suis incapable de l'exprimer très clairement, mais il y a quelque chose de plus qu'humain dans la netteté de ce tournage de l'argile...

– Hum...

Kōetsu avait l'attitude du véritable artiste. Il n'imaginait pas un instant qu'autrui connaissait grand-chose à son art propre, et croyait assez que Musashi ne faisait pas exception. Il serra les lèvres.

– Alors, ce tournage, Musashi ?

– Il est extrêmement net.

– C'est tout ?

– Non, non.. c'est plus compliqué. L'homme qui a fait ceci a quelque chose de grand et d'audacieux.

– Rien d'autre ?

– Le potier lui-même était aussi aiguisé qu'un sabre de Sagami. Pourtant, il a enveloppé de beauté l'objet entier. Ce bol à thé a l'air fort simple, mais il présente quelque chose de hautain, quelque chose de royal et d'arrogant comme si le potier ne considérait pas les autres gens comme tout à fait humains.

– Hum...

– En tant que personne, l'homme qui a fait cela serait difficile à sonder, je crois. Pourtant, quel qu'il soit, je parierais qu'il est célèbre. Ne voulez-vous pas me dire qui il était ?

Les lèvres épaisses de Kōetsu s'ouvrirent sur un éclat de rire.

– Il s'appelle Kōetsu. Mais je n'ai fait cela que pour m'amuser.

Musashi, ignorant qu'il venait de subir une épreuve, était sincèrement surpris et impressionné d'apprendre que

Kōetsu était capable de fabriquer sa propre céramique. Mais ce qui l'impressionnait plus que l'universalité artistique de cet homme, c'était la force qui se cachait dans ce bol à thé si simple en apparence. La profondeur des ressources spirituelles de Kōetsu troublait un peu Musashi. Habitué à mesurer les hommes en fonction de leur habileté au sabre, il décréta soudain que son mètre était trop court. Cette idée l'humilia ; encore un homme en face duquel il devait s'avouer vaincu. Malgré sa magnifique victoire de la matinée, il n'était plus qu'un jeune homme intimidé.

– Vous aimez aussi la céramique, n'est-ce pas ? demanda Kōetsu. Vous paraissez bon juge en la matière.

– J'en doute, répondit Musashi avec modestie. Je disais seulement ce qui me venait à l'esprit. Je vous prie de me pardonner si j'ai dit une sottise.

– Mon Dieu, bien sûr, on ne peut espérer que vous sachiez grand-chose sur le sujet, puisqu'il faut l'expérience d'une vie entière pour faire un seul bol à thé réussi. Mais vous possédez en effet un sens esthétique, une assez solide compréhension instinctive. Je suppose qu'étudier l'escrime vous a développé l'œil, dans une certaine mesure.

La remarque de Kōetsu trahissait un sentiment proche de l'admiration mais, en sa qualité d'homme plus âgé, il ne pouvait se résoudre à complimenter son cadet. Non seulement cela manquerait de dignité, mais cela risquerait de lui monter à la tête.

Bientôt, le serviteur revint avec d'autres plantes sauvages et Myōshū prépara le gruau. Tandis qu'elle le servait dans de petites assiettes qui paraissaient aussi l'œuvre de Kōetsu, l'on fit chauffer une jarre de saké parfumé, et le pique-nique commença.

Pour le goût de Musashi, la nourriture de la cérémonie du thé était trop légère et trop délicate. Sa constitution avait faim de quelque chose de plus consistant et de plus relevé. Il n'en essaya pas moins consciencieusement de savourer le fin arôme du mélange champêtre : il reconnaissait avoir beaucoup à apprendre de Kōetsu et de sa charmante mère.

Comme le temps passait, il se mit à regarder nerveusement le champ, autour de lui. Enfin, il se tourna vers son hôte en disant :

– Tout cela a été très agréable, mais il faut que je m'en aille, maintenant. J'aimerais bien rester, mais je crains que les hommes de mon adversaire ne viennent vous faire des ennuis. Je ne veux pas vous mêler à quoi que ce soit de ce genre. J'espère avoir l'occasion de vous revoir.

Myōshū se leva pour le saluer, et dit :

– Si jamais vous passez par la ruelle Hon'ami, ne manquez pas d'entrer nous voir.

– Oui, je vous en prie, venez. Nous pourrons avoir une bonne et longue conversation, ajouta Kōetsu.

Malgré les craintes de Musashi, il n'y avait pas trace d'élèves de l'école Yoshioka. Ayant pris congé, il s'arrêta pour se retourner vers ses deux nouveaux amis sur leur couverture. Oui, ils vivaient dans un monde séparé du sien. Sa propre route longue et étroite ne le mènerait jamais au domaine des paisibles plaisirs de Kōetsu. La tête inclinée, pensif, il s'avança en silence vers la lisière du champ.

TROP DE KOJIRŌ

Dans le petit débit de boissons, aux abords de la grand-ville, l'odeur du bois qui brûlait et de la nourriture en train de cuire emplissait l'air. Ce n'était qu'une cabane : pas de plancher, un tréteau en guise de table et quelques tabourets disséminés autour. Dehors, les dernières lueurs du couchant donnaient l'impression qu'un bâtiment éloigné brûlait, et les corbeaux qui tournoyaient autour de la pagode de Tōji ressemblaient à des cendres noires qui s'envolaient des flammes.

Trois ou quatre boutiquiers et un moine itinérant se trouvaient assis à la table de fortune, tandis que dans un coin plusieurs ouvriers jouaient pour boire. Le toton qu'ils faisaient tourner était une pièce de cuivre avec un morceau de bois enfoncé en travers du trou central.

– Yoshioka Seijūrō s'est vraiment mis dans de beaux draps, cette fois ! dit l'un des boutiquiers. Et j'en connais un qui ne se sent plus de joie ! Ça s'arrose !

– Je vais boire pour célébrer ça, dit un autre.

– Encore du saké! cria un autre au patron.

Les boutiquiers buvaient à un rythme rapide et régulier. Peu à peu, seule une faible clarté borda le rideau du cabaret, et l'un d'eux brailla :

– Je ne vois pas si je lève ma coupe à mon nez ou à ma bouche, tant il fait sombre ici! Lumière!

– Une minute. Je m'en occupe, dit le patron d'un ton las.

Bientôt, des flammes jaillirent du four en terre ouvert. Plus il faisait noir au-dehors, plus rouge était le feu.

– J'enrage en y pensant, dit le premier. L'argent que ces gens-là me devaient pour du poisson et du charbon de bois!... Ça montait à une somme rondelette, c'est moi qui vous le dis. Regardez seulement la dimension de l'école! Je m'étais juré de me faire payer à la fin de l'année, et qu'est-ce qui est arrivé quand je me suis rendu là-bas? Ces brutes de l'école Yoshioka barraient l'entrée, tempêtaient et menaçaient tout le monde. Ce toupet, de jeter dehors tous les créanciers, d'honnêtes commerçants qui leur faisaient crédit depuis des années!...

– À quoi bon pleurer là-dessus, maintenant? Ce qui est fait est fait. D'ailleurs, après le combat du Rendaiji, ce sont eux qui ont des raisons de pleurer, pas nous.

– Oh! ma fureur est tombée. Ils ont eu ce qu'ils méritaient.

– Imaginez un peu : Seijūrō à terre sans presque s'être battu!

– Vous l'avez vu?

– Non, mais j'en ai entendu parler par quelqu'un qui l'avait vu. Musashi l'a mis à terre d'un seul coup. Et avec un sabre de bois, par-dessus le marché. Estropié pour la vie, qu'il est.

– Que va devenir l'école?

– Ça s'annonce mal. Les élèves veulent la peau de Musashi. S'ils ne le tuent pas, ils perdront complètement la face. Le nom de Yoshioka sera perdu de réputation. Et Musashi est si fort que tout le monde croit que la seule personne capable de le battre serait Denshichirō, le frère cadet. Ils le cherchent partout.

– Je ne savais pas qu'il y avait un frère cadet.

– Presque personne ne le savait, mais il est le meilleur homme d'épée, d'après ce que je me suis laissé dire. C'est la brebis galeuse de la famille. Ne mets jamais les pieds à l'école à moins qu'il n'ait besoin d'argent. Passe tout son temps à manger et boire sur la foi de son nom. Tape les gens qui respectaient son père.

– Ils forment une belle paire. Comment un homme aussi remarquable que Yoshioka Kempō a-t-il pu avoir deux fils pareils ?

– Ça montre seulement que le sang n'est pas tout.

Un rōnin était avachi près du four. Il se trouvait là depuis un bon moment, et le patron l'avait laissé tranquille, mais voici qu'il le réveilla :

– S'il vous plaît, monsieur, reculez-vous un peu, dit-il en remettant du bois. Le feu risque de brûler votre kimono.

Rougis par le saké, les yeux de Matahachi s'ouvrirent lentement.

– Heu… heu… Je sais, je sais. Fichez-moi la paix.

Ce débit de saké n'était pas l'unique endroit où Matahachi eût entendu parler du combat du Rendaiji. Il se trouvait sur toutes les lèvres, et plus Musashi devenait célèbre, plus son ami égaré se sentait malheureux.

– Hé là, encore un ! commanda-t-il. Inutile de le chauffer ; contentez-vous de le verser dans ma coupe.

– Vous vous sentez bien, monsieur ? Vous êtes affreusement pâle.

– Qu'est-ce que ça peut vous faire ? Ça me regarde, non ?

Il s'appuya de nouveau contre le mur, et croisa les bras.

« Un de ces jours, je leur montrerai, songeait-il. Le sabre n'est pas la seule route qui mène à la réussite. Que l'on y accède par la richesse, par un titre ou en devenant un bandit, ce qu'il faut, c'est arriver au sommet. Musashi et moi, nous avons tous deux vingt-trois ans. Peu des hommes qui se font un nom à cet âge aboutissent à grand-chose. À trente ans, ils sont vieux et chancelants : des enfants prodiges sur le retour. »

Le bruit du duel au Rendaiji s'était répandu à Osaka, ce qui avait aussitôt attiré Matahachi à Kyoto. Il n'avait pas d'intention précise ; pourtant, le triomphe de Musashi lui pesait à tel point qu'il lui fallait voir de ses propres yeux ce qu'il en était. « Il vole haut pour l'instant, se disait avec hostilité Matahachi, mais il tombera forcément. L'école Yoshioka fourmille en hommes remarquables : les dix escrimeurs, Denshichirō, des tas d'autres... » Il attendait impatiemment le jour où Musashi recevrait la raclée qui lui était due. D'ici là, sa propre étoile ne pouvait manquer de changer.

– Oh ! que j'ai soif ! dit-il à voix haute.

En s'appuyant au mur, il réussit à se lever. Tous les yeux l'observaient tandis que, penché sur un baril d'eau qui se trouvait dans le coin, la tête presque dedans, il engloutissait à la louche plusieurs gorgées énormes. Il rejeta la louche, écarta le rideau de l'estaminet et sortit en titubant. Le patron, prompt à se remettre de sa stupéfaction, courut après la silhouette chancelante.

– Monsieur, vous n'avez pas payé ! criait-il.

– Qu'est-ce que c'est ? marmonna Matahachi, presque inintelligible.

– Je crois que vous avez oublié quelque chose, monsieur.

– Je n'ai rien oublié.

– Je veux dire : l'argent pour votre saké. Ha ! ha ! ha !

– Vraiment ?

– Je regrette de vous ennuyer avec ça.

– Je n'ai pas d'argent.

– Pas d'argent ?

– Non, pas un liard. J'en avais encore il y a quelques jours, mais...

– Vous voulez dire que vous étiez assis là, à boire... Comment ? Vous... Vous...

– La ferme ! (Ayant fouillé dans son kimono, Matahachi en sortit la boîte à pilules du samouraï mort, qu'il jeta à l'homme.) Arrête de faire tant d'histoires ! Je suis un samouraï à deux sabres. Tu le vois, non ? Je ne suis pas tombé assez bas pour filer sans payer. Ceci vaut plus cher que le saké que j'ai bu. Tu peux garder la monnaie !

La boîte à pilules frappa l'homme en pleine figure. Il cria de douleur et se couvrit les yeux de ses mains. Les autres clients, qui avaient passé la tête par les fentes du rideau, poussaient des clameurs indignées. Pareils à beaucoup d'ivrognes, ils étaient scandalisés de voir un des leurs partir sans payer.

– Le salaud !
– Sale resquilleur !
– Donnons-lui donc une bonne leçon !

Ils s'élancèrent au-dehors et entourèrent Matahachi.

– Salaud ! Paie ! Tu ne vas pas t'en tirer comme ça.
– Escroc ! Tu dois faire partout le même coup. Si tu ne peux payer, nous te pendrons haut et court.

Matahachi, pour les effrayer, mit la main à son sabre.

– Vous vous en croyez capables ? gronda-t-il. Ça serait drôle. Essayez seulement ! Vous savez qui je suis ?
– Nous savons ce que tu es : un sale rōnin sorti du ruisseau, qui a moins d'amour-propre qu'un mendiant et plus de toupet qu'un voleur !
– Vous l'aurez cherché ! cria Matahachi en fronçant des sourcils farouches sur des yeux furibonds. Si vous connaissiez mon nom, vous chanteriez une autre chanson.
– Ton nom ? Qu'a-t-il de si extraordinaire ?
– Je suis Sasaki Kojirō, compagnon d'études d'Itō Ittōsai, escrimeur du style Chūjō. Vous devez avoir entendu parler de moi !
– Tu me fais rire ! Laisse là tes noms d'emprunt et contente-toi de payer.

Un homme tendit la main pour empoigner Matahachi, lequel s'écria :

– Si la boîte à pilules ne suffit pas, je te donnerai un peu de mon sabre, par-dessus le marché !

Il dégaina promptement, et frappa la main de l'homme, qu'il trancha net. Les autres, voyant qu'ils avaient sous-estimé leur adversaire, réagirent comme si c'était leur propre sang qui avait été répandu. Ils prirent leurs jambes à leur cou, et disparurent dans les ténèbres.

Avec une expression de triomphe, Matahachi ne les défia pas moins :

– Revenez, espèce de vermine ! Je vous montrerai comment Kojirō se sert de son sabre quand il est sérieux. Venez, que je vous coupe la tête.

Il leva les yeux vers le ciel avec un petit rire ; ses dents blanches brillaient dans l'ombre tandis qu'il exultait. Puis brusquement, son humeur changea. Le visage plein de tristesse, il paraissait au bord des larmes. Maladroitement, il rengaina son sabre et s'éloigna en vacillant.

Par terre, la boîte à pilules étincelait sous les étoiles. En bois de santal noir incrusté de coquillages, elle ne semblait pas très précieuse; mais un reflet de nacre bleue lui donnait la subtile beauté d'un petit groupe de lucioles.

En sortant de la cabane, le moine itinérant vit la boîte à pilules et la ramassa. Il se remit en route, mais revint sous l'auvent du cabaret. À la faible clarté d'une lézarde du mur, il examina avec attention l'objet et son cordon. « Hum, se dit-il. C'est bien la boîte du maître. Il devait l'avoir sur lui quand on l'a tué au château de Fushimi. Oui, voilà son nom, Tenki, inscrit dans le bas. »

Le moine s'élança à la poursuite de Matahachi.

– Sasaki! appela-t-il. Sasaki Kojirō!

Matahachi entendit le nom, mais, dans l'état de confusion où il se trouvait, omit cette fois de se l'appliquer. Il poursuivit sa route en trébuchant, de l'avenue Kujō jusqu'à la rue Horikawa. Le moine le rattrapa et le saisit par l'extrémité de son fourreau.

– Attendez, Kojirō, dit-il. Un instant.

– Hein? hoqueta Matahachi. C'est à moi que vous parlez?

– Vous êtes bien Sasaki Kojirō, n'est-ce pas?

Une lueur sévère brillait dans les yeux du moine. Matahachi se sentit un peu dégrisé.

– Oui, je suis Kojirō. En quoi ça vous concerne-t-il?

– J'ai une question à vous poser.

– Eh bien, laquelle?

– D'où tenez-vous au juste cette boîte à pilules?

– Boîte à pilules?... répéta-t-il d'un air absent.

– Oui. Où l'avez-vous trouvée? C'est tout ce que je veux savoir. Comment donc est-elle venue en votre possession?

Le moine s'exprimait de façon plutôt cérémonieuse. Encore jeune, environ vingt-six ans, il ne ressemblait pas à l'un de ces moines mendiants dépourvus de spiritualité qui erraient de temple en temple et vivaient de charité. D'une main, il tenait un bâton rond en chêne, long de plus d'un mètre quatre-vingts.

– Qui êtes-vous ? demanda Matahachi dont le visage devenait inquiet.

– Peu importe. Pourquoi ne me dites-vous pas tout simplement d'où ceci provient ?

– Ceci provient de nulle part. C'est à moi, et l'a toujours été.

– Vous mentez ! Dites-moi la vérité.

– Je vous l'ai déjà dite.

– Vous refusez d'avouer ?

– D'avouer quoi ? demanda Matahachi avec innocence.

– Vous n'êtes pas Kojirō !

Aussitôt, dans la main du moine, le bâton fendit l'air. L'instinct de Matahachi le fit reculer, mais il était trop étourdi pour avoir une réaction rapide. Le bâton le frappa ; poussant un cri de douleur, il recula en chancelant de cinq ou six mètres avant d'atterrir sur le dos. Il se releva et prit la fuite.

Le moine le poursuivit et, au bout de quelques pas, lança le bâton de chêne. Matahachi l'entendit venir, et baissa la tête. Le projectile lui rasa l'oreille. Épouvanté, il redoubla de vitesse.

Le moine ramassa l'arme, et, visant avec soin, la lança de nouveau ; mais de nouveau Matahachi plongea.

Parcourant à toute vitesse plus d'un kilomètre et demi, Matahachi dépassa l'avenue Rokujō et se rapprocha de Gojō ; enfin, il décréta qu'il avait semé son poursuivant, et s'arrêta. Il haletait. « Ce bâton... quelle arme effrayante ! Il faut se méfier, par les temps qui courent. »

Dégrisé, brûlant de soif, il chercha un puits. Il en trouva un à l'extrémité d'une allée étroite. Il monta le seau et but son content, puis posa le seau par terre et baigna son visage en sueur.

« Qui pouvait-il bien être ? se demanda-t-il. Et que me voulait-il ? » Mais à peine eut-il recouvré son état normal qu'il tomba dans l'abattement. Il revit la face torturée, sans menton, du cadavre de Fushimi.

Qu'il eût dépensé l'argent du mort blessait sa conscience ; une fois de plus, il songea à racheter sa faute. « Quand j'aurai de l'argent, se jura-t-il, la première chose que je ferai sera de rembourser ce que j'ai emprunté. Peut-être qu'une fois que j'aurai réussi, je lui élèverai un cénotaphe… Il ne reste plus que le certificat. Peut-être devrais-je m'en débarrasser. Si la personne qu'il ne faut pas le trouvait sur moi, cela risquerait d'entraîner des complications. » Il fouilla à l'intérieur de son kimono et toucha le rouleau qu'il gardait toujours fourré dans une poche, sous son obi, ce qui était assez gênant.

Même s'il ne pouvait le convertir en une grosse somme d'argent, ce rouleau avait des chances de le conduire au premier échelon magique, sur l'échelle du succès. Sa malheureuse expérience avec Akakabe Yasoma ne l'avait pas guéri de rêver.

Le certificat lui avait déjà servi : il avait constaté qu'en le montrant dans de petits dōjōs obscurs ou bien à d'innocents bourgeois qui brûlaient d'apprendre l'escrime, il pouvait non seulement s'attirer leur respect mais obtenir un repas gratis et un endroit pour dormir, sans même avoir besoin de le demander. Voilà comment il avait survécu au cours des six derniers mois.

« Inutile de le jeter. Qu'est-ce qui me prend ? Il semble que je devienne de plus en plus craintif. C'est peut-être cela qui m'empêche d'avancer dans le monde. À partir de maintenant, je ne serai plus ainsi ! Je serai grand et audacieux comme Musashi. Je vais leur montrer de quoi je suis capable ! »

Il regarda les cabanes qui entouraient le puits. Les gens qui vivaient là lui paraissaient enviables. Leurs maisons croulaient sous le poids de la boue et des mauvaises herbes de leurs toits, mais du moins possédaient-ils un abri. De manière assez abjecte, il épia certaines de ces familles. Dans l'une de ces cabanes, il vit un mari et sa femme en face l'un de l'autre, devant l'unique récipient contenant leur maigre dîner. Près d'eux, leur fils, leur fille et la grand-mère faisaient du travail à la pièce.

Malgré le manque de biens matériels, il existait là un esprit de famille – trésor qui manquait même à de grands hommes tels que Hideyoshi et Ieyasu. Matahachi se disait que plus les gens étaient pauvres, plus augmentait leur affection mutuelle. Même les pauvres pouvaient goûter la joie d'être humains.

Avec un peu de honte, il se remémora le heurt de volontés qui l'avait amené à quitter avec colère sa propre mère à Sumiyoshi. « Je n'aurais pas dû lui faire ça, se dit-il. Quelles que soient ses fautes, jamais personne ne m'aimera comme elle. »

Au cours de la semaine qu'ils avaient passée ensemble à se rendre, au grand ennui de Matahachi, de sanctuaire en temple et de temple en sanctuaire, Osugi lui avait rebattu les oreilles des pouvoirs miraculeux de la Kannon du Kiyomizudera. « Aucun bodhisattva au monde n'opère de plus grandes merveilles, lui avait-elle assuré. Moins de trois semaines après que j'y suis allée prier, Kannon m'a amené Takezō : elle l'a amené droit au temple. Je sais que tu ne te soucies guère de religion, mais tu devrais bien avoir foi en cette Kannon. »

Maintenant, il se rappelait qu'elle avait mentionné qu'après le début de l'année elle projetait d'aller au Kiyomizu demander la protection de Kannon pour la famille Hon'iden. Voilà où il devait se rendre ! Il ne savait où dormir, ce soir-là ; il pourrait passer la nuit sous le portique, et il avait des chances de revoir sa mère.

Comme il longeait des rues obscures en direction de l'avenue Gojō, il fut rejoint par une meute aboyante de corniauds errants qui n'étaient malheureusement pas de ceux que l'on pouvait réduire au silence en leur lançant une ou deux pierres. Mais il avait l'habitude que l'on aboyât sur son passage, et ne se troubla pas quand les chiens s'approchèrent en grondant et en montrant les crocs.

À Matsubara, bois de pins proche de l'avenue Gojō, il vit une autre meute de corniauds rassemblés autour d'un arbre. Ceux qui l'escortaient s'éloignèrent à petits bonds pour se joindre à eux. Il y en avait plus qu'il n'en pouvait compter ; ils faisaient tous un grand tapage ; certains sautaient à cinq ou six pieds de haut contre le tronc de l'arbre.

En scrutant l'ombre, il devinait à peine une jeune fille accroupie, tremblante, sur une branche. Ou du moins il était presque certain qu'il s'agissait d'une jeune fille.

Il tendit le poing et vociféra pour éloigner les chiens. En vain. Il leur lança des pierres, sans résultat non plus.

Alors, il se souvint d'avoir entendu dire qu'un moyen de les faire fuir consistait à se mettre à quatre pattes en poussant des rugissements; il essaya donc. Mais cela n'eut aucun effet non plus, peut-être parce qu'ils étaient si nombreux à sauter partout comme poissons au filet, remuant la queue, grattant l'écorce de l'arbre et poussant des hurlements féroces.

Soudain, Matahachi se dit qu'une femme risquait de trouver ridicule qu'un jeune homme ayant deux sabres jouât par terre, à quatre pattes, le rôle de l'animal. Avec un juron, il se releva d'un bond. L'instant d'après, l'un des chiens poussait son dernier hurlement. Quand les autres virent au-dessus du corps le sabre ensanglanté de Matahachi, ils se serrèrent les uns contre les autres, leurs dos efflanqués pareils aux vagues de la mer.

– Ça ne vous suffit pas ?

Devant la menace du sabre, les chiens se dispersèrent dans toutes les directions.

– Eh! vous, là-haut! cria-t-il. Vous pouvez descendre, maintenant. (Parmi les aiguilles de pin, il entendit un joli petit tintement métallique.) Mais c'est Akemi! hoqueta-t-il. Akemi, c'est toi ?

Et ce fut la voix d'Akemi qui cria d'en haut :

– Qui êtes-vous ?

– Matahachi. Tu ne reconnais donc pas ma voix ?

– Ce n'est pas possible! Vous avez bien dit Matahachi ?

– Que fais-tu là-haut? Tu n'es pas de celles qui ont peur des chiens.

– Je ne suis pas dans cet arbre à cause des chiens.

– Alors, descends.

De la branche où elle était perchée, Akemi scruta les ténèbres silencieuses qui l'entouraient.

– Matahachi! dit-elle d'un ton pressant. Va-t'en d'ici. Je crois qu'il me recherche.

– Qui ça ?

– Je n'ai pas le temps de t'expliquer. Un homme. À la fin de l'année dernière, il s'est offert pour m'aider mais c'est une brute. D'abord, je l'ai cru gentil, mais il m'a infligé toutes sortes de traitements cruels. Ce soir, j'ai réussi à m'enfuir.

– Ce n'est pas Okō qui te recherche ?

613

– Non, pas mère ; un homme !
– Gion Tōji, peut-être.
– Ne sois pas ridicule. De *lui* je n'ai pas peur... Oh ! oh !... il est là-bas. Si tu restes ici, il me trouvera. Il te fera un mauvais parti à toi aussi ! Cache-toi vite !
– Tu crois donc que je vais m'enfuir à l'arrivée du premier venu ?

Il restait où il était, indécis. Il avait assez envie d'accomplir une action d'éclat. Il était un homme, après tout. Il avait la responsabilité d'une femme en détresse. Et il eût aimé compenser la mortification d'avoir essayé de faire fuir les chiens en se mettant à quatre pattes. Plus Akemi le pressait de se cacher, plus il avait envie de prouver sa virilité, tant à la jeune fille qu'à lui-même.

– Qui va là ?

Ces mots furent simultanément prononcés par Matahachi et Kojirō. Celui-ci foudroyait du regard le sabre de celui-là, et le sang qui en dégouttait.

– Qui êtes-vous ? demanda-t-il avec agressivité.

Matahachi garda le silence. Ayant discerné dans la voix d'Akemi de la frayeur, il s'inquiétait. Mais, après un second coup d'œil, il se détendit. L'inconnu était grand et bien bâti, mais pas plus vieux que Matahachi lui-même. D'après sa coiffure et sa mise juvéniles, Matahachi le prit pour un novice, et son regard se fit méprisant. Le moine l'avait réellement effrayé, mais il était sûr de l'emporter sur ce jeune fat.

« Est-ce possible que ce soit la brute qui tourmentait Akemi ? se demanda-t-il. Il me paraît aussi vert qu'une courge. Je ne connais pas encore la situation, mais s'il la persécute je crois que je n'ai qu'à lui donner une ou deux leçons. »

– Qui êtes-vous ? redemanda Kojirō, avec une force qui chassait les ténèbres autour de lui.

– Moi ? répondit Matahachi, taquin. Je ne suis qu'un être humain.

Et il sourit franchement. Le sang monta au visage de Kojirō.

– Alors, vous n'avez pas de nom, dit-il. À moins que vous n'ayez honte de votre nom ?

Provoqué mais pas effrayé, Matahachi répliqua :
— Je ne vois pas l'utilité de donner mon nom à un inconnu qui de toute façon ne l'a sans doute jamais entendu.
— Surveillez votre langue ! aboya Kojirō. Mais remettons à plus tard de nous battre. Je vais faire descendre de l'arbre cette fille, et la ramener où il faut. Attendez ici.
— Ne faites pas l'idiot ! Qu'est-ce qui vous donne à croire que je vais vous la laisser ?
— En quoi est-ce que ça vous regarde ?
— La mère de cette jeune fille était ma femme, et je ne veux pas qu'on lui fasse de mal. Si vous touchez un cheveu de sa tête, je vous réduis en chair à pâté.
— Voilà qui m'intéresse. Vous semblez vous prendre pour un samouraï ; pourtant, il me faut avouer que voilà bien des jours que je n'en ai pas vu d'aussi efflanqué. Mais il y a quelque chose que vous devriez savoir. Cette « perche de séchage » que j'ai dans le dos pleure dans mon sommeil : pas une seule fois depuis qu'on la transmet en héritage dans ma famille elle n'a eu son plein de sang. De plus, elle se rouille ; aussi, maintenant, je crois que je vais la polir un peu sur votre carcasse décharnée. Et n'essayez pas de vous enfuir !
Matahachi, incapable de comprendre que l'autre parlait sérieusement, répondit avec mépris :
— Tout doux ! Réfléchissez, c'est le moment. Contentez-vous de filer pendant que vous pouvez encore voir où vous allez. Je vous laisse la vie sauve.
— J'en ai autant à votre service. Mais écoutez-moi bien, mon bel être humain. Vous vous êtes vanté d'avoir un trop grand nom pour des oreilles comme les miennes. Quel est au juste ce nom illustre, je vous prie ? Décliner son identité fait partie de l'étiquette du combat. Mais peut-être ignorez-vous cela ?
— Je veux bien vous dire mon nom, mais qu'il ne vous étonne pas.
— Je vais me cuirasser contre la surprise. Mais d'abord, quel est votre style d'escrime ?
Matahachi se figurait qu'un être aussi bavard ne pouvait pas valoir grand-chose à l'épée ; l'opinion qu'il se faisait de son adversaire baissa encore.

615

— Je possède un certificat du style Chūjō, dérivé du style de Toda Seigen. (Kojirō, stupéfait, tenta de réprimer un haut-le-corps. Matahachi, croyant qu'il avait l'avantage, estima qu'il serait fou de ne pas le pousser. Imitant celui qui l'interrogeait, il reprit :) Et maintenant, voudriez-vous me dire quel est votre style ? Cela fait partie de l'étiquette du combat, vous savez.

— Plus tard. De qui au juste avez-vous appris le style Chūjō ?

— De Kanemaki Jisai, bien sûr, répondit Matahachi, patelin. De qui d'autre voulez-vous que ce soit ?

— Vraiment ? s'exclama Kojirō, maintenant tout à fait perplexe. Et vous connaissez Itō Ittōsai ?

— Naturellement.

Interprétant les questions de Kojirō comme une preuve que son histoire prenait, Matahachi était persuadé que le jeune homme ne tarderait pas à proposer un compromis. Il insista :

— Je ne vois point pourquoi je cacherais mes rapports avec Itō Ittōsai. C'était l'un de mes prédécesseurs. Je veux dire par là que nous avons tous deux été disciples de Kanemaki Jisai. Pourquoi me demandez-vous ça ?

Kojirō ignora la question.

— Alors, puis-je vous redemander qui vous êtes au juste ?

— Je suis Sasaki Kojirō.

— Répétez !

— Je suis Sasaki Kojirō, répéta Matahachi très poliment. (Après un moment de silence ahuri, Kojirō montra ses fossettes. Matahachi le foudroya du regard.) Pourquoi me regardez-vous ainsi ? Mon nom vous étonne ?

— Plutôt.

— Très bien, alors... allez-vous-en ! ordonna Matahachi en levant un menton menaçant.

— Ha ! ha ! ha ! ha ! ha ! Oh ! Ha ! ha ! ha ! (Kojirō riait à gorge déployée. Lorsque enfin il parvint à se maîtriser, il dit :) Au cours de mes voyages, j'ai rencontré bien des gens mais jamais je n'ai rien entendu de comparable. Et maintenant, Sasaki Kojirō, auriez-vous l'amabilité de me dire qui je suis, moi ?

— Comment le saurais-je ?

– Mais vous devez le savoir ! Je ne voudrais point paraître grossier, mais uniquement pour être sûr que je vous ai bien entendu, voudriez-vous répéter encore une fois votre nom ?

– Vous êtes sourd ? Je suis Sasaki Kojirō.

– Et moi, je suis... ?

– Un autre être humain, je suppose.

– Aucun doute là-dessus, mais quel est mon nom ?

– Dites donc, espèce de bâtard, est-ce que vous vous moquez de moi ?

– Non, bien sûr que non. Je suis tout à fait sérieux. Je n'ai jamais été plus sérieux de ma vie. Dites-moi, Kojirō, quel est mon nom ?

– Vous m'agacez. C'est à vous de répondre.

– Soit. Je vais me demander mon nom, puis, au risque de paraître présomptueux, je vais vous le dire.

– Bon, allez-y.

– Ne vous étonnez pas !

– Quel imbécile !

– Je suis Sasaki Kojirō, aussi connu sous le nom de Ganryū.

– Que... quoi ?

– Depuis l'époque de mes ancêtres, ma famille a vécu à Iwakuni. Ce nom de Kojirō, je l'ai reçu de mes parents. Les gens d'épée me connaissent également sous le nom de Ganryū. Et maintenant, quand et comment croyez-vous qu'il ait pu se faire qu'il existe en ce monde deux Sasaki Kojirō ?

– Alors, vous... vous êtes...

– Oui, et bien qu'un grand nombre d'hommes sillonnent les campagnes, vous êtes le premier que j'aie jamais rencontré qui porte mon nom. Le tout premier. N'est-ce pas une étrange coïncidence qui nous rassemble ? (Matahachi réfléchissait rapidement.) Que se passe-t-il ? On dirait que vous tremblez. (Matahachi se faisait tout petit. Kojirō se rapprocha, lui donna une claque dans l'épaule et dit :) Soyons amis. (Matahachi, mortellement pâle, s'écarta d'un bond en glapissant.) Si vous prenez la fuite, je vous tue.

La voix de Kojirō volait comme une lance en pleine face de Matahachi. La « perche de séchage », par-dessus l'épaule de Kojirō, siffla ainsi qu'un serpent d'argent. Un seul coup, pas davantage. En un seul bond, Matahachi parcourut près de trois mètres. Pareil à quelque insecte soufflé d'une feuille, il fit trois culbutes et s'étala par terre, sans connaissance.

Kojirō ne lui adressa pas même un regard. L'épée longue d'un mètre, non tachée de sang, glissa de nouveau dans son fourreau.

– Akemi! appela Kojiro. Descendez! Je ne recommencerai plus; rentrez donc à l'auberge avec moi. Ah! oui, j'ai fait mordre la poussière à votre ami, mais je ne lui ai pas vraiment fait mal. Descendez prendre soin de lui.

Pas de réponse. Ne distinguant rien parmi les sombres branchages, Kojirō grimpa dans l'arbre et s'y trouva seul. De nouveau, Akemi lui avait échappé.

La brise soufflait doucement à travers les aiguilles de pin. Assis en silence sur la branche, il se demandait où son petit moineau pouvait bien s'être envolé. Il était tout à fait incapable de comprendre pourquoi elle avait aussi peur de lui. N'avait-il pas fait de son mieux pour lui donner son amour? Peut-être eût-il admis qu'il avait une manière un peu brutale de manifester son affection, mais il ne voyait pas en quoi elle différait de la façon dont les autres gens faisaient l'amour.

On pouvait en trouver la clé dans son attitude envers l'escrime. À son entrée, enfant, à l'école de Kanemaki Jisai, il avait manifesté beaucoup d'adresse et on l'avait traité en prodige. Il maniait le sabre de façon tout à fait extraordinaire. Plus extraordinaire encore était sa ténacité. Il refusait absolument de céder. S'il affrontait un adversaire plus fort, il s'accrochait d'autant plus.

À cette époque, la façon de gagner au combat avait beaucoup moins d'importance que le fait de gagner. Nul n'y regardait de fort près quant aux méthodes, et la tendance qu'avait Kojirō à s'accrocher bec et ongles jusqu'à la victoire finale n'était pas considérée comme répréhensible. Ses adversaires se plaignaient du fait qu'il les harcelât alors que d'autres se fussent tenus pour battus, mais nul ne voyait là un manque de virilité.

Une fois, lorsqu'il était encore enfant, un groupe d'élèves plus âgés qu'il méprisait ouvertement lui administrèrent, avec leurs sabres de bois, une raclée qui le laissa privé de connaissance. L'un de ses assaillants le prit en pitié, lui donna de l'eau, et resta près de lui jusqu'à ce qu'il reprît ses sens ; sur quoi, Kojirō s'empara du sabre de bois de son bienfaiteur, et l'en frappa à mort.

Si toutefois il perdait un combat, il ne l'oubliait jamais. Il guettait son ennemi jusqu'à ce qu'il ne fût plus sur ses gardes – dans un endroit sombre, endormi au lit, aux toilettes, même -, puis l'attaquait de toutes ses forces. Vaincre Kojirō, c'était se faire un implacable ennemi.

En grandissant, il se mit à parler de lui-même comme d'un génie. C'était plus qu'une fanfaronnade : aussi bien Jisai qu'Ittōsai en avaient reconnu la véracité. Non plus qu'il n'inventait lorsqu'il prétendait avoir appris à faucher des moineaux en vol et s'être créé son propre style. Ce qui amenait les gens du voisinage à le considérer comme un « sorcier », appréciation qu'il approuvait de tout son cœur.

Quelle forme au juste prenait sa tenace volonté de domination lorsque Kojirō était amoureux d'une femme, nul ne le savait. Mais il ne pouvait y avoir aucun doute là-dessus : il voulait en faire à sa tête. Lui-même, pourtant, ne voyait pas le moindre rapport entre son escrime et ses amours. Il ne comprenait pas du tout pourquoi il déplaisait à Akemi alors qu'il l'aimait tant.

Tandis qu'il méditait sur ses problèmes de cœur, il remarqua une silhouette en train d'aller et venir sous l'arbre, inconsciente de sa présence.

– Mais il y a là un homme à terre ! disait l'inconnu. (Il se pencha pour l'examiner de plus près, et s'exclama :) C'est ce coquin de chez le marchand de saké ! (Il s'agissait du moine itinérant. Lui enlevant son sac à dos, il observa :) Il ne paraît pas blessé. Et son corps est chaud.

En le palpant, il trouva le cordon sous l'obi de Matahachi, le défit et lui lia les mains derrière le dos. Puis il mit ses propres genoux au creux des reins de Matahachi, et lui tira les épaules en arrière en exerçant une pression considérable sur le plexus solaire. Avec un gémissement étouffé, Matahachi revint à lui. Le moine le transporta comme un sac de pommes de terre à un arbre, et l'appuya contre le tronc.

– Debout! dit-il sèchement, en soulignant son propos d'un coup de pied. Allons, debout!

Matahachi, qui avait fait la moitié du chemin menant à l'enfer, commençait à reprendre ses sens, mais comprenait mal ce qui se passait. Encore hébété, il se leva tant bien que mal.

– Bon, dit le moine. Ne bouge pas. (Alors, il attacha Matahachi à l'arbre par les jambes et par le torse. Matahachi ouvrit légèrement les yeux, et poussa un cri de stupéfaction.) Alors, espèce d'imposteur, tu m'as bien fait courir, mais c'est fini. (Lentement, il se mit à régler son compte à Matahachi : il lui claqua plusieurs fois le front, envoyant sa tête cogner contre l'arbre.) D'où tiens-tu cette boîte à pilules? demanda-t-il. Dis-moi la vérité. Allons! (Matahachi ne répondit pas.) Comme ça, tu te crois capable de faire le brave, hein?

Le moine, furieux, enfonça le pouce et l'index dans le nez de Matahachi, et lui secoua la tête. Matahachi haletait ; comme il semblait vouloir parler, le moine lui lâcha le nez.

– Je vais parler, dit Matahachi, hagard. Je vais tout vous dire. (Des larmes lui jaillissaient des yeux.) Ce qui est arrivé, c'est que, l'été dernier... commença-t-il, et il raconta l'histoire entière, qu'il conclut en implorant la clémence du moine. Je ne peux rembourser l'argent tout de suite ; mais je vous promets, si vous ne me tuez pas, de travailler dur pour le rendre un jour. Je vous donnerai une promesse écrite, signée et scellée.

Avouer, c'était comme faire couler le pus d'une blessure infectée. Maintenant, il n'y avait plus rien à cacher, plus rien à craindre. Du moins le croyait-il.

– Est-ce là la vérité complète? demanda le moine.
– Oui.

Matahachi inclina la tête, contrit.

Au bout de quelques minutes de réflexion silencieuse, le moine tira son petit sabre et le dirigea vers le visage de Matahachi. Écartant rapidement la tête, celui-ci s'écria :

– Vous allez me tuer?

– Oui, je crois qu'il va falloir que tu meures.

– Je vous ai tout dit avec une absolue sincérité. J'ai rendu la boîte à pilules. Je vous donnerai le certificat. Un de ces jours, je rembourserai l'argent. Je le jure ! Pourquoi me tuer ?

– Je te crois, mais ma position est délicate. Je vis à Shimonida, dans le Kōzuke, et faisais partie de la suite de Kusanagi Tenki, le samouraï qui est mort au château de Fushimi. Bien que je sois vêtu en moine, je suis en réalité un samouraï. Je m'appelle Ichinomiya Gempachi.

Matahachi, qui tentait de se dégager de ses liens, n'entendit pas vraiment ces propos.

– Je vous demande pardon, dit-il servilement. Je sais que j'ai eu tort, mais je n'avais pas l'intention de voler quoi que ce soit. J'allais tout remettre à sa famille. Et puis, je me suis trouvé à court d'argent, et, mon Dieu, je savais que je n'aurais pas dû mais j'ai dépensé le sien. Je vous ferai toutes les excuses que vous voudrez mais, je vous en prie, ne me tuez pas.

– J'aimerais mieux que tu ne t'excuses pas, dit Gempachi qui paraissait en proie à un conflit affectif personnel. (Il secoua tristement la tête, et continua :) Je suis allé enquêter à Fushimi. Tout concorde avec ce que tu m'as dit. Pourtant, il me faut rapporter quelque chose, en guise de consolation, à la famille de Tenki. Je ne veux pas parler d'argent. J'ai besoin de quelque chose qui prouve qu'il est vengé. Or, il n'y a pas de coupable : Tenki n'a pas été tué par une seule personne. Alors, comment puis-je leur rapporter la tête de son meurtrier ?

– Je... je... je ne l'ai pas tué. Ne vous y trompez pas.

– Je le sais bien. Mais sa famille et ses amis ne savent pas qu'il a été attaqué et tué par de simples ouvriers. En outre, ce n'est pas le genre d'histoire qui lui ferait honneur. J'aurais horreur de devoir leur dire la vérité. Aussi, bien que je le regrette pour toi, je crois qu'il va falloir que tu sois le coupable. Ça m'aiderait si tu consentais à ce que je te tue.

Se débattant dans ses liens, Matahachi cria :

– Lâchez-moi ! Je ne veux pas mourir !

– C'est tout naturel, mais envisage la question sous un autre angle. Tu ne pourrais payer le saké que tu as bu. Cela veut dire que tu es incapable de subvenir à tes besoins. Au lieu de mourir de faim ou de mener une existence honteuse dans ce monde cruel, ne vaudrait-il pas mieux reposer en paix dans un autre ? Si c'est l'argent qui t'inquiète, j'en possède un peu. Je serais content de l'envoyer à tes parents à titre de présent funéraire. Si tu préfères, je pourrais l'envoyer à ton temple ancestral en tant que donation pour un monument. Je te certifie qu'il serait remis en bonne et due forme.

– C'est insensé. Je ne veux pas d'argent ; je veux vivre !... Au secours !

– Je t'ai tout expliqué en détail. Que tu le veuilles ou non, je crains bien qu'il ne te faille passer pour l'assassin de mon maître. Accepte, mon ami. Considère cela comme un rendez-vous avec le destin.

Il empoigna son sabre, et recula pour se donner la place de frapper.

– Gempachi, attends ! cria Kojirō.

Gempachi leva les yeux en criant :

– Qui va là ?

– Sasaki Kojirō.

Gempachi répéta ce nom lentement, soupçonneusement. Un autre faux Kojirō allait-il descendre du ciel ? Pourtant, cette voix était trop humaine pour appartenir à un fantôme. D'un bond, il s'écarta de l'arbre à distance respectueuse, et brandit son sabre.

– C'est absurde, dit-il en riant. Tout le monde m'a l'air de s'appeler Sasaki Kojirō, en ce moment. Il y en a un autre ici, en bas, qui paraît fort triste. Ah ! je commence à comprendre. Vous êtes un ami de cet homme, n'est-ce pas ?

– Non, je suis Kojirō. Dis-moi, Gempachi, tu es disposé à me couper en deux aussitôt que je descendrai d'ici, n'est-ce pas ?

– Oui. Amenez-moi tous les faux Kojirō qu'il vous plaira. Je me charge de chacun d'eux.

– Cela me paraît assez juste. Si tu m'abats tu sauras que j'étais un imposteur, mais si tu te réveilles mort, tu pourras être certain que j'étais le véritable Kojirō. Je descends et je te préviens : si tu ne me fauches pas en l'air, la

« perche de séchage » te fendra en deux comme un morceau de bambou.

– Un instant. Je crois reconnaître votre voix, et si votre épée est la célèbre « perche de séchage », vous devez bien être Kojirō.

– Tu me crois, maintenant ?

– Oui, mais que faites-vous là-haut ?

– Nous parlerons de cela plus tard.

Kojirō passa par-dessus la tête levée de Gempachi, et atterrit derrière lui dans une averse d'aiguilles de pin. Sa transformation stupéfia Gempachi. Le Kojirō qu'il se rappelait avoir vu à l'école de Jisai était un jeune garçon dégingandé, au teint sombre ; son unique tâche consistait à tirer de l'eau, et, conformément à l'amour de la simplicité que professait Jisai, il ne portait jamais que les vêtements les plus ordinaires.

Kojirō s'assit au pied de l'arbre et fit signe à Gempachi d'en faire autant. Alors, Gempachi relata comment Tenki avait été pris à tort pour un espion d'Osaka, lapidé à mort, et comment le certificat était tombé aux mains de Matahachi. Kojirō s'amusa fort d'apprendre de quelle manière il avait acquis un homonyme ; pourtant, il déclara qu'il était inutile de tuer un homme assez piètre pour se faire passer pour lui. Il existait d'autres moyens de châtier Matahachi. Si Gempachi s'inquiétait de la famille ou de la réputation de Tenki, Kojirō se rendrait lui-même à Kōzuke, et veillerait à ce que l'on y reconnût le maître de Gempachi pour un guerrier brave et honorable. Inutile de transformer Matahachi en bouc émissaire.

– D'accord, Gempachi ? demanda en conclusion Kojirō.

– Puisque vous le prenez ainsi, je crois que oui.

– Bon. Maintenant, il faut que je m'en aille, mais je crois que tu devrais rentrer à Kōzuke.

– Je vais le faire immédiatement.

– À vrai dire, je suis assez pressé. J'essaie de retrouver une fille qui m'a quitté plutôt brusquement.

– Vous n'oubliez rien ?

– Pas que je sache.

– Et le certificat ?

– Ah ! ça...

623

Gempachi fouilla sous le kimono de Matahachi, et en sortit le rouleau. Matahachi se sentit léger, libre dans ses mouvements. Maintenant qu'il semblait qu'il aurait la vie sauve, il était content d'être débarrassé de ce document.

– Hum, fit Gempachi. À la réflexion, les esprits de Jisai et Tenki ont peut-être organisé l'incident de ce soir pour me permettre de retrouver le certificat et de vous le donner.

– Je n'en veux pas, dit Kojirō.

– Pourquoi ? demanda Gempachi, incrédule.

– Je n'en ai pas besoin.

– Je ne comprends pas.

– À quoi me servirait un bout de papier pareil ?

– En voilà, une idée ! N'avez-vous aucune gratitude envers votre maître ? Jisai a mis des années à décider de vous décerner ce certificat. Il ne s'y est résolu que sur son lit de mort. Il a chargé Tenki de vous le remettre, et voyez ce qui est arrivé à Tenki. Vous devriez avoir honte.

– Les actes de Jisai le regardent. J'ai mes propres ambitions.

– On ne dit pas des choses pareilles !

– Ne te méprends pas sur mes paroles.

– Vous insulteriez votre maître ?

– Bien sûr que non. Mais je ne suis pas seulement né avec de plus grands talents que Jisai, j'ai l'intention d'aller plus loin que lui. Être un escrimeur inconnu, en dehors du circuit, n'est pas mon but.

– Vous parlez sérieusement ?

– Tout à fait. (Kojirō n'avait aucun scrupule à révéler ses ambitions, pour scandaleuses qu'elles fussent d'après les critères ordinaires.) Je suis reconnaissant envers Jisai, mais m'encombrer d'un certificat provenant d'une école de campagne peu connue me ferait plus de mal que de bien. Itō Ittōsai a accepté le sien, mais il n'a pas continué le style Chūjō. Il a créé un nouveau style. J'ai l'intention de faire la même chose. Ce qui m'intéresse, c'est le style Ganryū, non le style Chūjō. Un jour, le nom de Ganryū sera très célèbre. Aussi, vois-tu, ce document ne signifie rien pour moi. Rapporte-le à Kōzuke, et demande au temple, là-bas, de le conserver avec ses actes de naissance et de mort. (Il n'y avait pas trace de modestie ou d'humilité dans le discours de Kojirō. Gempachi le considéra avec ressentiment.) Transmets mes respects à la famille Kusanagi, dit poliment Kojirō. Un de ces jours, j'irai dans l'Est les voir, tu peux en être certain.

Il conclut ces paroles de congé par un large sourire.

Pour Gempachi, ce dernier témoignage de courtoisie avait quelque chose de protecteur. Il songea sérieusement à réprimander Kojirō pour son attitude ingrate et irrespectueuse envers Jisai ; mais un instant de réflexion lui fit comprendre qu'il perdrait son temps. Il se dirigea vers son sac, y fourra le certificat, dit un sec au revoir et prit congé.

Après son départ, Kojirō se mit à rire tout son soûl.

– Eh bien, il était en colère, hein ? Ha ! ha ! ha ! ha ! (Puis il se tourna vers Matahachi :) Alors, qu'as-tu à dire pour ta défense, espèce de charlatan, de bon à rien ? (Bien entendu, Matahachi n'avait rien à dire.) Réponds-moi ! Tu reconnais avoir essayé de te faire passer pour moi, n'est-ce pas ?

– Oui.

– Je sais que tu t'appelles Matahachi, mais quel est ton nom complet ?

– Hon'iden Matahachi.

– Es-tu un rōnin ?

– Oui.

– Je m'en vais te donner une leçon, espèce d'âne invertébré. Tu m'as vu rendre ce certificat, n'est-ce pas ? Si un homme n'a pas assez de fierté pour faire une chose pareille, il n'arrivera jamais à rien. Mais regarde-toi ! Tu sers du nom d'un autre, tu lui voles son certificat, tu te promènes en vivant de sa réputation. Est-il rien de plus méprisable ? Peut-être ton expérience de ce soir te donnera-t-elle une leçon : un chat domestique a beau s'habiller d'une peau de tigre, il reste un chat domestique.

– À l'avenir, je ferai bien attention.

– Je vais m'abstenir de te tuer, mais je crois que je vais te laisser ici te libérer tout seul, si tu y parviens.

Sur une impulsion soudaine, Kojirō dégaina son poignard et se mit à gratter l'écorce, au-dessus de la tête de Matahachi. Les copeaux tombaient dans le cou de ce dernier.

– Il me faut quelque chose pour écrire, grogna Kojirō.

– Il y a dans mon obi un nécessaire avec un pinceau et de l'encre, dit Matahachi, serviable.

– Bon ! Je te les emprunte un instant.

Kojirō encra le pinceau, puis écrivit sur la surface du tronc d'arbre dont il avait rasé l'écorce. Ensuite, il recula pour admirer son ouvrage. Cela disait : « Cet homme est un imposteur qui, sous mon nom, a parcouru les campagnes en commettant des actes déshonorants. Je l'ai attrapé, et le laisse ici pour être moqué par tous et par chacun. Mon nom véritable et mon nom de guerre, qui m'appartiennent, à moi et à nul autre, sont Sasaki Kojirō, Ganryū. »

– Ça devrait aller, dit avec satisfaction Kojirō.

Dans la sombre forêt, le vent gémissait comme la marée. Kojirō s'éloigna en songeant à ses ambitions pour l'avenir, et retourna à ses affaires du moment. Les yeux étincelants, il bondissait comme une panthère entre les arbres.

LE FRÈRE CADET

Depuis les temps anciens, les gens des classes supérieures pouvaient se faire transporter en palanquin ; mais, depuis peu, les gens du commun disposaient également d'un modèle simplifié. Ce n'était guère plus qu'un grand panier aux flancs bas, suspendu à une perche horizontale pour les porteurs ; pour éviter d'en choir, le passager devait s'agripper solidement à des courroies, devant et derrière. Les porteurs, qui psalmodiaient en mesure afin de marcher au pas, avaient tendance à traiter leurs clients comme des marchandises. Ceux qui choisissaient ce moyen de transport avaient intérêt à adapter leur respiration au rythme des porteurs, surtout lorsqu'ils couraient.

Le palanquin qui se déplaçait rapidement vers les bois de pins de l'avenue Gojō était accompagné de sept ou huit hommes. Aussi bien les porteurs que les autres hommes haletaient comme s'ils allaient cracher leurs poumons.

– Nous sommes avenue Gojō.

– N'est-ce pas Matsubara ?
– Pas beaucoup plus loin.

Bien que les lanternes qu'ils portaient fussent marquées du signe des courtisanes du quartier réservé d'Osaka, le passager n'était pas une prêtresse de la nuit.

– Denshichirō ! cria l'un des serviteurs à l'avant. Nous sommes presque avenue Shijō.

– Denshichirō n'entendit pas ; il dormait, la tête ballottée comme celle d'un tigre de papier. Le panier fit une embardée, et un porteur tendit la main pour empêcher son passager de verser. Ouvrant ses grands yeux, Denshichirō dit :

– J'ai soif. Donnez-moi du saké !

Heureux d'avoir une occasion de se reposer, les porteurs posèrent le palanquin par terre et se mirent à essuyer la sueur poisseuse qui couvrait leurs figures et leurs poitrines velues.

– Il ne reste pas beaucoup de saké, dit un serviteur en tendant à Denshichirō le tube de bambou.

Il le vida d'un trait, puis se plaignit :

– Il est froid… ça me fait grincer des dents. (Mais cela le réveilla assez pour qu'il observât :) Il fait encore sombre. Nous avons été vite.

– Pour votre frère, le temps doit sembler long. Il est si impatient de vous voir que chaque minute doit paraître un siècle.

– J'espère qu'il est encore de ce monde.

– Le médecin a dit qu'il le serait. Mais il est agité, et sa blessure saigne. Cela risque d'être grave.

Denshichirō leva le tube vide à ses lèvres, et le mit sens dessus dessous.

– Musashi ! dit-il avec dégoût, en jetant le tube. Allons ! brailla-t-il. Et vite !

Denshichirō, puissant buveur, combattant plus puissant encore et homme au tempérament vif, était presque l'antithèse absolue de son frère. Du vivant même de Kempō, certains avaient eu l'audace d'affirmer qu'il était plus capable que son père. Le jeune homme, quant à lui, partageait cette opinion sur ses talents. Du vivant de leur père, les deux frères s'entraînaient ensemble au dōjō et parvenaient tant bien que mal à s'entendre ; mais sitôt que

Kempō fut mort, Denshichirō cessa de prendre part aux activités de l'école; il avait été jusqu'à dire en face à Seijūrō qu'il ferait mieux de se retirer et de lui laisser les affaires d'escrime.

Depuis son départ pour Ise l'année précédente, le bruit courait qu'il tuait son temps dans la province de Yamato. Ce ne fut qu'après le désastre du Rendaiji que l'on envoya des hommes à sa recherche. Denshichirō, malgré son antipathie pour Seijūrō, accepta sans difficulté de rentrer.

Dans l'impatience du retour précipité à Kyoto, il avait mené la vie si dure aux porteurs qu'il avait fallu en changer trois ou quatre fois. Il n'en avait pas moins trouvé le temps de s'arrêter à chaque halte de la grand-route afin d'acheter du saké. Peut-être fallait-il de l'alcool pour lui calmer les nerfs, car il était décidément dans une extrême agitation.

Comme ils allaient repartir, leur attention fut appelée par des aboiements dans l'ombre du bois.

– Que se passe-t-il, à ton avis ?
– Rien qu'une bande de chiens.

La ville était pleine de chiens errants : ils venaient en grand nombre des régions voisines, maintenant qu'il n'y avait plus de batailles pour les ravitailler en chair humaine.

Denshichirō, irrité, cria qu'il fallait cesser de lambiner, mais l'un des élèves répondit :

– Un instant ; il se passe là-bas quelque chose de bizarre.
– Va voir ce que c'est, dit Denshichirō qui prit alors lui-même la tête des opérations.

Après le départ de Kojirō, les chiens étaient revenus. En trois ou quatre cercles, ils faisaient un vacarme de tous les diables autour de Matahachi et de son arbre. S'ils étaient capables de sentiments élevés, l'on pourrait imaginer qu'ils vengeaient la mort de l'un des leurs. Mais il est beaucoup plus vraisemblable qu'ils tourmentaient seulement une victime qu'ils sentaient dans une position intenable : tous étaient aussi affamés que des loups – le ventre creux, l'échine aussi tranchante qu'une lame, et les crocs si pointus qu'on les eût dits limés.

Matahachi avait bien plus peur d'eux qu'il n'avait eu peur de Kojirō et de Gempachi. Dans l'incapacité de se servir de ses bras et de ses jambes, il ne disposait pour armes que de son visage et de sa voix.

Après avoir, au début, tenté naïvement de raisonner ces animaux, il changea de tactique. Il hurla comme une bête sauvage. Cela intimida les chiens qui reculèrent un peu. Mais alors, son nez se mit à couler, ce qui lui gâcha aussitôt ses effets.

Ensuite, il avait ouvert la bouche et les yeux aussi larges que possible avec une expression furieuse – en réussissant à ne pas ciller. Il avait contracté son visage ; il avait tiré la langue au point de s'en toucher le bout du nez ; mais il n'était parvenu qu'à s'épuiser rapidement. En se creusant la tête, il en était revenu à feindre de n'être lui-même que l'un des leurs, mais qui n'avait rien contre le reste de la meute. Il aboyait, allant jusqu'à se figurer qu'il avait une queue à remuer.

Les hurlements se firent plus sonores ; les chiens les plus rapprochés de lui montraient les crocs.

Dans l'espoir de les calmer avec de la musique, il se mit à chanter un célèbre passage des *Contes des Heike*, en imitant les bardes qui allaient récitant cette histoire, sur accompagnement de luth.

> Alors, l'empereur cloîtré décida,
> Au printemps de la seconde année,
> De voir la villa de campagne de Kenreimon'in,
> Dans les montagnes, près d'Ōhara.
> Mais durant tous les deuxième et troisième mois,
> Le vent fut violent, le froid persista,
> Et les neiges blanches ne fondirent pas sur les pics.

Les yeux clos, la face tendue en une grimace douloureuse, Matahachi chantait presque assez fort pour se rendre sourd lui-même.

Il chantait encore, quand l'arrivée de Denshichirō et de ses compagnons fit détaler les chiens. Matahachi, qui avait renoncé à toute dignité, cria :

– Au secours ! Sauvez-moi !
– J'ai vu ce type au Yomogi, dit l'un des samouraïs.
– Oui, c'est le mari d'Okō.

– Le mari ? Il paraît qu'elle n'a pas de mari.
– C'est l'histoire qu'elle a racontée à Tōji.

Denshichirō, prenant Matahachi en pitié, leur ordonna de cesser leurs commérages et de le libérer.

En réponse à leurs questions, Matahachi forgea une histoire où ses solides qualités jouaient un rôle éminent, et où ses faiblesses n'en jouaient aucun. Profitant du fait qu'il s'adressait à des partisans de l'école Yoshioka, il cita le nom de Musashi. Ils avaient été des amis d'enfance, révéla-t-il, jusqu'à ce que Musashi eût enlevé sa fiancée et couvert sa famille d'une honte sans nom. Sa vaillante mère avait fait vœu de ne pas retourner chez elle ; celle-ci et lui-même se consacraient à la recherche de Musashi, qu'ils voulaient supprimer. Quant à être le mari d'Okō, c'était loin d'être la vérité. Son long séjour à la maison de thé Yomogi n'était pas dû à une quelconque liaison personnelle avec la patronne ; la preuve : elle s'était éprise de Gion Tōji.

Ensuite, il expliqua pourquoi il se trouvait lié à un arbre. Il avait été attaqué par une bande de voleurs qui lui avaient dérobé son argent. Il n'avait pas opposé de résistance, bien sûr : à cause de ses obligations envers sa mère il devait éviter les blessures.

Espérant qu'ils prenaient tout cela pour argent comptant, Matahachi leur dit :

– Merci. J'ai le sentiment que le destin nous lie. Nous considérons un certain homme comme notre ennemi commun, un ennemi avec lequel nous ne saurions vivre sous le même ciel. Ce soir, vous êtes arrivés juste au bon moment. Je vous en aurai une éternelle reconnaissance... À votre aspect, monsieur, je croirais volontiers que vous êtes Denshichirō. Je suis certain que vous avez l'intention de rencontrer Musashi. Lequel de nous le tuera le premier, je ne saurais le dire, mais j'espère que j'aurai l'occasion de vous revoir. (Il ne voulait pas leur laisser une chance de lui poser des questions ; aussi se dépêcha-t-il de poursuivre :) Osugi, ma mère, est en pèlerinage au Kiyomizudera, afin de prier pour la réussite de notre combat contre Musashi. Je suis en route pour la rejoindre. Je viendrai sûrement bientôt à la maison de l'avenue Shijō pour présenter mes respects. Pour l'instant, excusez-moi de vous avoir retardé alors que vous êtes si pressés.

Et il partit, laissant ses auditeurs se demander quelle part de vérité il y avait dans ses propos.

— En tout cas, qui diable est ce pitre ? fit Denshichirō avec un reniflement de mépris.

Et il claqua la langue, agacé par le temps qu'ils venaient de perdre.

Le médecin l'avait dit, les premiers jours seraient les pires. C'était le quatrième jour, et depuis la veille au soir, Seijūrō se sentait un peu mieux.

Lentement il ouvrit les yeux, se demandant s'il faisait jour ou nuit. La lampe à abat-jour en papier, près de son oreiller, se trouvait presque éteinte. De la chambre voisine parvenaient des ronflements ; les hommes qui le veillaient s'étaient endormis.

« Je dois être encore en vie, se dit-il. En vie et complètement déshonoré ! » De ses doigts tremblants, il tira la couverture par-dessus sa figure. « Après cela, comment pourrais-je regarder quiconque en face ? » Il ravala ses larmes. « Tout est fini, gémit-il. C'est ma fin, et celle de la maison de Yoshioka. »

Un coq chanta, et la lampe s'éteignit dans un grésillement. Tandis que la pâle clarté de l'aube se glissait dans la chambre, Seijūrō se trouva ramené à ce matin-là, au Rendaiji. Ce regard, dans les yeux de Musashi !... Le souvenir l'en faisait frissonner. Il devait reconnaître qu'il ne valait pas cet homme-là. Que n'avait-il envoyé promener son sabre de bois, accepté la défaite, et tenté de sauver la réputation familiale ?

« J'avais une trop haute opinion de moi-même, se lamentait-il. En dehors d'être le fils de Yoshioka Kempō, qu'ai-je jamais fait pour me distinguer ? »

Même lui en était venu à se rendre compte que tôt ou tard, le temps aurait rattrapé la maison de Yoshioka s'il était resté à sa tête. Au milieu du changement général, elle ne pouvait continuer à prospérer.

« Mon combat avec Musashi n'a fait qu'en hâter l'effondrement. Que ne suis-je mort là-bas ! Pourquoi donc faut-il que je vive ? »

Son front se plissa. Il éprouvait des élancements de douleur à son épaule sans bras.

Quelques secondes seulement après avoir frappé au portail du devant, un homme vint réveiller les samouraïs dans la chambre voisine de celle de Seijūrō.

– Denshichirō? s'exclama une voix d'homme réveillé en sursaut.

– Oui; il vient d'arriver.

Deux hommes s'élancèrent au-dehors pour l'accueillir; un autre courut au chevet de Seijūrō.

– Jeune maître! Une bonne nouvelle! Denshichirō est de retour.

On ouvrit les volets; on mit du charbon de bois dans le brasero; on disposa par terre un coussin. Quelques instants plus tard, on entendit la voix de Denshichirō derrière le shoji :

– Mon frère est là?

Seijūrō songea nostalgiquement : « Enfin!... » Bien qu'il eût demandé Denshichirō, il redoutait d'être vu dans l'état où il se trouvait, même par son frère... non, surtout par son frère. À l'entrée de Denshichirō, Seijūrō leva des yeux tristes, et tenta, sans y parvenir, de sourire. Denshichirō prit la parole avec entrain.

– Tu vois bien, dit-il en riant. Quand tu as des ennuis, ton bon à rien de frère revient t'aider. J'ai tout laissé là et suis venu aussi vite que j'ai pu. Nous nous sommes arrêtés à Osaka pour nous approvisionner, puis nous avons voyagé toute la nuit. Maintenant, je suis là ; tu n'as donc plus à t'inquiéter. Quoi qu'il arrive, je ne laisserai pas une âme toucher un cheveu de l'école... Qu'est-ce que c'est que ça? dit-il d'un ton bourru à un serviteur qui venait d'apporter du thé. Je n'ai pas besoin de thé! Va me préparer du saké. (Puis il cria que l'on fermât les portes.) Êtes-vous tous fous? Vous ne voyez donc pas que mon frère a froid? (Il s'assit, se pencha par-dessus le brasero, et dévisagea le malade en silence.) Quelle posture au juste as-tu adoptée au cours du combat? demanda-t-il. Pourquoi donc as-tu été vaincu? Il se peut que ce Miyamoto Musashi soit en train de se faire un nom, mais il n'est qu'un simple débutant, non? Comment est-il possible que tu te sois laissé surprendre par un inconnu tel que lui ?

Du seuil, un des élèves appela Denshichirō.

– Eh bien, qu'y a-t-il ?
– Le saké est prêt.
– Apporte-le !
– Je l'ai préparé dans l'autre pièce. Vous prendrez d'abord un bain, n'est-ce pas ?
– Je ne veux pas de bain ! Apporte ici le saké.
– Au chevet du jeune maître ?
– Pourquoi pas ? Je ne l'ai pas vu depuis plusieurs mois, et je veux lui parler. Nous n'avons pas toujours été dans les meilleurs termes, mais il n'y a rien de tel qu'un frère en cas de besoin. Je boirai ici, avec lui. (Il se versa une pleine coupe, puis une autre et encore une autre.) Ah ! c'est bon. Si tu allais bien, je t'en verserais aussi.

Seijūrō patienta quelques minutes, puis leva les yeux et dit :

– Aurais-tu l'obligeance de ne pas boire ici ?
– Pardon ?
– Ça m'évoque une foule de souvenirs désagréables.
– Vraiment ?
– Je pense à notre père. Il ne serait pas content de la façon dont nous nous sommes toujours laissés aller, toi et moi. Et quel bien cela nous a-t-il jamais fait ?
– Qu'est-ce qui te prend ?
– Peut-être que tu ne le vois pas encore, mais, étendu ici, j'ai eu le temps de regretter ma vie gâchée.

Denshichirō se mit à rire.

– Parle pour toi ! Tu as toujours été d'un tempérament nerveux, sensible. Voilà pourquoi tu n'es jamais devenu un véritable homme d'épée. Si tu veux la vérité, je crois que tu as eu tort d'affronter Musashi. Mais qu'il s'agisse de Musashi ou d'un autre, ça ne fait guère de différence. Tu n'as pas l'escrime dans le sang, voilà tout. Tu devrais tirer la leçon de cette défaite, et renoncer à l'escrime. Voilà bien longtemps que je te l'ai dit, tu devrais te retirer. Tu pourrais demeurer le chef de la maison de Yoshioka, et si quelqu'un tient à te provoquer au point que tu ne puisses te dérober, je me battrai à ta place… Dorénavant, laisse-moi le dōjō. Je prouverai que je suis capable de le faire prospérer dix fois mieux que du temps de notre père. Si seulement tu cesses de me soupçonner d'essayer de te prendre ton école, je te montrerai ce que je sais faire.

Il versa les dernières gouttes du saké dans sa coupe.

– Denshichirō! cria Seijūrō.

Il tenta de se lever de sa couche, mais ne put même en repousser les couvertures. Retombant en arrière, il tendit la main et saisit le poignet de son frère.

– Attention! s'étrangla Denshichirō. Tu vas me faire renverser mon saké.

Et il fit passer sa coupe dans son autre main.

– Je te laisserai volontiers l'école, Denshichirō, mais tu devras me remplacer aussi comme chef de famille.

– Très bien, si c'est là ce que tu souhaites.

– Ne prends pas cela aussi à la légère. Tu ferais mieux de réfléchir. Je préférerais... fermer boutique, que de te laisser commettre les mêmes erreurs que moi, et déshonorer davantage encore le nom de notre père.

– Ne sois pas ridicule. Je ne suis pas comme toi.

– Tu promets de t'amender?

– Permets! Je boirai si ça me plaît – si c'est de ça que tu veux parler.

– Peu m'importe que tu boives, si tu le fais sans excès. Après tout, les fautes que j'ai commises ne provenaient pas vraiment du saké.

– Ah! je parierais que ton point faible, c'étaient les femmes. Tu les as toujours trop aimées. Ce qu'il faudra faire, quand tu seras guéri, c'est te marier et te ranger.

– Non. Je renonce au sabre, mais il n'est pas temps de songer à prendre femme. Pourtant, il existe une personne pour qui je dois faire quelque chose. Si je puis avoir l'assurance qu'elle est heureuse, je ne demande rien de plus. Je me contenterai de vivre seul, dans une cabane couverte de chaume, dans les bois.

– De qui s'agit-il?

– Peu importe; ce ne sont pas tes affaires. En tant que samouraï, je sens que je devrais persévérer, tâcher de me racheter. Mais je suis capable de faire taire mon amour-propre. Prends la direction de l'école.

– Tu as ma promesse. Je te jure aussi qu'avant longtemps je te vengerai. Où se trouve au juste Musashi, maintenant ?

– Musashi ? répéta Seijūrō avec un haut-le-corps. Tu ne songes pas à affronter Musashi ? Je viens de te mettre en garde de ne pas commettre les mêmes fautes que moi.

– À quoi d'autre pourrais-je bien songer ? N'est-ce pas pour cela que tu m'as envoyé chercher ? Nous devons trouver Musashi avant qu'il ne s'échappe. Sinon, à quoi bon être rentré aussi vite ?

– Tu ne sais pas de quoi tu parles. (Seijūrō secoua la tête :) Je te défends d'affronter Musashi !

Le ton de Denshichirō se chargea de ressentiment. Recevoir des ordres de son frère aîné l'avait toujours agacé.

– Et pourquoi donc ?

Les joues pâles de Seijūrō rosirent légèrement.

– Tu ne peux gagner ! dit-il avec sécheresse.

– Moi ? fit Denshichirō, livide.

– *Toi*. Pas contre Musashi.

– Et pourquoi non ?

– Tu n'es pas assez bon.

– Absurdité ! (Denshichirō éclata d'un rire voulu qui lui secoua les épaules. Retirant sa main de celle de son frère, il renversa la jarre de saké.) Qu'on m'apporte du saké ! brailla-t-il. Je n'en ai plus.

Le temps que l'élève apportât le saké, Denshichirō n'était plus dans la chambre, et Seijūrō se trouvait couché à plat ventre sous les couvertures. Quand l'élève lui eut remis la tête sur l'oreiller, il dit avec douceur :

– Rappelle-le. J'ai encore quelque chose à lui dire.

Soulagé du fait que le jeune maître s'exprimât distinctement, l'homme s'élança à la recherche de Denshichirō. Il le trouva assis sur le sol du dōjō avec Ueda Ryōhei, Miike Jūrōzaemon, Nampo Yoichibei, Ōtaguro Hyōsuke et quelques autres des principaux disciples. L'un d'eux demandait :

– Vous avez vu le jeune maître ?

– Hum... Je sors de sa chambre.

– Il devait être heureux de vous voir.

– Il n'avait pas l'air trop content. Jusqu'à ce que je sois dans sa chambre, j'avais été impatient de le voir. Mais il était déprimé, fâché ; aussi, j'ai dit ce que j'avais sur le cœur. Nous nous sommes querellés, comme d'habitude.

– Vous avez discuté avec lui ? Vous n'auriez pas dû. Il commence à peine à se remettre.

– Attends de connaître la totalité de l'histoire.

Denshichirō et les principaux disciples s'entendaient comme de vieux amis. Denshichirō empoigna par l'épaule Ryōhei, qui lui faisait ces reproches, et le secoua affectueusement.

– Écoute ce que m'a dit mon frère, commença-t-il. Il a dit que je ne devais pas essayer de le venger en affrontant Musashi parce que je ne pouvais gagner ! Et si j'étais vaincu, ce serait la ruine de la maison de Yoshioka. Il m'a dit qu'il se retirerait et accepterait l'entière responsabilité du déshonneur. Il attend seulement de moi que je le remplace, et travaille dur à remettre l'école sur pied.

– Je vois.

– Qu'entends-tu par là ?

Ryōhei ne répondit pas. Comme ils étaient assis là, en silence, l'élève entra et dit à Denshichirō :

– Le jeune maître veut que vous retourniez dans sa chambre.

Denshichirō fronça le sourcil.

– Et le saké ? aboya-t-il.

– Je l'ai laissé dans la chambre de Seijūrō.

– Eh bien, apporte-le ici !

– Et votre frère ?

– Il m'a l'air en proie à une crise de frousse. Fais ce que je te dis.

Les autres protestèrent qu'ils n'en voulaient pas, que ce n'était pas le moment de boire ; Denshichirō, agacé, se retourna contre eux :

– Qu'est-ce qui vous prend ? Auriez-vous peur de Musashi, vous aussi ?

Ils étaient choqués, peinés, amers ; cela se voyait sur leur visage. Jusqu'à leur dernier jour, ils se rappelleraient comment, d'un seul coup de sabre de bois, leur maître avait été estropié et l'école déshonorée. Pourtant, ils avaient été incapables de s'accorder sur un plan d'action. Durant les trois derniers jours, chaque discussion les avait séparés en deux camps; les uns étaient favorables à une deuxième rencontre, les autres plaidaient pour qu'on en restât là. Maintenant, quelques-uns des plus âgés approuvaient Denshichirō, mais le reste, dont Ryōhei, avait tendance à se ranger à l'avis de leur maître vaincu. Hélas! c'était une chose pour Seijūrō de prêcher l'abstention, et une tout autre pour les élèves de l'accepter, surtout en présence de ce bouillant frère cadet.

Denshichirō, remarquant leur hésitation, déclara :

– Mon frère a beau être blessé, il n'a pas à se conduire en lâche. On dirait une femme! Comment l'écouterais-je? Encore moins lui donnerais-je raison!

(L'on avait apporté le saké; Denshichirō en versa une coupe à chacun. Maintenant qu'il allait diriger l'école, il entendait donner le ton; un ton viril.) Voici ce que je vais faire, annonça-t-il. Je vais combattre Musashi, et le vaincre! Qu'importe ce qu'en dit mon frère! S'il estime que nous devrions laisser cet homme faire impunément ce qu'il a fait, peu étonnant qu'il ait été battu. Qu'aucun de vous ne commette l'erreur de me croire aussi poltron que lui.

Nampo Yoichibei prit la parole :

– Votre habileté ne fait aucun doute. Tous, nous en sommes sûrs; pourtant...

– Pourtant quoi? Qu'as-tu derrière la tête?

– Eh bien, votre frère paraît d'avis que Musashi n'a pas d'importance. Il a raison, n'est-ce pas? Songez au risque...

– Quel risque? hurla Denshichirō.

– Je ne l'entendais pas ainsi! Je le retire, bégaya Yoichibei.

Mais le mal était fait. Denshichirō se leva d'un bond, l'empoigna par la peau du cou, et le jeta violemment contre le mur.

– Hors d'ici! Lâche!

– Ma langue a fourché. Je n'avais pas l'intention d...

– Silence! Dehors! Je ne bois pas avec des mauviettes.

Yoichibei pâlit puis tomba doucement à genoux, face aux autres.
– Je vous remercie tous de m'avoir laissé vivre aussi longtemps parmi vous, dit-il avec simplicité.

Il alla au petit autel Shinto, au fond de la salle, s'inclina et sortit. Sans même lui jeter un regard, Denshichirō dit :
– Et maintenant, buvons tous ensemble. Ensuite, je veux que vous trouviez Musashi. Je doute qu'il ait déjà quitté Kyoto. Il doit plastronner à travers la ville et se vanter de sa victoire... Autre chose. Nous allons rendre un peu de vie à ce dōjō. Je veux que chacun de vous s'entraîne ferme, et veille à ce que les autres élèves fassent de même. Dès que je me serai reposé, je commencerai à m'exercer moi-même. Et rappelez-vous une chose. Je ne suis pas doux comme mon frère. Je veux que même les plus jeunes donnent le maximum.

Exactement une semaine après, l'un des plus jeunes élèves entra en courant dans le dōjō avec cette nouvelle :
– Je l'ai trouvé !

Fidèle à sa parole, Denshichirō s'était entraîné sans relâche, jour après jour. Son énergie apparemment inépuisable surprenait les disciples, dont un groupe qui le regardait s'occuper d'Ōtaguro, l'un des plus expérimentés d'entre eux, comme s'il se fût agi d'un enfant.
– Arrêtons, fit Denshichirō en retirant son sabre et en s'asseyant au bord de la piste d'entraînement. Tu dis que tu l'as trouvé ?
– Oui.

L'élève vint s'agenouiller devant Denshichirō.
– Où donc ?
– À l'est de Jissōin, dans la ruelle Hon'ami. Musashi séjourne chez Hon'ami Kōetsu. J'en suis certain.
– Bizarre. Comment un rustre tel que Musashi aurait-il connu un homme comme Kōetsu ?
– Je n'en sais rien, mais c'est là qu'il se trouve.
– Très bien, partons à sa recherche. Tout de suite ! aboya Denshichirō en s'éloignant à grands pas pour aller se préparer.

Ōtaguro et Ueda, sur ses talons, tentaient de l'en dissuader :
– Le prendre par surprise aurait l'air d'une bagarre quelconque. Les gens désapprouveraient, même si nous réussissions.
– Tant pis. Le protocole, c'est bon pour le dōjō. Dans une véritable bataille, le gagnant, c'est le gagnant !
– Exact, mais ce n'est pas ainsi que ce lourdaud a vaincu votre frère. Ne pensez-vous pas qu'il serait plus digne d'un homme d'épée de lui envoyer une lettre spécifiant l'heure et l'endroit, puis de le vaincre à la loyale ?
– Hum, peut-être as-tu raison. Bon, nous ferons comme ça. D'ici là, je ne veux pas qu'aucun de vous laisse mon frère le convaincre de me résister. J'affronterai Musashi, quoi qu'en dise Seijūrō ou n'importe qui d'autre.
– Nous nous sommes débarrassés de tous les hommes qui n'étaient pas d'accord avec vous, ainsi que des ingrats qui voulaient partir.
– Bon ! Nous en sommes d'autant plus forts. Nous n'avons que faire d'escrocs tels que Gion Tōji, ou de timorés comme Nampo Yoichibei.
– Devrons-nous avertir votre frère que nous envoyons cette lettre ?
– Pas vous, non ! Je le ferai moi-même.
Tandis qu'il s'éloignait vers la chambre de Seijūrō, les autres priaient pour qu'il n'y eût pas de nouveau heurt entre les deux frères ; sur la question de Musashi, aucun des deux n'avait bougé d'un pouce. Au bout d'un moment, n'entendant pas élever la voix, les élèves abordèrent la question du temps et du lieu de ce deuxième affrontement avec leur mortel ennemi.
Alors retentit la voix de Denshichirō :
– Ueda ! Miike ! Ōtaguro... vous tous ! Venez ici ! (Denshichirō, debout au milieu de la salle, avait l'air sombre et les larmes aux yeux. Nul ne l'avait jamais vu ainsi.) Jetez un coup d'œil à ceci, vous tous. (Il brandissait une longue, longue lettre en disant avec une colère forcée :) Voyez ce qu'a encore fait mon imbécile de frère. Il a fallu qu'il me répète ce qu'il pensait, mais il est parti pour de bon... sans même dire où il allait.

639

L'AMOUR D'UNE MÈRE

Otsū posa son ouvrage de couture, et cria :
– Qui est là ?

Elle fit glisser le shoji pour l'ouvrir sur la véranda, mais il n'y avait personne. Son humeur s'assombrit. Elle avait espéré que ce serait Jōtarō. Elle avait maintenant plus que jamais besoin de lui.

Encore un jour de solitude complète. Elle ne pouvait fixer son esprit sur son travail d'aiguille.

Ici, sous Kiyomizudera, au pied de la colline de Sannen, les rues étaient sordides ; mais, derrière les maisons et les boutiques, il y avait des bosquets de bambous et de petits champs, des camélias épanouis et des fleurs de prunier qui commençaient à tomber. Osugi aimait beaucoup cette auberge. Elle y descendait chaque fois qu'elle était à Kyoto, et l'aubergiste lui donnait toujours cette paisible maisonnette séparée. Derrière s'élevait un bouquet d'arbres qui faisaient partie du jardin voisin ; devant, un petit jardin potager au-delà duquel se trouvait la cuisine toujours active de l'auberge.

– Otsū ! appela une voix de la cuisine. C'est l'heure du déjeuner. Puis-je vous l'apporter maintenant ?

– Le déjeuner ? dit Otsū. Je déjeunerai avec la vieille dame quand elle rentrera.

– Elle a dit qu'elle rentrerait tard. Nous ne la reverrons sans doute pas avant ce soir.

– Je n'ai pas faim.

– Je ne comprends pas comment vous pouvez survivre, à manger si peu.

La fumée de pin des fours de potiers du voisinage tourbillonnait dans l'enclos. Quand ils se trouvaient allumés, il y avait toujours beaucoup de fumée. Mais une fois l'atmosphère dégagée, le ciel du début de printemps était plus bleu que jamais.

De la rue venait un bruit de chevaux, ainsi que les pas et les voix de pèlerins en route vers le temple. C'était par les passants que l'histoire de la victoire de Musashi sur Seijūrō était arrivée aux oreilles d'Otsū. Le visage de Musashi apparut devant ses yeux. « Jōtarō devait être au

Rendaiji ce jour-là, se dit-elle. Si seulement il venait me le raconter ! »

Elle ne pouvait croire que l'enfant l'avait cherchée sans la trouver. Vingt jours s'étaient écoulés, et il savait qu'elle séjournait au pied de la colline de Sannen. Peut-être était-il malade, mais elle ne le croyait pas vraiment non plus ; Jōtarō n'était pas de ceux qui tombent malades. « Il doit être quelque part en train de s'amuser avec un cerf-volant », se dit-elle, idée qui lui donnait un peu d'humeur.

Peut-être était-ce lui qui l'attendait. Elle n'était pas retournée à la maison Karasumaru bien qu'elle lui eût promis de ne pas tarder à le faire.

Elle ne pouvait aller nulle part : on lui avait interdit de quitter l'auberge sans la permission d'Osugi. De toute évidence, Osugi avait chargé l'aubergiste et les domestiques de la surveiller. Chaque fois qu'elle jetait vers la rue un simple coup d'œil, quelqu'un demandait : « Vous sortez, Otsū ? » La question, le ton de la voix avaient l'air innocents, mais elle en saisissait le sens. Et la seule façon pour elle d'envoyer une lettre était de la confier aux gens de l'auberge, lesquels avaient reçu l'ordre de garder tout message qu'elle pouvait tenter d'expédier.

Dans les parages, Osugi était une espèce de célébrité, et les gens se laissaient facilement convaincre de lui obéir. Bon nombre de boutiquiers, de porteurs de palanquins et de fardiers du voisinage l'avaient vue à l'œuvre l'année précédente, lorsqu'elle avait défié Musashi au Kiyomizudera, et, malgré toute son irascibilité, ils la considéraient avec un certain respect affectueux.

Tandis qu'Otsū faisait une tentative de plus pour finir de rassembler le costume de voyage d'Osugi, que l'on avait décousu pour le laver, une ombre apparut au-dehors. Otsū entendit une voix qu'elle ne connaissait pas :

– Je me demande si je me suis trompée d'endroit.

Une jeune femme, entrée par le couloir qui venait de la rue, se tenait sous un prunier, entre deux carrés de ciboule. Elle paraissait nerveuse, un peu gênée, mais peu désireuse de rebrousser chemin.

– N'est-ce pas l'auberge ? Il y a une lanterne à l'entrée du passage, qui l'indique, dit-elle à Otsū. (Celle-ci pouvait à peine en croire ses yeux tant le souvenir soudain réveillé la faisait souffrir. Croyant s'être trompée, Akemi demanda timidement :) L'auberge, c'est quel bâtiment ? (Puis, regardant autour d'elle, elle remarqua les fleurs de prunier, et s'exclama :) Dieu, qu'elles sont jolies !

Sans répondre, Otsū dévisagea la jeune fille. Un employé, appelé par une des filles de cuisine, accourut de l'angle de l'auberge.

– Vous cherchez l'entrée ? demanda-t-il.
– Oui.
– C'est au coin, tout de suite à droite du passage.
– L'auberge donne directement sur la rue ?
– Oui, mais les chambres sont calmes.
– J'aimerais pouvoir aller et venir sans être observée. Je croyais l'auberge à l'écart de la rue. Cette petite maison fait partie de l'auberge ?
– Oui.
– Elle m'a l'air agréable et tranquille.
– Nous avons aussi de très bonnes chambres dans le bâtiment principal.
– On dirait qu'une femme l'occupe, mais ne pourrais-je y loger aussi ?
– Mon Dieu, il y a une autre dame. Elle est âgée et plutôt nerveuse, je le crains.
– Oh ! ça m'est égal, si je ne la dérange pas.
– Il faudra que je lui demande à son retour. Pour le moment, elle est sortie.
– Puis-je avoir une chambre pour m'y reposer d'ici là ?
– Certainement.

L'employé conduisit Akemi à travers le passage, laissant Otsū regretter de n'avoir pas profité des circonstances pour poser quelques questions. « Si seulement je pouvais apprendre à être un peu plus agressive ! » se dit-elle avec tristesse.

Pour apaiser ses soupçons jaloux, Otsū s'était persuadée à maintes reprises que Musashi n'était pas homme à batifoler avec d'autres femmes. Mais depuis ce jour, elle s'était découragée. « Elle a eu d'autres occasions d'approcher Musashi... Elle est probablement beaucoup plus adroite que moi... elle sait mieux comment gagner le cœur d'un homme. »

Jusqu'à ce jour-là, l'éventualité d'une autre femme ne lui avait jamais traversé l'esprit. Maintenant, elle méditait sombrement sur ce qu'elle considérait comme ses propres faiblesses. « Je ne suis pas belle, voilà tout… Je ne suis pas non plus très intelligente… Je n'ai ni parents ni famille, pour favoriser mon mariage. » En comparaison d'autres femmes, le grand espoir de sa vie lui semblait ridiculement hors d'atteinte ; quelle présomption de rêver que Musashi pût être à elle ! Elle n'avait plus le courage qui lui avait permis de grimper dans le vieux cryptomeria lors d'un orage aveuglant.

« Si seulement Jōtarō pouvait m'aider ! » se lamentait-elle. Elle s'imaginait même avoir perdu sa jeunesse. « Au Shippōji, je possédais encore un peu de l'innocence qu'a aujourd'hui Jōtarō. Voilà pourquoi j'ai pu délivrer Musashi. » Elle se mit à pleurer sur son ouvrage.

– Tu es là, Otsū ? demanda Osugi, impérieuse. Que fais-tu là, assise dans l'obscurité ?

Le crépuscule était venu sans que la jeune fille s'en rendît compte.

– Oh ! j'allume tout de suite, dit-elle d'un ton d'excuse en se levant pour se rendre à une petite pièce du fond.

En entrant s'asseoir, Osugi jeta au dos d'Otsū un regard glacial. Otsū posa la lampe à côté d'Osugi, et s'inclina.

– Vous devez être épuisée, dit-elle. Qu'avez-vous fait, aujourd'hui ?

– Tu devrais le savoir.

– Voulez-vous que je vous masse les jambes ?

– Mes jambes ne vont pas si mal, mais depuis quatre ou cinq jours, j'ai les épaules raides. Le temps, sans doute. Masse-les un peu, si tu veux.

Elle se disait qu'elle n'en avait plus pour bien longtemps à supporter cette horrible fille… jusqu'à ce qu'elle trouvât Matahachi, et lui fît réparer le passé.

Otsū s'agenouilla derrière elle, et se mit à lui pétrir les épaules.

– Elles sont vraiment raides, n'est-ce pas ? Cela doit vous rendre la respiration douloureuse.

– Oui, j'ai parfois l'impression d'avoir une barre sur la

poitrine. Mais je suis vieille. Un de ces jours, j'aurai sans doute une crise quelconque, et je mourrai.

— Mais non. Vous avez plus de vitalité que la plupart des jeunes.

— Peut-être, mais songe à l'oncle Gon. Il était aussi plein de vie qu'il est possible ; or, en un instant, tout a été fini. Les gens ne savent pas ce qui va leur arriver. Mais il y a une chose de sûre. Tout ce que j'ai à faire pour être moi-même, c'est penser à Musashi.

— Au sujet de Musashi, vous vous trompez. Ce n'est pas un méchant homme.

— Parle toujours, dit la vieille femme avec un petit reniflement de mépris. Après tout, tu l'aimes tant que, pour lui, tu as rejeté mon fils. Je ne devrais pas t'en dire du mal.

— Oh ! ce n'est pas cela !

— Vraiment ! Tu aimes Musashi plus que Matahachi, n'est-ce pas ? Pourquoi ne pas l'avouer ? (Otsū garda le silence, et la vieille femme reprit :) Quand nous aurons trouvé Matahachi, j'aurai une conversation avec lui et j'arrangerai tout comme tu le désires. Mais je suppose qu'après ça tu courras droit à Musashi, et que tous deux vous nous calomnierez le restant de vos jours.

— Pourquoi donc croyez-vous une chose pareille ? Je ne suis pas ce genre de personne. Je n'oublierai pas tout ce que vous avez fait pour moi dans le passé.

— Comme les jeunes filles actuelles parlent bien ! Je ne sais pas comment tu fais pour te montrer aussi douce. Moi, je suis une femme sincère. Je suis incapable de cacher mes sentiments derrière un tas de mots habiles. Tu sais, si tu épouses Musashi, tu seras mon ennemie. Ha ! ha ! ha ! Cela doit bien t'ennuyer de me masser les épaules. (La jeune fille ne répondit pas.) Pourquoi pleures-tu ?

— Je ne pleure pas.

— Qu'est-ce qui coule dans mon cou ?

— Pardon. Je n'ai pu m'en empêcher.

— Arrête ! Ça me fait l'effet d'un insecte rampant. Cesse de te lamenter au sujet de Musashi, et masse-moi avec plus d'énergie.

Une lumière apparut dans le jardin. Otsū pensa que ce devait être la servante qui d'habitude apportait leur repas du soir vers cette heure-là, mais il se révéla qu'il s'agissait d'un prêtre.

– Je vous demande pardon, dit-il en montant sur la véranda, est-ce bien la chambre de la douairière Hon'iden ? Ah ! vous voilà. (La lanterne qu'il tenait portait l'inscription : « Kiyomizudera, sur le mont Otowa. ») Laissez-moi vous expliquer, commença-t-il. Je suis un prêtre du Shiandō, en haut de la colline. (Il posa sa lanterne, et sortit une lettre de son kimono.) Je ne sais pas qui c'était, mais ce soir, juste avant le coucher du soleil, un jeune rōnin est venu au temple demander si une dame âgée, du Mimasaka, était en train d'y faire ses dévotions. Je lui ai dit que non mais qu'une dévote qui répondait à cette description y venait parfois, en effet. Il a demandé un pinceau, et écrit cette lettre. Il voulait que je la donne à la dame, la prochaine fois qu'elle viendrait. J'avais appris que vous logiez ici ; or, comme j'allais avenue Gojō, je suis entré vous la remettre.

– C'est bien aimable à vous, dit cordialement Osugi.

Elle lui proposa un coussin mais il prit aussitôt congé.

« Qu'est-ce que ça peut bien être ? » se demandait Osugi. Elle déplia la lettre ; en lisant, elle changea de couleur.

– Otsū ! appela-t-elle.

– Oui, qu'y a-t-il ? répondit la jeune fille de la chambre du fond.

– Inutile de préparer du thé. Il est déjà parti.

– Vraiment ? Pourquoi ne pas le boire vous-même, en ce cas ?

– Comment oses-tu songer à me servir le thé que tu as préparé pour lui ? Je ne suis pas un tuyau d'écoulement ! Laisse le thé, et habille-toi !

– Nous sortons ?

– Oui. Ce soir, nous réglerons l'accord que tu souhaitais.

– Ah ! alors, cette lettre était de Matahachi.

– Cela ne te regarde pas.

– Très bien ; je vais demander que l'on nous apporte notre dîner maintenant.

– Tu n'as pas encore dîné ?

– Non ; j'attendais que vous rentriez.

– Tu ne manques jamais une sottise. J'ai dîné dehors. Eh

bien, prends du riz et de la marinade. Mais dépêche-toi ! (Comme Otsū se dirigeait vers la cuisine, la vieille femme lui dit :) Il fera froid sur la montagne, cette nuit. As-tu fini de recoudre mon manteau ?

– Il me reste encore quelques points à faire sur votre kimono.

– Je n'ai pas dit kimono, j'ai dit manteau. Je l'ai sorti pour que tu y travailles également. Et as-tu lavé mes bas ? Mes cordons de sandales sont usés. Fais-m'en acheter des neufs.

Ces ordres pleuvaient si dru qu'Otsū n'avait pas le temps d'y répondre, moins encore de les exécuter ; mais elle était incapable de se révolter. La peur et la consternation la faisaient ramper devant cette vieille sorcière noueuse.

Il n'était pas question de dîner. Au bout de quelques minutes, Osugi se déclara prête à partir.

– Allez devant, lui dit Otsū en disposant des sandales neuves près de la véranda. Je vous rejoins.

– As-tu apporté une lanterne ?

– Non...

– Sotte ! Tu crois donc que je vais tâtonner sans lumière à flanc de montagne ? Va en emprunter une à l'auberge.

– Je suis désolée. Je n'y ai pas pensé.

Otsū eût bien voulu savoir où elles allaient, mais ne le demanda pas, sachant que cela susciterait la colère d'Osugi. Elle alla chercher la lanterne et ouvrit la marche en silence ; elles gravirent la colline de Sannen. En dépit de tous les harcèlements dont elle était l'objet, elle se sentait joyeuse. La lettre devait être de Matahachi, ce qui voulait dire que le problème qui la tourmentait depuis tant d'années serait ce soir-là résolu. « Une fois tout cela mis au point, se dit-elle, j'irai à la maison Karasumaru. Il faut que je voie Jōtarō. »

L'ascension n'était pas facile. Elles devaient cheminer avec prudence afin d'éviter les pierres tombées et les trous du sentier. Dans le profond silence de la nuit, la chute d'eau faisait plus de bruit que durant le jour. Au bout d'un moment, Osugi déclara :

– Je suis sûre que c'est l'endroit consacré au dieu de la montagne. Ah ! voici l'écriteau : « Cerisier du dieu de la montagne »… Matahachi ! appela-t-elle dans les ténèbres. Matahachi ! je suis là. (Cette voix tremblante et ce visage débordant d'amour maternel furent pour Otsū une révélation. Elle ne se fût jamais attendue à voir Osugi dans un pareil état.) Ne laisse pas la lanterne s'éteindre ! aboya la vieille femme.

– Ne vous inquiétez pas, répondit, soumise, Otsū.

– Il n'est pas là, marmonnait la vieille à mi-voix. (Elle avait fait le tour des jardins du temple ; elle recommença.) Il dit dans sa lettre que je dois venir au temple du dieu de la montagne.

– Il a dit : ce soir ?

– Il n'a dit ni ce soir, ni demain, ni à aucun moment précis. Je me demande s'il deviendra jamais adulte. Je ne vois pas ce qui l'empêchait de venir à l'auberge, mais peut-être est-il gêné de ce qui s'est passé à Osaka.

Otsū la tira par la manche en disant :

– Chut ! C'est peut-être lui. Quelqu'un gravit la colline.

– C'est toi, mon fils ? cria Osugi.

L'homme les dépassa sans leur adresser un regard, et alla droit au dos du petit temple. Bientôt de retour, il s'arrêta à côté d'elles en dévisageant Otsū. Lors de son premier passage, elle ne l'avait pas reconnu, mais voici qu'elle se souvenait de lui : le samouraï assis sous le pont, au jour de l'an.

– Vous venez de monter la colline, vous deux ? demanda Kojirō. (Question tellement inattendue que ni Otsū ni Osugi ne répondirent. La vue des vêtements fastueux de Kojirō accroissait leur surprise.) Je recherche une jeune fille de votre âge environ, continua-t-il en désignant du doigt le visage d'Otsū. Elle se nomme Akemi. Elle est un peu plus petite que vous et a le visage un peu plus rond. Elle a travaillé dans une maison de thé et a une conduite un peu mûre pour son âge. L'une ou l'autre de vous l'a-t-elle vue dans les parages ? (Elles secouèrent la tête en silence.) Très bizarre. Quelqu'un m'a dit qu'on l'avait vue dans le voisinage. J'étais sûr qu'elle passerait la nuit dans l'une des salles du temple.

À en croire le peu d'attention qu'il leur portait, il aurait pu aussi bien parler tout seul. Il marmonna encore quelques mots, puis tourna les talons.

Osugi fit claquer sa langue.

– Encore un bon à rien. Comme il a deux sabres, je suppose que c'est un samouraï, mais tu as vu cet équipage ? Et chercher une femme sur cette montagne, à cette heure de la nuit !... Eh bien, je suppose qu'il a vu que ce n'était aucune de nous deux. (Bien qu'elle n'en soufflât mot à Osugi, Otsū soupçonnait fortement la jeune fille qu'il cherchait d'être celle qui avait échoué à l'auberge, l'après-midi même. Qu'est-ce qui pouvait bien lier Musashi à cette fille, et cette fille à cet homme ?) Rentrons, dit Osugi d'une voix à la fois déçue et résignée.

Devant le Hongandō, où avait eu lieu l'affrontement entre Osugi et Musashi, elles retombèrent sur Kojirō. Il les regarda, elles le regardèrent, mais aucune parole ne fut échangée. Osugi le vit monter vers le Shiandō, puis se détourna et descendit résolument la colline de Sannen.

– Cet homme a des yeux effrayants, murmura Osugi, comme Musashi. (À cet instant, ses propres yeux surprirent le mouvement d'une ombre, et ses épaules voûtées sursautèrent.) Houououu ! (Elle ululait comme un hibou. De derrière un grand cryptomeria, une main faisait signe.) Matahachi, murmura Osugi en se disant qu'il était bien touchant qu'il ne voulût être vu que d'elle. (Elle appela Otsū, alors quinze à dix-huit mètres plus bas sur la pente.) Va devant, Otsū. Mais pas trop loin. Attends-moi au lieudit Chirimazuka. Je te rejoins dans quelques minutes.

– Très bien, dit Otsū.

– Et ne t'en va pas ! Je t'ai à l'œil. Inutile d'essayer de t'enfuir. (Osugi s'élança vers l'arbre.) Matahachi, c'est toi, n'est-ce pas ?

– Oui, mère.

Ses mains jaillirent des ténèbres, et serrèrent celles d'Osugi comme s'il eût attendu depuis des années de la voir.

– Que fais-tu derrière cet arbre ? Dieu, tu as les mains glacées !

Sa propre sollicitude l'émouvait presque aux larmes.

– J'ai dû me cacher, dit Matahachi dont les yeux allaient et venaient avec nervosité. Cet homme qui est passé ici voilà une minute... Tu l'as vu, n'est-ce pas ?

– L'homme à la longue épée dans le dos ?
– Oui.
– Tu le connais ?
– Un peu. C'est Sasaki Kojirō.
– Quoi ? Je croyais que tu étais Sasaki Kojirō.
– Hein ?
– À Osaka, tu m'as montré ton certificat. C'était le nom écrit dessus. Tu m'as bien dit que c'était le nom que tu avais pris ?
– Je t'ai dit ça ? Euh, ce n'était pas vrai... Aujourd'hui, en montant ici, je l'ai aperçu. Avant-hier, il m'a fait passer un mauvais quart d'heure ; aussi me suis-je caché pour ne pas me trouver sur son chemin. S'il revient par ici, je risque d'avoir des ennuis.

Osugi était si choquée que les mots lui manquaient. Mais elle observa que son fils avait maigri. Cela, joint à son état d'agitation, accrut d'autant son amour pour lui... du moins pour le moment.

Avec un regard qui lui disait qu'elle ne tenait pas à ce qu'il entrât dans les détails, elle déclara :

– Tout cela est sans importance. Dis-moi, mon fils, sais-tu que l'oncle Gon est mort ?
– L'oncle Gon... ?
– Oui, l'oncle Gon. Il est mort là-bas, sur la plage de Sumiyoshi, juste après ton départ.
– Je n'en savais rien.
– C'est pourtant vrai. La question est de savoir si tu comprends la raison de cette mort tragique, et pourquoi je poursuis cette longue et triste mission, en dépit de mon âge.
– Oui ; c'est resté gravé dans mon esprit depuis cette nuit à Osaka où tu... m'as rappelé mes défauts.
– Tu t'en souviens, n'est-ce pas ? Eh bien, j'ai des nouvelles pour toi, des nouvelles qui te feront plaisir.
– Lesquelles ?
– À propos d'Otsū.
– C'était donc la jeune fille qui t'accompagnait !

Matahachi s'élançait, mais Osugi lui coupa le passage et lui demanda avec réprobation :

– Où vas-tu ?

— Si c'était bien Otsū, je veux la voir. Et depuis longtemps.

Osugi acquiesça.

— Je l'ai amenée ici pour que tu puisses la voir. Mais ta mère peut-elle savoir ce que tu comptes faire au juste ?

— Je lui dirai que je regrette, que je l'ai traitée bien mal, et que j'espère qu'elle me pardonnera.

— Et puis ?

— Et puis... eh bien, et puis je lui dirai que jamais plus je ne commettrai une erreur pareille. Toi aussi, mère, tu le lui diras de ma part.

— Et alors ?

— Alors, ce sera exactement comme avant.

— Qu'est-ce qui sera exactement comme avant ?

— Otsū et moi. Je veux que nous redevenions amis, elle et moi. Je veux l'épouser. Oh ! mère, crois-tu qu'elle soit encore... ?

— Espèce d'idiot !

Elle lui administra une gifle retentissante. Il recula en chancelant, et porta la main à sa joue cuisante.

— Eh... eh bien, mère, qu'est-ce qu'il y a ? bégaya-t-il.

Osugi, l'air plus irrité que jamais, gronda :

— Et tu viens de m'assurer que tu n'oublierais jamais ce que j'ai dit à Osaka !... (Il baissa la tête.) Ai-je jamais parlé d'excuses envers cette garce ? Comment pourrais-tu implorer le pardon de ce monstre femelle, qui t'a laissé tomber pour partir avec un autre homme ? Tu la verras, oui, mais présenter des excuses, non ! Maintenant, écoute-moi ! (Osugi le saisit des deux mains au collet, et le secoua comme un prunier. Matahachi, la tête ballante, ferma les yeux pour écouter humblement un long chapelet de réprimandes furieuses.) Quoi ? s'exclama-t-elle. Tu pleures ? Tu aimes encore assez cette gueuse pour qu'elle te fasse pleurer ? Si oui, tu n'es plus mon fils ! (En le jetant à terre, elle s'effondra aussi. Durant plusieurs minutes, tous deux, assis là, pleurèrent. Mais l'aigreur d'Osugi ne pouvait rester longtemps absente. Se redressant, elle dit :) Au point où tu en es, tu dois prendre une décision. Je n'en ai peut-être plus pour bien longtemps à vivre. Et quand je serai morte, tu ne pourras plus parler avec moi comme en ce moment, même si tu le désires... Réfléchis, Matahachi. Otsū n'est pas la seule fille qui soit au monde. (Sa voix se calma.) Il ne faut pas t'attacher à un être qui s'est conduit comme elle. Trouve une jeune fille qui te plaise et je te l'obtiendrai, dussé-je aller faire cent visites à ses parents – dussé-je en mourir d'épuisement. (Il restait sombre et silencieux.) Oublie Otsū, pour l'amour du nom de Hon'iden. Quoi que tu en penses, elle est inacceptable du point de vue familial. Donc, si tu ne peux absolument pas te passer d'elle, alors, coupe ma vieille tête. Après ça, tu pourras faire ce que tu voudras. Mais tant que je vivrai...

– Tais-toi, mère !

La violence du ton de son fils la hérissa :

– Quelle audace, d'élever la voix pour me parler !

– Simple question : la femme que j'épouserai sera-t-elle mon épouse ou la tienne ?

– Quelle question stupide !

– Pourquoi ne puis-je choisir moi-même ?

– Allons, allons. Toujours la forte tête... Quel âge crois-tu donc avoir ? Tu n'es plus un enfant ; l'aurais-tu oublié ?

– Mais... eh bien, tu as beau être ma mère, tu me demandes trop. Ce n'est pas juste.

Leurs désaccords ressemblaient souvent à cela : ils commençaient par un violent conflit d'émotions, un antagonisme implacable. La compréhension mutuelle était sapée avant d'avoir eu la moindre chance de se développer.

– Pas juste ? siffla Osugi. De qui donc crois-tu être le fils ? De quel ventre crois-tu donc être sorti ?

– Ça n'a aucun rapport. Je veux épouser Otsū ! C'est elle que j'aime !

Incapable de supporter le regard de sa mère, il adressa au ciel ses paroles.

– Tu parles sérieusement, mon fils ?

Osugi dégaina son petit sabre, et en dirigea la lame vers sa propre gorge.

– Que fais-tu, mère ?

– La mesure est comble. N'essaie pas de m'en empêcher ! Aie seulement la décence de me donner le coup de grâce.

– Ne me fais pas une chose pareille ! Je suis ton fils ! Je ne peux rester les bras croisés à te laisser faire ça !

– Très bien. Acceptes-tu de renoncer à Otsū... sur-le-champ ?

– Si c'est là ce que tu voulais me faire faire, pourquoi l'avoir amenée ici ? Pourquoi me tenter en me la montrant ? Je ne te comprends pas.

– Mon Dieu, il serait assez simple pour moi de la tuer, mais c'est à toi qu'elle a fait injure. Étant ta mère, je me suis dit que je devais te laisser le soin de la punir. Il me semble que tu devrais m'en savoir gré.

– Tu attends de moi que je tue Otsū ?

– Tu refuses ? Si oui, dis-le ! Mais décide-toi !

– Voyons... voyons, mère...

– Ainsi, tu ne peux te passer d'elle, hein ? Eh bien, si tels sont tes sentiments, tu n'es plus mon fils et je ne suis plus ta mère. Si tu es incapable de couper la tête de cette drôlesse, au moins coupe la mienne ! Le coup de grâce, je te prie.

Les enfants, se disait Matahachi, ont coutume de causer des ennuis à leurs parents, mais il arrive que ce soit l'inverse. Osugi ne faisait pas que le rudoyer ; elle l'avait jeté dans la situation la plus pénible de son existence. L'expression sauvage de sa figure le faisait frissonner jusqu'à la moelle.

– Arrête, mère ! Ne fais pas ça ! Je ferai ce que tu veux. J'oublierai Otsū !

– C'est tout ?

– Je la punirai. Je promets de la punir de mes propres mains.

– Tu la tueras ?

– Euh, oui, je la tuerai.

Osugi triomphante éclata en sanglots de joie. Ayant rengainé son sabre, elle saisit la main de son fils.

– Bravo ! Voilà que tu parles en futur chef de la maison de Hon'iden. Tes ancêtres seront fiers de toi.

– Tu le crois vraiment ?

– Va le faire maintenant ! Otsū attend là-bas, à Chirimazuka. Dépêche-toi !

– Hum...

— Nous écrirons une lettre que nous enverrons avec sa tête au Shippōji. Alors, au village, chacun saura que notre honte a diminué de moitié. Et quand Musashi apprendra qu'elle est morte, sa fierté le forcera à venir à nous. Quelle gloire !... Dépêche-toi, Matahachi !

— Tu m'attends ici, n'est-ce pas ?

— Non. Je te suis, mais sans me montrer. Si Otsū me voit, elle va se mettre à pleurnicher que je suis revenue sur ma promesse. Ça serait gênant.

— Ce n'est qu'une femme sans défense, dit Matahachi en se levant lentement. Ce n'est pas difficile de se débarrasser d'elle ; aussi, pourquoi n'attends-tu pas ici ? Je rapporterai sa tête. Il n'y a aucune inquiétude à avoir. Je ne la laisserai pas s'enfuir.

— Mon Dieu, tu ne saurais prendre assez de précautions. Elle a beau n'être qu'une femme, quand elle verra la lame de ton sabre elle se défendra.

— Cesse de t'inquiéter. Il n'y a aucune raison.

Prenant son courage à deux mains, il commença à descendre la colline, sa mère sur ses talons, l'air anxieux.

— Souviens-toi, dit-elle ; reste bien sur tes gardes !

— Tu me suis encore ? Je croyais que tu resterais cachée.

— Chirimazuka est plus bas, le long du sentier.

— Je sais, mère ! Si tu tiens à y aller, vas-y seule. J'attendrai ici.

— Pourquoi traînes-tu ?

— Otsū est un être humain. C'est difficile de m'attaquer à elle avec le sentiment de tuer un chaton innocent.

— Je comprends. Elle a eu beau être infidèle, c'était ta fiancée. Bon ; si tu ne veux pas que je te regarde, vas-y tout seul. Je reste ici.

Il s'en alla en silence.

D'abord, Otsū avait songé à s'enfuir ; mais si elle le faisait, toute la patience qu'elle déployait depuis vingt jours serait en pure perte. Elle résolut d'attendre encore un peu. Pour passer le temps, elle pensa à Musashi, puis à Jōtarō. Son amour pour Musashi allumait dans son cœur des millions d'étoiles scintillantes. Comme en un rêve, elle énuméra ses nombreux espoirs, et se remémora les serments qu'il lui avait faits – au col de Nakayama, sur le pont de

Hanada. Nombre d'années risquaient de s'écouler, mais elle croyait de tout son cœur qu'en fin de compte il ne l'abandonnerait pas.

Alors, l'image d'Akemi vint la hanter, assombrissant ses espérances et la rendant mal à l'aise. Mais seulement quelques instants. Ses craintes au sujet d'Akemi étaient insignifiantes en comparaison de la confiance sans bornes qu'elle avait en Musashi. Elle se rappela aussi Takuan, disant qu'elle était à plaindre, mais cela n'avait aucun sens. Comment pourrait-il, dans cette optique, considérer sa joie toujours renouvelée ?

Même maintenant, tandis qu'elle attendait dans cet endroit sombre et désert un être qu'elle ne voulait pas voir, son extatique rêve d'avenir lui rendait supportable n'importe quelle souffrance.

– Otsū !
– Qui... est-ce ? cria-t-elle en réponse.
– Hon'iden Matahachi.
– Matahachi ? répéta-t-elle d'une voix étranglée.
– As-tu oublié ma voix ?
– Non, je la reconnais maintenant. Tu as vu ta mère ?
– Oui, elle m'attend. Tu n'as pas changé, n'est-ce pas ? Tu es tout à fait la même que là-bas, dans le Mimasaka.
– Où donc es-tu ? Il fait si sombre que je ne vois rien.
– Puis-je m'approcher ? Je me tenais ici. J'ai tellement honte de paraître en face de toi ! À quoi pensais-tu ?
– Oh ! à rien ; à rien de spécial.
– Tu pensais à moi ? Pas un jour ne s'est passé où je n'aie pensé à toi.

Tandis qu'il s'approchait lentement d'elle, Otsū ressentait un peu d'appréhension.

– Matahachi, est-ce que ta mère t'a tout expliqué ?
– Oui, oui.
– Puisque tu sais tout, dit-elle, immensément soulagée, tu comprends mes sentiments ; mais je voudrais te demander moi-même de considérer les choses de mon point de vue. Oublions le passé. Ça ne devait pas se faire.
– Allons, Otsū, ne sois pas comme ça. (Il secouait la tête. Bien qu'il n'eût aucune idée de ce que sa mère avait dit à Otsū, il était à peu près sûr que c'était destiné à la trom-

per.) Entendre parler du passé me fait du mal. Il m'est difficile de garder la tête haute en face de toi. S'il était possible d'oublier, Dieu sait que j'en serais content. Mais je ne sais pourquoi, je ne peux supporter l'idée de renoncer à toi.

— Matahachi, sois raisonnable. Il n'y a rien entre ton cœur et le mien. Nous sommes séparés par une grande vallée.

— C'est vrai. Et plus de cinq années se sont écoulées à travers cette vallée.

— Exactement. Ces années ne reviendront jamais. Il n'existe aucun moyen de retrouver les sentiments que nous avions autrefois.

— Oh! si! Nous pouvons les retrouver! Nous le pouvons!
— Non, ils sont partis pour jamais.

Il la regarda fixement, abasourdi par la froideur de son visage et la fermeté de sa voix, se demandant si c'était bien la jeune fille qui, lorsqu'elle s'autorisait à révéler ses passions, ressemblait au soleil printanier. Il avait l'impression de frotter un morceau d'albâtre blanc comme neige. Où cette sévérité se cachait-elle, autrefois ?

Il se remémorait le péristyle du Shippōji, et comment, souvent assise là durant une demi-journée ou davantage, ses yeux limpides et rêveurs contemplaient silencieusement le vide comme si dans les nuages elle avait distingué sa mère, son père, ses frères et ses sœurs.

Il se rapprocha et, avec autant de crainte que s'il eût cherché parmi des épines un bouton de rose blanche, murmura :

— Essayons encore, Otsū. Les cinq années sont à jamais enfuies, mais repartons à zéro, maintenant, seulement nous deux.

— Matahachi, dit-elle avec calme, tu rêves ? Je ne parlais pas de la longueur du temps ; je parlais de l'abîme qui sépare nos cœurs, nos vies.

— Je sais. Ce que je veux dire, c'est qu'à partir de cet instant précis je vais reconquérir ton amour. Peut-être que je ne devrais pas dire cela, mais presque tous les jeunes hommes ne risquent-ils pas d'être coupables de la faute que j'ai commise ?

– Tu as beau dire, jamais plus je ne pourrai prendre au sérieux ta parole.

– Ah! mais Otsū, je sais bien que j'avais tort! Je suis un homme, et pourtant me voici en train de présenter des excuses à une femme. Tu ne comprends donc pas combien ça m'est difficile?

– Arrête! Si tu es un homme, agis comme tel.

– Mais il n'y a rien de plus important pour moi au monde. Si tu veux, j'implorerai à genoux ton pardon. Je te donnerai ma parole d'honneur. Je jurerai sur tout ce que tu voudras.

– Peu m'importe!

– Ne te fâche pas, je t'en prie. Écoute, ce n'est pas un endroit pour parler. Allons ailleurs. Je ne veux pas que ma mère nous trouve. Viens, allons. Je ne peux te tuer. Il me serait impossible de te tuer.

Il lui prit la main, mais elle la lui arracha.

– Ne me touche pas! cria-t-elle, en colère. Je préfère être tuée plutôt que de passer mon existence avec toi!

– Tu ne veux pas venir avec moi?

– Non, non et non.

– C'est ton dernier mot?

– Oui!

– Cela veut-il dire que tu es encore amoureuse de Musashi?

– Oui, je l'aime. Je l'aimerai durant toute cette vie et la suivante.

Matahachi tremblait.

– Tu as tort de me dire cela, Otsū.

– Ta mère le sait déjà. Elle m'a dit qu'elle te le répéterait. Elle m'a promis que nous pourrions discuter de cela ensemble, et mettre un point final au passé.

– Je vois. Et je suppose que Musashi t'a donné l'ordre de me trouver pour me dire ça. Je me trompe?

– Oui, tu te trompes! Musashi n'a pas à me dire ce que je dois faire.

– J'ai de l'amour-propre, moi aussi, tu sais. Tous les hommes en ont. Si tels sont tes sentiments pour moi...

– Que fais-tu? s'écria-t-elle.

– Je suis un homme autant que Musashi, et, dussé-je y

perdre la vie, je t'empêcherai de le rejoindre. Je ne le permettrai pas, tu m'entends ? Je ne le permettrai pas !

— Et de quel droit me donnes-tu des permissions ?

— Je ne te permettrai pas d'épouser Musashi ! Souviens-toi, Otsū : ce n'est pas à Musashi que tu étais fiancée !

— Je te déconseille d'aborder ce sujet !

— Et pourtant je le fais ! Tu étais ma promise. À moins que je n'y consente, tu ne peux épouser personne.

— Tu es un lâche, Matahachi ! Je te plains. Comment peux-tu t'avilir à ce point ? Jadis, j'ai reçu des lettres de toi et d'une certaine Okō, rompant nos fiançailles.

— J'ignore tout de cela. Je n'ai pas envoyé de lettre. Okō doit avoir fait ça de son propre chef.

— C'est faux. L'une des lettres, de ta propre main, disait que je devais t'oublier et trouver quelqu'un d'autre à épouser.

— Où est cette lettre ? Montre-la-moi.

— Je ne l'ai plus. Takuan, après l'avoir lue, a éclaté de rire, s'est mouché avec, et l'a jetée.

— En d'autres termes, tu n'as pas de preuve ; aussi, personne ne te croira. Tout le monde, au village, sait que tu étais ma fiancée. J'ai toutes les preuves, et tu n'en as aucune. Réfléchis, Otsū : si tu te coupes de tous les autres pour être avec Musashi, jamais tu ne seras heureuse. Parler d'Okō paraît te bouleverser ; mais je te jure que je n'ai absolument plus rien à voir avec elle.

— Tu perds ton temps.

— Tu refuses de m'écouter, même quand je te présente des excuses ?

— Matahachi, ne te vantais-tu pas à l'instant d'être un homme ? Pourquoi ne te conduis-tu pas en homme ? Aucune femme ne donnera son cœur à un faible lâche, éhonté menteur. Les femmes n'admirent pas les mauviettes.

— Attention à ce que tu dis !

— Lâche-moi ! Tu vas me déchirer la manche.

— Espèce de... espèce de putain volage !

— Arrête !

— Si tu refuses de m'écouter, je ne réponds plus de moi.

— Matahachi !

– Si tu tiens à la vie, jure que tu renonces à Musashi !

Il lui lâcha la manche afin de tirer son sabre. Une fois tiré, le sabre semblait devenir son maître. Il était comme un possédé, une lueur sauvage dans les yeux. Otsū cria, non tant à cause de l'arme que du regard de Matahachi.

– Garce ! cria-t-il, tandis qu'elle se détournait pour fuir.

Son sabre s'abattit, fauchant le nœud de l'obi. « Je ne dois pas la laisser m'échapper ! » se dit-il ; et il se lança à sa poursuite en appelant sa mère par-dessus son épaule.

Osugi dévala la colline. « A-t-il raté son coup ? » se demandait-elle en tirant son propre sabre.

– Elle est là-bas. Attrape-la, mère ! cria Matahachi. (Mais il ne tarda pas à revenir en courant, et s'arrêta net avant d'entrer en collision avec la vieille. Les yeux écarquillés, il demanda :) Où est-elle passée ?

– Tu ne l'as pas tuée ?

– Non, elle s'est enfuie.

– Crétin !

– Regarde, elle est en bas. C'est elle. Là !

Otsū, qui dévalait un talus escarpé, avait dû s'arrêter pour dégager sa manche d'une branche. Elle savait qu'elle devait être près de la chute d'eau car le bruit en était très fort. Tandis qu'elle s'élançait, sa manche déchirée à la main, Matahachi et Osugi la cernaient de près, et quand Osugi s'écria : « Maintenant, nous la tenons ! » sa voix retentissait juste derrière elle.

Au fond du ravin, les ténèbres entouraient Otsū comme une muraille.

– Matahachi, tue-la ! La voilà, étendue à terre.

Matahachi s'abandonna sans réserve au sabre. Bondissant en avant, il visa la forme sombre, et abattit sauvagement sa lame.

– Diablesse ! cria-t-il. (Un déchirant cri d'agonie accompagna le craquement des ramilles et des branches.) Prends ça, et ça !

Matahachi frappa trois fois, quatre... encore et encore, jusqu'à ce que le sabre parût devoir se briser en deux. Matahachi était ivre de sang ; ses yeux flamboyaient.

Puis ce fut terminé. Il y eut un silence.

Tenant le sabre ensanglanté d'une main qui tremblait, il reprit lentement ses esprits, et son visage perdit toute expression. Il regarda ses mains, et vit le sang dessus, se tâta le visage ; il y avait du sang, là aussi, et partout sur ses vêtements. Il pâlit et la tête lui tourna ; penser que chacune des gouttes de ce sang appartenait à Otsū le rendait malade.

– Magnifique, mon fils ! Enfin, tu l'as fait. (Haletante, plus de jubilation que d'épuisement, Osugi, debout derrière lui, penchée par-dessus son épaule, scrutait en bas le feuillage déchiré, saccagé.) Que je suis heureuse de voir ça ! exultait-elle. Nous l'avons fait, mon fils. Me voilà soulagée de la moitié de mon fardeau ; maintenant, je puis de nouveau porter la tête haute au village. Qu'as-tu donc ? Vite ! Coupe-lui la tête ! (Remarquant son malaise, elle éclata de rire.) Tu manques de cran. Si tu ne peux te résoudre à lui couper la tête, je le ferai à ta place. Laisse-moi passer.

Il garda une immobilité de statue jusqu'à ce que la vieille eût commencé de s'avancer vers les buissons ; alors, il leva son sabre et lui donna dans l'épaule un coup de la poignée.

– Fais attention ! s'écria Osugi, trébuchant en avant. Tu deviens fou ?

– Mère !

– Quoi ?

Un étrange gargouillis sortit de la gorge de Matahachi. Il s'essuya les yeux de ses mains sanglantes.

– Je l'ai... je l'ai tuée. J'ai assassiné Otsū !

– C'est un acte digne d'éloges... Mais tu pleures !

– Je ne peux m'en empêcher... Oh ! espèce de folle... vieille folle fanatique !...

– Tu as des regrets ?

– Oui... oui ! Sans toi – tu devrais être morte, à l'heure qu'il est -, j'aurais par un moyen quelconque reconquis Otsū. Toi et ton honneur familial !...

– Cesse tes pleurnicheries. Si elle comptait tant que ça pour toi, pourquoi ne m'as-tu pas tuée pour la protéger ?

– Si j'avais pu le faire, je... Existe-t-il rien de pire que d'avoir pour mère une folle à tête de mule ?

– Assez sur ce chapitre. Et comment oses-tu me parler sur ce ton ?

– Désormais, je vivrai comme je l'entends. Si je fais des bêtises, ça ne regarde que moi.

– Tu as toujours eu ce défaut, Matahachi : tu t'excites et fais des scènes uniquement pour ennuyer ta mère.

– Je t'ennuierai, compte là-dessus, vieille truie. Tu es une sorcière. Je te hais !

– Mon Dieu, mon Dieu ! Comme il est en colère... Laisse-moi passer. Je prends la tête d'Otsū ; ensuite, je t'enseignerai deux ou trois petites choses.

– Encore des paroles ? Je n'écouterai pas.

– Je veux que tu regardes bien la tête de cette fille. Tu verras alors à quel point elle est jolie. Je veux que tu voies de tes propres yeux à quoi ressemble une femme après sa mort. Rien que des os. Je veux que tu saches quelle folie est la passion.

– La ferme ! cria Matahachi en secouant violemment la tête. Quand j'y réfléchis, je n'ai jamais voulu qu'Otsū. Quand je me disais que je ne pouvais continuer tel que j'étais, quand j'essayais de trouver un moyen de réussir, de repartir du bon pied... tout cela, c'était parce que je voulais l'épouser. Ce n'était ni pour l'honneur familial ni pour l'amour d'une horrible vieille.

– Tu vas continuer longtemps sur quelque chose qui est déjà mort et enterré ? Ça te ferait plus de bien de chanter des sūtras. Gloire au Bouddha Amida ! (Elle fouilla parmi les branches cassées et l'herbe sèche, abondamment arrosées de sang, puis coucha une touffe d'herbe et s'agenouilla dessus.) Otsū, dit-elle, ne me hais point. Maintenant que tu es morte, je ne t'en veux plus. Il le fallait. Repose en paix.

Elle tâta le sol de sa main gauche, et saisit une touffe de cheveux noirs.

La voix de Takuan retentit :

– Otsū ! (Portée en bas, dans le creux, par le vent sombre, elle semblait émaner des arbres et des étoiles mêmes.) Vous ne l'avez pas trouvée encore ? cria-t-il, d'un ton assez inquiet.

– Non, elle n'est pas par ici.

Le tenancier de l'auberge où Osugi et Otsū avaient séjourné essuya la sueur de son front avec lassitude.

– Êtes-vous certain d'avoir bien entendu ?

– Tout à fait certain. Après la venue du prêtre de Kiyomizudera, dans la soirée, la vieille dame est partie brusquement, en déclarant qu'elle se rendait au temple du dieu de la montagne. La jeune fille l'accompagnait.

Tous deux réfléchirent, les bras croisés.

– Peut-être ont-elles continué plus haut sur la montagne, ou se sont-elles écartées du chemin principal, dit Takuan.

– Pourquoi donc êtes-vous aussi inquiet ?

– Je crois qu'Otsū est tombée dans un piège.

– La vieille est-elle à ce point-là mauvaise ?

– Non, dit Takuan, énigmatique. C'est une excellente femme.

– Pas d'après ce que vous m'avez raconté... Oh ! Je viens de me rappeler quelque chose.

– Quoi donc ?

– Aujourd'hui, j'ai vu la jeune fille pleurer dans sa chambre.

– Peut-être que ça ne signifie pas grand-chose.

– La vieille nous a dit qu'elle était la fiancée de son fils.

– Bien entendu.

– D'après ce que vous avez dit, il semble qu'une haine terrible ait poussé la vieille à tourmenter la jeune fille.

– Pourtant, c'est là une chose, et l'emmener par une nuit noire dans les montagnes en est une autre. Je crains qu'Osugi n'ait eu l'intention de l'assassiner.

– L'assassiner ! Comment pouvez-vous dire que c'est une brave femme ?

– Parce qu'elle est sans aucun doute ce que le monde appelle une brave femme. Elle va souvent au Kiyomizudera faire ses dévotions, non ? Et quand elle est assise devant Kannon, son chapelet à la main, elle doit en être toute proche en esprit.

– Il paraît qu'elle prie aussi le Bouddha Amida.

– Il y a des tas de bouddhistes comme ça en ce monde. Les fidèles, on les appelle. Ils font quelque chose qu'ils ne devraient pas faire, et vont au temple prier Amida. De gaieté de cœur ils vous tuent un homme, parfaitement certains que s'ils vont trouver ensuite Amida, leurs péchés seront absous, et qu'ils iront à leur mort au paradis de l'ouest. Ces braves gens posent problème.

Matahachi promena autour de lui des regards craintifs, en se demandant d'où la voix était venue.
– Tu entends, mère ? demanda-t-il, nerveux.
– Reconnais-tu cette voix ?
Osugi levait la tête, mais l'interruption ne la dérangea guère. Sa main serrait toujours la chevelure ; son sabre était prêt à frapper.
– Écoute ! Ça recommence.
– Bizarre. Si quelqu'un venait à la recherche d'Otsū, ce serait ce petit garçon du nom de Jōtarō.
– C'est une voix d'homme.
– Oui, je sais, et je crois bien l'avoir déjà entendue quelque part.
– Mauvais. Ne pense plus à la tête, mère. Prends la lanterne. Quelqu'un vient !
– Par ici ?
– Oui, deux hommes. Viens, courons.
En un clin d'œil, le péril unit la mère et le fils ; mais Osugi ne pouvait s'arracher à sa sinistre besogne.
– Un instant, dit-elle. Après être arrivée aussi près du but, je ne vais pas rentrer sans la tête. Si je ne l'ai pas, comment puis-je prouver que je me suis vengée d'Otsū ? C'est l'affaire d'une seconde.
– Oh ! gémit-il avec répugnance.
Un cri d'horreur jaillit des lèvres d'Osugi. Elle lâcha la tête, se dressa à demi, chancela et s'effondra par terre.
– Ce n'est pas elle ! cria-t-elle.
Elle battit l'air de ses bras, tenta de se lever mais retomba. Matahachi s'avança d'un bond pour regarder, et bégaya :
– Que... que... quoi ?
– Tu vois, ce n'est pas Otsū ! C'est un homme... un mendiant... un invalide...
– Pas possible ! s'exclama Matahachi. Je connais cet homme.
– Quoi ? Un ami à toi ?
– Oh ! que non ! Il m'a entortillé pour que je lui donne

tout mon argent, laissa-t-il échapper. Qu'est-ce qu'un sale escroc comme Akakabe Yasoma pouvait bien fabriquer ici, si près d'un temple ?

– Qui va là ? cria Takuan. C'est toi, Otsū ?

Brusquement, il fut derrière eux. Matahachi avait le pied plus agile que sa mère. Tandis qu'il disparaissait d'un bond, Takuan rattrapa Osugi et l'empoigna solidement au collet.

– Précisément ce que je pensais. Et je suppose que c'est votre dévoué fils qui a pris la fuite. Matahachi ! En voilà des façons de t'enfuir en abandonnant ta mère ! Espèce de rustre ingrat ! Reviens ici !

Osugi, bien qu'elle se tortillât lamentablement aux genoux de Takuan, n'avait rien perdu de son audace.

– Qui donc êtes-vous ? demanda-t-elle avec irritation. Que voulez-vous ?

Takuan la lâcha en disant :

– Vous ne vous souvenez pas de moi, grand-mère ? Deviendriez-vous gâteuse ?

– Takuan !

– Vous êtes surprise ?

– Je ne vois pas pourquoi je le serais. Un mendiant comme vous, ça va partout où ça lui chante. Tôt ou tard, il était inévitable de vous voir débarquer à Kyoto.

– Vous avez raison, approuva-t-il avec un large sourire. C'est tout à fait vrai. Je vagabondais dans la vallée de Koyagyū et la province d'Izumi, mais je suis arrivé dans la capitale, et hier au soir, chez un ami, j'ai appris une inquiétante nouvelle. Je me suis dit qu'elle était trop importante pour ne pas agir.

– En quoi cela me concerne-t-il ?

– Je croyais qu'Otsū serait avec vous, et je la recherche.

– Heu...

– Grand-mère...

– Quoi ?

– Où est Otsū ?

– Je n'en sais rien.

– Je ne vous crois pas.

– Monsieur, dit l'aubergiste, le sang a coulé ici. Il est encore frais.

Il rapprocha sa lanterne du cadavre. Takuan fronça le sourcil. Osugi, le voyant préoccupé, se releva d'un bond et prit ses jambes à son cou. Sans bouger, le prêtre lui cria :

– Attendez ! Vous avez bien quitté votre maison pour venger votre honneur, n'est-ce pas ? Rentrerez-vous maintenant avec ledit honneur plus souillé que jamais ? Vous déclariez aimer votre fils. Avez-vous l'intention de l'abandonner maintenant que vous l'avez rendu misérable ?

La force de sa voix tonnante arrêta brusquement Osugi. La face tordue par des rides de défi, elle s'écria :

– Souillé l'honneur de ma famille... rendu mon fils malheureux... que voulez-vous dire ?

– Exactement ce que j'ai dit.

– Crétin ! fit-elle avec un petit rire méprisant. Qui donc êtes-vous ? Vous vous promenez en mangeant la nourriture d'autrui, en habitant les temples d'autrui, en soulageant vos boyaux dans les champs. Que savez-vous de l'honneur familial ? Que savez-vous de l'amour d'une mère pour son fils ? Avez-vous jamais connu les difficultés des gens ordinaires ? Avant de dire à chacun ce qu'il convient de faire, vous devriez tâcher de travailler pour vivre, comme tout le monde.

– Vous touchez là un point sensible. Il y a des prêtres, en ce monde, auxquels j'aimerais bien déclarer la même chose. J'ai toujours dit que je n'étais pas digne de vous dans un assaut verbal, et je vois que vous n'avez pas perdu votre langue acérée.

– Et j'ai encore des choses importantes à faire en ce monde. Ne croyez pas que je ne sache que parler.

– Peu importe. Je veux discuter d'autre chose avec vous.

– Puis-je savoir de quoi ?

– Ce soir, vous avez poussé Matahachi à tuer Otsū, n'est-ce pas ? Je vous soupçonne, tous les deux, de l'avoir assassinée.

Tendant son cou ridé, Osugi fit entendre un rire de mépris.

– Takuan, vous aurez beau traverser cette existence avec une lanterne, elle ne vous servira à rien si vous n'ouvrez pas les yeux. Que sont-ils de toute manière ? De simples trous dans votre tête, de drôles d'ornements ? (Takuan, un peu mal à l'aise, finit par tourner son attention vers l'endroit du meurtre. Quand il eut relevé des yeux soulagés, la vieille lui dit, non sans quelque rancœur :) Je suppose que vous êtes heureux qu'il ne s'agisse pas d'Otsū ; mais ne croyez pas que j'aie oublié que vous avez été le marieur inconscient qui l'a jetée dans les bras de Musashi, et se trouve à l'origine de tous ses ennuis.

– Si vous le croyez, grand bien vous fasse. Mais je sais que vous avez la foi religieuse, et je dis que vous ne devriez pas partir en abandonnant ce corps ici.

– De toute manière il était couché là, moribond. Matahachi l'a tué, mais ce n'était pas la faute de mon fils.

– Il est vrai, dit l'aubergiste, que ce rōnin avait la cervelle un peu dérangée. Depuis quelques jours, il titubait à travers la ville en radotant.

Sans manifester le moindre intérêt, Osugi tourna les talons. Takuan pria l'aubergiste de prendre soin du cadavre et la suivit à son vif agacement. Mais comme elle se retournait pour faire usage une fois de plus de sa langue de vipère, Matahachi l'appela doucement :

– Mère...

Heureuse, elle se dirigea vers la voix. C'était un bon fils, après tout ; il était resté pour s'assurer que sa mère se trouvait saine et sauve. Se chuchotant l'un à l'autre quelques mots, ils semblèrent conclure qu'en présence du prêtre ils n'étaient pas tout à fait en sécurité, et dévalèrent à toutes jambes la colline.

– Inutile, murmura Takuan. À en juger d'après ce comportement, ils n'écouteraient rien de ce que j'ai à leur dire. Si seulement le monde pouvait être débarrassé des stupides malentendus, comme on souffrirait moins !

Mais, pour l'instant, il fallait trouver Otsū. Elle avait découvert un moyen quelconque de s'échapper. Takuan se ragaillardit un peu ; mais il ne pourrait véritablement se détendre qu'une fois certain qu'elle était saine et sauve. Il résolut de poursuivre ses recherches, en dépit de l'obscurité.

L'aubergiste, un peu plus tôt, était grimpé au sommet de la colline. Il en redescendit accompagné de sept ou huit hommes, porteurs de lanternes. Les veilleurs de nuit du temple, ayant accepté d'aider à l'inhumation, apportèrent des bêches et des pelles. Bientôt, Takuan entendit le bruit désagréable d'une fosse que l'on creuse.

Quand le trou fut presque assez profond, quelqu'un s'écria :

– Venez voir, par ici, un autre corps !... Cette fois, c'est une jolie jeune fille.

L'homme était à une dizaine de mètres de la tombe, au bord d'un marais.

– Elle est morte ?
– Non, seulement évanouie.

L'ARTISAN COURTOIS

Jusqu'à son dernier jour, le père de Musashi n'avait jamais cessé de lui rappeler ses ancêtres.

– J'ai beau n'être qu'un samouraï campagnard, disait-il, n'oublie jamais que le clan Akamatsu était autrefois célèbre et puissant. Pour toi, cela devrait être une source de force et de fierté.

Comme il se trouvait à Kyoto, Musashi résolut de visiter un temple nommé le Rakanji, près duquel les Akamatsus avaient jadis possédé une maison. Le clan avait depuis longtemps perdu sa puissance, mais peut-être Musashi trouverait-il au temple des traces de ses ancêtres. Même dans la négative, il pourrait brûler de l'encens en leur mémoire.

À son arrivée au pont Rakan, sur la Kogawa inférieure, il pensa qu'il devait se trouver près du temple, car on le disait situé un peu à l'est de l'endroit où la Kogawa supérieure devenait la Kogawa inférieure. Pourtant, ses enquêtes dans le voisinage furent totalement vaines. Nul n'avait jamais entendu parler de ce temple.

Retourné au pont, Musashi regarda l'eau claire et peu profonde qui coulait dessous. Munisai n'était pas mort depuis beaucoup d'années ; il semblait pourtant que ce temple avait été déplacé ou détruit sans laisser ni vestiges ni souvenir.

Rêveusement, le jeune homme regardait un tourbillon blanchâtre se former et disparaître, se former et disparaître. Remarquant de la boue qui dégouttait d'une zone herbeuse, sur la rive gauche, il en conclut que cela provenait de la boutique d'un polisseur de sabres.

– Musashi !

Il regarda autour de lui, et vit la vieille religieuse Myōshū qui rentrait d'une course.

– Que c'est gentil à vous de venir ! s'exclama-t-elle, croyant qu'il était là pour leur faire une visite. Kōetsu est à la maison, aujourd'hui. Il sera content de vous voir.

Elle lui fit traverser le portail d'une maison proche, et envoya un serviteur chercher son fils.

Après avoir chaleureusement accueilli son hôte, Kōetsu lui déclara :

– Pour l'instant, je suis occupé à un polissage important, mais ensuite nous pourrons bavarder à loisir.

Musashi eut plaisir à constater que la mère et le fils étaient aussi amicaux et naturels que lors de leur première rencontre. Il passa l'après-midi et la soirée à bavarder avec eux, et quand ils le pressèrent de passer la nuit, il accepta. Le lendemain, tandis qu'il lui montrait l'atelier et lui expliquait la technique du polissage de sabre, Kōetsu pria Musashi de rester aussi longtemps qu'il le souhaitait.

La maison, avec son portail d'une trompeuse modestie, faisait l'angle au sud-est des vestiges du Jissōin. Dans le voisinage, se dressaient plusieurs maisons appartenant aux cousins et neveux de Kōetsu, ou bien à d'autres hommes qui pratiquaient la même profession ; tous les Hon'ami demeuraient et travaillaient là, suivant la coutume des grands clans provinciaux du passé.

Les Hon'ami descendaient d'une famille assez distinguée de militaires et avaient fait partie de la suite des shōguns Ashikaga. Au sein de la hiérarchie sociale en vigueur, la famille appartenait à la classe des artisans ; mais pour la richesse et le prestige, Kōetsu eût pu passer pour un membre de la classe des samouraïs. Il frayait avec la grande noblesse de cour, et Tokugawa Ieyasu l'avait parfois invité au château de Fushimi.

La position des Hon'ami n'était pas unique ; la plupart des riches artisans et marchands de l'époque – Suminokura Soan, Chaya Shirōjirō et Haiya Shōyū, entre autres – descendaient de samouraïs. Sous les shōguns Ashikaga, leurs ancêtres s'étaient vu assigner un travail lié à la manufacture ou au commerce. La réussite en ces domaines les conduisit à se séparer peu à peu de la classe militaire, et, l'entreprise privée devenant source de profit, ils ne dépendirent plus de leurs émoluments féodaux. Bien que leur rang social fût officiellement inférieur à celui des guerriers, ils étaient fort puissants.

En ce qui concernait les affaires, non seulement le rang de samouraï constituait plutôt une gêne, mais l'état de simple bourgeois présentait de nets avantages, dont le principal était la stabilité. Quand des conflits éclataient, les grands marchands se voyaient patronnés par les deux camps. Certes, ils étaient parfois obligés de livrer des fournitures militaires pour peu de chose ou même pour rien ; mais ils en étaient venus à considérer cette charge comme un simple droit qu'ils payaient pour éviter que l'on ne détruisît leurs biens en temps de guerre.

Lors de la guerre d'Ōnin, dans les années 1460 et 1470, tout le quartier entourant les ruines du Jissōin avait été rasé, et maintenant même, les gens qui plantaient des arbres déterraient souvent des fragments rouillés de sabres ou de casques. La résidence Hon'ami avait été l'une des premières bâties dans les parages, après la guerre.

Un affluent de l'Arisugawa coulait à travers le groupe de maisons, en serpentant d'abord à travers un quart d'arpent environ de jardin potager, puis en disparaissant dans un bosquet pour ressortir auprès du puits, à côté de l'entrée de la maison principale. Un embranchement s'éloignait vers la cuisine, un autre vers le bain, un autre encore vers une simple et rustique maison de thé où l'eau claire servait à la cérémonie du thé. La rivière alimentait en eau l'atelier où l'on polissait habilement des sabres forgés par des maîtres artisans tels que Masamune, Muramasa et Osafune. L'atelier était consacré à la famille ; aussi une corde se trouvait-elle suspendue au-dessus de l'entrée, comme dans les sanctuaires Shinto.

Quatre jours s'écoulèrent, presque sans que Musashi s'en rendît compte, et le jeune homme résolut de prendre congé. Mais avant qu'il n'eût eu l'occasion d'en parler, Kōetsu lui déclara :

– Ici, ce n'est guère amusant pour vous, mais si cela ne vous ennuie pas, je vous en prie, restez aussi longtemps qu'il vous plaira. Il y a de vieux livres et des bibelots dans mon cabinet de travail. Si vous avez envie de les regarder, ne vous gênez pas. Et demain ou après-demain, je passerai au feu des bols à thé et des plats. Cela vous amusera peut-être de venir voir. Vous trouverez la céramique presque aussi intéressante que les sabres. Peut-être pourriez-vous modeler vous-même une ou deux pièces.

Touché par la bonne grâce de cette invitation, et par l'assurance donnée par son hôte que nul ne s'offenserait s'il décidait de s'en aller d'une seconde à l'autre, Musashi se permit de rester pour jouir de cette atmosphère détendue. Il était loin de s'ennuyer. Le cabinet de travail contenait des livres en chinois et en japonais, des peintures sur rouleau de la période Kamakura, des frottis de calligraphies dus à des maîtres de la Chine ancienne, et des douzaines d'autres objets dont n'importe lequel eût à lui seul fait le bonheur du jeune homme durant un jour ou deux. Une peinture suspendue au sein de l'alcôve l'attirait particulièrement. Intitulée *Châtaignes*, elle était du maître Sung Liang-k'ai. Petite, environ soixante centimètres de haut sur soixante-quinze de large, elle était si vieille que l'on ne pouvait dire sur quel papier elle était dessinée. Assis devant elle, Musashi la contempla durant des heures. Enfin, un jour, il dit à Kōetsu :

– Je suis bien certain qu'aucun amateur ordinaire ne saurait peindre le genre de tableaux que vous peignez, mais je me demande si moi-même, je saurais dessiner quelque chose d'aussi simple que cette œuvre-là.

– C'est l'inverse, lui répondit Kōetsu. N'importe qui pourrait apprendre à peindre aussi bien que moi, mais la peinture de Liang-k'ai possède une profondeur et une élévation spirituelle qui ne peuvent s'acquérir par la seule étude de l'art.

– Vraiment ? dit Musashi, surpris.

Kōetsu lui assura que c'était vrai.

L'œuvre ne montrait qu'un écureuil en train de considérer deux châtaignes tombées, l'une ouverte et l'autre étroitement close, comme s'il eût voulu suivre son impulsion naturelle en mangeant les châtaignes, mais eût hésité par crainte des piquants. Ce tableau étant exécuté avec beaucoup de liberté, à l'encre noire, Musashi lui avait trouvé un aspect naïf. Mais plus il le regardait après en avoir parlé à Kōetsu, mieux il distinguait que l'artisan avait raison.

Un après-midi, Kōetsu entra et dit :

– Encore en contemplation devant le tableau de Liangk'ai ? Il semble vous plaire beaucoup. Quand vous partirez, roulez-le et emportez-le. Je serais content de vous le donner.

Musashi protesta :

– Je ne pourrais l'accepter. J'ai déjà tort de rester si longtemps chez vous. Comment ! Mais ce doit être un objet de famille !

– Pourtant, il vous plaît, n'est-ce pas ? dit l'aîné avec un sourire indulgent. Si vous le voulez, vous pouvez l'avoir. En réalité, je n'en ai pas besoin. Les tableaux devraient appartenir à ceux qui les aiment et les apprécient véritablement. Je suis certain que c'est là ce qu'aurait désiré l'artiste.

– Alors, cette peinture ne doit pas m'appartenir. À vrai dire, j'ai pensé plusieurs fois qu'il serait agréable de le posséder ; mais si je l'avais qu'en ferais-je ? Je ne suis qu'un homme d'épée errant. Je ne reste jamais bien longtemps au même endroit.

– Je suppose qu'il vous embarrasserait de traîner avec vous un tableau partout où vous iriez. À votre âge, vous ne voulez sans doute pas même une maison à vous ; pourtant, je crois que tout homme devrait avoir un endroit qu'il pût considérer comme son chez-soi, même si ce n'est rien de plus qu'une petite cabane. Sans maison, l'on souffre de solitude... on se sent perdu, en quelque sorte. Pourquoi ne cherchez-vous pas quelques bûches pour vous bâtir une cabane dans un coin tranquille de la ville ?

– Je n'y ai jamais pensé. J'aimerais aller dans une foule d'endroits éloignés, me rendre à l'autre bout de Kyushu, voir comment vivent les gens à Nagasaki, sous les influences étrangères. Je brûle de connaître la nouvelle capitale que le shōgun est en train de bâtir à Edo, les grandes montagnes et rivières au nord de Honshu. Peut-être qu'au fond de moi, je ne suis qu'un vagabond.

– Vous n'êtes nullement le seul. C'est tout naturel, mais il faut éviter la tentation de croire que vos rêves ne pourront se réaliser que dans quelque endroit lointain. Si vous le croyez, vous négligerez les possibilités de votre environnement immédiat. La plupart des jeunes gens agissent ainsi, je le crains, et deviennent insatisfaits de leur existence. (Kōetsu se mit à rire.) Mais un vieil oisif tel que moi n'a pas à prêcher aux jeunes... Quoi qu'il en soit, je ne suis pas venu pour parler de cela. Je suis venu vous inviter à sortir ce soir. Êtes-vous jamais allé au quartier réservé ?

– Le quartier des geishas ?

– Oui. J'ai un ami du nom de Haiya Shōyū. Malgré son âge, il a toujours en tête une malice ou une autre. Je viens de recevoir un mot m'invitant à le retrouver près de l'avenue Rokujō, ce soir, et je me demandais s'il vous plairait de venir.

– Non, je ne crois pas.

– Si vous ne le voulez vraiment pas, je n'insiste pas, mais je pense que vous trouveriez cela intéressant.

Myōshū, qui s'était glissée en silence dans la pièce et écoutait avec un intérêt manifeste, intervint :

– Je crois que vous devriez y aller, Musashi. C'est une occasion de voir quelque chose que vous ne connaissez pas. Avec Haiya Shōyū, l'on n'a pas à être raide et cérémonieux, et je crois que cette expérience vous amuserait. N'hésitez pas, allez-y !

La vieille religieuse se dirigea vers la commode, d'où elle entreprit de tirer un kimono et une obi. D'habitude, les aînés s'efforçaient d'empêcher les jeunes gens de perdre leur temps et leur argent dans les maisons de geishas ; pourtant, Myōshū paraissait aussi enthousiaste que si elle-même se fût préparée à sortir.

– Allons, voyons, lequel de ces kimonos préférez-vous ? demanda-t-elle. Cette obi conviendra-t-elle ?

Tout en babillant, elle s'affairait à sortir des objets pour Musashi comme s'il eût été son fils. Elle choisit une bonbonnière laquée, un petit sabre décoratif et une bourse en brocart ; ensuite, elle prit des pièces d'or dans le coffre et les glissa dans la bourse.

– Eh bien, dit Musashi avec à peine une ombre de contrariété, puisque vous insistez j'irai, mais je ne serai pas à mon aise dans ces beaux atours. Je me contenterai de porter ce vieux kimono que j'ai sur moi. Je dors dedans quand je couche à la belle étoile. J'y suis habitué.

– Vous n'en ferez rien ! dit Myōshū avec sévérité. Cela peut vous être égal à vous, mais songez aux autres. Dans ces jolies chambres, vous n'auriez l'air que d'un vieux chiffon sale. Les hommes vont là pour se donner du bon temps et oublier leurs soucis. Ils veulent être entourés de belles choses. N'y voyez pas un déguisement destiné à vous faire paraître ce que vous n'êtes pas. De toute manière, ces vêtements sont loin d'être aussi raffinés que ceux de bien d'autres hommes ; ils ne sont que propres et nets. Allons, mettez-les ! (Musashi obéit. Quand il fut habillé, Myōshū remarqua gaiement :) Là, vous voilà très élégant.

Comme ils allaient partir, Kōetsu s'approcha de l'autel domestique bouddhique, sur lequel il alluma un cierge. Lui et sa mère étaient des dévots de la secte Nichiren.

À l'entrée principale, Myōshū avait disposé deux paires de sandales avec des lanières neuves. Tandis qu'ils les chaussaient, elle chuchota avec un des serviteurs qui attendait pour fermer derrière eux la porte du devant.

Kōetsu fit ses adieux à sa mère, mais elle leva rapidement les yeux vers lui en disant :

– Attends un instant.

Une expression inquiète lui creusait le visage.

– Que se passe-t-il ? demanda-t-il.

– Cet homme me dit que trois samouraïs à l'air agressif, ici même, tenaient des propos très grossiers. Crois-tu que ce soit important ?

Kōetsu regarda Musashi d'un air interrogateur.

— Rien à craindre, affirma-t-il. Ils appartiennent sans doute à la maison de Yoshioka. Il se peut qu'ils m'attaquent, mais ils n'ont rien contre vous.

— L'un des ouvriers a déclaré que la même chose avait eu lieu avant-hier. Un seul samouraï... mais il a franchi le portail sans y être invité, et a regardé par-dessus la haie qui borde l'allée de la maison de thé, vers la partie de la demeure où vous logez.

— Alors, je suis certain qu'il s'agit des hommes de Yoshioka.

— Je le crois aussi, renchérit Kōetsu qui se tourna vers le portier tremblant : Qu'ont-ils dit ?

— Les ouvriers étaient tous partis, et j'allais fermer la porte quand ces trois samouraïs m'ont soudain entouré. L'un d'eux – il avait l'air mauvais – a tiré une lettre de son kimono et m'a ordonné de la remettre à l'hôte qui séjourne ici.

— Il n'a pas dit « Musashi » ?

— Mon Dieu, plus tard il a dit « Miyamoto Musashi ». Il a ajouté que Musashi séjournait ici depuis plusieurs jours.

— Qu'as-tu répondu ?

— Vous m'aviez ordonné de ne parler à personne de Musashi ; aussi, j'ai secoué la tête en répondant qu'il n'y avait ici personne de ce nom. Il s'est mis en colère et m'a traité de menteur ; mais l'un des autres – un homme un peu plus vieux, au sourire doucereux – l'a calmé en déclarant qu'ils trouveraient un moyen de remettre la lettre en main propre. Je ne sais pas bien ce qu'il voulait dire, mais ça m'a fait l'effet d'une menace. Ils sont partis vers le coin, là-bas.

— Marchez un peu devant moi, Kōetsu, dit Musashi. Je ne veux pas que vous receviez un mauvais coup, ou que vous ayez le moindre ennui à cause de moi.

— Inutile de vous inquiéter pour moi, répondit Kōetsu en riant, surtout si vous êtes sûr qu'il s'agit d'hommes de Yoshioka. Ils ne m'effraient pas le moins du monde. En route.

Une fois qu'ils furent dehors, Kōetsu repassa la tête par la petite porte qui s'ouvrait dans la grande, et appela :

— Mère !

– As-tu oublié quelque chose ? demanda-t-elle.

– Non, je me disais seulement : si tu es inquiète à mon sujet, je pourrais envoyer un messager à Shōyū pour lui dire que je n'y puis aller ce soir.

– Oh ! non. Je crains davantage qu'il n'arrive quelque chose à Musashi. Mais je ne crois pas qu'il reviendrait si tu essayais de l'arrêter. Va, et amuse-toi bien !

Kōetsu rattrapa Musashi ; tandis qu'ils longeaient rapidement la rivière, il lui dit :

– La maison de Shōyū est juste au bout de la route, entre l'avenue Ichijō et la rue Horikawa. Il doit être en train de se préparer ; entrons donc le prendre. C'est sur notre chemin.

Il faisait encore jour et la marche au long de la rivière était d'autant plus agréable qu'ils se trouvaient totalement libres à une heure où tous les autres étaient occupés.

– Je connais de nom Haiya Shōyū, dit Musashi, mais en réalité je ne sais rien de lui.

– Cela m'étonnerait que vous n'en ayez pas entendu parler. Il est célèbre pour les distiques qu'il compose.

– Ah ! Alors, c'est un poète ?

– Oui, mais bien sûr il ne vit pas des vers qu'il écrit. Il est d'une vieille famille de marchands de Kyoto.

– D'où lui vient ce nom de Haiya ?

– C'est le nom de son entreprise.

– Que vend-il ?

– Son nom signifie « marchand de cendre », et voilà ce qu'il vend... de la cendre.

– De la cendre ?

– Oui, elle sert à teindre les étoffes. C'est une affaire importante. Il vend à la corporation des teinturiers dans tout le pays. Au début de la période Ashikaga, le commerce de la cendre était dirigé par un agent du shōgun ; mais plus tard, il est passé à des grossistes privés. À Kyoto, il y a trois grands marchands de gros, et Shōyū est l'un d'eux. Lui-même n'a pas besoin de travailler, bien entendu. Il est retiré et mène une existence de loisirs. Regardez là-bas ; vous pouvez voir sa maison. C'est celle qui a un joli portail.

Musashi acquiesçait de la tête en écoutant, mais son attention fut distraite par la sensation de ses manches. Alors que la droite flottait légèrement dans la brise, la gauche ne bougeait pas du tout. Il y glissa la main, et en sortit un objet juste assez pour voir ce que c'était : une lanière en cuir pourpre, bien tanné, du type dont les guerriers se servaient pour retrousser leurs manches avant de se battre. « Myōshū... se dit-il. Elle seule a pu la mettre là. »

Il se retourna pour sourire aux hommes qui, il le savait déjà, les suivaient à distance respectueuse depuis que lui-même et Kōetsu avaient quitté la ruelle Hon'ami.

Son sourire parut soulager les trois hommes. Ils se murmurèrent quelques mots et se mirent à faire de plus longues enjambées.

En arrivant à la maison Haiya, Kōetsu actionna le heurtoir fixé au portail ; un serviteur qui portait un balai s'avança pour les introduire. Kōetsu avait franchi le portail et se trouvait dans le jardin de devant lorsqu'il s'aperçut que Musashi n'était pas avec lui. Se retournant vers le portail, il cria :

– Entrez donc, Musashi ! Ne craignez rien.

Ayant cerné Musashi, les trois samouraïs, coudes écartés, empoignaient leurs sabres. Kōetsu ne put saisir ce qu'ils disaient au jeune homme, non plus que la douce réponse de ce dernier.

Musashi le pria de ne pas l'attendre, et Kōetsu répondit avec un calme parfait :

– Très bien, je serai dans la maison. Rejoignez-moi dès que vous en aurez terminé avec votre affaire.

– Nous ne sommes pas ici pour discuter de la question de savoir si vous vous êtes enfui pour vous cacher ou non, dit l'un des hommes. Je m'appelle Ōtaguro Hyōsuke. Je suis l'un des dix hommes d'épée de la maison de Yoshioka. J'apporte une lettre du frère cadet de Seijūrō, Denshichirō. (Il sortit la lettre et la brandit pour la montrer à Musashi.) Lisez-la, et donnez-nous votre réponse immédiatement.

Musashi ouvrit la lettre avec désinvolture, la parcourut et dit :

– J'accepte.

Hyōsuke le considéra d'un œil soupçonneux.

– Vous êtes sûr ?

Musashi acquiesça de la tête.
– Absolument sûr.
Sa désinvolture les prit au dépourvu.
– Si vous ne tenez pas votre parole, jamais plus vous ne pourrez vous remontrer dans Kyoto. Nous y veillerons! (Un léger sourire accompagna le regard de Musashi, mais il garda le silence.) Les conditions vous conviennent-elles? Il ne reste pas beaucoup de temps pour vous préparer.
– Je suis tout prêt, répondit Musashi tranquillement.
– Alors, à ce soir plus tard. (Tandis que Musashi franchissait le portail, Hyōsuke s'approcha de nouveau de lui pour demander:) Serez-vous ici jusqu'à l'heure convenue?
– Non. Mon hôte m'emmène au quartier réservé près de l'avenue Rokujō.
– Au quartier réservé? répéta Hyōsuke, surpris. Eh bien, je suppose que vous serez soit ici, soit là-bas. Si vous êtes en retard, j'enverrai quelqu'un vous chercher. J'espère que vous n'essaierez pas de nous jouer un tour.

Musashi, lui ayant déjà tourné le dos, avait pénétré dans le jardin du devant, c'est-à-dire dans un monde différent. Les dalles de l'allée aux formes irrégulières, espacées sans art, avaient l'air mises là par la nature. Des deux côtés se dressaient des touffes humides de bambous bas pareils à des fougères, entremêlées de pousses de bambou plus hautes, pas plus épaisses que des pinceaux à écrire. À mesure que Musashi s'avançait, le toit de la maison principale apparut, puis l'entrée, une maisonnette séparée et un berceau de verdure, tout cela contribuant à l'atmosphère d'ancienneté vénérable et de longue tradition. Autour des bâtiments, de hauts pins donnaient une impression de richesse et de confort.

Musashi entendait jouer au jeu de balle appelé *kemari*, des coups sourds que l'on percevait souvent derrière les murs des résidences nobles. Entendre cela chez un marchand surprenait le jeune homme.

Une fois à l'intérieur de la maison, on l'introduisit dans une salle qui donnait sur le jardin. Deux serviteurs entrèrent, porteurs de thé et de gâteaux; l'un d'eux les informa que leur hôte ne tarderait pas à les rejoindre. Musashi devinait, aux manières de ces domestiques, qu'ils étaient impeccablement stylés.

– Il fait bien froid, maintenant que le soleil s'est couché, vous ne trouvez pas ? murmura Kōetsu. (Il aurait voulu faire clore le shoji mais ne le demanda pas car la vue des fleurs de pruniers semblait réjouir Musashi. Kōetsu tourna aussi les yeux de ce côté.) Je vois des nuages au-dessus du mont Hiei, remarqua-t-il. Je croirais volontiers qu'ils viennent du nord. Vous n'avez pas froid ?

– Non, pas spécialement, répondit avec candeur Musashi, sans deviner à quoi son compagnon faisait allusion.

Un serviteur apporta un candélabre, et Kōetsu en profita pour fermer le shoji. Musashi prit conscience de l'atmosphère qui régnait dans la maison, une atmosphère paisible et chaleureuse. Il se détendit en écoutant les voix rieuses qui venaient de l'intérieur, frappé par la complète absence d'ostentation. Le décor et l'environnement semblaient avoir été voulus aussi simples que possible. Musashi se serait cru dans la grand-salle d'une vaste ferme campagnarde.

Haiya Shōyū entra dans la pièce en déclarant :

– Je regrette de vous avoir fait attendre aussi longtemps.

Sa voix directe, cordiale, juvénile, était le contraire exact de la voix traînante et douce de Kōetsu. Maigre comme un échassier, il avait peut-être dix ans de plus que son ami, mais il était beaucoup plus jovial. Kōetsu lui ayant expliqué qui était Musashi, il s'écria :

– Oh ! ainsi vous êtes un neveu de Matsuo Kaname ? Je le connais fort bien.

Shōyū devait connaître son oncle par la noble maison de Konoe, songea Musashi qui commençait à deviner les liens étroits qui unissaient les riches marchands et les courtisans du palais.

Sans plus attendre, le sémillant vieux marchand déclara :

– En route. J'avais formé le projet d'y aller pendant qu'il faisait jour encore, ce qui nous aurait permis de marcher. Mais comme il fait déjà sombre, je crois que nous devrions prendre des palanquins. Ce jeune homme vient avec nous, je présume.

On fit venir des palanquins, et tous trois partirent, Shōyū et Kōetsu devant, Musashi derrière. C'était la première fois de sa vie qu'il en prenait un.

Le temps d'arriver au manège de Yanagi, déjà les porteurs soufflaient une haleine blanche.

– Oh! quel froid! gémit l'un d'eux.
– Le vent est mordant, n'est-ce pas?
– Et on prétend que nous sommes au printemps!

Leurs trois lanternes se balançaient, clignotant au vent. De sombres nuages menaçaient d'un temps pire encore avant la fin de la nuit. Au-delà du manège, les lumières de la ville brillaient avec une splendeur éblouissante. Elles faisaient à Musashi l'effet d'un gros essaim de lucioles scintillant gaiement dans la brise froide et pure.

– Musashi! appela Kōetsu du palanquin du milieu. C'est là-bas que nous allons. Ça fait grand effet de tomber brusquement là-dessus, vous ne trouvez pas?

Il expliqua que jusque trois ans plus tôt, le quartier réservé se trouvait situé avenue Nijō, près du palais; alors, le juge Itakura Katsushige l'avait fait déplacer car les chants et les beuveries nocturnes constituaient un fléau. Il ajouta que tout le quartier était florissant, et que toutes les nouvelles modes naissaient entre ces rangées de lumières.

– On pourrait presque dire que toute une culture nouvelle a été créée là. (S'étant arrêté quelques instants l'oreille tendue, il ajouta :) Vous entendez? Le son des cordes et des chants? (Jamais encore Musashi n'avait entendu ce genre de musique.) Ces instruments sont des *shamisen*. Ils constituent une version améliorée d'un instrument à trois cordes importé des îles Ryukyu. L'on a composé pour eux un grand nombre de chansons nouvelles, toutes ici même, dans ce quartier; puis elles se sont répandues parmi le peuple. Ce qui vous montre l'influence de cet endroit.

Ils s'engagèrent dans l'une des rues; la vive lumière d'innombrables lampes et lanternes pendues aux saules se reflétait dans les yeux de Musashi. Le quartier, lorsqu'on l'avait déplacé, avait gardé son vieux nom de Yanagimachi, la ville des saules, les saules étant de longue date associés à la boisson et au plaisir.

Kōetsu et Shōyū étaient bien connus dans l'établissement où ils entrèrent. Les salutations furent obséquieuses et pourtant amusées ; il apparut bientôt qu'en cet endroit ils portaient des surnoms. Kōetsu était connu sous le nom de Mizuochi-sama – M. Chute-d'eau – à cause des ruisseaux qui traversaient sa propriété ; Shōyū était Funabashi-sama – M. Pont-de-bateaux – d'après un pont de bateaux situé près de chez lui.

Si Musashi devenait un habitué, il acquerrait sûrement bientôt un surnom car, ici, peu de gens se présentaient sous leur vrai nom. Hayashiya Yojibei n'était que le pseudonyme du propriétaire de la maison où ils se trouvaient ; mais le plus souvent on l'appelait Ōgiya, nom de l'établissement. Avec le Kikyōya, c'était l'une des deux maisons les plus célèbres du quartier, et même les deux seules qui avaient la réputation d'être de tout premier ordre. À l'Ōgiya, la beauté régnante était Yoshino Dayū, au Kikyōya, Murogimi Dayū. En ville, ces deux dames jouissaient d'une renommée qui n'avait d'égale que celle des plus grands daimyōs.

Bien que Musashi s'efforçât de ne point paraître surpris, il était stupéfait de l'élégance de ce qui l'entourait, presque digne des plus opulents palais. Les plafonds réticulés, les traverses ajourées, aux sculptures décoratives, les balustrades aux courbes exquises, les jardins intérieurs raffinés – tout composait une fête pour l'œil. Absorbé dans la contemplation d'une peinture figurant sur le panneau de bois d'une porte, Musashi ne s'aperçut que ses compagnons l'avaient devancé que lorsque Kōetsu revint le chercher.

La clarté des lampes transformait en un brumeux liquide les portes argentées de la salle où ils entrèrent. Un côté s'ouvrait sur un jardin dans le style de Kobori Enshū – sable bien ratissé et rocaille évoquant un paysage de montagne chinois tel qu'on en voit dans la peinture Sung.

Shōyū, se plaignant du froid, s'assit sur un coussin, les épaules recroquevillées. Kōetsu s'assit également, et pria Musashi de faire de même. Des servantes apportèrent bientôt du saké chaud.

Voyant que la coupe qu'il avait pressé Musashi de prendre avait refroidi, Shōyū insista :

— Buvez, jeune homme, et reprenez une coupe chaude, dit-il. (Ayant répété ce refrain deux ou trois fois, Shōyū devint presque grossier :) Kobosatsu ! cria-t-il à l'une des servantes. Fais-le boire ! Eh, Musashi ! Qu'avez-vous ? Pourquoi ne buvez-vous pas ?

— Je bois, protesta Musashi.

Le vieil homme était déjà un peu gris.

— Eh bien, vous manquez d'entrain.

— Je ne suis pas un grand buveur.

— Vous voulez dire que vous n'êtes pas un grand homme d'épée, n'est-ce pas ?

— Peut-être avez-vous raison, dit Musashi doucement, traitant l'insulte en plaisanterie.

— Si vous craignez que la boisson ne compromette votre entraînement, ne vous déséquilibre, n'affaiblisse votre volonté ou ne vous empêche de vous faire un nom, alors vous n'avez pas l'étoffe d'un combattant.

— Oh ! ce n'est pas ça. Seulement, il y a un petit problème.

— Lequel ?

— La boisson me donne sommeil.

— Eh bien, vous pouvez dormir ici ou n'importe où dans cette maison. Nul n'y trouvera à redire. (Se tournant vers les jeunes filles, il déclara :) Ce jeune homme a peur d'être somnolent s'il boit. S'il a sommeil, couchez-le !

— Oh ! bien volontiers ! répondirent en chœur les jeunes filles avec un sourire faussement timide.

— S'il se couche, quelqu'un devra lui tenir chaud. Kōetsu, laquelle sera-ce ?

— Laquelle, en vérité ? répéta Kōetsu sans se compromettre.

— Ce ne peut être Sumigiku Dayū ; c'est ma petite épouse. Et vous-même ne voudriez pas que ce fût Kobosatsu Dayū. Il y a bien Karakoto Dayū. Hum, elle ne fera pas l'affaire. Il est trop malaisé de s'entendre avec elle.

— Yoshino Dayū ne va-t-elle pas venir ? demanda Kōetsu.

— C'est ça ! Elle est exactement celle qui convient ! Elle devrait rendre heureux même notre hôte réfractaire. Je me demande pourquoi elle n'est pas encore ici. Que quelqu'un aille la chercher. Je veux la montrer au jeune samouraï que voici.

Sumigiku y trouva à redire :

– Yoshino n'est pas comme nous autres. Elle a beaucoup de clients, et n'accourra pas à l'appel du premier venu.

– Mais si, elle accourra… pour moi ! Dis-lui que je suis là, et elle viendra, quel que soit celui avec qui elle se trouve. Va me la chercher ! (Shōyū se redressa, regarda autour de lui, et appela les jeunes filles de la suite des courtisanes, qui maintenant jouaient dans la pièce voisine :) Rin'ya est-elle là ? (Rin'ya elle-même répondit.) Viens ici une minute. Tu es bien au service de Yoshino Dayū, n'est-ce pas ? Pourquoi n'est-elle pas là ? Dis-lui que Funabashi est ici, qu'elle doit venir tout de suite. Si tu me la ramènes, je te fais un cadeau.

Rin'ya parut légèrement perplexe. Elle écarquilla les yeux, mais au bout d'un instant fit un signe d'acquiescement. L'on devinait déjà qu'elle deviendrait une grande beauté, et il était presque certain qu'à la génération suivante elle succéderait à la célèbre Yoshino. Mais elle n'avait que onze ans. À peine sortie dans le couloir extérieur, ayant refermé la porte à glissière, elle frappa dans ses mains en appelant d'une voix forte :

– Uneme, Tamumi, Itonosuke ! Venez donc voir ici !

Les trois filles s'élancèrent au-dehors et se mirent à battre des mains en poussant des cris de joie, ravies de voir de la neige.

Les hommes regardèrent à l'extérieur pour connaître le motif de cette agitation, et, Shōyū mis à part, s'amusèrent de voir les jeunes servantes en train de discuter avec animation : la neige tiendrait-elle par terre jusqu'au lendemain matin ? Rin'ya, ayant oublié sa mission, courut jouer dans la neige du jardin.

Shōyū, impatienté, envoya l'une des courtisanes à la recherche de Yoshino Dayū. Au retour, elle lui chuchota à l'oreille :

– Yoshino dit qu'elle meurt d'envie de venir, mais que son hôte ne l'y autorise pas.

– Ne l'y autorise pas ! C'est ridicule ! Les autres femmes d'ici sont peut-être forcées d'en passer par les volontés de leurs clients, mais Yoshino peut en faire à sa tête. À moins qu'elle n'accepte de s'abandonner pour de l'argent, maintenant ?

— Oh ! que non. Mais l'hôte avec lequel elle se trouve ce soir est particulièrement têtu. Chaque fois qu'elle déclare qu'elle aimerait prendre congé, il insiste davantage pour qu'elle reste.

— Hum... Je suppose que jamais aucun de ses clients ne veut qu'elle s'en aille. Avec qui donc est-elle, ce soir ?

— Le seigneur Karasumaru.

— Le seigneur Karasumaru ? répéta Shōyū avec un sourire ironique. Est-il seul ?

— Non.

— Il est avec quelques-uns de ses compères habituels ?

— Oui.

Shōyū se donna une claque sur le genou.

— Voilà qui pourrait devenir intéressant. La neige est bonne ; le saké est bon ; si seulement nous avions Yoshino, tout serait parfait. Kōetsu, écrivons une lettre à Sa Seigneurie. Vous, jeune dame, apportez-moi un encrier et un pinceau.

Quand la fille eut disposé de quoi écrire devant Kōetsu, il demanda :

— Qu'écrirai-je ?

— Un poème serait bien. De la prose ferait peut-être l'affaire, mais des vers vaudraient mieux. Le seigneur Karasumaru est l'un de nos plus célèbres poètes.

— Je ne suis pas certain de pouvoir m'en tirer. Voyons, nous voulons que ce poème le convainque de nous laisser avoir Yoshino, c'est bien cela ?

— Exactement.

— Si le poème n'est pas bon, il ne le fera pas changer d'avis. Il n'est pas facile d'improviser un bon poème. Pourquoi n'écrivez-vous pas les premiers vers, et moi le reste ?

— Hum... Voyons ce que nous pouvons faire.

Shōyū prit le pinceau, et écrivit :

>   À notre humble hutte
>   Que vienne un certain cerisier,
>   Un certain arbre de Yoshino.

— Jusque-là, c'est bon, dit Kōetsu, lequel écrivit :

> Les fleurs frissonnent de froid
> dans les nuages, au-dessus des pics.

Shōyū fut enchanté.
— Merveilleux, dit-il. Voilà qui devrait convenir à Sa Seigneurie et à ses nobles compagnons – les « gens au-dessus des nuages ». (Il plia le papier avec soin, puis le tendit à Sumigiku en lui déclarant gravement :) Les autres jeunes filles ne semblent pas avoir votre dignité ; aussi vous nommé-je mon envoyée auprès du seigneur Kangan. Si je ne me trompe, il est ici connu sous ce nom.

Ce surnom, signifiant « flanc glacé de montagne », faisait allusion au rang élevé du seigneur Karasumaru.

Sumigiku ne fut pas longue à revenir.
— La réponse du seigneur Kangan, je vous prie, dit-elle en disposant avec respect, devant Shōyū et Kōetsu, une boîte aux lettres somptueusement ouvragée.

Ils regardèrent la boîte, qui avait quelque chose de cérémonieux, puis se regardèrent l'un l'autre. Ce qui avait débuté comme une petite plaisanterie prenait un tour plus sérieux.

— Ma parole, dit Shōyū, nous devrons faire plus attention la prochaine fois. Ils doivent avoir été surpris. Sûrement, ils ne pouvaient savoir que nous serions ici ce soir.

Espérant encore l'emporter, Shōyū ouvrit la boîte et déplia la réponse. À sa consternation, il ne vit qu'un morceau de papier de couleur crème où rien n'était écrit.

Croyant avoir laissé tomber quelque chose, il chercha des yeux, autour de lui, une deuxième feuille, puis regarda de nouveau dans la boîte.

— Qu'est-ce que cela veut dire, Sumigiku ?
— Je n'en ai aucune idée. Le seigneur Kangan m'a tendu la boîte en me disant de vous la remettre.
— Se paie-t-il notre tête ? Ou notre poème était-il trop habile pour lui, et lève-t-il le drapeau blanc de la reddition ? (Shōyū avait coutume d'interpréter les événements à sa propre convenance, mais, cette fois, il semblait incertain. Il tendit le papier à Kōetsu en lui demandant :) Qu'en pensez-vous ?
— Je crois qu'il veut que nous le lisions.

– Lire une feuille de papier blanc ?
– Je croirais volontiers que cela peut s'interpréter d'une façon quelconque.
– Vraiment ? Qu'est-ce que cela pourrait bien vouloir dire ?

Kōetsu réfléchit un moment.
– La neige... la neige couvrant tout.
– Hum... Peut-être avez-vous raison.
– En réponse à notre demande d'un cerisier Yoshino, cela pourrait vouloir dire :

> Si vous contemplez la neige
> Et emplissez de saké votre coupe,
> Même sans fleurs...

» En d'autres termes, il nous dit que puisqu'il neige ce soir, nous devrions ne plus penser à l'amour, ouvrir les portes et admirer la neige en buvant. C'est du moins mon impression.

– Quel ennui ! s'exclama Shōyū avec dégoût. Je n'ai pas l'intention de boire d'une manière aussi froide. Je ne vais pas non plus rester assis ici en silence. D'une manière ou d'une autre, nous transplanterons l'arbre de Yoshino dans notre chambre, pour en admirer les fleurs.

Excité maintenant, il s'humecta les lèvres avec la langue.

Kōetsu se prêta à ses caprices, dans l'espoir qu'il se calmerait ; mais Shōyū harcelait les filles pour qu'elles amenassent Yoshino, et refusait de permettre que l'on changeât longtemps de sujet. Il eut beau insister, cela finit par devenir comique, et les filles roulèrent sur le sol en pouffant de rire.

Musashi se leva sans bruit. Il avait choisi le bon moment. Nul ne remarqua son départ.

REFLETS SUR LA NEIGE

Musashi erra dans les nombreux couloirs en évitant les salons de façade, brillamment éclairés. Il tomba sur une pièce obscure où l'on entreposait de la literie, et sur une autre, pleine d'outils et d'ustensiles. Les murs semblaient exsuder l'odeur tiède de la nourriture que l'on prépare ; pourtant, le jeune homme ne trouvait pas la cuisine.

Une servante, sortie d'une chambre, étendit les bras pour l'empêcher de passer.

– Monsieur, les hôtes ne viennent pas ici, dit-elle avec fermeté, sans rien de la gentillesse enfantine qu'elle eût affectée dans les salles de réception.

– Oh ! je n'ai pas le droit d'être ici ?

– Bien sûr que non !

Elle le poussa en direction de la façade, et s'avança dans le même sens.

– Vous n'êtes pas la fille qui est tombée dans la neige, tout à l'heure ? Rin'ya, c'est bien ça ?

– Oui, je suis Rin'ya. Je suppose que vous vous êtes perdu en cherchant les toilettes. Je vais vous y conduire.

Elle lui prit la main pour l'entraîner.

– Ce n'est pas cela. Je ne suis pas ivre. Voulez-vous me rendre un service ? Menez-moi dans une chambre vide, et apportez-moi de quoi manger.

– De quoi manger ? Si c'est là ce que vous désirez, je vous l'apporterai dans votre salon.

– Non, pas là. Tout le monde s'amuse. Ils ne veulent pas encore entendre parler de dîner.

Rin'ya pencha la tête.

– Vous devez avoir raison. Je vais vous apporter quelque chose ici. Que voulez-vous ?

– Rien d'extraordinaire ; deux grosses boulettes de riz feront l'affaire.

Au bout de quelques minutes, elle revint avec les boulettes de riz qu'elle lui servit dans une chambre non éclairée. Quand il eut terminé, il déclara :

– Je suppose que je peux sortir de la maison par ce jardin intérieur.

Sans attendre la réponse, il se leva et se dirigea vers la véranda.

– Où donc allez-vous, monsieur ?

– Ne vous inquiétez pas, je reviens tout de suite.

– Pourquoi partez-vous par-derrière ?

– Si je sortais par-devant, les gens feraient des histoires. Et si mes hôtes me voyaient, cela les troublerait et gâterait leur soirée.

– Je vous ouvre le portail, mais ne manquez pas de revenir tout de suite. Sinon, ils me rendront responsable.

– Je comprends. Si M. Mizuochi demande où je me trouve, dites-lui que je suis allé près du Rengeōin, voir un homme de ma connaissance. J'ai l'intention de revenir bientôt.

– Vous le devez. Votre compagne de soirée est Yoshino Dayū.

Elle ouvrit le portail de bois chargé de neige et le laissa sortir.

Juste en face de l'entrée principale du quartier des plaisirs, il y avait un salon de thé nommé l'Amigasajaya. Musashi s'y arrêta pour demander une paire de sandales de paille, mais les boutiquiers n'en avaient pas. Ainsi que le nom le sous-entendait, leur spécialité consistait à vendre des chapeaux de vannerie à des hommes soucieux de cacher leur identité pour entrer dans le quartier réservé.

Après avoir envoyé la serveuse acheter des sandales, Musashi s'assit au bord d'un tabouret, et serra son obi et le cordon qui se trouvait dessous. Il ôta son manteau large, le plia soigneusement, emprunta du papier, un pinceau, rédigea un court billet qu'il plia et glissa dans la manche du manteau. Alors, il appela le vieil homme accroupi auprès du foyer dans l'arrière-salle de la boutique, et qu'il supposait être le patron.

– Voudriez-vous me garder ce manteau ? Si je ne suis pas revenu à onze heures, veuillez le porter à l'Ōgiya et le remettre à un homme appelé Kōetsu. Il y a une lettre pour lui à l'intérieur de la manche.

L'homme répondit qu'il se ferait un plaisir de rendre ce service ; interrogé, il informa Musashi qu'il n'était qu'environ sept heures ; le veilleur venait de passer en l'annonçant.

Quand la fille revint avec les sandales, Musashi en examina les lanières afin de s'assurer que la tresse n'était pas trop serrée, puis les attacha par-dessus ses guêtres de cuir.

Il donna au boutiquier plus d'argent qu'il n'en fallait, prit un nouveau chapeau de vannerie et sortit. Au lieu de se fixer le chapeau sur la tête, il le tendit au-dessus de son crâne pour s'abriter de la neige qui tombait en flocons plus légers que des fleurs de cerisier.

Au long de la berge, avenue Shijō, l'on voyait des lumières; mais à l'est, dans les bois de Gion, il faisait nuit noire, mis à part les flaques de lumière fort espacées des lanternes de pierre. Le silence de mort n'était parfois rompu que par le bruit de la neige qui glissait d'une branche.

Devant la porte d'un sanctuaire, une vingtaine d'hommes étaient agenouillés en prière, face aux bâtiments déserts. Les cloches des temples, dans les collines proches, venaient de sonner cinq coups, ce qui indiquait huit heures. Cette nuit-là, le son puissant et clair des cloches semblait vous pénétrer au creux de l'estomac.

– Assez prié, fit Denshichirō. En route.

Comme ils se mettaient en marche, l'un des hommes demanda à Denshichirō si les lanières de ses sandales étaient en bon état.

– Par une nuit glacée comme celle-ci, si elles sont trop serrées, elles se casseront.

– Elles sont très bien. Quand il fait froid comme ça, la seule chose à faire est de porter des lanières en tissu. Enfonce-toi bien ça dans la tête.

Au sanctuaire, Denshichirō avait achevé ses préparatifs de combat, sans oublier le serre-tête et la lanière à manches en cuir. Entouré de son escorte à face patibulaire, il foulait à grands pas la neige en prenant de longues inspirations profondes et en exhalant des bouffées de vapeur blanche.

Le défi lancé à Musashi spécifiait le terrain situé derrière le Rengeōin, à neuf heures. Craignant, ou disant craindre, que s'ils accordaient à Musashi le moindre supplément de temps il risquait de prendre la fuite pour ne jamais revenir, les Yoshiokas avaient résolu d'agir vite. Hyōsuke était resté à proximité de la maison de Shōyū, mais avait envoyé ses deux camarades porter les nouvelles.

Comme ils approchaient du Rengeōin, ils virent un feu près de la partie arrière du temple.

– Qui est-ce ? demanda Denshichirō.

– Probablement Ryōhei et Jūrōzaemon.

– Ils sont là aussi ? dit Denshichirō avec un peu d'agacement. Trop de nos hommes sont présents. Je ne veux pas que l'on dise que Musashi n'a perdu que parce qu'il a été attaqué par une troupe nombreuse.

– Le moment venu, nous partirons.

Le principal bâtiment du temple, le Sanjūsangendō, s'étendait sur une largeur de trente-trois colonnes. Derrière lui se trouvait un vaste espace découvert, idéal pour s'exercer au tir à l'arc, et longtemps utilisé à cet effet. Ce rapport avec un des arts martiaux était ce qui avait poussé Denshichirō à choisir le Rengeōin pour sa rencontre avec Musashi. Denshichirō et ses hommes se trouvaient satisfaits de leur choix. Il y avait là des pins, assez pour éviter que le paysage ne fût désolé, mais ni mauvaises herbes ni joncs pour les gêner au cours du combat.

Ryōhei et Jūrōzaemon se levèrent pour accueillir Denshichirō ; Ryōhei lui dit :

– Vous avez dû avoir froid en route. Il nous reste encore beaucoup de temps. Asseyez-vous et réchauffez-vous.

Denshichirō s'assit en silence à l'endroit que Ryōhei venait de quitter. Il étendit les mains au-dessus des flammes et fit craquer ses phalanges, un doigt après l'autre.

– Je crois que j'arrive trop tôt, dit-il. (Sa face, réchauffée par le feu, avait déjà pris une expression sanguinaire. Le sourcil froncé, il demanda :) Ne sommes-nous point passés devant une maison de thé, en chemin ?

– Si, mais elle était fermée.

– Que l'un de vous aille chercher du saké. Si vous frappez assez longtemps, ils répondront.

– Du saké, maintenant ?

– Oui, maintenant. J'ai froid.

Denshichirō, accroupi, se rapprocha du feu presque au point de le toucher.

Étant donné que nul ne pouvait se rappeler un moment, matin, midi ou soir, où il s'était présenté au dōjō sans sentir l'alcool, on en était venu à admettre son alcoolisme comme un fait accompli. Bien que le sort de toute l'école Yoshioka fût en jeu, l'un des hommes se demanda s'il ne vaudrait pas mieux qu'il se chauffât le corps avec un peu de saké plutôt que d'essayer de manier le sabre avec des bras et des jambes gelés. Un autre fit doucement observer qu'il serait risqué de lui désobéir, fût-ce pour son propre bien, et deux des hommes coururent à la maison de thé. Le saké qu'ils rapportèrent était bouillant.

– Bon ! s'écria Denshichirō. Voilà mon meilleur ami et allié.

Nerveusement, ils le regardaient boire en formant des vœux pour qu'il en consommât moins que d'habitude. Pourtant, Denshichirō s'arrêta bien avant sa dose habituelle. Il avait beau faire le désinvolte, il savait parfaitement que sa vie était dans la balance.

– Écoutez ! Serait-ce Musashi ?

Ils dressèrent l'oreille. Tandis que les hommes qui entouraient le feu se levaient en hâte, une silhouette sombre apparut à l'angle du bâtiment. Elle agita la main en criant :

– Ne vous inquiétez pas ; ce n'est que moi.

Bien qu'élégamment vêtu, avec son *hakama* retroussé pour courir, il ne pouvait déguiser son âge. Il avait le dos courbé comme un arc. Quand les hommes purent le voir plus nettement, ils se dirent entre eux que ce n'était que le « vieux de Mibu », et leur excitation se calma. Il s'agissait de Yoshioka Genzaemon, le frère de Kempō et l'oncle de Denshichirō.

– Comment, mais c'est l'oncle Gen ! Qu'est-ce qui t'amène ? s'exclama Denshichirō.

Il ne lui était pas venu à l'esprit que son oncle, ce soir-là, pût considérer que son assistance fût nécessaire.

– Ah ! Denshichirō, dit Genzaemon, tu te bats vraiment. Je suis soulagé de te trouver ici.

– J'avais l'intention d'aller d'abord en discuter avec toi, mais...

– En discuter ? Qu'y a-t-il à discuter ? Le nom de Yoshioka a été traîné dans la boue, et ton frère est estropié ! Si tu étais resté les bras croisés, tu aurais eu affaire à moi !

– Ne t'inquiète pas. J'ai plus de caractère que mon frère.
– J'en accepte l'augure. Et je sais que tu vaincras, mais j'ai cru devoir venir t'encourager. J'ai couru tout le chemin depuis Mibu. Denshichirō, laisse-moi te mettre en garde : d'après ce que l'on me dit, tu ne dois point prendre cet adversaire trop à la légère.
– Je sais.
– Ne sois pas trop impatient de gagner. Sois calme, remets-t'en aux dieux. Si par hasard tu es tué, je prendrai soin de ton corps.
– Ha! ha! ha! ha! Viens, oncle Gen, chauffe-toi près du feu.

Le vieil homme but en silence une coupe de saké, puis s'adressa aux autres avec reproche :
– Que faites-vous ici ? Vous n'avez sûrement pas l'intention de le soutenir avec vos sabres, n'est-ce pas ? Cette rencontre a lieu entre un homme d'épée et un autre, et cela pourrait faire croire à une lâcheté que d'avoir ses disciples autour de soi. C'est presque l'heure, maintenant. Venez avec moi, vous tous. Nous irons assez loin pour n'avoir pas l'air de projeter une attaque en masse.

Les hommes obéirent, laissant Denshichirō seul. Assis près du feu, il songeait : « Quand j'ai entendu les cloches, il était huit heures. Maintenant, il doit être neuf heures. Musashi est en retard. »

La seule trace de ses disciples était leurs noires empreintes de pas dans la neige ; l'unique bruit, le craquement des stalactites qui se détachaient des auvents du temple. Une fois, la branche d'un arbre se brisa sous le poids de la neige. Chaque fois que le silence était rompu, Denshichirō dardait autour de lui des regards de faucon.

Et comme un faucon, un homme arriva, foulant la neige. Nerveux, haletant, Hyōsuke dit :
– Le voilà.

Denshichirō connaissait le message avant de l'entendre, et se trouvait déjà debout.
– Le voilà ? répéta-t-il comme un perroquet, mais automatiquement il piétinait les dernières braises du feu pour les éteindre.

Hyōsuke rapporta qu'après avoir quitté l'Ōgiya, Musashi avait pris son temps, comme oublieux de la tempête de neige.

– Il y a quelques minutes à peine, il grimpait les marches de pierre du sanctuaire de Gion. J'ai pris une rue secondaire pour venir le plus rapidement possible ; pourtant, même en flânant comme il le faisait, il ne saurait être bien loin derrière moi. J'espère que vous êtes prêt.

– Hum, ça va… Hyōsuke, retire-toi d'ici.

– Où sont les autres ?

– Je l'ignore, mais je ne veux pas que tu restes ici. Tu me rends nerveux.

– Bien, monsieur.

Hyōsuke affectait un ton d'obéissance, mais il ne voulait pas s'en aller, et résolut de rester. Après que Denshichirō eut piétiné le feu dans la neige à demi fondue et se fut tourné avec un tremblement d'excitation vers la cour, Hyōsuke plongea sous le plancher du temple et s'accroupit dans les ténèbres. Dehors, en plein air, il n'avait pas remarqué particulièrement le vent ; mais là, sous le bâtiment, une haleine glacée le fouettait. Transi jusqu'à la moelle, les genoux entre les bras, il essayait de se tromper lui-même en se disant que le claquement de ses dents et le pénible frisson qui lui parcourait l'échine étaient dus au froid seul, et n'avaient rien à voir avec sa frayeur.

Denshichirō s'éloigna du temple d'une centaine de pas et prit une posture assurée, un pied calé contre la racine d'un grand pin ; il attendait avec une impatience visible. La chaleur du saké s'était vite évanouie, et Denshichirō sentait le froid lui mordre la chair. Qu'il perdît son sang-froid sautait aux yeux même de Hyōsuke, lequel pouvait distinguer la cour aussi nettement qu'en plein jour. Un tas de neige chut en avalanche d'une branche d'arbre. Denshichirō sursauta.

Musashi ne paraissait toujours pas.

Enfin, incapable de rester en place plus longtemps, Hyōsuke sortit de sa cachette en criant :

– Qu'est-il arrivé à Musashi ?

– Tu es encore là ? demanda Denshichirō avec colère, mais il était aussi irrité que Hyōsuke et ne le chassa pas.

D'un accord tacite, les deux hommes s'avancèrent l'un vers l'autre. Debout là, ils regardaient dans toutes les directions; de temps en temps, l'un ou l'autre disait :
– Je ne le vois pas.

Chaque fois, le ton devenait plus irrité, plus soupçonneux.

– Le lâche... il a pris la fuite! s'exclama Denshichirō.

– Impossible, insista Hyōsuke, qui se lança dans une récapitulation passionnée de tout ce qu'il avait vu, et des raisons qui lui donnaient la certitude que Musashi finirait par venir.

Denshichirō l'interrompit :

– Qu'est-ce que c'est que ça ? demanda-t-il en portant vivement son regard à une extrémité du temple.

Une chandelle tremblante sortait des cuisines, derrière la longue salle. La chandelle était tenue par un prêtre, cela du moins était clair, mais ils ne pouvaient reconnaître la silhouette obscure qui se tenait derrière lui.

Les deux ombres et l'étincelle de lumière franchirent le portail entre la cuisine et le bâtiment principal, et montèrent sur le long péristyle du Sanjūsangendō. Le prêtre disait à voix basse :

– Tout ici est fermé la nuit, aussi je n'en sais rien. Ce soir, il y avait des samouraïs qui se réchauffaient dans la cour. Ce sont peut-être les gens sur lesquels vous m'interrogez; mais ils sont partis maintenant, comme vous pouvez le voir.

L'autre homme prit doucement la parole :

– Je regrette de vous avoir dérangé dans votre sommeil... Ah! n'y a-t-il pas deux hommes, là-bas, sous cet arbre ? Ce sont peut-être ceux qui m'ont fait prévenir qu'ils m'attendraient ici.

– Eh bien, vous ne risquez rien à le leur demander.

– Je vais le faire. Maintenant, je peux me diriger seul; aussi, je vous en prie, n'hésitez pas à regagner votre chambre.

– Est-ce que vous rejoignez vos amis pour admirer la neige ?

– Quelque chose de ce genre, répondit l'autre avec un petit rire.

Éteignant sa bougie, le prêtre déclara :

– Peut-être que je ne devrais pas vous dire ça, mais si vous faites du feu près du temple, comme ces hommes l'ont fait tout à l'heure, veuillez l'éteindre avec soin lorsque vous partirez.

– Je n'y manquerai pas.

– Très bien, alors. Je vous prie de m'excuser.

Le prêtre retraversa le portail qu'il ferma. L'homme qui se trouvait sur le péristyle se tint immobile un moment, avec un regard intense en direction de Denshichirō.

– Qui est-ce, Hyōsuke ?

– Je ne sais pas, mais il vient de la cuisine.

– Il ne semble pas appartenir au temple.

Tous deux se rapprochèrent du bâtiment d'une vingtaine de pas. L'homme qui se trouvait dans l'ombre alla se placer près du milieu du péristyle, fit halte et se retroussa la manche. Les hommes qui se trouvaient dans la cour se rapprochèrent inconsciemment assez pour voir cela, mais alors leurs pieds refusèrent de les porter plus avant. Au bout de quelques instants, Denshichirō cria :

– Musashi !

Il était fort conscient que l'homme debout à quelques pieds au-dessus de lui se trouvait dans une position très avantageuse. Non seulement il n'avait rien à craindre de l'arrière, mais quiconque eût essayé de l'attaquer par la droite ou la gauche eût d'abord dû grimper à son niveau. Il était donc libre de consacrer toute son attention à l'ennemi qu'il avait devant lui.

Derrière Denshichirō, il y avait un terrain découvert, de la neige et du vent. Il était sûr que Musashi n'amènerait personne, mais il ne pouvait se permettre d'ignorer le vaste espace qu'il avait derrière lui. Il fit un geste comme pour épousseter son kimono, puis commanda instamment à Hyōsuke :

– Va-t'en d'ici !

Hyōsuke alla se placer au fond de la cour.

– Êtes-vous prêt ?

La question de Musashi était calme, mais tranchante ; elle tomba comme une eau glacée sur la fiévreuse excitation de son adversaire. À ce moment, Denshichirō regarda pour la première fois Musashi. « C'est donc là ce bâtard ! » songea-t-il. Sa haine était sans mélange ; il lui en voulait d'avoir estropié son frère ; il était vexé d'être comparé à Musashi par les gens du commun ; il avait un mépris profondément enraciné pour celui qu'il considérait comme un arriviste de la campagne posant au samouraï.

– Vous avez du toupet de me demander si je suis prêt. Il est beaucoup plus de neuf heures !

– Ai-je dit que je serais ici à neuf heures tapantes ?

– Ne cherchez pas d'excuses ! J'attends depuis longtemps. Comme vous pouvez le voir, je suis tout prêt. Maintenant, descendez de là !

Il ne sous-estimait pas son adversaire au point d'oser l'attaquer de la position où il était.

– Tout de suite, répondit Musashi avec un petit rire. Il existait une différence entre l'idée qu'avait Musashi de la préparation et celle de son adversaire. Denshichirō, bien que physiquement prêt, venait à peine de commencer à se concentrer spirituellement, alors que Musashi avait commencé de combattre longtemps avant de se présenter devant son ennemi. Pour lui, la bataille entrait maintenant dans sa deuxième phase, sa phase centrale. Au sanctuaire de Gion, il avait vu les empreintes de pas dans la neige, et à ce moment son instinct combatif s'était réveillé. Sachant que l'ombre de l'homme qui le suivait ne se trouvait plus là, il avait eu l'audace de pénétrer par le portail principal du Rengeōin, et s'était rapidement approché des cuisines. Ayant éveillé le prêtre, il avait lié conversation, interrogé cet homme avec subtilité sur ce qui s'était passé plus tôt dans la soirée. Sans tenir compte de son léger retard, il avait pris le thé et s'était réchauffé. Puis, il avait fait son apparition brusquement et en profitant de la sécurité relative du péristyle. Il avait pris l'initiative.

Sa deuxième occasion se présenta quand Denshichirō tenta de le déloger de sa position avantageuse. Il pouvait accepter ce mode de combat ou en adopter un autre : l'ignorer et commencer à son gré. Il importait d'être prudent ; dans un cas pareil, la victoire est comme la lune réfléchie sur un lac. Si l'on saute impulsivement pour l'attraper, l'on risque la noyade.

L'exaspération de Denshichirō ne connaissait plus de bornes.

— Non seulement vous êtes en retard, vociféra-t-il, mais vous n'êtes point prêt! Et ici, je suis mal placé.

— Je viens, répondit Musashi, toujours parfaitement calme. Juste une minute.

Denshichirō n'ignorait pas que l'irritation risquait d'entraîner la défaite; pourtant, devant cette tentative délibérée de l'agacer, il ne put maîtriser ses émotions. Il oublia les leçons de stratégie qu'il avait apprises.

— Descendez! cria-t-il. Ici, dans la cour! Trêve de ruses; combattons en braves! Je suis Yoshioka Denshichirō! Et je n'ai que mépris pour la tactique de faux-semblants ou les attaques de lâche. Si vous avez peur avant que le duel ne commence, vous n'êtes pas digne de m'affronter. Descendez de là!

Musashi sourit largement.

— Yoshioka Denshichirō, dites-vous? Qu'ai-je à craindre de vous? Je vous ai coupé en deux au printemps de l'an dernier; si donc je recommence ce soir, cela ne fera que répéter ce que j'ai déjà fait.

— De quoi parlez-vous? Où? Quand?

— À Koyagyū dans le Yamato.

— Dans le Yamato?

— Au bain de l'auberge Wataga, pour être précis.

— Vous y étiez?

— J'y étais. Nous étions tous les deux nus, bien sûr, mais avec mes yeux je calculais si je pouvais ou non vous faucher. Et avec mes yeux je vous ai tué alors et d'une façon plutôt magnifique, s'il m'est permis de le dire moi-même. Vous n'avez pas dû vous en apercevoir, car il ne vous est pas resté de cicatrices, mais vous avez été vaincu, cela ne fait aucun doute. Il se peut que d'autres acceptent d'écouter vos fanfaronnades sur votre adresse au sabre, mais de moi vous n'aurez que moquerie.

— J'étais curieux de savoir comment vous vous exprimiez; maintenant, je le sais : comme un imbécile. Mais votre babillage m'intrigue. Descendez de là, que j'ouvre vos yeux si contents d'eux-mêmes!

— Quelle est votre arme ? Le sabre ? Le sabre de bois ?

— Pourquoi le demander alors que vous n'avez pas de sabre de bois ? Vous êtes venu avec l'intention de vous battre au sabre, non ?

— Oui, mais j'ai pensé que si vous vouliez vous servir d'un sabre de bois, je vous arracherais le vôtre et me battrais avec.

— Je n'en ai pas, espèce d'idiot ! Assez de grands mots ; le combat !

— Prêt ?

— Non !

Les talons de Denshichirō tracèrent une ligne noire, en pente, longue de près de trois mètres, tandis qu'il ménageait à Musashi un espace où atterrir. Musashi s'écarta rapidement de six à neuf mètres au long du péristyle avant de sauter à terre. Puis, lorsqu'ils se furent avancés, le sabre au fourreau, en s'observant l'un l'autre avec circonspection, jusqu'à une soixantaine de mètres du temple, Denshichirō perdit la tête. Brusquement, il dégaina et frappa. Son sabre était long, juste la bonne taille pour son corps. En sifflant doucement, il déchira l'air avec une étonnante légèreté, droit jusqu'à la place où Musashi s'était tenu.

Musashi fut plus prompt que le sabre. Plus rapide encore, une lame étincelante jaillit de son propre fourreau. Ils paraissaient trop proches l'un de l'autre pour qu'aucun d'eux s'en tirât indemne ; toutefois, au bout d'un moment où les sabres reflétèrent une lumière dansante, ils reculèrent.

Plusieurs minutes pleines de tension s'écoulèrent. Les deux combattants étaient silencieux, immobiles, leurs sabres suspendus en l'air, la pointe visant la pointe, mais séparées par une distance de près de trois mètres. La neige accumulée sur le front de Denshichirō lui tomba sur les cils. Afin de la secouer, il se contorsionna la face au point que les muscles de son front ressemblèrent à d'innombrables bosses mobiles. Ses yeux exorbités lançaient des éclairs ; son souffle profond, régulier, avait la chaleur et la puissance d'une soufflerie de forge.

Le désespoir s'était emparé de lui car il se rendait compte à quel point il se trouvait en mauvaise posture.

« Pourquoi est-ce que je tiens mon sabre à hauteur de l'œil alors que je le brandis toujours au-dessus de ma tête pour attaquer ? » se demandait-il. Il ne réfléchissait pas dans le sens ordinaire du terme. Son sang même, qu'il entendait palpiter à travers ses veines, lui disait cela. Mais son corps entier, jusqu'aux ongles des orteils, se concentrait dans l'effort de présenter à l'ennemi une image de férocité.

Savoir qu'il n'excellait pas dans la position « à hauteur de l'œil » le taquinait. À maintes reprises, il faillit lever les coudes pour brandir le sabre au-dessus de sa tête, mais c'était trop risqué. Musashi guettait précisément une pareille ouverture : l'infime fraction de seconde où ses bras lui boucheraient la vue.

Musashi tenait son sabre à hauteur de l'œil, lui aussi, les coudes détendus, souples et capables de se mouvoir en tout sens. Les bras de Denshichirō, dans cette posture inhabituelle, étaient tendus, raides, et son sabre mal assuré. Celui de Musashi ne bougeait pas du tout ; la neige commença de s'amonceler sur sa fine tranche supérieure.

Tout en guettant de son œil de lynx la moindre faute de son adversaire, Musashi comptait ses respirations. Non seulement il voulait mais il *devait* gagner. Il avait la conscience aiguë de se tenir une fois encore à la frontière : d'un côté la vie, et de l'autre la mort. Il considérait Denshichirō comme un gigantesque bloc de pierre, une présence accablante. Le nom du dieu de la guerre, Hachiman, lui traversa l'esprit.

« Sa technique est meilleure que la mienne », se dit avec impartialité Musashi. Il avait eu le même sentiment d'infériorité au château de Koyagyū quand les quatre principaux hommes d'épée de l'école Yagyū l'avaient encerclé. Il en allait toujours ainsi lorsqu'il affrontait des hommes d'épée des écoles orthodoxes, car sa propre technique était sans forme ni raison –, rien de plus, à la vérité, qu'une méthode du type « marche ou crève ». Les yeux fixés sur Denshichirō, il voyait que le style que Yoshioka Kempō avait créé et consacré sa vie à développer était à la fois simple et complexe, bien ordonné, systématique, et qu'on ne pouvait le dominer par la force brutale ou le courage uniquement.

Musashi veillait à ne faire aucun mouvement inutile. Sa tactique primitive refusait d'entrer en jeu. Dans une mesure qui le surprit, ses bras se rebellaient contre le fait d'être étendus. Le mieux qu'il pouvait faire était de garder une attitude conservatrice, défensive, et d'attendre. Ses yeux rougissaient à guetter une ouverture, et il priait Hachiman de lui accorder la victoire.

À mesure que son excitation croissait, son cœur se mettait à battre la chamade. S'il avait été un homme ordinaire, il eût risqué d'être aspiré dans un tourbillon de confusion, et de succomber. Mais il garda la tête froide, secouant son sentiment d'insuffisance comme s'il ne se fût agi que d'un peu de neige sur sa manche. Son aptitude à dominer cette exaltation nouvelle résultait du fait qu'il avait déjà survécu à plusieurs rencontres avec la mort. Maintenant, il avait l'esprit pleinement éveillé, comme si l'on avait écarté un voile de devant ses yeux.

Silence de mort. La neige s'accumulait sur les cheveux de Musashi, sur les épaules de Denshichirō.

Musashi ne voyait plus devant lui un gros bloc de pierre. Lui-même n'existait plus en tant que personne distincte. Il avait oublié sa volonté de vaincre. Il voyait la blancheur de la neige tomber entre lui-même et l'autre homme, et l'esprit de la neige était aussi léger que le sien propre. L'espace paraissait maintenant une extension de son propre corps. Il était devenu l'univers, ou l'univers était devenu lui. Il était là sans être là.

Les pieds de Denshichirō s'avançaient, centimètre par centimètre. Au bout de son sabre, sa volonté tremblait vers le début d'un mouvement.

En deux coups d'un seul sabre, deux vies expirèrent. D'abord, Musashi attaqua vers l'arrière, et la tête d'Ōtaguro Hyōsuke, ou un morceau de sa tête, vola devant Musashi comme une grosse cerise cramoisie, tandis que le corps inanimé chancelait en direction de Denshichirō. Le deuxième cri terrifiant – le cri de guerre de Denshichirō – fut brisé net au milieu ; le son interrompu s'évanouit dans l'espace qui les entourait. Musashi bondit si haut qu'il semblait jailli du niveau de la poitrine de son adversaire.

La forte charpente de Denshichirō tituba en arrière et s'effondra dans un tourbillon de neige blanche.

Le corps pitoyablement recroquevillé, la face enfouie dans la neige, le mourant cria :

– Attendez ! Attendez !

Musashi n'était plus là.

– Tu entends ?

– C'est Denshichirō !

– Il a reçu un mauvais coup !

Les formes noires de Genzaemon et des élèves de l'école Yoshioka s'élancèrent comme une vague à travers la cour.

– Regarde ! Hyōsuke a été tué !

– Denshichirō !

– *Denshichirō !*

Ils savaient pourtant bien qu'il était inutile de l'appeler, inutile de songer à un traitement médical. La tête de Hyōsuke avait été tranchée obliquement de l'oreille droite au milieu de la bouche, celle de Denshichirō du sommet à la pommette droite. Le tout en quelques secondes.

– Voilà... voilà pourquoi je te mettais en garde, bredouillait Genzaemon. Voilà pourquoi je te disais de ne pas le prendre à la légère. Oh ! Denshichirō, Denshichirō !

Le vieil homme étreignait le corps de son neveu, comme s'il eût essayé de le consoler. Genzaemon s'accrochait au cadavre de Denshichirō, mais s'irritait de voir les autres piétiner dans la neige rougie de sang.

– Qu'est devenu Musashi ? tonna-t-il.

Quelques-uns avaient déjà entrepris des recherches ; aucune trace de Musashi.

– Il n'est pas là, répondirent-ils, timides et obtus.

– Il se trouve bien quelque part ! aboya Genzaemon. Il ne s'est pas envolé. Si je ne me venge pas, jamais plus je ne pourrai porter la tête haute en tant que membre de la famille Yoshioka. Trouvez-le !

Un homme, le souffle coupé, désigna quelque chose. Les autres reculèrent d'un pas et regardèrent fixement dans la direction indiquée.

– C'est Musashi.

– Musashi !

Tandis que cette idée pénétrait dans leur esprit, un silence emplit l'atmosphère, non la tranquillité d'un lieu de culte, mais un silence menaçant, diabolique, comme si les oreilles, les yeux et les cerveaux avaient cessé de fonctionner.

Qu'avait vu l'homme ? En tout cas, ce n'était pas Musashi, car Musashi se tenait sous l'auvent du bâtiment le plus proche. Les yeux fixés sur les hommes de l'école Yoshioka, le dos pressé contre le mur, il se glissa jusqu'à l'angle sud-ouest du Sanjūsangendō. Il grimpa sur le péristyle et se faufila, lentement et silencieusement, jusqu'au centre.

« Attaqueront-ils ? » se demandait-il. Comme ils ne faisaient aucun mouvement dans sa direction, il continua à pas de loup jusqu'au flanc nord de l'édifice, et, d'un bond, disparut dans les ténèbres.

LE BEAU MONDE

– Il ne sera pas dit qu'un noble impudent l'emportera sur moi ! S'il croit pouvoir m'intimider en m'envoyant une feuille de papier blanc, il va m'entendre. Et je ramènerai Yoshino, ne fût-ce que par amour-propre. (On dit qu'il n'est pas besoin d'être jeune pour aimer jouer. Quand Haiya Shoyu se trouvait pris de boisson, impossible de le retenir.) Conduis-moi à leur chambre ! ordonna-t-il à Sumigiku.

Il lui mit la main sur l'épaule pour s'aider à se lever. En vain Kōetsu l'exhorta-t-il à se calmer.

– Non ! Je vais chercher Yoshino... Porte-drapeaux, en avant ! Votre général passe à l'action ! Que les courageux me suivent !

Une caractéristique étrange des ivrognes, c'est que, bien qu'ils semblent sans cesse en danger de choir ou pire, ils s'en tirent le plus souvent sains et saufs quand ils sont livrés à eux-mêmes. Pourtant, si nul ne veillait à les protéger, notre monde serait bien froid. Avec toutes ses années d'expérience, Shōyū était capable de tracer une fine ligne de démarcation entre le fait de s'amuser lui-même et celui de divertir autrui. Quand on le croyait assez gris pour être facile à manier, il s'efforçait d'être aussi difficile que possible, titubant jusqu'à ce que quelqu'un vînt à son secours ; alors, les esprits se rencontraient à la frontière où l'ivrognerie provoque une réaction de sympathie.

– Vous allez tomber ! s'écria Sumigiku en s'élançant pour l'en empêcher.

– Ne sois pas sotte. Mes jambes ont beau flageoler quelque peu, j'ai l'esprit ferme ! dit-il avec malice.

– Essayez donc de marcher seul.

Elle le lâcha ; il s'effondra aussitôt.

– Je dois être un peu fatigué. Il va falloir que quelqu'un me porte.

En route vers le salon du seigneur Kangan, l'air inconscient et pourtant parfaitement lucide, il chancelait, oscillait, pareil à de la gelée, et de mille autres façons maintenait ses compagnons dans l'embarras d'un bout à l'autre du long corridor.

L'enjeu était la question de savoir si oui ou non « ces nobles insolents et niais », comme il les appelait, allaient monopoliser Yoshino Dayū. Les grands marchands, qui n'étaient rien de plus que des roturiers riches, n'étaient pas impressionnés par les courtisans de l'empereur. Certes, ces derniers étaient effroyablement fiers de leur rang mais cela ne tirait pas à conséquence : ils n'avaient pas d'argent. En leur distribuant assez d'or pour les satisfaire, en prenant part à leurs élégants passe-temps, en affichant de la déférence envers leur rang, en flattant leur amour-propre on pouvait les manipuler comme des marionnettes. Nul ne s'y entendait mieux que Shōyū.

La lumière dansait gaiement sur le shoji de l'antichambre du salon du seigneur Karasumaru tandis que Shōyū tâtonnait pour l'ouvrir. Brusquement, on ouvrit la porte de l'intérieur.

– Comment, Shōyū, c'est vous ! s'exclama Takuan Sōhō.

Shōyū écarquilla les yeux, d'étonnement d'abord, puis de joie.

– Bon prêtre, bredouilla-t-il, quelle agréable surprise ! Vous étiez là tout le temps ?

– Et vous, mon bon monsieur, vous étiez là tout le temps ? répliqua Takuan en le contrefaisant.

Il entoura de son bras le cou de Shōyū, et tous deux s'étreignirent en ivrognes, comme des amoureux, barbe contre barbe.
– Ça va, vieux chenapan ?
– Oui, vieille fripouille. Et toi ?
– J'avais grande envie de te voir.
– Moi aussi.

Les deux hommes n'attendirent pas la fin de ces salutations attendries pour s'entre-tapoter la tête et s'entre-lécher le nez.

Le seigneur Karasumaru détourna son attention de l'antichambre pour s'adresser, avec un sourire sardonique, au seigneur Konoe Nobutada, assis en face de lui :

– Ha ! ha ! ha ! Je m'y attendais : voici l'homme qui fait du bruit.

Karasumaru Mitsuhiro était jeune encore, trente ans peut-être. Même s'il n'avait pas été vêtu de manière impeccable, il aurait eu l'air aristocratique : il était beau, le teint clair, les sourcils épais, les lèvres cramoisies, les yeux intelligents. Bien qu'il donnât l'impression d'être un homme très doux, sous la surface polie se cachait un fort tempérament alimenté par du ressentiment accumulé contre la classe militaire. Souvent, on l'avait entendu dire : « À notre époque où les guerriers seuls sont considérés comme des êtres humains à part entière, pourquoi faut-il que je sois né noble ? »

D'après lui, la classe des guerriers n'aurait dû s'occuper que de questions militaires et de rien d'autre, et tout jeune courtisan doté d'intelligence qui ne se rebiffait pas devant l'état de choses en vigueur était un fou. La suprématie absolue des guerriers contredisait le principe ancien selon lequel le pouvoir devait être exercé par la cour impériale assistée des militaires. Les samouraïs n'essayaient même plus de vivre en harmonie avec la noblesse ; ils dirigeaient tout, traitant les membres de la cour comme de simples ornements. Non seulement les coiffures apprêtées que les courtisans étaient autorisés à porter n'avaient pas de sens, mais les décisions qu'ils étaient autorisés à prendre auraient pu être prises par des mannequins.

Le seigneur Karasumaru considérait comme une erreur grave, de la part des dieux, d'avoir fait d'un homme comme lui-même un noble. Et, bien que serviteur de l'empereur, il ne voyait devant lui que deux possibilités : vivre dans une tristesse constante, ou passer son temps à faire la fête. Le choix raisonnable était de reposer sa tête sur les genoux d'une belle femme, d'admirer la pâle clarté de la lune, de contempler au printemps les fleurs de cerisier, et de mourir une coupe de saké à la main.

Ayant progressé du poste de ministre impérial des Finances à celui de conseiller impérial, il était un haut fonctionnaire de la bureaucratie sans pouvoir de l'empereur ; mais il passait beaucoup de temps au quartier réservé dont l'atmosphère était propice à l'oubli des insultes qu'il devait essuyer lorsqu'il traitait d'affaires plus pratiques. Parmi ses compagnons habituels se trouvaient plusieurs autres jeunes nobles insatisfaits, tous pauvres en comparaison des dirigeants militaires, mais capables d'une manière ou d'une autre de se procurer l'argent nécessaire à leurs excursions de chaque soir à l'Ōgiya – l'unique endroit, affirmaient-ils, où ils pouvaient se sentir humains.

Ce soir-là, il avait pour hôte un autre genre d'homme, le taciturne et bien élevé Konoe Nobutada, son aîné d'une dizaine d'années. Nobutada, lui aussi, avait un maintien aristocratique et un regard grave. Son visage était plein, ses sourcils épais ; bien que son teint plutôt sombre fût profondément grêlé, son agréable modestie justifiait en quelque sorte ces défauts. En des endroits tels que l'Ōgiya, un étranger n'eût jamais deviné qu'il était l'un des nobles du rang le plus élevé de Kyoto, le chef de la famille où l'on choisissait les régents impériaux. Souriant d'un air affable, au côté de Yoshino, il se tourna vers elle et dit :

– C'est bien la voix de M. Funabashi, n'est-ce pas ?

Elle se mordit les lèvres, déjà plus rouge qu'une fleur de prunier, et ses yeux trahirent son embarras devant la situation où elle se trouvait.

– Que ferai-je s'il entre ? demanda-t-elle avec nervosité.

– Ne vous levez pas ! lui ordonna le seigneur Karasumaru en empoignant le pan de son kimono. Takuan, que fabriquez-vous donc, là-bas ? Il fait froid avec la porte ouverte. Si vous sortez, sortez, et si vous rentrez, rentrez, mais fermez la porte.

– Entrez donc, dit Takuan à Shōyū en avalant l'appât et en entraînant le vieil homme dans la pièce.

Shōyū traversa la chambre, et s'assit aussitôt en face des deux nobles.

– Mon Dieu, quelle bonne surprise ! s'exclama Mitsuhiro avec une sincérité feinte.

Shōyū, sur ses genoux osseux, se rapprocha. Tendant la main vers Nobutada, il dit :

– Donnez-moi du saké.

Ayant reçu la coupe, il s'inclina avec une cérémonie exagérée.

– Ça me fait plaisir de vous voir, mon vieux Funabashi, dit Nobutada avec un large sourire. Vous paraissez toujours en pleine forme.

Shōyū vida la coupe et la rendit.

– Je n'imaginais pas une seconde que le seigneur Kangan avait pour compagnon Votre Excellence. (Feignant toujours d'être plus ivre qu'il ne l'était en réalité, il secoua comme un vieux valet son maigre cou ridé, et dit avec une frayeur simulée :) Pardonnez-moi, estimée Excellence ! (Puis, changeant de ton :) Pourquoi devrais-je être aussi poli ? Ha ! ha ! N'est-ce pas, Takuan ? (Il prit Takuan par le cou, attira vers lui le prêtre, et désigna du doigt les deux courtisans.) Takuan, déclara-t-il, les gens de ce monde pour qui j'éprouve le plus de pitié, ce sont les nobles. Ils portent des titres ronflants tels que conseiller ou régent, mais il n'y a rien pour accompagner ces honneurs. Même les marchands sont plus enviables, ne crois-tu pas ?

– Si fait, répondit Takuan en s'efforçant de dégager son cou.

– Dis donc, fit Shōyū en avançant une coupe en plein sous le nez du prêtre, tu ne m'as pas encore donné à boire. (Takuan lui versa du saké. Le vieux but.) Tu es un malin, Takuan. Dans le monde où nous vivons, les prêtres comme toi sont rusés, les marchands adroits, les guerriers forts et les nobles stupides. Ha ! ha ! Ça n'est pas vrai ?

– C'est vrai, c'est vrai, dit Takuan.

– Les nobles ne peuvent faire ce qu'ils veulent à cause de leur rang, mais ils sont évincés de la politique et du gouvernement. Alors, tout ce qui leur reste à faire, c'est de composer de la poésie ou de devenir experts en calligraphie. Pas vrai ? (Et il partit d'un nouvel éclat de rire. Mitsuhiro et Nobutada aimaient s'amuser autant que Shōyū ; pourtant, la crudité de cette ironie était embarrassante. Ils y répondirent par un silence de mort. Profitant de leur gêne, Shōyū insista :) Qu'en penses-tu, Yoshino ? As-tu un faible pour les nobles, ou préfères-tu les marchands ?

– Hi ! hi ! hi ! fit Yoshino. Quelle étrange question, monsieur Funabashi !

– Je ne plaisante pas. J'essaie de sonder profondément le cœur d'une femme. Maintenant je vois ce qu'il contient. En réalité, tu préfères les marchands, n'est-ce pas ? Je crois que je ferais mieux de t'emmener d'ici. Viens avec moi dans mon salon.

Il la prit par la main, et se leva d'un air rusé. Mitsuhiro, saisi, renversa son saké.

– La plaisanterie a des limites, dit-il en arrachant la main de Yoshino de celle de Shōyū et en l'attirant près de lui.

Prise entre les deux hommes, Yoshino se mit à rire et tenta de sauver la situation. Saisissant la main de Mitsuhiro dans sa main droite, et celle de Shōyū dans sa main gauche, elle prit un air inquiet pour dire :

– Que diable vais-je bien pouvoir faire de vous deux ?

Pour les deux hommes, qui pourtant n'avaient pas d'antipathie l'un envers l'autre, et n'étaient pas sérieusement des rivaux amoureux, les règles du jeu leur dictaient de faire tout ce qui se trouvait en leur pouvoir pour rendre la position de Yoshino Dayū plus embarrassante.

– Allons, ma bonne dame, dit Shōyū, vous devez décider vous-même. Vous devez choisir l'homme dont vous ornerez la chambre, l'homme à qui vous donnerez votre cœur.

Takuan se jeta dans la mêlée :

– Question très intéressante, n'est-ce pas ? Dites-nous donc, Yoshino, lequel vous choisissez.

Le seul à ne point prendre part à la scène, c'était Nobutada. Au bout d'un moment, son sens des convenances le poussa à dire :

– Allons, allons, vous êtes des hôtes ; ne soyez pas grossiers. De la façon dont vous vous comportez, m'est avis

705

que Yoshino serait enchantée d'être débarrassée de vous deux. Pourquoi ne pas nous amuser tous en cessant de l'ennuyer ? Kōetsu doit être tout seul. Qu'une de vous autres, les filles, aille l'inviter à venir ici.

Shōyū agita la main.

– Inutile d'aller le chercher. Je me contenterai de regagner ma chambre avec Yoshino.

– Certainement pas, dit Mitsuhiro en la serrant plus fort dans ses bras.

– L'insolence de l'aristocratie ! s'exclama Shōyū. (Les yeux étincelants, il offrit une coupe à Mitsuhiro en disant :) Décidons qui l'obtiendra en faisant un concours de boisson devant elle.

– Mais bien sûr ; ça paraît amusant. (Mitsuhiro prit une grande coupe, qu'il posa sur une petite table entre eux.) Êtes-vous certain d'être assez jeune pour le supporter ? demanda-t-il pour rire.

– Pas besoin d'être jeune pour lutter avec une grande perche de noble !

– Comment allons-nous décider des tours ? Se contenter d'engloutir n'est pas drôle. Nous devrions jouer à un jeu. Le perdant devra boire une pleine coupe. À quel jeu jouerons-nous ?

– Nous pourrions essayer de nous faire baisser les yeux l'un à l'autre.

– Ça m'obligerait à contempler votre vilaine face de marchand. Ce n'est pas un jeu, c'est une torture.

– Pas d'insultes ! Euh... et le jeu de la pierre, des ciseaux et du papier ?

– Très bien !

– Takuan, soyez l'arbitre.

– Tout à votre service.

Le visage grave, ils commencèrent. Après chaque partie, le perdant se plaignait avec l'amertume de rigueur, et tout le monde éclatait de rire.

Yoshino Dayū se glissa discrètement hors de la chambre, traînant derrière elle, avec grâce, le pan de son long kimono, et s'éloigna d'un pas majestueux dans le corridor. Peu après son départ, Nobutada déclara : « Je dois m'en aller aussi », et prit congé sans que l'on s'en aperçût.

Takuan, bâillant sans vergogne, se coucha et sans demander la permission posa la tête sur le genou de Sumigiku. C'était bien agréable de somnoler ici ; pourtant, il éprouva du remords. « Je devrais rentrer à la maison, se dit-il. Sans moi, ils doivent se sentir seuls. » Il songeait à Jōtarō et Otsū, de nouveau réunis chez le seigneur Karasumaru. Takuan y avait emmené Otsū après ses épreuves au Kiyomizudera.

Takuan et le seigneur Karasumaru étaient de vieux amis qui avaient de nombreux goûts communs : la poésie, le Zen, la boisson et même la politique. Vers la fin de l'année précédente, Takuan avait reçu une lettre l'invitant à passer à Kyoto les fêtes du nouvel an. « Vous me paraissez claquemuré dans un petit temple campagnard, écrivait Mitsuhiro. Ne rêvez-vous pas de la capitale, de bon saké de Nada, de la compagnie de belles femmes, de la vue des petits pluviers au bord de la rivière Kamo ? Si vous aimez dormir, je suppose qu'il est bon de pratiquer votre Zen à la campagne ; mais si vous désirez quelque chose de plus animé, alors venez ici, en société. Ressentez-vous quelque nostalgie de la capitale ? Alors, n'hésitez pas à venir nous voir. »

Peu de temps après son arrivée, au début de la nouvelle année, Takuan fut très surpris de voir Jōtarō jouer dans la cour. Il apprit en détail, par Mitsuhiro, ce que l'enfant faisait là ; puis Jōtarō l'informa que l'on était sans nouvelles d'Otsū depuis qu'Osugi avait pris la jeune fille dans ses griffes, au jour de l'an.

Le matin qui avait suivi son retour, Otsū avait été prise de fièvre et se trouvait encore au lit, soignée par Jōtarō assis tout le jour à son chevet, lui rafraîchissant le front avec des serviettes humides, et dosant ses médicaments aux heures qu'il fallait.

Malgré sa grande envie de partir, Takuan ne le pouvait guère avant son hôte ; or, Mitsuhiro semblait de plus en plus absorbé par le concours de boisson.

Les deux hommes étant de vieux combattants, le concours paraissait destiné à se terminer en match nul, ce qui fut le cas. Ils n'en continuèrent pas moins à boire, l'un en face de l'autre, genou contre genou, en bavardant avec animation. Takuan ignorait si ce bavardage avait pour sujet le pouvoir aux mains de la classe militaire, la valeur intrinsèque de la noblesse ou le rôle des marchands dans le développement du commerce extérieur, mais de toute évidence il s'agissait de quelque chose de très sérieux. Takuan leva la tête du genou de Sumigiku, et, sans ouvrir les yeux, s'appuya contre un montant de l'alcôve; de temps à autre, une bribe de conversation le faisait sourire. Bientôt, Mitsuhiro demanda, d'un ton vexé :

– Où donc est Nobutada ? Il est rentré chez lui ?

– Peu importe. Où donc est Yoshino ? demanda Shōyū, l'air soudain tout à fait dégrisé.

Mitsuhiro pria Rin'ya d'aller chercher Yoshino.

En passant devant la chambre où Shōyū et Kōetsu avaient commencé la soirée, Rin'ya regarda à l'intérieur. Musashi s'y trouvait assis tout seul, le visage à côté de la blanche clarté de la lampe.

– Comment ! je ne vous savais pas de retour, dit Rin'ya.
– Je viens d'arriver.
– Êtes-vous entré par le fond ?
– Oui.
– Où donc êtes-vous allé ?
– Euh... en dehors du quartier.
– Je parie que vous aviez rendez-vous avec une jolie fille. Vous n'avez pas honte ? Vous n'avez pas honte ? Je vais le dire à ma maîtresse, déclara-t-elle avec effronterie.

Musashi se mit à rire.

– Il n'y a personne, dit-il. Que sont-ils devenus ?
– Ils sont dans une autre chambre; ils jouent à des jeux avec le seigneur Kangan et un prêtre.
– Kōetsu aussi ?
– Non. Je ne sais pas où il est.
– Peut-être qu'il est rentré chez lui. Si oui, je devrais en faire autant.
– Il ne faut pas dire cela. Quand on vient dans cette maison, l'on ne peut en sortir sans le consentement de Yoshino. Si vous vous contentez de partir à la dérobée, on se moquera de vous. Et je serai grondée. (Peu au fait de l'humour des courtisanes, il reçut cette nouvelle d'un air grave en songeant : « Ainsi, telles sont les coutumes du

pays. ») Vous ne devez absolument pas vous en aller sans prendre congé dans les règles. Attendez ici mon retour.

Quelques minutes plus tard, parut Takuan.

– D'où viens-tu donc comme ça ? demanda-t-il en donnant une claque sur l'épaule du rōnin.

– Quoi ? fit Musashi, le souffle coupé. (Quittant son coussin, il posa les deux mains à terre et s'inclina profondément.) Voilà bien longtemps que je ne vous ai vu !

Relevant les mains de Musashi, Takuan dit :

– Cet endroit est consacré au divertissement et à la détente. Je te dispense des salutations protocolaires... On m'avait dit que Kōetsu se trouvait ici, lui aussi, mais je ne le vois pas.

– Où croyez-vous qu'il puisse être ?

– Cherchons-le. J'ai bien à te parler en privé d'un certain nombre de choses, mais elles peuvent attendre une occasion plus propice.

Takuan ouvrit la porte qui menait à la chambre voisine. Là, les pieds dans le *kotatsu*, une couverture sur lui, était étendu Kōetsu, isolé du reste de la pièce par un petit écran d'or. Il dormait paisiblement. Takuan ne pouvait se résoudre à l'éveiller. Kōetsu ouvrit les yeux de lui-même. Il contempla un moment le visage du prêtre, puis celui de Musashi, ne sachant tout à fait que penser. Après qu'ils lui eurent expliqué la situation, Kōetsu leur dit :

– S'il n'y a que vous et Mitsuhiro dans l'autre chambre, je veux bien y aller.

Ils constatèrent que Mitsuhiro et Shōyū, enfin à bout de paroles, avaient sombré dans la mélancolie. Ils étaient parvenus au stade où le saké commence à prendre un goût amer, où les lèvres se dessèchent, où une gorgée d'eau fait songer au retour chez soi. Ce soir-là, les séquelles étaient pires encore : Yoshino les avait abandonnés.

– Pourquoi ne rentrons-nous pas tous ? suggéra quelqu'un.

– Nous ferions aussi bien, dirent les autres.

Ils ne désiraient pas vraiment partir ; pourtant, ils craignaient que s'ils restaient plus longtemps rien ne subsistât de la douceur de la soirée. Mais comme ils se levaient pour s'en aller, Rin'ya entra en courant dans la chambre avec deux fillettes plus jeunes. Saisissant les mains du seigneur Kangan, Rin'ya lui déclara :

— Nous sommes désolées de vous avoir fait attendre. Je vous en prie, ne partez pas. Yoshino Dayū est prête à vous recevoir chez elle. Je sais bien qu'il est tard, mais il fait clair au-dehors – à cause de la neige -, et par ce froid vous devriez du moins vous chauffer comme il faut avant de reprendre vos palanquins. Venez avec nous.

Aucun d'eux n'avait plus envie de jouer. L'humeur, une fois dissipée, était difficile à ressusciter. Remarquant leur hésitation, l'une des suivantes dit :

— Yoshino s'est déclarée certaine que tous, vous trouviez grossier de sa part qu'elle soit partie, mais elle ne voyait rien d'autre à faire. Si elle cédait au seigneur Kangan, M. Funabashi serait froissé, et si elle partait avec M. Funabashi le seigneur Kangan se sentirait seul. Elle veut qu'aucun de vous deux se sente négligé ; aussi vous invite-t-elle à prendre une dernière coupe. Veuillez comprendre ce qu'elle éprouve, et rester un peu davantage.

Sentant qu'un refus serait peu galant – et très curieux de voir la principale courtisane chez elle –, ils se laissèrent convaincre. Guidés par les fillettes, ils trouvèrent cinq paires de sandales de paille rustiques en haut des marches du jardin. Les ayant chaussées, ils traversèrent en silence la neige tendre. Musashi n'avait aucune idée de ce qui se passait, mais les autres croyaient qu'ils allaient prendre part à une cérémonie du thé car Yoshino était connue pour être une adepte ardente du culte du thé. Un bol de thé serait le bienvenu après tout l'alcool qu'ils avaient ingurgité ; nul ne s'inquiéta donc jusqu'à ce qu'on les menât plus loin que la maison de thé, dans un champ en friche.

— Où nous conduisez-vous ? demanda le seigneur Kangan d'un ton accusateur. Nous voilà dans les ronces !

Les fillettes rirent sous cape, et Rin'ya se hâta d'expliquer :

— Oh! non! C'est notre jardin aux pivoines. Au début de l'été, nous sortons des tabourets, et tout le monde vient ici boire en admirant les fleurs.

— Ronces ou pivoines, être ici, dehors, dans la neige, n'a

rien d'agréable. Yoshino tient-elle à nous faire attraper froid ?

– Pardon. C'est juste un peu plus loin.

À l'angle du champ se dressait une maisonnette au toit de chaume, qui, d'après son aspect, devait être une ferme datant d'avant la construction du quartier. Il y avait un boqueteau derrière, et la cour se trouvait séparée du jardin bien entretenu de l'Ōgiya.

– Par ici, dirent les fillettes en les menant à une salle au sol en terre battue, dont les murs et les montants étaient noirs de suie.

Rin'ya annonça leur arrivée, et de l'intérieur Yoshino Dayū répondit :

– Soyez les bienvenus ! Entrez, je vous prie.

Dans l'âtre, le feu projetait sur le papier du shoji une douce lueur rouge. On se serait cru très loin de la grand-ville. Les hommes, en regardant autour d'eux, dans la cuisine, remarquèrent, pendues à un mur, des capes à pluie en paille, et se demandèrent quel genre de réception Yoshino leur avait réservée. Le shoji s'ouvrit en glissant ; un par un, ils grimpèrent dans la salle où se trouvait l'âtre.

Yoshino portait un kimono jaune pâle, uni, une obi de satin noir. Son maquillage se réduisait au minimum, et elle s'était recoiffée à la mode simple des ménagères. Ses invités la contemplaient avec admiration.

– Comme c'est original !

– Comme c'est charmant !

Dans ses vêtements sans prétention qui ressortaient sur les murs noircis, Yoshino se révélait cent fois plus belle que dans les costumes de style Momoyama, aux broderies compliquées, qu'elle portait en d'autres temps. Les kimonos voyants auxquels étaient habitués les hommes, le rouge à lèvres chatoyant, le décor de paravents d'or et de candélabres d'argent, étaient nécessaires pour une femme qui exerçait son métier. Mais Yoshino n'avait pas besoin d'accessoires pour rehausser sa beauté.

– Hum ! fit Shōyū, voilà quelque chose de tout à fait extraordinaire.

Il n'était pas homme à décerner des louanges à la légère, et sa langue acerbe parut temporairement domptée.

Sans distribuer de coussins, Yoshino les invita à s'asseoir auprès du foyer.

– J'habite ici, comme vous voyez, et n'ai pas grand-chose à vous offrir, mais du moins y a-t-il du feu. J'espère que vous serez d'accord avec moi : un feu est le meilleur festin que l'on puisse offrir, par une froide nuit de neige, que l'on reçoive un prince ou un pauvre. Il y a une bonne provision de bois ; aussi, même si nous bavardons jusqu'au matin, je n'aurai pas besoin d'utiliser les plantes en pot comme combustible. Je vous en prie, mettez-vous à l'aise.

Le noble, le marchand, l'artiste et le prêtre, assis jambes croisées près de l'âtre, tendaient leurs mains au-dessus du feu. Kōetsu réfléchissait sur la promenade glaciale pour venir de l'Ōgiya, et l'invitation au feu de joie. Cela ressemblait en effet à un festin ; c'était l'essence même de la fête.

– Vous aussi, montez près du feu, dit Yoshino en adressant un sourire d'invite à Musashi, et en s'écartant légèrement pour lui faire place.

Musashi était frappé par la noble compagnie où il se trouvait. Après Toyotomi Hideyoshi et Tokugawa Ieyasu, Yoshino devait être la personne la plus célèbre du Japon. Bien sûr, il y avait Okuni, fameuse dans le kabuki, et la maîtresse de Hideyoshi, Yodogimi ; pourtant, Yoshino passait pour avoir plus de classe que la première, et plus d'esprit, de beauté, de bonté que la seconde. Les hommes liés à Yoshino étaient surnommés les « acheteurs », tandis qu'elle-même était appelée « la Tayū ». Toute courtisane de premier rang était connue sous le nom de Tayū, mais « la Tayū » désignait Yoshino et nulle autre. Musashi avait ouï dire qu'elle avait sept suivantes pour la baigner, et deux pour lui couper les ongles.

Ce soir-là, pour la première fois de sa vie, Musashi se trouvait en compagnie de dames peintes et polies ; il réagissait par une raideur cérémonieuse, en partie parce qu'il ne pouvait s'empêcher de se demander ce que les hommes trouvaient de si extraordinaire à Yoshino.

– Je vous en prie, détendez-vous, dit-elle. Venez vous asseoir ici.

Au bout de la quatrième ou cinquième invitation, il capitula. Prenant place à côté d'elle, il imita les autres en tendant gauchement les mains au-dessus du feu. Yoshino jeta un coup d'œil à la manche du jeune homme, et vit une tache rouge. Tandis que les autres s'absorbaient dans la conversation, discrètement elle tira de sa propre manche un morceau de papier, et essuya la tache.

– Euh, merci, dit Musashi.

S'il avait gardé le silence, nul n'eût rien remarqué ; mais à peine avait-il ouvert la bouche que tous les regards se portèrent à la tache cramoisie, sur le papier que tenait Yoshino. Les yeux écarquillés, Mitsuhiro demanda :

– C'est du sang, n'est-ce pas ?

Yoshino sourit.

– Non, bien sûr que non. C'est un pétale de pivoine rouge.

LE LUTH BRISÉ

Les quatre ou cinq morceaux de bois qui se trouvaient dans l'âtre brûlaient doucement en exhalant un arôme agréable et en illuminant comme un soleil de midi la petite pièce. La légère fumée ne piquait pas les yeux ; elle ressemblait aux pétales d'une pivoine blanche, balancés par la brise et mouchetés de temps à autre d'étincelles dorées, pourpres et cramoisies. Chaque fois que le feu baissait, Yoshino y ajoutait des morceaux de bois d'un pied de long. Les hommes étaient trop captivés par la beauté des flammes pour poser des questions sur le bois ; pourtant, Mitsuhiro finit par demander :

– Quel bois brûlez-vous ? Ce n'est pas du pin.

– Non, répondit Yoshino. C'est du bois de pivoine.

Ils furent un peu surpris car la pivoine, avec ses fines branches d'arbuste, ne semble guère convenir au bois de chauffage. Yoshino prit un bâton qui n'avait été que légèrement roussi, et le tendit à Mitsuhiro.

Elle leur dit que les souches de pivoines du jardin avaient été plantées plus de cent ans auparavant. Au début de l'hiver, les jardiniers les taillaient avec beaucoup de soin, enlevant les parties supérieures, rongées par les vers. On gardait pour les brûler les parties coupées. La quantité avait beau être faible, elle suffisait à Yoshino.

La pivoine était la reine des fleurs, assurait la jeune femme. Peut-être n'était-il que naturel que ses branches flétries eussent une qualité que l'on ne trouvait pas au bois ordinaire, tout comme certains hommes avaient une valeur que les autres ne possédaient pas.

– Combien existe-t-il d'hommes dont le mérite subsiste une fois que les fleurs se sont fanées ? rêvait-elle. (Avec un sourire mélancolique, elle répondait à sa propre question :) Nous autres humains ne fleurissons que dans notre jeunesse, puis nous devenons avant même de mourir des squelettes desséchés, sans parfum. (Un peu plus tard, Yoshino dit :) Je regrette de n'avoir rien de plus à vous offrir que le saké et le feu, mais du moins y a-t-il du bois, assez pour durer jusqu'au lever du soleil.

– Ne vous excusez pas. C'est un festin de roi.

Shōyū, bien qu'habitué au luxe, était sincère dans son éloge.

– Je vais vous faire une demande, dit Yoshino. Voulez-vous, je vous prie, écrire quelque chose en souvenir de cette soirée ?

Tandis qu'elle préparait l'encre, les fillettes déployaient dans la pièce voisine un tapis de laine, et disposaient plusieurs feuilles de papier à écrire chinois. Fait de bambou et de mûrier, il était robuste et absorbant, parfait pour les inscriptions calligraphiques.

Mitsuhiro, jouant le rôle de l'hôte, se tourna vers Takuan et dit :

– Bon prêtre, puisque cette dame le requiert, voulez-vous écrire quelque chose d'approprié ? Ou peut-être devrions-nous d'abord le demander à Kōetsu ?

Koetsu se déplaça en silence, à genoux. Il prit le pinceau, réfléchit un moment, et dessina une fleur de pivoine.

Au-dessus d'elle, Takuan écrivit :

> À quoi bon m'accrocher à
> Une vie si éloignée de
> La beauté et de la passion ?
> Les pivoines, bien que jolies,
> Perdent leurs brillants pétales et meurent.

Le poème de Takuan était dans le style japonais. Mitsuhiro choisit d'écrire à la manière chinoise, en citant des vers d'un poème de Tsai Wen :

Quand je suis occupé, la montagne me regarde.
Quand j'ai des loisirs, je regarde la montagne.
Bien que cela paraisse la même chose, ce n'est pas la
[même chose,
Car l'occupation est inférieure au loisir.

Sous le poème de Takuan, Yoshino écrivit :

Même lorsqu'elles s'épanouissent,
Un souffle de tristesse passe
Au-dessus des fleurs.
Pensent-elles à l'avenir
Où leurs pétales seront tombés ?

Shōyū et Musashi contemplaient la scène en silence, ce dernier grandement soulagé que nul n'insistât pour lui faire écrire quelque chose, à lui aussi.

Ils retournèrent à l'âtre et bavardèrent un moment jusqu'à ce que Shōyū, avisant un *biwa*, une sorte de luth, à côté de l'alcôve de la chambre intérieure, demandât à Yoshino de jouer pour eux. Les autres firent chorus.

Yoshino, sans manifester la moindre timidité, prit l'instrument et s'assit au milieu de la chambre intérieure faiblement éclairée. Ses manières n'étaient pas celles d'un virtuose fier de ses talents ; elle ne péchait pas non plus par fausse modestie. Les hommes débarrassèrent leur esprit des pensées désordonnées pour mieux consacrer leur attention à son interprétation d'un fragment des *Contes des Heike*. Les sons doux cédèrent la place à un passage agité puis à des accords staccato. Le feu baissa et la pièce s'assombrit. Aucun des auditeurs, fascinés par la musique, ne bougea jusqu'à ce qu'une minuscule explosion d'étincelles les fît redescendre sur terre. À la fin de la musique, Yoshino dit avec un léger sourire :

– Je crains de n'avoir pas très bien joué.

Elle remit le luth en place et retourna vers le feu. Quand les hommes se levèrent pour prendre congé, Musashi, heureux que son ennui cessât, fut le premier à gagner la porte. Yoshino prit congé de ses hôtes, un par un, mais comme il se détournait pour partir, elle saisit doucement Musashi par la manche.

– Musashi, passez donc ici la nuit. Pour une raison quelconque... je ne veux pas vous laisser rentrer chez vous.

Le visage d'une vierge importunée n'aurait pu être plus rouge. Il essaya de sauver la face en faisant la sourde oreille, mais les autres ne doutaient pas un seul instant qu'il était trop troublé pour répondre.

Se tournant vers Shōyū, Yoshino demanda :

– Il n'y a pas d'inconvénient à ce que je le garde ici, n'est-ce pas ?

Musashi écarta de sa manche la main de Yoshino.

– Non, je pars avec Kōetsu.

Comme il se hâtait de gagner la porte, Kōetsu l'arrêta :

– Ne soyez pas ainsi, Musashi. Pourquoi ne voulez-vous pas rester ici, cette nuit ? Vous pouvez rentrer chez moi demain. Après tout, cette dame a eu la bonté de vous témoigner de l'intérêt.

Et il alla rejoindre les deux autres.

La prudence de Musashi l'avertissait qu'ils essayaient délibérément de l'amener par la ruse à rester pour s'en égayer ensuite. Pourtant, la gravité qu'il voyait peinte sur les visages de Yoshino et Kōetsu démentait le fait qu'il pût s'agir d'une plaisanterie.

Shōyū et Mitsuhiro, fort amusés par la gêne de Musashi, continuaient à le taquiner, l'un disant : « Vous êtes l'homme le plus chanceux du pays », et l'autre se portant volontaire pour rester à sa place.

La plaisanterie cessa avec l'arrivée d'un serviteur que Yoshino avait envoyé surveiller le quartier. Il avait le souffle court, et ses dents claquaient de frayeur.

– Les autres messieurs peuvent s'en aller, déclara-t-il, mais Musashi n'y devrait pas songer. À cette heure, seule la porte principale est ouverte ; des deux côtés de cette porte, autour de la maison de thé Amigasa et au long de la rue, une foule de samouraïs fortement armés rôdent par petits groupes. Ils appartiennent à l'école Yoshioka. Les commerçants craignent qu'il n'arrive quelque chose d'affreux ; aussi ont-ils tous fermé de bonne heure. En dehors du quartier, vers le manège, on m'a dit qu'il y a au moins une centaine de samouraïs.

Les hommes furent impressionnés, non seulement par la nouvelle, mais par le fait que Yoshino eût pris une telle précaution. Seul, Kōetsu se doutait qu'il s'était passé quelque chose.

Yoshino avait eu la puce à l'oreille en voyant la tache de sang sur la manche de Musashi.

– Musashi, dit-elle, maintenant que vous savez ce qui se passe là-bas, peut-être êtes-vous plus que jamais résolu à partir, uniquement pour prouver que vous n'avez point peur. Mais je vous en prie, ne commettez pas d'acte irréfléchi. Si vos ennemis vous prennent pour un lâche, vous pourrez toujours leur prouver demain que vous ne l'êtes pas. Ce soir, vous êtes venu ici pour vous détendre, et c'est la marque d'un homme véritable que de s'amuser tout son soûl. Les Yoshiokas veulent vous tuer. Ce n'est sûrement pas une honte que de l'éviter. Et même, bien des gens vous condamneraient pour manque de jugement si vous vous obstiniez à tomber dans leur piège... Il y a la question de votre honneur personnel, bien sûr, mais je vous en prie, prenez en considération le préjudice qu'un combat causerait aux gens du quartier. La vie de vos amis serait mise en péril, elle aussi. En l'occurrence, la sagesse veut que vous restiez ici. (Sans attendre sa réponse, elle se tourna vers les autres pour leur dire :) Je crois que vous autres pouvez partir sans risque, à condition d'être prudents.

Deux heures plus tard, la pendule sonna quatre coups. Le son lointain de musique et de chansons s'était évanoui. Musashi se tenait assis au seuil de la salle où se trouvait l'âtre, prisonnier solitaire attendant l'aube. Yoshino restait près du feu.

– Vous n'avez pas froid, là-bas ? demanda-t-elle. Venez donc ici où il fait chaud.

– Ne vous inquiétez pas pour moi. Allez vous coucher. Quand le soleil se lèvera, je m'en irai.

Ces mêmes répliques avaient déjà été échangées bon nombre de fois, mais sans résultat.

Malgré le manque d'usage de Musashi, Yoshino se sentait attirée par lui. On avait beau dire qu'une femme qui considérait les hommes comme des hommes, plutôt que comme des sources de revenus, ne devait pas chercher emploi dans les quartiers de plaisir, ce n'était là qu'un cliché répété par les patrons de maisons closes – des hommes qui ne connaissaient que des prostituées ordinaires et n'avaient point de contact avec les grandes courtisanes. Les femmes ayant reçu l'éducation et la formation de Yoshino étaient fort capables de tomber amoureuses. Elle n'avait qu'un ou deux ans de plus que Musashi, mais que leur expérience de l'amour était donc différente ! À le regarder assis là, si raide, réprimant ses émotions, évitant le visage de la jeune femme comme si un regard jeté sur elle eût risqué de le rendre aveugle, elle se sentait de nouveau pareille à une vierge protégée qui éprouve les premières affres de l'amour.

Les suivantes, ignorantes de la tension psychologique qui régnait, avaient préparé dans la chambre voisine des couches dignes du fils et de la fille d'un daimyō. Des clochettes dorées brillaient doucement aux angles des oreillers de satin.

Le son de la neige glissant du toit évoquait le bruit fait par un homme qui saute d'une clôture dans le jardin. Chaque fois qu'il l'entendait, Musashi se hérissait comme un porc-épic. Il avait l'impression que ses nerfs se prolongeaient jusqu'à l'extrémité même de ses cheveux.

Yoshino frissonna. C'était le moment le plus froid de la nuit, l'heure qui précède immédiatement l'aube ; et pourtant, le malaise de la jeune femme ne provenait pas du froid, mais de la vue de cet homme féroce.

La bouilloire, sur le feu, se mit à siffler ; ce son joyeux la calma. En silence, elle versa du thé.

– Il fera bientôt jour. Venez prendre une tasse de thé et vous réchauffer près du feu.

– Merci, répondit Musashi sans bouger.

– C'est prêt, reprit-elle, puis elle renonça.

Elle ne voulait à aucun prix se rendre importune. Pourtant, elle était un peu contrariée de voir le thé se perdre. Quand il fut refroidi, elle le versa dans un petit récipient qui servait à cet usage. À quoi bon, se disait-elle, offrir du thé à un rustre pareil, pour qui ces délicatesses n'ont aucun sens ? Bien qu'il lui tournât le dos, elle pouvait constater que tout son corps était aussi rigide qu'une armure d'acier. Les yeux de la jeune femme se firent compatissants.

– Musashi ?
– Oui ?
– Contre qui vous gardez-vous ainsi ?
– Personne. J'essaie seulement d'éviter de trop me détendre.
– À cause de vos ennemis ?
– Bien sûr.
– Dans l'état où vous êtes, si l'on vous attaquait soudain en force, vous seriez tué sur-le-champ. J'en suis certaine, et cela me rend triste. (Il ne répondit pas.) Une femme telle que moi ne sait rien de l'art de la guerre ; pourtant, à vous avoir observé cette nuit, j'ai le terrible sentiment d'avoir vu un homme sur le point d'être abattu. Je ne sais pourquoi, l'ombre de la mort vous environne. Est-ce vraiment sûr, pour un guerrier qui risque à tout instant de devoir affronter des douzaines de sabres ? Un tel homme peut-il espérer vaincre ?

Cette question paraissait due à la sympathie, mais elle le troubla. Il se retourna brusquement, s'approcha du foyer et s'assit en face d'elle.

– Voulez-vous dire que je suis immature ?
– Je vous ai fâché ?
– Rien de ce qu'a jamais dit une femme ne saurait me fâcher. Pourtant, il m'intéresse de savoir pourquoi vous croyez que je me comporte en homme qui va se faire tuer.

Il était douloureusement conscient du réseau de sabres, de stratégies et de malédictions que tissaient autour de lui les partisans de l'école Yoshioka. Il avait prévu une tentative de vengeance, et, dans la cour du Rengeōin, avait envisagé de partir se cacher. Mais c'eût été grossier envers Kōetsu, et ce faisant, il aurait rompu sa promesse à Rin'ya.

Toutefois, bien plus décisif était son désir qu'on ne l'accusât pas de fuir parce qu'il avait peur.

Après son retour à l'Ōgiya, il croyait avoir fait preuve d'une admirable maîtrise de soi. Or, voici que Yoshino riait de son immaturité. Cela ne l'eût pas troublé si elle avait badiné à la façon des courtisanes ; mais elle semblait tout à fait sérieuse. Il avait beau dire qu'il n'était pas fâché, ses yeux la transperçaient comme des pointes de sabres.

– Expliquez-vous. (Comme elle ne répondait pas tout de suite, il ajouta :) Ou peut-être ne s'agissait-il que d'une plaisanterie ?

Les fossettes de la jeune femme qui avaient disparu depuis un moment reparurent.

– Comment pouvez-vous dire une chose pareille ? (Elle riait en secouant la tête.) Croyez-vous donc que je plaisanterais de quelque chose d'aussi grave pour un guerrier ?

– Eh bien, que vouliez-vous dire ? Parlez !

– Soit. Puisque vous paraissez tellement désireux de le savoir, je vais tâcher de m'expliquer. M'écoutiez-vous quand je jouais du luth ?

– Quel est le rapport ?

– Peut-être est-il sot de ma part de vous le demander. Dans l'état de tension où vous êtes, vos oreilles ne pouvaient guère accueillir les sons délicats et subtils de cette musique.

– Non, c'est faux. J'écoutais.

– Vous êtes-vous demandé comment toutes ces combinaisons compliquées de sons doux et forts, de phrases faibles et puissantes, pouvaient n'être produites que par quatre cordes ?

– J'écoutais l'histoire. Qu'y avait-il d'autre à entendre ?

– Bien des gens font cela, mais je voudrais établir une comparaison entre le luth et un être humain. Plutôt que d'entrer dans la technique du jeu, permettez-moi de vous réciter un poème de Po Chü-i où il décrit les sons du luth. Je suis sûre que vous le connaissez.

Les grosses cordes bourdonnaient comme la pluie,
Les petites cordes chuchotaient comme un secret,
Bourdonnaient, chuchotaient... puis s'entremêlaient

Comme une averse de grosses et petites perles sur
[un plateau de jade,
Nous entendions un loriot, limpide, caché parmi des
[fleurs.
Par la cessation de son toucher froid, la corde même
[semblait brisée
Comme si elle ne pouvait mourir ; et les notes, s'éva-
[nouissant
Dans un abîme de peine et de lamentation secrète,
En disaient plus encore par le silence qu'elles n'en
[avaient dit par le son.
Un vase d'argent se brisa soudain ; l'eau jaillit ;
Il en bondit des chevaux caparaçonnés, des armes qui
[s'entrechoquaient...
Et avant de reposer son plectre, elle termina sur une
[caresse,
Et les quatre cordes rendirent un seul son, comme de
[la soie que l'on déchire.

– Ainsi, voyez-vous, un simple luth peut produire une infinie variété de tonalités. Dès l'époque où j'apprenais à jouer, cela me plongeait dans la perplexité. Finalement, j'ai brisé un luth en deux pour voir ce qu'il y avait à l'intérieur. Puis j'ai tenté d'en fabriquer un moi-même. Après diverses tentatives, j'ai fini par comprendre que le secret de l'instrument se trouve dans son cœur. (S'interrompant, elle alla chercher le luth dans la pièce voisine. Une fois rassise, elle tint l'instrument par le col et le dressa devant Musashi.) Si vous examinez le cœur qui est à l'intérieur, vous comprendrez pourquoi les variations tonales sont possibles.

Elle prit dans sa main souple un fin couteau tranchant, et l'abattit d'un coup vif sur le dos en forme de poire du luth. Trois ou quatre coups adroits, et l'ouvrage était fait, si vite et de manière si décisive que Musashi s'attendait presque à voir du sang jaillir de l'instrument. Il ressentit même un léger élancement de douleur, comme si la lame avait entaillé sa propre chair. Tenant le couteau derrière elle, Yoshino leva le luth afin d'en montrer la structure au jeune homme.

Regardant d'abord son visage, puis le luth brisé, il se demandait si elle possédait en réalité l'élément de violence que paraissait indiquer sa façon de manier l'arme. La douleur cuisante provoquée en lui par les coups subsistait.

— Comme vous pouvez le constater, dit-elle, l'intérieur du luth est presque entièrement creux. Toutes les variations proviennent de cette seule traverse, près du centre. Cet unique morceau de bois, c'est l'ossature de l'instrument, ses organes vitaux, son cœur. S'il était entièrement droit et raide, le son serait monotone ; mais en réalité, il a été taillé en forme de courbe. Cela ne suffisait pas à créer l'infinie variété du luth. Elle provient du fait qu'on laisse à la traverse une certaine dérive pour vibrer à chaque extrémité. En d'autres termes, la richesse tonale vient du fait qu'il existe une certaine liberté de mouvement, une certaine détente aux extrémités du noyau central... Pour les êtres humains, il en va de même. Dans la vie, nous devons avoir de la souplesse. Notre esprit doit être en mesure de se mouvoir librement. Être trop rigide, c'est être cassant et manquer de faculté de réagir. (Les yeux de Musashi ne quittaient pas le luth, et ses lèvres demeuraient closes.) Cela devrait être évident pour tout le monde, continuat-elle ; mais n'est-il pas caractéristique des êtres humains de se raidir ? D'une seule caresse du plectre, je puis faire sonner les quatre cordes du luth à la façon d'une lance, d'un sabre, d'un nuage qui se déchire, à cause du délicat équilibre entre la fermeté et la flexibilité dans l'âme de bois. Ce soir, quand je vous ai vu pour la première fois, je n'ai pu distinguer aucune trace de souplesse... seulement une implacable rigidité. Si la traverse était aussi tendue et inflexible que vous l'êtes, un seul coup de plectre romprait une corde, et peut-être la caisse de résonance elle-même. Il se peut qu'il ait été présomptueux de ma part de vous parler ainsi mais vous m'inquiétiez. Je ne plaisantais pas ; je ne me moquais pas de vous. Le comprenez-vous ?

Un coq au loin chanta. La clarté solaire, reflétée par la neige, traversait les fentes des persiennes. Musashi, assis, regardait fixement le cadavre mutilé du luth et les copeaux de bois par terre. Le chant du coq lui échappa. Il ne remarqua pas la clarté du soleil.

– Oh ! dit Yoshino, il fait jour.

Elle semblait regretter que la nuit fût passée. Elle tendit la main pour prendre un nouveau morceau de bois mais constata qu'il n'y en avait plus.

Les bruits du matin – portes qui s'ouvrent en grinçant, gazouillis d'oiseaux – s'insinuaient dans la pièce, mais Yoshino ne faisait aucun mouvement pour ouvrir les persiennes. Le feu avait beau être éteint, un sang chaud courait dans ses veines.

Les fillettes qui la servaient savaient qu'elles ne devaient pas ouvrir la porte de sa maisonnette avant d'y être invitées.

UN CŒUR MALADE

Avant deux jours, la neige avait fondu, et de chaudes brises printanières encourageaient mille bourgeons neufs à s'épanouir. Le soleil était fort, et l'on avait trop chaud même dans les vêtements de coton.

Un jeune moine Zen, le bas de son kimono éclaboussé de boue jusqu'à la taille, se tenait devant l'entrée de la résidence du seigneur Karasumaru. N'obtenant pas de réponse à ses appels réitérés, il contourna le bâtiment jusqu'aux communs, et se dressa sur la pointe des pieds pour jeter un coup d'œil par une fenêtre.

– Que voulez-vous, prêtre ? demanda Jōtarō.

Le moine se retourna promptement, et resta bouche bée. Il ne comprenait pas ce qu'un tel gamin des rues pouvait bien faire dans la cour de Karasumaru Mitsuhiro.

– Si vous mendiez, il faut aller à la cuisine, dit Jōtarō.

– Je ne viens pas demander l'aumône, répliqua le moine, qui sortit de son kimono un étui à lettres. Je suis du Nansōji dans la province d'Izumi. Cette lettre est pour Takuan Sōhō qui, si je comprends bien, séjourne ici. Es-tu l'un des laquais ?

– Bien sûr que non. Je suis un invité, comme Takuan.

– Vraiment ? Dans ce cas veux-tu dire à Takuan, je te prie, que je suis là.

– Attendez ici. Je vais l'appeler.

Comme il s'engouffrait d'un bond dans le hall d'entrée, Jōtarō trébucha sur le pied d'un paravent, et les mandarines serrées dans son kimono déboulèrent par terre. Il se hâta de les ramasser et de gagner les salles intérieures. Il revint quelques minutes plus tard informer le moine que Takuan était sorti.

– Il paraît qu'il est là-bas, au Daitokuji.
– Sais-tu quand il rentrera ?
– Ils ont dit « très bientôt ».
– Y a-t-il un endroit où je pourrais l'attendre sans gêner personne ?

Jōtarō sauta dans la cour et mena le moine droit à la grange.

– Vous pouvez attendre ici, dit-il. Vous ne serez dans les jambes de personne.

La grange était jonchée de paille, de roues de charrettes, de bouse de vache et d'une foule d'autres objets ; mais avant que le prêtre eût pu ouvrir la bouche, Jōtarō traversait en courant le jardin vers une maisonnette située à l'extrémité ouest du domaine.

– Otsū ! cria-t-il. Je vous apporte des mandarines.

Le médecin du seigneur Karasumaru avait dit à Otsū qu'il n'y avait aucune raison de s'inquiéter. Elle le croyait, bien qu'elle-même pût sentir combien elle était maigre, simplement en se tâtant le visage. Sa fièvre persistait et son appétit n'était pas revenu ; pourtant, ce matin-là, elle avait murmuré à Jōtarō qu'elle avait envie d'une mandarine.

Quittant son poste à son chevet, il était d'abord allé à la cuisine où il avait appris qu'il n'y avait pas de mandarines dans la maison. N'en trouvant aucune chez les épiciers ou autres boutiques d'alimentation, il s'était rendu au marché en plein air de Kyōgoku. L'on trouvait là une grande variété de marchandises – fils de soie, cotonnades, huile de lampe, fourrures, etc. –, mais point de mandarines. Après qu'il eut quitté le marché, par deux fois l'espoir lui revint à la vue de fruits orangés derrière les murs de jardins privés... mais qui se révélèrent être des oranges amères et des coings.

Ayant parcouru près de la moitié de la ville, il n'eut gain de cause qu'en commettant un vol. Les offrandes, devant le sanctuaire Shinto, consistaient en petits tas de pommes de terre, de carottes et de mandarines. Il fourra les fruits dans son kimono, en s'assurant par un coup d'œil circulaire que nul ne l'observait. Dans la crainte que le dieu outragé ne se matérialisât d'une minute à l'autre, il pria durant tout le chemin du retour à la maison Karasumaru : « S'il vous plaît, ne me punissez pas. Je ne vais pas les manger moi-même. »

Il aligna les mandarines, en offrit une à Otsū et la lui éplucha. Elle se détourna, refusant d'y toucher.

– Qu'est-ce qu'il y a ?

Comme il se penchait en avant pour la regarder, elle enfouit sa tête dans l'oreiller.

– Il n'y a rien, sanglota-t-elle.

– Vous vous êtes remise à pleurer, n'est-ce pas ? dit Jōtarō en faisant claquer sa langue.

– Pardon.

– Ne vous excusez pas ; mangez seulement une de ces mandarines.

– Plus tard.

– Eh bien, mangez au moins celle que j'ai épluchée. Je vous en prie.

– Jō, j'apprécie tes prévenances, mais je ne peux rien manger pour l'instant.

– C'est que vous pleurez trop. Pourquoi donc êtes-vous si triste ?

– Je pleure parce que je suis heureuse... que tu sois aussi bon pour moi.

– Je n'aime pas vous voir comme ça. Ça me donne envie de pleurer aussi.

– Je vais cesser, je te le promets. Et maintenant, me pardonneras-tu ?

– Seulement si vous mangez la mandarine. Si vous ne mangez rien, vous allez mourir.

– Plus tard. Toi, mange celle-ci.

– Oh ! impossible. (Il eut de la peine à avaler sa salive, imaginant les yeux irrités du dieu.) Allons, très bien, nous en mangerons chacun une.

Elle se retourna et se mit à retirer de ses doigts délicats les fibres blanches.

– Où est Takuan ? demanda-t-elle d'un air absent.
– Ils m'ont dit qu'il est au Daitokuji.
– Est-il vrai qu'il ait vu Musashi, avant-hier soir ?
– Vous le savez donc ?
– Oui. Je me demande s'il a dit à Musashi que je suis ici.
– Je le suppose.
– Takuan a dit qu'il inviterait Musashi à venir ici, un de ces jours. T'en a-t-il parlé ?
– Non.
– Je me demande s'il a oublié.
– Voulez-vous que je le lui demande ?
– Je t'en prie, répondit-elle en souriant pour la première fois. Mais ne le lui demande pas devant moi.
– Pourquoi non ?
– Takuan est terrible. Il n'arrête pas de dire que je souffre de « la maladie de Musashi ».
– Si Musashi venait, vous seriez sur pied en un rien de temps, non ?
– Même toi, il faut que tu dises des choses pareilles !

Pourtant, elle semblait sincèrement heureuse.

– Jōtarō est là ? cria l'un des samouraïs de Mitsuhiro.
– Présent.
– Takuan veut te voir. Viens avec moi.
– Va donc voir ce qu'il veut, insista Otsū. Et n'oublie pas ce dont nous parlions. Pose-lui la question, veux-tu ?

Ses joues pâles rosirent légèrement cependant qu'elle tirait la couverture à mi-hauteur de son visage.

Takuan, au salon, causait avec le seigneur Mitsuhiro. Jōtarō ouvrit avec fracas la porte coulissante, et dit :
– Vous vouliez me voir ?
– Oui. Entre.

Mitsuhiro considérait l'enfant avec un sourire indulgent, sans tenir compte de son manque de manières. En s'asseyant, Jōtarō dit à Takuan :
– Un prêtre tout pareil à vous est venu ici, il y a un moment. Il disait qu'il était du Nansōji. Je vais le chercher ?
– Inutile. Je suis au courant. Il s'est plaint que tu étais un vilain petit garçon.
– Moi ?

– Crois-tu qu'il soit convenable de mettre un hôte dans la grange et de l'y laisser ?

– Il a dit qu'il voulait attendre quelque part où il ne serait dans les jambes de personne.

Mitsuhiro éclata de rire au point que ses genoux en tremblaient. Reprenant presque aussitôt son sérieux, il demanda à Takuan :

– Allez-vous directement à Tajima sans repasser par Izumi ?

Le prêtre acquiesça.

– La lettre est assez alarmante ; je crois donc que je ferais mieux. Je suis tout prêt. Je partirai aujourd'hui.

– Vous vous en allez ? demanda Jōtarō.

– Oui ; je dois rentrer chez moi le plus tôt possible.

– Pourquoi ?

– Je viens d'apprendre que ma mère est très mal.

– Vous avez une mère, vous ?

L'enfant n'en croyait pas ses oreilles.

– Bien sûr.

– Quand revenez-vous ?

– Ça dépend de la santé de ma mère.

– Qu'est-ce... que vais-je faire ici sans vous ? bougonna Jōtarō. Cela veut-il dire que nous ne nous reverrons plus ?

– Bien sûr que non. Nous nous reverrons bientôt. J'ai pris des mesures pour que vous deux restiez ici, et je compte sur toi pour t'occuper d'Otsū. Tâche de la faire cesser de broyer du noir, et de la guérir. Plus que de médicaments, elle a besoin d'une plus grande force d'âme.

– Je ne suis pas assez fort pour lui donner ça. Elle ne guérira pas tant qu'elle n'aura pas vu Musashi.

– C'est une maladie difficile, je te l'accorde. Je ne t'envie pas une pareille compagne de voyage.

– Takuan, où avez-vous rencontré Musashi ?

– Mon Dieu...

Takuan regarda le seigneur Mitsuhiro en riant d'un air penaud.

– Quand vient-il ici ? Vous avez dit que vous l'amèneriez, et depuis, Otsū ne pense plus qu'à ça.

– Musashi ? dit Mitsuhiro avec désinvolture. N'est-ce pas le rōnin qui se trouvait avec nous à l'Ōgiya ?

— Je n'ai pas oublié ce que j'ai dit à Otsū, répondit Takuan à Jōtarō. En revenant du Daitokuji, je suis passé chez Kōetsu pour voir si Musashi s'y trouvait. Kōetsu ne l'a pas revu, et croit qu'il doit encore être à l'Ōgiya. Kōetsu m'a dit que sa mère était si inquiète qu'elle avait écrit à Yoshino Dayū pour la prier de lui renvoyer sur-le-champ Musashi.

— Vraiment ? s'exclama le seigneur Mitsuhiro en haussant des sourcils mi-surpris mi-envieux. Ainsi, il est encore avec Yoshino ?

— Il semblerait que Musashi ne soit qu'un homme comme tous les autres. Même s'ils paraissent différents lorsqu'ils sont jeunes, ils se révèlent toujours les mêmes.

— Yoshino est une curieuse femme. Que trouve-t-elle donc à ce bretteur mal dégrossi ?

— Je ne prétends pas la comprendre. Non plus que je ne comprends Otsū. Moralité : je ne comprends pas les femmes en général. À mes yeux, elles ont toutes l'air un peu malade. Quant à Musashi, je suppose qu'il est à peu près temps qu'il en arrive au printemps de la vie. Sa véritable formation commence maintenant ; espérons qu'il se mettra bien dans la tête que les femmes sont plus dangereuses que les sabres. Toutefois, les autres ne peuvent résoudre ses problèmes à sa place, et pour ma part, je ne vois rien de mieux à faire que le laisser tranquille.

Un peu gêné d'en avoir tant dit devant Jōtarō, il se hâta de présenter ses remerciements et de faire ses adieux à son hôte en le priant à nouveau de permettre à Otsū et Jōtarō de prolonger un peu leur séjour.

Pour Takuan, le vieux dicton selon lequel les voyages devraient commencer le matin n'avait pas de sens. Prêt à partir, il partit, bien que le soleil fût nettement à l'ouest et que déjà tombât la nuit.

Jōtarō courait à son côté en le tirant par la manche.

— S'il vous plaît, s'il vous plaît, revenez dire un mot à Otsū. Elle a encore pleuré, et je n'arrive pas à la consoler.

— Avez-vous parlé de Musashi, tous les deux ?

— Elle m'a dit de vous demander quand il viendrait. S'il ne vient pas, je crains bien qu'elle ne meure.

– Ne t'inquiète pas de sa mort. Laisse-la tranquille.
– Takuan, qui donc est cette Yoshino Dayū ?
– Pourquoi me poses-tu cette question ?
– Vous avez dit que Musashi était avec elle. N'est-ce pas ?
– Euh... Je n'ai pas l'intention de retourner tâcher de guérir Otsū, mais je veux que tu lui dises quelque chose de ma part.
– Quoi donc ?
– Dis-lui de manger comme il faut.
– Je le lui ai dit cent fois.
– Vraiment ? Eh bien, c'est la meilleure chose qu'elle puisse entendre dire. Mais si elle refuse d'écouter, tu peux aussi bien lui apprendre toute la vérité.
– Qui est ?
– Que Musashi s'est toqué d'une courtisane appelée Yoshino, et n'a pas quitté le bordel depuis deux jours et deux nuits. Otsū est folle de continuer d'aimer un pareil homme !
– Ce n'est pas vrai ! protesta Jōtarō. Il est mon *sensei* ! Il est samouraï ! Il n'est pas comme ça. Si je disais ça à Otsū, elle risquerait de se suicider. C'est vous, le fou, Takuan. Un grand, vieux fou !
– Ha ! ha ! ha !
– Vous n'avez pas le droit de dire du mal de Musashi, ou de traiter Otsū de folle.
– Tu es un brave garçon, Jōtarō, dit le prêtre en lui tapotant la tête.

L'enfant se baissa pour éviter sa main.

– J'en ai assez de vous, Takuan. Jamais plus je ne vous demanderai de m'aider. Je trouverai Musashi moi-même. Je le ramènerai à Otsū !
– Sais-tu où est l'endroit ?
– Non, mais je le trouverai.
– Sois impertinent si ça te chante, mais il ne te sera pas facile de trouver où habite Yoshino. Veux-tu que je te le dise ?
– Ne vous donnez pas cette peine.
– Jōtarō, je ne suis pas l'ennemi d'Otsū ; je n'ai rien non plus contre Musashi. Loin de là ! Voilà des années que je prie pour que tous deux puissent réussir leur existence.
– Alors, pourquoi êtes-vous toujours en train de dire des choses aussi méchantes ?

— Ça te fait donc cet effet-là ? Peut-être as-tu raison. Mais pour l'instant, tous deux sont des malades. Si on laisse Musashi tranquille, il guérira mais Otsū a besoin d'aide. En ma qualité de prêtre, j'ai tenté de l'aider. Nous sommes censés pouvoir guérir les maladies du cœur, tout comme les médecins guérissent les maladies du corps. Hélas ! je n'ai été capable de rien faire pour elle ; aussi, je renonce. Si elle est incapable de se rendre compte que son amour n'est point partagé, le mieux que je puisse faire est de lui conseiller de manger comme il faut.

— Ne vous inquiétez pas. Otsū ne va pas demander secours à un grand charlatan comme vous.

— Si tu ne me crois pas, va à l'Ōgiya, à Yanagimachi, et vois par toi-même ce que Musashi fabrique. Ensuite, reviens dire à Otsū ce que tu auras vu. Elle en aura quelque temps le cœur brisé, mais il se peut que ça lui ouvre les yeux.

Jōtarō se boucha les oreilles.

— Taisez-vous, vieil imposteur !

— C'est toi qui m'as couru après, l'as-tu oublié ?

Tandis que Takuan s'éloignait et le laissait seul, Jōtarō, debout au milieu de la rue, répétait une très irrespectueuse rengaine qui servait aux gamins des rues à tourner en dérision les prêtres mendiants. Mais sitôt que Takuan eut disparu, sa voix s'étrangla, il éclata en sanglots et pleura amèrement. Lorsque enfin il se fut ressaisi, il s'essuya les yeux et, comme un chiot perdu qui se rappelle soudain le chemin de sa demeure, se mit à chercher l'Ōgiya.

La première personne qu'il rencontra fut une femme. La tête couverte d'un voile, elle avait l'air d'une ménagère quelconque. Jōtarō courut vers elle et lui demanda :

— Comment fait-on pour aller à Yanagimachi ?

— C'est le quartier réservé, non ?

— Qu'est-ce qu'un quartier réservé ?

— Seigneur !

— Eh bien, dites-moi, qu'est-ce qu'on y fait ?

— Espèce de… !

Elle lui lança un regard indigné et se hâta de poursuivre

son chemin. Nullement découragé, Jōtarō poursuivit avec obstination le sien, demandant à un passant après l'autre où se trouvait l'Ōgiya.

LE PARFUM DU BOIS D'ALOÈS

Les lumières brillaient aux fenêtres des maisons de plaisir, mais il était encore trop tôt pour que les clients fussent nombreux à rôder dans les trois voies principales du quartier.

À l'Ōgiya, l'un des jeunes serviteurs jetait par hasard un coup d'œil en direction de l'entrée. Il y avait quelque chose de bizarre dans les yeux qui épiaient à travers une fente du rideau, et au-dessous duquel on voyait deux pieds dans des sandales de paille sale, et l'extrémité d'un sabre de bois. Le jeune homme eut un léger sursaut de surprise, mais avant qu'il pût ouvrir la bouche, Jōtarō était entré et exposait son affaire :

– Miyamoto Musashi est bien dans cette maison, n'est-ce pas ? C'est mon maître. Voulez-vous, s'il vous plaît, lui dire que Jōtarō est là. Vous pourriez lui demander de sortir.

L'expression de surprise du serviteur fut remplacée par un sévère froncement de sourcils.

– Qui donc es-tu, espèce de petit mendiant ? gronda-t-il. Il n'y a ici personne de ce nom. En voilà des façons, de venir fourrer ici ton nez crotté juste au moment où le travail va commencer ! Dehors !

Empoignant au collet Jōtarō, il le repoussa rudement. Furieux, Jōtarō s'écria :

– Arrêtez ! Je viens voir mon maître.

– Peu m'importe ce que tu viens faire, espèce de petit rat. Ce Musashi a déjà provoqué pas mal d'embêtements. Il n'est pas ici.

– S'il n'est pas ici, pourquoi ne pas le dire, tout simplement ? Lâchez-moi !

– Tu m'as l'air cafard. Qu'est-ce qui me dit que tu n'es pas un espion de l'école Yoshioka ?

– Ça n'a rien à voir avec moi. Quand Musashi est-il parti ? Où est-il allé ?

– Tu commences par me donner des ordres, et voilà que tu me demandes des renseignements. Tu devrais apprendre à t'exprimer poliment. Comment saurais-je où il est ?

– Si vous ne le savez pas, très bien, mais lâchez mon col !

– Bon, je vais le lâcher... comme ça !

Il saisit l'enfant par l'oreille, le fit tournoyer, et l'envoya vers le portail.

– Oh ! cria Jōtarō.

À terre, il tira son sabre de bois et frappa le serviteur à la bouche, lui brisant les dents du devant.

– Aï-ï-ïe !

Le jeune homme porta une main à sa bouche ensanglantée, et de l'autre terrassa de nouveau le gamin.

– Au secours ! À l'assassin ! hurla Jōtarō.

Montrant sa force, comme lorsqu'il avait tué le chien à Koyagyū, il abattit son sabre sur le crâne du serviteur. Le sang jaillit du nez du jeune homme ; en ne faisant pas plus de bruit qu'un soupir de ver de terre, il s'effondra sous un saule.

Une prostituée en montre derrière une fenêtre grillée, de l'autre côté de la rue, leva la tête et cria vers la fenêtre voisine :

– Regarde ! Tu vois ! Ce gosse au sabre de bois vient de tuer un bonhomme de l'Ōgiya ! Il prend la fuite !

En un clin d'œil, la rue fut noire de gens qui couraient en tous sens, et l'air retentit de clameurs vengeresses :

– Par où est-il passé ?

– Comment était-il ?

Aussi brusquement qu'il avait débuté, le tumulte s'apaisa ; à l'heure où les fêtards commencèrent à affluer, l'incident avait déjà cessé de défrayer les conversations. Les bagarres étaient fréquentes, et les citoyens du quartier calmaient ou cachaient rapidement les plus sanglantes, pour éviter les enquêtes policières.

Alors que les allées principales se trouvaient éclairées comme en plein jour, il y avait des chemins écartés et des terrains vagues où il faisait nuit noire. Jōtarō trouva une cachette qu'il changea pour une autre. Assez naïvement, il se croyait tiré d'affaire ; en réalité, tout le quartier était entouré par un mur haut de trois mètres, formé de rondins taillés en pointe au sommet. Ayant atteint ce mur, il le longea à tâtons mais sans pouvoir trouver de fissure, encore moins de porte. Comme il faisait demi-tour afin d'éviter l'une des allées, il aperçut une jeune fille. Leurs yeux se rencontrèrent ; elle l'appela doucement et lui fit signe de sa délicate main blanche.

– Vous m'avez appelé ? demanda-t-il, sur ses gardes. (Ne déchiffrant pas de mauvaises intentions sur son visage enduit d'une épaisse couche de poudre, il se rapprocha un peu.) Qu'y a-t-il ?

– Es-tu le petit garçon qui est venu à l'Ōgiya demander Miyamoto Musashi ? dit-elle doucement.

– Oui.

– Tu t'appelles bien Jōtarō ?

– Oui.

– Viens avec moi. Je vais te conduire à Musashi.

– Où est-il ? demanda Jōtarō, redevenu soupçonneux.

La fille s'arrêta pour expliquer que Yoshino Dayū, très inquiète au sujet de ce qui s'était passé avec le serviteur, l'avait envoyée à la recherche de Jōtarō pour le conduire à l'endroit où se cachait Musashi.

– Êtes-vous la servante de Yoshino Dayū ? demanda-t-il avec un regard de gratitude.

– Oui. Et maintenant, tu peux être tranquille. Si elle prend ton parti, personne au quartier ne te touchera.

– Mon maître est-il vraiment là ?

– S'il n'y était pas, pourquoi te montrerais-je le chemin ?

– Que fait-il dans un endroit pareil ?

– Si tu ouvres la porte de cette petite ferme, juste en face, tu le verras par toi-même. Et maintenant, il faut que je retourne à mon ouvrage.

Elle disparut en silence, au-delà du bosquet, dans le jardin voisin.

La ferme semblait trop modeste pour être le but de sa quête, mais il ne pouvait partir sans s'en assurer. Pour atteindre une fenêtre latérale, il roula une pierre du jardin en surplomb jusqu'au mur, se percha dessus et s'écrasa le nez contre la grille en bambou.

– Il est là ! dit-il en faisant des efforts pour ne pas révéler par un cri sa présence.

Il brûlait d'envie de tendre la main pour toucher son maître. Cela faisait si longtemps !... Musashi dormait auprès du feu, la tête sur le bras. Jōtarō ne l'avait jamais vu dans de pareils vêtements : un kimono de soie à grands motifs imprimés, du genre qu'affectionnaient les jeunes gens élégants de la ville. Une étoffe de laine rouge était déployée par terre ; dessus, il y avait un pinceau, un encrier et plusieurs feuilles de papier. Sur une feuille, Musashi avait esquissé une aubergine ; sur une autre, une tête de poule.

Jōtarō en fut impressionné. « Comment peut-il perdre son temps à dessiner ? se dit-il avec irritation. Ne sait-il donc pas qu'Otsū est malade ? »

Un lourd manteau brodé couvrait à demi les épaules du jeune homme. C'était sans doute possible un vêtement de femme ; et ce kimono criard... dégoûtant. Jōtarō percevait une aura de volupté où se cachait le mal. Comme il était arrivé au jour de l'an, une vague d'amère indignation devant les façons corrompues des adultes le submergea. « Quelque chose ne va pas, se dit-il. Il n'est pas lui-même. » La contrariété se changea peu à peu en malice : « Je vais lui faire une de ces peurs !... » songea-t-il. Très doucement, il entreprit de descendre de la pierre.

– Jōtarō ! appela Musashi. Qui donc t'a amené ici ?

L'enfant regarda de nouveau par la fenêtre. Musashi était toujours couché par terre, mais il avait les yeux mi-ouverts, et souriait de toutes ses dents. Jōtarō s'élança vers la façade, entra en trombe par la porte du devant, et sauta au cou de Musashi.

– *Sensei !* bredouilla-t-il avec bonheur.

– Ainsi, te voilà ! (Couché sur le dos, Musashi tendit les bras et serra contre sa poitrine la tête sale du petit garçon.) Comment as-tu su que j'étais ici ? C'est Takuan qui te l'a dit ? Il s'en est passé du temps, hein ?...

Sans desserrer son étreinte, Musashi s'assit. Jōtarō, blotti contre le torse chaud qu'il avait presque oublié, secouait la tête comme un pékinois.

L'enfant posa la tête sur le genou du jeune homme, et s'immobilisa.

– Otsū est malade, au lit. Vous n'imaginez pas à quel point elle veut vous voir. Elle n'arrête pas de dire qu'elle irait bien si seulement vous veniez. Une seule fois, c'est tout ce qu'elle veut.

– Pauvre Otsū !

– Elle vous a vu sur le pont, au jour de l'an, causer avec cette folle. Otsū s'est mise en colère et s'est enfermée dans sa coquille, comme un escargot. J'ai essayé de la traîner sur le pont, mais elle n'a pas voulu venir.

– Je ne lui en veux pas. Ce jour-là, moi aussi, j'étais bouleversé par Akemi.

– Il faut que vous alliez la voir. Elle est chez le seigneur Karasumaru. Entrez seulement, et dites-lui : « Regarde, Otsū, je suis là. » Si vous faites ça, elle ira mieux bientôt.

Jōtarō, qui brûlait de convaincre, en dit bien davantage, mais telle était la substance de ses propos. Musashi grogna par-ci par-là, dit une ou deux fois : « Vraiment ? » mais, pour des raisons que l'enfant ne put sonder, malgré ses supplications Musashi ne répondit pas expressément qu'il ferait ce qu'on lui demandait. En dépit de toute sa dévotion envers son maître, Jōtarō se mit à éprouver de l'antipathie pour lui, la démangeaison d'avoir une vraie bagarre avec son maître.

Son hostilité s'échauffa au point que, seul, son respect la tenait en échec. Il tomba dans le silence, sa désapprobation inscrite en grosses lettres sur son visage, le regard maussade, les lèvres grimaçantes comme s'il venait de boire un verre de vinaigre.

Musashi reprit son manuel de dessin, son pinceau, et ajouta quelques traits à l'une de ses esquisses. Jōtarō, en regardant avec un dégoût furibond le dessin qui représentait l'aubergine, se disait : « Qu'est-ce qui lui fait croire qu'il est capable de peindre ? L'affreux bonhomme ! »

Bientôt, Musashi se désintéressa de son ouvrage et rinça son pinceau. Jōtarō s'apprêtait à plaider une fois de plus lorsqu'ils entendirent des sandales de bois sur les dalles, au-dehors.

– Votre lavage est sec, dit une voix de petite fille.

La servante qui avait guidé Jōtarō entra, porteuse d'un kimono et d'un manteau pliés avec soin. Les disposant devant Musashi, elle l'invita à les inspecter.

– Merci, dit-il. On les croirait neufs.

– Les taches de sang ne s'en vont pas facilement. Il faut frotter, frotter...

– Maintenant, elles semblent parties, merci... Où donc est Yoshino ?

– Oh ! elle est terriblement occupée, à aller d'un client à l'autre. Ils ne lui laissent pas un instant de répit.

– Mon séjour ici a été bien agréable, mais si je reste davantage, je serai pesant. J'ai l'intention de m'en aller discrètement, dès l'aube. Veux-tu le dire à Yoshino, et lui exprimer mes plus profonds remerciements ?

Jōtarō se détendit. Musashi devait sûrement former le projet de voir Otsū. C'est ainsi que son maître devait être : un homme bon et droit. L'enfant eut un sourire de bonheur.

Aussitôt la fillette repartie, Musashi posa les vêtements devant Jōtarō et lui dit :

– Tu arrives à pic. Il faut rendre ces vêtements à la femme qui me les a prêtés. Je veux que tu les portes chez Hon'ami Kōetsu – c'est au nord de la ville –, et me rapportes mon propre kimono. Veux-tu être un gentil petit garçon et faire ça pour moi ?

– Certainement, répondit Jōtarō, l'air approbateur. J'y vais de ce pas.

Il enveloppa les vêtements dans une toile, ainsi qu'une lettre de Musashi à Kōetsu, et chargea le ballot sur son dos. À ce moment précis arriva la servante avec le dîner ; horrifiée, elle leva les bras au ciel.

– Que fais-tu là ? hoqueta-t-elle.

Quand Musashi le lui eut expliqué, elle s'écria : « Oh ! vous ne pouvez le laisser partir ! » et lui raconta ce qu'avait fait Jōtarō. Heureusement, ce dernier avait mal visé, et le serviteur avait survécu. Elle assura à Musashi qu'étant donné qu'il ne s'agissait là que d'une bagarre entre beaucoup d'autres, l'affaire n'aurait pas de suites, Yoshino en personne ayant demandé au patron et aux jeunes employés de l'établissement de se taire. La servante signala aussi que Jōtarō, en se proclamant par inadvertance le disciple de Miyamoto Musashi, avait donné créance au bruit que Musashi se trouvait encore à l'Ōgiya.

– Je vois, dit simplement le jeune homme.

D'un air interrogateur il regarda Jōtarō qui se gratta la tête, se retira dans un coin et se fit le plus petit possible. La fillette reprit :

– Je n'ai pas besoin de vous dire ce qui se passerait s'il essayait de sortir. Il y a encore dans les parages beaucoup d'hommes de l'école Yoshioka qui attendent que vous vous montriez. Yoshino et le patron se trouvent dans une situation très délicate, étant donné que Kōetsu nous a suppliés de prendre bien soin de vous. L'Ōgiya ne peut vous laisser tomber entre leurs griffes. Yoshino a résolu de vous protéger... Ces samouraïs sont tellement tenaces ! Ils ont fait le guet sans arrêt, et envoyé des hommes ici plusieurs fois pour nous accuser de vous cacher. Nous nous sommes débarrassés d'eux mais ils ne sont toujours pas convaincus. Je ne les comprends vraiment pas. Ils se conduisent comme s'il s'agissait d'une affaire de première importance. Devant la porte qui mène au quartier, ils sont sur trois ou quatre rangs ; ils ont partout des guetteurs, et ils sont armés jusqu'aux dents... Yoshino pense que vous devriez rester ici encore quatre ou cinq jours, ou du moins jusqu'à ce qu'ils se lassent d'attendre.

Musashi la remercia de sa bonté, de sa sympathie, mais ajouta mystérieusement :

– J'ai aussi mon plan.

Il accepta volontiers que l'on envoyât chez Kōetsu un serviteur à la place de Jōtarō. Le serviteur, moins d'une heure après, revint avec un mot de Kōetsu : « À la première occasion, revoyons-nous. La vie a beau paraître longue, elle est en réalité beaucoup trop courte. Je vous supplie de prendre de vous-même le meilleur soin possible. De loin, je vous salue. » Bien que peu nombreux, ces mots paraissaient chaleureux et fort adéquats.

– Vos vêtements sont dans ce paquet, dit le serviteur. La mère de Kōetsu m'a particulièrement chargé de vous exprimer ses meilleures pensées.

Il s'inclina et sortit. Musashi regarda le kimono de coton, vieux, usé, si fréquemment exposé à la rosée et à la pluie, taché de sueur. Il paraîtrait plus doux à sa peau que les fines soieries prêtées par l'Ōgiya ; pour sûr, c'était le vêtement d'un homme voué à l'étude sérieuse du métier des armes. Musashi n'avait besoin de rien de mieux ni ne voulait rien de mieux.

Il s'attendait à ce que le vêtement sentît mauvais après avoir été plié plusieurs jours ; mais en enfilant les manches, il constata qu'il était tout propre. On l'avait lavé, repassé. En songeant que Myōshū l'avait lavé de ses propres mains, il souhaita, lui aussi, avoir une mère, et pensa à la longue vie solitaire qui l'attendait, sans parents à l'exception de sa sœur, laquelle vivait dans des montagnes où lui-même ne pouvait retourner. Un moment, il baissa les yeux vers le feu.

– Allons, dit-il.

Il serra son obi, et pressa entre la ceinture et ses côtes son bien-aimé sabre. Ce faisant, le sentiment de solitude s'évanouit aussi rapidement qu'il était venu. Ce sabre, se disait Musashi, devrait lui tenir lieu de mère, de père, de frères et de sœurs. Voilà ce qu'il s'était juré des années plus tôt, et il le fallait.

Jōtarō se trouvait déjà dehors, les yeux levés vers les étoiles, en train de se dire que si tard qu'ils arriveraient chez le seigneur Karasumaru, Otsū serait éveillée. « Seigneur, elle en aura une surprise ! songeait-il. Elle sera tellement heureuse qu'elle se remettra sans doute à pleurer. »

– Jōtarō, demanda Musashi, es-tu entré par la porte de bois du fond ?

– Je ne sais pas si c'est celle du fond. C'est celle-là, là-bas.

– Vas-y, et attends-moi.

– Nous ne partons pas ensemble ?

– Si, mais d'abord, je veux dire au revoir à Yoshino. Je ne serai pas long.

– Très bien ; je serai près de la porte.

Il éprouvait une certaine anxiété à être abandonné par Musashi ne fût-ce que quelques instants, mais ce soir-là, il aurait fait tout ce que son maître lui eût demandé de faire.

L'Ōgiya avait été un havre, agréable mais seulement temporaire. Musashi se disait qu'être isolé du monde extérieur lui avait fait du bien car jusqu'alors, son corps et son esprit avaient ressemblé à de la glace, une épaisse masse glacée, insensible à la beauté de la lune, indifférente aux fleurs, sans réaction devant le soleil. Il ne doutait pas de la rectitude de la vie ascétique qu'il menait, mais il comprenait maintenant combien son abnégation risquait de le rendre étroit, mesquin, entêté. Des années auparavant, Takuan lui avait dit que sa force ne différait pas de celle d'une bête sauvage ; Nikkan l'avait mis en garde contre le fait d'être trop fort. Après son combat avec Denshichirō, son corps et son âme avaient été trop tendus. Ces deux derniers jours, il s'était laissé aller, avait permis à son esprit de se déployer. Il avait bu un peu, s'était assoupi quand il en avait eu envie, il avait lu, fait un peu de peinture, il avait bâillé et s'était étiré à loisir. Prendre du repos avait été d'une immense valeur, et il avait décrété qu'il était important, qu'il continuerait d'être important d'avoir de temps en temps deux ou trois jours de loisir total.

Debout dans le jardin à regarder les lumières et les ombres des salons de la façade, il pensait : « Je dois un mot de remerciement à Yoshino Dayū pour tout ce qu'elle a fait. » Mais il changea d'avis. Il entendait le son des *shamisen* et les chants éraillés des clients. Il ne voyait aucun moyen de se faufiler à l'intérieur pour parler à la jeune femme. Mieux valait la remercier dans son cœur en espérant qu'elle comprendrait. Il s'inclina devant la façade, et s'éloigna.

Dehors, il fit signe à Jōtarō. Tandis que l'enfant accourait, il entendit Rin'ya qui venait avec un mot de Yoshino. Elle le glissa dans la main de Musashi, et repartit.

La feuille de papier était petite et d'une couleur merveilleuse. Comme il la dépliait, l'odeur du bois d'aloès lui monta aux narines. Le message disait : « Plus mémorable que les malheureuses fleurs qui se fanent et se désintègrent nuit après nuit est la lune à travers les arbres. Bien qu'ils rient tandis que je pleure dans la coupe d'un autre, je vous envoie cet unique mot en souvenir. »

– De qui est ce billet ? demanda Jōtarō.

– De personne en particulier.
– D'une femme ?
– Qu'est-ce que ça peut te faire ?
– Qu'y a-t-il d'écrit ?
– Ça ne te regarde pas.

Musashi replia le papier. Jōtarō se pencha vers lui en disant :

– Ça sent bon. C'est du bois d'aloès.

LA PORTE

Jōtarō se disait que leur tâche suivante serait de sortir du quartier sans être remarqués.

– Aller par là nous mènera à la porte principale, dit-il. Ce serait dangereux.

– Hum...

– Il doit y avoir un autre moyen de sortir.

– Toutes les entrées ne sont-elles pas fermées la nuit, excepté la principale ?

– Nous pourrions grimper au mur.

– Ce serait lâche. J'ai le sens de l'honneur, tu sais, ainsi qu'une réputation à soutenir. Je sortirai droit par la grande porte, au bon moment.

– Vous ferez ça !

Quoique mal à son aise, l'enfant ne discuta pas car il savait bien que suivant les règles de la classe militaire, un homme sans fierté ne valait rien.

– Naturellement, répliqua Musashi. Mais pas toi. Tu es encore un enfant. Tu peux sortir par un moyen plus sûr.

– Comment ça ?

– En sautant le mur.

– Tout seul ?

– Tout seul.

– Impossible.

– Pourquoi ?

– On me traiterait de lâche.

– Ne fais pas l'idiot. Ils sont après moi, pas après toi.

– Mais où nous rencontrerons-nous ?

– Au manège de Yanagi.

– Vous êtes bien sûr que vous viendrez ?
– Absolument sûr.
– Vous me promettez de ne pas vous enfuir à nouveau ?
– Je ne m'enfuirai pas. L'une des choses que je n'ai pas l'intention de t'enseigner, c'est le mensonge. J'ai dit que je te retrouverai, et je te retrouverai... Maintenant, pendant qu'il n'y a personne, nous allons te faire sauter le mur.

Jōtarō promena autour de lui des regards circonspects avant de courir au mur où il s'arrêta net en levant des yeux découragés. Le mur faisait plus de deux fois le double de sa taille. Musashi le rejoignit, chargé d'un sac de charbon de bois. Il lâcha le sac pour épier par une fente du mur.

– Voyez-vous quelqu'un de l'autre côté ? demanda Jōtarō.
– Non ; rien que des joncs. Peut-être y a-t-il de l'eau dessous ; aussi, attention à l'atterrissage.
– Ça m'est égal d'être mouillé, mais comment arriver en haut de ce mur ?

Musashi ignora cette question.
– Nous devons nous attendre à ce que l'on ait posté des guetteurs à des endroits stratégiques en dehors de la porte principale. Regarde bien tout autour avant de sauter ; sinon, tu risques de tomber sur la pointe d'un sabre.
– Je comprends.
– Je vais lancer par-dessus le mur ce charbon de bois en guise d'appât. Si rien ne se produit, tu peux y aller. (Il se baissa, et Jōtarō lui sauta sur le dos.) Tiens-toi debout sur mes épaules.
– Mes sandales sont sales.
– Tant pis.

Jōtarō se mit debout.
– Peux-tu atteindre le sommet ?
– Non.
– En sautant, y arriverais-tu ?
– Je ne crois pas.
– Bon ; mets-toi debout sur mes mains.

Il dressa les bras au-dessus de sa tête.
– J'y suis ! chuchota Jōtarō triomphalement. (Musashi prit d'une main le sac de charbon de bois qu'il envoya le plus haut possible. Il s'écrasa dans les roseaux avec un

741

bruit sourd. Rien ne se produisit.) Il n'y a pas d'eau, dit Jotarō après avoir sauté à terre.

– Prends bien garde à toi.

Musashi resta l'œil collé à la fente jusqu'à ce qu'il n'entendît plus les pas de Jōtarō; puis il gagna rapidement, d'un cœur léger, la plus animée des allées principales. Aucun des nombreux fêtards qui s'y pressaient ne lui accorda la moindre attention.

Quand il sortit par la grande porte, les hommes de l'école Yoshioka eurent le souffle coupé, et tous les yeux se concentrèrent sur lui. Outre les guetteurs de la porte, il y avait des samouraïs accroupis autour des feux où les porteurs de palanquins se chauffaient en attendant, ainsi que des guetteurs de relève à la maison de thé Amigasa et au débit de boissons de l'autre côté de la rue. Leur vigilance ne s'était jamais relâchée. Sans cérémonie, ils avaient soulevé les chapeaux de vannerie pour examiner les visages, arrêté les palanquins pour scruter leurs occupants.

Plusieurs fois, ils avaient entamé des négociations avec l'Ōgiya pour perquisitionner, mais sans résultat. D'après la direction, Musashi ne s'y trouvait pas. Les Yoshiokas ne pouvaient s'appuyer sur la rumeur suivant laquelle Yoshino Dayū protégeait le jeune homme. Elle était trop admirée, tant au sein du quartier qu'à la ville même, pour que l'on pût s'attaquer à elle sans entraîner des conséquences graves.

Obligés de mener une guerre d'usure, les Yoshiokas avaient encerclé le quartier à quelque distance. Ils n'excluaient pas la possibilité que Musashi tentât de s'échapper en passant par-dessus le mur, mais la plupart s'attendaient à ce qu'il sortît par la porte, soit déguisé, soit en palanquin fermé. La seule éventualité à laquelle ils n'étaient point préparés fut celle qui se produisit.

Nul ne fit un mouvement pour empêcher Musashi de passer; lui-même ne s'arrêta point pour les saluer. Il parcourut une centaine de pas à grandes enjambées décidées, avant qu'un samouraï ne criât :

– Arrêtez-le !
– Tous après lui !

Huit ou neuf hommes vociférants s'élancèrent dans la rue aux trousses de Musashi.

– Attendez, Musashi ! cria une voix irritée.

– Qu'est-ce qu'il y a ? répliqua-t-il aussitôt en les faisant tous tressaillir par la puissance de sa voix.

Il gagna le bord de la route et s'adossa au mur d'une baraque. Cette baraque appartenait à une scierie, et deux des ouvriers y dormaient. L'un d'eux entrebâilla la porte, mais après un bref coup d'œil la claqua et la verrouilla.

Jappant et hurlant comme une bande de chiens errants, les hommes de l'école Yoshioka formèrent peu à peu autour de Musashi un arc de cercle noir. Il les fixait d'un regard intense, jaugeait leur force, évaluait leur position, supputait l'origine d'un mouvement. Les trente hommes perdaient rapidement l'usage de leurs trente esprits. Musashi n'avait pas de peine à déchiffrer les mécanismes de ce cerveau communautaire.

Comme il s'y était attendu, aucun d'eux ne s'avança tout seul pour le défier. Ils murmuraient et lançaient des insultes, qui ressemblaient pour la plupart aux gros mots à peine articulés des vagabonds ordinaires.

– Salaud !

– Lâche !

– Amateur !

Eux-mêmes étaient loin de se rendre compte que leurs fanfaronnades, purement verbales, révélaient leur faiblesse. Jusqu'à ce que la horde acquît une certaine cohésion, Musashi eut le dessus. Il examina leurs visages, repéra ceux qui risquaient d'être dangereux, distingua les points faibles du groupe, et se prépara pour la bataille. Il prit son temps, et après avoir lentement scruté leurs visages, déclara :

– Je suis Musashi. Qui m'a crié de m'arrêter ?

– Nous. Nous tous !

– Si je comprends bien, vous faites partie de l'école Yoshioka ?

– Exact.

– Que me voulez-vous ?

– Tu le sais bien ! Es-tu prêt ?

– Prêt ? (Les lèvres de Musashi se tordirent en un rictus sardonique. Le rire qui jaillit de ses dents blanches glaça leur excitation.) Un véritable guerrier est prêt jusque dans son sommeil. Avancez-vous quand vous le voudrez ! Quand on vous cherche une querelle absurde, à quoi bon tenter de parler comme un être humain ou d'observer l'étiquette du sabre ? Mais dites-moi une chose. Votre seul objectif est-il de me voir mort ? Ou voulez-vous vous battre en hommes ? (Pas de réponse.) Êtes-vous ici pour me régler mon compte ou pour un combat de revanche ?

Musashi leur eût-il prêté le flanc par le moindre faux mouvement de l'œil ou du corps, leurs sabres eussent jailli vers lui comme l'air dans le vide ; mais il garda un parfait aplomb. Nul ne bougea. Le groupe entier se tenait aussi immobile et silencieux que les boules d'un chapelet. Du silence confus jaillit un cri sonore :

– Tu devrais connaître la réponse sans avoir besoin de la demander !

Musashi, jetant un coup d'œil à celui qui parlait ainsi, Miike Jūrōzaemon, jugea d'après l'aspect de cet homme qu'il était un samouraï digne de défendre la réputation de Yoshioka Kempō. Lui seul avait l'air disposé à sortir de l'impasse en portant le premier coup. Il s'avança.

– Tu as estropié notre maître Seijūrō, et tué son frère Denshichirō. Si nous te laissons vivre, comment pourrons-nous marcher la tête haute ? Des centaines d'entre nous, fidèles à notre maître, ont juré de supprimer la cause de son humiliation et de venger l'honneur de l'école Yoshioka. Ce n'est pas une affaire de rancune ou de violence aveugle. Mais nous voulons venger notre maître et apaiser l'âme de son frère tué. Je ne t'envie pas ta position mais nous voulons ta tête. En garde !

– Ton défi est digne d'un samouraï, répondit Musashi. Si c'est bien là ta véritable intention, il se peut que je meure de ta main. Mais tu parles d'accomplir ton devoir, tu parles de revanche selon la Voie du samouraï. Dans ce cas, pourquoi ne me défies-tu pas suivant les règles, comme l'ont fait Seijūrō et Denshichirō ? Pourquoi cette attaque en masse ?

– C'est toi qui t'es caché !

– Folie ! Tu prouves seulement qu'un lâche attribue aux autres de la lâcheté. Ne suis-je pas ici debout en face de toi ?

– Parce que tu avais peur d'être pris en essayant de t'enfuir !

– C'est faux ! J'aurais pu m'enfuir de mille manières.

– Et tu croyais que l'école Yoshioka t'aurait laissé faire ?

– Je croyais que vous m'accueilleriez d'une manière ou d'une autre. Mais ne serait-il pas déshonorant pour nous, non seulement en tant qu'individus mais en tant que membres de notre classe, de nous battre ici ? Devons-nous semer le trouble parmi les habitants de ce quartier, comme une horde de bêtes sauvages ou de vagabonds indignes ? Tu parles d'obligation envers ton maître ; mais une bataille ici n'accumulerait-elle pas une honte encore plus grande sur le nom de Yoshioka ? Si c'est là ce que vous avez décidé, alors vous l'aurez ! Si vous avez résolu d'anéantir l'œuvre de votre maître, de dissoudre votre école et de renoncer à la Voie du samouraï, je n'ai rien d'autre à dire – excepté ceci : Musashi se battra tant que ses membres tiendront ensemble.

– À mort ! cria le voisin de Jūrōzaemon en dégainant à la vitesse de l'éclair.

– Attention ! Voilà Itakura ! cria une voix éloignée.

Magistrat de Kyoto, Itakura Katsushige était un homme puissant qui gouvernait bien, mais avec une main de fer. Les enfants eux-mêmes le chansonnaient : « À qui donc est ce rouan / Qui passe dans la rue ? / À Itakura Katsushige ? / Fuyez, vous tous, fuyez ! » Ou bien : « Itakura, seigneur d'Iga, a / Plus de mains que la Kannon aux mille bras, / Plus d'yeux que le Temmoku aux trois yeux. / Ses gendarmes sont partout. »

Kyoto n'était pas une cité facile à gouverner. Alors qu'Edo se trouvait bien engagé pour la remplacer comme plus grande ville du pays, l'ancienne capitale demeurait un centre économique, politique et militaire. À l'avant-garde de la culture et de l'éducation, les critiques contre le shōgunat s'y exprimaient davantage. Les bourgeois, depuis le XIVe siècle environ, avaient renoncé à toute ambition militaire ; ils s'étaient tournés vers le commerce et l'artisanat. On les reconnaissait maintenant comme une classe à part, et dans l'ensemble conservatrice.

Le peuple comprenait aussi de nombreux samouraïs qui ménageaient la chèvre et le chou en attendant de voir si les Toyotomis renverseraient les Tokugawas, ainsi qu'un certain nombre de chefs militaires parvenus qui, bien que manquant de noblesse, réussissaient à posséder des armées personnelles d'une importance considérable. Il y avait aussi nombre de rōnins pareils à ceux de Nara.

Hédonistes et débauchés abondaient dans toutes les classes, en sorte que la quantité des débits de boissons et des bordels était disproportionnée par rapport à la dimension de la ville.

Plutôt que les convictions politiques, l'opportunisme avait tendance à déterminer le loyalisme d'une partie substantielle de la population. L'on nageait dans le sens du courant; on saisissait toutes les occasions qui semblaient favorables.

Une histoire qui circulait en ville à l'époque de la nomination d'Itakura, en 1601, disait qu'avant d'accepter, il demanda à Ieyasu l'autorisation de consulter son épouse. De retour chez lui, il lui déclara : « Depuis la nuit des temps, d'innombrables hommes, à des postes honorifiques, ont accompli des actions remarquables, mais ont fini par attirer l'opprobre sur eux-mêmes et leur famille. Le plus souvent, leur épouse ou leur famille sont à l'origine de leur échec. C'est pourquoi j'estime capital de discuter avec toi de cette nomination. Si tu me jures de ne pas te mêler de mes activités de magistrat, j'accepte le poste. »

L'épouse accepta volontiers, avouant que « les femmes n'ont pas à intervenir dans ce genre d'affaire ». Puis, le lendemain matin, comme Itakura partait pour le château d'Edo, elle constata que le col du sous-vêtement de son époux était de travers. À peine l'eut-elle touché qu'il l'admonesta : « Tu as déjà oublié ton serment ! » Il lui fit jurer de nouveau qu'elle n'interviendrait pas. De façon générale, on s'accordait sur le fait qu'Itakura était un fonctionnaire efficace, sévère, mais juste, et que Ieyasu avait été sage de le choisir.

À la mention de son nom, les samouraïs détournèrent les yeux de Musashi. Les hommes d'Itakura patrouillaient de façon régulière dans le quartier, et chacun s'écartait à distance respectueuse. Un jeune homme se fraya un chemin jusque dans l'espace libre, devant Musashi.

– Attendez ! cria-t-il de la voix de stentor qui avait donné l'alerte. (Avec un sourire affecté, Sasaki Kojirō déclara :) Je descendais de mon palanquin lorsque j'ai appris qu'une bataille allait éclater. Depuis quelque temps, je craignais que cela ne se produisît. Je suis consterné de voir qu'elle a lieu ici et maintenant. Je ne suis pas un partisan de l'école Yoshioka. De Musashi moins encore. Toutefois, en ma qualité de guerrier et d'homme d'épée de passage, je me crois qualifié pour lancer un appel au nom du code du guerrier et de la classe des guerriers dans son ensemble. (Il s'exprimait avec force, avec éloquence, mais d'un ton protecteur et parfaitement arrogant.) Laissez-moi vous demander ce que vous allez faire à l'arrivée de la police. N'auriez-vous pas honte d'être pris dans une vulgaire bagarre de rue ? Si vous forcez l'attention des autorités, elles ne traiteront pas cela comme une rixe ordinaire entre bourgeois. Mais la question n'est pas là... L'heure est mal choisie. Le lieu aussi. Quand des samouraïs troublent l'ordre public, la honte en rejaillit sur la classe militaire tout entière. En tant que l'un des vôtres, je vous enjoins de mettre immédiatement fin à ce comportement indécent. S'il faut que vous croisiez le fer pour vider votre querelle, alors, au nom du ciel, respectez les règles de l'art. Choisissez un temps et un lieu !

– Très juste ! dit Jūrōzaemon. Mais si nous fixons un temps et un lieu, pouvez-vous nous garantir que Musashi s'y présentera ?

– Je le ferais volontiers, mais...

– Pouvez-vous le garantir ?

– Que répondre ? Demandez à Musashi !

– Peut-être avez-vous en tête de l'aider à s'échapper !

– Ne soyez pas stupide ! Si je devais me montrer partial envers lui, vous me provoqueriez tous. Il n'est pas mon ami. Je n'ai aucune raison de le protéger. Et s'il quitte

Kyoto, vous seuls devrez placarder sa lâcheté dans toute la ville.

– Ça n'est pas suffisant. Nous ne partirons pas d'ici, ce soir, si vous ne nous garantissez que vous le garderez en détention jusqu'au combat.

Kojirō fit rapidement demi-tour. Il bomba le torse et s'approcha de Musashi qui jusque-là avait eu les yeux fixés sur son dos. Leurs regards se croisèrent, comme ceux de deux bêtes sauvages qui s'observent. Il y avait quelque chose de fatal dans l'affrontement de leurs deux amours-propres juvéniles, une reconnaissance de la valeur de l'autre, et peut-être un soupçon de frayeur.

– Musashi, consentez-vous à la rencontre que je propose ?

– Oui.

– Bon.

– Toutefois, je ne souhaite pas que vous vous en mêliez.

– Vous n'acceptez pas de vous en remettre à ma garde ?

– Ce que cela sous-entend me déplaît. Lors de mes combats avec Seijūrō et Denshichirō, je n'ai pas commis la moindre lâcheté. Pourquoi leurs disciples me croient-ils capables de fuir devant un défi de leur part ?

– Bien parlé, Musashi. Je ne l'oublierai pas. Et maintenant, ma garantie mise à part, voudriez-vous fixer l'heure et le lieu ?

– J'accepte l'heure et le lieu qu'ils choisiront, quels qu'ils soient.

– Encore la réponse d'un brave. Où serez-vous, d'ici à l'heure du combat ?

– Je n'ai point d'adresse.

– Si vos adversaires ignorent où vous êtes, comment peuvent-ils vous envoyer un défi écrit ?

– Décidez l'heure et le lieu maintenant. J'y serai.

Kojirō approuva de la tête. Après s'être consulté avec Jūrōzaemon et quelques autres, il revint vers Musashi et lui dit :

– Ils fixent l'heure à cinq heures du matin, après-demain.

– J'accepte.

– L'endroit sera le pin parasol au pied de la colline

d'Ichijōji, sur la route du mont Hiei. Le représentant nominal de la maison de Yoshioka sera Genjirō, le fils aîné de Yoshioka Genzaemon, oncle de Seijūrō et Denshichirō. Genjirō étant le nouveau chef de la maison de Yoshioka, le combat aura lieu sous son nom. Mais il est encore un enfant; aussi est-il stipulé qu'un certain nombre de disciples de l'école Yoshioka l'accompagneront à titre de seconds. Je vous dis cela pour prévenir tout malentendu.

Une fois les promesses protocolairement échangées, Kojirō frappa à la porte de la baraque. La porte s'ouvrit avec circonspection, et les ouvriers de la scierie risquèrent un œil au-dehors.

– Il doit y avoir ici du bois qui ne vous sert pas, dit Kojirō d'un ton bourru. Je veux apposer un écriteau. Trouvez-moi une planche adéquate, et clouez-la à un poteau d'environ un mètre quatre-vingts.

Tandis que l'on rabotait la planche, Kojirō envoya un homme chercher un pinceau et de l'encre. Ces matériaux rassemblés, il inscrivit d'une belle écriture l'heure, le lieu et d'autres détails. Comme précédemment, la notification était rendue publique, ce qui représentait une meilleure garantie qu'un échange privé de serments. Ne pas tenir cette promesse équivaudrait à se ridiculiser publiquement.

Musashi regarda les hommes de l'école Yoshioka dresser la pancarte au carrefour le plus fréquenté du voisinage. Il se détourna avec nonchalance et gagna rapidement le manège de Yanagi.

Tout seul dans le noir, Jōtarō était nerveux. Ses yeux et ses oreilles avaient beau être aux aguets, il ne voyait de temps en temps que la lumière d'un palanquin, et n'entendait que l'écho fugace de chansons chantées par des hommes qui rentraient chez eux. Redoutant que Musashi n'eût été blessé ou même tué, il finit par perdre patience et se mit à courir en direction de Yanagimachi.

Il n'avait pas fait cent mètres que la voix de Musashi lui parvint à travers les ténèbres :

– Hé là! Qu'est-ce qui t'arrive?

– Ah! vous voilà! s'exclama l'enfant avec soulagement. Vous étiez si long que j'ai décidé d'aller jeter un coup d'œil.

– Ça n'était pas très malin. Nous risquions de nous manquer.

– Il y avait beaucoup d'hommes de l'école Yoshioka devant la porte?

– Hum, pas mal.

– Ils n'ont pas essayé de vous attraper? dit Jōtarō en levant des yeux ironiques vers le visage de son maître. Il n'est rien arrivé du tout?

– Exact.

– Où allez-vous? La maison du seigneur Karasumaru est par ici. Je parie que vous êtes impatient de voir Otsū, non?

– J'ai grande envie de la voir.

– À cette heure de la nuit, elle va en avoir une surprise! Suivit un silence gêné.

– Jōtarō, tu te souviens de la petite auberge où nous nous sommes rencontrés pour la première fois? Quel était le nom du village?

– La maison du seigneur Karasumaru est bien mieux que cette vieille auberge.

– Je suis sûr qu'il n'y a pas de comparaison.

– Tout est bouclé pour la nuit, mais si nous faisons le tour jusqu'à la porte des domestiques, ils nous laisseront entrer. Et quand ils sauront que je vous ai amené, le seigneur Karasumaru lui-même viendra peut-être vous accueillir... Ah! je voulais vous demander: quelle mouche a piqué cette espèce de moine fou, Takuan? Il a été si méchant qu'il m'en a rendu malade. Il m'a dit que le mieux à faire avec vous, c'était de vous laisser tranquille. Et il a refusé de me dire où vous étiez; pourtant, il l'a toujours su parfaitement. (Musashi ne fit point de commentaire. Jōtarō continua de babiller pendant qu'ils cheminaient.) C'est là, dit-il en désignant la porte de derrière. (Musashi s'arrêta mais ne souffla mot.) Vous voyez cette lumière au-dessus de la clôture? C'est l'aile nord, où Otsū habite. Elle doit veiller en m'attendant.

Comme il s'élançait en direction de la porte, Musashi lui saisit fermement le poignet et dit:

– Un instant. Je n'entre pas. Je veux te charger d'un message pour Otsū.

– Vous n'entrez pas ? Vous n'êtes donc pas ici pour ça ?
– Non. Je voulais seulement m'assurer de ton arrivée sain et sauf.
– Il faut entrer ! Vous ne pouvez partir maintenant ! s'écria-t-il en tirant frénétiquement son maître par la manche.
– Parle plus bas, dit Musashi, et écoute-moi.
– Je n'écouterai pas ! Non ! Vous m'avez promis de venir avec moi.
– Je suis venu, non ?
– Je ne vous ai pas fait venir pour regarder la porte. Je vous ai demandé de venir voir Otsū.
– Calme-toi... Pour autant que je sache, il se peut que je sois mort très bientôt.
– Ça n'a rien de neuf. Vous dites sans arrêt qu'un samouraï doit être prêt à mourir à tout moment.
– Exact, et je crois que c'est une bonne leçon pour moi que de l'entendre de ta bouche. Pourtant, cette fois ne ressemble pas aux autres fois. Je sais déjà que je n'ai pas une chance sur dix d'en réchapper. Voilà pourquoi je ne crois pas qu'il faille voir Otsū.
– C'est absurde.
– À ton âge, tu ne comprendrais pas si je t'expliquais. Mais tu comprendras quand tu seras grand.
– Vous dites bien la vérité ? Vous croyez vraiment que vous allez mourir ?
– Oui. Mais tu ne peux dire cela à Otsū, pas pendant qu'elle est malade. Dis-lui d'être forte, de choisir une voie qui la mène au bonheur. Voilà le message que je veux que tu lui transmettes. Il ne faut pas lui souffler mot de ma mort.
– Je le lui dirai ! Je lui dirai tout ! Comment pourrais-je mentir à Otsū ? Oh ! je vous en prie, je vous en prie, venez avec moi.
Musashi le repoussa.
– Tu ne m'écoutes pas.
Jōtarō ne put retenir ses larmes.
– Mais... mais j'ai tant de peine pour elle. Si je lui dis que vous avez refusé de la voir, son état empirera. Je le sais.

– Voilà bien pourquoi tu dois lui transmettre mon message. Dis-lui qu'il ne serait bon ni pour l'un ni pour l'autre de nous voir aussi longtemps que je m'exerce encore au métier des armes. La voie que j'ai choisie exige de la discipline. Elle demande que je maîtrise mes sentiments, que je mène une vie stoïque, que je me plonge dans les épreuves. Sinon, la lumière que je recherche m'échappera. Réfléchis, Jōtarō. Toi-même, tu vas devoir suivre la même voie, faute de quoi tu ne deviendras jamais un guerrier digne de ce nom. (L'enfant gardait le silence, mais pleurait amèrement. Musashi l'entoura de son bras et le serra contre lui.) La Voie du samouraï... l'on n'en connaît pas la fin. Quand je n'y serai plus, il faudra te trouver un bon maître. Je ne puis voir Otsū maintenant parce que je sais qu'au bout du compte elle sera plus heureuse si nous ne nous rencontrons pas. Et, quand elle aura trouvé le bonheur, elle comprendra ce que j'éprouve en ce moment. Cette lumière... Es-tu certain qu'elle vienne de sa chambre ? Elle doit se sentir bien seule. Tu dois aller dormir.

Jōtarō commençait à comprendre dans quel dilemme se trouvait Musashi ; pourtant, il avait l'air un peu renfrogné tandis qu'il se tenait là, tournant le dos à son maître. Il se rendait compte qu'il ne pouvait insister davantage. Levant son visage baigné de larmes, il s'accrocha à l'ultime et faible espoir :

– Quand vous aurez fini vos études, verrez-vous Otsū, lui ferez-vous la cour ? Oui, n'est-ce pas ? Quand vous croirez avoir étudié suffisamment longtemps...
– Oui, ce jour-là.
– Ça sera quand ?
– C'est difficile à dire.
– Deux ans, peut-être ?
Musashi ne répondit pas.
– Trois ans ?
– La Voie de la discipline est sans fin.
– Vous ne reverrez jamais Otsū de votre vie ?
– Si les talents avec lesquels je suis né sont les bons, peut-être un jour atteindrai-je mon but. Sinon, il se peut que je sois toute ma vie aussi stupide que je le suis mainte-

nant. Mais il est possible que je meure bientôt. Comment un homme qui a cette perspective pourrait-il s'engager pour l'avenir auprès d'une femme aussi jeune qu'Otsū ?

Il en avait dit plus qu'il ne voulait. Jōtarō parut déconcerté puis déclara triomphalement :

– Inutile de promettre à Otsū quoi que ce soit. Je vous demande seulement de la voir.

– Ce n'est pas aussi simple. Otsū est une jeune femme. Je suis un jeune homme. Il m'est désagréable de te l'avouer, mais si je la rencontrais je serais vaincu par ses larmes, je le crains. Je serais incapable de m'en tenir à ma décision.

Musashi n'était plus l'impétueux adolescent qui avait repoussé Otsū au pont de Hanada. Il était moins égocentrique, moins désinvolte, plus patient et beaucoup plus doux. Peut-être le charme de Yoshino eût-il réveillé les flammes de la passion si Musashi n'avait rejeté l'amour à la façon dont l'eau éteint le feu. Toutefois, quand la femme était Otsū, Musashi manquait de confiance en sa maîtrise de soi. Il savait qu'il ne devait point penser à cette jeune fille sans envisager l'effet qu'il risquait d'avoir sur sa vie à elle.

Jōtarō entendit la voix de Musashi près de son oreille :

– Tu comprends, maintenant ?

L'enfant s'essuya les yeux mais lorsqu'il écarta la main de son visage et regarda autour de lui, il ne vit qu'un épais brouillard sombre.

– *Sensei !* cria-t-il.

Il eut beau courir jusqu'à l'angle du long mur de terre, il savait bien que ses cris ne ramèneraient jamais le jeune homme. Il appuya son visage contre le mur ; les larmes jaillirent à nouveau. Il se sentait complètement vaincu, une nouvelle fois, par le raisonnement d'un adulte. Il pleura jusqu'à ce que sa gorge se serrât au point que nul son n'en sortît ; mais des sanglots convulsifs continuèrent à lui secouer les épaules.

Remarquant une femme devant la porte des domestiques, il pensa qu'il devait s'agir d'une des filles de cuisine qui rentrait d'une course tardive, et se demanda si elle l'avait entendu pleurer. La silhouette obscure leva son voile et s'avança lentement vers lui.

– Jōtarō ? C'est toi, Jōtarō ?
– Otsū ! Que faites-vous ici, dehors ? Dans votre état !
– Je m'inquiétais à ton sujet. Pourquoi es-tu parti sans rien dire à personne ? Où donc étais-tu pendant tout ce temps ? On a allumé les lampes, on a fermé le portail, et tu n'étais toujours pas rentré. Je ne peux te dire à quel point j'étais inquiète.
– Vous êtes folle. Et si votre fièvre remonte ? Retournez vous coucher tout de suite !
– Pourquoi pleurais-tu ?
– Je vous le dirai plus tard.
– Je veux le savoir maintenant. Pour te bouleverser à ce point, il doit s'être passé quelque chose. Tu as couru après Takuan, n'est-ce pas ?
– Euh... oui.
– As-tu découvert où se trouve Musashi ?
– Takuan est mauvais. Je le déteste !
– Il ne te l'a pas dit ?
– Euh... non.
– Tu me caches quelque chose.
– Oh ! vous êtes impossibles, tous les deux ! gémit Jōtarō. Vous et mon imbécile de maître. Je ne veux rien vous dire avant que vous ne vous couchiez et que je ne vous mette une serviette froide sur la tête. Si vous ne rentrez pas tout de suite, je vous fais rentrer de force. (La saisissant d'une main par le poignet et tambourinant de l'autre à la porte, il cria furieusement :) Ouvrez ! La malade est ici, dehors. Si vous ne vous dépêchez pas, elle va geler sur place !

UN TOAST AU LENDEMAIN

Matahachi fit halte sur la route caillouteuse, et s'essuya le front. Il avait couru tout le chemin de l'avenue Gojō à la colline de Sannen. Sa face était fort rouge, mais plus à cause du saké qu'il avait bu que de son exceptionnel effort physique. Il plongea sous le portail en ruine et contourna, toujours courant, la maisonnette au-delà du jardin potager.

– Mère ! appela-t-il d'un ton pressant. (Puis il jeta un coup d'œil à l'intérieur et marmonna :) Est-ce qu'elle dort encore ?

Après s'être arrêté au puits pour se laver les mains et les pieds, il entra dans la maison. Osugi cessa de ronfler, ouvrit un œil et se réveilla.

– Pourquoi fais-tu un pareil vacarme ? demanda-t-elle d'un ton rogue.

– Ah ! tu te réveilles enfin ?

– Que veux-tu dire ?

– Il suffit que je m'asseye une minute pour que tu commences à ronchonner sur ma paresse, et m'asticotes pour que je recherche Musashi.

– Eh bien, répliqua Osugi indignée, je te prie de me pardonner d'être vieille. Ma santé a besoin de sommeil, mais tout va bien du côté de l'esprit. Je ne me sens pas bien depuis la nuit où Otsū est partie. Et mon poignet, à l'endroit où Takuan l'a saisi, me fait mal encore.

– Pourquoi faut-il que chaque fois que je me sens bien tu te mettes à te plaindre de quelque chose ?

Les yeux d'Osugi lancèrent des éclairs.

– Tu ne m'entends pas souvent me plaindre, en dépit de mon âge. As-tu appris quelque chose, sur Otsū ou Musashi ?

– Les seules personnes de la ville à ne pas avoir appris la nouvelle, ce sont les vieilles femmes qui dorment du matin au soir.

– La nouvelle ! Quelle nouvelle ?

Aussitôt, Osugi se rapprocha de son fils.

– Musashi va se battre pour la troisième fois contre l'école Yoshioka.

– Quand ? Où ?

– Il y a une pancarte, à Yanagimachi, qui fournit tous les détails. La chose aura lieu demain matin de bonne heure au village d'Ichijōji.

– Yanagimachi ! C'est le quartier réservé. (Les yeux d'Osugi rétrécirent.) Que faisais-tu donc à traîner au milieu de la journée dans un pareil endroit ?

– Je ne traînais pas, répondit Matahachi sur la défensive. Tu prends toujours les choses en mauvaise part.

J'étais là parce que c'est un bon endroit pour saisir des nouvelles.

– Passons; simple taquinerie de ma part. Je suis satisfaite que tu te sois rangé, et ne retournes pas à la mauvaise vie que tu menais. Mais j'ai bien entendu? Tu dis bien demain matin?

– Oui, à cinq heures.

Osugi réfléchit.

– Ne m'as-tu pas dit que tu connaissais quelqu'un à l'école Yoshioka?

– Si, mais je ne l'ai pas rencontré dans des circonstances très favorables. Pourquoi?

– Je veux que tu me conduises à l'école, immédiatement. Prépare-toi.

Matahachi fut encore une fois frappé par l'impétuosité des gens âgés. Sans bouger, il dit froidement :

– Pourquoi s'exciter? Rien ne presse. Qu'espères-tu, en allant à l'école Yoshioka?

– Offrir nos services, bien sûr.

– Hein?

– Ils vont tuer Musashi demain. Je leur demanderai de nous laisser nous joindre à eux. Il se peut que nous ne soyons pas d'un grand secours, mais du moins pourrons-nous sans doute recevoir un bon coup.

– Tu plaisantes, mère! dit en riant Matahachi.

– Qu'y a-t-il de si drôle?

– Tu es si naïve!

– Comment oses-tu me parler ainsi? C'est toi, le naïf.

– Au lieu de discuter, sors et regarde autour de toi. Les Yoshiokas sont assoiffés de sang; c'est leur dernière chance. Les règles du combat n'auront pour eux aucun sens. Ils ne pourront sauver la maison de Yoshioka qu'en tuant Musashi... par n'importe quel moyen. Ce n'est pas un secret qu'ils vont l'attaquer en force.

– Vraiment? ronronna Osugi. Alors, Musashi est perdu... Non?

– Je n'en suis pas sûr. Peut-être amènera-t-il des renforts. En ce cas, il s'agira d'une véritable bataille. Beaucoup de gens croient que c'est là ce qui se produira.

– Peut-être ont-ils raison, mais cela reste ennuyeux.

Nous ne pouvons rester les bras croisés à laisser quelqu'un d'autre le tuer après l'avoir aussi longtemps recherché.

– Je suis d'accord et j'ai un plan, fit Matahachi tout excité. Si nous arrivons là-bas avant la bataille, nous pourrons nous présenter aux Yoshiokas et leur dire pourquoi nous recherchons Musashi. Je suis certain qu'ils nous laisseront porter un coup au cadavre. Alors nous pourrons prendre une mèche de cheveux, ou une manche, ou quelque chose comme ça, et nous en servir pour prouver aux gens de chez nous que nous l'avons tué. Voilà qui restaurerait notre prestige, tu ne crois pas ?

– Ton plan est bon, mon fils. Je ne vois pas de meilleure solution. (Assise bien droite, effaçant les épaules, elle semblait oublier qu'elle lui avait autrefois proposé la même chose.) Non seulement cela rétablirait notre réputation mais, Musashi mort, Otsū serait comme un poisson hors de l'eau.

Sa mère ayant recouvré son calme, Matahachi se sentit soulagé – mais il avait de nouveau soif.

– Eh bien, voilà qui est réglé. Nous avons quelques heures devant nous. Tu ne crois pas que nous devrions prendre un peu de saké avant dîner ?

– Hum... bon. Fais-en apporter un peu ici. J'en boirai un peu moi-même afin de fêter notre victoire proche.

Comme il posait les mains sur les genoux pour se lever, il regarda d'un côté, cligna et écarquilla les yeux.

– Akemi ! cria-t-il en courant à la petite fenêtre.

Elle se blottissait sous un arbre, tout près, comme un chat pris en faute et qui n'a pas réussi à s'enfuir à temps. Le fixant d'un regard incrédule, elle hoqueta :

– Matahachi, c'est toi ?
– Que fais-tu ici ?
– Oh ! je loge dans cette auberge depuis quelque temps.
– Je n'en avais pas la moindre idée. Es-tu avec Okō ?
– Non.
– Tu ne vis plus avec elle ?
– Non. Tu connais Gion Tōji, n'est-ce pas ?
– J'ai entendu parler de lui.
– Lui et mère se sont enfuis ensemble.

Sa clochette tinta tandis qu'elle levait sa manche afin de cacher ses larmes. L'ombre de l'arbre avait une tonalité bleuâtre; la nuque de la jeune fille, sa main délicate, tout en elle différait beaucoup de l'Akemi dont Matahachi se souvenait. L'éclat enfantin qui l'avait tellement charmé à Ibuki, et qui avait consolé sa tristesse au Yomogi s'était évanoui.

– Matahachi, dit Osugi, soupçonneuse, à qui donc parles-tu là ?

– C'est la jeune fille dont je t'ai déjà parlé. La fille d'Okō.

– Elle ? Que faisait-elle ? Elle écoutait aux portes ?

Matahachi se tourna vers elle en disant avec irritation :

– Pourquoi toujours de pareilles conclusions ? Elle loge ici. Elle passait seulement par hasard. C'est bien ça, Akemi ?

– Oui, j'étais à cent lieues de te croire ici; pourtant, une fois, j'y ai vu cette jeune fille appelée Otsū.

– Tu lui as parlé ?

– Pas vraiment; mais plus tard, je me suis posé des questions. N'est-ce pas la jeune fille à qui tu étais fiancé ?

– Si.

– Je le pensais bien. Ma mère t'a créé beaucoup d'ennuis, n'est-ce pas ?

Matahachi ignora la question.

– Tu n'es pas encore mariée ? Tu as quelque chose de différent, je ne sais au juste quoi.

– Après ton départ, mère m'a fait la vie dure. J'ai patienté le plus longtemps possible, parce qu'elle est ma mère. Mais l'an dernier, alors que nous étions à Sumiyoshi, je me suis enfuie.

– Elle a gâché nos deux vies, tu ne crois pas ? Mais attends un peu. En fin de compte, elle aura ce qu'elle mérite.

– Même si elle ne l'a pas, ça m'est égal. Je voudrais seulement savoir ce que je vais faire désormais.

– Moi aussi. L'avenir ne paraît pas très brillant. J'aimerais faire la paix avec Okō, mais je suppose que je me bornerai à l'imaginer.

Cependant qu'ils gémissaient sur leurs difficultés, Osugi s'était affairée à ses préparatifs de voyage. À ce moment, elle fit claquer sa langue et dit sévèrement :

– Matahachi ! Pourquoi restes-tu planté là à te lamenter

avec une personne qui n'a rien à faire avec nous ? Viens m'aider !

— Oui, mère.

— Au revoir, Matahachi. À bientôt.

L'air abattu et mal à l'aise, Akemi se hâta de partir. Bientôt, on alluma une lampe, et la servante parut avec les plateaux du dîner et le saké. Mère et fils échangèrent des coupes sans regarder la note, posée entre eux sur le plateau. Les serviteurs, venus à tour de rôle présenter leurs respects, furent suivis par l'aubergiste en personne.

— Ainsi, vous partez ce soir ? dit-il. Ç'a été un plaisir que de vous avoir aussi longtemps parmi nous. Je regrette que nous n'ayons pu vous traiter comme vous le méritez. Nous espérons vous revoir à votre prochain séjour à Kyoto.

— Merci, répondit Osugi. Il se peut fort bien que je revienne. Voyons, cela fait trois mois, n'est-ce pas... depuis la fin de l'année ?

— Oui, à peu près. Vous allez nous manquer.

— Voulez-vous prendre un peu de saké avec nous ?

— C'est bien aimable à vous. C'est tout à fait inhabituel que de partir le soir. Qu'est-ce qui vous a fait prendre une pareille décision ?

— À vrai dire, une affaire importante et soudaine. À propos, auriez-vous par hasard une carte du village d'Ichijōji ?

— Voyons, c'est une petite localité de l'autre côté de Shirakawa, près du sommet du mont Hiei. Je ne crois pas que vous devriez vous y rendre en pleine nuit. C'est tout à fait désert et...

— Peu importe, interrompit Matahachi. Auriez-vous seulement l'amabilité de nous dessiner un plan ?

— Avec plaisir. Un de mes serviteurs est de là-bas. Il me fournira les renseignements nécessaires. Ichijōji n'a pas beaucoup d'habitants, vous savez, mais s'étend sur une fort vaste superficie.

Matahachi, un peu ivre, dit sèchement :

— Ne vous inquiétez pas de l'endroit où nous allons. Nous voulons seulement savoir comment y aller.

— Oh ! excusez-moi. Préparez-vous tranquillement.

En se frottant les mains l'une contre l'autre avec obséquiosité, il s'inclina et sortit sur la véranda. Comme il allait descendre dans le jardin, trois ou quatre de ses employés accoururent vers lui; leur chef, tout excité, demanda :

– Elle n'est pas venue par ici?

– Qui donc?

– La jeune fille, celle qui logeait dans la chambre du fond.

– Eh bien, que lui est-il arrivé?

– Je suis certain de l'avoir vue plus tôt dans la soirée, mais alors, j'ai regardé dans sa chambre, et...

– Au fait!

– Nous ne la trouvons plus.

– Espèce d'idiot! cria l'aubergiste dont la face indignée n'exprimait plus la servilité mielleuse qu'il avait manifestée quelques instants plus tôt. À quoi bon courir partout comme ça maintenant qu'elle est partie? Nous aurions dû deviner à son air qu'il y avait quelque chose de louche. Tu as laissé passer une semaine sans t'assurer qu'elle avait de l'argent. Comment continuer à travailler si tu fais des idioties pareilles?

– Pardon, monsieur. Elle avait l'air convenable.

– Eh bien, il est trop tard, maintenant. Tu ferais mieux de voir si quelque chose manque dans les chambres des autres clients. Oh! quelle bande de crétins!

Il s'éloigna en tempêtant vers le devant de l'auberge.

Osugi et Matahachi burent encore un peu de saké puis la vieille femme passa au thé, et conseilla à son fils d'en faire autant.

– Je finis ce qui reste, dit-il en se versant une nouvelle coupe. Je ne veux rien manger.

– C'est mauvais pour toi de ne pas manger. Prends au moins un peu de riz et des légumes au vinaigre. (Employés et domestiques couraient dans le jardin et les couloirs en agitant leurs lanternes.) Ils ne semblent pas l'avoir attrapée, dit Osugi. Je ne veux pas m'en mêler; aussi me suis-je tue devant l'aubergiste; mais ne crois-tu pas que la fille qu'ils recherchent soit celle à qui tu parlais tout à l'heure?

– Ça ne m'étonnerait pas.

– Mon Dieu, l'on ne saurait espérer grand-chose de la fille d'une mère comme la sienne. Pourquoi diable as-tu été aussi aimable avec elle?

– J'éprouve une espèce de pitié pour elle. Sa vie a été dure.

– Eh bien, veille à ne pas dire que tu la connais. Si l'aubergiste croit qu'elle a des relations quelconques avec nous, il exigera que nous réglions sa note.

Matahachi avait autre chose en tête. Les mains derrière la nuque, il s'étendit sur le dos en grommelant :

– Je pourrais la tuer, cette putain ! Je la revois. Ce n'est pas Musashi qui m'a détourné du droit chemin, mais Okō !

Osugi le réprimanda vertement :

– Ne fais pas l'imbécile ! À supposer que tu supprimes Okō – quel en serait le bénéfice pour notre réputation ? Personne au village ne la connaît ni ne s'en soucie.

À deux heures, l'aubergiste vint avec une lanterne à la véranda pour annoncer l'heure. Matahachi s'étira et demanda :

– Vous avez attrapé la fille ?

– Non ; pas trace, répondit-il avec un soupir. Elle était jolie ; aussi les employés ont-ils cru que même si elle ne pouvait régler sa note, nous pourrions rentrer dans notre argent en la gardant ici quelque temps, si vous voyez ce que je veux dire. Hélas ! elle a été un peu trop rapide pour nous.

Assis au bord de la véranda, Matahachi attachait ses sandales. Après avoir attendu environ une minute, il cria d'un ton irrité :

– Mère, qu'est-ce que tu fabriques, là-dedans ? Tu es toujours en train de me presser, mais au dernier moment tu n'es jamais prête !

– Un instant. Matahachi, t'ai-je donné la bourse que je porte dans mon sac de voyage ? J'ai payé la note avec de l'argent que j'avais dans ma ceinture, mais l'argent de notre voyage se trouvait dans la bourse.

– Je ne l'ai pas vue.

– Viens un peu ici. Voici un bout de papier avec ton nom dessus. Quoi !... Comment ? Quelle audace ! Cela dit... cela dit qu'étant donné que vous vous connaissez de longue date, elle espère que tu lui pardonneras d'emprunter cet argent. Emprunter... emprunter !

– C'est l'écriture d'Akemi.

Osugi se retourna contre l'aubergiste :

– Dites donc ! en cas de vol d'un client, vous êtes responsable !

– Vraiment ? répliqua-t-il avec un large sourire. D'ordinaire, ce serait le cas mais puisqu'il apparaît que vous connaissez la jeune fille, je crains bien d'avoir à vous prier d'abord de vous occuper de sa note.

Les yeux d'Osugi roulaient furieusement dans leurs orbites, tandis qu'elle bégayait :

– De... de quoi parlez-vous ? Comment ? Je n'ai jamais vu de ma vie cette sale voleuse ; Matahachi ! Assez lambiné ! Si nous ne nous mettons pas en route, nous allons entendre le coq chanter.

LE PIÈGE MORTEL

La lune était encore haut dans le ciel du petit matin ; aussi les ombres des hommes qui grimpaient le sentier blanc de la montagne se heurtaient-elles bizarrement, ce qui accroissait le malaise des grimpeurs.

– Je ne m'attendais pas à ça, dit l'un.

– Moi non plus. Il y a beaucoup d'absents. J'étais sûr que nous serions au moins cent cinquante.

– Hum... Il n'y a pas l'air d'y en avoir la moitié.

– Je suppose que lorsque Genzaemon arrivera avec ses hommes, nous serons environ soixante-dix en tout.

– Quelle pitié ! La maison de Yoshioka n'est certes plus ce qu'elle était.

D'un autre groupe :

– Qu'importent ceux qui ne sont pas ici ! Le dōjō étant fermé, beaucoup d'hommes doivent penser d'abord à gagner leur vie. Les plus fiers et les plus fidèles sont ici. C'est plus important que le nombre !

– Bien dit ! S'il y avait ici cent ou deux cents hommes, ils ne feraient que se gêner.

– Ha ! ha ! On fait encore les braves en paroles. Rappelez-vous le Rengeōin. Vingt hommes debout tout autour, et Musashi s'en est encore tiré !

Le mont Hiei et les autres pics étaient encore profondément endormis dans les plis des nuages. Les hommes se trouvaient rassemblés à l'embranchement d'une petite route de campagne ; l'un des sentiers menait au sommet du Hiei, et l'autre bifurquait en direction d'Ichijōji. La route était abrupte, caillouteuse et profondément ravinée. Autour du point de repère le plus visible – un grand pin déployé comme un gigantesque parasol – se tenait un groupe des principaux disciples. Assis par terre, pareils à autant de crabes nocturnes, ils discutaient du terrain :

– La route a trois branches ; aussi la question est-elle de savoir laquelle empruntera Musashi. La meilleure stratégie consiste à diviser les hommes en trois groupes, et à en poster un à chaque embranchement. Ensuite, Genjirō et son père peuvent rester ici avec une troupe d'une dizaine de nos hommes les plus forts : Miike, Ueda et les autres.

– Non, le sol est trop accidenté pour concentrer un grand nombre d'hommes en un seul endroit. Nous devrions les disséminer le long des embranchements, et les maintenir cachés jusqu'à ce que Musashi soit à mi-pente. Alors, ils pourront l'attaquer simultanément par le front et par l'arrière.

Il y avait beaucoup d'allées et venues au sein des groupes, les ombres mouvantes avaient l'air embrochées sur leurs lances ou leurs longs fourreaux. En dépit d'une tendance à sous-estimer leur ennemi, il ne se trouvait pas de lâches parmi eux.

– Le voilà ! cria un homme qui se tenait à la périphérie.

Les ombres se pétrifièrent. Le sang se glaça dans les veines de chacun des samouraïs.

– Du calme. Ce n'est que Genjirō.

– Comment ? Il arrive en palanquin !

– Et alors ? Ce n'est qu'un enfant.

Les lanternes qui s'approchaient lentement, balancées aux vents froids du mont Hiei, paraissaient ternes en comparaison du clair de lune. Quelques minutes plus tard, Genzaemon descendit de son palanquin en déclarant :

– Je suppose que nous sommes au complet maintenant.

Genjirō, un garçon de treize ans, sortit du palanquin voisin. Le père et le fils portaient des serre-tête blancs étroitement noués, et leurs *hakama* étaient retroussés haut. Genzaemon dit à son fils d'aller se placer sous le pin. Le jeune garçon acquiesça en silence, tandis que son père lui tapotait le front pour l'encourager, en ajoutant :

– La bataille a lieu en ton nom mais ce sont les disciples qui se battront. Comme tu es trop jeune pour y prendre part, tu n'as rien d'autre à faire qu'à te tenir là et à regarder. (Genjirō courut droit à l'arbre où il prit une pose aussi raide et digne que celle d'un mannequin de samouraï à la fête des jeunes garçons.) Nous sommes un peu en avance, dit Genzaemon. Le soleil ne se lèvera que dans un moment. (Il fouilla dans sa ceinture, et en sortit une longue pipe à gros fourneau.) Quelqu'un a-t-il du feu ? demanda-t-il avec désinvolture en montrant bien aux autres qu'il était totalement maître de soi.

Un homme s'avança et dit :

– Monsieur, avant de vous mettre à fumer, ne pensez-vous pas que nous devrions décider comment il convient de répartir les combattants ?

– Oui, je crois que tu as raison. Postons-les rapidement de manière à être bien prêts. Comment vas-tu procéder ?

– Il y aura une force centrale ici, près de l'arbre. D'autres hommes se cacheront à une vingtaine de pas d'intervalle, des deux côtés des trois routes.

– Qui sera ici, près de l'arbre ?

– Vous, moi et une dizaine d'autres. Par notre présence, nous pourrons protéger Genjirō et nous tenir prêts à nous joindre à la mêlée quand l'arrivée de Musashi sera signalée.

– Un instant, dit Genzaemon en méditant sur cette stratégie avec une prudence judicieuse. Si les hommes sont dispersés de la sorte, ils ne seront qu'une vingtaine pour l'attaquer au départ.

– Certes, mais il sera cerné.

– Pas nécessairement. Tu peux être sûr qu'il amènera du renfort. Et il faut te rappeler qu'il est aussi habile à se tirer d'un mauvais pas qu'à se battre, si ce n'est plus. N'oublie pas le Rengeōin. Il pourrait frapper en un point où nos hommes seraient très dispersés, en blesser trois ou quatre, puis s'en aller. Après quoi, il irait partout se vanter d'avoir affronté plus de soixante-dix membres de l'école Yoshioka, et d'en être sorti vainqueur.

— Jamais nous ne le laisserons faire.

— Ce serait sa parole contre la nôtre. Même s'il amène des renforts, les gens considéreront ce combat comme ayant eu lieu entre lui seul et l'école Yoshioka tout entière. Et leur sympathie ira à l'homme d'épée isolé.

— Je crois, intervint Miike Jūrōzaemon, qu'il va sans dire que s'il en réchappe à nouveau nous ne le ferons jamais oublier, quoi que nous prétendions. Nous sommes ici pour tuer Musashi, et ne saurions faire trop les délicats sur la façon de pratiquer. Les morts se taisent. (Jūrōzaemon ordonna à quatre hommes du groupe le plus proche de s'avancer. Trois d'entre eux portaient de petits arcs, et le quatrième un mousquet. Il les disposa face à Genzaemon.) Peut-être aimeriez-vous voir quelles précautions nous avons prises.

— Ah ! des armes de jet.

— Nous pouvons les placer sur les hauteurs ou dans les arbres.

— Ne nous accusera-t-on pas de recourir à une tactique déloyale ?

— Ce que l'on dira nous importe moins que d'avoir à coup sûr la peau de Musashi.

— Soit. Si vous êtes prêts à affronter la critique, je n'ai rien à ajouter, dit le vieil homme avec soumission. Même si Musashi amène cinq ou six hommes, il a peu de chances d'en réchapper alors que nous avons des arcs, des flèches et une arme à feu... Allons, si nous restons plantés ici nous risquons d'être pris par surprise. Je vous laisse répartir les hommes, mais placez-les à leur poste sans délai.

Les ombres se dispersèrent comme des oies sauvages dans un marais ; certains plongèrent dans des halliers de bambous, d'autres disparurent derrière des arbres ou se tapirent sur les talus séparant les rizières. Les trois archers montèrent jusqu'à un endroit plus élevé qui dominait le terrain. Au-dessous, le mousquetaire grimpa dans les hautes branches du pin parasol. Comme il se faufilait pour se cacher, des aiguilles de pin et de l'écorce tombèrent en cascade sur Genjirō. Voyant l'enfant se tortiller, Genzaemon lui demanda sur un ton de reproche :

— Déjà nerveux ? Un peu de courage, voyons !

– Ce n'est pas ça. J'ai des aiguilles de pin dans le dos.

– Reste tranquille et supporte-les. Ce sera pour toi une expérience salutaire. Quand le vrai combat commencera, observe attentivement.

Le long de l'embranchement de l'est, un grand cri s'éleva :

– Arrête, espèce d'imbécile !

On entendit des froissements de bambous assez sonores pour avertir quiconque n'était pas sourd que des hommes se cachaient tout le long des routes. Genjirō cria : « J'ai peur ! » en s'accrochant à la taille de son père. Jūrōzaemon se dirigea aussitôt vers le lieu de cette agitation, bien que quelque chose lui dit qu'il s'agissait d'une fausse alerte. Sasaki Kojirō vociférait contre un des hommes de l'école Yoshioka :

– Tu ne vois donc pas clair ? En voilà une idée, de me prendre pour Musashi ! J'arrive ici en qualité de témoin, et tu te précipites sur moi avec une lance. Quel âne !

Les hommes de l'école Yoshioka étaient en colère, eux aussi ; certains d'entre eux le soupçonnaient de les espionner. Ils se retenaient, mais continuaient de lui boucher le passage. Jūrōzaemon ayant traversé l'attroupement, Kojirō s'en prit à lui :

– Je suis venu en qualité de témoin, mais vos hommes me traitent en ennemi. S'ils agissent sur votre ordre, je serai plus qu'heureux, pour malhabile homme d'épée que je sois, de vous affronter. Je n'ai aucune raison d'aider Musashi ; en revanche, j'ai mon honneur à défendre. D'autre part, cela me fournirait une occasion bienvenue d'humecter de sang frais ma « perche de séchage », chose que j'ai négligé de faire depuis quelque temps.

Il était tel un tigre crachant le feu. Les membres de l'école Yoshioka qu'avaient trompés ses airs de bellâtre furent stupéfaits de son audace. Jūrōzaemon, bien déterminé à montrer que la langue de Kojirō ne l'effrayait pas, se mit à rire :

– Ha ! ha ! Vous voilà tout hors de vous, hein ? Mais dites-moi, qui donc au juste vous a prié d'être témoin ? Je ne me souviens d'aucune requête de ce genre. Serait-ce Musashi ?

– Ne dites pas d'absurdités. Quand nous avons apposé l'écriteau, à Yanagimachi, j'ai fait savoir aux deux parties que je jouerais le rôle de témoin.

– Je vois. C'est vous-même qui l'avez dit. En d'autres termes, Musashi ne vous l'a pas demandé, non plus que nous. Vous avez pris sur vous de venir en observateur. Or, le monde est plein de gens qui se mêlent de ce qui ne les regarde pas.

– C'est une insulte ! aboya Kojirō.

– Allez-vous-en ! cria Jūrōzaemon en postillonnant. Nous ne sommes pas ici pour faire du théâtre.

Kojirō, vert de rage, se détacha prestement du groupe et recula en courant de quelques pas dans le sentier.

– Prenez garde, espèces de bâtards ! cria-t-il en se préparant à l'attaque.

Genzaemon, lequel avait suivi Jūrōzaemon, dit :

– Attendez, jeune homme !

– Attendez vous-même ! vociféra Kojirō. Je n'ai rien à voir avec vous. Mais je vous montrerai ce qui arrive aux gens qui m'insultent !

Le vieil homme courut à lui.

– Allons, allons, vous prenez trop au sérieux cette affaire ! Nos hommes sont sur les nerfs. Je suis l'oncle de Seijūrō, et j'ai appris de lui que vous êtes un remarquable homme d'épée. Je suis certain qu'il y a eu une erreur quelconque. J'espère que vous me pardonnerez personnellement la conduite de nos hommes.

– Je vous sais gré de m'accueillir ainsi. J'ai été en bons termes avec Seijūrō, et veux du bien à la maison de Yoshioka, quoique je ne croie pas devoir jouer le rôle du second. Mais ce n'est pas une raison pour que vos hommes m'insultent.

S'agenouillant pour une révérence protocolaire, Genzaemon répondit :

– Vous avez parfaitement raison. J'espère que vous oublierez ce qui s'est passé, pour l'amour de Seijūrō et de Denshichirō.

Le vieil homme choisissait avec tact ses paroles, dans la crainte que Kojirō, s'il était offensé, n'allât révéler partout la lâche stratégie qu'ils avaient adoptée. La colère de Kojirō tomba.

– Levez-vous, monsieur. Je suis gêné de voir un aîné s'incliner devant moi. (En une rapide volte-face, celui qui maniait « la perche de séchage » mettait maintenant à profit son éloquence pour encourager les hommes de l'école Yoshioka, et dénigrer Musashi :) J'ai été quelque temps en termes amicaux avec Seijūrō, et, comme je l'ai déjà dit, je n'ai aucun lien avec Musashi. Il est tout naturel que je sois favorable à la maison de Yoshioka... J'ai vu bien des conflits entre guerriers, mais n'ai jamais été le témoin d'une tragédie comme celle dont vous êtes les victimes. Il est incroyable que la maison qui a servi les shōguns Ashikaga en tant qu'instructeurs dans les arts martiaux soit discréditée par un simple lourdaud de la campagne.

Ces paroles, prononcées comme si Kojirō eût délibérément essayé de leur échauffer les oreilles, furent accueillies avec une attention ravie. Sur la face de Jūrōzaemon était peinte une expression de regret d'avoir parlé si grossièrement à un homme qui n'avait que bienveillance envers la maison de Yoshioka. Cette réaction n'échappa point à Kojirō. Il prit son élan :

– Dans l'avenir, j'ai l'intention de fonder ma propre école. Ce n'est donc point par curiosité que j'observe les combats et étudie la tactique des autres guerriers. Cela fait partie de mon éducation. Toutefois, je ne crois pas avoir jamais été le témoin, ou entendu parler d'un combat qui m'ait plus irrité que vos deux rencontres avec Musashi. Pourquoi donc, alors qu'un si grand nombre d'entre vous se trouvaient au Rengeōin, et précédemment au Rendaiji, avez-vous laissé Musashi s'échapper de manière à pouvoir plastronner dans les rues de Kyoto ? Voilà ce que je ne puis comprendre. (Il lécha ses lèvres sèches, et continua :) Certes, Musashi se bat avec une ténacité surprenante pour un homme d'épée errant. Si je le sais moi-même, c'est uniquement pour l'avoir vu à deux reprises. Mais au risque de paraître me mêler de ce qui ne me regarde pas, je tiens à vous faire part de ma découverte au sujet de Musashi. (Sans mentionner le nom d'Akemi, il s'expliqua :) Le premier renseignement, je l'ai obtenu lorsque j'ai rencontré par hasard une femme qui le connaissait depuis qu'il avait dix-sept ans. En complétant ce qu'elle m'a dit avec d'autres bribes d'informations recueillies ici et là, je puis vous donner un résumé assez exhaustif de sa vie... Fils d'un samouraï de la province de Mimasaka, il s'est enfui pour aller à la bataille de Sekigahara; rentré chez lui, il a commis tant d'atrocités qu'on l'a chassé du village. Depuis lors, il rôde à travers le pays... Bien qu'il soit un vaurien, il possède un certain talent au sabre. Et, physiquement, il est d'une force extrême. En outre, il se bat sans se soucier de sa propre vie. C'est pourquoi les méthodes orthodoxes d'escrime sont inefficaces contre lui, tout comme la raison est inefficace contre la folie. Vous devez le prendre au piège à la façon d'une bête féroce, ou vous échouerez. Maintenant, considérez quel est votre ennemi, et tirez vos plans en conséquence!

Genzaemon, avec beaucoup de cérémonies, remercia Kojirō et entreprit de décrire les précautions que l'on avait prises. Kojirō approuva de la tête.

– Grâce à tout cela, il n'a sans doute aucune chance de s'en tirer vivant. Pourtant, il me semble que vous pourriez inventer une ruse plus efficace.

– Une ruse? répéta Genzaemon en considérant d'un regard neuf et un peu moins admiratif le visage suffisant de Kojirō. Je vous remercie, mais je crois que nous en avons déjà assez fait.

– Non, mon ami, non. Si Musashi arrive en montant le sentier de manière honnête, franche, il n'a sans doute aucune chance de s'en tirer. Mais qu'adviendrait-il s'il éventait votre stratégie et ne se montrait pas du tout? Alors, tous vos plans seraient inutiles, vous ne croyez pas?

– S'il agit ainsi, nous n'aurons qu'à placarder des écriteaux dans la ville entière afin de faire de lui la risée de Kyoto.

– Nul doute que cela relèverait votre prestige dans une certaine mesure; mais n'oubliez pas qu'il resterait libre d'aller partout déclarer que votre tactique était déloyale. En ce cas, vous n'auriez pas vengé tout à fait l'honneur de votre maître. Vos préparatifs n'ont de sens que si vous tuez Musashi ici, aujourd'hui. Pour être certains d'y réussir, vous devez prendre des mesures assurant qu'effectivement il vienne ici et tombe dans le piège mortel que vous avez tendu.

– Existe-t-il un moyen de le faire ?

– Assurément. Et même, j'en vois plusieurs.

La voix de Kojirō était pleine de confiance. Il se pencha en avant et, avec une expression de cordialité que l'on ne voyait pas souvent sur son visage fier, chuchota quelques mots à l'oreille de Genzaemon.

– Qu'en dites-vous ? demanda-t-il à voix haute.

– Hum... Je vois ce que vous voulez dire.

Le vieil homme acquiesça à plusieurs reprises, puis se tourna vers Jūrōzaemon et lui murmura le stratagème.

RENCONTRE AU CLAIR DE LUNE

Il était déjà plus de minuit quand Musashi parvint à la petite auberge, au nord de Kitano, où il avait rencontré Jōtarō pour la première fois. L'aubergiste stupéfait l'accueillit cordialement et lui prépara vite un endroit pour dormir.

Musashi sortit le matin de bonne heure, et rentra tard le soir en offrant au vieux un sac de patates douces de Kurama. Il lui montra également une pièce de coton blanc de Nara, achetée dans une boutique proche, et demanda si l'on pouvait lui en faire un gilet de corps, une ceinture et un pagne.

L'aubergiste obligeant porta le tissu à une voisine couturière et, au retour, acheta du saké. Avec les patates douces il confectionna un ragoût, et bavarda avec Musashi devant le ragoût et le saké jusqu'à minuit, heure où la couturière apporta les vêtements. Musashi les plia soigneusement et les plaça à côté de son oreiller avant de s'endormir.

Longtemps avant l'aube, un bruit d'eau qui éclaboussait réveilla le vieux. Regardant au-dehors, il constata que Musashi s'était baigné à l'eau froide du puits et se tenait debout dans le clair de lune ; portant ses sous-vêtements neufs, il était en train de passer son vieux kimono.

Musashi déclara qu'un peu las de Kyoto, il avait résolu de se rendre à Edo ; il promettait qu'à son retour à Kyoto, dans trois ou quatre ans, il descendrait à l'auberge.

L'aubergiste lui ayant attaché son obi dans le dos, Musashi s'éloigna d'un pas rapide. Il prit l'étroit sentier à travers champs qui menait à la grand-route de Kitano, en se frayant prudemment un chemin entre les bouses de vache. Avec tristesse, le vieux le regarda disparaître dans l'obscurité.

Musashi avait l'esprit aussi clair que le ciel au-dessus de lui. Physiquement reposé, son corps semblait s'alléger à chaque pas.

– Inutile de marcher aussi vite, dit-il à voix haute en ralentissant le pas. Je suppose que cette nuit sera la dernière que je passerai dans le monde des vivants.

Ce n'était là ni une exclamation ni une plainte, seulement une involontaire constatation.

Il avait passé la journée précédente à méditer sous un pin au temple de Kuruma dans l'espoir de réaliser cet état de béatitude où le corps et l'âme n'ont plus d'importance. Son effort pour chasser l'idée de la mort ayant été vain, il était maintenant honteux d'avoir perdu son temps.

L'air nocturne le vivifiait. Le saké, juste la bonne dose, un sommeil bref, mais profond, la tonifiante eau du puits, les vêtements neufs : il n'avait pas le sentiment d'être un homme qui va mourir. Il évoquait la nuit, au cœur de l'hiver, où il s'était forcé à grimper au sommet du mont de l'Aigle. Là aussi, les étoiles étaient éblouissantes, et les arbres festonnés de petits glaçons. Maintenant, les glaçons cédaient la place à des fleurs en boutons.

La tête pleine de pensées en désordre, Musashi se trouvait dans l'impossibilité de se concentrer sur le problème vital qui se posait à lui. À quoi bon débattre des questions qu'un siècle de réflexion ne résoudrait pas : le sens de la mort, l'agonie, la vie qui suivrait ?

Des nobles et leur suite habitaient le quartier où il se trouvait. Il entendit le son plaintif d'un flageolet, accompagné par les lents accents d'une flûte de Pan. Il imagina la veillée funèbre autour du cercueil.

Il s'aperçut qu'il avait dépassé le Shōkokuji, et n'était maintenant qu'à une centaine de mètres du cours argenté de la rivière Kamo. Dans la clarté reflétée par un mur de terre, il distingua une sombre silhouette immobile. L'homme s'avança vers lui, suivi d'une ombre plus petite : un chien en laisse. La présence de l'animal le rassura : l'homme n'était pas l'un de ses ennemis ; il se détendit et continua sa route. L'autre fit quelques pas, se tourna vers lui et dit :

– Puis-je vous demander un renseignement, monsieur ?
– À moi ?
– Oui, si ça ne vous ennuie pas.

Il portait la coiffure et le *hakama* des artisans.

– Lequel ? demanda Musashi.
– Excusez cette question bizarre : avez-vous remarqué le long de cette rue une maison tout illuminée ?
– Je ne faisais pas très attention, mais non, je ne crois pas.
– Je suppose que je me suis de nouveau trompé de rue.
– Que cherchez-vous ?
– Une maison où il vient d'y avoir un décès.
– Je n'ai pas vu la maison mais j'ai entendu une flûte et un flageolet, une centaine de mètres plus haut.
– Ce doit être là. Le prêtre shintoïste doit être arrivé avant moi et avoir commencé la veillée.
– Vous prenez part à la veillée ?
– Pas exactement. Je suis fabricant de cercueils à la colline de Toribe. On m'a demandé de me rendre à la maison Matsuo ; je suis donc allé à la colline de Yoshida. Ils n'y habitent plus.
– La famille Matsuo, sur la colline de Yoshida ?
– Oui ; je ne savais pas qu'ils avaient déménagé. J'ai fait beaucoup de chemin pour rien. Merci.
– Un instant, dit Musashi. S'agirait-il de Matsuo Kaname, qui est au service du seigneur Konoe ?
– C'est ça. Il est tombé malade une dizaine de jours seulement avant de mourir.

Musashi se détourna et poursuivit son chemin ; le fabricant de cercueils se hâta dans la direction opposée.

« Alors, mon oncle est mort », se dit Musashi sans émotion. Il se rappelait comment son oncle avait gratté, épargné pour accumuler une petite somme d'argent. Il songeait aux gâteaux de riz qu'il avait reçus de sa tante et dévorés sur la berge de la rivière gelée, au matin du nouvel an. Il se demandait vaguement comment sa tante s'en tirerait maintenant qu'elle se trouvait toute seule.

Debout sur la berge de la Kamo, il contemplait le sombre panorama des trente-six pics de Higashiyama. Chaque sommet paraissait lui rendre un regard hostile. Puis il descendit en courant vers un pont de bateaux. De la partie nord de la ville, il fallait traverser ici pour atteindre la route du mont Hiei et le col menant à la province d'Omi.

À mi-parcours, il entendit une voix forte, quoique indistincte. Il s'arrêta pour écouter. Le courant rapide clapotait gaiement ; un vent froid balayait la vallée. Musashi ne pouvait situer la provenance de ce cri ; au bout de quelques pas encore, le son de cette voix le fit s'arrêter de nouveau. Toujours incapable de déterminer d'où elle venait, il se hâta vers l'autre rive. Comme il quittait le pont, il aperçut un homme aux bras levés qui accourait vers lui du nord. Cette silhouette lui semblait familière.

C'était... Sasaki Kojirō. S'approchant, il salua Musashi avec une excessive cordialité. Après un coup d'œil en travers du pont, il demanda :

– Vous êtes seul ?

– Oui, bien sûr.

– J'espère que vous me pardonnerez pour l'autre soir, dit Kojirō. Merci d'accepter mon intervention.

– Il me semble que ce serait à moi de vous remercier, répondit Musashi avec une égale politesse.

– Vous allez au combat ?

– Oui.

– Tout seul ? redemanda Kojirō.

– Oui, naturellement.

– Hum... Je me demande, Musashi, si vous avez mal compris l'écriteau que nous avons apposé à Yanagimachi.

– Je ne crois pas.

– Vous êtes pleinement conscient des conditions ? Il ne s'agira pas d'un simple combat d'homme à homme, comme dans le cas de Seijūrō et Denshichirō.

— Je sais.

— Bien que l'on se batte au nom de Genjirō, il sera assisté par des membres de l'école Yoshioka. Comprenez-vous que ces « membres de l'école Yoshioka » pourraient être dix hommes, ou cent, voire un millier ?

— Oui ; pourquoi me demandez-vous cela ?

— Certains des hommes les plus faibles se sont enfuis de l'école, mais les plus forts et les plus courageux sont tous montés jusqu'au pin parasol. En cet instant, ils se trouvent postés sur tout le flanc de la colline, à vous attendre.

— Y êtes-vous allé jeter un coup d'œil ?

— Euh... J'ai décidé que je ferais mieux de revenir vous mettre en garde. Sachant que vous traverseriez le pont de bateaux, j'ai attendu ici. Je considère cela comme de mon devoir, étant donné que j'ai rédigé la pancarte.

— C'est fort aimable à vous.

— Eh bien, voilà les faits. Avez-vous réellement l'intention d'y aller seul, ou avez-vous des renforts qui s'y rendent par une autre route ?

— J'aurai un compagnon.

— Vraiment ? Où est-il ?

— Ici même !

Musashi, dont les dents brillaient au clair de lune, désigna son ombre. Kojirō se rebiffa :

— Il n'y a pas de quoi rire.

— Je ne plaisantais pas.

— Vraiment ? Je croyais que vous vous moquiez de mes conseils.

Musashi, prenant un air encore plus grave que Kojirō, riposta :

— Croyez-vous que le grand saint Shinran plaisantait lorsqu'il a déclaré que tout croyant avait la force de deux personnes, car le Bouddha Amida marche à son côté ? (Kojirō ne répondit pas.) Selon toute apparence, les Yoshiokas ont le dessus. Ils sont en nombre, et je suis seul. Sans aucun doute, vous croyez que je serai vaincu. Mais je vous supplie de ne pas vous inquiéter pour moi. À supposer que je sache qu'ils ont dix hommes, et que j'amène dix hommes avec moi, qu'arriverait-il ? Ils jetteraient dans la mêlée vingt hommes au lieu de dix. Si j'en amenais vingt, ils élèveraient le nombre à trente ou quarante, et la bataille troublerait encore davantage l'ordre public. Il y aurait beaucoup de tués ou de blessés. Il en résulterait une violation grave des principes gouvernementaux, sans que progresse en compensation la cause de l'escrime. Autrement dit, il y aurait beaucoup à perdre et peu à gagner si je faisais appel à des renforts.

– C'est peut-être vrai, mais il n'est pas conforme à l'art de la guerre de s'engager dans un combat que l'on sait devoir perdre.

– Il arrive que ce soit nécessaire.

– Non! Pas d'après l'art de la guerre. C'est une tout autre affaire que de se jeter dans une action téméraire.

– Que ma méthode soit en accord ou non avec l'art de la guerre, je sais ce qui me convient.

– Vous enfreignez toutes les règles. (Musashi éclata de rire.) Si vous tenez absolument à vous opposer aux règles, argumenta Kojirō, pourquoi du moins ne pas choisir un plan d'action qui vous donne une chance de survivre?

– Pour moi, la voie que je suis mène à une vie plus sereine.

– Vous aurez de la chance si elle ne vous mène pas droit en enfer!

– Vous savez, cette rivière est peut-être le fleuve à trois bras des enfers; cette route, celle de la perdition; la colline que je vais bientôt grimper, la montagne d'aiguilles où les damnés se transpercent. Pourtant, c'est l'unique chemin qui mène à la vraie vie.

– À vous entendre, on vous croirait déjà la proie du dieu des morts.

– Pensez-en ce que vous voulez. Il y a des gens qui meurent en restant vivants, et d'autres qui gagnent la vie en mourant.

– Pauvre diable! fit Kojirō, à moitié par dérision.

– Dites-moi, Kojirō : si je suis cette route, où me conduira-t-elle?

– Au village de Hananoki puis au pin parasol d'Ichijōji, où vous avez choisi de mourir.

– C'est à quelle distance?

– Seulement trois kilomètres environ. Vous avez largement le temps.

– Merci. À tout à l'heure, dit Musashi d'un ton cordial en se détournant pour descendre une route latérale.

– Ce n'est pas par là ! (Musashi acquiesça.) Vous vous trompez de chemin, vous dis-je.

– Je sais.

Il continua de descendre la pente. Au-delà des arbres, de part et d'autre de la route, il y avait des rizières en gradins, et au loin quelques fermes couvertes de chaume. Kojirō regarda Musashi s'arrêter, lever les yeux vers la lune et s'immobiliser un moment.

Kojirō éclata de rire en songeant que peut-être Musashi était en train d'uriner. Lui-même leva les yeux vers la lune ; il se disait qu'avant qu'elle ne fût couchée, beaucoup d'hommes seraient morts ou mourants.

Musashi ne revenait pas. Kojirō, assis sur une racine d'arbre, envisageait le combat à venir avec un sentiment proche de l'allégresse. « À en juger d'après le calme de Musashi, il est déjà résigné à mourir. Il n'en vendra pas moins chèrement sa peau. Plus il en fauchera, plus ce sera amusant à observer... Ah ! mais les Yoshiokas ont des armes de jet. S'il est touché par l'une d'elles, le spectacle se terminera aussitôt. Ça gâcherait tout. Je crois que je ferais mieux de lui parler d'elles. »

Il y avait maintenant un peu de brume, et dans l'air la fraîcheur d'avant l'aube. Kojirō se leva et cria :

– Musashi, vous êtes bien long ?

Le sentiment que quelque chose clochait le rendait anxieux. Il descendit rapidement la pente et appela de nouveau. L'on n'entendait que le bruit d'un moulin à eau.

– L'idiot !... Le salaud !...

À toutes jambes, il regagna la grand-route, regarda de tous côtés, ne vit que les toits des temples et les forêts de Shirakawa s'élevant sur les pentes du Higashiyama, et la lune. Se hâtant de conclure que Musashi s'était enfui, il se gourmanda de n'avoir point percé à jour son calme, et s'élança vers Ichijōji.

Avec un large sourire, Musashi sortit de derrière un arbre et vint à l'endroit où Kojirō s'était tenu. Il était content d'être débarrassé de lui. Il n'avait que faire d'un homme qui prenait plaisir à regarder mourir autrui, impassible quand d'autres hommes jouaient leur vie pour des causes qui leur importaient. Kojirō n'était pas un spectateur innocent, motivé par l'unique désir d'apprendre. Il s'agissait d'un fourbe intrigant, toujours à s'insinuer dans les bonnes grâces des deux camps, toujours à se présenter comme le type merveilleux qui veut aider tout le monde.

Peut-être Kojirō avait-il cru que s'il disait à Musashi combien l'ennemi était puissant, Musashi se mettrait à quatre pattes pour le prier d'être son second. Et l'on peut concevoir que si Musashi avait eu pour objectif principal de préserver sa propre existence, cette assistance eût été pour lui la bienvenue. Mais avant même de rencontrer Kojirō, il avait glané assez de renseignements pour savoir qu'il risquait d'avoir à affronter une centaine d'hommes.

Non qu'il eût oublié la leçon que Takuan lui avait enseignée : l'homme véritablement brave est celui qui aime la vie, qui la chérit comme un trésor qu'une fois perdu l'on ne peut jamais retrouver. Musashi savait bien que vivre, c'est plus que se borner à survivre. Le problème était de savoir comment imprégner sa vie de signification, comment assurer que sa vie lancerait jusque dans l'avenir un vif rayon de lumière, même s'il devenait nécessaire de renoncer à cette vie pour une cause. Si Musashi parvenait à réaliser cela, la durée de son existence – vingt ans ou soixante-dix – importait peu. La durée d'une vie n'est qu'un intervalle insignifiant dans le cours infini du temps.

Selon Musashi, il y avait un mode de vie pour les gens ordinaires, un autre pour le guerrier. Il était pour lui d'une importance capitale de vivre et de mourir en samouraï. Pas question de rebrousser chemin sur la voie qu'il avait choisie. Dût-il être haché menu, l'ennemi ne pouvait effacer le fait qu'il eût répondu sans peur et honnêtement au défi.

Il examina les routes possibles. La plus courte, ainsi que la plus large et la plus commode, était la route qu'avait prise Kojirō. Une autre, un peu moins directe, était un chemin longeant la rivière Takano, affluent de la Kamo, jusqu'à la grand-route d'Ohara puis, par la ville impériale

Shugakuin, menant à Ichijōji. Le troisième itinéraire allait vers l'est sur une courte distance, puis vers le nord jusqu'aux vallonnements d'Uryū, et enfin pénétrait par un sentier dans le village.

Ces trois routes se rencontraient au pin parasol ; la différence de distance était insignifiante. Pourtant, du point de vue d'une petite force en attaquant une beaucoup plus grande, le mode d'approche était d'une importance capitale. Le choix lui-même pouvait décider de la victoire ou de la défaite.

Au lieu d'examiner longuement le problème, après une simple pause momentanée, Musashi se mit à courir dans une direction presque opposée à celle d'Ichijōji. D'abord, il franchit le pied de la colline de Kagura jusqu'en un point situé derrière le tombeau de l'empereur Go-Ichijō. Puis, ayant traversé un épais boqueteau de bambous, il parvint à un cours d'eau de montagne qui coulait à travers un village situé au nord-ouest. Au-dessus de lui se dressait l'épaulement nord du mont Daimonji. En silence, il commença de grimper.

À travers les arbres, sur sa droite, il apercevait un mur de jardin qui semblait appartenir au Ginkakuji. Presque immédiatement au-dessous de lui, le bassin en forme de jujubier du jardin luisait comme un miroir. À mesure qu'il s'élevait, l'étang se perdit dans les arbres et la rivière Kamo apparut. Musashi avait l'impression de tenir dans la paume de sa main la ville entière.

Il s'arrêta un moment pour vérifier sa position. En s'avançant horizontalement le long des flancs de quatre collines, il pouvait atteindre un point, au-dessus du pin parasol et derrière lui, d'où il aurait une vue à vol d'oiseau de la position de l'ennemi. Comme Oda Nobunaga à la bataille d'Okehazama, il avait rejeté les routes habituelles au profit d'un détour difficile.

– Qui va là ?

Musashi s'immobilisa et attendit. Des pas prudents se rapprochèrent. Voyant un homme habillé comme un samouraï au service d'un noble de la cour, Musashi conclut qu'il ne s'agissait pas d'un membre de la troupe Yoshioka.

Le nez de l'homme était noirci par la fumée de sa torche ; son kimono était mouillé, maculé de boue. Il poussa un petit cri de surprise. Musashi le fixait d'un regard soupçonneux.

– N'êtes-vous pas Miyamoto Musashi ? demanda l'homme en s'inclinant bien bas, les yeux effrayés. (Ceux de Musashi brillaient à la lueur de la torche.) Êtes-vous Miyamoto Musashi ?

Terrifié, le samouraï ne semblait guère tenir sur ses jambes. La férocité des yeux de Musashi ne se rencontrait pas souvent chez un être humain.

– Qui êtes-vous ? demanda Musashi d'un ton tranchant.
– Euh... je... je...
– Cessez de bégayer. Qui êtes-vous ?
– Je suis... je suis de la maison du seigneur Karasumaru Mitsuhiro.
– Je suis Miyamoto Musashi ; mais que fait dans ces montagnes, en pleine nuit, un membre de la suite du seigneur Karasumaru ?
– Alors, vous êtes Musashi !

Il soupira de soulagement. L'instant suivant, il dégringolait la montagne à tombeau ouvert, sa torche laissant derrière lui une traînée lumineuse. Musashi se détourna et poursuivit sa route à flanc de montagne.

En arrivant au voisinage du Ginkakuji, le samouraï cria :
– Kura, où es-tu ?
– Nous sommes ici. Où êtes-vous ?

Ce n'était pas la voix de Kura, un autre membre de la suite de Karasumaru, mais celle de Jōtarō.

– Jō-ta-rō ! C'est toi ?
– Oui-i-i !
– Monte vite ici !
– Je ne peux pas. Otsū est incapable de faire un pas de plus.

Le samouraï jura entre ses dents, éleva la voix encore davantage et cria :
– Venez vite ! J'ai trouvé Musashi ! Mu-sa-shi ! Si vous ne vous dépêchez pas, il va nous échapper !

Jōtarō et Otsū étaient sur le sentier, quelque deux cents mètres plus bas ; il fallut un moment à leurs deux longues ombres, qui semblaient soudées l'une à l'autre, pour monter clopin-clopant jusqu'au samouraï. Il agitait sa torche pour les faire se hâter ; au bout de quelques secondes, il entendit la respiration laborieuse d'Otsū. Son visage était plus blanc que la lune ; ses vêtements de voyage, sur la maigreur de ses bras et de ses jambes, paraissaient d'une absurdité cruelle. Mais quand la lumière tomba en plein sur elle, ses joues prirent une teinte rougeâtre.

– C'est donc vrai ? haleta-t-elle.

– Oui, je viens de le voir. (Puis, d'un ton plus pressant :) En vous dépêchant, vous devriez pouvoir le rattraper. Mais si vous perdez du temps...

– De quel côté ? demanda Jōtarō, exaspéré de se trouver pris entre un agité et une malade.

La santé d'Otsū ne s'était nullement améliorée ; pourtant, lorsque Jōtarō eut divulgué la nouvelle du combat imminent de Musashi, il n'y eut pas moyen de la maintenir au lit, même si cela avait des chances de prolonger sa vie. Sans tenir compte d'aucune exhortation, elle avait noué sa chevelure, attaché ses sandales de paille et quitté d'un pas chancelant la maison du seigneur Karasumaru. Quand l'impossibilité de l'arrêter fut devenue évidente, le seigneur Karasumaru fit tout son possible pour l'aider. Il prit lui-même en charge l'opération ; tandis qu'Otsū boitillait lentement vers le Ginkakuji, il envoya ses hommes battre les divers accès au village d'Ichijōji. Les hommes marchèrent jusqu'à ce que les pieds leur fissent mal ; ils allaient renoncer quand ils découvrirent le gibier.

Le samouraï indiqua la direction ; Otsū, résolue, entreprit de gravir la colline. Jōtarō, craignant qu'elle ne s'effondrât, demandait à chaque pas :

– Ça va ? Vous y arrivez ? (Elle ne répondait pas. À vrai dire, elle ne l'entendait même pas. Son corps émacié ne réagissait qu'au besoin d'atteindre Musashi. Sa bouche était sèche, mais son front blême ruisselait de sueurs froides.) Ce doit être le chemin, dit Jōtarō dans l'espoir de l'encourager. Cette route va au mont Hiei. À partir de maintenant, c'est tout plat. Plus à grimper. Voulez-vous vous reposer un peu ?

Elle secoua la tête en silence, fermement agrippée au bâton qu'ils portaient entre eux, luttant pour respirer comme si toutes les difficultés de la vie se concentraient dans cet unique trajet.

Quand ils furent parvenus à parcourir environ un kilomètre et demi, Jōtarō cria : « Musashi ! *Sensei* ! » et continua de crier. Sa voix forte affermissait le courage d'Otsū, mais bientôt ses forces la trahirent.

– Jō... Jōtarō... murmura-t-elle faiblement.

Elle lâcha le bâton et se laissa glisser dans l'herbe, au bord de la route. Face contre terre, elle porta à sa bouche ses doigts délicats. Ses épaules tressaillaient de mouvements convulsifs.

– Otsū ! C'est du sang ! Vous crachez le sang ! Oh ! Otsū !

Au bord des larmes, il la prit par la taille et la releva. Elle secoua lentement la tête. Ne sachant que faire d'autre, Jōtarō lui tapotait le dos avec douceur.

– Que voulez-vous ? demanda-t-il. (Elle était incapable de répondre.) Je sais ! De l'eau ! C'est bien ça ? (Elle acquiesça faiblement de la tête.) Attendez-moi ici. Je vais vous en chercher.

Il se redressa, regarda autour de lui, écouta quelques instants et se rendit à un ravin proche où il entendait couler de l'eau. Il n'eut pas grand-peine à trouver une source qui jaillissait en bouillonnant des rochers. Comme il allait puiser de l'eau dans ses mains, il hésita, les yeux fixés sur les crabes minuscules, au fond du bassin. La lune ne brillait pas directement sur l'eau mais le reflet du ciel était plus beau que les nuages d'un blanc d'argent eux-mêmes. Décidant de boire une gorgée lui-même avant d'accomplir sa tâche, il se déplaça latéralement de quelques dizaines de centimètres et se mit à quatre pattes, le cou tendu comme celui d'un canard.

Alors, il hoqueta – une apparition ? – et son corps se hérissa comme une châtaigne en sa bogue. Dans le petit bassin se reflétait un motif strié : en face, une demi-douzaine d'arbres. Juste à côté d'eux, l'image de Musashi. Jōtarō pensa que son imagination lui jouait des tours, que le reflet ne tarderait pas à s'effacer. Comme il ne s'effaçait pas, l'enfant leva très lentement les yeux.

– Vous êtes là ! cria-t-il. Vous êtes là vraiment ! (Le paisible reflet du ciel se changea en boue tandis que Jōtarō traversait le bassin en éclaboussant et en trempant son kimono jusqu'aux épaules.) Vous êtes là !

De ses bras, il étreignit les jambes de Musashi.

– Silence, dit Musashi doucement. Ici, c'est dangereux. Reviens plus tard.

– Non ! Je vous ai trouvé. Je reste avec vous.

– Silence. J'ai entendu ta voix. J'ai attendu ici. Allons, porte de l'eau à Otsū.

– Maintenant, elle est boueuse.

– Il y a un autre ruisseau là-bas. Tu le vois ? Tiens, porte-lui ça.

Il tendait un tube de bambou. Jōtarō leva le visage et dit :

– Non ! Vous, portez-le-lui.

Ils restèrent ainsi, debout, quelques secondes, puis Musashi acquiesça de la tête et se rendit à l'autre ruisseau. Ayant rempli le tube, il le porta près d'Otsū. Il l'entoura doucement de son bras, et leva le tube jusqu'à ses lèvres. Jōtarō se tenait à côté d'eux.

– Regardez, Otsū ! C'est Musashi. Vous ne comprenez donc pas ? Musashi !

Tandis qu'Otsū buvait à petites gorgées l'eau fraîche, elle respirait un peu plus facilement tout en restant sans force au creux du bras du jeune homme. Ses yeux semblaient fixer quelque chose de très éloigné.

– Vous ne voyez donc pas, Otsū ? Pas moi, Musashi ! C'est le bras de Musashi qui vous entoure, pas le mien.

Des larmes brûlantes affluèrent à ses yeux absents qui ressemblèrent à du cristal. Elles ruisselèrent, étincelantes, le long de ses joues. Elle fit « oui » de la tête. Jōtarō était fou de joie.

– Maintenant, vous êtes heureuse, hein ? C'est bien ce que vous vouliez, hein ? (Puis à Musashi :) Elle n'arrêtait pas de dire que, quoi qu'il arrive, il fallait qu'elle vous voie. Elle ne voulait écouter personne ! S'il vous plaît, dites-lui que si elle continue comme ça, elle mourra. Elle ne m'écoute absolument pas. Peut-être fera-t-elle ce que vous lui direz.

– Tout a été de ma faute, répondit Musashi. Je vais lui demander pardon, et lui dire de prendre mieux soin d'elle. Jōtarō…
– Oui ?
– Voudrais-tu nous laisser seuls, juste un petit moment ?
– Pourquoi ? Pourquoi ne puis-je rester ici ?
– Ne sois pas comme ça, Jōtarō, dit Otsū, suppliante. Seulement quelques minutes. Je t'en prie.
– Ah ! bon. (Il était incapable de refuser quelque chose à Otsū, même s'il ne comprenait pas.) Je serai en haut de la colline. Appelez-moi quand vous aurez fini.

La maladie amplifiait la timidité naturelle d'Otsū, qui ne savait que dire. Musashi, gêné, détourna d'elle son visage. Lui tournant le dos, elle regardait fixement le sol. Lui levait les yeux vers le ciel.

Il craignait instinctivement qu'il n'y eût pas de mots pour lui dire ce qu'il avait dans le cœur. Tout ce qui s'était passé depuis la nuit où elle l'avait libéré du cryptomeria lui traversa l'esprit, et il reconnut la pureté de l'amour qui avait poussé la jeune fille à le chercher sans cesse au cours de ces cinq longues années.

Lequel était le plus fort ? Lequel avait le plus souffert ? Otsū dont l'existence difficile et compliquée brûlait d'un amour qu'elle ne pouvait cacher ? Ou lui-même, dissimulant ses sentiments derrière un visage de marbre, enfouissant les braises de sa passion sous une couche de cendres froides ? Musashi avait cru, et croyait encore, que son sort était le plus pénible. Mais la constance d'Otsū possédait sa force et sa valeur. Le fardeau qu'elle avait soutenu était trop pesant pour être porté seul par la plupart des hommes.

« Plus beaucoup de chemin à parcourir », se dit Musashi.

Maintenant, la lune était basse et la lumière plus blanche. L'aube se trouvait proche. Bientôt, la lune et Musashi lui-même disparaîtraient derrière la montagne de la mort. Au cours des brefs moments qui restaient, il fallait dire à Otsū la vérité. Il la lui devait pour sa dévotion et sa fidélité. Mais les mots ne venaient pas. Plus il essayait de parler, plus sa langue était liée. Il contemplait le ciel avec impuissance, comme si l'inspiration pouvait en descendre.

Otsū regardait fixement le sol et pleurait. Son cœur brûlait d'amour, d'un amour si fort qu'il avait évincé tout le reste. Principes, religion, souci de son propre bien-être, amour-propre : tout pâlissait auprès de cette unique passion dévorante. D'une certaine façon, croyait-elle, il fallait absolument que cet amour vainquît la résistance de Musashi. D'une façon quelconque, grâce à ses larmes, il fallait trouver pour eux deux un moyen de vivre ensemble, en dehors du monde des gens ordinaires. Pourtant, maintenant qu'elle était avec lui, elle était sans recours. Elle ne pouvait se résoudre à décrire la douleur d'être loin de lui, la misère de cheminer seule à travers la vie, la torture que lui infligeait sa froideur. Si seulement elle avait une mère à qui confier tous ses chagrins...

Ce long silence fut rompu par les criaillements d'un troupeau d'oies. À l'approche de l'aube, elles s'élevèrent au-dessus des arbres, et s'éloignèrent à tire-d'aile par-dessus les montagnes.

– Ces oies volent vers le nord, dit Musashi, conscient de l'incongruité de ses paroles.

– Musashi...

Leurs yeux se rencontrèrent : tous deux se remémoraient les années au village, quand les oies passaient très haut, chaque printemps et chaque automne.

Tout était si simple, en ce temps-là ! Elle se trouvait en termes amicaux avec Matahachi. Musashi lui déplaisait à cause de sa brutalité ; mais jamais elle n'avait craint de lui répondre quand il lui disait des choses insultantes. Tous deux songeaient maintenant à la montagne où se dressait le Shippōji, et aux berges de la rivière Yoshino, en bas. Et tous deux savaient qu'ils gaspillaient de précieux instants – des instants qui ne reviendraient jamais.

– Jōtarō m'a dit que tu étais malade. Très malade ?

– Rien de grave.

– Tu te sens mieux, maintenant ?

– Oui, mais c'est sans importance. Tu t'attends vraiment à être tué aujourd'hui ?

– Je le crains.

– Si tu meurs, je ne pourrai continuer de vivre. Voilà pourquoi il m'est si facile en ce moment d'oublier que je suis malade.

Une certaine lumière brilla dans les yeux de la jeune fille, ce qui fit sentir au jeune homme la faiblesse de sa propre détermination en comparaison de la sienne. Pour acquérir ne fût-ce qu'un peu de maîtrise de soi, il avait dû méditer depuis des années la question de la vie et de la mort, se discipliner sans arrêt, se forcer à subir les rigueurs d'un entraînement de samouraï. Sans entraînement ni autodiscipline consciente, cette femme était capable de déclarer, sans l'ombre d'une hésitation, qu'elle aussi se trouvait prête à mourir si lui mourait. Son visage exprimait une sérénité parfaite ; ses yeux lui disaient qu'elle ne mentait ni ne parlait impulsivement. Elle semblait presque heureuse à la perspective de le suivre dans la mort. Avec un peu de honte, il se demanda comment les femmes faisaient pour être aussi fortes.

– Ne sois pas absurde, Otsū ! laissa-t-il échapper soudain. Il n'y a aucune raison pour que tu meures. (La force de sa propre voix et la profondeur de son sentiment le surprirent lui-même.) Que je meure en combattant contre les Yoshiokas est une chose. Non seulement il est juste, pour un homme qui vit par le sabre, de mourir par le sabre, mais j'ai le devoir de rappeler à ces lâches la Voie du samouraï. Ta volonté de me suivre dans la mort est profondément touchante, mais à quoi bon ? Cela ne serait pas plus utile que la pitoyable mort d'un insecte. (La voyant de nouveau éclater en sanglots, il regretta la brutalité de ses paroles.) Maintenant, je comprends comment depuis des années je t'ai menti, et me suis menti à moi-même. Je n'avais pas l'intention de te duper quand nous nous sommes enfuis du village, ou quand je t'ai vue au pont de Hanada, mais je t'ai trompée... en feignant d'être froid et indifférent. Mais ce n'était pas là ce que j'éprouvais réellement... Dans un petit moment, je serai mort. Ce que je vais dire est la vérité. Je t'aime, Otsū. J'abandonnerais tout pour vivre avec toi si seulement... (Après une brève pause, il reprit avec plus de force :) Tu dois croire chacune de mes paroles parce que je n'aurai jamais d'autre occasion de te les dire. Je te parle sans amour-propre ni faux-semblant. Il y a eu des jours où je ne pouvais me concentrer parce que je pensais à toi, des nuits où je ne pouvais dormir parce que je rêvais de toi. Des rêves brûlants, passionnés, Otsū ; des rêves qui me rendaient presque fou. Souvent, j'ai étreint ma couche comme s'il s'était agi de toi... Pourtant, même quand j'éprouvais ce genre de sentiment, si je dégainais mon sabre et le regardais, ma folie se dissipait et mon sang se calmait. (Le visage tourné vers lui, en larmes mais radieuse comme une fleur, elle voulut parler. Devant la ferveur des yeux de Musashi, les paroles restèrent dans la gorge d'Otsū, et de nouveau elle regarda le sol.) Le sabre est mon refuge. Chaque fois que ma passion menace de me submerger, je me force à retourner dans l'univers du sabre. C'est ma destinée, Otsū. Je suis déchiré entre l'amour et l'autodiscipline. Il semble que je suive deux voies à la fois. Pourtant, lorsque les voies divergent, invariablement je parviens à me maintenir sur la bonne... Je me connais mieux que personne d'autre ne me connaît. Je ne suis ni un génie, ni un grand homme. (Il se tut de nouveau. Malgré son désir d'exprimer ses sentiments avec sincérité, il lui semblait que ses paroles cachaient la vérité. Son cœur lui dit d'être encore plus franc.) Voilà le genre d'homme que je suis. Que dire d'autre ? Je pense à mon sabre, et tu disparais dans quelque coin sombre de mon esprit... non, tu disparais tout à fait, sans laisser de trace. C'est en de pareils moments que je suis le plus heureux et le plus satisfait de ma vie. Comprends-tu ? Durant tout ce temps, tu as souffert, tu as risqué ton corps et ton âme pour un homme qui aime son sabre plus qu'il ne t'aime. Je mourrai pour l'honneur de mon sabre, mais je ne mourrai point pour l'amour d'une femme. Pas même pour l'amour de toi. J'ai beau avoir envie de tomber à genoux pour implorer ton pardon, je ne peux pas.

Il sentit les doigts sensibles de la jeune fille se serrer autour de son poignet.

– Je sais tout cela, dit-elle avec force. Si je ne le savais pas, je ne t'aimerais pas comme je t'aime.

– Mais ne vois-tu pas la folie de mourir à cause de moi ? En cet instant précis, je suis à toi corps et âme. Mais une fois que je t'aurai quittée... Tu ne dois pas mourir pour l'amour d'un homme tel que moi. Pour une femme, il existe une bonne façon de vivre, une façon juste, Otsū. Tu dois la chercher, te créer une existence heureuse. Telles doivent être mes paroles d'adieu. Il est temps que je parte.

Doucement il écarta de son poignet la main de la jeune fille, et se leva. Elle saisit sa manche et cria :

– Musashi, une minute encore !...

Elle avait tant de choses à lui dire ! Peu lui importait qu'il l'oubliât quand il n'était pas avec elle ; peu lui importait d'être considérée comme insignifiante ; lorsqu'elle était tombée amoureuse de lui, elle n'avait eu aucune illusion sur son caractère. Elle saisit de nouveau sa manche ; ses yeux cherchaient les siens pour essayer de prolonger ces derniers moments, de les empêcher de jamais finir.

Cet appel silencieux faillit vaincre le jeune homme. Il y avait de la beauté jusque dans la faiblesse qui empêchait la jeune fille de parler. Submergé par sa propre faiblesse et sa propre frayeur, il avait l'impression d'être un arbre aux racines fragiles, menacé par un vent furieux. Il se demanda si sa chaste dévotion à la Voie du sabre allait s'effondrer. Pour rompre le silence il demanda :

– Comprends-tu ?

– Oui, répondit-elle faiblement. Je comprends tout à fait, mais si tu meurs, je mourrai aussi. Ma mort aura une signification pour moi, tout comme la tienne en a une pour toi. Si tu peux affronter la fin calmement, moi aussi. Je ne veux pas être écrasée comme un insecte, ni me noyer dans un moment de chagrin. J'en dois décider seule. Personne d'autre ne peut le faire à ma place, pas même toi. (Avec une grande force et un calme parfait, elle continua :) Si dans ton cœur tu veux bien me considérer comme ta fiancée, cela me suffit, c'est une joie et une bénédiction que moi seule, entre toutes les femmes, possède. Tu disais que tu ne voulais pas me rendre malheureuse. Je puis t'assurer que je ne mourrai point parce que je suis malheureuse. Il y a des gens qui semblent croire que je n'ai pas de chance ; pourtant, je n'ai pas du tout cette impression. J'attends avec plaisir le jour où je mourrai. Ce sera comme un glorieux matin où les oiseaux chantent. Je partirai aussi heureuse que si je me rendais à mes noces.

Presque à bout de souffle, elle croisa les bras sur sa poitrine et leva des yeux satisfaits, comme captivée par un songe délicieux.

La lune semblait décliner rapidement. Bien que ce ne fût pas l'aube encore, la brume avait commencé de se lever à travers les arbres.

Le silence fut rompu par un cri affreux qui déchira l'air. Cela venait de la falaise où Jōtarō était précédemment grimpé. Réveillée en sursaut de ses rêves, Otsū porta son regard au sommet de la falaise. Musashi choisit cet instant pour partir. Sans un mot, simplement, il s'écarta de la jeune fille et s'éloigna vers son rendez-vous avec la mort.

Avec un cri étouffé, Otsū le suivit en courant de quelques pas. Musashi la précédait, courant aussi ; il se retourna pour dire :

– Je comprends ce que tu éprouves, Otsū ; mais je t'en prie, ne meurs pas lâchement. À cause de ton chagrin, ne te laisse pas t'enfoncer dans la vallée de la mort et succomber comme un être débile. Guéris d'abord, et puis réfléchis. Je ne gaspille pas ma vie pour une cause inutile. J'ai choisi de faire ce que je fais parce qu'en mourant je peux obtenir la vie éternelle. À une condition : mon corps peut devenir poussière, mais je serai toujours vivant. (Il reprit son souffle et ajouta une mise en garde :) Tu m'écoutes ? En essayant de me suivre dans la mort, tu risques de constater que tu meurs seule. Tu risques de me chercher dans l'au-delà, à seule fin de trouver que je n'y suis pas. J'ai l'intention de survivre cent ou mille ans… dans le cœur de mes compatriotes, dans l'esprit de l'art du sabre japonais.

Avant qu'elle ne pût répondre, il était hors de portée de sa voix. Elle avait le sentiment que son âme même l'avait quittée ; pourtant, elle ne considérait pas cela comme une séparation. C'était plutôt comme si tous deux s'engloutissaient dans une grande vague de vie et de mort.

Une avalanche de terre et de cailloux s'abattit au pied de la falaise, suivie de près par Jōtarō portant le masque grotesque qu'il avait reçu de la veuve de Nara. Levant les bras au ciel, il s'exclama :

– Je n'ai jamais été aussi surpris de ma vie !

– Qu'est-il arrivé ? murmura Otsū, pas tout à fait remise du choc que lui avait causé la vision du masque.

– Vous n'avez donc pas entendu ? Je ne sais pas ce que c'est, mais tout d'un coup, il y a eu ce cri affreux.

– Où étais-tu ? Portais-tu ce masque ?

– J'étais au sommet de la falaise. Là-haut, il y a un sentier à peu près aussi large que celui-ci. Après avoir grimpé un petit moment, j'ai trouvé une bonne grosse pierre ; aussi, je me suis tout simplement assis là, à regarder la lune.

– Le masque... tu l'avais sur la figure ?

– Oui. J'entendais hurler des renards, et peut-être des blaireaux ou quelque chose comme ça, qui froissaient les feuilles, près de moi. Je me suis dit que le masque les mettrait en fuite. Alors j'ai entendu ce cri à vous glacer le sang, comme poussé par un fantôme de l'enfer !

OIES ÉGARÉES

– Attends-moi, Matahachi. Pourquoi marches-tu si vite ?

Osugi, loin en arrière et tout essoufflée, perdait à la fois patience et dignité. Matahachi, d'une voix calculée pour être entendue, bougonna :

– Elle était si pressée quand nous avons quitté l'auberge ! Mais écoutez-la maintenant. Elle parle mieux qu'elle ne marche.

Jusqu'au pied du mont Daimonji, ils avaient suivi la route d'Ichijōji, mais voici qu'en pleine montagne ils s'étaient perdus. Osugi refusait de renoncer.

– À la façon dont tu m'accuses, s'écria-t-elle de sa voix de crécelle, n'importe qui croirait que tu en veux à mort à ta propre mère ! (Le temps pour elle d'essuyer la sueur de sa face ridée, Matahachi était reparti.) Ne ralentiras-tu pas ? cria-t-elle. Asseyons-nous un peu.

– Si tu ne cesses de t'arrêter pour te reposer tous les dix pas, nous n'arriverons pas avant le lever du soleil.

– Le soleil ne se lèvera pas avant longtemps. D'ordinaire, une route de montagne comme celle-ci ne me ferait pas peur, mais je suis en train de prendre froid.

– Tu n'admettras jamais que tu as tort, hein ? Là-bas, quand j'ai réveillé l'aubergiste pour que tu puisses te reposer, tu ne pouvais rester assise tranquille une minute. Tu ne voulais rien boire ; aussi tu t'es mise à faire toute une histoire en déclarant que nous serions en retard. Je n'avais pas bu deux gouttes que déjà tu me traînais dehors. Je n'ignore pas que tu es ma mère, mais il n'est pas facile de s'entendre avec toi.

– Ha ! Encore à rebrousse-poil parce que je n'ai pas voulu te laisser boire au point d'en devenir idiot. C'est bien ça ? Pourquoi ne peux-tu pas te dominer un peu ? Aujourd'hui, nous avons des choses importantes à faire.

– Ce n'est pas comme si nous allions dégainer et faire nous-mêmes le travail. Tout ce que nous avons à faire, c'est prendre une mèche de cheveux de Musashi ou quelque autre partie de son corps. Ça n'a rien de tellement sorcier !

– À ta guise ! Inutile de nous battre ainsi. Allons.

Comme ils se remettaient en marche, Matahachi reprit son maussade soliloque :

– Toute cette histoire est stupide. Nous rapportons au village une mèche de cheveux que nous présentons comme preuve que notre grande mission dans cette vie a bien été accomplie. Ces rustres ne sont jamais descendus de leurs montagnes ; ils seront donc impressionnés. Oh ! combien je le hais, ce village !

Non seulement il n'avait point perdu son goût pour le bon saké de Nada, les jolies filles de Kyoto et un certain nombre d'autres choses, mais il croyait encore que c'était dans la grand-ville qu'il trouverait sa chance. Qui pouvait assurer qu'un beau matin il ne se réveillerait pas avec tout ce qu'il avait toujours désiré ? « Jamais je ne retournerai dans ce village de rien », se jura-t-il en silence.

Osugi, qui traînait derechef à une bonne distance en arrière, envoya promener tout amour-propre :

– Matahachi, dit-elle d'un ton cajoleur, porte-moi sur ton dos, veux-tu ? Je t'en prie. Rien qu'un petit moment.

Il fronça le sourcil, ne répondit rien mais s'arrêta pour lui permettre de le rattraper. À l'instant précis où elle le rejoignait, leurs tympans furent brisés par le cri de terreur qui avait fait sursauter Otsū et Jōtarō. Leurs visages pétrifiés de curiosité, ils s'immobilisèrent, aux aguets. Osugi poussa un cri d'épouvante, et Matahachi s'élança brusquement au bord de la falaise.

– Où… où vas-tu ?

– Ce doit être là-bas ! dit-il en disparaissant par-dessus le bord de la falaise. Reste ici. Je vais voir qui c'est.

Osugi se remit aussitôt.

– Imbécile ! cria-t-elle. Où vas-tu ?

– Tu es sourde ? Tu n'as donc pas entendu ce cri ?

– Ce ne sont pas tes affaires ! Reviens ! Reviens tout de suite ! (Sans l'écouter, il se fraya rapidement un chemin de racine d'arbre en racine d'arbre jusqu'au fond du petit ravin.) Idiot ! Triple buse ! criait-elle.

Elle aurait pu tout aussi bien aboyer à la lune. Matahachi lui cria de nouveau de rester où elle se trouvait, mais il était descendu si loin qu'Osugi l'entendait à peine. « Et alors ? » se dit-il en commençant à regretter son impulsivité. S'il se trompait sur la provenance du cri, il perdait son temps et ses forces.

Bien que le clair de lune ne pénétrât point le feuillage, ses yeux s'habituèrent peu à peu à l'obscurité. Il tomba sur un des nombreux raccourcis qui s'entrecroisent dans les montagnes, à l'est de Kyoto, et mènent à Sakamoto et Ōtsu. En longeant un ruisseau aux minuscules cascades et rapides, il trouva une cabane, sans doute un abri pour les pêcheurs de truite au harpon. La cabane était trop petite pour contenir plus d'une personne, et manifestement vide, mais derrière elle il distingua une silhouette tapie, le visage et les mains d'une pâleur mortelle.

« C'est une femme », se dit-il avec satisfaction, et il se cacha derrière un gros rocher.

Deux minutes plus tard, la femme se faufila de derrière la hutte jusqu'au bord du ruisseau, et puisa de l'eau pour boire. Matahachi s'avança d'un pas. Comme avertie par un instinct animal, la fille regarda furtivement autour d'elle et prit la fuite.

– Akemi !

– Oh ! tu m'as fait peur !

Mais il y avait dans sa voix du soulagement. Elle avala l'eau qui lui était restée en travers de la gorge, et poussa un profond soupir. Après l'avoir considérée de haut en bas, Matahachi lui demanda :

– Qu'est-il arrivé ? Que fais-tu ici, à cette heure de la nuit, en tenue de voyage ?

– Où donc est ta mère ?

– Là-haut.

Il l'indiquait du bras.

– Je parie qu'elle est furieuse.

– Au sujet de l'argent ?

– Oui. Je regrette vraiment, Matahachi. Il me fallait partir vite ; je n'avais pas de quoi payer ma note, et rien pour le voyage. Je sais bien que j'avais tort, mais j'étais en pleine panique. Pardonne-moi, je t'en prie ! Ne me fais pas retourner là-bas ! Je te promets de te rendre l'argent un jour.

Et elle fondit en larmes.

– Pourquoi toutes ces excuses ? Ah ! je vois. Tu crois que nous sommes montés ici pour te rattraper !

– Oh ! je ne t'en veux pas. Même s'il ne s'agissait que d'un mouvement de folie, je me suis en effet enfuie avec l'argent. Si je suis prise et traitée comme une voleuse, je suppose que je n'ai que ce que je mérite.

– Mère verrait les choses ainsi, mais je ne suis pas comme ça. De toute manière, il ne s'agissait pas de grand-chose. Si tu en avais réellement besoin, ça m'aurait fait plaisir de te le donner. Je ne suis pas fâché. Ce qui m'intéresse bien davantage, c'est pourquoi tu es partie aussi brusquement, et ce que tu fabriques dans ces montagnes.

– Ce soir, j'ai surpris votre conversation, à toi et ta mère.

– Ah ? À propos de Musashi ?

– Euh... oui.

– Et tu as décidé brusquement d'aller à Ichijōji ? (Elle ne répondit pas.) Ah ! j'oubliais ! s'exclama-t-il en se remémorant la raison qui l'avait poussé à descendre dans le ravin. C'est toi qui as crié, il y a quelques minutes ?

Elle fit « oui » de la tête, puis rapidement jeta à la dérobée un coup d'œil effrayé sur la pente, au-dessus d'eux. Rassurée sur le fait qu'il n'y eût rien en cet endroit, elle raconta à Matahachi comment elle avait traversé le cours d'eau et grimpait une pente à pic lorsque, levant les yeux, elle vit un fantôme d'un aspect incroyablement redoutable, assis sur une haute pierre, en train de contempler la lune. Il avait le corps d'un nain mais son visage, celui d'une femme, était d'une couleur inquiétante, plus blanche que la blancheur, avec une bouche qui remontait en balafre d'un côté vers l'oreille. Grotesque, il semblait rire d'elle, et l'avait épouvantée. Quand elle reprit ses esprits, elle était retombée dans le ravin.

Cette histoire avait beau paraître absurde, elle la racontait avec un sérieux total. Matahachi tâcha d'écouter avec politesse, mais fut bientôt vaincu par le rire.

– Ha ! ha ! Tu inventes tout ça ! Tu as dû effrayer le fantôme. Voyons ! Tu rôdais sur les champs de bataille et n'attendais pas même le départ de l'âme des morts pour commencer à détrousser les cadavres.

– Je n'étais qu'une enfant, alors. Je n'en savais pas assez pour avoir peur.

– Tu n'étais pas jeune à ce point... Si je comprends bien, tu languis toujours après Musashi.

– Non... Il était mon premier amour, mais...

– Alors, pourquoi vas-tu à Ichijōji ?

– En vérité, je ne le sais pas moi-même. Je me suis seulement dit que si j'y allais, je le verrais peut-être.

– Tu perds ton temps, répondit-il avec force, puis il lui déclara que Musashi n'avait pas une chance sur mille de sortir vivant du combat.

Après ce qui lui était arrivé aux mains de Seijūrō et de Kojirō, penser à Musashi ne pouvait plus évoquer l'image de la félicité qu'elle avait autrefois imaginé de partager avec lui. N'étant pas morte, n'ayant pas découvert une existence qui la séduisît, elle se sentait comme une âme dans les limbes... une oie séparée du troupeau, et perdue.

Le regard fixé sur le profil de la jeune fille, Matahachi était frappé par la similitude entre sa situation à elle et la sienne à lui. Tous deux, coupés de leurs amarres, allaient à la dérive. Quelque chose, dans le visage poudré d'Akemi, donnait à penser qu'elle cherchait un compagnon. Il l'entoura de son bras, frotta sa joue contre la sienne et murmura :

– Akemi, allons à Edo.

– À... à Edo ? tu plaisantes, dit-elle, mais cette idée la fit sortir de sa stupeur.

Resserrant son étreinte autour de ses épaules, il reprit :
– Il n'est pas nécessaire que ce soit Edo, mais tout le monde assure que c'est la ville de l'avenir. Maintenant, Osaka et Kyoto sont vieilles. C'est peut-être pourquoi le shōgun bâtit une nouvelle capitale dans l'Est. Si nous y allions maintenant, il y aurait encore des tas de bonnes places, même pour un couple d'oies égarées comme toi et moi. Allons, Akemi, dis que tu vas y aller. (Encouragé par la lueur croissante d'intérêt qu'il distinguait sur le visage de la jeune fille, il poursuivit avec un surcroît de ferveur :) Nous pourrions nous amuser, Akemi. Nous pourrions faire ce que nous voulons. Sans cela, à quoi bon vivre ? Nous sommes jeunes. Nous devons apprendre à être audacieux et habiles. Nous n'arriverons à rien ni l'un ni l'autre en nous conduisant comme des faibles. Plus on essaie d'être bon, honnête et consciencieux, plus le sort vous lance des coups de pied dans la mâchoire et se moque de vous. En fin de compte, on pleure toutes les larmes de son corps, et à quoi ça vous avance-t-il ?... Écoute : ça a toujours été comme ça pour toi, hein ? Tu n'as fait que te laisser dévorer par ta mère et par des hommes brutaux. À partir de maintenant, il faut que tu sois celle qui mange, au lieu de celle qui se fait dévorer.

Elle commençait à être ébranlée. La maison de thé de sa mère avait été une cage dont tous deux s'étaient enfuis. Depuis lors, le monde ne lui avait montré que cruauté. Elle sentait que Matahachi était plus fort et plus capable d'affronter la vie qu'elle-même. Après tout, c'était un homme.

– Iras-tu ? demanda-t-il.

Elle avait beau savoir que c'était comme si la maison avait brûlé et qu'elle essayât de la reconstruire avec les cendres, il lui fallut quelque effort pour secouer son fantasme, le songe éveillé enchanteur où Musashi était à elle et elle seule. Mais enfin elle acquiesça de la tête en silence.

– Alors, c'est réglé. Allons-y maintenant !
– Et ta mère ?
– Oh ! elle ? (Il renifla. Il jeta un coup d'œil en haut de la

falaise.) Si elle réussit à mettre la main sur quelque chose pour prouver que Musashi est bien mort, elle retournera au village. Nul doute qu'elle sera furieuse comme une tigresse en constatant ma disparition. Je l'entends d'ici déclarer à tout le monde que je l'ai laissée mourir dans les montagnes, comme on se débarrassait des vieilles femmes dans certaines régions. Mais si je réussis, ça arrangera tout. Quoi qu'il en soit, notre décision est prise. Allons !

Il partit le premier, à grands pas ; mais elle traînait en arrière.

– Pas par là, Matahachi !
– Et pourquoi donc ?
– Il va nous falloir repasser devant cette pierre.
– Ha ! ha ! Et voir le nain à figure de femme ? N'y pense plus ! Je suis avec toi, maintenant... Oh ! écoute... n'est-ce pas ma mère qui appelle ? Dépêche-toi, avant qu'elle ne vienne à ma recherche. Elle est bien pire qu'un petit fantôme à la face effrayante.

LE PIN PARASOL

Le vent froissait les bambous. Bien qu'il fît trop sombre encore pour s'envoler, les oiseaux éveillés pépiaient.

– Ne m'attaquez pas ! C'est moi... Kojirō !

Ayant couru comme un dément sur plus d'un kilomètre et demi, il arrivait hors d'haleine au pin parasol. Les hommes qui sortaient de leurs cachettes pour l'entourer avaient la face engourdie par l'attente.

– Vous ne l'avez pas trouvé ? demanda Genzaemon avec impatience.

– Si, je l'ai bien trouvé, répondit Kojirō d'un ton qui attira sur lui tous les regards. Je l'ai trouvé, et nous avons remonté ensemble, un moment, la rivière Takano ; mais alors il...

– Il s'est enfui ! s'exclama Miike Jūrōzaemon.

– Non ! dit Kojirō avec emphase. À en juger d'après son calme et d'après ses paroles, je ne crois pas qu'il se soit enfui. Je l'ai cru d'abord, mais à la réflexion j'ai conclu qu'il essayait seulement de se débarrasser de moi. Il a dû imaginer une stratégie quelconque qu'il voulait me cacher. Mieux vaut ouvrir l'œil.

– Une stratégie ? Quel genre de stratégie ?

Ils se pressaient plus près pour ne point perdre un mot.

– Je le soupçonne d'avoir recruté plusieurs seconds. Il était sans doute en chemin pour les rencontrer de manière à pouvoir attaquer tous ensemble.

– Aïe, gémit Genzaemon. Ça paraît vraisemblable. Ça veut dire également qu'ils ne vont pas tarder à arriver.

Jūrōzaemon se détacha du groupe et donna l'ordre aux hommes de regagner leurs postes.

– Si Musashi attaque alors que nous sommes dispersés comme ça, dit-il, nous risquons de perdre la première manche. Nous ignorons combien d'hommes il amènera, mais ils sont peut-être en grand nombre. Nous nous en tiendrons à notre plan d'origine.

– Il a raison. Nous ne devons pas nous laisser surprendre.

– Quand on est fatigué d'attendre, il est facile de commettre une faute. Attention !

– À vos postes !

Ils se dispersèrent peu à peu. Le mousquetaire se réinstalla dans les hautes branches du pin. Kojirō, remarquant Genjirō debout, tout raide, adossé au tronc, lui demanda :

– Sommeil ?

– Non ! répondit vaillamment le garçon.

Kojirō lui tapota la tête.

– Tes lèvres sont bleues ! Tu dois avoir froid. Étant donné que tu représentes la maison de Yoshioka, tu dois être brave et fort. Encore un peu de patience, et tu vas assister à des choses intéressantes. (En s'éloignant, il ajouta :) Et maintenant, il me faut trouver un bon endroit où me placer.

La lune avait cheminé avec Musashi depuis le creux séparant les collines de Shiga et d'Uryū, où il avait laissé Otsū. Maintenant, il s'enfonçait derrière la montagne, tandis qu'une élévation progressive des nuages qui reposaient sur les trente-six pics indiquait que le monde ne tarderait pas à reprendre son train-train quotidien.

Musashi pressa le pas. Juste au-dessous de lui, le toit d'un temple apparut. « Maintenant, ce n'est plus loin », se dit-il. Il leva les yeux et se fit la réflexion que dans peu de temps – quelques respirations – son âme irait rejoindre les nuages dans leur envol vers le ciel. Pour l'univers, la mort d'un homme ne pouvait guère avoir plus d'importance que celle d'un papillon mais dans le règne humain, une seule mort pouvait tout affecter, pour le meilleur ou pour le pire. Maintenant, Musashi n'avait plus qu'un souci : mourir avec noblesse.

Le son bienvenu de l'eau frappa ses oreilles. Il s'arrêta, s'agenouilla au pied d'un haut rocher, puisa de l'eau au ruisseau et la but rapidement. Sa fraîcheur lui picota la langue, indice, espérait-il, qu'il avait l'esprit calme et recueilli, et que son courage ne l'avait pas abandonné.

Comme il se reposait un instant, il crut entendre des voix qui l'appelaient. Otsū ? Jōtarō ? Il savait qu'il ne pouvait s'agir d'Otsū ; elle n'était pas du genre à perdre la maîtrise d'elle-même et à le pourchasser en un moment pareil. Elle le connaissait trop bien pour cela. Néanmoins, il ne pouvait se débarrasser de l'idée qu'on lui faisait signe. Il regarda plusieurs fois en arrière, espérant voir quelqu'un. L'idée qu'il était peut-être le jouet d'une illusion le désarçonnait.

Mais il ne pouvait plus se permettre de perdre du temps. Être en retard non seulement reviendrait à rompre sa promesse, mais le désavantagerait fort. Pour un guerrier isolé qui tentait d'affronter une armée d'adversaires, le moment idéal, soupçonnait-il, était le bref intervalle qui suivait le coucher de la lune, mais avant que le ciel ne fût tout à fait clair.

Il se remémora le vieux proverbe : « Il est facile d'écraser un ennemi extérieur à soi, mais difficile de vaincre un ennemi intérieur. » Il avait juré de chasser Otsū de ses pensées, le lui avait même déclaré sans détour alors qu'elle s'accrochait à sa manche. Pourtant, il semblait dans l'incapacité de chasser sa voix de son esprit.

Il jura doucement. « Je me conduis comme une femme. Un homme en train d'accomplir une mission d'homme n'a pas à penser à des frivolités comme l'amour ! »

Il s'éperonna en avant, courut à toute vitesse. Alors, soudain, il aperçut au-dessous de lui un ruban blanc qui s'élevait du pied de la montagne, à travers les bambous, les arbres et les champs : l'une des routes d'Ichijōji. Il n'était qu'à environ quatre cents mètres de l'endroit où elle rencontrait les deux autres routes. À travers la brume laiteuse il devinait les branches du grand pin parasol.

Il tomba à genoux, le corps tendu. Même les arbres qui l'entouraient semblaient transformés en ennemis potentiels. Avec une agilité de lézard, il quitta le sentier pour se frayer un chemin jusqu'en un point situé juste au-dessus du pin. Une bouffée de vent froid, descendue du sommet de la montagne, roulait la brume en une grande vague au-dessus des pins et des bambous. Les branches du pin parasol frémissaient comme pour avertir le monde d'un désastre imminent.

En écarquillant les yeux, il pouvait tout juste distinguer les silhouettes de dix hommes debout parfaitement immobiles, autour du pin, la lance en arrêt. La présence d'autres hommes, ailleurs, dans la montagne, il la sentait bien qu'il fût incapable de les voir. Il se savait entré au royaume de la mort. Un sentiment de terreur sacrée lui donna la chair de poule jusqu'au dos des mains ; pourtant, sa respiration était profonde et régulière. Jusqu'au bout des ongles, il se trouvait prêt à l'action. Tandis qu'il se glissait en avant avec lenteur, ses orteils agrippaient le sol avec la force et la sûreté de doigts.

Un remblai de pierre, qui avait peut-être autrefois fait partie d'une forteresse, se trouvait à proximité. Sur une impulsion, Musashi se fraya un chemin parmi les pierres jusqu'à l'éminence sur laquelle elle s'était dressée. Là, il trouva un *torii* de pierre qui donnait droit sur le pin parasol. Derrière était l'enceinte sacrée, protégée par des rangées de hautes plantes à feuillage persistant parmi lesquelles il apercevait un sanctuaire.

Bien qu'il n'eût aucune idée de la divinité que l'on honorait en ces lieux, il courut à travers le bosquet vers la porte du sanctuaire, devant laquelle il s'agenouilla. Si près de la mort, il ne pouvait empêcher son cœur de trembler à la pensée de la présence sacrée. L'intérieur du sanctuaire était sombre à l'exception d'une lampe de culte qui se balançait au vent, menaçait d'expirer puis recouvrait miraculeusement tout son éclat. Sur la plaque au-dessus de la porte on lisait : « Sanctuaire de Hachiman. »

Musashi trouva réconfort à la pensée qu'il avait un puissant allié, que s'il dévalait la montagne en chargeant, il aurait derrière lui le dieu de la guerre. Les dieux, il le savait, soutenaient toujours le camp du bon droit. Il se rappela comment le grand Nobunaga, en route vers la bataille d'Okehazama, s'était arrêté pour faire ses dévotions au sanctuaire d'Atsuta. La découverte de ce lieu saint tombait certes à propos.

Tout de suite à l'intérieur de la porte, il y avait un bassin de pierre où les fidèles pouvaient se purifier avant de prier. Musashi se rinça la bouche, puis l'emplit une seconde fois et aspergea la poignée de son sabre et les cordons de ses sandales. Ainsi purifié, il se retroussa les manches avec une courroie de cuir et se coiffa d'un serre-tête en coton. Fléchissant les muscles de ses jambes en marchant, il gagna les degrés du sanctuaire et mit la main sur la corde qui pendait du gong fixé au-dessus de l'entrée. Suivant la coutume séculaire, il fut sur le point de frapper le gong et d'adresser une prière à la divinité.

Il se reprit et rapidement retira la main. « Qu'est-ce que je fais là ? » songea-t-il avec horreur. La corde, nattée de coton rouge et blanc, paraissait l'inviter à la saisir, à sonner le gong et à faire sa prière. Il la regarda fixement. « Qu'allais-je demander ? Qu'ai-je besoin du secours des dieux ? Ne suis-je pas déjà un avec l'univers ? N'ai-je pas toujours affirmé que je devais être prêt à affronter la mort à tout moment ? Ne me suis-je pas exercé à affronter la mort avec calme et confiance ? »

Il était atterré. Sans y penser, sans se rappeler ses années d'entraînement et d'autodiscipline, il avait failli implorer une aide surnaturelle. Quelque chose n'allait pas car, au fond de lui-même, il savait que la véritable alliée du samouraï ce n'étaient pas les dieux mais la mort en personne. La veille au soir et plus tôt le matin même, il avait cru accepter son destin. Or, en implorant le secours de la divinité, il était à un cheveu d'oublier tout ce qu'il avait

799

jamais appris. La tête courbée par la honte, il se tenait là comme un rocher.

« Quel fou je suis ! Je croyais avoir atteint la pureté, l'illumination ; mais il y a encore en moi quelque chose qui désire ardemment continuer de vivre. Quelque illusion qui évoque l'image d'Otsū ou de ma sœur. Quelque faux espoir qui me porte à saisir n'importe quelle perche qui se présente. Une diabolique nostalgie qui me pousse à m'oublier moi-même, qui me donne la tentation d'implorer le secours des dieux. »

Il était dégoûté, exaspéré de son corps, de son âme, de son incapacité de maîtriser la Voie. Les larmes qu'il avait retenues en présence d'Otsū jaillirent de ses yeux.

« C'était totalement inconscient. Je n'avais aucune intention de prier ; je n'avais pas même pensé à ce que j'allais demander au cours de ma prière. Mais si je fais les choses inconsciemment, ce n'en est que pire. »

Torturé par le doute, il se sentait ridicule, indigne. Et d'abord, avait-il jamais eu les aptitudes nécessaires pour devenir un guerrier ? S'il avait réalisé l'état de calme auquel il avait aspiré, il n'aurait pas eu besoin de prières ou d'implorations – pas même un besoin subconscient. En un instant accablant, quelques minutes seulement avant le combat, il venait de découvrir en son cœur les véritables germes de la défaite. Il lui était maintenant impossible de considérer sa mort propre comme l'apogée d'une vie de samouraï !

Tout de suite après, une vague de gratitude le balaya. La présence magnanime de la divinité l'enveloppait. Le combat n'avait pas commencé encore ; la véritable épreuve était encore devant Musashi. On l'avait averti à temps. En admettant son échec, il l'avait surmonté. Le doute se dissipa ; la divinité l'avait guidé jusqu'à cet endroit pour lui enseigner cela.

Tout en croyant sincèrement aux dieux, il ne considérait pas comme appartenant à la Voie du samouraï de rechercher leur aide. La Voie était une vérité suprême, qui transcendait les dieux et les sages. Musashi recula d'un pas, joignit les mains et, au lieu de demander protection, remercia les dieux pour leur aide accordée au bon moment.

Après s'être incliné rapidement, il s'élança hors de l'enceinte du sanctuaire et dévala l'étroit sentier abrupt, le type de sentier qu'une forte averse transformerait vite en un torrent. Cailloux et mottes de terre friable tambourinaient sous ses talons, rompant le silence. Quand le pin parasol réapparut, Musashi sauta hors du sentier et se tapit dans les buissons. Pas une goutte de rosée n'était encore tombée des feuilles ; aussi eut-il bientôt les genoux et le torse trempés. Le pin n'était guère à plus de quarante ou cinquante pas au-dessous de lui. Dans ses branches, il pouvait distinguer l'homme au mousquet.

Sa colère éclata : « Les lâches ! se dit-il, presque à voix haute. Tout ça contre un seul homme. »

En un sens, il éprouvait un peu de pitié pour un ennemi qui devait se porter à de tels extrêmes. Toutefois, il s'était attendu à quelque chose de ce genre et s'y trouvait, dans la mesure du possible, prêt. Comme ils supposeraient naturellement qu'il ne serait pas seul, la prudence leur dicterait d'avoir au moins une arme de jet, et sans doute plusieurs. S'ils utilisaient aussi de petits arcs, les archers devaient se cacher derrière des rochers ou plus bas.

Musashi possédait un grand avantage : aussi bien l'homme qui se trouvait dans l'arbre que les hommes qui se tenaient dessous lui tournaient le dos. En se baissant au point que la poignée de son sabre se dressait plus haut que sa tête, il se faufila, rampa presque en avant. Puis il courut à perdre haleine sur une vingtaine de pas. Le mousquetaire tourna la tête, le repéra et cria :

– Le voilà !

Musashi courut dix pas encore, sachant que l'homme devrait changer de position pour viser et tirer.

– Où ça ? crièrent les hommes les plus rapprochés de l'arbre.

– Derrière vous ! répondit l'autre à s'en faire éclater les poumons.

Le mousquetaire braquait son arme sur la tête de Musashi. Tandis que des étincelles pleuvaient de la mèche, le coude droit de Musashi décrivait en l'air un arc de cercle. La pierre qu'il lança atteignit de plein fouet l'amorce avec une force terrifiante. Le cri du mousquetaire se mêla au craquement des branches, tandis qu'il plongeait à terre.

En un instant, le nom de Musashi fut sur toutes les lèvres. Aucun de ces hommes ne s'était donné la peine d'examiner à fond la situation, d'imaginer qu'il risquait d'inventer un moyen d'attaquer d'abord au centre. Leur confusion fut presque totale. Dans leur hâte à se réorienter, les dix hommes se cognèrent les uns aux autres, emmêlèrent leurs armes, se donnèrent des crocs-en-jambe avec leurs lances, bref, montrèrent la parfaite image du désordre, tout en se criant les uns aux autres de ne pas laisser Musashi s'enfuir. À peine se réorganisaient-ils en demi-cercle que Musashi les défia :

– Je suis Miyamoto Musashi, le fils de Shimmen Munisai de la province de Mimasaka. Je suis venu conformément à notre accord conclu avant-hier à Yanagimachi... Genjirō, êtes-vous là ? Je vous supplie de faire plus attention que Seijūrō et Denshichirō avant vous. Si je comprends bien, en raison de votre jeunesse, vous avez pour vous soutenir plusieurs vingtaines d'hommes. Moi, Musashi, je suis venu seul. Vos hommes peuvent m'attaquer individuellement ou bien en groupe, comme ils le souhaitent... Et maintenant, en garde !

Autre surprise complète : nul ne s'attendait à ce que Musashi lançât un défi en bonne et due forme. Même ceux qui auraient brûlé de répliquer sur le même ton n'étaient pas en état de le faire.

– Tu es en retard, Musashi ! cria une voix enrouée.

Musashi ayant déclaré qu'il était seul, beaucoup reprenaient courage ; mais Genzaemon et Jūrōzaemon, croyant qu'il s'agissait d'une ruse, cherchaient autour d'eux des renforts fantômes.

D'un côté, la forte vibration de la corde d'un arc fut suivie, une fraction de seconde plus tard, par l'étincellement du sabre de Musashi. La flèche dirigée vers son visage se brisa ; une moitié tomba derrière son épaule, l'autre moitié près du bout de son sabre abaissé.

Ou plutôt de l'endroit où son sabre venait d'être, car Musashi était déjà en action. Les cheveux hérissés comme une crinière de lion, il bondit vers la forme imprécise, derrière le pin parasol. Genjirō étreignait le tronc en criant :

– Au secours ! J'ai peur !

Genzaemon sauta en avant, hurlant comme si le coup l'avait frappé, mais il arriva trop tard. Le sabre de Musashi trancha hors du tronc une bande d'écorce de deux pieds. Elle tomba au sol près de la tête ensanglantée de Genjirō.

C'était l'acte d'un démon féroce. Musashi, sans tenir compte des autres, était allé droit au jeune garçon. Et il semblait avoir eu dès le début cette idée.

L'attaque était d'une incroyable sauvagerie. La mort de Genjirō ne diminua pas le moins du monde la combativité des Yoshiokas. Ce qui avait été de l'excitation nerveuse s'éleva au niveau d'une frénésie meurtrière.

– Sale bête ! s'écria Genzaemon, livide de chagrin et de fureur.

Il se précipita tête baissée vers Musashi, maniant un sabre un peu trop pesant pour un homme de son âge. Musashi recula son talon droit d'une trentaine de centimètres, se pencha de côté et frappa vers le haut, fauchant avec l'extrémité de son sabre le coude et la face de Genzaemon. Impossible de dire qui gémit car, en cet instant, un homme qui attaquait Musashi par-derrière avec une lance trébucha en avant et tomba par-dessus le vieil homme. L'instant suivant, un troisième homme d'épée, venu de l'avant, fut tranché de l'épaule au nombril. Sa tête pendait ; ses bras devinrent flasques ; ses jambes portèrent en avant, durant quelques pas encore, son corps sans vie.

Les autres hommes, près de l'arbre, criaient de tous leurs poumons, mais leurs appels à l'aide se perdaient dans le vent et les arbres. Leurs camarades se trouvaient trop éloignés pour entendre et n'auraient pu voir ce qui se passait, même s'ils avaient regardé vers le pin au lieu de surveiller les routes.

Le pin parasol se dressait là depuis plusieurs siècles. Il avait vu la retraite de Kyoto à Ōmi des troupes vaincues de Taira lors des guerres du XIIe siècle. À d'innombrables reprises, il avait vu les prêtres-guerriers du mont Hiei descendre sur la capitale pour faire pression sur la cour impériale. Était-ce gratitude pour le sang frais qui s'infiltrait jusqu'à ses racines ou bien angoisse devant le carnage ? Ses branches agitées par le vent brumeux répandaient sur les hommes situés dessous des gouttes de rosée froide.

Musashi s'adossa contre le tronc, dont deux hommes aux bras tendus auraient eu du mal à faire le tour. Cet arbre lui constituait pour l'arrière un abri idéal, mais il semblait juger risqué de rester en cet endroit longtemps. Tandis que son œil suivait le fil supérieur de son sabre et se fixait sur ses adversaires, son cerveau passait en revue le terrain, en quête d'une position meilleure.

– Au pin parasol ! Au pin ! C'est là qu'on se bat !

Ce cri venait du sommet de l'éminence d'où Sasaki Kojirō avait choisi d'assister au spectacle.

Puis vint une assourdissante détonation du mousquet ; enfin, les samouraïs de la maison de Yoshioka saisirent ce qui se passait. Comme un essaim d'abeilles, ils quittèrent leurs cachettes et se précipitèrent vers la croisée des routes.

Musashi s'écarta prestement. La balle se logea dans le tronc, à quelques pouces de sa tête. En garde, les sept hommes qui lui faisaient face se déplacèrent de quelques pieds pour compenser son changement de position.

Sans préavis, Musashi s'élança comme une flèche vers l'homme situé à l'extrême gauche, le sabre à hauteur de l'œil. L'homme – Kobashi Kurando, l'un des dix de Yoshioka – fut pris complètement par surprise. Avec un faible cri d'épouvante, il pivota sur un pied mais ne fut pas assez prompt pour éviter le coup porté à son flanc. Musashi, le sabre encore tendu, continua de courir droit devant lui.

– Ne le laissez pas s'échapper !

Les six autres s'élancèrent à ses trousses. Mais l'attaque les avait de nouveau jetés dans un périlleux désordre, toute coordination perdue. Musashi tournoya, frappant latéralement l'homme le plus proche, Miike Jūrōzaemon. En homme d'épée expérimenté qu'il était, Jūrōzaemon avait prévu la parade et laissé du jeu à ses jambes, ce qui lui permit de reculer vite. À peine si la pointe du sabre de Musashi lui égratigna la poitrine.

Musashi faisait de son arme un usage différent de celui de l'homme d'épée ordinaire de son temps. Suivant les techniques normales, si le premier coup n'atteignait pas son but, la force du sabre se dépensait dans l'air. Il fallait ramener la lame en arrière avant de frapper à nouveau. C'était trop lent pour Musashi. Chaque fois qu'il frappait latéralement, il y avait un choc en retour. Un coup vers la droite était suivi presque dans le même mouvement par un choc en retour vers la gauche. La lame de Musashi créait deux rais de lumière, dont le dessin ressemblait fort à deux aiguilles de pin soudées à une extrémité.

Ce choc en retour inattendu trancha vers le haut la face de Jūrōzaemon, lui transformant la tête en une grosse tomate rouge.

N'ayant pas étudié auprès d'un maître, Musashi se trouvait parfois désavantagé ; mais il lui arrivait aussi d'en profiter. L'une de ses forces était de n'avoir jamais été inséré dans le moule d'aucune école particulière. Du point de vue orthodoxe, son style ne présentait aucune forme discernable, aucune règle, aucune technique secrète. Créé par sa propre imagination et ses propres besoins, il était difficile à définir ou à classer. Dans une certaine mesure, on pouvait y faire face efficacement en utilisant des styles conventionnels, dans le cas d'un adversaire très habile. Jūrōzaemon n'avait point prévu la tactique de Musashi. Tout adepte du style Yoshioka, ou d'ailleurs de n'importe lequel des autres styles de Kyoto, eût sans doute été pareillement pris au dépourvu.

Si, continuant sur la lancée du coup fatal qu'il venait de porter à Jūrōzaemon, Musashi avait chargé le groupe en désordre qui restait autour de l'arbre, il eût certainement tué coup sur coup plusieurs autres hommes. Au lieu de quoi, il courut vers la croisée des routes. Mais au moment précis où ils le croyaient sur le point de s'enfuir, il se retourna soudain pour attaquer de nouveau. Le temps de se regrouper pour se défendre, il était reparti.

– Musashi !
– Lâche !
– Bats-toi comme un homme !
– Nous ne t'avons pas encore réglé ton compte !

Les imprécations habituelles emplissaient l'atmosphère ; les yeux furibonds menaçaient de jaillir de leurs orbites. La vue et l'odeur du sang enivraient les hommes, comme s'ils avaient avalé tout un entrepôt de saké. La vue du sang, qui dégrise le brave, a l'effet opposé sur les lâches. Ces hommes ressemblaient à des lutins à la surface d'un lac de sang.

Laissant les cris derrière lui, Musashi atteignit la croisée des routes, et plongea aussitôt dans la plus étroite des trois issues, celle qui menait vers le Shugakuin. Arrivaient à la débandade, en sens inverse, les hommes que l'on avait postés au long de ce chemin. Avant d'avoir parcouru quarante pas, Musashi vit le premier homme de ce contingent. Conformément aux lois ordinaires de la physique, il allait se trouver bientôt pris au piège entre ces hommes et ceux qui le poursuivaient. En réalité, quand les deux troupes se rencontrèrent, il n'était plus là.

– Musashi ! Où es-tu ?
– Il venait par ici. Je l'ai vu !
– J'espère bien !
– Il n'est pas là !
La voix de Musashi domina le confus verbiage :
– Je suis là !

Il bondit de l'ombre d'un rocher au milieu de la route, derrière les samouraïs qui revenaient, de sorte qu'il les avait tous d'un côté. Abasourdis par son changement de position plus rapide que l'éclair, les hommes de Yoshioka s'avancèrent sur lui aussi rapidement que possible ; mais dans l'étroit sentier ils ne pouvaient concentrer leurs forces. Étant donné l'espace nécessaire pour donner un coup de sabre, il eût été dangereux même pour deux d'entre eux d'essayer de s'avancer de front.

L'homme le plus rapproché de Musashi trébucha en arrière, repoussant dans le groupe qui arrivait l'homme qui se trouvait derrière lui. Durant quelque temps, ils se débattirent tous désespérément, jambes mêlées. Mais les foules ne renoncent pas facilement. Bien qu'effrayés par la féroce rapidité de Musashi, ces hommes reprirent bientôt confiance en leur force collective. Ils s'avancèrent en rugissant, de nouveau persuadés qu'aucun homme d'épée isolé ne faisait le poids devant eux tous.

Musashi se battait comme un nageur contre des vagues gigantesques. Frappant un coup puis reculant d'un pas ou deux, il devait porter plus d'attention à sa défense qu'à son attaque. Il s'abstenait même de faucher les hommes qui trébuchaient à sa portée et devenaient une proie aisée, à la fois parce que leur perte n'eût pas été d'un grand profit et parce que, si Musashi eût manqué son coup, il se fût exposé à ceux des lances ennemies. L'on pouvait évaluer avec exactitude la portée d'un sabre, mais non celle d'une lance.

Tandis qu'il poursuivait sa lente retraite, ses attaquants le pressaient implacablement. Son visage était d'un blanc bleuâtre : il paraissait inconcevable qu'il respirât comme il fallait. Les hommes de Yoshioka espéraient qu'il finirait par trébucher sur une racine d'arbre ou sur une pierre. En même temps, aucun d'eux ne tenait à se rapprocher trop d'un homme qui luttait de toutes ses forces pour sa vie. Les plus proches des sabres et des lances qui le pressaient n'arrivaient jamais qu'à quelques centimètres de leur cible.

Le tumulte était ponctué par le hennissement d'un cheval de somme; des gens se trouvaient sur pied dans le hameau proche. C'était l'heure où des prêtres matinaux passaient par là en se rendant au sommet du mont Hiei et en en revenant; les épaules fièrement carrées, ils faisaient claquer leurs hautes sandales de bois. Tandis que le combat se déroulait, bûcherons et fermiers se joignirent aux prêtres sur la route afin d'assister au spectacle; alors, aux cris d'excitation répondirent tous les poulets et tous les chevaux du village. Une foule de badauds se rassembla autour du sanctuaire où Musashi s'était préparé pour la bataille. Le vent étant tombé, la brume redescendit en épais voile blanc. Puis elle se leva tout à coup, permettant aux spectateurs de bien voir.

Au cours des dernières minutes du combat, l'aspect de Musashi avait changé complètement. Ses cheveux étaient collés par le sang; du sang mêlé de sueur avait teint son serre-tête en rose. On eût dit le diable même, jailli de l'enfer. Il respirait avec tout son corps; sa poitrine pareille à un bouclier se soulevait comme un volcan. Une déchirure de son *hakama* laissait voir une blessure au genou gauche; les ligaments blancs, visibles au fond de l'entaille, ressemblaient aux graines d'une grenade fendue. Il avait en outre une coupure à l'avant-bras qui, sans être grave, l'avait ensanglanté de la poitrine au petit sabre passé dans son obi. Tout son kimono paraissait teint d'un motif cramoisi. Les spectateurs qui le voyaient clairement se couvraient les yeux d'horreur.

Plus épouvantable encore était la vision des morts et des blessés abandonnés dans son sillage. En poursuivant sa retraite stratégique vers le haut du sentier, il atteignit une surface de terrain découvert où ses poursuivants se déversèrent pour une attaque massive. En quelques secondes, quatre ou cinq hommes furent fauchés. Ils gisaient, dispersés sur une vaste zone, moribond témoignage de la vitesse avec laquelle Musashi frappait et se déplaçait. L'on eût dit qu'il était partout à la fois.

Pourtant, malgré toute l'agilité de ses mouvements et de ses esquives, Musashi s'en tenait à une seule stratégie de base. Jamais il n'attaquait un groupe de face ou de flanc – toujours obliquement. Chaque fois qu'un groupe de samouraïs s'approchait de lui tête baissée, il s'arrangeait d'une façon quelconque pour passer comme l'éclair à un angle de leur formation, d'où il pouvait ne les affronter qu'un ou deux à la fois. Ainsi parvenait-il à les maintenir en gros dans la même position. Mais finalement, Musashi ne pouvait manquer de s'épuiser. En fin de compte également, il semblait que ses adversaires ne pouvaient manquer de trouver un moyen de déjouer sa méthode d'attaque. À cet effet, il leur faudrait se former en deux grands groupes, devant et derrière lui. Alors, il serait dans un péril encore plus grave. Musashi avait besoin de toute son habileté pour empêcher cela.

À un certain moment, il tira son petit sabre et se mit à combattre avec les deux mains. Alors que le grand sabre, dans sa main droite, ruisselait de sang jusqu'à la garde et jusqu'au poing qui le tenait, dans sa main gauche le petit sabre était propre. Il eut beau cueillir un peu de chair aussitôt qu'il s'en servit, il continua d'étinceler, assoiffé de sang. Musashi lui-même n'était pas encore pleinement conscient de l'avoir dégainé, bien qu'il le maniât avec la même adresse que le plus grand.

Quand il ne frappait pas, il tenait le sabre gauche pointé

vers les yeux de ses adversaires. Le droit s'étendait latéralement, formant avec le coude et l'épaule de Musashi un large arc de cercle horizontal, en grande partie hors de vue de l'ennemi. Si l'adversaire passait à droite de Musashi, ce dernier pouvait employer le sabre de droite. Si l'assaillant passait de l'autre côté, Musashi pouvait déplacer à gauche le petit sabre afin de prendre l'homme au piège entre les deux armes. D'un coup vers l'avant, il pouvait épingler l'homme avec le petit sabre et, avant qu'il n'eût eu le temps d'esquiver, l'attaquer avec le grand sabre. Par la suite, cette technique devait prendre officiellement le nom de « technique des deux sabres contre des forces nombreuses », mais en cet instant, Musashi se battait par pur instinct.

Selon tous les critères admis, Musashi n'était pas un grand technicien du sabre. Écoles, styles, théories, traditions : rien de tout cela n'avait pour lui de sens. Sa façon de se battre était tout à fait pragmatique. Il ne savait que ce qu'il avait appris par expérience. Il ne mettait pas de la théorie en pratique ; il se battait d'abord et théorisait ensuite.

Tous les hommes de Yoshioka, des dix hommes d'épée jusqu'au bas de l'échelle, s'étaient vu enfoncer dans le crâne les théories du style Kyōhachi. Certains d'entre eux avaient même créé des variantes stylistiques personnelles. Ils avaient beau être des guerriers très entraînés, très disciplinés, ils n'avaient aucun moyen d'évaluer un homme d'épée tel que Musashi, lequel avait vécu en ascète dans les montagnes, exposé aux dangers présentés par la nature aussi fréquemment qu'aux dangers présentés par l'homme. Pour les hommes de Yoshioka, il était incompréhensible que Musashi, avec sa respiration si désordonnée, sa face livide, ses yeux dégoulinants de sueur et son corps couvert de sang pût encore manier deux sabres et menacer de faire son affaire à quiconque se hasarderait à sa portée. Mais il continuait à se battre comme un dieu de feu et de fureur. Eux-mêmes étaient morts de fatigue, et leurs tentatives pour embrocher ce spectre sanglant devenaient hystériques.

Tout d'un coup, le tumulte augmenta.

– Sauve-toi ! crièrent mille voix.

– Sauve-toi, toi qui te bats tout seul !

– Sauve-toi pendant qu'il en est encore temps !

Ces cris venaient des montagnes, des arbres, des nuages blancs, là-haut. Les spectateurs, de tous côtés, voyaient la troupe de Yoshioka se refermer sur Musashi. Le péril imminent les poussait à essayer de le sauver, ne fût-ce qu'avec leurs voix.

Mais leurs avertissements restaient sans effet. Musashi n'eût point prêté attention si la terre avait volé en éclats ou si le ciel avait déversé de crépitants éclairs. Le vacarme allait crescendo, secouant les trente-six pics à la façon d'un tremblement de terre. Il provenait à la fois des spectateurs et de la bousculade des samouraïs de Yoshioka.

Musashi avait fini par s'éloigner à flanc de montagne à la vitesse d'un sanglier. Aussitôt, cinq ou six hommes furent à ses trousses, essayant désespérément de lui porter un coup sérieux.

Avec un cri sauvage, Musashi se retourna soudain, se tapit et tendit son sabre de côté, ce qui les arrêta dans leur élan. Un homme abaissa sa lance, qui ne fit que voler dans les airs à la suite d'une puissante riposte. Ils reculèrent. Musashi lançait des coups furieux du sabre gauche, puis du droit, puis du gauche à nouveau. Se déplaçant comme un mélange de feu et d'eau, il faisait tituber, hésiter, trébucher ses ennemis dans son sillage.

Puis il repartit. Du terrain découvert où la bataille avait fait rage, il avait sauté dans un champ d'orge, en contrebas.

– Arrête !
– Reviens te battre !

Deux hommes acharnés à le poursuivre bondirent aveuglément à la suite de Musashi. Une seconde plus tard, il y eut deux cris d'agonie, deux lances volèrent dans les airs et retombèrent toutes droites au milieu du champ. Musashi roulait comme une grosse balle de boue à l'autre extrémité du champ. À cent mètres de distance déjà, il augmentait rapidement l'écart.

– Il se dirige vers le village.
– Il se dirige vers la grand-route.

Mais en réalité, il avait rampé rapidement, invisible, en haut de l'autre lisière du champ, et se trouvait maintenant caché dans les bois en surplomb. Il regarda ses poursuivants se diviser pour continuer leur poursuite en plusieurs directions.

Il faisait jour : un matin ensoleillé tout pareil aux autres.

UNE OFFRANDE AUX MORTS

Lorsque Oda Nobunaga eut fini par perdre patience à la suite des intrigues politiques des prêtres, il attaqua l'ancienne fondation bouddhiste du mont Hiei, et en une nuit d'épouvante, presque tous ses milliers de temples et sanctuaires furent la proie des flammes. Quatre décennies avaient passé ; l'on avait reconstruit l'édifice principal et un certain nombre de temples secondaires ; pourtant, le souvenir de cette nuit ensevelissait la montagne à la façon d'un linceul. La fondation était maintenant privée de ses pouvoirs temporels, et les prêtres consacraient de nouveau leur temps à des tâches religieuses.

Situé sur le pic le plus méridional, ayant vue sur les autres temples et sur Kyoto même, il y avait un petit temple écarté, le Mudōji. Le silence était rarement rompu par des sons moins paisibles que le murmure d'un ruisseau ou le gazouillis des petits oiseaux.

Des profondeurs du temple venait une voix masculine récitant les paroles de Kannon, la déesse de la miséricorde, suivant la révélation du sūtra du Lotus. La psalmodie s'élevait progressivement puis, comme si le chantre avait soudain repris ses esprits, retombait.

Sur le sol d'un noir de jais du corridor s'avançait un acolyte en robe blanche, porteur, à hauteur de l'œil, d'un plateau sur lequel on avait disposé le maigre repas végétarien que l'on a coutume de servir dans les établissements religieux. Il entra dans la salle d'où venait la voix, posa le plateau dans un angle, s'agenouilla poliment et dit :

– Bonjour, monsieur. (Légèrement penché en avant, absorbé dans sa tâche, l'hôte n'entendit pas le salut du jeune garçon.) Monsieur, dit l'acolyte en élevant un peu la voix, je vous apporte votre déjeuner. Je le laisse ici, dans le coin, si cela vous convient.

– Oh! merci, répondit Musashi en se redressant. C'est fort aimable à vous.

Il se tourna et s'inclina.

– Désirez-vous déjeuner maintenant?

– Oui.

– Alors, je vous sers votre riz.

Musashi accepta le bol de riz et se mit à manger. L'acolyte regarda fixement d'abord le bloc de bois à côté de Musashi, puis le petit couteau derrière lui. Des copeaux et des éclats de bois de santal blanc, parfumé, jonchaient la pièce.

– Que sculptez-vous? demanda-t-il.

– Ce doit être une image sainte.

– Le bouddha Amida?

– Non. Kannon. Malheureusement, je ne connais rien à la sculpture. Il semble que je me taille les mains plus que le bois.

Pour preuve il tendait deux doigts bien entaillés, mais le garçon paraissait plus intéressé par le pansement blanc autour de son avant-bras.

– Comment vont vos blessures? demanda-t-il.

– Grâce aux bons soins que j'ai reçus ici, elles sont presque guéries. Veuillez exprimer au grand-prêtre ma vive reconnaissance.

– Si vous sculptez une image de Kannon, vous devriez visiter le temple principal. Il y a une statue de Kannon par un sculpteur très célèbre. Si vous le désirez je vous y emmènerai. Ce n'est pas loin : seulement huit cents mètres environ.

Ravi de la proposition, Musashi termina son repas, et tous deux partirent pour le grand temple. Musashi n'était pas sorti depuis dix jours, quand il était arrivé couvert de sang et s'appuyant sur son sabre comme sur une canne. À peine avait-il commencé de marcher qu'il s'aperçut que ses blessures n'étaient pas aussi complètement guéries qu'il l'avait cru. Son genou gauche lui faisait mal, et la brise, bien que légère et fraîche, semblait déchirer l'entaille de son bras. Mais il faisait bon dehors. Les fleurs qui tombaient des cerisiers doucement balancés dansaient dans l'air ainsi que des flocons de neige. Le ciel avait la teinte azurée du commencement de l'été. Les muscles de Musashi se gonflaient comme des bourgeons sur le point d'éclater.

– Vous étudiez les arts martiaux, n'est-ce pas, monsieur ?
– Exact.
– Alors, pourquoi sculptez-vous une image de Kannon ? (Musashi ne répondit pas tout de suite.) Au lieu de sculpter, ne vaudrait-il pas mieux consacrer votre temps à vous exercer au sabre ?

Cette question fit souffrir Musashi plus que ses blessures. L'acolyte avait le même âge environ que Genjirō, et presque la même taille. En ce jour fatal, combien d'hommes avaient été tués ou blessés ? Musashi ne pouvait faire que des suppositions. Il n'avait pas même un souvenir net de la façon dont il s'était dégagé de la bataille et dont il avait trouvé un endroit où se cacher. Les deux seules choses qui restaient gravées très clairement dans son esprit et le hantaient dans son sommeil, c'étaient le cri terrifié de Genjirō et la vue de son corps mutilé.

Il repensa, comme il l'avait fait plusieurs fois au cours des récentes journées, à la résolution notée dans son carnet : il ne ferait rien qu'il pût regretter ensuite. S'il estimait ce qu'il avait fait comme inhérent à la Voie du sabre, une ronce sur le chemin qu'il s'était choisi, alors il devrait admettre que son avenir serait sinistre, inhumain.

Dans la paisible atmosphère du temple, son esprit s'était clarifié. Et une fois que le souvenir du sang répandu commença de s'effacer, Musashi fut accablé de chagrin à cause de l'enfant qu'il avait massacré. Son esprit revenant à la question de l'acolyte, il dit :

– N'est-il pas vrai que des grands prêtres comme Kōbō Daishi et Genshin ont fait des quantités d'images du Bouddha et des bodhisattvas ? Si je comprends bien, ici, sur le mont Hiei, bon nombre de statues ont été sculptées par des prêtres. Qu'en penses-tu ?

La tête penchée, le garçon répondit, incertain :
– Je n'en suis pas sûr, mais il est vrai que les prêtres font des peintures et des statues religieuses.
– Je vais te dire pourquoi. C'est parce qu'en peignant un tableau ou en sculptant une image du Bouddha, ils se rap-

prochent de lui. Un homme d'épée peut se purifier l'esprit de la même façon. Nous autres humains levons tous les yeux vers la même lune, mais nombreuses sont les routes que nous pouvons emprunter pour atteindre le sommet du pic le plus rapproché d'elle. Parfois, quand nous perdons notre route, nous décidons d'essayer celle de quelqu'un d'autre, mais le but suprême, c'est de trouver l'accomplissement dans la vie.

Musashi s'interrompit comme s'il avait eu autre chose à dire, mais l'acolyte courut en avant et désigna une pierre presque enfouie dans l'herbe.

– Regardez, dit-il. Cette inscription est de Jichin. C'était un prêtre... un prêtre célèbre.

Musashi lut les mots gravés sur la pierre couverte de mousse :

> L'eau de la Loi
> Coulera bientôt peu profonde.
> À la fin des fins,
> Un vent froid, aigre, soufflera sur
> Les pics désolés de Hiei.

• Il fut impressionné par les dons de prophétie de l'auteur. Depuis le raid impitoyable de Nobunaga, le vent avait certes été froid et aigre sur le mont Hiei. Le bruit courait que certains membres du clergé avaient la nostalgie du passé, d'une armée puissante, d'une influence politique et de privilèges spéciaux, et le fait est qu'ils ne choisissaient jamais un nouvel abbé sans beaucoup d'intrigues et de vilains conflits internes. La montagne sainte avait beau être consacrée au salut des pécheurs, sa survie dépendait en réalité des aumônes et des donations de ces mêmes pécheurs. Un état de choses fort peu satisfaisant, songeait Musashi.

– Allons, dit le garçon avec impatience.

Comme ils reprenaient leur marche, l'un des prêtres du Mudōji accourut.

– Seinen ! cria-t-il au garçon. Où vas-tu donc ?
– Au grand temple. Il veut voir une statue de Kannon.
– Ne pourrais-tu l'y conduire une autre fois ?

– Pardonnez-moi d'emmener cet enfant alors qu'il doit avoir du travail, dit Musashi. Je vous en prie, remmenez-le. Je peux aller au grand temple à n'importe quel moment.

– Je ne viens point pour lui. Je voudrais que vous reveniez avec moi, si vous n'y voyez pas d'inconvénient.

– Moi ?

– Oui, je regrette de vous ennuyer, mais…

– Quelqu'un est venu à ma recherche ? demanda Musashi sans la moindre surprise.

– Mon Dieu, oui. Je leur ai dit que vous n'étiez pas là, mais ils ont répondu qu'ils venaient de vous voir avec Seinen. Ils ont insisté pour que je vienne vous chercher.

Sur le chemin du retour au Mudōji, Musashi demanda au prêtre quels étaient ses visiteurs, et apprit qu'ils appartenaient au Sannōin, un autre des temples secondaires.

Ils étaient là une dizaine, en robes noires et serre-tête bruns. Leurs faces irritées auraient bien pu appartenir aux redoutables prêtres-guerriers d'autrefois, race hautaine de brutes en robes cléricales, dont on avait rogné les ailes, mais qui semblaient avoir rebâti leur nid. Ceux qui n'avaient point profité de la leçon de Nobunaga se pavanaient avec de grands sabres au côté, le prenant de haut avec autrui, s'intitulant spécialistes de la loi bouddhique, mais étant en réalité des bandits intellectuels.

– Le voilà, dit l'un.

– Lui ? demanda un autre avec mépris.

Ils le regardaient avec une hostilité non déguisée. Un prêtre corpulent, désignant de sa lance les compagnons de Musashi, leur dit :

– Merci. Nous n'avons plus besoin de vous. Retournez dans le temple ! (Puis, très bourru :) Vous êtes Miyamoto Musashi ?

Ces paroles manquaient de courtoisie. Musashi répliqua sèchement, sans s'incliner. Un autre prêtre déclama comme s'il eût donné lecture d'un texte :

– Je vais vous notifier la décision prise par le tribunal de l'Enryakuji. La voici : « Le mont Hiei est une enceinte pure et sacrée qui ne doit pas servir de refuge à ceux qui nourrissent des inimitiés et des rancunes. Il ne peut non plus tenir lieu d'abri à des hommes vils, engagés dans des conflits peu honorables. » Le Mudōji a reçu l'ordre de vous renvoyer sur-le-champ de la montagne. Si vous désobéissez vous subirez un châtiment rigoureux, conforme aux lois du monastère.

– Je me conformerai aux ordres du monastère, répondit Musashi d'un ton humble. Mais étant donné qu'il est midi passé et que je n'ai fait aucun préparatif, je vous demanderai l'autorisation de rester jusqu'à demain matin. De plus, j'aimerais vous demander si cette décision émane des autorités civiles ou du clergé lui-même. Le Mudōji a signalé mon arrivée. L'on m'a dit qu'il n'y avait pas d'objection à ce que je reste. Je ne comprends pas ce brusque changement.

– Si vous voulez vraiment le savoir, répliqua le premier prêtre, je vais vous le dire. D'abord, nous étions contents de vous offrir l'hospitalité parce que vous vous étiez battu seul contre un grand nombre d'hommes. Mais ensuite, nous avons reçu de mauvais renseignements sur vous qui nous ont forcés à reconsidérer la question. Nous avons conclu que nous ne pouvions plus nous permettre de vous abriter.

« De mauvais renseignements ? » se dit Musashi avec ressentiment. Il aurait dû s'y attendre. Point n'était besoin de beaucoup d'imagination pour deviner que l'école Yoshioka le diffamerait dans tout Kyoto. Mais il jugeait inutile d'essayer de se défendre.

– Très bien, dit-il avec froideur. Je partirai demain matin sans faute.

Comme il entrait au temple, les prêtres se mirent à dire du mal de lui :

– Voyez donc le misérable !

– C'est un monstre !

– Un monstre ? Un simple d'esprit, voilà ce qu'il est !

Musashi se retourna, regarda ces hommes avec fureur et leur demanda d'un ton tranchant :

– Vous dites ?

– Tiens, vous avez entendu ? demanda un prêtre avec défi.

– Oui. Et il y a une chose que je souhaite vous faire savoir. Je me conformerai aux souhaits du clergé, mais je ne supporterai pas les insultes de vos pareils. Cherchez-vous le combat ?

— En tant que serviteurs du Bouddha, nous ne nous battons pas, répondit le prêtre, papelard. J'ai ouvert la bouche, et les mots sont sortis tout naturellement.

— Ce doit être la voix du ciel, dit un autre prêtre.

L'instant suivant, ils étaient tous autour de Musashi, à le maudire, à se moquer de lui, et même à lui cracher dessus. Il n'était pas certain de pouvoir se retenir longtemps. Bien que les prêtres-guerriers eussent perdu leur pouvoir, ces réincarnations n'avaient rien perdu de leur arrogance.

— Regardez-le donc ! ricanait l'un des prêtres. D'après ce que disaient les villageois, je le prenais pour un samouraï digne de ce nom. Je sais maintenant qu'il n'est qu'un rustre sans cervelle ! Il ne se met pas en colère ; il ne sait même pas comment se justifier.

Plus Musashi gardait le silence, et plus les langues devenaient vipérines. Enfin, son visage rosit, et il dit :

— Ne parliez-vous pas de la voix du ciel s'exprimant à travers un homme ?

— Si ; et alors ?

— Entendez-vous par là que le ciel se soit déclaré contre moi ?

— Vous avez entendu notre décision. Vous n'avez pas encore compris ?

— Non.

— Je m'en doute. Un insensé comme vous ne mérite pas la pitié. Mais j'ose dire que dans votre prochaine vie, vous reviendrez à la raison !

Musashi se taisant, le prêtre poursuivit :

— ... Je vous conseille de prendre garde après avoir quitté la montagne. Il n'y a pas de quoi être fier de votre réputation.

— Qu'importe ce que disent les gens !

— Écoutez-le ! Il croit encore avoir raison.

— Ce que j'ai fait était juste ! Dans mon combat contre les Yoshiokas, je n'ai rien fait de bas ni de lâche.

— Vous dites des bêtises !

— Ai-je fait une chose dont je doive avoir honte ? Citez-m'en une !

– Vous avez le front de dire ça !
– Je vous préviens. Je passerai sur le reste, mais je ne permettrai à personne de médire de mon sabre !
– Fort bien, voyons si vous pouvez répondre à une seule question. Nous savons que vous vous êtes battu bravement contre des forces écrasantes. Nous admirons votre force brutale. Nous louons votre courage à tenir contre tant d'hommes. Mais pourquoi donc avoir assassiné un enfant de treize ans à peine ? Comment avez-vous pu être assez inhumain pour massacrer un simple enfant ? (Musashi pâlit ; soudain, il se sentit faible. Le prêtre poursuivit :) Après avoir perdu son bras Seijūrō s'est fait prêtre. Denshichirō, vous l'avez tué. Genjirō demeurait leur unique successeur. En l'assassinant, vous avez mis fin à la maison de Yoshioka. Même si c'était fait au nom de la Voie du samouraï, c'était cruel, lâche. Vous ne méritez même pas d'être traité de monstre ou de démon. Vous considérez-vous comme un être humain ? Vous imaginez-vous digne du rang de samouraï ? Appartenez-vous même à ce grand pays des fleurs de cerisier ?... Non ! Et c'est pourquoi le clergé vous expulse. Quelles qu'aient été les circonstances, le meurtre de l'enfant est impardonnable. Un véritable samouraï comprend et pratique la compassion... Et maintenant, allez-vous-en d'ici, Miyamoto Musashi ! Le plus vite possible ! Le mont Hiei vous rejette !

Leur colère exprimée, les prêtres repartirent.

Bien qu'il eût supporté en silence ce dernier torrent d'injures, ce n'était point parce qu'il n'avait pas de réponse à leurs accusations. « Ils ont beau dire, j'ai eu raison, pensait-il. J'ai fait la seule chose que je pouvais faire pour défendre mes convictions, qui sont justes. »

Il croyait sincèrement à la valeur de ses principes, et à la nécessité de les défendre. Puisque les Yoshiokas avaient fait de Genjirō leur porte-drapeau, il n'était plus resté d'autre solution que de le tuer. Il était leur général. Aussi longtemps qu'il vivrait, l'école Yoshioka resterait invaincue. Musashi aurait pu tuer dix, vingt ou trente hommes, si Genjirō ne mourait pas les survivants se prétendraient toujours victorieux. Tuer le jeune garçon d'abord faisait de Musashi le vainqueur, même s'il devait être tué dans la suite du combat.

Selon les lois du sabre, cette logique était sans faille. Et pour Musashi ces lois étaient souveraines.

Le souvenir de Genjirō ne l'en troublait pas moins profondément, suscitant doute, chagrin et souffrance. La cruauté de son acte était horrible, même à ses yeux.

« Devrais-je envoyer promener mon sabre et vivre comme tout le monde ? » se demandait-il ; et ce n'était pas la première fois. Dans le ciel clair du début de soirée, les pétales blancs des fleurs de cerisier tombaient au hasard, comme des flocons de neige, laissant les arbres aussi vulnérables d'aspect qu'il se sentait maintenant, vulnérable au doute sur la question de savoir s'il ne devait pas changer son mode de vie. « Si je renonce au sabre, je pourrai vivre avec Otsū », se disait-il. Mais alors, il se remémora la vie des bourgeois de Kyoto, et le monde habité par Kōetsu et Shōyū.

« Ce n'est point pour moi », se dit-il avec détermination.

Il franchit le portail et rentra dans sa chambre. Assis près de la lampe, il reprit son ouvrage à demi terminé, et se mit à sculpter rapidement. Il était d'une importance capitale d'achever la statue. Habile ou non, il tenait absolument à laisser là quelque chose qui pût apaiser l'âme libérée de Genjirō.

La lampe baissait ; il arrangea la mèche. Dans le silence de mort du soir, on entendait tomber sur le tatami les copeaux minuscules. La concentration du jeune homme était absolue ; tout son être se rassemblait avec une intensité parfaite sur le point de contact avec le bois. Une fois qu'il s'était fixé une tâche, il était dans sa nature de s'y perdre jusqu'à ce qu'elle fût accomplie, sans tenir compte de l'ennui ou de la fatigue.

Les accents du *sūtra* montaient et descendaient.

Après chaque éméchage de la lampe, il reprenait sa tâche avec un air de dévotion et de révérence, pareil aux anciens sculpteurs qui, dit-on, s'inclinaient trois fois devant le Bouddha avant de prendre leur ciseau pour sculpter une image. Sa propre statue de Kannon serait comme une prière pour la félicité de Genjirō dans l'autre monde.

Enfin, il murmura : « Je crois que ça ira. » Comme il se levait pour examiner la statue, la cloche de la pagode de l'est sonna la seconde veille nocturne, qui débutait à dix heures. « Il se fait tard », se dit-il ; et il sortit aussitôt pour présenter ses respects au grand-prêtre et lui demander de garder la statue. L'image était grossièrement sculptée, mais il y avait mis tout son cœur, et versé des larmes de repentir en priant pour l'âme du jeune mort.

À peine fut-il sorti de la pièce que Seinen y entra pour balayer le sol. Ayant remis en ordre la chambre, il prépara la couche de Musashi, et, le balai sur l'épaule, regagna sans se presser la cuisine. À l'insu de Musashi, tandis qu'il sculptait encore, une silhouette pareille à celle d'un chat s'était faufilée à l'intérieur du Mudōji, par des portes que l'on ne fermait jamais à clé, jusque sur la véranda. Une fois Seinen hors de vue, le shoji qui donnait sur la véranda s'ouvrit silencieusement en glissant dans ses rainures, et se referma de même.

Musashi revint avec ses présents de départ, un chapeau de vannerie et une paire de sandales de paille. Il les posa à côté de son oreiller, éteignit la lampe et se glissa dans le lit. Les portes extérieures étaient ouvertes ; à travers les corridors soufflait une brise légère. Il y avait juste assez de clair de lune pour donner une teinte d'un gris terne au papier du shoji. L'ombre des arbres se balançait avec douceur, pareille à des vagues sur une vaste mer calme.

Il ronflait légèrement ; son souffle devenait plus lent à mesure qu'il sombrait plus profond dans le sommeil. En silence, le bord d'un petit paravent situé dans un angle s'avança, et une silhouette sombre en sortit à quatre pattes, sans faire de bruit. Le ronflement cessa ; la forme noire s'aplatit rapidement au sol. Puis, tandis que la respiration redevenait régulière, l'intrus s'avança centimètre par centimètre, patient, prudent, en coordonnant ses mouvements avec le rythme de la respiration. Tout à coup, l'ombre se dressa comme un nuage de soie noire, et s'abattit sur Musashi en criant :

– Et maintenant, je vais t'apprendre !...

Un sabre court vola vers le cou de Musashi. Mais l'arme dégringola d'un côté tandis que la forme noire repartait dans les airs, pour atterrir avec fracas contre le shoji. L'envahisseur émit une seule plainte puissante avant de débouler avec le shoji dans les ténèbres.

À l'instant où Musashi effectua sa riposte, l'idée lui traversa l'esprit que l'être qu'il tenait entre ses mains était aussi léger qu'un chaton. Bien que la face fût voilée, il crut avoir aperçu des cheveux blancs. Sans s'arrêter pour analyser ces impressions, il empoigna son sabre et sortit en courant sur la véranda.

– Halte! cria-t-il. Puisque vous vous êtes donné la peine de venir jusqu'ici, permettez-moi de vous recevoir comme il convient!

Il sauta à terre et courut vers le bruit des pas qui battaient en retraite. Mais le cœur n'y était pas. Au bout de quelques secondes, il s'arrêta et regarda en riant quelques prêtres disparaître dans l'obscurité.

Osugi, après son atterrissage à se rompre les os, gisait au sol et gémissait de douleur.

– Comment, grand-mère, c'est vous! s'exclama-t-il, surpris que son assaillant ne fût ni un homme de Yoshioka ni l'un des prêtres en colère. (Il l'entoura de son bras pour l'aider à se relever.) Maintenant, je commence à comprendre, dit-il. C'est vous qui avez dit aux prêtres des tas de méchancetés sur moi, hein? Et comme cette histoire émanait d'une vieille dame courageuse et comme il faut, ils l'ont crue de A jusqu'à Z, je suppose.

– Oh! que j'ai mal au dos!

Osugi ne confirma ni n'infirma son accusation. Elle se tortillait bien un peu, mais il lui manquait la force d'opposer une grande résistance. Elle dit faiblement :

– Musashi, au point où nous en sommes, il est inutile de s'inquiéter du bien et du mal. La maison de Hon'iden a été malchanceuse à la guerre; aussi, contente-toi de me couper la tête maintenant.

Il paraissait peu vraisemblable à Musashi qu'il ne s'agît là que de théâtre. Les paroles d'Osugi semblaient les paroles sincères d'une femme qui était allée aussi loin qu'elle le pouvait, et voulait s'arrêter là.

– Vous souffrez? demanda-t-il en refusant de la prendre au sérieux. Où donc avez-vous mal? Vous pouvez rester ici cette nuit; aussi, il n'y a pas d'inquiétude à avoir.

Il la souleva dans ses bras, la porta à l'intérieur et l'étendit sur sa couche. Assis à son chevet, il la soigna toute la nuit.

Quand le jour parut, Seinen apporta le déjeuner qu'avait demandé Musashi, ainsi qu'un message du grand-prêtre qui, tout en s'excusant de son impolitesse, pressait Musashi de partir le plus tôt possible.

Musashi envoya un mot expliquant qu'il avait maintenant sur les bras une vieille femme malade. Le prêtre, qui ne voulait pas d'Osugi au temple, fit une proposition. Il semblait qu'un marchand de la ville d'Ōtsu, venu au temple avec une vache, avait laissé l'animal aux soins du grand-prêtre cependant qu'il vaquait à d'autres affaires. Le prêtre offrit à Musashi l'usage de l'animal, disant qu'il pourrait descendre la femme jusqu'au pied de la montagne. À Ōtsu, il pourrait laisser la vache sur le quai ou à l'une des maisons de gros du voisinage.

Musashi accepta cette offre avec reconnaissance.

BOIRE DU LAIT

La route qui descendait du mont Hiei aboutissait dans la province d'Ōmi, en un point situé juste au-delà du Miidera.

Musashi menait la vache par une corde. Regardant par-dessus son épaule, il dit gentiment :

– Si vous le voulez, nous pouvons arrêter pour nous reposer. Aucun de nous deux n'est pressé.

Mais du moins, se disait-il, ils étaient en route. Osugi, qui n'avait pas l'habitude des vaches avait d'abord catégoriquement refusé de monter sur l'animal. Pour la convaincre, Musashi avait dû faire appel à toute son ingéniosité ; l'argument qui l'avait emporté avait été qu'elle ne pouvait rester indéfiniment chez des prêtres, dans un bastion du célibat.

La face contre le col de la vache, Osugi gémissait de douleur et tâchait de se redresser. Chaque fois que Musashi lui témoignait de la sollicitude, elle se remémorait sa haine et lui exprimait silencieusement son mépris d'être soignée par son mortel ennemi.

Il avait beau fort bien savoir qu'elle ne vivait que pour se venger de lui, il ne parvenait pas à la considérer comme une véritable ennemie. Personne, pas même des adversaires beaucoup plus forts qu'elle, ne lui avait jamais causé autant d'ennuis. Sa ruse l'avait amené dans son propre village au bord du désastre ; à cause d'elle, il s'était fait tourner en dérision et couvrir de honte au Kiyomizudera ; maintes et maintes fois, elle lui avait mis des bâtons dans les roues. De temps à autre, comme la veille au soir, il l'avait maudite et avait failli céder au violent désir de la couper en deux.

Pourtant, il ne pouvait se résoudre à porter la main sur elle, surtout maintenant qu'elle était malade et privée de sa verve habituelle. Bizarrement, l'inaction de sa langue de vipère le déprimait, et il était impatient de la voir se rétablir, même si cela devait lui apporter d'autres ennuis.

– Ce genre de chevauchée doit être bien inconfortable, dit-il. Encore un peu de patience. En arrivant à Ōtsu, je trouverai quelque chose.

La vue sur le nord-est était magnifique. Le lac Biwa s'étendait, calme, au-dessous d'eux, le mont Ibuki se dressait juste au-delà, et les pics d'Echizen s'élevaient au loin.

– Arrêtons-nous un peu, dit-il. Vous irez mieux si vous descendez vous étendre quelques minutes.

Il attacha l'animal à un arbre, prit Osugi dans ses bras et la déposa à terre. La face contre le sol, la vieille femme repoussa les mains du jeune homme et laissa échapper un gémissement. Son visage brûlait de fièvre ; elle était échevelée.

– Vous ne voudriez pas un peu d'eau ? demanda une fois de plus Musashi en lui tapotant le dos. Vous devriez aussi manger quelque chose. (Elle secoua la tête avec obstination.) Depuis cette nuit, vous n'avez pas bu une goutte d'eau, dit-il d'un ton suppliant. Si vous continuez comme ça, vous ne réussirez qu'à vous rendre plus malade. Je voudrais vous procurer des remèdes, mais il n'y a pas de maison dans les parages. Écoutez : pourquoi ne mangeriez-vous pas la moitié de mon déjeuner ?

– Quelle horreur !

– Hein ?

– J'aimerais mieux mourir dans un champ et être dévorée par les oiseaux. Jamais je ne m'abaisserai au point d'accepter d'un ennemi de la nourriture !

Elle secoua de son dos la main du jeune homme et s'agrippa à une touffe d'herbe.

Tout en se demandant si elle viendrait jamais à bout du malentendu initial, il la traitait avec autant de tendresse qu'il eût traité sa propre mère ; il tâchait patiemment de l'apaiser chaque fois qu'elle lui lançait un coup de griffe.

– Voyons, grand-mère, vous savez bien que vous ne voulez pas mourir. Vous devez vivre. Ne voulez-vous donc pas voir Matahachi réussir dans la vie ?

Elle montra les crocs et gronda :

– Est-ce que ça te regarde ? Un de ces jours, Matahachi réussira sans ton aide, merci.

– J'en suis convaincu. Mais vous devez guérir de manière à pouvoir l'encourager vous-même.

– Espèce d'hypocrite ! cria la vieille. Tu perds ton temps si tu crois pouvoir me flatter au point de me faire oublier combien je te hais.

Se rendant compte que tout ce qu'il dirait serait pris en mauvaise part, Musashi se leva et s'éloigna. Il choisit un endroit derrière un rocher, et se mit à manger son déjeuner de boulettes de riz fourrées d'un beurre de fèves sombre et douceâtre, chacune enveloppée dans des feuilles de chêne. Il en laissa la moitié.

Entendant des voix, il regarda derrière le rocher et vit une paysanne en train de causer avec Osugi. Elle portait le *hakama* des femmes d'Ōhara, et ses cheveux lui tombaient sur les épaules. D'une voix de stentor, elle proclamait :

– J'ai chez moi cette malade. Elle va mieux maintenant, mais elle se remettrait plus vite encore si je pouvais lui donner du lait. Est-ce que je peux traire la vache ?

Osugi leva sur la femme un regard inquisiteur.

– À l'endroit d'où je viens, nous n'avons pas beaucoup de vaches. Vous êtes vraiment capable de la traire ?

Toutes deux échangèrent encore quelques mots tandis que la femme s'accroupissait et commençait à faire gicler du lait dans une jarre à saké. Quand la jarre fut pleine, la femme se leva, la serrant entre ses bras, et dit :

— Merci. Maintenant, il faut que je me sauve.

— Attendez! cria Osugi de sa voix de crécelle. (Elle tendit les bras et jeta un coup d'œil à la ronde afin de s'assurer que Musashi ne l'observait pas.) Donnez-moi d'abord un peu de lait. Une ou deux gorgées me suffiront.

La femme regarda, stupéfaite, Osugi porter la jarre à ses lèvres, fermer les yeux, et avaler gloutonnement; le lait lui ruisselait du menton. Quand elle eut terminé, Osugi frissonna puis grimaça comme si elle allait vomir.

— Que c'est mauvais! pleurnicha-t-elle. Mais peut-être que ça va me faire du bien. Pourtant, c'est affreux; plus mauvais qu'une drogue.

— Quelque chose ne va pas? Vous êtes malade?

— Rien de grave. Un coup de froid et un peu de fièvre. (Elle se leva brusquement comme si tous ses maux avaient disparu, et, s'étant derechef assurée que Musashi ne regardait pas, se rapprocha de la femme pour lui demander à voix basse:) Si je descends tout droit cette route, où cela me mènera-t-il?

— Juste au-dessus du Miidera.

— C'est bien dans la province d'Ōtsu? Est-ce que je pourrais prendre un chemin détourné?

— Mon Dieu, oui, mais où voulez-vous aller?

— Ça m'est égal. Je veux seulement échapper à ce coquin!

— En descendant cette route, à environ huit ou neuf cents mètres, il y a un sentier qui va vers le nord. Si vous le suivez, vous aboutirez entre Sakamoto et Ōtsu.

— Si vous rencontrez un homme qui me cherche, fit furtivement Osugi, ne lui dites pas que vous m'avez vue.

Et elle s'éloigna en hâte, pareille à une mante religieuse éclopée.

Musashi gloussait de rire en sortant de derrière son rocher.

— Vous habitez par ici, je suppose, dit-il aimablement. Votre mari est fermier, bûcheron, quelque chose comme ça?

La femme recula craintivement, mais répondit:

— Oh! non. Je suis de l'auberge au sommet du col.

— Tant mieux. Si je vous donnais de l'argent, vous feriez une course pour moi?

– Avec plaisir, mais voyez-vous, il y a cette malade à l'auberge.

– Je pourrais rapporter le lait à votre place et vous y attendre. Qu'en dites-vous ? Si vous partez maintenant, vous serez de retour avant la nuit.

– Dans ce cas, je crois que je pourrais y aller mais...

– Rien à craindre ! Je ne suis pas le coquin que prétend la vieille femme. J'essayais seulement de l'aider. Si elle est capable de se débrouiller seule, je n'ai aucune raison de m'inquiéter pour elle. Et maintenant, je vais juste écrire un mot. Je veux que vous le portiez à la maison du seigneur Karasumaru Mitsuhiro. C'est dans le quartier nord de la ville.

Avec le pinceau de son nécessaire à écrire, il griffonna rapidement les mots qu'il avait tant désiré adresser à Otsū pendant qu'il se remettait au Mudōji. Ayant confié sa lettre à la femme, il monta la vache et s'éloigna à pas pesants en se répétant les paroles qu'il avait tracées et en imaginant les sentiments d'Otsū lorsqu'elle les lirait. « Moi qui croyais ne jamais la revoir... », murmurait-il en s'animant soudain.

« Étant donné l'état de faiblesse où elle se trouvait, peut-être est-elle à nouveau malade au lit, songeait-il. Mais quand elle recevra ma lettre, elle se lèvera pour venir aussi vite qu'elle pourra. Jōtarō aussi. »

Il laissait la vache marcher à sa propre allure, et s'arrêtait de temps en temps pour lui permettre de brouter. Sa lettre à Otsū était simple, mais il en était plutôt satisfait : « Au pont de Hanada, c'est toi qui attendais. Cette fois, que ce soit moi. J'ai pris les devants. Je t'attendrai dans la province d'Ōtsu, au pont de Kara, village de Seta. Quand nous serons de nouveau réunis, nous parlerons de bien des choses. » Il avait essayé de conférer à ce message prosaïque un ton poétique. Il se le récita de nouveau, et médita sur les nombreuses « choses » dont ils devaient parler.

En arrivant à l'auberge, il descendit de la vache et, tenant à deux mains la jarre de lait, cria :

– Il y a quelqu'un ?

Suivant l'usage de ce genre d'établissement du bord de

la route, il y avait sous l'auvent de la façade un espace ouvert où les voyageurs pouvaient prendre le thé ou un repas léger. À l'intérieur était un salon de thé dont une partie formait une cuisine. Les chambres d'hôtes se trouvaient derrière. Une femme chargeait de bois un four en terre.

Comme il s'était assis sur un banc de la façade, elle vint lui servir une tasse de thé tiède. Alors, il s'expliqua et lui tendit la jarre.

– Qu'est-ce donc que cela ? demanda-t-elle en l'examinant avec suspicion.

Il se dit qu'elle était peut-être sourde, et répéta lentement et distinctement son histoire.

– Du lait, dites-vous ? Du lait ? Pour quoi faire ? (Toujours perplexe, elle se tourna vers l'intérieur et appela :) Monsieur, pouvez-vous venir une minute ? Je ne comprends rien à toute cette affaire.

– Quoi ? (Un homme contourna sans se presser l'angle de l'auberge et demanda :) Qu'est-ce qui ne va pas, ma bonne dame ?

Elle lui fourra la jarre entre les mains, mais il ne la regarda pas ni n'entendit ce qu'elle disait. Les yeux rivés sur Musashi, il était l'image même de l'incrédulité.

– Matahachi ! s'écria Musashi non moins stupéfait.

– Takezō !

Tous deux se précipitèrent l'un vers l'autre, et s'arrêtèrent juste avant d'entrer en collision. Quand Musashi tendit les bras, Matahachi fit de même, en lâchant la jarre.

– Ça fait combien d'années ?...

– Depuis Sekigahara.

– C'est-à-dire...

– Cinq ans. C'est bien ça. J'ai maintenant vingt-deux ans.

Tandis qu'ils s'embrassaient, l'odeur douceâtre du lait de la jarre brisée les enveloppait, évoquant l'époque où ils étaient l'un et l'autre des nourrissons.

– Tu es devenu très célèbre, Takezō. Mais je suppose que je ne devrais pas t'appeler ainsi. Je t'appellerai donc Musashi, comme tout le monde. J'ai entendu dire beaucoup d'histoires sur tes succès au pin parasol... et aussi sur certaines choses que tu as faites avant cela.

— Tu me gênes. Je ne suis encore qu'un amateur. Mais le monde est plein de gens qui paraissent moins habiles que moi. Dis donc, tu loges ici ?

— Oui, je suis ici depuis une dizaine de jours. J'ai quitté Kyoto dans l'intention de me rendre à Edo, mais il est arrivé quelque chose.

— On me dit qu'il y a quelqu'un de malade. Oh ! mon Dieu, maintenant je n'y puis plus rien, mais c'est la raison pour laquelle j'ai apporté ce lait.

— Malade ? Ah ! ouais... ma compagne de voyage.

— C'est bien triste. Quoi qu'il en soit, ça me fait plaisir de te voir. Les dernières nouvelles que j'ai reçues de toi, c'était la lettre que Jōtarō m'a apportée alors que j'étais en route pour Nara.

Matahachi baissa l'oreille, espérant que Musashi ne soufflerait mot des prédictions vantardes qu'il avait faites à l'époque. Musashi, la main sur l'épaule de Matahachi, se disait qu'il aimerait avoir avec lui une bonne et longue conversation.

— Qui voyage avec toi ? demanda-t-il avec innocence.

— Oh ! personne, personne qui t'intéresse. Ce n'est que...

— Peu importe. Allons quelque part où nous puissions bavarder. (Comme ils s'éloignaient de l'auberge, Musashi demanda :) Que fais-tu pour vivre ?

— Tu veux parler du travail ?

— Oui.

— Je n'ai pas de talents particuliers ; aussi est-il malaisé d'obtenir un poste chez un daimyō. Je ne peux dire que je fasse quoi que ce soit de spécial.

— Tu veux dire que tu as passé toutes ces années à fainéanter ? demanda Musashi, lequel soupçonnait vaguement la vérité.

— Tais-toi. Ce genre de conversation me rappelle toutes sortes de souvenirs désagréables. (Son esprit semblait dériver vers les jours passés à l'ombre du mont Ibuki.) Ma grande erreur a été de me mettre en ménage avec Okō.

— Asseyons-nous, dit Musashi, croisant les jambes et se laissant tomber sur l'herbe. (Il éprouvait une certaine exaspération. Pourquoi Matahachi s'obstinait-il à se considérer comme inférieur ? Et pourquoi rejetait-il sur autrui la responsabilité de ses ennuis ?) Tu rends Okō responsable de tout, dit-il avec fermeté ; or, un homme adulte doit-il parler comme ça ? Nul autre que toi-même ne peut créer pour toi une vie digne d'être vécue.

– J'admets que j'ai eu tort, mais… comment dire ? Il semble que je sois purement et simplement incapable de changer mon sort.

– À une époque telle que la nôtre, tu n'arriveras jamais à rien avec des idées pareilles. Va donc à Edo si tu le désires, mais une fois là tu trouveras des gens venus de tout le pays, chacun assoiffé d'argent et de prestige. Tu ne te feras pas un nom en te bornant à imiter le voisin. Il faudra te distinguer d'une façon quelconque.

– Quand j'étais jeune, j'aurais dû me lancer dans l'escrime.

– Maintenant que tu en parles, je me demande si tu as l'étoffe d'un homme d'épée. Quoi qu'il en soit, tu as tout l'avenir devant toi. Peut-être devrais-tu songer à devenir clerc. Je suppose que c'est pour toi le meilleur moyen de trouver un poste chez un daimyō.

– Ne t'inquiète pas. Je trouverai bien quelque chose.

Matahachi cueillit un brin d'herbe et se le mit entre les dents. La honte l'accablait. Il était mortifiant de constater l'effet de cinq ans d'oisiveté. Il avait réussi à chasser de son esprit avec une facilité relative les histoires qu'il avait entendu raconter sur Musashi ; l'avoir en face de lui comme cela, en chair et en os, lui faisait comprendre quel contraste existait entre eux. Intimidé par la présence de Musashi, Matahachi avait du mal à se rappeler qu'ils avaient jadis été les meilleurs amis du monde. Même la dignité de cet homme avait quelque chose d'oppressant. Ni l'envie ni l'esprit de compétition de Matahachi ne pouvaient lui éviter la conscience douloureuse de sa propre incapacité.

– Courage ! dit Musashi. (Mais tout en administrant une claque sur l'épaule à Matahachi, il sentait la faiblesse de cet homme.) Ce qui est fait est fait. Oublie le passé ! le pressait-il. Tu as perdu cinq ans, et puis après ? Ça veut dire uniquement que tu prends le départ cinq ans plus tard. Ces cinq ans peuvent, à leur manière, comporter une leçon précieuse.

– Ils étaient minables.
– Ah ! j'oubliais. Je viens de quitter ta mère.
– Tu as vu ma mère ?
– Oui. Je dois dire que je n'arrive pas à comprendre pourquoi tu n'as pas davantage hérité sa force et sa ténacité.

Non plus, se disait-il à part soi, qu'il ne pouvait comprendre pourquoi Osugi avait un fils pareil, si paresseux et plein d'apitoiement sur soi-même. Il avait envie de le secouer en lui rappelant quelle chance était le simple fait d'avoir une mère. Les yeux fixés sur Matahachi, il se demandait ce qui pourrait apaiser la colère d'Osugi. La réponse vint aussitôt : que Matahachi fît seulement quelque chose de lui-même...

– Matahachi, dit-il avec solennité, pourquoi donc, alors que tu as une mère comme la tienne, n'essaies-tu pas de faire quelque chose pour la rendre heureuse ? N'ayant point de parents, je ne peux m'empêcher d'avoir le sentiment que tu n'es pas aussi reconnaissant que tu devrais l'être. Ce n'est pas que tu ne témoignes point assez de respect à ta mère. Mais en quelque sorte, bien que tu jouisses de la plus grande bénédiction que puisse avoir un être, tu parais t'en soucier comme d'une guigne. Si j'avais une mère comme la tienne, je serais beaucoup plus désireux de m'améliorer et de faire quelque chose qui en valût vraiment la peine, du simple fait qu'il y aurait quelqu'un pour partager mon bonheur. Nul ne se réjouit des hauts faits d'un être autant que ses parents... J'ai peut-être l'air de proférer des platitudes moralisatrices. Mais de la part d'un vagabond tel que moi, il ne s'agit pas de cela. Tu ne saurais te faire une idée du sentiment de solitude que j'éprouve quand, devant un beau panorama, je me rends soudain compte qu'il n'y a personne pour en jouir avec moi. (Musashi s'arrêta pour reprendre haleine, et saisit la main de son ami.) Tu sais toi-même que ce que je dis est vrai. Tu sais que je parle en vieil ami, en homme du même village. Essayons de retrouver l'état d'âme que nous avions en partant pour Sekigahara. Maintenant, il n'y a plus de guerre, mais la lutte pour survivre dans un monde en paix n'est pas moins difficile. Il faut se battre, avoir un plan. Si tu essayais, je ferais tout mon possible pour t'aider.

Les larmes de Matahachi coulaient sur leurs mains jointes. Malgré la ressemblance des propos de Musashi avec l'un des fastidieux sermons de sa mère, il était profondément ému par la sympathie de son ami.

– Tu as raison, dit-il en essuyant ses larmes. Merci. Je ferai ce que tu dis. Je deviendrai un homme nouveau, dès cet instant. Je suis d'accord : je ne suis pas du genre à réussir en tant qu'homme d'épée. J'irai à Edo et je trouverai un maître. Alors, j'étudierai ferme. Je le jure.

– Je tâcherai de te trouver un bon professeur ainsi qu'un bon maître pour qui tu pourras travailler. Tu pourrais étudier et travailler en même temps.

– Ce sera comme de commencer une vie nouvelle. Mais autre chose me tracasse.

– Quoi donc ? Je te l'ai dit, je ferai tout mon possible pour t'aider.

– C'est un peu gênant. Vois-tu, ma compagne... n'est pas une femme quelconque. C'est... oh ! je n'arrive pas à le dire.

– Allons, sois un homme !

– Ne te fâche pas. C'est quelqu'un que tu connais.

– Qui ?

– Akemi.

Saisi, Musashi pensa : « Pouvait-il trouver quelqu'un de pire ? », mais il se reprit avant de le dire tout haut.

Certes, Akemi n'était pas aussi dépravée que sa mère, du moins pas encore, mais elle était bien partie pour le devenir. Outre l'incident avec Seijūrō, Musashi soupçonnait fort qu'il y avait eu quelque chose entre elle et Kojirō. Musashi se demandait quel destin pervers vouait Matahachi à des femmes comme Okō et sa fille.

Ce dernier interpréta à tort le silence de son ami comme un signe de jalousie.

– Tu es fâché ? Je t'ai parlé sincèrement parce que je ne croyais pas devoir te le cacher.

– Espèce d'idiot, c'est toi qui m'inquiètes. S'agit-il d'une malédiction de naissance, ou recherches-tu le malheur ? Je croyais qu'Okō t'avait servi de leçon.

En réponse aux questions de Musashi, Matahachi lui révéla pourquoi lui-même et Akemi se trouvaient ensemble.

– Peut-être suis-je puni d'avoir abandonné mère, conclut-il. Akemi s'est blessée à la jambe en tombant dans le ravin ; ça s'est mis à empirer ; aussi...

– Ah! vous voilà, monsieur! dit la vieille femme de l'auberge en dialecte local.

Gâteuse, les mains dans le dos, elle regardait le ciel comme pour voir le temps qu'il faisait.

– La malade n'est pas avec vous, ajouta-t-elle d'un ton neutre qui laissait douter si elle posait une question ou constatait un fait.

Rougissant légèrement, Matahachi demanda :

– Akemi ? Il lui est arrivé quelque chose ?

– Elle n'est pas dans son lit.

– Vous êtes sûre ?

– Elle s'y trouvait tout à l'heure, mais elle n'y est plus.

Bien qu'un sixième sens avertît Musashi de ce qui s'était passé, il se contenta de dire :

– Nous ferions mieux d'aller voir.

La literie d'Akemi se trouvait toujours installée par terre, mais pour le reste, la chambre était vide. Matahachi fit vainement le tour de la pièce en jurant. La face enflammée de fureur, il s'écria :

– Pas d'obi, pas d'argent! Pas même un peigne ou une épingle à cheveux! Elle est folle! M'abandonner comme ça!...

La vieille était debout sur le seuil.

– Terrible, marmonnait-elle, comme pour elle-même. Cette fille... peut-être que je ne devrais pas le dire... mais elle n'était pas malade. Elle jouait la comédie, oui, pour rester au lit. Je suis peut-être vieille, mais je devine ces choses-là.

Matahachi courut dehors, et regarda la route blanche qui serpentait le long de la crête. La vache, couchée sous un pêcher dont les fleurs déjà flétries étaient tombées, rompit le silence avec un long meuglement ensommeillé.

– Matahachi, dit Musashi, pourquoi rester là, à broyer du noir ? Prions pour qu'elle trouve un endroit où elle puisse se fixer et mener une existence paisible, un point c'est tout.

Un unique papillon jaune, ballotté haut par la brise tourbillonnante, plongea par-dessus le bord de la falaise.

– Ta promesse m'a fait grand plaisir, dit Musashi. Allons, n'est-ce pas le moment de la mettre à exécution, d'essayer vraiment de devenir quelqu'un ?

– Oui, il le faut, n'est-ce pas ? murmura Matahachi sans enthousiasme, en se mordant la lèvre inférieure pour l'empêcher de trembler.

Musashi le retourna afin d'arracher son regard à la route déserte.

– Écoute, dit-il avec enjouement. Ta voie s'est libérée toute seule. Où que soit allée Akemi, ça ne te convient pas. Va maintenant, avant qu'il ne soit trop tard. Prends le sentier qui débouche entre Sakamoto et Ōtsu. Tu devrais rattraper ta mère avant la nuit. Une fois que tu l'auras trouvée, ne la reperds plus jamais de vue. (Pour étayer son argumentation, il apporta les sandales et les guêtres de son ami, puis entra dans l'auberge et revint avec ses autres affaires.) As-tu de l'argent ? demanda-t-il. Je n'en ai pas beaucoup moi-même, mais je peux t'en donner une partie. Si tu crois qu'Edo est l'endroit qui te convient, j'irai là-bas avec toi. Ce soir, je serai au pont de Kara, à Seta. Une fois que tu auras retrouvé ta mère, rejoins-m'y. Je compte sur toi pour l'amener.

Après le départ de Matahachi, Musashi se disposa à attendre le crépuscule et la réponse à sa lettre. Étendu sur le banc, au fond du salon de thé, il ferma les yeux et ne tarda pas à rêver... De deux papillons portés par les airs, folâtrant parmi des branches entrelacées, il reconnut l'un d'eux... Otsū.

À son réveil, les rayons obliques du soleil avaient atteint le mur du fond du salon de thé. Il entendit un homme dire :

– De quelque façon que tu l'envisages, ça ne valait pas cher.

– Tu veux parler des Yoshiokas ?

– Exact.

– On plaçait trop haut cette école à cause de la réputation de Kempō. Il semble que dans n'importe quel domaine, seule la première génération compte vraiment. La génération suivante devient terne, et à la troisième, tout s'effondre. On voit rarement le chef de la quatrième génération enterré à côté du fondateur.

– Eh bien, j'ai l'intention de me faire enterrer juste à côté de mon arrière-grand-père.

– De toute façon, tu n'es qu'un tailleur de pierres. Je parle de gens célèbres. Si tu ne me crois pas, vois seulement ce qui est arrivé à l'héritier de Hideyoshi.

Les tailleurs de pierres travaillaient dans une carrière de la vallée; tous les après-midi vers trois heures, ils montaient à l'auberge prendre une tasse de thé. Précédemment l'un d'eux, qui habitait près d'Ichijōji, avait prétendu avoir assisté au combat d'un bout à l'autre. Ayant déjà raconté plusieurs douzaines de fois son histoire, il put maintenant la placer avec une vibrante éloquence; il brodait avec art, imitait les gestes de Musashi.

Tandis que les tailleurs de pierres écoutaient avec ravissement ce numéro, quatre autres hommes étaient arrivés et s'étaient assis dehors, devant l'auberge : Sasaki Kojirō et trois samouraïs du mont Hiei. Leurs faces renfrognées rendaient les ouvriers mal à l'aise; aussi avaient-ils pris leurs tasses, et battu en retraite à l'intérieur. Mais comme l'épopée s'animait, ils se mirent à rire, à lancer des commentaires, en répétant souvent et avec une évidente admiration le nom de Musashi. Kojirō, à bout de patience, appela d'une voix forte :

– Vous, là-bas !

– Oui, monsieur, répondirent-ils en chœur, avec un salut automatique de la tête.

– Que se passe-t-il, ici ? Vous ! (De son éventail à brins d'acier, il désignait l'homme :) Vous parlez comme quelqu'un qui sait. Venez donc ici, dehors ! Les autres aussi. Je ne vais pas vous manger. (Pendant qu'ils ressortaient en traînant les pieds, il poursuivait :) Je vous ai écoutés chanter les louanges de Miyamoto Musashi, et j'en ai par-dessus la tête. Vous dites des absurdités ! (Il y eut des regards interrogateurs et des murmures de perplexité.) Qu'est-ce qui vous fait considérer Musashi comme un grand homme d'épée ? Vous... vous dites avoir assisté au combat, l'autre jour ; mais laissez-moi vous assurer que moi, Sasaki Kojirō, j'y ai assisté aussi. En ma qualité de témoin officiel, je l'ai observé dans les moindres détails. Ensuite, je suis allé au mont Hiei exposer ce que j'avais vu à ceux qui se destinent à la prêtrise. En outre, à l'invitation d'éminents érudits, je me suis rendu dans plusieurs temples secondaires pour faire d'autres exposés... Or, au contraire de moi, vous autres ouvriers ne connaissez rien à l'art de l'épée. (La voix de Kojirō trahissait de la condescendance.) Vous voyez seulement qui a gagné et qui a perdu ; après quoi, vous vous joignez au troupeau pour faire l'éloge de Miyamoto Musashi comme s'il était le plus grand homme d'épée qui eût jamais existé... D'ordinaire, je ne me soucierais pas de réfuter des bavardages d'ignorants ; mais dans le cas présent je crois la chose nécessaire, parce que vos opinions erronées sont nuisibles à la société dans son ensemble. De plus, je désire mettre en lumière vos erreurs au bénéfice de ces étudiants distingués qui m'accompagnent aujourd'hui. Ouvrez toutes grandes vos oreilles ! Je m'en vais vous dire ce qui s'est véritablement passé au pin parasol, et quel genre d'homme est Musashi. (L'auditoire malgré lui fit entendre un murmure soumis.) En premier lieu, déclama Kojirō, considérons ce que Musashi a réellement en tête – son but secret. À en juger d'après sa façon de provoquer ce dernier combat, je puis seulement conclure qu'il essayait de toutes ses forces de se faire une renommée, de travailler à sa réputation. À cet effet, il a choisi la maison de Yoshioka, la plus célèbre école d'escrime de Kyoto, à laquelle, avec adresse, il a cherché querelle. En tombant dans ce piège, la maison de Yoshioka a servi à Musashi de tremplin vers la réussite et la renommée... Ce qu'il a fait était malhonnête. Il était déjà de notoriété publique que l'époque de Yoshioka Kempō se trouvait révolue, et que l'école Yoshioka déclinait. Elle ressemblait à un arbre flétri, ou bien à un invalide moribond. Musashi n'a eu qu'à donner une poussée à une carcasse vide. N'importe qui l'aurait pu faire, mais nul ne l'a fait. Pourquoi ? Parce que ceux d'entre nous qui comprennent l'art de la guerre savaient déjà que l'école était sans pouvoir. En second lieu, nous ne voulions pas flétrir le nom honoré de Kempō. Toutefois, Musashi a choisi de provoquer un incident, de placarder son défi dans les rues de Kyoto, de répandre des rumeurs, et enfin de faire un grand spectacle avec ce qu'aurait pu réaliser n'importe quel homme d'épée assez habile... Il serait trop long d'énumérer toutes les ruses mesquines et lâches auxquelles il a recouru. Songez par exemple qu'il s'est arrangé pour être en retard, tant à son combat avec Yoshioka Seijūrō qu'à sa rencontre avec Denshichirō. Au lieu d'affronter ses ennemis de face au pin parasol, il est arrivé par un chemin détourné, et a employé toutes sortes de bas stratagèmes... On a fait observer qu'il se battait seul contre un grand nombre. C'est vrai, mais il ne s'agit là que d'une partie de son plan diabolique en vue de se faire de la réclame. Il savait parfaitement que, ses ennemis étant supérieurs en nombre, il aurait la sympathie du public. Et quant au combat lui-même, je puis vous dire – je l'ai vu de mes yeux – que ce n'était guère plus qu'un jeu d'enfant. Musashi a réussi un temps à survivre grâce à ses ruses adroites; puis, quand l'occasion de fuir s'est présentée, il a pris ses jambes à son cou. Oh! je dois reconnaître que dans une certaine mesure il a fait preuve d'un genre de force brutale. Mais cela ne fait pas de lui un expert du sabre. Non, pas du tout. Le plus grand titre de gloire de Musashi, c'est la vitesse de ses jambes. Pour s'éloigner rapidement il n'a pas son égal. (Les mots se déversaient maintenant de la bouche de Kojirō comme l'eau d'un barrage.) L'homme de la rue croit difficile, pour un homme d'épée isolé, de se battre contre un grand nombre d'adversaires; mais dix hommes ne sont pas nécessairement dix fois plus forts qu'un seul. Pour le spécialiste, la quantité n'est pas toujours importante. (Alors, Kojirō se lança dans une critique professionnelle de la bataille. Il était facile de minimiser l'exploit de Musashi car en dépit de sa valeur, tout observateur digne de foi aurait pu relever des fautes dans sa performance. Lorsqu'il en vint à parler de Genjirō, Kojirō fut cinglant. Il affirma que le meurtre de l'enfant constituait une atrocité, une violation de l'éthique du sabre, impardonnable à tous égards.) Et laissez-moi vous parler du passé de Musashi! s'écria-t-il avec indignation.

(Alors, il révéla que tout récemment il avait rencontré Osugi en personne au mont Hiei, et entendu toute la longue histoire de la duplicité de Musashi. Sans faire grâce du moindre détail, il raconta les torts soufferts par cette « charmante vieille dame ». Il termina en disant :) Je frémis à l'idée qu'il y a des gens pour chanter les louanges de ce coquin. L'effet sur la morale publique est désastreux ! Voilà pourquoi j'ai parlé assez longuement. Je n'ai aucun lien avec la maison de Yoshioka ni aucun ressentiment personnel contre Musashi. Je vous ai parlé en toute équité, en toute impartialité, comme un homme qui se consacre à la Voie de l'épée, comme un homme résolu à ne point s'écarter de cette Voie ! Je vous ai dit la vérité. Souvenez-vous-en ! (Il se tut, se désaltéra d'une tasse de thé puis se tourna vers ses compagnons et remarqua très doucement :) Ah ! le soleil est déjà bas dans le ciel. Si vous ne vous mettez bientôt en route, il fera nuit avant que vous n'arriviez au Miidera.

Les samouraïs du temple se levèrent pour prendre congé.

– Prenez bien soin de vous, dit l'un d'eux.

– Nous espérons vous revoir quand vous reviendrez à Kyoto.

Les tailleurs de pierres profitèrent de l'occasion : pareils à des prisonniers relaxés par un tribunal, ils regagnèrent en hâte la vallée, maintenant ensevelie dans l'ombre pourpre, et retentissante du chant des rossignols. Kojirō les regarda s'en aller puis cria vers l'intérieur de l'auberge :

– Je mets ici, sur la table, l'argent pour le thé. À propos, avez-vous des mèches ?

La vieille, accroupie devant le four en terre, préparait le repas du soir.

– Des mèches ? répéta-t-elle. Il y en a un lot pendu dans le coin, là-bas. Prenez-en autant que vous en voulez.

À grandes enjambées, il gagna l'angle. Comme il en tirait deux ou trois, les autres tombèrent sur le banc, en dessous. Tendant la main pour les ramasser, il vit les deux jambes étendues sur le banc. Ses yeux montèrent lentement des jambes au corps, puis au visage. Le choc lui fit l'effet d'un coup violent au plexus solaire.

Musashi le regardait fixement, droit dans les yeux.

Kojirō sauta d'un pas en arrière.

– Hé là, hé là, fit Musashi avec un large sourire.

Sans hâte, il se leva et se rendit près de Kojirō où il se tint silencieux, avec l'expression d'amusement de celui qui sait. Kojirō tenta de lui rendre son sourire, mais ses muscles faciaux refusaient d'obéir. Il se rendit compte aussitôt que Musashi devait avoir surpris les moindres mots qu'il avait prononcés, et sa gêne était d'autant plus intolérable qu'il sentait que Musashi se moquait de lui. Il ne lui fallut qu'un instant pour recouvrer son aplomb habituel, mais durant ce bref intervalle sa confusion fut évidente.

– Tiens, Musashi, je ne m'attendais pas à vous trouver ici, dit-il.

– Je suis content de vous revoir.

– Oui, oui, moi aussi. (Regrettant ses paroles au moment même où il les prononçait, bien que pour une raison quelconque incapable de se retenir, il continua :) Je dois avouer que vous vous êtes vraiment distingué depuis la dernière fois que je vous ai vu. L'on a peine à croire qu'un simple être humain ait pu se battre ainsi que vous l'avez fait. Permettez-moi de vous féliciter. Vous ne paraissez pas même en avoir souffert.

La trace d'un sourire encore aux lèvres, Musashi répondit avec une politesse exagérée :

– Merci d'avoir, ce jour-là, joué le rôle d'arbitre. Merci également de la critique que vous venez d'exprimer sur ma performance. Il ne nous est pas souvent permis de nous voir comme les autres nous voient. Je vous suis bien reconnaissant de vos commentaires. Je vous certifie que je ne les oublierai pas.

Malgré la douceur du ton et l'absence de rancœur, cette dernière déclaration fit frissonner Kojirō. Il la reconnut pour ce qu'elle était : un défi qu'il faudrait relever un jour ou l'autre.

Ces hommes, tous deux fiers, tous deux opiniâtres, tous deux imbus de leur propre rectitude, devaient nécessairement s'affronter tête baissée, tôt ou tard. Musashi acceptait d'attendre, mais lorsqu'il déclarait : « Je n'oublierai pas », il ne faisait qu'énoncer la simple vérité. Il considérait déjà sa plus récente victoire comme un jalon dans sa carrière d'homme d'épée, un point fort dans sa lutte en vue de se perfectionner. Il ne fermerait pas indéfiniment les yeux sur les calomnies de Kojirō.

Bien que ce dernier eût enjolivé son discours en vue d'impressionner ses auditeurs, il considérait en réalité l'événement presque tel qu'il l'avait décrit, et son opinion sincère ne différait pas substantiellement de ce qu'il avait déclaré. Il ne doutait pas non plus un seul instant de l'exactitude fondamentale de son appréciation de Musashi.

– J'ai plaisir à vous l'entendre dire, répliqua Kojirō. Je ne voudrais pas vous voir oublier. Je n'oublierai pas non plus.

Musashi souriait toujours en exprimant d'un hochement de tête son accord.

BRANCHES ENTRELACÉES

– Otsū, me voici de retour ! cria Jōtarō en s'engouffrant sous le porche rustique.

Otsū, assise au bord de la véranda, accoudée à une table basse à écrire, regardait le ciel depuis le matin. Sous le pignon, une plaque de bois portait, en caractères blancs, l'inscription : « Ermitage de la lune de montagne ». Cette petite chaumière appartenant à un membre du clergé du Ginkakuji avait été prêtée à Otsū, sur la requête du seigneur Karasumaru.

Jōtarō se laissa tomber sur une touffe de violettes en fleurs et se mit à éclabousser des pieds dans le ruisseau pour en laver la boue. L'eau, qui coulait droit du jardin du Ginkakuji, était plus pure que de la neige fraîche. « Cette eau est glacée », remarqua-t-il en fronçant le sourcil, mais la terre était chaude et il se sentait heureux d'être vivant, dans ce bel endroit. Les hirondelles chantaient comme si elles aussi se réjouissaient de ce beau jour. Jōtarō se leva, s'essuya les pieds dans l'herbe, et se rendit à la véranda.

– Vous ne vous ennuyez pas ? demanda-t-il.
– Non ; j'ai de nombreux sujets de réflexion.
– Ça vous ferait plaisir d'apprendre une bonne nouvelle ?
– Laquelle ?

– Au sujet de Musashi. J'ai entendu dire qu'il n'est pas tellement loin d'ici.

– Où ?

– Depuis des jours et des jours, je demande partout si l'on sait où il se trouve, et aujourd'hui j'ai appris qu'il séjourne au Mudōji, sur le mont Hiei.

– Dans ce cas, je suppose que tout va bien pour lui.

– Sans doute, mais je crois que nous devrions nous y rendre sans tarder, avant qu'il ne s'en aille. J'ai faim. Pourquoi ne pas vous préparer pendant que je mange quelque chose ?

– Il y a des boulettes de riz enveloppées de feuilles. Elles sont dans cette boîte, là-bas. Sers-toi.

Quand Jōtarō eut fini ses boulettes, Otsū n'avait pas bougé de la table.

– Que se passe-t-il ? demanda-t-il en la considérant d'un œil soupçonneux.

– Je ne crois pas que nous devrions y aller.

– Ça, alors... Par moments, vous mourez de ne pas voir Musashi, et l'instant suivant, vous prétendez que vous ne voulez pas le voir.

– Tu ne comprends pas. Il connaît mes sentiments. Le soir où nous nous sommes rencontrés sur la montagne, je lui ai dit tout ce qu'il y avait à dire. Nous pensions ne jamais nous revoir en vie.

– Mais vous pouvez le revoir ; aussi, qu'est-ce que vous attendez ?

– Je ne sais pas ce qu'il pense, s'il est satisfait de sa victoire ou s'il se contente de rester à l'abri. Quand il m'a quittée, je me suis résignée à n'être plus jamais avec lui dans cette vie. Je ne crois pas que je devrais y aller à moins qu'il ne m'envoie chercher.

– Et s'il ne le fait pas avant des années ?

– Je continuerai de vivre comme en ce moment précis.

– Rester assise là, à regarder le ciel ?

– Tu ne comprends pas. Mais peu importe.

– Qu'est-ce que je ne comprends pas ?

– Les sentiments de Musashi. Je sens vraiment que maintenant, je peux lui faire confiance. Je l'aimais de tout mon cœur et de toute mon âme, mais je ne pense pas que je croyais en lui complètement. Maintenant, je crois en lui complètement. Tout a changé... Nous sommes plus proches que les branches d'un même arbre. Même si nous sommes séparés, même si nous mourons, nous serons encore ensemble. Aussi, rien ne peut plus faire que je me sente seule. Maintenant, je prie uniquement pour qu'il trouve la Voie qu'il cherche.

Jōtarō explosa.

– Vous mentez! s'écria-t-il. Les femmes ne peuvent-elles pas même dire la vérité? Si vous voulez agir comme ça, très bien, mais ne me répétez plus jamais combien vous avez envie de voir Musashi. Pleurez toutes les larmes de votre corps! Ça m'est complètement égal.

Il s'était donné beaucoup de peine pour découvrir où Musashi s'était rendu après Ichijōji – et voilà ce qui arrivait! Il ignora Otsū, et n'ouvrit plus la bouche du reste de la journée.

Juste après la tombée du jour, une torche rougeâtre traversa le jardin, et l'un des samouraïs du seigneur Karasumaru frappa à la porte. Il tendit une lettre à Jōtarō, en disant :

– C'est de Musashi à Otsū. Sa Seigneurie a dit qu'Otsū devait prendre bien soin d'elle-même.

Il tourna les talons et repartit. « C'est bien l'écriture de Musashi, se dit Jōtarō. Il doit être vivant. » Puis, avec une certaine indignation : « Cette lettre est adressée à Otsū, pas à moi, à ce que je vois. » Venant du fond de la chaumière, Otsū dit :

– Ce samouraï a apporté une lettre de Musashi, n'est-ce pas ?

– Oui, mais je ne crois pas que ça vous intéresse, répliqua-t-il, boudeur, en cachant la lettre derrière son dos.

– Oh! arrête, Jōtarō. Laisse-moi la lire! implora Otsū.

Il résista un moment, mais, à la première menace de larmes, jeta l'enveloppe à la jeune fille.

– Ha! triompha-t-il. Vous prétendez que vous ne voulez pas le voir, mais vous ne pouvez pas attendre de lire sa lettre.

Tandis qu'elle s'accroupissait auprès de la lampe, le papier tremblant dans ses doigts blancs, la flamme semblait exprimer une gaieté particulière, présage de bonheur et de chance. L'encre étincelait comme un arc-en-ciel, et les larmes, sur les cils de la jeune fille, comme des joyaux. Soudain transportée en un monde dont elle n'avait osé espérer l'existence, Otsū se rappela le passage extatique du poème de Po Chü-i où l'âme défunte de Yang Kuei-fei se réjouit d'un message d'amour de son empereur affligé.

Elle lut et relut le bref message. « En cet instant même, il doit m'attendre. Il faut que je me dépêche. » Bien qu'elle crût prononcer à haute voix ces paroles, elle n'émit pas un son.

Fébrilement, elle griffonna des mots de remerciement au propriétaire de la chaumière, aux autres prêtres du Ginkakuji, et à tous ceux qui avaient été bons pour elle au cours de son séjour. Elle avait rassemblé ses affaires, attaché ses sandales, et se trouvait dehors, dans le jardin, avant de s'apercevoir que Jōtarō, resté assis à l'intérieur, boudait toujours.

– Allons, Jō! Dépêche-toi!
– Vous sortez?
– Tu es encore en colère?
– Qui ne le serait? Vous ne pensez jamais qu'à vous. La lettre de Musashi est-elle à ce point secrète que vous ne puissiez me la montrer, même à moi?
– Pardon, dit-elle d'un ton d'excuse. Il n'y a aucune raison pour que tu ne la voies pas.
– N'en parlons plus. Maintenant, ça ne m'intéresse plus.
– Ne sois pas si pénible. Je veux que tu la lises. C'est une lettre merveilleuse, la première qu'il m'ait jamais envoyée. Et c'est la première fois qu'il me demande de venir le rejoindre. Je n'ai jamais été aussi heureuse de ma vie. Cesse de bouder, et viens avec moi à Seta, je t'en prie.

Sur la route du col de Shiga, Jōtarō garda un silence maussade, mais finit par cueillir une feuille pour s'en servir comme d'un sifflet, et fredonna quelques airs populaires afin de conjurer le silence nocturne. Otsū, elle aussi prompte à se réconcilier, finit par dire :
– Il reste des bonbons de la boîte envoyée avant-hier par le seigneur Karasumaru.

Mais il fallut attendre l'aube, et, quand les nuages rosirent au-delà du col, l'enfant redevint lui-même.

– Ça va, Otsū ? Vous n'êtes pas fatiguée ?
– Un peu. Le chemin n'a pas cessé de monter.
– À partir de maintenant, ça va être plus facile. Regardez, vous pouvez voir le lac.
– Oui, le lac Biwa. Où donc est Seta ?
– Par là-bas. Musashi ne serait pas là d'aussi bonne heure, n'est-ce pas ?
– Je n'en sais vraiment rien. Cela nous prendra une demi-journée pour y arriver nous-mêmes. Nous reposerons-nous ?
– Bon, répondit-il, ayant retrouvé sa bonne humeur. Asseyons-nous sous ces deux grands arbres, là-bas.

La fumée des premiers feux de cuisine du matin s'élevait, filiforme, pareille aux vapeurs qui montent d'un champ de bataille. À travers la brume qui s'étendait du lac à la ville d'Ishiyama, les rues d'Ōtsu devenaient visibles. En approchant, Musashi se protégea les yeux de la main pour regarder autour de lui, heureux d'être de retour parmi les humains.

Près du Miidera, alors qu'il commençait à gravir la pente du Bizoji, il s'était vaguement demandé quelle route prendrait Otsū. Auparavant, il avait imaginé que peut-être il la rencontrerait en chemin, mais ensuite, il s'était dit que c'était peu vraisemblable. La femme qui avait porté sa lettre à Kyoto lui avait appris que, bien qu'Otsū ne fût plus à la résidence Karasumaru, sa lettre lui serait remise. Comme elle ne l'aurait pas reçue avant le soir tard, et comme elle aurait différentes choses à faire avant de partir, il paraissait probable qu'elle attendrait le matin pour se mettre en route.

En passant devant un temple orné de beaux vieux cerisiers – sans nul doute célèbres, se dit-il, pour leurs fleurs printanières –, il avait remarqué un monument de pierre, dressé sur un monticule. Bien qu'il n'eût fait qu'apercevoir le poème inscrit dessus, il lui revint quelques centaines de mètres plus bas sur la route. Ce poème était extrait du *Taikeiki*. Se rappelant que le poème avait trait à un conte qu'il avait autrefois appris par cœur, il se mit à se le réciter lentement.

– « Un vénérable prêtre du temple de Shiga – appuyé sur un bâton de six pieds, et si vieux que ses sourcils chenus se rejoignaient sur son front en visière de neige – contemplait la beauté de Kannon dans les eaux du lac lorsqu'il aperçut par hasard une concubine impériale de Kyogoku. Elle revenait de Shiga où se trouvait un grand champ de fleurs ; quand le prêtre la vit, il s'enflamma de passion. La vertu qu'il avait si péniblement acquise au cours des années l'abandonna. Englouti dans le brûlant désir... »

« Allons, comment était-ce ? Il semble que j'en aie oublié une partie. Ah ! oui... »

– « ... Il retourna à sa cabane faite de branches, et pria devant l'image du Bouddha mais la vision de la femme persistait. Il avait beau invoquer le nom du Bouddha, sa propre voix sonnait comme le souffle de l'illusion. Dans les nuages, au-dessus des montagnes, au crépuscule, il croyait voir les peignes de la chevelure de la femme. Cela le rendait triste. Lorsqu'il levait les yeux vers la lune solitaire, sa face lui répondait par un sourire. Il était perplexe et honteux... Craignant que de telles pensées ne l'empêchassent d'aller au paradis lorsqu'il mourrait, il résolut de rencontrer la demoiselle afin de lui révéler ses sentiments. De la sorte, il espérait avoir une mort paisible... Aussi alla-t-il au palais impérial, et, ayant planté fermement son bâton dans le sol, attendit-il, debout, tout un jour et toute une nuit... »

– Pardon, monsieur. Vous, là, sur la vache !

L'homme semblait être un ouvrier à la journée comme on en trouve dans le quartier du commerce en gros. Il passa devant la vache, lui flatta le mufle et regarda, par-dessus sa tête, celui qui la montait.

– Vous devez venir du Mudōji, dit-il.
– C'est ma foi vrai. Comment le savez-vous ?
– J'ai prêté cette vache à un marchand. Je suppose qu'il l'a laissée là-bas. Je l'ai louée ; aussi vais-je devoir vous prier de me payer pour l'usage que vous en avez fait.
– Bien volontiers. Mais dites-moi, jusqu'où me laisseriez-vous l'emmener ?
– Dès l'instant que vous payez, vous pouvez l'emmener n'importe où. Vous n'aurez qu'à la remettre à un mar-

chand de gros de la ville la plus proche de l'endroit où vous allez. Alors, quelqu'un d'autre la louera. Tôt ou tard, elle reviendra ici.

– Ça me coûterait combien si je l'emmenais à Edo ?

– Il va falloir que je demande à l'étable. De toute manière, c'est juste sur votre chemin. Si vous décidez de la louer, vous n'aurez qu'à laisser votre nom au bureau.

Le quartier du commerce de gros se trouvait proche du gué d'Uchidegahama. Étant donné que beaucoup de voyageurs passaient par là, Musashi se dit que c'était l'endroit rêvé pour se restaurer et acheter certaines choses dont il avait besoin.

Une fois conclus les arrangements concernant la vache, il prit son petit déjeuner sans se presser et se mit en route pour Seta, en savourant la perspective de revoir Otsū. À son propos, il n'avait plus aucune hésitation. Jusqu'à leur rencontre sur la montagne, elle avait toujours suscité une certaine peur en lui ; mais cette fois, c'était différent : sa pureté, son intelligence et sa dévotion, par cette nuit de clair de lune, avaient rendu sa confiance en elle plus profonde que l'amour.

Il ne lui faisait pas seulement confiance ; il savait qu'elle avait confiance en lui. Il avait juré qu'une fois qu'ils seraient de nouveau réunis, il ne lui refuserait rien – à condition, bien sûr, que cela ne mît pas en péril son mode de vie d'homme d'épée. Ce qui l'avait inquiété auparavant, c'était la peur que s'il s'autorisait à l'aimer, son sabre perdît de son tranchant. Pareil au vieux prêtre de l'histoire, il risquait de perdre la Voie. Qu'Otsū fût bien disciplinée, maintenant cela ne faisait aucun doute ; elle ne deviendrait jamais un obstacle ou une entrave. Maintenant, l'unique problème qui se posait à Musashi, c'était de s'assurer que lui-même ne se noierait pas dans l'étang profond de l'amour.

« Quand nous arriverons à Edo, se dit-il, je veillerai à ce qu'elle reçoive le type de transformation et d'éducation dont une femme a besoin. Tandis qu'elle étudiera, je prendrai Jōtarō avec moi et, ensemble, nous trouverons un plan encore plus élevé de discipline. Et puis un jour, le moment venu… » La lumière reflétée par le lac lui baignait le visage d'une lueur doucement miroitante.

Les deux travées du pont de Kara, l'une de quatre-vingt-seize largeurs de colonne, et l'autre de vingt-trois largeurs de colonne, étaient reliées par une petite île, sur laquelle se dressait un saule ancien, jalon pour les voyageurs. Le pont lui-même était souvent appelé « pont du saule ».

– Le voilà ! s'écria Jōtarō en s'élançant hors du magasin de thé sur la plus courte partie du pont, où il fit signe à Musashi d'une main et désigna de l'autre le magasin de thé. Le voilà, Otsū ! Vous le voyez ? Il monte une vache.

Et il explosa en une petite danse. Bientôt, Otsū fut debout à côté de lui, agitant la main, lui son chapeau de vannerie. Un large sourire illuminait le visage de Musashi tandis qu'il approchait.

Il attacha la vache à un saule, et le trio pénétra dans le magasin de thé. Bien qu'Otsū eût appelé Musashi frénétiquement alors qu'il était encore à l'autre bout du pont, maintenant qu'il se trouvait à côté d'elle, les mots lui manquaient. Rayonnante de bonheur, elle laissait la parole à Jōtarō.

– Votre blessure est guérie, disait l'enfant, en extase. Quand je vous ai vu sur la vache, j'ai pensé que peut-être vous ne pouviez pas marcher. Mais nous avons pourtant réussi à arriver ici les premiers, non ? Dès qu'Otsū a reçu votre lettre, elle a été prête à partir.

Musashi souriait, approuvant du chef, murmurant des « oh ! » et des « ah ! » ; pourtant le babil de Jōtarō sur Otsū et son amour, devant des inconnus, le rendait mal à l'aise. Il insista pour passer sur une petite terrasse, derrière, ombragée par un treillage de glycine. Otsū demeurait trop intimidée pour parler, et Musashi devenait taciturne. Mais Jōtarō ne s'en souciait pas ; son rapide bavardage se mêlait au bourdonnement des abeilles et des taons. Il fut interrompu par la voix du patron, disant :

– Vous feriez mieux de rentrer. Un orage se prépare. Regardez comme le ciel s'assombrit au-dessus d'Ishiyamadera.

Il s'affairait, enlevant les stores de paille, et plaçant des volets de bois contre la pluie aux parois de la véranda. La rivière était devenue grise ; des rafales de vent agitaient frénétiquement les grappes de glycine couleur lavande.

Tout d'un coup, un éclair zébra le ciel, et des torrents de pluie se déversèrent.

– Un éclair! cria Jōtarō. Le premier de cette année. Dépêchez-vous, *Sensei*. Oh! la pluie est arrivée juste au bon moment. C'est parfait.

Mais si pour Jōtarō l'averse était « parfaite », elle embarrassait Musashi et Otsū : retourner ensemble à l'intérieur leur donnerait l'impression d'être des amoureux de roman. Musashi resta en arrière, et Otsū, rougissante, se tint au bout de la terrasse, guère mieux protégée contre les éléments que les fleurs de glycine.

L'homme, brandissant une natte de paille au-dessus de sa tête pour courir à travers le déluge, avait l'air d'un vaste parapluie ambulant. Il se précipita sous l'auvent d'un porche de sanctuaire, lissa la broussaille de ses cheveux mouillés, et leva un œil interrogateur vers les nuées.

– On se croirait en plein été, grommela-t-il.

On n'entendait aucun son, hormis la pluie battante, mais un éclair lui fit porter ses mains aux oreilles. Matahachi se blottit avec effroi près d'une statue du dieu de la foudre, qui se dressait à côté du portail.

Aussi soudainement qu'elle avait commencé, la pluie cessa. Les nuages noirs se déchirèrent, le soleil rayonna, et la rue ne fut pas longue à retrouver son aspect normal. Quelque part au loin, Matahachi percevait le son des *shamisen*. Comme il se remettait en route, une femme vêtue en geisha traversa la rue et s'avança droit vers lui.

– Vous vous appelez bien Matahachi? demanda-t-elle.

– Oui, répondit-il d'un ton soupçonneux. Comment le savez-vous?

– L'un de vos amis se trouve en ce moment dans notre magasin. Il vous a vu par la vitrine, et m'a dit d'aller vous chercher.

Jetant un coup d'œil autour de lui, il constata que dans le voisinage il y avait plusieurs établissements. En dépit de ses hésitations, la femme l'entraîna vers le sien.

– Si vous avez autre chose à faire, dit-elle, inutile de rester longtemps.

À leur entrée, les filles se jetèrent littéralement sur lui, essuyant ses pieds, enlevant son kimono mouillé, insistant

847

pour qu'il montât au salon. Quand il demanda qui était l'ami en question, elles éclatèrent de rire et lui répondirent qu'il ne tarderait pas à le savoir.

— Eh bien! dit Matahachi, j'ai été dehors sous la pluie; aussi je resterai jusqu'à ce que mes vêtements soient secs, mais n'essayez pas de me retenir davantage. Il y a un homme qui m'attend au pont de Seta.

Avec force gloussements, les femmes lui promirent qu'il partirait de bonne heure, tout en le poussant presque en haut de l'escalier. Au seuil du salon, il fut accueilli par une voix d'homme :

— Tiens, tiens, je veux être pendu si ce n'est pas mon ami Inugami *Sensei*!

Matahachi crut un moment qu'il y avait erreur sur la personne, mais lorsqu'il regarda dans la pièce, le visage lui parut vaguement familier.

— Qui donc êtes-vous? demanda-t-il.

— Avez-vous oublié Sasaki Kojirō?

— Que non, se hâta de répondre Matahachi. Mais pourquoi m'appelez-vous Inugami? Mon nom est Hon'iden, Hon'iden Matahachi.

— Je sais, mais je me souviens toujours de vous tel que vous étiez cette nuit-là, avenue Gojō, à faire de drôles de grimaces à une troupe de corniauds errants. Il me semble qu'Inugami – dieu des chiens – est un nom qui vous convient.

— Cessez! Il n'y a pas là de quoi plaisanter. J'ai passé par votre faute, cette nuit-là, un terrible quart d'heure.

— Je n'en doute pas. À la vérité, si je vous ai fait chercher aujourd'hui, c'est que je veux vous rendre service, pour changer. Entrez donc, asseyez-vous. Donnez du saké à cet homme, les filles.

— Je ne peux rester. J'ai rendez-vous à Seta. Je ne puis me permettre d'être ivre aujourd'hui.

— Avec qui avez-vous rendez-vous?

— Avec un certain Miyamoto. C'est un ami d'enfance, et...

— Miyamoto Musashi? Avez-vous pris rendez-vous avec lui quand vous étiez à l'auberge du col?

— Comment l'avez-vous su?

– Oh ! je sais tout sur vous, tout sur Musashi également. J'ai rencontré votre mère – Osugi, c'est bien ça ? – au grand temple du mont Hiei. Elle m'a mis au courant de tous ses ennuis.

– Vous avez parlé avec ma mère ?

– Oui. Une femme merveilleuse. Je l'admire, comme l'admirent tous les prêtres du mont Hiei. J'ai tâché de l'encourager. (Il rinça sa coupe dans une cuve d'eau, l'offrit à Matahachi et reprit :) Tenez, buvons ensemble pour laver notre vieille inimitié. Inutile de vous soucier de Musashi si vous avez Sasaki Kojirō dans votre camp. (Matahachi refusa la coupe.) Pourquoi ne buvez-vous pas ?

– Impossible, il faut que je parte.

Tandis que Matahachi se levait, Kojirō le saisit fermement par le poignet en lui disant :

– Asseyez-vous !

– Mais Musashi m'attend.

– Ne soyez pas stupide ! Si vous vous attaquez tout seul à Musashi, il vous tuera instantanément.

– Vous faites complètement fausse route ! Il a promis de m'aider. Je vais avec lui à Edo pour repartir à zéro dans la vie.

– Vous voulez dire que vous faites confiance à un homme tel que Musashi ?

– Oh ! Je sais, beaucoup de gens disent qu'il ne vaut rien. Mais c'est parce que ma mère est allée partout le calomnier. Pourtant, elle se trompe et s'est trompée d'un bout à l'autre. Maintenant que j'ai parlé avec lui, j'en suis plus certain que jamais. Il est mon ami, et je vais apprendre de lui à devenir quelqu'un, moi aussi. Même si je m'y prends un peu tard.

En proie au fou rire, Kojirō frappait le tatami de sa main.

– Comment avez-vous pu être aussi naïf ? Votre mère m'a bien dit que vous étiez d'une extraordinaire naïveté, mais être dupé par...

– C'est faux ! Musashi...

– Silence ! Écoutez-moi. D'abord, comment avez-vous pu songer à trahir votre propre mère en vous alliant à son ennemi ? C'est inhumain. Même moi, pour qui elle n'est rien, j'ai été si ému par cette vaillante vieille dame que j'ai juré de lui donner tout l'appui en mon pouvoir.

– Votre opinion m'indiffère. Je vais rencontrer Musashi ; n'essayez pas de m'en empêcher. Toi, la fille, apporte mon kimono. Il doit être sec maintenant.

Levant ses yeux d'ivrogne, Kojirō lui ordonna :

– N'y touchez pas avant que je ne le dise. Et maintenant, écoutez, Matahachi : si vous avez l'intention d'aller avec Musashi, vous devriez au moins en parler d'abord à votre mère.

– Je continue mon chemin jusqu'à Edo avec Musashi. Si je deviens quelqu'un là-bas, tout le problème se résoudra de lui-même.

– On croirait entendre Musashi. À la vérité, je parierais qu'il vous a soufflé ces paroles. En tout cas, attendez jusqu'à demain, et j'irai avec vous à la recherche de votre mère. Avant de faire quoi que ce soit, vous devez la consulter. En attendant, amusons-nous. Que ça vous plaise ou non, vous allez rester ici boire avec moi.

Comme il s'agissait d'un bordel et que Kojirō était l'hôte payant, les femmes vinrent toutes à sa rescousse. Le kimono de Matahachi n'arrivait pas, et au bout de quelques coupes, il cessa de le réclamer. À jeun, Matahachi n'était pas à la hauteur de Kojirō. Ivre, il risquait de constituer une certaine menace. Quand tomba la nuit, il démontrait à tous et à chacun combien il était capable de boire, en exigeait davantage, disait tout ce qu'il ne fallait pas dire, donnait libre cours à tous ses ressentiments – bref, se révélait un véritable fléau. Il fallut attendre l'aube pour qu'il fût ivre mort, et midi pour qu'il reprît ses esprits.

La pluie de l'après-midi précédent paraissait rendre le soleil d'autant plus brillant. Les propos de Musashi lui résonnant dans la tête, Matahachi souhaitait ardemment éliminer la moindre goutte qu'il avait bue. Par chance, Kojirō dormait encore dans une autre chambre. Matahachi descendit sur la pointe des pieds l'escalier, se fit restituer son kimono par les femmes, et s'élança vers Seta.

Sous le pont, l'eau rouge et boueuse était abondamment parsemée de fleurs tombées des cerisiers d'Ishiyamadera.

L'orage avait brisé les glycines, et répandu partout des fleurs jaunes de kerria.

Après de fastidieuses recherches, Matahachi se renseigna au salon de thé ; on lui répondit que l'homme à la vache avait attendu jusqu'à la fermeture du salon pour la nuit, puis s'était rendu dans une auberge. Il était revenu dans la matinée, mais, ne trouvant pas son ami, avait laissé un mot attaché à une branche de saule.

Ce mot, qui ressemblait à un grand papillon blanc, disait : « Je regrette de n'avoir pu attendre davantage. Rattrape-moi en chemin. Je te guetterai. »

Matahachi prit à bonne allure le Nakasendo, la grand-route menant par Kiso à Edo ; mais en atteignant Kusatsu, il n'avait pas encore rattrapé Musashi. Après avoir traversé Hikone et Toriimoto, il commença de soupçonner qu'il l'avait manqué en chemin, et lorsqu'il arriva au col de Suribachi, il attendit une demi-journée sans quitter la route des yeux.

Quand il atteignit la route de Mino, les paroles de Kojirō lui revinrent enfin.

« Ai-je été la dupe de Musashi, après tout ? se demanda-t-il. Musashi n'avait-il vraiment pas la moindre intention de m'accompagner ? »

Après maints retours sur ses pas et maintes investigations de routes secondaires, il finit par apercevoir Musashi tout près de la ville de Nakatsugawa. Il fut d'abord empli de joie, mais quand il fut assez près pour voir que la personne qui montait la vache était Otsū, la jalousie s'empara aussitôt de lui sans réserve.

« Quel imbécile j'ai été, gronda-t-il, depuis le jour où ce gredin m'a embobiné pour que j'aille à Sekigahara jusqu'à cette minute même ! Eh bien ! il ne me piétinera pas toujours comme ça. D'une manière ou d'une autre, je me vengerai de lui – et sans tarder ! »

LES CHUTES D'EAU MASCULINE ET FÉMININE

– Hou, qu'il fait chaud ! s'exclama Jōtarō. Jamais je n'ai transpiré comme ça sur une route de montagne. Où sommes-nous ?

– Près du col de Magome, répondit Musashi. Il paraît que c'est la partie la plus pénible de la grand-route.

– Eh bien, je n'en sais rien, mais j'en ai par-dessus la tête. Je serai content d'arriver à Edo. Beaucoup de monde, là-bas – n'est-ce pas, Otsū ?

– Oui, mais je ne suis point pressée d'y arriver. J'aimerais mieux passer mon temps à voyager sur une route solitaire comme celle-ci.

– Parce que vous êtes sur la vache. Vous penseriez différemment si vous marchiez. Regardez ! Il y a une cascade, là-bas.

– Prenons un peu de repos, dit Musashi.

Le trio se fraya un chemin le long d'un étroit sentier. Tout autour, le sol était couvert de fleurs sauvages, encore humides de rosée. En arrivant à une cabane abandonnée, sur une falaise qui dominait les chutes d'eau, ils s'arrêtèrent. Jōtarō aida Otsū à descendre de la vache, puis attacha l'animal à un arbre.

– Regardez, Musashi, dit Otsū.

Elle désignait un écriteau où on lisait : « Meoto no taki ». La raison de ce nom « Chutes d'eau masculine et féminine » était facile à comprendre : des rochers divisaient les chutes en deux parties, la plus grande très virile d'aspect, l'autre petite et discrète.

Le bassin et les rapides écumants sous les chutes allumèrent en Jōtarō un renouveau d'énergie. Mi-bondissant, mi-dansant, il dévala la berge abrupte en criant vers le haut, tout excité :

– Il y a des poissons, en bas. (Quelques minutes plus tard, il cria :) Je peux les attraper. J'ai lancé une pierre, et l'un d'eux s'est retourné, mort.

Peu après, sa voix, à peine audible au-dessus du rugissement des cascades, se répercuta d'une autre direction encore. Dans l'ombre de la petite hutte, Musashi et Otsū étaient assis parmi d'innombrables arcs-en-ciel minuscules, faits par le soleil brillant sur l'herbe mouillée.

– Où croyez-vous que cet enfant soit allé ? demanda-t-elle. Il est vraiment impossible à tenir.

– Vous croyez ? J'étais pire à son âge. Mais Matahachi

était tout le contraire, sage comme une image. Je me demande où il est. Il m'inquiète bien plus que Jōtarō.

– Je suis contente qu'il ne soit pas ici. S'il y était, je devrais me cacher.

– Pourquoi ? Je crois qu'il comprendrait si nous lui expliquions.

– J'en doute. Lui et sa mère ne sont pas comme tout le monde.

– Otsū, êtes-vous sûre que vous ne changerez pas d'avis ?
– À quel sujet ?
– Je veux dire : ne risquez-vous pas de décider qu'en réalité vous voulez épouser Matahachi ?

La jeune fille eut une grimace de surprise.

– Absolument pas ! répondit-elle, indignée.

Ses paupières devinrent d'un rose d'orchidée, et elle se couvrit le visage de ses mains, mais le léger tremblement de son col blanc avait presque l'air de crier : « Je suis à vous, et à personne d'autre ! »

Regrettant ses paroles, Musashi tourna les yeux vers elle. Depuis plusieurs jours maintenant, il regardait la lumière jouer sur le corps de la jeune fille : la nuit, la lueur clignotante d'une lampe, le jour, les chauds rayons du soleil. En voyant sa peau scintiller de transpiration, il avait songé à la fleur de lotus. Séparé de sa couche par un simple paravent mince, il avait respiré la faible fragrance de ses tresses noires. Maintenant, le rugissement de l'eau s'assimilait à la pulsation de son sang, et il se sentait la proie d'une impulsion puissante.

Soudain, il se leva pour gagner un endroit ensoleillé où l'herbe hivernale était encore haute, puis s'assit pesamment et soupira. Otsū vint s'agenouiller à côté de lui, lui entoura les genoux de ses bras et ploya le cou pour lever les yeux vers le visage silencieux, effrayé du jeune homme.

– Qu'y a-t-il ? demanda-t-elle. M'en voulez-vous de ce que j'ai dit ? Pardonnez-moi, je regrette.

Plus il devenait tendu – et plus dur son regard – plus étroitement elle s'accrochait à lui. Puis, tout d'un coup, elle l'étreignit. Son parfum, la chaleur de son corps l'accablèrent.

– Otsū! cria-t-il impétueusement en la saisissant dans ses bras musculeux et en la renversant sur l'herbe.

La rudesse de cette étreinte coupa le souffle à la jeune fille. Elle se débattit pour se libérer, et se blottit à son côté.

– Il ne faut pas! Il ne faut pas faire ça! cria-t-elle d'une voix rauque. Comment avez-vous pu? Vous, entre tous...

Les sanglots l'interrompirent. La peine horrifiée qui se lisait dans ses yeux glaça soudain la brûlante passion du jeune homme, qui revint à lui en un sursaut.

– Quoi! s'écria-t-il. Quoi?

Submergé de honte et de colère, lui-même se trouvait au bord des larmes.

Elle était partie, ne laissant derrière elle qu'un sachet détaché de son kimono. Le fixant de ses yeux aveugles, Musashi poussa un gémissement puis tourna la face contre terre et laissa couler dans l'herbe flétrie ses larmes de chagrin et de frustration. Il avait le sentiment qu'elle s'était moquée de lui – qu'elle l'avait trompé, vaincu, torturé, couvert de honte. Les paroles de la jeune fille – ses lèvres, ses yeux, ses cheveux, son corps – ne l'avaient-elles pas appelé? Otsū n'avait-elle pas travaillé à lui enflammer le cœur, puis, au moment où les flammes avaient jailli, ne s'était-elle pas enfuie, terrorisée?

En vertu de quelque logique perverse, il semblait que tous les efforts de Musashi en vue de devenir un être supérieur eussent été réduits à néant, que toutes ses luttes, toutes ses privations eussent été rendues complètement vaines. Le visage enfoui dans l'herbe, il se disait qu'il n'avait rien fait de mal, mais sa conscience n'était pas satisfaite.

Ce que la virginité d'une jeune fille, qui ne lui était accordée que pour une brève période de sa vie, signifiait pour elle – à quel point elle lui était précieuse et douce –, voilà une question qui n'avait jamais traversé l'esprit de Musashi.

Mais tandis qu'il respirait l'odeur de la terre, il recouvra peu à peu la maîtrise de lui-même. Quand finalement il se releva, le feu grondant avait quitté ses yeux, et son visage était sans passion. Écrasant du pied le sachet, debout, il regardait le sol avec intensité; il semblait écouter la voix des montagnes. Ses épais sourcils noirs étaient froncés tout comme ils l'avaient été lorsqu'il s'était jeté dans la bataille, sous le pin parasol.

Un nuage cacha le soleil, et le cri aigu d'un oiseau déchira l'air. Le vent tourna, modifiant subtilement le bruit de la chute d'eau.

Otsū, le cœur palpitant comme celui d'un moineau effrayé, observait de derrière un bouleau les angoisses de son ami. Se rendant compte du mal qu'elle lui avait fait, elle brûlait maintenant d'être de nouveau à son côté ; pourtant, elle avait beau vouloir courir à lui pour implorer son pardon, son propre corps refusait d'obéir. Pour la première fois, elle se rendait compte que l'amoureux à qui elle avait donné son cœur n'était pas le fantasme de vertus masculines qu'elle avait imaginé. Le fait de découvrir la bête nue, la chair, le sang et les passions, lui assombrissait les yeux de tristesse et de frayeur.

Elle avait commencé à fuir, mais au bout de vingt pas son amour la rattrapa et la retint. Alors, un peu calmée, elle se mit à imaginer que le désir de Musashi était différent de celui des autres hommes. Plus que toute autre chose au monde, elle voulait lui demander pardon, et lui assurer qu'elle ne lui gardait pas rancune de ce qu'il avait fait.

« Il est encore fâché, se disait-elle avec crainte en s'apercevant soudain qu'il n'était plus devant ses yeux. Oh ! que faire ? »

Nerveusement, elle retourna à la petite hutte, mais il n'y avait plus qu'une froide brume blanche et le tonnerre de l'eau qui semblait secouer les arbres et faire tout vibrer autour d'elle.

– Otsū ! Il est arrivé quelque chose d'affreux ! Musashi s'est jeté à l'eau !

Ces cris frénétiques de Jōtarō vinrent d'un promontoire dominant le bassin, une seconde à peine avant que l'enfant n'empoignât une glycine et ne commençât à descendre, balancé de branche en branche comme un singe.

Bien qu'elle n'eût pas saisi les paroles véritables, Otsū perçut l'urgence de sa voix. Elle dressa la tête, alarmée, et se mit à dévaler la pente abrupte en glissant sur la mousse et en se rattrapant aux rochers.

La silhouette à peine visible à travers l'écume et la brume ressemblait à une grosse pierre, mais c'était en réalité le corps nu de Musashi. Mains jointes devant lui, tête baissée, il paraissait un nain à côté des quinze mètres de cascade qui se déversaient sur lui.

À mi-pente, Otsū s'arrêta pour le contempler, horrifiée. Debout sur l'autre rive, Jōtarō était, lui aussi, cloué au sol.

– *Sensei !* cria-t-il.

– Musashi !

Les clameurs n'atteignirent jamais les oreilles du jeune homme. C'était comme si mille dragons d'argent lui mordaient la tête et les épaules, comme si les yeux de mille démons aquatiques explosaient autour de lui. Des tourbillons pleins de traîtrise le tiraient par les jambes, tout prêts à l'entraîner dans la mort. Une seule faute de rythme respiratoire ou cardiaque, et ses talons eussent perdu leur prise fragile sur le fond couvert d'algues, son corps eût été balayé par un courant violent et sans retour. Il lui semblait que ses poumons et son cœur croulaient sous le poids incalculable – la masse totale des montagnes de Magome – qui tombait sur lui.

Son désir pour Otsū mourait de mort lente, car il était proche parent du tempérament passionné sans lequel il ne fût jamais allé à Sekigahara ni n'eût accompli aucun de ses extraordinaires exploits. Mais le véritable danger se trouvait dans le fait qu'en un certain point toutes ses années d'entraînement devenaient sans pouvoir contre ce tempérament, et qu'il retombait au niveau d'une bête sauvage, d'une bête brute. Or, contre un pareil ennemi, informe et secret, le sabre était complètement inutile. Déconcerté, perplexe, conscient d'avoir subi une accablante défaite, il priait pour que les eaux furieuses le ramenassent à sa quête de discipline.

– *Sensei ! Sensei !* (Les cris de Jōtarō étaient devenus plainte sanglotante.) Il ne faut pas mourir ! Je vous en prie, ne mourez pas !

Lui aussi avait joint les mains devant sa poitrine, et sa face était convulsée comme si lui aussi portait le poids de l'eau, la douleur cuisante, le froid.

Jōtarō jeta un coup d'œil sur l'autre rive, et se sentit soudain défaillir. Il ne comprenait absolument pas ce que faisait Musashi ; il semblait décidé à rester sous la chute jusqu'à en mourir, mais voici qu'Otsū... Où donc était-elle ? Il était sûr qu'elle s'était jetée dans la rivière pour mourir.

Alors, dominant le bruit de l'eau, il entendit la voix de Musashi. Les paroles n'étaient pas claires. Il supposa qu'il s'agissait d'un sūtra, mais... peut-être étaient-ce des jurons furieux de récrimination contre soi-même.

La voix était pleine de force et de vie. Les larges épaules et le corps musclé de Musashi respiraient jeunesse et vigueur, comme si son âme purifiée se trouvait maintenant prête à commencer une vie nouvelle.

Jōtarō eut le sentiment que le péril, quel qu'il fût, était passé. Tandis que la lumière du couchant créait un arc-en-ciel au-dessus des chutes, il appela : « Otsū ! » et osa espérer qu'elle avait quitté le flanc de la falaise seulement parce qu'elle croyait que Musashi ne courait pas un réel danger. « Si elle a confiance, il n'est pas en danger, se dit-il, et je n'ai pas à m'inquiéter. Elle le connaît mieux que je ne le connais, jusqu'au fond de son cœur. »

Jōtarō descendit à bonds légers jusqu'à la rivière, trouva un endroit resserré, le franchit et grimpa sur l'autre rive. Comme il s'approchait en silence, il vit Otsū à l'intérieur de la hutte, blottie par terre et serrant contre elle le kimono et les sabres de Musashi.

Jōtarō sentit que les larmes de la jeune fille, qu'elle ne faisait aucun effort pour dissimuler, n'étaient pas des larmes ordinaires. Et sans vraiment comprendre ce qui se passait, il en saisit l'importance pour Otsū. Au bout de deux minutes, il revint furtivement à l'endroit où la vache reposait dans l'herbe blanchâtre, et s'étendit à côté d'elle.

« À cette vitesse, jamais nous n'atteindrons Edo », se dit-il.

Ainsi s'achève la première partie des aventures de Musashi. La suite est intitulée : La parfaite lumière (*J'ai lu*, 1986).

5195

Composition Chesteroc International Graphics
Achevé d'imprimer en France (Manchecourt)
par Maury-Eurolivres le 20 mars 2004.
Dépôt légal mars 2004. ISBN 2-290-30054-3
1ᵉʳ dépôt légal dans la collection : décembre 1999
Éditions J'ai lu
84, rue de Grenelle, 75007 Paris
Diffusion France et étranger : Flammarion